重订增注

中国十大古典悲剧集

上

王季思　主编

李悔吾　宁希元　萧善因　副主编

齊魯書社

前 言

在我国丰富多彩的古典戏剧中，悲剧是最能扣人心弦、动人肺腑的品类。它是中华民族创造的艺术珍品之一。这里评选的十大古典悲剧，是其中较有代表性的作品。这些作品几百年来一直活在舞台上。它们的故事情节、人物形象几乎家喻户晓、妇孺皆知。漫长的一段历史时期内，我国人民群众，尤其是被剥夺了学习文化权利的基层民众，利用它们来教育和娱乐自己，从中获得对历史人物和现实生活的认识，同时鼓舞自己的生活热情，陶冶自己的道德情操。这份珍贵的戏曲遗产，对我们今天的读者和作家，也还有欣赏价值和借鉴意义。因此，整理和评点这些作品，总结其成就，探讨其特征，就是一件十分有意义的工作。

一

从我国老一辈学者的口里知道，在辛亥革命前后，希腊神话和《莎氏乐府本事》中的一些悲剧性故事，以及《王子复仇记》《黑奴吁天录》①等悲剧译著传入中国,在少数意图沟通中西文化的学者中曾引起中国有没有悲剧的争论。由于我国古代文学论著中没有出现悲剧的概念,也没有系统地探讨过悲剧和喜剧的不同艺术特征,而在欧洲从希腊的亚里士多德以来流传了大量这方面的论著,当时熟悉欧洲文化的学者就往往拿欧洲文学史上出现的悲剧名著以及从这些名著中概括出来的理论著作来衡量中国悲剧。另外,有的学者——他们多数是专攻中国文学的,则认为中国戏剧的发展有独特的道路,形成独特的风格,不能拿欧洲的悲剧理论来衡量。由于双方所熟悉的材料不同,观点不同,特别是当时的学者都还没有接受马克思主义的历史科学和文艺理论的指导,他们的争论自然不会有结果。

马克思主义认为,文艺作品是人类社会生活在意识形态领域的反映。在人类社会历史发展过程中,总是不断出现新生的处于萌芽状态的事物,跟日渐趋向腐朽的旧势力产生矛盾、展开斗争。由于新生的事物还比较微弱,在当时的实际情势下,它还不可能突破旧势力的种种障碍而前进,经常是不得不以失败甚至死亡告终。这些代表新生力量的人物,他们的英勇斗争,赢得了许多先进人物的同情;他们的失败或牺牲,必然引起广大人民的悲痛。作家或诗人把这种社会现实反映到文艺作品里演绎为悲剧性的故事,故事中的矛盾斗争也就成为悲剧性的冲突。“历史的必然要求和这个要求实际上不可能实现”,

① 《黑奴吁天录》原为小说,经林琴南译入中国后,春柳社曾改为话剧演出。现译为《汤姆叔叔的小屋》。

恩格斯对悲剧性冲突的概括(见恩格斯《致斐·拉萨尔》),从历史唯物主义的高度指明了带有本质意义的悲剧特征,是衡量古今中外一切悲剧作品的共同尺度。

悲剧作品在不同的民族和国家产生、发展时,由于历史条件的不同、民族性格的各异,在思想倾向、人物性格、情节结构等各个方面,又形成不同的艺术特征。我国古代虽然没有系统的悲剧理论,但从宋元以来的舞台演出和戏曲创作来看,悲剧是切实存在的。由于向来封建文人对戏剧的鄙视,我们没有像欧洲的学者总结出一套相当完整的悲剧理论。"前人未了事,留与后人补",今天只好由我们来补做这方面的工作。

二

欧洲戏剧远在公元前5世纪就在希腊的雅典城邦取得辉煌的成就,并已分别为悲剧、喜剧两大类型,产生了埃斯库罗斯的《被缚的普罗米修斯》、索福克勒斯的《俄狄浦斯王》等影响深远的悲剧作家和作品。随着戏剧创作和演出的繁荣,理论上的争论与总结跟着来了。留传下来的亚里士多德的《诗学》,对悲剧的因素、情节、结局、效果等各个方面都做了认真的分析与概括,并指出悲剧要模仿严肃的行动,表现庄严的风格,对后来欧洲悲剧的发展在理论上做出了卓绝的贡献。

早期的雅典城邦,由于工商业奴隶主势力的扩大,一度实行民主改革,使自由民享有民主权利。城邦每年春季都在露天剧场举行盛大的戏剧比赛,在比赛中获得好评的作品可以得奖。希腊悲剧接触到人类命运、战争、民主制度等问题,贯穿于悲剧中的冲突,主要是人的自由意志对命运的抗争,比喜剧更能激动人,因此也发展得更好。对比我国的奴隶社会,奴隶主及其亲属分占了全国的土地和奴隶,黄河中下游的地理环境和亚细亚生产方式,使当时代表东方文明的周王朝不可能出现科林斯、雅典那样的城邦和工商业奴隶主的民主改革运动。在王室和各侯国的宫廷、宗庙里,虽然也有大型的歌舞演出,但大都是为了在宴会时娱乐宾客或祭祀时歌颂祖宗,不可能演出为新生事物发展而英勇斗争的悲剧歌曲。民间虽出现一些悲剧性歌曲,有的被收入《国风》,改变了调子,有的被作为郑卫之声、亡国之音,渐归澌灭,不可能像希腊悲剧那样发展。

从春秋到战国,诸侯兼并,处士横议,学术上出现百家争鸣,文艺上也改变了死气沉沉的局面。燕赵的慷慨悲歌,楚辞的哀感顽艳,以及韩娥、宋意、杞梁妻等著名悲歌手的出现和《涉江》《哀郢》《国殇》等带有悲凉调子的歌辞的流传,对后来悲剧性的音乐与诗歌的创作起影响,有些悲剧性的故事如伍子胥的报仇复楚,程婴、公孙杵臼的救护赵氏孤儿,申包胥的哭秦廷,高渐离的易水别,成为后来悲剧的素材。但还看不到有什么萌芽状态的悲剧产生。

汉承秦制,建立了较为巩固的封建王朝。文、景时期的休养生息,发展了农业、手工业生产,武、宣时期对匈奴战争的胜利,鼓舞了皇家的士气。当时王朝贵族爱好的是大力夸张王都的繁荣、宫殿的富丽等大赋。从这些赋篇里,我们看到带有喜剧性的角抵戏《东海黄公》的演出,看来悲剧性的歌舞戏也同时出现了。东汉张衡在《西京赋》里所写的"女娥坐而长歌,声清畅而蝼蛇;洪涯立而指麾,被毛羽而襳襹。度曲未终,云起雪飞,初若飘飘,后遂霏霏”,便是我国古代较早的悲剧性歌舞《湘妃怨》的形象写照。女娥指古代舜帝的两妃——女英、娥皇。相传在舜帝南巡不返、死在苍梧时,她们追到湘水旁边痛哭,双双投江而死。在这场演出中,有洪涯(相传是黄帝时的仙人)的指挥,有女英、娥皇的歌唱,为了衬托歌声的悲凉动人,还出现了“云起雪飞”的舞台效果。

值得注意的还有当时民间流传的相和歌辞。根据《宋书·乐志》的记载:“相和,汉旧歌也。丝、竹更相和,执节者歌。”至少由三人组成一个小乐团。又据《古今乐录》:“凡相和,其器有笙、笛、节歌、琴、瑟、琵琶、筝七种。”乐团的演奏者达到七人,这规模已跟希腊从酒神颂向悲剧演化时的合唱队相近。这个执节的歌者,当他歌唱悲剧性的故事,引起内心激动,不觉手舞足蹈时,实际即成了乐团中的悲剧演员。而当时的悲剧性故事,如《箜篌引》《秋胡行》《昭君怨》等,在相和歌辞里是大量存在的。“因事制歌”,“歌以咏德,舞以象事”(并见《宋书·乐志》)。民间出现悲剧性的事件,就有人把它编为边歌边舞的演唱节目,以歌来咏唱人物的德性,以舞来模仿事件的经过。相传晋石崇家妓绿珠即以善舞《王明君》著称。《琴集》记用胡笳伴奏的《明君别》《明妃曲》,分为“辞汉、跨鞍、望乡、奔云、入林”五段演出,从她辞别汉宫、上马出塞、回望故乡,直至魂化飞鸟、奔向云中、飞回故林结束。这已经具备一部悲剧的雏形。①东汉末年因庐江小吏焦仲卿夫妇为反抗封建家长的压制双双

---

① 胡笳《明妃曲》五弄,见《乐府诗集》卷二十九《王明君》题解。又根据《乐府诗集》卷五十九《昭君怨》歌辞,有昭君化鸟升云、远集西羌等描写。

自杀的事件而编写的《孔雀东南飞》长诗，是一个和《大雷雨》相仿佛的悲剧故事，在五四运动时期，还被各地青年学生改编为话剧演出。据此推想，当时一些演唱悲剧性故事的歌曲，内容绝不会像我们今天在残留的历史资料里所看到的那样简单。由于当时书写材料的昂贵，加以封建文人的歧视，没有被完整地记录下来。

从沈约《宋书·乐志》上看，汉魏时期一些悲剧性歌曲，如《秋胡行》《东门行》《塘上行》等还在南朝流传。新起歌曲如《团扇歌》《督护歌》《读曲歌》等都伴随有悲剧性故事。根据敦煌发现的材料，唐代还出现歌唱伍子胥、孟姜女、王昭君等悲剧人物的变文。当时新起歌曲如《雨淋零》《河满子》《离别难》等，也伴随有悲剧性的故事。但由于长期的封建统治，从西汉到隋唐，我国历史上没有出现过像公元前希腊城邦的民主改革运动，封建帝王在文学上一贯重视为帝王歌功颂德的诗赋，民间小规模的演唱，一直得不到诗人、作家的记录和加工，长期处于自生自灭的状态。宫廷里百戏、散乐等演出，虽花色繁多，规模盛大，由于脱离人民的生活，又缺乏激动人心的力量，因此在这长达一千多年的封建历史时期，产生过不少优秀的赋家、诗人，但不论喜剧还是悲剧，都没有给我们留下一个演出的本子。

由于工商业经济的发展，北宋的汴京出现了规模宏大的民间游乐场所，在大相国寺的各个棚屋里，几乎日夜相继、风雨无阻地演出说书、说唱、杂剧等各种艺术。落第秀才中逐渐有人参加这些技艺的演出，或为他们填词作曲。这本该是我国戏剧酝酿成熟的大好时机，由于金兵的南下、汴京的陷落，宋金南北对峙局面的出现，这个戏剧发展的趋势又被打断了。

宋金对峙时,在我国南方今温州地区出现了南戏。现存南戏剧目中的《赵贞女》和《王魁》,便是当时有代表性的悲剧剧目。这两个剧本已经看不到了。明徐渭《南词叙录》的“宋元旧篇”节内,在《赵贞女蔡二郎》下说:“即旧伯喈弃亲背妇,为暴雷震死,里俗妄作也。”在《王魁负桂英》下说:“王魁名俊民,以状元及第,亦里俗妄作也。”所谓“里俗妄作”,实际就是民间艺人的创作,它们描写的都是男的享受荣华富贵,抛弃了原配妻子的悲剧故事,因此在从温州流传到杭州时,被当权者出榜禁止。

元代是我国历史上阶级矛盾与民族矛盾错综杂糅、盘根错节的时期。元朝统治者把北方许多农田划作牧场,把北方许多丁口掳掠去做奴隶,这种悲惨的社会现实是中国古典悲剧产生的肥沃土壤。当时大量冤狱的出现是封建社会悲剧现实的集中表现。由于知识分子地位的下降,当时少数和基层民众休戚相关的诗人、作家,把这些冤狱集中在一本四折的杂剧体制中,谱写出一部又一部悲剧作品。从无名氏的《陈州粜米》中,我们看到饥饿的农民被皇帝赐给贪官的紫金锤活活打死;从《盆儿鬼》中,我们看到小商贩惨遭杀害。李行道的《灰阑记》所展示的是“祖传七辈是科举人家”子女的天大冤枉,它是元代知识分子普遍破落的典型写照。在如此众多的悲剧作品中,元杂剧的奠基人关汉卿的《窦娥冤》是最有代表性的杰作。它既是历史上“东海曾经孝妇冤”“周青血飞白练”等传说的艺术再现,更重要的是它典型地反映了元代这个悲剧的时代。这里有“羊羔儿利”的高利贷剥削,有地痞流氓的敲诈勒索和滥官污吏的贪赃枉法。这些正是窦娥不幸命运的社会根源。关汉卿通过这个普通童养媳的无辜被杀害，为我们描绘了一幅元代黑暗社会的图景。又在这一深刻的社会现实的画面上，赋予窦娥以坚强的意志和强烈的反抗精神，感天动地。

大量的历史题材悲剧的出现，是这个时期戏剧创作的显著特点。元代社会阶级压迫、民族压迫的严酷，促使当时的剧作家不得不借助历史题材，来反映现实的悲剧生活。如关汉卿的《西蜀梦》、马致远的《汉宫秋》、白朴的《梧桐雨》、纪君祥的《赵氏孤儿》、孔文卿的《东窗事犯》、朱凯的《昊天塔》，都是这方面的代表性作品。作者在处理这些历史题材时，注入了自己时代的感情和血泪。他们在舞台上"使死人复生是为了赞美新的斗争，而不是为了勉强模仿旧的斗争"。台上一幕幕"泪滴黄河溢"的历史场景启迪人们对现实问题的深思；台上历史人物的声声哀诉，交流着台下观众的悲愤和激情。马致远的《汉宫秋》在民族矛盾激烈的画面上，一方面通过汉元帝同王昭君这一对爱侣的生离死别，含蓄地揭露了元代统治者的民族压迫；另一方面又通过王昭君的为国牺牲，批判朝臣们的屈辱投降和毛延寿的卖身求荣。纪君祥的《赵氏孤儿》则借助春秋时期晋世家忠与奸的斗争，曲折地表现了中国人民不会安于侵略者的野蛮屠杀；他们前仆后继、为挽救家族的危亡做出牺牲，表现出斗争的严酷性和坚持性。白朴的《梧桐雨》表面上写的是李隆基、杨玉环的爱情悲剧，在爱情故事的背后演出的，却是一场关系国家民族兴亡的历史剧。孔文卿的《东窗事犯》是一出以民族英雄岳飞为主人公的悲剧，作品的着重点不在于描写岳飞抗金保国的业绩，而是满怀深情地在第一折中连用十四支曲子，尽情抒发岳飞对投降派的满腔怨愤，表达了当时人民群众强烈的爱国主义精神。

《窦娥冤》《汉宫秋》《梧桐雨》《赵氏孤儿》被誉为元人四大悲剧。无论就内容的深刻还是艺术的完整看,它们都可被称为我国古典悲剧史上的丰碑大纛。它们完整的艺术结构,浓郁的抒情手法,对于明、清两代悲剧创作,有着明显的影响。

明清传奇悲剧,是我国古典悲剧发展史上里程碑式的重要成就。

长期停滞不前的中国封建社会,在明清步入它的末世。由于工商业的发展,城市经济的繁荣,带有雇佣劳动性质的市民阶层的出现,经常卷起这潭死水中政治斗争、经济斗争与思想斗争的浪花。处于没落时期统治阶级内部的斗争,也随之日益激化,并伴随着资本主义生产关系的萌芽,表现出新的特点。明王朝取代元朝以后,野蛮的种族统治结束了,随之而来的却是文化上的专制和复古。科举考试,要根据程颐、朱熹等对孔孟经典的解释作八股文。宋明理学沉重的精神枷锁,压得人们几乎喘不过气来。当时封建文人写的戏曲,如《五伦全备记》《香囊记》,带有浓厚的封建说教意味;但民间流传的戏曲,如所谓"荆、刘、拜、杀"仍不同程度地带有泥土气息。高明的《琵琶记》就出现在这个时期的前面即元代末期。毫无疑义,被称为"南戏之祖"的《琵琶记》,不仅在反映动乱年代劳动人民的悲惨生活方面,有其不可忽视的功绩,更重要的是它吸收了《赵贞女》的成就,塑造了赵五娘这个光辉的悲剧艺术典型。赵五娘纯朴、善良,在送别丈夫之后,她勇挑家庭生活重担,任劳任怨,艰辛备尝,充分表现了这位生长在中国土地上的劳动妇女的崇高品格。当然,由于作者的封建思想,由于他要为蔡伯喈翻案的创作意图,使剧本中的不少地方,都带着封建说教的味道,尤其是结尾部分。这当然是它的局限。正因为如此,人民群众后来又采用类似题材,撰写了《赛琵琶》《秦香莲》这一类严正的社会悲剧,抵消了《琵琶记》流传过程中的消极影响。

比《琵琶记》晚些时候出现的《白兔记》《荆钗记》,都在明初广泛流传,影响深远。从全部剧情看,它们更像正剧。剧中女主角李三娘、钱玉莲的遭遇,跟《琵琶记》中的赵五娘一样,带有浓厚的悲剧色彩。

明中叶以后,在文艺思潮中出现了“情”与“理”的斗争。一些“异端”思想家,为这场斗争鸣锣开道;封建关系内部的资本主义生产关系的萌芽,为这场斗争提供了社会条件。当时极端残酷的封建专制主义,以及它在家庭内所表现的封建家长制,不允许自己的臣民或后代出现叛逆者,不允许他们追求彼此有情的自由婚姻。汤显祖的《牡丹亭》正是这一时代的产物。它形象地表现了当时广大青年男女的合理要求,以及这种要求实际上不可能实现的悲剧现实。长期被幽禁于高阁深闺的宦门小姐杜丽娘,一旦冲破家庭和私塾的封建束缚,走进那生气盎然的后花园里,她那蕴藏着美好愿望的心扉,便豁然开朗。她爱自然,爱人生,要求表现个人爱好的天性并追求自由幸福的婚姻。汤显祖似乎意识到剧中主人公所追求的东西,只能在虚无缥缈的梦境里才能获得,因此在描写她经历一场美满欢畅的梦境之后,便描写主人公因这梦境在现实生活里的无法重寻,恹恹成病,直至死亡。《牡丹亭》的积极意义,还在于写杜丽娘在生前所追求不到的东西,在死后的继续追求中却终于得到。这当然不是现实的,然而它启发人们,特别是青年一代,以付出生命的代价，为自己自由美好的前途，对顽固禁锢他们的社会势力，包括他们的父母在内，展开生死不渝的斗争。这就通过读者与观众，形成了一股冲击封建社会没落时期顽固保守者的社会力量。这部戏从杜丽娘死后的大部分剧情看，更接近于正剧，因此本集里没有选。

《牡丹亭》以后，剧坛上继续出现的许多爱情戏大都情节雷同，语言陈旧；其中比较引人注目的是孟称舜的《节义鸳鸯冢娇红记》。剧中的女主角王娇娘，清醒地感觉到，如所配非人，将带来一生的痛苦。因此在封建王朝和它的御用文人大力提倡节烈时，她宁愿学卓文君自求良偶，主动追求和她心同意合的青年书生申纯。后来父亲为了家门的利益，将她许配给豪门子弟时，她和申纯就双双以身殉情，表现了他们为追求自愿结合的幸福婚姻的自觉与坚持。

这个时期出现了描写现实重大政治斗争题材的悲剧，如明代无名氏的《鸣凤记》，清初李玉的《清忠谱》。它们勇猛地抨击当时的权奸，颂扬清官以及城市手工业缓慢发展过程中成长起来的义士，表达了广大人民的爱憎之情。从借助历史题材来反映现实悲剧生活，到直接描写当时政治斗争中出现的悲剧，这应该说是我国古典悲剧创作发展中的一个跃进。

明末清初是一个社会剧烈动荡不安的历史时期，社会矛盾特别尖锐，统治阶级内部的派别斗争也很厉害。这时出现了大量的以英雄人物为中心的悲剧。以岳飞、文天祥和杨家将为主人公的悲剧，都和这时社会矛盾尖锐的现实分不开。冯梦龙改编的《精忠旗》是写岳飞题材剧中较好的一部。全剧通过岳飞涅背誓师、慷慨就义、张宪殉主、岳云和银瓶殉父、施全和隗顺殉义等一系列悲剧情节，集中刻画了岳飞这一气壮山河、感天动地的悲剧典型。岳飞是我国历史上著名的爱国英雄，由于受到投降派的陷害，惨遭折磨，出现了“风波亭”的悲剧结局。元、明以来，出现了不少以岳飞为题材的剧本，但都存在着缺陷。冯梦龙在《精忠旗》的开头说：“千古奇冤飞遇桧，浪演传奇，冤更加千倍。不忍精忠冤到底，更编纪实精忠记。”可见反对“浪演”，力求“纪实”，是他改写岳飞故事戏的宗旨。从这个宗旨出发，作者一面依据史料，增加了“若水效节”“书生扣马”“世忠诘奸”“北庭相庆”等出，丰富了岳飞故事的内容；一面又剔除了《精忠记》里岳夫人卜卦、岳飞看相等封建迷信的描写，特别是删去了岳飞为怕岳云、张宪造反，写信骗他们来共死的情节，洗涤了岳飞形象上不应有的奴性表现。对于反面人物如秦桧、张俊等也没有漫画化、脸谱化，而是将他们放在特定历史环境揭示其内心活动，使人们洞见他们的五脏六腑，然后他们的罪恶活动都可从客观历史环境与主观意图两方面得到充分揭露。美中不足的是，剧本没有吸收民间岳飞故事中牛皋扯旨、疯僧扫秦等富有人民性的内容；“湖中遇鬼”等出中还杂以鬼神迷信、因果报应的封建糟粕。这些，都是我们在肯定这个剧本的同时需要指出的局限。

“南洪北孔”即洪昇的《长生殿》和孔尚任的《桃花扇》，这两部清代传奇的出现，标志着我国古典悲剧创作的最高水平。他们承继前辈戏剧创作的优良传统，又各有千秋地表现了独特的艺术成就。在有意识地总结国家民族兴亡的历史经验方面，在历史真实和艺术真实的融为一体方面，都堪称古典悲剧的典范。

孔尚任在《桃花扇小引》中说："《桃花扇》一剧，皆南朝新事，父老犹有存者。场上歌舞，局外指点，知三百年之基业，隳于何人，败于何事，消于何年，歇于何地，不独令观者感慨涕零，亦可惩创人心，为末世之一救矣。"正因为如此，作品刻画了昏愦荒淫的福王，专权骄纵的马士英，还有"才足以济奸"的阴谋家阮大铖。作品通过对这些反面人物的鞭笞，表达了"权奸误国"的意旨。洪昇在《自序》中也说："乐极哀来，垂戒来世，意即寓焉。"他所要垂戒的是"逞侈心而穷人欲"的帝王，必将带来"祸败随之"的后果。这对于当时或后来的帝王来说，都是深刻的历史教训。洪昇没有像《梧桐雨》的作者那样，写杨玉环跟安禄山私通，招致安史之乱，为向来的"女色亡国论"在舞台上提供史例，而把唐朝祸败的根源归于唐玄宗的骄盈自满，穷奢极欲。这既较合历史的实际，又表现了作家民主思想的高度。

与此同时，我们要提到的是另一部神话题材的悲剧《雷峰塔》。有关白蛇、许宣的故事传说，在民间源远流长，但直到清初才分别由黄图珌、陈嘉言、方成培等写成剧本。这个剧本以神话的形式，表现了人民对幸福爱情的强烈追求，然而又不止于此。人们从白娘子盗库银、窃仙草、斗法海等情节里，将会联想到当时广大人民群众和封建统治阶级利益的矛盾。由于剧本写的是神话故事，具有积极浪漫主义的特色，使它成为明、清传奇悲剧里的一朵奇葩。

我国古代从一些悲剧性乐曲的产生，到《窦娥冤》《汉宫秋》等悲剧的出现，一直没有得到封建王朝及正统文人的重视，在理论上也一直没有出现过从亚里士多德到莱辛、别林斯基等那样的著作。但从历史上遗留下来的零星资料看，我国古代的人们已初步注意到悲剧性乐曲与喜剧性乐曲的不同。《楚辞·九歌》："悲莫悲兮生别离，乐莫乐兮新相知。"已透露了后世用以概括传奇戏故事情节的"悲欢离合"。《列子·汤问》记战国时的歌手韩娥到齐国雍门卖唱，当她曼声哀歌时，全村老幼都悲愁垂涕，吃不下饭。后来她改了一个调子，曼声长歌，全村老幼又都喜跃鼓舞，忘记了从前的悲愁。这段历史传说已记下了悲剧性歌曲和喜剧性歌曲的不同艺术效果。在《礼记·乐记》里曾把"乱世之音怨以怒"的怨乐，跟"治世之音安以乐"的安乐①作为不同的乐曲类型来提出。怨乐指人民对乱世政治表达怨恨和愤怒的乐曲。在我国古代乐曲里有不少"怨诗""怨歌行"，又有不少以怨名调的歌曲，如"宫怨""杂怨""长门怨""楚妃怨"等，显然都是属于悲剧性的乐曲。至于悲剧的概念，是王国维在《宋元戏曲考》里高度评价元人悲剧《窦娥冤》《赵氏孤儿》的成就，认为它们可以列为世界大悲剧，才逐渐引起国内学者注意的。

三

中国古典悲剧，是我们文明古国百花园里的一束奇葩。它凝聚了中华民族勤劳、勇敢的精神，散发着浓郁的泥土芳香，又具有我们自己的民族形式和独特的艺术风貌。概括起来，有下

---

① 这里借用北宋人的名词。《宋史·乐志二》："自《景安》而下七十五章，率以'安'名曲。岂特本道德政教嘉靖之美，亦缘神灵祖考安乐之故。"它显然是根据《礼记·乐记》这段话而"以'安'名曲"的。

列几个方面：

第一，塑造出一系列普通人民特别是受压迫妇女的悲剧形象，体现了我国人民崇高的思想品格和精神面貌。在封建社会，普通人民特别是处于家庭从属地位的妇女，长期过着被役使的生活，他们渴求改变自己的命运，而当时的现实形势却不允许他们改变，这就构成了悲剧性的冲突。悲剧的时代，产生时代的悲剧。几千年封建社会，就是人民的悲剧时代，出现那么多普通人民的悲剧主人公，就不足为奇了。如《窦娥冤》里的窦娥，《琵琶记》里的赵五娘，《娇红记》里的王娇娘，《秦香莲》里的秦香莲，《雷峰塔》里的白素贞，《桃花扇》里的李香君，都是当时社会里处于受迫害地位的普通人民的形象。她们对于社会没有过分的要求，只是要求丈夫“休重娶娉婷”，使夫妻可以偕老（如《琵琶记》的赵五娘）；或者只希望过一种“男耕女织度光阴”的家庭生活（如《雷峰塔》里的白娘子）；甚至被冤屈至死，也只是要求“有瀽不了的浆水饭，瀽半碗与我吃”（如临刑前的窦娥）。很显然，这是人类生活最起码的要求，在封建社会却一样也得不到满足。她们追求着、斗争着，在和种种恶势力、自然灾害的搏斗中，表现出崇高的精神和品德。

在欧洲文学史上，从希腊悲剧的普罗米修斯、俄狄浦斯，到莎士比亚四大悲剧中的哈姆雷特、奥赛罗、李尔王、麦克白，剧中的主角都是属于统治阶级的帝王将相，是名副其实的“英雄人物”。当然也有例外，像希腊悲剧中的安提戈涅，是俄狄浦斯的女儿，因反抗暴君的命令被处死；莎士比亚悲剧中的朱丽叶，为追求理想的爱情付出生命的代价，那是极少数。而中国悲剧的光辉形象，大多数是普通人民，其中更多的是家庭妇女。当然，我们也可以举出一些悲剧中的英雄人物，如《西蜀梦》中的张飞、《精忠旗》中的岳飞、《清忠谱》中的周顺昌，究竟是少数。

为什么会有这些不同现象呢？这首先是因为在中国长期的封建社会里，下层人民，尤其是妇女，一直没有改善其家庭受役使的地位。在欧洲，前期经过工商业奴隶主的民主改革运动，后期经过文艺复兴时期人文主义的洗礼，妇女的社会地位毕竟要比中国社会好一些。有压迫就有反抗，压迫愈甚，反抗往往愈烈。一些男女同受迫害的悲剧，从《琵琶记》《荆钗记》到《娇红记》《桃花扇》，女方在斗争中总是比男方更勇敢，更坚强，舞台形象更光辉，正是反映了我国封建社会的本质特征的。其次是因为我国悲剧多数出自民间，是由人民群众和民间艺人共同创造的。人民群众在自己的艺术实践中，总是更多地关心普通人民的生活与命运，因此除了杨家将、岳家军等战争式的英雄人物，以英雄人物为主角的悲剧就没有欧洲多。

值得特别指出的是，在一些以忠奸斗争为主线、英雄人物为中心的悲剧里，作者往往也把英雄人物的斗争和下层人民的斗争结合起来写。如《精忠旗》一剧，主要刻画岳飞，但在“金牌伪召”等几出戏里，写下层人民爱戴岳飞，劝阻岳飞还朝，那昂扬的抗金意志，以及热诚地支持抗金将士的爱国主义精神，是十分感人的。到明末清初剧作家李玉的《清忠谱》，就更以重场戏表演了颜佩韦等五位义士所掀起的群众斗争。这不仅使悲剧主人公周顺昌“忠肝一片”“劲骨钢坚”的英雄形象更加突出，并且使我国古典悲剧增添了近代市民的形象。

第二，显示悲剧的社会作用，尤其是美感教育作用。这与我国古典悲剧长期植根于人民群众之中密切相关。民间艺人或接近人民的作家在塑造悲剧的舞台形象时,由于他们对悲剧主人公的生活环境比较熟悉,同情他们的不幸命运,了解他们的愿望与理想,就通过他们不屈不挠的斗争,显示他们美好的性格,集中表现生活中美的因素,使作品具有特殊的美感教育作用。

我国古典悲剧的美感教育作用,主要是通过悲剧主人公性格的两个方面来显示给观众或读者的。一方面是对剧中代表黑暗势力的人物的无比痛恨,坚决斗争;另一方面是对处在同受迫害地位的自己人无限同情,倾心爱护。窦娥在法场一折,对天誓愿,跟当时社会黑暗势力的斗争是那么坚决,可是当她听到婆婆要到法场向她诀别时,却怕她受不起这惨痛的刺激,想避而不与她见面。这就把窦娥美好性格的两个方面都充分突出了。此外如李香君敢于面对势焰熏天的马士英、阮大铖,戟指痛骂,对受到奸党迫害的侯朝宗却爱护得无微不至;《赵氏孤儿》中的韩厥、公孙杵臼,《清忠谱》中的周顺昌、颜佩韦,在波澜迭起的悲剧冲突中,无不表现这种美好的性格特征。这种悲剧人物的美好性格,在激起人们对社会黑暗势力切齿痛恨的同时,就启发人们为维护正义的进步事业,爱护自己的同伴,直至牺牲个人生命,也在所不顾。马克思说:“应当让受现实压迫的人意识到压迫,从而使现实的压迫更加沉重;应当宣扬耻辱,使耻辱更加耻辱。……为了激起人民的勇气,必须使他们对自己大吃一惊。”(《〈黑格尔法哲学批判〉导言》)像窦娥、李香君、公孙杵臼、周顺昌这样品格崇高的人物,竟受到黑暗势力如此残酷的摧残,不能不使广大受现实压迫的人们大吃一惊,从而激起他们斗争的勇气。

我国古典悲剧人物的性格，多数是经过几代人不断的丰富、创造才完成的。这些人物性格在不同时代不同作家的笔下，有着不同的面貌。如从姚牧良的《精忠记》到冯梦龙的《精忠旗》，从刘兑的《金童玉女娇红记》到孟称舜的《节义鸳鸯冢娇红记》，从白朴的《梧桐雨》到洪昇的《长生殿》，其中人物形象，大都随着时代的进展，不断地丰富、发展，推陈出新。一般说来，这些悲剧人物形象的美感教育作用也越来越强烈。

第三，我国古典悲剧结构完整，富有变化。它们大都善于开展悲剧冲突，推进悲剧高潮，为剧中矛盾冲突的解决造成足够的情势，然后转向完满的结局。元人杂剧绝大多数以一本四折（有时加一楔子）演一人一事，一般是按照事件的开端、发展、高潮、结尾安排场次的，结构相当完整。但对内容复杂的故事，可以增加本数，有时达到六本二十四折，跟明清传奇差不多。宋元南戏和明清传奇，由于内容丰富，情节曲折，结构也因而宏伟，有时长至五六十出，但其中精警动人的场子也不过几出或十几出，在舞台上往往以折子戏出现。可见我国古典戏曲在长期的发展中，既有相当完整的结构，又随着题材内容的繁简与舞台演出的实际加以变化。悲剧如此，喜剧亦如此。

为了集中情节，突出主题，我国戏曲往往划分为大小不等而又具有相对独立性的段落演出。这些一段一段的情节，犹如散金碎玉，如何加以编排穿插，使之成为一件珠玉交辉的艺术品，便成了古代悲剧作者面临的大问题。悲喜相间，相反相成，使剧情在对比变化中前进，是古代悲剧作者一条成功的经验。高明的《琵琶记》是较早出现的采取这种结构的悲剧。蔡伯喈、赵五娘两位主角从第二出就登场了，第三出又出现了牛府的牛小姐。从这以后,一条线索是蔡伯喈进京,入赘牛府,享尽荣华富贵;另一条线索是赵五娘在家侍奉双亲,苦度灾年。这两条线索各划分成若干小段,交错发展,把下层人民在天灾人祸中的不幸遭遇,淋漓尽致地表现出来。这是一个典型的悲喜相间的悲剧结构。其他也有类似的情况,如洪昇的《长生殿》便是在安与危的对比中发展,一方面是杨玉环、李隆基的恋爱纠葛贯串始终,这是全剧的主线,另一方面是杨氏兄妹的专权、骄侈和安禄山对李唐王朝的叛变。这两条线索交错进行,在相反相成的悲剧结构中演出一代历史的兴亡面貌。就是那些没有两条明显相对照的线索的剧本,其情节结构往往也是相反相成的。如《窦娥冤》前面写窦娥的蒙冤,后面写为她洗冤;《桃花扇》前面写复社文人对阮大铖的打击,后面写阮大铖对他们的报复。没有冲突就没有戏,没有尖锐鲜明的悲剧冲突,就没有悲剧,悲与喜、合与离、胜与败、静与动、庄与谐、贫与富……这些生活中的矛盾现象,经过悲剧作者的提炼,通过相反相成的艺术结构表现出来,便产生强烈的悲剧艺术效果。

欧洲方面,希腊悲剧有不少以团圆结束,但到莎士比亚以后,就大都以剧中主人公的不幸收场。我国古典悲剧以大团圆结局的要比欧洲的多。这种结局,有的是剧情发展的结果,是戏剧结构完整性的表现,有的还表现斗争必将取得胜利的乐观主义精神,有的却表现折中、调和的倾向,让一个干尽坏事的恶人跟悲剧主人公同庆团圆,这自然要削弱悲剧动人的力量。

综观我国古典悲剧的结局,大致有三种情况。一种是由清官或开明君主出场,为民申冤。这在我国古典悲剧里是屡见不鲜的。我们这里选的十大悲剧,除了《汉宫秋》《娇红记》《长生殿》《桃花扇》，几乎都是在剧的结尾处，请出清官或好皇帝来，从而使主人公蒙受的冤屈得到申雪。这未免使观众对清官、好皇帝产生幻想，但也是我们的剧作家在那个历史环境中提出的一种比较现实的设计。另一种是让剧中主角在仙境或梦境里团圆。如《娇红记》的成仙，《梁山伯与祝英台》的化蝶，《长生殿》李、杨的月宫重圆；《汉宫秋》和《梧桐雨》的梦中暂聚，也可归入这一类。这些富有浪漫主义色彩的结局，虽是人们的一种幻觉或想象，却也有它现实生活的基础。它暗示人们：他们为之斗争的理想和要求，总有一天会得以实现。在上面两种结局之外，还有值得我们注意的一种，是让受迫害者的后代继续起来斗争，终于报了仇、雪了恨。《赵氏孤儿》就是这样结束的，《雷峰塔》的结局也有类似的味道。这较好地反映了现实生活里前仆后继的斗争，同时带有一定的理想色彩。

第四，曲词悲壮动人。别林斯基曾经指出："戏剧类的诗是诗底发展的最高阶段，是艺术的冠冕，而悲剧又是戏剧类的诗底最高阶段和冠冕。因此，悲剧包括戏剧类的诗底整个本质，容纳了它的一切因素，因而也有喜剧的因素在内。"（见《别林斯基论文学》，新文艺出版社一九五八年版，第一八七页）欧洲悲剧从希腊的埃斯库罗斯，中经维迦的《羊泉村》，到莎士比亚，大都以歌辞的悲壮动人。我国古典悲剧同样继承了我国优秀的诗传统，把它发展到新的阶段，即用宋元以来民间流行的北曲或南曲来写剧中人物的歌词。

作为诗剧，我国古典戏曲的曲词，虽然一般表现为往事的追述、情由的交代或环境的描摹，偏重于代言性的叙述，但不可否认，优秀的剧本，包括悲剧剧本，往往并不以此取胜，而是继承了我国长期以来抒情诗歌创作的传统,以它那广袤的抒情场面和深沉的感情激荡赢得了读者的心。古典悲剧在这方面取得的成就就更为显著,它的唱词不仅有利于烘托悲剧气氛,揭示人物的精神世界,完成对悲剧主人公形象的塑造,而且通过那悲壮激越的音乐唱腔,使观众在“物我两忘”的境界里获得高度的美的享受。

《礼记·乐记》在提出跟“治世之音安以乐”的安乐做比较的怨乐后,连带提出“亡国之音哀以思”的哀乐。这是值得我们注意的两种同样表现悲凉情调而强弱不同、风格有别的乐曲。前者表现为悲壮、愤怒,后者表现为哀愁、感伤。每当一个封建王朝衰亡的时候,政治越来越腐败黑暗,统治阶级内部有些面向现实、企图有所改革的诗人,他们的作品,如屈原的《离骚》《九章》,建安诗人的乐府歌行,主要表现为悲壮、愤怒,而宋元以来一些王朝倾覆士大夫的诗词则往往以哀愁、感伤的格调引起人们对于王朝倾覆的深思。我国古典诗歌这两种传统风格,在古典悲剧里同样得到继承。

在古典悲剧里,像窦娥在法场上唱的怨天怨地的〔端正好〕〔滚绣球〕曲,反驳监斩官的〔耍孩儿〕以下各曲,之所以如此震撼人心,是因为这些曲词没有逗留于个人悲痛情绪的倾诉,而是在倾诉个人不幸命运的同时,表现了对是非颠倒、善恶不分的社会现实的不满与反抗。它的风格是悲壮的,而不是愁苦的。曹雪芹写林黛玉在听到《牡丹亭》“游园”中〔皂罗袍〕〔山桃红〕这两支曲子时,那样心痛神驰,眼中落泪,因为像“良辰美景奈何天,赏心乐事谁家院”,“只为你如花美眷,似水流年,是答儿闲寻遍,在幽闺自怜”等曲词,在倾诉杜丽娘的幽怨的同时，还控诉了那把千千万万少女幽闭在深闺里的封建牢狱，表现当时青年妇女对封建礼教的沉哀积愤。

《娇红记》的“生离”出，当申纯知道王文瑞已将娇娘许嫁给帅公子时，他向娇娘诀别，要她勉强跟帅公子结婚，这引起娇娘极大的反感，她说：“兄丈夫也，堂堂六尺之躯，乃不能谋一妇人。……妾身不可再辱，既已许君，则君之身也。”接唱〔五般宜〕曲：“你做了男儿汉，直恁般情性懵，我和你结夫妻，恩深义重，怎下得等闲抛送，全无始终！”真正塑造得成功的悲剧人物，不能匍匐在恶势力面前啼啼哭哭、毫无反抗。这段悲壮的曲白写出了娇娘的强烈性格，她的悲剧形象就比申纯更动人。

我国戏曲史上一些传唱的悲凉曲调，如任屠在《任风子》里唱的“添酒力晚风凉，助杀气秋云暮”一曲，林冲在《宝剑记》里唱的“按龙泉血泪洒征袍”一曲，以及清初盛传的《长生殿》〔弹词〕长套，《千钟禄》〔倾杯玉芙蓉〕一曲，同样表现了悲壮的风格，使观众或读者在声情激越的曲调里与剧中人物的悲凉身世起共鸣，同时获得了悲剧的美的享受。

比之上引的悲壮动人的曲词，悲剧里一些哀愁感伤的曲词，比较地缺少激励人心的作用。然而悲剧不止一种场次，表现不同悲剧场次的曲词，不能只有一种风格。《琵琶记》的“糟糠自餍”“描容上路”等场子里赵五娘唱的曲词所以如此动人，显然不是由于它的悲壮、愤怒，恰恰由于它表现得那么哀愁、感伤，引起观众或读者的同情与深思。因为赵五娘所面对的是跟她处在同样艰难困苦中的蔡公、蔡婆，以及多次帮助她的张太公，而不是像窦娥所面对的监斩官、刽子手。

苍凉激越的北曲，有较多的表现悲剧主人公悲愤心情的曲调。徐渭说它是"辽金北鄙杀伐之音""善于鼓怒"，是不错的。南曲继承了词家缠绵宛转的格调，在表现悲剧主人公愁苦、感伤的心情上却有不少新的创造。试看《娇红记》"泣舟"里娇娘与申纯互诉悲情的下列曲子：

娇娘对申纯唱〔玉交枝〕曲：

我如今这红颜拼的为君绝，便死呵有甚伤嗟。……但郎气质孱弱，自来多病，身躯薄劣，怎当得千万折？怕误了你，怕误了你他年锦帐春风夜。

申纯对娇娘唱〔豆叶黄〕曲：

看香销玉减，病体哞嗻。再休想即世相逢，再休想即世相逢，做了波心捞月……

娇娘对申纯唱〔川拨棹〕曲：

今日个生离别，比着死别离，情更切。愿你此去，早寻佳配。休为我这数年间露柳风花，数年间露柳风花，误了你那一生的，一生的锦香绣月。

从加重点的这些地方看，它主要是通过重迭、回环、断而又续等句式，表现这一对生死恋人呜呜咽咽的哀音，声情密合，凑切动人。

当然，上列悲剧曲词的特点，并不能概括所有的悲剧。由于我国悲剧里往往插入喜剧性的场子，喜剧里有时也出现悲剧性的场面，更不能根据上面的分析，以为悲剧的曲词一定是悲壮、感伤的，喜剧的曲词一定是轻松愉快的。至于上面谈到的南北曲的不同作用，更只是大同中的小异，不能一概而论。

以上有关我国古典悲剧历史发展的叙述以及对其艺术

风貌的概括,只是我们对古典悲剧的一些初步认识。我们本来希望在马克思主义的历史科学和文艺理论指导下,在广泛阅读作品的基础上,对我国古代悲剧的发展和特点做一些总结性的概括。现在看来,由于时间的匆促、水平的局限,预定目的远远没有达到。我们诚恳地期待着广大读者和专家学者的指正。

窦娥冤

〔元〕关汉卿
朱光荣　注释
宁希元　审订

目　录

楔　子[1]

〔卜儿[2]蔡婆上，诗云〕花有重开日，人无再少年。不须长富贵，安乐是神仙。老身蔡婆婆是也，楚州[3]人氏，嫡亲三口儿家属。不幸夫主亡逝已过，止有一个孩儿，年长八岁，俺娘儿两个，过其日月，家中颇有些钱财。这里一个窦秀才，从去年问我借了二十两银子，如今本利该银四十两。我数次索取，那窦秀才只说贫难，没得还我。他有一个女儿，今年七岁，生得可喜，长得可爱，我有心看上他，与我家做个媳妇，就准了这四十两银子，岂不两得其便。他说今日好日辰，亲送女儿到我家来，老身且不索钱去，专在家中等候，这早晚窦秀才敢待来也。〔冲末[4]扮窦天章引正旦[5]扮端云上，诗云〕读尽缥缃[6]万卷书，可怜贫杀马相如[7]，汉庭一日承恩召，不说当垆说子虚。小生姓窦名天章，祖贯长安京兆[8]人也。幼习儒业，饱有文章；争奈[9]时运不通，功名未遂。不幸浑家[10]亡化已过，撇下这个女孩儿，小字端云，从三岁上亡了他母亲，如今孩儿七岁

明孟称舜曰："汉卿曲如繁弦促调，风雨骤集，读之觉音韵泠泠，不离耳上，所以称为大家。……《窦娥冤》剧词调快爽，神情悲悼，尤关之铮铮者也。"已看到它的悲剧性质。到王国维《宋元戏曲考》，就确定了它在世界悲剧史上的地位。

了也。小生一贫如洗,流落在这楚州居住。此间一个蔡婆婆,他家广有钱物,小生因无盘缠[11],曾借了他二十两银子,到今本利该对还他四十两。他数次问小生索取,教我把甚么还他,谁想蔡婆婆常常着人来说,要小生女孩儿做他儿媳妇。况如今春榜动,选场开[12],正待上朝取应[13],又苦盘缠缺少。小生出于无奈,只得将女孩儿端云送与蔡婆婆做儿媳妇去。〔做叹科[14],云〕嗨!这个那里是做媳妇?分明是卖与他一般。就准了他那先借的四十两银子,分外但得些少东西,勾小生应举之费,便也过望了。说话之间,早来到他家门首。婆婆在家么?〔卜儿上,云〕秀才请家里坐,老身等候多时也。〔做相见科,窦天章云〕小生今日一径的将女孩儿送来与婆婆,怎敢说做媳妇,只与婆婆早晚使用。小生目下就要上朝进取功名去,留下女孩儿在此,只望婆婆看觑则个[15]。〔卜儿云〕这等,你是我亲家了。你本利少我四十两银子,兀的是借钱的文书,还了你;再送你十两银子做盘缠。亲家,你休嫌轻少。〔窦天章做谢科,云〕多谢了婆婆,先少你许多银子都不要我还了,今又送我盘缠,此恩异日必当重报。婆婆,女孩儿早晚呆痴,看小生薄面,看觑女孩儿咱。〔卜儿云〕亲家,这不消你嘱付,令爱到我家,就做亲女儿一般看承他,你只管放心的去。〔窦天章云〕婆婆,端云孩儿该打呵,看小生面则骂几句;当骂呵,则处分[16]几句。孩儿,你也不比在我跟前,我是你亲爷,将就的你;你如今在这里,早晚若顽劣呵,你只讨那打骂吃。儿咏,我也是出于无奈。〔做悲科〕〔唱〕

对蔡婆是求情,对女儿是告诫,对自己是割恩忍痛,无可奈何,短短一段白,入情入理,三面俱到。

【仙吕·赏花时】我也只为无计营生四壁贫,因此上割舍得亲儿在两处分。从今日远践洛阳[17]尘,又不知归期定准,则落的无语暗消魂。〔下〕

〔卜儿云〕窦秀才留下他这女孩儿与我做媳妇儿,他一径上朝应举去了。〔正旦做悲科,云〕爹爹,你直下的[18]撇了我孩儿去也!〔卜儿云〕媳妇儿,你在我家,我是亲婆,你是亲媳妇,只当自家骨肉一般。你不要啼哭,跟着老身前后执料[19]去来。〔同下〕

〔1〕楔(xiē)子:木工用来塞紧器具隙缝的小木片。元杂剧通常一本四折,为了交代或联系剧情,有时加用楔子。用在剧首的,起序幕的作用;用在两折之间的,相当于过场戏。楔子一般只用一二支小曲,曲牌多用〔仙吕·赏花时〕或〔正宫·端正好〕。

〔2〕卜儿:元杂剧中扮演老妇人的角色名。

〔3〕楚州:宋楚州山阳郡,今江苏淮安一带。

〔4〕冲末:杂剧中男角称末。冲末为正末以外的重要角色,常在开场时上场。

〔5〕正旦:杂剧中女角叫旦。正旦为旦角中扮演正面人物的主角。

〔6〕缥缃:青白色的绸子叫缥,浅黄色的绸子叫缃。古人多用来包书或做书袋,后因用作书籍的代称。

〔7〕马相如:指司马相如,汉代文学家,早年贫困,曾在临邛(qióng)作客,与富豪卓王孙的孀女卓文君相爱,一起私奔。后在成都卖酒,文君当垆,相如涤器。不久,汉武帝读到他的《子虚赋》,欣赏他的文才,召他去做官。

〔8〕京兆:地名,指汉代长安及其附近一带。

〔9〕争奈:意为怎奈。

〔10〕浑家:妻子。

〔11〕盘缠:路费。这里指生活费用。

〔12〕春榜动,选场开:唐宋以来进士考试例在春季,因此叫春榜。选场,指试场。

〔13〕上朝取应:进京应考。

〔14〕科:杂剧术语,是剧本中动作、表情或舞台效果的提示。

〔15〕看觑则个:看觑,意为照顾。则个,语尾助词,表祈求希望的语气;若二字急读,则近如着、者、咱,多表命令或加重语气。

〔16〕处分:这里是吩咐、叮咛的意思。

〔17〕洛阳:古都名。这里泛指京都。

〔18〕下的:一作下得,意为舍得。

〔19〕执料:照料、照应。

第一折〔1〕

〔净扮赛卢医〔2〕上,诗云〕行医有斟酌,下药依《本草〔3〕》,死的医不活,活的医死了。自家姓卢,人道我一手好医,都叫做赛卢医。在这山阳县南门开着生药局。在城有个蔡婆婆，我问他借了十两银子，本利该还他二十两，数次来讨这银子，我又无的还他。若不来便罢，若来呵，我自有个主意。我且在这药铺中坐下，看有甚么人来？〔卜儿上，云〕老身蔡婆婆。我一向搬在山阳县居住，尽也静办[4]。自十三年前窦天章秀才留下端云孩儿与我做儿媳妇，改了他小名，唤做窦娥。自成亲之后，不上二年，不想我这孩儿害弱症死了。媳妇儿守寡，又早三个年头，服孝将除了也。我和媳妇儿说知，我往城外赛卢医家索钱去也。〔做行科，云〕蓦过隅头，转过屋角，早来到他家门首。赛卢医在家么？〔卢医云〕婆婆，家里来。〔卜儿云〕我这两个银子长远了，你还了我罢。〔卢医云〕婆婆，我家里无银子，你跟我庄上去取银子还你。〔卜儿云〕我跟你去。〔做行科〕〔卢医云〕来到此处，东也无人，西也无人，这里不下手，等甚么？我随身带的有绳子。兀那婆婆，谁唤你哩？〔卜儿云〕在那里？〔做勒卜儿科。孛老[5]同副净张驴儿冲上，赛卢医慌走下。孛老救卜儿科。张驴儿云〕爹，是个婆婆，争些勒杀了。〔孛老云〕兀那婆婆，你是那里人氏？姓甚名谁？因甚着这个人将你勒死？〔卜儿云〕老身姓蔡，在城人氏，止有个寡媳妇儿，相守过日。因为赛卢医少我二十两银子，今日与他取讨；谁想他赚我到无人去处，要勒死我，赖这银子。若不是遇

改名窦娥，为第四折窦天章审查案卷时不知窦娥即端云作伏线。向来文人重曲轻白，于此等处每每忽视。

着老的和哥哥呵，那得老身性命来。〔张驴儿云〕爹，你听的他说么？他家还有个媳妇哩。救了他性命，他少不得要谢我，不若你要这婆子，我要他媳妇儿，何等两便？你和他说去。〔孛老云〕兀那婆婆，你无丈夫，我无浑家，你肯与我做个老婆，意下如何？〔卜儿云〕是何言语！待我回家多备些钱钞相谢。〔张驴儿云〕你敢是不肯，故意将钱钞哄我？赛卢医的绳子还在，我仍旧勒死了你罢。〔做拿绳科〕〔卜儿云〕哥哥，待我慢慢地寻思咱。〔张驴儿云〕你寻思些甚么？你随我老子，我便要你媳妇儿。〔卜儿背云[6]〕我不依他，他又勒杀我。罢罢罢，你爷儿两个随我到家中去来。〔同下〕〔正旦上，云〕妾身姓窦，小字端云，祖居楚州人氏。我三岁上亡了母亲，七岁上离了父亲，俺父亲将我嫁与蔡婆婆为儿媳妇，改名窦娥。至十七岁与夫成亲，不幸丈夫亡化，可早三年光景，我今二十岁也。这南门外有个赛卢医，他少俺婆婆银子，本利该二十两，数次索取不还，今日俺婆婆亲自索取去了。窦娥也，你这命好苦也呵！〔唱〕

四只曲子写尽窦娥伶仃孤苦的身世，旧愁新恨的情怀。正是这种卑贱的社会地位，使她横遭侵暴，无辜受戮。

【仙吕·点绛唇】满腹闲愁，数年禁受，天知否？天若是知我情由，怕不待和天瘦。

【混江龙】则问那黄昏白昼，两般儿

忘餐废寝几时休？大都来昨宵梦里，和着这今日心头。地久天长难过遣，旧愁新恨几时休？则这业眼苦，双眉皱，越觉的情怀冗冗，心绪悠悠。

〔云〕似这等忧愁，不知几时是了也呵！〔唱〕

【油葫芦】莫不是八字儿[7]该载着一世忧，谁似我无尽头。须知道人心不似水长流。我从三岁母亲身亡后，到七岁与父分离久，嫁的个同住人，他可又拔着短筹[8]；撇的俺婆妇每[9]都把空房守，端的个有谁问，有谁偢？

【天下乐】莫不是前世里烧香不到头，今也波生[10]招祸尤，劝今人早将来世修。我将这婆侍养，我将这服孝[11]守，我言词须应口。

〔云〕婆婆索钱去了，怎生这早晚不见回来？〔卜儿同孛老张驴儿上〕〔卜儿云〕你爷儿两个且在门首，等我先进去。〔张驴儿云〕奶奶，你先进去，就说女婿在门首哩。〔卜儿见正旦科〕〔正旦云〕奶奶回来了，你吃饭么？〔卜儿做哭科，云〕孩儿也，你教我怎生说波！〔正旦唱〕

张驴儿父子闯进窦娥家，开始了悲剧冲突。

【一半儿】为甚么泪漫漫不住点儿

流？莫不是为索债与人家惹争斗？我这里连忙迎接慌问候，他那里要说缘由。〔卜儿云〕羞人答答的，教我怎生说波！〔正旦唱〕则见他一半儿徘徊一半儿丑。

〔云〕婆婆，你为甚么烦恼啼哭那？〔卜儿云〕我问赛卢医讨银子去，他赚我到无人去处，行起凶来，要勒死我。亏了一个张老并他儿子张驴儿，救得我性命。那张老就要我招他做丈夫，因这等烦恼。〔正旦云〕婆婆，这个怕不中么？你再寻思咱：俺家里又不是没有饭吃，没有衣穿，又不是少欠钱债，被人催逼不过；况你年纪高大，六十以外的人，怎生又招丈夫那？〔卜儿云〕孩儿也，你说的岂不是？但是我的性命全亏他这爷儿两个救的，我也曾说道：待我到家，多将些钱物酬谢你救命之恩。不知他怎生知道我家里有个媳妇儿，道我婆媳妇又没老公，他爷儿两个又没老婆，正是天缘天对。若不随顺他，依旧要勒死我。那时节我就慌张了，莫说自己许了他，连你也许了他。儿也，这也是出于无奈。〔正旦云〕婆婆，你听我说波。〔唱〕

【后庭花】遇时辰我替你忧，拜家堂我替你愁；梳着个霜雪般白鬏髻，怎将这云霞般锦帕兜？怪不的女大不中留。你如今六旬左右，可不道到中年万事休！旧恩爱一笔勾,新夫妻两意投,枉教人笑破口。

〔卜儿云〕我的性命都是他爷儿两个救的,事到如今,也顾不得别人笑话了。〔正旦唱〕

【青哥儿】你虽然是得他得他营救,须不是笋条[12]笋条年幼,刬的[13]便巧画蛾眉成配偶。想当初你夫主遗留,替你图谋,置下田畴,早晚羹粥,寒暑衣裘,满望你鳏寡孤独,无挨无靠,母子每到白头。公公也,则落得干生受[14]。

〔卜儿云〕孩儿也,他如今只待过门,喜事匆匆的,教我怎生回得他去?〔正旦唱〕

【寄生草】你道他匆匆喜,我替你倒细细愁:愁则愁兴阑珊咽不下交欢酒,愁则愁眼昏腾扭不上同心扣,愁则愁意朦胧睡不稳芙蓉褥。你待要笙歌引至画堂前,我道这姻缘敢落在他人后。

〔卜儿云〕孩儿也,再不要说我了,他爷儿两个都在门首等候,事已至此,不若连你也招了女婿罢。〔正旦云〕婆婆,你要招你自招,我并然不要女婿。〔卜儿云〕那个是要女婿的?争奈他爷儿两个自家挨过门来,教我如何是好?〔张驴儿云〕我们今日招过门去也。"帽儿光光[15],今日做个新郎;袖儿窄窄,今日做个娇客。"好女婿,好

前面三曲,通过窦娥对婆婆的指责,初步突出她倔强的性格。【寄生草】首尾以你怎样、我怎样的对句表现窦娥与婆婆的不同性格,中间以三句"愁则愁"起调的排句,表现窦娥对婆婆的深切关心,词采振拔,声调铿锵,而又切合剧中人物的情态,是曲词中的上品。

女婿，不枉了，不枉了。〔同孛老入拜科〕〔正旦做不理科，云〕兀那厮，靠后！〔唱〕

【赚煞】我想这妇人每休信那男儿口，婆婆也，怕没的贞心儿自守，到今日招着个村老子，领着个半死囚。〔张驴儿做嘴脸[16]科，云〕你看我爷儿两个这等身段，尽也选得女婿过。你不要错过了好时辰，我和你早些儿拜堂罢。〔正旦不理科，唱〕则被你坑杀人燕侣莺俦。婆婆也，你岂不知羞！俺公公撞府冲州，挣扎的铜斗儿家缘[17]百事有。想着俺公公置就，怎忍教张驴儿承受？〔张驴儿做扯正旦拜科，正旦推跌科，唱〕兀的不是俺没丈夫的妇女下场头。〔下〕

〔卜儿云〕你老人家不要恼躁，难道你有活命之恩，我岂不思量报你？只是我那媳妇儿气性最不好惹的，既是他不肯招你儿子，教我怎好招你老人家？我如今拼的好酒好饭养你爷儿两个在家，待我慢慢的劝化俺媳妇儿；待他有个回心转意，再作区处。〔张驴儿云〕这歪剌骨[18]便是黄花女儿[19]，刚刚扯的一把，也不消这等使性，平空的推了我一交，我肯干罢！就当面赌个誓与你：我今生今世不要他做老婆，我也不算好男子。〔词[20]云〕美妇人我见过万千向外[21]，不似这小妮子生得十分憃赖[22]；我救了你老性命死里重

生,怎割舍得不肯把肉身陪待?〔同下〕

〔1〕折:杂剧划分演唱场次的单位,相当于现代戏剧中的一幕。

〔2〕赛卢医:卢医是战国时代名医扁鹊。元剧往往叫庸医作“赛卢医”,带有讽刺的意味。

〔3〕《本草》:我国古代一部记载药物种类、性能的书。

〔4〕尽也静办:倒也清静。

〔5〕孛(bó)老:杂剧中扮老年男子的。

〔6〕背云:今之旁白。演员为了向观众作必要的表白,在舞台上背着别的角色说白。

〔7〕八字儿:代指命运。古人把人出生的年、月、日、时,根据天干地支排列起来,称为八字,以推测祸福。

〔8〕拔着短筹:抽到短签,意即短命。

〔9〕婆妇每:婆媳们。“每”,即现在的“们”字。

〔10〕今也波生:意为今生,“也波”是为了行腔需要的衬字。

〔11〕服孝:旧时代妻子死了丈夫,要为他穿三年孝服,叫作服孝。

〔12〕笋条:以竹的嫩芽比喻人的年青。

〔13〕刬(chǎn)的:无缘无故的。

〔14〕干生受:白辛苦。

〔15〕“帽儿光光”四句:宋元时人们在婚礼时对新郎打趣的话。

〔16〕做嘴脸:脸上做怪相。

〔17〕铜斗儿家缘:殷富的家财。

〔18〕歪剌骨:贱骨头,骂人的话。

〔19〕黄花女儿:未婚闺女。

〔20〕词:下场词。

〔21〕向外:以外。

〔22〕惫(bèi)赖:泼辣。

第二折

〔赛卢医上,诗云〕小子太医出身,也不知道医死多人,何尝怕人告发,关了一日店门?在城有个蔡家婆子,刚少他二十两花银,屡屡亲来索取,争些捻[1]断脊筋。也是我一时智短,将他赚到荒村,撞见两个不识姓名男子,一声嚷道:"浪荡乾坤,怎敢行凶撒泼,擅自勒死平民!"吓得我丢了绳索,放开脚步飞奔。虽然一夜无事,终觉失精落魂;方知人命关天关地,如何看做壁上灰尘。从今改过行业,要得灭罪修因[2],将以前医死的性命,一个个都与他一卷超度的经文。小子赛卢医的便是。只为要赖蔡婆婆二十两银子,赚他到荒僻去处,正待勒死他,谁想遇见两个汉子,救了他去。若是再来讨债时节,教我怎生见他?常言道的好:"三十六计,走为上计。"喜得我是孤身,又无家小连累,不若收拾了细软行李,打个包儿,悄悄的躲到别处,另做营生,岂不干净?〔张驴儿上,云〕自家张驴儿,可奈那窦娥百般的不肯随顺我;如今那老婆子害病,我讨服毒药与他吃了,药死那老婆子,这小妮子好歹做我的老婆。〔做行科,云〕且住,城里人耳目广,口舌多,倘见我讨毒药,可不嚷出事来?我前日看见南门外有个药铺,此处冷静,正好讨药。〔做到科,叫云〕太医哥哥,我来讨药的。〔赛卢医云〕你讨甚么药?〔张驴儿云〕我讨服毒药。〔赛卢医云〕谁敢合[3]毒药与你?这厮好大胆也。〔张驴儿云〕你真个不肯与我药么?〔赛卢医云〕我不与你,你就怎地我?〔张驴儿做拖卢云〕好呀,前日谋死蔡婆婆的,不是你来?你说我不认的你哩?我拖你见官去。〔赛卢医做慌科,云〕大哥,你放我,有药有药。〔做与药科,张驴儿云〕既然有了药,且饶你罢。正是:得放手时须放手,得饶人处且饶人。〔下〕〔赛卢医云〕可不悔气!刚刚讨药的这人,就是救那婆子的。我今日与了他这服毒药去了,以后事发,越越要连累我;趁早儿关上药铺,到涿州[4]卖老鼠药去也。〔下〕〔卜儿上,做病伏几科〕〔孛老同张驴儿上,云〕老汉自到蔡婆婆家来,本望做个接脚,却被他媳妇坚执不从。那婆婆一向收留俺爷儿两个在家同住,只说好事不在忙,等慢慢里劝转他媳妇,谁想他婆婆又害起病来。孩儿,你可曾算我两个的八字,红鸾天喜[5]几时到命哩?〔张驴儿云〕要看什么天喜到命!只赌本事,做得去自去做。〔孛老云〕孩儿也,蔡婆婆害病好几日了,我与你去问病波。〔做见卜儿问科,云〕婆婆,你今日病体如何?〔卜儿云〕我身子十分不快哩。〔孛老云〕你可想些甚

这几句对白既映带前文,又突出张驴儿的流氓习性。

么吃?〔卜儿云〕我思量些羊肚儿汤吃。〔孛老云〕孩儿,你对窦娥说,做些羊肚儿汤与婆婆吃。〔张驴儿向古门云〕窦娥,婆婆想羊肚儿汤吃,快安排将来。〔正旦持汤上,云〕妾身窦娥是也。有俺婆婆不快,想羊肚汤吃,我亲自安排了与婆婆吃去。婆婆也,我这寡妇人家,凡事也要避些嫌疑,怎好收留那张驴儿父子两个?非亲非眷的,一家儿同住,岂不惹外人谈议?婆婆也,你莫要背地里许了他亲事,连我也累做不清不洁的。我想这妇人心好难保也呵。〔唱〕

【南吕·一枝花】他则待一生鸳帐眠,那里肯半夜空房睡;他本是张郎妇,又做了李郎妻。有一等妇女每相随,并不说家克计[6],则打听些闲是非;说一会不明白打凤的机关[7],使了些调虚嚣捞龙的见识。

【梁州第七】这一个似卓氏般当垆涤器,这一个似孟光般举案齐眉[8];说的来藏头盖脚多伶俐,道着难晓,做出才知。旧恩忘却,新爱偏宜;坟头上土脉犹湿,架儿上又换新衣。那里有奔丧处哭倒长城[9]?那里有浣纱时甘投大水[10]?那里有上山来便化顽石[11]?可悲可耻,妇人家直恁的无仁义,多淫奔,少志气;亏杀前人在那里，更休说本性难移。

〔云〕婆婆，羊肚儿汤做成了，你吃些儿波。〔张驴儿云〕等我拿去。〔做接尝科，云〕这里面少些盐醋，你去取来。〔正旦下〕〔张驴儿放药科〕〔正旦上，云〕这不是盐醋？〔张驴儿云〕你倾下些。〔正旦唱〕

【隔尾】你说道少盐欠醋无滋味，加料添椒才脆美。但愿娘亲早痊济，饮羹汤一杯，胜甘露灌体，得一个身子平安倒大来[12]喜。

〔孛老云〕孩儿，羊肚汤有了不曾？〔张驴儿云〕汤有了，你拿过去。〔孛老将汤云〕婆婆，你吃些汤儿。〔卜儿云〕有累你。〔做呕科，云〕我如今打呕，不要这汤吃了，你老人家吃罢。〔孛老云〕这汤特做来与你吃的，便不要吃，也吃一口儿。〔卜儿云〕我不吃了，你老人家请吃。〔孛老吃科〕〔正旦唱〕

【贺新郎】一个道你请吃，一个道婆先吃，这言语听也难听，我可是气也不气！想他家与咱家有甚的亲和戚？怎不记旧日夫妻情意，也曾有百纵千随？婆婆也，你莫不为黄金浮世宝[13]，白发故人稀，因此上把旧恩情全不比新知契。则待要百年同墓穴，那里肯千里送寒衣。

对婆婆软弱动摇的讽刺，正表现窦娥的义重情深。

〔孛老云〕我吃下这汤去，怎觉昏昏沉沉的起来？〔做倒科〕〔卜儿慌科，云〕你老人家放精细着，你扎挣着些儿。〔做哭科，云〕兀的不是死了也！〔正旦唱〕

本调第四句以下可增加六字句，多少不拘，这为窦娥提供一个尽情倾泻的唱段。

【斗虾蟆】空悲戚，没理会，人生死，是轮回[14]。感着这般病疾，值着这般时势；可是风寒暑湿，或是饥饱劳役；各人证候自知，人命关天关地；别人怎生替得，寿数非干今世。相守三朝五夕，说甚一家一计。又无羊酒段匹，又无花红财礼；把手为活过日，撒手如同休弃。不是窦娥忤逆，生怕旁人论议。不如听咱劝你，认个自家悔气，割舍的一具棺材停置[15]，几件布帛收拾，出了咱家门里，送入他家坟地。这不是你那从小儿年纪指脚的夫妻[16]，我其实不关亲，无半点恓惶泪。休得要心如醉，意似痴，便这等嗟嗟怨怨，哭哭啼啼。

〔张驴儿云〕好也罗！你把我老子药死了，更待干罢！〔卜儿云〕孩儿，这事怎了也？〔正旦云〕我有什么药在那里？都是他要盐醋时，自家倾在汤儿里的。〔唱〕

【隔尾】这厮搬调咱老母收留你，自

药死亲爷待要唬吓谁?〔张驴儿云〕我家的老子,倒说是我做儿子的药死了,人也不信。〔做叫科,云〕四邻八舍听着:窦娥药杀我家老子哩。〔卜儿云〕罢么,你不要大惊小怪的,吓杀我也。〔张驴儿云〕你可怕么?〔卜儿云〕可知怕哩。〔张驴儿云〕你要饶么?〔卜儿云〕可知要饶哩。〔张驴儿云〕你教窦娥随顺了我,叫我三声嫡嫡亲亲的丈夫,我便饶了他。〔卜儿云〕孩儿也,你随顺了他罢。〔正旦云〕婆婆,你怎说这般言语?〔唱〕我一马难将两鞍鞴。想男儿在日,曾两年匹配,却教我改嫁别人,其实做不得。

〔张驴儿云〕窦娥,你药杀了俺老子,你要官休?要私休?〔正旦云〕怎生是官休?怎生是私休?〔张驴儿云〕你要官休呵,拖你到官司,把你三推六问[17],你这等瘦弱身子,当不过拷打,怕你不招认药死我老子的罪犯!你要私休呵,你早些与我做了老婆,倒也便宜了你。〔正旦云〕我又不曾药死你老子,情愿和你见官去来。〔张驴儿拖正旦、卜儿下〕〔净扮孤[18]引祗候[19]上,诗云〕我做官人胜别人,告状来的要金银;若是上司当刷卷[20],在家推病不出门。下官楚州太守桃杌是也。今早升厅坐衙,左右,喝撺厢[21]。〔祗候吆喝科〕〔张驴儿拖正旦、卜儿上,云〕告状,告状。〔祗候云〕拿过来。〔做跪见,孤亦跪科,云〕请起。〔祗候云〕相公,他是告状的,怎生跪着

几句插科打诨,勾勒出元代贪官污吏的丑恶嘴脸,虽夸张,却真实。正是官吏的贪赃枉法,决定了窦娥的悲剧结局。

他？〔孤云〕你不知道，但来告状的，就是我衣食父母。〔祗候吆喝科，孤云〕那个是原告？那个是被告？从实说来。〔张驴儿云〕小人是原告张驴儿，告这媳妇儿，唤做窦娥，合毒药下在羊肚汤儿里，药死了俺的老子。这个唤做蔡婆婆，就是俺的后母。望大人与小人做主咱。〔孤云〕是那一个下的毒药？〔正旦云〕不干小妇人事。〔卜儿云〕也不干老妇人事。〔张驴儿云〕也不干我事。〔孤云〕都不是，敢是我下的毒药来？〔正旦云〕我婆婆也不是他后母，他自姓张，我家姓蔡。我婆婆因为与赛卢医索钱，被他赚到郊外勒死；我婆婆却得他爷儿两个救了性命，因此我婆婆收留他爷儿两个在家，养膳终身，报他的恩德。谁知他两个倒起不良之心，冒认婆婆做了接脚，要逼勒小妇人做他媳妇。小妇人元是有丈夫的，服孝未满，坚执不从。适值我婆婆患病，着小妇人安排羊肚汤儿吃。不知张驴儿那里讨得毒药在身，接过汤来，只说少些盐醋，支转小妇人，暗地倾下毒药。也是天幸，我婆婆忽然呕吐，不要汤吃，让与他老子吃，才吃的几口，便死了。与小妇人并无干涉，只望大人高抬明镜，替小妇人做主咱。〔唱〕

【牧羊关】大人你明如镜，清似水，照妾身肝胆虚实。那羹本五味俱全，除了此百事不知。他推道尝滋味，吃下去便昏迷。不是妾讼庭上胡支对[22]，大人也，却教我平白地说甚的?

〔张驴儿云〕大人详情:他自姓蔡,我自姓张,他婆婆不招俺父亲接脚,他养我父子两个在家做甚么?这媳妇年纪儿虽小,极是个赖骨顽皮,不怕打的。〔孤云〕人是贱虫,不打不招。左右,与我选大棍子打着。〔祗候打正旦,三次喷水科〕〔正旦唱〕

“人是贱虫,不打不招”,深刻揭露了封建官僚严刑逼供的反动实质。

【骂玉郎】这无情棍棒教我挨不的。婆婆也,须是你自做下,怨他谁?劝普天下前婚后嫁婆娘每,都看取我这般傍州例[23]。

【感皇恩】呀!是谁人唱叫扬疾[24],不由我不魄散魂飞。恰消停,才苏醒,又昏迷。挨千般打拷,万种凌逼,一杖下,一道血,一层皮。

【采茶歌】打的我肉都飞,血淋漓,腹中冤枉有谁知!则我这小妇人毒药来从何处也?天那!怎么的覆盆不照太阳晖[25]!

〔孤云〕你招也不招?〔正旦云〕委的不是小妇人下毒药来。〔孤云〕既然不是你,与我打那婆子。〔正旦忙云〕住住住,休打我婆婆,情愿我招了罢。是我药死公公来。〔孤云〕既然招了,着他画了伏状[26],将枷来枷上,下在死囚牢里窦娥宁肯自己认罪，不愿连累婆婆，表现她性格的善良。

去。到来日判个斩字，押付市曹典刑[27]。〔卜儿哭科，云〕窦娥孩儿，这都是我送了你性命，兀的不痛杀我也！〔正旦唱〕

【黄钟尾】我做了个衔冤负屈没头鬼，怎肯便放了你好色荒淫漏面贼[28]！想人心不可欺，冤枉事天地知，争到头，竞到底，到如今待怎的？情愿认药杀公公，与了招罪。婆婆也，我怕把你来便打的，打的来恁的。我若是不死呵，如何救得你？〔随祗候押下〕

〔张驴儿做叩头科，云〕谢青天老爷做主！明日杀了窦娥，才与小人的老子报的冤。〔卜儿哭科，云〕明日市曹中杀窦娥孩儿也，兀的不痛杀我也！〔孤云〕张驴儿，蔡婆婆，都取保状，着随衙听候。左右，打散堂鼓，将马来，回私宅去也。〔同下〕

〔1〕捻(niǎn)：本字或当为撵，频繁催迫的意思。

〔2〕灭罪修因：谓减灭今世的罪孽，修造来世的福因。

〔3〕合：调合配制。

〔4〕涿(zhuō)州：今河北涿州。

〔5〕红鸾天喜：古代星相家的迷信说法，认为命里有红鸾星高照，主婚姻成就。天喜，意为吉日。

〔6〕家克计：克家计之倒文，指持家的办法。

〔7〕打凤的机关：与下句“捞龙的见识”同意，是指安排圈套，诱人中计受

骗的意思。

〔8〕举案齐眉：东汉时梁鸿、孟光夫妻相敬如宾，吃饭时，孟光把食案（有脚的小托盘）高举齐眉，表示对丈夫的敬重。

〔9〕哭倒长城：传说秦时杞梁修筑长城，劳累而死，其妻孟姜女千里送寒衣，伏尸大哭，哭倒了长城。

〔10〕浣纱时甘投大水：春秋时，伍子胥从楚国逃往吴国，在长江边遇到一个浣纱的女子，给他饭吃。临去时子胥对她叮咛，不要暴露自己的行迹，她为了表白援助子胥的诚意，就毅然投江而死。

〔11〕上山来便化顽石：指望夫石的故事。据说古时一位女子，日日登山，盼望丈夫归来，竟化为石。

〔12〕倒大来：倒大，十分、非常的意思。来，语助词。

〔13〕“黄金浮世宝”二句：当时成语，是说黄金为世俗所爱，而从小相交到白头的朋友却是少有的。这里是窦娥嘲讽蔡婆为了贪图眼前利益，忘了前夫恩爱的意思。

〔14〕轮回：迷信说法，谓人死后，依生前善恶，或转世为人，或堕入畜道，如车轮旋转，循环下去。

〔15〕“割舍的一具棺材停置”三句：旧本多误断为“割舍的一具棺材，停置几件布帛，收拾出了咱家门里”，今予改正。

〔16〕指脚的夫妻：结发夫妻。

〔17〕三推六问：反复推勘审问。

〔18〕净扮孤：净，杂剧角色名；孤，官员。

〔19〕祗候：本宋代武官名，元剧中指较高级的衙役。

〔20〕刷卷：清查案卷。

〔21〕喝撺厢：厢，一作箱。元代诉状先投于撺箱，开庭时，衙役大声吆喝，威吓打官司的人。

〔22〕胡支对：胡乱地支应，对付。

〔23〕傍州例：别州的案例，引申为例子、榜样。

〔24〕唱叫扬疾：高声叫喝。

〔25〕覆盆不照太阳晖：覆盖的瓦盆下阳光是照射不进去的，比喻衙门暗无天日。

〔26〕伏状：服罪的状子。

〔27〕市曹典刑：在闹市里执行死刑。

〔28〕漏面贼：疑为镂面贼，宋元时对充军配役的罪犯多在面上刺字。今经学者考证，“漏”为“陋”之通假字，“陋面贼”意为隐去真实面孔的奸贼。

第 三 折

本折为全剧高潮，悲愤激越，千古绝唱。

〔外[1]扮监斩官上，云〕下官监斩官是也。今日处决犯人，着做公的把住巷口，休放往来人闲走。〔净扮公人，鼓三通，锣三下科，刽子磨旗[2]、提刀、押正旦带枷上，刽子云〕行动些，行动些，监斩官去法场上多时了。〔正旦唱〕

【正宫·端正好】没来由犯王法，不提防遭刑宪，叫声屈动地惊天。顷刻间游魂先赴森罗殿，怎不将天地也生埋怨。

日月喻君临天下的皇帝，鬼神喻掌握百姓生杀大权的官吏，窦娥呼天抢地的哭号，对等级社会提出了最有力的控诉。

【滚绣球】有日月朝暮悬，有鬼神掌着生死权。天地也只合把清浊分辨，可怎生糊突了盗跖颜渊[3]：为善的受贫穷更命短，造恶的享富贵又寿延。天地也，做得个怕硬欺软，却元来也这般顺水推船。地也，你不分好歹何为地。天也，你错勘贤愚枉做天！哎，只落得两泪涟涟。

〔刽子云〕快行动些，误了时辰也。〔正旦唱〕

【倘秀才】则被这枷纽的我左侧右偏，人拥的我前合后偃。我窦娥向哥哥行[4]有句言。〔刽子云〕你有甚么话说？〔正旦唱〕前街里去心怀恨，后街里去死无冤，休推辞路远。

〔刽子云〕你如今到法场上面，有甚么亲眷要见的，可教他过来见你一面也好。〔正旦唱〕

【叨叨令】可怜我孤身只影无亲眷，则落的吞声忍气空嗟怨。〔刽子云〕难道你爷娘家也没的？〔正旦云〕止有个爹爹，十三年前上朝取应去了，至今杳无音信。〔唱〕早已是十年多不睹爹爹面。〔刽子云〕你适才要我往后街里去，是什么主意？〔正旦唱〕怕则怕前街里被我婆婆见。

〔刽子云〕你的性命也顾不得，怕他见怎的？〔正旦云〕俺婆婆若见我披枷带锁赴法场餐刀去呵，〔唱〕枉将他气杀也么哥，枉将他气杀也么哥。告哥哥，临危好与人行方便。

〔卜儿哭上科，云〕天那，兀的不是我媳妇儿！〔刽子云〕婆子靠后。〔正旦云〕既是俺婆婆

自身死难临头，还只想着减轻他人的苦痛。作者以细腻的笔触，写出了悲剧主人公心地的善良。

来了,叫他来,待我嘱付他几句话咱。〔刽子云〕那婆子,近前来,你媳妇要嘱付你话哩。〔卜儿云〕孩儿,痛杀我也。〔正旦云〕婆婆,那张驴儿把毒药放在羊肚儿汤里,实指望药死了你,要霸占我为妻。不想婆婆让与他老子吃,倒把他老子药死了。我怕连累婆婆,屈招了药死公公,今日赴法场典刑。婆婆,此后遇着冬时年节,月一十五,有瀽[5]不了的浆水饭,瀽半碗儿与我吃;烧不了的纸钱,与窦娥烧一陌儿[6]。则是看你死的孩儿面上。〔唱〕

死后但愿求得半碗凉浆,一陌纸钱,还要看在死去丈夫的身上,写尽童养媳身世的凄凉。

【快活三】念窦娥葫芦提[7]当罪愆,念窦娥身首不完全,念窦娥从前已往干家缘;婆婆也,你只看窦娥少爷无娘面。

【鲍老儿】念窦娥伏侍婆婆这几年,遇时节将碗凉浆奠;你去那受刑法尸骸上烈些纸钱,只当把你亡化的孩儿荐。〔卜儿哭科,云〕孩儿放心,这个老身都记得。天那,兀的不痛杀我也。〔正旦唱〕婆婆也,再也不要啼啼哭哭,烦烦恼恼,怨气冲天。这都是我做窦娥的没时没运,不明不暗,负屈衔冤。

〔刽子做喝科,云〕兀那婆子靠后,时辰到了也。〔正旦跪科〕〔刽子开枷科〕〔正旦云〕窦娥告监斩大人,有一事肯依窦娥,便死而无怨。〔监斩官云〕你有什么事？你说。〔正旦云〕要一领净席，等我窦娥站立，又要丈二白练，挂在旗枪[8]上。若是我窦娥委实冤枉，刀过处头落，一腔热血休半点儿沾在地下，都飞在白练上者。〔监斩官云〕这个就依你，打甚么不紧[9]。〔刽子做取席，站科，又取白练挂旗上科〕〔正旦唱〕

【耍孩儿】不是我窦娥罚下这等无头愿，委实的冤情不浅。若没些儿灵圣与世人传，也不见得湛湛青天。我不要半星热血红尘洒，都只在八尺旗枪素练悬。等他四下里皆瞧见，这就是咱苌弘化碧[10]，望帝啼鹃[11]。

〔刽子云〕你还有甚的说话，此时不对监斩大人说，几时说那？〔正旦再跪科，云〕大人，如今是三伏天道，若窦娥委实冤枉，身死之后，天降三尺瑞雪，遮掩了窦娥尸首。〔监斩官云〕这等三伏天道，你便有冲天的怨气，也召不得一片雪来，可不胡说！〔正旦唱〕

【二煞】你道是暑气暄，不是那下雪天；岂不闻飞霜六月因邹衍[12]？若果有一腔怨气喷如火，定要感的六出冰花滚似绵，免着我尸骸现；要什么素车白马[13]，断送出古陌荒阡？

〔正旦再跪科，云〕大人，我窦娥死的委实冤

关汉卿认为“湛湛青天不可欺”，含冤的死者必将显灵显圣。这种信念是从“人命关天关地”出发的。它虽然没有摆脱古代人“天人感应”的唯心思想，但表现了天从人愿、人定胜天的积极精神，跟统治阶级用以愚弄人民的宿命论思想有本质上的不同。后来三个誓愿的一一感应，都从这种想法出发。它是作者浪漫主义创作的思想基础。

枉，从今以后，着这楚州亢旱三年。〔监斩官云〕打嘴！那有这等说话！〔正旦唱〕

【一煞】你道是天公不可期，人心不可怜，不知皇天也肯从人愿。做甚么三年不见甘霖降？也只为东海曾经孝妇冤[14]。如今轮到你山阳县。这都是官吏每无心正法，使百姓有口难言。

〔刽子做磨旗科，云〕怎么这一会儿天色阴了也？〔内做风科，刽子云〕好冷风也！〔正旦唱〕

浮云蔽日，阴风怒号，白雪纷飞，一片悲剧气氛，舞台效果同剧情密切配合。

【煞尾】浮云为我阴，悲风为我旋，三桩儿誓愿明题遍。〔做哭科，云〕婆婆也，直等待雪飞六月，亢旱三年呵，〔唱〕那其间才把你个屈死的冤魂这窦娥显。

〔刽子做开刀，正旦倒科〕〔监斩官惊云〕呀，真个下雪了，有这等异事！〔刽子云〕我也道平日杀人，满地都是鲜血，这个窦娥的血，都飞在那丈二白练上，并无半点落地，委实奇怪。〔监斩官云〕这死罪必有冤枉，早两桩儿应验了，不知亢旱三年的说话，准也不准？且看后来如何。左右，也不必等待雪晴，便与我抬他尸首，还了那蔡婆婆去罢。〔众应科，抬尸下〕

〔1〕外：外末的省称，是正末以外的次要男角。有时也作外旦、外净的

省称。

〔2〕磨旗：挥旗开路。

〔3〕盗跖颜渊：盗跖，春秋时奴隶起义的头领，是所谓的“大盗”；颜渊，孔子的弟子，是贤者的典型。

〔4〕哥哥行(háng)：意为哥哥那里。行，指示方位词，一般用在人称或自称名词后面。

〔5〕瀽(jiǎn)：倾、倒。这里指祭奠死者的酒、饭。

〔6〕一陌儿：陌通百。这里指一串儿纸钱。

〔7〕葫芦提：意为糊里糊涂。

〔8〕旗枪：旗杆上装有枪头的旗子。

〔9〕打甚么不紧：意为没有什么要紧。

〔10〕苌(cháng)弘化碧：苌弘，传说中周朝的忠臣，死后三年，其血化为绿色的美玉。

〔11〕望帝啼鹃：古代传说中蜀王望帝，死后变成杜鹃鸟，日夜悲啼。

〔12〕飞霜六月因邹衍：邹衍是战国时燕惠王的忠臣，被人诬告下狱，仰天大哭，时值六月，天为降霜。

〔13〕素车白马：古代送葬的车马。

〔14〕东海曾经孝妇冤：汉时东海郡寡妇周青，孝顺婆婆。后婆婆因事自缢，周青被诬下狱，郡守不察，判处周青死刑，东海因之大旱三年。

第四折

〔窦天章冠带引丑[1]张千祗从上，诗云〕独立空堂思黯然，高峰月出满林烟，非关有事人难睡，自是惊魂夜不眠。老夫窦天章是也。自离了我那端云孩儿,可早十六年光景。老夫自到京师,一举及第,官拜参知政事[2]。只因老夫廉能清正,节操坚刚,谢圣恩可怜,加老夫两淮提刑肃政廉访使[3]之职,随处审囚刷卷,体察滥官污吏,容老夫先斩后奏。老夫一喜一悲,喜呵,老夫身居台省,职掌刑名,势剑金牌[4],威权万里;悲呵,有端云孩儿,七岁上与了蔡婆婆为儿媳妇,老夫自得官之后,使人往楚州问蔡婆婆家,他邻里街坊道,自当年蔡婆婆不知搬在那里去了,至今音信皆无。老夫为端云孩儿,啼哭的眼目昏花,忧愁须发斑白。今日来到这淮南地面,不知这楚州为何三年不雨?老夫今在这州厅安歇。张千,说与那州中大小属官,今日免参,明日早见。〔张千向古门云〕一应大小属官,今日免参,明日早见。〔窦天章云〕张千,说与那六房吏典[5],但有合刷照文卷,都将来,待老夫灯下看几宗波。〔张千送文卷科,窦天章云〕张千,你与我掌上灯,你每都辛苦了,自去歇息罢。我唤你便来,不唤你休来。〔张千点灯,同祗从下。窦天章云〕我将这文卷看几宗咱。一起犯人窦娥,将毒药致死公公。我才看头一宗文卷,就与老夫同姓,这药死公公的罪名,犯在十恶不赦[6],俺同姓之人,也有不畏法度的。这是问结了的文书,不看他罢。我将这文卷压在底下,别看一宗咱。〔做打呵欠科,云〕不觉的一阵昏沉上来,皆因老夫年纪高大,鞍马劳

得官后即去寻访,交待了场外的情节,补填了故事中的漏洞。

困之故，待我搭伏定书案，歇息些儿咱。〔做睡科，魂旦上，唱〕

【双调·新水令】我每日哭啼啼守住望乡台[7]，急煎煎把仇人等待，慢腾腾昏地里走，足律律[8]旋风中来，则被这雾锁云埋，撺掇的鬼魂快。

窦娥死后仍不忘雪冤报仇。

〔魂旦望科，云〕门神户尉[9]不放我进去。我是廉访使窦天章女孩儿，因我屈死，父亲不知，特来托一梦与他咱。〔唱〕

【沉醉东风】我是那提刑的女孩，须不比现世的妖怪。怎不容我到灯影前，却拦截在门桯[10]外？〔做叫科，云〕我那爷爷呵，〔唱〕枉自有势剑金牌，把俺这屈死三年的腐骨骸，怎脱离无边苦海。

〔做入见哭科，窦天章亦哭科，云〕端云孩儿，你在那里来？〔魂旦虚下〕〔窦天章做醒科，云〕好是奇怪也，老夫才合眼去，梦见端云孩儿恰便似来我跟前一般，如今在那里？我且再看这文卷咱。〔魂旦上，做弄灯科〕〔窦天章云〕奇怪，我正要看文卷，怎生这灯忽明忽灭的！张千也睡着了，我自己剔灯咱。〔做剔灯，魂旦翻文卷科，窦天章云〕我剔的这灯明了也。再看几宗文卷。一起犯人窦娥药死公公。〔做疑怪科，云〕这一宗文卷，我为头看过，压在文卷底下，怎生又在这上头？这儿时问结了的，还压在底下，我别看一宗文卷波。〔魂旦再弄灯科，窦天章云〕怎么，这灯又是半明半暗的，我再剔这灯咱。〔做剔灯，魂旦再翻文卷科，窦天章云〕我剔的这灯明了，我另拿一宗文卷看咱。一起犯人窦娥药死公公。呸！好是奇怪！我才将这文书分明压在底下，刚剔了这灯，怎生又翻在面上？莫不是楚州后厅里有鬼么？便无鬼呵，这桩事必有冤枉。将这文卷再压在底下，待我另看一宗如何？〔魂旦又弄灯科，窦天章云〕怎生这灯又不明了？敢有鬼弄这灯？我再剔一剔去。〔做剔灯科，魂旦上，做撞见科，窦天章举剑击桌科，云〕呸！我说有鬼！兀那鬼魂，老夫是朝廷钦差带牌走马肃政廉访使，你向前来，一剑挥之两段。张千，亏你也睡的着，快起来，有鬼有鬼。兀的不吓杀老夫也。〔魂旦唱〕

【乔牌儿】则见他疑心儿胡乱猜，听了我这哭声儿转惊骇。哎，你个窦天章直恁的威风大，且受你孩儿窦娥这一拜[11]。

〔窦天章云〕兀那鬼魂，你道窦天章是你父亲，受你孩儿窦娥拜，你敢错认了也！我的女儿叫做端云，七岁上与了蔡婆婆为儿媳妇。你是窦娥，名字差了，怎生是我女孩儿？〔魂旦云〕父亲，你将我与了蔡婆婆家，改名做窦娥了也。〔窦天章云〕你便是端云孩儿，我不问你别的，这药死公公，是你不是？〔魂旦云〕是你孩儿来。〔窦天章云〕嗤声,你这小妮子,老夫为你啼哭的眼也花了,忧愁的头也白了,你划地犯了十恶大罪,受了典刑。我今日官居台省,职掌刑名,来此两淮审囚刷卷,体察滥官污吏,你是我亲生之女,老夫将你治不的,怎治他人?我当初将你嫁与他家呵,要你三从四德:三从者,在家从父,出嫁从夫,夫死从子。四德者,事公姑,敬夫主,和妯娌,睦街坊。今三从四德全无,划地犯了十恶大罪。我窦家三辈无犯法之男,五世无再婚之女,到今日被你辱没祖宗世德,又连累我的清名。你快与我细吐真情,不要虚言支对,若说的有半厘差错,牒发[12]你城隍祠内,着你永世不得人身,罚在阴山,永为饿鬼。〔魂旦云〕父亲停嗔息怒,暂罢狼虎之威,听你孩儿慢慢的说一遍咱。我三岁上亡了母亲,七岁上离了父亲,你将我送与蔡婆婆做儿媳妇。至十七岁与夫配合,才得两年,不幸儿夫亡化,和俺婆婆守寡。这山阳县南门外有个赛卢医,他少俺婆婆二十两银子。俺婆婆去取讨,被他赚到郊外,要将婆婆勒死,不想撞见张驴儿父子两个,救了俺婆婆性命。那张驴儿知道我家有个守寡的媳妇,便道:“你婆儿媳妇既无丈夫,不若招我父子两个。”俺婆婆初也不肯,那张驴儿道:“你若不肯,我依旧勒死你。”俺婆婆惧怕,不得已含糊许了。只得将他父子两个领到家中,养他过世。有张驴儿数次调戏你女孩儿,我坚执不

窦娥诉冤,前后三遍,既是剧情发展的需要,又是必要的重复。

从。那一日俺婆婆身子不快，想羊肚儿汤吃，你孩儿安排了汤。适值张驴儿父子两个问病，道："将汤来我尝一尝。"说："汤便好，只少些盐醋。"赚的我去取盐醋，他就暗地里下了毒药，实指望药杀俺婆婆，要强逼我成亲。不想俺婆婆偶然发呕，不要汤吃，却让与老张吃，随即七窍流血药死了。张驴儿便道："窦娥药死了俺老子，你要官休要私休？"我便道："怎生是官休？怎生是私休？"他道："要官休，告到官司，你与俺老子偿命。若私休，你便与我做老婆。"你孩儿便道："好马不鞴双鞍，烈女不更二夫，我至死不与你做媳妇，我情愿和你见官去。"他将你孩儿拖到官中，受尽三推六问，吊拷绷扒〔13〕，便打死孩儿也不肯认。怎当州官见你孩儿不认，便要拷打俺婆婆；我怕婆婆年老，受刑不起，只得屈认了。因此押赴法场，将我典刑。你孩儿对天发下三桩誓愿：第一桩要丈二白练挂在旗枪上，若系冤枉，刀过头落，一腔热血休滴在地下，都飞在白练上；第二桩，现今三伏天道，下三尺瑞雪，遮掩你孩儿尸首；第三桩，着他楚州大旱三年。果然血飞上白练，六月下雪，三年不雨，都是为你孩儿来。〔诗云〕不告官司只告天，心中怨气口难言，防他老母遭刑宪，情愿无辞认罪愆。三尺琼花骸骨掩，一腔鲜血练旗悬，岂独霜飞邹衍屈，今朝方表窦娥冤。〔唱〕

【雁儿落】你看这文卷曾道来不道

来,则我这冤枉要忍耐如何耐?我不肯顺他人,倒着我赴法场;我不肯辱祖上,倒把我残生坏。

【得胜令】呀,今日个搭伏定摄魂台〔14〕,一灵儿怨哀哀。父亲也,你现掌着刑名事,亲蒙圣主差。端详这文册,那厮乱纲常当合败。便万剐了乔才,还道报冤仇不畅怀。

〔窦天章做泣科,云〕哎,我屈死的儿也,则被你痛杀我也!我且问你:这楚州三年不雨,可真个是为你来?〔魂旦云〕是为你孩儿来。〔窦天章云〕有这等事!到来朝我与你做主。〔诗云〕白头亲苦痛哀哉,屈杀了你个青春女孩,只恐怕天明了你且回去,到来日我将文卷改正明白。〔魂旦暂下〕〔窦天章云〕呀,天色明了也。张千,我昨日看几宗文卷,中间有一鬼魂来诉冤枉。我唤你好几次,你再也不应,直恁的好睡那。〔张千云〕我小人两个鼻子孔一夜不曾闭,并不听见女鬼诉什么冤状,也不曾听见相公呼唤。〔窦天章做叱科,云〕嗯,今早升厅坐衙,张千,喝撺厢者。〔张千做吆喝科,云〕在衙人马平安,抬书案。〔禀云〕州官见。〔外扮州官入参科〕〔张千云〕该房吏典见。〔丑扮吏入参见科〕〔窦天章问云〕你这楚州一郡,三年不雨,是为着何来?〔州官云〕

糊涂才会升任，原来连你这廉访使也不明白。

这个是天道亢旱，楚州百姓之灾，小官等不知其罪。〔窦天章做怒科，云〕你等不知罪么！那山阳县有用毒药谋死公公犯妇窦娥，他问斩之时，曾发愿道："若是果有冤枉，着你楚州三年不雨，寸草不生。"可有这件事来？〔州官云〕这罪是前升任桃州守问成的，现有文卷。〔窦天章云〕这等糊突的官，也着他升去！你是继他任的，三年之中，可曾祭这冤妇么？〔州官云〕此犯系十恶大罪，元不曾有祠，所以不曾祭得。〔窦天章云〕昔日汉朝有一孝妇守寡，其姑自缢身死，其姑女告孝妇杀姑。东海太守将孝妇斩了。只为一妇含冤，致令三年不雨。后于公治狱，仿佛见孝妇抱卷哭于厅前，于公将文卷改正，亲祭孝妇之墓，天乃大雨。今日你楚州大旱，岂不正与此事相类？张千，分付该房佥牌下山阳县，着拘张驴儿、赛卢医、蔡婆婆一起人犯，火速解审，毋得违误片刻者。〔张千云〕理会的。〔下〕〔丑扮解子押张驴儿、蔡婆婆，同张千上，禀云〕山阳县解到审犯听点。〔窦天章云〕张驴儿。〔张驴儿云〕有。〔窦天章云〕蔡婆婆。〔蔡婆婆云〕有。〔窦天章云〕怎么赛卢医是紧要人犯不到？〔解子云〕赛卢医三年前在逃，一面着广捕批缉拿去了，待获日解审。〔窦天章云〕张驴儿，那蔡婆婆是你的后母么？〔张驴儿云〕母亲好冒认的？委实是。〔窦天章云〕这药死你父亲的毒药，卷上不见有合药的人,是那个的毒药?〔张驴儿云〕是窦娥自合就的毒药。〔窦天章云〕这毒药必有一个卖药的医铺,想窦娥是个少年寡妇,那里讨这药来?张驴儿,敢是你合的毒药么?〔张驴儿云〕若是小人合的毒药,不药别人,倒药死自家老子?〔窦天章云〕我那屈死的儿嗏,这一节是紧要公案,你不自来折辩,怎得一个明白,你如今冤魂却在那里?〔魂旦上,云〕张驴儿,这药不是你合的,是那个合的?〔张驴儿做怕科,云〕有鬼有鬼,撮盐入水[15],太上老君,急急如律令,敕。〔魂旦云〕张驴儿,你当日下毒药在羊肚儿汤里,本意药死俺婆婆,要逼勒我做浑家,不想俺婆婆不吃,让与你父亲吃,被药死了,你今日还敢赖哩!〔唱〕

【川拨棹】猛见了你这吃敲材[16],我只问你这毒药从何处来?你本意待暗里栽排,要逼勒我和谐,倒把你亲爷毒害,怎教咱替你耽罪责!

〔魂旦做打张驴儿科〕〔张驴儿做避科,云〕太上老君,急急如律令,敕。大人说这毒药必有个卖药的医铺,若寻得这卖药的人来,和小人折对,死也无词。〔丑扮解子解赛卢医上,云〕山阳县续解到犯人一名赛卢医。〔张千喝云〕当面。〔窦天章云〕你三年前要勒死蔡婆婆,赖他银子,这事怎么说?〔赛卢医叩头科,云〕小的要赖蔡婆婆银子的情是有的,当被两个汉子救了,那婆原来做昧心事的正是念佛吃斋人。

婆并不曾死。〔窦天章云〕这两个汉子你认的他叫做什么名姓?〔赛卢医云〕小的认便认的,慌忙之际,可不曾问的他名姓。〔窦天章云〕现有一个在阶下,你去认来。〔赛卢医做下认科,云〕这个是蔡婆婆。〔指张驴儿云〕想必这毒药事发了。〔上云〕是这一个,容小的诉禀:当日要勒死蔡婆婆时,正遇见他爷儿两个,救了那婆婆去。过得几日,他到小的铺中讨服毒药,小的是念佛吃斋人,不敢做昧心的事,说道:"铺中只有官料药,并无什么毒药。"他就睁着眼道:"你昨日在郊外要勒死蔡婆婆,我拖你见官去。"小的一生最怕的是见官,只得将一服毒药与了他去。小的见他生相是个恶的,一定拿这药去药死了人,久后败露,必然连累,小的一向逃在涿州地方,卖些老鼠药。刚刚是老鼠被药杀了好几个,药死人的药,其实再也不曾合。〔魂旦唱〕

【七弟兄】你只为赖财,放乖,要当灾。〔带云〕这毒药呵,〔唱〕原来是你赛卢医出卖张驴儿买,没来由填做我犯由牌[17],到今日官去衙门在。

〔窦天章云〕带那蔡婆婆上来。我看你也六十外人了,家中又是有钱钞的,如何又嫁了老张,做出这等事来?〔蔡婆婆云〕老妇人因为他爷儿两个救了我的性命,收留他在家养膳过世;那张驴儿常说要将他老子接脚进来,老妇人并不曾许他。〔窦天章云〕这等说，你那媳妇就不该认做药死公公了。〔魂旦云〕当日问官要打俺婆婆，我怕他年老受刑不起，因此咱认做药死公公，委实是屈招个！〔唱〕

【梅花酒】你道是咱不该，这招状供写的明白。本一点孝顺的心怀，倒做了惹祸的胚胎。我只道官吏每还复勘，怎将咱屈斩首在长街！第一要素旗枪鲜血洒，第二要三尺雪将死尸埋，第三要三年旱示天灾，咱誓愿委实大。

【收江南】呀，这的是衙门，从古向南开就中无个不冤哉。痛杀我娇姿弱体闭泉台，早三年以外，则落的悠悠流恨似长淮。

“衙门从古向南开，就中无个不冤哉”两句，表现作者对封建官府的强烈抨击。

〔窦天章云〕端云儿也，你这冤枉我已尽知，你且回去。待我将这一起人犯，并原问官吏，另行定罪，改日做个水陆道场[18]，超度你升天便了。〔魂旦拜科，唱〕

【鸳鸯煞尾】从今后把金牌势剑从头摆，将滥官污吏都杀坏，与天子分忧，万民除害。〔云〕我可忘了一件，爹爹，俺婆婆年纪高大，无人侍养，你可收恤家中，替你孩儿尽养生送死之礼，我便九泉之下，可也瞑目。〔窦天章云〕好孝顺的儿也。〔魂旦唱〕嘱付你爹爹，收养

寄希望于“清官”来为“万民除害”，一定程度反映人民愿望，但这种政治社会理想，没有超出封建主义的范围。

我奶奶,可怜他无妇无儿谁管顾年衰迈。再将那文卷舒开,〔带云〕爹爹,也把我窦娥名下,〔唱〕屈死的于伏罪名儿改。〔下〕

〔窦天章云〕唤那蔡婆婆上来。你可认得我么?〔蔡婆婆云〕老妇人眼花了,不认的。〔窦天章云〕我便是窦天章。适才的鬼魂,便是我屈死的女孩儿端云。你这一行人,听我下断:张驴儿毒杀亲爷,奸占寡妇,合拟凌迟[19],押付市曹中,钉上木驴[20],剐一百二十刀处死。升任州守桃杌,并该房吏典,刑名违错,各杖一百,永不叙用。赛卢医不合赖钱勒死平民,又不合修合毒药,致伤人命,发烟瘴地面,永远充军。蔡婆婆我家收养,窦娥罪改正明白。〔词云〕莫道我念亡女与他灭罪消愆,也只可怜见楚州郡大旱三年。昔于公曾表白东海孝妇,果然是感召得灵雨如泉。岂可便推诿道天灾代有,竟不想人之意感应通天。今日个将文卷重行改正,方显的王家法不使民冤。

题目[21] 秉鉴持衡[22]廉访法

正名 感天动地窦娥冤

〔1〕丑:杂剧角色名。

〔2〕参知政事:元代官名,从二品,相当于副宰相。

〔3〕提刑肃政廉访使:至元初,全国各道设提刑按察使,至元二十八年(1291)改肃政廉访使,正三品,掌管各地吏治、刑狱等事。剧中二名混用,说

明此剧当作于此年后不久。

〔4〕势剑金牌:势剑,皇帝所赐的宝剑。金牌,元制,武官万户佩金虎符,千户佩金符。这里表示官员地位很高、权势很大。

〔5〕六房吏典:衙门里主管吏、户、兵、刑、工、礼各部门事务的吏员。

〔6〕十恶不赦:《元史·刑法志》所列十恶为谋反、谋大逆、谋叛、恶逆、不道、大不敬、不孝、不睦、不义、内乱。

〔7〕望乡台:迷信说法,阴间有望乡台,死者于此可以望见故乡。

〔8〕足律律:拟声词,状风声。

〔9〕门神户尉:旧时大门上贴有门丞和户尉的神像,据说可以驱除鬼邪。

〔10〕门桯(tīng):门槛。

〔11〕本句原作“且受我窦娥这一拜”,据下面窦天章说白增改。

〔12〕牒发:用官署的文书押送。

〔13〕吊拷绷扒:将犯人剥去上衣,捆绑起来,高吊拷打。

〔14〕摄魂台:迷信说法,摄伏死者魂灵的台舍。

〔15〕“有鬼有鬼,撮盐入水”四句:这是模仿道士念咒语驱鬼的动作和声口。道士骗人作法时,在室中乱洒盐水,口念“太上老君,急急如律令,敕”。太上老君,传说中道家的始祖老子。

〔16〕吃敲材:该死的东西。元时杖杀叫敲。

〔17〕犯由牌:揭示犯人罪状的牌子。

〔18〕水陆道场:迷信者设斋供奉水陆众生、超度死者的宗教仪式。

〔19〕凌迟:指剐刑,一刀一刀慢慢剐割,使受刑者受尽痛苦死去,这是古代的一种酷刑。

〔20〕木驴:固定犯人手足的木制刑具,执行死刑时用。

〔21〕题目:杂剧结尾,例用两句或四句对语概括全剧内容,前面的叫“题目”,后面的叫“正名”。“正名”即剧名。

〔22〕秉鉴持衡:鉴,镜子;衡,秤。封建官吏常标榜自己“明如镜,平如秤”。

后 记

《窦娥冤》是深刻地反映了元代社会现实的一部著名悲剧。

13世纪中叶,由于农业生产受到掠夺战争的破坏,同时,城市经济畸形发展,高利贷盛行。剧中窦天章借蔡婆婆二十两银子,一年后本利四十两,无力偿还,被迫拿女儿去抵债,就反映出当时高利贷剥削的残酷性。元王朝又是我国历史上政治压迫最残酷、吏治最黑暗的时期。窦娥进了公堂,便受到官吏的严刑逼供。糊涂的官吏,听信流氓的诬告,只凭口供定案,而且一审定案,不再复勘,便加杀戮,说明当时的吏治是十分黑暗、不合理的。窦娥的无辜受戮,更是当时吏治黑暗、冤狱遍地的艺术概括。但是悲剧《窦娥冤》不止于揭示元代吏治的黑暗,还赋予主人公窦娥以决不妥协的性格。它着重描画她那股惊天地、泣鬼神的如虹怨气,使这个默默无闻的童养媳,化作一颗光芒四射的彗星,划破那笼罩苍穹的黑夜,给人们带来一线光明,给作品现实主义的躯干洒上一层瑰丽的浪漫色彩。作者还以高超的艺术手腕,细致地刻画了窦娥内心的矛盾冲突和性格的不同侧面,使她成为一个令人同情和崇敬的、有血有肉的典型形象。

《窦娥冤》的作者关汉卿，号已斋叟，大都人，生活在13世纪30年代到13世纪末。他一生从事杂剧创作和演出，写过杂剧六十余种，是当时一个杂剧创作团体“玉京书会”的首领，后人称颂他是“驱梨园领袖，总编修帅首，捻杂剧班头”（贾仲明《录鬼簿续编》）。社会地位低下，生活道路坎坷不平，使他有可能观察和体验下层人民群众的疾苦，摔打出一副铮铮铁骨。在题名为《不伏老》的散曲里，有一段最能表现他性格特点的自白：“我是蒸不烂，煮不熟，捶不扁，炒不爆，响当当一粒铜豌豆。”作家在长期生活中获得的体验和形成的这种坚毅不屈的性格，都熔铸到他晚年最成熟的这一部悲剧作品的主人公身上。窦娥对黑暗势力的强烈反抗，对真理和正义的执着追求，实际上都反映了关汉卿和他所代表的社会力量的思想和愿望。说《窦娥冤》是我国古代一部著名的悲剧，窦娥是封建社会里开始觉醒的被压迫阶级一个成功的悲剧典型，那是并不过分的。关于这一点，现代著名剧作家田汉，在他所写的话剧《关汉卿》里有形象而生动的描绘，它真实地再现了关汉卿酝酿创作《窦娥冤》的经过，是我们研究这部悲剧的一份有益的资料。

《窦娥冤》是取材于元代社会现实的一部作品，但它同前代文学有明显的继承关系。窦娥临刑前有三桩誓愿：第一桩血飞白练，是来源于《搜神记》里东海孝妇周青的故事。第二桩六月飞雪，来源于《太平御览》所记邹衍下狱六月飞霜的传说。第三桩亢旱三年，见《汉书·于定国传》。这三段传说故事或者是事物的偶合，或者是撰书人的编造，其真实性本令人怀疑，但它符合人民的愿望，人们宁可信其有，不愿信其无，因此在民间广泛流传。关汉卿在写窦娥的冤情如何感天动地时,将这几个传说故事捏在一起加以渲染,使观众受到强烈的感染。这说明关汉卿熟悉被压迫人民的思想感情并具有丰富的舞台经验,他的作品能在当时流行,被称为“当行”作家,实非偶然。

七百年来,《窦娥冤》不仅成为我国戏曲舞台的保留剧目,而且早就被译成法文、日文流传国外。由于杂剧的唱腔和说白带有时代性和地方色彩,后代不同地区的戏曲搬演此剧时,多数经过改编。明代叶宪祖把它改编为传奇《金锁记》,京剧又根据《金锁记》改编成《六月雪》,其中上演较多的有《探监》《法场》两折,是近代著名京剧演员程砚秋经常搬演的剧目之一。这些剧本对《窦娥冤》的人物和情节都做了某些改动,由于改编者没有能体察原作者的用心,以致删减了精华而增添了糟粕,很少见妙笔生花使原作有所升华者。如《金锁记》写窦娥的丈夫蔡昌宗并非夭折,而是赴京途中路过黄河不幸溺水,被龙王招为驸马,三年后入京考试,一举状元及第;而窦娥也因行刑时天降大雪,提刑官惊骇,急令刀下留人,得以不死。最后,窦天章平反冤狱,窦娥又与蔡昌宗舟中相遇,父女夫妻欢庆团圆。一出控诉封建统治者迫害平民百姓的悲剧,就蜕变为一出歌颂神明、歌颂清官的庸俗喜剧,原作的现实主义精神就被阉割了。

《窦娥冤》最早的版本,是陈与郊编的《古名家杂剧》(简称古本),刻于明万历十六年(1588)。其次是臧懋循编的《元曲选》(简称臧本),刻于明万历四十四年(1616)。最晚的是孟称舜评点的《古今名剧合选·酹江集》(简称孟本),刻于明崇祯六年(1633)。我们以臧本为底本,个别地方根据古本、孟本有所订正,不一一注明。

汉宫秋

〔元〕马致远

罗东升　注释

宁希元　审订

目　录

楔　子

〔冲末扮番王引部落上，诗云〕毡帐秋风迷宿草，穹庐[1]夜月听悲笳。控弦[2]百万为君长，款塞[3]称藩属汉家。某乃呼韩耶单于[4]是也。若论俺家世：久居朔漠，独霸北方。以射猎为生，攻伐为事。文王曾避俺东徙[5]，魏绛曾怕俺讲和。獯鬻猃狁[6]，逐代易名；单于可汗，随时称号。当秦汉交兵之时，中原有事；俺国强盛，有控弦甲士百万。俺祖公公冒顿单于，围汉高帝于白登七日。用娄敬之谋[7]，两国讲和，以公主嫁俺国中。至惠帝、吕后以来，每代必循故事，以宗女归俺番家。宣帝之世，我众兄弟争立不定，国势稍弱。今众部落立我为呼韩耶单于，实是汉朝外甥。我有甲士十万，南移近塞，称藩汉室。昨曾遣使进贡，欲请公主，未知汉帝肯寻盟约否？今日天高气爽，众头目每向沙堤射猎一番，多少是好。正是：番家无产业，弓矢是生涯。〔下〕〔净扮毛延寿上，诗云〕为人雕心雁爪，做事欺大压小；全凭谄佞奸贪，一生受用不了。某非别人，毛

清焦循《剧说》："元明以来，作昭君杂剧者有四家。马东篱《汉宫秋》一剧，可称绝调，臧晋叔《元曲选》取为第一，良非虚美。"

延寿的便是。见在汉朝驾下，为中大夫之职，因我百般巧诈，一味谄谀，哄的皇帝老头儿十分欢喜，言听计从。朝里朝外，那一个不敬我，那一个不怕我。我又学的一个法儿，只是教皇帝少见儒臣，多昵女色，我这宠幸，才得牢固。道犹未了，圣驾早上。〔正末扮汉元帝引内官宫女上，诗云〕嗣传十叶继炎刘，独掌乾坤四百州。边塞久盟和议策，从今高枕已无忧。某，汉元帝是也。俺祖高皇帝，奋布衣，起丰沛，灭秦屠项，挣下这等基业，传到朕躬，已是十代。自朕嗣位以来，四海晏然，八方宁静。非朕躬有德，皆赖众文武扶持，自先帝晏驾[8]之后，宫女尽放出宫去了。今后宫寂寞，如何是好？〔毛延寿云〕陛下，田舍翁多收十斛麦，尚欲易妇；况陛下贵为天子，富有四海，合无[9]遣官遍行天下，选择室女，不分王侯宰相军民人家，但要十五以上，二十以下者，容貌端正，尽选将来，以充后宫，有何不可？〔驾云〕卿说的是，就加卿为选择使，赍领诏书一通，遍行天下刷选[10]，将选中者各图形一轴送来，朕按图临幸。待卿成功回时，别有区处。〔唱〕

【仙吕·赏花时】四海平安绝士马，五谷丰登没战伐，寡人待刷室女选宫娃。你避不的驱驰困乏，看那一个合属俺帝王家。〔下〕

明孟称舜曰：“读《汉宫秋》剧，真若孤雁横空，林风肃肃，远近相和。前此惟白香山《琵琶行》，可相伯仲也。”

〔1〕穹庐：北方游牧民族所住之圆形毡帐。

〔2〕控弦：引弦、张弓的意思，这里引申为弓箭手。

〔3〕款塞：通款于关塞，指与汉和好。

〔4〕单(chán)于：匈奴君主的称号。下文"可汗"类同。

〔5〕"文王曾避俺东徙"二句：文王应作太王，周始祖太王古公亶父，为戎狄所侵，东徙岐山之下。魏绛，春秋时晋国大夫，曾劝晋悼公与戎人讲和。

〔6〕獯(xūn)鬻(yù)猃(xiǎn)狁(yǔn)：古代北方民族名，汉代衍为匈奴。

〔7〕娄敬之谋：娄敬，汉初人，因功封关内侯。刘邦为匈奴所败，他提出和亲政策，被刘邦采纳。

〔8〕晏驾：皇帝死亡的代语。

〔9〕合无：合不。

〔10〕刷选：挑选。

第一折

〔毛延寿上，诗云〕大块黄金任意挝，血海王条全不怕；生前只要有钱财，死后那管人唾骂。某，毛延寿，领着大汉皇帝圣旨，遍行天下，刷选室女，已选勾九十九名；各家尽肯馈送，所得金银，却也不少。昨日来到成都秭归县[1]，选得一人，乃是王长者之女，名唤王嫱，字昭君。生得光彩射人，十分艳丽，真乃天下绝色。争奈他本是庄农人家，无大钱财。我问他要百两黄金，选为

《西京杂记》写宫女为争宠向画工毛延寿等行贿；这里则突出毛延寿利用选择使的权势主动索贿，深刻地揭示了毛延寿的丑恶灵魂和卑劣行径。

第一。他一则说家道贫穷,二则倚着他容貌出众,全然不肯。我本待退了他,〔做忖科,云〕不要,倒好了他。眉头一皱,计上心来。只把美人图点上些破绽,到京师必定发入冷宫,教他受苦一世。正是:恨小非君子,无毒不丈夫。〔下〕

〔正旦扮王嫱引二宫女上,诗云〕一日承宣入上阳[2],十年未得见君王;良宵寂寂谁来伴,惟有琵琶引兴长。妾身王嫱,小字昭君,成都秭归人也。父亲王长者,平生务农为业。母亲生妾时,梦月光入怀,复坠于地,后来生下妾身。年长一十八岁,蒙恩选充后宫。不想使臣毛延寿,问妾身索要金银,不曾与他,将妾影图点破,不曾得见君王,现今退居永巷[3]。妾身在家颇通丝竹[4],弹得几曲琵琶。当此夜深孤闷之时,我试理一曲消遣咱。〔做弹科〕〔驾引内官提灯上,云〕某汉元帝,自从刷选室女入宫,多有不曾宠幸,煞是怨望咱。今日万机稍暇,不免巡宫走一遭,看那个有缘的,得遇朕躬也呵。〔唱〕

【仙吕 · 点绛唇】车碾残花,玉人月下吹箫罢。未遇宫娃,是几度添白发。

【混江龙】料必他珠帘不挂,望昭阳[5]一步一天涯。疑了些无风竹影,恨了些有月窗纱。他每见弦管声中巡玉辇,恰便似斗牛星畔盼浮槎[6]。〔旦做弹科〕〔驾云〕是那里弹的琵琶响?〔内官云〕是。〔正末唱〕是谁人偷弹一曲,写出嗟呀?〔内官云〕快报去接驾。〔驾云〕不要。〔唱〕莫便要忙传圣旨,报与他家。我则怕乍蒙恩把不定心儿怕,惊起宫槐宿鸟,庭树栖鸦。

写元帝对昭君的体贴温存,后来他们暂时的美满生活与离别时的痛苦心情才是可信的。

〔云〕小黄门,你看是那一宫的宫女弹琵琶,传旨去教他来接驾,不要惊唬着他。〔内官报科,云〕兀那弹琵琶的,是那位娘娘?圣驾到来,急忙迎接者!〔旦趋接科〕〔驾唱〕

【油葫芦】恕无罪,吾当[7]亲问咱。这里属那位下[8]?休怪我不曾来往乍行踏。我特来填还你这泪揾湿鲛绡帕,温和你露冷透凌波袜。天生下这艳姿,合是我宠幸他。今宵画烛银台下,剔地[9]管喜信爆灯花。

〔云〕小黄门,你看那纱笼内烛光越亮了,你与我挑起来看咱。〔唱〕

【天下乐】和他也弄着精神射绛纱,卿家,你觑咱,则他那瘦岩岩影儿可喜杀。〔旦云〕妾身早知陛下驾临,只合远接;接驾不早,妾该万死。〔驾唱〕迎头儿称妾身,满口儿呼陛下,必不是寻常百姓家。

【天下乐】以下写元帝对昭君的赞美,昭君对元帝的接待,切合一个好色皇帝与宫庭少女的情态。

〔云〕看了他容貌端正,是好女子也呵!

〔唱〕

【醉中天】将两叶赛宫样眉儿画，把一个宜梳裹脸儿搽，额角香钿贴翠花，一笑有倾城价。若是越勾践姑苏台上见他，那西施半筹也不纳[10]，更敢早十年败国亡家。

〔云〕你这等模样出众，谁家女子？〔旦云〕妾姓王名嫱，字昭君，成都秭归县人。父亲王长者，祖父以来，务农为业。闾阎百姓，不知帝王家礼度。〔驾唱〕

【金盏儿】我看你眉扫黛，鬓堆鸦，腰弄柳，脸舒霞，那昭阳到处难安插，谁问你一犁两坝做生涯。也是你君恩留枕簟，天教雨露润桑麻。既不沙[11]，俺江山千万里，直寻到茅舍两三家。

〔云〕看卿这等体态，如何不得近幸？〔旦云〕当初选时，使臣毛延寿索要金银，妾家贫寒无凑，故将妾眼下点成破绽，因此发入冷宫。〔驾云〕小黄门，你取那影图来看。〔黄门取图看科〕〔驾唱〕

【醉扶归】我则问那待诏[12]别无话，却怎么这颜色不加搽？点得这一寸秋波玉有瑕。端的是卿眇目，他双瞎？便宜的八百姻娇比并他，也未必强如俺娘娘带破赚丹青画。

〔云〕小黄门，传旨说与金吾卫，便拿毛延寿斩首报来。〔旦云〕陛下，妾父母在成都，见隶民籍，望陛下恩典宽免，量与些恩荣咱。〔驾云〕这个煞容易。〔唱〕

【金盏儿】你便晨挑菜，夜看瓜，春种谷，夏浇麻，情取棘针门粉壁上除了差法[13]。你向正阳门[14]改嫁的倒荣华。俺官职颇高如村社长，这宅院刚大似县官衙。谢天地可怜穷女婿，再谁敢欺负俺丈人家！

【金盏儿】以下极写双方结合时的心满意足，为后来分离时的悲苦作反衬。

〔云〕近前来听寡人旨，封你做明妃者。〔旦云〕量妾身怎生消受的陛下恩宠！〔做谢恩科〕〔驾唱〕

【赚煞】且尽此宵情，休问明朝话。〔旦云〕陛下明朝早早驾临，妾这里候驾。〔驾唱〕到明日，多管是醉卧在昭阳御榻。〔旦云〕妾身贱微，虽蒙恩宠，怎敢望与陛下同榻？〔驾唱〕休烦恼，吾当且是耍，斗卿来便当真假。恰才家辇路儿熟滑，怎下的真个长门[15]再不踏？明夜里西宫阁下，你是必悄声儿接驾；我则怕六宫人攀例拨琵琶。〔下〕

〔旦云〕驾回了也，左右且掩上宫门，我睡些

去。〔下〕

〔1〕成都秭归县:意为蜀中秭归县。秭归,今属湖北。

〔2〕上阳:唐宫殿名,这里借指皇宫。

〔3〕永巷:宫中的长巷,禁锢有罪宫女的地方。

〔4〕丝竹:弦管一类的乐器。

〔5〕昭阳:汉宫殿名,一般是皇后所居。

〔6〕斗牛星畔盼浮槎:斗牛,牵牛和织女二星。浮槎,木筏。古代传说有人曾乘木筏,偶入天河,见到牛郎、织女。

〔7〕吾当:我。当,语助。

〔8〕位下:元时称后妃、宗室亲王为位下。

〔9〕剥地:象声词,这里指灯花的爆裂声。

〔10〕"越勾践姑苏台上见他"二句:春秋时越王勾践为吴王所败,为了报仇雪恨,进美女西施于吴王夫差。吴王迷于酒色,为西施筑台于姑苏山上。半筹也不纳,即一筹莫展。

〔11〕既不沙:意为既不呵。沙,语助。

〔12〕待诏:等待皇帝诏旨,预备顾问的文人、画师。这里指毛延寿。

〔13〕"情取"句:意思是管教你家免除一切差役。情取,管教。棘针门,农家草舍多编木为门,或以荆棘枝条为之。粉壁,元制:居民门首皆有粉壁,以书政府条令等,见《元典章》。

〔14〕正阳门:宋代汴京宫城门名,借指皇家宫门。

〔15〕长门:汉宫名,武帝时陈皇后失宠,居此。

第二折

〔番王引部落上，云〕某呼韩单于，昨遣使臣款汉，请嫁公主与俺；汉皇帝以公主尚幼为辞，我心中好不自在。想汉家宫中，无边宫女，就与俺一个，打甚不紧？直将使臣赶回。我欲待起兵南侵，又恐怕失了数年和好。且看事势如何，别做道理。〔毛延寿上，云〕某毛延寿，只因刷选宫女，索要金银，将王昭君美人图点破，送入冷宫。不想皇帝亲幸，问出端的，要将我加刑。我得空逃走了，无处投奔。左右是左右[1]，将着这一轴美人图，献与单于王，着他按图索要，不怕汉朝不与他。走了数日，来到这里，远远的望见人马浩大，敢是穹庐也。〔做问科，云〕头目，你启报单于王知道，说汉朝大臣来投见哩。〔卒报科〕〔番王云〕着他过来。〔见科，云〕你是甚么人？〔毛延寿云〕某是汉朝中大夫毛延寿。有我汉朝西宫阁下美人王昭君，生得绝色。前者大王遣使求公主时，那昭君情愿请行；汉主舍不的，不肯放来。某再三苦谏，说："岂可重女色，失两国之好？"汉主倒要杀我。某因此带了这美人图献与大王。可遣使按图索要，必然得了也。这就是图样。

毛延寿通敌叛国，是汉元帝和王昭君悲剧产生的起因。

〔进上看科〕〔番王云〕世间那有如此女人！若得他做阏氏[2]，我愿足矣。如今就差一番官，率领部从，写书与汉天子，求索王昭君，与俺和亲。若不肯与，不日南侵，江山难保。就一壁厢引控甲士，随地打猎，延入塞内，侦候动静，多少是好。〔下〕〔旦引宫女上，云〕妾身王嫱，自前日蒙恩临幸，不觉又旬月。主上昵爱过甚，久不设朝。闻的今日升殿去了，我且向妆台边梳妆一会，收拾齐整，只怕驾来好伏侍。〔做对镜科〕〔驾上云〕自从西宫阁下，得见了王昭君，使朕如痴似醉，久不临朝。今日方才升殿，等不的散了，只索再到西宫看一看去。〔唱〕

写元帝的昏庸、好色，声口毕肖，这才收到了讽刺封建王朝的效果。

【南吕·一枝花】四时雨露匀，万里江山秀。忠臣皆有用，高枕已无忧。守着那皓齿星眸，争忍的虚白昼。近新来染得些证候，一半儿为国忧民，一半儿愁花病酒。

【梁州第七】我虽是见宰相，似文王施礼；一头地离明妃，早宋玉悲秋[3]。怎禁他带天香着莫定[4]龙衣袖！他诸余[5]可爱，所事儿相投；消磨人幽闷，陪伴我闲游；偏宜向梨花月底登楼，芙蓉烛下藏阄[6]。体态是二十年挑剔就的温柔，姻缘是五百载该拨下的配偶，脸儿有一千般说不尽的风流。寡人乞求,他左右,他比那落伽山观自在[7]无杨柳,见一面得长寿。情系人心早晚休,则除是雨歇云收。

〔做望见科,云〕且不要惊着他,待朕悄地看咱。〔唱〕

【隔尾】恁的般长门前抱怨的宫娥旧,怎知我西宫下偏心儿梦境熟。爱他晚妆罢,描不成,画不就,尚对菱花[8]自羞。〔做到旦背后看科〕〔唱〕我来到这妆台背后,元来广寒殿嫦娥,在这月明里有。

〔旦做见接驾科〕〔外扮尚书,丑扮常侍上,诗云〕调和鼎鼐理阴阳,秉轴持钧政事堂;只会中书陪伴食,何曾一日为君王。某尚书令五鹿充宗是也。这个是内常侍石显。今日朝罢,有番国遣使来索王嫱和番,不免奏驾。来到西宫阁下,只索进去。〔做见科,云〕奏的我主得知:如今北番呼韩单于差一使臣前来,说毛延寿将美人图献与他,索要昭君娘娘和番,以息刀兵;不然,他大势南侵,江山不可保矣。〔驾云〕我养军千日,用军一时。空有满朝文武,那一个与我退的番兵!都是些畏刀避箭的,恁不去出力,怎生教娘娘和番?〔唱〕

【牧羊关】兴废从来有,干戈不肯休。可不食君禄,命悬君口。太平时、卖你宰

与《梧桐雨》第一折写唐明皇听见杨贵妃喧笑,不让宫娥通报,暗自看去的细节相似,是动人的戏曲关目。情景突变,乐极生悲。

相功劳，有事处、把俺佳人递流[9]。你们干请了皇家俸，着甚的分破帝王忧？那壁厢锁树的怕弯着手，这壁厢攀栏的怕攧破了头[10]。

〔尚书云〕他外国说陛下宠昵王嫱，朝纲尽废，坏了国家。若不与他，兴兵吊伐。臣想纣王只为宠妲己，国破身亡，是其鉴也。〔驾唱〕

【贺新郎】俺又不曾彻青霄高盖起摘星楼[11]；不说他伊尹扶汤[12]，则说那武王伐纣。有一朝身到黄泉后，若和他留侯[13]留侯厮遘，你可也羞那不羞？您卧重裀，食列鼎，乘肥马，衣轻裘。您须见舞春风嫩柳宫腰瘦，怎下的教他环珮影摇青冢月，琵琶声断黑江秋[14]！

孟称舜曰："胡地草白，独昭君冢上草青，故名。二句虽属成语，但青冢二字，用在此时，未妥。"甚是。按金王元节《青冢》诗，已有"环珮魂归青冢月，琵琶声断黑山秋"之句。作为后人咏史，可以这样；作为汉君自说，就不妥。

〔尚书云〕陛下，咱这里兵甲不利，又无猛将与他相持，倘或疏失，如之奈何？望陛下割恩与他，以救一国生灵之命。〔驾唱〕

【斗虾蟆】当日个谁展英雄手，能枭项羽头，把江山属俺炎刘？——全亏韩元帅[15]九里山前战斗，十大功劳成就。恁也丹墀里头，枉被金章紫绶；恁也朱门里头，都宠着歌衫舞袖。恐怕边关透漏，殃及家人奔骤。似箭穿着雁口，没个人敢咳嗽。

吾当僝僽[16]，他也、他也红妆年幼，无人搭救。昭君共你每有甚么杀父母冤仇？休、休，少不的满朝中都做了毛延寿！我呵，空掌着文武三千队，中原四百州；只待要割鸿沟[17]。陡恁的千军易得，一将难求！

〔常侍云〕见今番使朝外等宣。〔驾云〕罢罢罢！教番使临朝来。〔番使入见科，云〕呼韩耶单于差臣南来奏大汉皇帝：北国与南朝自来结亲和好；曾两次差人求公主不与。今有毛延寿，将一美人图献与俺单于。特差臣来，单索昭君为阏氏，以息两国刀兵。陛下若不从，俺有百万雄兵，刻日南侵，以决胜负，伏望圣鉴不错。〔驾云〕且教使臣馆驿中安歇去。〔番使下〕〔驾云〕您众文武商量，有策献来，可退番兵，免教昭君和番。大抵是欺娘娘软善，若当时吕后在日，一言之出，谁敢违拗！若如此，久已后也不用文武，只凭佳人平定天下便了〔唱〕

【哭皇天】你有甚事疾忙奏，俺无那鼎镬边滚热油。我道您文臣安社稷，武将定戈矛。您只会文武班头，山呼万岁，舞蹈扬尘，道那声诚惶顿首。如今阳关路上，昭君出塞；当日未央宫里，女主垂旒[18]。文武每，我不信你敢差排吕太后。枉以后，龙争虎斗，都是俺鸾交凤友。

毛延寿忘恩咬主，是悲剧产生的起因，匈奴大军压境，而汉朝皇帝昏庸，文臣只会“山呼万岁”，不能“安社稷”，武将只懂“诚惶顿首”，不能“定戈矛”，则是产生悲剧的社会根源。

〔旦云〕妾既蒙陛下厚恩，当效一死，以报陛下。妾情愿和番，得息刀兵，亦可留名青史。但妾与陛下闱房之情，怎生抛舍也！〔驾云〕我可知舍不的卿哩！〔尚书云〕陛下割恩断爱，以社稷为念，早早发送娘娘去罢。〔驾唱〕

【乌夜啼】今日嫁单于，宰相休生受。早则俺汉明妃有国难投。它那里黄云不出青山岫。投至两处凝眸，盼得一雁横秋。单注着寡人今岁揽闲愁。王嫱这运添憔瘦，翠羽冠，香罗绶，都做了锦蒙头煖帽，珠络缝貂裘。

〔云〕卿等今日先送明妃到驿中，交付番使，待明日朕亲出灞陵桥，送饯一杯去。〔尚书云〕只怕使不的，惹外夷耻笑。〔驾云〕卿等所言，我都依着。我的意思，如何不依？好歹去送一送，我一会家只恨毛延寿那厮！〔唱〕

【三煞】我则恨那忘恩咬主贼禽兽，怎生不画在凌烟阁[19]上头？紫台[20]行都是俺手里的众公侯，有那桩儿不共卿谋，那件儿不依卿奏？争忍教第一夜梦迤逗[21]，从今后不见长安望北斗，生扭做织女牵牛！

〔尚书云〕不是臣等强逼娘娘和番，奈番使定名索取；况自古以来，多有因女色败国者。〔驾

唱〕

【二煞】虽然似昭君般成败都皆有，谁似这做天子的官差不自由！情知[22]他怎收那膘满的紫骅骝。往常时翠轿香兜，兀自倦朱帘揭绣，上下处要成就。谁承望月自空明水自流，恨思悠悠。

〔旦云〕妾身这一去，虽为国家大计，争奈舍不的陛下！〔驾唱〕

【黄钟尾】怕娘娘觉饥时吃一块淡淡盐烧肉，害渴时喝一杓儿酪和粥。我索折一枝断肠柳，饯一杯送路酒。眼见得赶程途，趁宿头，痛伤心，重回首，则怕他望不见凤阁龙楼，今夜且则向灞陵桥畔宿。〔下〕

〔1〕左右是左右：意为反正是这样。

〔2〕阏(yān)氏(zhī)：匈奴君长的嫡妻，相当于皇后。

〔3〕宋玉悲秋：战国时辞赋家宋玉《九辩》有“悲哉秋之为气也”的句子，这里指伤感。

〔4〕着莫定：沾惹。

〔5〕诸余：诸般。

〔6〕藏阄(jiū)：又名藏钩。古代的一种游戏，藏物在手让对方猜。

〔7〕落伽山观自在：据说观音菩萨曾显圣于浙江东海落伽山上。观自在，指观音。

〔8〕菱花：与下文之“月明”，均指镜子。

〔9〕递流:递解、流放。

〔10〕“那壁厢锁树的怕弯着手”二句:意为满朝文武没有一个肯为国家出力效忠。锁树,前汉刘聪起造楼阁,其臣陈元达进谏,刘聪要将他斩首,元达把自己锁在树上,不让人家拉走。攀栏,汉代朱云上书请斩佞臣张禹,皇帝大怒,反要杀朱云,朱云仍攀着殿栏苦谏。

〔11〕摘星楼:商纣王宠爱妲己,为她修造的高楼。

〔12〕伊尹扶汤:伊尹,商代名臣。汤,商代开国的君主。

〔13〕留侯:汉初开国功臣张良。

〔14〕“环珮影摇青冢月”二句:出自金代王元节《明青冥》诗。“黑江”原作“黑山”,在今内蒙古自治区境内,流经青冢。青冢,王昭君的墓,墓上绿草长青,故名。墓在内蒙古自治区呼和浩特市南。

〔15〕韩元帅:指韩信,为刘邦统军大破项羽于九里山,据说有明修栈道、暗度陈仓等十大功劳。

〔16〕僝(chán)僽(zhòu):忧愁,烦闷。

〔17〕鸿沟:今河南贾鲁河。秦末楚汉相争时,曾约以鸿沟为界,中分天下。

〔18〕女主垂旒(liú):指刘邦的妻子吕后执政。

〔19〕凌烟阁:唐太宗曾画二十四功臣像于凌烟阁上,以表彰他们的功劳。

〔20〕紫台:代指皇宫。

〔21〕迤逗:牵惹。

〔22〕情知:明知。

第三折

〔番使拥旦上，奏胡乐科，旦云〕妾身王昭君，自从选入宫中，被毛延寿将美人图点破，送入冷宫；甫能得蒙恩幸，又被他献与番王形像。今拥兵来索，待不去，又怕江山有失；没奈何将妾身出塞和番。这一去，胡地风霜，怎生消受也！自古道："红颜胜人多薄命，莫怨春风当自嗟。"〔驾引文武内官上，云〕今日灞桥饯送明妃，却早来到也。〔唱〕

【双调·新水令】锦貂裘生改尽汉宫妆，我则索看昭君画图模样。旧恩金勒短，新恨玉鞭长。本是对金殿鸳鸯，分飞翼，怎承望！

〔云〕您文武百官计议，怎生退了番兵，免明妃和番者。〔唱〕

【驻马听】宰相每商量，大国使还朝多赐赏。早是俺夫妻悒怏，小家儿出外也摇装[1]。尚兀自渭城衰柳助凄凉，共那灞桥流水添惆怅。偏您不断肠，想娘娘那一天愁都撮在琵琶上。

孟称舜曰："全折俱极悲壮，不似喁喁小窗前语也。"清楚说明它不是写儿女爱情的悲剧，而是概括更加深广的社会内容的悲壮之作。孟氏取它为《酹江集》的首选，也说明了这一点。

〔做下马科〕〔与旦打悲科〕〔驾云〕左右慢慢唱者，我与明妃饯一杯酒。〔唱〕

【步步娇】您将那一曲阳关[2]休轻放，俺咫尺如天样，慢慢的捧玉觞。朕本意待尊前挨些时光，且休问劣了宫商，您则与我半句儿俄延着唱。

〔番使云〕请娘娘早行，天色晚了也。〔驾唱〕

【落梅风】可怜俺别离重，你好是归去的忙。寡人心先到他李陵台[3]上？回头儿却才魂梦里想，便休题贵人多忘。

昭君临别，留下汉服；后又投江自尽，不赴胡地，反映了当时汉族人民的民族意识。

〔旦云〕妾这一去，再何时得见陛下？把我汉家衣服都留下者。〔诗云〕正是：今日汉宫人，明朝胡地妾；忍着主衣裳，为人作春色！〔留衣服科〕〔驾唱〕

【殿前欢】则甚么留下舞衣裳，被西风吹散旧时香。我委实怕宫车再过青苔巷，猛到椒房[4]，那一会想菱花镜里妆，风流相，兜的又横心上。看今日昭君出塞，几时似苏武还乡？

〔番使云〕请娘娘行罢，臣等来多时了也。〔驾云〕罢罢罢！明妃，你这一去，休怨朕躬也。〔做别科，驾云〕我那里是大汉皇帝！〔唱〕

【雁儿落】我做了别虞姬楚霸王，全不见守玉关征西将。那里取保亲的李左车，送女客的萧丞相[5]？

〔尚书云〕陛下不必挂念。〔驾唱〕

【得胜令】他去也不沙架海紫金梁[6]，枉养着那边庭上铁衣郎。您也要左右人扶侍，俺可甚糟糠妻[7]下堂！您但提起刀枪，却早小鹿儿心头撞。今日央及煞娘娘，怎做的男儿当自强！

〔尚书云〕陛下，咱回朝去罢。〔驾唱〕

【川拨棹】怕不待放丝缰，咱可甚鞭敲金镫响。你管燮理阴阳，掌握朝纲，治国安邦，展土开疆；假若俺高皇，差你个梅香[8]，背井离乡，卧雪眠霜，若是他不恋恁春风画堂，我便官封你一字王[9]。

〔尚书云〕陛下，不必苦死留他，着他去了罢。〔驾唱〕

【七弟兄】说甚么大王、不当、恋王嫱，兀良[10]！怎禁他临去也回头望。那堪这散风雪旌节影悠扬，动关山鼓角声悲壮。

【梅花酒】呀！俺向着这迥野[11]悲凉。草已添黄，兔早迎霜。犬褪得毛苍，

清杨恩寿《词余丛话》说："明人演作传奇，叙昭君上马之顷，文武跪送，昭君顾而长叹。其词曰：'你看这文官济济中何用，便是那武将森森也枉然，却教我红粉去和番！'下语如铸，愧煞千古须眉。"骂得确实痛快，但还是此剧借元帝之口，申斥文武无能，更为合情合理。

【七弟兄】以下三曲，先写别离场景的悲凉，字字着色，语语生情；至"銮舆返咸阳"以下，以首尾相接，回环相生的叠句，抒发别后凄凉的想象，节促音

哀，沉痛欲绝；至【收江南】曲，忽又下一转语：“不思量，除是铁心肠”，见得这种因国家衰弱而带来的民族灾难，决不只是元帝个人的悲哀，意境就更深广了。

人搠起缨枪，马负着行装，车运着糇粮[12]，打猎起围场。他、他、他，伤心辞汉主；我、我、我，携手上河梁[13]。他部从入穷荒；我銮舆返咸阳。返咸阳，过宫墙；过宫墙，绕回廊；绕回廊，近椒房；近椒房，月昏黄；月昏黄，夜生凉；夜生凉，泣寒螀；泣寒螀，绿纱窗；绿纱窗，不思量！

【收江南】呀！不思量，除是铁心肠；铁心肠，也愁泪滴千行。美人图今夜挂昭阳，我那里供养，便是我高烧银烛照红妆。

〔尚书云〕陛下，回銮罢，娘娘去远了也。〔驾唱〕

煞曲写元帝伫立凝望，到了物我两忘的境界，与《西厢记》长亭送别折收尾相似，但境界更阔大，神情更逼真。

【鸳鸯煞】我索大臣行说一个推辞谎，又则怕笔尖儿那伙编修讲。不见他花朵儿精神，怎趁那草地里风光？唱道伫立多时，徘徊半晌，猛听的塞雁南翔，呀呀的声嘹亮，却原来满目牛羊，是兀那载离恨的毡车半坡里响。〔下〕

〔番王引部落拥昭君上，云〕今日汉朝不弃旧盟，将王昭君与俺番家和亲。我将昭君封为宁胡阏氏，坐我正宫。两国息兵，多少是好。众将士，传下号令，大众起行，望北而去。〔做行科〕〔旦问云〕这里甚地面了？〔番使云〕这是黑江，番汉交界去处。南边属汉家，北边属我番国。〔旦云〕大王，借一杯酒望南浇奠，辞了汉家，长行去罢。〔做奠酒科，云〕汉朝皇帝，妾身今生已矣，尚待来生也。〔做跳江科〕〔番王惊救不及，叹科，云〕嗨！可惜，可惜！昭君不肯入番，投江而死。罢罢罢！就葬在此江边，号为青冢者。我想来，人也死了，枉与汉朝结下这般仇隙，都是毛延寿那厮搬弄出来的。把都儿〔14〕，将毛延寿拿下，解送汉朝处治，我依旧与汉朝结和，永为甥舅，却不是好？〔诗云〕则为他丹青画误了昭君，背汉主暗地私奔；将美人图又来哄我，要索取出塞和亲。岂知道投江而死，空落的一见消魂。似这等奸邪逆贼，留着他终是祸根；不如送他去汉朝哈喇〔15〕，依还的甥舅礼，两国长存。〔下〕

〔1〕摇装：或作遥装。古代一种风俗，出门远行，亲友送至江边，上船摇棹即返，再正式出发。

〔2〕一曲阳关：王维《送元二使安西》诗句："劝君更尽一杯酒，西出阳关无故人。"

〔3〕李陵台：在今内蒙古波罗城。李陵本汉朝名将，兵败后久留匈奴不返。

〔4〕椒房：皇后居住的地方。

〔5〕"保亲的李左车"二句：李左车，汉初著名的谋士。萧丞相，汉代名相萧何。二语是汉元帝讽刺文武大臣除了保亲送女客别无他能。

〔6〕架海紫金梁：元杂剧中常以"擎天白玉柱，架海紫金梁"比喻得力的

重臣名将。

〔7〕糟糠妻:指共患难的妻子。汉光武帝想把湖阳公主嫁给宋弘,遭到拒绝,宋说:“贫贱之交不可忘,糟糠之妻不下堂。”

〔8〕梅香:宋元小说戏曲中多称婢女为梅香,这里指侍妾一流。

〔9〕一字王:最高的爵位。金、元封一字王者,地位高贵,如赵王、魏王。封两字王者则次之,如兰陵郡王。

〔10〕兀良:语气词,无义。

〔11〕迥野:广漠的荒野。

〔12〕糇(hóu)粮:干粮。

〔13〕携手上河梁:指惜别。《李陵送苏武诗》:“携手上河梁,游子暮何之。”

〔14〕把都儿:蒙古语,勇士。

〔15〕哈喇:蒙古语,杀。

第 四 折

〔驾引内官上,云〕自家汉元帝,自从明妃和番,寡人一百日不曾设朝。今当此夜景萧索,好生烦恼。且将这美人图挂起,少解闷怀也呵。〔唱〕

【中吕·粉蝶儿】宝殿凉生,夜迢迢六宫人静。对银台一点寒灯,枕席间,临寝处,越显的吾身薄幸。万里龙廷[1],知他宿谁家一灵真性。

“对银台一点寒灯”,与白居易《长恨歌》的“孤灯挑尽未成眠”一样,都不是实写帝王家的生活,而是概括了

〔云〕小黄门，你看炉香尽了，再添上些香。〔唱〕

【醉春风】烧尽御炉香，再添黄串饼[2]。想娘娘似竹林寺[3]，不见半分形；则留下这个影、影。未死之时，在生之日，我可也一般恭敬。

〔云〕一时困倦，我且睡些儿。〔唱〕

【叫声】高唐梦，苦难成。那里也爱卿、爱卿，却怎生无些灵圣？偏不许楚襄王枕上雨云情。

〔做睡科〕〔旦上，云〕妾身王嫱，和番到北地，私自逃回。兀的不是我主人！陛下，妾身来了也。〔番兵上，云〕恰才我打了个盹，王昭君就偷走回去了。我急急赶来，进的汉宫，兀的不是昭君！〔做拿旦下〕〔驾醒科，云〕恰才见明妃回来，这些儿如何就不见了。〔唱〕

【剔银灯】恰才这搭儿单于王使命，呼唤俺那昭君名姓；偏寡人唤娘娘不肯灯前应，却原来是画上的丹青。猛听得仙音院，凤管鸣，更说甚箫韶九成[4]。

【蔓青菜】白日里无承应，教寡人不曾一觉到天明，做的个团圆梦境。〔雁叫科，唱〕却原来雁叫长门两三声，怎知道更有个人孤另！

更多的普通人的生活的。“万里龙廷，知他宿谁家一灵真性”也不是历史上汉元帝所可能产生的想法，而是成千上万因边疆少数民族入侵而妻子被掳者的深哀巨痛。

即景生情，借题发挥，继承了传统诗歌的比兴手法，表现了亡国人民前怕狼、后怕虎的痛苦心情。

〔雁叫科〕〔唱〕

【白鹤子】多管是春秋高，筋力短；莫不是食水少，骨毛轻？待去后，愁江南网罗宽；待向前，怕塞北雕弓硬。

【幺篇】伤感似替昭君思汉主，哀怨似作薤露哭田横[5]，凄怆似和半夜楚歌声，悲切似唱三叠阳关令。

〔雁叫科〕〔云〕则被那泼毛团叫的凄楚人也。〔唱〕

此折关目，从元帝挂图解闷，梦会昭君，到听孤雁飞鸣而哀伤欲绝，与《梧桐雨》写唐明皇还京，供养真容，梦见贵妃，听梧桐雨声而抒发悲情相类似。

【上小楼】早是我神思不宁，又添个冤家缠定。他叫得慢一会儿，紧一声儿，和尽寒更。不争你打盘旋，这搭里同声相应，可不差讹了四时节令？

【幺篇】你却待寻子卿、觅李陵。对着银台，叫醒咱家，对影生情。则俺那远乡的汉明妃，虽然薄命，不见你个泼毛团[6]，也耳根清净。

〔雁叫科〕〔云〕这雁儿呵。〔唱〕

【满庭芳】又不是心中爱听，大古[7]似林风瑟瑟，岩溜泠泠。我只见山长水远天如镜，又生怕误了你途程。见被你冷落了潇湘暮景，更打动我边塞离情。还说甚雁过留声，那堪更瑶阶夜永，嫌杀月儿明！

〔黄门云〕陛下省烦恼，龙体为重。〔驾云〕不由我不烦恼也。〔唱〕

【十二月】休道是咱家动情，你宰相每也生憎[8]。不比那雕梁燕语，不比那锦树莺鸣。汉昭君离乡背井，知他在何处愁听？

〔雁叫科〕〔唱〕

【尧民歌】呀呀的飞过蓼花汀，孤雁儿不离了凤凰城。画檐间铁马响丁丁，宝殿中御榻冷清清，寒也波更，萧萧落叶声，烛暗长门静。

【随煞】一声儿绕汉宫，一声儿寄渭城，暗添人白发成衰病，直恁的吾家可也劝不省。

〔尚书上云〕今日早朝散后，有番国差使命绑送毛延寿来，说因毛延寿叛国败盟，致此祸衅。今昭君已死，情愿两国讲和。伏候圣旨。〔驾云〕既如此，便将毛延寿斩首，祭献明妃。着光禄寺[9]大排筵席，犒赏来使回去。〔诗云〕叶落深宫雁叫时，梦回孤枕夜相思；虽然青冢人何在，还为蛾眉斩画师。

题目　沉黑江明妃青冢恨

正名　破幽梦孤雁汉宫秋

〔1〕龙廷:龙庭,匈奴君主祭天的地方。

〔2〕黄串饼:放在香炉里燃烧的香饼。

〔3〕竹林寺:元人有“竹林寺有影无形”的说法。

〔4〕箫韶九成:箫韶,传说乃虞舜时古曲名。九成,九次变调的意思。

〔5〕薤(xiè)露哭田横:薤露,古代送丧的挽歌。田横,秦末齐人,曾自立为王,避居海岛。汉高祖得天下后,派人招降田横等人,田横走到半路,耻为汉臣,自杀而死。

〔6〕毛团:对禽兽的泛称,这里指雁。

〔7〕大古:意为大概。

〔8〕生憎:讨厌。

〔9〕光禄寺:朝廷中掌管宴会膳食的机关。

后 记

马致远，号东篱，大都人，元曲四大家之一。他生活于13世纪下半叶到14世纪初，曾任江浙行省务官，加入"元贞书会"，创作杂剧十三种，现存八种。近人辑他的散曲为《东篱乐府》一卷，收小令一百〇四首，套数十七套。作为一个深受中原文化熏陶的知识分子，马致远对中原王朝的灭亡，怀抱深切的哀痛，对蒙古贵族歧视、压迫和掠夺汉人的政策郁结着难言的悲愤。但面对元朝的统治日趋巩固的状态，马致远心中这种强烈的感情不能坦率地表白，只好"借古人酒杯，浇自己块垒"，通过昭君出塞这个历史题材曲折地宣泄出来。

昭君出塞和亲的史实，载于《汉书》的《元帝本纪》《匈奴传》和《后汉书·南匈奴传》。东汉以后，几乎每个朝代都有咏叹昭君的文学作品出现，仅诗歌就有六百多首，戏剧也有二十多种。比较重要的，有汉代托名王嫱写的《昭君怨》歌辞，晋、宋间石崇作的《王明君辞》，以及相传为葛洪编的《西京杂记》里的《王嫱》，等等。唐、宋时同类题材的诗篇就更多。历史上的王昭君虽只有一个，她的艺术形象却千姿百态，后代的作家往往借用历史题材反映现实生活，表达自己同时代人的思想感情。明以后的昭君戏，尚有陈与郊的《昭君出塞》，无名氏的《和戎记》《青冢记》。清代有薛旦的《昭君梦》、尤侗的《吊琵琶》、周文泉的《琵琶语》等，成就都远不及《汉宫秋》。可以说，《汉宫秋》是历代昭君故事中一枝色彩璀璨的鲜花，它以个性化的人物、宏丽的场景、新颖的主题出类拔萃，成为古代悲剧的一种杰作。

《汉宫秋》和同类题材的作品相比，最显著的区别在于它对和亲双方力量对比变化的描写。历史上昭君的出塞和亲，是在汉强匈奴弱、呼韩邪向元帝称臣的形势下安排的。这一决策加强了民族的团结，确保彼此的安全，是令人鼓舞的一件盛事。历代传诵的故事尽管人物情节千变万化，汉与匈奴双方的阵势几乎始终如一，只有唐代的《昭君变文》把单于写得相当强大，足与汉王室相抗衡。到了马致远的笔下，双方的力量出现逆转，匈奴方面倚势要挟，汉王室则忍辱屈从，这种匈奴强汉弱的形势，改变了和亲的性质，也导致作品主题、人物和情节的大幅度改变。

过去同类题材的作品均以昭君为中心人物，或哀其不遇，怜其远别；或颂其美貌，嘉其胆识。《汉宫秋》则一反传统，以汉元帝为中心人物，别出心裁地虚构了他和昭君从相遇、热恋到生离死别的爱情波折，作为贯穿全剧的线索，又塑造了一味阿谀逢迎的中大夫毛延寿、只会“山呼万岁”的尚书五鹿充宗的形象，把匈奴的强盛骄横、汉王室的荏弱衰竭同时搬上舞台。这就把悲剧的主题提到前所未有的高度，由抒写个人命运的不幸扩大而为描绘整个王朝的屈辱苦难，使作品成为一幅具有时代特征的悲剧画卷。

如果认为马致远选择汉元帝为悲剧的主人公,仅仅是因为他擅长写末本戏,那是不够全面的。这种新的艺术构思同创作动机密切相关。作家的企图显然是通过这出悲剧,揭示中原王朝衰败的原因,总结历史的经验教训。作家的目光不能不转移到统治集团成员的身上。因为在作家看来,以皇帝为中心的朝廷,正是这一场离乱灾难的罪魁祸首。分析《汉宫秋》登台的角色,可以窥见这种意图:元帝沉湎声色,怠于政事,信用奸邪佞谄之人;五鹿充宗、毛延寿等文臣武将窃取高官厚禄,在其位而不谋其政,一旦国难当头,或诿过卸责,或卖身求荣。这就是作家对导致民族危亡那些腐朽作风的揭露和鞭笞!值得注意的是,尽管汉元帝、五鹿充宗在历史上实有其人,马致远并没有照搬史实,却重新作了一番艺术概括。他主要的生活根据自然是不久前覆亡的金王朝和南宋王朝,但由于作家历史知识的丰富,艺术技巧的熟练,他取材的范围并不限于一时一地,历代王朝末日的种种情状,都成了他泼墨走笔时的摹本。这就使他所塑造的角色充分典型化,舞台演出实际上成了封建社会末代王朝的真实写照。不仅是元代,明清以来的观众在欣赏《汉宫秋》一剧时,都因其中的人物情节毕肖现实而引起强烈的共鸣。

《汉宫秋》并不是一出以情节取胜的悲剧,它的戏剧冲突在第二折就基本解决了,第三折是尾声。但观众历来并不以看到了矛盾的解决为满足,还要倾听第三折《梅花酒》《收江南》等脍炙人口的曲子,细味第四折汉元帝被失偶孤雁唤醒后一整套抒情的唱段。因为品味曲词和音乐原是我国古典戏剧欣赏的一项重要内容。元代的戏曲是吸收了唐诗铿锵的韵律、宋词悠扬的乐调,汇合人物和情节熔铸成的独特艺术形式。马致远是向来为人所称道的文采派作家，如《汉宫秋》的曲词不但文思精妙、文采斐然，尤擅长于把外界景物的描绘同人物内心感情的抒发融为一体，因景生情，以情化景，兼以音乐导引，观众便如入幻境，陶醉其间，获得奇妙的艺术享受。

本剧以臧懋循编的《元曲选》为底本，以陈与郊编的《古名家杂剧》和孟称舜评点的《古今名剧合选·酹江集》为校本。

赵氏孤儿

〔元〕纪君祥

宁希元　注释

目　录

楔　子

〔净扮屠岸贾领卒子上,诗云〕人无害虎心,虎有伤人意;当时不尽情,过后空淘气。某乃晋国大将屠岸贾是也。俺主灵公在位,文武千员,其信任的只有一文一武:文者是赵盾,武者即某矣。俺二人文武不和,常有伤害赵盾之心,争奈不能入手。那赵盾儿子唤做赵朔,现为灵公驸马。某也曾遣一勇士钼麑[1],仗着短刀越墙而过,要刺杀赵盾,谁想钼麑触树而死。那赵盾为劝农出到郊外,见一饿夫在桑树下垂死,将酒饭赐他饱餐了一顿,其人不辞而去。后来西戎国进贡一犬,呼曰神獒[2],灵公赐与某家。自从得了那个神獒,便有了害赵盾之计。将神獒锁在净房中,三五日不与饮食。于后花园中扎下一个草人,紫袍玉带,象简乌靴,与赵盾一般打扮,草人腹中悬一付羊心肺,某牵出神獒来,将赵盾紫袍剖开,着神獒饱餐一顿,依旧锁入净房中。又饿了三五日,复行牵出那神獒,扑着便咬,剖开紫袍,将羊心肺又饱餐一顿。如此试验百日,度其

孟称舜评曰:“此是千古最痛最快之事,应有一篇极痛快文发之。读此觉太史公传犹为寂寥,非大作手不易办也。”

开场就是一大段独白,场上未免冷落;但叙权奸的阴险毒辣,令人发指;写义士的前赴后继,叩人心弦。又

摆明了忠奸双方的阵势和来龙去脉，为后面情节的展开作先导。

可用，某因入见灵公，只说今时不忠不孝之人，甚有欺君之意。灵公一闻其言，不胜大恼，便向某索问其人。某言西戎国进来的神獒，性最灵异，他便认的。灵公大喜，说当初尧舜之时，有獬豸〔3〕能触邪人，谁想我晋国有此神獒，今在何处？某牵上那神獒去。其时赵盾紫袍玉带，正立在灵公坐榻之边。神獒见了，扑着他便咬。灵公言："屠岸贾，你放了神獒，兀的不是谗臣也！"某放了神獒，赶着赵盾绕殿而走。争奈傍边恼了一人，乃是殿前太尉提弥明〔4〕，一瓜锤打倒神獒，一手揪住脑杓皮，一手扳住下嗑子，只一劈将那神獒分为两半。赵盾出的殿门，便寻他原乘的驷马车。某已使人将驷马摘了二马，双轮去了一轮，上的车来，不能前去。傍边转过一个壮士，一臂扶轮，一手策马，逢山开路，救出赵盾去了。你道其人是谁？就是那桑树下饿夫灵辄〔5〕。某在灵公跟前说过，将赵盾三百口满门良贱，诛尽杀绝。止有赵朔与公主在府中，为他是个驸马，不好擅杀。某想剪草除根，萌芽不发，乃诈传灵公的命，差一使臣将着三般朝典〔6〕，是弓弦、药酒、短刀，着赵朔服那一般朝典身亡。某已分付他疾去早来，回我的话。〔诗云〕三百家属已灭门，止有赵朔一亲人。不论那般朝典死，便教剪草尽除根。〔下〕〔冲末扮赵朔同旦儿扮公主上〕〔赵朔云〕小官赵朔，官拜都尉之职。谁想屠岸贾与我父文武不和，搬弄灵公，将俺三百口满门良贱，诛尽杀绝了也。公主，你听我遗言：你如今腹怀有孕，若是你添个女儿，更无话说；若是个小厮儿呵，我就腹中与他个小名，唤做赵氏孤儿。待他长立成人，与俺父母雪冤报仇也。〔旦儿哭科，云〕兀的不痛杀我也！〔外扮使命，领从人上，云〕小官奉主公的命，将三般朝典，是弓弦、药酒、短刀，赐与驸马赵朔，随他服那一般朝典，取速而亡，然后将公主囚禁府中。小官不敢久停久住，即刻传命走一遭去，可早来到他府门首也。〔见科云〕赵朔跪者，听主公的命。为你一家不忠不孝，欺公坏法，将您满门良贱，尽行诛戮，尚有余辜。姑念赵朔有一脉之亲，不忍加诛，特赐三般朝典，随意取一而死。其公主囚禁在府，断绝亲疏，不许往来。兀那赵朔，圣命不可违慢，你早早自尽者！〔赵朔云〕公主，似此可怎了也？〔唱〕

【仙吕·赏花时】枉了我报主的忠良一旦休！只他那蠹国的奸臣权在手。他平白地使机谋，将俺云阳市[7]斩首！兀的是出气力的下场头！

〔旦儿云〕天那，可怜害的俺一家死无葬身之地也。〔赵朔唱〕

【幺篇】落不的身埋在故丘。〔云〕公主，我嘱付你的说话，你牢记者。〔旦儿云〕妾身

知道了也。〔赵朔唱〕分付了腮边雨泪流，俺一句一回愁。待孩儿他年长后，着与俺这三百口，可兀的报冤仇！〔死科，下〕

〔旦儿云〕驸马，则被你痛杀我也！〔下〕〔使命云〕赵朔用短刀身亡了也，公主已囚在府中，小官须回主公的话去来。〔诗云〕西戎当日进神獒，赵家百口命难逃。可怜公主犹囚禁，赵朔能无决短刀。〔下〕

〔1〕钼麑（Chú Ní）：春秋时晋国勇士。晋灵公使之刺杀赵盾，时天色尚早，赵已盛服待朝，钼知其贤，不忍下手，自撞庭槐而死。

〔2〕獒（áo）：体形巨大的恶犬。

〔3〕獬（xiè）豸（zhì）：兽名，据说能别曲直。

〔4〕提弥明：据《左传》，晋灵公使恶犬逐赵盾，犬为提弥明所扑杀。

〔5〕灵辄：曾因饥饿，困于桑树下面，得到赵盾的周济。后为灵公甲士，灵公欲杀赵盾，灵辄倒戈相助。

〔6〕朝典：封建帝王逼大臣自杀，还说是朝廷的恩典。

〔7〕云阳市：秦置云阳县，在今陕西淳化西北，韩非、李斯都死于此地，后世小说戏曲多借指刑场。

第一折

〔屠岸贾上，云〕某屠岸贾，只为怕公主他添了个小厮儿，久以后成人长大，他不是我的仇人？

我已将公主囚在府中,这些时该分娩了。怎么差去的人去了许久,还不见来回报?〔卒子上报科,云〕报的元帅得知,公主囚在府中,添了个小厮儿,唤做赵氏孤儿哩。〔屠岸贾云〕是真个唤做赵氏孤儿?等一月满足,杀这小厮也不为迟。令人,传我的号令去,着下将军[1]韩厥,把住府门;不搜进去的,只搜出来的。若有盗出赵氏孤儿者,全家处斩,九族不留。一壁与我张挂榜文,遍告诸将,休得违误,自取其罪。〔词云〕不争晋公主怀孕在身,产孤儿是我仇人,待满月钢刀铡死,才称我削草除根。〔下〕〔旦儿抱俫儿上,诗云〕天下人烦恼,都在我心头;犹如秋夜雨,一点一声愁。妾身晋室公主,被奸臣屠岸贾将俺赵家满门良贱,诛尽杀绝。今日所生一子,记的驸马临亡之时,曾有遗言:若是添个小厮儿,唤做赵氏孤儿,待他久后成人长大,与父母雪冤报仇。天那,怎能够将这孩儿送出的这府门去,可也好也?我想起来,目下再无亲人,只有俺家门下程婴,在家属上无他的名字。我如今只等程婴来时,我自有个主意。〔外扮程婴背药箱上,云〕自家程婴是也,元是个草泽医人,向在驸马府门下,蒙他十分优待,与常人不同。可奈屠岸贾贼臣将赵家满门良贱,诛尽杀绝,幸得家属上无有我的名字。如今公主囚在府中,是我每日传茶送饭。那公主眼下虽然生的一个小厮,取名赵氏孤儿,等他长立

等孤儿满月再杀,表现屠岸贾的骄横,也为救孤留地步。

成人,与父母报仇雪冤,只怕出不得屠贼之手,也是枉然。闻的公主呼唤,想是产后要什么汤药,须索走一遭去,可早来到府门首也。不必报复,径自过去。〔程婴见科,云〕公主呼唤程婴,有何事?〔旦儿云〕俺赵家一门,好死的苦楚也!程婴,唤你来别无甚事。我如今添了个孩儿,他父临亡之时,取下他一个小名,唤做赵氏孤儿。程婴,你一向在俺赵家门下走动,也不曾歹看承你。你怎生将这个孩儿掩藏出去,久后成人长大,与他赵氏报仇。〔程婴云〕公主,你还不知道:屠岸贾贼臣闻知你产下赵氏孤儿,四城门张挂榜文,但有掩藏孤儿的,全家处斩,九族不留。我怎么掩藏的他出去?〔旦儿云〕程婴,〔诗云〕可不道遇急思亲戚,临危托故人。你若是救出亲生子,便是俺赵家留得这条根。〔做跪科,云〕程婴,你则可怜见俺赵家三百口,都在这孩儿身上哩!〔程婴云〕公主请起。假若是我掩藏出小舍人去,屠岸贾得知,问你要赵氏孤儿,你说道,我与了程婴也。俺一家儿便死了也罢,这小舍人休想是活的。〔旦儿云〕罢,罢,罢,程婴,我教你去的放心。〔诗云〕程婴心下且休慌,听吾说罢泪千行。他父亲身在刀头死,〔做拿裙带缢死科,云〕罢,罢,罢,为母的也相随一命亡!〔下〕〔程婴云〕谁想公主自缢死了也。我不敢久停久住,打开这药箱,将小舍人放在里面,再将些生药遮住

公主没有死的必要,因此后来有些改编本都让她活下来,最后与孤儿母子团圆。

身子。天也,可怜见赵家三百余口,诛尽杀绝,止有一点点孩儿。我如今救的他出去,你便有福,我便成功;若是搜将出来呵,你便身亡,俺一家儿都也性命不保。〔诗云〕程婴心下自裁划,赵家门户实堪哀;只要你出的九重帅府连环寨,便是脱却天罗地网灾。〔下〕〔正末扮韩厥领卒子上,云〕某下将军韩厥是也。佐于屠岸贾麾下,着某把守公主的府门,可是为何?只因公主生下一子,唤做赵氏孤儿,恐怕有人递盗将去,着某在府门上搜出来时,将他全家处斩,九族不留。小校,将公主府门把的严整者!嗨,屠岸贾,都似你这般损坏忠良,几时是了也呵!〔唱〕

以下四曲既点明忠奸矛盾的实质,又表现韩厥是非分明的态度,为他舍生救孤张本。

【仙吕·点绛唇】列国纷纷,莫强于晋。才安稳,怎有这屠岸贾贼臣?他则把忠孝的公卿损。

【混江龙】不甫能[2]风调雨顺,太平年宠用着这般人。忠孝的在市曹中斩首,奸佞的在帅府内安身。现如今全作威来全作福,还说甚半由君也半由臣!他,他,他把爪和牙布满在朝门,但违拗的早一个个诛夷尽。多咱是人间恶煞,可什么阃外将军[3]。

〔云〕我想屠岸贾与赵盾两家儿结下这等深仇,几时可解也!〔唱〕

【油葫芦】他待要剪草防芽绝祸根，使着俺把府门。俺也是于家为国旧时臣。那一个藏孤儿的便不合将他隐，这一个杀孤儿的你可也心何忍。〔带云〕屠岸贾，你好狠也！〔唱〕有一日怒了上苍，恼了下民，怎不怕沸腾腾万口争谈论，天也显着个青脸儿不饶人。

表现了天从人愿的思想。

【天下乐】却不道远在儿孙近在身。哎，你个贼也波臣，和赵盾，岂可二十载同僚没些儿义分？便兴心使歹心，指贤人作歹人。他两个细评论，还是那个狠？

〔云〕令人，门首觑者，看有甚么人出府门来，报复某家知道。〔卒子云〕理会的。〔程婴做慌走上，云〕我抱着这药箱，里面有赵氏孤儿。天也可怜，喜的韩厥将军把住府门，他须是我老相公抬举来的。若是撞的出去，我与小舍人性命都得活也。〔做出门科〕〔正末云〕小校，拿回那抱药箱儿的人来。你是甚么人？〔程婴云〕我是个草泽医人，姓程，是程婴。〔正末云〕你在那里去来？〔程婴云〕我在公主府内煎汤下药来。〔正末云〕你下甚么药？〔程婴云〕下了个益母汤。〔正末云〕你这箱儿里面甚么物件？〔程婴云〕都是生药。〔正末云〕是甚么生药？〔程婴云〕都是桔梗、甘草、薄荷。〔正末云〕可有什么夹带？

〔程婴云〕并无夹带。〔正末云〕这等你去。〔程婴做走,正末叫科,云〕程婴回来。这箱儿里面是甚么物件?〔程婴云〕都是生药。〔正末云〕可有甚么夹带?〔程婴云〕并无夹带。〔正末云〕你去。〔程婴做走,正末叫科,云〕程婴回来。你这其中必有暗昧。我着你去呵,似弩箭离弦;叫你回来呵,便似毡上拖毛。程婴,你则道我不认的你哩!〔唱〕

三擒三纵,令人捏汗。

【河西后庭花】你本是赵盾家堂上宾,我须是屠岸贾门下人。你便藏著那未满月麒麟种[4],〔带云〕程婴你见么?〔唱〕怎出的这不通风虎豹屯?我不是下将军,也不将你来盘问。〔云〕程婴,我想你多曾受赵家恩来。〔程婴云〕是知恩报恩,何必要说。〔正末唱〕你道是既知恩合报恩,只怕你要脱身难脱身。前和后把住门,地和天那处奔?若拿回审个真,将孤儿往报闻,生不能,死有准。

〔云〕小校靠后,唤您便来,不唤您休来。〔卒子云〕理会的。〔正末做揭箱子见科,云〕程婴,你道是桔梗、甘草、薄荷,我可搜出人参来也。〔程婴做慌,跪伏科〕〔正末唱〕

"搜出人参",双关妙语。

【金盏儿】见孤儿额颅上汗津津,口角头乳食喷;骨碌碌睁一双小眼儿将咱

【金盏儿】曲写药箱中婴儿,情状逼真。紧急

中着此闲笔，起调剂气氛的作用，同时表现韩厥对孤儿命运的关注。

认，悄促促箱儿里似把声吞；紧绑绑难展足，窄狭狭怎翻身？他正是成人不自在，自在不成人。

〔程婴词云〕告大人停嗔息怒，听小人从头分诉：想赵盾晋室贤臣，屠岸贾心生嫉妒；遣神獒扑害忠良，出朝门脱身逃去；驾单轮灵辄报恩，入深山不知何处。奈灵公听信谗言，任屠贼横行独步。赐驸马伏剑身亡，灭九族都无活路。将公主囚禁冷宫，那里讨亲人照顾？遵遗嘱唤做孤儿，子共母不能完聚。才分娩一命归阴，着程婴将他掩护。久以后长立成人，与赵家看守坟墓。肯分的[5]遇着将军，满望你拔刀相助。若再剪除了这点萌芽，可不断送他灭门绝户？〔正末云〕程婴，我若把这孤儿献将出去，可不是一身富贵？但我韩厥是一个顶天立地的男儿，怎肯做这般勾当！〔唱〕

【醉中天】我若是献出去图荣进，却不道利自己损别人。可怜他三百口亲丁尽不存，着谁来雪这终天恨。〔带云〕那屠岸贾若见这孤儿呵，〔唱〕怕不就连皮带筋，捻成齑粉。我可也没来由立这样没眼的功勋。

〔云〕程婴，你抱的这孤儿出去。若屠岸贾问呵，我自与你回话。〔程婴云〕索谢了将军。

〔做抱箱儿走出又回跪科〕〔正末云〕程婴，我说放你去，难道要你？可快出去！〔程婴云〕索谢了将军。〔做走又回跪科〕〔正末云〕程婴，你怎生又回来？〔唱〕

【金盏儿】敢猜着我调假不为真，那知道蕙叹惜芝焚[6]。去不去我儿回家将伊尽[7]，可怎生到门前兜的又回身？〔带云〕程婴，〔唱〕你既没包身胆，谁着你强做保孤人？可不道忠臣不怕死，怕死不忠臣。

前面程婴三次出宫门，韩厥三次叫回他；这里韩厥三次放程婴走，程婴三次又回来，前后对照，表现韩厥思想的转变，也表现程婴虑事的深心。

〔程婴云〕将军，我若出的这府门去，你报与屠岸贾知道，别差将军赶来拿住我程婴，这个孤儿万无活理。罢，罢，罢！将军，你拿将程婴去，请功受赏。我与赵氏孤儿，情愿一处身亡便了。〔正末云〕程婴，你好去的不放心也！〔唱〕

【醉扶归】你为赵氏存遗胤[8]，我于屠贼有何亲？却待要乔做人情遣众军，打一个回风阵。你又忠我可也又信，你若肯舍残生我也愿把这头来刎。

【青歌儿】端的是一言一言难尽，〔带云〕程婴，〔唱〕你也忒眼内眼内无珍。将孤儿好去深山深处隐，那其间教训成人，演武修文；重掌三军，拿住贼臣；碎首分身，报答亡魂，也不负了我和你硬踩着是非

此写韩厥舍生取义。救孤托孤，意在除奸复仇，紧扣主题。

门,担危困。〔带云〕程婴,你去的放心者。〔唱〕

【赚煞尾】能可[9]在我身儿上讨明白,怎肯向贼子行挨推问!猛拼着撞阶基图个自尽,便留不得香名万古闻,也好伴钼麑共做忠魂。你,你,你要殷勤,照觑晨昏,他须是赵氏门中一命根。直等待他年长进,才说与从前话本[10],是必教报仇人,休忘了我这大恩人。〔自刎下〕

〔程婴云〕呀,韩将军自刎了也。则怕军校得知,报与屠岸贾知道,怎生是好?我抱着孤儿须索逃命去来。〔诗云〕韩将军果是忠良,为孤儿自刎身亡。我如今放心前去,太平庄再做商量。〔下〕

〔1〕下将军:春秋时各诸侯大国设上、中、下三军,下将军统率下军。

〔2〕不甫能:意为甫能,"不"字无义。

〔3〕阃(kǔn)外将军:指可以信托的大将。《史记·冯唐传》:"阃以内者,寡人制之;阃以外者,将军制之。"阃,门槛。

〔4〕麒麟种:指聪敏早慧的小孩子。

〔5〕肯分的:凑巧,正好。

〔6〕蕙叹惜芝焚:物伤其类的意思。蕙、芝都是香草。

〔7〕尽:让。

〔8〕遗胤:后代。

〔9〕能可:宁可。

〔10〕话本:宋元称小说为话本,这里引申作故事。

第 二 折

〔屠岸贾领卒子上,云〕事不关心,关心者乱。某屠岸贾。只为公主生下一个小的,唤做赵氏孤儿,我差下将军韩厥把住府门,搜检奸细,一面张挂榜文,若有掩藏赵氏孤儿者,全家处斩,九族不留。怕那赵氏孤儿会飞上天去?怎么这早晚还不见送到孤儿,使我放心不下。令人,与我门外觑者。〔卒子报科,云〕报元帅,祸事到了也。〔屠岸贾云〕祸从何来?〔卒子云〕公主在府中将裙带自缢而死。把府门的韩厥将军,也自刎身亡了也。〔屠岸贾云〕韩厥为何自刎了?必然走了赵氏孤儿,怎生是好?眉头一皱,计上心来。我如今不免诈传灵公的命,把普国内但是半岁之下、一月之上新添的小厮,都与我拘刷[1]将来,见一个剁三剑,其中必然有赵氏孤儿,可不除了我这腹心之害?令人,与我张挂榜文,着普国内但是半岁之下、一月之上,新添的小厮,都拘刷到我帅府中来听令,违者全家处斩,九族不留。〔诗云〕我拘刷尽普国婴孩,料孤儿没处藏埋;一任他金枝玉叶,难逃我剑下之灾。〔下〕〔正末扮公孙

为搜赵氏孤儿,不惜残杀普国婴儿,权奸凶相毕露。此条毒计一出,悲剧冲突又推进一层,逼出公孙杵臼就义,程婴舍子。

杵臼,领家童上,云〕老夫公孙杵臼是也,在晋灵公位下为中大夫之职,只因年纪高大,见屠岸贾专权,老夫掌不得王事,罢职归农。苫庄[2]三顷地,扶手一张锄,住在这吕吕太平庄上。往常我夜眠斗帐[3]听寒角,如今斜倚柴门数雁行。倒大来悠哉也呵。〔唱〕

写公孙因朝政黑暗,罢职归农。这种思想在元人散曲中常见,作者也不免借题发挥。

【南吕·一枝花】兀的不屈沉杀大丈夫,损坏了真梁栋。被那些腌臜屠狗辈,欺负俺慷慨钓鳌翁[4]。正遇着不道的灵公,偏贼子加恩宠,着贤人受困穷。若不是急流中将脚步抽回,险些儿闹市里把头皮断送。

【梁州第七】他、他、他在元帅府扬威也那耀勇,我、我、我在太平庄罢职归农,再休想鹓班豹尾[5]相随从。他如今官高一品,位极三公,户封八县,禄享千钟,见不平处有眼如矇,听咒骂处有耳如聋。他、他、他,只将那会谄谀的着列鼎重裀[6],害忠良的便加官请俸,耗国家的都叙爵论功。他、他、他,只贪着目前受用,全不省爬的高来可也跌的来肿,怎如俺守田园学耕种,早跳出伤人饿虎丛,倒大来[7]从容。

〔程婴上,云〕程婴,你好慌也;小舍人,你好险也;屠岸贾,你好狠也。我程婴虽然担着个死,撞出城来,闻的那屠岸贾见说走了赵氏孤儿,要将普国内半岁之下、一月之上小孩儿每,都拘摄到元帅府里。不问是孤儿不是孤儿,他一个个亲手剁做三段。我将的这小舍人送到那厢去?好,有了。我想吕吕太平庄上公孙杵臼,他与赵盾是一殿之臣,最相交厚。他如今罢职归农。那老宰辅是个忠直的人,那里堪可掩藏。我如今来到庄上,就在这芭棚下,放下这药箱。小舍人,你且权时歇息咱,我见了公孙杵臼便来看你。家童报复去,道有程婴求见。〔家童报科,云〕有程婴在于门首。〔正末云〕道有请。〔家童云〕请进。〔正末见科,云〕程婴,你来有何事?〔程婴云〕在下见老宰辅在这太平庄上,特来相访。〔正末云〕自从我罢官之后,众宰辅每好么?〔程婴云〕嗨,这不比老宰辅为官时节。如今屠岸贾专权,较往常都不同了也!〔正末云〕也该着众宰辅每劝谏、劝谏。〔程婴云〕老宰辅,这等贼臣自古有之。便是那唐虞之世,也还有四凶[8]哩。〔正末唱〕

慌、险、狠三字说得贴切。

程婴吩咐孤儿语,似违反常情,实际表现他对孤儿的高度关注。此等笔墨易收到意外舞台效果。

【隔尾】你道是古来多被奸臣弄,便是圣世何尝没四凶,谁似这万人恨千人嫌一人重?他不廉不公,不孝不忠,单只会把赵盾全家杀的个绝了种!

曲白相生，自然带出孤儿。

〔程婴云〕老宰辅，幸得皇天有眼，赵氏还未绝种哩。〔正末云〕他家满门良贱三百余口，诛尽杀绝，便是驸马也被三般朝典短刀自刎了，公主也将裙带缢死了，还有什么种在那里？〔程婴云〕那前项的事，老宰辅都已知道，不必说了。近日公主囚禁府中，生下一子，唤做孤儿，这不是赵家是那家的种？但恐屠岸贾得知，又要杀坏。若杀了这一个小的，可不将赵家真绝了种也！〔正末云〕如今这孤儿却在那里，不知可有人救的出来么？〔程婴云〕老宰辅既有这点见怜之意，在下敢不实说。公主临亡时，将这孤儿交付与了程婴，着好生照觑他，待到成人长大，与父母报仇雪恨。我程婴抱的这孤儿出门，被韩厥将军要拿的去报与屠岸贾，是程婴数说了一场，那韩厥将军放我出了府门，自刎而亡。如今将的这孤儿无处掩藏，我特来投奔老宰辅。我想宰辅与赵盾原是一殿之臣，必然交厚，怎生可怜见救这个孤儿咱！〔正末云〕那孤儿今在何处？〔程婴云〕现在芭棚下哩。〔正末云〕休惊唬着孤儿！你快抱的来！〔程婴做取箱开看科，云〕谢天地，小舍人还睡着哩。〔正末接科〕〔唱〕

话面上句句骂孤儿，骨子里处处骂权奸。孟称舜评曰：“十分涕愤，方有此骂，不如此，行文便少波澜。”

【牧羊关】这孩儿未生时绝了亲戚，怀着时灭了祖宗，便长成人也则是少吉多凶。他父亲斩首在云阳，他娘呵死在冷宫，那里是有血腥的白衣相？则是个无恩念的黑头虫[9]。〔程婴云〕赵氏一家全靠着这小舍人,要他报仇哩。〔正末唱〕你道他是个报父母的真男子;我道来则是个妨爷娘的小业种!

〔程婴云〕老宰辅不知,那屠岸贾为走了赵氏孤儿,普国内小的都拘刷将来,要伤害性命。老宰辅,我如今将赵氏孤儿偷藏在老宰辅跟前,一者报赵驸马平日优待之恩,二者要救普国小儿之命。念程婴年已四旬有五,所生一子,未经满月。待假装做赵氏孤儿,等老宰辅告首与屠岸贾去,只说程婴藏着孤儿。把俺父子二人,一处身死;老宰辅慢慢的抬举的孤儿成人长大,与他父母报仇,可不好也。〔正末云〕程婴,你如今多大年纪了?〔程婴云〕在下四十五岁了。〔正末云〕这小的算着二十年呵,方报的父母仇恨。你再着二十年,也只是六十五岁。我再着二十年呵,可不九十岁了,其时存亡未知,怎么还与赵家报的仇?程婴,你肯舍的你孩儿,倒将来交付与我,你自首告屠岸贾处,说道太平庄上公孙杵臼藏着赵氏孤儿。那屠岸贾领兵校来拿住,我和你亲儿一处而死。你将的赵氏孤儿抬举成人,与他父母报仇,方才是个长策。〔程婴云〕老宰辅,是则是,怎么难为的你老宰辅?你则将我的孩儿假装做赵氏孤儿,报与屠岸贾去,等俺父子二人一处而死罢。〔正末云〕程婴,我一言已定,再不必多疑

说得合情合理。

了。〔唱〕

【红芍药】须二十年酬报的主人公,恁时节才称心胸,只怕我迟疾死后一场空。〔程婴云〕老宰辅,你精神还强健哩!〔正末唱〕我精神比往日难同,闪下这小孩童怎见功?你急切里老不的形容,正好替赵家出力做先锋。〔带云〕程婴,你只依着我便了。〔唱〕我委实的挨不彻暮鼓晨钟[10]!

〔程婴云〕老宰辅,你好好的在家,我程婴不识进退,平白地将着这愁布袋连累你老宰辅,以此放心不下。〔正末云〕程婴,你说那里话?我是七十岁的人,死是常事,也不争这早晚。〔唱〕

公孙肝胆相照,为何还怕他失信,未免多余。

【菩萨梁州】向这傀儡棚[11]中,鼓笛搬弄,只当做场短梦。猛回头早老尽英雄。有恩不报怎相逢,见义不为非为勇,〔程婴云〕老宰辅既应承了,休要失信。〔正末唱〕言而无信言何用!〔程婴云〕老宰辅,你若存的赵氏孤儿,当名标青史,万古留芳。〔正末唱〕也不索把咱来厮陪奉,大丈夫何愁一命终,况兼我白发鬖松[12]。

〔程婴云〕老宰辅,还有一件:若是屠岸贾拿住老宰辅,你怎熬的这三推六问,少不得指攀我程婴下来。俺父子两个死是分内,只可惜赵氏孤儿,终归一死,可不把你老宰辅干累了也?〔正末

云〕程婴,你也说的是。我想那屠岸贾与赵驸马呵!〔唱〕

【三煞】这两家做下敌头重,但要访的孤儿有影踪,必然把太平庄上兵围拥,铁桶般密不通风。〔云〕那屠岸贾拿住了我,高声喝道:老匹夫,岂不见三日前出下榜文,偏是你藏下赵氏孤儿,与俺作对!请波,请波!〔唱〕则说老匹夫请先入瓮[13],也须知榜揭处天都动;偏你这罢职归田一老农,公然敢剔蝎撩蜂。

【二煞】他把绷扒吊拷般般用,情节根由细细穷;那其间枯皮朽骨难禁痛,少不得从实攀供,可知道你个程婴怕恐。〔带云〕程婴,你放心者。〔唱〕我从来一诺似千金重,便将我送上刀山与剑锋,断不做有始无终!

〔云〕程婴,你则放心前去,抬举的这孤儿成人长大,与他父母报仇雪恨。老夫一死,何足道哉!〔唱〕

【煞尾】凭着赵家枝叶千年永,晋国山河百二[14]雄。显耀英材统军众,威压诸邦尽伏拱;遍拜公卿诉苦衷。祸难当初起下宫[15],可怜三百口亲丁饮剑锋;刚留

【三煞】曲及带白,设想屠岸贾如何斥问,声口毕肖;【二煞】曲设想他如何刑审,情景逼真,说明公孙不怕刀山剑锋,在思想上作了充分准备。他在下一场的慷慨赴死,从容就义,才是可信的。

【煞尾】流露出作者复兴宋祚,重整山河的愿望,在当时极其大胆。

得孤苦伶仃一小童。巴到今朝袭父封，提起冤仇泪如涌，要请甚旗牌[16]下九重，早拿出奸臣帅府中，断首分骸祭祖宗，九族全诛不宽纵。恁时节才不负你冒死存孤报主公，便是我也甘心儿葬近要离[17]路傍冢！〔下〕

〔程婴云〕事势急了，我依旧将这孤儿抱的我家去，将我的孩儿送到太平庄上来。〔诗云〕甘将自己亲生子，偷换他家赵氏孤；这本程婴义分应该得，只可惜遗累公孙老大夫。〔下〕

〔1〕拘刷：拘禁在一起。

〔2〕苫(shān)庄：用茅草盖的屋子，即茅屋。

〔3〕斗帐：小帐，形如覆盖的斗。

〔4〕钓鳌翁：比喻气象非凡、有才能的人。鳌，海中巨龟。

〔5〕鹓(yuān)班豹尾：鹓鸟飞行有序，比喻官员排班上朝。豹尾，朝廷仪仗上的装饰。

〔6〕列鼎重裀：吃饭时摆着一行行食器，坐卧时铺着一重重锦褥，表示豪华富奢。

〔7〕倒大来：到头来。

〔8〕四凶：古代传说中的四恶，指浑敦、穷奇、梼杌、饕餮(tāotiè)。

〔9〕黑头虫：民间传说，黑头虫和黄口鹁，都是吃父母的虫鸟，用来比喻忤逆不孝。

〔10〕暮鼓晨钟：意为一早一晚。古时黄昏击鼓，清晨撞钟。

〔11〕傀儡棚：做傀儡戏的舞台，比喻人生如戏场。

〔12〕鬔松：蓬松。

〔13〕入瓮：受刑的意思。武则天时，来俊臣奉命审问周兴，事先向周请教迫使犯人招供的办法，周说用炭火烤大瓮，要犯人爬进去，不怕不招。来如法炮制，然后对兴说："有旨推问，请公入瓮。"周大惧，叩头伏罪。

〔14〕山河百二：谓山河雄壮，地势险要。

〔15〕祸难当初起下宫：当年晋灵公无道，于宫中建造绛绡楼，在上面用弹弓弹射行人取乐，赵盾进谏被忌，才有被害等事。

〔16〕旗牌：传达命令的小官，以旗帜或符牌为信。

〔17〕要离：春秋时吴国的勇士，为了替公子光刺杀庆忌，不惜自断手臂以取信，刺杀成功后，自己也伏剑而死。

第三折

〔屠岸贾领卒子上，云〕兀的不走了赵氏孤儿也。某已曾张挂榜文，限三日之内，不将孤儿出首，即将普国内小儿，但是半岁以下、一月以上，都拘刷到我帅府中，尽行诛戮。令人，门首觑者，若有首告之人，报复某家知道。〔程婴上，云〕自家程婴是也。昨日将我的孩儿送与公孙杵臼去了，我今日到屠岸贾跟前首告去来。令人，报复去：道有了赵氏孤儿也！〔卒子云〕你则在这里，等我报复去。〔报科，云〕报的元帅得知，有人来报赵氏孤儿有了也。〔屠岸贾云〕在那里？〔卒子云〕现在门首哩。〔屠岸贾云〕着他过来。〔卒子云〕着过来。〔做见科，屠岸贾云〕兀那厮,你是何人?〔程婴云〕小人是个草泽医士程婴。〔屠岸贾云〕赵氏孤儿今在何处?〔程婴云〕在吕吕太平庄上公孙杵臼家藏着哩。〔屠岸贾云〕你怎生知道来?〔程婴云〕小人与公孙杵臼曾有一面之交。我去探望他,谁想卧房中锦绷绣褥上,躺着一个小孩儿。我想公孙杵臼年纪七十,从来没儿没女,这个是那里来的?我说道这小的莫非是赵氏孤儿么?只见他登时变色,不能答应。以此知孤儿在公孙杵臼家里。〔屠岸贾云〕咄!你这匹夫,你怎瞒的过我?你和公孙杵臼往日无仇,近日无冤,你因何告他藏着赵氏孤儿?你敢是知情么,说的是万事全休;说的不是,令人,磨的剑快,先杀了这个匹夫者。〔程婴云〕告元帅,暂息雷霆之怒,略罢虎狼之威,听小人诉说一遍咱。我小人与公孙杵臼原无仇隙,只因元帅传下榜文,要将普国内小儿拘刷到帅府,尽行杀坏。我一来为救晋国内小儿之命;二来小人四旬有五,近生一子,尚未满月,元帅军令,不敢不献出来,可不小人也绝后了。我想有了赵氏孤儿,便不损坏一国生灵,连小人的孩儿也得无事,所以出首。〔诗云〕告大人暂停嗔怒,这便是首告缘故。虽然救普国生灵,其实怕程家绝户。〔屠岸贾笑科,云〕哦,是了。公孙杵臼原与赵盾一殿之臣,可知有这事来。令人,则今日点就本部下人马,同程婴到太平庄上,拿公孙杵臼走一

有此一笔,写出了权奸的阴险狡猾,文境亦奇峰突起。程婴答得入情入理,闯过了第一道险关。

遭去。〔同下〕〔正末公孙杵臼上，云〕老夫公孙杵臼是也。想昨日与程婴商议救赵氏孤儿一事，今日他到屠岸贾府中首告去了。这早晚屠岸贾这厮必然来也呵。〔唱〕

【双调·新水令】我则见荡征尘飞过小溪桥多，管是损忠良贼徒来到。齐臻臻摆着士卒，明晃晃列着枪刀。眼见的我死在今朝，更避甚痛笞掠。

〔屠岸贾同程婴领卒子上，云〕来到这吕吕太平庄上也。令人，与我围了太平庄者！程婴，那里是公孙杵臼宅院？〔程婴云〕则这个便是。〔屠岸贾云〕拿过那老匹夫来。公孙杵臼，你知罪么？〔正末云〕我不知罪。〔屠岸贾云〕我知你个老匹夫和赵盾是一殿之臣，你怎敢掩藏着赵氏孤儿？〔正末云〕老元帅，我有熊心豹胆，怎敢掩藏着赵氏孤儿！〔屠岸贾云〕不打不招。令人，与我拣大棒子着实打者！〔卒子做打科〕〔正末唱〕

【驻马听】想着我罢职辞朝，曾与赵盾名为刎颈交[1]。〔云〕这事是谁见来？〔屠岸贾云〕现有程婴首告着你哩。〔正末唱〕是那个昧情出告？原来这程婴舌是斩身刀！〔云〕你杀了赵家满门良贱三百余口，则剩下这孩儿，你又要伤他性命！〔唱〕你正是狂风偏纵扑天雕，严霜故打枯根草。不争把孤儿又杀坏了，可着他三百口冤仇甚人来报？

〔屠岸贾云〕老匹夫，你把孤儿藏在那里？快招出来，免受刑法。〔正末云〕我有甚么孤儿藏在那里，谁见来？〔屠岸贾云〕你不招？令人，与我采下去[2]着实打者！〔做打科〕〔屠岸贾云〕这老匹夫赖肉顽皮，不肯招承，可恼可恼！程婴，这原是你出首的，就着你替我行杖者！〔程婴云〕元帅，小人是个草泽医士，撮药尚然腕弱，怎生行的杖？〔屠岸贾云〕程婴，你不行杖，敢怕指攀出你么？〔程婴云〕元帅，小人行杖便了。〔做拿杖子科，屠岸贾云〕程婴，我见你把棍子拣了又拣，只拣着那细棍子，敢怕打的他疼了，要指攀下你来？〔程婴云〕我就拿大棍子打者。〔屠岸贾云〕住者。你头里只拣着那细棍子打，如今你却拿起大棍子来，三两下打死了呵，你就做的个死无招对。〔程婴云〕着我拿细棍子又不是，拿大棍子又不是，好着我两下做人难也。〔屠岸贾云〕程婴，你只拿着那中等棍子打。公孙杵臼老匹夫，你可知道行杖的就是程婴么？〔程婴行杖科，云〕快招了者！〔三科了〕〔正末云〕哎哟，打了这一日，不似这几棍子打的我疼。是谁打我来？〔屠岸贾云〕是程婴打你来。〔正末云〕程婴，你划的[3]打我那！〔程婴云〕元帅，打的这老

让程婴行杖，以察其是否同谋。这里关目与《抱妆盒》剧中刘皇后要陈琳拷问寇承御相似。

头儿兀的不胡说哩。〔正末唱〕

【雁儿落】是那一个实丕丕将着粗棍敲,打的来痛杀杀精皮掉。我和你狠程婴有甚的仇?却教我老公孙受这般虐!

〔程婴云〕快招了者。〔正末云〕我招,我招!〔唱〕

【得胜令】打的我无缝可能逃,有口屈成招,莫不是那孤儿他知道,故意的把咱家指定了?〔程婴做慌科〕〔正末唱〕我委实的难熬,尚兀自强着牙根儿闹;暗地里偷瞧,只见他早唬的腿脡儿[4]摇。

〔程婴云〕你快招罢,省得打杀你。〔正末云〕有,有,有。〔唱〕

【水仙子】俺二人商议要救这小儿曹。〔屠岸贾云〕可知道指攀下来也。你说二人,一个是你了,那一个是谁?你实说将出来,我饶你的性命。〔正末云〕你要我说那一个?我说我说。〔唱〕哎,一句话来到我舌尖上却咽了。〔屠岸贾云〕程婴,这桩事敢有你么?〔程婴云〕兀那老头儿,你休妄指平人!〔正末云〕程婴,你慌怎么?〔唱〕我怎生把你程婴道,似这般有上梢无下梢[5]。〔屠岸贾云〕你头里说两个,你怎生这一会儿可说无了?〔正末唱〕

孟称舜评曰:"故意攀指,机关转妙。"其实作者设此打人之笔是为了表现斗争的严酷性,也表现公孙的肝胆照人,使程婴有可能闯过屠岸贾设下的第二道险关。

只被你打的来不知一个颠倒。〔屠岸贾云〕你还不说，我就打死你个老匹夫！〔正末唱〕遮莫便打的我皮都绽，肉尽销，休想我有半字儿攀着。

写屠岸贾从奸笑到狞怒，程婴从惊疼到掩泪，处处切合人物性格与剧情变化。

〔卒子抱俫儿上科，云〕元帅爷贺喜，土洞中搜出个赵氏孤儿来了也。〔屠岸贾笑科，云〕将那小的拿近前来，我亲自下手，剁做三段！兀那老匹夫，你道无有赵氏孤儿，这个是谁？〔正末唱〕

【川拨棹】你当日演神獒，把忠臣来扑咬。逼的他走死荒郊，刎死钢刀，缢死裙腰。将三百口全家老小尽行诛剿，并没那半个儿剩落，还不厌[6]你心苗？

〔屠岸贾云〕我见了这孤儿，就不由我不恼也！〔正末唱〕

【七弟兄】我只见他左瞧、右瞧、怒咆哮，火不腾[7]改变了狰狞貌，按狮蛮[8]拽札起锦征袍，把龙泉[9]扯离出沙鱼鞘。

〔屠岸贾怒云〕我拔出这剑来，一剑、两剑、三剑。〔程婴做惊疼科〕〔屠岸贾云〕把这一个小业种剁了三剑，兀的不称了我平生所愿也。〔正末唱〕

【梅花酒】呀，见孩儿卧血泊。那一个哭哭号号，这一个怨怨焦焦，连我也战战摇摇。直恁般歹做作，只除是没天道！呀，想孩儿离褥草[10]，到今日恰十朝，刀下处怎耽饶，空生长枉劬劳[11]，还说甚要防老。

【收江南】呀，兀的不是家富小儿骄。〔程婴掩泪科〕〔正末唱〕见程婴心似热油浇，泪珠儿不敢对人抛。背地里揾了，没来由割舍的亲生骨肉吃三刀。

“家富小儿骄”一语不切。程婴此际心情，从公孙口中道出。

〔云〕屠岸贾那贼，你试觑者，上有天哩，怎肯饶过的你？我死打甚么不紧！〔唱〕

【鸳鸯煞】我七旬死后[12]偏何老，这孩儿一岁死后偏何小。俺两个一处身亡，落的个万代名标。我嘱付你个后死的程婴，休别了横亡的赵朔。畅道是光阴过去的疾，冤仇报复的早。将那厮万剐千刀，切莫要轻轻的素放[13]了。

写出公孙至死不忘复仇，正气凛然，进一步树立了悲剧人物的崇高形象。

〔正末撞科，云〕我撞阶基，觅个死处。〔下〕〔卒子报科，云〕公孙杵臼撞阶基身死了也。〔屠岸贾笑科〕那老匹夫既然撞死，可也罢了。〔做笑科，云〕程婴，这一桩里多亏了你。若不是你呵，如何杀的赵氏孤儿。〔程婴云〕元帅，小人原与赵氏无仇。一来救普国内众生，二来小人跟前也有个孩儿，未曾满月，若不搜的那赵氏孤儿出让孤儿在屠府长大，是直入虎穴探虎子的精心构思。

来，我这孩儿也无活的人也。〔屠岸贾云〕程婴，你是我心腹之人，不如只在我家中做个门客，抬举你那孩儿成人长大，在你跟前习文，送在我跟前演武。我也年近五旬，尚无子嗣，就将你的孩儿与我做个义儿。我偌大年纪了，后来我的官位，也等你的孩儿讨个应袭。你意下如何？〔程婴云〕多谢元帅抬举。〔屠岸贾诗云〕则为朝纲中独显赵盾，不由我心中生忿；如今削除了这点萌芽，方才是永无后衅。〔同下〕

〔1〕刎颈交：友谊深厚，可以生死与共的交情。

〔2〕采下去：拉下去。

〔3〕划的：怎么、怎的。

〔4〕腿脡儿：腿肚子。

〔5〕有上梢无下梢：做事有始无终的意思。

〔6〕厌：满足。

〔7〕火不腾：火勃腾，形容发怒时火气上升面色通红的样子。

〔8〕狮蛮：制饰有狮子蛮王的腰带，武将用。

〔9〕龙泉：宝剑名。

〔10〕蓐草：孕妇临产时所坐的草席、草垫。

〔11〕劬劳：辛勤，劳苦。《诗经·小雅·蓼莪》："哀哀父母，生我劬劳。"

〔12〕七旬死后："后"字，与下句"一岁死后"的"后"字同为语气词，略当于"呵"。

〔13〕素放：轻易放过。

第四折

〔屠岸贾领卒子上,云〕某,屠岸贾。自从杀了赵氏孤儿,可早二十年光景也。有程婴的孩儿,因为过继与我,唤做屠成。教的他十八般武艺,无有不拈,无有不会。这孩儿弓马倒强似我。就着我这孩儿的威力,早晚定计,弑了灵公,夺了晋国,可将我的官位都与孩儿做了,方是平生愿足。适才孩儿往教场中演习弓马去了,等他来时,再做商议。〔下〕〔程婴拿手卷上,诗云〕日月催人老,光阴趱少年;心中无限事,未敢尽明言。过日月好疾也,自到屠府中,今经二十年光景,抬举的我那孩儿二十岁,官名唤做程勃。我跟前习文,屠岸贾跟前习武,甚有机谋,熟娴弓马。那屠岸贾将我的孩儿十分见喜,他岂知就里的事。只是一件,连我这孩儿心下也还是懵懵懂懂的。老夫今年六十五岁,倘或有些好歹呵,着谁人说与孩儿知道,替他赵氏报仇?以此踌躇展转,昼夜无眠。我如今将从前屈死的忠臣良将,画成一个手卷。倘若孩儿问老夫呵,我一桩桩剖说前事,这孩儿必然与父母报仇也!我且在书房中闷坐着,只等孩儿到来,自有个理会。〔正末扮程勃

孟称舜评曰:“此折曲白俱妙,是世间绝大文章,勿以小曲视之。”

上，云〕某程勃是也。这壁厢爹爹是程婴，那壁厢爹爹可是屠岸贾。我白日演武，到晚习文。如今在教场中回来，见我这壁厢爹爹走一遭去也呵。〔唱〕

【中吕·粉蝶儿】引着些本部下军卒，提起来杀人心半星不惧[1]。每日家习演兵书。凭着我，快相持，能对垒[2]，直使的诸邦降伏。俺父亲英勇谁如，我拼着个尽心儿扶助。

【醉春风】我则待扶明主晋灵公，助贤臣屠岸贾。凭着我能文善武万人敌，俺父亲将我来许、许。可不道马壮人强，父慈子孝，怕甚么主忧臣辱。

〔程婴云〕我展开这手卷。好可怜也！单为这赵氏孤儿，送了多少贤臣烈士，连我的孩儿也在这里面身死了也！〔正末云〕令人，接了马者。这壁厢爹爹在那里？〔卒子云〕在书房中看书哩。〔正末云〕令人，报复去。〔卒子报科，云〕有程勃来了也。〔程婴云〕着他过来。〔卒子云〕着过去。〔正末做见科，云〕这壁厢爹爹，您孩儿教场中回来了也。〔程婴云〕你吃饭去。〔正末云〕我出的这门来。想俺这壁厢爹爹，每日见我心中喜欢；今日见我来，心中可甚烦恼，垂泪不止，不知主着何意？我过去问他，谁欺负着你来？对您孩儿说,我不道的[3]饶了他哩。〔程婴云〕我便与你说呵,也与你父亲母亲做不的主,你只吃饭去。〔程婴做掩泪科〕〔正末云〕兀的不奚幸[4]杀我也!〔唱〕

【迎仙客】因甚的掩泪珠,〔程婴做吁气科〕〔正末唱〕气长吁?我恰才叉定手向前来紧趋伏[5]。〔带云〕则俺见这壁厢爹爹呵,〔唱〕懒支支[6]恶心烦,勃腾腾生忿怒。〔带云〕是甚么人敢欺负你来?〔唱〕我这里低首踌躇。〔带云〕既然没的人欺负你呵,〔唱〕那里是话不投机处。

〔程婴云〕程勃,你在书房中看书,我往后堂中去去再来。〔做遗手卷虚下〕〔正末云〕哦,原来遗下一个手卷在此。可是甚的文书,待我展开看咱。〔做看科,云〕好是奇怪。那个穿红的拽着恶犬,扑着个穿紫的,又有个拿瓜锤的打死了那恶犬。这一个手扶着一辆车,又是没半边车轮的。这一个自家撞死槐树之下。可是甚么故事?又不写出个姓名,教我那里知道?〔唱〕

【红绣鞋】画着的是青鸦鸦几株桑树,闹炒炒一簇田夫,这一个可磕擦[7]紧扶定一轮车。有一个将瓜锤亲手举,有一个触槐树早身殂,又一个恶犬儿只向着这穿紫的频去扑。

〔云〕待我再看来。这一个将军前面摆着弓弦、药酒、短刀三件，却将短刀自刎死了。怎么这一个将军也引剑自刎而死？又有个医人手扶着药箱儿跪着，这一个妇人抱着个小孩儿，却象要交付医人的意思。呀！原来这妇人也将裙带自缢死了，好可怜人也！〔唱〕

【石榴花】我只见这一个身着锦襜褕[8]，手引着弓弦、药酒、短刀诛。怎又有个将军自刎血模糊？这一个扶着药箱儿跪伏，这一个抱着小孩儿交付。可怜穿珠带玉良家妇，他将着裙带儿缢死何辜。好着我沉吟半晌无分诉，这画的是奚幸杀我也闷葫芦！

〔云〕我仔细看来，那穿红的也好狠哩，又将一个白须老儿打的好苦也。〔唱〕

三曲步步逼紧，映带有情。

【斗鹌鹑】我则见这穿红的匹夫，将着这白须的来殴辱，兀的不恼乱我的心肠，气填我这肺腑！〔带云〕这一家儿若与我关亲呵，〔唱〕我可也不杀了贼臣不是丈夫，我可便敢与他做主。这血泊中躺的不知是那个亲丁，这市曹中杀的也不知是谁家上祖？

〔云〕到底只是不明白，须待俺这壁厢爹爹

出来,问明这桩事,可也免的疑惑。〔程婴上,云〕程勃,我久听多时了也。〔正末云〕这壁厢爹爹,可说与您孩儿知道。〔程婴云〕程勃,你要我说这桩故事,倒也和你关亲哩。〔正末云〕你则明明白白的说与您孩儿咱。〔程婴云〕程勃,你听者,这桩儿故事好长哩。当初那穿红的和这穿紫的,原是一殿之臣,争奈两个文武不和,因此做下对头,已非一日。那穿红的想道,先下手为强,后下手遭殃。暗地遣一刺客,唤做钮麑,藏着短刀,越墙而过,要刺杀这穿紫的。谁想这穿紫的老宰辅,每夜烧香,祷告天地,专一片报国之心,无半点于家之意。那人道,我若刺了这个老宰辅,我便是逆天行事,断然不可;若回去见那穿红的,少不得是死。罢、罢、罢。〔诗云〕他手携利刃暗藏埋,因见忠良却悔来;方知公道明如日,此夜钮麑自触槐。〔正末云〕这个触槐而死的是钮麑么?〔程婴云〕可知是哩。这个穿紫的为春间劝农出到郊外,可在桑树下见一壮士,仰面张口而卧。穿紫的问其缘故。那壮士言某乃是灵辄,因每顿吃一斗米的饭,大主人家养活不过,将我赶逐出来。欲待摘他桑椹子吃,又道我偷他的,因此仰面而卧,等那桑椹子掉在口中便吃,掉不在口中,宁可饿死,不受人耻辱。穿紫的说,此烈士也。遂将酒食赐与饿夫,饱餐了一顿,不辞而去。这穿紫的并无嗔怒之心。程勃,这见得老宰

钮麑不刺赵盾而自杀的原因,此处补出。

孟称舜评曰:“文字到好处,便山歌曲白与高文典册同一机局,试看此段叙述,缓急轻重多少处,便解作文法则。”

此一大段对白,前以散文叙述,后以诗句赞叹,是说唱家声口。

辅的德量处。〔诗云〕为乘春令劝耕初，巡遍郊原日未晡。壶浆箪食[9]因谁下，刚济桑间一饿夫。〔正末云〕哦，这桑树下饿夫，唤做灵辄。〔程婴云〕程勃，你紧记者。又一日，西戎国贡进神獒，是一只狗，身高四尺者，其名为獒。晋灵公将神獒赐与那穿红的。那穿红的正要谋害这穿紫的，即于后园中扎一草人，与穿紫的一般打扮，将草人腹中悬一付羊心肺，将神獒饿了五七日，然后剖开草人腹中，饱餐一顿。如此演成百日，去向灵公说道，如今朝中岂无不忠不孝的人，怀着欺君之意。灵公问道，其人安在？那穿红的说，前者赐与臣的神獒，便能认的。那穿红的牵上神獒去，这穿紫的正立于殿上。那神獒认着是草人，向前便扑，赶的这穿紫的绕殿而走。傍边恼了一人，乃是殿前太尉提弥明，举起金瓜，打倒神獒，用手揪住脑杓皮，则一劈劈为两半。〔诗云〕贼臣奸计有千条，逼的忠良没处逃；殿前自有英雄汉，早将毒手劈神獒。〔正末云〕这只恶犬，唤做神獒。打死这恶犬的，是提弥明。〔程婴云〕是。那老宰辅出的殿门，正待上车，岂知被那穿红的把他那驷马车四马摘了二马，双轮摘了一轮，不能前去。傍边转过壮士，一臂扶轮，一手策马；磨衣见皮，磨皮见肉，磨肉见筋，磨筋见骨，磨骨见髓，捧毂[10]推轮，逃往野外。你道这个是何人？可就是桑间饿夫灵辄者是也。〔诗云〕紫衣逃难出宫门，驷马双轮摘一轮；却是灵辄强扶归野外，报取桑间一饭恩。〔正末云〕您孩儿记的，原来就是仰卧于桑树下的那个灵辄。〔程婴云〕是。〔正末云〕这壁厢爹爹，这个穿红的那厮好狠也，他叫甚么名氏？〔程婴云〕程勃，我忘了他姓名也。〔正末云〕这个穿紫的，可是姓甚么？〔程婴云〕这个穿紫的，姓赵，是赵盾丞相。他和你也关亲哩。〔正末云〕您孩儿听的说有个赵盾丞相，倒也不曾挂意。〔程婴云〕程勃，我今番说与你呵，你则紧紧记者。〔正末云〕那手卷上还有哩，你可再说与您孩儿听咱。〔程婴云〕那个穿红的，把这赵盾家三百口满门良贱诛尽杀绝了。止有一子赵朔，是个驸马，那穿红的诈传灵公的命，将三般朝典赐他，却是弓弦、药酒，短刀，要他凭着取一件自尽。其时公主腹怀有孕，赵朔遗言：我若死后，你添的个小厮儿呵，可名赵氏孤儿，与俺三百口报仇。谁想赵朔短刀刎死。那穿红的将公主囚禁府中，生下赵氏孤儿。那穿红的得知，早差下将军韩厥，把住府门，专防有人藏了孤儿出去。这公主有个门下心腹的人，唤做草泽医士程婴。〔正末云〕这壁厢爹爹，你敢就是他么？〔程婴云〕天下有多少同名同姓的人，他另是一个程婴。这公主将孤儿交付了那个程婴，就将裙带自缢而死。那程婴抱着这孤儿，来到府门上，撞见韩厥将军，搜出孤儿来，被程婴说了两

孟称舜评曰："忽逗一句，机关绝好。"却又一笔漾开，说："天下有多少同姓同名的人。"使对白有波澜。

句,谁想韩厥将军也拔剑自刎了。〔诗云〕那医人全无怕惧,将孤儿私藏出去;正撞见忠义将军,甘身死不教拿住。〔正末云〕这将军为赵氏孤儿,自刎身亡了,是个好男子。我记着他唤做韩厥。〔程婴云〕是、是、是,正是韩厥。谁想那穿红的得知,将普国内半岁之下、一月之上小孩儿每,都拘刷到他府来,每人剁做三段,必然杀了赵氏孤儿。〔正末做怒科,云〕那穿红的好狠也!〔程婴云〕可知他狠哩。谁想这程婴也生的个孩儿,尚未满月,假装做赵氏孤儿,送到吕吕太平庄上公孙杵臼跟前。〔正末云〕那公孙杵臼却是何人?〔程婴云〕这个老宰辅,和赵盾是一殿之臣。程婴对他说道,老宰辅,你收着这赵氏孤儿,去报与穿红的,道程婴藏着孤儿,将俺父子一处身死。你抬举的孤儿成人长大,与他父母报仇,有何不可?公孙杵臼说道:我如今年迈了也。程婴,你舍的你这孩儿,假装做赵氏孤儿,藏在老夫跟前,你报与穿红的去,我与你孩儿一处身亡。你藏着孤儿,日后与他父母报仇才是。〔正末云〕他那个程婴肯舍他那孩儿么?〔程婴云〕他的性命也要舍哩,量他那孩儿打甚么不紧?他将自己的孩儿假装做了孤儿,送与公孙杵臼处,报与那穿红的得知,将公孙杵臼三推六问,吊拷绷扒,追出那假的赵氏孤儿来,剁做三段。公孙杵臼自家撞阶而死。这桩事经今二十年光景了也。这赵氏孤

孟称舜评曰:“极紧极合拍,此篇叙述可做一篇《史记》读。”实际是吸取了民间说话艺人的成就。

儿见今长成二十岁，不能与父母报仇，说兀的做甚？〔诗云〕他一貌堂堂七尺躯，学成文武待何如；乘车祖父归何处，满门良贱尽遭诛。冷宫老母悬梁缢，法场亲父引刀殂；冤恨至今犹未报，枉做人间大丈夫。〔正末云〕你说了这一日，您孩儿如睡里梦里，只不省的。〔程婴云〕原来你还不知哩！如今那穿红的正是奸臣屠岸贾，赵盾是你公公，赵朔是你父亲，公主是你母亲。〔诗云〕我如今一一说到底，你划地不知头共尾。我是存孤弃子老程婴，兀的赵氏孤儿便是你！〔正末云〕原来赵氏孤儿正是我！兀的不气杀我也！〔正末做倒，程婴扶科，云〕小主人苏醒者。〔正末云〕兀的不痛杀我也！〔唱〕

【普天乐】听的你说从初，才使我知缘故。空长了我这二十年的岁月，生了我这七尺的身躯。原来自刎的是父亲，自缢的咱老母。说到凄凉伤心处，便是那铁石人也放声啼哭。我拼着生擒那个老匹夫，只要他偿还俺一朝的臣宰，更和那合宅的家属！

〔云〕你不说呵，您孩儿怎生知道？爹爹请坐，受你孩儿几拜。〔正末拜科〕〔程婴云〕今日成就了你赵家枝叶，送的俺一家儿剪草除根了也！〔做哭科，正末唱〕

【上小楼】若不是爹爹照觑，把您孩儿抬举，可不的二十年前早撄锋刃，久丧沟渠！恨只恨屠岸贾那匹夫，寻根拔树；险送的俺一家儿灭门绝户！

孟称舜评曰："一篇照应，更说得愤快异常。"

【幺篇】他，他，他把俺一姓戮，我，我，我也还他九族屠。〔程婴云〕小主人，你休大惊小怪的，恐怕屠贼知道。〔正末云〕我和他一不做二不休。〔唱〕那怕他牵着神獒，拥着家兵，使着权术；你只看这一个，那一个，都是为谁而卒？岂可我做儿的倒安然如故！

〔云〕爹爹放心。到明日我先见过了主公，和那满朝的卿相，亲自杀那贼去。〔唱〕

【耍孩儿】到明朝若与仇人遇，我迎头儿把他当住。也不须别用军和卒，只将咱猿臂轻舒，早提翻玉勒雕鞍辔，扯下金花皂盖车，死狗似拖将去。我只问他人心安在，天理何如？

【二煞】谁着你使英雄忒使过，做冤仇能做毒，少不的一还一报无虚误。你当初屈勘公孙老，今日犹存赵氏孤。再休想咱容恕，我将他轻轻掷下，慢慢开除[11]。

满腔悲愤，写得曲尽人情。

【一煞】摘了他斗来大印一颗，剥了

他花来簇儿套服。把麻绳背绑在将军柱，把铁钳拔出他斓斑舌，把锥子生挑他贼眼珠，把尖刀细剐他浑身肉，把钢锤敲残他骨髓，把铜铡切掉他头颅！

【煞尾】尚兀自勃腾腾怒怎消，黑沉沉怨未复。也只为二十年的逆子妄认他人父，到今日三百口的冤魂方才家〔12〕自有主！〔下〕

〔程婴云〕到明日小主人必然擒拿这老贼，我须随后接应去来。〔下〕

〔1〕半星不惧：半点不怕。

〔2〕快相持，能对垒：敢和敌人对阵，交手。快、能二字，互文，义近。

〔3〕不道的：岂肯，怎能。

〔4〕奚幸：烦闷，不安。

〔5〕趋伏：急步上前。

〔6〕憋支支：板定面孔，生气的样子。

〔7〕可磕擦：拟声词。

〔8〕襜（chān）褕（yú）：短衣便服。

〔9〕壶浆箪（dān）食：壶里盛着酒浆，小筐里放着食物，多用来形容欢迎的情势。箪，圆形竹器。

〔10〕毂（gǔ）：车轮中心贯入车轴的圆木。

〔11〕开除：收拾，处置。

〔12〕家：语气词。

第五折

元刊本无此折，而且前折孤儿已将除奸报仇的结局说明，增此一折未免蛇足。

〔外扮魏绛领张千上，云〕小官乃晋国上卿[1]魏绛是也。方今悼公在位，有屠岸贾专权，将赵盾满门良贱尽皆杀绝。谁想赵朔门下有个程婴，掩藏了赵氏孤儿，今经二十年光景，改名程勃。今早奏知主公，要擒拿屠岸贾，雪父之仇。奉主公的命，道屠岸贾兵权太重，诚恐一时激变，着程勃暗暗的自行捉获，仍将他阖门良贱，龆龀[2]不留。成功之后，另加封赏。小官不敢轻泄，须亲对程勃传命去来。〔诗云〕忠臣受屠戮，沉冤二十年；今朝取奸贼，方知冤报冤。〔下〕〔正末躧马[3]仗剑上，云〕某程勃，今早奏知主公，擒拿屠岸贾，报父祖之仇。这老贼是好无礼也呵。〔唱〕

【正宫·端正好】也不索列兵卒，排军将，动着些阔剑长枪。我今日报仇舍命诛奸党，总是他命尽也合身丧。

【滚绣球】只在这闹街坊，弄一场，我和他决无轻放，恰便似虎扑绵羊。我可也不索慌，不索忙，早把手脚儿十分打当[4]，看那厮怎做提防。我将这二十年积下冤仇报,三百口亡来性命偿,我便死也何妨。

〔云〕我只在这闹市中等候着,那老贼敢待来也。〔屠岸贾领卒子上,云〕今日在元帅府回还私宅中去。令人,摆开头踏[5],慢慢的行者。〔正末云〕兀的不是那老贼来了也。〔唱〕

【倘秀才】你看那雄赳赳头踏数行,闹攘攘跟随的在两厢。你看他腆着胸脯,装些儿势况。我这里骤马如流水,掣剑似秋霜,向前来堵当[6]。

〔屠岸贾云〕屠成,你来做甚么?〔正末云〕兀那老贼,我不是屠成,则我是赵氏孤儿。二十年前你将俺三百口满门良贱,诛尽杀绝,我今日擒拿你个老匹夫,报俺家的冤仇也!〔屠岸贾云〕谁这般道来?〔正末云〕是程婴道来。〔屠岸贾云〕这孩子手脚来的,不中,我只是走的干净。〔正末云〕你这贼走那里去?〔唱〕

【笑和尚】我、我、我尽威风八面扬;你、你、你怎挣扎怎拦挡!早、早、早唬的他魂飘荡;休、休、休再口强;是、是、是不商量;来、来、来可匹塔的[7]提离了鞍鞒上。

〔正末做拿住科〕〔程婴慌上,云〕则怕小主人有失,我随后接应去。谢天地,小主人拿住屠孤儿锄奸报仇，诚大快人心。这与大团圆结局不同，而是悲剧中的恶有恶报，以满足观众感情上的需要。

岸贾了也。〔正末云〕令人，将这匹夫执缚定了，见主公去来。〔同下〕〔魏绛同张千上，云〕小官魏绛的便是。今有程勃擒拿屠岸贾去了。令人，门首觑者，若来时报复某知道。〔正末同程婴拿屠岸贾上〕〔正末云〕父亲，俺和你同见主公去来。〔见科，云〕老宰辅，可怜俺家三百口沉冤，今日拿住了屠岸贾也。〔魏绛云〕拿将过来。兀那屠岸贾，你这损害忠良的奸贼，今被程勃拿来，有何理说？〔屠岸贾云〕我成则为王，败则为虏。事已至此，惟求早死而已。〔正末云〕老宰辅与程勃做主咱。〔魏绛云〕屠岸贾，你今日要早死，我偏要你慢死。令人，与我将这贼钉上木驴，细细的剐上三千万，皮肉都尽，方才断首开膛，休着他死的早了。〔正末唱〕

【脱布衫】将那厮钉木驴推上云阳，休便要断首开膛；直剁的他做一埚儿[8]肉酱，也消不得俺满怀惆怅。

〔程婴云〕小主人，你今日报了冤仇，复了本姓，则可怜老汉一家儿皆无所靠也！〔正末唱〕

【小梁州】谁肯舍了亲儿把别姓藏？似你这恩德难忘。我待请个丹青妙手不寻常，传着你真容相，侍奉在俺家堂。

〔程婴云〕我有什么恩德在那里，劳小主人这等费心。〔正末唱〕

【幺篇】你则那三年乳哺曾无旷，可不胜怀担十月时光。幸今朝出万死身无恙，便日夕里焚香供养，也报不的你养爷娘[9]。

〔魏绛云〕程婴、程勃，你两个望阙跪者，听主公的命。〔词云〕则为屠岸贾损害忠良，百般的挠乱朝纲；将赵盾满门良贱，都一朝无罪遭殃。那其间颇多仗义，岂真谓天道微茫。幸孤儿能偿积怨，把奸臣身首分张。可复姓赐名赵武，袭父祖列爵卿行。韩厥后仍为上将，给程婴十顷田庄。老公孙立碑造墓，弥明辈概与褒扬。普国内从今更始，同瞻仰主德无疆。〔程婴、正末谢恩科〕〔正末唱〕

【黄钟尾】谢君恩普国多沾降，把奸贼全家尽灭亡。赐孤儿改名望[10]，袭父祖拜卿相；忠义士各褒奖，是军官还职掌，是穷民与收养；已死丧给封葬，现生存受爵赏。这恩临似天广，端为谁敢虚让。誓捐生在战场，着邻邦并归向。落的个史册上标名，留与后人讲。

题目　公孙杵臼耻勘问

正名　赵氏孤儿大报仇

〔1〕上卿：古代官名，有上卿、中卿、下卿。

〔2〕龆龀(tiáochèn):小孩。男孩八岁换牙叫龆,女孩七岁换牙叫龀。

〔3〕躧(xǐ)马:指舞台上演员做跨马的姿势。

〔4〕打当:打点。

〔5〕头踏:仪仗。

〔6〕堵当:截堵,拦挡。

〔7〕可匹塔的:一下子,形容干脆利索。

〔8〕一埚儿:一锅儿。

〔9〕养爷娘:偏义复词,这里指养父。

〔10〕名望:这里指名字。

后 记

纪君祥，一作纪天祥，大都人，生平事迹不详，所作杂剧六种，全佚四种，有佚文者一种，存全剧者仅《赵氏孤儿》一种。

继《赵氏孤儿》杂剧出现的戏文有《赵氏孤儿报冤记》。祁彪佳《远山堂曲品》说的“词颇古质”，“曲名多未入谱者”，当即指此本。今国家图书馆藏明世德堂刊本《赵氏孤儿记》，署“姑孰陈氏尺蠖斋订释”，可能是这个古本的修改本。后来明人徐叔回又作了更大改动，就是现传的《八义记》。

《赵氏孤儿》杂剧是一部历史剧。故事已见于《左传》，但较简略。到《史记·赵世家》和刘向《新序》《说苑》才有详细记载。杂剧基本上依据史实，但情节上有较多改动。如把故事发生的背景，由晋景公改为晋灵公；把孤儿在宫中藏过，改为由草泽医人程婴藏在药箱中带出；把隐居山中的孤儿，改为被屠岸贾收为义子，在屠府长大后杀屠报仇；把在孤儿长大后为他请封的韩厥，改为放孤儿出宫而自杀；把本为赵盾门客的公孙杵臼、程婴，一个改为原与赵盾同殿为臣的老宰辅，因愤恨昏君奸臣当道而归隐，一个改为与赵家有交情的草泽医生。这些改动，把这场怵目惊心的斗争写得更尖锐、更集中。

《赵氏孤儿》写春秋时期晋国朝廷内外忠与奸的斗争，以及由此引起的围绕赵氏孤儿而展开的迫害与反迫害的斗争。杂剧一方面揭露了奸臣屠岸贾凶狠残忍的罪恶行径；另一方面写出了程婴、韩厥、公孙杵臼等人，冒死历险、慷慨赴义的侠义精神，形成了激烈的戏剧冲突。由于权奸屠岸贾得到昏君支持，气焰嚣张；正义一方暂时居于被动地位，历尽艰险，受尽迫害，这就决定了这场冲突的悲剧性。而赵氏孤儿的得以保全，终于除奸报仇，则使悲剧在壮烈之中蕴蓄着胜利的希望，表达了中国人民"善有善报，恶有恶报"的传统观念。因此，全剧回荡着一种磅礴高昂的正义精神，形成悲愤而昂扬，惨烈而豪壮的基调，激励人们树立正义必然战胜邪恶的坚定信念。

杂剧成功地塑造了一系列个性鲜明而品格崇高的悲剧人物形象。如草泽医生程婴，在赵氏一家三百余口被杀以后，毅然冒着生命危险，接受公主托孤重任，又经过宫门受检的惊恐，特别是当屠岸贾声称要杀尽晋国"半岁之下、一月之上"小儿以后，他宁愿牺牲自己唯一的小儿，去拯救晋国的婴孩，他的思想境界显得更崇高。公孙杵臼疾恶如仇，不与奸佞同朝共事；又见义勇为，宁死不屈去掩护孤儿，表现了一种凛然正气。韩厥本是屠岸贾部将，在大是大非面前，也能深明大义，敢担风险，不惜性命，放走孤儿，自刎明志。即使仅从对话中寥寥数语叙出的人物，如钼麑、灵辄、提弥明，也写得肝胆照人，各具风采。这些悲剧人物的崇高群像，同他们的对立人物屠岸贾的凶狠残暴、骄横毒辣的对照，构成了本剧极其显著的悲剧特色。

本剧情节结构也有明显的悲剧性。一开始就在楔子中简要叙述了屠岸贾杀害赵盾一家三百余口的残酷事件，然后集中描写搜孤与救孤的尖锐斗争。搜孤者步步逼紧,救孤者处处设防。宫中搜,有程婴救出;宫门搜,有韩厥义放;晋国搜,有程婴舍子,公孙献身。忠臣义士在斗争中一个个为救孤而死,为剧情发展造成了强烈的悲剧气氛。由于正义者前仆后继的斗争,终于让杀人凶手把他所要追杀的孤儿抚养长大,又被孤儿亲手杀死。剧情寓理想于残酷现实,并寓有自设罗网自遭灾的强烈讽刺意味,使悲剧带有强烈的民族特色。

但本剧对这场惊心动魄的冲突,只说是“文武不和”,过分强调了家族之间的矛盾,未能突出忠与奸的斗争。这一点,后来的改编本都在不同程度上作了纠正。

本剧千百年来,在国内外广为流传。元明杂剧衰落以后,自清中叶到现在,各主要地方剧种都曾改编演出,其中以著名京剧表演艺术家马连良的演出本、马健翎的秦腔改编本和1960年王雁的京剧改编本影响最大。此外,它是我国最早流传到国外的古典戏剧名著之一。早在1732、1733年间,就传到法国。1734年法国《水星杂志》发表了本剧法文片段,1735年巴黎出版的《中国通志》刊登了它的法文节译本。从18世纪30年代中期到60年代初期,又在英国几经翻译、出版。德、奥等国著名作家也都曾改编此剧上演。

本剧版本有《元刊杂剧三十种》《元曲选》和《古今名剧合选·酹江集》本。我们以《元曲选》本为底本,以其他两种本子为校本,改正了某些错讹之处,不一一注明。

琵琶记

〔元〕高　明
宋绵有　注释
宁希元　审订

目　录

第一出　副末开场

【水调歌头】〔副末上〕秋灯明翠幕，夜案览芸编[1]。今来古往，其间故事几多般。少甚佳人才子，也有神仙幽怪，琐碎不堪观。正是不关风化[2]体，纵好也徒然。论传奇，乐人易，动人难。知音君子，这般另作眼儿看。休论插科打诨[3]，也不寻宫数调，只看子孝共妻贤。正是：骅骝[4]方独步，万马敢争先。〔问内科〕且问后房子弟，今日敷演谁家故事？那本传奇？〔内应科〕三不从琵琶记。〔末〕原来是这本传奇。待小子略道几句家门[5]，便见戏文大意。

【沁园春】赵女姿容，蔡邕文业，两月夫妻。奈朝廷黄榜[6]，遍招贤士；高堂严命，强赴春闱[7]。一举鳌头[8]，再婚牛氏，利绾名牵竟不归。饥荒岁，双亲俱丧，此际实堪悲。堪悲赵女支持，剪下香云[9]送

"不关风化体，纵好也徒然"，是正统封建文人的观点，剧中不少封建说教，令人可厌。但认为"论传奇，乐人易，动人难"，已朦胧看到戏曲有悲、喜剧之分，而悲剧场子更难写。因此剧中不少悲剧场子确写得很动人。周贻白曰："'利绾名牵竟不归'，以致'饥荒岁，双亲俱丧''赵女支持，剪下香云送舅姑。把麻裙包土，筑成坟墓'，明明是'背亲弃妇'。所谓'孝矣''贤哉'，都应该属于五娘，而不是蔡伯喈与牛氏。

《琵琶记》之能够流传，是因为广大群众对赵五娘这一人物的肯定，已经在民间具有基础之故。"（见周氏所著《中国戏曲发展史纲要》）所见甚是。

舅姑。把麻裙包土，筑成坟墓；琵琶写怨，径往京畿。孝矣伯喈，贤哉牛氏，书馆相逢最惨凄。重庐墓[10]，一夫二妇，旌表门闾。

极富极贵牛丞相。施仁施义张广才。
有贞有烈赵贞女。全忠全孝蔡伯喈。

〔1〕芸编：古人藏书常用芸香以辟蠹鱼，故亦称书籍为芸编。

〔2〕风化：风俗，教化。

〔3〕插科打诨：插科，指插入的诙谐动作；打诨，指滑稽的言语。

〔4〕骅骝：良马名。

〔5〕家门：南戏和传奇开场时的一种固定格式，由副末上场，说明作者创作意图和剧情大意。

〔6〕黄榜：皇帝的文告。

〔7〕春闱：春试。

〔8〕鳌头：科举时中状元称独占鳌头。

〔9〕香云：指妇女的头发。

〔10〕庐墓：古代父母之丧，筑小屋于墓旁居住，称庐墓。

第二出　高堂称寿

开头即写伯喈遵守孝道，不慕功名，作为以后"三辞"的思想根据。

【瑞鹤仙】〔生上〕十载亲灯火，论高才绝学[1]，休夸班马[2]。风云太平日，正骅骝欲骋,鱼龙将化[3]。沉吟一和[4],怎离却双亲膝下?且尽心甘旨[5],功名富贵,付之天也。〔鹧鸪天〕宋玉多才[6]未足称,子云识字[7]浪传名。奎光[8]已透三千丈,风力行看九万程。经世手,济时英,玉堂金马[9]岂难登?要将莱彩[10]欢亲意,且戴儒冠尽子情。蔡邕沉酣六籍,贯串百家。自礼乐名物,以及诗赋词章,皆能穷其妙;由阴阳星历,以至声音书数,靡不得其精。抱经济之奇才,当文明之盛世。幼而学,壮而行,虽望青云之万里;入则孝,出则悌,怎离白发之双亲?到不如尽菽水之欢[11],甘齑盐[12]之分。正是:行孝于己,责报于天。自家新娶妻房,方才两月。却是陈留郡[13]人,赵氏五娘。仪容俊雅,也休夸桃李之姿;德性幽闲,尽可寄蘋蘩[14]之托。正是:夫妻和顺,父母康宁。《诗》中有云:"为此春酒,以介眉寿[15]。"今喜双亲既寿而康,对此春光,就花下酌杯酒,与双亲称寿,多少是好。昨已嘱付五娘子安排,不免催促则个。娘子,酒席完备了未?请爹妈出来。

【宝鼎现】〔旦内应科。外蔡公,净蔡婆上。外〕小门深巷,春到芳草,人闲清昼。〔净〕人老去星星[16]非故,春又来年年依旧。〔旦赵五娘上〕最喜今朝春酒熟,满目花开如绣。〔合〕愿岁岁年年人在,花下常斟春酒。〔外〕孩儿,你请我两个出来做甚么?〔生跪科〕告爹妈得知:人生百岁,光阴几何?幸喜爹妈年满八旬,孩儿一则以喜,一则以惧;当此青春光景,闲居无事,聊具一杯蔬酒,与爹妈称庆则个。〔净笑介〕阿老有得吃。〔外〕阿婆,这是子孝双亲乐,家和万事成。

【锦堂月】〔生进酒科。生〕帘幕风柔,庭帏昼永,朝来峭寒轻透。亲在高堂,一喜又还一忧。惟愿取百岁椿萱[17],长似他三春花柳。〔合〕酌春酒,看取花下高歌,共祝眉寿。

通过"深惭"的内心活动,"娇羞"的外在表露;"怕难"的担心,"惟愿"的希望,刻画新妇复杂的精神境界。

【前腔】〔旦〕辐辏,获配鸾俦。深惭燕尔[18],持杯自觉娇羞。怕难主蘋蘩,不堪侍奉箕帚[19]。惟愿取偕老夫妻,长侍奉暮年姑舅。〔合前〕

【前腔】〔外〕还愁,白发蒙头,红英满眼,心惊去年时候。只恐时光,催人去也难留。孩儿,惟愿取黄卷青灯,及早换金章紫绶[20]。〔合前〕

【前腔】〔净〕还忧,松竹门幽,桑榆暮景,明年知他健否安否?叹兰玉萧条,一朵桂花难茂。媳妇,惟愿取连理芳年,得早遂孙枝荣秀。〔合前〕

【醉翁子】〔生〕回首，叹瞬息乌飞兔走。喜爹妈双全，谢天相佑。〔旦〕不谬，更清淡安闲，乐事如今谁更有。〔合〕相庆处，但酌酒高歌，共祝眉寿。〔外〕孩儿，你今日为我两个庆寿，这便是你的孝心。人生须要忠孝两全，方是个丈夫。我才想将起来，今年是大比之年，昨日郡中有吏来辟召，你可上京取应，倘得脱白挂绿，济世安民，这才是忠孝两全。〔生〕爹妈高年在堂，无人侍奉，孩儿岂敢远离。实难从命。

蔡公追求的是“金章紫绶”，蔡婆希望的是“孙枝荣秀”，伯喈心想的是天伦乐事，这符合不同人物的声口。

【前腔换头】〔外〕卑陋，论做人要光前耀后。劝我儿青云万里，早当驰骤。〔净〕听剖，真乐在田园，何必区区公与侯。〔合前〕

【侥侥令】〔生、旦〕春花明彩袖，春酒泛金瓯。但愿岁岁年年人长在，父母共夫妻相劝酬。

【前腔】〔外、净〕夫妻好厮守，父母愿长久。坐对两山排闼青来好，看将一水护田畴，绿绕流[21]。

【十二时】山青水绿还依旧，叹人生青春难又，惟有快活是良谋。

逢时对景且高歌，须信人生能几何？

万两黄金未为贵,一家安乐值钱多。

〔1〕绝学:学问超群,无与伦比。

〔2〕班马:班固和司马迁。

〔3〕鱼龙将化:古代传说江海之鱼,如能跳过龙门,则化为龙。喻功名将就。

〔4〕一和:一会儿。

〔5〕甘旨:本指美味,后来作为奉养父母之词。

〔6〕宋玉多才:战国末楚国有名诗人,作《九辩》《招魂》,《史记·屈原传》称其"好辞而以赋见称"。

〔7〕子云识字:汉代扬雄,字子云,多识奇字,所著有《方言》《训纂》等。

〔8〕奎光:奎星为二十八宿之一,传说主文章,所以奎星朗朗,被读书人看作好的兆头。

〔9〕玉堂金马:汉代文学侍从之臣,待诏于玉堂殿、金马门,以备天子顾问。

〔10〕莱彩:春秋时老莱子年七十,穿五色彩衣,学小孩动作以取悦于父母。

〔11〕菽水之欢:菽,豆类。是说家虽贫寒,能尽心孝养,则父母欢乐。

〔12〕齑盐:指贫穷者的食品。齑,菜末。

〔13〕陈留郡:汉郡名,今河南开封陈留一带。

〔14〕蘋蘩:蘋,水草;蘩,白蒿。古代用于祭祀之礼,这里指祭祖。

〔15〕眉寿:老寿。

〔16〕星星:这里指白发。

〔17〕椿萱:椿树多寿,萱草忘忧。

〔18〕燕尔:安然,这里指新婚之乐。

〔19〕侍奉箕帚:指洒扫之事。这里是说尽到做媳妇的责任。

〔20〕金章紫绶:汉代相国、太尉之类官员,皆佩金印,结紫绶。章,印;

绶,系印的带子。

〔21〕“两山排闼(tà)青来好”三句:出王安石《书湖阴先生壁》:“一水护田将绿绕,两山排闼送青来。”排闼,推门而入。

第三出　牛氏规奴

〔末老院子上〕风送炉香归别院,日移花影上闲庭。昼长人静无他事,惟有莺啼三两声。小子不是别人,却是牛太师府里一个院子。若论俺太师的富贵,真个:只有天在上,更无山与齐;举头红日近,回首白云低。怎见得富贵?他势压中朝,资倾上苑。白日映沙堤〔1〕,青霜凝画戟〔2〕。门外车轮流水,城中甲第连天。琼楼酬月十二层,锦障藏春五十里。香散绮罗,写不尽园林景致;影摇珠翠,描不就庭院风光。好耍子的油碧车轻金犊肥,没寻处的流苏帐暖春鸡报。画堂内持觞劝酒,走动的是紫绶金貂〔3〕;绣屏前品竹弹丝,摆列的是朱唇粉面。玳瑁筵前爇宝香,真个是朝朝寒食;琉璃影里烧银烛,果然是夜夜元宵。这般样福地洞天,可知有仙姝玉女。休夸富贵的牛太师,且说贤德的小娘子。真个好一位小娘子呵!看他仪容娇媚,一个没包弹〔4〕的俊脸,似一片美玉无瑕;体态幽闲,半点难勾引的芳心,如几

高明从封建礼教观点出发,大夸牛小姐的贤德,为最后一夫二妇大团圆的结局做准备,实际是把她塑造成一个不会动情也不会笑的泥美人。

李卓吾曰:“此出太烦,可删。

况且家政素严之家,安得如此丫头来,不象,不象。"又曰:"只这烦简不合宜,便不及《西厢》《拜月》多了。"

层清水彻底。珠翠丛中长大,倒堪雅淡梳妆;绮罗队里生来,却厌繁华气象。怪听笙歌声韵,惟贪针指工夫。爱此清幽,镇白日何曾离绣阁;笑人游冶,傍青春那肯出香闺。开遍海棠花,也不问夜来多少;飞残杨柳絮,竟不道春去如何。要知他半点贞心,惟有穿琐窗的皓月;能回他一双娇眼,除非翻翠幌的清风。决非慕司马的文君,肯学选伯鸾的德耀[5]。更羡他知书知礼,是一个不趋跄的秀才;若论他有德有行,好一位戴冠儿的君子。多应是相门相种,可惜不做厮儿;少甚么王子王孙,争要求为佳配。呀!理会得么?他是玉皇殿前掌书仙,一点尘心谪九天。莫怪兰香熏透骨,霞衣曾惹御炉烟。呀!好怪么!只见府堂中老姥姥和惜春姐两个,笑哈哈舞将出来。我且躲在一边,看他来此做甚么。〔净老姥姥,丑惜春上〕

【雁儿落】〔净〕庭院重重,怎不怨苦?要寻个男儿,又无门路。〔丑〕甚年能够和一丈夫,一处里双双雁儿舞。〔相见科。末〕来,我且问你两个,往常间不曾恁的快活,今日如何这般快活?〔丑〕院公,你那得知我吃小姐苦哩!并不许半步胡踹,又不要我说男儿那边厢去。咳,苦也!你不要男儿,我须要哩。他也道我和他相似,笑也不许我笑一笑。今日天可怜见,吃我千方百计去说动他,只限我半个时辰去后花园闲耍一遭。你道我如何不快活?〔净〕院公,便是我,也千不合万不合,前生不曾种得福田,爹娘把我送在府堂中做个丫头。到今年纪老了,不曾得一日眉头舒展。今日天可怜见,老相公入朝,我才得偷身来此闲耍一遭。你道我如何不快活?〔末〕原来恁的,可知道你二人快活也。〔净〕院公,你伏侍老相公,却是公的又撞着公的;我与惜春伏侍小姐,却是雌的又撞着雌的。〔末〕呀,老姥姥,你怎的说这话。惜春年纪小,也怪他伤春不得。你年纪这般老大,也说这般伤春的话,成甚么样子!〔净〕哱嗯[6]!老畜生,倒吃你识破了。却不道秋茄晚结,菊花晚发。我虽然老便老,似京枣,外面皱,里头好。你不闻东村有个李太婆,年纪七八十岁,头光挞挞的,也只要嫁人。人问道婆婆你这的老了,又要去嫁人怎的,那婆婆做四句诗应得好。〔末〕如何说?〔净〕道是人生七十古来稀,不去嫁人待何时。下了头髻床上睡,枕头上架两个大擂槌。〔末〕你有些欠尊重。〔丑〕休闲话,今日能够得来此花园游嬉,也不容易。又撞着院公在此,咱每三个何不做个耍子。〔末〕也说得是,还是做甚么耍子好?〔净〕院公,和你踢气球耍子。〔末〕不好。〔净〕怎的不好?〔西江月〕〔末〕白打[7]从来逞艺,官场自小驰名。如今年老脚跛蹭,圆社[8]无心驰骋。空使绣襦汗湿,漫教罗袜生尘。兀的是少年子弟俏门庭。老姥姥,不似你宝妆[9]行径。〔丑〕院公踢气球不好,便和你斗百草耍子。〔末〕也不好。〔丑〕怎的不好?〔末〕香径里攀残柳眼,雕栏畔折损花容。又无巧艺动王公,枉费工夫何用?惊起娇莺语燕,打开浪蝶狂蜂。若还寻得个并头红,惜春姐,早把你芳心引动。〔净丑〕院公,你道两样都不好,如今打秋千耍子好么?〔末〕这个却好。你听我说:玉体轻流香汗,绣裙荡漾明霞。纤纤玉手彩绳拿,真个堪描堪画。本是北方戎戏[10],移来上苑豪家。女娘撩乱隔墙花,好似半仙戏耍。〔净丑〕恁地便打秋千,只是没有架子。〔末〕这花园中那里得他?一来老相公不喜;二来小娘子不好。纵有也倒坏了。〔丑〕院公,没奈何我每三个在这里厮轮做个秋千架,一人打,两人抬。〔末〕如此也好,谁人先打。〔净丑〕我两人抬,院公先打起。〔做架科,末〕你两人不要跌了我。〔净丑〕院公你放心,只管上去打。〔末打科〕

【窣地锦裆】〔末〕花红柳绿草芊芊,正值春光艳阳天。我和你不来此处打秋千,为人一生也徒然。〔放跌科,末〕你两个跌得我好,如今轮该老姥姥打。〔净〕你两个也不要跌了我。〔末〕老姥姥放心,不妨事,只管打。〔净打科〕

【前腔】〔净〕春光明媚景色鲜,游遍

花坞听杜鹃。那更上苑柳如绵，我和你不打秋千枉少年。〔放跌科，净〕你两个骗得我好，如今轮该惜春打。〔丑〕你两人也不要跌了我。〔净〕惜春放心，只管打便罢。〔丑打科〕

【前腔】〔丑〕奴是人间快活仙，吃了饱饭爱去眠。莫教小姐来撞见，那时高高吊起打三千。〔放跌科。贴牛氏上〕莫信直中直，须防仁不仁。是要得好呵！〔末、净走下，丑做不知，云〕你两个骗得我好，如今我打了，又该院公打。〔贴扯丑耳科〕贱人，恁的为人不尊重，只要闲嬉并闲哄。〔丑惊科〕小姐，教人怎不去闲哄，你看那秋千架尚兀自走动哩。〔贴〕贱人，我只教你在此闲玩片时，谁许你如此。〔丑〕小姐，奴家心里忧闷，只得在此消遣则个。〔贴〕贱人，你心中忧闷怎的？〔丑〕小姐，奴家名唤做惜春。见这春去了，便自伤春起来，教人如何不闷？〔贴〕贱人，有甚伤春处？〔丑〕小姐，我早晨里只听疏辣辣寒风吹散了一帘柳絮；晌午间只见淅零零细雨，打坏了满树梨花。一霎时啭几对黄鹂，猛可地叫数声杜宇。奴家见此春去，如何不闷？〔贴〕春光自去，有甚么闷来？我和你去习学女工便了。〔丑〕咳，苦也！这般天气，谁不去闲嬉？小姐却教惜春去习女工，兀的不是闷杀惜春么？〔贴〕妇人家谁许你闲嬉？不习女工，有甚勾当？你却不学那不出闺门的。〔丑〕小姐，你有盈箱罗绮，满头珠翠，少甚么子，却这般自苦？〔贴〕贱人！好怪么？做女工是你本分的事，问有和没有做甚么？〔丑〕恁地惜春拜辞小姐去也。〔贴〕你拜辞我那里去？〔丑〕小姐，我去伏侍别人，与他传消递息，随趁也得些快活。〔贴〕咳，贱人伏侍我，我有甚亏了你？〔丑〕小姐，我伏侍着你时节，见男儿也不许我抬头看一看。前日艳阳天气，花红柳绿，猫儿也动心，你也不动一动。如今暮春时候，鸟啼花落，狗儿也伤情，你也不伤一伤。惜春其实难和小姐过活。〔贴〕呀！这贱人，你是颠是狂，说这般话，我就去对老相公说，好生施行你。〔丑跪科〕小姐，可怜见惜春心里闷，因此这般说。〔贴〕贱人！我饶你这遭，你看么？

【祝英台近】〔贴〕绿成阴，红似雨，春事已无有。〔丑〕闻说西郊，车马尚驰骤。〔贴〕怎如柳絮帘栊，梨花庭院。〔合〕好天气清明时候。〔玉楼春〕〔丑〕清明时节单衣试，争奈昼长人静重门闭。〔贴〕我芳心不解乱萦牵，羞睹游丝与飞絮。〔丑〕小姐，我在绣窗欲待拈针指，忽听莺燕双双语。〔贴〕贱人，无情何事管多情？任取春光自来去。〔丑〕小姐，你有甚么法儿，教惜春休闷哩？〔贴〕你且听我说：

把一个天真烂漫的小女写得道貌岸然，未免矫揉造作。

【祝英台序】〔贴〕把几分春，三月景，分付与东流。〔丑〕小姐，如今鸟啼花落，你须烦恼些么？〔贴〕啼老杜鹃，飞尽红英，端不为春闲愁。〔丑〕你不闲愁，也还去赏玩么？〔贴〕休休，妇人家不出闺门，怎去寻花穿柳？〔丑〕小姐你不去赏玩，只怕消瘦了你。〔贴〕我花貌谁肯因春消瘦？

【前腔换头】〔丑〕春昼，只见燕成双，蝶引队，莺语似求友。〔贴〕呀！贱人，你是人，却说那虫蚁做甚么？〔丑〕那更柳外画轮，花底雕鞍，都是少年闲游。〔贴〕这贱人，你是妇人家，说那男儿的事做甚么？〔丑〕难守，绣房中清冷无人，我待寻一个佳偶。〔贴〕呀！你倒思量丈夫起来。〔丑〕这般说，我终身休配鸾俦。

【前腔换头】〔贴〕惜春，知否？我为何不卷珠帘，独坐爱清幽？〔丑〕清幽，清幽，怎奈人愁！〔贴〕纵有千斛闷杯，百种春愁，难上我的眉头。〔丑〕小姐，只怕你不常恁的。〔贴〕休忧，任他春色年年，我的芳心依旧。〔丑〕只怕风流年少的哄动你。〔贴〕这文君可不担阁了相如琴奏。

【前腔换头】〔丑〕今后，方信你彻底

澄清，我好没来由。〔贴〕惜春，你怎的不收敛了心？〔丑〕想象暮云，分付东风，情到不堪回首。〔贴〕你怎的不学着我？〔丑〕姐姐听剖：你是蕊宫琼苑[11]神仙，不比尘凡相诱。〔贴〕恁地自随我习女工便了。〔丑〕我谨随侍娘行，拈针挑绣。〔丑〕姐姐，你听那子规却是啼得好哩。

休听枝上子规啼，闷在停针不语时。
窗外日光弹指过，席前花影坐间移。

〔1〕沙堤：古代拜相后，出行时可以沙铺路。

〔2〕画戟：加画饰的戟。古代显宦之家门首得列戟为仪仗。

〔3〕紫绶金貂：指文武大官。金貂，指金珰貂尾，原为宦官头上的装饰，后也多有引以为官员的代称。

〔4〕没包弹：没有缺点，无可指责。

〔5〕选伯鸾的德耀：后汉孟光，字德耀，三十不嫁，人问其故，说“欲得贤如梁伯鸾者”。梁闻而聘之。

〔6〕哼嗯：打喷嚏的声音。

〔7〕白打：古代气球的一种脚法。

〔8〕圆社：宋元时称踢气球的组织为“圆社”。

〔9〕宝妆：气球的一种脚法。

〔10〕戎戏：打秋千据说是古时北方山戎之戏。

〔11〕蕊宫琼苑：泛指仙女居处。

第四出　蔡公逼试

【一剪梅】〔生上〕浪暖桃香欲化鱼，期逼春闱，诏赴春闱。郡中空有辟贤书[1]，心恋亲闱，难舍亲闱。世间好物不坚牢，彩云易散琉璃碎。蔡邕本欲甘守清贫，力行孝道。谁知朝廷黄榜招贤，郡中把我名字保申上司去了；一壁厢已有吏来辟召，自家力以亲老为辞。这吏人虽则去，只怕明日又来，我只得力辞便了。正是：人爵不如天爵贵[2]，功名争似孝名高。

【宜春令】虽然读万卷书，论功名非吾意儿。只愁亲老，梦魂不到春闱里。便教我做到九棘三槐[3]，怎撇得萱花椿树。天那！我这衷肠，一点孝心对谁语？

【前腔】〔末张太公上〕相邻并相依倚，往常间有事，来相报知。〔生〕来的却是张太公呵。〔相见科，末〕秀才，试期逼矣，早办行装前途去。〔生〕公公，我双亲年老，不去。〔末〕呀！秀才，子虽念亲老孤单，亲须望孩儿荣贵。你趁此青春不去，更待何日？〔生〕公公言极有理，争奈父母无人奉侍，如何去

本出是全剧第一个大关目。写伯喈被逼赴试，是为他考中状元后入赘牛府、留京不归辩解；写蔡公逼试，蔡婆反对，埋伏下后来公婆之间一连串的矛盾纠纷；写张太公从旁赞助，也为他后来在剧中所起的旁衬、穿插作用提供基点。

得？〔末〕你既不肯去呵，且看老员外和老安人出来如何说；我想起来，也只是教你去的分晓。道犹未了，老员外来也。〔外上〕

【前腔】时光短，雪鬓催，守清贫不图甚的。有儿聪慧，但得他为官，吾心足矣。〔外末相见科。外〕孩儿，天子诏招取贤良，秀才每都求科试。你快赴春闱，急急整着行李。〔末〕老安人也出来了。〔净上〕

【前腔】娘年老，八十余，眼儿昏又聋着两耳。又没个七男八婿，只有一个孩儿，要他供甘旨。方才得六十日夫妻，老贼强逼他争名夺利。天那，细思之，怎不教老娘呕气。

哪有母亲对儿子这样说话的？实是败笔。

〔相见科，净〕孩儿，我不合娶个媳妇与你，方才得两个月，你浑身便瘦了一半。若再过三年，怕不成一个骷髅。〔末〕呀，老安人，你要他夫妻不谐呵。〔外〕孩儿，如今黄榜招贤，试期已逼；郡中既然辟召你，你的学问可知，如何不去赴选？〔生〕告爹爹得知，孩儿非不要去。争奈爹妈年老，家中无人侍奉。〔末〕老员外和老安人，不可不作成秀才去走一遭。〔净〕咳，太公你岂不知道，我家中又没有七子八婿，只有一个孩儿，如何去得？〔外〕呀！你怎说这话，如今去赴选的，家中都有七子八婿么？〔净〕老贼，你如今眼又昏,耳又聋,又走动不得。你教他去后,倘有些个差池,兀教谁来看顾?你真个没饭吃便饿死你,没衣穿便冻死你,你知道么?〔外〕你妇人家理会得甚么!孩儿若做得官时,也改换我门闾,如何不教他去?〔生〕爹爹说得自是,只是孩儿难去。

李卓吾曰:"不要儿子做人,只要儿子为官,末世父子大率如此。"

【绣带儿】〔生〕亲年老光阴有几?行孝正当今日。〔末〕秀才此行,必定脱白挂绿。〔生〕终不然为着一领蓝袍,却落后五彩斑衣。思之,此行荣贵虽可拟,怕亲老等不得荣贵。〔外〕孩儿,春闱里纷纷的都是大儒,难道是没爹娘的方去求试?

【前腔换头】〔末〕秀才,你休疑,男儿汉凌云志气,何必苦恁淹滞。秀才,你此回不去呵,可不干费了十载青灯,枉挨过半世黄齑?须知,此行是亲志,你休固拒。秀才,那些个养亲之志。〔净〕我百年事只有此儿,老贼!难道是庭前森森丹桂[4]。

【太师引】〔外〕他意儿我也难提起,这其间就里[5]我自知。〔末〕老员外知他为着甚么?〔外〕他恋着被窝中恩爱,舍不得离海角天涯。〔生〕孩儿岂有此心。〔外〕你是个读书之人,我说一个比方与你听:涂山四日离大禹[6]，你今毕姻已曾两月，直恁的舍不得分离。〔末笑科〕呀！秀才，你敢是如此么？〔生〕太公，卑人怎敢？〔末〕秀才，你贪鸳侣守着凤帏，只怕误了你鹏程鹗荐[7]消息。

【前腔】〔净〕太公，他意儿只要供甘旨，又何曾贪欢恋妻。自古道曾参[8]纯孝，何曾去应举及第？功名富贵天付与，天若与不求而至。〔生〕娘言是，望爹行听取。〔外〕呀，娘言的是，父言的非呵。你敢是恋新婚，逆亲言么？〔生跪天科〕天那！蔡邕若是恋着新婚，不肯去呵，天须鉴蔡邕不孝的情罪。〔外怒介〕畜生，我教你去赴选，也只是要改换门闾，光显祖宗，你却七推八阻，有许多说话。〔生〕爹爹，孩儿岂敢推阻，争奈爹妈年老，无人侍奉。万一有些差池，一来人道孩儿不孝，撇了爹娘，去取功名；二来人道爹爹所见不达，止有一子，教他远离，孩儿以此不敢从命。〔外〕不从我命，也由你；你且说如何唤做孝？〔净〕老贼，你年纪八十余岁，也不识做孝？披麻带索便唤做孝。〔外〕咦，你晓得甚么！〔生〕告爹爹：凡为人子者，冬温夏清，昏定晨省，问其燠寒，搔其疴痒，出入则扶持之，问所欲则敬进之。所以父母在，不远游；出不易方，复不过时[9]。古人的孝，也只是如此。〔外〕孩儿，你说的都是小节，不曾说着

借蔡公之口宣扬一套封建礼教大道理，未免头巾气。

大孝。〔净〕老贼,你又不曾死,只管教他做大孝,越出去赴选不得。〔末〕咦,这话有些不祥。〔外〕孩儿,你听我说:夫孝始于事亲,中于事君,终于立身。身体发肤,受之父母,不敢毁伤,孝之始也。立身行道,扬名后世,以显父母,孝之终也。是以家贫亲老,不为禄仕,所以为不孝。你若是做得官时节,也显得父母好处,兀的不是大孝是甚么?〔生〕爹爹说得极是。但孩儿此去,知道做得官否?若还不中时节,既不能够事亲,又不能够事君,却不两下担阁了。〔末〕秀才所见差矣。老汉尝闻古人云:幼而学,壮而行;怀宝迷邦[10],谓之不仁。孔席不暇暖,墨突不待黔[11],伊尹负鼎俎于汤[12],百里奚五羊皮自鬻[13],也只要顺时行道,济世安民。自古道:学成文武艺,货与帝王家。秀才,你这般才学,如何不去做官?〔净〕太公,你都有好言劝我孩儿去赴选。我有个故事说与你听。〔末〕老汉愿闻。〔净〕在先东村李员外有个孩儿,也读两行书。他爹爹每日闹吵,只是教孩儿去求官,孩儿吃不过爹爹闹吵,去到长安,那里无人抬举。他遂流落去街上乞食,见个平章宰相,他疾忙在地上拜着,叫声抬举他。那宰相道:我与你做个养济院[14]大使,去管你爹娘。这孩儿自思道:做个养济院大使,如何管得自己的父母。比及他回家,不想他父母无人供养,流落在养济院里居住。他

蔡婆讲的故事,比蔡公讲的大道理生动、形象得多!难怪李卓吾再三称她“圣母”,说她的言语“寓有至理,即登坛佛祖也没有这样机锋”。

父母见孩儿回来,说道我教孩儿去得是,今日我孩儿做个头目,众人也不敢欺负我。你如今劝我孩儿去赴选,千万叫他做个养济院头目回来,众人也不敢欺负我。〔末笑科〕老安人你说这乞丐事,尽教我听了半日。〔外〕孩儿,你趁早收拾行李起程。〔生〕爹爹,孩儿去则不妨,只是爹妈年老,教谁看管。〔末〕秀才不必忧虑。自古道千钱买邻,八百买舍。老汉既忝在邻居,你但放心前去,若是宅上有些小欠缺,老汉自当应承。〔生〕如此,多谢公公!凡事仗托周济。此行若获寸进,决不敢忘恩。卑人没奈何,只得收拾行李便去。

通过逼试,写出四人各自不同的心情,为以后人物性格的矛盾发展作依据。

【三学士】〔生〕谢得公公意甚美,凡事仗托扶持。假饶一举登科日,难道是双亲未老时。只恐锦衣归故里,怕双亲不见儿。

【前腔】〔外〕萱室椿庭衰老矣,指望你改换门闾。孩儿,你道是无人供养我,若是你做得官来时节呵,三牲五鼎[15]供朝夕,须胜似啜菽并饮水。你若锦衣归故里,我便死呵,一灵儿终是喜。

【前腔】〔末〕托在邻家相依倚,自当效些区区[16]。秀才,你为甚十年窗下无人问?只图个一举成名天下知。你若不锦衣归故里,谁知你读万卷书?

【前腔】〔净〕一旦分离掌上珠,我这老景凭谁?苦,忍将父母饥寒死,博得孩儿名利归。你纵然锦衣归故里,补不得你名行亏。

急办行装赴试闱,父亲严命怎生违?

一举首登龙虎榜[17],十年身到凤凰池[18]。

〔1〕辟贤书:征辟贤良的文书,这里指郡县命士子应举的通知。

〔2〕人爵不如天爵贵:人爵,指功名利禄;天爵,指道德修养。

〔3〕九棘三槐:指做大官。九棘,卿、大夫之位;三槐,三公之位。

〔4〕森森丹桂:宋初窦禹钧五子俱登科,冯道赠诗曰:"灵椿一枝老,丹桂五枝芳。"这里以森森丹桂喻儿子众多。

〔5〕就里:情况,原因。

〔6〕涂山四日离大禹:据说大禹娶涂山氏四日,即离家前往治水。

〔7〕鹗荐:指荐士。

〔8〕曾参:孔子弟子,以孝闻名。

〔9〕出不易方,复不过时:出外有一定的处所,返回有一定的时间,不使父母担忧。

〔10〕怀宝迷邦:身怀道德之宝,却眼看国家昏乱而置之不理。

〔11〕"孔席不暇暖"二句:是说孔子、墨子,为了济世,无暇安居,所以坐席不暖、烟突未黑。黔,黑色。

〔12〕伊尹负鼎俎于汤:传说伊尹善烹调,尝自负鼎俎,以滋味说商汤王,以求进用。

〔13〕百里奚五羊皮自鬻(yù):春秋时秦国大夫百里奚,少时贫困,尝牧

牛为生,以五羊皮自见秦缪公,得用。鬻,卖。

〔14〕养济院:乞丐收容所。

〔15〕三牲五鼎:古代以牛、羊、猪三牲为祭品,士祭二鼎,大夫祭五鼎。

〔16〕区区:微薄。

〔17〕龙虎榜:谓及第,举进士。

〔18〕凤凰池:宫中池沼名,中书省所在之地。

第五出　南浦嘱别

【谒金门】〔旦上〕春梦断,临镜绿云[1]撩乱。闻道才郎游上苑,又添离别叹。〔生上〕苦被爹行逼遣,脉脉此情何限。〔合〕骨肉一朝成拆散,可怜难舍拼。〔旦〕官人,云情雨意,虽可抛两月之夫妻;雪鬓霜鬟,竟不念八旬之父母。功名之念一起,甘旨之心顿忘,是何道理?〔生〕娘子,膝下远离,岂无眷恋之意?奈堂上力勉,不听分剖之词。咳,教卑人如何是好?〔旦〕官人,我猜着你了:

【忒忒令】〔旦〕你读书思量做状元,我只怕你学疏才浅。〔生〕娘子那见我学疏才浅?〔旦〕官人,只是《孝经》《曲礼》,你早忘了一段。〔生〕咳,我几曾忘了?〔旦〕却不道夏清与冬温,昏须定,晨须省,亲在游怎远？

【前腔】〔生〕我哭哀哀推辞了万千，〔旦〕那张太公如何？〔生〕他闹吵吵抵死来相劝。〔旦〕官人，你不去时也须由你。〔生〕将我深罪，不由人分辩。〔旦〕罪你甚的？〔生〕他道我恋新婚，逆亲言，贪妻爱，不肯去赴选。

【沈醉东风】〔旦〕你爹行见得好偏，只一子不留在身畔。官人，公婆如今在那里？〔生〕在堂上。〔旦〕既在堂上，我和你去说。〔生〕娘子，你怎的又不去了？〔旦〕罢罢罢，我和你去说时节呵，他又道我不贤，要将伊迷恋。苦！这其间教人怎不悲怨？〔合〕为爹泪涟，为娘泪涟，何曾为着夫妻上挂牵。

待行又止，欲言又罢。写出新媳妇怕公婆情景，但一定说只为爹娘泪涟，不为夫妻挂牵，就未免做作。

【前腔】〔生〕做孩儿节孝怎全，做爹行不从几谏[2]。〔旦〕官人，你为人子的，不当恁的埋冤他。〔生〕非是我要埋冤，只愁他影只形单，我出去有谁看管。〔合〕为爹泪涟，为娘泪涟，何曾为着夫妻上挂牵。〔生〕呀，爹妈来了，娘子你且揾了眼泪。

【腊梅花】〔外、净上〕孩儿出去在今日中，爹爹妈妈来相送。但愿鱼化龙，青云得路，桂枝高折步蟾宫[3]。〔外〕孩儿，你行李收拾了未？〔生〕行李收拾已了。〔外〕收拾既了,如何不去?〔净〕老贼,他若出去了,家中别无第二人,止有一个媳妇,如何不分付几句。〔生〕孩儿没别事,只待张太公来,把爹妈拜托与他,教他早晚应承,孩儿庶可放心前去。〔旦〕呀,张太公早来。〔末上〕仗剑对樽酒,耻为游子颜;所志在功名,离别何足叹。〔生〕太公,卑人如今出去,家中并无亲人。爹妈年老,只有一个媳妇,却是女流,凡事全赖公公相与扶持;家中倘有些小欠缺,亦望公公周济。昨日已蒙亲许,今日特此拜恳。卑人倘有寸进,自当效结草衔环[4]之报,决不敢忘恩。〔末〕秀才,受人之托,必当终人之事。况一言既出,驷马难追。昨日已许秀才,去后决不相误。〔生〕如此,多谢公公。〔外〕孩儿,既蒙张太公金诺,必不食言,你可放心早去。〔生〕孩儿就此拜辞爹妈便去。

【园林好】〔生〕儿今去,爹妈休得要意悬。儿今去今年便还,但愿得双亲康健。〔合〕须有日拜堂前。

【前腔】〔外〕我孩儿不须挂牵,爹只望孩儿贵显。若得你名登高选,〔合〕须早把信音传。

【江儿水】曲把蔡婆晚年的处境,慈母的衷肠,别后的悬望,刻画入微。

【江儿水】〔净〕膝下娇儿去,堂前老母单,临行密密缝针线。眼巴巴望着关山远,冷清清倚定门儿盼,〔生〕母亲,且自宽怀消遣。〔净〕教我如何消遣?〔合〕要解愁烦,须是频寄音书回转。

【前腔】〔旦〕妾的衷肠事,有万千。〔生〕娘子,你有甚么事,当说与我知道。〔旦〕说来又恐添萦绊。〔生〕娘子,有甚萦绊?〔旦〕六十日夫妻恩情断,八十岁父母教谁看管?〔生〕娘子你这般说,莫不怨着我么?〔旦〕教我如何不怨!〔合前〕

【五供养】〔末〕贫穷老汉,托在邻家,事体相关。秀才,此行虽勉强,不必恁留连。〔生〕卑人去后,只虑父母独自在堂,难度岁月。〔末〕秀才放心,你爹娘早晚间吾当陪伴。〔生悲介,末〕丈夫非无泪,不洒别离间。〔合〕骨肉分离,寸肠割断。〔生跪告介〕

【前腔】公公可怜,俺爹娘望你周全。〔末扶起介,生〕此身还贵显,自当效衔环。〔旦挽生,背唱〕有孩儿也枉然,你爹娘倒教别人看管。此际情何限,偷把泪珠弹。〔合前〕

【玉交枝】〔外〕别离休叹,我心中非不痛酸。孩儿,非爹苦要轻拆散,也只是图你荣显。〔净〕孩儿,蟾宫桂枝须早攀,北堂萱草时光短。〔合〕又未知何日再圆？又未知何日再圆？

夫妻之间一叮咛，一盼望；一埋怨，一嘱托，两心相映，情意缠绵。

【前腔】〔生〕双亲衰倦，娘子，你扶持看他老年。饥时劝他加餐饭，寒时频与衣穿。〔旦〕官人，我做媳妇事舅姑，不待你言。你做孩儿离父母，何日返？〔合前〕

【川拨棹】〔外〕孩儿，归休晚，莫教人凝望眼。〔生〕但有日回到家园，怕回来双亲老年。〔合〕怎教人心放宽？不由人不珠泪涟。

【前腔】〔旦〕官人，我的埋冤怎尽言？〔生〕你埋冤我如何？〔旦〕我的一身难上难。〔生〕娘子，你宁可将我来埋冤，莫将我爹娘冷眼看。〔合前〕

【余文】〔合〕生离远别何足叹，但愿得你名登高选，衣锦还乡，教人作话传。

此行勉强赴春闱，专望明年衣锦归。
世上万般哀苦事，无过远别共生离。

〔外、净、末下。旦〕官人，你如何割舍得便去了？〔生〕咳，卑人如何舍得？

李卓吾曰："公、婆、太公先去，夫妇复留连半晌，关目极妙。"其实《西厢记·长亭送别》即已如此。

【尾犯引】〔旦〕懊恨别离轻，悲岂断弦[5]，愁非分镜[6]。只虑高堂，风烛[7]不定。〔生〕肠已断，欲离未忍，泪难收，无言自零。〔合〕空留恋，天涯海角，只在须臾顷。

【尾犯序】〔旦〕无限别离情，两月夫妻，一旦孤另。官人，你此去经年，望迢迢玉京。〔生〕娘子，莫不是虑着山遥水远么？〔旦〕思省，奴不虑山遥水远。〔生〕莫不是虑着衾寒枕冷么？〔旦〕奴不虑衾寒枕冷；奴只虑公婆没主一旦冷清清。

五娘以双亲无主为辞，实句句讲的自己，惟恐丈夫去后情爱转移，一身无依。委婉含蓄，正合人物声口。

【前腔换头】〔生〕我何曾想着那功名？〔旦〕官人，你不想着功名，如今又去怎的？〔生〕欲尽子情，难拒亲命。娘子，年老爹娘，望伊家看承。毕竟，你休怨朝云暮雨，且为我冬温夏凊。思量起，如何教我割舍得眼睁睁。

【前腔】〔旦〕官人，你襦衣才换青[8]，快着归鞭，早办回程。十里红楼，休恋着娉婷。叮咛，不念我芙蓉帐冷，也思亲桑榆暮景。咳，我频嘱付，知他记否？空自语惺惺[9]。

【前腔】〔生〕娘子，你宽心须待等，我肯恋花柳，甘为萍梗[10]？只怕万里关山，那更音信难凭。须听，我没奈何分情破爱，谁下得亏心短行？从今后，相思两处，一样泪盈盈。

〔旦〕官人此去，千万早早回程。〔生〕卑人有父母在堂，岂敢久恋他乡？〔旦〕须是早寄个音信回来。〔生〕音信不妨，只怕关山阻隔。〔拜别介〕

【鹧鸪天】〔生〕万里关山万里愁。〔旦〕一般心事一般忧。〔生〕桑榆暮景应难保，客馆风光怎久留？〔生下。旦〕他那里，谩凝眸，正是马行十步九回头。归家只恐伤亲意，阁泪汪汪不敢流。

才斟别酒泪先流，郎上孤舟妾倚楼。

片帆渐远皆回首，一种相思两处愁。

〔1〕绿云：喻女子的黑发。

〔2〕几谏：和颜悦色的微谏。

〔3〕桂枝高折步蟾宫：古代以及第为“折桂”。又传说月宫有桂，所以登第也叫“步蟾宫”。蟾宫，月宫。

〔4〕结草衔环：古代两个报恩的故事。春秋时，晋国魏颗违背父亲临死时遗言，不以父妾殉葬，后和秦国打仗，得到妾父结草相助，得以胜利。又后汉杨宝，救受伤的黄雀，夜梦黄衣童子以白玉环相赠。

〔5〕断弦：古时以琴瑟比喻夫妇和好，故称丧妻为“断弦”。

〔6〕分镜：喻夫妇分离。陈徐德言娶乐昌公主，知天下将乱，将不相保，乃破镜各执其半，以期日后再合。

〔7〕风烛：风中之烛易灭，喻人生之无常。

〔8〕襦（rú）衣才换青：古代士子只能穿白衣，做官后才换青袍。襦，

短衣。

〔9〕惺惺：本为聪明伶俐的意思，这里作分明讲。

〔10〕萍梗：浮萍断梗，喻飘泊不定。

第六出　丞相教女

〔末院子上〕珠幌斜连云母帐，玉钩半卷水晶帘。轻烟袅袅归香阁，月影腾腾转画檐。小子不是别人，是牛太师府中一个院子。这几日老相公久留省中，未曾回府，府里几个使女每，镇日在后花园闲耍；今日知道老相公回来，都不见了。小子不免洒扫书馆，伺候老相公回来。呀，好怪么！只见一个婆子走入来做甚么？〔净媒婆上〕

【字字双】我做媒婆甚妖娆，谈笑。说开说合口如刀，波俏[1]。合婚问卜若都好，有钞。只怕假做庚贴被人告，吃拷。

〔末〕你来这里做甚么？〔净〕老媳妇特来与张尚书的舍人做媒。〔末〕咳，我这小娘子的媒怕难做。〔净〕如何难做？〔末〕老相公不肯轻许。〔净〕院公，我这头亲事你老相公必然许我。〔末〕呀，且慢着，又有一个婆子来了。〔丑媒婆上〕

【前腔】我做媒婆甚艰辛，寻趁。有

个新郎要求亲，最紧。咱每只得便忙奔，讨信。〔净〕你这老乞婆来这里怎的？〔丑〕真个是路上更有早行人，心闷。〔末〕你这婆子也来这里做甚么？〔丑〕告勾管[2]哥得知，老媳妇特来与枢密的舍人求亲。〔末〕我方才正对那婆子说了，这媒怕难做。〔丑〕如何难做？〔末〕我老相公要拣择得仔细。〔丑〕院公你休管，我说这桩亲事，必定成也。〔净〕呀，我是张媒婆，几年在府前住，今日这媒，倒吃你老乞婆做去了。〔丑〕呀，老乞婆，偏你会做媒？但是门当户对的便好了。终不然你在府前住，定要你做媒，你与乞儿做媒，也嫁了他？〔末〕你休闹！老相公回来了，你每且躲开一边立地。〔外牛太师上〕

【齐天乐】凤凰池上归来，环珮衮袖，御香犹在。棨戟门前，平沙堤上，何事车填马隘？星霜鬓改，怕玉铉无功[3]，赤舄[4]非材。回首庭前，凄凉丹桂好伤怀。下官这几日久留省府，不曾回家。左右，方才甚么人，在我厅前喧闹。〔末〕有事不敢不报，无事不敢乱传。适间有两个婆子来老相公处求亲。〔外〕着他进来，你这两个婆子做甚么？〔净〕奴家是张尚书府里差来求亲。〔丑〕奴家是李枢密府里差来做媒。〔外〕不拣甚么人家，但是有才学,做得天下状元的,方可嫁他。若是其余,不许问亲。〔净〕告相公得知,我的新郎,术人算他命,道他今年定做状元。〔丑〕告相公得知,他的新郎命不好,只有奴家这个新郎,人算他命,今科必定得中状元。〔净丑相打介。外〕呀,这两个婆子到我跟前无礼。左右,不拣有甚么庚帖,都与我扯破;把那两个吊起,各打十八。〔末扯打介。外〕急把媒婆打离厅。〔末〕除非状元方可问姻亲。〔净〕甘吃打十七八下黄荆杖。〔丑〕那些个成与不成吃百瓶。〔末、净、丑下。外〕光阴似箭催人老,日月如梭趱少年。自家没了夫人,只有一个女儿,如今不觉长成,未曾问亲。只一件,我的女孩儿性格温柔,是事实会,若将他嫁个膏粱子弟,怕坏了他;只将他嫁个读书君子,成就他做个贤妇,多少是好。我这几日不在家,适听得那使唤的,每日都在后花园中闲耍,这是我的女孩儿不拘束他。古人云:"欲治其国,先齐其家。"不免唤出女孩儿和老姥姥、惜春过来,好生训诲他一番。〔贴带净丑上〕

【花心动】幽阁深沉,问佳人:为何懒添眉黛?绣线日长,图史春闲,谁解屡傍妆台?绛罗深护奇葩小,不许蜂迷蝶猜。〔净丑〕笑琐窗,多少玉人无赖。〔外〕孩儿,妇人之德,不出闺门。你如今长成了,方才有媒婆来与你议亲,今日是我的孩儿,异日做他人的

牛太师俨然以卫道者的形象上场;牛小姐亦以孝女的姿态出现。

媳妇。我这几日不在家,你却放老姥姥、惜春每都到后花园中闲耍,不习女工,是何道理?我想起来,都是你不拘束他。倘或做出歹事来,可不把你名儿污了?〔贴〕谢得爹爹教道,孩儿从今自拘束他。〔外怒介〕老姥姥你年纪大矣,你做管家婆,倒哄着女使每闲耍,是何所为!〔净〕不干老身事,都是惜春小丫头。〔丑〕不干惜春事,都是老姥姥。〔外〕这两个贱人尚自相推,都拿下打。〔贴跪禀介〕爹爹息怒。〔外〕你且起来。

【惜奴娇】孩儿,你杏脸桃腮,当有松筠节操,蕙兰襟怀。闺中言语,不出阃阈[5]之外。老姥姥,不教我孩儿伊之罪。惜春,这风情今休再。〔合〕记再来,但把不出闺门的语言相戒。

【前腔换头】〔贴〕堪哀,萱室先摧。叹妇仪姆教[6],未曾谙解。蒙爹严训,从今怎敢不改!老姥姥,早晚望伊家将奴诲。惜春,改前非休违背。〔合前〕

【黑麻序】〔净〕看待,父母心,婚姻事须要早谐。劝相公,早毕儿女之债。〔外〕休呆,如何女子前,胡将口乱开。〔合〕记今来,但把不出闺门的语言相戒。

【前腔】〔丑〕轻浼[7],我受寂寞担烦

恼,教我怎挨?细思之,怎不教人珠泪盈腮?〔贴〕宁耐,温衣并美食,何须苦挂怀?〔合前〕

妇人不可出闺门,多谢严君教育恩。
休道成人不自在,须知自在不成人。

〔1〕波俏:乖巧伶俐。

〔2〕勾管:指管家,总管。

〔3〕怕玉铉无功:铉,横贯鼎耳扛鼎的器具。宰相治国,如调鼎鼐。此句自谦恐不能胜任宰相之职。

〔4〕赤舄(xì):红色的鞋子。古代诸侯可穿赤舄,这里借指宰相。

〔5〕阃阈(yù):闺房的门坎儿。

〔6〕妇仪姆教:妇女应该遵守的礼仪和女师之教训。

〔7〕浼:同浼,沾惹。

第七出　才俊登程

【满庭芳】〔生、末、净、丑上。生〕飞絮沾衣,残花随马,轻寒轻暖芳辰。江山风物,偏动别离人。回首高堂渐远,叹当时恩爱轻分。伤情处,数声杜宇,客泪满衣襟。

【前腔换头】〔末〕萋萋芳草色,故园人望,目断王孙。谩憔悴邮亭,谁与温存?

〔净丑〕闻道洛阳近也，还又隔几座城闉[1]。〔合〕浇愁闷，解鞍沽酒，同醉杏花村。〔浣溪沙〕〔生〕千里莺啼绿映红，〔丑〕水村山郭酒旗风，〔净〕行人如在画图中。〔末〕不暖不寒天气好，或来或往旅人逢，〔合〕此时谁不叹西东。〔相见介。净〕动问老兄尊姓？〔生〕小子姓蔡。〔净〕贵表？〔生〕伯喈。〔丑〕动问老兄尊姓？〔末〕小子姓李。〔丑〕贵表？〔末〕群玉。〔生〕动问老兄尊姓？〔净〕小子姓落。〔生〕贵表？〔净〕得嬉。〔末〕动问老兄尊姓？〔丑〕小子姓常。〔末〕贵表？〔丑〕白将。〔净〕久闻列位高名，今日幸会，都是往长安赴选。〔笑介〕年兄年弟，休得抛撇。既然如此，且在此歇息片时，讲些学识，说些志气何如？〔众〕正合愚意。〔丑〕敢问蔡兄，学识如何？〔生〕小子坐则读，行则吟，穷年屹屹苦搜寻。文章惊世无敌手，尽是当年惜寸阴。〔丑〕有意思，有意思。〔净〕敢问李兄，学识如何？〔末〕小子不将穷达付前缘，常把勤劳契上天。人事尽时天理见，才高岂得困林泉？〔净〕自然，自然。〔生〕敢问落兄，学识如何？〔净〕小子读书费力，每在萤窗讲习。常念青春不再，那更白日可惜。熟读《孝经》《曲礼》，博览《诗》《书》《周易》。春秋诸子百家，篇篇义理紬绎[2]。前日行到学中，夫子潜自叫屈。〔末〕呀，圣人如何叫屈？〔净〕道是可惜这个秀才，眼中一字不识。〔末〕你却说一场春梦。〔生〕敢问常兄，学识如何？〔丑〕小子言不妄发，写字极有方法。先将好墨磨浓，次把纯毫蘸着。推开净几明窗，展舒锦笺绣札。不问真草隶篆，写出都是法帖。大字粗如庭柱，小字细似头发。王羲之拜我为师，欧阳询见我唬杀。〔笑介〕早间写个八字，忘了一撇一捺。〔末〕又道是一笔走龙蛇。〔净〕闲话休讲。如今天色将晚，不免起程，趱行几步。

数曲抒情写景，接近南词，但不应生、末、净、丑，一个腔调。

【八声甘州歌】〔生〕衷肠闷损，叹路途千里，日日思亲。青梅如豆，难寄陇头音信[3]。高堂已添双鬓雪，客路空瞻一片云。〔合〕途中味，客里身，争如流水蘸柴门？休回首，欲断魂，数声啼鸟不堪闻。

【前腔】〔末〕风光正暮春，便纵然劳役，何必愁闷？绿阴红雨，征袍上染惹芳尘。云梯月殿[4]图贵显，水宿风餐莫厌贫。〔合〕乘桃浪，跃锦鳞，一声雷动过龙门。荣归去，绿绶[5]新，休教妻嫂笑苏秦[6]。

【前腔】〔净〕谁家近水滨，见画桥烟柳，朱门隐隐。秋千影里，墙头上露出红粉。他无情笑语声渐杳,却不道恼杀多情墙外人。〔合〕思乡远,愁路贫,肯如十度谒侯门?行看取,朝紫宸[7],凤池鳌禁听丝纶[8]。

晚景如画,旅思如潮。

【前腔】〔丑〕遥瞻雾霭纷,想洛阳宫阙,行行将近。途程劳倦,欲待共饮芳樽。垂杨瘦马莫暂停,只见古树昏鸦栖渐尽。〔合〕天将暝,日已曛[9],一声残角断樵门[10]。寻宿处,行步紧,前村灯火已黄昏。

【余文】向人家,忙投奔,解鞍沽酒共论文;今夜雨打梨花深闭门。

江山风物自伤情,南北东西为利名。

路上有花并有酒,一程分作两程行。

〔1〕城闉(yīn):城池。闉,瓮城之门。

〔2〕紬(chōu)绎:理出头绪。

〔3〕"青梅如豆"二句:喻无法寄信到家。南朝宋陆凯自江南寄梅花与长安范晔,赠诗云:"折梅逢驿使,寄与陇头人。江南无所有,聊赠一枝春。"典出此。

〔4〕云梯月殿:直上青云的梯子。月殿,指月宫。

〔5〕绿绶:汉制二千石以上,银印绿绶。

〔6〕苏秦:东周洛阳人,早年出游不遇,受到妻嫂的嘲笑。

〔7〕紫宸:唐殿名,借指皇宫。

〔8〕凤池鳌禁听丝纶:凤池,指凤凰池;鳌禁,指翰林院;丝纶,指天子的诏敕。全句意为做能和皇帝接近的清贵之职。

〔9〕曛(xūn):日落。

〔10〕樵门:这里指谯楼,城上的望楼。

第八出　文场选士

这出过场戏写得妙趣横生,讽刺了科场的表面冠冕堂皇,实际是一场儿戏。

〔末上〕礼闱[1]新榜动长安,九陌人人走马看。一日声名遍天下,满城桃李属春官。自家不是别人,却是礼部一个祗候的便是。今岁乃大比之年,朝廷委命试官,已在贡院之内;各省中式举人,俱列棘闱[2]之前。如今试官将次升堂,小人只得在此听候。正是:一封才下兴贤诏,四海都无遗弃才。道犹未了,试官大人早到。〔净试官上〕

【生查子】承恩拜试官,声价重丘山。左右,那来科举的,只问有文才,何必拘乡贯?〔末〕那有文才的,如何发落他?〔净〕取他居上第,做个清要官。〔末〕那没文才的,如何发落他?〔净〕纵有父兄势,也教空手还。〔末〕好公道老爷。〔净〕左右,今年却是大比之年,我为国荐贤,但是各省府县赴试的秀才,都唤入来。〔末〕领钧旨。〔生上〕

【赏宫花】槐花正黄,赴科场举子忙。太学拉朋友,一齐整行装。〔合〕五百英雄都在此,不知谁做状元郎?

【前腔】〔丑上〕天地玄黄,略记得三两行。才学无些子,只是赌命强。〔合前〕〔末叫开门。生〕贡院门已开,列位尊兄依次而进。〔净〕左右,这些秀才,每人给与卷子一本,蜡烛一条,各分东西廊下,伺候题目。〔末〕领钧旨。〔相见介净〕你每众秀才听着:朝廷制度,开科取士,须有定期。立意命题,任从时好。下官是个风流试官,不比往年的试官,往年第一场考文;第二场考论;第三场考策。我今年第一场做对;第二场猜谜;第三场唱曲。若是做得对好,猜得谜着,唱得曲好,就取他头名状元。插金花,饮御酒,游街儿耍子;若是对得不好,猜得不着,唱得不好,就将他黑墨搽脸,乱棒打出去。〔生丑〕学生领命。〔净〕东廊下秀才蔡邕过来领题。〔生〕有。〔净〕我出天文门一个对与你对。〔生〕愿闻。〔净〕星飞天放弹。〔生〕日出海抛球。〔净〕妙哉,妙哉,且站一边。西廊下秀才落得嬉过来领题。〔丑〕快些。〔净〕毛诗三百首。〔丑〕还有十一篇。〔净〕不好,不好,且站一边。蔡邕过来,我出天下八个省名的谜儿与你猜。〔生〕愿闻。〔净〕一声霹雳震天开,两个肩头不得闲。

去买纸来作裱褙，欠人钱债未曾还。〔生〕第一句是京东京西，第二句是江东江西，第三句是湖东湖西，第四句是浙东浙西。〔净〕妙哉，妙哉。且站一边，落得嬉过来，我出山上四样树名的谜儿与你猜。〔丑〕快些。〔净〕雨中妆点望中黄，独立深山分外长。庙廊之材应见取，家家织就绮罗裳。〔丑〕第一句是柏树，第二句是槐树，第三句是枫树，第四句是柳树。〔净〕不是，不是，且站一边。蔡邕过来，我唱一只曲儿，你末后凑一句，要押得韵着。〔生〕愿闻高音。

【北江儿水】〔净〕长安富贵真罕有，食味皆山兽，熊掌紫驼峰，四座馨香透。你押下韵。〔生〕奉与试官来下酒。〔净笑介〕妙哉，妙哉，三场都好。这是个真秀才，且在东廊下伺候。落得嬉过来，我再唱一只曲儿，你末后也凑一句，要押得韵着。〔丑〕快唱。

【前腔】〔净〕看你腹中何所有，一袋腌臜臭。若还放出来，见者都奔走。你押下韵。〔丑〕把与试官来下酒。〔净〕不济，不济。将他黑墨搽脸，乱棒打出去。〔丑〕不须打，正是薄命刘生终下第[3]，厚颜季子[4]且回家。〔下，净〕蔡秀才，今科中式举人虽多，只有你才学高迈，文字老成，俺就复奏圣上，将你取为第一甲头名状元，冠带游街赴宴。左右，取冠带过来。

〔末取上〕正是袍笏赐进士，铁钺赠将军。〔净〕蔡状元换了冠带，今就随我入朝谢恩。〔换冠带介〕

【懒画眉】〔生〕君恩喜见上头时，今日方显男儿志。布袍脱下换罗衣，腰间横系黄金带，骏马雕鞍真是美。

【前腔】〔净〕状元，你读书万卷非容易，喜得登科擢上第。功名分定岂误期，那更三千礼乐无敌手，五百英雄尽让伊。

【前腔】〔末〕人生当用显门闾，荫子封妻荣自己。马前喝道状元归，雁塔挥毫题姓字[5]，一举成名天下知。

一举鳌头独占魁，谁知平地一声雷。

明朝跨马春风里，尽是皇都得意回。

〔1〕礼闱：进士考试，由礼部主持，故云。

〔2〕棘闱：指试场。

〔3〕薄命刘生终下第：唐代刘蕡才学很好，但在科举方面很不得意。

〔4〕厚颜季子：指苏秦。

〔5〕雁塔挥毫题姓字：唐朝进士中举后，在雁塔题名志喜，后成为典故。

第九出 临妆感叹

【破齐阵引】〔旦上〕翠减祥鸾罗幌[1]，香销宝鸭金炉。楚馆云闲，秦楼月冷，动是离人愁思。目断天涯云山远，亲在高堂雪鬓疏，缘何书也无？〔古风〕明明匣中镜，盈盈晓来妆。忆昔事君子，鸡鸣下君床。临镜理笄总[2]，随君问高堂。一旦远别离，镜匣掩青光。流尘暗绮疏，青苔生洞房。零落金钗钿，惨淡罗衣裳。伤哉憔悴容，无复蕙兰芳。有怀凄以楚，有路阻且长。妾身岂叹此，所忧在姑嫜。念彼猿猱远，眷此桑榆光[3]。愿言尽妇道，游子不可忘。勿弹绿绮琴，弦绝令人伤。勿听白头吟，哀音断人肠。人事多错迕，羞彼双鸳鸯。奴家自嫁与蔡伯喈，才方两月。指望与他同事双亲，偕老百年。谁知公公严命，强他赴选。自从去后，竟无消息。把公婆抛撇在家，教奴家独自应承。奴家一来要成丈夫之名，二来要尽为妇之道，尽心竭力，朝夕奉养。正是：天涯海角有穷时，只有此情无尽处。

【风云会四朝元】春闱催赴，同心带

在进士考试后本可直接杏园春宴，由于南浦送别后，赵五娘久未出场，在这里插入一场旦角的重头唱段，倾泻女主角艰苦处境，与蔡伯喈在洛阳的春风得意，形成鲜明对照。从此开始，以后许多场次都交叉穿插进行，反映了封建社会一贫一富的两种家庭，一夫一妇的两个人物的不平地位，表现了作品高度的现实主义成就和作者惨淡经营的艺术构思。

绾初。叹阳关声断，送别南浦。早已成间阻。谩罗襟泪渍，谩罗襟泪渍，和那宝瑟尘埋，锦被羞铺。寂寞琼窗，萧条朱户，空把流年度。嗏，瞑子里[4]自寻思，妾意君情，一旦如朝露。君行万里途，妾心万般苦。君还念妾，迢迢远远也须回顾。

【前腔】朱颜非故，绿云懒去梳。奈画眉人[5]远，傅粉郎[6]去，镜鸾羞自舞[7]。把归期暗数，把归期暗数，只见雁杳鱼沉[8]，凤只鸾孤。绿遍汀洲，又生芳杜[9]，空自思前事。嗏，日近帝王都，芳草斜阳，教我望断长安路。君身岂荡子，妾非荡子妇。其间就里，千千万万有谁堪诉？

此曲全用白描，句句传出赵五娘孤苦心情，觉前曲“雁杳鱼沉，凤只鸾孤”等语，未免陈腐可厌。

【前腔】轻移莲步，堂前问舅姑。怕食缺须进，衣绽须补，要行时须与扶。奈西山暮景，奈西山暮景，教我倩着谁人，传语我的儿夫。你身上青云，只怕亲归黄土，我临别也曾多嘱付。嗏，那些个意孜孜，只怕十里红楼，贪恋着他人豪富。丈夫，你虽然是忘了奴，也须念父母。苦，无人说与，这凄凄冷冷怎生辜负？

【前腔】文场选士，纷纷都是才俊徒。少甚么镜分鸾凤，都要榜登龙虎，偏是他将奴误。也不索气蛊，也不索气蛊，既受托了蘋蘩，有甚推辞？索性做个孝妇贤妻，也落得名标青史，今日呵，不枉受了些闲凄楚。嗏，俺这里自支吾，休得污了他的名儿，左右与他相回护。丈夫，你便做腰金衣紫，须记得荆钗与裙布。苦，一场愁绪，堆堆积积宋玉难赋。

回首高堂日已斜，游人何事在天涯？
红颜胜人多薄命，莫怨春风当自嗟。

〔1〕祥鸾罗幌：绣有鸾凤的罗帐。幌，帷帐。

〔2〕笄总：笄，簪子；总，束发。

〔3〕“念彼猿猱远”二句：据《搜神记》，临川人入山得猿子，猿母自后追随至其家，哀鸣乞求，此人竟杀猿子，猿母亦投掷自唤而死。这里借喻蔡婆年迈，思子心切，恐不久人世。

〔4〕瞑子里：暗地里。

〔5〕画眉人：汉代张敞为妻子画眉。这里指丈夫。

〔6〕傅粉郎：三国时魏何宴喜修饰，粉白不离手，人称“傅粉何郎”。

〔7〕镜鸾羞自舞：昔罽（jì）宾王获一鸾鸟，三年不鸣，使镜映之，鸾鸟对镜哀鸣，一奋而死。这里取形影相吊之意。

〔8〕雁杳鱼沉：据说鱼雁可以传书，此喻渺无音信。

〔9〕芳杜：即杜若，香草名。

第十出　杏园春宴

李卓吾曰："烦冗可厌,如何比得《拜月》《西厢》之烦简合宜也。"全剧中离开剧情,堆砌词藻,卖弄才学之处不少,本出表现得更突出。

〔末首领官上〕朝为田舍郎,暮登天子堂。将相本无种,男儿当自强。自家不是别人,却是河南府一个首领官。往年状元及第,赴宴游街,但是鞍马、酒席供设、祗应等件,都是府尹提调。今年蔡伯喈做状元,循例赴宴,府尹却委着当职提调。昨日已分付太仆寺掌鞍马的令史,并洛阳县管排设的驿丞,专听俺这里鸣鼓三声,都要到此聚会听点。〔擂鼓介〕掌鞍马的在那里?〔丑令史上〕有问即对,无问不答。相公有何钧旨?〔末〕鞍马备办了未曾?〔丑〕告相公得知,俺这里在先有一万匹好马。〔末〕怎见得好马?〔丑〕但见耳批双竹[1],鬃散五花[2]。展开凤臆龙鬐,昂起豹头虎额。响笃笃翠蹄削玉,点滴滴赤汗流珠。隅目青荧夹镜悬[3],肉鬃碨礧连钱动[4]。一跃时尾捎云汉,横蓦过玄圃崆峒[5];一霎时走遍神州,直赶上流星掣电。九方皋[6]管教他称赏,千金价不枉了追求。〔末〕有甚颜色的?〔丑〕布汗、论圣、虎刺、合里、乌赭、哑儿爷、屈良、苏卢、枣骝、栗色、燕色、兔黄、真白、玉面、银鬃、绣膊、青花。正是五花散作云满身,万里方看汗流血。

〔末〕有甚么好名儿?〔丑〕飞龙、赤兔、骤裹、骅骝、紫燕、骕骦、啮膝、逾晖、骐骥、山子、白羲、绝尘、浮云、赤电、绝群、逸骠、騄骊、龙子、骥驹、腾霜骢、皎雪骢、凝露骢、照影骢、悬光骢、决波骗、飞霞骠、发电赤、流金弧、翔麟紫、奔虹赤、照夜白、一丈乌、九花虬、望云骓、忽雷驳、卷毛騧、狮子花、玉逍遥、红叱拨、紫叱拨、金叱拨。正是:青海月氏生下,大宛越睒将来[7]。〔末〕有甚么好厩?〔丑〕飞龙、祥麟、吉良、龙媒、骀駼、駃騠、鵕鸾、出群、天花、凤苑、奔星、内驹、左飞、右飞、左坊、右坊、东南内、西南内。正是:尽印三花飞凤字,中藏万匹好龙媒。〔末〕却怎的打扮?〔丑〕锦鞯灿烂披云,银镫荧煌曜日,香罗帕深覆金鞍,紫游缰牵动玉勒。玛瑙妆就辔头、珊瑚做成鞍子。正是:红缨紫鞚珊瑚鞭,玉鞍锦笼黄金勒。〔末〕如今选多少在这里?〔丑〕告相公:如今无了。〔末〕如何无了?〔丑〕原有一万匹马,却有一千三百个漏蹄[8],二千七百个抹靥,三千八百个熟瘸,二千二百个慈眼。那更鞍桥又破损,坐褥又倾欹。抽辔尽是麻绳,鞭子无非荆杖。饿老鸱[9]全然拉塔,雁翅板一发雕零。鞍辔既不周全,牵鞚何曾完备,此般物件,其实不中。〔末〕休胡说!若还不完备时节,我禀过府尹大人,好生打你。〔丑〕相公可怜见,容小人一壁厢自理会。〔末〕鞍马若完备时节,可牵在午门外厢,等候状元谢恩出来乘坐。〔丑〕理会得,只教他春风得意马蹄疾,一日看遍长安花。〔下。末〕管排设的在那里?〔净驿丞上〕厅上一呼,阶下百诺。相公有何钧旨?〔末〕排设完备了未曾?〔净〕告相公,俺拣上等排设俟候点视。〔末〕怎见得上等排设?〔净〕但见珠帘高卷,绣幕低垂。珊瑚席逼逻[10]得精神,玳瑁筵安排得奇巧。金炉内慢腾腾烧瑞瑙,玉瓶中娇滴滴插奇花。四围环绕画屏山,满座重铺锦褥子。金盘犀箸光错落,掩映龙凤珍羞;银海琼舟影荡摇,翻动葡萄玉液。洒扫得干干净净,并无半点尘埃;铺陈得整整齐齐,另是一般气象。正是:移将金谷[11]繁华景,妆点琼林锦绣仙。〔末〕安排既齐整,你每且退去,待等状元游街了赴宴。〔净〕领钧旨。正是:琼林胜处风光好,别是人间一洞天。〔下。众〕远远望见一簇人马闹吵,想是状元来了。〔末下,生净丑骑马上〕

【窣地锦裆】嫦娥剪就绿云衣,折得蟾宫第一枝。宫花斜插帽檐低,一举成名天下知。

【哭岐婆】洛阳富贵,花如锦绮。红楼数里,无非娇媚。春风得意马蹄疾,天街赏遍方归去。〔生净先下〕〔丑坠马介〕救命救命!爹爹、奶奶、伯伯、叔叔、哥哥、嫂嫂、孩儿

媳妇,都来救命。〔末骑马上〕

【水底鱼儿】朝省尚书,昨日蒙圣旨:道状元及第,教咱去陪宴席。〔丑叫〕踏坏了人了!〔末〕越着鞭越退,遣人心下疑。〔丑〕救命!救命!〔末〕转头回望,叫我的还是谁?汉子你是谁?〔丑〕我是坠马的状元。〔末扶介〕快起来。〔丑〕尊官是谁?〔末〕我是中书省陪宴官,不知足下为甚坠马?

【北叨叨令】〔丑〕闹吵吵街市上游人乱,〔末〕你马惊了呵?〔丑〕恶头口抵死要回身转。〔末〕怎的不牵过一边?〔丑〕我战兢兢只怕缰绳断,〔末〕为甚不打他?〔丑〕怯书生早已神魂散。〔末〕你不害事么?〔丑呻吟介〕险些跌折了腿也么哥,险些舂破了头也么哥,我好似小秦王三跳涧[12]。〔末〕这马如今那里去了?〔丑〕问他那里去了。伤人乎?不问马。〔末〕咳,你兀自文绉绉的。我且就这里人家借一个马与你骑。〔丑〕休静办,若借马与我骑,便索死。〔末〕呀,怎的便死?〔丑〕你不闻孔夫子说道:有马者,借人乘之,今亡矣夫!〔末〕一口胡柴[13]。呀,远远望见一簇人马来,有马就借一匹与你骑。〔丑〕不须得,不须得。〔生净骑马上〕

【窣地锦裆】荷衣[14]新染御香归,引

领群仙下翠微[15]。杏园[16]惟有后题诗，此是男儿得志时。〔丑〕状元，你每列位骑马游街，且是好。只不要似我骑马，舂破了头，跌折了脚。〔生〕足下原来坠马呵。〔丑〕可知哩。〔末〕不是下官搭救时节，险些送了一条性命。〔净〕如此更赖足下之力。〔生〕请整顿同行。〔丑〕你们三位自去赴宴，我到太平坊下李郎中家去便来。〔众〕你去做甚么？〔丑〕我去医攧扑伤损疮。〔众〕休要推故，我去借一个马与你骑了同去。〔丑〕小子告退，你三位自去。〔末〕朝廷事例，如何不去赴宴？〔丑〕赴宴也好，只是骑马不得。这等你三位骑马前去，我随后提着胡床来。〔末〕成甚么模样？〔丑〕这个不妨，却有两说：路上人问你，便说道是使唤的伴当；若是筵席之中，却说是打伴当的人。〔末〕好穷对副。

【哭岐婆】〔众〕玉鞭袅袅，如龙骄骑。黄旗影里，笙歌鼎沸。如今端的是男儿，行看锦衣归故里。〔末〕这里便是杏园，请列位驻马。〔丑〕左右，马都牵到僻处去，倘或人道四位官员，如何有三个马，不象模样。〔末〕好高见识。如今请列位照依年例，留下佳作。〔净〕蔡兄先请。〔生〕五百名中第一仙，花如罗绮柳如烟。绿袍乍着君恩重，黄榜初开御墨鲜。礼乐三千传紫禁，风云九万上青天。时人谩说登科早，未许嫦娥爱少年。〔净〕妙，妙！紫金阙无极无上圣。〔末〕这里不是玉皇阁，休要诵他的宝号。如今却轮当足下。〔净〕我也有四句：迟日江山丽，春风花草香。〔末〕且住，使不得，这是古诗。〔净〕呀，我前日三场，也都是别人的文章，尚自中了。如何一首别人的诗，倒使不得起来？〔末〕休道是七步成章。〔净〕咳，你道我真个不会作诗呵，我且将就做一首与列位看看：赴选何曾入棘闱，此身未拟着荷衣。三场尽是倩人做，一字全然匪我为。自笑持杯饕恋酒，却愁把笔怎题诗。有人问我求佳作，〔众〕如何答他？〔净〕问我先生便得知。〔末〕又道是当仁不让于师。〔丑〕仓官不识串字，中中。〔末〕且休夸口，如今又轮当足下。〔丑〕有有，列位做律诗，都把那赴试的事为题，恐是熟套。小子如今另立一题。〔末〕你把甚么为题？〔丑〕便把小子方才坠马为题，胡做古风一篇，以纪其事如何？〔众〕尤妙，尤妙。〔丑〕君不见去年骑马张状元，跌了左腿不相联？又不见前年跨马李试官，跌了窟臀没半边？世上三般拼命事，行船走马打秋千。小子今年大拼命，也来随趁跨金鞍。跨金鞍，灾怎躲？叵耐畜生侮弄我。大叫三声不肯行，连撺两撺不是耍。便把缰绳紧紧拿，纵有长鞭怎敢打？须臾之间掉下来，一似狂风吹片瓦。昨日行过枢密院，三个军人来唱喏。小子慌忙走将归，〔末〕却如何？〔丑〕怕他请我教战马。〔末〕又说梦话。诸公请依位而坐，左右看酒。〔杂承直上〕色动玉壶无表里，光摇金盏有精神。告相公，酒在此。〔众把酒介〕

【五供养】〔末〕文章过晁董[17]，对丹墀已膺天宠。〔合〕赴琼林新宴，颤宫花缓引黄金鞚。

【前腔】〔净丑〕九重天上声名重，紫泥封[18]已传丹凤。〔合〕便催归玉简侍宸旒[19]，他日归来金莲[20]送。

【山花子】〔末〕玳筵开处游人拥，争看五百名英雄。〔生〕喜鳌头一战有功，荷君恩奏捷词锋。〔合〕太平时车书已同[21]，干戈尽戢文教崇，人间此时鱼化龙。留取琼林，胜景无穷。

【前腔】〔净〕三千礼乐如泉涌，一笔扫万丈长虹。〔丑〕看奎光飞缠紫宫[22]，光耀万玉[23]班中。〔合前〕

【前腔换头】〔生〕青云路通，一举能高中，三千水击飞冲。〔净〕又何必扶桑挂弓？也强如剑倚崆峒[24]。〔合前〕

【前腔换头】〔丑〕恩深九重，丝络八

珍送，无非翠釜驼峰。〔末〕看吾皇待贤恁隆，不枉了十年窗下把书来攻。〔合前〕

【大和佛】〔生〕宝篆沉烟香喷浓，〔众〕浓熏绮罗丛。琼舟银海翻动酒鳞[25]红，一饮尽教空。〔生悲介〕持杯自觉心先痛，纵有香醪欲饮难下我喉咙。他寂寞高堂菽水谁供奉？俺这里传杯喧哄。〔众〕状元，你休得要对此欢娱意忡忡。

【舞霓裳】愿取群贤尽贞忠，尽贞忠。管取云台画形容，画形容。时清莫报君恩重，惟有一封书上劝东封[26]，更撰个河清德颂。乾坤正，看玉柱擎天又何用？

【红绣鞋】〔合〕猛拼沉醉东风，东风。倩人扶上玉骢，玉骢。归去路，望画桥东。花影乱，日朦胧。沸笙歌，引纱笼。

【意不尽】〔合〕今宵添上繁华梦，明早遥听清禁钟，皇恩谢了，鹓行豹尾陪侍从。

名传金榜换蓝袍，酒醉琼林志气豪。

世上万般皆下品，思量惟有读书高。

以上豪华富贵、欢欣喜悦的抒写，意在揭出伯喈为功名所困之苦衷，以显其一片孝心。并从此由欢场过渡到下出的悲戏。

〔1〕耳批双竹：是说好马两耳耸立，如竹管削成。

〔2〕鬃散五花：马的毛色斑驳。

〔3〕隅目青荧夹镜悬：隅目，眼有隅角；夹镜，喻两眼光亮如镜。

〔4〕肉鬃碨礌连钱动：肉鬃，马项下的悬肉和颈上的鬃毛；碨礌，不平貌；连钱，马的毛斑驳勾连如钱状。

〔5〕玄圃崆峒：玄圃，指昆仑之顶峰；崆峒，山名，在甘肃平凉。

〔6〕九方皋：春秋时秦人，善于相马。

〔7〕“青海月氏(zhī)”二句：青海，在今青海省；月氏、大宛，皆西域部落名；越赕(chán)，地名，见《新唐书·南诏传》。以上各地，均产良马。

〔8〕漏蹄：指穿蹄病。下文抹靥、熟瘸、慈眼，都是马病的名目。

〔9〕饿老鸱：与下文之雁翅板，都是马具名。

〔10〕逼逻：整理，安排。

〔11〕金谷：晋代石崇在河阳金谷建别馆，名金谷园。

〔12〕小秦王三跳涧：小秦王指李世民。传说隋末宋金刚部将尉迟敬德追李世民于美良川虹霓涧，世民、敬德及秦叔宝三人均跃涧而过。

〔13〕胡柴：意为胡说。

〔14〕荷衣：绿袍。进士例赐绿袍。

〔15〕翠微：唐宫名。

〔16〕杏园：在长安府曲江池西，唐进士赐宴于此。

〔17〕晁董：西汉时晁错和董仲舒。

〔18〕紫泥封：古代书函以泥封，上加印记，皇帝用紫泥，所以称天子诏书为“紫泥封”。

〔19〕玉简侍宸旒：玉简，谓异书；宸旒，指天子。全句说以才学得侍从于宫廷。

〔20〕金莲：宫中灯炬，形如莲花。

〔21〕车书已同：车同轨，书同文，喻天下一统。

〔22〕奎光飞缠紫宫：指文星飞绕紫微宫，喻及第做官。

〔23〕万玉：这里指百官。

〔24〕“扶桑挂弓”二句：阮籍《咏怀》：“弯弓挂扶桑，长剑倚天外。”

〔25〕酒鳞:谓斟酒于杯中,酒面鳞鳞波动。

〔26〕东封:东去泰山封土为坛以祭天,即封禅。

第十一出　蔡母嗟儿

【忆秦娥先】〔旦上〕长吁气,自怜薄命相遭际。相遭际,暮年姑舅,薄情夫婿。〔清平乐〕夫妻才两月,一旦成分别。没主公婆甘旨缺,几度思量悲咽。家贫先自艰难,那堪不遇丰年。恁的千辛万苦,苍天也不相怜。奴家自从儿夫去后,遭此饥荒;况兼公婆年老,朝不保夕。教奴家独自如何应奉?婆婆日夜埋怨着公公,当初不合教孩儿出去。公公又不伏气,只管和婆婆闲争。外人不理会得,只道是媳妇不会看承,以致公婆日夜闹吵。且待公婆出来,再三劝解则个。

【忆秦娥后】〔外上〕孩儿一去无消息,双亲老景难存济。〔净扯外耳介〕难存济,不思前日,强教孩儿出去。〔旦劝介。净〕老贼!你抵死教孩儿出去赴选,今日没有饭吃,他便做得状元,济你甚事?若是孩儿在家,也会区处,终不到得恁的狼狈。如今冻得你好,饿得你好。老贼,你死了休。〔外〕老乞婆!你埋怨我则甚？我是神仙，知道今日恁的饥荒苦。这般年时，谁家不忍饥受饿，谁似你这般埋怨我？休，休，我死，我死。今日饥荒也是死，被你埋怨不过也索死。〔欲死，旦扯住介。净〕老贼，你便死也消不得我这场呕气。〔旦〕公公，婆婆且息怒，听奴家一言分剖。当初公公教孩儿出去时节，不道今日恁的饥荒，婆婆难埋怨公公。今日婆婆见这般饥荒，孩儿又不在眼前，心下焦躁，公公也休怪婆婆埋怨。请自宽心，如今奴家把些钗梳首饰之类，典些粮米，以充公婆一时口食。宁可饿死奴家，决不将公婆落后[1]。〔净〕媳妇你说得好，我只是恨这老贼。

五娘劝解公婆的这段话，设身处地，入情入理，又宁可自己挨饿，不使公婆落后。反映了中国人民对老人的体贴与尊重。

【金索挂梧桐】区区一个儿，两口相依倚。没事为着功名，不要他供甘旨。你教他做官，要改换门闾。只怕他做得官时你做鬼。老贼！你图他三牲五鼎供朝夕，今日里要一口粥汤却教谁与你？相连累，我孩儿因你做不得好名儒。〔合〕空争着闲是闲非，空争着闲是闲非，只落得双垂泪。

【前腔】〔外〕养子教读书，指望他身荣贵。黄榜招贤，谁不去求科试？老乞婆，我说个比方与你听：譬如范杞良[2]，差去筑城池，他的娘亲埋怨谁？〔净〕老贼，你倒好比方，他是奉官差哩。〔外〕合生合死皆由命，少甚么孙子森森也忍饥。〔净〕老贼，你固自口硬，再过几时，饿得你口嗅屎哩。〔外〕休聒絮，毕竟是咱每两口受孤恓。〔合前〕

【前腔】〔旦〕婆婆，孩儿虽暂离，须有日回家里。〔净〕媳妇，我岂不知孩儿自有一日回家，只是眼下受饿难过。〔旦〕婆婆，奴有些钗梳，解当[3]充粮米。〔净〕老贼，我若没有这般孝顺的媳妇摆布，可不把我的肝肠也饿断了？〔外〕老乞婆，这是时年如此，你苦死埋怨我怎的？〔旦〕公公婆婆恁的闲争呵，教旁人道媳妇每，有甚差池，致使公婆争斗起。婆婆，他心中爱子指望功名就；公公，他眼下无儿，因此埋怨你。难逃避，兀的不是从天降下这灾危。〔合前〕

【刘泼帽】〔外〕天那，我每不久须倾弃，叹当初是我不是。不如我死了无他虑。〔合〕一度里思量，一度里肝肠碎。

【前腔】〔净〕有儿却遣他出去，教媳妇怎生区处？媳妇，可怜误你芳年纪。〔合前〕

【前腔】〔旦〕公公、婆婆，媳妇便是亲儿女，劳役事本分当为，但愿公婆从此相和

从蔡公蔡婆对儿子前途的不同要求出发，展开戏剧冲突；又从五娘对公、婆的不同心情的谅解出发，加以排解，作家对人物之间的关系，体察入微。

美。〔合前〕

形衰力倦怎支吾？口食身衣只问奴。
莫道是非终日有，果然不听自然无。

〔1〕落后：怠慢。

〔2〕范杞良：据古代传说孟姜女哭长城的故事，范杞良筑长城而死。

〔3〕解当：指典当。

第十二出　奉旨招婿

〔末上〕缥缈纱窗映雾烟，深沉华屋锁婵娟。屏间孔雀[1]人难中，幕里红丝[2]谁敢牵。自家是牛太师府中一个院子，这几日听得府中喧传，太师要招女婿。况我这个小娘子，不比别的小娘子，一来是丞相之女，二来他才貌兼全，必须有文章、有官职、有福分的，方可中选。且在此俟候，相公出来，便知端的。〔外牛太师上〕

【似娘儿】华发渐星星，怜爱女欲遂姻盟，蟾宫桂子才堪称。红楼此日，红丝待选，须教红叶传情[3]。左右那里？〔末〕厅上一呼，阶下百诺。不知老相公有何钧旨？〔外〕自古道男子生而愿为之有室，女子生而愿为之有家。我老夫人倾弃多年，只有一个小姐,美貌娉婷,昨日见官里问我道:"你的女孩儿曾嫁人未?"我回言道:"未曾嫁人。"官里道:"既不曾嫁人,如今新状元蔡邕,好人物,好才学,朕与你主婚,你可招他为婿,你意如何?"俺奉着圣旨,就谢了恩。你每道此事如何?〔末〕复相公:男大须婚,女大须嫁。小姐是瑶台阆苑神仙,状元是天禄石渠[4]贵客;况且玉音主盟,金口说合;若做了百年夫妇,不枉了一对姻缘。这是:佳人才子两堪夸,天付姻缘事不差。试看月轮还有意,定知丹桂近仙娃。〔外笑介〕你言正合我意。你就去唤府前官媒婆来,同去蔡状元处说亲。〔末〕领钧旨。〔唤介,丑媒婆拿秤斧上〕

【醉太平】我做聪俊的媒婆,两脚疾走如梭。生得不矮又不矬,人人都来请我。我更要金多银多,绫罗段匹多,方肯做。又且张家李家夸谈我。〔末〕夸谈你甚的?〔丑〕道我每须胜是别媒婆。媒婆媒婆,两脚奔波。一斗好酒,一只肥鹅。送到家里,我和老公笑呵呵。〔末〕婆子休闲说,且去见老相公。〔外〕婆子,你手里拿着甚么东西?〔丑〕这是斧头。〔外〕要他何用?〔丑〕这是媒婆的招牌。〔外〕如何将他做招牌?〔丑〕告相公得知,《毛诗》有云:"析薪如之何?匪斧弗克。娶妻如连媒婆也讲起《诗经》来，虽是插科打诨，终觉文绉绉可厌。

之何？匪媒弗得。”以此将他为招牌。〔末〕休在班门弄斧。〔外〕媒婆，你要秤何用？〔丑〕相公，这唤作量人秤，最是要紧的。大凡做媒时节，先把新妇新郎称得一般，方才与他说亲。久后夫妻也和顺；若是轻重了，夫妻到底相嫌。〔外〕休闲说，媒婆，我昨日奉圣旨，教我将小姐招赘蔡状元为婿，你如今去他跟前说知。若得成就了这头亲事，我多多赏你。〔丑〕这个有甚难处？一来奉当今圣旨，二来托相公威名，三来小姐才貌兼全，是人知道。蔡状元有何不可？〔末〕这话极说得是。〔外〕媒婆，你近前来听我说。

【琐窗郎】吾家一女娉婷，不曾许与公卿。昨承圣旨，招选书生。媒婆，你和他说：不须用白璧黄金为聘。〔合〕说道姻缘前世已曾定，今日里共欢庆。

【前腔】〔丑〕住东京极有名声，相公，论媒婆非自逞。今朝事体，管取完成。怕有一轻一重，全凭这条官秤。〔合前〕

此出揭示追求功名所造成的又一后果——奉旨成婚。这后果又是造成五娘悲剧的一个因素。

【前腔】〔末〕虽然他高占魁名，得相招多少荣。萦依绣幕，选中雀屏。媒婆，此一去他必从命。〔合前〕

为传芳信仗良媒，管取门楣得俊才。

百年夫妇今朝合，一段姻缘天上来。

〔1〕屏间孔雀:唐人窦毅为女择婿,画二孔雀于屏,使求婚者射,中目则婚之。

〔2〕幕里红丝:唐宰相张嘉贞欲纳郭元振为婿,让五女各持一丝,使郭自牵,得第三女。

〔3〕红叶传情:唐僖宗时,宫人韩氏题诗于红叶,红叶自御沟流出,为书生于祐拾得,二人终结合。

〔4〕天禄、石渠:都是汉宫中的阁名。

第十三出　官媒议婚

本出及下出写伯喈辞婚不从,为前此南戏中写他入赘相府、背亲弃妇作开脱。

【高阳台】〔生上〕梦绕亲闱,愁深旅邸,那堪音信辽绝。凄楚情怀,怕逢凄楚时节。重门半掩黄昏雨,奈寸肠此际千结。守寒窗,一点孤灯,照人明灭。

【前腔换头】当时轻散轻别。叹玉箫声杳[1],庾楼明月。一段愁烦,翻成两下悲咽。枕边万点思亲泪,伴漏声到晓方彻。锁愁眉,慵临青镜,顿添华发。〔木兰花〕鳌头可羡,须知富贵非吾愿。雁足难凭,没个音书寄予情。田园将芜[2],不知松菊犹存否?光景无多,怎奈椿萱老去何?自家为父母所强,来此赴选。谁知逗留在此,竟不能归!今又复拜皇恩,除为议郎。虽则任居清要,争奈父母年老,安敢久留？天那！知我的父母安否如何？知我的妻室侍奉如何？欲待上表辞官，又未知圣意如何？苦！好似和针吞却线，刺人肠肚系人心。〔末丑上〕

【胜葫芦】〔末〕特奉皇恩赐结婚，来此把信音传。〔丑〕若是仙郎，肯与谐姻眷，一场好事，管取今朝便团圆。〔生〕儿家门户重重闭，春色缘何得入来。未审何人到此？〔末、丑〕小人是牛太师府里一个院子，老媳妇是媒婆，我两人奉天子之洪恩，领太师之严命，特与状元谐一佳偶。〔生〕原来如此，不索多心。且听我说：

【高阳台】宦海沉身，京尘迷目，名缰利锁难脱。目断家山，空劳魂梦飞越。〔丑〕状元，是好一个小姐。〔生〕闲聒，闲藤野蔓休缠也，俺自有正兔丝[3]，亲瓜葛。是谁人，无端调引，谩劳饶舌。

【前腔换头】〔末〕阀阅，紫阁[4]名公，黄扉元宰，三槐位里排列。金屋婵娟，妖娆那更贞洁。〔丑〕欢悦，秦楼此日招凤侣，遣妾每特来执伐。望君家，殷勤肯首，早谐结发。

【前腔换头】〔生〕非别，千里关山，一

家骨肉，教我怎生抛撇？妻室青春，那更亲鬓垂雪。〔丑〕状元，老丞相见你这般青春年少，才肯把小姐嫁与你，你不必推故。〔生〕差迭，须知少年自有人爱了，谩劳你嫦娥提挈。满皇都，豪家无数，岂必卑末？

【前腔换头】〔末〕不达，相府寻亲，侯门纳礼，兀自拒他不屑。绣幕奇葩，春光正当十八。〔丑〕休撇，知君是个折桂手，留此花待君攀折。况亲奉丹墀诏旨，非我自相撺掇。

【前腔换头】〔生〕心热，自小攻书，从来知礼，忍使行亏名缺。父母俱存，娶而不告须难说。悲咽，门楣相府，虽要选，奈戾廖[5]佳人，实难存活。〔丑〕状元，小姐生得十分美貌，你休错过了。〔生〕纵然有花容月貌，怎如我自家骨血。

【前腔换头】〔末〕迂阔，他势压朝班，威倾京国，你却与他相别[6]。只怕他转日回天，那时须有个决裂。〔丑〕虚设，夜静水寒鱼不饵，笑满船空载明月。下丝纶，不愁无处，笑伊村杀。

【余文】〔生〕明朝有事朝金阙，归家奉亲心下悦。〔末〕状元，只怕圣旨不从空

写院子以主人的权势威胁，媒婆以小姐的美色劝诱，而伯喈一再辞却，态度十分坚决。以此开脱伯喈罪责，突出他的孝亲思想。

自说。〔生〕不须多说,你若果奉圣旨来,我明日上表辞官,一就辞婚便了。

君王诏旨不相从,明日应须奏九重。
有缘千里能相会,无缘对面不相逢。

〔1〕玉箫声杳:秦穆公女弄玉与其夫萧史俱善吹箫,情好甚笃。这里借指夫妇久别,听不到彼此的箫声。

〔2〕"田园将芜"句:用陶渊明《归去来辞》"三径就荒,松菊犹存"句意。

〔3〕兔丝:古诗"与君为新婚,兔丝附女萝",以兔丝为妻子代称。

〔4〕紫阁:唐开元时改中书省为紫微省。紫阁,紫微省的内阁。又,宰相听事之门为黄色,这里因以"紫阁"与下句"黄扉"喻宰相。

〔5〕扊扅(yǎnyí):门栓。

〔6〕别:闹别扭。

第十四出　激怒当朝

【出队子】〔外牛太师上〕朝夕萦挂,只为孩儿多用心。不知月老事何因,为甚冰人没信音?颙望多时,情绪转深。目断青鸾[1]瞻碧雾,情深红叶看金沟。自家昨遣院子和官媒去蔡状元处说亲,尚未回音。且待他来,便知端的。

【前腔】〔末、丑上〕乔才[2]堪笑,故阻佯推不肯从。岂无佳婿近乘龙？有甚福缘能跨凤[3]？料想书生，只是命穷。〔相见介。外〕媒婆，你回来了。事体若何？〔丑〕覆相公得知：他千不肯，万不肯，只是不肯不肯。〔末〕你且住休，待小人覆知相公。蔡状元道：他家中有垂白之父母，年少之妻房。明日要上表辞官家去，实难从命。

【双鸂鶒】〔外〕听伊说教人怒起。汉朝中惟吾独贵，我有女，偏无贵戚豪家求配！奉圣旨，使我招状元为婿。媒婆，不知他回话，有何言语？

【前腔】〔丑〕媒婆告相公知：恨那人作怪跷蹊。千不肯，万推辞。〔外〕我奉圣旨，招他为婿，你曾把这话对他说么？〔丑〕这话头不惹些儿，道始得及第，纵有花容月貌休提。他骂相公，骂小姐。〔外〕他骂小姐甚么？〔丑〕道脚长尺二。〔末〕这般说谎没巴臂[4]。〔跪介〕

【前腔】恩官且听咨启：蔡状元闻说皱眉。忠和孝，恩和义。念父母八十年余，况已娶了妻室，再婚重娶非礼。待早朝，上表文，要辞官家去，请相公别选一佳婿。

一方不放过，一方不从命，反映了权门要恃势强婚，而寒门要忠孝两全的矛盾。

【前腔】〔外〕他原来要奏丹墀，敢和我厮挺相持。细思之，可奈他将人轻觑。我就写表奏与吾皇知，与他官拜清要地，务要来我处为门楣。

【意不尽】〔众〕这读书辈，没道理，不思量违背了圣旨。只教他辞官辞婚俱未得。〔外〕自古道杀人可恕，情理难容。我的声名，谁不钦敬？多少贵戚豪家，求为吾婿而不可得。叵耐一书生颠倒不肯，反要辞官家去。且由他。左右，你和官媒婆再去蔡状元处说。看他如何？我如今先去奏知官里，只教不准他上表便了。

枉把封章奏九重，不如及早便相从。

羁縻鸾凤青丝网，牢络鸳鸯碧玉笼。

〔1〕目断青鸾：谓盼望消息。《汉武故事》叙汉武帝在承明殿，有青鸟衔书而来，东方朔说："此西王母欲来。"典出此。

〔2〕乔才：骂人的话，犹云"坏东西"。

〔3〕乘龙、跨凤：秦穆公女与其夫萧史成仙，萧史乘龙，弄玉跨凤，飞升于天。这里"乘龙""跨凤"都借指女婿。

〔4〕没巴臂：没来由，没根据。

第十五出　金闺愁配

【剔银灯】〔贴上〕忒过分爹行所为，但索强[1]全不顾人议。背飞鸟硬求来谐比翼，隔墙花强攀做连理。姻缘，还是怎的？天那，我待对爹爹说呵，婚姻事女孩儿家怎提？姻缘、姻缘，事非偶然。好笑我爹爹定要将奴家招赘蔡状元为婿，那状元不肯，俺这里也索罢了。谁想爹爹苦不放过。天那，他既不肯，便做了夫妻，到底也不和顺。奴家待将此事对爹爹说，只是此事不是女孩儿每说的话。好闷呵！〔净魆地[2]上探介〕惭愧、惭愧，今日也能够得小姐闷也。小姐，你想着甚么？〔贴〕我不想着甚么。〔净〕你既不想着甚么，为何手托香腮，在此忧闷？我且问你：你往常间件件不烦恼，事事不动情，我想起来你都是佯诈，今日莫不是对景伤情么？〔贴〕老姥姥，你说那里话？我为爹爹做事不停当，以此忧闷。〔净〕老相公做甚事不停当？〔贴〕我爹爹要将奴家嫁与蔡状元，使官媒婆去说，状元不肯从命。他既然不肯，俺这里也索罢了。如今爹爹苦不放过他，又叫媒婆去说。

前文写伯喈与牛府的矛盾，在观众中造成悬念。此处插入牛小姐的戏，表现她的通情达理，为以后她主动劝伯喈认五娘，又甘居五娘之下作基础。但牛小姐出身权门，又属独女，一向娇生惯养，为什么能如此通情达理，从全剧看，是缺乏生活根据的。

老姥姥，你怎生与我对爹爹说一声也好。〔净〕小姐，这是你爹爹的主意，如何肯听我每说？

【桂枝香】书生愚见，忒不通变。不肯坦腹东床[3]，谩自去哀求金殿。想他每就里，想他每就里，将人轻贱。小姐，非爹胡缠，怕被人传：〔贴〕呀，怕人传甚么？〔净〕道你是相府公侯女，不能够嫁状元。

【前腔】〔贴〕百年姻眷，须教情愿。他那里抵死推辞，俺这里不索留恋。想他每就里，想他每就里，有些牵绊。〔净〕有甚牵绊？〔贴〕怕恩多成怨。满皇都，少甚么公侯子，何须去嫁状元？

【大迓鼓】〔净〕非干是你爹意坚，只怕春花秋月，误你芳年。况兼他才貌真堪羡，又是五百名中第一仙。故把嫦娥，付与少年。

【前腔】〔贴〕姻缘虽在天，若非人意，到底埋怨。料想赤绳不曾绾[4]，多应他无玉种蓝田[5]。休把嫦娥，强与少年。

姻缘虽在天，也要合人意，勉强成就，终难和顺。作者在本出里表现的对婚姻的看法，有一定合理因素。

匹配本自然，何须苦相缠？
眼前虽成就，到底也埋怨。

〔1〕索强：要强，恃强。

〔2〕魆地:暗暗地。

〔3〕坦腹东床:做女婿。晋郄鉴派人去王导家相婿,唯王羲之坦腹东床,若无其事,遂以王羲之为婿。

〔4〕赤绳不曾绾:据说月下老人管人间姻缘,用红绳系夫妇之足,虽仇敌之家,吴楚异乡,亦不可避。这里借谓亲事无缘。

〔5〕无玉种蓝田:蓝田产美玉。又,杨伯雍隐无终山,种石得白璧五双,以聘徐氏之女。这里牵合二事而说。

第十六出　丹陛陈情

本出写伯喈辞官不从,是造成他一家悲剧的第三个重要关目。

【北点绛唇】〔末上〕夜色将阑,晨光欲散。把珠帘卷,移步丹墀,摆列着金龙案。

【北混江龙】官居宫苑,谩道是天威咫尺近龙颜。每日间亲随车驾,只听鸣鞭[1]。去螭头[2]上拜跪,随着豹尾盘旋。朝朝宿卫,早早随班。做不得卿相当朝一品贵,先随着朝臣待漏五更寒。空嗟叹,山寺日高僧未起,算来名利不如闲。自家是汉朝一个小黄门。往来紫禁,侍奉丹墀。领百官之奏章,传一人之命令。正是:主德无瑕因宦习,天颜有喜近臣知。如今天色渐明,正是早朝时分,官里升殿,怕有百官奏事,只得在此祗候。〔内问〕怎见得早朝时分?〔末〕但见银河清浅,珠斗斑斓。数声角吹落残星，三通鼓报传清曙。银箭铜壶，点点滴滴，尚有九门寒漏；琼楼玉宇，声声隐隐，已闻万井晨钟。曈曈曚曚，苍茫红日映楼台；拂拂霏霏，葱菁瑞烟浮禁苑。袅袅巍巍，千寻玉掌[3]，几点瀼瀼露未晞；澄澄湛湛，万里璇空，一片团团月初坠。三唱天鸡，咿咿喔喔，共传紫陌更阑；百啭流莺，间间关关，报道上林春晓。午门外碌碌剌剌，车儿碾得尘飞；六宫里呕呕哑哑，乐声奏如鼎沸。只见那建章宫、甘泉宫、未央宫、长杨宫、五柞宫、长秋宫、长信宫、长乐宫，重重叠叠，万万千千，尽开了玉关金锁；又见那昭阳殿、金华殿、长生殿、披香殿、金銮殿、麒麟殿、太极殿、白虎殿，隐隐约约，三三两两，俱卷上绣箔珠帘。半空中忽听得一声轰轰烈烈，如雷如霆，震耳的鸣梢响，合殿里只闻得一阵氤氤氲氲，非烟非雾，扑鼻的御炉香。缥缥缈缈，红云里雉尾扇遮着赭黄袍；深深沉沉，丹陛间龙鳞座覆着彤芝盖[4]。左列着森森严严，前前后后的羽林军、旗门军、控鹤军、神策军、虎贲军，花迎剑佩星初落；右列着济济锵锵，高高下下的金吾卫、龙虎卫、拱日卫、千牛卫、骠骑卫，柳拂旌旗露未干。金间玉、玉间金、闪闪烁烁、灿灿烂烂的神仙仪从；紫映绯、绯映紫、行行列列、整整齐齐的文武官僚。螭头陛下，立着一对妖妖娆娆，花容月貌，绣鸾袍、鸳鸯靴的奉引昭容[5]；豹尾班中，摆着一对端端正正，铜肝铁胆，白象简、獬豸冠[6]的纠弹御史。拜的拜，跪的跪，那一个敢挨挨挱挱纵喧哗？升的升，下的下，那一个不钦钦敬敬依礼法？但愿得常瞻仙仗，圣德日新日新日日新；与群臣共拜天颜，圣寿万岁万岁万万岁。从来不信叔孙礼，今日方知天子尊[7]。道犹未了，一个奏事官人早到。

【点绛唇】〔生上〕月淡星稀，建章宫里，千门晓。御炉烟袅，隐隐鸣梢杳。忽忆年时，问寝高堂早。鸡鸣了，闷萦怀抱，此际愁多少。不寝听金钥，因风想玉珂。明朝有封事，数问夜如何？自家为父母在堂，故上表辞官回去侍奉。如今天色已明，这是午门外厢，不免进入去咱。〔末〕奏事官搢笏三舞蹈。

【神仗儿】〔生〕扬尘舞蹈，扬尘舞蹈，遥瞻天表，见龙鳞日耀，咫尺重瞳[8]高照。遥拜着赭黄袍，遥拜着赭黄袍。

【滴漏子】臣邕的，臣邕的，荷蒙圣朝。臣邕的，臣邕的，拜还紫诰。〔末〕状元，你莫不是嫌官小么？〔生〕念邕非嫌官小，奈家乡万里遥，双亲又老。干渎天威，万乞恕饶。〔末〕状元，吾乃黄门，职掌奏章。有何文表，就此批宣。〔生跪介〕

【入破第一】议郎臣蔡邕启：今日蒙

【滴漏子】以下各曲，把一篇冠冕堂皇的奏章，分成八段曲子演唱，并以浅显明白的语言，抒发伯喈的重重心事，表现了高明作曲的本领。

恩旨，除臣为议郎之职，重蒙赐婚牛氏。干渎天威，臣谨诚惶诚恐，稽首顿首：伏念微臣，初来有志，诵诗书，力学躬耕修己，不复贪荣利。事父母，乐田里，初心愿如此而已。不想州司，谬取臣邕充试。到京畿，岂料蒙恩，叨居上第。

【破第二】重蒙圣恩，婚赐牛公女。臣草茅疏贱，如何当此隆遇？况臣亲老，一从别后，光阴又几。庐舍田园，荒芜久矣。〔末〕老亲在堂，必自有人侍奉，状元不必忧虑。

【衮第三】〔生〕但臣亲老鬓发白，筋力皆癯瘁。形只影单，无兄弟，谁奉侍？况隔千山万水，生死存亡，虽有音书难寄。最可悲，他甘旨不供，我食禄有愧。〔末〕圣上作主，太师联姻。状元，这也是奇遇。

【歇拍】〔生〕不告父母，怎谐匹配？臣又听得，家乡里，遭水旱，遇荒饥。多想臣亲，必做沟渠之鬼，未可知。怎不教臣，悲伤泪垂？〔哭介。末〕状元，此非哭泣之处，不得惊动天听。

【中衮第五】〔生〕臣享厚禄，挂朱紫，出入承明地。惟念二亲寒无衣，饥无食，丧沟渠。忆昔先朝，朱买臣，守会稽，司马相如，持节锦归[9]。

【煞尾】他遭遇圣时，皆得回乡里。臣何故，别父母，远乡间，没音书，此心违？伏望陛下，特悯微臣之志。遣臣归，得侍双亲，隆恩无比！

【出破】若还念臣有微能，乡郡望安置。庶使臣，忠心孝意得全美。臣无任瞻天仰圣，激切屏营之至！〔末〕状元原来如此。吾当与状元转达天听，可在午门外厢俟候圣旨。正是：眼望旌捷旗，耳听好消息。〔下，生起介〕

李卓吾曰：“自【入破】以至【出破】无一语不自在，妙，妙！”

【神仗儿】扬尘舞蹈，扬尘舞蹈，见祥云缥缈，想黄门已到。料应重瞳看了，多应是，念我私情乌鸟[10]。颙望断九重霄，颙望断九重霄。黄门已将我奏章传达，未知圣意允否？不免乘闲祷告天地一番。

伯喈吊场独唱，深得剧作之法：一方面不因黄门下场的时间间隔而冷场；一方面借此去留未定的关键时刻抒发伯喈思亲盼归的感情。

【滴漏子】天怜念，天怜念，蔡邕拜祷：双亲的，双亲的，死生未保。天那，可怜恩深难报。一封奏九重，知他听否？爹娘呵，俺和你会合分离，都在这遭。黄门去了多时，怎的不见回报？想必是官里准了。天那，若能够回家侍奉父母，蔡邕何须做官！〔末奉诏同二昭容上〕

【前腔】今日里，今日里，议郎进表。传达上，传达上，圣目看了。〔生〕圣目看了如何说？〔末〕道太师昨日先奏，把乘龙女婿招，多少是好！〔生〕黄门大人，你莫不是哄我？〔末〕见有玉音，传降听剖。圣旨已到，跪听宣读。皇帝诏曰：孝道虽大，终于事君；王事多艰，岂遑报父！朕以凉德[11]，嗣缵丕基[12]。眷兹警动之风[13]，未遂雍熙[14]之化。爰招俊髦[15]，以辅不逮。兹尔才学，允惬舆情。是用擢居议论之司，以求绳纠[16]之益。尔当恪守乃职，勿有固辞。其所议婚姻事，可曲从师相之请，以成桃夭[17]之化。钦予是命，裕汝乃心。谢恩。〔生〕黄门大人，烦你与我再去奏知官里，我情愿不做官。〔末〕咳，这状元好不晓事，圣旨谁敢违背？〔生〕黄门大人，你不去时节，待我自去拜还圣旨如何？〔末〕呀，这状元好怪么，这所在你如何去得！〔生哭介〕

【啄木儿】以下数曲明白如话，亲切动人。一方为亲老妻幼，要辞官回家；另一方认为忠孝不能两全，要伯喈为国忘家。反映了皇朝贵族与寒门士子之间的矛盾。

【啄木儿】我亲衰老，妻幼娇，万里关山音信杳。他那里举目凄凄，俺这里回首迢迢。他那里望得眼穿儿不到，俺这里哭得泪干亲难保。闪杀人一封丹凤诏。

【前腔】〔末〕状元，你何须虑，不用焦，人世上离多欢会少。大丈夫当万里封侯，肯守着故园空老？毕竟事君事亲一般道，人生怎全忠和孝？却不见母死王陵归汉朝[18]。

【三段子】〔生〕这怀怎剖？望丹墀天高听高。这苦怎逃？望白云山遥路遥。〔末〕状元,你做官与亲添荣耀,高堂管取加封号,与他改换门闾,偏不是好？

【归朝欢】〔生〕冤家的,冤家的,苦苦见招,俺媳妇埋怨怎了？饥荒岁,饥荒岁,怕他怎熬？俺爹娘怕不做沟渠中饿殍？〔末〕状元,譬如四方战争多征调,从军远戍沙场草,也只是为国忘家怎惮劳？

家乡万里信难通,争奈君王不肯从？
情到不堪回首处,一齐分付与东风。

〔1〕鸣鞭:意同下文之“鸣梢”。皇帝出行及朝会,振鞭作响,使人肃静。

〔2〕螭(chī)头:殿前雕有螭头的石阶,适当臣子拜跪之所。螭,传说中无角的龙。

〔3〕千寻玉掌:汉武帝造承露盘,高二十丈,立铜仙人舒掌以承接甘露。

〔4〕彤芝盖:红色的伞盖。

〔5〕昭容:宫中女官名。

〔6〕白象简、獬豸冠:御史执白象板,戴獬豸冠。

〔7〕“从来不信叔孙礼”二句:汉高祖刘邦当皇帝后,叔孙通为之定朝仪,制典礼,群臣依礼朝见,方显帝王之尊。

〔8〕重瞳:传说古代舜帝目有二瞳,这里借来恭维皇帝。

〔9〕“朱买臣”四句:西汉朱买臣,早年家贫,卖柴自给,后回乡任会稽太

守。司马相如，成都人，入仕前曾卖酒，后为中郎将，出使巴蜀。这里借二人衣锦荣归，夸耀乡里，而慨叹自己之未归。

〔10〕私情乌鸟：以慈乌能反哺喻自己回乡奉亲的思想。

〔11〕凉德：薄德，自谦之词。

〔12〕嗣缵丕基：继承大业，做皇帝。

〔13〕警动之风：四方不安宁，天下多事。

〔14〕雍熙：和睦安乐。

〔15〕俊髦：英俊杰出之士。

〔16〕绳纠：绳，弹正；纠，举发。

〔17〕桃夭：《诗经》篇名，言女子及时出嫁，宜其家室。

〔18〕母死王陵归汉朝：楚汉相争时，王陵归汉，项羽使陵母召之，陵母伏剑而死。这里说明忠孝不能两全。

第十七出　义仓赈济

【普贤歌】〔丑上〕身充里正实难当，杂泛差徭日夜忙。官司点义仓，并无些子粮，拼一顿拖翻吃大棒。我做都官管百姓，另是一般行径。破靴破帽破衣裳，打扮须要厮称。到官府百般下情，下乡村十分豪兴。讨官粮大大做个官升，卖私盐轻轻弄条乔秤。点催首〔1〕放富差贫，保解户〔2〕欺软怕硬。猛拼打强放泼，毕竟是个毕竟。谁知天不由人，万事皆从前定。骗得五两十两，到使五锭十锭。田园尽都典卖，并无些子余剩。叵耐厅前首领，嫌恨司房乔令。把我千样凌辱，将我万般督并。动不动去了破帽，打得我黄肿成病。几番要自缢投河，不要了这条性命。今番又点义仓，并无粮米抵应。若还把我拖翻，便叫高台明镜。小人也不是都官，也不是里正，休将屈棒错打了平民。〔内问〕你是谁？〔丑〕我是搬戏的副净。〔内〕休道出本来面目。〔丑〕苦！往常间把义仓谷子偷将家去，养老婆孩儿了。今日上司官点义仓放谷，赈济贫民，仓中没有一些，那里讨还他？没奈何我待把家私并老婆儿子都卖了，也赔不起。不免去与李社长商量则个，转弯抹角，兀的便是李社长家里。李社长，李社长。〔净〕谁叫老爷？〔丑〕咦，你惯要做大，且出来。

这些关目揭示了官吏的贪污害民。天灾之下，又加人祸。

【前腔】〔净上〕身充社长管官仓，老小一家都在仓里养。〔丑〕好好，你一家老小都在仓里养。事发时节，如何摆布？〔净〕事发尽不妨，里正先吃棒。〔丑〕尊兄，饶得你过么？〔净〕先打了都官，方才打社长。老夫年傍八旬，家中只有三人。因充社长勾当，谁知也不安宁。又要告官书题粉壁，又要劝民栽种翻耕，又要管淘河砌礁，又要办水桶麻绳。若有人家嫁娶，须索请我去做宾。人人称我年高伏众，个个叫我社长官人。若得一纸状子，强似厅上县丞。

这些地方吸收了民间文艺的成就。

原告许我银子三锭五锭，被告送我猪脚十斤廿斤。若还得了两家财物，只得矇眬写个回文。每日去干得泄水功德，竟不知自家家里祸因。大的孩儿不孝不义，小的媳妇逼撇离分。单单只有第三个孩儿本分，常常抢去了老夫的头巾。激得我老夫性发，只得唱个陶真。〔丑〕呀，陶真怎的唱？〔净〕呀，到被你听见了。也罢，我唱你打和。〔丑〕使得。〔净〕孝顺还生孝顺子。〔丑〕打打哈莲花落。〔净〕忤逆还生忤逆儿。〔丑〕打打哈莲花落。〔净〕不信但看檐前水。〔丑〕打打哈莲花落。〔净〕点点滴滴不差移。〔丑〕打打哈莲花落。〔净〕住休。〔丑〕你若不叫住，我直唱到天明。〔净〕里正，你叫我出来，有甚事说？〔丑〕社长哥，今日官司给散义仓，仓中又无稻子，如何是好？我和你不免合赔些子。〔净〕呀，仓中稻子都是你搬去吃了，怎的叫我和你合赔？小畜生到不亏了你。上司来时，干我甚事。我自回去抱子弄孙嬉他娘。正是：闭门不管窗前月，一任梅花自主张。〔下丑〕苦！李社长又去了，上司官又来了。如何是好？呀，喝道声渐渐近了，只得迎接则个。〔外放粮官、末皂隶上〕

【前腔】〔外〕亲承朝命赈饥荒，〔末〕跃马扬鞭到此方。〔丑〕里正接老爷。〔末〕起去，疾忙开义仓，支与百姓粮。从实支收休要谎。〔外〕里正将支收簿来看。〔丑〕簿在此。〔外读介〕原管二十九石，新收三十六石，除支一十九石，见在四十六石。左右开仓，呀，这仓里那有四十六石？〔丑〕有有，相公。〔外〕左右与他取了甘结[3]，一面着他唤饥民来支粮。〔丑〕一心忙似箭，两脚走如飞。〔下外〕左右，这厮说谎，仓里那得这些稻子？〔末〕相公且由他。若是不足数，只要他赔偿便了。〔外〕也说得是。〔丑瞎子上〕

【吴小四】肚又饥，眼又昏，家私没半分，子哭儿啼不可闻。闻知相公来济民，请些官粮去救贫。〔作错跪介〕相公可怜见。〔末〕相公在这里。〔外〕老的姓甚名谁？家里有几口？〔丑〕小的姓丘名乙己，家住上大村，有三千七十口。〔外〕胡说，那里有许多口？〔丑〕告相公得知：上大人，丘乙己，化三千，七十士。〔末〕一口胡柴。〔外〕你实有几口？〔丑〕小的夫妻两口，孩儿两口。〔外〕支粮与他。〔末〕支四口粮了。〔丑〕多谢相公。正是：一日不识羞，三日不忍饿。〔下。净聋子上〕

【前腔】叹连朝，饥怎忍？家中有五六人。前日老婆典了裙，今日媳妇又典裈，恰好遇官司来济贫。相公可怜见。〔外〕老的姓甚名谁？家里有几口？〔净作聋，外复问介。净〕小的姓大，名比丘僧。住在祇树给孤独

通过灾民纷纷前来领救济粮的描写，展示当时的典型环境，天灾人祸，民不聊生。但其中杂入一些不必要的插科打诨，有损悲剧的严肃性。

园[4],有一千二百五十口。〔外〕胡说,那里有许多口?〔净〕告相公得知:《弥陀经》[5]中道:祇树给孤独园,与大比丘僧一千二百五十人俱。〔末〕佛口蛇心。〔外〕你实有几口?〔净〕小的有两个媳妇,三个孩儿,和我共六口。〔外〕支粮与他。〔末〕支六口粮了。〔净〕多谢相公。正是:今日得君提掇起,免教人在污泥中。〔下。旦上〕

【捣练子】嗟命薄,叹年艰,含羞忍泪向人前,犹恐公婆悬望眼。路逢险处难回避,事到头来不自由。奴家少长闺门,岂识途路。今日见官司放粮济贫,只得去请些稻子,以救公婆之命。〔外〕妇人,你姓甚名谁?来此怎的?〔旦〕告相公:奴家姓赵,名五娘。公公蔡崇简。因儿夫出外,特来请些粮米,以救公婆之命。〔外〕你丈夫那里去了,使你妇人家来请粮?

【普天乐】〔旦〕儿夫一向留都下。〔外〕你家里还有谁?〔旦〕只有年老爹和妈。〔外〕有弟兄么?〔旦〕弟和兄更没一个。〔外〕既没有弟兄,谁看承你的爹妈?〔旦〕看承尽是奴家。〔外〕这般说起来,你好苦呵!妇人家不出闺门,你何不使个男子汉来请粮。〔旦作悲介〕历尽苦,谁怜我?相公,怎说得不出闺门的清平话?〔外〕你家里有几口?〔旦〕只有三口。〔外〕左右支粮与他。〔末〕没粮了。〔旦哭〕若无粮,我也不敢回家。〔外〕怎的不敢回家?〔旦〕相公,岂忍见公婆受馁。天那,叹奴家命薄,直恁折挫。〔外〕左右,这仓中稻子没了。一来凑原数不起,二来这妇人说得好苦,你去拿那里正来,要这厮赔偿。〔末〕领钧旨。假饶走上焰摩天,脚下腾云须赶上。〔旦〕望相公可怜见,主张些粮米,与奴家救济公婆之命。〔外〕我自有分晓。〔末押丑上介〕似瓮中捉鳖,手到拿来。〔外〕里正,这仓中稻子凑原数不起,尽是你自偷了,你好好招伏。〔丑〕相公,小人招不得。自古道东量西折,难教小人赔偿。〔外〕畜生,尖斛量入,平斛量出,如何会折了许多。左右,拿下打四十。〔丑〕相公不要打,小人情愿招了。〔读招介〕招状人姓猫,名狸,见年三十有余。身上并无疾病,只有白带不除。今与短状招伏,因为官粮久亏。说到义仓情弊,中间无甚跷蹊。稻熟排门收敛,敛了各自将归。并无仓廪盛贮,那有帐目收支?纵然有得些小,胡乱寄在民居。官司差人点视,便籴些谷支持。上下得钱便罢,不问仓实仓虚。假饶清官廉吏,被我影射片时。东家借得十扛,西家借得五箕。但见仓中有谷,其间就里怎知?年年把当常事,番番一似耍嬉。不道今年荒旱,不道今年民饥。不因分俵赈济,如何会泄天机?假饶奏到三十三天,我里正无甚罪过。〔末〕为甚的?〔丑〕只是点粮诈钱的做马做驴,招状执结是实,伏乞相公指挥。〔外〕左右押这厮去。就要赔偿。〔末押丑下〕正是:惧法朝朝乐,欺公日日忧。〔末押丑上〕假饶人心似铁,怎逃官法如炉?告相公,里正赔偿的稻子有了。〔外〕支与那妇人去。〔旦〕多谢相公。〔末与旦,丑觑觎科〕由你半路去,我好歹与你夺了便罢。〔旦〕谢得恩官为主维。〔丑〕只教中路有灾危。〔外〕当权若不行方便,如入宝山空手回。〔外末丑下,旦〕一斟一酌,莫非前定。今日奴家去请粮,谁知道里正作弊,仓中没了。若不得相公督并,里正赔偿,奴家如何得这些谷回家救济二亲?正是饥时得一口,强似饱时得一斗。〔欲下,丑上拦住介〕恩人相见,分外眼明。仇人相见,分外眼睁。我也会见你过来呵。你快把稻子还我,万事全休。〔旦〕呀!相公与奴家的稻子,如何还你。〔丑〕咳,方才不是你只管告不休,相公如何要我赔偿这稻子?是我卖老小卖家私的,你如何拿去?〔抢介,旦〕里正官人,你要用强,可怜奴家艰辛。〔丑〕可怜你甚的!

【锁南枝】〔旦〕儿夫去,竟不还,公婆两人都老年。自从昨日到如今,不能够一餐饭。〔丑〕你公婆没饭吃,也不干我事。〔旦〕奴请粮,他在家悬望眼。念我年老公婆,做方便。〔拜丑介。丑〕不要拜，不要拜。这般时年，我做不得方便，你将稻子还我便罢。

【前腔换头】〔旦〕乡官可怜见，这些稻子呵，是我公婆命所关。若是必须将去，宁可脱下衣裳，就问乡官换。〔作脱衣介。丑〕不要不要，你身上也寒冷。〔旦〕宁使奴，身上寒。只要与公婆，救残喘。〔丑〕娘子罢罢。你说起这话，都是孝心，我不忍问。你取了，莫怪莫怪，你去罢。〔旦〕如此多谢。〔丑虚下躲介，旦〕谢天谢地，且喜里正去了，不免趱行几步。〔丑上推旦夺下介〕

【前腔】〔旦〕夺将去，真可怜，公婆望奴不见还。纵然他不埋怨，道我做媳妇的有何干？他忍饥，添我夫罪愆。教我怎见得我夫面？千死万死，终久是死。不如早死为强，此间有一口古井，不免投入死休。〔欲投井介〕

五娘不忍见公婆挨饿而亲自去请粮，此一苦也；请粮而无粮，此二苦也；幸得分了些谷，却半途被抢，此三苦也。苦上加苦，令人心酸！

【前腔换头】将身赴井泉，思量左右难。我丈夫当年分散，叮咛嘱付爹娘，教我与他相看管。苦，我死却，他形影单。夫婿与公婆，可不两埋怨？

【前腔】〔外上〕媳妇去，不见还，教人在家凝望眼。〔跌倒，旦扶介，外〕呀，你在这里闲行，教我望得肝肠断。〔旦〕公公，奴请粮，为你供午餐。又谁知被人骗。〔外〕媳妇却怎么说？〔旦〕公公，奴家请得些稻子，到半途之中，却被里正夺去了。〔外哭〕天那，原来如此。

【前腔换头】思量我命乖蹇，不由人不珠泪涟。料想终须饿死，不如早赴黄泉，免把你厮牵绊。媳妇，婆老年，不久延。你须是，好看管。呀，原来这里有一口古井，不免投入死休。

李卓吾曰："一字十哭。"它写出了穷苦人民在天灾人祸双重迫害下相依为命的情况，十分真切。

【前腔】〔旦〕公公，你若身倾弃，我苦怎言？公还死了婆怎免？你两人一旦身亡，教我独自如何展？公公，你吃苦辛，其实难过遣。我痛伤悲，只得强相劝。

【前腔换头】〔外〕媳妇，你衣衫尽解典，囊箧已罄然。纵使目前存活，到底日久日深，你与我难相恋。苦，衣食缺，你行孝难。活冤家，不如早拆散。〔欲投井，旦救介，末挑谷上〕

【前腔】不丰岁，荒歉年，官司把粮来给散。见一个年老的公公在那里频嗟叹，待向前仔细看。呀，我道是谁，原来是蔡老员外和五娘子呵！你两人在此有何干？〔旦〕

公公，一言难尽。奴家今日闻知官司给散义仓，去请些粮米，与公婆充饥。谁想里正作弊，仓中没了稻子。谢得相公，着令里正赔纳，把些与奴家。来到半途，被里正夺去。奴家害羞回来，公公见说，也要投井死，奴家正在此劝解公公。〔末〕咳，五娘子你差了，老夫方才也请得些官粮，正要将来分送你公公，你怎的不来与我商量？却自家出去，被那狂徒欺侮。

【前腔换头】我听你说这言，待我赶去，骂那断铁心肠，昧心汉。〔旦〕公公，他去得远了。〔外〕罢罢，太公，我和你是良善之人，不要与那狂徒一般见识。只是这几日饿得难过。〔末〕员外，你且不须忧虑，我也请得些官粮，和你两下分一半。〔旦〕这是公公请的，如何使得？〔末〕咳，五娘子，你休恁推，莫弃嫌，且将回，权做两厨饭。〔旦〕如此多谢了公公。〔末〕怎说这话？五娘子，你伯喈当初出去，把爹娘嘱付与老夫。今日是荒年饥岁，亏杀你独自支吾。终不然我自温饱，教你忍饥受饿。古语云：济人须济急时无，你胡乱将这些救济公姑则个。五娘子你先回去，我和你公公随后缓缓的来。

【洞仙歌】〔旦〕苦，家私没半分，靠着奴此身。只要救公婆，岂辞多苦辛？

在紧要关头，太公送来救命粮，这一安排起两个作用：一是前后呼应——伯喈临走时，太公答应照顾二老；二是使情节得以发展——在“山穷水尽疑无路”之时，忽见“柳暗花明又一村”。观众因惨状层层递进，而郁结的心胸，至此才暂得松懈。

〔合〕空把泪珠揾，可怜饥与贫，这苦说不尽。

【前腔】〔外〕太公，我本为泉下人，他救我一命存。只怕我不久身亡，报不得媳妇恩。〔合前〕

【前腔】〔末〕见说不可闻，况我托在邻。终不然我享安和，忍见你受饥窘？〔合前〕

命薄多年受苦辛，不如身死早离分。

惟有感恩并积恨，万年千载不成尘。

〔1〕催首：管催纳钱粮的人，如有拖欠，则先责比催首。

〔2〕解户：解纳钱粮的民户。

〔3〕甘结：保证书。

〔4〕祇树给孤独园：亦称祇园，在印度舍卫城。

〔5〕弥陀经：指《佛说阿弥陀经》。

第十八出　再报佳期

【蛮牌令】〔丑媒婆上〕终日走千遭，走得脚无毛。何曾见汤水面？花红也不曾见半分毫。倒不如做个虔婆顶老[1]，也落得些鸭汁吃饱。穷酸秀才直恁乔，老婆与他，故推不要。咳，我做媒婆做到老，不曾见这般好笑。叵耐一个秀才，老婆与他不要。别人见了媒婆，欢欢喜喜，他反和我寻争寻闹。老相公又不肯干休，只管在家啰唣[2]。把媒婆放在中间，旋得七颠八倒。走得我鞋穿袜绽，说得我唇干口燥。也不怕你亲事不成，也不怕你姻缘不到。只怕你红罗帐里快活，不叫媒婆聒噪。这里便是状元贵馆。呀，恰好的状元出来了。

【金蕉叶】〔生上〕愁多怨多，俺爹娘知他怎么？摆不脱功名奈何？送将来冤家怎躲？

〔相见介。丑〕状元，贺喜贺喜。牛太师选定今日与小姐毕姻，请状元早赴佳期。〔生〕天那，此事如何是好？〔丑〕状元，事皆前定，不必再推。

【三换头】〔生〕名缰利锁，先是将人摧挫[3]。况鸾拘凤束，甚日得到家？我也休怨他，这其间，只是我不合来长安看花。闪杀我爹娘也，泪珠空暗堕。〔合〕这段姻缘，也只是无如之奈何。

佳期不欢，反生悲怨，再次点出“名缰利锁”造成的痛苦处境。

【前腔】〔丑〕鸾台罢妆，鹊桥[4]初驾，佳期近也，请仙郎到河。〔生〕媒婆，我去也不妨,只是一心挂两头,如何是好?〔丑〕状元,此事明知牵挂。这其间,只得把那壁厢且都拼舍。况奉君王诏,怎生别了他。〔合前〕状元,门首轿马都已齐备了。

及早赴佳期,欢娱成怨悲。

情知不是伴,事急且相随。

〔1〕虔婆顶老:虔婆,指鸨母;顶老,指妓女。

〔2〕啰唣:啰唆。

〔3〕摧挫:折磨。

〔4〕鹊桥:俗传七月七日,喜鹊驾桥,帮助织女与牛郎相会。

第十九出　强就鸾凰

【传言玉女】〔外牛太师上〕烛影摇红,帘幕瑞烟浮动,画堂中珠围翠拥。妆台对月,下鸾鹤神仙仪从。玉箫声里,一双鸣凤。左右何在?〔院子上〕独立画堂听命令,珠帘底下一声传。老相公有何指挥?〔外〕左右,我今日与小姐毕姻,筵席安排了未?〔院子〕安排完备了。〔外〕完备得如何?〔水调歌头〕〔院子〕屏开金孔雀,褥隐绣芙蓉[1]。兽炉烟袅,莲台绛烛吐春红。广设珊瑚席子,高把真珠帘卷,环

如此豪华排场,与上面“义仓赈济”恰成鲜明对比。

列翠屏风。人间丞相府,天上蕊珠宫。锦遮围,花烂熳,玉玲珑。繁弦脆管,欢声鼎沸画堂中。簇拥金钗十二,座列三千珠履,谈笑尽王公。正是门阑多喜气,女婿近乘龙。〔外〕状元来未?〔院子〕望见一簇人马喧闹,想是状元来了。〔生上〕

【女冠子】马蹄笃速,传呼齐拥雕毂。〔外〕金花帽簇,天香袍染,丈夫得志,佳婿坦腹。惜春,状元已到,请小姐出来拜堂。〔贴上〕

【前腔】妆成闻唤促,又将彩扇重遮,羞蛾轻蹙。〔净丑执掌扇上,合〕这姻缘不俗。金榜题名,洞房花烛。〔净〕状元和小姐两个,各自立一边,请阴阳先生赞礼。〔末宾人上〕禀相公告庙:维大汉太平年,团圆月,和合日,吉利时。嗣孙牛某,有女及笄,奉圣旨招赘新状元蔡邕为婿。以此吉辰,敢申虔告。告庙已毕,请与新人揭起方巾。〔丑〕待我来。伏以窈窕青娥二八春,绿云之上覆方巾;玉纤揭起西川锦,露出娇容赛玉真。掌礼,请喝拜。〔末〕窃以礼重婚姻,兹实人伦之大。义当配偶,爰思宗系之承。张设青炉,荧煌花烛。祀供蘋藻,首严见庙之仪[2];贽备枣榛[3],抑讲拜堂之礼。集珠履玳簪之客,环金钗玉珥之宾。庆会良宵,观光盛事。香熏宝鸭，浓腾袅袅之烟；步拥金莲，请下深深之拜。〔喝拜介〕拜礼已毕，请状元小姐把酒。

陈眉公评云："曲已得意了，不似，不似。"

【画眉序】〔生〕攀桂步蟾宫，岂料丝萝在乔木[4]。喜书中今日，有女如玉。堪观处丝幕牵红，恰正是荷衣穿绿。〔合〕这回好个风流婿，偏称洞房花烛。

【前腔】〔外〕君才冠天禄，我的门楣稍贤淑。看相辉清润，莹然冰玉[5]。光掩映孔雀屏开，花烂熳芙蓉隐褥。〔合前〕

【前腔】〔贴〕频催少膏沐，金凤斜飞鬓云矗。喜逢他萧史，愧非弄玉。清风引珮下瑶台，明月照妆成金屋。〔合前〕

【前腔】〔净丑〕湘裙展六幅，似天上嫦娥降尘俗。喜蓝田今日，种成双玉。风月赛阆苑三千，云雨笑巫山二六。〔合前〕

身在相府，心在寒门，表现伯喈此时的矛盾心情。

【滴溜子】〔生〕谩说道姻缘事，果谐凤卜[6]。细思之，此事岂吾意欲？有人在高堂孤独。可惜新人笑语喧，不知我旧人哭。兀的东床，难教我坦腹。

【鲍老催】〔众〕翠眉谩蹙，赤绳已系夫妇足，芳名已注婚姻牍。状元，空嗟怨，枉叹息，休摧挫。画堂富贵如金谷，休恋故乡生处好,受恩深处亲骨肉。

【滴滴金】金猊宝鼎香馥郁,银海琼舟泛醽醁。轻飞彩袖呈娇舞,啭莺喉歌丽曲。歌声断续,持觞劝酒人共祝。人共祝,百年夫妇永和睦。

【鲍老催】意深爱笃,文章富贵珠万斛,天教艳质为眷属。似蝶恋花,凤栖梧,鸾停竹。男儿有书须勤读,书中自有黄金屋,也有千钟粟。

【双声子】郎多福,郎多福,看紫绶黄金束。娘分福[7],娘分福,看花诰[8]纹犀轴。两意笃,两意笃,岂非福,岂非福。似纹鸾彩凤,两两相逐。

【余文】郎才女貌真不俗,占断人间天上福,百岁姻缘万事足。

清风明月两相宜,女貌郎才天下奇。

正是洞房花烛夜,果然金榜挂名时。

〔1〕“屏开金孔雀”二句:用杜甫《李监宅》诗句。

〔2〕见庙之仪:拜见家堂祖宗的礼仪。

〔3〕贽备枣榛:贽,初见尊长所送的礼品。男贽,玉帛或禽鸟;女贽,不过榛、栗、枣、脩而已。见《左传·庄公二十四年》。

〔4〕丝萝在乔木:丝萝必攀附乔木,喻男女之结婚。

〔5〕“相辉清润”二句:晋卫玠风神秀异,妻父乐广海内重名,议者以为妇

公冰清，女婿玉润。见《晋书》本传。

〔6〕凤卜：《左传·庄公二十二年》载："懿氏卜妻敬仲，占之，曰：吉。是谓凤凰于飞，和鸣锵锵。"后世因称占卜婚姻为"凤卜"。

〔7〕分福：意同福分。

〔8〕花诰：古代官僚母、妻受封，用金花罗纸，故云。

第二十出　勉食姑嫜

本出与下出，是经常上演的折子戏，俗称"赵五娘吃糟糠"。作者意在塑造赵五娘的孝妇形象，舞台演出的效果恰恰暴露了封建家庭中婆媳之间的不公平。

【薄幸】〔旦上〕野旷原空，人离业败。谩尽心行孝，力枯形惫。幸然爹妈，此身安泰。栖惶处，见恸哭饥人满道。叹举目将谁荷赖？旷野萧疏绝烟火，日色惨淡黯村坞。死别空原妇泣夫，生离他处儿牵母。睹此栖惶实可怜，思量转觉此身难。高堂父母老难保，上国[1]儿郎去不还。力尽计穷泪亦竭，看看气尽知何日？高冈黄土谩成堆，谁把一抔掩奴骨？奴家自从丈夫去后，顿遭饥荒，衣衫首饰尽皆典卖，家计萧然。争奈公婆年老，死生难保，朝夕又无甘旨膺奉，如何是好？只得安排一口淡饭，与公婆充饥。奴家自把些谷膜米皮逼逻来吃，苟留残喘，吃时又怕公婆看见，只得回避，免致他烦恼。如今饭已熟了，不免请出公婆早膳则个。

【夜行船】〔外、净上〕苦，忍饥担饿何日了？孩儿一去，竟无音耗。〔净〕甘旨萧条，米粮缺少。〔合〕天那，真个死生难保。〔旦〕请公公婆婆早膳。〔净〕媳妇有果蔬么？〔旦〕没有。〔净〕有下饭么？〔旦〕也没有。〔净〕贱人，前日早膳还有些下饭，今日只得一口淡饭。再过几日，连淡饭也没有了？快抬去。〔外〕咳，这般时年，胡乱吃一口充饥，还要分甚么好歹。

【锣鼓令】〔净〕我终朝受馁，贱人，你将来的饭教我怎吃？可疾忙便抬，非干是我有些馋态。

【前腔】〔外〕阿婆，你看他衣衫都解，好茶饭将甚去买？兀的是天灾，教媳妇每难布摆。

【前腔换头】〔旦〕婆婆息怒且休罪，待奴家霎时将去再安排。思量到此，珠泪满腮。看看做鬼，沟渠里埋。纵然不死也难捱，教人只恨蔡伯喈。

【前腔】〔净〕如今我试猜，多应他犯着独噇[2]病来，背地里自买些鲑菜[3]？〔外〕阿婆，他那里得钱去买？〔净〕阿公，我吃饭他缘何不在？这些意儿真是歹。

好饭献与公婆，粗糠自己强咽，又被怀疑、埋怨。做媳妇的不但不能剖白，还得劝慰婆婆息怒。这种深刻的现实描绘，不能不引起观众对婆媳关系是否合理的深思。

【前腔】〔外〕阿婆，他和你甚相爱，不应反面直恁的乖。〔旦背介〕我千辛万苦，有甚疑猜？可不道我脸儿黄瘦骨如柴。〔净〕抬去，抬去。〔外〕媳妇，婆婆吃不得，你且收去。〔旦收介〕婆婆耐烦。待奴家去布摆些东西，再安排过来。〔净〕你去，你去。〔旦〕正是哑子谩尝黄柏味，难将苦口向人言。〔下。净〕阿公，亲的到底是亲，亲生儿子不留在家，到倚靠着媳妇供养。你看前日兀自有些鲑菜；今日只得些淡饭，教我怎的吃？再过几日，连饭也没了。我看他前日自吃饭时节，百般躲避我，敢是他背地里自买些下饭受用分晓。〔外〕阿婆，休要错疑了，我看媳妇不是这般样人。〔净〕恁的，等他自吃时节，我和你潜地里去探一探，便知端的。〔外〕也说得是。只一件那。〔净〕却怎的？

荒年有饭休思菜，媳妇无良把我亏。
混浊不分鲢共鲤，水清方见两般鱼。

〔1〕上国：京国，京都。

〔2〕独噇：背地里偷嘴贪吃。

〔3〕鲑菜：鱼菜的总称，吴语。

第二十一出　糟糠自餍

【山坡羊】〔旦上〕乱荒荒不丰稔的年岁,远迢迢不回来的夫婿。急煎煎不耐烦的二亲,软怯怯不济事的孤身体。苦,衣尽典,寸丝不挂体。几番拼死了奴身已[1],争奈没主公婆教谁看取?〔合〕思之,虚飘飘命怎期?难挨,实丕丕灾共危。

【前腔】滴溜溜难穷尽的珠泪,乱纷纷难宽解的愁绪。骨崖崖[2]难扶持的病身,战兢兢难挨过的时和岁。这糠,我待不吃你呵,教奴怎忍饥?我待吃你呵,教奴怎生吃?思量起来,不如奴先死,图得不知他亲死时。〔合前〕奴家早上安排些饭与公婆吃,岂不欲买些鲑菜,争奈无钱可买。不想婆婆抵死埋怨,只道奴家背地自吃了甚么东西。不知奴家吃的是米膜糠秕,又不敢教他知道。便做他埋怨杀我,我也不分说。苦!这糠秕怎的吃得下。〔吃吐介〕

【孝顺歌】呕得我肝肠痛,珠泪垂,喉咙尚兀自牢嗄住。糠那!你遭砻被舂杵,

明王世贞曰:"高明撰《琵琶记》,填至《吃糠》一折,有'糠和米一处飞'之句,案上两烛光合而为一,交辉久之乃解。"这故事虽纯属虚构,仍可见这出戏的动人。

"四不"道出她的困难处境;"四难"道出她的痛苦心情。

被舂杵,被簸扬,道出她的受尽折磨;米贵糠贱,两处分飞,道出她的悲凉处境。形象的比喻,增添了抒情的感染力。

李卓吾曰:"一字千哭,一字万哭,曲至此,又可与《西厢》《拜月》兄弟矣。"

筛你簸扬你,吃尽控持[3]。好似奴家身狼狈,千辛万苦皆经历。苦人吃着苦味,两苦相逢,可知道欲吞不去。〔外净潜上探觑介〕

【前腔】〔旦〕糠和米,本是相依倚,被簸扬作两处飞?一贱与一贵,好似奴家与夫婿,终无见期。丈夫,你便是米呵,米在他方没寻处。奴家恰便似糠呵,怎的把糠来救得人饥馁?好似儿夫出去,怎的教奴,供膳得公婆甘旨?〔外、净潜下介〕

【前腔】思量我生无益,死又值甚的!不如忍饥死了为怨鬼。只一件,公婆老年纪,靠奴家相依倚,只得苟活片时。片时苟活虽容易,到底日久也难相聚。谩把糠来相比,这糠呵,尚兀自有人吃,奴家的骨头,知他埋在何处?〔外、净上。净〕媳妇,你在这里吃甚么?〔旦〕奴家不曾吃甚么。〔净搜拿介。旦〕婆婆你吃不得。〔外〕咳,这是甚么东西?

【前腔】〔旦〕这是谷中膜,米上皮,〔外〕呀,这便是糠,要他何用。〔旦〕将来逼逻堪疗饥。〔净〕咦,这糠只好将去喂猪狗,如何把来自吃?〔旦〕尝闻古贤书,狗彘食人食[4],也强如草根树皮。〔外净〕恁的苦涩东西,怕不噎坏了你。〔旦〕啮雪吞毡[5],苏卿犹健,餐松食柏[6],到做得神仙侣。这糠呵,纵然吃些何虑?〔净〕阿公,你休听他说谎,糠秕如何吃得?〔旦〕爹妈休疑,奴须是你孩儿的糟糠妻室。〔外、净看哭介〕媳妇,我原来错埋怨了你,兀的不痛杀我也。〔闷倒,旦叫哭介〕

在这里引经据典,毫无意味。

【雁过沙】〔旦〕苦,沉沉向冥途,空教我耳边呼。公公,婆婆,我不能够尽心相奉事,反教你为我归黄土。教人道你死缘何故?公公,婆婆,怎生割舍得抛弃了奴?〔外醒介。旦〕谢天谢地,公公醒了。公公你阐闼。

李卓吾曰:"公公、婆婆、媳妇,都不空闲,叫一声有一声滋味,文至此乎!"

【前腔】〔外〕媳妇,你担饥事姑舅。媳妇,你担饥怎生度?〔旦〕公公且自宽心,不要烦恼。〔外〕媳妇,我错埋怨了你。你也不推辞,到如今始信有糟糠妇。媳妇,料应我不久归阴府。也省得为我死的,累你生的受苦。〔旦扶外起介〕公公且在床上安息,待我看婆婆如何?〔叫不醒介〕呀,婆婆不济事了。如何是好?

【前腔】婆婆气全无,教奴怎支吾?咳,丈夫呵,我千辛万苦,为你相看顾,如今到此难回护。我只愁母死难留父,况衣衫尽解,囊箧又无。〔外〕媳妇,婆婆还好么?

〔旦〕婆婆不好了。

【前腔】〔外〕天那,我当初不寻思,教孩儿往帝都。把媳妇闪得苦又孤,婆婆送入黄泉路,算来是我相耽误。不如我死,免把你再辜负。〔旦〕公公休说这话,且自将息。〔外〕媳妇,婆婆死了,衣衾棺椁,是件皆无。如何是好?〔旦〕公公宽心,待奴家区处。〔末上〕福无双降犹难信,祸不单行却是真。老夫为何道此两句?为邻家蔡伯喈妻房赵氏五娘,他嫁得伯喈,方才两月,伯喈便出去赴选。自去之后,连遭饥荒,公婆年纪皆在八十之上,家里更没个相扶持的。甘旨之奉,亏杀这五娘子。把些衣服首饰之类,尽皆典卖,办些粮米,供给公婆,却背地里把糠秕逼逻充饥。这般荒年饥岁,少甚么有三五个孩儿的人家,供膳不得爹娘。这个小娘子,真个今人中少有,古人中难得。那婆婆不知道,颠倒把他埋怨,适来听得他公婆知道,却又痛心,都害了病。如今不免到他家里探望则个。呀,五娘子,你为甚的慌慌张张?〔旦〕公公,天有不测风云,人有旦夕祸福。奴家婆婆死了。〔末〕咳,你婆婆既死了,你公公如今在那里?〔旦〕在床上睡着。〔末〕待我看一看。〔外〕太公休怪,我起来不得了。〔末〕老员外快不要劳动。〔旦〕太公,我婆婆衣衾棺椁,是件皆无,如何是好?〔末〕五娘子,你不要愁烦,我自有区处。

正陷入不知所措的困境,太公一来,又起排难解忧的作用。可见他是联接关目、推动情节必不可少的角色。

【玉胞肚】〔旦〕千般生受,教奴家如何措手?终不然把他骸骨,没棺材送在荒丘?〔合〕相看到此,不由人不泪珠流,不是冤家不聚头。

【前腔】〔末〕五娘子,不必多忧,资送婆婆,在我身上有。你但小心承直[7]公公,莫教他又成不救。〔合前〕

【前腔】〔外〕张公护救,我媳妇实难启口。孩儿去后,又遇饥荒,把衣衫典卖无留。〔合前。末〕老员外,你请进里面去歇息。待我一霎时叫家僮讨棺木来,把老安人殡敛了。选个吉日,送在南山安葬去。〔外〕如此,多谢太公周济。

只为无钱送老娘,须知此事有商量。

归家不敢高声哭,惟恐猿闻也断肠。

张太公对蔡家的周济,表现了我国人民在艰苦中互相扶持的善良品格。

〔1〕身已:身子。

〔2〕骨崖崖:瘦骨嶙峋的样子。

〔3〕控持:磨难。

〔4〕狗彘(zhì)食人食:《孟子·梁惠王》:"狗彘食人食而不知检。"是说国王拿人吃的食物喂养猪狗而不知检敛。这里改用其意,是说荒年人吃猪狗的食物。

〔5〕啮雪吞毡:汉武帝时,苏武出使匈奴,忠诚不屈,被囚窖中,不获饮食,武嚼雪吞毡,得不死。

〔6〕餐松食柏:传说神仙不食人间烟火,以松柏之实为食物。

〔7〕承直:侍奉。

第二十二出　琴诉荷池

写《糟糠自餍》,是一种笔墨,要朴素,要带点泥土气;写《琴诉荷池》是另一种笔墨,要优雅,要带点书卷气,因为是截然分明的两种环境,两种人物心情。合而观之,可见高明写戏的本领。

【一枝花】〔生上〕闲庭槐影转,深院荷香满。帘垂清昼永,怎消遣?十二栏杆,无事闲凭遍。闷来把湘簟[1]展,梦到家山,又被翠竹敲风惊断。〔南乡子〕翠竹影摇金,水殿帘栊映碧阴。人静昼长无个事,沉吟,碧酒金樽懒去斟。幽恨苦相寻,离别经年没信音。寒暑相催人易老,关心,却把闲愁付玉琴。院子将琴书过来。〔末将琴书上〕黄卷看来消白日,朱弦动处引清风。炎蒸不到珠帘下,人在瑶池阆苑中。相公,琴书在此。〔生〕院子,你与我唤那两个学僮过来。〔末叫介。净执扇、丑持香上〕

【金钱花】自少承值书房,书房。快活其实难当,难当。只管打扇与烧香,荷亭畔好乘凉,吃饱饭上眠床。〔参见介。生〕我在先得此材于爨下,斫成此琴,即名焦尾。自来此间,久不整理。今日当此清凉,试操一曲,以舒闷怀。你三人一个打扇,一个烧香,一个管文书,休得嫚误。〔众〕领钧旨。〔生操琴介〕

【懒画眉】强对南熏奏虞弦[2]，只觉指下余音不似前，那些个流水共高山？呀！只见满眼风波恶，似离别当年怀水仙[3]。〔净困掉扇介。末〕告相公：打扇的坏了扇。〔生〕背起打十三，那厮不中用，只教他烧香。〔末〕领钧旨。

【前腔】〔生〕顿觉馀音转愁烦，似寡鹄孤鸿和断猿，又如别凤乍离鸾。呀！只见杀声在弦中见？敢只是螳螂来捕蝉[4]。〔丑困灭香介。净〕告相公：烧香的灭了香。〔生〕背起打十三，那厮不中用，只教他管文书。〔末〕领钧旨。

【前腔】〔生〕蓝田[5]日暖玉生烟，似望帝春心托杜鹃，好姻缘翻做恶姻缘。只怕眼底知音少，争得鸾胶续断弦[6]。〔末掉文书介。丑〕告相公：管文书的乱了文书。〔生〕背起打十三。〔贴上。生〕左右，夫人来也，且各回避。〔众〕正是有福之人人伏事，无福之人伏事人。〔末、丑、净下〕

【满江红】〔贴〕嫩绿池塘，梅雨歇熏风乍转。瞥然见新凉华屋，已飞乳燕。簟展湘波纨扇冷，歌传金缕琼卮暖。〔众〕炎蒸不到水亭中，珠帘卷。〔贴〕相公，原来在

伯喈是历史上著名的音乐家，相传他著有《琴操》。以下数曲运用了这方面的材料，比较可信。

此操琴呵。〔生〕夫人,我当此清凉,聊托此以散闷怀。〔贴〕奴家久闻相公高于音乐,如何来到此间,丝竹之音,杳然绝响。斗胆请再操一曲,相公肯么?〔生〕夫人待要听琴。弹甚么曲好?我弹一曲《雉朝飞》何如?〔贴〕这是无妻的曲,不好。〔生〕呀,说错了,如今弹一曲《孤鸾寡鹄》何如?〔贴〕两个夫妻正团圆,说甚么孤寡。〔生〕不然弹一曲《昭君怨》何如?〔贴〕两个夫妻正和美,说甚么宫怨。相公,当此夏景,只弹一曲《风入松》好。〔生〕这个却好。〔弹介。贴〕相公,你弹错了。〔生〕呀,到弹出《思归引》来。待我再弹。〔贴〕相公,你又弹错了。〔生〕呀,又弹出个《别鹤怨》来。〔贴〕相公,你如何恁的会差。莫不是故意卖弄,欺侮奴家。〔生〕岂有此心,只是这弦不中用。〔贴〕这弦怎的不中用。〔生〕俺只弹得旧弦惯,这是新弦,俺弹不惯。〔贴〕旧弦在那里?〔生〕旧弦撇下多时了。〔贴〕为甚撇了?〔生〕只为有了这新弦,便撇了那旧弦。〔贴〕相公何不撇了新弦,用那旧弦?〔生〕夫人,我心里岂不想那旧弦,只是新弦又撇不下。〔贴〕你新弦既撇不下,还思量那旧弦怎的?我想起来,只是你心不在焉,特地有许多说话。

此段对白,尽是潜台词,隐约曲折传出伯喈既撇不下新人,又留恋旧人的矛盾心情。

【桂枝香】〔生〕夫人,旧弦已断,新弦不惯。旧弦再上不能,待撇了新弦难拼。我一弹再鼓,一弹再鼓,又被宫商错乱。

〔贴〕相公,你敢是心变了么?〔生〕非干心变。这般好凉天,正是此曲才堪听,又被风吹别调间。

【前腔】〔贴〕相公,非弹不惯,只是你意慵心懒。既道是寡鹄孤鸾,又道是昭君宫怨,那更思归别鹤,思归别鹤,无非愁叹。相公,我看你多敢是想着谁?〔生〕夫人,我不想着甚么人。〔贴〕相公,有何难见,你既不然,我理会得了,你道是除了知音听,道我不是知音不与弹。〔生〕夫人,那有此意?〔贴〕相公,这个也由你。毕竟你无心去弹他,何似教惜春安排酒过来,与你消遣何如?〔生〕我懒饮酒,待去睡也。〔贴〕相公休阻妾意,老姥姥、惜春看酒来。〔净丑持酒上〕

【烧夜香】〔净〕楼台倒影入池塘,绿树阴浓夏日长,〔丑〕一架荼蘼满院香。〔合〕和你捧霞觞,纳晚凉。卷起珠帘,明月正上。〔贴〕将酒过来。

【梁州序】〔贴〕新篁池阁,槐阴庭院,日永红尘隔断。碧栏杆外,寒飞漱玉清泉。自觉香肌无暑,素质生风,小簟琅玕[7]展。昼长人困也,好清闲,忽被棋声惊昼眠。〔合〕金缕唱,碧筒[8]劝。向冰山

【梁州序】四曲,写初夏景物明丽如画,又微露伯喈、牛氏不同的心情。

雪巘排佳宴，清世界几人见。

【前腔】〔生〕蔷薇帘箔，荷花池馆，一阵风来香满。湘帘日永，香消宝篆沉烟。谩有枕欹寒玉，扇动齐纨，怎遂黄香愿[9]？〔作悲介。贴〕相公，你为甚的下泪？〔生〕猛然心地热，透香汗，我欲向南窗一醉眠。〔合前〕

【前腔换头】〔贴〕向晚来雨过南轩，见池面红妆零乱。渐轻雷隐隐，雨收云散。只觉荷香十里，新月一钩，此景佳无限。兰汤初浴罢，晚妆残，深院黄昏懒去眠。〔合前〕

【前腔换头】〔生〕柳阴中忽噪新蝉，见流萤飞来庭院。听菱歌何处？画船归晚。只见玉绳[10]低度，朱户无声，此景尤堪恋。起来携素手，鬓云乱，月照纱橱人未眠。〔合前〕

【节节高】〔净〕涟漪戏彩鸳，把露荷翻，清香泻下琼珠溅。香风扇，芳沼边，闲亭畔。坐来不觉神清健，蓬莱阆苑何足羡？〔合〕只恐西风又惊秋，不觉暗中流年换。

【前腔】〔丑〕清宵思爽然，好凉天，瑶

台月下清虚殿[11]。神仙眷，开玳筵，重欢宴。任教玉漏催银箭，水晶宫里把笙歌按。〔合前〕

【余文】〔众〕光阴迅速如飞电，好良宵可惜渐阑，管取欢娱歌笑喧。〔生〕樵楼上几鼓了？〔净〕三鼓了。

欢娱休问夜如何，此景良宵能几何？
遇饮酒时须饮酒，得高歌处且高歌。

〔1〕湘簟：湘妃竹做的席子。

〔2〕强对南熏奏虞弦：南熏，指南风；虞弦，琴弦。《礼记·学记》："昔者舜作五弦之琴，以歌南风。"此句是说强对南风，弹琴解闷。

〔3〕"只见满眼风波恶"二句：传说伯牙学琴于成连，三年而不能通。成连因与伯牙同往蓬莱山，闻海水激荡，林鸟悲鸣，忽有所感，因成《水仙操》。

〔4〕"杀声在弦中见"二句：蔡邕应邻人之约，至其门，闻琴声中带有杀声，不入而返。邻人自往问邕，说明原故。原来弹琴时见螳螂捕蝉，恐蝉逃去，所以琴中带有杀声。见《后汉书·蔡邕传》。

〔5〕"蓝田"二句：摘用李商隐《锦瑟》诗句，喻好事成烟，难言之隐只有托之杜鹃的悲啼。

〔6〕"只怕眼底知音少"二句：陶谷《风光好》词："琵琶拨尽相思调，知音少。待得鸾胶续断弦，是何年。"这里借喻新人不是知音，怎得和旧人再会。

〔7〕小簟琅玕：指小竹席。

〔8〕碧筒：夏季以荷叶制成的劝酒杯。

〔9〕黄香愿：孝子的心愿。后汉黄香，事父孝，夏扇枕席使凉，冬温被褥使暖。

〔10〕玉绳：星名。北斗第五星（玉衡）北之二星。

〔11〕清虚殿：据说唐明皇游月宫，见有广寒清虚之府。

第二十三出　代尝汤药

短短一首引子，字字平淡无奇，既高度概括了前情，又清楚点明了现境。是曲家不易到的境界。

【霜天晓角】〔旦上〕难挨怎避，灾祸重重至？最苦婆婆死矣，公公病，又将危。屋漏更遭连夜雨，船迟又被打头风。奴家自从婆婆死后，万千狼狈；谁知公公病又将危。如今赎得些药，已煎在此，不免再安排一口粥汤。

【犯胡兵】囊无半点调药费，良医怎求？天那，纵然救得目前，饭食何处有？料应难到后。谩说道有病遇良医，饥荒怎救？

【前腔】公公这病呵，愁万苦千恁生受，妆成这症候。药呵，纵然救得目前，怎免得忧与愁？料应不会久。他只为不见孩儿，才得这病。若要这病好时呵，除非是子孝父心宽，方才可救。药已熟了，且扶公公出来吃些，看何如？〔旦下，扶外上〕

【霜天晓角】〔外〕神散魂飞，料应不久矣。〔旦〕公公请挣扎。〔外〕我纵然抬头强起，形衰倦，怎支持？〔旦〕公公，药已熟了，慢慢吃些。〔外〕媳妇，我吃不得这药了。

【香遍满】〔旦〕论来汤药，须索是子先尝，方进与父母。公公，莫不是为无子先尝，恰便寻思苦？〔外吃药吐介。旦〕公公，且耐烦吃些。〔外〕媳妇，这药我吃不得了。我宁可早死了罢，免得累你。〔旦〕公公，你须索阘阘，怎舍得一命殂？〔外〕媳妇你吃糠，省钱赎药与我吃，我怎的吃得下？〔旦〕苦！原来不吃药，也只为着糟糠妇。〔旦〕公公，你既不吃药，且吃一口粥汤，看如何？〔外吃粥吐介。旦〕公公，还慢慢吃些。〔外〕媳妇，我肚腹膨胀，怎吃得下？

【前腔】〔旦〕公公，你万千愁苦，堆积在闷怀成气蛊，可知道吃了吞还吐。〔外〕媳妇，我不济事了，必是死也。孩儿又不回来，只是亏了你。〔旦〕公公，且自宽心，不要烦恼。〔旦背哭介〕怕添亲怨忆，暗将珠泪堕。〔外〕媳妇你吃糠，却教我吃粥，我怎的吃得下哩？〔旦〕苦，原来不吃粥，也只为糟糠妇。〔外〕媳妇，我死也不妨，只怨孩儿不在家，亏杀了你。你近前来，有两句言语分付你。〔旦〕公公如何？〔外作跌倒拜介〕

本出曲、白、关目都好，拿它与《蔡公逼试》出对照起来看，表现了高度的批判现实精神。由于它的批判是通过辛酸的舞台艺术形象展示出来，这就收到了打动千万读者与观众的效果。——你要教子成名吗？请你们看看蔡公的结局吧。

【歌儿】媳妇,我三年谢得你相奉事,只恨我当初,把你相担误。天那,我待欲报你的深恩,待来生我做你的媳妇。怨只怨蔡伯喈不孝子,苦只苦赵五娘辛勤妇。〔旦〕公公,奴身不足惜。

【前腔换头】我一怨你身死后有谁来祀;二怨你有孩儿不得相看顾;三怨你三年间,没一个饱暖的日子。三载相看甘共苦,一朝分别难同死。

李卓吾曰:“曲与白竟至此乎,我不知其曲与白也,但见蔡公在床、五娘在侧啼啼哭哭而已。神哉!技至此乎!”高度评价它的艺术成就。

【前腔】〔外〕媳妇,我死呵,你将我骨头休埋在土。〔旦〕呀,公公百岁后,不埋在土,却放在那里?〔外〕媳妇,都是我当初不合教孩儿出去,误得你恁的受苦,我甘受折罚,任取尸骸露。〔旦〕公公,你休这般说,被人谈笑。〔外〕媳妇,不笑着你,留与傍人道,蔡伯喈不葬亲父。怨只怨蔡伯喈不孝子,苦只苦赵五娘辛勤妇。

【前腔换头】〔旦〕公公,倘你死呵,公婆已得做一处所。料想奴家,不久也归阴府。苦,可怜一家,三个怨鬼在冥途。三载相看甘共苦,一朝分别难同死。〔外〕媳妇,我毕竟是死了,你替我请张太公过来。〔旦〕公公说犹未了,恰好张太公来也。〔末上〕岁歉无夫婿，家贫丧老亲。可怜贞洁女，日夜受艰辛。五娘子，你公公病症何如？〔旦〕太公，我公公的病症，十分危笃。〔末〕如此，待我向前看看。老员外，你贵体若何？〔外〕苦，张太公。我不济事了，毕竟是个死。你今来得恰好，我凭你为证。写下遗嘱与媳妇收执，待我死后，教他休要守孝，早早改嫁便了。〔旦〕公公，你休那般说。自古道忠臣不事二君，烈女不更二夫。公公休要写。〔外〕媳妇，你取纸笔过来。〔旦〕公公，奴家生是蔡郎妻，死是蔡郎妇。千万休写，枉自劳神。〔外〕媳妇，你不取纸笔来，要气杀我也。〔末〕五娘子你休逆他，嫁与不嫁在乎你，且取将过来。〔旦取上，外作写介〕咳！这一管笔倒有千斤来重。

【罗帐里坐】媳妇，你艰辛万千，是我担误了伊。你不嫁人呵，身衣口食，怎生区处？休休，当初原是我拆散了你夫妻。我如今死了呵，终不然教你又守着灵帏？〔放笔介〕已知死别在须臾[1]，更与甚么生人做主？

【前腔】〔末〕这中间就里，我难说怎提？五娘子，你若不嫁人，恐非活计；若不守孝，又被人谈议。可怜家破与人离，怎不教人泪垂。

【前腔】〔旦〕公公严命，非奴敢违。若

是教我嫁人呵,那些个不更二夫,却不误奴一世?公公,我一马一鞍,誓无他志。可怜家破与人离,怎不教人泪垂。〔外〕张太公,我凭你为证,留下这条拄杖,待我那不孝子回来,把他与我打将出去。〔外倒旦扶介〕

公公病里莫生嗔,员外宽心保自身。

正是药医不死病,果然佛度有缘人。

〔1〕须臾:顷刻,片时。

第二十四出　宦邸忧思

全出强调伯喈的"三被强"所造成的怨极愁多,有苦难言。

【喜迁莺】〔生上〕终朝思想,但恨在眉头,人在心上。凤侣添愁,鱼书绝寄,空劳两处相望。青镜瘦颜羞照,宝瑟清音绝响。归梦杳,绕屏山[1]烟树,那是家乡?〔踏莎行〕怨极愁多,歌慵笑懒,只因添个鸳鸯伴。他乡游子不能归,高堂父母无人管。湘浦鱼沉,衡阳雁断,音书要寄无方便。人生光景几多时,蹉跎负却平生愿。

【雁渔锦】思量,那日离故乡。记临期送别多惆怅,携手共那人不厮放。教他好看承，我爹娘，料他每应不会遗忘。闻知饥与荒，只怕挨不过岁月难存养。若望不见我信音，却把谁倚仗？

【二犯渔家傲】思量，幼读文章，论事亲为子也须要成模样。真情未讲，怎知道吃尽多魔障？被亲强来赴选场，被君强官为议郎，被婚强效鸾凰。三被强，我衷肠事说与谁行？埋怨难禁这两厢：这壁厢道咱是个不撑达[2]害羞乔相识，那壁厢道咱是个不睹事[3]负心的薄幸郎。

【雁渔序】悲伤，鹭序鸳行，怎如那慈乌返哺能终养？谩把金章，绾着紫绶；试问斑衣，今在何方？斑衣罢想，纵然归去，又恐怕带麻执杖[4]。天那，只为那云梯月殿多劳攘，落得泪雨如珠两鬓霜。

【渔家喜雁灯】几回梦里，忽闻鸡唱。忙惊觉错呼旧妇，同问寝堂上。待朦胧觉来，依然新人鸳帏凤衾和象床。怎不怨香愁玉无心绪？更思想被他拦当。教我怎不悲伤？俺这里欢娱夜宿芙蓉帐，他那里寂寞偏嫌更漏长。

梦中惊觉，错呼旧妇，传神入妙。

【锦缠雁】谩怆怏，把欢娱翻成闷肠。菽水既清凉，我何心贪着美酒肥羊？闪杀人花烛洞房,愁杀我挂名金榜。魆地里自思量,正是归家不敢高声哭,只恐猿闻也断肠。

院子何在?〔末上〕有问即对,无问不答。相公有何指挥?〔生〕院子,你是我心腹之人,有一件事和你商量,你休要走了我的消息。〔末〕小人安敢?〔生〕我自从离了父母妻室,来此赴选,本拟一擢高科,拜授当职。将谓数月之后,可作归计。谁知又被牛太师招为门婿,一向逗留在此,不得还家见父母一面。故此要和你商量个计策。〔末〕相公,自古道不钻不穴,不道不知。小人每常间见相公忧闷不乐,岂知这般就里。相公何不说与夫人知道?〔生〕院子,我夫人虽则贤慧,争奈老相公之势,炙手可热。待说与夫人知道,一霎时老相公得知,只道我去了不来,如何肯放我去?不如姑且隐忍,和夫人都瞒了,且待任满,寻个归计。〔末〕这的却是。老相公若还知道,如何肯放相公回去?〔生〕院子,我如今要寄一封书家去,没个方便的人。欲待使人径去,又怕老相公知道。你与我出街坊上体探,倘有我乡里人来此做买卖,待我寄一封家书回去。〔末〕小人谨领便去。

此时才寄家书,是为了补漏洞,但并没有补好。

终朝长相忆,寻便寄书人。

眼望旌捷旗,耳听好消息。

〔1〕屏山:远山排列如屏障。

〔2〕撑达:漂亮,解事。

〔3〕不睹事:糊涂,不通情理。

〔4〕带麻执杖:儿子服父母之丧的形式。

第二十五出　祝发买葬

【金珑璁】〔旦上〕饥荒先自窘,那堪连丧双亲,身独自,怎支分?我衣衫都解尽,首饰并没分文,无计策,只得剪香云。〔蝶恋花〕万苦千辛难摆拨,力尽心穷,两泪空流血。裙布钗荆今已竭,萱花椿树连摧折。金剪盈盈明似雪,远照乌云,掩映愁眉月。一片孝心难尽说,一齐分付青丝发。奴家前日婆婆没了,已得张太公周济。如今公公又没了,无钱资送,难再去求告他?我思想起来,没奈何了,只得剪下头发,卖几贯钞,为送终之用。虽然这头发值钱不多,也只把他做些意儿,恰似教化一般。苦,不幸丧双亲,求人不可频。聊将青丝发,断送白头人。

【香罗带】一从鸾凤分,谁梳鬓云?妆台懒临生暗尘,那更钗梳首饰典无存也,头发,是我担阁你,度青春。如今又剪你,资送老亲。剪发伤情也,怨只怨结发

陈毅同志说:“《琵琶记》赵五娘剪发、描容、挂画诸节,其悲苦动人之处,迄今恍惚犹在心目。平生新旧剧寓目不多,真使我领略悲剧至味者,乃川班之赵五娘也。”

薄幸人。

【前腔】思量薄幸人，辜奴此身，欲剪未剪教我先泪零。我当初早披剃入空门[1]也，做个尼姑去，今日免艰辛。咳，只有我的头发恁般苦，少甚么佳人的珠围翠拥兰麝熏。呀，似这般狼狈呵，我的身死兀自无埋处，说甚么剪头发愚妇人！

【前腔】堪怜愚妇人，单身又贫。头发，我待不剪你呵，开口告人羞怎忍？我待剪你呵，金刀下处应心疼也。却将堆鸦髻，舞鸾鬟，与乌鸟报答鹤发亲。教人道雾鬓云鬟女，断送霜鬟雪鬓人。〔剪下哭介〕

【临江仙】连丧双亲无计策，只得剪下香鬟，非奴苦要孝名传。正是上山擒虎易，开口告人难。头发既已剪下，免不得将去货卖。穿长街，抹短巷，叫一声卖头发。

【梅花塘】卖头发，买的休论价。念我受饥荒，囊箧无些个。丈夫出去，那堪连丧了公婆，没奈何，只得剪头发，资送他。呀，怎的都没人买？

【香柳娘】看青丝细发，看青丝细发，剪来堪爱。如何卖也没人买？这饥荒死

丧，这饥荒死丧，怎教我女裙钗，当得恁狼狈？况连朝受馁，况连朝受馁，我的脚儿怎抬？其实难挨。〔做跌倒起介〕

【前腔】往前街后街，往前街后街，并无人采。我待再叫一声，咽喉气噎，无如之奈。苦！我如今便死，我如今便死，暴露我尸骸，谁人与遮盖？天那！我到底也只是个死。将头发去卖，将头发去卖，卖了把公婆葬埋，奴便死何害？〔作倒介，末上〕慈悲胜念千声佛，造恶徒烧万炷香。今日蔡老员外病症不知如何，我且去看一看。呀，五娘子，你为何倒在街上？〔旦〕苦，太公可怜见，救奴家则个。〔末杖扶介〕五娘子，你手里拿着头发做甚么？〔旦〕奴家公公又没了，无钱资送。只得把自己头发剪下，欲卖几文钞，为送终之用。〔末哭介〕原来你公公又死了，呵，你怎的不来和我商量？把这头发剪下做甚么？〔旦〕奴家多番来定害[2]公公，不敢再来相恼。〔末〕呀，你说那里话！五娘子：

【前腔】你儿夫曾付托，儿夫曾付托，我怎生违背？你无钱使用，我须当贷。你将头发剪下，将头发剪下，又跌倒在长街，都缘我之罪。〔合〕叹一家破败，叹一家破败，否极何时泰来[3]？各出珠泪。

最后否极泰来即大团圆，是作者的用意，但这一连串舞台形象所反映的现实，是天灾人祸给人民带来的灾难，以及人们在灾难中互相体贴的心情。

【前腔】〔旦〕谢公公慷慨，谢公公慷慨，把钱相贷，我公婆在地下相感戴。只恐奴身死也，恐奴身死也，兀自没人埋。公公，谁还你恩债？〔合〕叹一家破败，叹一家破败，否极何时泰来？各出珠泪。〔末〕五娘子，你先回家去，我即着人送些布帛米谷之类与你使用。〔旦〕如此多谢公公，请收这头发。〔末〕咳，难得难得，这是孝妇的头发，剪来断送公婆的。我留在家中，不惟传留做个话名，后日蔡伯喈回来，将与他看，也使他惶愧。

谢得公公救妾身！伊夫曾托我亲邻。
从空伸出拿云手，提起天罗地网人。

〔1〕披剃入空门：空门，指佛门。僧尼出家须剃去头发，身披僧衣。

〔2〕定害：打搅、麻烦。

〔3〕否极何时泰来：否、泰是六十四卦中的两卦。否是坏的卦象，泰是好的卦象。古人认为二卦循环，物极必反。

第二十六出　拐儿绐误

作者极写拐儿手段之高明，意在表现他骗取

【打球场】〔净上〕几年间，为拐儿，脱空[1]说谎为最。遮莫你是怎生倩俏的，也落在我圈套。自家脱空为活计,掏摸[2]作生涯。剑舌枪唇伶俐的,也引教他懵懂。虚脾甜口悭吝的,也哄教他妆风[3]。乡贯何曾有定居,姓名谁人知真实。妆成圈套,见了的便自入来;做就机关,入着的怎生出去?骗了钟馗手里宝剑,拐了洞宾瓢里仙丹。果然来无迹,去无踪,对面骗人如撮弄[4];纵使和你行,和你坐,当场赚你怎埋怨?拐儿阵里先锋,哄局门中大将。何用剜墙穵壁,强如黑夜偷儿;不索挟斧持刀,真个白昼劫贼。正是:天不生无禄之人,地不长无根之草。自家打听得蔡状元家住陈留,父母在堂,久无消息,他如今要寄家书回去。况我在陈留走得惯熟,颇习语音,不免妆扮做陈留人,假写他父母家书递与他,必有回音;倘或附带些金帛回家,也不见得。却觅一个小富贵,便不然也索与我些路费回家。这里便是蔡状元府前,不免进入去咱。呀,怎的不见一个人?我且咳嗽一声。〔末上〕侯门深似海,不许外人敲。〔相见介〕你是那里人,来此有甚勾当?〔净〕小子从陈留来,蔡相公的老大人有家书在此。〔末〕呀,我相公正要乘便寄家书回去,你来得恰好,待我请相公出来。〔请介。生上〕

蔡状元书信的可信,为下文赵五娘悲剧的继续发展补漏洞。但蔡伯喈中了状元,"一举成名天下知",陈留离洛阳不远,他自己又是孝子,为什么不能派人回去照料双亲?这些漏洞是补不了的。

【凤凰阁】寻鸿觅雁,寄个音书无便。谩劳回首望家山,和那白云不见。泪痕如线,想镜里孤鸾影单。〔末〕告相公得知,有一个汉子,说他从陈留郡来,有老相公的家书在

李渔曰:"蔡伯喈身赘相府,享尽荣华,不能自遣一仆,而附家报于路人,针线过疏。"

此。〔生〕快请他进来。〔相见介。生〕多承足下带得我家书来呵。〔净〕小子奉老大人尊命，特递在此。〔净递书介〕

【一封书】〔生〕“一从你去离，我在家中常念你。功名事怎的？想多应折桂枝。幸得爹娘和媳妇，各保安康无祸危。”谢天谢地，且喜家中多安乐。“见家书，可知之，及早回来莫更迟。”天那，我岂不要回去，争奈不由我。院子，你引乡亲到后堂茶饭。一面取纸笔，待我写家书，就付与他去；可取些金珠碎银过来。〔生写书介〕

【下山虎】“男邕百拜，大人尊前：一自离膝下，顿经数年。目断万里关山，镇日望悬。一向那堪音信断，名利事，叹牵绾，谩劳珠泪涟。上表辞金殿，要辞了官，争奈君王不见怜。

【蛮牌令】“忽尔拜尊翰，激切意悬悬。幸喜爹娘和媳妇，尽安健。奈儿身淹留旅邸，不能够承奉慈颜。匆匆的聊附寸笺，草草伏乞尊照不宣[5]。”乡亲，我这一封书，并这金珠，托你将到俺家里，与老相公收下。传示家中大小，俺早晚便回来，教他放心，不须忧虑。〔净〕小子理会得。〔生〕这些碎银，送与乡亲路上做盘费。〔净〕多谢，多谢。

【驻马听】〔生〕书寄乡关，说起教人心痛酸。乡亲，传示俺八旬爹妈，道与俺两月妻房，隔涉万水千山。啼痕缄处翠绡斑，梦魂飞绕银屏远。〔合〕报道平安，想一家贺喜，只说道再相见。

【前腔】〔末〕遥忆乡关，有个人人凝望眼。他频看飞雁，望断孤舟，倚遍危栏。见这银钩〔6〕飞动彩云笺，又索玉箸〔7〕界破残妆面。〔合前〕

【前腔】〔净〕西出阳关，却叹今朝行路难。念取经年离别，跋涉万里程途。带着一纸云笺，只怕豺狼纷扰路途间，雁鸿怕不到家乡畔。〔合前〕

凭伊千里寄佳音，说尽离人一片心。
须知相别经多载，方信家书抵万金。

〔1〕脱空：拨弄玄虚。

〔2〕掏摸：偷窃。

〔3〕妆风：这里作摆谱儿、妆阔气解。

〔4〕撮弄：变把戏。

〔5〕不宣：书信套语，不能尽言的意思。

〔6〕银钩：比喻书法遒劲有力。

〔7〕玉箸：谓涕泪。

第二十七出　感格坟成

点染出一幅冷落凄惨、阴森恐怖的景色。

【挂真儿】〔旦上〕四顾青山静悄悄，思量起暗里魂销。黄土伤心，丹枫染泪，谩把孤坟独造。〔菩萨蛮〕白杨萧瑟悲风起，天寒日淡空山里。虎啸与猿啼，愁人添惨凄。穷泉深杳杳，长夜[1]何由晓。洒泪泣双亲，双亲闻不闻？奴家自从丧了公婆，家中十分狼狈。昨已多承张太公，将公婆灵柩，搬得到山，免不得造一所坟茔，把公婆安葬了。争奈无钱倩人，难以再去求他，只得自家搬泥运土。〔裙包土介〕

【五更转】把土泥独抱，麻裙裹来难打熬。空山静寂无人吊，但我情真实切，到此不惮劳。苦！何曾见葬亲儿不到？又道是三匝围丧[2]，那些个卜其宅兆[3]？思量起，是老亲合颠倒[4]。公公，你图他折桂看花早，不想自把一身，送在白杨衰草。谩自苦，〔作悲介〕这苦凭谁告？

【前腔】我只凭十爪，如何能够坟土高？苦，只见鲜血淋漓湿衣袄，天那，我形衰力倦，死也只这遭。休休，骨头葬处任他血流好，此唤做骨血之亲，也教人称道。教人道：赵五娘真行孝。苦！心穷力尽形枯槁，只有这鲜血，到如今也出尽了。这坟成后，只怕我的身难保。呀，我气力都用乏了，不免就此歇息睡觉呵。

【卜算子先】坟土未曾高，筋力还先倦。〔睡介。山神上〕

【粉蝶儿】赵女堪悲，天教小神相济。善哉！善哉！吾乃当山土地。今奉玉帝敕旨：为见赵五娘行孝，特令差拨阴兵，与他并力筑造坟台，不免叫出南山白猿使者，北岳黑虎将军，前来听用。猿虎二将何在？〔净、丑扮猿、虎上。外〕吾奉玉帝敕旨：为见赵五娘独自在山筑坟，特差汝等率领阴兵，与他并力。汝等可变作人形，与他运化土石，务要顷刻完成，不得惊动孝妇。〔净丑〕领法旨。〔造坟介〕告大圣，坟台已成了。〔外〕赵五娘，你抬起头来，听吾嘱付：

写五娘孝感天帝，得到神将助力，使舞台上出现猿虎等神将运土的舞姿，一新观众耳目；如再由太公资助，则关目重复而意味索然矣。

【好姐姐】五娘听吾道语：吾特奉玉皇敕旨，怜伊孝心，故遣阴兵来助你。〔合〕坟成矣，葬了二亲寻夫婿，改换衣装往帝畿[5]。赵五娘，你好生记着：正是大抵乾坤都一照，免教人在暗中行。〔外、净丑下。旦醒介〕

【卜算子后】梦里分明有鬼神，想是

天怜念。呀,怪哉怪哉,奴家睡间,恍惚中似梦非梦,见神人嘱付道:坟已成了,教奴家前往京畿,寻取丈夫。我思忖起来,独自一身,几时能够得坟成?〔起看介〕呀,果然这坟台都成了!谢天谢地,分明是神通变化。

【五更转】怨苦知多少?两三人只道同做饿殍。公公,婆婆,今日幸赖神明救济,成此坟台,你两人已得安妥。只一件,我未曾葬时节,也还恰象相亲傍的一般;如今葬了呵,穷泉一闭无日晓,叹如今永别,再无由相倚靠。我死和公婆做一处埋呵,也得相伏侍。只愁我死在他途道,我的骨头,何由来到?从今去,坟呵,只愿得中干燥,福子荫孙也都难料!呀,天那,便做荫得个三公,也济不得亲老。泪暗滴,复把苍天来祷。〔末同丑带锄器上〕

【铧锹儿】〔末〕悲风四起吹松柏,山云黯淡日无色。〔丑〕虎啸与猿啼,怎不惨戚。〔合〕趱步前来到峭壁,都与孝妇添助力。〔末〕老夫张广才,只为蔡老员外夫妻相继弃世,亏杀他媳妇赵五娘子支持,如今又闻得他把裙包土,筑造坟台。我想人家造一所坟,没有千百工造不成。他独自一个女流,如何成得此事?不免带将小二,与他添助力气则个。呵!好怪哉,如何坟都成了。只见松柏森森绕四围,孤坟新土掩泉扉。五娘子,空山独自无人问,为筑坟台有阿谁?〔旦〕太公,梦里鬼神多怪异,阴兵运石与搬泥。坟台成了亲分付,教奴寻婿到京畿。〔丑〕公公,自古流传多有此,毕竟感格上苍知。长城哭倒称姜女,五娘子,你他日芳名一样题。〔合〕正是:善恶到头终有报,只争来早与来迟。

【好姐姐】〔旦〕公公,念奴血流满指,独自要坟成无计,深感老天暗中相护持。〔合〕坟成矣,葬了二亲寻夫婿,改换衣装往帝畿。

【前腔】〔末〕五娘子,老夫带领小二,待与你添助些力气,谁知有神暗中相救济。〔合前〕

【前腔】〔丑〕你每真个见鬼,这松柏孤坟在何处?恰才小鬼是我妆扮的。〔合前〕

孝心感格动阴兵,不是阴兵坟怎成?
万事劝人休碌碌,举头三尺有神明。

赵贞女罗裙包土筑坟台,在民间传说中向来与孟姜女哭倒长城并提,影响深远。但民间传说中为双亲艰苦筑坟的赵五娘形象,是以之与背亲弃妇的蔡伯喈作对照,具有深刻的批判意义;《琵琶记》中主要是以此表示赵五娘的孝,并为她到京师寻亲作过渡,未免逊色。

〔1〕长夜:言死者入土,终年不见日月,如漫漫长夜。

〔2〕三匝围丧:旧俗死者出殡,亲友携手围棺,谓之“围丧”。三匝,言亲

友送葬之多。

〔3〕卜其宅兆:宅,墓穴;兆,坟域。意为选择吉地。

〔4〕颠倒:倒运,困蹇。

〔5〕帝畿:京都。

第二十八出　中秋望月

【念奴娇引】〔贴上〕楚天过雨,正波澄木落,秋容光净。谁驾玉轮[1]来海底,碾破琉璃千顷。环珮风清,笙箫露冷,人在清虚境。〔净丑〕真珠帘卷,庾楼[2]无限佳兴。〔临江仙〕〔贴〕玉作人间秋万顷,银葩[3]点破琉璃。〔净〕瑶台风露冷仙衣,天香飘到处,此景有谁知?〔丑〕未审明年明月夜,此时此景何如?〔贴〕珠帘高卷醉琼卮,〔合〕正是莫辞终夕劝,动是隔年期。〔贴〕老姥姥,今夜中秋月色澄清,你与我请相公出来,赏玩则个。〔净〕是是,夫人请相公玩月。〔生内应介〕我已睡了,不来。〔丑〕你甚么嘴脸,可知道请他不来。〔贴〕惜春,你再去请。〔丑〕我去请。相公,夫人请相公出来玩月。〔生〕来也。〔丑笑介〕老姥姥,你看我嘴儿才动一动,相公就出来了。〔生上〕

【生查子】逢人曾寄书,书去神亦去。

今夜好清光,可惜人千里。〔贴〕相公,今夜中秋,月色可爱。我请你赏玩一番,你没事推阻怎的?〔生〕月色有甚好处?〔贴〕相公,怎的不好?〔酹江月〕你看:玉楼金气卷霞绡,云浪空光澄澈。丹桂飘香清思爽,人在瑶台银阙。〔生〕影透风帏,光窥罗帐,露冷蛩声切。关山今夜,照人几处离别。〔净〕须信离合悲欢,还如玉兔,有阴晴圆缺。便做人生长宴会,几见冰轮皎洁。〔丑〕此夜明多,隔年期远,莫放金樽歇。〔合〕但愿人长久,年年同赏明月。〔饮酒介〕

【念奴娇序】〔贴〕长空万里,见婵娟可爱,全无一点纤凝。十二栏杆光满处,凉浸珠箔银屏。偏称,身在瑶台,笑斟玉斝,人生几见此佳景。〔合〕惟愿取,年年此夜,人月双清。

【前腔换头】〔生〕孤影,南枝乍冷,见乌鹊缥缈惊飞,栖止不定[4]。万点苍山,何处是修竹吾庐三径[5]。追省,丹桂曾攀,嫦娥相爱,故人千里谩同情。〔合前〕

【前腔换头】〔贴〕光莹,我欲吹断玉箫,乘鸾归去,不知风露冷瑶京。环珮湿,似月下归来飞琼[6]。那更、香雾云鬟,清辉玉臂[7],广寒仙子也堪并。〔合前〕

明人极欣赏此四曲,何元朗说:"是一篇好赋,岂词曲能尽之。"徐文长赞赏它的贴切,说伯喈唱的没有一句可以移之牛小姐,牛小姐唱的也没有一句可以移之蔡伯喈。然终觉优雅有余,生动不足,因此何元朗又说它欠缺风味。

【前腔换头】〔生〕愁听，吹笛关山[8]，敲砧门巷[9]，月中都是断肠声。人去远，几见明月亏盈。惟应、边塞征人，深闺思妇，怪他偏向别离明。

【古轮台】〔净〕峭寒生，鸳鸯瓦冷玉壶冰，栏杆露湿人犹凭，贪看玉镜。况万里清明，皓彩十分端正。三五良宵，此时独胜。〔丑〕把清光都付与酒杯倾，从教酩酊，拼夜深沉醉还醒。酒阑绮席，漏催银箭，香销金鼎。斗转与参横，银河耿，辘轳声已断金井。

【前腔换头】〔净〕闲评，月有圆缺阴晴，人世上有离合悲欢，从来不定。深院闲庭，处处有清光相映。也有得意人人，两情畅咏；也有独守长门伴孤另，君恩不幸[10]。〔丑〕有广寒仙子娉婷，孤眠长夜，如何挨得，更阑寂静？此事果无凭，但愿人长久，小楼玩月共同登。

【余文】〔众〕声哀诉促织鸣，〔贴〕俺这里欢娱未罄。〔生〕他几处寒衣织未成。

今宵明月正团圆，几处凄凉几处喧。

但愿人生得久长，年年千里共婵娟。

〔1〕玉轮:月亮。

〔2〕庾楼:晋庾亮为江、荆、豫州刺史,治武昌,尝与僚吏登南楼赏月,谈咏竟夕。此处泛指小楼。

〔3〕银葩:指明月。

〔4〕"南枝乍冷"三句:化用曹操《短歌行》"月明星稀,乌鹊南飞。绕树三匝,无枝可依"句意。

〔5〕修竹吾庐三径:陶渊明《读山海经》:"众鸟欣有托,吾亦爱吾庐。"又,《归去来辞》:"三径就荒,松菊犹存。"这里有怀念故乡、辞官归隐的意思。

〔6〕飞琼:指仙女许飞琼。

〔7〕"香雾云鬟"二句:化用杜甫《月夜》:"香雾云鬟湿,清辉玉臂寒"句意,表示对妻子的思念。

〔8〕吹笛关山:王昌龄《从军行》:"更吹羌笛关山月,无那金闺万里愁。"

〔9〕敲砧门巷:李中《秋夕书事》:"吟余成不寐,彻曙四邻砧。"

〔10〕"独守长门伴孤另"二句:汉武帝时陈皇后失宠后退居长门宫,司马相如为赋《长门赋》。

第二十九出　乞丐寻夫

【胡捣练】〔旦上〕辞别去,到荒丘,只愁出路煞生受。画取真容聊藉手[1],逢人将此免哀求。鬼神之道,虽则难明;感应之理,未尝不信。奴家昨日,独自在山筑坟,正睡间,忽梦一神人,自称当山土地,带领阴兵,与奴家助力;却又嘱付,教奴家改换衣装,径往长安寻取丈

本出俗名"描容上路",是场上常演的折子戏。徐文长拿它与《吃糠》《尝药》《筑坟》三出并提,说都是"从人心流出,最不可到"。

李卓吾曰："二曲非但传蔡公蔡婆之神，并传赵五娘之神矣，绝妙！"

夫。待觉来，果然坟台并已完备，这的分明是神道护持。正是宁可信其有，不可信其无。今二亲既已葬了，只得改换衣装，扮作道姑，将琵琶做行头，沿街上弹几个行孝的曲儿，抄化将去。只是一件，我几年间和公婆厮守，如何舍得一旦撇了他？奴家自幼颇晓得些丹青[2]，何似想象画取公婆真容，背着一路去，也似相亲傍的一般。但遇小祥忌辰[3]，展开与他烧些香纸，奠些酒饭，也是奴家一点孝心。不免就此画描真容则个。〔描画介〕

【三仙桥】一从他每死后，要相逢不能够。除非梦里暂时略聚首。苦要描，描不就，暗想象，教我未描先泪流。描不出他苦心头；描不出他饥症候；描不出他望孩儿的睁睁两眸。只画得他发飕飕[4]，和那衣衫敝垢。休休，若画做好容颜，须不是赵五娘的姑舅。

【前腔】我待要画他个庞儿带厚，他可又饥荒消瘦。我待要画他个庞儿展舒，他自来长恁面皱。若画出来，真是丑，那更我心忧，也做不出他欢容笑口。不是我不会画着那好的，我从嫁来他家，只见他两月稍优游，其余都是愁。那两月稍优游，我又忘了，这三四年间，我只记他形衰貌朽。这真容呵，便做他孩儿收，也认不得是当初父母。休休，纵认不得是蔡伯喈当初爹娘，须认得是赵五娘近日来的姑舅。真容既已描就了，就在这里烧些香纸，奠些酒饭，拜别了公婆出去。〔拜辞介〕

【前腔】公公，婆婆，非是奴寻夫远游，只怕我公婆绝后。奴见夫便回，此行安敢久。苦！路途中，奴怎走？望公婆，相保佑我出外州。天那，他兀自没人看守，如何来相保佑？这坟呵，只怕奴去后，冷清清有谁来祭扫？纵使遇春秋[5]，一陌纸钱怎有？休休，你生是受冻馁的公婆，死做个绝祭祀的姑舅。奴家既辞了坟墓，只得背了真容，便索去辞张太公。呀，如何恰好张太公来也。〔末上〕衰柳寒蝉不可闻，金风败叶正纷纷。长安古道休回首，西出阳关无故人。〔旦〕奴家适间拜辞了坟茔，正要到宅上来告别。〔末〕呀，五娘子，你几时去？〔旦〕太公，奴家今日就行了。〔末〕你背的是甚么画？〔旦〕是奴公婆的真容，待将路上去，藉手乞告些盘缠，早晚与他烧香化纸。〔末〕是谁画的？〔旦〕是奴家将就描摹的。〔末〕五娘子，你孝心所感，一定逼真，借我看一看。咳，画得象，画得象。〔作悲介〕老员外，老安人，〔鹧鸪天〕死别多应梦里逢，谩劳孝

这时还说不是为寻夫，是为公婆传宗接代，太头巾气了。

妇写遗踪。可怜不得图家庆，辜负丹青泣画工。衣破损，鬓鬔松，千愁万恨在眉峰。只怕蔡郎不识年来面，赵女空描别后容。五娘子，我听得你要远行，将几贯钱与你路上少助些盘缠。〔旦〕多多定害公公了，奴家又有不识进退之恳：奴家去后，公婆坟茔，早晚望太公可怜见，看这两个老的在日之面，与奴家看管则个。〔末〕这个不妨。你但放心前去，老夫少不得如此。〔拜辞介〕

【忆多娇】〔旦〕公公，他魂渺漠，我没倚托。程途万里，教我怀夜壑[6]。此去孤坟，望公公看着。〔合〕举目潇索，满眼盈盈泪落。

【前腔】〔末〕五娘子，我承委托，当领略。这孤坟我自看守，决不爽约。但愿你途中身安乐。〔合前〕

【斗黑麻】〔旦〕奴深谢公公，便相允诺。从来的深恩，怎敢忘却！只怕途路远，体怯弱；病染灾缠，衰力倦脚。〔合〕孤坟寂寞，路途滋味恶。两处堪悲，万愁怎摸？

【前腔】〔末〕伊夫婿多应是，贵官显爵。伊家去，须当审个好恶。五娘子，只怕你这般乔打扮，他怎知觉？一贵一贫，怕他将错就错。〔合前。旦〕公公,奴家拜别去也。〔末〕五娘子且慢着,老夫还有几句言语嘱付你。〔旦〕望公公指教。〔末〕五娘子,你少长闺门,岂识路途?当初蔡郎未别时节,你青春正媚;你如今又遭这饥荒贫苦,貌怯身单。正是桃花岁岁皆相似,人面年年自不同。蔡郎临别之时,可不道来。〔旦〕公公他道甚的?〔末〕他道是若有寸进,即便回来。如今年荒亲死,一竟不回。你知他心腹事如何?正是画虎画皮难画骨,知人知面不知心。唉,蔡郎原是读书人,一举成名天下闻。久留不知因个甚?年荒亲死不回门。五娘子,你去京城须仔细,逢人下气问虚真。若见蔡郎谩说千般苦,只把琵琶语句诉原因。未可便说他妻子;未可便说丧双亲;未可便说裙包土;未可便说剪香云。若得蔡郎思故旧,可怜张老一亲邻。我今年已七十岁,比你公公少一旬,你去时犹有张老来相送,你回时不知张老死和存。我送你去呵,正是流泪眼观流泪眼,断肠人送断肠人。〔哭介。旦〕谢得公公训诲,奴家铭心镂骨,不敢有忘,如今只得告别去也。〔末〕五娘子,早去早回。

为寻夫婿别孤坟,只怕儿夫不认真。
惟有感恩并积恨,万年千载不成尘。

张太公临别嘱咐之言,本来预示着悲剧的结果,最后却意外地翻出喜剧的团圆,这是缺乏生活根据的。这段韵白却写得好,既通俗,又动听。

〔1〕藉手:借取。意为借取公婆真容以便上路求乞。

〔2〕丹青:指绘画。

〔3〕小祥忌辰:死后周年之祭。忌辰,亲死之日。

〔4〕飕飕:头发稀疏的样子。

〔5〕春秋:祭祖例在春秋二季。

〔6〕夜壑:此处当指坟墓。

第三十出　瞯询衷情

【菊花新】〔生上〕封书远寄到亲闱,又见关河朔雁飞。梧叶满庭除,争似我闷怀堆积。〔生查子〕封书寄远人,寄上万里亲。书去神亦去,兀然空一身。自家喜得家书,报道平安,已曾修书附回家去,不知何如?这几日常怀想念,翻成愁闷。正是:虽无千丈线,万里系人心。〔贴上〕

【意难忘】绿鬓仙郎,懒拈花弄柳,劝酒持觞。眉颦知有恨,何事苦相防?〔生〕夫人,些个事,恼人肠。〔贴〕相公,试说与何妨?〔生〕只怕你寻消问息,添我恓惶。〔贴〕古人云:颦有为颦,笑有为笑。是以君子,当食不嗟,临乐不叹。无事而戚,谓之不祥。相公,你自来我家,不明不暗,如醉如痴,镇日忧闷,为着甚的?还少了吃的?少了穿的?相公,我待

道你少吃的呵，

【红衲袄】你吃的是煮猩唇和烧豹胎。我待道你少穿的呵，你穿的是紫罗襕，系的是白玉带。你出入呵，我只见五花头踏[1]在你马前摆，三檐伞儿[2]在你头上盖。相公，休怪奴家说：你本是草庐中一秀才，如今做着汉朝中梁栋材。你有甚不足，只管锁了眉头也，唧唧哝哝不放怀？〔生〕夫人，你道我有穿的呵，

【前腔】我穿的是紫罗襕，倒拘束得我不自在；我穿的是皂朝靴，怎敢胡去踹？你道我有吃的呵，我口里吃几口慌张张要办事的忙茶饭，手里拿着个战兢兢怕犯法的愁酒杯。倒不如严子陵登钓台[3]，怎做得扬子云阁上灾[4]？似我这般样为官呵，只管待漏随朝，可不误了秋月春花也？干碌碌头又早白。〔贴〕相公，我知道了：

写出官场的拘束与痛苦，是封建社会一些头脑比较清醒的文人的共同感受。

【前腔】莫不是丈人行性气乖？〔生〕不是。〔贴〕莫不是妾跟前缺管待？〔生〕不是。〔贴〕莫不是画堂中少了三千客？〔生〕不是。〔贴〕莫不是绣屏前少了十二钗？〔生〕也不是。〔贴〕相公呵，这意儿教人怎猜？这话儿教人怎解？我今番猜着你了，敢

只是楚馆秦楼有个得意人儿也，闷恹恹常挂怀？〔生〕夫人，不是。

【前腔】有个人儿在天一涯，天那，我不能够见他，只落得脸销红眉锁黛。〔贴〕我道甚么来？可知哩。〔生〕不是，我本是伤秋宋玉[5]无聊赖，有甚心情去恋着闲楚台[6]？〔贴〕相公，你有甚事？明说与奴家知道。〔生〕夫人，三分话儿只恁猜，一片心儿直恁解。〔贴〕你有话如何不对我说？〔生〕罢罢，夫人，你休缠得我无言，若还提起那筹儿[7]也，扑簌簌泪满腮。〔贴〕由你，由你。我若不解劝，你又只管忧闷；待问着你，你又遮瞒我。我也莫奈何。相公，夫妻何事苦相防？莫把闲愁积寸肠。难道各人自扫门前雪，莫管他家瓦上霜。〔贴虚下，潜听介。生〕天那，自古道难将我语和他语，未卜他心似我心。自家娶妻两月，别亲数年，朝夕思想，翻成愁闷。我这新娶的媳妇虽则贤慧，我待将此事和他说，他也肯教我回去。只是他的爹爹，若知我有媳妇在家，如何肯放我回去？不如姑且隐忍，改日求一乡郡除授，那时却回去见双亲便了。咳，夫人，非是提防你太深，只缘伊父苦相禁。正是：夫妻且说三分话，〔贴〕呀，我理会得了，你道是未可全抛一片心。好，好！你瞒我也由你，只是你爹娘和媳妇嗟怨你。

前面辞婚已说家中有妻，此处又想隐瞒，岂不矛盾？

【江头金桂】〔贴〕相公,我怪得你终朝攧喑[8],只道你缘何愁闷深?教咱猜着哑谜,为你沉吟,那筹儿没处寻。我和你共枕同衾,你瞒我则甚?你自撇了爹娘媳妇,屡换光阴,他那里须怨着你没音信。笑伊家短行,笑伊家短行,无情忒甚!到如今,兀自道且说三分话,未可全抛一片心。

【前腔】〔生〕夫人,非是我声吞气忍,只为你爹行势逼临。怕他知我要归去,将人厮禁,要说又将口噤。我待解朝簪[9],再图乡任。那时节呵,他不提防着我,须遣我到家林,我和你双双两人归昼锦[10]。苦!我双亲老景,我双亲老景,存亡未审。我实不瞒你,前日曾附一封书回去,只怕雁杳鱼沉。〔贴〕你既有书信附去,怎的也没有回报?〔生〕又不是烽火连三月,真个家书抵万金。〔贴〕原来如此。我去对爹爹说,和你同去便了。〔生〕你爹爹如何肯放我回去?你且休说破了。〔贴〕不妨事。我爹爹身为太师,风化所关,观瞻在望,终不然恁的不顾仁义?〔生〕你休说,不济事干枉了。〔贴〕相公你不必忧虑,我自有道理,不由我爹爹不从。

前面表现牛小姐处处关心伯喈,想尽办法解开其愁怀。此处一知真相,不但不加埋怨,反而为他着想,想去说服父亲让她和伯喈一同回去,充分写其贤慧。然此人物是作者主观臆造,缺乏血肉,所以并不感人。

雪隐鹭鸶飞始见，柳藏鹦鹉语方知。
假如染就干红色，也被傍人讲是非。

〔1〕五花头踏：五颜六色的出行仪仗。

〔2〕三檐伞：三重伞檐的罗伞。

〔3〕严子陵登钓台：东汉严光字子陵，早年与刘秀同游，刘秀当皇帝后，授其谏议大夫，严子陵不就，归隐富春山。

〔4〕扬子云阁上灾：西汉辞赋家扬雄，王莽时，以事被株连，时正校书天禄阁上，使者来收，恐不能免，从阁上跳下几死。

〔5〕伤秋宋玉：宋玉《九辩》起首即说："悲哉！秋之为气也，萧瑟兮草木摇落而变衰。"以此后世遂有宋玉伤秋的说法。

〔6〕楚台：爱情故事，即楚怀王梦见神女的楚阳台，在湖北汉川南。

〔7〕那筹儿：那桩儿。

〔8〕攧唶：跌足忍气，一筹莫展。

〔9〕解朝簪：脱去朝冠，不做京官。

〔10〕昼锦：衣锦荣归的意思。

第三十一出　几言谏父

【西地锦】〔外上〕好怪吾家门婿，镇日不展愁眉。教人心下常萦系，也只为着门楣。入门休问荣枯事，观着容颜便得知。自家招赘蔡伯喈为婿，可谓得人。只一件，他自从到此，眉头不展，面带忧容，不知为着甚么，

必有缘故。且待女孩儿出来问他，便知端的。〔贴上〕

【前腔】只道儿夫何意，如今就里方知。万里家山要同归去，未审爹意何如？〔外〕孩儿，吾老入桑榆，自叹吾之皓首；汝身乖琴瑟[1]，每为汝而懊怀。夫婿何故忧愁？孩儿必知端的。〔贴〕告爹爹得知：他娶妻六十日，即赴科场；别亲三五年，竟无消息。温凊之礼既缺，伉俪之情何堪！今欲归故里，辞至尊家尊而同行；待共事高堂，执子道妇道以尽礼。〔外怒介〕呀，我乃紫阁名公，汝是香闺艳质。何必顾此糟糠妇？焉能事此田舍翁？他久别双亲，何不寄一封之音信？汝从来娇养，安能涉万里之程途？休惑夫言，唯从父命。〔贴〕爹爹，曾观典籍，未闻妇道而不拜舅姑；试论纲常，岂有子职而不事父母？若重唱随之义，当尽定省之仪。彼荆钗布裙，既已独奉亲闱之甘旨；此金屏绣褥，岂可久恋监宅之欢娱？爹爹身居相位，坐理朝纲，岂可断他人父子之恩，绝他人夫妇之义？使伯喈有贪妻之爱，不顾父母之愆；俾孩儿坐违夫之命，不事舅姑之罪。望爹爹容恕，特赐矜怜。〔外〕休胡说！他既有媳妇在家，你去做甚么？

【狮子序】〔贴〕爹爹，他媳妇虽有之，念奴家须是，他孩儿次妻。那曾有媳妇不侍亲闱?〔外〕孩儿,你去有甚么勾当?〔贴〕若论做媳妇的道理,须当奉饮食,问寒暄,相扶持,蘋蘩中馈[2]。〔外〕便做有许多勾当,他有媳妇在家里,你不去也不妨。〔贴〕爹爹,又道是养儿代老,积谷防饥。〔外〕既道是养儿代老,积谷防饥,何似当初休教他来应举?

【太平歌】〔贴〕爹爹,他求科举,指望锦衣归,不想道爹爹留他为女婿。〔外〕这个是有缘千里能相会,须强他不得。〔贴〕他埋怨洞房花烛夜,那些个千里能相会?只要保全金榜挂名时,他事急且相随。〔外〕孩儿,你到说我不是,这般埋怨着我。

【赏宫花】〔贴〕他终朝惨凄,我如何忍见之?〔外〕他自惨凄,你管他怎的?〔贴〕若论为夫妇,须是共欢娱。〔外〕你对他说,他若在这里,我教他做个大大的官。〔贴〕爹爹,他数载不通鱼雁信,枉了十年身到凤凰池。〔外〕呀,你听着丈夫的言语,却不听我说,这妮子好痴迷呵。

【降黄龙】〔贴〕爹爹,须知,非奴痴迷,已嫁从夫,怎违公议?〔外〕孩儿你去也不妨,只是我没个亲人在傍,如何舍得你去?〔贴〕爹犹念女,怎教他爹娘不念孩儿?〔外〕孩儿，不是我不放你去，他既有媳妇在家，你去时节，只怕担阁了你。〔贴〕休提，纵把奴担阁，比担阁他媳妇何如？〔外〕便不然只教蔡伯喈自去便了。〔贴〕爹爹，那些个，夫唱妇随，嫁鸡逐鸡飞？〔外〕孩儿，他是贫贱之家，你如何伏侍他的父母？

【大圣乐】〔贴〕爹爹，婚姻事难论高低，若论高低何似休嫁与。假饶亲贱孩儿贵，终不然便抛弃？〔外〕他自有媳妇，你管他做甚么？〔贴〕奴须是他亲生儿子亲媳妇，难道他是谁人我是谁？〔外〕孩儿，据你说起来，我到说得不是了。〔贴〕爹居相位，怎说着伤风败俗、非理的言语？〔外怒介〕这妮子无礼，却将言语来冲撞我。我的言语到不中听呵。孩儿，夫言中听父言违，懊恨孩儿见识迷。我本将心托明月，谁知明月照沟渠。〔外下。贴〕自古道酒逢知己千盅少，话不投机半句多。好笑我爹爹不顾仁义，却道奴家把言语冲撞他。昨日我丈夫教我休说破，我如今有何颜见他？只得且在此坐一坐，寻思个道理，去回他则个。〔闷坐介。生上〕

【称人心】撇呆打堕[3]，早被那人瞧破。他要同归知他爹怎么？我料想他每，不允诺。呀，夫人，你缘何独坐？想你爹爹不

牛太师的地位决定他要看不起糟糠妇、田舍翁，而牛小姐辩驳得句句在理，处处符合封建礼教，此乃作者意图的剖白，非人物性格的逻辑使然。

肯么？伊家道俐齿伶牙，争奈爹行不可。

【前腔】〔贴〕天那，我爹爹全不顾人笑呵，这其间只是我见差。祸根芽，从此起，灾来怎躲？相公，他道我从着夫言，骂我不听亲话。

【红衫儿】〔生〕夫人，你不信我教伊休说破，到此如何？算你爹心性，我岂不料过。我为甚乱掩胡遮？也只为着这些。你直待要打破砂锅[4]，是你招灾揽祸。

【前腔】〔贴〕不想道相挜靶[5]，这做作难禁架[6]。我见你每每咨嗟要调和，谁知好事多磨？起风波，相公，把你陷在地网天罗，如何不怨我？天那，懊恨只为我一个，却担阁了两下。

【醉太平】〔生〕蹉跎！光阴易谢。纵归去，晚景之计如何？名缰利锁，牢络在海角天涯。知么？多应我老死在京华，孝情事一笔都勾罢。苦，这般摧挫；伤情万感，泪珠偷堕。

【前腔】〔贴〕非诈，奴甘死也。纵奴不死时，君去须不可。〔生〕夫人，你如何说这话？〔贴〕相公，奴身值甚么？只因奴误你一家。差讹，假饶做夫妇也难和，你心怨我心萦挂。奴身拚舍，成伊孝名，救伊爹妈。〔生〕夫人，你不要这般说。万一你爹爹知之，反加谴责。〔贴〕相公，妾当初勉承父命，遣事君子。不想君家有白头之父母，青春之妻房。致君衷肠不满，名行有亏。如今思之：误君之父母者，妾也；误君之妻房者，妾也；使君为不孝薄幸之人，亦妾也。妾之罪大矣！纵偷生于今世，亦公议所不容。昔者聂政姊倚死尸傍以成弟之名〔7〕，王陵母死伏剑下以全子之节。妾岂爱一身，误君百行。妾当死于地下，以谢君家，小则可以解君之萦挂，大则可以救君之父母，近则可以成孝子之令名，远则可以免后世之公议，妾死何憾焉？〔生〕夫人，你只知其一，不知其二。古人云：身体发肤，受之父母，不敢毁伤；岂可陷亲于不义〔8〕？此事决然不可。〔贴〕相公，你也说得是。只是累你一时回去不得，如何是好？〔生〕夫人且慢着，怕你爹爹也有回心转意时节，且更宁耐，看如何？

一心只欲转家乡，争奈爹行不忖量。
大风吹倒梧桐树，自有傍人说短长。

〔1〕身乖琴瑟：喻夫妇不和。《诗经·小雅·常棣》："妻子好合，如鼓瑟琴。"本此。

〔2〕中馈：指妇女在家主持饮食之事。进食于尊长叫馈。

〔3〕撇呆打堕：装呆卖傻。

〔4〕打破砂锅:歇后语,问到底。

〔5〕揢靶:把持的意思。

〔6〕禁架:承受。

〔7〕聂政姊倚死尸傍以成弟之名:战国时,聂政为严仲子刺韩相侠累,恐牵累其姊聂荣,自毁其面,然后自杀。韩国把聂政尸体陈于闹市,赏千金,求刺客姓名。聂荣不愿埋没弟弟勇侠之名,便直趋市中,宣布了聂政的名字,自己也哀哭而死。

〔8〕陷亲于不义:牛小姐如因此而死,则暴露了其父的不义,故云。

第三十二出　路途劳顿

路途劳顿,身受困苦,一可悲;独自一人,孤苦凄凉,二可悲;回首孤坟,萧条冷落,三可悲;面对真容,憔悴栖惶,四可悲;万里寻夫,担心被弃,五可悲。

【月云高】〔旦上〕路途多劳倦,行行甚时近?未到洛阳城,盘缠多使尽。回首孤坟,空教奴望孤影。天那,他那里谁偢采?俺这里谁投奔?正是西出阳关无故人,须信道家贫不是贫。〔苏幕遮〕怯山登,愁水渡。暗忆双亲,泪把麻裙渍。回首孤坟何处是?两下萧条,一样愁难诉。玉消容,莲困步。愁寄琵琶,弹罢添凄楚。惟有真容时时顾,憔悴相看,无语栖惶苦。奴家为寻丈夫,在路途上多少狼狈。况独自一身,拿着一个琵琶,背着二亲真容,登高履险,宿水餐风,其实难挨。只是一件,若去到洛阳,寻见丈夫,相逢如故,也不枉了这遭辛苦;倘或他驷马高车，前呼后拥，见奴家这般褴褛[1]，不肯相认，可不担阁了奴家？

【前腔】暗中思忖，此去好无准。只怕他身荣贵，把咱不厮认。若是他不偢采，空教奴受艰辛？他未必忘恩义，我这里自闲评论，他须记一夜夫妻百夜恩，怎做得区区陌路人？唉，只一件——

【前腔】他在府堂深隐，奴身怎生进？他在驷马高车上，又难将他认。我有个道理，若到他跟前，只提起二亲真。天那，又怕消瘦了庞儿，他犹难十分信。呀，他不到得[2]非亲却是亲，我自须防人不仁。

哽咽无言对二真，千山万水好艰辛。

见说洛阳花似锦，只恐来时不遇春。

〔1〕褴褛：衣衫破烂。

〔2〕不到得：不见的。

第三十三出　听女迎亲

牛相的觉悟，缺乏思想变化过程，纯属作者主观意向的图解。

【番卜算】〔外〕儿女话堪听，使我心疑惑。暗中思忖觉前非，有个团圆策。自古道:“良药苦口利于病,忠言逆耳利于行。”昨日女孩儿要和伯喈归去,同事双亲,自家不肯放他去,却将几句言语冲撞我。我一时不胜焦躁,如今寻思起来,他的言语,句句有理,节节堪听。待要放他回去,只虑他幼长闺门,难涉路途;况俺年老,无人奉侍,如何放得他去?如今有个道理,不免使一个人,多与盘缠,教他径去陈留,将蔡伯喈爹娘和媳妇都迎取来,多少是好?不免叫孩儿和伯喈过来商议则个。〔生贴同上〕

【前腔】〔生〕泪眼滴如珠,愁事萦如织。〔贴〕早知今日悔当初,何似休明白。〔相见介。外〕孩儿,你夜来的说话,我仔细寻思起来,都说得有理。我欲待教你同女婿回去,路途跋涉,这个也难。不如径使人去陈留,取他爹妈媳妇来做一处居住,你两人心下如何?〔贴〕这个,随爹爹主张。〔生〕若得如此,感恩非浅。〔外〕院子李旺何在?〔丑上〕频听指挥黄阁[1]下,又闻呼唤画堂前。老相公有何使令?〔外〕李旺,我要差你去陈留走一遭。〔丑〕去做甚么?〔外〕差你去那里接取蔡状元的老员外、老安人、小娘子三人,来我府中同住。〔丑〕如此,李旺不去。〔贴〕李旺,你去请得来,我重重赏你。〔丑〕夫人,你如今说道重重赏我,只怕取得他小娘子来时,夫人又要和他争大争小。到那时节,可不埋怨李旺,那里还肯把东西赏我?〔外〕休闲说,我如今修一封书去相请。外有银钱与你一路去做盘缠,休得落后了。〔生〕李旺,你去时节,须要多方询问;若是来时,路途上千万小心承直。〔丑〕不妨,我出路惯便,自有分晓。

【四边静】〔外〕李旺,你去陈留仔细询端的,专心去寻觅。请过两三人,途中好承直。〔合〕休忧怨忆,寄书咫尺。眼望旌旗捷,耳听好消息。

【前腔】〔生〕只怕饥荒散乱无踪迹,他存亡也难测。何况路途间,难禁这劳役。〔合前〕

【福马郎】〔贴〕李旺,你休说新婚在牛氏宅。〔外〕孩儿,便说又待怎的?〔贴〕他须怨我相担误;归未得,只恐傍人闻之,把奴责。〔合〕若是到京国,相逢处做个好筵席。

【前腔】〔丑〕相公,多与我盘缠添气力,万水千山路,曾惯历。〔拜介〕辞却恩官去,管取好消息。〔合前〕

限伊半载望回音,路上看承须小心。

但愿应时还得见,果然胜似岳阳金[2]。

〔1〕黄阁：宰相听事门涂黄，叫黄阁。

〔2〕岳阳金：古荆、扬一带产金，叫南金。岳阳曾为荆州旧治，故云。

第三十四出　寺中遗像

以下各出，前人多怀疑不是出于高明的手笔，内容的确很少可取，艺术上也多败笔。但全剧这样结束，正是高明的创作意图。由于缺乏现实根据，写来就不能动人。

〔末扮五戒[1]上〕年老心闲无外事，麻衣草座亦容身。相逢尽道休官好，林下何曾见一人？自家乃是弥陀寺中一个五戒便是。今日俺寺中建一个无碍道场，不拣甚么人，或是荐悼双亲，保安身已的，都来这里聚会。真个好寺院好道场呵！〔内问介〕怎见得好寺院？〔末〕但见兰若[2]庄严，莲台[3]整肃。佛殿嵯峨耀金璧，回廊缭绕画丹青。千层塔高耸侵云，半空中时闻清铎；七宝楼晶光耀日，六时[4]里频扣洪钟。松下山门，红尘不到；竹边僧舍，白日难消。阿罗汉神像威仪，如灵山三十六万亿佛祖；比丘僧戒行清洁，似祇园千二百五十人俱。且看幡影石坛高，惟有棋声花院静。休提清净法界，且说严肃道场。只见珠幢宝盖影飘飖，玉磬金钟声断续。龙瓶中插九品红莲，开净土春秋不老[5]；凤蜡内吐千枝绛蕊，照佛天昼夜常明。齐整整的贝叶[6]同翻，扑簌簌的天花乱坠。旃檀[7]林里，爇着清净香，道德香；香积厨[8]中，献这禅悦食，法喜食。人人在十洲

这样长篇叙述，和剧情无关，可以删去。

三岛,个个净五蕴六根[9]。击大法鼓,吹大法螺,仙乐一齐奏动;开甘露门,入甘露城,幽魂尽获超升。正是寄言苦海林中客,好向灵山会上修。今日寺中建设大会,怕有官员贵客,来此游玩,不免将着疏头就抄化几文香钱,添助支费。道又未了,远远望见两个官人来到。〔净丑扮风子上〕

【缕缕金】〔净〕胡厮咗[10],两乔才。家中无宿火,有甚强追陪?〔丑〕我自来装风子,如今难悔。向丛林深处且徘徊,特来看佛会。〔末〕官人请坐告茶。〔净〕五戒,你这佛会支费太多?〔末〕便是。官人休怪冒渎,今日天与之幸,得遇两位贵客到此。斗胆抄化几文香钱,添助支费则个。〔丑〕五戒,你要抄化,将疏头来看。钱是傥来之物[11],那里不使,那里不用?〔净〕兄弟你说得是。俺这般人,那一日不使几贯钞?我便舍他五锭。〔丑〕我也舍他五锭。〔末〕如此多谢官人。〔净〕呀,远远望见一个妇人来,且是生得有些意思。〔丑〕真个有一妇人来,背着一面琵琶,到和你家姐姐厮象。〔净〕休胡说,远观不审,近觑分明。〔旦上〕

【前腔】途路上,实难挨。盘缠都使尽,好狼狈。试把琵琶拨,逢人乞丐。荐公婆魂魄免沉埋,特来赴佛会。奴家且喜已到洛阳。闻说今日弥陀寺中做佛会,不免就此抄化几文钞，追荐公公婆婆则个。〔末〕道姑请里面赴斋。〔旦〕多谢，多谢。〔净〕道姑，你背着甚么东西？〔旦〕是奴家公婆的真容。〔净〕道姑你从那里来？

【销金帐】〔旦〕听奴诉与：奴是良人妇，为儿夫相担误。〔净〕他怎的担误你？〔旦〕他一向赴选及第，未归乡故。饥荒丧了，丧了亲的舅姑。〔丑〕你丈夫既不在家，丧了公婆，谁人与你安葬？〔旦〕苦！我造坟墓。〔净〕你如今来这里做甚么？〔旦〕今为寻夫来到此。〔丑〕你丈夫在那里？〔旦〕未知他在何处所。〔净〕道姑，你抱着这个琵琶做甚么？〔旦〕奴家将此琵琶弹一两个曲儿，抄化几文钞，就此寺中追荐公婆。〔丑〕原来如此。道姑，你会弹甚么曲儿？你会弹“也四儿”么？〔旦〕不会。〔净〕你会弹“八俏手”么？〔旦〕也不会。奴家只会弹些行孝曲儿。〔末〕道姑，难得这两位官人在此，你好生弹一两个曲儿伏侍他，等他重重赏你。〔旦〕既然如此，只怕奴家弹得不好，望官人休责。〔丑〕你只管好好的弹，我重重赏赐你。〔旦〕官人请坐听着。〔弹介〕凡人养子，怀抱最艰辛。欲语未能行未得，此际苦双亲。

以前从未写她已知伯喈及第，这里怎么突然知道？

【前腔】凡人养子，最是十月怀担苦，更三年劳役抱负。休言他受湿推干，万千劳苦。真个千般爱惜，万般回护。儿有些不安，父母惊惶无措。直待可了，可了欢欣似初。〔净〕弹得好，弹得好。〔末〕真个弹得好！〔丑〕钱钞那里不使，我且先与你一领好袄子。〔脱衣与旦介〕道姑你再弹一弹。〔旦〕官人请坐听着。〔弹介〕孩儿渐长成，父母渐欢欣。教语教行并教礼，一意望成人。

【前腔】儿行几步，父母欢欣相顾，渐能言能走路。指望饮食羹汤，自朝及暮。悬悬望他，望他不知几度？为择良师，只怕孩儿愚鲁。略得他长俊，可便欢欣赏赐。〔丑〕弹得好，弹得好。〔末〕真个弹得好！〔净〕钱钞那里不用，我也先与你一领好袄子。〔脱衣与旦介〕道姑你再弹一弹。〔旦〕官人请坐听着。〔弹介〕勤于教道，暮史及朝经。愿得荣亲并耀祖，一举便成名。

【前腔】朝经暮史，教子勤诗赋，为春闱催教赴。指望他耀祖荣亲，改换门户。悬悬望他，望他腰金衣紫。儿在程途，又怕餐风宿露。求神问卜，把归期暗数。〔丑〕弹得好！弹得好！〔末〕实是弹得好！〔丑〕钱钞是人赚来的，我再与你一领袄子。〔脱衣与旦介。末〕原来里面都是破衣裳呵。官人把袄子都脱了，身上这般寒，甚么意思？〔净〕寒由他自寒,不可坏了局面。咱每这般人兴头来了,使钞惯了,怕甚么寒?道姑你再唱唱。〔末〕道姑你再弹,且看他再把甚么与你。〔旦弹介〕孩儿在外,须早回程。忤逆男儿并孝子,报应甚分明。

【前腔】儿还念父母,及早归乡土,看慈乌亦能返哺。莫学我的儿夫,把双亲担误。常言养子,养子方知父母。算那忤逆男儿,和孝顺爹娘之子,若无报应,果是乾坤有私。〔末〕弹得好,弹得好。〔净〕他弹得自好,唱得自好,我没甚么与他了。〔末笑介〕可知道。〔净作寒介。丑〕兄弟,我和你这般的走回家去,成甚么模样?〔净〕我只赖五戒取衣裳便罢。〔末〕呀,你扯我怎的?〔丑〕扯你怎的!你倒装成骗局,把我每的衣裳都剥去了。〔末〕咳,我几曾妆局骗你,是你自把衣裳与他。〔净〕秃驴,你道不曾妆局骗我。我看见道姑弹了,喝一声采,你也喝一声采,只管撺掇我把衣裳与他,这不是妆局骗我?〔丑〕你不取还我,我扯你到洛阳县里去。〔末〕天那,我不曾见这般没行止的人。道姑,没奈何了,把衣裳还他去罢。〔旦〕衣服在这里,拿还他去。既不情愿,我要他做甚么?〔丑〕钱钞虽则那里不用,只是寒冷又忍不得。〔穿衣介。净〕道姑,方才说道你弹得好,唱得好。我如今寻思起来,你弹得也不好,唱得也不好。你不信时,再弹唱一曲看看。〔旦〕奴家也弹不得了,也唱不得了。〔净〕可知道不敢再弹唱了。〔丑〕兄弟,他既不敢弹唱了,我和你且回家去。〔净〕说得是,我和你回去罢。〔丑〕五戒,我小子不是豪富。〔末〕枉了教你题疏,你衣裳敢是借的?〔净、丑〕可知道我腿上无个布裤。〔末并下。旦〕一斟一酌,莫非前定。奴家准拟今日抄化几文钱钞,就此追荐公婆,谁知撞着这两个风子,搅闹了一场。如今虽没东西备办奠礼,且将公婆真容挂在此,拜嘱一番,以表来意罢了。〔挂真容拜介〕

【赏秋月】在途路,历尽多辛苦。把公婆魂魄来超度,焚香礼拜祈回护,愿相逢我丈夫。〔末、丑随生上〕

【缕缕金】〔生〕时不利,命多乖。双亲在途路上,怕生灾。〔末、丑〕相公,此是弥陀寺,略停车盖。〔合〕办虔诚恳祷拜莲台,特来赴佛会。〔丑〕道姑回避。〔旦〕正是:在他檐下过,怎敢不低头。〔慌下,失真容介。生〕那得这轴画像。〔丑〕敢是适间道姑遗下的。〔生〕叫他转来,将还他去。〔丑叫不应介〕去远了,叫不应。〔生〕既叫不应,且与他收下。左右,唤和尚过来。〔净扮和尚上〕

【前腔】能吃酒,会噇斋。吃得醺醺

醉，便去搂新戒[12]。讲经和回向[13]，全然尴尬。你官人若是有文才，休来看佛会。〔相见介〕和尚，下官为迎取父母来此，不知路上安否何如？特来三宝面前，祈求保佑。〔净〕原来如此，小僧先请佛。

【佛赚】如来本是西方佛，西方佛。却来东土救人多，救人多。结跏趺坐坐莲花，丈六金身最高大，他是十方三界，第一个大菩萨。摩诃萨，摩诃般若波罗糖。〔末〕和尚你念差了，是波罗密。〔净〕糖也这般甜，密也这般甜，南无南无十方佛；十方法、十方僧。上帝好生不好杀，好人还有好提掇，恶人还有恶鉴察。好人成佛是菩萨，恶人做鬼做罗刹。第一灭却心头火，心头火。第二解开眉间锁，眉间锁。第三点起佛前灯，佛前灯。真个是好也快活我，快活我。诸恶莫作，奉劝世上人则个。浪里梢公牢把舵，行正路，莫蹉跎。大家却去诵弥陀，诵弥陀。善男信女笑呵呵。听大法鼓冬冬冬冬，听大法铙乍乍乍乍。手钟摇动陈陈陈陈，狮子能舞鹤能歌。木鱼乱敲逼逼剥剥，海螺响处啧啧啧啧。积善道场随人做，伏愿老相公老安人小夫人

万里程途悉安乐。南无菩萨萨摩诃。金刚般若波罗密。小僧请佛了,请相公上香,通达情旨。〔生炷香拜介〕

【江儿水】〔生〕如来证明,听蔡邕启:我双亲在途路不知如何的?仰惟菩萨大慈悲。〔合〕龙天鉴知,龙神护持,护持着登山渡水。

【前腔】〔净〕如来证明,鉴兹情旨。蔡邕的父母望相保庇,仰惟功德不思议[14]。〔合前〕

【前腔】〔末〕我东人镇日,常怀忧虑。只愁二亲在路途里,孝思诚意感神祇。〔合前〕

【前腔】〔丑〕我闻知做会,特来随喜。馒头素食多多与,若还不与,我自入斋厨去取。〔合前。净〕我佛有缘蒙宠渥。〔生〕愿亲路上悉平安。〔末〕因过竹院逢僧话,〔丑〕又得浮生半日闲。〔并下,旦复上〕

【缕缕金】原来是,蔡伯喈。马前都喝道,状元来。料想双亲像,他每留在。敢天教我夫妇再和谐,都因这佛会。正是:不因渔父引,怎得见波涛。方才那官人,奴家询问起来,是蔡伯喈。好也,好也!今日也会相见。只一件,奴家慌忙中失去了公婆真容,想必是他收下。且待明日径投他家里去,以乞丐为由,问取消息。倘或天可怜,因此相会,也不见得。

今朝喜见那乔才,真容收去可疑猜。
纵使侯门深似海,从今引得外人来。

〔1〕五戒:佛家以不杀生、不偷盗、不邪淫、不妄语、不饮酒吃肉为五戒。这里指未出家的信徒。

〔2〕兰若:寺院。

〔3〕莲台:佛座。

〔4〕六时:佛教徒以晨朝、日中、日没为昼三时,以初夜、中夜、后夜为夜三时。

〔5〕"九品红莲"二句:佛教净土宗有九品极乐净土的说法,又叫九品莲台。

〔6〕贝叶:佛经。古印度佛经都写在贝多罗树叶上,故称贝叶经。

〔7〕旃檀:香木名。

〔8〕香积厨:寺院厨房。

〔9〕五蕴六根:五蕴为色、受、想、行、识,六根为眼、耳、鼻、舌、身、意。

〔10〕胡厮�:疑为胡厮哄之误,即胡言乱语。

〔11〕傥来之物:无意中得到的东西。

〔12〕新戒:新受戒的沙弥。

〔13〕回向:念诵回向文。佛家以把自己所修的功德回向众生,同往生安乐世界,故佛会之终,必念回向文。

〔14〕不思议:意同不可思议。这里是说佛祖功德无量,既不能用心去思索,也不能用言去议论。

第三十五出　两贤相遘

【十二时】〔贴上〕心事无靠托，这几日翻成闷也。父意方回，夫愁稍可。未卜程途里的如何，教我怎生放下？不如意事常八九，可与人言无二三。奴家自嫁蔡伯喈之后，见他常怀忧闷，费尽心机去问他，他又不说。比及奴家知道，去对爹爹说，要和他同去奉事双亲，谁想爹爹不肯。被奴家道了几句，幸喜爹心回转，教人去取他爹妈媳妇，又不知他行人路上安否如何？为这些事，教我担了多少烦恼。又一件，公婆早晚到来，只是要一两个精细人去伏侍他，我府里虽则有使唤的，那里中用？怎生得精细妇人，与他使唤方好。院子那里？〔末上〕书当快意读易尽，客有可人期不来。世上几般能称意，光阴何况苦相催。夫人有何使令？〔贴〕院子，我府中缺少几个使唤的，便与我去街坊上寻问有精细的妇人，讨一两个来用。〔末〕小人理会得。踏破铁鞋无觅处，得来全不费工夫。

【绕地游】〔旦〕风餐水宿，甚日能安妥？问天天怎生结果？府干哥，稽首。〔末〕

道姑何来?〔旦〕远方人氏。〔末〕到此何干?〔旦〕特来抄化。〔末〕少待,通报夫人:精细妇人到没有。正遇一个道姑,在门首抄化。〔贴〕着他里面来。〔末〕道姑,夫人着你里面相见。〔贴作相见介〕

【前腔】〔贴〕梳妆淡雅,看丰姿堪描堪画。是何人近来问咱。〔旦〕夫人稽首。〔贴〕道姑何来?〔旦〕贫道远方人氏。〔贴〕到此何干?〔旦〕特来府中抄化。〔贴〕你有甚本事,来此抄化?〔旦〕贫道不敢夸口,大则琴棋书画;小则针指工夫;次则饮食肴馔,颇谙一二。〔贴〕道姑,你有这等本事,在街坊上抄化也生受,何似在我府中吃些安乐茶饭如何?〔旦〕若得如此,感恩非浅。只怕贫道没福,无可称夫人之意。〔贴〕院子,道姑是远方人氏,须要问他来历详细,方可留他。〔末〕道姑,我且问你,你是从幼出家的,还是在嫁出家的?〔旦〕贫道在嫁出家的。〔贴〕院子,从幼出家的怎么说?在嫁出家的怎么说?〔末〕告夫人知道:从幼出家是没丈夫的,在嫁出家是有丈夫的。那道姑是有丈夫的。〔贴〕呀,险些儿差了。他既有丈夫的,难以收留。院子,你多打发些斋粮与他,教他别处抄化去。〔末〕道姑,夫人说你有丈夫,多打发斋粮与你,别处去抄化罢。〔旦〕天那,我不合说有丈夫的。府干哥,贫道非因抄化来,却是寻取丈夫的。〔贴〕原来如此。道姑，我且问你，你丈夫姓甚名谁？〔旦背说介〕夫人问我丈夫姓名，若直说出来，恐怕夫人嗔怪。若不和他说，此事又终难隐忍。我如今且把蔡伯喈三字拆开与他说，看他意儿何如，再作道理。夫人，贫道丈夫姓祭名白谐，人人都说道在牛府中廊下住，敢是夫人也知道？〔贴〕我那里知道？院子，你管各廊房，有那姓祭名白谐的么？〔末〕小人管许多廊房，并没有这个人。〔贴〕道姑，我这里没有，你可到别处去寻，休得要误了你。〔旦〕天那，人人道我丈夫在贵府廊下住，如今既道是没有。奴家想起来莫不是死了呵，咳，丈夫，你若是死了，教我倚着谁人？〔哭介。贴〕可怜这妇人，你且不须愁烦，权住在府中。我着院子到街坊上访问你丈夫踪迹，你意下如何？〔旦〕若得如此，再造之恩。〔贴〕道姑，只一件。你在我府中，休要恁般打扮，我与你换了这衣妆。〔旦〕贫道不敢换。〔贴〕因甚不敢换？〔旦〕贫道有一十二年大孝在身，所以不敢换。〔贴〕呀，大孝不过三年，如何有一十二年？〔旦〕贫道公公死了三年；婆婆死了三年。薄幸儿夫，久留都下，一竟不还，替他带六年，共成一十二年。〔贴〕咳，有这等孝行的妇人。道姑，你虽然如此，争奈老相公最嫌人这般打扮。院子，你可叫惜春取妆奁衣服出来。〔末〕画堂传懿旨，幽阁取妆资。〔丑〕宝剑卖与

由请换衣妆，引出大孝在身。

烈士，红粉赠与佳人。夫人，妆奁衣服在此。〔贴〕道姑，你且临镜改换则个。〔旦〕天那，如何是好？〔照镜介〕咳，镜儿，我自从嫁与蔡家，只两月梳妆，这几时不曾照你。呀，好苦！原来都这般消瘦了。

【二郎神】容潇洒，照孤鸾，叹菱花剖破。〔贴〕道姑，你不梳妆，且换了衣裳。〔旦看衣介〕记翠钿罗襦当日嫁，谁知他去后，钗荆裙布无些！〔贴〕道姑，你不换衣服且带着这钗儿。〔旦看钗介〕他金雀钗头双凤朵，奴家若带了呵，可不羞杀人形孤影寡。〔贴〕道姑，你不带钗儿，且簪些花朵，别些吉凶。〔旦看花介〕说甚么簪花捻牡丹，教人怨着嫦娥[1]。

【前腔换头】〔贴〕嗟呀，他心忧貌苦，真情怎假？只为着公婆珠泪堕，道姑，我公婆自有，不能够承奉杯茶。你比我没个公婆承奉呵，不枉了教人做话靶[2]。我且问你，你公婆为甚的双双命掩黄沙？

由守孝引出一段身世，句句照应前面情节。

【啭林莺】〔旦〕苦，荒年万般遭坎坷，丈夫又在京华。糟糠暗吃担饥饿，公婆死，卖头发去埋他。把孤坟自造，土泥尽是我麻裙包裹。〔贴〕这道姑好夸口。〔旦〕

也非夸，手指伤，血痕尚染衣麻。

【前腔】〔贴〕道姑，愁人见说愁转多，使我珠泪如麻。〔旦〕夫人，你泪下为何？〔贴〕道姑，我丈夫久别双亲下，〔旦〕他怎的不回家去？〔贴〕他要辞官家去，被我爹蹉跎。〔旦〕他家有妻么？〔贴〕他妻虽有么，怕不似恁会看承爹妈。〔旦〕他爹妈如今在那里？〔贴〕在天涯，〔旦〕夫人，何不取他同来一处？〔贴〕教人去请，知他路途上如何？

【啄木鹂】〔旦〕听言语，教我凄怆多，料想他每也非是假。〔背说介〕我且把句言语来试他一试，他那里既有妻房，取将来怕不相和。〔贴〕道姑，但得他似你能挜靶，我情愿让他居他下。只愁他，程途上苦辛，教人望得眼巴巴。

【前腔】〔旦〕错中错，讹上讹，只管在鬼门前空占卦。夫人，若要识蔡伯喈妻房，〔贴〕他在那里？〔旦〕奴家便是无差。〔贴〕呀。你果然是他非谎诈？〔旦〕夫人，奴家岂敢诳言？〔贴〕你原来为我吃折挫，为我受波查[3]。教伊怨我，教我怨爹爹。〔贴〕姐姐请上坐，待奴家见礼。〔旦〕奴家怎敢？

【金衣公子】〔贴〕一样做浑家，我安

然你受祸,你名为孝妇我被旁人骂。〔旦〕呀,旁人骂夫人怎的?〔贴〕公死为我,婆死为我,姐姐,我情愿把你孝衣穿着把浓妆罢。〔合〕事多磨,冤家到此,逃不得这波查。

【前腔】〔旦〕夫人,他当原也是没奈何,被强来赴选科,辞爹不肯听他话。〔贴〕姐姐,他在这里岂不要回来?辞官不可,辞婚不可。〔旦〕只为三不从,做成灾祸天来大。〔合前。贴〕姐姐,休怪奴家说,我教你改换衣妆,你又不肯。只怕相公见你这般褴褛,万一不肯相认,如何是好?我想起来,相公往常朝回时,便入书馆中看文章。姐姐既是无所不通,何似去书馆中写几句言语打动他,那时节我与说个明白,却不好?〔旦〕夫人说得是,便写得不好,也索从命。

点出"三不从"。

无限心中不平事,几番清话又成空。

一叶浮萍归大海,人生何处不相逢。

〔1〕嫦娥:此处暗指牛小姐。

〔2〕话靶:话柄。

〔3〕波查:磨难,折磨。

第三十六出　孝妇题真

〔末上〕为问当年素服儒，于今腰下佩金鱼。分明有个朝天路，何事男儿不读书。自家乃是蔡相公府中一个院子。我相公虽居凤阁鸾台，常在萤窗雪案。退朝之暇，手不停批。闲居之际，口不绝吟。如今将次回府，不免洒扫书馆，听候相公到来。真个好书馆！但见明窗潇洒，碧纱内烟雾轻盈；净几端严，青毡上尘埃不染。粉壁间挂三四幅名画，石床上安一两张古琴。缃帙缥囊〔1〕，数起看何止一万卷；牙签犀轴〔2〕，乘将来够有三十车。芸叶分香走鱼蠹，芙蓉藏粉养龙宾〔3〕。凤咮马肝和那鸜鹆眼〔4〕，无非奇巧；兔毫麋尾和那犀象管〔5〕，分外精神。积金花玉版之笺，列锦纹铜绿之格。正是：休夸东壁图书府，赛过西垣翰墨林。且住着，我相公昨日在弥陀寺中烧香，拾得一轴画像，不知甚么故事，相公当时教我收下，我如今也将来挂在此间。我相公博学多才，必然晓得这故事。正是：早知不入时人眼，多买胭脂画牡丹。〔下。旦上〕

【天下乐】一片花飞故苑空，随风飘泊到帘栊。玉人怪问惊春梦，只怕东风羞从描容上路到庙中失却真容,书房又见真容。一件道具起了联系前后关目的作用。

落红。阶下落红三四点,错教人恨五更风。当初只道蔡伯喈贪名逐利,不肯回家,原来被人逗留在此。奴家昨日抄化来到这里,感得牛氏夫人收录;又怕伯喈见我一身褴褛,不肯厮认,教我到书馆中题几句言语打动他。奴家只得从命,来到此间。却写在那处好?呀,公婆真容,原来也挂在此。〔哭拜介〕我如今就将公婆真容背后题诗几句便了。苦!向日受饥荒,双亲俱死亡。如今题诗句,报与薄情郎。

【醉扶归】丈夫,我有缘千里能相会,难道是无缘对面不相逢?凤枕鸾衾也曾共,今日呵,倒凭着兔毫茧纸将他动。休休,毕竟一齐分付与东风,把往事如春梦。〔题介〕"昆山有良璧,郁郁璠玙姿。嗟彼一点瑕,掩此连城瑜。人生非孔颜[6],名节鲜不亏。拙哉西河守,胡不如皋鱼?宋弘既以义,黄允何其愚[7]!风木[8]有余恨,连理[9]无傍枝。寄与青云客,慎勿乖天彝[10]。"

【前腔】纵使我词源倒流三峡水,丈夫,只怕你胸中别是一帆风。牛氏夫人见我衣裳褴褛,怕伯喈不肯相认,还是教妾若为容?我若不写诗打动他呵,夫人,只怕为你难移宠。〔挂真容介〕休休,纵认不得这丹青貌不同,我的笔迹,兀自如旧,若认得我翰墨教心先痛。奴家题诗已了,不免说与夫人知道。待伯喈来看,莫不是天教相逢,在此一遭,也未见得。

未卜儿夫意,全凭一首诗。
得他心肯日,是我运通时。

〔1〕缃帙缥囊:缃帙,浅黄色的书衣;缥囊,淡青色的书袋。这里均代指书籍。

〔2〕牙签犀轴:牙签,象牙制的标签;犀轴,犀角做的轴头。

〔3〕龙宾:守墨之神,指墨。

〔4〕凤味马肝和那鸜鹆(qúyù)眼:三种砚台的名称。

〔5〕兔毫麃(piáo)尾和那犀象管:指笔,用兔、麃的毫、尾作笔头,象牙、犀角作笔管。

〔6〕孔颜:指孔子和他的学生颜回。

〔7〕"西河守"四句:西河守、皋鱼、宋弘、黄允等,均见第三十七出〔夜游湖〕曲后道白。

〔8〕风木:喻亲亡而不得侍养。出古语:"树欲静而风不止,子欲养而亲不在。"

〔9〕连理:连理木,喻夫妻。

〔10〕天彝:天之常道。

第三十七出　书馆悲逢

【鹊桥仙】〔生上〕披香侍宴,上林游

赏,醉后人扶马上。金莲花炬照回廊,正院宇梅梢月上。日晏下彤闱,平明登紫阁。何如在书案,快哉天下乐。自家早临长乐,夜直严更。召问鬼神,或前宣室之席[1];光传太乙,时颁天禄之藜[2]。惟有戴星冲黑出汉宫,安能滴露研朱点周易?俺这几日且喜朝无繁政,官有余闲。庶可留志于诗书,从事于翰墨。正是:事业要当穷万卷,人生须是惜分阴。〔看书介〕这是甚么书?是《尚书》。呀,这《尧典》道:"虞舜父顽母嚚象傲,克谐以孝。"咳,他父母那般相待他,他犹自克谐以孝。我父母亏了我甚么?我倒不能够奉养他。看甚么《尚书》!这是甚么书?是《春秋》。呀,《春秋》中颍考叔曰:"小人有母,未尝君之羹,请以遗之。"咳,他有一口汤吃,兀自寻思着娘。我如今做官享天禄,倒把父母撇了!看甚么《春秋》!天那,枉看这书,行不得济甚么事?你看那书中那一句不说着孝义,当初俺父母教我读诗书,知孝义,谁知道反被诗书误了我,还看他怎的?

【解三醒】叹双亲把儿指望,教儿读古圣文章。似我会读书的,倒把亲撇漾;少甚么不识字的,到得终奉养。书呵,我只为其中自有黄金屋,反教我撇却椿庭萱草堂。还思想,毕竟是文章误我,我误

归结为"文章误我,我误爹娘","文章误我,我

爹娘。

【前腔】比似我做个负义亏心台馆客，到不如守义终身田舍郎。《白头吟》记得不曾忘，绿鬓妇何故在他方？书呵，我只为其中有女颜如玉，反教我撇却糟糠妻下堂。还思想，毕竟是文章误我，我误妻房。书既懒看他，且看这壁间山水古画，散闷则个。呀，这一轴画像，是我昨日在弥陀寺中烧香拾得的，如何院子也将来挂在此间？且看甚么故事？〔看画介〕

【太师引】细端详，这是谁笔仗？觑着他，教我心儿好感伤。〔细看介〕好似我双亲模样。差矣，我的媳妇会针指，便做是我的爹娘呵，怎穿着破损衣裳？前日已有书来，道别后容颜无恙，怎的这般凄凉形状？且住，我这里要寄一封书回去，尚不能够，他那里呵，有谁来往直将到洛阳？天下也有面貌厮象的，须知道仲尼阳虎一般庞[3]。我理会得了！

【前腔】这是街坊，谁劣相，砌[4]庄家形衰貌黄。假如我爹娘呵，若没个媳妇来相傍，少不得也这般凄凉。敢是个神图佛像？呀，却怎的，我正看间，猛可的小鹿儿心

误妻房”。实际是功名误我，富贵误我，这里还有更深的原因，作者不可能认识。

头撞？这也不是神图佛像，敢是当初的画工有甚缘故？丹青匠由他主张，须知道毛延寿误了王嫱。若是个神图佛像，背面必有标题。待我转过来看，呀，原来有一首诗在上面。〔读诗介〕这厮好无礼，句句道着下官。等闲的怎敢到此？想必夫人知道，待我问，便知分晓。夫人那里？

【夜游湖】〔贴上〕犹恐他心思未到，教他题诗句，暗里相嘲。翰墨关心，丹青入眼，强如把语言相告。〔生怒介〕夫人，谁人到我书馆中来？〔贴〕没有人。〔生〕我前日去弥陀寺中烧香，拾得一轴画像，院子不省得，也将来挂在这里。什么人在背面题着一首诗？〔贴〕敢是当原写的。〔生〕那里是，墨迹尚未曾干？〔贴背介〕我理会得了，相公，这诗如何说？请读与奴家知道。〔生念诗介。贴〕相公，奴家不省其意。请解说一遍，与奴家晓得也好。〔生〕“昆山有良璧，郁郁璠玙姿。嗟彼一点瑕，掩此连城瑜。”昆山是地名，产得好玉，价值连城，若有些儿瑕玷，便不贵重了。“人生非孔颜，名节鲜不亏。”孔子颜子是大圣大贤，德行浑全。大凡人非圣贤，能忠不能孝，能孝不能忠，所以名节多至欠缺。“拙哉西河守，胡不如皋鱼。”西河守吴起，是战国时人，魏文侯拜他为西河守，母死不奔丧。皋鱼是春秋时人，只为周游列国，父母死了，后来回归，自刎而亡。“宋弘既以义，黄允何其愚。”宋弘是光武时人，光武试把姐姐湖阳公主嫁他，宋弘不从。对道：贫贱之交不可忘，糟糠之妻不下堂。黄允是桓帝时人，司徒袁隗要把侄女嫁他，他就休了前妻，娶了袁氏。“风木有余恨，连理无傍枝。”孔子听得皋鱼哭啼，问其故，皋鱼说道：“树欲静而风不止，子欲养而亲不在。”西晋时东宫门有槐树一株，连理而生，四傍皆无小枝。“寄与青云客，慎勿乖天彝。”传言与做官的，切莫违了天伦。〔贴〕相公，那不奔丧和那自刎的，那一个是孝道？〔生〕那不奔丧的是乱道。〔贴〕相公，那不弃妻和那弃妻的，那一个是正道？〔生〕那弃了妻的是乱道。〔贴〕相公，比如你待要学那一个？〔生〕呀，我的父母知他存亡如何？我决不学那不奔丧的见识。〔贴〕相公，你虽不学那不奔丧的，且如你这般富贵，腰金衣紫，假有糟糠之妇，褴褛丑恶，可不辱没了你，你莫不也索休了？〔生怒介〕夫人，你说那里话，纵是辱没杀我，终是我的妻房，义不可绝。

写牛小姐层层设问，逼伯喈最后做出肯定回答，方揭开真相，意在使其不能翻悔。

【铧锹儿】夫人，你说得好笑，可见你心儿窄小。我决不学那黄允的见识，没来由漾却苦李，再寻甜桃。古人云：弃妻止有七出之条，他不嫉不淫与不盗，终无去条。那弃妻的,众所诮;那不弃妻的人所褒。纵然他丑貌,怎肯相休弃了?

【前腔】〔贴〕伊家富豪,那更青春年少。看你紫袍挂体,金带垂腰。做你的媳妇呵,应须有封号,金花紫诰。必俊俏,须媚娇。若还他丑貌,怎不相休弃了?

【前腔】〔生〕夫人,你言颠语倒,恼得我心儿转焦。莫不是你把咱奚落,特兀自妆乔?引得我泪痕交,扑簌簌这遭。这题诗的是谁?〔贴〕相公,你问他待怎的?〔生〕夫人,他把我嘲,难恕饶。你说与我知道,怎肯干休罢了?

【前腔】〔贴〕相公,我心中忖料,想不是个薄情分晓。管教你夫妇会合在今朝。你还认得那题诗的么?〔生〕不认得。〔贴〕伊家枉然焦,只怕你哭声渐高。〔生〕是谁?〔贴〕是伊大嫂,身姓赵。正要说与你知道,怎肯干休罢了?姐姐有请。〔旦上〕

【入赚】听得闹吵,敢是我儿夫看诗啰唣。〔贴〕姐姐快来。〔旦〕是谁忽叫,想是夫人召,必有分晓。〔贴〕相公,是他题诗句,你还认得否?〔生〕他从那里来?〔贴〕相公,他从陈留郡,为你来寻讨。〔生认介〕呀,我道是谁？原来是你呵，娘子，你怎的穿着破袄，衣衫尽是素缟，莫不是我双亲不保。〔旦〕官人，从别后，遭水旱，我两三人只道同做饿殍。〔生〕张太公曾周济你么？〔旦〕只有张公可怜，叹双亲别无倚靠。〔生〕后来却如何？〔旦〕两口颠连相继死。〔生〕苦！原来我爹娘都死了，娘子，那时如何得殡敛？〔旦〕我剪头发卖钱送伊妣考。〔生〕如今安葬了未曾？〔旦〕把坟自造，土泥尽是我麻裙裹包。〔生〕罢了，听伊言语，怎不痛伤噎倒？〔生倒，旦、贴作扶起介。旦〕官人，这画像就是你爹妈的真容。〔生哭介〕

【小桃红】〔生〕蔡邕不孝，把父母相抛。爹爹，我与你别时，岂知恁地！早知你形衰耄，怎留圣朝？娘子，你为我受烦恼，你为我受劬劳。谢你葬我爹，葬我娘，你的恩难报也！做不得养子能代老。〔合〕这苦知多少，此恨怎消？天降灾殃人怎逃？娘子，这真容是谁画的？

伯喈开场就说“入则孝，出则悌，怎离白发之双亲”，此时怎么能说“早知你形衰耄，怎留圣朝？”

【前腔】〔旦〕这仪容像貌，是我亲描。〔生〕娘子，路途遥远，你那得盘缠，来到此间？〔旦低唱介〕乞丐把琵琶拨，怎禁路遥？官人，说甚么受烦恼？说甚么受劬劳？不信

看你爹，看你娘，比别时兀自形枯槁也。我的一身难打熬。〔合前〕

【前腔】〔贴〕设着圈套，被我爹相招。相公，你也说不早，况音信杳。姐姐，你为我受烦恼，为我受劬劳。相公，是我误你爹，误你娘，误你名为不孝也。做不得妻贤夫祸少。〔合前〕

【前腔】〔生〕我脱却巾帽，解却衣袍。〔贴〕相公，急上辞官表，共行孝道。〔生〕夫人，只怕你去不得。〔贴〕相公，我岂敢惮烦恼？岂敢惮劬劳？同去拜你爹，拜你娘，亲把坟茔扫也。使地下亡灵安宅兆。〔合前〕

又点“三不从”。

【余文】〔合〕几年间分别无音耗，奈千山万水迢遥。天那，只为三不从生出这祸苗。

只为君亲三不从，致令骨肉两西东。

今宵剩把银缸照，犹恐相逢是梦中。

〔1〕“召问鬼神”二句：汉文帝于宣室召贾谊问及鬼神之事，听得津津有味，不觉把座席逐渐前移。见《汉书·贾谊传》。

〔2〕“光传太乙”二句：汉刘向校书天禄阁，夜有老人拄青藜杖，吹杖头出火，以代灯烛，自云是“太乙之精”。见《拾遗记》。

〔3〕仲尼阳虎一般庞：仲尼，孔子字，与阳虎面貌相似。阳虎尝暴于匡。

后孔子至匡，匡人误为阳虎，以兵围之。

〔4〕砌：打砌，打趣。

第三十八出　张公遇使

【虞美人】〔末上〕青山古木何时了，断送人多少！孤坟谁与扫荒苔？连冢阴风吹送纸钱绕。冥冥长夜不知晓，寂寂空山几度秋。泉下长眠人醒未，悲风萧瑟起松楸。老汉曾受赵五娘嘱托，教我为他看管坟茔。这两日有些闲事，不曾看得。今日只索去走一遭。

一片孤寂凄凉之景，无非为下面来迎取二老做铺垫。

【步步娇】呀，只见黄叶飘飘把坟头覆。厮赶的皆狐兔。〔望介〕敢是谁砍了树木去，为甚松楸渐渐疏？〔滑倒介〕咳，甚么绊我这一倒？却原来是苔把砖封，笋迸泥路。老员外，老安人，自古道未归三尺土，难保百年身。已归三尺土，难保百年坟。只怕你难保百年坟，我老夫在日，尚来为你看管。若老夫死后呵，教谁添上你三尺土。〔丑扮李旺上〕

【前腔】渡水登山多劳苦，来到这荒村坞。遥观一老夫，试问他家，住在何所。趱步向前行，呀，却是一所荒坟墓。〔相见介。末〕小哥，你从那里来？〔丑〕小人从京都来。〔末〕却往那里去？〔丑〕奉蔡相公差至此。〔末〕你相公是那里人？差你来有甚勾当？〔丑〕我相公特差小人来请取他的太老爷、太夫人和那小夫人，一同到洛阳去。〔末〕你相公叫甚么名字？〔丑〕我相公的名字，小人怎敢说？〔末〕荒僻去处，但说不妨。〔丑〕我相公是蔡伯喈。〔末发怒介〕

【风入松】你不须提起蔡伯喈，说着他每忒歹。〔丑〕呀，他有甚歹处？〔末〕他中状元做官六七载，撇父母抛妻不采。〔丑〕他父母在那里？〔末〕兀的这砖头土堆，是他双亲在此中埋。〔丑〕呀，原来太老爷、太夫人都死了呵，不知为甚的死了？

【前腔】〔末〕一从他别后遇荒灾，更无人倚赖。〔丑〕这等是谁承直他两个？〔末〕亏他媳妇相看待，把衣服和钗梳都解。〔丑〕解也须有尽时。〔末〕便是，这小娘子解得钱来籴米，做饭与公婆吃，他背地里把糟糠自挨，公婆的反疑猜。〔丑〕公婆敢道他背后自吃了些好东西么？〔末〕便是。后来呵，

【犯衮】他公婆的亲看见，双双痛倒，无钱断送，剪头发卖买棺材。〔丑〕他那般无钱，如何筑得这一所坟墓？〔末〕他去空山

里,裙包土,血流指,感得神明助与他筑坟台。〔丑〕自古道孝感天地,果然有此。这小娘子如今在那里?

【风入松】〔末〕他如今径往帝都来。〔丑〕他把甚么做盘缠?〔末〕小哥,我不瞒你,他弹着琵琶做乞丐。〔丑〕蔡相公特地差小人来取他父母妻子,如今太老爷、太夫人既死了,小夫人却又去了,如何是好?〔末〕你慢着,我与你说与他父母知道便了。老员外、老安人,你孩儿做了官,如今差人来取你到京,同享富贵。你去也不去?〔哭介〕叫他不应魂何在?空教我珠泪盈腮。〔丑〕公公,你休啼哭。小人如今回去,教俺相公多多做些功果,追荐他便了。〔末笑介〕他生不能养,死不能葬,葬不能祭,这三不孝逆天罪大,空设醮[1],枉修斋[2]。你相公如今在那里?〔丑〕我相公如今入赘牛丞相府里。

张太公的一怒、一悲、一骂,充分表示他对伯喈的痛恨,对二老、五娘的同情。

【犯朝】〔末〕小哥,你如今疾忙便回,说我张老的道与蔡伯喈。〔丑〕道甚么来?〔末〕道你拜别人的爹娘好美哉,亲爹娘死不值你一拜。〔丑〕公公,你休错埋怨了人。他要辞官,官里不从,他要辞婚,我太师不从。也只是没奈何了。〔末〕恁的呵,

【风入松】原来他也是无奈,好似鬼

“三不从”一下

子就解除了“三不孝”的罪名。然“三不从”所造成悲剧的根源何在？作者无法解答，只能归诸命运。

使神差。他当初在家不肯赴选，他的爹爹不从他，这是三不从把他厮禁害[3]。三不孝亦非其罪。〔丑〕公公，你险些错埋怨了人。〔末〕这是他爹娘福薄运乖，人生里都是命安排。〔丑〕敢问公公高姓？〔末〕小哥，我老汉不是别人，张太公的便是。当初蔡伯喈临走之时，把父母嘱付与我。如今他父母身死，小娘子又去京都寻他，将近去了个半月日。你如今回去，一路上但见一个妇人，道姑打扮，拿着一个琵琶，背着一轴真容的，便是你相公的小娘子，你把盘缠好好承直他去便了。〔丑〕理会得，小人告别了。

双亲死了已无依，今日回来也是迟。

夜静水深鱼不饵，满船空载月明归。

〔1〕设醮（jiào）：打醮，祭祀。

〔2〕修斋：备斋食做佛事。

〔3〕禁害：犹云牵缠。

第三十九出　散发归林

一着错，满盘输，语意双关。

【风入松慢】〔外上〕女萝松柏望相依，况景入桑榆。他椿庭萱室齐倾弃，怎不想家山桃李?中雀误看屏里,乘龙难驻门楣。自古道人无远虑,必有近忧。自家当初不仔细,一时间不信我那院子的说话,定要招蔡伯喈为婿,指望养老百年。谁想道他父母俱亡,如今他媳妇径来寻取,闻说我女孩儿也要和他同去,不知是否?待我唤院子出来问他,便知端的。院子那里?〔末上〕纹犀[1]欲下意沉吟,棋局排来仔细寻。犹恐中间差一着,教人错用满枰心。相公有何钧旨?〔外〕院子,说道蔡状元的父母身死,他媳妇来寻他,我的小姐也要和他同去。你知道么?〔末〕男女不知,老姥姥必知端的。〔外〕如此,叫老姥姥过来。〔净上〕

【光光乍】女婿要同归,岳丈意何如?忽叫阿奴缘何的?想必与他做区处。〔外〕老姥姥,见说蔡状元的父母身死,他的媳妇来此寻他,我的小姐也要和他同去。此事是否?〔净〕果是,小姐要同去。〔外〕呀,我小姐同去做甚么?〔净〕相公,他父母都死了,只是一个媳妇支持。如今小姐要同他回去守服,有何不可?〔外怒介〕我的小姐如何与别人带孝?〔净〕相公息怒,听老奴告禀:

【古女冠子】媳妇事舅姑合体例,相公怎不教女孩儿同去?当初是相公相留住,今日里怨着谁?〔外〕胡说!我不教女孩儿此时牛尚如此发怒，摆出一副权贵的架势，可听了下人的几句话，马上回心转意，此种转变，缺乏生活根据。

去，却待怎的？〔净〕相公，事须近礼，怎使声势？休道朝中太师威如火，那更路上行人口似碑。〔合〕说起此事，费人区处。

【前腔】〔末〕我相公只虑着多娇女，怕跋涉万山千水。相公只一件，女生向外从来语，况已做人妻。夫唱妇随，不须疑虑。这是蓝田种玉结亲误，今日里船到江心补漏迟。〔合前〕

【前腔】〔外〕当初是我不仔细，谁知道事成差池？痛念深闺幼女多娇媚，怎跋涉万余里？天那，我嫡亲更有谁，怎忍分离？罢罢，不教爱女担烦恼，也被傍人讲是非。〔合前。外〕老姥姥，你和院子也说得是，只得由他去罢。〔净〕恰好状元、小姐都来了。〔生、旦、贴上〕

怕旁人讲是非，就不是牛了。

【五供养】〔生〕终朝垂泪，为双亲使我心疼。〔贴〕亲坟须共守，只得离神京。〔生〕夫人，且商量个计策，犹恐你爹行不肯。〔合〕若是他不肯，只说道君王有命。〔相见介。外〕贤婿，我闻说你父母背弃，你媳妇来此相寻。此事果否？〔生〕此事果然，愚婿正来禀知岳丈。〔外〕这可是伯喈的媳妇么？〔旦〕奴家便是。〔外〕贤哉，贤哉！〔贴〕孩儿有一事，拜复爹爹知道：娶妻所以养亲。孔子云：“生事之以礼，死葬之以礼，祭之以礼。”这姐姐为蔡氏之妇，生能竭奉养之力，死能备棺椁之礼，葬能尽封树[2]之劳。孩儿亦为蔡氏妇，生不能供甘旨，死不能尽躄踊[3]，葬不能事窀穸[4]，以此思之，何以为人？诚得罪于舅姑，实有愧于姐姐。今特请于爹爹之前，愿居于姐姐之下。〔外〕贤哉吾女，道得是，道得是！〔旦〕自古道：人有贵贱，不可概论。夫人是香闺绣阁之名姝，奴家是裙布荆钗之贫妇。况承君命以成婚，难让妾身而居右。〔外〕五娘子，你今日既无父母，又丧公姑，恰便是我的女孩儿一般。况你身先归于蔡氏，年又长于吾儿，此实当礼，不必多辞。〔生〕你两个只做姊妹相呼便了。〔众〕这个说得极是。〔生〕愚婿今日拜辞岳丈，领二妻同归故里，共行孝道。待服满之后，再来侍奉尊颜。〔外〕贤婿，我其实舍不得你去。今日你爹娘既不幸了，我也难再留你。〔贴〕爹爹，孩儿暂别尊颜，实出无奈。爹爹善保尊体，不必挂牵。〔外哭介〕孩儿，你如今去拜舅姑的坟墓，竟不念我。〔贴〕爹爹放心，孩儿此去，不过三年之期。〔外悲介〕苦！女儿终是向外，兀的不痛杀我也。〔众〕相公不须烦恼。〔生、旦、贴拜辞介〕

【催拍】〔生〕念蔡邕为双亲命倾，遭不孝逆天罪名，今辞了帝廷。感岳丈殷勤,岂敢忘情。痛父母恩深,久负亡灵。〔合〕辞别去同到坟茔,心戚戚泪盈盈。

【前腔】〔旦〕念奴家离乡背井,谢相公教孩儿共行。非独故里荣,我泉下公婆,死也目瞑。〔外〕五娘子,我女孩儿少长闺门,凡事望你看顾。〔旦〕我自看承你孩儿,不须叮咛。〔合前〕

【前腔】〔贴〕觑爹爹衰颜皤鬓,思量起教人泪零。爹爹,我进退不忍,我待不去呵,误了公婆,被人讥评。我待去呵,撇了爹爹,没人温凊。〔合前〕

【前腔】〔外〕孩儿,此别去你的吉凶未凭,再来时我的存亡未审。贤婿,吾今已老景。毕竟你没爹娘,我没亲生。若是念骨肉一家,须早办回程。〔合前〕

【一撮棹】〔生〕岳丈,你宽心等,何须苦挂萦?〔外〕贤婿,把音书写,频频寄邮亭[5]。〔贴〕老姥姥,爹年老,伊家须是好看承。〔净〕程途里,各愿保安宁。〔旦〕死别全无准,生离又难定。〔合〕今去也,未知何日返神京?〔外〕你三人去,途中须要保重。〔生、旦、贴〕谢得尊人挂念!

【哭相思尾】〔合〕最苦生离难抛舍,

未知再会何时也？

女婿今朝已别离，老身孤苦有谁知？
夫唱妇随同归去，一处思量一处悲。

〔1〕纹犀：有花纹的犀角，这里指用犀角制的棋子。

〔2〕封树：封，垒土为坟；树，于坟地种树为记。

〔3〕躄(bì)踊：捶胸顿足，极为悲痛的样子。

〔4〕窀穸(zhūnxī)：墓穴。

〔5〕邮亭：馆驿。

第四十出　李旺回话

【柳穿鱼】〔丑上〕心忙似箭走如飞，历尽艰辛有谁知？夜静水寒鱼不食，满船空载月明归。归来后，到庭除，未知相公在何处？李旺蒙老相公差去陈留，请取蔡相公的老员外、老安人、小娘子。不想他两位老的都死了，小娘子又来了，教我空走这一遭。如今且未好对老相公说，先说与蔡相公知道。呀，怎的房门都闭了？敢是蔡相公入朝去了，小姐要幽静，闭着门呵。开门，开门！〔外上〕

【玩仙灯】门外有人声，是谁来喧哗闹吵？〔丑〕老相公，是李旺。〔外〕李旺，你回来了，你知道么？我小姐和蔡相公都回家去了。〔丑〕蔡相公小娘子曾到这里不曾？〔外〕我见他了。李旺，我且问你，蔡相公父母既死了，媳妇又来了，你到那里，曾见甚么人？

【风帖儿】〔丑〕相公，我到得陈留，逢着一个故老，在他爹娘坟上拜扫。他道他爹娘呵，果然饥荒都丧了；他媳妇，也来到；枉教人走这遭。

李卓吾曰："他们是该旌表了，只是你这老牛也当打五百背脊。"

【前腔】〔外〕李旺，我如今去朝廷上表，奏蔡氏一门孝道。管取[1]吾皇降丹诏，把他召，我自去陈留走一遭。〔丑〕老相公：这个赵氏，其实难得。〔外〕便是。一家都难得：一来蔡伯喈不忘其亲；二来赵五娘子孝于舅姑；三来我小姐又能成人之美。一门孝义如此，理当保奏，请行旌表。〔丑〕相公道得最是。

五更三点奏朝廷，今古难求此样人。

管取一封天子诏，表扬四海孝贤名。

〔1〕管取：定取，准取。

第四十一出　风木余恨

【梅花引】〔生、旦、贴、众侍上。生〕伤心满目故人疏，看郊墟尽荒芜。〔旦、贴〕惟有青山，添得个坟墓。〔合〕恸哭无声长夜晓，问泉下有人还听得无？【玉楼春】〔生〕他乡万点思亲泪，不能滴向家山地。如今有泪滴家山，欲见双亲浑无计。〔旦〕人生自古谁无死，嗟君此恨凭谁语。可怜衰绖[1]拜坟茔，不作锦衣归故里。〔贴〕荒坟衰草连寒烟，苍苔黄叶飞蘋蘩。〔生〕欲听鸡声来问寝，忽惊蚁梦先归泉。夫人，此处便是爹妈坟墓，我和你先拜了双亲，还要去拜谢张太公。〔旦、贴〕正是如此。〔拜奠介〕

虽然夫妇团圆荣归，但恸哭孤坟，仍是一片悲剧气氛。陈眉公评曰："西厢琵琶俱是传神文字，然读西厢令人解颐，读琵琶令人酸鼻。"一喜一悲，了了分明。

【玉雁儿】〔生〕孩儿相误，为功名担搁了父母。都缘是孩儿不得归乡故[2]，爹爹，妈妈，你怎便先归黄土？乾坤岂容不孝子？名亏行缺不如死，只愁我死缺祭祀。〔合〕对真容形衰貌枯，想灵魂悲咽痛苦。

生念【玉楼春】上片四句，旦接念【玉楼春】下片四句，然后贴念七言诗二句，生接念七言诗二句。各本都在【玉楼春】上下片之间插入七言诗四句，实误，今改正。

【前腔】〔旦〕百拜公姑，望矜怜恕责我夫。你孩儿赘居牛相府，日夜要归难离

步。你这新媳妇呵，坚心雅意劝亲父，同归故里守孝服，今日双亲来庐墓。〔合前〕

【前腔】〔贴〕不孝的媳妇，恨当初为我耽误了丈夫。吃人谈笑生何补？我待死呵，又羞见公姑。公公，婆婆，我生前不能够相奉侍，何如事你向黄泉路？只一件，我死了呵，家中老父谁看顾？〔合前。生〕呀，只见朔风四起，瑞雪横空。天气甚冷，左右且回避着。〔众下。末张太公上〕

【前腔】楼台银铺，遍青山浑如画图。乾坤似他衣衰素，故添个缟带飞舞。你躄踊恸哭直恁苦，那堪大雪添凄楚。事当逆来顺受，抑情就礼通今古。〔合前。生〕呀，张太公来了。卑人父母生死，皆蒙太公周济。正道拜了父母坟茔，就到宅上拜谢，少效衔环之报，何劳太公先降。〔末〕说那里话。蔡相公，你腰金衣紫，可惜令尊令堂相继谢世，不得尽你孝心。正是树欲静而风不宁，子欲养而亲不逮。这也是他命该如此。你今日荣归故里，光耀祖宗，虽是他生前不能享你的禄养，死后亦得沾你的恩典。老夫苟延残喘，又得相见，侥幸侥幸。你今在此庐墓，老夫合当陪伴。但有牛氏夫人在此，怕不稳便。暂且告别，再来相看。

张太公也说起客套话来，未免可厌。

多谢深恩不敢忘，稍宽愁绪节悲伤。

亲坟共扫添荣耀，不负诗书教子方。

〔1〕衰绖(cuīdié)：丧服。衰指上衣，绖指衣带，皆以麻布制成。

〔2〕乡故：即故乡。

第四十二出　一门旌奖

【逍遥乐】〔生上〕寂寞谁怜我，空对孤坟珠泪堕。〔旦〕光阴捻指过三春，〔贴〕幽途渺渺，滞魄沉沉，谁与招魂[1]？〔生〕夫人，你看两木连枝谁手栽，相驯白兔走坟台。〔旦、贴〕无心动植呈祥瑞，否极应须会泰来。〔末上介〕一封丹诏从天下，忽听传闻动郊野。说道旌表一门闾，未卜此为何人也？蔡相公，外面喧传有诏书到此，旌表孝义，想必为足下而来。〔生〕人间孝者亦多，卑人何足称孝？假如大舜曾参之孝，亦是人子当尽之事，何足旌表？〔末〕你说那里话？老夫当初也只道你贪名逐利，撇了父母妻室，不肯还家，到如今才得个分晓。《孝经》云："孝弟之至，通于神明，光于四海，无所不通。"今见你坟头，枯木生连理之枝，白兔有驯扰之性。祥瑞若此，吉庆必来。

蔡伯喈母死庐墓，木生连理，兔驯扰其室。见《后汉书·蔡邕传》。

【六么令】〔末〕连枝异木新，见坟台

白兔如驯。禽兽草木尚怀仁,这一封丹诏必因君。〔合〕料天也会相怜悯。

【前腔】〔生〕皇恩若念臣,我也不图禄及吾身。只愁恩不到双亲,空辜负,这孤坟。〔合前〕

【前腔】〔旦〕知他假与真。谢得公公报说殷勤。太公,空教你为我受艰辛,今日里有谁旌表你门庭。〔合前〕

【前腔】〔贴〕来使是何人?闷中无由询问一声。〔生〕夫人,要问甚么?〔贴〕无由询问我家君,知他安与否,死和存?〔合前。丑扮县官上〕

【前腔】敕书已来近,看街市上,人乱纷纷。咱每只得忙前奔,备香案,接皇恩。〔合前。相见介。生〕何处官长,因甚到此?〔丑〕下官本县知县,告大人得知:今日天朝牛丞相,亲赍诏书,到此开读。旌表大人一门孝义,加官进职,起服到京。下官特来铺设香案,迎接皇恩。请大人改换吉服等候。〔生〕卑人孝服,未可更易。〔丑〕先王制礼,贤者俯而就,不肖者跂而及[2]。今大人服制已满,况天朝恩典,礼当从吉。〔众〕说得是。〔生〕门闾旌表感吾皇,〔旦、贴〕孝服今朝换吉裳。〔合〕不是一番寒彻骨,争得梅花扑鼻香。〔生、旦、贴下。外引侍从上〕

“不是一番寒彻骨,争得梅花扑

【前腔】风霜已满鬓，玉勒雕鞍，走遍红尘。今日到此喜欣欣，重相见，解愁闷。〔合前。净〕这里就是蔡相公庐墓所在，请相公驻节。〔生、旦、贴吉服上〕

【前腔】〔合〕心慌步又紧，想皇恩已到寒门。披袍秉笏更垂绅，冠和带，一番新。〔合前。外〕圣旨已到，跪听宣读。皇帝诏曰："朕惟风俗为教化之基，孝弟为风俗之本。去圣逾远，淳风日漓[3]。彝伦攸斁[4]，朕甚悯焉。其有克尽孝义，敦尚风化者，可不奖劝，以勉四海？议郎蔡邕，笃于孝行。富贵不足以解忧，甘旨常关于想念。虽违素志，竟遂佳名。委职居丧，厥[5]声尤著。其妻赵氏，独奉舅姑。服劳尽瘁，克终养生送死之情，允备贞洁韦柔[6]之德。糟糠之妇，今始见之。牛氏善谏其父，克相其夫。罔怀嫉妒之心，实有逊让之美。曰孝曰义，可谓兼全。斯三人者，朕甚嘉之。使四海亿兆，皆当仪刑[7]斯人，垂范将来。风移俗易，教美化行。唐虞三代，诚可追配。是用宠锡，以彰孝义。蔡邕授中郎将，妻赵氏封陈留郡夫人，牛氏封河南郡夫人，限日赴京；父崇简赠十六勋，母秦氏赠天水郡夫人。於戏！风木之情何深，式彰风化之表；霜露之思[8]既极，宜沾雨露之恩[9]。服此休嘉[10]，慰汝悼念。谢恩！"〔生、旦、贴谢恩介。外

鼻香"，这是作者艺术构思的总结。

诏书写得冠冕堂皇，一般通俗文学作者无此手笔。

拜坟介。生、旦、贴拜谢介。生〕荷蒙岳丈保奏，愚婿何以克当。〔贴〕自别尊颜，且喜无恙。〔外〕孩儿，且喜各保安康，再得相见。〔丑，末相见介。外〕此二位是谁？〔丑〕下官是陈留县知县。〔末〕老汉是蔡相公邻人张广才。〔生〕卑人父母，多多得他周济。〔外〕原来就是张太公呵，俺朝里也闻他仗义高名。贤婿，你今起服回朝，未得展报深恩。我有黄金一笏送与，聊表报答之意。〔生〕太公请收下。〔末〕救灾恤邻，万古之道。又况你二亲不保，实有愧颜，何敢受令岳之赐？〔生〕太公且暂收下，卑人尚当申奏朝廷，还有区区犬马报效。〔末〕说那里话？此金断然不敢受。〔外〕贤婿，张公高义的人，不可再强。老夫回京，当奏请官职俸禄，以酬大恩便了。

【一封书】〔外〕我恭奉圣旨，跋涉程途千万里。吾皇亲贤意甚美，因探孩儿并女婿。贤婿，你夫妇呵，数载辛勤虽自苦，一旦荣华人怎比？〔合〕耀门闾，进官职，孝义名传天下知。

【前腔】〔生〕儿不孝有甚德？蒙岳丈过主维。〔作悲介〕何如免丧亲，又何须名显贵？可惜二亲饥寒死，博得孩儿名利归。〔合前〕

【前腔】〔旦〕把真容重画取，公公，婆

婆,如今封赠伊。把你这眉儿放展舒,只愁你瘦仪容难做肥。今日呵,岂独奴心知感德,料你也衔恩泉世里。〔合前〕

【前腔】〔贴〕从别后倍哀戚,况家中音信稀。为公姑多怨忆,为爹行常泪垂。今日见公姑无愧色,又得与爹行相依倚。〔合前〕

【永团圆】〔众〕名传四海人怎比?岂独是耀门闾?人生怕不全孝义,圣明世岂相弃。这隆恩美誉,从教管领何所愧,万古青编记。如今便去,相随到帝畿。拜谢皇恩了,归院宇,一家贺喜。共设华筵会,四景常欢聚。

【尾声】显文明开盛治,说孝男并义女。玉烛调和〔11〕归圣主。

自居墓室已三年,何幸丹书下九天。
莫道名高与爵贵,须知子孝与妻贤。

〔1〕谁与招魂:向何处招魂。谁,犹云“那”;与,犹云“向”。

〔2〕“贤者俯而就”二句:《礼记·丧服·四制》:“此丧之所以三年,贤者不得过,不肖者不得不及。”出此。

〔3〕漓:浇薄。

〔4〕彝伦攸斁(dù):人伦败坏。斁,败坏。

〔5〕厥:其。

〔6〕韦柔:柔顺的意思。韦,软皮,有柔意。

〔7〕仪刑:效法。

〔8〕霜露之思:是说孝子感时念亲,以尽孝心。

〔9〕雨露之恩:喻天子的恩典。

〔10〕服此休嘉:服,用;休嘉,美好。引申作用这样的恩荣。

〔11〕玉烛调和:《尔雅·释天》:“四气和谓之玉烛。”指四时和顺之祥瑞。

后 记

高明(1305—1359),字则诚,号菜根道人,浙江瑞安人,瑞安原属温州,温州一名东嘉,所以后人又称他为东嘉先生。早年乡居读书,元至正五年(1345)中进士后,在浙江处州、杭州等地做过几任小官。元末,在方国珍于浙东起义时他被任命为平乱统帅府都事,因与统帅意见不合,"避不治文书"。在方国珍投降后,他还做了几年的地方官。至正十六年(1356)以后,归隐在宁波南乡的栎社,"以词曲自娱"。《琵琶记》就是在这时完成的。他的诗文有清代人辑的《柔克斋集》。

《琵琶记》是根据民间传说、宋元南戏改编而成的悲剧。陆游《小舟游近村舍舟步归》四绝之一曰:"斜阳古柳赵家庄,负鼓盲翁正作场。身后是非谁管得,满村听说蔡中郎。"可见,关于蔡伯喈的故事,在南宋已广泛流传,民间艺人也有演唱。另据明代人祝允明《猥谈》、徐渭《南词叙录》记载,《赵贞女蔡二郎》在南宋时已是一部流行的剧目。徐渭简略记载了这部戏的内容:"伯喈弃亲背妇,为暴雷震死。"元人岳伯川的《吕洞宾度铁拐李》杂剧,也有这样的曲文:"你学那守三真赵贞女,罗裙包土将坟茔建。"蔡伯喈弃亲背妇,赵五娘艰苦事亲,这些南戏中的基本情节，在《琵琶记》里都或明或暗地留下它们的影子。所不同的是，南戏里的蔡伯喈，犹如今天舞台上的陈世美，是个因富贵而抛弃妻子的负心人，最后被雷震死；在高则诚的笔下，蔡伯喈却成了一个值得同情的人物。

《琵琶记》一开始便在读者面前展开一个封建社会“小康之家”的画面：蔡伯喈和赵五娘结婚不久，正为年老的双亲举酒庆寿。除了蔡公，全家人都希望过一种美好的田园生活。后来蔡公逼儿子上京应试，结果儿子入赘牛府，陈留郡又连年遭灾。在这种天灾人祸的境遇中，全家团聚的美好生活一去不回，接着出现的是这一家人在死亡边缘的挣扎，蔡婆、蔡公先后饿死，赵五娘行乞寻夫等一连串悲剧场面。作品还把它和蔡伯喈在牛府里的豪华生活对照起来描写，这就使人们的爱憎更加分明，悲剧效果更加显著。

《琵琶记》刻画悲剧主人公赵五娘的形象相当成功。在蔡伯喈被逼应试后，她挑起了一家生活的重担。在贫困灾荒的艰苦环境里，她没有丝毫的怨言。她典了自己的钗梳首饰来养活公婆，自己却在背后咽糟糠。作者是有意把赵五娘作为封建社会孝妇的典范来刻画的，但作者为了把戏写得“动人”，就必须从主人公的悲剧境遇出发，通过既有鲜明的个性而又跟封建社会的现实生活有广泛联系的情节，造成悲剧效果，藉以打动观众和读者。于是我们从剧本里便看到了灾荒岁月赵五娘和公婆、张太公之间的互相体贴、关怀；即使那些委屈和错怪赵五娘的情节，也质朴地反映了封建社会特定情境下农村习见的婆媳伦理关系，曲折委婉地表现出赵五娘心地的善良和生活的悲苦，使读者、观众不禁为她一掬同情之泪。这些富有生活气息的描写，赋予人物以活生生的思想感情，也正是剧本得以突破“孝妇”局限而达到悲悯动人的力量所在。

《琵琶记》的作者在开场里便表明了宣扬“风化”的目的。蔡伯喈一上场便说：“功名富贵，付之天也。”后来他不肯去应试，蔡公不从；他要辞婚，牛丞相不从；要辞官，朝廷又不从。依照作者看来，这些都是命里安排定的，只有顺从它、屈就它，丝毫不能反抗。正因为如此，剧本描写的蔡伯喈是个“畏牛如虎”的孱头，赵五娘的性格里也缺乏一个受迫害的妇女所应有的反抗性。虽然这一家人在长时间里经受了种种痛苦，最后却落得“一门旌表”的大团圆。然而，反抗压迫固然可敬，在生活重压和重重磨难历劫下艰苦挣扎、顽强生活也能激起人们的怜悯和共鸣。蔡氏一家的痛苦是历史的必然，是封建统治下劳动人民苦难生活的真实写照，在读者、观众心目中，这感人至深的印象是很难用浮饰的团圆结局来掩盖的。

《琵琶记》的情节发展，曲折多，有波澜；细节描写也很逼真；有许多重要关目采取画家层层渲染的手法来刻画人物、突出主题。如在《勉食姑嫜》和《糟糠自餍》里，赵五娘对蔡婆已再三忍让，蔡婆仍步步进逼，到最后才真相大白。《代尝汤药》一出开始写蔡公不肯进药、进粥，甚至要媳妇不要埋他的尸首，为后来写遗嘱酝酿了足够的气氛。接着又写他为身后的安排和赵五娘争论了一场，之后才叫请张太公过来。张太公来了，他说要写遗嘱让媳妇改嫁，赵五娘不肯，直到蔡公生了气，张太公又从旁劝说，赵五娘才取纸笔给他。蔡公拿起笔来还没有写就叹一声说：“咳！这一管笔倒有千斤来重。”作者这样层层渲染，把三个人物都写活了。尤其是把蔡公既关心媳妇日后的生活，又痛恨儿子一去不归的心情表现得淋漓尽致。《琵琶记》的语言虽也有某些文人卖弄才情的表现，但总的来说本色白描是它的特色。除了前人多提及的如写赵五娘吃糠时唱的〔孝顺歌〕、蔡伯喈奏琴时唱的〔桂枝香〕等曲文，其它如《蔡母嗟儿》《代尝汤药》《乞丐寻夫》等出戏里那些直接从生活中提炼的曲白，表面上看朴素无华，其实都是从人物性格里自然生发出来的，有真实动人的艺术力量。

被推为“南戏之祖”的《琵琶记》，对于后来的戏曲创作产生了广泛的影响。特别是从明初的《荆钗记》到明末清初李玉、朱素臣等人的大部分作品，在艺术风格上都比较接近《琵琶记》，在民间有深刻的影响。在国外，1841 年《琵琶记》便有法语译本，是我国古典戏曲中较早被外国人翻译的剧本之一。

本剧以《六十种曲》本为底本，以李卓吾评本和陈眉公评本以及钱南扬根据元刊本校注的本子参校。

精忠旗

〔明〕冯梦龙

焦文彬
林铁民 注释

宁希元 审订

目　录

第一折　家门大意

【蝶恋花】〔末上〕发指[1]豪呼如海沸，舞罢龙泉，洒尽伤心泪。毕竟含冤难尽洗，为他聊出英雄气。千古奇冤飞遇桧，浪演传奇[2]，冤更加千倍。不忍精忠冤到底，更编纪实精忠记。

岳少保赤心迎二圣[3]，秦丞相辣手杀三忠[4]。

慢天公到头狠报应，好皇帝翻案大褒封。

反对"浪演"，力求"纪实"，是冯梦龙改写岳飞故事戏的宗旨。从这个宗旨出发，他一面根据历史材料，增加了"若水效节""书生扣马""世忠诘奸""北庭相庆"等，丰富了岳飞故事的历史内容；一面剔除了岳夫人卜卦、岳飞看相等封建迷信的描写，特别是删去了岳飞为怕岳云、张宪造反，写信骗他们来共死的情节，洗涤了岳飞形象上不应有的奴性表现。但作者为了"纪实"，没有吸取民间岳飞故事中的牛皋扯旨、疯僧扫秦等富有人民性的内容，未免遗憾。

〔1〕发指：意同怒发冲冠。

〔2〕"千古奇冤"二句：批评以往有关岳飞的剧本随心所欲的编演，使冤狱难明。

〔3〕"岳少保"句：岳飞曾官少保，故云。二圣，指宋徽宗、钦宗，靖康二年(1127)被金兵所掳。

〔4〕三忠：指岳飞、岳云、张宪。

第二折　岳侯涅背

【南吕引·金莲子】〔生冠带上〕泼天云雾，密匝的围断英雄生路。国难显忠臣，免不得后文先武。自信素晓韬钤[1]，直前无惧。苍天佑，佑我尽扫胡尘，把金瓯[2]重补。【鹧鸪天】血性无惭力自胜，咸池洗日[3]岂难凭。上方利剑应须带，下泽[4]车闲未可乘。身肮脏，志飘零，笑他尸位[5]摸床棱。会当水击三千里，背负青天看怒鹏。下官姓岳名飞，字鹏举，相州汤阴[6]人也。气节逼人，乖崖[7]绝物。素负左氏传癖，不徒习纸上蠹鱼；好谈孙武兵符，更羞蹙草间狐兔[8]。便痛饮，浇不尽千般垒块[9]，这肚皮不合时宜；从出身，只办得一副刚肠，恐头颅未易安顿。世界尚在可为之日，甘同杞国忧天；目中多不忍见之人，惟许太阿知我。我如今现在副元帅宗泽[10]部下，除授秉义郎之职。向曾与杨存中、韩世忠共事军中，察其忠勇，结为兄弟，同建功勋。牙将张宪、王贵，俱有兼人之勇。更喜家中一女五男，性俱忠孝，平居互相劝勉，差强人意。只有山妻李氏所见不同，他虑我直道难容，欲偕鹿门之隐[11]，屡屡规劝。这也是儿女子常态，只索由他罢了。我有个学射的师傅唤名周同，他识得我必能为朝廷出力，因此蒙他委曲教导，颇尽其能。此恩难以报答。自他丧后，每逢朔望必祭奠一番。今日该得设祭，祭礼想已安排了。苍头那里？〔外扮苍头上〕堂上一呼，阶下百诺。〔见介〕老爷有何分付？〔生〕祭礼可曾完备？〔外〕完备多时了。〔摆祭。生拜奠介〕我岳飞呵——

原评：“岳忠武用兵如神，其师亦不可泯灭，且每月设祭，亦岳侯高谊一节。”第二十二折韩世忠为陷于狱中的岳飞辩护道：“学射之师未忍背，宁又肯负天王？”道出这段描写的用意。

【南吕·宜春令】须眉具，一丈夫，肯恹恹和光混俗[12]？捐躯边野，胜如枯槁随儿女。我想如今金师入犯，正是我出力的日子了。若得挽强弧射定三山，不枉学明师穿杨百步。但愿英灵未泯，暗中持护。祭奠已毕，收将过去，取我巾服来换了。〔外应，撤祭〕〔生更衣介〕〔生〕闻得金人扎营青城[13]，逼近京师，十分紧急。我已著张宪去打听，怎么还不见来？〔末扮张宪将巾带剑上〕探得朝中信，来传阃外知。张宪回来了。〔生〕张宪，你打听得金人消息如何？

【其二】〔末〕非常变，亘古无，恁般儿堂堂庙谟[14]。金人呵，把京师攻陷，〔生惊介〕呀，攻陷了京师，皇上怎么？〔末〕强邀皇上青城去。〔生〕皇上去也不曾？〔末〕青城去。

把岳飞首次出场，安排在汴京失守，徽、钦被掳，国家、民族生死存亡的紧急关头，不仅符合当时的历史

〔生慌介〕青城去怎么？〔末〕奉表军门。〔生〕呀，分明是投降了。这怎么好？〔末〕返都城。〔生〕这却好了。〔末〕强邀如故。〔生〕又来邀皇上？〔末〕并邀上皇哩。〔生〕可去么？〔末〕父子双双北去，未知驾停何所？〔生大哭介〕天那，国家怎么有此大变！

真实，而且有利于刻画岳飞这一悲剧英雄形象。

【其三】为臣的死有余，使君王踉跄道途。我那圣上呵，是谁贻祸？都因文臣爱钱，武臣惜死，以至如此。怎教人不怨文和武。张宪，你把刀来在我背上深深刻“尽忠报国”四字。〔解袍露背介〕〔末〕怕老爷疼痛。〔生怒介〕唉，我岳飞死且不惧，怕甚么疼痛？〔末〕既如此，小人大胆动手了。〔作刻介〕〔生〕我已拚头颅报效朝廷，便损肌肤有何凄楚！〔末〕刻完了。〔生〕与我以墨涅之。〔末应涅介〕〔外与生穿衣介〕〔末〕老爷固然立志报国，何苦忍此疼痛？〔生〕张宪，如今为臣子者，都则面前媚主，背后忘君。我今刻此四字于背上呵，唤醒那忘君背主的，要他回顾。你快去副元帅营前打听，他若兴师勤王，我每愿效一臂之力。〔末〕理会得。再探勤王信，同输报国心。〔下〕〔老旦扮岳夫人、小生扮岳云、旦扮岳小姐同上〕

原评：“刻背是精忠大头脑，扮时作痛状，或直作不痛，俱非。须要描写慷慨忘生光景。”可见作者已注意到场上的表演。

创造性地改造岳母刺字的情节，深刻地揭示岳飞的性格特征；同时又表现作者对现实的讽刺。在结构上，则为第二十折岳飞驳斥投降派伏笔。

【南吕引·恋芳春】〔老旦〕草舍年华，等闲过遣，要愁那得工夫？〔小生〕造物心肠太别，轻费居诸[15]。〔旦〕爱把忠臣传读，笑孱弱男儿家数。〔外禀介〕老爷不知因甚，将背上刻了“尽忠报国”四个大字。〔合〕来看取，〔向生介〕因甚刀瘢透骨，刻损肌肤。〔相见介〕〔老旦〕相公，为何把背上刻了四字？〔生〕如今金人攻陷京师，二帝都被他拘留，难道我与他干休不成？〔小生、旦惊介〕有这等事？〔老旦〕相公，尽忠两字谈何容易？如今忠臣若出得力时，国家也不到这般了。岂不闻有道则见，无道则隐。你自不去学那杨子云为莽大夫，还是学陶渊明为晋处士，却不身名两全，忠智兼尽？听我道来：

写妻子劝岳飞退隐，作为岳飞尽忠报国的陪衬。

【南吕·绣带儿】今日里须知自处，达人肯把身误？孔子云殷有三仁[16]，没说坏去与为奴。休迂，死忠死孝徒自苦，总虚誉半毫无补。〔生〕颠危处心豪胆粗，难道是思量沽名邀誉？

【其二】〔换头〕〔旦〕头颅，男儿汉自家发付，岂容一念疑惧。纵会得苟免偷生，偷生到底何如？须臾，忠良奸佞骨共腐，又何事枉将名污？〔老旦〕偏相助爹行腐儒，全不想娘亲从长思虑。

【太师引】〔小生〕七尺躯我辈真堪许，

况今日二主被辱!〔旦〕都这等巧于规避,国家事谁去匡扶?〔老旦〕你只想匡扶社稷,不思明哲保身。〔旦〕太平富贵争共取,乱离日让还愚鲁。〔老旦〕你每也忒愚鲁些。〔生〕学宁武当愚则愚[17],天未与避凶趋吉的肠肚。

岳飞夫妇对形势的认识略同,采取的态度迥异。

【其二】〔老旦〕这话儿我也难区处,干功名须舒展自如。眼见得满朝奸佞,谁容你尽力驰驱?自古道:高鸟尽,良弓藏。弓藏鸟尽传话古,今日呵怕高鸟也难弋取。〔生〕成和败他年未卜,〔老旦〕妾观天时人事,还是多败少成。〔生〕须知是尽了人谋方可言天数。〔末上〕不得勤王侣,空余报国心。张宪禀事。〔生〕夫人、孩儿回避。〔老旦〕疾风知劲草,〔旦〕国乱见忠臣。〔老旦、旦下〕〔末进与小生揖介〕〔生〕打听勤王事怎么?

明知成败未卜,吉少凶多,仍要杀敌报国,正是"疾风知劲草","国乱见忠臣"。

【三学士】〔末〕元帅勤王师怎举?向诸道羽檄[18]移书。宗老爷修书与各道总管赵野、范讷、曾楙三人,约他合兵勤王。那三人呵闭门不管窗前月。〔生〕他怎么样说?〔末〕他反说老爷不是。说道非狂即是愚。〔生〕副元帅如今怎么?〔末〕副元帅无人相助,也进兵不得了。按守孤军难自主,眼睁睁无计谋。

〔生怒叫介〕怎么了？怎么了？

【其二】只道骥尾因人把悲愤吐，尚恐难效区区。岂料副元帅也伸不得志。缘何忠义难伸志，伸得志偏生忠义无。终不然君王常野处，到何时返帝都？〔生〕无权有志苦难伸，〔小生〕忍见君王受苦辛。〔末〕画虎未成君莫笑，安排牙爪始惊人。

是愤激语，也是实在话。

〔1〕韬钤（qián）：指古代兵书，本指《六韬》和《玉钤》。

〔2〕金瓯：指国土。

〔3〕咸池洗日：咸池，神话中日落之处。《淮南子·天文训》："日出于汤谷，浴于咸池。"

〔4〕"下泽"句：下泽，一种便于在沼泽地行走的小车。意为下游之地不可居。

〔5〕尸位：尸位素餐，占据要位而不做实事。

〔6〕相州汤阴：今河南安阳汤阴。

〔7〕乖崖：不同于时俗。

〔8〕羞蹙草间狐兔：杜甫《冬狩行》："草中狐兔尽何益，天子不在咸阳宫。"蹙，接近，迫近，此谓追赶。草间狐兔，指被迫作乱的平庸之辈。

〔9〕垒块：心中的郁结。

〔10〕宗泽：婺州义乌人，靖康变后，任天下兵马副元帅，东京留守，力主抗金。

〔11〕鹿门之隐：鹿门，山名，在湖北襄阳。汉庞德公夫妇相敬如宾，未尝入城府，后偕隐鹿门山，采药不反。

〔12〕和光混俗：与世浮沉，随波逐流。

〔13〕青城：在汴京城外。靖康元年(1126)，金兵南下，于此俘钦宗、徽宗。

〔14〕庙谟:朝廷大计。

〔15〕居诸:《诗经·邶风·柏舟》:“日居月诸。”居、诸都是语助词,后用为日月、光阴的代词。

〔16〕殷有三仁:指微子、箕子和比干。纣王无道,微子去之,箕子为奴,比干谏而死。

〔17〕学宁武当愚则愚:宁武,春秋卫大夫,孔子说他“邦有道则智,邦无道则愚”。

〔18〕羽檄(xí):插有羽毛的军书,传递紧急军情。

第三折　若水效节

原评:“二帝北辕事难传,故借李侍郎效节,备写一时流离之惨。”

〔老旦、净扮金军押外上〕〔外〕〔集句七言绝〕天似寒灰黯淡垂,谁来军府问钟仪[1]。人生自古谁无死?付与皇天后土知。俺李若水,官拜宋朝吏部侍郎之职。金人来索金银甚急,又遣使再邀皇上到他营中议事,俺料无他虞,力劝皇上来了。则今看光景,似有羁留之意,全无放还之情。唉,我若水智不及此,误我皇上,便万死也不能辞其责了!〔哭介〕天那!

几支曲子抒发李若水的国破家亡的惨痛,为国死节的决心,以及对误国奸臣的痛斥,写得慷慨悲凉。

【双调·北新水令】江山满目事成非,好中原陡然间零碎。那辈奸贼呵太平时他做主,险难处我偏罹。何计支持,便死呵,恨死不在赵家地。〔小生、末扮内侍,旦、贴扮宫娥,小净扮金兵押上〕

【南步步娇】〔侍娥〕误国奸臣弥天罪，分明是引寇来家里。〔见外痛哭介〕〔外〕于今主上怎么样？〔侍〕侍郎还不知？君王与后妃，换却衣衫，去同奴隶。〔外哭倒介〕皇天、皇天，宋朝锦绣江山，一旦至此乎？〔侍〕侍郎，江山锦绣且休提，可怜生死浑如蚁。〔外怒骂介〕〔兵打众下〕〔外顿足捶胸大哭介〕

【北折桂令】把君王苦恁凌逼，脱去黄袍，换了青衣。恼杀人没计堪施，我也在豺狼窟里，只得任蛇豕胡为。〔拜哭介〕我那二帝呵，办今日孤臣死地，问何年是二主归期？空自悲啼。我就死也中甚么用？要甚么慷慨捐生，视死如归。〔末扮张叔夜[2]，金兵押上〕

【南江儿水】〔末〕大厦今如此，空劳一木持。〔见外介〕呀，是李侍郎。〔外〕是张枢密。〔末哭介〕侍郎呵，到如今并他一木也无存济。〔外〕二帝已去了？〔末〕去了。影双双共逐毡裘队。我张叔夜呵，眼睁睁吐不得中原气，更没有一人忠义，便我和伊也只做了楚囚相对。〔兵〕怎有许多话讲？

【北雁儿落带得胜令】【雁儿落】〔外〕呀，休怪我话儿多没了期，还怕讲不尽千古兴亡计。只这度是乾坤大覆翻，好男儿到此也难回避。【得胜令】到如今他人担我休推，在本分我当为。已往事休追咎，下场头自挺持。休悲，怕一死翻容易。须知，又只有这桩儿由得你。〔末〕年来心破发如丝，〔外〕报主恩深在几时？〔合〕身老时危思会面，九重泉路尽交期。〔兵扯末下〕〔杂扮百姓奔上〕

【南侥侥令】扶疮还抱病，弃子与抛妻，逃窜中途遭劫掳。〔金兵上掳掠介〕呸，留下你残生尚便宜。走、走、走！〔并下〕

【北收江南】〔外〕呀，看苍生直恁苦流离，被驱来无异犬和鸡。这场儿贻祸是伊谁？俺偏生见伊，俺偏生见伊，怎寻觅当时误国那奸贼。〔丑扮李苍头上〕在他檐下过，怎敢不低头。〔见外哭介〕我那老爷呵，怎么是好？〔外〕今日之事，只有一死了。〔老旦〕李侍郎，元帅有令，必使侍郎无恙，教你早早降顺，大大的与你个官做。〔外怒介〕说甚闲话！〔净怒打介〕

【南园林好】你死和生全然未知，〔老旦〕侍郎，你今日顺从，明日便富贵了。休得要执迷到底。〔丑〕老爷，小人还有一言，太老爷与太夫人俱已年老了。〔外〕这般说便怎的？

〔丑〕痛亲老高堂无倚，权顺了好图归，权顺了好图归。〔外〕你那里晓得，忠孝岂能两全？我如今顾不得家了。〔金兵打丑下〕

【北沽美酒带太平令】【沽美酒】〔外〕念亲恩自罔极[3]，忠与孝一般义，到了如今两难为。看天无二日，怎教我便推移。〔众〕快快投降，免汝一死。【太平令】〔外〕叹犬辈无端狂吠，〔众打外介〕该死贼，你骂我！〔外〕只一死何须凌逼，念纲常如何规避？从今后庶几无愧。我呵，不能够击贼破贼，〔众又打介〕〔外〕敢辜恩负国，呀，我死去呵，效睢阳英魂为厉[4]！〔老旦打介〕你为厉便怎么？〔外〕为厉杀贼！〔净将刀砍外唇介〕你再敢骂么？〔外噀血[5]骂不绝口介〕如何不骂？〔净作砍死外介〕〔外下〕〔老旦、净〕啧、啧，好个铁铮铮的汉子！

【北清江引】记当初破辽人物奇，国破也还争气。区区一北朝，颇有忠和义。今日南朝呵，惟有李侍郎一人而已矣！

这是当时金人的评论，有史实依据。

〔1〕“谁来军府问钟仪”句：钟仪，春秋楚人，为郑所俘，献于晋。晋侯至军府，见而问曰：“南冠而系者谁也？”对曰：“郑人所献楚囚也。”后因以“南冠”“楚囚”指囚徒。见《左传·定公九年》。

〔2〕张叔夜：开封人，北宋爱国将领，京城陷，被俘北上，绝食而死。

〔3〕罔极:谓父母之恩深厚无比。

〔4〕效睢阳英魂为厉:天宝之乱,张巡死守睢阳,城陷,骂贼而死。此句是说要仿效张巡,死后灵魂还要化作厉鬼杀敌。

〔5〕噀(xùn)血:喷血。

第四折　逆桧南归

【越调引·霜天晓角】〔小净扮兀术,旦、丑扮侍妾,小生、末扮军卒随上〕〔小净〕云雷绕阵,身跨追风骏,要把中原困窘,成和议暗须人。〔集句〕一身能擘两彤弧[1],日对云山演阵图。惯习干戈事鞍马,不劳心力讲兵符。自家大金兀术四太子是也。族先秣鞨[2],部号完颜[3]。先祖阿骨打剪食辽邦,今主吴乞买并吞宋室。自俺家斡离不、粘没喝二位前辈领兵前去,杀得宋家京城瓦解,二帝尘蒙[4],康王[5]僻处临安,大事将归手掌。〔指侍妾介〕这厮都是宋帝的宫眷或是大臣的妻女,选美貌的充为婢妾,朝夕服侍。〔笑介〕俺好不洒落[6]。只是一件,他举族虽罹北辕之惨,敷天尚同左袒之心[7]。猛将砺齿磨牙,犹思一奋;文臣呕心吮血,各在摅谋。我想必须一面鞠旅陈师[8],一面通和讲好。将他金帛年输岁运,如人害中消病[9]的,不久倾亡;使他君臣宴息偷安，如人吃蛊毒药[10]的，自然举发。那南官儿只秦桧一人，常讲和议，我主一向赐在挞懒部下，如今只得纵他南还，暗中行事。但他妻王氏一向往来帐中，常同宴会。既为国家大事，顾不得这个私情。叫左右，请秦官儿夫妇来。〔净素服角带、贴常服上〕

【浪淘沙】双袖染边尘，回首关津，受恩深处假为真。越鸟南枝应不舍，胡马悲群[11]。愁听清猿梦里长，受降城[12]外月如霜。戍楼吹笛人休战，兵气消为日月光。自家秦桧，向随二帝北狩，久住金邦，因我力主通和，得他怜爱。今日呼唤，不知有何缘故？〔卒传介〕太子有令，先请秦夫人到宫中，辞了娘娘，方请秦爷一齐上辞太子。〔净〕这等说，我且在官房伺候。〔暂下〕〔贴进见〕太子千岁。〔小净〕夫人少礼。夫人，我与你萍逢大海，遂结欢盟。只你鸟恋南枝，应还故国。〔贴〕我丈夫荆榛余息[13]，得蒙不杀之恩。贱妾荆布下陈[14]，上托同心之好。方拟百年奉侍，忍言一旦抛离？〔小净〕夫人貌比王嫱，文同蔡琰。我与你三生有幸，两意相投。但今我两国兵革未休，人民何罪？我意须通和好，方保万全。此事非你丈夫不能主持，非夫人谁为撺掇？勉言割爱，实苦断肠。〔贴〕太子既为两家大事，贱妾敢不一力担承。只数载情深，如何割好？〔哭

“力主通和”是卖国贼秦桧一生事业，一上场便点出。把秦妻的助桧为奸，陷害岳飞，归结为她与兀术的私情，未免把一场严酷的政治斗争庸俗化。

介]〔小净〕夫人,听我道来:

【越调·章台柳】这里酥酒浑,难比合卺[15]尊。这毡幕聊同锦作茵,把氍毹[16]连绣裙。我两人呵,须记得北地南天雨共云。〔侍妾哭介〕秦夫人倒好了,我每不知何日得回也?〔小净〕哇,哇!好不晓事,你如何比得他!只好珠翠里混朝昏。那秦夫人呵,相约信,决难比恁般情分。〔贴〕贱妾见中原男子都是脆弱,及侍太子,始知人间有男子耳。

【醉娘子】我中邦小人,阴柔可哂,太子呵,你大男儿,骨气真,怎肯分飞雁背群?只因使间谍阴逃遁,他时须报道相和顺。〔小净〕既是如此,我以明珠一颗赠与夫人,日后见此明珠,便如见我。和好若成,相见有日。〔贴谢介〕〔小净〕快请秦爷上来。〔侍妾下〕〔净上见介〕太子千岁。〔小净〕秦先生一向在此,多惭地主之情。今送你南归,莫忘并州之谊[17]。〔净〕下官受恩犬马,便尔为家;择木良禽,久无归念。虽承台命,实难听从。〔小净〕你的忠念,我岂不知,但两国通和非你不可,故此只得借重。

【雁过南楼】此心欲留汝身,此时难留汝身。但通和彼此,须人居间讲论,谁能比君?还须彼意安心肯。我性直,不比你中国巧诈。心真口真,绝无欺隐,忙前进,要顺时观衅[18]。

我有明珠一颗、黄金千两赠你前去。若有好音,即速报我。〔净〕下官此行当从海上,只说杀却监军,逃回本国。定取和议告成,即便报知太子。

非为送礼,实是收买。

【山麻稭】我向天津,逢潮汛,仗著个忠诚,风波凭引。只教两国呵,归来欢好无矛盾。〔拜介〕日月照报此厚恩,记取临行,明珠为赆。

【尾声】蓬根吹断天边阵,认取去时青青鬓。〔净、贴下介〕〔小净〕请传秦夫人来。〔贴复上〕〔净挽手介〕须记取,环珮常来月下魂[19]。〔哭别介〕汴水东流无限春,雨淋零夜却归秦。惟有感恩并积怨,万年千载不生尘。〔贴下〕〔小净作拭泪介〕把都儿那里?〔众卒上〕醇酒千钟不醉人,胡儿十岁能骑马。〔小净〕如今起兵往南朝厮杀,不当小可。你每俱将五匹马连为一起,名为拐子马;各军铁盔铁甲,全身装裹,刀箭难伤,名为铁浮图。以此长技,捣彼中原,直如疾风扫叶,红炉点水。眼见一统山河尽归吾手。〔众〕得令!

紧接逆桧南归,是兀术的紧张备战。形象地写出兀术侵掠中原的两手策略,拐子马、铁浮图和秦桧夫妇,是兀术手中的三大法宝。

【包子令】〔小净〕作速钩绳连马群,连马群;浮图铁裹似昆仑,似昆仑。此行管取长驱入,休夸财宝与金银,中原全境尽称臣。

【其二】〔众〕闻说南朝尽鬼魂，尽鬼魂。见咱来到一齐奔，一齐奔。好吹筚篥关山调[20]，红装骑马掩朱唇。黄羊白酒醉醺醺。〔小净〕唤一个塘拨马来。〔众应介〕一路星驰四马蹄，先将太子姓名题。楼中预报红妆醒，河北孩儿不敢啼。

〔1〕彤弧：红色的弓。古代诸侯有大功者，皇帝赐以彤弓。

〔2〕秣锡（Mòhé）：我国古代东北地区的民族，一作靺鞨。金女真族即其后裔。

〔3〕完颜：金宗室为完颜氏。

〔4〕二帝尘蒙：指钦宗、徽宗被俘一事。

〔5〕康王：赵构，后为宋高宗。

〔6〕洒落：快活。

〔7〕“他举族”二句：是说宋皇族虽已被俘北上，但宋的臣民仍拥护宋室。左袒，偏向一方。

〔8〕鞠旅陈师：训练军队，陈兵边境。

〔9〕中消病：中医所说的“消竭”。

〔10〕蛊（gǔ）毒药：让人吃后不知中毒的慢性毒药。

〔11〕“越鸟南枝”二句：《古诗十九首》：“越鸟巢南枝，胡马悲北风。”后多用以表示怀念故园。

〔12〕受降城：唐筑，有东、中、西三所，均在今内蒙古境内。

〔13〕荆榛余息：犹云草莽余生，即微贱的生命。

〔14〕荆布下陈：荆钗布裙，古代贫家女子的服饰；下陈，指侍妾、奴婢一流人物。

〔15〕合卺(jǐn):旧时婚礼仪式之一,俗名交杯酒。

〔16〕氍毹(qúshū):毛织地毯之类。

〔17〕并州之谊:贾岛《渡桑乾》诗:“客舍并州已十霜,归心日夜望咸阳。无端更渡桑乾水,却望并州是故乡。”原诗本写游子思归,此处借用,意谓兀术虽放秦桧南归,却要他不要忘记北朝的恩义。

〔18〕顺时观衅:根据情势的变化瞅准可乘之机。

〔19〕环珮常来月下魂:化用杜甫《咏怀古迹》“环珮空归月夜魂”句意。

〔20〕筚篥(bìlì)关山调:筚篥,古代乐器,即觱篥。关山调,即关山月,汉鼓吹曲名。

第五折　钦召御敌

【黄钟引·西地锦】〔生上〕为国愁添霜鬓,何时净扫妖氛。〔老旦〕良人心事难安顿,见他镇日含颦。〔生〕万户伤心生野烟,百官何日更朝天。〔老旦〕秋槐落叶深宫里,凝碧池头奏管弦[1]。〔生〕我起身行伍,屡立战功。目今新天子即位临安,改元建炎,以下官有佐命之勋,累拜武胜定国军节度使、开府仪同三司、充河北两路宣抚使、武昌郡开国公,食邑千户。夫人,我官已尊禄已厚矣,但一方虽然粗定,二帝未有还期。我身受国恩,志存灭敌,可奈奸臣秦桧来自边庭,力倡和议,圣上听信,宠以相位。眼见得大功不遂,壮志难灰,如之奈

和战双方的斗争不可避免。《宋史》本传论曰:“盖飞与桧势不两立,使飞得志,则金仇可复,宋耻可雪;桧得志,则飞有死而已。”这里

正写出此种情势。

何?〔老旦〕相公,你平生忠义,我所素知,但事已至此,只好付有定之数,切莫作无益之忧。〔生〕夫人,将倾之厦,虽非独木能撑;已落之晖,尚有一戈可挽[2]。满朝尽皆妇女,举国岂没男儿?〔恨介〕我岳飞一息尚在,决不与此贼共戴天。〔老旦〕倒不知后宫妃嫔在彼何如?想也不似仍前光景了。〔生〕夫人,你还不知道,闻得后宫妃嫔今在北方食不充腹,衣不充体,好不苦楚。你听我道来:

【黄钟·降黄龙】自逐边尘,齐挽双车,龙落羊群。后宫艳妆,塞北无衣,翻做穷贫。〔生视老旦衣介〕呀,今日何等时势,你还穿这等衣服?常闻主忧臣辱,御此绡纨何忍?我既怀二帝之忧,夫人亦须念两宫之苦。做夫妻同心合胆,苦乐难分。快将布衣来换了。〔老旦〕君以大义相规,敢不从命!〔换布衣介〕

【其二】〔换头〕遵循,教诲谆谆。裙布荆钗,愿情安分。夫为将帅,况此危时,怎比寻常闺阃?酸辛,异乡穷苦,想到此繁华都尽,感触起忠因孝引,定怕奇温。〔净扮天使上〕

【引·玉女步瑞云】〔传言玉女〕手捧丝纶[3],天上将星光润。【瑞云浓】指日见高宗本意在以战求和。但本剧以颂扬忠君爱国为主，故对高宗多所回护。

欃枪夜陨[4]。此间已是岳府了，快报接旨。〔生接介〕〔老旦下〕〔净〕圣旨已到，跪听宣读。皇帝诏曰：除凶剪乱，救民本仁义之兵；料敌出奇，命克必神明之将。兹尔湖北京西路宣抚使、武昌郡开国公岳飞，气吞强敌，志靖中原。念国步之方艰，顾戎心之未革，残虐不道，神理靡容。特授尔少保兼河南北诸路招讨使，遂整我师，奉行天讨。往底必禽之利，丕昭不世之勋[5]。勉尔壮猷[6]，钦予时命。〔生如常谢恩，与净相见介〕〔净〕圣上为兀术南侵，好生惊恐。特烦讨御，早奏肤功[7]。〔生〕强敌凭凌，主忧臣辱。既蒙天语，敢不星驰！〔净〕下官告辞了。先行回奏，以慰圣怀。星使自天丹诏下，雕鞍照地数程行。〔下〕〔老旦、旦上〕方才朝命为何？〔生〕圣上为兀术南侵，特加我为少保兼招讨使之职，命下官整兵御寇，正欲与夫人说知。〔旦〕爹爹素有尽忠之志，所谓天从人愿也。〔老旦〕相公几时起程？〔生〕钦命甚急，已分付孩儿岳云为前部，即刻便行了。就此拜别。

【黄龙滚】〔同唱〕躬承纶綍[8]温，躬承纶綍温，大展风云运。莫使豺狼，匹马还乡稳。远村遥水，王程偏紧。悬悬望，奏捷书，舒悲愤。〔老旦、旦〕世间好事惟忠孝，臣报君恩子报亲。

〔下〕〔净、贴、末、丑扮将官上〕节使横行西出师，军中杀气傍旌旗。预知汉将宣威日，正是男儿得志时。〔见介〕〔众〕禀元帅，小将军前部已发动了。〔生〕就此趱行。〔生、众行介〕

一幅岳家军雄壮的出征图。

【其二】旌旗耀日新，旌旗耀日新，号令如雷震。眼底红埃，消做清波滚。报国丹衷，今当拿稳。才行动，马若腾，人思奋。

【尾声】尽奔驰，休迟钝，全凭一剑报君恩。直待扑灭狼烟恨始伸。

〔1〕"万户伤心生野烟"四句：出王维《口号示裴迪》诗。凝碧池，在长安唐宫内。

〔2〕已落之晖，尚有一戈可挽：《淮南子·览冥训》："鲁阳公与韩构难，战酣，日暮，援戈而抙之，日为之反三舍。"

〔3〕丝纶：代指皇帝的诏书。

〔4〕欃(chán)枪夜陨：喻敌兵败亡。欃枪，也作"搀枪"，即天欃和天枪，彗星的别称。《尔雅·释天》："彗星为欃枪。"古代以彗星为妖星，比喻邪恶势力。此处指代贼兵。

〔5〕丕昭不世之勋：建立不世的功业。

〔6〕壮猷(yóu)：宏伟的计划。

〔7〕肤功：大功。

〔8〕纶綍(fú)：代指帝王诏书。

第六折　奸党商和

〔末扮院子上〕〔集句〕芳塘似镜草芊芊，鸟弄歌声入管弦。南陌赐田连御苑，将军楼阁画神仙。自家秦府中一个院子是也。老爷今日回朝开宴，分付一班承应人等在此伺候。〔小净扮罗汝楫随家僮执礼上〕〔集句〕新丰[1]树色绕千官，丹凤城头[2]驻马看。盛德好将银管述，朱门先达笑弹冠。自家侍御罗汝楫是也。早朝时分，先往秦府一会院公，行步之间，早已来到门首。〔末出揖介〕〔小净〕昨委写诗扇，特此致上。〔末看介〕写得好。又写贱号少滨词宗在上，生受了。〔小净〕还有天鹅绒二端、鼎妆时样金杯盘四副奉送。〔末〕一发生受了。〔小净〕连日外边上的本章，不知老恩相喜怒若何？特来问个消息。或参或保，下官好上本。〔末〕老爷看本在一德格天阁[3]上，只有专房侍妾在那里，我每也只在他边讨口气。〔小净〕分外有南海大珠十颗，求足下转送里面那一班儿就是。〔末〕领命，领命。〔丑扮万俟卨[4]上〕夜眠清早起，又有早行人。自家谏议大夫万俟卨是也。今当早朝时分，特来一会秦府管家。〔小净、丑揖介〕〔丑背介〕我只说我

本出集中描写主和派的阴谋活动，既有可靠的历史根据，又概括了明末官场的丑恶现象。格局略似《鸣凤记》的“严府祝寿”，但思想上艺术上都超过了。

在和战双方的交替描写过程中，伟大和渺小，崇高和邪恶，壮烈的战斗和卑鄙的阴谋，艰苦的斗争和荒淫的生活，不断形成鲜明的对比。

来早,如何他倒先在此?这罗家就是一个猴子一般,这般乖巧。〔对末介〕近日在苏州做得些玉器,十分精巧,并新兴罗缎十端奉用。〔末〕太多了。〔丑〕日来不知老恩相喜那几个?恼那几个?并望足下赐教一二。〔小净扯末语介〕如今学生访知那赵鼎[5]老不死的东西,在吉州军常是怨恨。又那张俊[6]闲了在家,思量要起官。〔丑扯末介〕学生访知那胡铨[7]安置在那里扯嘴,谈今说古,将他谏阻和议的本稿都刻起来送人,连大金都传去了。〔小净扯介〕学生访知饶州洪兴祖[8]讲《论语》,大臣怨乎不以。又太常主簿吴元美[9]作《夏二子传》,那蚊虫、苍蝇与他何干?都是讥诮的意思。〔丑扯介〕我学生访知那张九成[10]力排和议,日与一个甚么大慧和尚常常谈禅,不成模样!〔小净扯介〕我又访知岳飞那厮自恃本领,只要厮杀。口中常串著忠义二字,难道那个不忠义不成?这些事件,望一一报上恩相。〔末〕知道了,二位在此伺候,俺进去就来。〔向内叫介〕专房奶奶每出来说句话。〔旦上〕元家书记原称薛[11],王氏尚书旧姓雷[12]。自家秦府一个专房是也。院公有何话说?〔末〕外面罗、万二家官儿来说,老爷日看本章喜怒消息,望你传示一二。〔旦〕这样容易?〔末〕他有明珠十颗送你。〔旦收珠介〕如此,我对你说:老爷一德格天阁上写有赵鼎、李光、胡铨三人名字在上。

又每见本上说起岳飞便咬牙怒目，只家中人误说一个岳字、飞字，音同字不同的也恼起来。又常见与夫人密密耳语，说甚么四太子，又说甚么通和字样。〔末〕多谢你指教了，且请回避。〔旦〕饶你门盈珠履三千客，须要先通我座列金钗十二行。〔下〕〔末〕罗、万二位老先生，闻得老爷一德格天阁上有赵鼎、李光、胡铨三个名字，又最恼岳飞二字，又与夫人商议与四太子通和。这就是个主意了。〔小净、丑揖介〕多承指教。〔末〕你每不可走漏半字。〔小净、丑〕这是我每两家富贵所系，性命所关，就万两黄金也不换与他。少间就来面谒老爷。正是：再三不用亲嘱付，想来都是会中人。〔下〕〔末〕远远望见老爷来了。〔净上〕

【正宫引·齐天乐】太微星近三台丽[13]，展袖羲和停御[14]。满腹兵刀，一腔圜圚[15]，不令儿曹吐气。荣华到底。愿白昼绳长[16]，落日戈挥，辣手擎天，张罗遮地好男儿。〔集句〕直省清华接建章[17]，衣冠身惹御炉香。朝天绣服乘恩贵，帝幸欢娱乐未央。自家秦桧，字会之，本贯江宁人也。材略过人，机谋盖世。用多少心奉承金主，遂得放回故乡；凭两个策耸动朝廷[18]，便尔备位丞相。两只手生姜煮过，舒来拿住权纲；一条肠砒霜制成，用

经一番渲染之后，秦桧登场，专横自恣，踌躇满志的神气毕现。

著摧残侪辈。试看那躁进的，谁不靠官爵为性命，附我者连升他几级，何愁不孝子顺孙？就是恬退的，谁敢以性命为儿戏，忤我者结果他几条，那怕他是铜筋铁骨！若畏傍人议论，只消门下客塞满要路，说甚四海有公评；如防后世讥弹，再将儿孙每充作史官，管取千秋无直笔。杀人不见血，又何须藏笑里之刀；动手即成坑，都认得是老秦之笔。我看温、懿、莽、操[19]忒忠厚，枉得虚名；人言天地鬼神不可欺，却是混语。呸，成则为帝败则寇，从来有甚是非？汉恩自浅莽自深，到处何分南北？且喜夫人与我同来，又多机警，可谋大事。待他出来，一同商议。传话后堂，夫人有请。〔贴扮夫人，老旦、旦扮女乐随上〕

一段独白，直掏尽秦桧的狼心狗肺，其讽刺的尖锐泼辣，令人拍案叫绝！

【燕归梁】〔贴〕泛海归来计甚奇，逢圣主，语投机。临行记取别离杯。通和好，仗夫妻。相公万福。〔净〕夫人到来。〔贴〕相公为何这般气恼？〔净〕下官日来平章军国重事，力持和议，不过保全两国人民，一方土宇。奈那些武官只要弄刀枪，文臣又要弄笔头，以此气恼。〔贴〕自老身看将起来，相公少年多读了两行书，留著道理在胸中，不好行事。如今把那些道理一齐撇下，放出毒手来，这班人性命是铁铸的不成？〔净〕这也说的是。今日退朝颇早，已曾分付安排酒筵与夫人少叙。〔末〕已完备多时了。女乐承应著。〔二旦送酒介〕

原评："地狱种子，性与人殊。"

是对昧着良心，背弃古今情理的有力一砭。

【正宫·玉芙蓉】〔净〕麒麟缀锦衣，阀阅盈珠履。总归来二策，上耸丹墀。天厨络绎传珍味，云璈[20]度如天上吹。功成定，定邦家共归。到朝回，素蛮[21]歌舞醉金杯。〔外扮何铸同小净、丑上〕〔集句〕闻说留侯在汉京，帷中运策九州清。儒生开阁承颜色，异域俱能识姓名。〔外〕我中丞何铸。〔小净〕我侍御罗汝楫。〔丑〕我谏议大夫万俟卨。闻得丞相已回私宅，我每特来求见。〔与末揖介，末谢小净、丑介〕适间多谢二位老先生厚赐。〔小净、丑〕薄礼不成，休怪，休怪。〔外背介〕如何我就没有送礼？可见我的愚拙。〔转身揖末介〕容补，容补。〔末〕一万个容补，不如一个伏乞笑纳。列位到此想是要见老爷？〔众〕便是。〔末〕只是老爷今日有家宴，不得相会。〔众〕我每都是老爷门下儿孙一般，就有家宴何妨？〔末〕三位可将帖子传去。〔念官衔介〕晚生何铸。门下晚学生罗汝楫。门下沐恩走犬万俟卨。〔外背介〕约定一样写官衔晚生，如何又加门下晚学、沐恩走犬字样？这样我又不济了。〔末禀介〕〔贴、女乐下〕〔外小净、丑进见介〕〔告坐介〕〔外、小净、丑〕禀丞相，不知今日平章何事？〔净〕今日为北朝通和事，朝廷倒肯主张，只中外臣子议论不同。列位如何见教？〔外〕还是和的

寥寥数笔，便将几个谄谀小人，写得活灵活现。

为是。〔小净〕是之甚。〔丑〕极天下之是而无一毫之不是者参于其间。〔净〕老夫鄙见亦是如此,只是中外还没有一个本章说得透彻。〔外〕孔子云:“礼之用,和为贵。”又云:“和也者,天下之达道也。”这都是讲和的凭据。〔净〕虽说得是,觉腐了些。〔丑〕那些天兵不好惹,中国人脆弱,如何杀得他过,不如讲和,落得安静。况既有主上,又要二帝何用?〔净〕这样说也欠雅。〔小净〕自古兵凶战危,胜负难料,况新都甫定,战未必胜,败则可虞,不如南北通和,方保国家无事。〔净〕此论最当,便可上闻。只是人情不一,再没个著力担当的。〔众〕晚辈都情愿为丞相出力。〔丑〕那个不出力的就生碗大的疔疮。〔净〕如此甚好。今日老夫设有家宴,三位俱系通家,便酌奉饭,想不见怪。〔外、小净、丑〕我三人正要孝顺恩相,今日得侍华筵,三生有幸了。〔众举酒介〕

暗暗透露了高宗不愿二圣回来,以免夺去他的宝座的隐衷。既不能太“腐”,又不能太露,秦桧对投降理论的抉择,见出其老奸巨滑,胸有城府。

【其二】兵凶战本危,毕竟和堪倚。奈些须小捷,便耀武扬威。丞相须把朝廷法度加严厉,那不从的咱每奏参教他灾祸随。谁不畏,畏家倾命颓。待议成之日,笑谈间,宴开和好共衔杯。〔小净〕禀上恩相,如今大将不过张、韩、刘、岳。那张俊原是丞相门下,就是韩世忠、刘锜,只晓得上阵厮杀。只有那岳飞又讲甚么忠义，又做甚么诗文，开端起衅全是此人。〔净〕我每见他人对本章，象也是个多事，只他夙负时名，那个开口？〔丑〕不敢欺，若丞相主张，小官极会开口。〔净〕此人若在，和议必不可成。〔丑〕只是恩相忒心慈了，所以做事不爽利。今后还要刚些。〔净笑介〕好个刚字，快取酒来答谢三位。〔送酒介〕

【其三】刚如脱颖锥[22]，慈善终贻悔。恨迂儒执拗，大胆胡为。三位莫怪我说，如今的时事呵，〔低唱介〕把忠良两字权收起，由他后人加诮讥。还须要，要齐心并持。今日呵在华堂誓言挥酒滴残杯。〔众〕过蒙恩相宠渥，小官等权且告辞。〔净〕多慢了。〔众揖介〕〔集句〕炙手可热势绝伦，尊前红烛夜留宾。纷纷轻薄何须数，君向潇湘我向秦。〔下〕〔老旦扮差人持木上〕史笔为书瑞，天台绝纪妖。自家知虔州事薛弼差来求见丞相爷献祥瑞的。〔末引见介〕〔老旦〕知虔州薛弼上禀，本州山中有一株大木天生成“天下太平”四字，应在丞相爷身上，特差小人奉献。〔净取看介〕果然奇异，就是写的也没这样好。木留在此，多拜上，不及修书。我这里奏知官里就有升擢。可赏来人元宝一锭。〔老旦谢介〕〔净〕我问你，你爷在那里得来的这样异物？〔老旦〕我那里差人伐木丁丁如此“天意人心”，绝妙的讽刺。

山更幽，得此木呵都人层立似山丘。正是：“太平天子朝元日”，都为“魏绛[23]和戎戎自休”。〔净〕说得好，再赏他一个元宝。〔老旦谢介〕〔下〕〔贴上〕相公，方才各官讲话及虔州献瑞，老身一一听得。可见人心天意之同。快将酒与老爷贺喜。〔净〕可将太庙灵芝、各处进来瑞木、嘉禾都绣成华旗，在相府张挂，以见盛事。

再为投降卖国的政策罩上神圣的光圈。

【其四】〔贴〕人心既已齐，即此占天理。喜太平字出，四海都知。把丹书绿字呈奇绘，嘉禾瑞芝联绣旗。还须愿，愿穹苍保祈，任吾曹寿觞高捧万年杯。〔净〕我还到一德格天阁草些要紧本章书揭，可将酒筵撤了。〔集句〕〔净〕中外兼权社稷臣，〔贴〕三千犀甲拥朱轮。〔合〕莫愁锦绣云霄里，岁岁琼卮献寿辰。

〔1〕新丰：县名，在陕西临潼东北，汉高祖刘邦为其父所筑。这里指京畿。

〔2〕丹凤城头：指京城。

〔3〕一德格天阁：秦桧宅内阁名，高宗赵构赐名。

〔4〕万俟卨（Mòqí Xiè）：与秦桧同奸，陷害岳飞。

〔5〕赵鼎：解州闻喜人，曾两任宰相，主张抗金，为秦桧所忌，贬谪而死。

〔6〕张俊：南渡四将之一，后助秦桧构成岳飞冤狱。

〔7〕胡铨：属于南宋抗战派，曾上书请斩秦桧以谢天下。

〔8〕洪兴祖：曾因作《论语解序》语涉怨望而编管昭州。

〔9〕吴元美：有文名，曾作《夏二子传》，秦桧诬其指斥国家、讥毁大臣，谪容州。

〔10〕张九成：因不附秦桧，谪居南安军。

〔11〕元家书记原称薛：指唐代蜀中名妓薛涛。元和中，元稹使蜀，属意于涛，遂相交往。书记，妓女有才名者称“校书”。

〔12〕王氏尚书旧姓雷：晋王导之妾姓雷，颇预政事，纳货，人谓之雷尚书。见《世说新语·惑溺》。

〔13〕“太微星近三台丽”句：三台，星座名，主人间三公之位。《晋书·天文志上》：“三台六星，两两而居，起文昌，列抵太微。”秦桧居相位，故云。

〔14〕“展袖羲和停御”句：羲和，神话中驾御日车之神。停御，言日不再运转。

〔15〕圜圚（huánhuì）：这里指阴谋、圈套。

〔16〕“白昼绳长”二句：是说希望能用绳子系住太阳，使落山的太阳回升，表现了秦桧希望自己永远显赫的心理。

〔17〕建章：汉宫名。此处借指皇宫。

〔18〕两个策耸动朝廷：秦桧两策是“南人归南，北人归北”。

〔19〕温、懿、莽、操：指朱温、司马懿、王莽、曹操。

〔20〕云璈：古乐器名。这里泛指音乐。

〔21〕素蛮：白居易的侍妾樊素与小蛮。这里指歌伎。

〔22〕脱颖锥：这里是锋芒毕露的意思。

〔23〕魏绛：见《汉宫秋》楔子注。

第七折　岳侯誓旅

【中吕引·粉蝶儿】〔生戎装、小生岳云、

根据史实，写出岳飞治军的各

个方面，突出他的忠肝义胆，与上折“群奸议和”形成鲜明对照；又为第九折、第十一折写岳家军的节节胜利作前奏。

末张宪、外王贵同上〕〔生〕血溅征袍，染破五湖烟景。莽身躯径入丹青，矢心坚，立志猛，半天独挣。统雄兵，复回两朝明圣。〔岳诗〕雄气堂堂贯斗牛，誓将直节报君仇。斩除顽恶还车驾，不问登坛万户侯。我岳飞心存报国，志欲平边。近蒙主上召对，面谕道：军旅之事，一以委卿。此言正合吾意。便当舍命以报朝廷，何敢全躯而保妻子。但恐众将中贪生畏死者多，忠君报国者少，不免聚集帐下勉励他一番，多少是好。众将官都齐了么？〔众〕都在此伺候。只王俊一人，有差未到。〔生〕你每将士听者：寻常用兵必见胜负，今日胜负不比寻常。你每踹一块地、顶一片天，何处逃朝廷名分；穿一领衣、吃一口饭，尽都是主上深恩。〔哭介〕如今试举眼望二帝乘舆，流泪隔万重沙漠；开口问域中疆土，伤心属一片荒烟。〔又哭介〕〔众俱拭泪泣介〕〔生〕譬如人家将父母辱骂一场，必思报恨。又如你每被他人殴打一顿，也要回拳。今二圣就是父母一般，这羞耻比那殴辱万倍。如伍员一落寞单身，发个狠报了父怨，今十万众定自有热血男儿；如谢娥[1]不过深闺弱质，用著计杀了仇人，岂众好汉反不如红颜女子？今日之事若是要我行军法、行号令，也不见你子孝臣忠；必须各自拼性命、拼身家，方显得你铜肝铁胆。枕戈待旦，怀进生退死之心；饮血复仇，雪后土皇天之忿。师直为壮，天道好还。只待直捣黄龙，迎回二圣，那时图形麟阁，垂誉千秋。〔众〕元帅忠义所激，人非木石，谁不感动？

【中吕·尾犯序】〔生〕忧国一身轻，社稷倾危，应愧平生。说甚英雄，有胡虏纵横。〔众〕思省，才听这一番劝勉，谁不为朝廷用命？〔生〕你每须身披重铠骑马跳壕演习一番。〔众骑马跳壕介〕〔生〕还须是，平时操演，千里可方行。〔小生作马蹶[2]跌地介〕〔生怒介〕平时不肯操习，前临大敌却不误了大事？绑了！〔众应介〕〔绑介〕

【其二】〔换头〕〔生〕无能，更说甚交兵，急正典刑，须重军令。推出辕门斩首示众！〔众跪禀介〕偶尔乖违，望将军容情。〔生〕须惩，若不是将他斩首，谁肯去冲锋取胜？〔众〕禀元帅，旧规操演不如法不过捆打，怎么独到小将军身上反要处斩？望老爷宽宥这一次。从今后，把精神抖擞，同建好功名。〔生〕军无实政都则为旧规坏了。如今赴斗在迩，比不得平常操演，快与我斩讫报来！〔众〕元帅必欲行刑，小将等情愿代替。〔生作沉吟介〕既众将苦苦讨饶，姑免死罪，发军政司[3]捆打一百。〔引下打介〕〔复引上〕〔小生〕多谢爹爹不斩之恩。〔生〕岳云，你与我巡视军营，怕有患病的军士，好生调治。〔小生应下〕〔生〕张宪，与你令

旗一面，查勘各营军士，倘有不遵约束，取民间一丝一粒者，即与我斩首正法。〔众应下〕

【其三】〔生〕三军共死生，要摩抚疮痍[4]，调养疾病。〔小生上〕告爹爹，孩儿巡视已周。有几个患病的军士，孩儿亲自调药与他服了。〔生〕念他背井从戎，仗吾家看承。〔末押军上〕禀元帅，张宪查勘已周。有军取民间一缕麻束刍[5]，即时斩首。又有个军汉，夜来因民家失火，抢得芦茷[6]一件遮盖粮车。他说是公事不肯服罪，押在此听候发落。〔军〕这芦茷是小的拼命向火中抢出来的，怕雨下打湿粮车，将他遮盖，实是为公。〔生〕唗，狂逞，谁许你乘机抢掳，便公事也干违法令。快绑出辕门枭首示众。王贵约束不严，发军政司捆打一百。〔末应引下〕〔众〕元帅爱人如子，用兵如山，真所谓情义兼尽也。从今去，捐躯报国，只为义和情。〔杂扮差校，领贴扮侍姬上〕买得婵娟女，来亲铠甲身。自家四川宣抚吴老爷[7]差的。俺爷曾差人来岳爷处议军事，回去说岳爷在军中十分冷落。俺爷将二千缗买得美姬，差我送来。把门的通报。〔报介〕〔见介〕〔杂〕俺爷恐老爷军中寂寞，送家姬一名伏侍。〔生〕多承你老爷厚情，只是军伍之中不便用他。

【其四】〔换头〕〔生〕传来感志诚，但将

帅军中，难怕孤另。〔众〕相公方图关陕，何不留此以结好那吴宣抚？〔生〕唉，国耻君仇，敢贪恋娉婷？多拜上你老爷，快领回去。〔杂应介〕〔杂贴〕有缘千里能相会，无缘对面不相逢。〔下〕〔众〕禀元帅，今日元帅誓师，小将每备有酒榼与元帅把盏。〔生〕谨领，平日里不辞数斗，今蒙皇上亲谕，教我异时到河朔方可饮酒。从此后朝夕自儆。若要我饮酒呵，除非到黄龙府后，痛饮共群英。〔集句〕边风萧飒动江城，日落辕门鼓角鸣。万乘旌旗何处在，诸公何以答升平？

〔1〕谢娥：指谢小娥，唐人，为报父仇，潜入仇家，手杀仇敌。见李公佐《谢小娥传》。

〔2〕踬（zhì）：绊倒。

〔3〕军政司：军中执法机构。

〔4〕疮痍：创伤。

〔5〕刍：草料。

〔6〕芦茷：芦苇一类的编制物。

〔7〕四川宣抚吴老爷：指吴玠，德顺军陇干人，抗金名将。

第八折　银瓶绣袍

【正宫引·破齐阵】【破阵子头】〔旦扮

从场上着想，此处需要旦角戏

的调剂。

银瓶小姐上〕报主身常绝塞，思亲梦入深闺。【齐天乐】爹爹，你本忠臣，非关淑女，总是一门遭际。【破阵子尾】我这里风透朱扉寒犹扃[1]，你那里人在天涯客未归，征衣将也迟。〔集句〕二主英雄一梦归，玉关摇落雁南飞。黄沙百战穿金甲，未得征人万里衣。奴家银瓶，虽是女流，常闻父训。每阅列女传，最喜他几个有志气的妇人；若读古今书，羞杀那一班没须眉的男子。近见金兵犯阙，主上蒙尘，恨头顶上失错，带了这顶冠儿；又见奸佞盈廷，内外扞格[2]，悔粉脸儿不即变成一个铁面。我想木兰是个村家女，换了一双脚儿便替却父亲；缇萦[3]长在闺阃中，写了几行字儿，也感动天子。可见信得此心过，何难去为国为家；办得念头真，分甚么是男是女。我爹爹剪敌一念，上对神明；只他每首鼠两端，尚多闪烁。爹爹，我只怕你谋身拙为安蛇足[4]，报国危曾捋虎须[5]。这也不须提起。我前日与爹爹绣战袍一领、战旗一面，尚未得完，如今趁此夜静，不免唤侍儿将金针、彩线、玉尺、并刀，拿来攒完才是。侍儿倩红、小碧那里？〔贴、丑扮侍儿上〕寒衣处处催刀尺，绣折金针却有功。小姐，针线俱在此。〔旦〕我爹爹呵，

时刻注意渲染悲剧的气氛。

【正宫·刷子带芙蓉】【刷子序】风雨

阻金徽[6],报国心坚,不念家为。做不得子孝温衾,也须念旅邸寒威。娇痴,记那日行时,天未晓牵衣留意,今日呵秋将暮装绵却寄。爹爹,你常道尽忠报国,【玉芙蓉】我把你背间四字,指头儿绣成花朵缀征衣。〔丑私语介〕先时倩红那丫头对我说,要到门儿外与他丈夫说一句话,叫我答应著小姐。我想这丫头平日有些作怪,待我先藏在门儿外等他出来,黑地里装做他丈夫,看他说些甚么?〔丑虚下,复上介〕〔贴做出门介〕〔低语介〕我的对头儿在这里不?〔丑做应介〕在这里等久了。〔贴〕我的心肝,今夜该我下班,要出来和哥哥好睡一觉了。不奈小姐只是绣袍、绣袍。他便念着他的老爷,我却念着我的老公。我站得脚儿都酸了,想得裙儿都湿了。我又偷了一块袍缎在此,拿与哥哥。〔丑〕好做陈妈妈。……〔贴〕呸,这样好缎子,留著做绣香囊儿才是。我一句好话儿,你拿耳朵过来说与你。〔丑做听介〕〔贴抹著丑脸介〕好怪,如何你没有胡须了?呀,原来是个女人。想是小碧这歪货作弄我。羞杀人也,快还我缎子!〔丑不肯,哗介〕〔丑〕我去禀小姐。倩红盗了小姐袍缎,被我诓出了,特来禀知。〔旦〕这样可恶!去禀夫人知道,发管家婆将倩红打十板。〔丑〕晓得。〔贴〕只怕你六月债还得快。〔暂下〕〔复上〕

无聊笔墨,破坏了整出戏的庄严气氛。

〔旦〕袍已绣完。如今把旗上绣个“岳”字，敌人最怕此字，一见就走了。这旗儿，

【普天带芙蓉】【普天乐】只怕展不开如虹气。这旗带儿，当尺组[7]把名王系。试并刀先断烟云，金针度绣出蛟螭[8]。强敌见，先逃避，好似赵家营新竖了刘家帜[9]。二帝呵，片心旌如对云霓[10]，【玉芙蓉】只望旗常[11]早题。【玉芙蓉尾】待成功上公回旅拜垂衣[12]。〔丑做睡熟，贴藏鬼脸戴丑头上介〕〔净扮老奶子执灯擎瓯上〕物情小可见，人意老多慈。自家老奶子是也。小姐这样夜深不睡，为老爷绣袍，一片孝心，难得如此。今捧一瓯茶送与他吃。〔入门，丑惊起，净见鬼脸大叫惊倒，灭灯碎瓯介〕〔旦惊执烛出看，贴扶起净介〕〔贴〕是小碧戴鬼脸吓坏了老奶子。〔丑〕不是鬼面，奴家原是这副嘴脸，有些惊怕人。〔旦〕你脸上是甚么？〔丑自抹脸取下鬼面介〕是倩红这丫头报仇弄了我。〔旦〕可将小碧禀过夫人，送与管家婆打十板。〔内传〕夫人来了。〔旦〕你每且回避。〔净、贴、丑〕正是有福之人人伏侍，无福之人伏侍人。〔俱下〕〔老旦上〕吹角当城片月孤，生民无计乐樵苏[13]。毡车下宿阴山下，寒到君边衣到无？女儿，夜深了，在此何干？〔旦〕在此绣爹爹一领战袍、一面战旗。〔老旦看介〕绣得

小碧无辜。这个细节有损银瓶形象。

好,绣得好!你父亲呵,

【山渔灯犯】【山渔灯】报君恩,吞天气。梦展孤衾,谁个经理?真亏你刺绣辛勤,不减那回文锦织[14]。羞杀我暮年空念宗周纬[15],你父亲倒好,长相念还有孩儿。只二帝呵,绝塞风残露欹。身换青袍甘行酒[16],眼盼断中原报捷旗。心摇曳,叹孤忠自拟。【玉芙蓉】那里有向秦庭泪悬枯眼赋《无衣》[17]!〔内做鸡鸣介〕〔老旦〕天色已明了,孩儿可将绣袍、旗帜封裹,差人送与你爹爹。〔旦〕正是。〔老旦〕老苍头那里?〔外扮苍头上〕白发年虽迈,丹心老不衰。老夫人、小姐有何分付?〔老旦〕这是小姐绣袍一件、绣旗一面,与你盘缠,你可星夜送与老爷。〔贴上付衣介〕

【朱奴插芙蓉】【朱奴儿】〔外〕念老奴筋力已颓,奉主命敢辞劳瘁。领取花袍与绣旗,军前去助他些威势。老奴一句话密禀夫人:家里要谨慎。百凡事,怕秦家伺窥[18]。【玉芙蓉】老奴此番领小姐命送袍,好似向长城代他姜女送寒衣。

【尾声】〔老旦〕临行更有言相寄,〔低唱介〕丞相主持和为贵,可对老爷说,凡百事切须防后悔。〔外〕晓得。一门忠孝世间稀,

“回文锦织”及下文姜女送寒衣,比喻均不类。

〔老旦〕白发萧萧去恐非。〔旦〕更有一心坚似铁,〔合〕看他两脚走如飞。

〔1〕扃(jiōng):关门。

〔2〕扞(hàn)格:互相抵触。

〔3〕缇萦:西汉临淄人,文帝时曾上书救父。

〔4〕谋身拙为安蛇足:像画蛇添足一样的拙于为自己考虑。

〔5〕报国危曾捋虎须:像冒着揪老虎胡须那样的危险去报效国家。

〔6〕金徽:即阿尔泰山,沿布于新疆、内蒙古一带。这里指边塞。

〔7〕组:丝带,引申为绳索。

〔8〕蛟螭:传说中蛟龙。

〔9〕赵家营新竖了刘家帜:典出《史记》:"拔赵帜,立汉赤帜。"

〔10〕片心旌如对云霓:意为徽、钦二帝盼望南归的心情,如旌旗摇摇,似大旱之望云霓。霓,虹。

〔11〕旗常:旗帜。常,绘有日月图形的旗子。

〔12〕上公回旅拜垂衣:上公,指岳飞。垂衣,指皇帝。

〔13〕樵苏:打柴割草。

〔14〕回文锦织:前秦时始平才女苏蕙,织锦《璇玑图》附诗以寄其夫,其词宛转循环皆可读,称"回文锦"。

〔15〕空念宗周纬:徒然忧念国家的命运。语出《左传·昭公二十四年》:"嫠不恤其纬而忧宗周之陨。"纬,织布之横线;宗周,周王室的宗庙、社稷。

〔16〕身换青袍甘行酒:谓身穿奴仆的黑衣伺候金人饮酒。

〔17〕"向秦庭"句:春秋时,吴人破楚,申包胥赴秦求援,立于秦庭,连哭七日七夜,终于感动秦哀公,使秦为之出兵。《无衣》,《诗经》篇名,相传即秦哀公决定出兵时所赋之诗。

〔18〕伺窥:暗中监视。

第九折　御赐忠旗

【中吕引·满庭芳】〔生上〕风景愁人,江湖惊眼,雄心空慕骠姚[1]。〔小生〕沙场余孽,兀自逞天骄[2]。〔末〕酬国丹心未老,猛伤情华发萧萧。〔合〕安排起,六韬三略,力剪黑山魈[3]。〔古诗〕〔生〕号令风霆迅,天声动北陬。〔小生〕长驱渡河洛,直捣向燕幽。〔末〕马蹀洪妖血,旗枭大敌头。〔生〕归来报明主,恢复旧神州[4]。孩儿、张宪过来,今兀术疾趋建康,必繇牛头山经过,正可设伏以待。可令百人都换黑衣,出其不意,混入他阵,他兵惊扰自相攻击,此必胜之策也。传下将令,不得有违。〔小生、末〕得令。〔众〕挽弓须挽强,用箭须用长;射人先射马,擒贼必擒王。〔下〕〔小净领众上〕

【中吕·红绣鞋】尽人齐带弓刀,弓刀;悄然忙著鞭梢,鞭梢。飞渡去,建康捎,旗帜盛,马咆哮。望风无敢有兵交,兵交。自家兀术便是。前引兵攻取常州,被岳飞四战皆捷。这个势头想已不利,只得又奔建康。

难道那里也有岳飞不成？叫把都儿每，疾忙前行。〔众应下〕〔生引众上〕

实写与虚写结合，写出岳家军的节节胜利。

【其二】计成衣黑蹊跷，蹊跷；管教扰乱窠巢，窠巢。人暗认，器潜操，兵寡少，势雄骁。任如城铁阵也难牢，难牢。〔兀术、众上〕〔接同混杀，自相混扰败下〕〔生、小生、末追下〕〔复上〕〔生〕走了。自古道穷寇勿追，众将士，暂且扎营休息则个。〔外扮苍头送袍上〕兵戈临阃外，针线自闺中。自家岳府中苍头，奉俺家小姐之命，此间已是辕门，不免闯进。〔众绑外，外表白，众禀明，外进见叩头介〕〔生〕老苍头为何到此？〔外〕小姐绣得战袍一领，岳字旗一面，特遣老奴送上。〔生接袍穿介〕我儿好孝顺。老苍头且住在营中，明日打发你回去。〔外应〕仗钺[5]披袍气色新，霓旌望遍塞垣春。夫人小姐同欢慰，不怕他家丞相嗔。〔净扮天使捧旗上〕

写赐旗劳军，为开脱高宗，惩罚权奸预设地步。

【剔银灯】承君命难分酉卯[6]。精忠字绣旗标号，一点太阳葵心照，觑丹衷红旗相肖。行来辕门近了，传天语隆恩宠褒。〔杂报生〕〔生接介〕〔净〕圣旨已到，跪听宣读。皇帝诏曰：览卿奏孤军挫敌，义勇可嘉，深念勤劳，往加抚问。特遣内侍李世良诣卿军，赐卿精忠旗一面，战鞍、绣鞍各一对，龙涎香一千饼、龙茶一合、龙宝丹一合，铁简一对，金千两、银五万两、钱三十万缗。卿其毋狃前劳[7],用克大敌,勉旃[8]谢恩。〔谢恩接旗介〕〔生、净对揖〕〔净辞介〕将军不下马,各自奔前程。〔下〕〔生〕今后出征,将岳字旗与先锋打著前行,那御赐精忠旗便当帅旗,竖立中军。〔众应介〕〔展旗介〕

【倚马待风云】【驻马听】〔生〕志剪狐妖,小凯羞将金镫敲。感得吾皇过奖,宠锡多仪,恩迈群僚。见此精忠二字,令人愧死无地。英雄千丈气空高,精忠两字何由效。【一江风】寻思转转焦,无功报圣朝,怕负了煌煌诏。【驻云飞】嗏,帐外绣旗飘,表英豪。铁骑三千,放个行军炮,直捣单于老上巢。〔集句〕旄头[9]夜落捷书飞,来奏金门著赐衣。白马将军频破敌,黄龙戍卒几时归?

〔1〕骠姚:指汉代骠姚将军霍去病,曾大败匈奴。

〔2〕天骄:古代匈奴曾自称为“天之骄子”,这里指金人。

〔3〕黑山魈:魈,鬼怪,指金兵。

〔4〕“号令风霆迅”八句:为岳飞《送张紫岩先生北伐》诗。北陬,北方,北疆。

〔5〕钺:古兵器,像斧,亦用作将帅权力的象征。

〔6〕难分酉卯:晨昏不分。卯时在晨,酉时在傍晚。

〔7〕毋狃(niǔ)前劳:不要满足于以前的功劳。

〔8〕勉旃(zhān):勉励。旃,语词。

〔9〕旄头:星宿名,古时认为是“胡兵”的象征。

第十折　奸相忿捷

此折以前主要写南北之间的民族矛盾，同时引出南宋内部爱国与卖国的矛盾。此折以下着重写南宋内部爱国与卖国的矛盾。

【南吕引·上林春】〔净、贴众侍姬仆从随上〕〔净〕不领忠良那生活，西湖上慢摇轻舸。〔贴〕东君[1]也恁遭逢，白日未教闲过。〔净〕东风起，莫教吹皱湖心水。湖心水，春花秋月，镜中相拟。〔贴〕韶光易去凭谁止，欢场无尽心难死。心难死，子规何事，教人知止。〔净〕夫人，今日再到西湖闲耍一回，酒席已曾完备否？〔贴〕完备多时。〔净〕如此，便打轿到西湖去。〔众应介〕〔行介〕〔集句〕十里莺啼绿映红，年年常是惹春风。落花踏尽游何处，玉佩成行引上公。〔上船介〕〔净〕夫人，你看日色融和，春光妩媚。红映绿，绿映红，最可爱六桥[2]花柳；秀又明，明又秀，看不厌十里湖山。对此芳辰，可能虚度？〔贴〕若还不饮空归去，只恐湖山也笑人。左右的起乐，老妾与相公把盏。〔净〕老夫回敬。〔众奏乐进酒介〕

【香柳娘】喜春光正佳，喜春光正佳，柳枝花朵，平湖一片长堤锁。看青围翠匝，看青围翠匝，古寺隐岩呵，浮屠[3]点空破。〔内作游人歌吹唱吴歌介〕山外青山楼外楼，西湖歌舞几时休？暖风熏得游人醉，错把杭州作汴州[4]。〔净〕听游人笑歌，听游人笑歌，夫人，我今日也算做与民同乐了。一方泰和，休道偏安江左。〔贴〕侍女每，取巨觥来劝相公。〔众奏乐〕〔净放饮介〕〔众跪劝酒唱介〕

卖国奸贼游山玩水，花天酒地，却自诩与民同乐，真是辛辣的讽刺。

【其二】遇良辰放怀，遇良辰放怀，如今满朝公卿，那个似老爷快活？南衙独坐，威权炙手热如火。〔贴举杯向众介〕这言词果然，这言词果然，爵显与金多，无灾又无祸。〔净作喜介〕我好快活也！〔大笑介〕〔贴〕相公笑甚么？〔净〕笑他每见矬[5]，笑他每见矬，弄甚干戈，自寻劳瘅。〔旦扮探子上〕打听军前捷，忙通相府知。禀老爷，岳元帅大败金兵，如今又杀过郾城去了。〔贴惊介〕〔净不喜介〕这不是报军情的所在，谁著你来，快叉出去！〔探〕双手拍开生死路，一身跳出是非门。〔下〕〔净〕叫左右，把这筵席都收了，鼓乐都住了。

【其三】恨乔才恃能，恨乔才恃能，把北兵轻破。他功名遂也何干我？况金人有约，〔贴〕况金人有约，〔奏乐介〕〔净止

第三十六折“阴府讯奸”中秦桧说：“我那时只怕恢复功成，岳爷等宠用，我便

不能长守相位，这是真情。”可以为秦桧此时不安、暴怒作注脚。

介]〔众〕禀老爷，夜宴摆向何处？〔净〕摆甚么夜宴！夫人，那誓语怎消磨？从今夜不卧。〔众跪〕听传来凯歌，听传来凯歌，有甚熬煎，还该称贺。〔净大怒喝介〕〔贴〕相公，只怕胜负兵家还未可知。〔净〕夫人，说那里话？

【其四】又何须浪猜，又何须浪猜，岳飞那厮呵莽心难挫。我思量就里如何可？怕金家有失，〔贴起唱介〕怕金家有失！〔向净〕相公，你空把议来和，他刀尖儿未饶过。〔净〕夫人，我心下著实不快活！去心头病魔，去心头病魔，这方儿有么？〔贴〕除非杀却那无知歪货。相公，你快叫人再去打听，倘若再胜，那时必设计召回才是。〔净〕说得有理。叫左右，看扶手上岸打轿回去。〔净〕兴尽悲来酒未酣，〔贴〕负他盟约祇生惭。〔合〕不如意事常八九，可与言人无二三。〔净〕好恼，好恼！

为第十五折“金牌伪召”伏笔。

〔1〕东君：司春之神。

〔2〕六桥：西湖苏堤的六座桥，是著名的景观。

〔3〕浮图：佛塔。

〔4〕“山外青山楼外楼”四句：南宋初林升诗。

〔5〕见矬（cuó）：见识短浅。

第十一折　岳侯挫寇

【仙吕入双调·窣地锦裆】〔生、小生、末引众上〕〔众〕威声响震若轰雷，重甲将军尽欲飞。金人汤著势先隤，谁敢当吾岳字旗！〔生〕大小三军，金兵再至，今番大战不比往常，用心杀向前去。〔众〕禀元帅，打听他那边军皆重铠[1]，贯以韦索[2]，三人为联，号拐子马，又号铁浮图，如墙而进，不知该怎么对敌？〔生笑介〕这却容易。昨日已传令，选步卒五千各备麻扎刀一把，可曾停当？〔众〕俱已停当了。〔生〕你每入阵切勿仰视，只斫马足。那拐子马既相联合，一马仆，二马皆不能行了，管教他坐而待毙。〔众应介〕〔唱前末句下〕〔小净引众上〕

【其二】连朝屡败被他欺，刀戟无锋气力疲。三军力疾奋雄威，重扫中原还未迟。〔生、众上对垒介〕

【锦上花】休要强支持，休要强支持。入地无门，祸在燃眉。送我两宫[3]归，送我两宫归，退保那烟沙地。

写岳飞处处不忘迎回二帝，收复国土。

【其三】〔小净〕宗社已凌夷[4]，宗社已凌夷。何用酸儒，自建旌旗，劝你早回归，劝你早回归，倒免受腌臜气。〔混战做砍马足。小净、众败下〕〔生〕且喜金人大败，叫军士每扎住营垒，明日再杀将去。〔众应介〕〔集句〕千里关河百战来，京城燎火彻天开。将军三箭成功后，肯放逃魂暗里回。

〔1〕重铠：穿双重铠甲。

〔2〕韦索：牛皮带子。

〔3〕两宫：指徽、钦二帝。

〔4〕凌夷：破败。

第十二折　书生扣马

【仙吕·月照山】【月儿高】〔小净领残兵上〕一指中原啸，黄河浪翻倒。谁遣将军岳，入耳如雷爆。撇却英雄，羞惭任人笑。叫跟随的，【山坡羊】快把胡笳调入思归早，我跑了一日，快取皮可可[1]来。且在鞍韂把酥浆暂饱。〔作惊走介〕那动的又是岳家兵来了。〔杂禀〕那是山犬惊走。〔小净〕心摇，原来是草蒙茸山犬嗥;〔又作惊走介〕那声息又是岳家军来了。〔杂禀〕那是风声。〔小净〕呼号,原来是北风寒树转梢。〔作气喘介〕俺自河北兴兵以来,全靠铁浮图拐子马,今日悔气,撞著岳飞这厮,杀得片甲无存,如之奈何?〔众〕我每闻见岳飞二字心胆便寒,不敢闻他名字,只叫岳爷爷罢。〔小净〕如今事出无奈,我每且自逃回,重整兵马,再来未迟也。只这马平日何等快,今日也走不动了。〔内叫〕太子且不要走。〔小净〕好怪、好怪!这等忙乱逃生,谁人大胆,敢来拦挡。〔杂〕禀太子,远远望见一个酸秀才来了。〔小净〕我一生与中朝那个孔夫子无缘,这秀才来寻我做甚?〔小生扮书生上〕崆峒山叟醉生涯,河北风烟卷暮沙。好著金笼护鹦鹉,莫教飞入别人家。太子请了,岳少保即退矣。

原评:"千古恨事亦千古奇事,岂天果祚胡耶?几回搔首,一声长叹!"

【桂枝香】〔众〕岳爷兵到,杀得我神魂颠倒。蓦忽走出书生,乱向军前呼叫。〔小生〕太子,把归鞭暂止,归鞭暂止。〔小净〕先生说那里话?岳少保以五百骑破吾十万众,何谓即退?〔小生〕太子有所不知。那宋朝呵,权臣当道,兵机须料,他那里岂相饶?〔小净〕常言道:撼山易,撼岳家军难。〔小生〕你道山难撼,只怕山儿正未牢。〔小净下马揖介〕既承下教,望赐明言。〔小生〕自古未有权臣在内,大将能立功于外者。岳少保且不免,况能成功乎?〔小净〕嗄、嗄,有这等事?〔笑介〕可喜、可喜。

【其二】〔小生〕吾言非笑,开君关窍。〔小净〕是了、是了,多谢指教,快取金币相酬。〔小生〕不收,快拿去。不要礼物相酬,〔小净〕愿留名姓,后有会期。〔小生〕何用把名儿轻告。〔大笑介〕分明指与平川路,吾辈岂是蓬蒿人。〔下〕〔小净叹介〕宋朝、宋朝,你看贤人尽隐,贤人尽隐,这书生呵,他奇材难效,如今欣然来报。快叫营中毕邪气[2]拿笔砚来,染霜毫,把密信遥封寄。岳少保,岳少保,教你身名丧这遭。〔末扮毕邪气头巾、青衣,袖带笔砚上〕平生文章不济,谁想今朝得地。当初南朝一个低秀才,如今北朝上上毕邪气。太子有何分付?〔小净〕你速与我写书一封与秦丞相,求他讲和罢兵召回岳飞。〔末作写完念与小净听介〕

权奸当道,有才能的人被排斥,有的就为敌人划策传书。"贤人尽隐""奇材难效"数语,见作者深心。

【一封书】相逢似漆胶,你归家音信杳。通和事怎抛?反添兵苦战鏖。似你中朝推孔圣,他也说不可平生忘久要。那岳飞呵,祸根苗,定难饶,及早图他方恨消。〔小净〕写得好,写得好,还要修一封书与丞相夫人。〔作附耳密语介〕〔末应介〕晓得了。〔如前

写念介〕

【其二】盟言耳畔牢,你如今忘记了?今朝事可焦,比交锋输数遭。记得毛诗曾说道,必取琼瑶来报桃[3]。嘱多娇,事难熬,猛将雄兵须暗消。〔小净〕一发写得好,可将蜡丸封了,唤能行会走通南音的尖哨儿上来。〔丑扮尖哨儿上〕全凭两脚如飞,做我一生活计。太子有何分付?〔小净〕如今两封书,一与南朝秦丞相,一与他夫人,特差你去。〔丑〕小的就去。〔小净向末介〕

【青歌儿】书儿写令人脾燥[4],宰肥羊酒酪相犒。〔末〕天生书记我为高,从今奏凯,与个红妆搂抱。〔小净向丑介〕

【其二】伸开腿往南飞跳,这封书定索回报。〔丑〕天生行路我为高,功成受赏,我要黄金千钞。〔末收笔砚介〕一纸书贤十万师,〔丑拍腿介〕还须两脚早奔驰。〔小净〕正是得他心肯日,〔合〕果然是我运通时。〔小净〕早去早来。〔丑〕晓得。

〔1〕皮可可:装水浆的皮袋。

〔2〕毕邪气:蒙古语“必彻赤”之异音译,主管文书的人。

〔3〕“记得”二句:《诗经·卫风·木瓜》:“投我以木瓜,报之以琼瑶。”

〔4〕脾燥:甚合脾胃。

第十三折　蜡丸密询

作者自称"纪实",但桧妻既不是王次山之女,也没有与兀术私通的历史事实。作者这样写,一是因为王次山赞助秦桧夺岳飞兵权,就捏造他女儿与人通奸来糟踏他;二是认为像秦桧这样大汉奸,不配有个贞节的老婆。归根到底,还是封建思想作怪。

【仙吕引·剑器令】〔贴上〕思想便心焦,要甚的夫人封号?算风情年来缺欠,总然错嫁南朝。生不嫁左贤[1],空自偕婚媾。莫代王昭君,懊恨毛延寿。奴家王氏,王次山之女,当日在金国与四太子有枕席之欢,情好甚浓,别他南来,至今想念。可恨岳飞每定要与他厮杀,四太子前日输了一阵,幸得丞相心下十分不乐,那岳飞料想也难成功。只怕丞相不早为之计,那四太子万一再输,如何是好?如今丞相入朝去了,不知可曾回否?不免叫丫环外厅伺候,若已回家,请问他有甚么计策?莫使四太子吃亏方好。箜篌那里?〔小净上〕来了。自家唤做箜篌,提督酱、醋、盐、油。一生会与男儿相面,隔衣裳分出粗细刚柔。今早府门前站立,一双眼便是皮里春秋[2]。多少人在我跟前走过,我却暗里搜求。见一个捎长汉子,最好个大大鼻头,我道是相君之面,必然天字一号风流。那人丢个眼色,我便顺水推舟。同他到一个僻静去处。我只道他君子好逑,元来他奉著兀术差遣。我夫人与他曾有些绸缪,寄与夫人的表记,是个黄蜡做的气球。〔内叫〕是蜡丸。〔小净〕我如今接得在手，不免把夫人羞他一羞。他若把我发作，我便说出根由。〔内叫〕说出甚么？〔小净〕则说我便是兀术改脚[3]，你不要轻觑我这丫头。〔见介〕〔贴〕你在那里去来？〔小净笑介〕〔贴〕笑甚么？〔小净又笑介〕〔贴〕甚么事，只管笑了去？〔小净〕府门前不知那里走来一个汉子。〔贴〕那汉子怎么？

庸俗无聊笔墨。

【仙吕·解三酲】〔小净〕他貌古怪语言别拗，千万的名字不叫，却怎的唤名尖哨？〔贴〕尖哨，元是金国那边的人了。〔小净〕筌篌与他并不识面，被他一把扯到无人之处，只道他那话儿，原来倒不。〔贴〕他有甚话来？〔小净〕道甚么兀术太子差来到。〔贴喜介〕低声。他还说些甚么？〔小净〕还有哩，他问我可是答应夫人的。〔贴〕你便说是了。〔小净〕筌篌是这样说的。〔贴〕他怎么？〔小净〕又问夫人可待得你好么？〔贴〕你便说待得你好了。〔小净〕我说我与夫人只多了一个头儿，可不好哩！他便把十两一块条金送我，又把一个蜡丸与我，教我送与夫人。又古怪哩？〔贴〕怎的？〔小净〕教不要与老爷瞧。〔贴〕把来我看。〔小净〕我不知道他甚么子，便没有接他的。夫人若要看，筌篌去禀过老爷，待老爷向他讨来看罢。〔贴〕不要去禀老爷,你去讨来与我。〔小净〕我不去讨。〔贴〕怎么不去讨?〔小净〕老爷访出这根与苗,将我箜篌一顿敲。〔贴〕没事,你去讨来。〔小净〕不去的稳,怕他知道,〔贴〕当真没事的。〔小净〕夫人没事,我却难饶。〔贴〕你不知道,那四太子呵,

【其二】〔换头〕我与他家情意好,〔小净〕我说呢,〔贴〕别后相思两泪抛。〔小净〕怪得夫人眉头不展。〔贴〕今朝幸把音书报,看喜色上眉梢。当初你老爷也知道此事,怕他如今做了丞相,顾惜体面。〔小净〕常言道,宰相肚里好撑船,越不计较了。〔贴〕虽然他大量难动摇,难道丞相夫人有外交,还是瞒他好。防著他良心发现,一旦妆幺〔4〕。〔小净〕既如此,待我去讨来。〔贴〕快讨来。〔小净背介〕蜡丸已在袖里,不知这话真假如何,不敢擅便。如今取出,只说是去讨来的便了。〔回身递丸与贴折看,唱前折后一封书介〕〔贴〕他有书与老爷没有?〔小净〕他说有书,只待老爷回时便下。〔贴〕老爷此时想已出朝,你去外厢打听,若归府时便请将来。〔小净应,同下〕

〔1〕左贤:左贤王,匈奴贵族封号。这里指兀术。

〔2〕皮里春秋:表面上不加评论,内心实有褒贬。

〔3〕改脚:后妻。

〔4〕妆幺:装腔作势,假正经。

第十四折　奸相定谋

〔丑扮尖哨上〕踏破铁鞋无觅处,得来全不费工夫。自家金国尖哨,奉著四太子之命,来宋朝秦丞相处下书。寄与夫人的书今早已与他侍女传进去了,丞相的书还没有下。如今丞相已出朝,只得在此伺候。〔净上〕

【仙吕引·天下乐】手辣从来不用刀,更兼心计有千条。精忠两字偏生恼,杀却他每方恨消。〔丑见介〕小的有蜡丸一颗献与老爷。〔净〕接上来。〔背介〕这是四太子那边的书了,也不便发回书,就打发他去罢。〔入袖介〕〔向丑〕你且去,自有价钱与你,不消伺候得。〔丑应起介〕不施万丈深潭计,怎得骊龙颔下珠[1]。〔下〕〔净〕左右的退下。〔众下〕〔净、贴见介〕〔净〕夫人,适才四太子有书来,你可知道?〔贴〕书上说些甚么?〔净〕待我念与你听。〔唱前折前一封书介〕〔贴〕你如今用个甚么计策,使众人都罢战主和方好。

【皂袍罩黄莺】【皂罗袍】〔净〕此际正须

写秦桧卖国是

为报金人之恩，既不合人物品性，也没有抓住问题的实质。

图报，念恩情昔日，义比山高。〔贴〕正是呢。〔净〕岂肯流水东驰付滔滔，北人啼哭南人笑。我如今连发金牌一十二道，便著他班师，他若再去进兵，便以抗旨论罪了。〔贴〕如此甚好。〔净〕【黄莺儿】教他枉勤劳，麒麟阁上，也没得姓名标。

【其二】〔贴〕堪羡相公精妙，会中人[2]不用、两次三遭。誓语须知要坚牢，而今便下班师诏。教他枉勤劳，朱仙镇上，没得甲兵操。太子如今受困危，〔净〕金牌十二解重围。〔贴〕当权若不行方便，〔净〕如入宝山空手归。〔贴〕相公，事不宜迟了。〔净〕晓得。

〔1〕骊龙颔下珠：骊珠，极言珍贵的东西。

〔2〕会中人：同一会上的人物，即同派。

第十五折　金牌伪召

这一折集中描写岳飞忠君与爱国、爱民的重重思想矛盾。十二道金牌连翩而至，激起岳飞一波未平，一

【双调引·新水令】〔生戎妆，二卒随上〕〔生〕寒烟一缕随线长，对陵京[1]转添惆怅。虽然暂喜边尘荡，只是二帝呵未还京，望燕云[2]尚有千重障。〔岳词〕〔满江

红〕怒发冲冠,凭阑处,萧萧雨歇。抬望眼,仰天长啸,壮怀激烈。三十功名尘与土,八千里路云和月。莫等闲,白了少年头,空悲切!靖康耻[3],犹未雪;臣子恨,何时竭?直待驾长车,踏破贺兰山[4]缺。壮志饥餐胡虏肉,笑谈渴饮匈奴血。待从头,收拾旧山河,朝天阙。自家领兵到此,幸得屡战屡胜。那兀术所恃铁浮图、拐子马都被我破尽。眼见这厮往北逃遁,且驻扎朱仙镇。只是二帝未回,寸心如割。正是古人云:“草中狐兔尽何益,天子不在咸阳宫。”言之不觉泪下。且待孩儿、众将到来,一同商议。〔小生岳云、末张宪上〕

【五供养引】〔小生〕家猷远壮[5],指幽燕威凛秋霜。〔末〕浮图连拐骑,最为强,一朝尽倒,他伎俩顿然消丧。〔合〕还须整、旧冠裳,这番衣锦尽还乡。〔见介〕〔生〕连日屡破金兵,皆将士同心之力。闻得诸陵残毁,不觉痛心。可一面差人修理,一面谨守营垒,用心哨探,以便进兵,勿得怠玩。〔众〕元帅用兵如神,兀术那厮伎俩已穷,想不日便可成擒也。〔生〕那两河豪杰[6]俱要好生看待,重以金币犒赏。其他老弱妇女各要加意安抚他,不可有疏。〔众〕是。〔卒报〕远远望见朝使飞马而来了。〔生〕安排香案接旨。〔外扮使臣捧一号金牌上〕

波又起的强烈感情。以金牌的道道紧逼,北方人民的恺切挽留,写出岳飞班师的万不得已。写得深刻自然,填补了以往岳飞戏中对这一情节的粗疏,避免了把岳飞写成只知忠君的武将,使岳飞形象更悲壮,更完美。是一场不可多得的富有创造性的好戏。

把〔满江红〕词组织在这里,很好地表现了岳飞的悲壮形象。先写岳飞彻底消灭敌人的决心,具体的进军安排,再写金牌伪召。有力地突出了岳飞的忠君爱国思想跟南宋王朝投降派的尖锐矛盾。

【仙吕入双调·园林好】紧风雷金牌手将,到朱仙镇欢声闹嚷。圣旨已到,跪听宣读。诏曰:尔河北制置武昌郡公少保岳飞,久在行间,屡建奇绩,今特加尔太尉同知枢密院事,即日班师回京,以副朕眷。钦此。〔生叩头,起接旨,与外揖介〕请问天使大人,贼势方张,下官连战俱胜,飞报朝廷去了。汴京计日可复,便当奉迎二帝还朝,如何忽有班师之说?〔外〕这是朝廷旨意,小官不过捧之而来。太尉呵,你克日里班师行赏,还领取姓名扬,〔生〕羞讲起姓名扬。先生且请馆驿暂住,容下官从容商议。〔外〕正是:朝中天子三宣,阃外将军一令。〔下〕〔生叹介〕〔小生、末叫介〕这是怎么说?〔生〕十年之功,废于一旦。皇上、皇上,不是我岳飞没用,是奸臣误了你也。

敢对圣旨大胆提出责问,足见岳飞并非愚忠。

"从容商议"四字,包含多少苦衷。

【嘉庆子】我一生事主空肮脏[7],只后土皇天鉴满腔。愁绝纶音[8]忽降。凭义胆,报君王,将热血,洒疆场。〔丑扮使臣捧二号金牌上〕

【尹令】后来更催前仗。〔生将接介,又报〕又有一位使臣来了。〔净、外扮使臣捧三号、四号金牌上〕置邮[9]道途相望,金牌亲传不爽。〔生接介〕〔丑〕奉圣旨,敌势稍缓,安静为福,今发二号金牌,即催岳飞班师。钦此。〔净、

第一道金牌并未动摇岳飞的决心。

外〕奉圣旨，连发三号、四号金牌，速催岳飞回京，勿得逗留生事。钦此。〔生叩头接介〕〔生向丑、净、外揖〕〔贴扮探子飞报上〕报、报、报，兀术领残兵复来交战。〔生对丑、净、外〕列位先生少停，非是下官有违圣旨，只是贼势逼近。你看征尘满天，事系兵机要忖量。〔丑、净、外〕这使不得，朝廷只教太尉班师，不教出战。〔众怒介〕敌已到前，岂可束手待毙！〔生上马〕〔丑、净、外阻介〕〔众争介〕〔生迟疑介〕〔众〕朝廷发金牌之时，不知兵情若此。今事势已急，定须出战。三位使臣，且请馆驿安下。一战之后，班师未迟。〔外、净、丑俱下〕

对"敌势稍缓"圣旨的有力驳斥和尖锐讽刺。

【品令】〔众〕安危瞬息，他鼾睡倚虏旁。元帅，古人有云：安国家利社稷者，专之可也。权宜制阃[10]，一战有何妨？摩拳擦掌，谁敢来拦挡？〔众作愤恨介〕各各争勇，那肯逗留观望，只待二圣还朝，方显我将军境外强。〔内报〕兀术到了。〔小净领兵上〕〔众拥生交战介〕〔小净败〕〔小生、末追下〕〔生〕且喜兀术大败，孩儿同将士追去，想便可乘势擒他了。〔外、净扮父老上〕〔集句〕城中钟鼓四天闻，路上行人欲断魂。衢路纵横填白骨，千家今有百家存。自家河北父老便是。我每久陷北朝，才得岳太尉兵到，收复燕云，复见天日。近闻朝岳飞刚被迫有点动摇,因提到二帝,又坚定起来。

廷唤取班师,不知是何缘故,特来挽留。〔见生伏地哭介〕我每情愿跟著爷爷去杀兀术,大家求见二帝一面,切不可轻回。〔生〕我亦不愿回朝,要在此杀贼,无奈朝廷金牌下来。〔外、净〕爷爷也管不得甚么金牌,朝廷也是主上,二帝也是主上。爷爷纵不肯救我每百姓,也看二帝面上,再住一住。〔生哭介〕你每说起二帝,吾心折矣!〔外、净〕正宜趁此机会,杀往前去,庶可即见二帝。〔内报〕使臣又到了。〔小生、末扮二使捧五号、六号金牌齐上〕曾闻君命召,不俟驾而行[11]。〔宣旨介〕奉圣旨,五号、六号金牌召取岳飞班师。如违,取罪未便。钦此。〔生叩头介〕〔小生、末〕太尉呵,

【豆叶黄】你权收去驾,速整归缰。〔众哭介〕忍平白地坏、忍平白地坏却长城,〔向小生、末叩头介〕只得向前稽颡[12]。〔小生、末〕可恶、可恶!我捧的如纶如綍,你说的胡言老伧。快赶去!〔外、净哭介〕还望天使转奏吾皇,我每呵,恰好似燕归原宅,恰好似燕归原宅,忍夺取依栖画栋雕梁。〔外、净虚下〕〔生〕使臣请到馆驿,下官即便与众将商议班师。〔小生、末〕太尉不必计议,只是班师便了。虽然阃外将军令,须信从来天子尊。〔下〕〔又报〕枢密院差官又捧七号金牌到了。〔又报〕

中书省又差官捧八号金牌到了。〔小净、外扮二使上〕塞垣万里无飞鸟，马首东来知是谁？自家奉旨到此，速与通报。〔生迎介〕〔小净、外宣旨〕奉圣旨说与中书省、枢密院，都将发去七号、八号金牌，速召岳飞还朝，不许停缓时刻。钦此。〔生叩头介〕

【三月海棠】【月上海棠】〔小净、外〕奉诏往，驾言络绎如翻浪。太尉呵有内廷秘旨，指与行藏。〔附耳介〕此是秦丞相主意，明明说与太尉罢。【昼锦堂】非诳，不是耳畔亲遵丞相指，谁人敢来轻撤将军帐。你每这些人到不是爱太尉了。【五供养】好好依钦降，快束装，若不归去呵，怕伊立地有灾殃。丞相分付，我每守著班师，暂往馆驿，专等太尉收拾回京。请了。正是：无限塞鸿飞不得，又驱羸马向天衢。〔下〕〔贴、丑扮二内臣上〕拖玉腰金报主身，数通和好净烟尘。北极转愁龙虎气，早开高阁画麒麟。自家奉九号、十号金牌而来，已到辕门，通报迎旨。〔宣旨〕奉圣旨，韩世忠、刘锜等俱已班师，岳飞孤军，决难独进。特差印绶监[13]太监一员、司礼监太监一员同往前军，催取回京，不得少延取罪！钦此。〔生叩头介〕〔贴、丑〕老先儿，莫怪学生说：

【二犯六幺令】韩、刘老将，半札书

原评："十二号金牌全用，要描当时一段愤激之气，不得厌其烦也。"戏中十二道金牌分为一号，二、三、四号，五、六号，七、八号，九、十号，十一号，十二号共七次上场，中间插入岳飞出战金兵、北方人民、两河豪杰挽留岳家军等场面，写来井井有条，见出作者对舞台艺术的精心处理。

传，便改南鞅[14]。〔生哭介〕罢了、罢了，如今孤掌难鸣了。〔外、净仍扮父老哭上〕老爷怎么了？〔生〕我的此身何足恤？任穹苍！只你每呵，怎下得赤子肉填虎狼！〔众低禀介〕老爷，只怕是假金牌，还要仔细。〔生叹介〕不用细推详，自古道天威难犯，这才是莽精忠的散场。〔贴、丑〕你每这些黄黄子[15]少打！平不达儿的[16]有这些饶道！上边法度一些也不知，只管胡缠！回去奏知官里，看你每禁得起不？〔生哭介〕我那二帝呵，〔贴、丑〕老先儿开口就说二帝。二帝是大家的，难道是老先儿一个人的？俺每先去了，由你来也罢，不来也罢，只怕圣怒不测，悔之晚矣。你每众人也要撺掇你家爷回才是。请了，请了。〔生〕二位先行，下官随后回兵就是。〔贴、丑〕这才是。正是：令如风火急，莫作等闲看。〔下〕〔小生、末上〕晓风长路起埃尘，夜半妖星照渭滨[17]。黄蘖馆中心自苦，行藏由兴不由身。〔见介〕〔小生〕孩儿与张宪追赶兀术，他逃遁远去。孩儿因圣旨班师事，放心不下，是以不敢前进，只得回来。〔生叹介〕事势如此，眼见得金运未衰，就追他也没干了。〔内报〕司农少卿李老爷随传牌到了。〔小净扮李若虚上〕时征俊乂[18]人，莫虑虎狼侵。愿戢兵犹火，恩加四海深。自家司农少卿李若虚是也，蒙朝命奉十

十道金牌到，岳飞在内外夹攻，失去抗战的有利条件下，被迫表示回军。

场上时时点染紧张的战斗气氛，是对下诏班师的谴责。

一号金牌而来，已到军前，速与通报。〔生接介〕〔小净〕奉圣旨，敌方议和，留兵不便。今差司农少卿李若虚亲到军前，守催岳飞回京，不得稍迟，有误大计。钦此。〔生叩头介〕〔外、净跪禀小净〕老爷乃国家大臣，今敌势屡败，二帝可回，如何频取岳爷回军，有误国家大事？老爷还与我每百姓做主，回奏朝廷。

【玉交枝】〔小净〕休来喧嚷，秦丞相呵主通和为谋最良。况兵家胜负难揣量，幸两国俱免刀枪。〔向生介〕老先生，事已至此，不必迟疑。〔生向北痛哭介〕英雄泪垂三两行，〔众俱哭介〕旄头光掩三千丈，〔父老哭介〕任幽燕沉沦北方，〔小净感动哭介〕岳老先，学生此行，也出无奈。叹铜驼空埋故乡[19]。〔生〕也罢，老先生请行，学生在此再住五日，等父老妇女束装随去，庶免陷于贼手。〔小净〕学生知道，就此先行。和边称上策，心折大刀头[20]。〔下〕〔贴、丑扮两河豪杰上〕〔集句〕咸阳一火便成原，鼓角阴风白草翻。试看千村几家在，身留一剑答君恩。自家两河豪杰韦铨、李通便是。〔禀介〕我每两河豪杰数十万人，俱依靠著老爷一齐破贼。如今一旦班师，我每不如伏剑先死。〔生哭介〕你每且随往南朝，另图再举罢。〔贴、丑〕我每后生的还跟得上，那些老幼如何去

既不能破贼，又不愿做亡国奴，因而不如伏剑先死。是对投降派的强烈控诉和抗议。

得？金人复来，都拿去哈喇了。求爷爷多住几日，我每扶老携幼、情愿随行。〔生〕还怕金人闻俺班师，便来追袭。〔众〕他每但闻个岳字也吓散了魂，还敢来追赶。爷爷，救我每残生罢。〔大哭介〕〔生顿足大哭介〕这壁厢呵，

【江儿棹】【江儿水】痛哭人民泪；那壁厢呵，飞来诏旨忙。我不好说得，这中间别有冤魔障。可将香案来辞二帝。〔生哭拜倒地介〕〔小生、末、众将俱哭倒介〕〔生大叫介〕二帝二帝，臣飞一去，不知乘舆何日还京也！狩北龙车空凝望，〔又拜陵寝介〕〔哭倒同前〕陵宫王气成林莽，〔起对父老哭介〕又把苍黎[21]撇漾。〔父老哭倒介〕爷爷救我每性命！怎舍得爷爷回了！【川拨棹】〔生〕马虽南，泪满眶，霎欢声成恨快。〔哭叫介〕我那二帝呵，

由于投降派的伪召，岳飞被迫撤军。他遥辞二帝，哭对父老，英雄的崇高和正义的事业为卑鄙的阴谋所扼杀，表现了悲愤的激情。

【川拨棹】你悬悬望，又谁知成妄想。大丈夫一片忠肠，大丈夫一片忠肠，奈中朝秦头掩光[22]。按吴钩尚吐芒，忆遥天一雁翔。你每父老即刻先行，我随后起马。〔外、净哭介〕

【其二】【换头】我的家园已尽荒，〔贴、丑〕我的衷肠没处商。〔生〕费你每箪食壶浆，费你每箪食壶浆。〔众哭介〕爷爷是我每

迎回二圣，收复中原，是两个不可分割的口号，因此岳飞的哭叫二帝就不是

的一个再生父母了。〔生掩泣介〕羞杀我也，休说是重生父娘，可怜他男和女天一方，妇和夫拆道傍！〔外、净、贴、丑〕俺每不要啼哭了，少不得收拾包裹，跟随元帅去。正是：宁为太平犬，莫作乱离人。〔下〕〔生〕分付众将官：大小三军，即刻班师回去。〔众将皆愤叹介〕老爷真正回去了。

【尾声】〔生〕我万分不忍前功丧，〔杂报〕朝使又到了。〔净上〕奉朝命频加责让。〔宣介〕奉圣旨，发下十二号金牌，勒取岳飞还朝，如再迟延，即以抗违论罪。钦此。〔生叩头介〕分付大小三军，即刻班师。〔众应介〕〔生〕待回朝面疏君王。〔集句〕眼前人事只堪哀，驿使从前走马来。独想征车过巩洛，寝园无主野棠开。

单纯的忠君思想。戏里写岳飞的被逼班师，引起了北方人民、两河豪杰的极大震动，表现了岳家军的精忠包含有爱国爱民的内容，改变了向来岳飞戏把他写成只对宋高宗尽忠的愚忠形象。

〔1〕陵京：指北宋列帝的陵墓。

〔2〕燕云：燕州和云州，泛指河北一带沦丧区域。

〔3〕靖康耻：指靖康二年徽、钦二帝被掳事。

〔4〕贺兰山：在今宁夏西部。

〔5〕家猷远壮：指岳家军远大宏伟的计划。

〔6〕两河豪杰：指河南、河北一带抗金的义军。

〔7〕肮脏（kǎngzǎng）：高亢刚直貌。又写作抗脏。

〔8〕纶音：圣旨。

〔9〕置邮：邮亭、馆驿。

〔10〕权宜制阃:谓将帅在外权宜决定军事行动。

〔11〕君命召,不俟驾而行:听到君王征召,等不及车马备好就上路。语见《论语·乡党》。

〔12〕稽颡(sǎng):磕头。

〔13〕印绶监:与下句“司礼监”均属明制,此处借用。

〔14〕南鞅:掉马南行。鞅,马额上皮条。

〔15〕黄黄子:无知小儿。

〔16〕平不达儿的:平白的。

〔17〕夜半妖星照渭滨:用温庭筠《经五丈原》诗句,借诸葛亮出师未捷身先死的悲剧,暗寓岳飞的结局。

〔18〕俊乂:德高望重的人物。

〔19〕铜驼空埋故乡:《晋书·索靖传》:靖“知天下将乱,指洛阳宫门铜驼叹曰:会见汝在荆棘中耳!”

〔20〕“和边称上策”二句:慨叹和议之误国。心折,犹云心碎;大刀头,指皇帝召还,刀环之“环”,与“还”字谐音。

〔21〕苍黎:百姓。

〔22〕秦头掩光:谓秦桧蒙蔽了皇帝。

第十六折　北朝复地

【仙吕引·小蓬莱】〔小净引众上〕羞记从前狼狈,看这番重整旌旗。提刀上马,如汤化雪,谁敢争持?〔集句〕匹马今朝不少留,赎取沙场万髑髅。但使龙城飞将在,黄河不用更防秋[1]。俺兀术自起兵以来,未常有败,近日被岳飞这厮,杀得俺望风瓦解,认帜魂消。幸遇个书生扣马,点破那权臣在内。俺忽然想起秦桧夫妇与俺有约,便写下两封书信,封入蜡丸,星夜寄去。亏他连发金牌一十二道将岳飞召回。此人已去,余不足惧矣。那河南新复州县,不愁他不仍归于俺。叫把都儿每,就此起兵前去。〔杂应介〕

从撤军议和所造成的恶果,揭露投降派的罪恶,为前折的必要补充。

【仙吕·甘州歌】【八声甘州】弓刀似蚁,更鼓声如沸,怒马如飞,追奔逐北,如今有甚迟疑。已到汝州了。〔小净〕围了城。〔内喊〕岳爷爷在此。〔众惊回介〕〔小净〕三军股栗留不住,〔众〕便主帅慌忙逃走回。〔喘定介〕〔小净〕呸,那里还有甚岳爷爷?快攻城!〔众攻介〕打破了。〔小净〕拿出那守城官儿来哈喇了。〔拿净上〕〔净诨,砍下〕〔小净〕再杀向前去。【排歌】魂不在,心似痴,眼中常见岳家旗。已到郑州了。〔内叫〕我这里开门奉迎,不要杀。〔小净〕再杀向前去。金牌到,即退师,有何人,更与我比高低。〔丑上,勒马介〕小官是蔡州知州,求太子受降了去罢,待小官放心。〔诨下〕〔小净〕把都儿每,暂且收兵回营。

【其二】〔换头〕南朝可痛悲,譬取之于

寄[2],手到擒回。垂橐[3]而入,转眼捆载而归。掳来美人先尽俺,那畲颣腌臢[4]才到伊。〔众〕不须好,只要肥。〔小净〕肥的怎用得?〔众〕肥的著得你那东西。〔小净喝介〕须精选,宜整齐,销金帐里做夫妻。〔诨下〕

〔外、丑扮父老上〕汉家自失李将军,万里枯沙不辨春。惆怅故园兴废事,每回回首即长颦。秦桧天杀的,你把岳爷撤回,这一方被金兵杀得好不苦楚哩。

又从人民口里痛骂投降派。

【解袍歌】【解三醒】想将来好生淘气,把朝廷任意施为。〔恨介〕我若还撞著这入娘贼,食其肉寝其皮。【皂罗袍】将江山抛弃,与金人壮威;将君王撇漾,与金人燥脾。这般主意可有些儿理?【排歌】皇天的,直恁奇,难道宋家荡尽才有轰雷;阎罗的,也直恁迟,难道宋家荡尽才有泥犁[5]?秦贼、秦贼,身在南朝作大臣,反教北将害南人。到头一报还一报,远在儿孙近在身。

〔1〕防秋:防御北方游牧民族秋日南下。

〔2〕譬取之于寄:好比取回寄存的东西那样容易。

〔3〕垂橐(tuó):束起兵仗。橐,盛放武器的器具。

〔4〕畲颣腌臢:丑陋不堪。

〔5〕泥犁：梵语，指地狱。

第十七折　群奸构诬

【双调引·风入松慢】〔小净官服上〕势成冰炭自难容，肆害无从。想来相府堪挑弄，须凭暗箭相攻。下官张俊，字伯英，凤翔府成纪县人氏。起于诸盗，颇负才气，以勤王有功，累升枢密使之职。素与岳飞有隙，每每要寻个甚么计较下手他；再不凑巧，幸得秦丞相心下著实不喜欢他，我正好趁此因风吹火，一来去眼中之钉，二来又奉承了丞相，岂不一举两善？今日蒙丞相见召，想是商议此事。左右的通报。〔报介〕〔净上〕既有深谋叔向[1]，应无续命苌弘[2]。〔见介〕〔净〕议和原是为国为民，诸将皆称不便，若非枢密一力担承，老夫便没个帮手了。〔小净〕太师老成之见，自与那行险侥幸的不同，便是称臣称名，何损于皇上？却也落得安稳。难道爱著一个虚名不肯受屈，到肯与他拿去不成？他每为将的，再不从大处计较，只管要向前厮杀，无非贪恋兵权耳，那个象太师实心为国？〔净笑介〕著、著、著，区区心事，只有枢密说得透。老夫因见枢密大才，所以奏过官里，

本折写群奸彼此勾结，捏造事实，诬陷岳飞，人物各具个性，剧情发展自然，是“金牌伪召”后又一精心结撰的场次。

这是第六折所描写的投降理论的发展，既为投降派辩护，又用以打击抗战派。

写秦桧老奸巨猾，表面上是不满岳飞屡梗和议，实际上是考察张俊是否可靠。

悉罢诸将兵权，专付枢密掌管。〔小净〕深荷提携，敢忘衔结[3]？〔净〕公与岳招讨同列，一定是志同道合的了，怎么他屡屡梗我和议？〔小净〕再不要提起那畜生，晚生与他仇恨也非一次了。绍兴四年，金兵犯淮西，是我的分地，与岳飞什么相干？他偏卖弄本事，轻轻走去，一战而捷，以他之长，形我之短。太师，你说可恼不可恼？〔净〕闻得枢密那时坠马伤臂，进兵不得。那敌人来抢夺些财物，少不得去的，那里算得是他的功？〔小净〕七年淮西之役，晚生与他书，只说前途粮乏，不可行师，他不知怎么就与皇上说了，赐他御札，说道转饷艰阻，卿不复顾。你道可恼不可恼？〔净〕这一宗却不要对人说。枢密前日说他逗遛不进，以乏饷为辞，台谏弹章，把来做一宗罪案。枢密这样说起来，到与他一通辩状了。〔小净〕太师疑晚生与他志同道合，因此叙出，别人跟前，怎么好说？〔净〕枢密放心，如今再商量一个计较，杀却那畜生，方保和议永久。〔小净〕恩相有此盛意，下官敢不仰体？

原评："小人见君子义合，只说趋奉，犹今之排挤正人便说朋

【仙吕入双调·黑嘛序】〔净〕他说甚精忠，与吾侪全没、半点通融。〔小净〕那赵鼎、韩世忠什么好人？偏他与之交厚？〔净〕便是。前日赵鼎被黜，他明明对众叹惜；我令他捃摭[4]韩世忠军事，他不惟不从，到把话来抵触我。

却偏生向著那一边趋奉。〔小净〕朦胧，痴心立大功，安心恼相公。〔净〕怎相容！〔扪胸作恼介〕无奈心中不忿，怒气冲冲。

【其二】〔小净〕既心中怒气冲冲，要驱除须早，莫待从容。这机关怎教片时闲空。〔净〕匆匆，我思量计已穷，你权谋料想工。〔小净〕有好机锋，管取风波平地，断送英雄。〔净〕如此甚好，不知计将安出？〔小净〕他部将王贵、王俊，都与他父子有不解之仇。王俊素号雕儿，极是有用，已是招致来了。唤他两人来，太师再奖借数言，如其不从，胁之以祸，教他两人捏情出首。先将张宪严刑拷打，逼勒成招，然后拿他父子，使其徒自相攻发，主上便不疑了。〔净〕妙、妙，那出首文状怎么写？〔小净〕晚生已写在此。〔递与净看介〕〔净〕妙、妙，那两人何在？烦枢密唤将他来。〔小净〕已在相府门首，待我唤来。〔唤介〕〔外、丑上〕〔外〕世路悠悠水自分，春光还是不容君。〔丑〕胸中恶气冲牛斗，飞上青天作瘴云。〔外〕自家王贵是也。〔丑〕自家王俊是也。〔见介〕〔净〕我久闻你两人素以戆直招尤，几至身命不保，沉埋许久，如今张枢密举荐，指日就大用了。〔外、丑〕不敢。〔净〕你两人是来出首的？〔小净〕是来出首的。〔外〕没有甚事出首。

党。”是作者借古讽今之用心。

〔丑〕是出首的。〔净〕说上来。〔外向丑介〕你出首甚么？你说！〔丑〕你说。我一时说不出。〔小净低向净介〕张俊还没与他说明。〔净〕快与他说。〔小净向外、丑〕是张宪营还兵柄[5]事，你两人已有首状了。〔丑〕是、是，有首状的。〔外〕有甚么首状？〔小净出状介〕这不是你两人的首状？〔丑〕是，是我两人的首状。〔外〕呀，我那里有这首状来？〔丑〕你就忘了？这状里事情，那一字不是的确的？〔外〕这是怎么说？他营甚么兵柄？〔净〕你状上明明说张宪谋据襄阳，营还岳飞的兵柄，怎么又说没有？〔丑〕禀上丞相，他有个痰疾，偶然发了，不论甚事都记不清，容他想来。〔外〕全没影响，想甚么？〔小净〕颍昌之战，那岳云说你怯战，几乎正法，及至凯旋，怒犹未止。民家失火，你帐下卒取民芦茷，杀了他罢了，又杖你一百。这样深仇，好趁此报他了。〔外〕为大将者，宁免以赏罚用人，苟以为怨，将不胜其怨矣！

【锦衣香】〔外〕赏罚公，权方重；若不公，难服众。谁人昧得良心，把他讥讽？〔小净〕良心劝你且宽松，太师主意，敢不迎逢？〔外指丑〕那雕儿有名，怎和他一般和哄[6]？〔丑向外介〕伊好忒无用，把别人称诵；我不胜技痒，早钻头入缝。

【浆水令】〔小净〕把他的头颅借重，把他的性命送终！又不劳你王贵半分铜，却推三阻四，执固不通。〔净怒介〕还推阻，不顺从，教我怒发难轻纵！〔小净、丑向外〕今日里，今日里，落在阱中，休直到，休直到水尽山穷！〔外〕此事断然难从。〔小净〕你当真不从？〔外〕怎么不当真？〔净怒介〕既然王贵不从，也串入张宪一起，先将他敲死！〔外叹介〕唉，岳公、岳公，不是我王贵负你，事到其间，只得顺从了。〔小净向净〕他两人都出首了。〔净笑介〕也不愁他不出首。

写王贵至此仍悲叹岳公，似在黑暗王国里闪现一线光明，照出群奸的种种狼狈相。

【尾声】〔净〕速将文状向公朝讼，〔丑向外〕你也与我雕儿一样了，说甚么平生勇猛，〔外〕难当势焰烘烘。〔小净〕先去拿张宪来，打问成狱，不怕岳飞不认。〔净〕就烦贵衙门拿来打问。〔小净〕当得效劳。〔净〕数年积恨一朝除，〔小净〕他螳臂无知敢怒车。〔合〕计就月中擒玉兔，谋成日里捉金乌。〔下〕〔小净吊场[7]〕打道回院。〔到院坐介〕承行吏王应求那里。〔小生扮吏上〕不作风波于世上，自无冰炭到胸中。老爷有何分付？〔小净〕写下堂牒，去拿张宪来审。〔小生〕这不是老爷衙门里事，只怕不便。〔小净〕我掌枢密院，管著天下将官，怎么拿不得他？〔小生〕老爷适才要拿来审，只怕没有这旧规。〔小净〕要甚么旧规？快写了拿来，先到大理寺狱中取刑具伺候，甚么红绣鞋、吕公绦，事事都要备办著。〔小生〕枢密院从没有推勘的事。〔小净〕哇，这狗才好打！〔小生应介〕〔小净〕只教他浑身是口不能言，遍体排牙说不得。〔下〕

〔1〕叔向：春秋时晋国大夫。

〔2〕苌弘：见前《窦娥冤》注，指忠良之臣。

〔3〕衔结：衔环结草，指报恩。

〔4〕捃摭（jùnzhí）：搜集、摘取。

〔5〕营还兵柄：策划夺回兵权。

〔6〕和哄：欺骗，说假话。

〔7〕吊场：其他演员下场后，个别人仍留在台上，作情节片段相对独立的表演。

第十八折　忠臣被逮

【越调·忆莺儿】〔众〕【忆多娇】〔外官服，丑、贴扮校尉携杻锁随上〕神不识，鬼不识，平地一声大霹雳，丞相传言拿活的。【黄莺儿】须潜行屏息，防他走失。〔外〕还防他使个拖刀计，要机密，我单人独马，只做访相知。你每权且退后。我只做相访,待他出来,听呼我唤,你每上前拿住便了。〔众〕如此甚好,瓮中捉鳖,手到擒来。〔下〕〔外〕下官杨存中是也,奉旨来拿岳氏父子。他与我同时为将,结为兄弟。他如今被奸臣诬陷,我怎忍他受那般极刑?只得将众校尉哄退,我独自到他家,与他说知,待他自裁,却不是好?来此已是门上,有人么?〔杂上〕侯门深似海,不许外人敲。是那个?〔外〕是我。特来访你老爷。〔杂〕老爷有请。〔生上〕

【越调引·桃柳争春】奸谋已知,只须独信精忠,由他冤陷不悔。〔杂禀〕〔生、外相见介〕〔生笑介〕

【越调·绵搭絮】十哥何故迤逦到柴扉?〔外〕特来相访。〔生〕定有跷蹊。〔外〕没甚事。〔生〕更何须详问伊,我已明知。〔外叹介〕〔生〕若没甚事呵,你长叹何为?我两人心下,有甚嫌疑,只恁吞吐含糊?〔外悲介〕〔生〕悲哽难堪欲语迟。十哥,我看你来的意思不好。〔下〕〔外〕他便抽身进去了,不免将堂牒送与他看。〔向杂介〕送与你老爷看。〔杂应下〕〔贴扮小鬟捧酒上〕酒逢知己饮,诗向会家吟。〔向外介〕我老爷著我送酒与杨老爷。〔外沉吟介〕嗄,拿来,〔贴递酒介〕路遥知马力,日久

连奉旨捕岳飞的都同情岳飞,甚至愿为他而死,表明斗争的复杂性和岳飞的深得人心。

见人心。〔下〕

【其二】〔外〕小鬟只手草草捧金杯，那里是管待筵席？料难当狱吏威，不去赴圜扉[1]，教我共他同死，这酒有微机。我便为朋友捐生，有甚踌躇还待疑？〔饮酒介〕〔生青衣上〕平生仗忠义，今日任风波。〔外〕我已饮药，你怎么还不引决[2]？〔生笑介〕此酒无药，今日方见你是真兄弟了。〔外〕昨见张宪拿到枢密院，张俊那厮预为狱以待之。属吏王应求禀称本院无推勘故事，他也不听，亲自鞫炼[3]，备极楚毒。〔悲介〕你怎么受得那般极刑，还是引决的是。〔生〕昨晚已有人来，将秦桧奸谋对我说，使我自裁。我想皇天有眼，必不使忠臣冤陷，万一不幸，亦何所逃？我怎肯自家轻死！此行倘得生还，尚要与国家报效。〔外悲介〕既你主意已决，只得唤侄儿来开读便了。〔生〕岳云那里？〔小生青衣上〕不教飞将追强敌，且戴南冠学楚囚。〔见介〕〔外〕众校尉何在？〔众上〕朱门无复张公子[4]，灞亭谁识李将军[5]。〔外〕圣旨已到，跪听宣读。〔生、小生跪介〕〔外〕奉圣旨：

张宪受到严刑拷打，第二十折有详细描写，此处简略交代，是笔墨精炼处。

【越调 · 亭前柳】张宪太无知，兵柄敢营为！通同谋不轨，事已不须疑。岳飞，共彼相朋比，并子岳云，罪莫赦速拘提。拿下！〔众喊，拿杻锁介〕〔外〕我到前面等

候，你每在此候岳爷起身。〔众应介〕〔外〕情到不堪回首处，一齐分付与东风。〔下〕〔老旦、旦上〕

【越调引·霜蕉叶】【霜天晓角】〔老旦〕萧墙祸起，使我心惊悸。〔见二生抱哭介〕【金蕉叶】恁样飞灾到你，天那，任奸人胡行妄为！

【越调·小桃红】〔生〕半途事业已灰飞，又坐我弥天罪也。后土皇天，鉴我渊微[6]，〔小生〕何事遇凶危？〔老旦〕自不合仗兵威，解重围，建奇功，违权贵也，今日怨著谁来？〔旦〕他为朝廷怨著谁？

【下山虎】〔老旦〕堕他奸计，〔旦〕他把国势倾欹，故把忠良忌。〔老旦向二生哭介〕你怎吃这亏？〔生〕不必伤悲。〔众〕好起身去矣。〔老旦〕他恶狠狠将人只恁催，〔向生低唱〕你也分付家人辈，倩谁人搭救伊？〔生〕那见男儿汉和你一般见识。〔老旦哭介〕怎便束手无谋生别离？

唱词把握了人物的不同性格，声口各别。

【蛮牌令】〔众〕难道不分离？〔老旦牵二生衣哭介〕〔生〕何用强牵衣。〔众催介〕〔小生向老旦、旦向生哭拜介〕孩儿离父母，会无期，兀的不教人痛悲！何时得冤洗生归？

原评："到底只以国事为念。"

〔众〕丞相分付，把他家书札尽行搜去，恐有私书在内。〔俱下〕〔搜书札上〕〔老旦、旦、小生〕家俱破，人已危，〔老旦〕是你每忠义，落的便宜。

【尾声】〔老旦、旦〕堪怜父子同遭系，恨杀那奸臣秦桧，〔生、小生〕怕只怕国事从今不可为。忠臣被谤信招疑，地暗天昏共惨凄。世上万般哀苦事，无过死别与生离。

〔1〕圜扉：监狱。

〔2〕引决：自杀。

〔3〕鞫炼：严刑拷问。

〔4〕张公子：谓汉富平侯张放，少年封侯，为成帝所宠幸。

〔5〕李将军：汉飞将军李广，尝家居，夜从一骑出，还至灞陵亭，灞陵尉已醉，呵止广。广骑曰："故李将军。"尉曰："今将军尚不得夜行，何乃故也！"止广宿亭下。见《史记·李将军列传》。

〔6〕渊微：内心。

第十九折　公心拒谳

本折写无人愿审，以示奸贼的不得人心。

【双调引·秋蕊香】【二句】〔末冠带扮李若朴上〕正把朝纲嗟叹，何心入相国庭前。【集句】乌纱顶上是青天，万事伤心在目前。

敢向官途争虎首，西湖残景醉常眠。自家大理寺丞李若朴是也。早间秦府有人来请到府中议事，想为岳鹏举那桩公案了。我想人生在世，终是一死，若只图这现在的荣华，却不赊下了死后的报应？况忠良陷害，千古奇冤，我李若朴莫说拼了这个官，便拼了性命，骨头也是香的。来此已是相府门首，左右的通报一声。〔杂传介〕〔净上〕〔末〕

【夜行船】一片心机千万转，真实语好与谁传？为却精忠，难翻情面，偏要执持刑典。〔禀介〕〔见介〕〔末〕太师有何分付？〔净〕就是为岳飞那厮罪案。他前次逗留不进，又有营还兵柄的私书，你可用心鞫问，我这里重重推擢。〔末〕丞相听禀：

这是强加给岳飞的两大罪名，下一折岳飞与万俟卨的斗争，就围绕着这两个问题展开。

【仙吕入双调·玉胞肚】明公休怨，说将来教人泪涟。〔拭泪介〕〔净〕呀，怎么哭起来？〔末〕那岳飞果是忠臣，圣上赐得有精忠旗一面，就这旗上字也堪为质见[1]。〔净〕圣上赐旗，也是一时之兴。〔末〕呀，太师，乌纱顶上有青天，还望尊前终恕怜。〔净〕唗，动口便说甚么精忠。精忠便怎么？

高宗赐旗是"一时之兴"，从秦桧口中揭出。

【其二】精忠谁羡，笑伊行言词倒颠。他明明是谋反，你到说是精忠。〔末〕是精忠。〔净〕唗，是谋反。终不然我相府威权，不能翻这宗文卷。你是个腐头巾的学问，如今用不著哩。书生见解若值半文钱，有德行的伊川[2]先上天。〔末背介〕教我李若朴去杀人、媚人，怎么使得？我不如将此官诰，送还官家去罢。秦桧、秦桧，我常将冷眼观螃蟹，看你横行得几时？〔掷纱帽下〕〔杂报介〕〔净〕这酸秀才径自去了。你不做官，难道朝中少你这一个出色的寒儒？叫左右，你可对那何铸说，岳飞这宗罪案要他好生问来，明午便要呈招。〔杂〕晓得。〔净〕本待将心托明月，谁知明月照沟渠。〔下〕〔杂〕敬传丞相语，说与问官知。此是何爷门首了。门上通报，秦府差人在此。〔外扮何铸上〕夜做淹缠梦[3]，晨来窃自猜。檐前无鹊噪，门外有人来。〔杂入介〕丞相爷拜上何爷，说岳飞一案，一定要老爷问，请老爷明午便呈招上去。〔外〕呀，怎么单要我问？〔杂〕因大理寺李爷不肯问，丞相大怒，故此改送何爷。〔外作慌介〕你只说我告了假罢。〔杂〕这怎么使得？一定是老爷问，小人回复丞相爷便了。〔杂做去介〕〔外追转介〕你回去，切莫便说我不肯问。〔杂〕晓得。不看低眉处，焉知宰相尊。〔下〕〔外〕这事怎么了？我何铸今番撞出这场费处的事来，不免到书房静想一回。呀，怎么天色便已昏黑？何省那里？〔小净上〕自家名唤何省，一生只好打盹，昨夜梦遗三遭，快活其实难忍、难忍。〔外〕哇，这厮好打，快

李若朴的刚强、正直，同何铸的软弱动摇，两个形象互相映衬。

张灯来。〔小净张灯介〕〔小净作睡介〕〔外〕唉，这样一个忠臣，何忍将他陷害？也罢，如今世上的人，不知做了许多没天理的事，也不见报应，难道偏我何铸一弄就弄出来不成？便丧了这一次良心，谅也不妨。待我预先草个招稿看。〔作写介〕

【沉醉东风】扭虚词写他满篇，且住，我何铸今夜在此踌躇，敢怕有鬼神听见。〔做惊介〕呀，为甚才说鬼，便忽然肉颤？〔小净大叫介〕打鬼、打鬼。〔外〕这狗才，怎么发梦颠？〔小净〕适才看见老爷在阎王殿上被一个鬼卒扯住，小的慌忙去打那鬼，不想却是做梦。〔外沉吟介〕他直恁也胡缠，怎么我心下只是不决？恁般心战，何铸若不依从，定有重祸了。那其间又怕相公埋怨。〔合〕为著这边，误却那边，算两下难图万全。总之，我辈生于此世，就是个悔气，左又不得，右又不得。倘若不执持[4]的时节，到后来通鉴[5]上叙出我的名字，逢著伊川程氏也骂一顿，致堂胡氏[6]也骂一顿，却不是个遗臭万年了？

伏三十六折"阴府讯奸"。

【其二】腐冤家骂词有万年，后来看鉴的呵，才开卷便恶名先见。我想读书人不敢为非，他怕什么来？都只怕史书传。看来圣贤这法儿倒妙，也好挟持良善，唉，只怕死后的声

伏三十七折"存殁恩光"。

名,也无益于生前的利害。又还愁眼前雷电。罢、罢、罢!〔合前〕夜已深了,且去歇息,明日只推病,不出堂理事便了。怕逢奸佞把忠沉,祸福无端一任侵。恰似和针吞却线,刺人肠肚系人心。

〔1〕质见:证见。

〔2〕伊川:指被称为伊川先生的北宋理学家程颐。

〔3〕淹缠梦:梦境纠缠模糊,浑无头绪。

〔4〕执持:主持公道。

〔5〕通鉴:这里指史书。

〔6〕致堂胡氏:胡寅,称致堂先生。

第二十折　万俟造招

又一个活灵活现的反面人物上场。通过他的自剖自嘲,收到了对这类人物讽刺、批判的效果,是我国戏曲常用的手法。

【南吕引·步蟾宫】〔丑扮万俟卨隶卒随上〕〔丑〕小人似我真干净,没搀入些儿公正。借将他执拗蠢残生,做我权门薄敬。若要做好官,好人料一边;若要好官牢,好心用不著。我万俟卨心怀险毒,性赋贪污。但弄得他人有些不祥的机括[1],便与我无一毫利息,也笑上半年;只打听得那家有些略好的风声,并与我没半点私仇,也恼成一病。做作无穷身分,先算计博换得当朝顾盼,只愁没出色的婢膝奴颜;喜欢现在兴头,常思量包揽尽举世荣华,又管甚么背地里口诛笔伐。却又一件,万一才不副志,却不是虾蟆妄想天鹅?我便生得一副换海移山的手段,假如命不逢时,定做了苍蝇错跟炭担。我恰撞著一个翻天覆地的乾坤。当朝宰相秦太师,就是个识货碧眼胡[2],蒙他十分赏识,十分抬举。我想昨日岳飞一案,合当是我万俟卨拷问了。唉,我恩相却也有一丢儿[3]不济,把来付与何铸那穷酸。那穷酸没福,不知是真病、假病,注了门籍[4]。恩相却才慌了,便悄悄问我,你与岳飞有私恨没有?我那时随机应变,答应说有。恩相便把这桩事交与我身上。〔笑介〕我与岳飞有甚么相干?那里有甚么仇恨?只为这桩事是丞相心上极要紧的,替他干办完成,他这一喜也非同小可。只消这一桩事,我便一生受用不尽。恩相、恩相,你下手岳飞,那里要些仇恨,难道我万俟卨没仇恨,便下手不得?今日须索尽情拷打。左右的,取刑具来看!〔左右应取刑具介〕〔丑〕这等寻常刑具,怎么用得?另换头号的来!〔换介〕〔丑〕选几个精壮有力的皂隶伺候。〔杂争应介〕小的极是精壮有力的。〔丑〕每人重责五板,与他做个样,一会儿好用刑。若不如式,把你这狗才敲死!〔杂慌争相推辩介〕他说是精壮有力的,小的一些力也没有。〔丑〕胡说,都著实打!

〔打介〕〔丑〕狱里取岳飞一干人犯听审。〔杂应传取介〕〔生、小生、末带杻上〕

【引·虞美人】〔生〕投身刀儿[5]无生理，国难何时已？〔小生〕男儿应不恤余生，〔末〕敌未全歼犹有恨填膺。〔见介〕〔丑〕带岳飞上来！〔生上介〕〔丑〕你身上的罪过也多，须一一招承，免受刑法。〔生〕我身上只有尽忠报国四字，不忠的事，怎么肯做？那得罪过来？〔丑〕这四个字在你背上，不在你心上。

【南吕·香绕五更】【香遍满】〔生〕我尽忠持正，〔丑〕你既尽忠，当日奉旨援淮西，你至舒蕲，逗留不进，却是为何？〔生〕淮西进兵非故停。〔丑〕非故停，却怎么不去？这等强辩采下去打四十！〔小生、末争代打介〕〔丑喝介〕你两人自身难保，还要替他？〔小生、末〕情愿加倍受刑。〔丑喝〕〔众扯退介〕〔打生介〕〔丑〕你知罪么？〔生〕念二圣蒙尘常咽哽，〔丑〕你本等罪名不承受，却来扯著二帝，〔生〕要把妖氛尽扫是我真罪名。〔丑〕都是胡说，拶[6]起来、〔拶介〕〔生〕【五更转】将忠良折挫心何硬，〔丑〕且莫说别的，只违旨不救淮西一节，便不是忠良了。〔生〕你道不救淮西，便不是忠良行径，〔丑〕好忠良！是那个劝你不要进兵的？〔生〕当日里御札来君王命，〔丑〕拿御札来我看。〔生〕你收回御札使我无踪影。〔丑〕没有御札,怎说是君命?矫称圣旨,这又是一宗罪案了。左右,与我著实敲一百!〔敲介〕〔丑〕虚申探报[7],该也不该?〔生〕那些个探报虚申?〔丑〕你营还兵柄,意欲何为?〔生〕又道是营还兵柄,〔丑〕你还不认罪,左右,将夹板伺候著。【香遍满尾】〔合〕〔生〕休到底使尽你凶恶性。〔丑〕夹起来。〔夹介〕〔丑〕且放一边!岳云上来!岳云,你写书与张宪,要他虚申探报以动朝廷,真所谓行险侥幸之小人也。快招来!

欲加之罪,何患无词。

【其二】〔小生〕敢图侥幸?〔丑〕用起刑来,怕你不招?〔小生〕悬空坐人[8]严用刑。〔丑〕难道是秦太师诬你的不成?是我诬你的不成?拶起来!〔拶介〕〔小生〕平生自把忠良命,〔丑〕如今造假搪报[9]恐吓朝廷的,都是忠良了?〔小生〕到今朝屈死使我心不平。〔丑〕还说是屈你?著实敲!〔敲介〕〔丑〕招也不招?〔小生〕纵然敲死招难定!也罢,你拿出书来,我就招了。〔丑〕是你每自怕发露,当下就焚却了。〔小生〕既道当下焚烧许谁观听?〔丑〕好硬嘴!也夹起来,抬过一边!你不招,就夹上几年,也是不放的。〔夹介〕〔丑〕唤张宪过来!〔杂带末上介〕〔丑〕你前日在枢密府已受过刑了,如今刑上加刑却不更苦?你将岳飞父子写书

通过万俟卨的严刑逼供,一步步揭示了奸党的卑鄙恶毒,在观众面前展开了一页血淋淋的反面教材。同时又通过岳家父子在严刑拷问下的宁死不屈,树立了他们崇高的悲剧英雄形象,使观众为之感奋,得到鼓舞。这就收到了惩恶扬善的教育效果。

与你的事情都招了罢。〔末〕我招的是那御赐旗精忠证,〔丑〕当初精忠,如今不精忠了。〔末〕忠良怎比伊奸佞,〔丑大叫介〕那些见我奸佞来?我这奸佞的,偏要奈何你那不奸佞的!左右,与我一齐夹起!〔夹介〕〔末〕便死在黄泉我香名还胜。〔合前〕〔丑〕问岳飞父子招不招?〔生、小生〕有的就招,没有的叫我自家诬赖不成?〔丑〕张宪呢?〔末〕你那杀人、媚人的奸贼,教我招什么来?〔丑沉吟介〕咦!只是不招,怎么好?〔作想介〕啐!我万俟卨聪明一世,懵懂一时,我替他一笔写了,锻炼停当,文致[10]罪名,难道秦太师倒与他伸冤理枉不成?叫左右,都松了刑具。〔放介〕〔丑写介〕

【学士解醒】【三学士】审得岳飞父子情,不合故犯常刑。淮西不救违天诏,罢职无权谋掌兵。【解三醒】张宪因而行贿赂,〔停笔沉吟介〕行贿赂,行贿赂?〔放笔介〕这三个字不妥。秦太师独掌朝纲,行贿赂,少不得行在他身上去了。他若见怪起来,不但把我这一片孝顺的心肠,一笤帚扫个干干净净,还怕杀岳飞这些厌物的法场上,要把我来借光东席哩。〔想介〕有了。〔写介〕全不想当朝宰辅清。妙,妙,妙!只这一句就奉得他勾了。如今称讼他功德的尽有,却没有说及清字,岂不新

逢迎拍马,又能“新鲜脱套”,并自鸣得意,把一个肮脏灵魂讽刺得入木三分。

鲜脱套也乎哉！〔写介〕供招定，〔向生、小生、末介〕你每都一一招了。〔生、小生、末争嚷介〕是谁招来！〔丑〕胡说！〔写介〕供招定，律同谋不轨，拟斩施行。拿下去，与他每押字。〔生〕押甚么字？你替我招得，又替我押不得？〔丑〕说得是，就替他代笔罢。他少不得在我手里走往上天去？〔代押介〕岳飞、岳云、张宪俱拟斩！〔小生、末抱生哭介〕

“造招”“替押”，比古来严刑逼供更阴险毒辣。

【其二】〔小生、末〕便是今朝毕此生，尽忠报国无凭。忠心未尽身先丧，报国曾无一事成。〔生〕并命饮刀何足惜，二帝呵，恨不见你云车返故庭。秦桧、秦桧，你若为我一身一家的私仇，我何惜百口殒命，以快你志。只怕我死了呵，便下和亲令。〔合〕若下和亲令，忍蒙尘二圣，终付仇人。〔丑〕将犯人收监。〔杂应介〕〔生〕律法刑官意设，〔小生、末〕供招罪犯不知。〔下〕〔丑〕笑骂由他笑骂，好官我自为之。手下的，他每不曾用一下刑，都一一招了，难道冤枉他不成？〔杂揉眼睁看介〕我怎么白日里站着做起梦来？〔丑〕你梦见些甚么？〔杂〕我梦见老爷把他每著实的拶，着实的夹，著实的打，他每一些也不曾招。〔丑喝诨下〕

虽临危而念念不忘国难，写出岳飞等悲剧英雄的崇高境界。

〔1〕机括：兆头。

〔2〕碧眼胡:西域商人,据说这些人多识宝。

〔3〕一丢儿:一点儿。

〔4〕注了门籍:注销了出入宫门的凭证。这里指告假。

〔5〕刀儿:这里指刑狱。

〔6〕拶(zǎn):刑具,以绳贯五根小木,套入指间,用力紧收,即“拶指”。

〔7〕虚申探报:谎报情况。

〔8〕坐人:引人入罪。

〔9〕搪报:应为塘报,紧急军情报告。

〔10〕文致:舞文弄法,陷人以罪。

第二十一折　看监被阻

把封建社会监狱的黑暗与奸党掌权、忠良被诬陷联系起来写,是一幅人间地狱图。

【仙吕·青歌儿】〔小净扮提牢官上〕才能勾狱官初署,好心肠变成铁铸。今朝该得放家属,非干我事,落得人情来做。自家大理狱官,天生蛇虺[1]心肝,盆吊[2]最是得法,土囊不用人传。岂要损人性命,只为自己赚钱。每到害人时节,怕他有冤报冤,便念阿弥陀佛,都不与我相干。有了这等忏悔,怕不赦罪消愆。非是小子忒狠,个个都是一般。叫禁子隗顺过来。〔外扮狱卒上应介〕〔小净〕隗顺,今日是放家属的日期,你每可照往日的事例,将那大木一根放在中间,一边家属,一边囚犯。如今已是午时了,你每安置停当,便开了监门,放他入来。〔外抬木介〕已安置了，请老爷开门。〔开门介〕〔杂扮家属上〕天堂有路偏不去，地狱无门强进来。〔外报介〕犯人家属进。〔小净〕取囚犯出来。〔杂扮牢囚出介〕〔家属说话、喂饭、揉棒疮介，哭介〕〔旦上〕

【醉扶归】苦哀哀总是含冤路，望狱中心急步趑趄。〔哭介〕我那爹爹呵，你慷慨何难便捐躯，只抛得你娇儿幼女谁分付？传闻今日放家属，也暂与我爹相睹。今日是放家属的日期，往大理寺看爹爹去。母亲患病在家，只奴家一人来此。呀，已到监门，不免进去。〔外〕又有个犯人的家属进来了。〔小净〕看是那个的家属，便唤那个囚犯出来。〔旦〕奴家是岳少保女儿，来看我爹爹。〔小净〕既然如此，便请岳老爷出来。〔外〕岳老爷有请。〔内传介〕万俟老爷分付，今日放家属日期，只有岳少保家属不许放入。〔小净作慌介〕怎么是好？〔止外介〕快不要叫，快不要叫！〔推旦介〕快出去！〔旦〕怎么一般都是犯人家属，偏不容奴家一见？〔小净〕此事实难奉承，都赶出去。〔众家属出介，下〕〔外锁门介〕〔旦望内哭介〕我那爹爹呵，

【二犯桂枝香】【桂枝香头】这监门才开还锢，教我来时不遇。天那！偏我呵做不得

此为岳飞与子女最后一别，备极生离死别之惨。

隗顺的善良、正义，由此开始显露。

罪犯家人，偏到我呵，做不得公私门路！〔生上〕男儿死无时，骨肉恩岂断。囹圄望妻孥，展转不可见。适才外面叫我，怎不见个人？〔问介〕今日放家属，怎的还不进来？〔小净应介〕还早哩！〔旦望见生，叫介〕爹爹，孩儿在此。爹爹！〔小净〕万俟老爷来了，快进去。〔扯生同下〕〔旦大哭介〕我那爹爹呵，【四时花】嗟吁，待呼天更从何处呼，盈盈怎生通半语？大哥，念我爹爹呵，是忠良还负屈。〔外〕我也知道，只是无可奈何了。〔旦望内哭介〕〔外感伤背泣介〕【皂罗袍】〔外〕看忠良何罪，便这般惨毒！他的妻孥何罪，是这般局促！岳小姐，且自回去，下次再来罢。〔旦〕讲甚么下次？【桂枝香尾】已是空归也，便重来总是虚。〔外拭泪介〕岳小姐请回，在此也是无益，又是我每的干系[3]，不当耍的。〔旦〕如此无奈，我只得回去。正是：有灰溺安国[4]，无路效缇萦。〔哭下〕〔生上〕

【醉扶归】往常间家属来相觑，却分明只在午牌初。怎么如今还不见来？我那家属呵，不知你这度离家已来无？我悬悬凝望时惊顾，也是我本来羞做得保妻孥，便少不相担误。〔问外介〕怎么今日放家属，还不见进来？〔外〕适才进来，去了。〔生〕怎不见我家属？

〔外作四顾无人悄说介〕对你说罢：令爱小姐也曾来过，是万俟老爷分付不许相见，故此不敢放入，如今久已回去了。〔生〕呀，去了？〔哭介〕我那儿呵，

【二犯桂枝香】【桂枝香头】指望你今朝相聚，却早来还空去。〔哭介〕我那儿呵，便不能够与你一见，难道这儿女情怀，便不是英雄心绪？【四时花】欷歔，含冤自来何代无？偏教此冤难比数，便家属也隔绝吾。〔外又做泣介〕【皂罗袍】妻兮莫望，不须望夫；女兮莫望，不须望父！〔拭泪介〕岳老爷且休悲苦，下次再会罢。〔生〕唉，还讲甚么下次？我那儿呵，【桂枝香尾】若是骨肉缘还在，只有来生尚可图。一门如隔万重山，儿女闲愁亦等闲。只有英雄两行泪，尚随寒月洒榆关。

万俟卨既然诬陷岳飞，必然断绝他与外界的消息。这不单引人对岳飞的同情，也见出奸佞的险恶。

欲面辞家属而不可得，只能遥遥呼唤，真的惨绝人寰。

〔1〕蛇虺（huǐ）：比喻凶残狠毒。虺，毒蛇。

〔2〕盆吊：虐杀囚犯的酷刑，与下文之“土囊”，同见于《水浒传》第二十八回。

〔3〕干系：责任。

〔4〕有灰溺安国：汉代韩安国因事入狱，狱吏田甲辱之，安国曰：“死灰独不复燃乎？”甲曰：“燃则溺之。”后安国复为梁内史，田甲肉袒请罪。

第二十二折　世忠诘奸

"北歌南哭"，仇者快，亲者痛。

【仙吕引·糖多令】〔外官服扮韩世忠、杂随上〕羞杀表昂藏[1]，愁心日夜忙，恨奸雄诬陷忠良！强逼成招真怪事，教我双泪汪汪。〔诉衷情〕海门[2]寒日澹无辉，堂深昼漏迟。貔貅江上老，环珮梦中归。催羯鼓，发花枝，看云飞。帐前蛮舞，北歌南哭，行酒青衣。下官韩世忠，字良臣，延安人也，官拜枢密使。向与张俊、刘锜、岳飞三人同主用兵，屡败金兵，军中称张、韩、刘、岳。叵耐[3]秦桧这厮，主和罢战，误国欺君，以岳飞不死，终梗和议，诬以反情，令心腹万俟卨罗织成招。今闻其狱将上，不免到朝堂中面诘秦桧一番。此是朝堂门首，著人通报。〔杂报介〕枢密使韩老爷在此求见。〔净上〕平生不作皱眉事，世上应无切齿人。道有请。〔接见介〕枢密至此，有何见教？〔外〕下官此来，端为岳飞一事。〔净〕这样小事，何足介意？〔外〕敢问丞相，岳飞之狱，何者为凭？〔净〕枢密有所不知，岳飞常自言己与太祖俱三十岁除节度使，这却是指斥乘舆[4]了！寇犯淮西，前后受御札十七次，不即策应，却是拥兵逗留了！又其子岳云与

岳飞第一次做节度使时，曾说：三十二岁上建节，自古少有。秦桧党徒摭拾这句话，又

张宪私书，营还兵柄，这都该斩罪。〔外〕那书上如何写？〔净〕书虽不明，其事体莫须有！〔外〕唉，莫须有三字，何以服天下！况岳飞呵，

【仙吕·长拍】当代功勋，当代功勋，朝廷依仗，三字岂能轻量？平生忠义，可对天地，铁肝肠与日争光。千里本昂昂，想绣旗钦赐，志毫无旷。学射之师未忍背，宁又肯负天王？深刺背痕非诳，纵有功不报，忍又摧戕！〔净〕路马不齿，况指斥乘舆乎[5]？闻诏即行，况逗遛不进乎？人臣无将[6]，况事或莫须有乎？枢密休得朋党比周！

【短拍】情法难饶，情法难饶！教人怎解，不曾将齿马提防，还说卫封疆？十七札付诸尘莽，验一纸私书可证！劝伊莫说，免受灾殃。酒逢知己千钟少，话不投机半句多。〔下〕〔外〕你看秦桧不顾人非，不畏鬼责，料也说他不转。正是：谁将三字狱，堕此万里城！这也罢了，我想起来，忠良的下梢头也不过如此，要这冠带何用？不免解去。〔作解冠带介〕叫左右的，你每各自散去，我不用了，只留奚童[7]相从。〔杂应下〕〔小净扮奚童上〕禀老爷何往？〔外〕取蹇驴与我骑跨，随我往湖上游去。〔骑驴介〕

加上一句：只有开国的太祖皇帝也在这个年岁任节度使。然后诬陷岳飞“指斥乘舆”。“莫须有”竟可定罪，自秦桧首创，后来以此制造冤狱者代不乏人。

韩世忠责问秦桧，有史实依据，但此时韩已退职。此处改动时间，说明通过岳飞冤狱，秦桧达到杀一儆百目的，改得好。

【醉归花月渡】【醉扶归】览时陂侧[8]多悲壮，骑驴怕到旧朝堂。湖景澄澄倒峰苍，动人心处添惆怅。【四季花】徜徉，权将绿荷裁做裳，悠悠世间何者祥？【月儿高】仔细思量，功名尽虚谎，似一枕邯郸梦[9]，恰爨下锅儿响。从今杜门谢客，绝口不言兵事。【渡江云】且学个缄口书生怯战场。我那岳鹏举呵，你也拼得个纵死犹闻侠骨香。【集句】二十知兵在羽林，北风肌骨苦寒心。可怜国破忠臣死，常使英雄泪满襟。

〔1〕昂藏：气概轩昂。

〔2〕海门：钱塘江入海处。

〔3〕叵耐：可恨。

〔4〕乘舆：指皇帝。

〔5〕“路马不齿”二句：《礼记·曲礼》云：“齿路马有诛。”路马，驾御天子路车之马。齿，齿及，议论。是说做臣子的连天子的马匹也不宜议论，何况天子本身。

〔6〕“人臣无将”二句：意为当臣子的不能有丝毫的反乱念头，何况“莫须有乎？”《汉书·叔孙通传》：“人臣无将，将则反，罪死无赦。”颜师古注：“将，将有其意。”

〔7〕奚童：小童。

〔8〕陂（pō）侧：倾斜不安。

〔9〕邯郸梦：吕洞宾度卢生入道故事，意为人生如梦。见唐传奇《枕中记》。

第二十三折　狱中哭帝

这是塑造岳飞英雄形象，表现岳飞思想的重要一场戏。

〔净短髯，丑苍髯扮狱卒上〕〔净〕我辈心肠原狠，杀人不当鸡儿。〔丑〕直教我辈也心慈，他的心肠何似？我每大理寺狱中两个节级[1]是也。岳爷自到狱中，只管哭哭啼啼。一下哭坏了，秦老爷与我每要活的，把甚么来还他？〔净〕正是呢。他又不哭老婆，不哭孩儿，单哭甚么二帝、二帝。〔丑〕二帝是什么东西？可是吃得的么？我两个斗儿文钱买与他也不打紧。〔净〕呆毪娘养的，二帝是皇帝老官儿，买得的？〔丑〕皇帝也有个小名？〔净〕怎的？〔丑〕可不叫做二帝儿。〔净〕呸，呆货！二帝是两个皇帝，是那年被金家掳了去的。〔丑〕这等说，是哭不到手的了，他哭到那一年才是了时？也是个呆子！〔净〕岂不是呆子！兄弟，你听那呆子又在那里乌乌的啼哭了。〔丑〕哥，不要睬他，俺每吃一壶去睡觉。各人自扫门前雪，〔净〕莫管他家瓦上霜。〔下〕〔生囚服上〕

【南吕引·转山子】郁郁愁怀怎禁架，叹射影含沙。刚痛那陷敌鸾舆，又遇著欺君曹马[2]，使英雄泪堕，每长歌盈把。

〔集文文山[3]句〕天高月冷泣孤臣,便把君王作路人。万里山河真堕甑[4],一回惆怅一沾巾。我岳飞十年血战,频突重围,那一日不该死,那一处不该死?到今才死,亦已太迟。但热血不洒君父之前,冷眼徒知狱吏之贵。狗烹何惜,兔狡难堪。我岳飞自主辱国蹙以来,只要向前厮杀,岂图貌画麒麟?也知明哲保身,无奈情悬犬马[5]。人皆道撼山易于撼岳,却不知刺背痛于刺心。试看那远戍埋云,惨惨昏昏,或者是二圣翠华[6]凝望处;猛听得孤鸿叫月,凄凄楚楚,想应是两宫环珮梦归时。一事无成,万死莫赎。欲作厉鬼杀贼,风飒飒仍高搴绣字旗;只愁污血游魂,黑茫茫捣不得黄龙府。我想此时日已将晡,这狱中还不甚凄楚;渊圣皇帝[7],你在北地,此时好不凄楚也!〔哭介〕

不死于抗敌的沙场,却死于内奸的冤狱,千古憾事。

【南吕·罗带征胡】【香罗带】悲风吹暮笳,寒林乱鸦。黄尘万里浮落霞,〔哭介〕天那,君王应是费嗟呀也。当日举朝力主割地请和之议,只道和议一成遂无他患。【征胡兵】不想谩言都是假,敌情多谎诈。便做道江左愿偏安,那亲仇怎罢?

原评:"此全套总名为'九嶷山',以九调合成也,今分为四曲,使唱者便于删削。"

【懒扶归】【懒画眉】十二金牌乱如麻,十载成功浪打沙。我只道为君谈笑静悲笳。〔哭介〕【醉扶归】今日公然南牧胭脂马,使我春明门[8]外即天涯，又说甚金戈铁骑长城下？梦里呵，【梧桐窗】【梧桐树】只见风高杂鼓挝，雪暗雕旗画。一手剑闪星文，怒把单于打；一手紧将捧定南还驾。【琐窗寒】醒来时满眼断垣残瓦，秦桧、秦桧，我岳飞呵，便粉身何惜覆全家？只是可恨累君王常受波查！

【迓三帽】【大迓鼓】临安偶建牙[9]，只为荷香十里[10]，忘却中华。那里是宵人[11]奸计欺华夏。【解三酲】俺这里自争差，便是与我同时的大将呵，一个个阵云杀气腾声价，怎便忍气吞声似哑巴？堪惊诧。当日口口声声都只说二帝，【刘泼帽】那一时不是常牵挂，闲磕牙，怎枉说英雄话？

对南宋统治集团苟且偷安、醉生梦死的批判。

【尾声】一腔怨恨如天大，〔哭介〕天那，怎得孤臣速死去报官家。做个厉鬼呵，也要把奸佞头函将戟耳叉。身已难全万事非，丹心愈劲怎支持？天长地久有时尽，此恨绵绵无绝期！

这些控诉、批判、愿望，围绕着哭二帝展开。岳飞的忠君爱国思想喷薄而出，悲愤动人。

〔1〕节级：唐宋时低级武官，这里指狱卒。

〔2〕欺君曹马：曹操、司马懿。

〔3〕文文山：文天祥。

〔4〕“堕甑(zèng)”句：言山河已碎，如摔破的瓦器。甑，古代蒸馏食品

的炊具。

〔5〕情悬犬马：心怀为君王效犬马之劳的愿望。

〔6〕翠华：用翠羽饰于旗竿顶上的旗子，指皇帝的仪仗。

〔7〕渊圣皇帝：赵构即位后，遥尊钦宗为“孝慈渊圣皇帝”。

〔8〕春明门：唐代长安东门。此处指都门。

〔9〕临安偶建牙：言南宋小朝廷只是偶尔出兵抗金。牙，军前大旗。

〔10〕荷香十里：用柳永词〔望海潮〕句，指杭州胜景。

〔11〕宵人：宵小，指群奸。

第二十四折　东窗画柑

向来戏曲中写反面人物，大都漫画化，脸谱化。这本戏写秦桧张俊等陷害岳飞，都把他们放在特定历史环境，揭示他们的内心活动，使人们洞见他们的五脏六腑。然后他们的罪恶活动都可从客观历史环境与主观思想意图两方面得到充分说明。本折写秦桧夫妇的阴谋活动，比之“群奸构诬”

【南吕引·生查子】〔净便服上〕心与大金和，谁不同声和？堪恨那狂狙[1]，怎捺心头火！叫小厮，把小阁门儿开了。〔杂应开门介〕〔净〕掩上了门，你自去，我要静坐一回。一应大小事情，不许通报。〔杂应下〕〔净〕恨小非君子，无毒不丈夫。毒多无用处，却也费踌躇。自家秦桧，前在金家首倡和议，致蒙挞懒郎君纵归，诡称杀监得脱。既幸抽身免难，何知践信酬恩？但愁和议不成，便属诸将用事，那里用得我老秦着？然使天下明知和议是我，必定又来与我争论，不若将金人利害，恐諕官家，使胆寒于从战之难，自意协于和议之易。及至上意自决，倘或要战，这便是和官家做对头。既有圣旨可推，即使无功也不是老秦担担子。〔笑介〕这条计，不但使宋朝倚重，尤能使金主衔恩。上可望石敬瑭[2]，次可效张邦昌[3]，最下亦可常保相位，岂不美哉、乐哉？那二帝是赵家的二帝，河北是赵家的河北，管甚么闲事？有等不识时务的，在皇上面前七嘴八舌，讲甚么父仇当报，国耻当雪，把皇上说得疑疑惑惑起来。我说此乃行险徼幸之计，万一不能取胜，反得罪于金人，那时仇上加仇，耻上加耻了。又有讲岳飞这一员大将，金人所惧，不宜加罪，几乎又把皇上说转。我说他曾说自己与太祖俱三十岁除节度使，他肚里便想黄袍加身了，那时陛下求为匹夫且不可得，怎能够象今日罢战休兵，安闲自在？皇上当时嘿然不言，颇颇相信。我不趁此时下手，更待何时？只可恨狱词还不停当，怎生是好？不免在此东窗之下计较一回。〔想介〕〔丑扮丫鬟捧柑上〕骨刺红罗被，香粘翠羽簪。擎来玉盘里，全胜在幽林。〔见净介〕禀老爷，这是闽中新献来的柑子，夫人命送与老爷尝新。〔净取柑介〕你自回避。〔丑〕晓得。〔下〕〔净徐步画柑思想介〕柑子、柑子，干休了罢？咦，使不得，使不得！

“万俟造招”，又达到了更高的水平。

借画柑这一动作，表演出秦桧无计可施，又不易表现的急躁心理，也为王氏献计预设地步。

【南吕·一江风】待容他，他定是来寻我，怎放得仇人过？待不容他，不奈爰书[4]，全不分明，谁不会拿人错？我匆忙要议和,便冤他也没奈何。怎计较方停妥?〔贴上〕事不关心,关心者乱。相公自出都堂,竟入小阁,独坐竟日,不知为著甚么?好生放心不下,不免自去问个端的。〔做背叫,净出神不应,贴抚净背介〕呀,相公,为甚事在这东窗下独自沉吟?〔净〕夫人,我想岳飞一宗卷案,不得了结。那措置还军,说他父子有书,又没有书;不救淮西,往来月日甚明,不过是元龟年杂定傅会的。前日大理寺薛仁辅等都说他无辜,宗正士㒟[5]又来力争,韩世忠为此乞休去了。我如今把甚么计较[6]塞众人之口,方去杀他才好?〔贴笑介〕原来为此。相公,岂不知捉虎易,放虎难。

【东瓯令】真堪笑,恁搓挪[7],便算冤他值甚么!你这等怕人谈论,那个又饶你来?不如就把岳飞来杀了,谁人不怕死的?教他每越在刀尖坐,你越把稳船儿舵。纵说冤说枉话儿多,有口奈伊何?〔净〕讲得有理,不免写下片纸分付狱吏,教他刻下报死,有何不可?〔贴〕正该如此。〔虚下〕〔净〕听事吏何在?〔小净扮老吏上〕

【其二】年华迈,鬓毛皤,日日奔驰走似梭。老爷今日自出都堂,径入小阁,整整的坐这一日,不知为甚?蒙他呼唤,不免径入。〔见介〕〔净仍画柑介〕老爷为甚恹恹坐，手画得柑皮破？〔净〕要差你干一桩事，不要泄漏我的，定有重赏。〔小净〕这打甚么紧？谅他些小甚偻啰，应不费干戈。〔净写介〕你可晓得？〔小净〕小人长这一把年纪，这些小事难道也不晓得？〔净喜介〕好、好，有用。〔将小纸付小净介〕快送去。〔小净应介〕

此时画柑至于皮破，表示秦杀岳决心已定。

【刘泼帽】〔小净〕疾忙将去如星火，〔急下复上〕阿呀，好糊涂！他把那柑子皮画来画去，向着我说要差你干办这桩事，你可晓得？我一时间要讨好，随口答应道：晓得。只道要把柑子来做些甚么，却又换了一封帖子，只教我快送去。我也不及详细，应声便走，如今不知送谁，须索转去问个明白。〔进介〕〔净〕停当了没有？〔小净退缩介〕还有些不停当。〔净惊介〕为甚么不停当？〔小净〕老爷分付小人快送去，小人应了就走。〔净慌问介〕却怎么？〔小净〕老爷又不曾分付得明白，并不知付与谁个。〔净恼介〕这蠢才，先却故作晓事的，这样不中用！送往大理寺狱中去。〔小净〕晓得。〔急起走忽停想介〕呀，且住。只说送往大理寺狱中，送去做甚么？少不得还转去问个明白。〔进介〕〔净〕怎么又转来？〔小净〕不知送往大理寺狱中做些甚么，必须说个明白，小人好与老爷用心干办。还须一

秦桧老谋深算，不愿轻露口风；听事吏又年老颟顸，再三弄不清楚。通过他的三进三退和秦桧的一喜一惊一恼，既刻画了双方人物，又活跃了舞台气氛。

一明说破。〔净喝介〕唗！送去便了，有这些话说！〔小净惊起介〕这是怎么说？不知甚么事，也不说个明白。好鹘突哥哥，动不动一声喝。〔下〕〔贴上〕相公，那岳云、张宪怎么？〔净〕待岳飞报死，然后说他自知理屈死了，方去下手那两个罢。〔贴〕相公，你又来了。一不做，二不休，不如就假写一道圣旨，把那两个押赴市曹处决，却不爽快？

【其二】从来斩草连根割，古人言决不差讹。〔净〕说得是。算来只做一遭错。常言善恶报应，都是妄谈，似我今日这做作呵，便是活活阎罗，那怕你因和果。〔贴〕只消我一句两句，〔净〕便费我千思万思。〔贴〕我也算片言折狱[8]，〔净〕我也算家有贤妻。

〔1〕狂狙：轻狂的猴子，喻举止轻浮的人。

〔2〕石敬瑭：五代时晋高祖，割燕云十六州于契丹，自称“儿皇帝”。

〔3〕张邦昌：大汉奸，靖康变后，被金人立为“大楚皇帝”。

〔4〕爰书：记录供词的文书。

〔5〕宗正士㒟（yǐ）：指赵士㒟，宋宗室。宗正，官名，掌朝廷王室事务。

〔6〕计较：办法。

〔7〕恁搓挪：这样的犹豫不定。

〔8〕片言折狱：几句话便断了案。

第二十五折　岳侯死狱

〔外扮狱卒上〕事到头来不自由，恨伊奸贼忒凶谋。可怜忠义今朝命，付与无常[1]万事休。自家狱卒隗顺便是。适才奉堂官[2]之命，说有秦丞相手书密谕，要讨岳老爷的气绝，限今晚三更时回报。唉，岳老爷是个忠臣，怎教我做这样没天理的事？但事已至此，无可奈何，不免唤伙计出来与他商议。〔唤介〕〔丑上〕地狱小人入，天堂君子登。近来颠且倒，天地不分明。哥，唤我则甚？〔外〕你还不知，适才堂上分付，说有秦丞相密札，今夜三更时分，便要结果岳老爷的性命哩。〔丑惊介〕这事怎么做得？待我写个退状，出了司狱去罢。〔外〕阿呀，没有这事，早退便好。此时怎么退得？那秦丞相好不狠哩！〔丑向内介〕罢、罢，岳老爷，眼见得保全你不得了！〔向外〕只得请他出来，明与他说。岳老爷有请。〔生上〕

【越调引·金蕉叶】昼长夜悠，痛忠良番为楚囚。叹笼鸟如何出头，望燕云空思唾手。你每有何话说？〔外、丑叹介〕〔生〕有话便讲。〔外、丑泣介〕我也不好说得。〔生〕怎

隗顺不说出，是不忍心；岳飞说出，是早已料

到。这样写才能写出人物的性格来。

不说？无非只要我死罢了！难道我岳飞怕死的不成？快快说来。〔外、丑〕岳老爷，这也不干我每事。适才接得秦老爷手书，分付我每结果你的性命。特地请你出来，大家作个商议。〔生〕原来如此，只一死便了。

【越调·祝英台】指望出樊笼，纾[3]国耻，不肯死前休。〔外叹介〕好个岳老爷，你看他到这样地位，还只想著报国哩。〔生〕我一息尚存，还望中原，却怪壮心难收。何忧？便终教名遂功成，少什么藏弓烹狗！怎教我，便等不到当烹时候！〔丑〕岳老爷，如今已是三更了，非是我每催逼，只是秦丞相的性儿，你是晓得的。〔生〕不须多言，待我拜辞二帝与主上便了。〔丑〕那样东西，就不辞他也罢了。〔生哭拜介〕

狱卒对徽、钦、高宗之骂，反映了作者对封建统治者的大胆批判。

【其二】〔换头〕高厚，念孤忠，成画饼。一死更何有？叹你马角未生[4]，良栋先摧，主上呵，终是陆沉神州[5]。掣肘。忍见他国破君危？死也不如速朽。看胥涛[6]，忠魂滚滚同赴江流。〔丑拉生胁，生死介〕〔外〕岳老爷死了，可怜、可怜。不免请他小将军和张都统出来说个明白，莫待他疑心是我两人的主意。〔请介〕二位将军快来。〔小生、末上〕梦绕云山心似鹿，魂飞汤火命如鸡。你请我两人出来有甚话说?〔外、丑哭介〕秦丞相分付我每下手岳老爷,如今已死了。〔小生、末惊介〕怎么说?〔见生介〕呀,兀的不痛杀我也!〔哭倒介〕〔外、丑扶介〕快起来,连你二位也难保哩。〔小生、末大哭介〕我那爹爹那,〔末〕我那少保那!

借此让儿子、部将抚尸哭别,以抒英雄惨死之恸。

【忆多娇】你志未酬,身已休,如许英雄不到头,冤骨谁人来与收?血泪交流,血泪交流,顷刻泉台聚首。

【斗黑麻】堪恨无端,剑来杜邮[7]。把他为敌国,代却仇雠。只为君亲愤,社稷羞,更有甚他端,与你奸臣不投?不做沙场髑髅,捐躯混狱囚。千古伤心,千古伤心,为君忧国忧。

〔内报介〕万俟老爷来了。〔丑〕快进去,快进去!〔小生、末怒介〕万俟卨来便怎么?我每在此哭一哭,难道也不容我?〔外〕这是小人每干系,怎么好常在这里哭哭啼啼?〔外、丑推扯介〕〔小生、末〕经略中原二十秋,功多过少未全酬。丹心似石今谁诉,空有游魂遍九州。〔哭下〕〔外〕且将这尸首扛在一边,待万俟老爷验过,凭他怎么发落。〔外、丑扛生介〕正是:阎王注定三更死,怎肯留人到四更。〔下〕

〔1〕无常:迷信说法中勾魂的无常鬼。

〔2〕堂官:衙吏对其长官的称呼。

〔3〕纾(shū):解除。

〔4〕马角未生:战国时,燕太子丹质于秦,思归。秦王曰:"令乌白头,马生角,乃可许耳!"见《燕丹子》。

〔5〕陆沉神州:国土沦亡。

〔6〕胥涛:传说伍子胥因忠被杀,吴王投尸于江,为涛神,后遂以江涛为"胥涛"。

〔7〕剑来杜邮:秦昭王时,武安君白起被罪出咸阳,至杜邮,秦王遣使赐剑使自裁。杜邮,在今陕西咸阳东。

第二十六折　隗顺埋环

隗顺负尸,足见"公道在人,天心未泯"。

【商调·水红花】〔外扮狱卒上〕孤忠骸骨髑髅边,有谁怜热心一片。自家狱卒隗顺,因岳老爷冤死,尸首已经验明,不见发落。我心中十分不忍,乘此夜半无人,负尸出狱偷葬城外,有何不可?〔作负尸忙行介〕待矛头淅米[1]与周全,向重渊觅些儿方便。这一带城墙偶尔崩卸,不免就此越城。〔作越城介〕索把危垣偷度,谢天谢地,幸喜到郊原,冷清清北山前也啰。〔放尸喘息介〕我隗顺拼命逾城,负得岳爷到此,幸喜一路无人知觉。此处是九曲藂祠[2],北山地方,离城已远,不免掘开地面,将他尸身埋掩。〔哭叹介〕岳侯，岳侯！

【集贤宾】你头颅向许甘弃捐，又何惮荒园。只是今日呵，不得把残躯随帝辇，漫教他衔恨黄泉！我今日负他出来，只怕愁深地浅，向此处稍埋幽怨。非幸免，倘泄漏肯辞严谴？〔作见环介〕这是岳侯平日佩的玉环，今日仍系他腰下，以为后日证验。

【簇御林】这无瑕璧，制琢全，比忠臣，肝胆坚。当胸束结酬他愿。还有大理寺一个铅筒，也放在上边，与他还作取将来券[3]。〔作掩土介〕土频填，且住。掩埋已毕，将何记认？嗄，有了，近处有小橘二株，移来植于冢上，却不是好？依依两橘，准拟傲霜天。〔种橘介〕〔哭拜介〕此处无香，不免撮土祷告一番。岳爷，岳爷！

可借屈原“橘颂”来一读。

【猫儿坠】你英灵如在，一一听吾言。往复平陂天道旋[4]，有时恩诏雪忠冤。那秦丞相呵，当权，满月将亏，日中当转。

借隗顺之口，表达为忠魂伸冤昭雪的信念，也为下文伏笔。

【尾声】一腔血洒郊原遍，留取忠臣骸骨全。这天大冤枉终须昭雪，必然求尸改葬。我如今预识在此，还对我子孙说知，异日好去报官寻取，也不枉我一片苦心了。说与儿孙结善缘。双橘殷勤种冢前，玉环依旧在胸悬。归家说与儿孙记，会见丹书下九天[5]。

〔1〕矛头淅米：《晋书·顾恺之传》："桓玄时与恺之同在仲堪坐……作危语。玄曰：矛头淅米剑头炊。仲堪曰：百岁老翁攀枯枝。"淅米，淘米。

〔2〕九曲藂祠：立于荒郊野外的神祠。

〔3〕券（quàn）：契约、文券。这里指以玉环为凭。

〔4〕"往复"句：指形势发生根本变化。

〔5〕"会见"句：意为总有一天皇帝会下诏为岳飞昭雪。

第二十七折　冤斩宪云

【商调引·三台令】〔丑红袍，杂执刀随上〕〔丑〕秤钩[1]藏入心思，厚甲装成面脂。此事奏官司，语冤魂不劳见赐。下官万俟卨，奉丞相之命监斩岳云、张宪，怎么此时还不见绑来？手下的，快催一催！时辰限定，不是当要的！〔杂应催介〕犯人，快快走动！〔绑小生、末上〕

【商调·山坡羊】〔小生、末〕急煎煎向市曹来至，实丕丕做刑人于市。犯由牌是如何写来？又谁知冤狱才三字[2]。展转思，不想忠良便到此。人生自古谁无死？留取丹心垂汗史！男儿存亡无定时；怕痴儿,公家事怎支?〔杂〕禀老爷,岳云、张宪绑到了。〔小生、末到介〕〔丑〕是甚么时候了?〔杂〕是巳牌时候了。〔丑〕还没有到午时?〔杂〕还没有。〔丑〕管他是午时不是午时,斩了罢!〔杂〕禀老爷,到午时也不远了,还略等一等。〔丑〕早些何妨?若迟了一刻,怎么使得?可将犯由牌晓谕众人,即便行刑。〔杂应介〕〔叫介〕犯人一名岳云,与都统制张宪,虚申探报,恐动朝廷,图为不轨。奉圣旨斩!犯人一名张宪,得岳云手书,谋据襄阳,营还岳飞兵柄。奉圣旨斩!〔内掌号开刀斩介〕〔外内大叫〕罢了,罢了!怎么把忠良杀尽?〔慌上,见尸大哭介〕

【其二】好朦胧一场国是[3],把忠良尸诸朝市[4]。〔杂提二首付丑押字介〕〔外〕是不欲迎还两宫,是全无恢复中原志。忒徇私,心肠太不慈。从今旗上无复精忠字,狸狁[5]长驱将计施?涟洏[6],禁不住哭英雄双泪滋;堪咨,写不尽吊冤魂《九辩》词[7]。〔丑〕那哭的是甚么人?拿上来!〔杂应拿介〕〔丑〕你姓甚名谁,与岳云、张宪是甚么亲?敢大胆到这法场上哭他!〔外〕我布衣刘允升[8],因你与秦桧、张俊诬陷忠良,已伏阙上书[9]代他伸冤。听得你这厮在此监斩岳云、张宪,忙走将来,不想你已将他杀了。〔恨介〕你这杀人、

明人的《东窗记》《精忠记》都写岳飞为怕岳云、张宪起兵报仇,损他一生忠孝之名,竟写信骗他们来共死。这折戏不仅写云、宪慷慨就义,还写了刘允升的抚尸痛哭,怒斥权奸,在舞台上重现我国民族英雄的凛凛生气,令人击节称快。

原评:“更快更烈,宁谓南国无人?”

媚人的小人,亏你下得手!〔丑喝介〕唗,这狂生,好无礼!〔杂提锁上〕上命差遣,盖不由己。那伏阙上书的在那里?呀,你原来在这里。丞相说你妄言朝政,诬蔑大臣,拿你送大理寺哩。〔将绑介〕〔外〕唗!我刘允升若是怕死的,也不来上书讼冤了!〔杂〕你既不怕死,好好就绑。〔外〕唗,我怎肯死于奸贼之手?唉,泰山一死重,鸿毛一死轻。宁为蹈东海,不处小朝廷[10]。〔大叫撞死下〕〔杂〕他自家撞死了,快回复丞相去。〔丑〕岳云、张宪悬首示众。刘允升的尸也好生看守,敢怕丞相还要戮他的尸哩。〔杂应介〕正是:杀人须见血,斩草要除根。〔下〕

〔1〕“秤钩”句:意为心思诡密,有如曲钩。

〔2〕冤狱才三字:即“莫须有”三字。

〔3〕国是:国家大事。

〔4〕尸诸朝市:陈尸于闹市。

〔5〕猃狁:先秦时期北方游牧民族,此处代指金人。

〔6〕涟洏:涟涟,泪流不止。

〔7〕《九辩》词:宋玉作《九辩》,为屈原辩冤。

〔8〕刘允升:名阶,福建建州人,因为岳飞辩而冤死于狱。

〔9〕伏阙上书:拜伏宫门给皇帝上书。

〔10〕“宁为”二句:本胡铨上书请斩秦桧疏中语。此言宁可像鲁仲连投海而死,也不愿呆在小朝廷里苟活。

第二十八折　银瓶坠井

【南吕引·女临江】【女冠子头】〔老旦、旦、贴、侍女随上〕〔老旦〕儿夫入狱情难洗，女妻对影空悲。【临江仙尾】〔旦〕一场冤病竟无医，爹行多不保，合室尽归期。【集岳珂[1]诗】〔老旦〕有客悲周道[2]，何人归鲁祊[3]？〔旦〕同时惟切齿，来者但吹羹[4]。〔老旦〕长夜何时旦，沉阴几日晴？〔旦〕是非从久定，祸否待终倾。〔老旦〕自从你爹爹入狱，公论未明，夜来梦寐多凶，使我神魂不定。我想秦丞相那一班人，与我家有何仇隙，苦苦要加杀害。近闻他稍有悔心，或者天理尚存，生还可望。〔旦〕母亲差矣，秦丞相若是私仇，倒还可解。他欲坚和议，先害忠良，况有万俟卨辈辅之为虐。锻炼成招。人心已死，安知天理？〔老旦哭介〕这样说，你爹爹命必休矣！你爹死，我命亦不独存。只留下孩儿每年幼无依，兀的不痛杀人也！〔旦〕母亲说那里话？孩儿素慕古人，每怀忠义，得与爹爹相从地下，于愿足矣。〔老旦〕虽然如此，我每还对天祷告一番。倘得上天怜念，启牖圣心，赦你父亲亦不可知。可看香案过来。〔贴安香案介〕〔老

岳珂此时尚在襁褓之中，由其祖母念他的诗，未免颠倒历史。

悲壮！但必须注意，这里也宣扬了封建道德。

旦拜介〕〔旦跪介〕

【南吕·锁窗寒】〔老旦〕忠肠一点天知，念臣飞遭遇奇。金牌顺旨，翻履危机；沉身在狱，谁怜功勋？今日呵，惟希有半毫天理。念我丈夫呵，此身举国系安危，岂徒夫妇私意！〔旦拜介〕

【其二】一家毒苦休提，念朝廷须主持。长城万里，捍卫边陲；乘舆毳幕[5]，关心非细。若杀了父亲呵，谁人肯立功边鄙，况士民翘首望云霓，岂徒儿女私意！〔末扮家人慌上〕

【赚】且报家知，夫人、小姐，不好了，活阎罗降下凡世，没些道理！丞相呵，冤家仇对当权势，书一纸，老爷呵，怜殒命身埋土泥。小老爷与张爷呵，一霎地并遭刑矣。家如毁，将四位小爷呵，齐投岭南不许迟，共寻死地！〔老旦、旦惊哭倒介〕〔贴扶起介〕

此为下文"忠裔道毙"先提一笔。

【五更转】〔老旦〕二帝仇，难轻置，何曾与秦家讲是非。风波搅起一任将心昧，他强勒归来，又折磨加罪。那一班官员呵，言不敢，怒不形，都则趋他势。唉，莫说是人，便是皇天也不怜忠义！空有阳光，也只照人冤泪。〔旦虚下，抱银瓶上〕

【其二】自幼来，通书义，巢倾知卵危[6]。不如早死到得随爹去，比如井落银瓶，决无还理。孩儿此去诉知上帝呵，人无望，帝或怜，必不私奸桧。〔哭拜介〕也顾不得慈闱[7]老年老年愁滋味。把这井呵，当做湘水三闾[8]，甘沦佳质。〔旦跳井下〕〔贴救扯不及介〕〔老旦哭倒，贴扶起介〕

【薄媚衮】〔老旦〕养儿女都指望嫁婚，岂知他俄顷投泉底？残粉剩脂，残粉剩脂，都把娇姿一旦付流水。侍儿，你可抱孙儿岳珂上来。〔贴抱上介〕〔老旦交付苍头哭介〕苍头，苍头，你须保孤儿，须保孤儿，潜踪迹，他方避。仗托伊，苍头，你受我一拜。〔拜介〕〔末〕折杀老奴了。〔老旦〕延此衰宗，程婴古谊[9]。〔翻身跳井下〕〔贴、末救不及，哭倒介〕

【其二】我家呵，与秦丞相无有夙冤，奈何残忍忠良裔？就是豺虎獍枭，豺虎獍枭[10]，难道全家一个个尽残毁？天道无知，天道无知，重阍闭，狂猘吠[11]。苦怎提！莫道入地无门，这井儿呵，合家聚会！〔末〕快打捞夫人、小姐尸首，买棺木埋葬他。〔内喊〕秦丞相差官领兵来抄扎岳府家私，先着地方看守，不许

据传说，银瓶在岳飞下狱后，欲叩阍上书，而逻卒摽门，不能自达，遂抱银瓶而死。传奇这样写是为了更集中地表现岳飞一家的忠烈。

放走了人口！〔贴、末惊倒介〕我每快走，势不容迟了！

【金莲带东瓯】【金莲子换头】漫天毒谋罗网弥，我每这番怕又遭他手里。〔哭、跪拜介〕我那老爷、夫人、小姐，英灵在阴中护持！小郎君呵，【东瓯令】天然一貌更称奇，日后亢宗枝。夫人、小姐，顾不得了，我两人不是贪生躲避，只是贼心太狠，不得不以孤儿为重。

岳飞满门被害，唯孤儿逃出，伏剧末一折。

【尾声】两人蚁命无堪惜，只为忠臣一脉微。此去呵，不靠苍天更靠谁？〔末〕如今天道欠明白，只与恶人结好缘。〔贴〕若是保得孤儿在，许他还做半边天。

〔1〕岳珂：岳飞之孙。

〔2〕周道：《诗经·小雅·小弁》：“踧（cù）踧周道，鞫为茂草。”谓周王朝的衰变。

〔3〕归鲁祊（bēng）：春秋时，郑国曾将祀泰山之邑祊归还鲁国。《左传》：“郑伯请释泰山之祀而祀周公，以泰山之祊易许田。三月，郑伯使宛来归祊。”祊，郑祀泰山之邑，近鲁。许，鲁地，近郑。

〔4〕来者但吹羹：化用“惩羹吹齑”的成语。“惩羹吹齑”比喻吃了大亏而心存戒备。

〔5〕毳（cuì）幕：毡帐。

〔6〕巢倾知卵危：覆巢之下无完卵的意思。

〔7〕慈闱：慈母。

〔8〕湘水三闾：屈原曾任三闾大夫，自投汨罗江而死。

〔9〕程婴古谊:指程婴救护赵氏孤儿事。

〔10〕獍(jìng)枭:獍,传说中像虎豹的恶兽。枭,猫头鹰,旧时认为恶鸟。

〔11〕狂狺(yín)吠:狂犬吠叫。

第二十九折　北庭相庆

【中吕引·绕红楼】〔小净扮兀术,净、丑、小军随上〕〔小净〕灼骨[1]今朝喜报彰,和议就,诛斩忠良。立马吴山[2],预开屏幛,快酌酒杯香。雕弓白羽猎初回,薄夜牛羊复下来。青冢路边荒草合,黑山峰上雁初回。自家兀术四太子。自通书南朝秦丞相之后,承他厚意,连发金牌,取回岳飞,力主和议。昨差何铸为通和大使,献表称臣,割还唐、邓、关、陕各州地方,大事已成。〔净、丑〕恭喜太子了。〔小净〕你每那里知道,这不足喜:那称臣也是虚文,土地不愁不是我的。只有一件,那秦丞相把那岳飞一刀杀了。〔大笑介〕好快活,好快活!〔净〕是那个岳爷爷?〔丑〕是那个岳家老子。〔小净〕哇,如今他杀了,不要叫爷爷、叫老子了。〔净、丑〕我每被他杀怕了,口里叫他名字,依旧胆颤,再叫不出。〔小净〕哇,胡说!难道死岳飞,能走生兀术不成?如今可传示帐下,一面办羊酒欢宴,再传

死岳飞纵不能走生兀术,还可以使金兵谈岳色变。

示各营帐房头领及远近部落，并阴山黑河一带部长，俱要羊酒贺喜。〔净、丑〕这个才是。〔传令介〕〔旦、贴扮胡姬上〕油囊取得天河水，欲饮琵琶马上催。羊酒在此。〔饮介〕

【中吕·山花子】〔小净〕宋朝都听头巾讲，将军比却婆娘。只岳飞呵走朱仙一战怎当？到于今部落心降。〔合〕幸他邦忠良反戕，不将箭镞遗战场。非干我为他自伤，乘此机缘夺取封疆。〔净、丑奉羊，旦、贴奉酒介〕

【其二】〔旦、贴〕宴开帐下齐欢畅，笑岳家已没旗扬。那岳少保常说，抵黄龙方启酒肠，到作成我辈擎觞。〔小净〕你每大家痛饮一番。〔众同饮介〕快吾邦仇人已戕，一齐打猎闹战场。北军自欢南自伤，各整弓刀扰乱边疆。〔小净〕可将琵琶、觱篥，携著羊、酒一路打围，往阴山前后去。〔净、丑应，行介〕

【越恁好】〔众〕好烧羊炙，好烧羊炙，满腹饫酪浆。马行擎电，逾峻岭似康庄。鹰儿犬儿飞趁忙，狐奔兔攘，猛流星箭射无虚放，打围归醉拨琵琶唱。〔下〕〔末扮洪皓[3]巾服上〕回雁高飞太液池[4]，黄河水流无尽期。三春白雪归青冢，正是长安花落时。自家大宋行人[5]洪皓，奉命而来，久羁阴山之北，这也是臣子职分当然。只不知我朝中近来主持议论若何？边疆战备若何？但得主上圣神，文武尽力，一雪旧恨，重整山河，我就老死于此亦无所恨。今日天气晴朗，特出外边闲步一回，并打听中朝一个信息。远远望见有个金人来了。〔老旦扮金人上〕山头蜂子声声叫，知是将军夜猎还。〔末问介〕列位，往那里去？〔老旦〕如今中朝杀了岳少保，四太子传令，大小部落头领都要举酒相贺。我每都办羊、酒去的。〔末惊介〕怎么说？把岳少保杀了？〔扯老旦问介〕〔老旦〕我要去吃酒，不要琐碎。〔下〕〔小净领众上〕〔末虚下〕

【红绣鞋】〔众〕他每自害忠良、忠良；不劳咱动刀枪、刀枪。岳少保，枉猖狂；今日里，我为强；从此后，没灾殃。〔众〕小番每请问太子，宋朝为何杀此一员上将？〔小净〕你每有所不知。

借兀术之口，从另一角度，再揭秦桧卖国罪行。沉痛的历史教训。点出本折旨意。

【意不尽】今番全仗秦丞相，他夫妇临去之时，曾有誓言，一到中朝将和议倡。小番，取酒过来，向南天洒酒，这是俺北朝郎主福分广。〔下〕〔末上哭介〕原来中朝杀却岳少保了！金人所畏，止他一人，如何反把他杀害！这又是老秦的那话儿相照应了。昔日楚杀得臣而晋喜[6]，宋杀道济而魏兴[7]。千古一辙，可叹、

可叹！〔哭介〕

【番马舞秋风】【驻马听】忠勇无双，忍使长城一旦亡！好似夜行灭烛，渡水亡篙，架屋无梁！罢了，罢了，魂消冰窖恨偏长，虞渊取日成虚想。我想金人既无忌惮，指日又猖獗了，不免将蜡丸把此情密奏中朝，教他好自防。【一江风尾】只怕选不出英雄将。数载羁囚望故乡，忍闻奸佞害忠良。伤心不敢高声哭，只恐猿闻也断肠。

〔1〕灼骨：古代卜法之一，烧灼兽骨，观其裂文，以定吉凶。

〔2〕吴山：在杭州西湖东南。

〔3〕洪皓：鄱阳人，建炎初使金，被拘十余年始得归。

〔4〕太液池：汉宫池苑名。

〔5〕行人：使者。

〔6〕楚杀得臣而晋喜：得臣，字子玉，春秋时楚国名将，城濮之战败于晋，为楚王所杀。晋侯闻之大喜。

〔7〕宋杀道济而魏兴：檀道济，南朝宋名将，为北魏所惧，后遭文帝忌，被杀。魏人闻之，喜曰："道济死，吴人不足惮矣！"

第三十折　忠裔道毙

〔丑扮解人上〕善人自苦恶人安。〔指天介〕

皇天、皇天，道你分明也忒难，但是人都看不得，亏伊只做等闲看。自家押解岳爷家小的解子李乙是也。我想秦丞相下手也忒毒了，岳爷与你有甚么仇恨？把他父子杀了！他夫人、小姐又坠井死了，还有四个儿子，又要徙往岭南去。签两名押解。俺张甲哥押解那两个大的，叫做岳雷、岳霖。这两个小的岳震、岳霭，是俺李乙押解。临发之时，秦府差心腹干办，分付中途了他性命，回时重重有赏。俺因岳震患病行走不动，为此张甲哥先去了数程，此时想必了事矣。俺一路行来，见他两个哭哭啼啼，心中甚是不忍。虽然不坏他性命，难道不要他走路不成？就是病也说不得，只索催促他则个。两位小官人走动。〔老旦扮岳震、贴扮岳霭，俱垂髫。贴扶老旦作病态上〕

写尽岳飞一家的不幸。但此事前已点出，可以不必明写。

【南吕引·哭相思】〔贴〕阖室诛夷何太忍，人不恤天须悯。〔老旦〕叹病体恹恹行步窘，便死去谁怜悯。〔丑〕岳爷的冤枉谁人不怜？〔指老旦介〕如今这位小官人又病了，我怎么下得催促？只官府限著日期，岂敢迟误？你须索勉强走动，早些到了，也得自在将息。〔贴〕不必多说，我扶著哥哥走路便了。〔向老旦介〕哥哥，我扶著你，你须索勉强走些路。〔老旦〕我怎勉强得来？

【南吕·香罗带】堪怜愁病身，何当苦

岳震，岳霭（应是岳霆）死于中

途，与史实不合。震后为朝奉大夫，提举江南山东路茶、盐公事。霆后为修武郎。剧本写二人死于中途，意在更充分写出岳飞一家的大悲剧。但写得过于哀伤，有损于全剧的悲壮格调。

辛？〔将走又坐下介〕扶来未行先自蹲，〔贴扶起介〕〔贴〕怎又下这般大雪？〔老旦〕更狂飞乱扑雪纷纷也，〔贴〕哥哥，你还扎挣，〔老旦〕我若扎挣得呵，那要他和你口谆谆？〔丑〕走到那前村，又好休息了。〔老旦〕这艰难怎得投那村？〔向贴介〕我已不济了。你自前行也，莫挂著我恹恹泉下人。〔倒介〕〔贴〕呀，这怎么好？〔向丑介〕我两人还扶到店家，灌他些汤水，再作道理。〔贴、丑扶老旦下〕〔贴急上哭介〕哥哥，你便死了！天那！

【罗带风】【香罗带】身家陷覆盆[1]，摧残恁狠，一家星散余两人，两人还只剩我单身也。【一江风】我有哥哥，兀自难安顿；哥哥又不存，我茕茕[2]没半亲，也没得我余生分。哥哥，你撇得我好苦那！教我一人怎生前去？我前后不免是死了。这路傍一个深潭，不免跳下去，寻个自尽罢。哥哥，不是做兄弟的不安埋你，只是我年又小，手中又无钱，教我怎生区处？哥哥，你等著我，我就来与你做一路了！

【临江仙】只道强颜图雪恨，谁知天不从人，惊魂何用更逡巡[3]？沉沦千古怨，地下伴双亲。〔投水下〕〔丑急上作救不及介〕可怜，可怜，便跳在这水里死了。我只为那病死了的，到这本处官司讨个相验结状[4]，好去相府回话，不想这个又死了，只得去报官，再作道理。一霎时扑通忽律，死得个干净爽利。便是石肚肠也要酸心，铁面孔也须流泪。

〔1〕覆盆：覆置之盆，阳光不入，喻沉冤莫白。

〔2〕茕（qióng）茕：孤单无依。

〔3〕逡巡：迟疑不决。

〔4〕结状：案事了结的证明。

第三十一折　施全愤刺

〔小生军服上〕此中多恨恨难平，百战空垂异代名。欲奠忠魂无处觅，高名不朽死如生。自家施全的便是。本无韬略，被充名册籍，便做了一表英雄；亦爱身家，奈触目冤情，忽装著满腔呕气。萍踪何定，今日张、明日韩，也不知历了多少艰辛；骸骨犹存，这番胜、那番败，又不知过了几遭凶险。近喜新援功例[1]，充了个殿司[2]小校，无奈忠良灭迹，奸佞横行，岳家爷为著一片报国丹心，反惹下三字诬天黑狱。他每戴纱帽的官长，一个个寻新奇题目，都忌那万俟卨占了丧良心的头名状元；便有拥铁骑的将军，战兢兢掐死

对南宋小朝廷文官武将的无情揭露。

恹蛇[3];又笑这韩元帅做了撞空头的呆呆主顾。唉,人事至此,天道可知。眼见得这江山都成朔漠了。我施全不曾讲过忠君爱国的套数[4],只有眼里看不得,肚内撇不下。今日买得些香纸,不免到城外荒僻去处祭奠岳爷一回。迤逦行来,你看荒郊草暗,白昼阴霾,曙色才开,寒鸦铺地,好凄惨人也呵!

【北正宫·端正好】只见乱棘有谁锄,陇陌余狐兔?何须问社稷荒芜?只这一天草色迷烟雾,等闲把车驾归尘土。

【幺篇】莽蛟螭掀断擎天柱,石头城[5]飞满啼乌。说甚么雕鞍马渡阴山去,那秦丞相呵,正打和番鼓。来到此间,好一片干净地面,待我望空祭奠一回。唉,我那岳爷呵,鉴俺施全一点孝顺之心,你阴灵不泯,请一杯酒!

【滚绣球】有的是酒满壶,把尚飨[6]呼,只怕未抵那黄龙外府,那知伊酒戒开无?〔大叫介〕岳爷,岳爷!〔哭介〕空把你呼,转助你苦,讨不得功臣庙俎[7],到做了孤鬼丘墟。便道是弥天有恨怜忠骨,一滴何曾到冥途,好教我捶碎胸脯!待我将一家儿忠魂祭一祭。那小将军、张将军好苦也!

【呆骨朵】你身亲百战上不得功劳簿,活活的陷入泥涂。一班儿同恶相求,把忠良尽除！直弄得那夫人呵，从眢井待把鸱夷殉[8]，那小姐呵，闯地狱去把缇萦做。可怜他痛煞煞全家冤鬼魂，还恋著眼盼盼风沙囚困主。祭奠已毕。呀，想起来，今日是我上直[9]的日子，竟忘记了，不免快去赶殿司的点名罢。〔行介〕行过朝门外，怎么这时节还不曾罢朝？〔怒介〕这奸贼主了和议，杀了岳家父子，如今这早晚，他还不退朝，又不知要害甚么人了！罢、罢、罢，我施全要这条性命何用？就拼一死，也替天下除个祸害！我也不去点名了，就在这里伺候他出来，一刀杀死，也出这口鸟气！唉，说起这奸贼的罪状呵，

原评："写施全口气，描出当时人心一段公愤，淋漓快绝！"

【倘秀才】不由人心坎内重重生怒，怎容这城狐社鼠[10]？奸贼、奸贼，你只想你丞相的势头有千年了，谁知道铁甲森森一武夫，尽教你丞相首，只换一颗贱头颅。这其间呵，你凭谁张主！〔虚下〕〔两内侍作送净出，众跟随上〕

【南正宫·小桃红】〔净〕判国事扶英主，抵著了忠良做。皇恩缱绻[11]威声著，持权扼要如狼虎。内庭酬对无人处，尽力把周孔都除！〔小生冲上喝介〕哇，那里走！看刀！〔作刺净不中、众绑小生介〕〔净惊，即佯作不惊介〕这汉子莫不是心风么？怎么敢来刺

惊而佯作不惊，画出奸相心虚胆怯而又装腔作

势的丑态，也显示作者对舞台表演的关注。

我？〔小生〕我到不心风，你却心风！你这欺君卖国的贼，恨不截下你这颗驴头来！〔净怒介〕这厮怎敢这等无礼？左右掌嘴！〔小生喝介〕唗，要杀便杀，掌什么嘴！〔内侍〕老丞相，还是心风。〔净〕且住，你叫什么名字？〔小生〕则俺叫做施全。

【北叨叨令】你道俺是心风军汉佯推故，〔净〕原来是个军汉，好大胆！〔小生〕这回你身当险处难回护。〔净〕你却也刺我不著了！〔小生〕俺向秦庭拚把荆卿[12]做，要将这生死冤情诉。你猛省也么哥，你猛省也么哥，只为那和番旗惨凄凄匝断英雄路。〔净〕且住，你说英雄是谁？〔小生〕那岳元帅百战百胜，难道不是个英雄？〔净〕就是那谋反的岳飞么？〔小生〕秦桧，亏你说得出谋反二字！〔众吆喝介〕

【脱布衫】〔小生〕他报朝廷背上有明符，证精忠旗绣双扶。你掀翻了擎天柱础，又驾起泼天云雾。〔净〕俺也要与你讲个明白，这和议是个休兵息民的好事，你那里晓得？〔小生〕你还要讲甚么休兵息民？是你杀了岳元帅，如今那金人将河南新复的州县仍旧占了，百姓摧残好苦！〔净大怒介〕这话是那个教导你说的，快快招来！〔小生〕这话那个不晓得，何须教导?

【小梁州】可怜这皇宋黎民,不当个狗马屠,处处流血成渠。你便不倡和议待何如,也落得高官做,为甚的害无辜?〔净〕这厮一划[13]胡言!〔小生〕唉,

【幺篇】〔换头〕你伤心忍望蒙尘处,还要将破乾坤谨封与金殍[14]。数不尽你罪万端难饶恕!你这贼,便身亡刀锯,还好了你这秽身躯!〔净〕那心风汉这等可恶,左右的,与我拿送大理寺。问成斩罪!〔杂应介〕〔净〕且打道回府。教他临崖勒马收缰晚,船到江心补漏迟。〔下〕〔小生〕〔向内介〕秦桧、秦桧,

原评:"秦奸至此,大损威重,不得不认做心风汉矣。演者要怒中带奸方妙。"

【煞尾】他冤魂终久难饶汝,逃得人诛怕鬼诛。俺满腔气蛊[15],到此完局,一死非虚。俺这一灵儿好伴忠良诉天府。秦桧、秦桧,富贵于今更有谁?高人沦落路人悲。〔杂〕快走,还要多讲?〔小生〕正是:善恶到头终有报,只争来早与来迟。〔恨下〕

"逃得人诛怕鬼诛"一语,影带下文数折戏。

〔1〕新援功例:新近按照朝廷奖赏条例。

〔2〕殿司:殿前司,官署名。

〔3〕掐死恹蛇:不详,疑指胆小怕事。

〔4〕套数:空头道理。

〔5〕石头城:六朝故都南京,借指杭州。

〔6〕尚飨:祭祀用语,希望死者来享用祭品。

〔7〕功臣庙俎:入功臣庙受到朝廷的祭奠。俎,祭器。

〔8〕从眢(yuān)井待把鸱夷殉:指岳夫人投井自殉。眢井,枯井。鸱夷,皮口袋。春秋时,吴王夫差杀伍子胥后,把他的尸体装入皮袋,投入江中。这里以岳飞比伍子胥。

〔9〕上直:值班。

〔10〕城狐社鼠:在城下做窝的狐狸,在社庙打洞的老鼠。喻指那些有所依恃的小人。

〔11〕缱绻:深厚。

〔12〕荆卿:指荆轲,为燕太子丹刺秦王,不成而死。

〔13〕一划:一派。

〔14〕金殍(piǎo):对金人的詈称。殍,饿死的人。

〔15〕气蛊:因气愤急怒而气堵。

第三十二折　湖中遇鬼

剧本写到"岳侯死狱""冤斩宪云",岳飞父子及张宪等悲剧英雄形象已在舞台上树立,秦桧夫妇及万俟卨等的丑恶灵魂已揭露无余,戏就可结束。接下的"北庭相庆""施全愤刺"已是余波;"银

〔外扮艄公上〕【吴歌】十里西湖跨六桥,六桥烟景惹人瞟。山明兼子水秀,绿柳间子红桃。南高峰,北高峰,峰头相对;保俶塔,雷峰塔,塔顶参霄。湖心亭游船歇满,苏公堤轿马轮蝤[1]。多少王孙公子锦衣华丽,又有佳人美女粉面妖娆。也有春箩酒海[2],也有鼓乐笙箫。真个朝朝寒食,果然夜夜元宵。只有当朝丞相游湖多富贵,小船荡桨大船篙。自家西湖游船上一个梢公是

也。今日秦府中分付备酒，丞相爷要请客游湖，只得唤齐水手伺候。远远的两位官员来了，想是赴席的。伙计，整备打跳[3]。〔小净扮张俊上〕

【越调·系人心】蒙丞相邀咱吃酒，到天明向西湖疾走。〔丑扮万俟卨上〕不知同席是谁囚？〔小净拍丑背介〕是下官张俊。〔丑〕阿呀，戏言出口，不道触了君侯。〔相揖介〕〔丑〕出言造次，得罪、得罪。〔小净〕偶尔戏言，何罪之有？〔丑〕老枢密来得恁早？〔小净〕秦府见招，岂敢后至？〔丑〕足见同心。道犹未了，恩相早到。〔净引从人乐器上〕

【仙吕引·探春令】旌旗不动酒旗摇，有西湖堪老。泛游航日日追欢笑，想坐客应先到。〔小净近丑介〕蒙恩祖宠招，特此祗候。〔净〕老夫失迎了。〔小净、丑〕不敢。〔相逊上船介〕〔相见介〕〔小净、丑〕边息惊烽[4]，皆师相和羹[5]之赐；〔净〕朝无异喙[6]，尽诸公折狱之能。〔小净、丑〕若非师相主持于上，某等虽有鹰鹯之志[7]，狱情何由效忠？〔净〕不得诸公左右其间，老夫纵居鼎鼐之司，和议安能结局？今日太平之乐，愿与诸公共之。趁此新春佳景，聊备一樽共舒登眺。分付起乐、开船，一面进酒。〔起乐开船介，如常定席介〕

【仙吕·排歌】〔净〕圣主良谟，南北

瓶坠井”“忠裔道毙”也属蛇足；至“湖中遇鬼”以下，杂以鬼神迷信，因果报应，使人看了生厌，更属多余的败笔。

在洋洋得意的互相吹捧之中，揭露他们的丑恶面目。

定交，边疆不动弓刀。黎民乐业鸟安巢，美景良辰莫浪抛。湖光艳，春色饶，画船箫鼓趁花朝[8]。〔合〕倾佳酿，陈美肴，大家畅饮乐陶陶。

【其二】〔小净、丑〕九鼎重安，玉烛再调，全凭贤宰当朝。巍巍功德胜伊皋[9]，一代元勋史上标，花如锦，乐奏《韶》[10]，轻移画舫出虹桥。〔合前〕〔内锣鼓作风声介〕〔外〕大风起了，快拢岸。〔打缆介〕〔生披发仗剑，众鬼红帕覆首，手提人头大骂奸贼。绕场三转〕〔净惊连喝〕〔生众下〕〔净睁眼介〕怪事，怪事！适才风过处，二位曾有所见否？〔小净、丑〕不见什么。〔净〕是老夫眼花了？适见一人披发瞋目，率领群鬼从水面而出，绕船大骂。二位全然不觉，何也？〔丑〕只因师相忧国忧民，心血耗散，所以目中恍惚，何须过虑。〔净捧头介〕呀，老夫一时头痛起来。〔小净〕想偶触风寒，当以热酒浇之。〔进酒介〕〔净饮介〕

前写游湖忿捷，是其得志之先；此写游湖遇鬼，是其败亡之始，前后呼应，两相对照。

【美中美】〔小净、丑〕风正号，湖浪高。三杯酒浇肠，管取寒疾顿消。〔净强作壮势介〕唉，我堂堂国相，怕甚阴妖？〔小净、丑〕师相尊体违和，晚生每告退罢。〔净〕此时天色尚早，待洗盏重斟酒兴豪。〔内锣鼓。鬼如前介〕〔净又喝〕〔鬼下〕〔净〕适才二位可见？〔小

鬼魂频出，场面太恐怖。

净、丑〕没有。〔净背介〕有这等事?

【其二】〔换头〕我生平不信鬼,眼见蹊跷。眼见水面群妖魅,一个个声怨嘷。〔小净、丑〕白日青天,有许多气啕。尽把闲言扫,将息精神辅圣尧。〔外〕禀爷,风息了。〔净〕转船罢。

【余文】趁斜阳,移归棹。〔小净、丑〕感承恩相挈游遨。〔净〕今日之游殊不尽兴,待卜取佳期再奉邀。〔小净、丑〕不敢。〔外〕禀爷,到岸了。〔杂〕看轿。〔作上岸介〕〔小净、丑〕晚辈候师相登舆。〔净〕二公先请。西湖风景不寻常,鬼气侵人不可当。〔小净〕遇饮酒时须尽醉,〔丑〕得偷闲处且徜徉。〔别下〕〔净吊场〕俺一生不信有鬼神之事,今日所见,分明为首者是岳飞,余鬼是那岳云、张宪、施全一辈,好生奇怪。又早是俺阳气旺相,一喝都散了,不然,好大一场罗唣!看来宁可信其有,不可信其无。闻得泰山岳庙乃治鬼之地,不免写就文疏,差押衙[11]何立往彼进香,以祈福佑。左右的,唤押衙何立侵早到府中听差。〔杂〕晓得。

〔1〕轮蜪(táo):滚滚不断。

〔2〕春篝酒海:春篝,春游时盛食品的篝筐;酒海,盛酒的大器皿。

〔3〕打跳:打起跳板。

〔4〕边息惊烽:边地没有战争。

〔5〕和羹:以调制羹汤喻大臣辅佐君王,同心协力,治理国政。

〔6〕朝无异喙:朝廷内没有不同的意见。

〔7〕鹰鹯之志:搏击之志。鹰鹯,食肉猛禽。

〔8〕花朝:俗以农历二月十五为百花生辰。

〔9〕伊皋:伊尹、皋陶,皆为古代贤相。

〔10〕《韶》:古乐名,相传为虞舜所作。

〔11〕押衙:唐宋官名,管领仪仗侍卫。

第三十三折　奸臣病笃

〔贴上〕天有不测风云,人有旦夕祸福。俺相公前日游湖,见有一人披发瞋目,率领群鬼厉声责詈,众人都不见。从此归家,身子就不快起来,只得注了门籍。天那,怎么有这等晦气?他为朝政在身,病中兀自胡思乱想,不免扶他出来,劝他将息则个。丫鬟,好好扶老爷出来。〔净病容,杂扮丫鬟扶上〕

【黄钟引·瑞烟浓】雄心更长,缩地瞒天归掌[1]。忽尔精神病惚恍。床头枕底,为不了冤仇,添起惆怅。〔贴〕愿只愿今朝快爽。相公,今日尊体如何?〔净〕精神恍惚,甚是不好。〔贴〕朝中事体,自有门下一班官员及儿孙辈在彼料理,请自耐心将息。〔净〕我心中只有一事未了。〔贴〕相公有何心事？〔净〕赵鼎那厮，仇人未死，其子赵汾，虿尾[2]犹存。运判张常先[3]笺注诗篇，阴为讪语；宗室赵伶观我《家庙》[4]，明肆妖言。又有李光子孟坚[5]妄作野史，胡寅、胡铨[6]刊刻疏章，又闻有以紫姑乩仙请岳飞诗句。此等沽名害政之辈，不可不除。中间株连五十三人[7]，坐以大逆不道，一笔扫除，则天下再无异议者矣。此事靠他人笔下不得老辣，老夫虽病也要成此一篇文字。夫人不可令使婢在此窥伺，你可看纸笔过来。〔内报〕朝廷大小勋戚在此问安。〔净〕可回覆，多拜上。〔又报〕两府、两制[8]各位老爷在此问安。〔净〕可一一差人送帖去谢。〔又报〕小九卿[9]问安。〔净〕拜上。〔又报〕文武各官问安。〔净〕知道了。可传知门上，再有问候的，径自辞回，不必细传。〔内又报〕圣上差御药监老公来了。〔净〕快将朝服加身，夫人接旨。〔内使上〕同事皇王立玉墀，不因丞相几人知。君臣药在宁忧病，医遇良方有好时。奉圣旨，闻卿有疾，特差御药监内官前来诊视，可暂加调摄，数日即望入朝，以副倚任。钦此。〔贴谢恩介〕〔内使〕老先生连日不入朝，皇爷一发没些主意了。〔净〕老夫调理数日，即便入朝。如外面官员奏事有异同的，可对内边老公公说知，一问小儿秦熺及万俟先儿，便不差了。〔内〕学生领命。老先儿千万保重，皇爷十分关

写官场等级森严，礼貌各别。《邯郸记》写卢生病危，各官来问安时，已有此描写。

念哩。珍重辞黄阁,殷勤复紫宸。〔下〕〔净〕夫人,我数日前差押衙何立往东岳进香,不知几时回来?〔贴〕他回府自来回复你。老相公,休将闲事挂情怀,且把朝家政务裁。〔净〕夫人,我病里本难亲笔砚,只因心病要除灾。〔作举笔写本介〕〔鬼上介〕〔净〕今日身子一发不好了,再提笔不起,如何是好?〔贴〕老相公,请扎挣。〔鬼又上介〕〔净作怒起奋笔介〕我平生不怕病,今日偏要做个拗病文章!这班人呵,

【黄钟·啄木儿】名根重,客气[10]张,罔上[11]行私成一党。〔又作写不成介〕〔顿笔恨介〕便教我死到头来,怎肯把恨消心上?〔又提笔,鬼打落笔介〕〔净〕好作怪,好作怪!往常呵,深文老笔[12]轻提放,今朝笔也和咱抗,〔作手战提笔不起介〕这笔好不重哩,则这铁判如山无奈十指僵。〔贴〕老相公,

【其二】你平时笔似剑铓,今日呵,为小恙缠身气不扬。且暂时静养精神,休为此费伊思想。任他智谋能兴谤,教他自然投罗网,不怕阎罗不主张。〔丑扮万俟卨纱帽便服同医生上〕〔丑〕割股心所愿,尝药子当先。只为丞相病,走得脚跟酸。纱帽忙忙戴,圆领不及穿。借问谁家子,奉承人做官。〔内〕读书人做官。〔丑〕我万俟卨读甚么书?只奉承丞相够

了。说话之间,已到秦府门首,可速通报。〔杂扮院子上〕老爷身子不快,一概谢客。太医有什么良方,写一个传进去罢。〔医〕可拿纸来开药方。〔丑〕老先不要说药字,音与岳字同,丞相不喜!可说汤方罢。〔医写介〕人参。〔丑〕原来要人心?可割开我胸前取出来。〔医〕不是,是人参。〔又写〕白术,〔丑〕这好,这个术字,与兀术的术字相同,丞相必喜。〔又写〕云苓,〔丑〕这不好。丞相也恼这个云字。老先,你老实写茯苓罢。〔又开〕甘草,〔丑〕这个和中,甚妙!〔医〕还著些槟榔下气。〔丑〕这不好。丞相嫌这个兵字。〔医〕郁金罢,〔丑〕这个金字就妙了。〔医〕要水飞[13]过朱砂为引。〔丑〕不好、不好,朱字乃朱仙镇的朱字,飞字又是那话了。你只写研细辰砂就是。〔医〕这是加味四君子汤。〔丑〕丞相最恼他每自号君子。〔医〕改做建中汤。〔丑〕忠字也不好。〔医〕写做六和汤罢。〔丑〕和字甚妙!一剂即效了。我带有上好稬参在门外。〔出取介,入遇鬼打介〕〔倒地介〕〔杂〕这太医,且先去救万俟爷著。〔医〕果然药医不死病,佛度有缘人。〔扶丑下〕〔小净扮张俊冠带同道士上〕天上书名天下传,引来齐到玉皇前。笑隔紫云金作阙,梦抛尘世铁为船。自家张俊是也,闻丞相有病,医药罔效,特请龙虎山道士来此祈福,可速通报。〔杂〕禀张爷,老爷分付,一概客不见。若有法

原评:"科诨俱妙,曲尽无耻小人伎俩,令人绝倒。"

淋漓尽致地揭露卖国贼恐惧和仇恨抗战派的心理状态。

官,就此遣将牒便了。〔道〕如今可请朗灵大王关元帅来罢。〔小净〕不可！他是汉朝忠勇大将,第一好战的,如何请他?〔道〕如今改请东平侯张巡元帅来何如?〔小净〕也不可！他是唐朝忠臣,死守睢阳的,如何请他?〔道〕这样,和合二圣何如?〔小净〕和之一字就妙了!〔道拈香、仗剑、噀水念介〕雷霆号令,急如火星。十方三界,顷刻遥闻。和合二圣,即速来临,急急如太上老君敕。请张爷拈香。〔小净拈香、下拜,鬼上连打伏地不起介〕〔杂〕这道士不济、不济,且去救张爷。〔道〕那里道高龙虎伏,羞言德重鬼神惊。〔扶小净同下〕〔鬼掩净晕倒介〕〔贴叫醒介〕〔净〕夫人,好怪、好怪,我平常不信鬼神,原来有的。〔鬼打叫介〕秦桧,你如何私造金牌?

【黄钟·三段子】〔净〕把甲兵敛藏,问金牌朝廷奉将。〔贴〕相公,你平白地与那个讲话?〔鬼又打介〕秦桧,你如何把御书藏了?〔净作痛楚状介〕御书怎详?是差人忙中暗藏。〔鬼〕岳爷父子、张将军差我每拿你。〔净〕这与我何干?问官与伊为冤障,你在阴司地府缘何升天上?〔惊惧介〕你看、你看,马面牛头都来喧嚷。〔晕倒介〕〔贴〕不好了,相公说的都是胡言乱语了。〔净作醒介〕夫人、夫人,那岳家事发了。〔贴〕相公平昔有胆力的,如何说这话?〔净〕不同往常了。

【其二】自来慨慷,这回儿幽明报彰。壮心肯降,事临头难收去缰。夫人,我死了,只怕和议复坏,可将遗表速写起来。快将表文辞皇上,通和定主休纷攘。我罢了,我罢了。〔泣介〕富贵荣华成虚罔。〔贴扶下,即上〕不好了,相公伏下即时死了。叫苍头每可报小爷,奏知官里去。

【归朝欢】熏天的,熏天的,晓起变霜,转日势昏沉魍魉。夫君的,夫君的,宋家栋梁,到如今做崩榱败磉[14]。〔哭介〕你看这些面花黛柳[15]随风荡,鸾笙象板成虚响,白日西沉怎系长?〔杂扮院子上〕

【滴溜子】朝廷念,朝廷念,相公身赏。报夫人,朝廷赠老爷为申王,谥忠献,恩宠甚厚。〔贴〕谢天谢地。〔又院子上〕台臣的,台臣的,敢来闲讲?台谏汤鹏举等上本参论老爷,不知圣旨怎么?〔贴〕可叹、可叹,这班浮苍难状[16],当初在我家,百般敬仰,一旦更移,恩义顿忘。快去打听圣旨!〔院〕从前作过事,没兴一齐来。〔下〕〔杂扮各处送礼人上〕南越诸侯供语鸟[17],日南太守送花钱[18]。自家各节镇差人来相府送礼的,迤逦行来已到门众叛亲离，树倒猢狲散，为向来奸党下场写照。

上。呀，

【鲍老催】你看这番异常，门中冷静开孝堂。〔向内介〕敢问门上大哥，府上死了谁人？〔内应介〕死了丞相爷。〔杂〕既然死了，我每还送什么礼？收回礼物不用忙。〔下〕〔内禀〕夫人，各处送礼的，见老爷不在，都回去了。〔贴〕炎凉态，死生情，从来讲，沧桑反复如翻掌。呸，谁教伊趋奉秦丞相，又做出乔模样！〔院子复上〕只因一著错，满盘都是空。〔贴〕你打听旨意怎么？〔院〕皇上大怒，将小爷每都革职为民，限著即刻出城。〔贴哭介〕怎么了？

【尾声】这番严旨非吾想，叹当朝天子也炎凉。始信荣华有散场。唉，想俺家当日呵，慎勿近前丞相嗔，不因亲者强来亲。一朝马死黄金尽，亲者如同陌路人。唉，怎么了？

〔1〕缩地瞒天归掌：瞒缩天地于一掌，喻其不可告人的政治野心。

〔2〕虿(chài)尾：虿，蝎子一类毒虫，尾部有毒钩。

〔3〕“运判张常先”句：江西转运判官张常先，曾笺注张宗元与张浚的诗，秦桧欲借此兴狱株连张浚。

〔4〕“宗室赵伶”句：宋宗室赵令衿曾观秦桧《家庙记》，曰“君子之泽，五世而斩”，以语涉讥讪，被勒汀州安置。见《宋史·高宗本纪》。

〔5〕“李光子孟坚”句：李光于流放后，又以私作野史，语涉讥谤兴狱，其子孟坚被编管峡州。

〔6〕“胡寅、胡铨”句:二人皆因力主抗金、抨击秦桧而被流放。当时有人曾刊刻胡铨奏疏。

〔7〕株连五十三人:秦桧临死前,曾制造一起冤案,想把其政敌和主战派一网打尽,后因桧死而罢。

〔8〕两府、两制:两府,指中书省、枢密院。两制,翰林学士知制诰者,称内制;其他官员知制诰,称外制。

〔9〕小九卿:明代始有小九卿之名,此处为借用。

〔10〕客气:犹云血气。宋代理学家以心性义理为本性,以发乎血气之性为客气。

〔11〕罔上:蒙蔽皇上。

〔12〕深文老笔:用法律条文,苛细周纳入人以罪的文笔。

〔13〕水飞:药物炮制方法之一。

〔14〕崩榱(cuī)败磉(sǎng):犹云破梁烂柱。榱,木椽;磉,柱石。

〔15〕面花黛柳:即花面柳黛,指歌伎。下句“鸾笙象板”指音乐。

〔16〕浮苍难状:杜甫《可叹》诗:“天上浮云如白衣,斯须改变为苍狗。”以浮云变换无常,喻人事之变化难测。

〔17〕语鸟:指鹦鹉、八哥之属。

〔18〕花钱:花名,花形如钱,故云。

第三十四折 岳庙进香

〔外扮押衙何立上〕慈悲胜念千声佛,作业空烧万炷香。自家秦府中押衙何立的便是。俺太师爷威权在手,平昔做事未免过当了些。前日游湖见了什么鬼祟,差俺整备香纸往泰山岳庙磕头。太师爷亲写文疏，封得密密的，中间不知写甚言语，分付一到即焚。来此已是岳庙，俺也不好说是丞相府中差来的，只混做香客便了。呀，天色已晚，你看香客都散，不免唤庙祝[1]则个。庙祝有么？〔丑扮老道上〕

【中吕·迎仙客】守岳庙，老童男，年几岁？〔做手势介〕八十三。便烧香点烛手难担，听得人来心坎里愎愎参。老汉泰山岳庙中一个老香公是也。往常庙中最盛，因连年盗贼生发，州县残破，连香客都没了。师父每四散觅食，单留老汉在此看家。这咱时候有甚人到来？〔外〕是进香的，讨些火种点烛。〔丑诨下〕〔取火上点烛介〕〔外供疏拜介〕

【中吕·驻云飞】千里风霜，相府虔诚叩上方[2]。正直无偏党，善恶难欺诳。香，宝鼎瑞烟长，再三稽颡。〔焚疏介〕疏内情词，望乞尊神谅，保佑家门福祚昌。道人，还有后殿么？〔丑〕这后殿便是北阴三司[3]，东岳老爷常在里头拷鬼，等闲也不敢轻开。〔外〕原来如此，今晚下山不及，那里空房借宿一宵。〔丑〕房头是有，都是师父每锁著。客官若要歇宿，只好在本殿庑下将就一夜，香钱见赐些。〔外与介〕你自方便。〔丑引外安顿，念佛诨下〕〔外〕有名的泰山岳庙这般冷静，不免在此打个盹，明日早行。〔作睡不着介〕〔内作吆喝声介〕〔外惊起介〕是那里吆喝？俺且听著。〔内铁链响介〕〔外〕这声息一发奇怪。哦，是了，方才老道说，这后殿便是北阴三司，东岳老爷常在里头拷鬼。俺何立立心忠直，何惧之有。睡，睡。〔内打叫介〕〔外〕且住，古人画地刻木[4]，尚且儆心，今夜料不得稳睡。何不去听他是什么样刑法，也好传与世人，劝他为善？有理。你看殿上烛炬已熄，庑下微有月光，不免摸索而行。〔作步听介〕

【其二】月色微茫，转过前廊历后廊。〔内又叫打介〕〔外〕听，一片鞭笞响，叫屈声凄怆。张，门隙绝无光。〔内唤投到犯人听点介〕〔外〕细听呼唤，〔内叫秦桧，作铁链声响，应介〕〔外咬指介〕咦，分明唤着太师爷的姓名。且住，俺想天下同姓同名的也颇多，那就是俺家太师？两下曾参，错下了杀人状[5]。〔内作远远问辩声〕〔外听介〕这言语模糊恨隔墙。〔又听介〕只听得有东窗二字，这怎么说？

为后文"阴府讯奸"先声。

【其三】闻说东窗，有甚冤牵债合偿？〔内又打叫介〕〔外〕这番刑法更利害。想怒发三千丈，流血应成浪。慌，怕的是阎王，也只好恁般卤莽，便是铁石之人，到此神魂丧。左右不明不白，不要听他了。就是闻之，使人不忍，这咱不知什么时候了？还去庑下打盹片时,天明好走。〔转介〕总是南柯梦一场。〔作睡介〕〔净戴枷锁,杂牛头马面,一路打上〕〔净〕人恶人怕天不怕,人善人欺天不欺。俺秦桧一心奸诈,半世强梁,害了岳家父子,指望富贵久远。谁知报应分明:今日东岳罚恶司投到,受了一场大苦。等待张俊、万俟卨一班人犯拿到,起解到地府阎君处去,还不知怎么哩?〔杂打介〕还不走。〔净〕老哥,可怜见俺也是一位大臣。〔杂〕好大臣,拿出些金帛来使用!〔净〕俺生时万两黄金,死后一文不带。〔外打鼾介〕〔净认介〕哦,这庑下睡的,想是俺府中押衙何立,老哥,容我通个家信。〔杂〕也罢,容你近前去,快燥些!〔净〕何立,传语夫人,东窗事发了!〔内锣鸣,净众下〕〔外惊醒介〕呀,好奇怪,适才朦胧睡去,分明见俺家太师铁枷铁锁,牛头马面押著,近前分付:"传语夫人,东窗事发了。"

【其四】梦里仓皇,带锁披枷直恁忙。好个秦丞相,现出村模样。〔内鸣钟介〕〔外〕当,钟响在他厢,东方欲亮。卷起铺陈,〔辞神介〕辞别黄龙帐[6],急急奔回看审详。唉,皇天,有这等事?作善降之百祥,作恶降之百殃。若还不信因果,请到岳庙烧香。

〔1〕庙祝:寺庙中管理祭祀的人。

〔2〕上方:上苍,上天。

〔3〕北阴三司:迷信说法中的速报司、现报司、罚恶司。

〔4〕画地刻木:画地为牢、刻木为吏。

〔5〕“两下曾参”二句:曾参为孔子弟子,以孝闻名。有个跟他同姓名的人杀了人,误传为他所杀。其母初不信,但人们再三传告,曾母吓得扔梭而走。

〔6〕黄龙帐:神坛上供奉之帐,这里指庙堂。

第三十五折　何立回话

〔小净扮侍儿上〕一人有福,拖带满屋;一人跌倒,众人都了。自家秦丞相府中一个侍儿箜篌是也。俺丞相爷在日,何等威势,何等兴头!不期丞相死后,皇帝老儿不念前功,听信谏官言语,将小爷每都革职为民,立限撵出城去,把夫人也吓成一病。正是:福无双至,祸不单行。不免扶着夫人坐下,劝解一番,多少是好。〔虚下,扶病贴上〕

【越调引·杏花天】〔贴〕繁华世态如阳焰,叹巉嵫颓轮怎粘[1]?落花冉冉随波逝,历尽苦、谁还送甜!〔武陵春〕风住尘香花已尽,日晚倦梳头。物是人非事事休,欲语泪先流。闻说双溪[2]春尚好,也拟泛轻舟。只恐双溪舴艋舟[3],载不动许多愁。老身自相公亡后,

秦妻王氏亦千古罪人,此处写她晚景凄凉,牢骚满腹,好像是个值得同情的人物,不妥。

门户萧条,人情薄恶,那一班儿都掉臂日中之市[4],反来溺既冷之灰。我想将起来,富贵总是浮云,恩怨一场扯淡。于今梦魂不定,病苦缠身。目前备极凄凉,往事毋从追省。相公、相公,你魂随逝水归何处,落日溪山哭杜鹃。〔哭介〕

【越调·罗帐里坐】当初盛时,只道千秋势炎;今日死后,把荣华尽掞[5]。生前不合使尽锋铦。早知此际得人嫌,悔不些儿收敛。〔外上〕功名富贵若长在,汉水亦应西北流。一路回来,只听得纷纷乱讲:老爷升天去了。好不惊惶,忙忙赶回。呀,只见门前萧索无人,浑不似那时光景。〔叹介〕青草也长这样深,想是老爷那话儿真了。不免进去,怎么大门、二门、正厅上,就没有一个人?待我径入中堂看来。〔咳介〕〔小净〕甚么人?〔外〕是何立回来了。〔小净入禀介〕〔贴〕我正望他,快叫他进来。〔外入见介〕〔贴〕你到泰山回来?〔外〕小的蒙丞相老爷差往泰山进香公干,忙忙到彼回来,不意老爷遽尔弃世[6],可悲、可痛!〔又哭拜介〕又有一件怪事,小的不敢禀。〔贴〕这里没人,你只管禀说不妨。

【铧锹儿】〔外〕神前拜瞻,心儿作念,其时天色已晚,就在殿庑下权宿一宵。到更深时分,只听得北阴拷鬼,似结网罗钳。那时节呵,烛光已消焰,潜行往验,只听得把囚犯点,正唤着太师爷的名字,似有铁链之声,身荷钳[7],〔贴〕住了。世上同名同姓也尽多,那里就是太师。〔外〕敢轻将污玷?可奈朝来梦魇[8]。〔贴〕梦魇便怎么?

【罗帐里坐】〔外〕说起教人丧胆,教人泪沾。小的在庑下打盹,朦胧梦里,见许多神头鬼脸。又见老爷也在那里。〔贴惊介〕老爷怎么样?〔外〕见老爷全不似往日威严,披枷带锁血濡袩,有一句话儿,教何立禀夫人。〔低唱介〕说难把甚东窗事掩!〔贴惊哭倒介〕〔小净扶介〕

【铧锹儿】〔贴〕闻言恨添,怪得我终朝呵欠。当初个巧机暗逗,谁想业镜难潜。明有歉,幽暗歼[9]。我丞相夫呵,人人趋势焰,惟有阎罗不谄。我一时身子不快起来,你且出外歇息,我另日来问你详细。正是:一朝卧病无人识,春月秋风几度归。〔下〕〔外〕你看俺老爷何等威权,一旦至此;夫人病势如此,也只在早晚了。我何立想来,如我老爷一生富贵,尚是这个下场,俺何立目击地狱报应分明,如何不怕?俺如今也不辞妻子,径脱冠带,往玄妙观出家去也!

【尾声】倏然道念消尘念，且受用这青山一点，莫使地府阎君把票佥。莫道驰驱行路难，三生石[10]上梦魂寒。正是：笼鸡有食汤锅近，我于今去学那野鹤无粮天地宽。

〔1〕崦嵫颓轮怎粘：即日落西山怎么也挽留不住。崦嵫，山名，在甘肃天水西，传说中日落之处。颓轮，落日。

〔2〕双溪：水名，在浙江金华东南。

〔3〕舴艋舟：小船。

〔4〕掉臂日中之市：意谓撒手不管。语出《史记·孟尝君传》。

〔5〕掞（shàn）：削减。

〔6〕遽尔弃世：突然死去。

〔7〕钳：枷。

〔8〕梦魇：做恶梦。

〔9〕明有歉，幽暗歼：在人间做了坏事，到阴间受报应。

〔10〕三生石：传说唐代李源与僧圆观友好，圆观和李约定，死后十二年在杭州天竺寺相见。至时，李至寺前，见一牧童唱"三生石上旧精魂"云云。后世因把三生石作为因缘前定的典故。

第三十六折　阴府讯奸

【北仙吕·点绛唇】〔生幞头锦袍上〕痴念难支，始终如是。生和死，有甚参差？痛恨生前事。莫向中州叹黍离[1]，英雄生死系安危。内庭不下班师诏，绝漠全收大将旗。父子一门甘伏节[2]，山河万里竟分支。孤臣尚有埋身地，二帝游魂更可悲。俺岳飞，奋身踈逖，许国忠勤。北巡之驾未还，死不瞑目；东都[3]之会弗振，夙所尽心。不忘造次[4]爱君之情，初无嫌疑避事之意。胡为一篑之亏土[5]，重令众口之铄金[6]。母实知参，听终疑于三告；人虽哀虎[7]，赎莫致于百身。蒙上帝怜我忠义，欲命俺考察三界善恶。那下界乱臣贼子，休想俺放过你了！早晚想便诏到，待孩儿与张宪来，一同接诏者。〔小生、末戎装上〕

【南紫苏丸】〔小生〕捐躯未了平生志，尽孤忠总然难恃，〔末〕恨无缘革裹伏波尸[8]，征袍不禁啼痕渍。〔见介〕〔生〕俺每一门忠义已蒙上帝昭鉴，也不枉背上“尽忠报国”这四字了。〔小生、末〕只见祥云缥缈，瑞气缤纷，天使早已下降也。〔杂扮天使上〕

【南金鸡叫】【前二句】一道通明旨，便分疏小人君子。玉旨已到，跪听宣读。〔生、小生、末跪介〕〔使〕玉帝诏曰：忠孝本人性之天常，案虽冤而必雪；奸雄乃国家之巨蠹[9]，贯既满而必诛。宋臣岳飞、岳云、张宪，身为国家而死，名与日月争光。功虽未成，心实已尽。死怨何殊于死敌，奇冤更烈于奇勋。台谏交章，只代著竹

这是一篇很重要的文字，对岳飞等民族英雄作了充分的评价，为岳飞的冤狱作彻底的平反，指出对这个历史事件的正确处理，对后代有很大的现实意义。但同时也宣扬了封建

迷信，因果报应，把岳飞和秦桧的矛盾概括为忠奸矛盾，不能正确揭示这个悲剧的社会、阶级根源。

帛旗常之绩；权奸片纸，已即是山河带砺之盟。论好还之天道，群奸仅未骈首[10]于愚人耳目之前；算不死之人心，二帝业已返辕于岳氏父子之手。岳飞封天曹真官、金阙精忠九天采访大使兼掌文昌桂籍楼事。岳云封地曹真官、西堂精忠大元帅。张宪封人曹真官、岳府精忠大元帅。飞妻李氏封金阙精忠掌籍仙妃。女岳氏封金阙精忠侍书玉女。刘允升封桂籍楼左曹仙吏。施全封西台禁门元帅。秦桧、张俊、万俟卨、王氏俱付尔等究治，仍移冥司按罪定狱。虚空[11]有尽，此恨常新；劫火[12]重燃，此案难灭。呜呼，朝廷之冤鬼，不徒创见于今，当默护后来之正直；乾坤之戾气[13]，岂惟独钟于桧，宜阴纠万世之奸邪。尔其钦哉。〔谢恩介〕〔使〕万事劝人休碌碌，举头三尺有神明。〔下〕〔生〕鬼卒那里？〔卒上〕〔生〕秦桧、张俊、万俟卨拿到没有？〔卒〕俱已拿到了。〔生〕带进来。〔卒应下，押净、小净、丑、贴杻锁上〕种麻得麻，种豆得豆。天网恢恢，疏而不漏。〔见介〕〔生〕秦桧！〔净〕有。〔生〕张俊！〔小净〕有。〔生〕万俟卨！〔丑〕有。〔生〕王氏！〔贴〕有。〔生怒介〕你这些误国贼，只道千年富贵，谁知也有今日！〔众互相推委介〕〔生〕哇，到此地位，还要逞嘴！鬼卒，与我将各人先打一百铁鞭者。〔卒应，打介〕〔生〕奸贼，宋朝基业，把与你奸贼做人情咱！

【北混江龙】〔生〕你使尽了无端狂肆，那锦江山一任你莽关支[14]！出脱了君王国后，结识下别部阏氏。不教人介马称戈图雪社稷仇，只要去请盟纳币[15]代你报恩私。贼、贼！皇上待你是怎生优异？那金人施的恩可有皇上万分之一么？怎仇家涓滴[16]也难消，却中华宠眷浑闲事。奸贼，你岂不闻金将乌陵思谋，素号骁勇桀黠，亦不能制其下，但谕之曰：毋轻动，俟岳家军来即降。兀术败于朱仙镇便欲弃汴而去，那时迎还二帝，只在眼前。奸贼，你每却商议矫诏班师！一鼓弄成功尽弃，那里是计画无之。鬼卒，著实打者！〔打介〕

【南桂枝香】〔净〕你是达人君子，我本卑污无似，怎能勾万合千和，因此上差三错四。〔指小净介〕又他来凑我，〔指丑介〕又他来凑我，〔小净、丑〕那片纸入狱，难道也是我？〔净〕狱中一纸，〔指贴介〕是荆妻王氏！〔贴〕怎么推在我妇人身上？〔净〕那"捉虎易，放虎难"，不是你说的？〔生〕秦桧，那妇人的胡言，谁教你听他？〔净〕这是我一时误听了。更何辞，〔众同哭介〕早知一报还一报，当日也还松半著儿。我每都知罪了，望岳爷饶恕。〔生〕你当初饶恕谁来？

【北油胡芦】社稷君王不在你意儿，况我又何惜死！〔净〕别项事都还在次，只谋害老爷，便该剐做肉沫。〔小净〕该剁做肉泥。〔丑〕该煮做肉酱！〔生〕哇！谁许你胡言乱语弄虚词？〔哭介〕二帝呵，你教他蒙尘万里无栖止，便上林[17]有雁来传示，也不管甚邢夫人指上环[18]，太上皇衣上字[19]。贼！似你不迎还二帝，便不杀我，我也是痛恨你的！假饶你尽人迎的乘舆至，我那时便死也是快活的。便含笑待陈尸。鬼卒，与我著实再打！〔众哀求介〕爷爷，也打得有了，饶了罢。〔打介〕

【南解三醒】〔小生〕似你辈小人心事，把朝纲不弄翻不止。金牌连发一十二，〔悲介〕重想起涕涟洏。〔末〕当时诸将不曾撤回时，秦桧这贼计无所出，好不慌哩！此时势孤无可使。〔指小净介〕早上手逢迎是那厮。〔指丑介〕无分次，算狠心毒手，好做军师！〔小生、末〕鬼卒，与我再赏他一百铁鞭。〔打介〕

痛斥秦桧卖国罪行，抒发岳飞对人民、对祖国的强烈的爱。

【北天下乐】〔生〕全不把宰相名儿仔细思，孜也波孜，将和议尸[20]。我也罢了，辜负他两河忠义子！把山河去半边，却反叙功劳加太师，你若有人心应愧死。〔生〕鬼卒，与我乱打一顿!〔打介。杂扮地府鬼使上〕地狱与天堂,自作还自受。〔见介〕〔生〕是那里差来的?

【南罗袍歌】【皂罗袍】〔杂〕地府阎罗差使。〔生〕差你来怎么?〔杂〕道老爷这里将秦桧、张俊、万俟卨发落了,把一干罪犯,还送冥司,俺大王拜上三位老爷,请三位也就去。还迓三曹对供词。〔生〕鬼卒,带著这厮,随我每去。〔卒应〕〔净、众不肯行,卒打介〕〔净、众〕只这里也苦够了,又往那里去?〔哭介〕我每怎再用得刑?〔杂〕早著哩!少可也鞫炼千来次。〔卒带净、众行介〕纵然逃得,金石讯之;断逃不得,阴阳讯之。出乎尔者原还尔!〔净、众〕可怜腿坏了,走不动,容我略慢一步。〔卒〕你将岳家四位公子流窜岭南,可容他慢一步么?〔牵众行介〕【排歌】见你奸恶辈,心怎慈,是你收成到手[21]本无私。〔杂〕禀爷,已到冥司了。〔外扮冥王、牛头马面拥上〕邪和正,来到此,这回不必问三尸。〔相见介〕〔各依次坐介〕〔外〕带那奸贼每上来!〔杂带上介〕〔外〕张俊、万俟卨趋炎附势,倚仗冰山。叫鬼卒,先押他到冰山地狱,使冰裂其肤,待一百二十日满,再押去猛火地狱,使火焚其骨,备尝炎凉之苦。王氏助夫为恶,阳世号为长舌妇,与我押下拔舌地狱拔去其舌，用犁耕之，以后再有施行。〔卒应介，带小净、丑、贴下〕〔外〕带秦桧上来，我且问他！秦桧，我也不把忠义来责你，且把利害来问你。若宋室无恙，你常为中国宰臣；宋室一倾，你不过亡国逃奴，那时便把你做封侯之项伯[22]，富贵何加？只怕他借你做徇众之丁公[23]，连你那首领难保。〔指生介〕况且岳鹏举诸君，原不为功名争竞，到得迎还了二帝，你也落得说帷幄运筹，左右除去了金人，却不受享了元勋之赏？你欺君误国，是其大端，嫉贤妒能，犹其小节。〔净〕主和是我秦桧不是了，只岳爷被祸，他也有自取处。〔外〕他怎么自取？〔净〕他心心要把二帝迎还，却置皇上于何地？皇上因此与他不合，不专是我秦桧主意。〔外〕一发胡说！若是朝廷与他不合，屡次宸翰[24]褒奖，却是为何？叫鬼卒，扯起御赐精忠旗与他看。〔鬼卒扯旗介〕〔净叩头服罪介〕宸翰屡次嘉奖果是有的。我那时只怕恢复功成，岳爷等宠用，我便不能长守相位，这是真情。〔外〕是了，你只为患得患失，遂不惜凶国凶家，于理何安？于心何忍？鬼卒，著实打！〔打介〕〔净〕恁般说起来，我自家也觉道当时忒不会算计了。〔外〕鬼卒，把他叉上铁床及刀山、剑树诸狱受罪！〔鬼卒牵净下〕

从历史唯心论出发，秦桧的罪行，竟只归结为患得患失和不会算计，大谬。

【北那吒令】〔生〕铁床呵，把负君王冷面儿，暖不转他一绺丝；刀山剑树呵，把卖君王歹意儿，签不透他一张纸；拔舌呵，把哄君王假话儿，拉不出他一个字；便地狱三两重只与你权发个阎罗市，怎便算你认得阴司。〔鬼卒押净、众上〕〔卒〕众犯受罪已毕，俱骨粉身齑，旋被业风吹转，听候大王再行发落。

【南甘州解酲】【八声甘州】〔外〕你威权冠一时，又画蛇添足，节外生枝。君王膝裤，每藏著一把刀儿[25]。【解三酲】暗中更还图篡弑，引惹那秦城来赋诗[26]。〔净众叩头介〕愿赦却从前事，便鸡鸣而起，为善孳孳。〔外〕当初谁教你不为善？〔净〕那时谁想为善为恶到底要报的，谁知地狱天堂当真是有的。

【北寄生草】〔生〕纵不把今番想，也还想那一时，张伯麟为甚写夫差字[27]？李孟坚[28]为甚有讥弹史？吴元美为甚把蚊蝇志？都只为鲲鹏铩羽索图南[29]，你偏生生扭断他图南翅。〔外〕鬼卒，把奸贼每一步一棍，在阶下旋绕三转，打入阿鼻狱，叫他万劫不得脱离苦趣。便是罗汝楫、王俊也就去阿鼻下狱。〔卒应介〕〔生〕如此却痛快。〔外〕尽他甚么不痛快？来到了这里，也不愁不痛快。〔每卒各执一棍，打赶净、众旋绕下〕

【南醉罗袍】【醉扶归】〔外〕比那朝堂榜

罪精忠帜,这其间方算是别雄雌,饶你人间会分析,早错了三之二。鬼卒引导,送岳爷回天堂。〔生〕就此告辞。〔外〕寡人也送一程。【皂罗袍】你每悲愤,发舒此时;他每阴毒,诛锄此时。这对针果报自有个时来至。就此告别。〔下〕

宣扬了因果报应。

【北赚煞尾】〔生、众〕好笑那浅薄儿,每摧残忠直士,终有日同来到此。往常呵,贪的荣华愁的死,到这里,那会贪的发恨嗟咨,那不会愁的喜孜孜,怎直到临时,才追来悔去费寻思。早把热心儿布施,直肠儿见赐,这便是森罗殿上两众证明师。丹心一寸老天知,积恨而今得解颐。人恶人怕天不怕,人善人欺天不欺。

〔1〕黍离:《诗经》篇名,表现国家残破后宗庙变为禾黍的感慨心情。

〔2〕伏节:殉节而死。

〔3〕东都:东京,指开封。

〔4〕造次:这里是急切的意思。

〔5〕一篑之亏土:即功亏一篑、功败垂成。篑,盛土的筐子。

〔6〕众口之铄(shuò)金:引申为人多口杂,可以混淆是非。铄,熔化。

〔7〕“人虽哀虎”二句:秦穆公死,以其臣奄息、仲行、针虎三人殉葬,秦人哀之,作《黄鸟》三章,说“如可赎兮,人百其身”。

〔8〕革裹伏波尸:东汉伏波将军马援曾说:“男儿要当死于边野,以马革裹尸还葬耳。”

〔9〕巨蠹:大害虫。

〔10〕骈首:骈首而诛。骈,并连。

〔11〕虚空:太空,宇宙。

〔12〕劫火:佛家所说毁灭世界之火。

〔13〕戾气:乖张、暴戾之气。

〔14〕关支:开销。

〔15〕请盟纳币:求和,交纳金币。

〔16〕涓滴:一点一滴,极言其少。

〔17〕"上林"句:汉代苏武出使匈奴,被留十九年。匈奴诡称苏武已死。后来,汉使假说天子于上林苑射雁,得雁足所系帛书,知苏武在某泽中。匈奴始放还苏武。

〔18〕邢夫人指上环:高宗之母宪节邢皇后,被金人掳往北方,曾托人带戒指于高宗,希望能早日生还。

〔19〕太上皇衣上字:徽宗在北,曾遣使送背心一件于高宗,上写"即可即真,来救父母"八字。

〔20〕尸:主持。

〔21〕收成到手:这里指自作自受。

〔22〕项伯:项羽之叔父,楚汉相争时,曾帮助过刘邦,汉立,封射阳侯。

〔23〕丁公:名固,本项羽部将,曾故意放走刘邦。刘邦即位后,责他卖主误国,诛之。

〔24〕宸翰:帝王写的信件。

〔25〕"君王膝裤"二句:秦桧平日挟制高宗。在桧死后,高宗自云:"朕今日始免得这膝裤中带匕首!"

〔26〕秦城来赋诗:据说绍兴十七年三月,静江府秦城驿传言有王气,知府吕愿中作《秦城王气诗》,僚属和之,秦桧竟受不辞。

〔27〕"张伯麟"句:太学生张伯麟曾题壁曰:"夫差!尔忘越王杀而父乎?"被杖脊发配吉阳军。

〔28〕李孟坚:李光子,事见第三十三折注〔5〕。

〔29〕鲲鹏铩羽索图南：铩羽，羽毛被摧残。图南，图谋南飞。

第三十七折　存殁恩光

上一折写天堂、地狱，着重于对秦桧等人的审判；此折写人间，着重于对岳飞等人的平反昭雪。两场戏还交代了所有重要人物的结局，从而结束全剧。

【南吕引·临江梅】【临江仙头】〔老旦扮黄门上〕宝鼎香烟携满袖，红云对映丹楼。【一剪梅尾】钧天[1]先奏太平讴。东阁[2]春留，北阙[3]光浮。皎洁明星高，苍茫远天曙，槐雾暗不开，城鸦鸣稍去。始闻高阁声，莫辨更衣处。银烛已成行，金门俨驺驭[4]。自家宋朝一个黄门官是也。官里升殿，只得在此伺候，远远望见奏事的来了。〔末儒服上〕

【一剪梅】意气千金肯易酬，白早蒙头，心未低头。人情笑我搅闲愁，田野何忧，魏阙[4]担忧。昨日少年今白头，一声歌发满城秋。外寇公然来牧马，不是征人亦泪流。自家太学生程宏图是也，此来单为与岳太尉辨冤。又有奏事的来了，待他一同上疏。〔旦儒服上〕

【其二】冤恨无时得少休，常在心头，不放眉头。一封书彻九重眸，半系家忧，半系君忧。随意青枫白露寒，紫宸朝罢缀鹓鸾。知将何事酬公道，想象精灵欲见难。自家岳太尉之孙、岳霖之子岳珂是也，来为祖父辩冤。午门前早有奏事的到了，不免近前一同上疏。〔相见介〕〔末〕请了，敢问足下何人？〔旦〕小生岳珂，先祖讳飞。敢问先生何人？〔末〕学生姓程，名宏图，今日到此，特为令祖白冤上疏。〔旦哭介〕小生也为祖父白冤。恭值圣明，特来陈奏，幸遇老先生在此。老先生与先祖素无半面，白此沉冤，既非要誉沽名，信是忠肝义胆。世情乃尔，谁与死者作缘；高义无双，真堪古人为伍。〔末〕以我衰残，誓要吐一生不平之气；如君英妙，正当伸先人未了之心。今已到五凤楼前，学生僭先了。〔老旦〕来者何人？有何文表，就此披宣。〔末〕臣太学生程宏图为先朝臣子岳飞冤死一事奏闻陛下：

【南吕·红衲袄】那里有贯索星[6]把忠义幽，那里有鄮侯律[7]开了奸恶窦[8]；铸刑书[9]交举酒仇人彀，煅招情[10]倒断送十几州；把二帝冤一笔勾，将屡战功狃犯由[11]。〔指旦介〕这是九死一生剩个孙儿也，泪盈盈向丹陛流。〔旦〕臣岳珂为先臣岳飞合家冤苦情节奏闻陛下：

【其二】那里有替金人去报仇，倒把国家冤抛脑后？把御书藏过了装机彀，把私书烧灭了无对头。只落得父和男齐命休，母共儿相凑首；使个掩耳瞒天害尽全家也，笑吟吟报寇仇。〔老旦接疏介〕暂且平身，我与你转达天听便了。圣代即今多雨露，暂时分手莫踌躇。〔下〕

【其三】〔末〕只见满都城黯气收，喜得凤楼前日影透。〔旦〕小生所奏事情，计程期件件无差漏，简御书款款藏库楼。〔末〕多少申理的戈与矛，那牵绊的𫔎[12]与钩。〔合〕喜得有眼皇天一旦开张也，意腾腾拜冕旒。〔贴、老旦扮昭容，生、小生扮内侍，净、外扮武士执仪仗随小净捧诏上〕

剧末颂圣，未免俗套。

【金钱花】〔小净〕诏旨捧出龙楼，宠渥倍胜凡流，温纶昭雪慰沉忧。彰斧钺，别恩仇；忠与佞，播千秋。圣旨已到，跪听宣读。〔末、旦跪介〕〔小净〕诏曰：人主无私予夺，一归万世之公；天下有真是非，不待百年而定。故少保、武昌郡开国公岳飞，事上以忠，行师有律。属时方讲好，中原方议于櫜弓[13]；而尔独奋身，当路力成于投杼。坐急绛侯之系[14]，莫然内史之灰；逮国论之既彰，想英风之如在。是用追复原官，以礼改葬，赠太师、谥忠武、追封鄂王。其尸首仍悬官爵一级，有能告送到官者，定行赏给。故左武大夫、忠州防御使岳云，禀父命之神算，歼炽焰之邪氛；及故龙神卫、四厢都指挥使、阆州观察使张宪，勇敢屡立战功，忠直遽罹奇祸。慰贞魂于拱木[15]，新戎钺于帅坛。云赠武康军节度使，宪赠宁远军承宣使。内云令临安府以礼祔[16]岳飞葬，飞三世祖、父并赠加官，阖门男女俱有封荫。其孙珂补提举江南东路茶盐公事，所没田产屋宇等俱令江州给还，前后被受御笔手诏并精忠旗一面，令左藏南库搜拣给还，以彰世守。鄂州军民请为飞建祠，委官督造，赐额忠烈。云、宪及坠井妻李氏、女孝娥一并祔祭。临安府北山智果寺充飞功德院，以“褒忠衍福禅寺”为额。枢密使韩世忠，大理寺卿薛仁辅，寺丞李若朴，何彦猷，判宗正寺士㒟，布衣刘允升、殿前小校施全及太学生程宏图，生则宠秩[17]，死则追褒，另有诏旨。秦桧、张俊、万俟卨横加不韪，滥及无辜，假伪乱真，以非易是，原官俱行追夺。桧改谥缪丑，仍行大理寺定招[18]，播告天下，垂戒后世。鸣呼，闻李牧之为人，殆将抚髀[19]；阙关西而未录，敢缓旌贤[20]。如其有知，可以无恨。〔末、旦谢恩〕〔旦接诏介〕〔生、小生〕那位是岳先生？皇爷著我二人领著鼓乐送你到宅上去。〔末〕学生告辞。〔旦〕容踵门叩谢。〔末〕无限心中不平事，一封书奏九重天。〔下〕〔旦换官服，内侍同武士鼓乐引旦出朝行介〕

【节节高】〔众〕恩光诏旨优，把愁收，都城喜气连童叟。〔内作众人大呼万岁介〕好也、好也，今日岳老爷全家复职，秦丞相追加削夺，可喜、可喜！〔生、小生〕岳先生，你看都城闾巷男女大小，人人都欢悦也。〔内哭嚷介〕我每是荆襄百姓，来讼岳老爷冤的。你每闪开些，待我每看看岳家小爷。〔又哭介〕〔丑扮老妇哭上〕无食无儿一妇人，髩毛今与草争新。州人若忆将军面，泪满征衣怨暴秦。这是岳家小爷？就与见岳爷爷一般了。〔众指丑〕来何后，鬓已飕，非亲旧，为何哭泣情偏厚？你有丈夫、儿子么？〔丑〕我的丈夫、儿子、女婿都被岳爷爷以军法杀了。〔众〕这样你哭他做甚么？〔丑〕他公行赏罚难私宥[21]，却喜忠臣有贤孙，中肠泪垂原非谬。〔下〕〔众〕你看岳爷爷这样能服人心，杀了他丈夫子婿还这样哭他，说道"却喜忠臣有贤孙，中肠泪垂原非谬"。

借此说明岳飞能服人心，略仿《三国志》写诸葛亮死，被他处罪的李严都感慨流泪。

【其二】南冠叹楚囚，喜鸣驺[22]，旌旗鼓吹相辐辏。已到门首了。〔生、小生〕我每回旨去也。〔旦送介〕〔二生〕千载苌弘血，今朝赵氏孤。〔下〕〔旦作入门介〕〔众〕忠臣胄，瞻故丘，流光又。〔贴扮珂妻迎上〕献来白璧今番售[23]，愁颜顿解欢声逗。〔相见介〕〔旦〕夫人，且喜圣主在御，阴翳全消。一门俱已旌褒，童稚皆沾恩爵。从前御赐诰轴一一简还，第宅土田一一赐予。凡害我家奸佞的，重加追削；凡为我家牵累的，都荷褒扬。真是天道有知，人心喜畅。如今且将御赐精忠旗拽起中庭，权当祖父灵位，告奠一杯。〔曳旗设祭拜介〕快洒新觞荐灵旗，幽明共承皇天佑。

【金莲子】圣恩绸，笑他奸佞终出丑。愿伯父、祖姑一同降鉴，空中受，这一杯儿奠酒，阖家门节义，含笑在重幽。〔杂扮院子上〕不是一番寒彻骨，怎得梅花扑鼻香。禀老爷得知：于今朝廷诏求太老爷身尸，当初是狱卒隗顺负出，埋在九曲藂祠北山之下，上树双橘为记，内有太老爷原佩玉环及大理寺铅筒在上，起开面貌如生。朝廷大喜，奉旨以礼改葬。那隗顺的儿子已给赏冠带[24]了。〔旦喜揖介〕谢天谢地，分付快备丧服到彼行礼。〔杂应介〕还有一事，朝廷将秦桧三人罪状发下大理寺，拟成招卷，颁告天下，特送与老爷看。〔旦〕秦桧三人既遭鬼责，难逭王刑。且将朝廷议定诏词对祖父灵前朗诵一遍，少慰英魂。〔跪念介〕该大理寺奉旨：看得秦桧，亘古穷奸，欺君逆贼。结魍魉为父母，割地酬恩；剪貔虎为仇雠，弥天张网。以戮力扞边之良将，而坐以逗留；本赤心报国之忠臣，而诬为不轨。皇皇御札，敢于灭迹为奸；杳杳私书，竟是无中生浪。莫须有三字，断案可凭；亲父子两冤，英雄堕泪。长城既坏，外敌生心；蜡奏驰闻，中原短

声讨秦桧、万俟卨、张俊罪行，写得义正词严，气势磅礴。

气[25]。致使二帝无返辕之日,兆民罹左衽之悲[26]。谋危宗社,应伏诛夷,尽录同居[27],共行骈戮。万俟卨骨本狐媚,性更鸱张[28]。洟颜而徇权相之私,青天不畏;攘臂以锻精忠之狱,白昼为昏。据千般议狱之状,周纳何深;按一家三命之条[29],极刑允当。张俊隙起忌功,祸成捏谤。以口舌兴戎,出话操戈稍别;然风波作恶,以刃与政何殊[30]?虽三犯先殛于天,已登鬼籍;而五刑宜彰于后,明示王章。爰著丹书,永垂后禩[31]。其余城社之奸,同正藁街之戮[32]。既彰国法,永快人心。宣告已毕,仍将此诏刊传,以昭幽愤。

【浣溪沙】长夜幽,今做了明如昼,但从前怨德都酬。元来因果他还受,祸福随人各自求。天须有,报应的无虚谬,怎遮瞒的日月双眸。

将此曲同第一折〔蝶恋花〕曲,以及第十七折原评参看,作者创作此剧是针对明末忠臣被害,朝廷对敌妥协的黑暗现实而发。

【尾声】贤奸今古同芳臭,愤懑心头借笔头,好教千古忠臣开笑口。

据宋史分回出折　按旧谱合调谐宫

不等闲追欢买笑　须猛省子孝臣忠

〔1〕钧天:引申为普天。

〔2〕东阁:宰相办公的地方。

〔3〕北阙:臣僚待朝之处,指朝廷。

〔4〕俨驺驭:整敕车马。

〔5〕魏阙:宫门以外的阙门,指朝廷。

〔6〕贯索星:星宿名,主牢狱。

〔7〕酂侯律:指汉酂侯萧何制定的律令。

〔8〕窦:狗洞。

〔9〕铸刑书:指公布法律。春秋时郑子产曾铸刑书。

〔10〕煅招情:炮制假口供。

〔11〕狃犯由:当作犯罪的事由。

〔12〕䚗(xiàng):即后世之检举箱。

〔13〕櫜弓:藏弓于櫜,停止战争。櫜,弓袋。

〔14〕坐急绛侯之系:汉功臣绛侯周勃,曾被诬谋反而入狱。

〔15〕拱木:谓死后坟头之树已可拱把。拱,两手合握。

〔16〕祔(fù):合葬。

〔17〕宠秩:授官以示恩宠。

〔18〕定招:议罪定案。

〔19〕"闻李牧"二句:李牧,战国时赵国名将,中秦反间计而被杀。《汉书·冯唐传》曰:"上既闻廉颇、李牧为人,良悦,乃抚髀曰:嗟呼! 吾独不得廉颇、李牧为将,岂忧匈奴哉!"抚髀,以手拍股。

〔20〕"阙关西"二句:疑指汉飞将军李广,虽有抗击匈奴大功,而未得封侯。李广,陇西成纪人,故云"关西"。

〔21〕私宥:私自开恩赦免。

〔22〕鸣驺:显贵出行,随从骑卒吆喝开道。

〔23〕"献来"句:用和氏几次献璧故事。

〔24〕给赏冠带:指封官。

〔25〕"蜡奏驰闻"二句:洪皓事,见前第二十九折注〔3〕。

〔26〕左衽之悲:指受异族统治之苦。古代边疆地区的部分民族衣服前襟向左开,称"左衽"。

〔27〕同居:同族。

〔28〕鸱张:猖狂乖张。

〔29〕按一家三命之条:条,律条。具体条款待考。

〔30〕以刃与政何殊:语出《孟子·梁惠王》,是说拿刀子杀人和用暴政杀人没有两样。

〔31〕永垂后禩:永留后世。

〔32〕藁街之戮:汉代长安城内少数民族聚居于藁街。在藁街诛杀群奸,意在宣示内外,万里皆知。

后　记

《精忠旗》署“西陵李梅实草创，东吴龙子犹详定”。对于原作者李梅实，我们别无所知。修订这个剧本的龙子犹，是明末著名通俗文学家冯梦龙。冯字犹龙，别署龙子犹，室名墨憨斋，因此又号墨憨斋主人，江苏吴县（今苏州）人，生于明万历二年（1574），卒于清顺治二或三年（1645 或 1646）。崇祯时曾为福建寿宁知县，不久退职家居。所作传奇有《双雄记》《万事足》，经他改编、修订的戏曲有《墨憨斋新曲十种》，《精忠旗》是其中的一种。他的戏曲主张接近吴江派。经他收集、改编、整理和创作的还有小说“三言”、《新列国志》、《平妖传》，散曲《太霞新奏》，俗曲《挂枝儿》，笑话、笔记《古今谭概》、《智囊补》、《情史》等，诗文集有《七乐斋诗稿》《春秋衡库》《中兴传略》等，在中国俗文学史上有杰出地位。

《精忠旗》写南宋抗金名将岳飞被奸臣秦桧谋害的故事，是我国古典戏曲中比较优秀的悲剧作品。岳飞的故事在民间流传久远，在宋元戏曲中就有《秦太师东窗事犯》和《宋大将岳飞精忠》；明代传奇有《东窗记》《精忠记》等作品。清中叶以后，花部勃兴，地方戏曲中出现了许多岳飞故事戏，它们都不同程度地表现了岳飞的忠勇精神，特别当民族矛盾加剧的时候，岳飞形象更起了鼓舞人们团结抗争的重要作用。

《精忠旗》描写的是在金兵攻陷汴京，掳获徽、钦二帝，行将席卷全国的情势下，南宋政权内部出现的两派截然相反的主张，一派以大将岳飞为代表，主张“尽扫胡尘，把金瓯重补”；一派以丞相秦桧为代表，力主“通和”。贯穿全剧的戏剧冲突，就是在这样的历史背景下展开的岳飞“精忠报国”与秦桧“穷奸卖国”的冲突。

作者有意写成一部符合历史真实的历史悲剧，因此力求按历史记载构思结想，以增强剧中人物的感人力量。但戏剧既是艺术，对历史素材必然有所改动，并允许某些细节的虚构。剧本一方面着重写岳飞抵抗金兵、收复失地、迎还二圣的坚强决心，写他对沦陷区人民的关怀爱护；另一方面深刻揭露了宋高宗、秦桧阻挠破坏抗金斗争，阴谋陷害岳飞的卖国罪行。秦桧是早已卖身投降了金统治者又被派遣回南宋的内奸，他窃相位以后，利用他的全部权势和计谋，竭力阻挠和破坏岳飞的抗金斗争。岳飞越是节节胜利，越会遭到秦桧的疯狂迫害。岳飞要迎还二帝，又危及宋高宗的皇帝宝座，使宋高宗由支持岳飞抗金到转而支持秦桧陷害岳飞。不仅如此，岳飞治军有方，声威大振，又深得民心，这又引起高宗的疑惧，因此秦桧得以从中挑拨离间。剧本通过丰富的故事情节和生动的人物形象，表现这两种势力冲突的复杂性、尖锐性。在这一对抗性的冲突中，宋高宗和秦桧把握着朝廷大权，占据着主动地位，导致忠君爱国的岳飞无法避免投降派的陷害，造成悲剧。

剧本描写现实的矛盾冲突是极其真实深刻的，但在表达理想愿望时，便因失去了现实依据而显得苍白无力，甚至无可奈何地借助天神、阎王、鬼魂，使作品堕入因果报应、神鬼迷信的迷雾。

《精忠旗》成功地塑造了抗金英雄岳飞的悲剧英雄形象和卖国贼秦桧的反派人物形象，作者善于把人物放在尖锐复杂的矛盾中去刻画。当北方领土丧失，徽、钦二帝被掳的时候，岳飞“涅背”明志，表现了他强烈的爱国雄心；在同金兵搏斗的“誓旅”“挫寇”中，表现了他卓越的军事才干。“金牌伪召”则深入细致地通过十二道金牌的步步进逼，既层层展现了岳飞忠君与爱国之间的矛盾心理，又极有说服力地写出了岳飞班师的不得已，从而洗去了向来岳飞故事中给他脸上涂抹的愚忠的油彩，使岳飞的形象更崇高而完美。在面临秦桧阴谋迫害的生死关头，他置个人身家性命于度外，念念不忘杀敌报效，使岳飞这一英雄典型更加高大而富有教育意义。同岳飞相对立的卖国贼秦桧，则在危急关头，受敌人派遣，打进南宋王朝充当内奸。在岳飞节节胜利的时候，他和金人蜡丸密誓，内外勾结，终于导演了一场“金牌伪召”的骗局。岳飞班师以后，秦桧又同王氏、万俟卨等狼狈为奸，阴谋杀害岳飞。戏剧通过这一连串的冲突，把秦桧阴险奸诈的卖国罪行，做了淋漓尽致的描写，塑造了文学史上一个成功的卖国奸贼的典型。

本剧在场面安排、关目照应，以及人物的独白、对白等方面，都有不少成功的范例。场面关目较多吸收了当时舞台演出的经验。宾白的特点是把浅近的文言和民间的俗语组织为顺口好念的对子句，接近说唱文学中的赋篇，既便于集中刻画人物的性格特征，又能配合舞台上的锣鼓点，这大约是出于通俗文学专家龙子犹的手笔为多。曲词写得比较平板质实,可能保持了李梅实较多的原著风貌。

本剧流行版本有郑振铎藏明墨憨斋刊本,《古本戏曲丛刊二集》影印本,中国戏剧出版社1960年影印《新曲十种》本,题名《墨憨斋定本传奇》,实际上都是同一底本。现予校订、标点,并改补了某些错讹和脱漏的文字。

重订增注

中国十大古典悲剧集

中

王季思 主编

李悔吾 宁希元 萧善因 副主编

齊魯書社

娇红记

〔明〕孟称舜

肖善因　注释

宁希元　审订

目　录

第一出　正名

【西江月】醉看花前妙舞，闲听座上新歈[1]。繁华冷落尽消除，片晌顿成今古。一段幽魂渺渺，两行红泪疏疏。贞夫烈女世间无，总为情多难负。【满庭芳】王女娇娘，厚卿申子，天生才貌无双。心期密订，彼此系衷肠。笑把梨花掷处，拥炉语，生死情长。姻缘好，分烬断袖，风月两相将。为求亲间阻，天愁地恨，无计成双。更飞红暗妒，屡致参商[2]。帅子豪华慕色，挟家势，强结鸾凰。男和女，情同铁石，并冢配鸳鸯。

烈娇娘心择多情种，俏飞红妒阻真欢宠。

豪公子强入燕莺群，义申郎情合鸳鸯冢。

孟称舜自题云："天下义夫节妇，所为至死而不悔者，岂以是为理所当然而为之耶？笃于其性，发于其情，无意于世之称之，并有不知非笑之为非笑者而然焉。"又云："性情所钟，莫深于男女，而女子之情则更无藉诗书理义之文以讽谕之，而不自知其所至，故所至者若是也。"借男女恋爱的深情来表现对诗书理义之文的不满，是全剧宗旨，跟汤显祖《牡丹亭题词》说的"情不知所起，一往而深"及"理之所必无，安知情之所必有"，同样表现了反理学的倾向。陈洪绶原评："昔人云：'读《出师表》而不泣下者

〔1〕新歈(yú)：新歌。

必非忠，读《陈情表》而不泣下者必非孝。’吾谓读此记而不泣下者必非节义人也。李卓老称‘作《西厢》者必大有感于君臣、父子、兄弟、朋友之间’。此记其亦然耶?”又云:“此曲之妙，彻首彻尾，一缕空描，而幽酸绣艳，使读者无不移情，固当比肩实甫，弟视则诚。”按陈洪绶引李卓吾的一段话，意指作者对封建社会的伦理道德的不满，剧中不少地方即揭露了这种现实。陈洪绶为本剧作序，痛斥那些口讲理义而行若禽兽的人，说作者写申娇两人能在男女爱情中表现很高的情义、操守，比那些衣冠禽兽不知好多少倍。是窥见了作者写这剧的宗旨的。原评:“俱家常语，都自韵。”意指〔宜春令〕数曲，俱从一家父、母、兄、弟的常情出发，写成曲调，自有韵致。它跟《琵琶记》“高堂称庆”“南浦嘱别”中唱词是一路笔墨。

〔2〕参(shēn)商:两个此出彼没的星名，比喻双方分离不能相见。

第二出　辞亲

【满江红】〔生上〕天赋多才，逞年少，凌云胜气。怎能够九天奋迹，一身荣贵。腰下青萍〔1〕长自吼，脚跟红线〔2〕何年系?可正是潘安宋玉，为伤秋，情无已。【鹧鸪天】十二甘罗已相秦〔3〕，我今二十尚逡巡。龙头〔4〕未属身犹贱，鸦髻虽黝志早星。真薄命，叹飘零，于今婚宦两无成。有时月内逢仙姊，才显成都双凤名。小生姓申名纯，字厚卿，祖贯汴州人也。随父亲流寓成都。八岁通“六经”，十岁能属文。鞍马弓箭，亦颇谙习。兄弟两人，俱负时声。去秋与俺哥哥同赴选场，不利而归。胸中郁郁，难以自遣。有母舅王文瑞现为眉州通判，今欲以探亲为名，到彼处散闷。迟则半载，早则月余回来，未知爹娘许否?道犹未了，爹娘哥哥早上。〔外、老旦、小生上〕

【前腔】〔外、老旦〕暂住林园，传家法，诗书执礼〔5〕。几时得两儿荣贵，光生门第。〔小生〕百岁良宵如过马，一春好景同流水。趁双亲未老，向高堂，供甘旨[6]。〔外〕老夫申庆，老妻王氏，生有二子，长唤申纶，次唤申纯。申纶年长二十二岁，早已娶有媳妇。申纯生时老妻梦吞彩云一朵，醒时犹有异光在室，今年方弱冠[7]，择婚未遂。老妻兄弟王文瑞，亲生一女，名唤娇娘。闻他才貌端妍，意欲聘做媳妇，奈文瑞在眉州做官，未及遣媒说合。今欲遣申纯往问安否，乘便就探取这门亲事。申纯！〔生揖介〕孩儿有。〔外〕你舅舅在眉州，我一向要遣你去问候，奈你进场无暇。今场事已过，你可乘暇去走一遭，但不可久滞于彼，致我家中悬念也。〔生〕孩儿晓得。〔外〕孩儿，你紧记者：

【宜春令】垂檐下，花正肥，待花落须当便归。休得要淹迟岁月，教我老爹娘倚门望断人归未。〔老旦〕你去拜上舅妗呵，道是他夫妇福分无边，我父母容颜憔悴。〔合〕须记，征鸿[8]便羽，把尺书频寄。〔生〕孩儿呵，

【前腔】乘休暇，别锦帏，整行鞭，离东向西。眉州隔此虽则不远，只今回首，高堂咫尺，情空系。到异邑无意留停，望故里有魂长侍。早看庭花未谢，是孩儿归时消息。〔小生〕兄弟，我和你居则同席，出则连

镳[9]，今倏尔言别，可胜分飞之叹也！

【前腔】花才放，草又萋，践征途王孙马蹄。你今别去，半肩行李人迢递。休道是老爹娘朝夕萦牵，则我两兄弟几经离析。须记鹴裘[10]莫滞，早归来与你花前相对。〔生〕你兄弟少不得一去便回也。

【前腔】又不为名与利，相摘离，生间阻楚天一涯。自今相别，伯劳东去无俦匹[11]。我只为探舅氏暂尔分飞，哥哥，你奉双亲好生看视。认取庭花未谢，是您兄弟归时消息。

【余文】〔外、老旦〕人生何事关胸臆？〔小生〕黯销魂万里桥西。〔生〕最苦的是亲在高堂子远离。

〔老外〕杨柳枝头色变黄，〔生〕躬承亲命去他乡。

〔小生〕家人早把归期数，〔合〕莫为看花殢洛阳。

〔1〕青萍：剑名。

〔2〕红线：古时以为男女婚配，是由月下老人以红绳系足，命里注定，不可更改的。

〔3〕甘罗：战国时策士。秦相甘茂的孙子，十二岁时以功任为上卿。

〔4〕龙头：状元的别称。

〔5〕执礼:指待人接物的礼节。

〔6〕甘旨:美味。

〔7〕弱冠:古代男子二十岁行冠礼,泛指二十岁左右的人。

〔8〕征鸿:远飞的雁。古时认为它可传递书信。

〔9〕连镳:联骑同行。

〔10〕鹔裘:用鹔鹴羽制的裘衣。鹔鹴,鸟名,雁的一种。

〔11〕伯劳:鸟名。全句比喻亲友分离。

第三出　会娇

【凤凰阁】〔末、外旦引贴、净同上〕〔末〕空庭春广,丽色垂垂欲上。昼闲无事坐黄堂[1],看儿女帘前来往。〔外旦〕衷肠难放,门楣少,几时得画眉相向[2]。〔末〕宦处眉州二载余,官清民善颇安居。〔外旦〕膝前一对娇儿女,〔末〕且与焚香课读书。老夫王文瑞,奶奶赵氏,这侍女名唤飞红。自家世籍成都,今官眉州通判之职。所生一子,名曰善父,年方六岁。女曰娇娘,小字莹卿。生时老妻梦天上仙娥折与仙葩一朵,娇艳异常,因此取名娇字。今年已二八,才貌端妍,为我宦居在此,尚未许聘于人。俺肩上只有一姊,适与同郡申庆为妻,生下二子,俱有文才。俺因孩儿幼小,意欲唤二甥到任所同理诸事，为他方读书进场，迁延未果。今闻次甥自来候我，只目下可到。院子，你在外厢伺候，看申家官人到来，即便通报。〔净诺，同下〕〔生上〕

【新水令】行行步步看花放，遍郊墟，暖风轻荡。看对对衔泥燕傍人飞，为春来说与多愁况。小生为访舅氏，行来到此，看眉州好风景也。【摸鱼儿】锦城西一区华屋，天开多少佳趣。当门绿水朝千里，何况碧山无数。堪爱处，有潇洒新篁，松桧森前路。深深院，见帘幕低垂，丝簧迭奏，镇日价歌舞。金闺彦，联翩占住。小生平昔依慕，今朝走马行来近，试倚绣鞅疑觑。见处处繁花开遍，幽意谁为主？诗朋酒侣，向此地嬉游，寻花问柳，须自有奇遇。说话间到了门首，有老院子在此候门。老院子，你报老爷奶奶知道，说申官人来也。〔净〕呀，申官人到了。老爷正着我等候，待我去通报咱。〔报介〕〔末、外旦、贴同上〕〔生入见介〕〔末〕久违音问，今日见了贤甥，使我不胜之喜。〔生〕久别尊颜。容小甥一拜。

【步步娇】千里驱驰来相访，忙拜倒台阶上。〔末〕贤甥免礼，且问你爹妈俱好么。〔生〕别来已二霜，幸我双亲，一般无恙。舅妗想俱万福？〔末、外旦〕侥幸也好。〔生〕恰两下尽安康，今日个相逢欣喜应难量。

〔末〕三哥路途劳顿，院子将酒来洗尘。〔净下持酒上，生众同坐饮介〕〔生〕含弟、百一姐[3]俱好么？〔末、外旦〕

【前腔】我稚女痴男皆娇养。〔生〕含弟尚小，百一姐今庚十几了？〔末、外旦〕我女孩儿是你年居长。〔生〕闻的聪慧异常。〔末〕知书性颇良。〔生〕可曾许聘了么？〔末、外旦〕未遇姻缘，使人惆怅。〔生〕不知要许甚样人家？〔末、外旦〕要配好鸳鸯，则除他人材呵得似你才郎样。〔生〕小甥礼合请见。〔外旦〕飞红请小姐来见三哥。〔贴下，上，耳介〕小姐未曾妆束哩。〔外旦〕三哥家人也，便不妆束，出见何妨。〔贴下，同旦上〕〔旦〕槛外新花又一年，蜂须偏惹绣窗前。金针绣帖无心弄，且拔鸾篦理篆烟。〔贴〕姐姐，你今日朱粉未施，双鬟绾绿，愈觉可人也。

【懒画眉】乱云鬟，低绾出汉宫妆。〔掩鬟介〕这金钗敢溜下也。鬟儿边，斜弹著一枝金凤凰。这衣服恁精楚呵，身儿上，穿着套花茸茸织锦藕丝裳。奶奶堂上等著，姐姐，你脚步儿挪了半日呵，刚转过翠生生绣软梅罗帐，这正是娇怯怯云雨巫山窈窕娘。〔旦〕

【前腔】我刚在绣房中绣罢了锦鸳鸯，待收拾起金针看海棠，则见小梅香轻

娇娘是全剧主角，她第一次出场，必须郑重介绍，给观众留下美好的印象。这里让飞红跟她缓歌慢舞，双双上场，飞红为她掩鬟整衣，形容她娇怯的少女姿态，然后由她接唱一曲，抒写她闺中的生活与心情，在观众面前亮出了娇娘的第一个印象。

轻的弹响小纱窗。〔贴〕申家哥哥在此，奶奶催著哩。〔旦〕道是老夫人宴客华堂上，待我且偷觑咱。呀，却是个玉面鹴裘楚楚郎。〔出见介〕〔外旦〕哥哥远来，孩儿可把酒劝哥哥一杯。〔旦把酒，生接介〕呀，这妹子长的恁般好也。

以下数曲极写申、娇的一见钟情，神情如见。

【玉交枝】蓦见天仙来降，美花容云霞满裳，天然国色非凡相。看他瘦凌波步至中堂，翠脸生春玉有香，则那美人图画出都非谎。猛教人魂飞魄扬，猛教人心迷意狂。〔旦〕申家哥哥好一表人材也。

【前腔】神清玉郎，转明眸流辉满堂。他虽是当筵醉饮葡萄酿，全不露半米儿疏狂。淹润温和性格良，尽风流都在他身上。不争[4]他显峥嵘珠宫画廊，也不枉巧温存锦帏绣床。〔生〕我见了那妹子，可忘了与舅妗扳话。请问舅妗，平日也饮些酒么？〔末〕我与你舅母居常饮酒不过数爵。〔生〕贤妹也饮些么？〔外旦〕他天性不饮。〔旦低头介，生〕

原评："都在别人口中写出娇态。"

【前腔】可人模样，天生就春风艳妆。他妹妹，我哥哥，则是侧身偷眼低低望。想他是年少娇娘，蓦然间翠靥红生两颊旁。

怕道不关情,怎便把春情扬?猛教我神飞醉乡,猛教我魂飞翠乡。〔末〕贤甥量好,可开怀饮数杯。〔外旦〕飞红满斟三哥酒。〔生〕长者赐,不敢辞,但小甥失志功名,一向负病,不能多饮。〔旦低语贴介〕看三哥似不任酒力了。〔贴低笑介〕小姐初见,怎便恁般相知哩。〔旦〕我看他

【前腔】停杯相向,言笑处风生画堂。他那壁,我这壁,偷睛两下频来往。爱他个年少才郎。虽然阻隔筵前花数行,则乍相逢早已私相傍。敢一样神飞醉乡,敢一样魂飞翠乡。〔末、外旦〕三哥虽则有恙,一路上劳顿,倒多饮数杯也好。

【江儿水】玉碗斟香糯,盛来琥珀光。你客中畅饮精神壮。〔生〕小甥饮不得了,〔侧觑介〕见他佯整搔头,我偷睛望。〔翻酒介〕将这杯酒儿都淹在青衫上,险露出轻狂模样。似这般醉眼荒唐,将座中的人呵,错认做巫阳仙仗[5]。〔贴〕我觑申家哥哥和小姐呵,

【玉抱肚】两下低鬟相向,我心中猛然暗想。多管他佳人才子,都一般儿风流情况。一个待眉传雁字过潇湘,一个待眼

白好,表现了娇娘对申纯的关心,也见出飞红的警觉。

原评:“极力形容,写神写貌。”从飞红眼中看出申、娇的眉眼传情。这自然要引起王文瑞夫妇的注意,叫飞红送娇娘归房,戏就跟着一步步收场,剧情

发展极自然。结处二句对偶工整而句调流畅，是南曲中警句。

送鱼书到洛阳[6]。〔末、外旦〕三哥既然推辞，且暂歇息，明日再饮罢。

【玉山供】蓦见你形劳意攘，待来朝花前举觞。〔生〕小甥委是醉也。〔侧唱〕我见他抵春纤推整云翘。〔旦侧唱〕我见他湿青衫暗倒霞浆。〔外旦〕飞红，可送小姐先归绣房去。〔贴〕酒阑客散，各自的归回庭帐。俺小姐呵，道去也回头望。〔旦〕自情伤，今后呵，甚心儿向窗前重绣好鸳鸯。〔同贴下〕〔生〕小甥领二亲尊命，候过舅妗，即便告回。〔末、外旦〕三哥远来劳苦，况我家事务，正欲藉你料理，归去之话，且则休提。

【好姐姐】那厢，收拾下半间草堂。安顿了琴书剑囊，且自安心，莫为思家归去忙。在此有我舅妗呵，相亲傍、也当的一家骨肉团圆相，好认并州作故乡[7]。〔下〕〔生〕小生不图今日有此奇遇也，恰才蒙舅妗留俺，俺便住在此一世也罢。

【川拨棹】心思想，我可也不空来了这一场。蓦遇著这金屋娇娘[8]，蓦遇著这金屋娇娘。猛回头何方故乡，则索破工夫，闲打当，耐心情，守夜长。

【前腔】想著他庞儿浅淡妆，玳筵前，

情意长。我被逗得个意乱心狂，我被逗得个意乱心狂。他娇模样还不离我眼眶，待相忘，知怎忘；要相从，转渺茫。

【侥侥令】空庭人已往，莺韵罢调簧[9]。酒醒神回，益觉无情况。这没下梢[10]的恶相思，知怎当。

【尾声】三春杨柳堪人赏，只怕挨不彻这相思两字长。今日呵，怎把我归去的心期来便讲。

长为看花涕泪盈，今朝忽尔遇云英。

蓝田洵是神仙宅，何用崎岖上玉京[11]。

原评："较'记不真娇模样'，竿头更进。"按指较《西厢记》第一本第二折张生在初见莺莺后唱的"我和他乍相逢记不真娇模样"写得更深刻。

〔1〕黄堂：古时太守衙中的正堂。

〔2〕画眉：汉代的张敞常给妻子描画眉毛。这里借指为女儿选择的配偶。

〔3〕含弟：娇娘弟名。百一姐，王娇娘的号。

〔4〕不争：倘使。

〔5〕巫阳仙仗：巫山阳台的神仙仪仗。

〔6〕这两句说两人眉眼传情。古代传说有鱼腹藏信、鸿雁传书。

〔7〕好认并州作故乡：这是化用唐代诗人贾岛的诗句，意思是把客居地当作故乡。贾岛《渡桑乾》："客舍并州已十霜，归心日夜忆咸阳。无端更渡桑乾水，却望并州是故乡。"并州，今山西太原。

〔8〕金屋娇娘：汉武帝刘彻封胶东王时，曾说若得阿娇做妇，定建金屋让她居住。这里即指娇娘。

〔9〕莺韵罢调簧：意为听不见黄莺的歌声了。簧，管乐器中铜片，代指乐器。

〔10〕没下梢：没有着落。

〔11〕结尾下场诗化用《太平广记》卷五十记唐裴航在陕西蓝田遇仙女云英故事。

第四出　晚绣

原评："小窗喁喁，絮的绝似。娇之情，红之妒，皆于此栽根，乃记中绝大关目。"自求良偶，虽死不恨，这是全剧宗旨。当然，"身葬荒丘，情种来世"，只是当时痴情男女的幻想，同时也是作者所未能正确理解的。

【一枝花】〔旦上〕杏花春雨谢，满眼飘香雪，昼闲天气冷，流清血。宝镜台前，懒画芙蓉颊，新愁难打叠。弄草拈花，辜负好天良夜。【画堂春】弄寒弄暖雨霏霏，雨余几遍相催，催了开时催谢时，满院花飞。独坐空庭，悄悄无言，手拈花枝，枝头杜宇送斜晖，幽怨谁知？奴家每想，古来才子佳人共谐姻眷，人生大幸无过于斯。若乃红颜失配，抱恨难言。所以聪俊女子，宁为卓文君之自求良偶，无学李易安之终托匪材〔1〕。至或两情既惬，虽若吴紫玉赵素馨〔2〕，身葬荒丘，情种来世，亦所不恨。吾今年已及笄，未获良缘，光阴荏苒，如同过隙。每每对花浩叹，不能自已。昨于堂上瞥遇申生，相其才貌，良可托以终身。为此日来心上，眷眷若有所系。今春寒昼冷，独倚绣床，情怀寂寞，畅好〔3〕可怜人也。〔闷坐介〕〔贴上〕红杏枝头春意闹，动人情思知多少。姐姐，你小廊独坐，抚针凝睇，非关病酒，敢为伤春也。〔旦〕昼长无事，对花铺绣，不知春色何在，说甚伤春也。

【香罗带】绿窗人语绝，闲铺绣帖。〔贴〕姐姐，你停针不语，却是为何？〔旦〕我停针不语身倦怯，觑著那画眉帘外日儿斜也，刚绣的来一对锦蝴蝶。〔贴〕姐姐既然身子困倦，向花园里散散心儿罢，只管绣些甚么？〔旦〕听，听声声巧鸟双弄舌，道则么有甚关情也，走向空庭把花自折。〔贴〕不是飞红多口，姐姐，我觑你近新来呵，

【罗江怨】裙宽了三四褶，腰肢瘦怯，知您意儿因甚些？你生小的在香闺中受用十分别也，有甚闲情得向眉梢惹。我猜姐姐呵，敢则惜春光去渐赊[4]，听春规[5]啼不歇，一般般害的个伤情切。〔旦叹介〕

【五更转】你道我在香闺恁愁怯，我生小儿情性别，没甚关情也害得伤情切。夜夜看花，泪痕流血。衷肠事，待说来如何说。怕的是凄凄杜鹃，杜鹃枝上咽，杨柳楼西，晓风残月。〔贴〕是哩，姐姐身畔，则少个姐夫。待老爷回家，定有人来说亲，只不知姐

原评：“真情深态活活写出。”

姐心上，要甚样姐夫才好？〔旦〕我是女孩家呵，

【前腔】这事儿却教怎生说？〔贴〕这里无人，便说也不妨。象那李衙内、张舍人，泼天价富贵的子弟可好么？〔旦〕你道他金珠堆满穴，豪家富室好枝叶，怕则气势村沙[6]，性情恶劣。便做是纸鸾凤，草麒麟，恁差迭。好花输与，输与村郎折，这段姻缘怎教宁贴。〔贴〕这等，只拣个读书的才子好么？〔旦〕便说那才子，也有不同。〔贴〕怎么不同？〔旦〕

视富贵子弟如粪土，风格高绝。

【前腔】临邛客轻把文君舍，白头吟长叹嗟[7]，聪明人自古多情劣。〔贴〕这等怎样好？〔旦〕薄命红颜，好花易折，但得个同心子，死共穴，生同舍，便做连枝共冢，共冢我也心欢悦。打并[8]香魂，向谁飞越。〔贴〕姻缘分定，也拣不得许多。眼前到有个人儿在此，似那申家哥哥呵，

进一步提出同心、同生死的要求，这就把卓文君司马相如以来无数才子佳人撇在后面。

【五更转犯】他俊样儿，天生绝，和你一般情意惬。〔旦羞怒介〕你小妮子家，说来的话儿十分劣。我和他兄妹排连，怎把姻亲相结？〔贴〕这也常事，便说说何妨。〔旦〕怕不道隔墙边有耳，有耳暗中听也，你没遮拦浪轻说。〔贴背云〕小姐被我说著心事，转倒恼我。〔回云〕飞红在此久了，看奶奶去。

《牡丹亭》"寻梦"出："待打进香魂一片，阴雨梅边，守的个梅根相见。"

你五分心事我已三分晓,何须抵口遮藏了。我且闭门不管月黄昏,一任梅花落尽多多少。〔下〕〔旦〕不如意事常八九,可与人言无二三。我心中之事,怎对飞红说的呵!且收拾绣帖归绣房去罢。

【二犯五更转】昏黄时节,收拾了绣花针线帖。〔倦倚介〕倚牙床坐对余香谢,猛抬身欲起,欲起身又怯。呀,月儿早上也,则见一钩钩杨柳枝头月,傍晚妆台照人明灭。凝望眼,难打捱这春长夜。〔叹介〕月色天边,人同此夕,叹花阴人远音尘绝。〔生潜上〕〔旦惊顾介〕翠竹轻摇,绣帘低揭,兀的有谁来也?〔生见低问介〕姐姐,你倚床长叹,将有思乎?将有约乎?〔旦作正视介〕兄自何来?此日晚矣,春寒逼人,兄觉之乎?〔生〕春寒固也。〔旦〕

原评:"想像生描,光景宛然。"

写申、娇彼此关情,各有一番心事,又各不愿明言,情景逼真。

【尾声】春寒悄悄空庭榭,怕对无情良夜月,一任他帘外花开我自归去也。〔下〕〔生〕呀,姐姐径去了,怎生发付我也。我到此承舅妗相留,出入堂庑之间,与姐姐时或相遇。见其凝妆正色,不敢轻语相挑。今此倚床长叹,似有动情之意。却才以一言试之,又把他辞拒我,正视逡巡[9]而去。〔叹介〕知他意儿可是怎生?这相思兀的不干害杀也呵!

枝头好鸟乱啼春，独坐花前自惨神。
我亦有愁无处诉，只应回首泪沾巾。

〔1〕李易安：宋代女词人李清照，自号易安居士，据传她在丈夫死后曾改嫁张汝舟，但不久又离去。

〔2〕吴紫玉：指吴王夫差的女儿小玉，和韩重相爱，私定终身，后因吴王不许，悲愤而死。事见《搜神记》。赵素馨：疑指烟水散人《合浦珠传》中的“赵素馨”，《合浦珠传》叙钱兰与妓女赵素馨的故事，赵素馨国色天香，尤擅棋琴书画，二人互相爱慕、遂定婚约，但因晚明世事动乱，饱经悲欢离合之变。

〔3〕畅好：真好。

〔4〕敢则：大概。赊：远。

〔5〕春规：指杜鹃。

〔6〕村沙：粗俗。

〔7〕临邛(qióng)客：汉代司马相如和卓文君在临邛(今四川邛崃)相爱，所以称司马相如为临邛客。白头吟：《西京杂记》记：司马相如将聘茂陵女为妾，卓文君作《白头吟》以自绝，相如乃止。

〔8〕打并：拼着。

〔9〕逡巡：顷刻、须臾。

第五出　访丽

〔二净上〕四座诸宾请弗喧，听我两人念脚色。我祖号为戈十贝，我父号是马户册[1]。农工商贾都不做，呵卵捧脬为第一。惯依豪门使声势，常走富家骗衣食，赌博场中尽经过，吹弹队里长相历。嫖经酒经颠倒熟，胜似诗书并《周易》。正人相视等冤仇，荡子见我如亲戚。踏著门庭家便破，犹如请位丧门客。东家卖尽千顷田，摆尾摇头过西宅。只我名为马小三，只我唤做戈小十。胁肩谄笑不须羞，世上而今都一律。小十哥，我和你昨日在张二爷家噇[2]得烂醉，今帅大爷著人来唤，索去走一遭。兄弟，我和你脱空[3]活计般般有，任富贵子弟脱不的我手，则恐妻子饿死在家中，单单博得自家这张口。〔下〕〔丑扮帅公子上〕

【一江风】小儿郎，富贵天生相，出壳从娇养。仗爷娘心头爱惜，掌上奇擎当做珍珠样。不须纸半张，不须字半行，生小儿脚踏在人头上。自少无分菽与麦，富贵全凭父祖力，贪赌贪酒又贪花，花花太岁称第一。自家帅公子便是。父亲现为西川节镇，势焰薰天，生来所欲，无不如意。但只一件，俺自少性格风骚，最爱的标致女子，此间有角妓丁怜怜，名为殊色，日日接来陪酒伴宿，终是烟头粉面未称吾愿。今要于成都十郡内，不论远近，寻个绝色女子，聘做浑家。昨已唤马小三、戈小十两个商议，怎生还未到？〔二净上见介〕入门未问荣枯事，观著容颜便得知。大爷，你唤我两个来，面上却

为纨绔子弟画相。

象有些唧哝,怎么说?〔丑〕你两个真是钻心的虫儿,你道我心中为著哪件,可猜一猜。〔二净〕我猜来,敢有人欺负大爷哩?

【前腔】论伊行[4],富贵王侯样,到处人钦让,真个谁敢欺负你呵。再参详,敢思量饭吃?你吃的是美酒羊羔。敢思量衣穿?你穿的是绣锦衣裳,但要的都停当。敢用度上有些不足?你金银堆满箱,绫罗积满床,甚忧愁得到你心上。〔丑〕都不是,都不是。

正是羊羔美酒,锦绣衣裳,才养出这些混账子弟。

【前腔】想吾行,生小风流相。〔二净〕是了,想着那话了。〔丑〕些个事,关情况[5]。〔二净〕去接了丁怜怜来便是。〔丑〕这也罢了,任飘扬,翠馆红楼,柳陌花街,到处曾游荡。只少个人儿娶他到我房,搂他上我床,做一个戏水的鸳鸯样。〔二净〕这不难,娶一位大娘便了。〔丑〕我正想娶大娘,那得有绝样标致的?〔二净〕赵员外、钱都督家俱有年长的女儿,随着娶一位何如?〔丑〕你且说容貌如何?〔二净〕

【前腔】那婆娘生的罗刹样,是件儿不停当。细端详发似蓬松,体似蛤蟆,一见人逃往。身儿丈二长,腿儿尺二长。这正是破粪箕,生笤帚,娶将来和你一对儿相厮像[6]。〔丑〕狗才胡说！你闻有标致的女子快讲来。〔二净〕想世间佳人都要配才子，大爷你娶来，到老不和睦，不如只拣富贵家女儿娶一个罢。〔丑〕胡说，如今世上是公子便要充才子了。〔做意介〕难道我这样一位俊俏公子，倒弱似那吃黄菜的酸丁？你只拣绝样标致的说来我听，我娶他，不怕他不肯。〔二净〕大爷真要标致的么？有，有，有一个西施，一个文君，一个杨贵妃，一个崔莺莺。〔丑〕这都是死的。〔二净〕今世上那有活的人？孟夫子、孔夫子，只好把几个死的说说罢了。〔丑〕休胡说，快讲来。〔二净〕我讲来，大爷不要动火。孙家有个赛玉，李家有个碧仙，周家有个湘芷，伍家有个如莲。这还不打紧，一个姓王名娇娘，真有沉鱼落雁之姿，闭月羞花之貌。仙姬队里无双，神女群中第一。

随机生发，骂尽假道学。

【前腔】那娇娘生的菩萨样，是件儿都停当。再端详，体似凝酥，脸似芙蓉，一见神魂荡。头儿梳的光，衣儿薰的香。大爷，你若见了呵，不由你不瘫倒在销金帐[7]。〔丑倒介〕咦，我死哩！

【前腔】说娇娘，真是天仙样，一听魂灵丧。我如今怎便得到手呵？自商量，若还娶得他，拜罢高堂，同入流苏帐[8]。那时节宰了一只羊，排了几只觞，把我那欢娱慢慢的和你媒人讲。如今急切不能一见，你可引了画工，把那些女子的真容，乘间偷画来我看。还再打听有好的也画将来，待我查了的当，央人去求婚便了。〔二净〕领大爷台命。

〔丑〕闻说名姝色嫣然，〔二净〕神如秋水脸如莲。

他时果得成佳配，打办真诚答谢天。

〔1〕戈十贝：拆"贼"字。马户册：拆"骗"字。

〔2〕噇(chuáng)：大吃大喝。

〔3〕脱空：说谎。

〔4〕伊行：你这边。

〔5〕些个事，关情况：这件事和情爱有关。

〔6〕厮像：相像。

〔7〕销金帐：用金色丝线做装饰的帐子。

〔8〕流苏帐：帐子外下垂的穗子，用五彩羽毛或丝线制成。

第六出　题花

【凤凰阁】〔生上〕无情无绪，几个流莺[1]声度。起来闲步小庭除，怕有玉人来去。玉人何处，刚剩得形单影孤。一番笑语未分明，道是无情又有情。我几次低头自惆怅,〔叹介〕小姐呵,你做了"熟梅天气半阴晴"。小生为娇娘,留此月余,时与相会中庭之上。看他似真似假,如迎如拒,去之则迩,即之复远。敢道是俺姐姐呵,

【金梧桐】青春儿刚二八,不解伤情绪。则那傍晚妆台,独倚看花处。红愁绿惨深,都向眉峰聚。说不伤情,直恁伤情苦。这芳心一点应难数。想他倚床夜绣,颦眉凝睇,悄然长叹,是何衷情也?

原评:"数支转展生描,情态俱出。"是指〔金梧桐〕三曲对娇娘情态的描写。

【前腔】他停针欲起迟,泪看花无语。所事惺惺[2],系却人肠肚。我思量欲待休,怎得思量住。昨宵梦中见他,好不情长也!春梦无端,常向香闺去。则醒来呵,依旧半竿的红日纱窗暮。〔望介〕从花园左侧进去,与绣房相通。我拼的撞将去,搂住他,怕怎么?〔行介〕

【前腔】碧桃花径幽,青鸟[3]音尘阻。若个仙姬,冷落朝朝暮。我待做渔郎去问津,硬撞入桃源路[4]。〔止介〕不中,倘他决撒[5]起来,可不误了好事也。又则怕涨满春溪,不许渔郎渡,向武陵溪畔空延伫。细思小姐,不异听琴卓女,我亦何愧当垆司马,但未知两下缘分如何也。

相如、文君的典故被用烂了。

【梧桐树犯】空成烟月招，错配姻缘簿，月老天公，自古多差误。他做了痴心卓女情难诉，我做了薄福相如命合孤。如今怎得与小姐相见，把这衷肠诉他，他或也动念。叹阳台望断人何处，怎得似前宵花间相遇。〔下〕〔旦上〕细雨纷纷润绿苔，春风催却牡丹开，为怜花信[6]匆匆去，斜倚栏杆泪满腮。〔叹介〕觑惜花轩外，牡丹又早开也。春色三分，能几时乎？我想花容易老，人同朝露，使我对之，可胜惆怅。〔生上〕

【不是路】蓦见娇姝，小立在栏边瘦影孤。偷相觑，云环低敛似当初，倩人扶，看花脉脉娇无语。〔旦低叹介〕〔生〕对景悠悠暗自吁。〔旦见生，惊介〕〔生揖介〕重相遇，似裴航梦入游仙路。不须惊遽，不须惊遽。请问姐姐在此看甚么？〔旦不答，低头介〕〔生〕

【前腔】春小梅株，问花信枝头还在无。无言觑，千愁万恨在眉膴。〔旦转看花介〕〔生〕姐姐，你看槛中牡丹数本，欲开未开，似有惆怅之意。小生不揣，题诗二首在此。〔送旦，旦看，低叹不语介〕〔生〕他看了这诗呵，暗嗟吁，数行清泪花如诉，满纸春心血自枯。

〔内叫小姐介〕〔旦袖诗欲行介〕〔生〕则见他忙收取，听何人隔院娇声度，待转身归去，转身归去。〔旦徐步下〕〔生〕呀，姐姐将我诗展视，倾鬟低面，欲言不言，徐步而去。小生今日这相会，又则枉然也。

【浣沙溪】将今日，思前度，直恁般奚幸[7]煞吾。你当日呵，一分春色三分语。今日呵，万种春情一句无。心自数，想你的意思儿不真实，乾薄幸，误杀相如。

【前腔】恶相思，无凭据，到今日转展成虚。你热处呵，似花香春树蜂声聚；你冷处呵，似云暝秋江雁影孤。情怎诉，空则是将人儿来撇下。我想来，倒不如早办取归去何如。我今衷肠无可告诉，则索题诗绿窗之上。〔题介〕

【尾声】谩题诗，添凄楚，愁肠千曲语难模。世间谁似我这一种凄凉也，想那潘令河阳[8]可也定不如。

惜春长为爱花愁，花自开时涕自流。
争奈春花不相顾，花飞春去两悠悠。

〔1〕流莺：流转不停的黄莺。

〔2〕所事：事事。惺惺：聪明、令人疼爱。

〔3〕青鸟:神话中三只脚的黑色鸟,相传为西王母的使者。后因称传信的使者为青鸟。

〔4〕“我待做”两句:化用东晋陶潜《桃花源记》故事:有渔人从桃花源入一山洞,见秦时避乱者的后裔聚居其间,出来后再也找不到这个世外桃源。后人又将此故事和刘晨、阮肇遇仙女故事搀合,所以这里桃源路实指仙女居处。

〔5〕决撒:决裂。

〔6〕花信:花期。

〔7〕奚幸:戏弄。

〔8〕潘令:晋潘岳曾为河阳令。

第七出　和诗

本出和前出写申、娇以诗诉情,彼此唱和,是小说戏曲中熟套,本出先让众婢出场,以小慧、湘娥衬托飞红;中间众婢下场,让娇娘单独上场,回顾前情,抒写心事。最后又让飞红上场,与娇娘同看申纯壁上题诗。飞红以为他是卖弄才学,娇娘却同情他

〔贴上〕二八花容侍女身,随他无事度芳春。也知一种伤情思,秋波暗里去撩人。俺飞红颇饶姿色,兼通文翰,不幸落身侍女队中,出入老爷房闼之内。奶奶素性严妒,俺与老爷,名虽亲近,实未沾身。今年二八,与小姐同庚同月而生。伏侍老爷奶奶,略有余闲,便走向绣房,陪伴小姐,观其刺绣染翰。俺小姐才色两全,兼以情致幽婉,矜怯自持,一语一笑,亦不妄发。古来名姝淑媛,真乃少有其俪。但我暗地窥他,他自一见申家哥哥之后,于心忽忽若有所系。我每微言[1]问之,小姐只是不答。〔叹介〕小姐小姐,你虽独种深

情，我亦颇知佳趣。果然你要做崔莺，难道我做不得红娘呵不成？这也休题，俺看申家哥哥，果然性格聪明，仪容俊雅，休道小姐爱他，便我见了，也自留情。今日老爷不在家，奶奶又睡着，且到中堂瞧他去。〔行叹介〕看此春色如许，便铁石人怎不情动也。

的知音不遇，伤心事多。这又以飞红衬托娇娘。这样安排关目，戏就比前出好看。

【窣地锦裆】双双蛱蝶舞晴莎，春日春风艳绮罗。怪他虫鸟害情多，争奈人生空老何。呀，那小慧这丫头也来了。〔老旦扮小慧上〕俺小慧专跟在小姐身畔，今小姐去看奶奶，老爷又不在家，且向堂上耍子去。

【前腔】长陪绣阁剪春罗，无虑无忧快活多。春来莫放好时过，瞒却夫人闲踏歌。〔见贴介〕飞红姐，我们趁老爷不在，堂上耍子去。那壁厢湘娥姐也来了。〔丑扮湘娥上〕我看见飞红姐和小慧都走向堂上去了，我也同他们去耍子儿。

【前腔】三春好景最无过，花面丫鬟十八多，常来花下觅情哥，不见情哥奈若何。〔贴〕好哩，你要觅情哥觅那个？〔丑〕那得情哥来，只是望梅止渴。〔老〕那申家哥哥倒好，只怕不要你这癞虾蟆哩。〔丑〕休乱话，我们瞧他在也不在，不在时，去园内或斗草，或打秋千，或寻个乖小使，大家耍子去。〔贴背介〕与他们缠住耍子,有甚好处,不如哄他去罢。〔回云〕呀,奶奶叫哩。〔丑老〕奶奶几曾叫?〔贴〕你们不听得,自在此,我去罢。〔下〕〔丑〕呀,飞红姐去了,我们在此也没兴头,唱个曲儿去罢。

这两支民间小曲,写得生动活泼,迥异文人之作。

【挂枝儿】小梅香离绣房,走到花园儿里,撞著一个爱风流识趣人儿,那人儿将衫儿袖儿扯住了相调戏。蓦地间则见老夫人走将来至,骂一声小贱人你在此做甚的?哎,哎,哎!兀的不荡了人魂灵也,干干儿吓个死。〔前腔〕〔老〕小梅香告夫人,休的要闲淘虚气,小贱人今日并不曾落了便宜。我在花园儿里,被那小奴才硬梆梆扯住在花阴底。若是汤著了身儿,打呵打也该得的;若是合著了口儿,骂呵骂也应得的。哎,天呵!只可惜白白的担这虚名也,干干的害个死。〔同笑下〕〔旦上〕

【风马儿】独对纱窗人寂寞,打叠起翠钿窝,向中庭闲步看花朵。东风悄悄,无语怨情多。【诉衷情】迷人春色透帘栊,长日雨丝中。又是一年花信,点点落残红。云淡淡,水溶溶,去匆匆。昨宵今夜,万怨千愁,都付东风。我昨遇申生翠栏之侧,题诗相赠,意欲答他几句。听得丫鬟声唤,蓦然惊散,思之一夜难眠。今早起来,对此伤心天气,可怎生消遣也。

【集贤宾】香销翠鼎闲绣阁,问春事如何?杏雨抛残花数朵,怅匆匆好景无多。流光渐过,恁情绪靓妆浓抹,眉暗锁,这腌臜病甚时轻可。我看丫鬟们,只有飞红颇知我意。奈他口儿欠稳,有甚心情,难与轻言。小慧这妮子,年纪幼小,不谙世事,他却朝夕在我身畔呵,

【前腔】影儿般不离了人两个。问道,俺姐姐,您俏样子这憔悴因何?俺则是欲语无言心暗度,近新来病染沉疴。知缘甚么,羞答答怕人参破,情怎奈,长则是倚栏空坐。想申生昨日呵,

【前腔】一幅新诗索俺人唱和,一星星话向情多。俺这两眼相看心自可,几番儿佯整衣罗,羞生翠朵。还则怕俏相如,未必果心儿如我。待酬诺[2],教我怎生的酬诺。〔贴上〕可怜春色三分去,且自偷闲学少年。姐姐,你闷坐在此怎么?今日老爷出去了,奶奶又睡著,我和你中庭闲步消遣些儿。〔旦〕中庭外申家哥哥在么?〔贴〕申家哥哥也出去了。〔旦〕这等俺和你闲步来。〔行介〕

【啭林莺】潜身转入花台左。呀,甚声

儿响,敢有人来也。〔贴〕不是人,是那鸟呵,弄风筝啄响庭柯。〔旦〕行过雕栏也,绿阶寂寂苔痕锁。飞红你觑着,敢那生已来了,隔纱窗怕有个人呵。〔贴瞧介〕他还未回哩。姐姐,你觑他书舍中好清幽潇洒也。似这等锦衾绣窝,更残红数点,落在案上呵,花零落香钿翠朵。〔旦〕四壁上题咏恁多也。细吟哦,四壁上新诗泄漏情多。〔贴〕窗上有诗一绝在此。〔旦读介〕日影萦阶睡正醒,篆烟如缕午风平。玉箫吹彻霓裳调,谁识鸾声与凤声。好诗也!

诗意暗示无人知音。

【簇袍莺】胸如锦,情似魔,剪春光绣绮罗。才华高占风流座,敢赛得相如过。云亭水榭,伤心事多。花辰月夕,伤情意多,笔尖写出愁千个。〔合〕傻哥哥,沈容潘鬓[3],取次暗消磨。〔贴〕这生卖弄才学,姐姐也和他一首儿。

【摊破簇御林】酬诗句,两意和,也当做好处相逢语话多。〔旦〕想他对琐窗,顾影伶仃。花月下,泪渍层罗。〔背介〕相思病染都因我,我被他害得愁天大。两如何,春衫湿尽,一样泪痕多。〔和诗介〕春愁压梦苦难醒,日迴风高漏正平。魂断不堪初起处,落花枝上晓莺声。〔贴〕和得好诗。姐姐,你和申家哥哥正是一对儿。

【簇御林】题红怨，血泪多，把衷肠诉与他，新诗字字同声和。恰一样愁无那，两情合。那生归来见了呵，也则道今宵织女，空自渡银河。〔旦〕飞红，你说甚话！

【琥珀猫儿坠】听伊言语，直恁谎偻罗[4]。俺则是篆冷烟销日影矬[5]，贪看诗句谩酬和。休波，说甚么织女银河，两下情多。〔鸟啼介〕〔贴〕日色晌午，奶奶昼睡可醒哩，我们回去罢。

【尾声】听枝头花弄莺声过，敢则怕堂上夫人睡醒么。〔合〕我和你且归去深闺将他诗细哦。

〔贴〕风帘摇竹动春阴，〔旦〕闲向书窗和短吟。

莫道香闺绝流赏，幽兰原自有知音。

〔1〕微言：不明言，用暗喻示意。

〔2〕酬诺：酬谢，答应。

〔3〕沈容潘鬓：古代美男子沈约、潘岳的面容、鬓发。

〔4〕直恁：竟然如此。偻罗：伶俐机灵。

〔5〕矬（cuó）：矮小。

第八出　番衅

〔净扮番王上〕狍皮毡眼赤支沙，威镇逻娑黑水涯，一夜呜笳没城角，撑梨西畔属番家。咱家西番国主是也。咱国昆仑岭下，与宋朝陇蜀地界相连。叵耐宋朝北臣契丹，西和西夏，蔑视咱国，不来进奉。咱今点起大小部落，抢入川蜀，占住成都，不怕他不来请和于咱。大小部落，就此起程。咱看咱国兵马可也不弱也呵。

这是一出过场戏，用北曲写边塞风光，莽莽苍苍，对前后各出生旦诉情的细工戏，起调剂作用。

【北端正好】小番儿骑着这马儿生，大番们骑着这马儿长。天生来一个个好胜争强。似这等拳毛[1]凸鼻身躯壮，却便是铁打天蓬样。

【滚绣球】风刮的旗影红，尘迷的日色黄，赤剌剌遍长空平沙一望，咱这里密匝匝拥弓刀万骑成行。则待要蹋翻了唐社稷，踏碎了宋边疆。那时节，敲金镫将凯歌齐唱，猛可[2]的赫剌剌威镇番邦。葡萄酒醉胭脂血，貂帽花添锦绣妆。这气概非常。土鲁[3]们，这是甚么地方了？〔众〕川西地方了。〔净〕快抢掠一番。

【倘秀才】这马呵，不弱似腾天的热蟒。咱这人呵，好强似藏山的毒狼。不争咱一拳儿骨都都打得昆仑蹋，敢一气儿呵，呵得千层黑海扬。说甚么天心帮孽子，旺气属番邦，都则是马壮人强。你看宋国人马，望风逃窜的好疾也。

【叨叨令】大土鲁小土鲁，哈哈闹闹，闹闹哈哈，猛可也撼得天关壮。乌花马白花马，泼泼邓邓，邓邓泼泼，猛可也踹得昏尘荡。牛皮鼓鼍皮鼓，扑扑通通，通通扑扑，猛可也擂得轰雷放。莲叶箭菇叶箭，挤挤擦擦，擦擦挤挤，猛可也射得飘风扬。兀的不是唬杀人也么哥，兀的不是唬杀人也么哥。把那些铁甲军赤甲军，乱乱纷纷，纷纷乱乱，猛可也走得魂灵丧。

【尾声】咱这小西番，莽军声敢出在大西番上。觑着那汉军兵，一个个战笃速〔4〕手脚慌张。咱休道抢了成都呵，便白占了小小的中原，可也易如掌。

树国昆仑下，休言兵骑寡。

汉室无良将，公然去牧马。

〔1〕拳毛：弯曲的毛发。

〔2〕猛可:猛然地。

〔3〕土鲁:蒙古语“把都儿”的异译,即兵士。

〔4〕战笃速:战战兢兢。

第九出　分烬

原评:“情意倩美,如与十七八女娘相对。”

【挂真儿】〔旦上〕晓起香闺静悄悄,纱窗畔花色谁娇?慵理新妆,腰肢瘦减,宽掩湘裙多少。【浣溪沙】梦上秦楼[1]烟树迷,醒来蹙损远山眉,一腔幽怨诉谁知。夜遇春寒愁欲起,晓窗暝色映花枝,罗衾滴尽泪胭脂。今日春寒恁陡,风物萧条,早起对镜,好无聊人也。

【香遍满】残檠空照,斗帐寒生眠不牢。听好鸟呼春枝头叫,惜花忙起早。可怜珠泪抛,都将玉粉消,这怨恨何时了。我把灯烬描着眉儿。〔描介〕

【懒针线】眼前人比楚天遥,愁入双眉懒自描。可怜枉度可怜宵,透珠帘绣户轻寒悄,独自把妆台斜靠。我想起他诗,暗里好伤情也。他长笺破尽吟芳草,我甚情儿腻粉轻匀点翠桃。愁多少,朝来朝去,铲不去暗种情苗。〔生上〕昨日小生偶出,姐姐到我房内,依韵和诗一首。休道字字幽香,言言清韵,直在苏蕙花蕊夫人[2]之上。则他万种芳情,已见于此。申生申生,你相思可盼得著也。今以谢诗为名,直到他绣房去,看他怎么。姐姐呵,

【懒画眉】你一首新诗将泪雨飘,可敢也漏泄春光在柳条。俺将一分情当九分瞧,知他年小伤情早。〔见旦介〕姐姐,恰起理妆哩?早则是鸾镜蛾眉对寂寥。

【刘泼帽】你无言独傍妆台晓,学春山淡写眉梢。〔揖介〕谢姐姐新辞和出风流调。〔旦羞,答拜介〕〔生〕看他绝样娇娆,这花容更比前宵好。

【浣溪沙】〔旦〕哥哥你运彩毫,多才调,一字字见出风标[3]。妹子呵,则是枝头小语啼春鸟,幼女花前学弄箫。〔生〕姐姐好诗,谅小生怎到得。休道别的呵,则你那一万种芳情,尽在此中了。〔旦羞介〕莫相嘲,说甚的女孩家和新诗,把春情泄漏柔条。〔生见灯烬介〕敢问这是灯煤耶,烛花也?〔旦〕灯花耳。妾用意积之,近方得之。〔生〕好灯花也,小生到不如他呵。

【红纳袄】他曾傍妆台画出螺黛[4]

借灯煤写娇娘的夜生活，又曲曲传出申生对娇娘的思慕，真是绝妙好词。

巧，他曾入鸳帏照见双凤[5]小，他也曾陪笑靥特地把繁花爆，他也曾照朱颜闲将绣枕描。你亲手儿常自调，用意儿收的好。是佳人积久方成也，可不道蜡炬成灰泪未消[6]。小生敢乞一半去书家信，不知许否？〔旦首肯介〕这灯花呵，

【前腔】正宜伴端溪[7]蘸将玉兔毫，正宜传鸾笺写出丹凤稿，正宜赋求凰配上那瑶琴操[8]，正宜谱新词吹入在碧玉箫。〔生〕既蒙见许，乞分以遗我。〔旦〕既许君矣，宁惜此。〔分介〕我素手儿亲自剖，休教油煤儿污绣袄。〔牵生衣拭介〕缘兄得此，可作无事人耶？将郎衣拭处轻轻也，可正是翠袖分灯点绿绡。〔生笑介〕敢不留以为贽。〔旦怒介〕

曲曲传出当时小儿女情态。后来曹雪芹写宝、黛，是一路笔墨。原评："绝似元剧《㑳梅香》诸曲。"按指《㑳梅香》第二折樊素调侃白敏中的曲子。

【秋夜月】我与你兄妹交，有甚乔做作。你出的话儿直恁将人相奚落，看人一似闲花草。〔走介〕我向爹娘行去诉告，休教你没人处恁般来戏谑。〔生牵衣介〕

【东瓯令】望妹妹休焦躁，且担饶，将不犯触庞儿早变了。〔跪介〕我则向阶前跪倒，跪倒忙陪笑。是不合胡言道，做的个文王下马拜荆条[9]。好姐姐饶我罢。

〔旦〕不呵,怎么?〔生〕我则直跪到明朝。〔旦扶生,生搂,旦退立介〕

【前腔】哥哥伊请起,谩妆么,今后休将人觑的乔[10]。〔生起唱〕看他玉容半赪芙蓉貌,越恁多波俏。谢伊家担饶了这一遭,我可感刻在心苗。〔背介〕今日小姐有几分恼着了,便有心情也难对他说。在此许久,怕人瞧见,不如且出去罢。〔回云〕小生唐突姐姐,多有得罪,则索告退。正是欲向花前数离恨,转添春恨苦难醒。〔下〕〔旦〕申生,申生,你的衷肠我已尽知,我的衷肠你可果知道么?

【尾声】郎意坚,奴心晓,巫山相隔路非遥。他被我抢白了几句,则愁你今夜里,敢则把枕上相思珠泪抛。

当面抢白他,背后又怜惜他,写出在封建礼教束缚下大家闺秀的性格特征。

几许兰烬积久成,殷勤一半付多情。
花前不敢分明道,恐漏春光出绣楹。

〔1〕秦楼:传说中秦穆公的女儿弄玉和她的丈夫萧史吹箫引凤的凤楼。

〔2〕苏蕙:前秦窦滔之妻,作回文《璇玑图》诗赠滔,其文宛转循环,皆成章句。花蕊夫人:五代时蜀主夫人,姓费,能文,有宫词百首。

〔3〕风标:风度、品格。

〔4〕螺黛:古代用以画眉的一种青黑色矿物颜料。

〔5〕双凤:指女子双脚。

〔6〕这句化用李商隐《无题》诗:“蜡炬成灰泪始干。”说明爱情的坚贞。

〔7〕端溪:今广东高要水名,产砚石,这里代指端砚。

〔8〕用司马相如奏《凤求凰》曲向卓文君求爱的典故。

〔9〕文王下马拜荆条：相传文王无道，大臣葆申以荆条一束，跪着打文王之背，作为处罚。见《吕氏春秋·贵直》。戏曲中常借此典来表示负荆请罪。

〔10〕乔：恶劣。

第十出　拥炉

原评："本是幽情曲致，却说得沉郁秾至如许，如闻弦索声，不知悲喜何来。"

【绕地游】〔生上〕桃花落后是我归时候，到今朝为谁拖逗[1]？旧愁正陡，新愁还又，甚时节博得个佳人意投？误却春光底事忙，相思一夜九回肠。沉吟认取佳人意，为雨为云未可量。小生辞家月余，为慕小姐，致妨归约。昨蒙他分烬相与，似有顾盼之情。及至话到中间，又复变色拒我。似此半吞半吐，甚时得了？今后遇他，定须与他讨一决绝[2]。正是：欲识琴中意，全凭指上弹。〔下〕〔旦同老旦小慧上〕

只顾填词，不顾人物性格。难道念〔菩萨蛮〕的小慧跟前唱〔挂枝儿〕的小慧竟会是同一人物吗？

【前腔】晚春时候，绣阁轻寒透。瘦花枝，伴人清昼。伤春病陡，人更比花枝消瘦。冷眉峰，分不出今春去秋。【菩萨蛮】小庭花落无人扫，疏香满地东风老。〔老〕燕语自双双，锦屏春昼长。〔旦〕愁匀红粉泪，眉染春山翠。独坐对花枝，忆郎郎不知。小慧，今日春寒，比昨宵更甚，深闺独坐，好难消遣人也。〔老〕姐姐，春风寒峭，不如到暖阁中拥火去。〔同行介〕〔旦坐叹介〕〔老〕姐姐，你日常寝食悠悠，有嚬无笑，不知为著何事？〔旦〕小慧，你知道么。

【金络索】深闺不解愁，因甚愁偏陡。不为伤春，却似伤春瘦。朝朝夜夜期，思悠悠，化做春波不断流。便做道，春波有断情难断，一刻还添万斛愁。〔叹介〕相逢处，欲将诉与又夷犹[3]。硬心情，打叠忧愁。愁未去，来还又。〔老〕小慧伏侍小姐，一日三餐，不知愁是怎的。如何小姐整日说个愁字？〔旦〕小丫头，你晓甚么，你且去瞧瞧奶奶，若寻我，来说我知道。〔老〕小慧晓得。自来不识愁何物，闲向街头看卖花。〔下〕〔旦〕象小慧这等年小妮子，无虑无忧，倒也快活。我怎学得他？我想世间女子，似我这样愁的呵，可也尽多。

【前腔】婚姻儿怎自由，好事常差谬。多少佳人，错配了鸳鸯偶。夫妻命里排，难强求，有几个美满恩情永到头？有几个鸾凤搭上鸾凰配？有几个紫燕黄鹂误唤俦？相邂遇，人生福慧总双修。问天公，

正面提出婚姻自由的要求，与《牡丹亭》提出的“花花草草由人恋”一脉相承。

一霎风流，怕无分也难消受。婚姻事本由天，女子一身，岂容自失？我当初听人说起姻亲，全然不放在怀。自从瞥见申生之后，不知何故，心上要丢再也丢他不下。

原评："妙在自家说不出，割不断，正是情种。"

【前腔】往常时见人兀自羞，见了他呵，蓦地心拖逗。白日黄昏，梦魂儿不离了人前后。知他意怎生，两情投。想则是老天公注定了今生鸾凤俦。还则怕春风未老桃花面，等不的双镜台前人白头。伤情处，拥炉无语自悠悠。〔叹介〕我看申生，料不是寡情薄幸的人，果得和他半晌绸缪[4]，我也拼著三生[5]守。〔生手执花枝上〕美人独坐颦蛾眉，未识心中却为谁？小生折得梨花一枝，欲将到胆瓶去。那壁拥炉而坐的，正是小姐。待我撞将过去，看他怎么。〔见旦〕〔旦坐不起，生掷花，旦惊视，徐起拾花介，云〕兄为甚弃掷此花？〔生〕花泪盈晕，知其意何在？故弃之。

原评："两下隐语俏甚。"意指双方借花喻人，申纯怕娇娘无情，娇娘怕申纯变心。

【喜梧桐】将好花折在手，未识花心可也得似人心否？撇下花枝，和你两休休。你果若无情呵，免为你添僝僽[6]。从今后再不、再不向花间走。〔旦〕东皇[7]故、自有主，夜屏[8]一枝，以供玩好足矣，兄何索之深也。

【前腔】花泪盈，花枝瘦。知他也为

关情,害得这伶仃瘦。人面花容,一样两悠悠。还怕道人心不似花容久,风吹的零落,零落在黄昏后。〔生〕幸蒙见诺,无得翻悔。〔旦笑云〕诺甚么?〔生〕姐姐自想。〔旦〕春风甚劲,兄可坐此共火。〔生坐介〕〔旦〕兄衣厚否?恐寒威相逼呵。

【金梧桐】春寒翡翠衣,独坐销清昼。怕你客中人,容易伤春瘦。〔生〕我客衣常苦单,您相念情何厚。则我这寸断柔肠,你可还也怕怜否?〔旦笑介〕何事断肠?妾当为兄谋之。你断肠为甚,索与从头剖。〔生〕姐姐无戏言。我自遇姐姐后,魂飞魄扬,不能著体。夜更苦长,终夕不寐,求一诉衷情而不可得。我每细察姐姐,言语态度,亦似非无情者。及言深情味,则变色以拒我。岂真不谙世事而故为此?谅孱谬[9]之质,不足当雅意,深藏自秘,将有售也。今日一言之后,小生只索西归了。〔泪介〕

【簇袍莺】我为你担愁病,宽翠裘,眄[10]佳期掩泪眸。冰弦赋尽求凰奏,你狠文君还知否?妆台千里,琴心怎投;玉容咫尺,诗谜怎酬。料凡夫做不得那神仙偶。诉情由,今生薄福,早自办归舟。〔旦长叹介〕君固疑妾,妾敢无言?妾知兄心已久,但

原评:"既取怜,又要之,妙。"意谓以愁病取怜,以西归相要挟。

恐不能终始，其如后患何？妾亦比月来，诸事不复措意，寝梦不安，饮食俱废，君那知道呵。〔生〕姐姐既有此情，何复固尔拒我？〔旦〕岂不知男女婚姻，当图久长。兄既有情，当归告尊亲，遣媒说合，安得聊为目前苟且之计？〔生〕相思病染，朝不谋夕，往返求婚，动须累月，此时当索我枯鱼之肆了[11]。况或议亲不允，则当赧[12]然远遁，后更何以为计？〔旦〕只要两下心坚，事终有济。若事不济，妾当以死相谢。〔生〕小姐此言，小生当谨铭之肺腑。〔旦〕妾心所虑，还则有一件。〔生〕姐姐所虑何事？〔旦〕

【前腔】我和你，两意投。欲言时，还自羞。痴心女子从来有，您俏相如敢知否？怕则怕茂陵秋草，抛人白头；汉宫红叶，飘残御沟[13]。等闲容易将人逗。甚情由，落花飞絮，干自问东流。〔生起揖天介〕姐姐不必过虑，小生若有负心，皇天共鉴。〔生、旦合唱〕

原评：“也自要之。”

【猫儿坠桐花】拥炉相对，诉尽两心愁。一个懒整新妆上翠楼，一个青衫湿尽楚江头，一个门掩梨花倦对酒，一个寒添锦袖慵挑绣。

【前腔】两人心事，一样害春愁。夜夜朝朝无尽头，生生死死几时休。今日呵，妾意郎心两泄漏，愿天公有意、有意把姻缘就。〔老上〕奶奶寻小姐哩。〔旦〕奶奶寻我，我见奶奶去。〔同下〕〔生〕今日与小姐细诉衷肠，蒙小姐许我婚姻之约，这段相思，可不枉然了。我还待同小姐密订佳期，被小慧蓦地来唤去。正是世间万事，怎便得如意也。

【尾声】一天好事准拟今宵就，又则被不做美东君断送愁。今夜呵，空教我魂断西风燕子楼。

炉头细语订心期，胜似云英一唤时。
此后相思应有准，定知足底系红丝。

〔1〕掩逗：引惹、挑逗。

〔2〕讨一决绝：弄个明白、讨个究竟。

〔3〕夷犹：同犹豫。

〔4〕绸缪：犹缠绵，谓情意深厚。

〔5〕三生：意指未来的三世。

〔6〕僝（chán）僽：烦恼。

〔7〕东皇：神话中的司春之神。

〔8〕屏（bǐng）：弃。

〔9〕孱谬：懦弱，低劣。

〔10〕眄（miàn）：看。

〔11〕枯鱼之肆：用《庄子》寓言“涸辙之鱼”的典故，这里是申生急不可耐地想得到娇娘的爱情。

〔12〕赧（nǎn）：因羞愧而脸红。

〔13〕“茂陵秋草”四句:汉司马相如欲娶茂陵少女,后卓文君作《白头吟》自绝,相如乃止。唐代舍人卢渥从御沟中拾到一片题了诗的红叶,就藏起来。后宣宗放宫女嫁人,卢渥恰好找到了题诗宫女。这里娇娘反用此典,传信的红叶飘残御沟,而得不到知音。

第十一出　防番

【番卜算】〔外引众上〕旆[1]隼驻专城,万里声威盛。成都大将有花卿,草木知名姓。嵯峨蜀阙倚云霄,世掌貔貅志气豪。仗剑杀人如刈草,儿童望影亦魂销。自家帅节镇,世镇成都。剑川四路,悉归统辖。真所谓“花根木艳公卿子,虎体鸳班将相孙”是也。近闻西番国酋,将欲窃伺边疆。已遣哨子探听去了,这早晚还未见回。〔贴扮哨子上〕

【不是路】万骑番兵,疾卷江涛势似倾。〔外〕他要抢犯何处?〔贴〕边笳兢,他待要长驱直捣锦江城。〔外〕边上将士作何堵截?〔贴〕望前旌,纷纷士女争逃命,鹤唳风声尽可惊。〔外〕如今约到那里了?〔贴〕烽烟近,此时已入川西境。老爷呵,须疾忙策应,疾忙策应。

【嘉庆子】想玉人儿不见天样远，更斗帐凉生夜怎眠。一寸柔肠万转，空目断武陵源[4]，觅音信早茫然。我今且到那厢候著，

【尹令】待重来寻方觅便，又早到夜香深院，隔纱窗怕人瞧见，潜踪蹑迹，〔潜行介〕待叩花房未敢前。〔旦上〕忆昔相逢画栏处，蓦然惊散情难诉。一夜老乌啼到明，独宿空房泪如雨。我自与申生拥炉细语，回来展转自想，整夜无眠。今天色又早明也，且起向窗前对镜理着妆儿。呀，窗外影儿摇动，是花是人？〔觑介〕〔生〕窗内响动，未知是谁，待我吟诗试他。〔吟介〕为报邻鸡莫惊觉，好留残梦到江南。〔旦〕此乃东坡思归之句。〔隔窗问介〕兄有归家之思乎？〔生窥窗介〕姐姐起的恁早。

“一夜老乌”二句，与娇娘神态不类。

【品令】冷清清绿窗春晓，镜台前，惜花人起，斜倚鬓云偏。〔旦〕兄为甚思归之切？〔生〕中肠断尽，在此无益，只得归去呵！听声声杜宇，特地把归人劝。佳期未偶[5]，枉自空留恋。道的个不如归去，空结来生未了缘。〔旦〕兄果无意于妾，前日之言，却是为何？〔生笑介〕我岂无意？但姐姐空言见调，在此也则枉然，所以欲图归计。若姐姐果有真情，小生便住此一百年也使得。〔旦〕今日间人

众,无可容计。兄室外有小窗,可抵妾室。到晚兄逾窗度荼蘼架,至熙春堂下,此地人稀花密,当与兄相会。正是:身无彩凤双飞翼,心有灵犀一点通。〔下〕〔生喜介〕小生早则喜也,且回书房中等去。

【豆叶黄】喜佳人亲许,共结良缘。〔拜介〕谢天公著意周全,谢天公著意周全。春风娇面,香温玉软,月下花前,偿尽了即世里相思情债,偿尽了即世里相思情债。这敢是梦哩。怕还道白日相逢,天台梦边[6]。我受了无限相思,才得小姐见怜。今日这天,怎生如此难得晚哩。

这些地方学《西厢》太著迹了。

【园林好】呀,恁迢迢长日似年,畅不落红轮半天,枉自把闲庭踏遍。兀的不焦杀也病文园[7],焦杀也病文园。我再看天呵,还未晚哩。天,我央及你,我与你唱喏,怎生不动?我与你下跪,又不动。我与你下拜,也不动。呸,泼毛团,鳔胶粘住你哩。红红泼泼更朣朣[8],夕向西沉早在东。为甚今朝偏恋着,生根结蒂在当中。说甚么"人有善愿,天必从之"。我如今唱喏,你也不动,跪你,你也不动;拜你,你也不动。敢待骂哩,

【江儿水】骂你个妒色毛团面,鳔胶儿粘在天。要你下去呵,可便似颠风倒走

黄河岸，瘦马逆行连云栈，死囚押赴森罗殿。你直恁般儿留恋，懊恨苍天，怎不肯与人行些方便？呀，便道人怕硬的，天也怕硬的。方才未闹他，天还是未时；如今闹了呵，日头儿早落也。

【三月海棠】我这里凝望眼，将东栏西角都凭遍。甫能得红轮敛彩，呀，兀的不是云上也，又早见泼墨生烟。堪怨，雨脚云头蓦地转，把重帏幛住嫦娥面。兀的不是雨来哩，痛煞风波，倏起平川，将渔郎阻隔桃花岸。看这雨呵，珠连玉散飘千颗，瀽瓮翻盆下一宵。急的是翠岩前一派寒泉喷，猛的是绣旗下数面征鼙操。一阵阵打梨花叶落，一声声滴愁人心碎。偏生昨日不雨，明日不雨，恰好今宵下的恁疾也。正是"时来风送滕王阁，运去雷轰荐福碑"[9]。申纯，你命儿直恁蹇哩。

又仿《梧桐雨》。

【江儿水】可便似银河水，翻来下九天。中庭漂麦春潮溅，古庙轰碑苍龙战，北溟奋翮鲸鱼变。忽地风涛大显，咫尺婵娟，似阻隔春鸿秋燕。今夜要睡呵，甚睡儿得到我眼里也。

【玉肚交】昏昏庭院，洒花枝声声惨

然。冷清清独对残檠，闷腾腾展转无眠。潺潺小窗滴漏穿，潇潇变做心窝怨，恨悠悠灯前影前，泪班班腮边枕边。〔叹介〕老天这等不做美，休道是小生，便俺那姐姐呵，

原评："此转妙，善体贴。"意指写出申生对娇娘的体贴，见出彼此心心相印。

【川拨棹】残妆面，泪斑斑凝望眼，也知他怨著苍天也，知他怨著苍天。洞房虚，香销锦钿，一般般情怅然，一般般愁怎言。

【前腔】拨尽残灯午夜天，控双钩绣帐悬。要做一好梦无缘，要做一好梦无缘。倒不如从前自眠，一般般情怅然，一般般愁怎言。

【尾声】从来好事多磨舛，也再不似我今番悲怨。便做似铁石人呵，怎挨的这夜雨更长不曙天。

自来好事定多磨，争似今宵磨更多。
可恨无情通夜雨，花阴涨满作银河。

〔1〕五云：五色瑞云。

〔2〕这句指传说中刘晨、阮肇入天台山采药遇仙的故事。

〔3〕觍（tiǎn）：羞涩。

〔4〕武陵源：就是《桃花源记》里武陵人到过的桃花源。这里比喻情人所在地方。

〔5〕未偶:未遇。

〔6〕天台梦:和注〔2〕典同。

〔7〕病文园:指司马相如,他曾为汉文帝陵园令。这里代指申生自己。

〔8〕朣:朦胧不明貌。

〔9〕这两句诗说的是旧时两个士子不同的遭遇:王勃被神风送到南昌滕王阁,作《滕王阁序》而扬名;张镐寄居荐福寺,寺僧欲拓寺中颜真卿所书碑文与之济贫,夜半碑为雷电击毁。当时人认为是命里注定的。

第十三出　遣召

【海棠春】〔外、老旦上〕〔外〕他乡游子离昏旦,空著我倚门长盼。〔老旦〕花落已多时,人去归何晚。〔外〕孩儿到舅家已经两月,未见归来,使我好生悬望。〔老旦〕员外可寄书去叫他回来。〔外〕待大孩儿来商议寄书去。〔小生忙上〕天有不测风云,人有无常祸福。今日报马连到五次,说番兵犯境,已入川西地面,将次[1]到成都来了。帅府传下号令,点兵抵敌。一面催取远近官民人等,俱要上城防守,如何是好?

【锁南枝】兵戈起,顷刻间,羌笛数声吹满山。烽火接郊原,四下人星散。点民丁相守捍,要正身怎迭办?〔外〕如此怎好?你兄弟还熟谙弓马,得他上城防守为便。如今可急寄书去叫他。

【前腔】他弓马曾习惯，经今去未还。急急把音书寄，教他疾早归来，莫待更迟晏。〔合〕还只怕干戈阻，进退难，他要归来呵，途路间急难趱[2]。

〔外〕羽檄征书昼夜催，〔老旦〕兵戈忽地起西陲。

〔小生〕还愁道路多艰阻，〔合〕未必归时得早归。

〔1〕将次：将要、快要。

〔2〕趱：赶，快走。

第十四出　私怅

若此出直接“期阻”出，未免诗情多，戏情少，故插入前出，起调剂作用。

〔生醉上〕醉中谩自语惺惺，一夜相思白发生。斫取秋光书不尽，且从花下学刘伶。昨夜一天好事，忽地为暴雨所阻。小生晨起，遇小姐于中堂之上，许以乘间当别图之。咳，未知别图在几时也，我心上好生怀闷。今日陪舅氏到邻家饮酒，吃个烂醉，且往书房中睡去。〔下〕〔旦上〕

【七娘子】残英落尽胭脂冷，阻幽闺

长门昼扃。前约无凭，后期难订，叹红颜何事多薄命。无情滴滴通宵雨，隔人远在花深处。斜倚熏笼[1]坐到明，肠回千折和谁诉。我前夕约申生相会熙春堂畔，不料暴雨顿作。〔叹介〕思量老天好不做美也。

【刷子带芙蓉】云雨隔双星，都来[2]世间，好事难成。眼底姻缘，似银筝线断无凭。凄清，黄昏后数枝花影。人憔悴，一般孤另。重帏寂静对银镫，低回无语泪纵横。〔老上〕忙向幽闺添绣线，闲来花下看秋千。小姐，老爷醉酒回来，奶奶分付家中人等，俱要早早收拾哩。〔旦〕晓得了，你瞧奶奶收拾去。〔老诺下〕〔旦〕家中人已收拾了，我且潜出绣房看申生去。〔行介〕

【普天带芙蓉】我趁着这碧桃花将身映，早转过了芳红径。呀，他门儿掩着呵，则见他静〓〓[3]门掩梨花。〔弹窗介〕我可轻轻的弹响窗棂，他敢也低低应。为甚人儿不见些儿影？知他害相思一枕春酲，待想像高唐梦[4]成。他直恁睡着了。自徘徊向窗前低唤了两三声。申生、申生？

以下各曲配合人物行动及舞台效果，抒写人物心情。曲辞略带文采而流畅自然，是传奇中可贵的唱段。

【朱奴插芙蓉】我这里低唤了数声，他那里全然不应，空教我印透苍苔罗袜

冷。他怎恁般好睡也？看将来，多敢是书生薄幸。思还省，无言闷增。这姻缘敢则似落花流水两无情。〔内风响，旦听介〕

【玉芙蓉】猛听的风敲翠竹声，我则道梦里人初醒。枉徘徊怅望，欲去还停。只这一层纸隔红窗静，似阻断巫山十二屏。他敢无情对我，故此推托睡着了？自恨咱痴迷性，错看了那生。把从前一分情，认做九分情。申生，你直恁情薄呵！

【山桃犯】他梦绕巫山顶，我枉向花前等。书生自古多薄行，三分说话全无准。把人儿忒煞相傒幸[5]，更说甚惨磕磕[6]花下深盟。

【摧拍】他做不的会蓝桥水淹的尾生[7]，我做了赴元宵留鞋的月英[8]。想痴心女儿，想痴心女儿，错认文君，许奔长卿。薄幸无端，辜负初盟，挣脱了锦片前程。我当初怎便把真情诉他？猛提起，自心疼。在此怎的？且回去罢。〔行介〕

原评："怨极而悔，情态逼真。"

【一撮棹】行花径，不由人丕丕的自心惊。回去好无聊也。纱窗畔，独立影伶仃。想当日，空与语惺惺。他情薄何处问真诚。今后这衷肠，则索丢开了。思相撇，心中又难定。今夜里梦魂儿呵,空则飞向楚瑶亭[9]。

【尾声】瑶亭人杳东风静,枉教我几度无言空涕零。待回去呵,〔回望介〕还则是目断斜阳花下影。

风摇竹影扫青苔,独自低迷[10]步几回。

惆怅楚王情已杳,空劳神女下阳台。

〔1〕熏笼:熏炉上所罩的笼子。熏炉是古代用以熏香或取暖的炉子。

〔2〕都来:从来。

〔3〕静碜碜:犹言静悄悄。

〔4〕高唐梦:楚襄王游高唐,怠而昼寝,梦遇巫山神女,遂成云雨。典出宋玉《高唐赋序》。

〔5〕傒幸:捉弄。

〔6〕惨磕磕:痛切切。

〔7〕会蓝桥水淹的尾生:民间传说,尾生和一女子相爱,约定在蓝桥会面。尾生先到了,不想河水涨溢;他守信用不肯挪动,竟被水淹死。典见《庄子·盗跖》。

〔8〕赴元宵留鞋的月英:元杂剧《王月英元夜留鞋记》写王月英和郭华相约元宵会面,及月英至,而华已酒醉入睡,月英留鞋而去。郭醒后悔恨气绝,后又复生,终与月英成夫妇。

〔9〕楚瑶亭:阳台。

〔10〕低迷:模糊不清。

第十五出　盟别

原评："写得稠叠，妙在两下关情，又不着迹，句句是初次离别。"

〔生上〕杨花落尽子规啼，游子他乡泪满衣。相思处处牵人臆，几度思归未可归。我为小姐淹留在此，前日小姐悄出相会，自恨醉酒沉卧，致乖良晤[1]。小姐疑我有意欺他，数次要以誓约，至于剪发书盟，才得小姐意转。今日忽接家书，为番兵入犯，催逼回去，只得告辞舅妗，星夜起程。但我心上怎放得小姐去也！〔末、外、旦上〕闻说干戈起陇头，急催人去意难留。匆匆唱罢思归引，回首他乡是并州。贤甥，闻的番兵信急，家中催你回去，那声息可是如何？〔生〕番兵将逼成都，家下甚是惊惶。

补叙"期阻"后种种情事，省却无数笔墨，兼为后面"剪发表深衷"等曲辞留地步。

【黄莺儿】烽火接天红，遍郊原，扫地空，千山草木都惊动。家山几重，家书数封，子规唤起离乡梦。思忡忡，神魂万里，飞向锦城东。〔末〕贤甥在此，诸事多藉料理。今家书催逼，只得暂放你回去，一路上切须保重。

【前腔】胡马势纵横，阻兵戈，道路穷，归途千里多惊恐。行人偶逢，把音书早通，莫教人望断风波重。〔外旦〕三哥是必再来!〔合〕去匆匆,烽烟息后,重到这锦堂中。〔生〕小甥自当便来。〔末、外旦〕如此可且暂别。一川水酿离人泪,九曲肠回游子情。〔下〕〔旦上见介〕今日忽闻东归之信,使妾心惘然,何以为情!

王文瑞夫妇先下,为申、娇诉别腾出场面。

【山坡里羊】听檐外鹊声飞送,惊起绣帏幽梦。忆当日,锦堂前共奏求凰咏。两意中,灵犀一点通。又谁知今宵影里,〔掩泪介〕影里成欢宠。枉教我,泪滴寒塘万点红。朦胧,昨相逢也是空。匆匆,恁思量也是空。〔生〕小生自那日初到,便蒙小姐见爱呵。

【前腔】感谢佳人情重,一见把春山双纵,和我绣窗私语盟香永。恨转蓬[2],花飞水自东,风流回首惊残梦,隔断深闺路几重。匆匆,别离顷刻中。朦胧,今宵那处逢?〔旦〕拥炉之约,彼此铭之肺肝。今虽未获同欢,岂得不与同怨也!

【皂罗袍】说起离愁千种,恨天公阻隔,万里巫峰。听枝头杜宇夜啼红,倩不得蜀山鹦鹉飞传梦。惜花轩外,凭栏意慵。绣花窗下,相思泪浓。离情此际应相共。〔生〕两月以来,虽未获身侍妆台,然梦魂耿耿,无刻离于左右。今匆匆别去,未知相见何夕,好是伤情也。

【前腔】蓦地角声吹弄,把离情唤起,鱼水难同。想当日呵,殷勤剪发表深衷,生生的愿得谐鸾凤。桃源香径,何时再通?瑶台月下,何年再逢?泪痕湿透青衫重。〔旦〕别后离情,妾亦同之。妾有诗一首,赠兄为别:绿叶阴浓花正稀,声声杜宇劝春归。相如千里悠悠去,不道文君泪湿衣。〔生〕感谢厚意,小生谨和诗一首:密叶重帏舞蝶稀,相如只恐燕先归。文君为我坚心守,且莫轻抛金缕衣。小生还有一言,敢道么?〔旦〕有话何妨。〔生〕小生与姐姐正及婚时,喜的两下未曾聘定,切谓老天不为无意。适闻绿叶阴浓之句,使人未免生疑也。

又是相如文君,未免陈陈相因。

"绿叶阴浓",用杜牧"狂风落尽深红色,落叶成阴子满枝"诗意,故使申纯生疑。

【解三醒】我和伊,虽然是妹兄情永,却更比夫妻般恩重,为干戈打散鸳鸯梦。怕重来时节呵,花飘谢,叶阴浓,我做了庾兰成愁来空赋香奁咏[3],你做了楚巫娥梦赴高唐若个峰。心堪痛,可一似青青杨柳,别嫁东风。〔旦叹介〕妾此心,君还未知道呵!

【前腔】休道是折柔条春光飘送,我甘守着翠屏双凤。想着拥炉对语私相共,也当做了片刻里,并乘龙。待来时呵,还你个依旧春风花笑拥,则愿你长向高唐来梦中。思还痛，休教人倚楼望断，万里归鸿。〔生〕深谢姐姐怜念。但小生此去，来期尚未可准，两地相思，若不病死，定应害死了。〔旦〕古云：“有情那怕隔年期。”只要办取坚心，好事岂在匆忙。

【掉角望乡】说归期，心劳意忡。订来期，恩浓情重。愿两下相全始终，休认做蜂狂蝶哄。〔合〕梦相从，情相共，两和同，今生即世谐欢宠。鸳帏里，绣帐中，愿心儿早把连枝种。〔生〕小生顷已辞过舅妗，即此相别了。

【尾声】别意懒，归愁重，何时花下更相逢？今夜呵，则是梦断萧萧古驿中。〔下〕〔旦〕申生去了。我和他两情空切，后会难期。人前啼笑，俱有不敢。暗地思量，益增惋叹。今日乃稔知这相思别离滋味也。

写出封建礼教束缚下少女心事。

匆匆南浦别离时，雨过樱桃血满枝。

泪眼逢人频自掩，几番偷写断肠诗。

〔1〕致乖良晤：错过会面的时机。

〔2〕转蓬：蓬草随风飘转，这里比喻身世飘零。

〔3〕庾兰成：庾信，小名兰成，北朝诗人，早年多写宫体诗赋。香奁：盛放香粉、镜子等类的匣子。后来把描写妇女生活题材诗作称为“香奁”体。

第十六出　城守

这出可以省略，在下出申生上场时交代几句就行了。整本中像这样的场子还有些，表现传奇家贪多炫博的习气，举此以见一斑。

【六么令】〔杂扮守城军上〕禁城围绕，密密扎扎排列枪刀。女墙边，几点阵旗飘。轮班去走周遭，遍城头巡视无昏晓。遍城头巡视无昏晓。俺们是把守成都的军丁，因为番兵入犯，奉帅府军令，着俺等排家编户，上城把守，只得昼夜在此巡警着。〔生众扮队长上〕

【前腔】欃枪星扫[1]，泼泼腾腾杀气兵妖。怯书生权著短征袍。军和士，要和调，把城头休折倒中军号，把城头休折倒中军号。俺们是成都府生员监生人等，为因番兵入犯，百姓丁男，排家编户，上城防守。俺们派为什队长，昼夜在城上提帅丁壮人等。各位诸兄，俱要小心著意！〔生〕小生自眉州新到，守城事宜，未曾谙习，全望诸兄提带。〔众〕我们做秀才的，只好著宽衣，扯大袖，讲些太平话儿，怎教我们在此守城？〔生〕如今各边上监军置使等官，都要秀才做哩。〔众〕做是做了，只把些地方兵马不着。〔生〕你道秀才不惯，那些拿长枪舞大剑的又谁惯哩？〔众〕说的有理，今日既派定

在此，只得大家勉强支持。〔下〕〔净番众上〕

【前腔】顺风扬噪，遍抢郊墟，万姓奔号。咱这里，筛锣擂鼓成声骄，马到处影萧条。觑华人哭倒咱胡人笑。觑华人哭倒咱胡人笑。咱兵一路抢杀，直到成都界上了。中国军将，无人敢当。咱们抢得妇女金银满载，且搬回本国去罢。〔下〕〔外众上〕

【前腔】胡雏长啸，扑刺刺势似风涛，漫山漫野喊声高。沙场上，两兵交，死生胜败应难保，死生胜败应难保。尘头起处，有番兵来了。我们无可躲避，只得拼死一战。〔番兵上战〕〔外众败下〕〔番唱前介下〕〔外众上〕走也，走也！〔回望介〕呀，前面番兵大吹大擂去了，俺们不免赶送一程，打得胜鼓回去罢。

【前腔】尘迷日小，遥望番军，唱凯声骄。咱这里，潜兵相送过河桥。等他去尽归巢，响冬冬大敲胜鼓军前报，响冬冬大敲胜鼓军前报。

虏骑纵横势甚凶，边城似箨卷秋风[2]。

果然送却番人去，也算将军第一功。

〔1〕欃枪星扫：欃枪为彗星的别称。古代以这种星为妖星，比喻邪恶势力。

〔2〕“边城”句：箨（tuò），竹笋一层层的外皮，俗称笋壳，这里是以箨被

秋风剥落来比喻边城危急。

第十七出　求医

【金蕉叶】〔生病上〕千思万思，镇昏朝[1]，因他泪滋。伶仃瘦，腰肢柳枝，衠[2]一般儿愁人样子。【踏沙行】密约沉沉，离情杳杳。屏山半掩馀香袅，倚楼无语欲魂销，天涯黯淡连芳草。小生归来两月，喜番兵已去，地方安妥，欲往见小姐，未得爹娘之命，不敢遽行。为此郁郁成病。甚时得痊可也呵！

【征胡兵】向花笺倒写鸳鸯字，常则是无言痛咨。新来悴损些些，春风玉一围，羞掩罗衫袪[3]。都则为那人儿隔在楚天涯，天涯怎至。

【前腔】想当日花亭月馆谈情事，佳期在兹。恨匆匆隔断他方，相离尔许时，好信无由寄。梦魂里遥忆著那人儿，人儿不至。我的姐姐，我今念你，你知道么？

【香遍满】几案上千来张纸，一张张都写遍了他名姓儿。魆魆地[4]心期长如醉，拼安排憔悴死。人前强语支，著迷只

自知，谁诉与我心头事？小姐，小姐！我叫你不应，我睡了梦你罢。〔睡，惊醒介〕

【前腔】梦中魔魅，恰便是凭栏对花私语时，泪眼滴滴啼红渍。我和你，两下里翠衾人独自。我添的潘郎鬓内丝[5]，您减却萧娘镜里姿[6]，敢一样情无二。〔外、老旦、小生上〕床头弱子病沉沉，医药无功愁转深。一刻肠回三四折，须知十指痛连心。孩儿，你病体如何了？〔生〕孩儿病体，日加沉滞。〔外、老旦〕儿，你病为何而起？想来必是往来途路，饥饱劳役所致。

【罗帐里坐】你饥寒路途，驱驰乍归，从军旦夕，忧劳迭继。〔小生〕兄弟，你敢还则为功名失志，和著那两般儿凑著呵，七情伤损，妙药难医。要这病儿痊可，算除非遣闷与停思，这病儿方才可已。〔生〕这病连我自家也不知从何而起，可恨成都偌大地方，没个医人晓得的。倒不如眉州那边，有几个良医，惯治无名之症，请来诊视才好。〔小生〕眉州偌远，医人怎肯到来？除非就医方可。〔老旦〕这些医人医死的人多，医活的人少。依我见，不消去就医，只请个师婆赛一赛愿就好了。〔外〕古云：信巫不信医，一不治也。还是就医的好。但病体如此，路上怎生去得？〔生〕孩儿因病求医，须勉强而行。但爹娘在此，孩儿怎忍相离。〔小生〕爹娘吾自奉养,但愿你前途保重。

【前腔】你经山履危,切须护持。老爹娘在堂,吾当看侍。〔外〕愿你此去呵,安然病已,免的我日夕萦思。〔老旦〕略好便寄个信来,休教我倚门望断信音稀。〔合〕这话儿须在你胸头紧记。〔生〕孩儿谨记得。

〔外〕少年何事病多般,〔老〕剩得秋风瘦骨寒。

〔小生〕但愿此行勿药喜[7],〔合〕急须传语报平安。

〔1〕镇昏朝:从早到晚。

〔2〕衠(zhūn):真,纯。

〔3〕袟(zhì):衣缝。

〔4〕魆(xū)魆地:暗地。

〔5〕潘郎鬓内丝:晋人潘岳三十二岁头发已花白,后遂以潘鬓代指白发。

〔6〕萧娘:唐人对女子的泛称,后代沿用。

〔7〕勿药喜:指不用服药而病痊的喜悦。

第十八出　密约

【鹊桥仙】〔旦上〕香肌玉体,恹恹愁损,怕见红飘成阵。缕金衣上渍啼痕,盼不得天涯人近。临别殷勤诗语长,云云去后早回乡。小楼记取梅花约,目断江山几夕阳。自那日申生匆匆别去,经今月余,杳无音耗,好牵系人也。

【桂枝香】多愁多闷,翠裙宽褪。碧桃边未遂良缘,海棠下重添新恨。枉劳人意儿,枉劳人意儿。暗中思忖,谁倸谁问?可怜春,三分好景飘零尽,数朵飞花断送人。我想申生呵,

【前腔】千般丰韵,百般情分,今做了流水飞花。谁肯向天涯传讯,枉相思几时,枉相思几时。刚挨春尽,又嗟秋近。暗伤神,可怜眼底天台路,化做巫山万里云。〔贴上〕闻命来香阁,传言向琐窗。申家哥哥到了,奶奶请姐姐相见哩。〔旦〕果然来了,你休说谎。〔贴〕不谎,姐姐去见就是。〔背介〕小姐听说一声申家哥哥到了,喜逐颜开。正是:欲识心中意,全看脸上容。〔同下〕〔生上〕

【女冠子】白云溪口重相问,向水上觅红尘。病残人更值凄凉运,怎消的春前恨。一春愁病苦难禁,只为愁多病愈深。夙约空余今日恨,新欢不遂去时心。小生托言求医到此,虽蒙舅妗十分怜念,奈与小姐自到时一见之

从上文看,申生到时并未与娇娘一见,此系补叙。

后,无缘更得相会。孤眠斗帐,好可怜人也。

【大圣乐】看一床弦索[1]生尘,翠衾寒,压绣茵。六朝金粉[2]销磨尽,谁与我共温存。刘郎重到花前讯[3],眄断当年花下人。叹天涯眼底,枉将人悴损,眠睡不稳。

【前腔】冷清清四壁苔痕,静惨惨,镇掩门。庭花落尽愁无尽,空目断楚天云。想隔墙人远天涯近,斗帐香销杜宇魂。枉奔驰病损,更行眠立盹,受尽了五行[4]愁运。房中寂寂,愈觉无聊。且挨向外庑,伫望一回,或小姐出来也未可知。〔旦上〕听的申生病体未痊,连日无便,不得往看他。如今瞒过丫鬟们,悄地瞧他去。〔生见,惊介〕我到此几日,姐姐不来看我,敢你心上也不记的我了。〔旦〕连日无便,不及来看你。你道我忘了呵,则头上的[5]可知道哩。

【驻马听】薄幸刘晨,间别天台隔世尘。我为你慵临宝镜,羞整花钿,倦理香云。小窗人静几黄昏,挑烬坐看残灯晕。憔悴因君,玉容减却梨花粉。〔生〕我自那日去后呵,

【前腔】感梦劳魂,一日相思十二辰。

似黄姑[6]织女,两地分开,阻隔音尘。啼痕点处翠绡新,不疼不痛多愁闷。为尔伤辛,银河路杳无由问。〔旦〕你庞儿果自恁般消减了,须解开愁怀方好。

【前腔】休为伤春,瘦样伶仃憔悴人。〔生〕我愁怀怎生解得?叹阳台路阻,旧恨新愁,欲去无门。〔旦〕兄何不觅一太医诊视?〔生〕太医怎生治得!只除姐姐可以救我。〔旦〕我不会下药,何以救你?〔生〕姐姐岂忘临别之言乎?当初许我结姻亲,曾将剪发表真情。今日等闲便忘却,花稀叶绿改深盟。〔旦泣介〕临别之言,妾何忍忘?千缕青丝一缕心,与君啼别泪沾襟。暮暮朝朝思未了,海棠花发到如今。〔生〕既如此,何坐视我死而不救乎?〔旦〕日间人众,无可为计。今夜兄可逾窗到妾寝室,妾与君谋之。等的那晚妆楼外月儿昏,和你双双细数春前恨。〔生〕前蒙见约,忽为暴雨所阻。今日待到更阑,又恐他变呵。〔牵旦衣介〕不如趁此良辰,且向小窗探取梅花信。〔旦推介〕此广庭也,十目所视,休得如此。〔贴、丑冲上〕〔生、旦惊下〕〔贴〕湘娥姐你见么,俺姐姐和申生在此私语,见我们来时,蓦地惊散了。〔丑〕正是,小姐一向害的是木边之目,心上之田[7],如今做的提灯就火了。〔贴〕怎么说。〔丑

难道申生真要娇娘下药治病?这就把她写成笨伯了。

笑介〕着手了。

【剔银灯】一个是风魔俊儒，一个是怀春倩女，蓦见他香鬟并偎在花前语，出落得双眉偷聚。他两个做夫妻，倒好是一对儿。踌蹰，看青鸾并舞，畅好是春风画图。〔贴〕俺姐姐常时则是口硬。

【前腔】他向人前刚则有三分冷语，无人处早露出十分情绪。分明是迎风待月蒲东户，两下间偷吟诗句[8]。支吾，藏根露蕊，做不的个好人家女模。〔丑〕我和你悄悄打听，看后来怎么，促他个鹅儿[9]。

〔贴〕密语向栏杆，〔丑〕包藏九里山。

〔贴〕欲知花下信，〔丑〕好向冷中看。

〔1〕弦索：琴瑟类弦乐器。

〔2〕六朝金粉：指南朝时的繁华奢侈景象，这里申生自喻。

〔3〕“刘郎”句：刘晨重到天台山访仙，再不见仙踪，比喻申生回到王家再不能见到娇娘。

〔4〕五行：指金、木、水、火、土五种物质，古人用它代指万物。

〔5〕头上的：指天。

〔6〕黄姑：牵牛星。

〔7〕木边之目，心上之田：“相思”二字拆开说。

〔8〕“分明”二句：指《西厢记》中描写的莺莺、张生月下联吟的故事。

〔9〕促他个鹅儿：疑指“促狭”，盖借鹅儿作鸭，又以鸭谐狭。促狭，捉弄人之意。

第十九出　归图

【挂真儿】〔丑上〕夙世常拖花酒债，天生就风流满怀。锦帐牙床，黄昏晓旦，少个人儿陪待。小子生年二十，素性只贪酒色。不羡富贵豪奢，得个美人愿毕。小子要娶一个绝色的女子做浑家[1]，前已着马小三、戈小十两个遍去寻访，图画真容来看，这几时怎生还未见回话？急的我似热地上蜒蚰[2]，好耐烦不得哩。〔二净持画上〕

【光光乍】生小[3]学成乖，说骗作生涯。钻懒帮闲人无赛，高占莺花风月寨[4]。俺两个奉着大爷的命，寻访美人，图画真容。如今共得九人，疾忙回大爷话去。〔见介〕〔丑〕你两个去了许久，方才回来，急得我夜夜心头火出。如今共访得几个美人？快将图来我看。〔二净〕我两个费了万般心力，共觅得九个。大爷瞧着，一个个教你麻倒哩。

【驻马飞】承命宣差，遍访多娇女俊才。大爷你觑：他倾国倾城态，绝世应无赛。嗏，菩萨坐莲台。挂在书斋，日夕烧香,顶礼千千拜。拜得多娇活现来。〔丑看画麻介〕咦,真好标致哩。

【前腔】一见疑猜,恰似神女纷纷下楚台。春月生光彩,春柳凝娇态。嗏,杏脸与桃腮,笑影咍咍[5],似语如生,斜倚栏杆,侧瞧着教人麻上来。〔二净〕大爷,帧将起来你看。〔挂介〕

【前腔】四壁安排,仿佛筵前列锦钗。大爷觑波,则见他一个个妙色堪人爱,俊眼将人睐。嗏,云雨若和谐,同赴阳台,携手扶肩,完却相思债,做一个蛱蝶纷纷恣往来。〔丑看介〕咦,我的美人,我的心肝!怎生得到手,和你罗哩嗹嗹哩罗哩。

【前腔】甚日和谐,绣枕横欹锦帐开。扯破湘裙钗,解散香罗带。嗏,两手贴弓鞋,抱在胸怀,做一个粉蝶穿花,采得花心败,一段风流天降来。〔二净〕大爷不须急性,世上嫁女的,只要有财有势。凭着你这般财势,求他那一个不肯?多用些金帛,娶他到家,随你受用哩。那时只不要忘了咱两个。

【三学士】你是个翠带轻裘年少才,占春光舞榭歌台。少不得门迎绣履三千客,户列朱颜十二钗[6]。殢酒簪花多气色，管取你光光帽[7]，好事谐。〔丑〕如此，小子当筑坛拜将。

【前腔】酒泛金杯浮琥珀，早些儿拜将登台。佳人宛转敲金拍，醉客佯狂饮绣鞋。谢你冰人[8]成眷爱，光光帽，喜满腮。

〔二净〕画里容颜绝代无，若教对面更何如。

〔丑〕拟将顶礼焚香拜，梦里须教一会吾。

〔1〕浑家：妻子。

〔2〕蜒蚰：节肢动物，与蜈蚣同类。

〔3〕生小：从小。

〔4〕莺花风月寨：指妓院。

〔5〕咍（hāi）：欢笑貌。

〔6〕“门迎”两句：前句形容门客众多，后句形容妻妾众多。

〔7〕光光帽：宋元时谚语：“帽儿光光，做个新郎。”

〔8〕冰人：媒人。

第二十出　断袖

〔贴上〕日上小姐和申生在庭前密语，今晚间把房里陪伴的都打发到奶奶房内去了，意是怎

此出剔除了《西厢》酬简中一些黄色描绘，突出

他们初恋神态。首尾加贴丑打诨,场上就不寂寞。

么?待湘娥姐来,商议了,瞧破他。〔丑笑上〕飞红姐,你道世间罕不罕?一桩怪事儿曾见,小小姐儿惯成精,今夜房中学偷汉。〔贴笑介〕你道这奇了,这还不稀罕。你道那个钓鱼不用钩?那个引针不用线?只有我家小姐奇又奇,偏背了我们自偷汉。今日老爷不在家,奶奶身子不快,小姐叫房内人,都来相伴奶奶,这分明日里两个约下了。我们且不要说破他,夜间看他怎么。正是:绣窗娇女学风流,〔丑〕漏泄春情双凤头。〔贴〕隔墙有眼偷瞧见,〔丑〕羞么羞也羞么羞。〔同下〕〔生上〕栏杆倚遍盼斜阳,玉露沉沉漏更长。为赴海棠花下约,趁他明月照东墙。早间蒙小姐约在绣房相会,盼不的天儿早黑也。今更阑夜静,逾窗到此,只索悄悄的踅过荼蘼架去。

【水红花】听枝头啼煞后栖鸦,省喧哗。晚妆楼下,澄澄玉宇净无瑕。脚儿踏,露浓苔滑。转过了低矮矮荼蘼架侧,是什的抓住我也?则被棘针儿抓住了咱衣衩,索忙闪过那海棠花也罗。〔下〕〔旦上〕妆阁深深灯影迷,倚窗听罢老乌啼。何事期郎郎未到,则怕是郎处楼高月上迟。日间约申生晚夕相会,今更漏已沉,怎生还未到也?

原评:"神景尽出。"

【前腔】颦眉无语对灯花,是谁家凤箫吹罢?银河耿耿月生华,影交加,花枝低挜。忽听惊飞何处，扑剌剌树头鸦。〔听介〕敢是那人儿叩响小窗纱也罗！〔生上〕来此是熙春堂下，庭广无人，四围寂静，好怕人也。

【梧桐花】漏沉沉，更残罢。身立在淹淹冷露下，心头丕丕[1]惊还怕。呀，小姐窗儿开着哩。〔觑介〕看他红绡半弹，蝉鬓轻罗。眉横秀色，似云影春山；脸映蟾光，如玉沉秋水。举首对天，一若重有忧者。玉人儿隐敛着双鬟向窗纱，盈盈的眼尾侵波盼望杀。他可对嫦娥诉不尽衷肠话。〔扶窗介〕〔旦惊喜介〕呀，申生你来了！

原评："画出娇态。"

【绣带儿】柳梢头垂垂月下，渐时转过邻家。我这里剪秋波望断花阴，你蓦地偷展窗纱。喧哗，您个俊相如色胆天样大，险把小胆的文君惊杀。听冬冬长更未煞，且和你并坐窗前，消停闲话。〔生〕

【前腔】无瑕，娇脸儿教人爱煞，可便是月殿里嫦娥，向人间并倚菱花。念小生浊世凡胎，怎配的上阆苑仙葩？星槎，似莽张骞夜犯银汉下[2]，待和你鹊桥偷驾。觑今夜清晖可佳，兀的是一刻良宵，千金高价。〔旦〕

原评:"转转曲曲处,俱为半推半就,又惊又爱,八字传神。"

【前腔】嗟呀,小儿女婚姻事大,可怎生轻轻的窥宋邻家[3]?都只为贪恋多才,全不顾礼法相差。〔生〕夜漏过半,幸会难逢,可就枕也。〔旦〕年华,如今弱小刚二八,晓甚么风流调法。消停坐,同看月华,喜的是桂影嫦娥,伴人幽暇。〔生牵旦,旦推介〕〔生〕

【前腔】堪夸,灯儿下娇娇恰恰,似相逢梦里巫峡。妆点煞锦绣鸳帏,镇风流花月窗纱。娇娃,夜深更永花睡罢,且和你效绸缪凤鸾同跨。定婚店红丝暗加,早则是殢玉留香,恣情欢洽。〔牵旦衣行介〕〔旦〕

【隔尾】小文君初把香车驾。〔低介〕奴年幼不谙世事,您俏相如呵,休将人认做了夜奔临邛素有瑕。〔生〕不待多言,俺则与你细探着这一朵叶底风藏藕子花。〔下〕〔贴、丑上〕事要不知,除非莫为。你听小姐房内,唧唧哝哝半夜了。小姐你做的好事,尚兀口强哩。

让申娇先下,用暗场示意他们的幽会;飞红、湘娥随即上场偷窥,从侧面反映他们的幽会;最后飞红、湘娥下场,生旦携手上场抒发他们幽会后的心情。这样的场面处理,比《西厢记》处理崔张的幽会要高明得多。

【醉罗歌】蹑足蹑足将纱窗压,听他听他两情呶[4]。那申生呵,夤夜逾墙入人家,似待月西厢下。梅香告道,把偷花汉拿,夫人知觉,把偷香贼拿。隔窗有耳全不怕。这也怪不得申生,世间只有女人偷的男子汉，那有男子汉偷的女子？细详察，都是他，庭前细语那根芽。〔贴〕我们声张起来，一来小姐见怪，二来坏了申生行止。且躲着，待申生出房来捉住他，看怎么说。〔丑〕是。〔同下〕〔生、旦携手上，生〕

【太师引】锦绣榻，春无价。〔看袖介〕软香罗，红生翠加。〔旦〕羞答答看怎的？〔生〕想今宵被窝里情爱，可一似两鹣鹣共戏晴沙。娇羞弱体惊扎撒[5]，香汗惹细雨蒙花。娇声颤莺啼暮衙，当不的这嫩腔腔殢云殢雨呜嘬[6]。〔旦〕更漏将尽，怕人知觉，你且去罢。〔生〕怎忍去也。

原评："西厢写情，此则取态。"

【前腔】灯影下，多娇姹。〔搂介〕痛相怜，情倾意洽。〔旦指袖介〕认取这点胭脂，春生衣袖。〔剪袖介〕留此为他日之验。愿你后日呵，休忘却今夕韶华。妾女子也，情牵意惑，殊乖礼法，幸稍秘之。嘱檀郎[7]莫向人絮聒，轻轻的葬送儿家，空留做风流话巴。〔生〕小生怎敢，鸡声催晓，虬漏已残，如今只得告去。〔旦〕来宵呵，则和你早相会在那花阴月影帘下。〔旦下〕〔生将下〕〔贴、丑冲上〕话巴话巴，夫人知觉。〔生慌介〕知……知觉些甚么？好姐姐遮盖咱。〔贴、丑笑介〕申生，你是读书君子,怎做这勾当哩?

【衮遍】灯前偷折花,灯前偷折花,一弄多奸诈。黉夜来家,色胆如天大。夫人知觉,怎肯干休轻罢?〔生〕既泄漏,求恕饶,二位姐姐呵,休干把人相惊唬。〔贴〕你秀才家偷香窃玉,当做贼论,不道轻轻的饶了你。〔生〕我到此也无别事。

【前腔】空庭看月华,空庭看月华。闲向窗前话,没什他情,怎不干休罢?〔贴〕你看月看到小姐房里去?你早则招了,如今又倒抵赖。俺小姐呵,可似海棠零落,春风一把。〔丑〕好好一个小姐,如今不知弄做怎么了。〔合〕你还则是硬口儿说出这平安话。〔生笑揖介〕如今都不消说,二位贤姐,肯休便休了。不休……〔贴〕不休怎么?〔生〕不休呵,少不得他做莺莺,你做红娘,勾引的名儿,大家去不得。〔贴〕看这惯偷老婆的贼汉子,我们如今权饶你这一次,你如何谢我们?〔生〕我客中别无一物,就把这身子谢你罢了。〔贴啐介〕要你身子怎么!〔丑笑介〕你先谢那个?〔生〕三人同睡罢。〔贴〕呸!亏你不识羞的脸儿。〔生〕二位贤姐,

未免庸俗。

【尾声】你来朝莫向人前话,谢娘行遮藏了那些。〔贴、丑〕别的休闲讲,你则索

花下烧香拜诵咱。

〔生〕蟾宫偷折桂花枝，恰似西厢待月时。

好把风声细藏隐，莫教鹦鹉语人知。

〔1〕丕(pī)丕：心跳的形容词。

〔2〕星槎：古代神话中往来天上的木筏。旧说天河与海通，汉代的张骞曾乘槎到天河，遇牵牛、织女而返。

〔3〕窥宋：宋玉《登徒子好色赋》："臣里之美者，莫若臣东家之子……然此女登墙窥臣三年，至今未许也。"后以"窥宋"比喻女子爱慕追求男子。

〔4〕呶(náo)：喧哗。

〔5〕扎撒：张开。

〔6〕殢云殢(tì)雨：指幽会。呜嘬(zuō)：接吻。

〔7〕檀郎：晋人潘岳字檀奴，姿美，旧时因称所爱慕的美男子为檀郎。

第二十一出　遣媒

〔末院子持包袱上〕受命华堂上，投身驿路中。自家院子，受老员外的命，因为三官人到眉州舅爷家，将次半载，着我持书接他回来。一路奔驰，天色又早晚了。

【一封罗】天涯子未旋，寄音书，忙向前。涉水登山日渐晚，摇曳旗亭酒望

悬[1]。群群飞鸟栖迟树边,行行征旅消停店间,待来宵早把征途践。〔下〕

【临江梅】〔生上〕回首深闺人已远,前宵好梦茫然。馀香犹在锦襕边[2],白日情牵,黑地魂连。离合悲欢一樽酒,南北东西十里程。好梦自来留不住,匆匆鸡唱五更声。小生与小姐相叙,正在欢浓之际,被院子促我回家。只得辞了舅妗,趱行而归,一路上好无聊也。正是:一般翠柳短长亭,归路不如去路好。到此已是家中了,我自进去。〔外、老旦上〕天涯游子归期晚,堂上衰亲望眼抬。忽听檐前喜鹊噪,愁颜化作喜颜开。〔见生介〕孩儿你回了。你到舅家,怎生一向留滞在那里?〔生拜介〕

【柰子宜春】去时节,花发庭前。恰归来,叶满平川。经今半载,晨昏不见。〔老〕当初嘱咐你早早回来,你怎生忘了?〔生〕孩儿何敢有忘?只为舅妗苦意相留,因此上未得把归鞭即展。拜启,望双亲悯念,恕儿之谴。〔外〕

【前腔】你去他家,半载周年。我叫你回来呵,第一来怕你为飘零,抛弃韦编[3]。〔生〕孩儿怎敢。〔外〕二来你年已长了,鸾帏凤锦,未得遂乘龙[4]佳选。闻舅家百一姐呵,他貌端妍，尚兀自未牵红线。今日待遣媒人特往，为求姻眷。〔生背介〕如此早则喜也！〔外〕我已着院子唤媒婆，怎么还未到？〔丑上〕

【宜春令】能撮合，惯厮连，一凭咱花词巧言。把仙娥引动，吹箫搭上神仙眷[5]。〔见介〕老员外，老安人，唤媒婆做甚么？〔外〕俺家官人要求亲，特来唤你。〔丑〕媒婆就去，只要你拖地红罗，管成就钗头金燕。我替人间，专一为行方便。只不知要到那一家？〔外〕是我安人家舅爷，今在眉州为官，有女芳年，名唤娇娘。

【前腔】男和女，结好缘，仗冰人把红丝暗牵。〔丑〕亲上亲，锦上花，媒婆去时，包他一说一肯。〔老〕你拜上俺舅爷呵，我和他旧家门户，似朱陈世世谐姻眷[6]。专望你千里佳音，早完成百年欢宴。〔外合〕谢你媒婆，有的是数贯青蚨[7]，几匹红绢。〔丑〕今日良辰，即当前去。〔外〕为传芳信仗良媒，〔老〕管取姻缘百世谐。〔生〕天上青鸾应有托，〔丑〕人间红叶不须猜。〔外、老、生同下〕〔生急上〕媒婆慢行，慢行。〔丑〕呀，官人赶来甚么？〔生〕我有密情告你，〔揖介〕

【三学士】拜告您冰人听我言，这事

仗托周全。〔丑〕不消官人说，我自当竭力。〔生〕不瞒你说，我和那小姐呵，星前曾结三生誓，今日的月下重寻即世缘。〔丑笑介〕元来新人倒是旧人了。〔生〕为此专望你一力总成，果得百年成爱眷，我把心香爇，答谢天。〔出书介〕我有书一封，央你密地送上小姐。〔丑〕这使得。你两个，

【前腔】才子佳人情不浅，早些儿结盟月下花前。你将这锦笺一幅传心事，我把红线千条系好缘。管取两人成爱眷，夫妻美，昼锦圆。〔生〕果得如此，我私下还有重谢。

【尾声】这段姻亲不偶然，〔丑〕想老天定与谐姻眷。〔生〕还望你早去早回，我则伫待青鸾把好信传。

〔生〕密语说真心，凭媒寄好音。

〔丑〕伫看河水侧，绿柳插成阴。

〔1〕旗亭：酒楼。酒望：酒旗，俗称“望子”，用布缀于竿头，挂店门口。

〔2〕襕：古时上下衣相连的服装。

〔3〕韦编：古代用竹简写书，用熟牛皮条把竹简编联起来，叫韦编。

〔4〕乘龙：指佳婿。

〔5〕吹箫搭上神仙眷：传说春秋时萧史善吹箫，秦穆公以女弄玉妻之，居凤台，一夕吹箫引凤，两人跨凤升天。

〔6〕朱陈:古村名。白居易《朱陈村》:“徐州古丰县,有村曰朱陈……一村唯两姓,世世为婚姻。”后遂用为联姻的代称。

〔7〕青蚨:钱。

第二十二出　婚拒

【普贤歌】〔丑上〕媒婆惯会使花唇,我做媒婆更有名。东家去说亲,西家去说亲,十处说亲十处成。媒婆媒婆,道路奔波,未知今日,命运如何?我奉申老员外命,来此求亲。闻说此间已是王老爷的衙了,不好径进去,且叫一声:管门大叔那里?〔净上〕堂上昼闲人不到,阶前吏卒走如牛。这婆子那里来的?〔丑〕我是成都特差来求亲的,望大叔通报。〔净〕少待,老爷已上。〔末上〕

原评:“相对如口语,语合清韵。”

【捣练子】年已暮,鬓将星,膝前一女正娉婷,甚日红鸾[1]双照影?〔净报,丑见介〕〔末〕你是谁家所差?〔丑〕听禀:

【玉山供】奔驰方定,为申家郎,特来问亲。〔末〕那个申郎?〔丑〕就是老爷姑爹家。那三官人呵,恰天生,才子佳人。美夫妻,翠鸾堪并。门阑喜庆,是夙世红丝牵定。

姑爹和姑奶奶拜上老爷呵，道是两下姻缘好，念前情结取今日此姻盟。〔末〕

【前腔】承他来命，我心中非不愿听。只一件，我小姐和申郎，本是个兄妹排连，怎做得夫妻匹聘？〔丑〕这也何妨，申官人才俊聪明，是老爷素晓得的，招这女婿也不枉了。〔末〕虽然他才华独胜，有日向龙门高聘。争奈我家小姐，无分与仙郎配，这姻盟空劳红叶为传情。〔丑〕还望老爷允诺。〔末〕你既到此，且见了奶奶，再作商议。〔外旦上〕远听冰人语，来传月老书。〔见介〕〔末〕媒婆远来，可留他茶饭。〔下〕〔丑〕申官人求亲，专望奶奶主张哩。

【前腔】女儿家婚聘，是和非凭娘主成。申官人是天上仙桃，伊小姐是日边红杏。双鸾并影，占尽了人间佳胜。奶奶与他成就了，这段婚姻事，美恩情似天边乌鹊渡双星。〔旦潜上，听介〕〔外旦〕

【前腔】家门厮称，论婚姻端然可成。但儿女事须听着他家尊，我做娘的如何折正。天缘若定，终有日乘鸾相庆。〔丑〕姑奶奶再三拜上奶奶。〔外旦〕你去拜覆姑奶奶呵，休得忙相倩，做姻亲，还要端详仔细问

神明。〔丑〕这头亲事,不消疑得,问神明怎么?小姐在那里?待媒婆也请见一见。〔外旦〕丫鬟请小姐出来。〔旦徐步出,低唱〕

【玉抱肚】银屏低映,听的俺娘亲,话儿全无准诚。我和申生呵,是双双比翼鸳鸯,怎忍教分飞孤另。〔叹介〕相思风月锦前程,今后方知没四星[2]。〔丑见,低云〕小姐非申家郎君之情人耶?〔旦竦然,低应介〕是也。〔掩泪介〕〔丑低叹介〕我看小姐呵,

【前腔】低声相应,则见白泠泠潸然涕零。怨黄姑隔断银河,湿鲛绡,泪花偷迸。凄凄肠断不堪听,楚峡猿啼第几声。郎君有手书,着我送上小姐。〔出书付旦〕〔旦袖介,下〕〔丑〕小姐玉貌花容,和申官人锦心绣腹,正是一对儿。况小姐芳年及笄,奶奶休错过了这门好姻缘呵。〔外旦〕

【前腔】青鸾须并,美姻缘知他怎生。因老爷在任,把小姐淹滞在此。虽今日正及韶年,还则是未行花运。待他明月照双星,笑看春风开雀屏。〔丑〕待媒婆再见老爷恳求,奶奶还撺掇一声。〔末上〕媒婆,姻事不成,不好留你,你拜上姑爹说:

【五供养犯】婚姻不成,非我妆乔。申家官人呵,他是才俊书生。有朝身贵显,别

选结良盟。我小姐区区陋质，怕配不上旧香荀令[3]。〔丑〕老爷休谦。这头亲，那个不说相当的？〔末〕你且自消停去，不必再丁宁，自古姻缘皆由前定。〔丑〕姻缘姻缘，只要老爷肯就是了。

【前腔】姻缘正等，一个是人世裴航，一个是仙府云英。蓝田堪种玉，何必上瑶京。亲上亲，锦上花，可正似温郎昔日，重配上玉台双镜[4]。〔末〕我意已定，不必重提。〔丑〕亲事不成，媒婆怎生去回覆？千里空归去，羞杀俺做媒人，要把良缘，赤绳牵定。〔末怒介〕

【前腔】你话儿不省，要结良缘，须按人伦。如今朝廷立法，内兄弟不许成婚。他弟兄相厮唤，怎可作姻亲？你向他行拜上，少什么贵豪门，彩楼招聘。媒婆，疾早归家去，莫消停，这缕红丝，向别家牵定。〔下〕〔丑〕罢，罢，说亲不成，则索告回去，还请小姐别一别。〔外旦〕丫鬟请小姐出来。〔旦上〕〔丑〕老爷坚执不从，小姐自家说一声也好。〔旦〕媒婆，我是女孩家呵，

【江儿水】提起那婚姻事，欲言待怎生。我和他花前曾把深盟订，指望百年谐

欢庆，谁知一朝打散鸳鸯颈！这都是咱红颜薄命，要结婚姻，则除向碧纱厨等。〔丑〕好好一头亲事，则老爷不肯，担搁了两下。〔旦叹介〕

【前腔】锦片前程事，怨天公不作成。休，休，我拼做个鸳鸯尽老成孤另：绕树南飞乌鹊冷，怎肯把琵琶别抱秋江暝。离合缘契，此乃天之为也。三兄无事宜来，无以姻事不谐为念。〔出书介〕你把我书中意呵，说与我那多情人听。今世来生，休忘却了夜香人静。〔下〕〔丑〕别过小姐，告谢奶奶，媒婆去也。〔外旦〕你多多拜上姑奶奶和官人，休以婚事不成为怪。〔丑〕媒婆晓得。

【尾声】疾忙衔却夫人命。〔外旦〕枉劳你奔波千里路途行。〔合〕也只为不是姻缘难强成。

〔外旦〕自古姻缘非偶然，〔丑〕定有红丝暗里牵。

〔外旦〕说亲不遂休埋怨，〔丑〕谋事在人成在天。

此处表现娇娘的软弱，在父母面前毫无主张，这是造成悲剧的主观因素。试看李千金在裴尚书前多么硬朗，自然经得起波折。

〔1〕红鸾：旧时算命者所说的吉星，主婚配。

〔2〕没四星：没下梢，没有好结果。

〔3〕荀令：指东汉末荀彧，他曾任尚书令，传说他衣带有香气，经日不散。

〔4〕这两句借《世说新语·假谲》所记温峤以玉镜台为聘礼，和表妹成亲故事，比喻申、王两家也是亲上加亲。

第二十三出　妓饮

此出借丁怜怜衬托娇娘的美，也借申生的不恋丁怜怜衬托他对娇娘的深情，末了索鞋一节，又生出下本许多波澜。

【海棠春】〔净上〕五陵豪贵知名早，遍柳陌，行镳[1]俱到。呼酒挟佳宾，共向花前倒。少年心事欲拿云，气概风流众所尊。指点银瓶频索酒，倒翻金版[2]共论文。自家陈仲游是也。生在豪门，长于贵族，结交才彦，素擅英声；识纳名姬，颇邀俊誉。男则与申厚卿为友，女则和丁怜怜为伴。诗酒唱酬，往来不倦。如今屡次拉申厚卿到丁怜怜家饮酒，他只推故不去，未知为何？丁怜怜也屡催俺拉他同去，昨俺自往相约，方才许诺，这早晚敢来也。〔下〕〔生上〕

【前腔】相携红袖花间饮，行步懒，不知因什。为念玉楼人，泪滴胭脂渗。昨遣媒婆到舅家求婚，未知成否如何，好生牵挂。今日陈仲游约我同访丁怜怜，本待不去，吃他再三相央，只得勉强走一遭也。〔下〕〔贴、丑同上〕

【念奴娇引】〔贴〕妓家门径，常则把财相贵重，钱为亲戚。一任你风流才俊子，钱尽也都须回避。俗客相随，可人不至，淘尽虚脾气。〔丑〕姐姐，你虽是千伶千俐，怎跳出这腌臜的生计？〔贴〕烟花为姊妹，〔丑〕露水作夫妻。〔贴〕老大无人至，〔丑〕门前车马稀。〔贴〕奴乃角妓[3]丁怜怜，这是妹子伴姐。奴家夙具姿容，兼通音律。一切豪家贵胄，虽皆有心恋我，我却无情对他。只有申厚卿是此间才子，长到俺门行踏，我亦尽情延纳。半载以来，不知为什，足迹杳然。昨央陈仲游再四拉他，约于今日到来。我已备下酒肴相待，怎这时还未见到也？〔生、净同上〕〔见介〕〔生〕间别相将半载余，〔净〕桃花人面忆当初。〔贴〕可怜老大容颜改，〔丑〕屡次招郎空寄书。〔生〕呀，怜娘怎出此语？〔贴〕且请坐了讲。〔众坐介〕〔贴〕申相公见弃奴家，今日什风儿吹到也？请先饮三大杯。〔净〕这该得。〔生〕领怜娘尊命。〔饮介〕

【念奴娇序】佳人意美，见殷勤翠袖，几番高捧金杯。〔丑〕申相公请干了再斟。〔生〕小生醉也。〔净〕你刚刚坐下，怎便说醉了？〔生背介〕回首兰房凝望处，想灯下蹙损蛾眉。我在此饮酒，不知我小姐在那里做什？堪惜身在红楼魂飞香阁，停樽未饮已先醉。〔合〕空辜负，今番好景，花月相辉。〔净〕怜娘吹弹一曲，侑[4]申相公酒。〔贴〕使得。〔吹弹

原评：“四支各写情款，曲尽烟澜。”

介〕〔净〕

【前腔】相对，红偎翠倚，畅高歌狂咏，开怀拼饮千石。〔生睡介〕〔净〕拨尽檀槽[5]，为什么司马青衫偏湿。任你银烛高烧，金杯低劝，恹恹[6]昏倒玉山颓。〔合〕空辜负，今宵好景，花月相辉。〔贴〕我想申相公呵，

【前腔】当日旖旎千般，风流万种，常来花下快衔杯。今日因什的，因什的，醉倒筵前如泥。〔净推生介〕厚卿兄，醒来饮酒。〔生睡中呻吟介〕〔贴〕堪惑，看他冷语三分，热心一寸，吞花眠柳少滋味。〔合〕空辜负，今宵好景，花月相辉。〔丑〕申相公睡著了，陈相公畅饮数杯。〔净〕使得，杯子不当事，取大碗来。〔连饮介〕〔丑〕陈相公好量。

【前腔】欢会，一个锦绣胸怀，一个江淮襟量，筵前双劝缕金杯。〔贴〕夜沉了。〔丑〕猛听得，猛听得斗转银虬[7]声催。〔净〕我也醉了，伴姐同我睡罢。〔丑〕恁的，一个醉眼眯斜，一个神魂飞悄。〔净翻酒介〕〔丑〕翻了酒也，袖翻宫锦湿淋漓。〔合〕空辜负，今宵好景，花月相辉。〔贴〕既陈相公醉了，伴姐你扶他去睡，我在此等申相公醒来。〔丑

扶净介〕青玉案前双劝酒，销金帐里醉扶归。〔同下〕〔贴唤生介〕申相公。〔生惊搂贴介〕我的姐姐。〔贴〕什么姐姐？〔生〕呀，我猛然惊觉，元来却在这里。怜娘，夜几时了？〔贴〕夜漏过半了。〔生〕陈相公呢？〔贴〕陈相公睡了。〔生〕我别怜娘去罢。〔贴〕夜恁深了，那里去？〔生〕归去不妨。〔贴〕申相公，我几次招你不来，如今只说要去。奴身虽为贱妓，夙昔蒙你相爱，为什今日佯偢不睬，将人恁般奚落也？

【柳摇金】情怀如醉，知伊为谁？忆昔与君期，永远同欢契，岂料你今朝顷刻时。甜桃酸李，对面两参差。是了，你才子身奇，怎搭上风尘贱妓。要去就去，如今以后，再休向柳陌花蹊，柳陌花蹊，闲停车骑。〔生〕怜娘休怒，是小生得罪了。但我情绪万千，实难相告。〔贴〕有什难说处，只是丢了我又寻别个。〔生〕成都内外，再有谁似怜娘的，我去寻那个？〔贴〕要知心上，但听口中。适才你梦中唤谁？〔生〕怜娘既知道了，我亦不敢相瞒。但我今所遇非复风尘中人也。

【前腔】牡丹花下，相逢异姿。〔贴〕毕竟是谁？〔生〕姓王名娇娘，乃眉州王通判的小姐。我与他心眼两相期，暗里成佳会。〔贴〕生的如何？〔生〕我看世上没这样人，便梨花带雪，海棠著雨，也比不的他。他较名花风韵奇，休道身儿上诸馀堪喜。只那新月映修眉，西子杨妃，应难并美。〔贴想介〕既名娇娘，又美丽如此，岂非小字莹卿者乎？〔生〕怜娘怎晓得？〔贴〕向帅府公子，求婚慕色，遍地访画真容，共得九人，此其一也。色莹肌白，眼长而媚，爱作合蝉鬓，时有忧怨不足之状。我至帅府内室见之，因记其姓氏，可果是此人么？〔生〕怜娘如亲见其人，我所遇的正是他。〔贴〕怪你视我犹如土壤，那人真天上人也。论娇娘，人间罕有。要觅芳姿，要觅芳姿，则除在蕊珠宫[8]里。〔生〕俺那娇娘，辞能咏絮[9]，貌足欺花，真乃世外之佳人，不愧女中之才子。怜娘称为天上人，也不枉了。教我怎不爱他，怎不念他？

【侥侥令】春花娇旖旎，春月影熹微，路入桃源相逢处，脉脉两情迷。怎忍离？〔贴〕休道你男子们，我看了图儿也注目不能去，但恨不一见其面。闻他脚儿极小，你去时幸将他旧鞋丐[10]我。〔生〕他那双小脚儿，果然值千镒之金。我去时，便持他鞋儿来送你。〔贴叹介〕

【尾声】怪的将人看做闲花比，你果然是逢神女巫山那壁。〔合〕可知道雨云深处梦相随。

〔生〕西施娇艳欲倾吴，千种风流绝

代无。

〔贴〕画里犹能动人世，几番对影自踌躕。

〔1〕行镳：车马。

〔2〕金版：古时炼冶金属以为版，国有大事则镂于金版。

〔3〕角妓：古时艺妓。

〔4〕侑（yòu）：劝。

〔5〕檀槽：檀木做的琵琶、琴等弦乐器上架弦的底板。

〔6〕恹恹：精神疲乏的样子。

〔7〕斗转：北斗星已转向，天色将明。银虬：银龙，古时计时仪器铜壶滴漏上的装饰。

〔8〕蕊珠宫：道家传说天上上清宫有蕊珠宫，神仙所居。

〔9〕辞能咏絮：东晋谢安的侄女谢道韫，聪明有才，值天雪，安曰："白雪纷纷何所拟？"道韫说："未若柳絮因风起。"安大悦，世称道韫为咏絮才。

〔10〕丐：给予、施予。

第二十四出　媒复

【风入松慢】〔外、老旦上〕门阑喜气看何如，如何音信还无？计程遥把归期数，算今宵定返门闾。〔生上〕梦里佳音来到，醒来依旧萧疏。〔外〕凡事由来系夙因，〔老〕况复婚姻百世亲。〔生〕青鸟未传云外信，红鸾

原评："各人说话便为各人写照。"其实是可以省去的一场戏，只为传奇分上、下本，为凑足五十出，就不免浪费笔墨。

难照月中人。〔外〕安人,媒婆到你兄弟家说亲,不知那亲事谐也不谐,使我好生牵挂。〔老〕昨夜灯花爆,今朝喜鹊噪,这亲事一定谐哩。〔丑上〕

【锁南枝】巴巴走,长短途。说亲不成恼杀吾,财物没分毫,满鬓堆泥土。我想这亲不谐呵,女和男两下里都痛哭,我做媒婆枉劳碌。〔入见介〕〔外〕〔老〕媒婆你回了,亲事如何?〔丑〕我说来,员外休得生嗔,安人切莫烦恼。我去说亲,几次三番,磨了半截舌头,舅爷只是不允。说朝廷立法,中表兄弟不许为亲。后来媒婆催逼得紧,舅爷因而发怒,速速赶离他门,走得我两脚慌忙无措。〔老〕怎么舅爷不从?〔外〕我算这亲事,十分该有九分成的。如今不成,乃天之数也。

【前腔】婚姻事,难强图,干只是天公未谐鸾凤书。〔老〕他说话强推辞,媒婆呵,你来往空奔逐。他说内兄弟不许为亲。〔合〕想他只要拣豪家成眷属,把俺旧亲戚弃如土。〔生〕奶奶怎么说?〔丑〕奶奶说儿女婚姻,凭老爷做主。〔生〕

【前腔】听他语,直恁般奚幸吾。他道我书生命穷难坦腹[1],我想古来呵,玉镜旧台前,都与成鸳侣。偏我今生不得与他家谐凤卜，难道俺秀才们尽世儿做孤独？〔丑〕虽然怪不的官人埋怨，媒婆到有一言相劝：

【前腔】你不须的，长叹吁，想著那长安绣成花锦图。招赘状元郎，都是些公侯女。那时节向东床来坦腹，方信道你书中有的是颜如玉。〔私语生介〕只可怜那小姐，

【前腔】花含悴，柳怯舒，斑斑翠绡香泪枯。我一提起官人呵，他未语涕先零，猛可的说不尽伤情句。如今有回柬送与官人。〔出书〕〔生密收介〕教官人休以姻事不成为念，不分他狠爹娘乔撇古[2]，干则掇赚[3]了咏桃花翠鸾女。〔生长吁介〕〔外〕孩儿，

【前腔】你休的，多埋怨，也是你姻缘运未疏。〔老〕媒婆，论俺家官人呵，也配的上那通经识书班大家[4]。孩儿，我只恐你不能够画阁上显峥嵘，怕甚么绣帏里无亲侣。〔合〕你且趁着槐黄候[5]，忙应举，待登科有的是好媳妇。〔丑〕媒婆且别去，另寻一头好的来替官人说。〔外〕生受你奔驰，些须白金相谢。〔出砌末介〕〔丑〕多谢员外安人。将线引针针不通，〔外〕〔老〕归来空自怨天公。〔合〕真乃是有缘千里能相会，无缘对面不相逢。〔同下〕〔生吊场云〕世间好事果难成，恨在眉头痛在心。

〔叹介〕说亲不成，何足挂念。但我这段姻亲，怎比得别的。老天，老天，你怎这等不做美也呵！我且看小姐回柬怎么说。〔拆看介〕呀，却是满庭芳一调。〔读介〕帘影筛金，簟纹浮水，绿阴庭院清幽。夜长人静，消得许多愁。长记当时月色，小窗外情话绸缪。因缘浅，行云去后，杳不见踪由。

殷勤红一叶，传来密意，佳好新求。奈百端间阻，恩爱成休。应是奴家薄命，难陪伴，俊雅风流。须相念，重寻旧约，休弃杜家秋。咳，俺想此婚不成，再到舅家也无颜了。巫山云雨，恐当永捐〔6〕。洛浦〔7〕风烟，徒然在望。对此情词，不觉泪下。

【孝南枝】读了诗中句，肠断无。我和他三生结来缘分疏，数月短恩情，相隔楚天隅。新求间阻，无计成婚，恩情虚负。可正是树拆连枝，水浸蓝桥路。今后这怨恨怎休也。比如今点翠斑泪滴初，怎挨彻久长天冷朝暮。想当日灯前密约，月下深盟，不分真个休了也。

【前腔】从今日，忆往初，俺把梨花笑掷同拥炉。他道事若不济，当以死谢。细语诉衷情，相期做夫妇，到如今鸾飞凤孤。小玉窗前，一般悲楚。提起前宵，总是伤心处。他教我勿以婚事不成为念,我怎生得不相念也。虽是他毒意爹扯碎了鸳锦书,拼今世呵定要和你生同衾,死同墓。

果然云重花难见,信是风狂雨不成。

尔把尺书空寄意,我今倾泪若为情。

〔1〕坦腹:《世说新语·雅量》记载郗太傅去王丞相家觅婿,见一人于东床坦腹卧,遂选中他。后称人婿为“令坦”或“东床”,本此。

〔2〕撇古:性情古怪。

〔3〕掇赚:诱骗。

〔4〕班大家(gū):汉班彪女,班固之妹。在班固死后她续著《汉书》,常受召入宫当教师,号曰大家。

〔5〕槐黄候:旧说“槐花黄,举子忙”,所以槐花黄指代举子忙于准备科举考试的季节。

〔6〕永捐:永远失去。

〔7〕洛浦:洛水水边,传说是洛神出没的地方。

第二十五出　病禳〔1〕

〔丑上〕受人之托,必当忠人之事。我替申家官人说亲不遂,官人因而成病。悄地唤我商议,意待再去见小姐。怕老员外不允,托我对员外说,唤个师婆禳解。那时只云中鬼,到外方躲

避才好。为此特和张师婆母子商量去。〔外旦上〕

【水底鱼儿】步斗禳星，觋巫素擅名。书符咒水，无灵似有灵。〔见介〕呀，李婆婆久不见了，今日甚风儿吹的你来？〔丑〕今有一事总成你。前日我替申家官人求亲，那人家抵死不肯。〔外旦〕不肯罢了，如今怎么？〔丑〕这官人和那小姐，原是旧有帐的。如今要到他家去，怕爹娘不允，特请你去禳病，只说中鬼，须到西南方数百里外躲避方好。先有白金二两送你，你可同我走一遭。〔外旦〕这使得，我唤了儿子同去。〔同下〕〔生病，老旦、小生扶上〕〔生〕我这病怎生休也！

【山坡羊】瘦亭亭的病骨儿实难保，软咍咍的弱躯儿什时好？〔老〕儿，你病中觉怎样？〔生〕刚合着眼呵，则见娇滴滴如花似玉那个、那个人儿到。〔泣介〕扑簌簌珠泪抛，恨则恨银河风浪恶，将俺业身躯阻隔在巫山庙。一度思量愁魂暗消。〔合〕虚焦焰腾腾如火烧；难熬，冷浸浸似水浇。〔生睡介〕〔外上〕孩儿的病怎么了？〔老〕他如今刚睡着。〔小生〕兄弟病症，甚是奇怪。

【前腔】则见他忽地神魂缥缈，忽地言词颠倒。梦中如有什么、什么人来到。

不几宵，庞儿憔瘦了。〔生笑介〕〔外〕这怎么说？〔老〕敢是亲事不成，失了志儿。听他魔魔媚媚胡云道，念念风风情味恶。〔合〕蹊跷，他胸中意怎描；虚嚣[2]，枉摧残命一条。〔外〕这分明害了什么鬼病。昨已叫李媒婆去请张师婆来禳解，看他来怎么说。〔丑、外旦、净同上〕〔丑〕此间已是，我们径进去。〔进见介〕张师婆，你怎生作法禳解，得我官人病体安康？〔外旦〕我乃异人传授九天玄女娘娘正法，须要备办三牲酒礼，祭请神将。烧符一道，上达天庭。烧符二道，神将来临，附在俺孩儿身上。有鬼捉鬼，有怪捉怪，无不灵验。〔外〕牲礼已备，便可烧符请将。〔外旦〕员外请拈香，待我烧符请将。〔作法介〕道香，德香，宝惠香，通三界[3]香。吾奉九天玄女娘娘敕令：三界直符使者，十方从驾威灵，当境土地龙神，诸处城隍社庙，幽冥列圣，远近至真，以此真香，普同供养。伏以神威至赫，祛百魅以迎祥。法力无边，扫群妖而育物。今有本府本县本坊申庆，为因孩儿申纯，梦境随邪，病魔为祟，特于今年今月今日今时，敬请神官，奉行摄勘，有鬼捉鬼，有怪捉怪。稽首拈香，万祈鸿鉴。〔外拜，拈香介〕

【驻云飞】拜祷神前，无奈我孩儿病未痊。语话多虚诞，啼笑俱乖舛。嗏，一病恹迁延，特备牲牷，仰冀灵威，早与除凶患，灾难消除顷刻间。〔外旦击牌介〕一击天清，二击地灵，三击五雷，速变真形。赫赫扬扬，日出东方。金牌一响，神将来降。〔净扮神将，仗剑立坛前〕〔外旦书符噀水介〕吾持此水非凡水，九龙喷出净天地。太一[4]池中千万年，吾今将来净妖气。谨请年值月值日值时值神将，速降坛前，摄勘邪魔，弗使有违。吾奉九天玄女娘娘急急如令敕。〔净倒介〕〔外旦再噀水介〕〔净起，跳舞介〕

【北寄生草】咒符的咒的威光显，拈香的拈的情意虔。俺则见青袅袅法坛前几缕香烟转，烈腾腾半空中几道灵符旋，勿律律醮堂[5]边几阵阴风展。猛听的那金牌响处鬼神降，则我这剑光影里邪魔颤。〔外旦〕荷蒙神将来临，请问缠住申生的，是何方鬼怪，什处妖精？〔净〕待吾神看来。〔看笑介〕我则道是什般鬼怪，哪样妖精，原来是：

原评："此等处直逼元人。"意指风格近北曲。

【前腔】几个油头鬼，将他病体缠。〔外旦〕这些女鬼，怎么模样？〔净〕有一个青衣的女子呵，剪双灯搭不上鸳鸯眷。有一个白衣的女子呵，恨荒丘长不出棠梨片。有一个红衣的女子呵，葬轻烟诉不出香囊怨。这都是些依花附草小精妖，敢赚杀那吟风弄月才郎面。〔生作占语介〕来的是何方神将，你敢奈何的我们。〔净〕兀那小鬼头你听者：

【前腔】我是灵霄府天蓬将，奉仙符下九天。把俺那移星换斗神通显，驱雷掣电灵光现，排山立海威风展。〔生〕你便有许多本事，也奈何不的我们。我们与申生冥数当然，你休管闲事。〔净怒介〕这些小鬼头，你还则要兴妖作怪画堂中，〔赶杀介〕俺待赶、赶的你潜形遁迹阴山堑。〔生〕你休赶逼我，我们与申生是婚簿上注定的，你赶时可不犯了天条？〔净〕小鬼头噤声。

【前腔】你道婚簿上呵，注定姻缘好。则那活人儿怎许你死鬼缠？〔生〕古来人鬼交媾，也是有的。〔净〕你便是阆苑上的神仙，也怎把书生恋？你便是水殿里的龙神，也怎做阳人眷？你便是八洞内精妖，也怎与才郎缱。你待将他游魂摄向吓魂台，俺则把你群邪押赴驱邪院。〔生〕罢、罢，你如今赶的我紧，我且暂时回避。少不得二五三七四六之辰，重来相会，怕你也跟不住他哩。〔生昏睡介〕〔净〕小鬼头去了。申庆，你一干人听我分付，冤魂夙世苦相缠，今生重结好姻缘。直须时地逢鸡犬，方保平安病体痊。申纯醒者，吾神去

也。〔倒介〕〔外旦〕天神分付了,官人病体即好,员外可拈香谢将。〔外拈香介〕

【驻云飞】感应无边,凛凛威光信俨然。邪魅俱驱遣,疾病应无患。嗏,香绕玉炉烟,谨备牲牷,俯向法坛,叩首三千遍,恭送灵神上九天。〔净醒起介〕一觉好睡也。〔生〕〔醒介〕好睡也。天色几时了?我如今顿觉精神爽快,可是为何?〔外〕孩儿你方才睡中觉怎么?〔生〕只见一金甲神将,进房中驱赶几个女鬼出门去了。〔老〕张师婆符好灵验也。〔外〕恰才天神分付的怎么说?〔外旦〕天神道冤魂夙世苦相缠,言此鬼是官人生前结下的。今生重结好姻缘,因是冥数使然,故此不好拿他。方才官人说,那鬼躲过二五三七四六之日重来,天神特教官人远避。他道是直须时地逢鸡犬,方保平安病体痊。巽为鸡,巽西南也。戌为犬,后日是壬戌日。教官人后日起身,到西南方数百里外躲避,方保平安。若待恶鬼重来,再驱遣他便难了。〔外〕神人之言虽是,但西南方何处可以躲避?〔小生〕只有舅家在西南方数百里外。〔外〕前日求婚不遂,怎好又去?〔老〕这也不妨,只要孩儿病好。〔丑〕正是:新亲不成,旧亲还在,便去也无妨。〔老〕当初孩儿有病,一到舅家便好了,如今毕竟去的是。〔外〕如此可先着人去说,随后起身罢了。且将白金二两,谢了张师婆。

这出戏既为申生重赴眉州作铺垫,同时又暴露巫婆的装神弄鬼,弄虚作假。场上人鬼杂出,也起调剂剧情的作用。

〔外旦〕多谢员外。

神语分明说与伊，急须远避莫迟疑。

此行保得身无恙，心病还将心药医。

〔1〕禳(ráng)：驱除病殃。

〔2〕虚嚣：虚假不实。

〔3〕三界：佛家用语，把人世分为欲界、色界、无色界。这里当指“天”“人”“地”而言。

〔4〕太一：道教指北极星神。

〔5〕醮(jiào)堂：道士设法堂的屋子。

第二十六出　三谒

【虞美人】〔旦上〕春花秋叶何时了？断送情多少。不胜清怨满东风，为忆多情，闲步小帘栊。【青门引】[1]乍暖还轻冷，风雨晚来方定。庭轩寂寞近清明，残花落尽，添却去年病。追思旧事重难醒，人去重门静。那堪婚姻间阻，银河望断双星影。奴与申生别后，媒婆来问亲。奈我爹爹不从，有辜夙愿。昨有人来说申生患病，要到我家将息。今日我爹娘俱到隔邻王寺丞家看花，则索向庭外盼望申生去也。

【罗江怨】绿窗香雾浓，花飞乱红，刘

原评:"情词凄绝。"

郎昔年花下逢。只今日呵,桃花依旧笑春风也,思量前事,猛然泪横,离鸾别凤何日同?恨也天公,不与成欢宠。凄凉卷未终,凄凉卷未终,风流运怎通,枉结下山海样恩情重。想当初花前与他相会呵,

【前腔】合欢意正浓,他同我同。叹今时去来如转蓬,几番无语怨天公也。匆匆岁月,花西水东,寻思往事疑梦中。冷冷凄凄,他那里恨压眉尖重,我这里愁添泪点红。愁添泪点红,姻缘什日逢?都付与春前梦。身子困倦,且在秀溪亭上少坐片时。〔坐介〕〔生上〕此地睽违[2]已隔年,重来门户尚依然。春风与我如相识,时遣流莺奏管弦。小生为想小姐成病,托言中祟,来此躲避。觑这门前风物如故,煞可感人也。

原评:"句句重来,风景凄然,情词悲悼。"按此处情调略似《牡丹亭》"寻梦",不过一虚拟,一写实。

【琐窗寒】想当年此日门中,人面桃花相映红。到如今,还则见桃花笑对春风。当初指望同谐连理,今所望不谐。可怜人情已改,旧欢如梦,我和他敢一般儿意愁心冗。〔见旦介〕呀,前面亭上独坐的,正是小姐哩。〔旦起介〕这来的是申生哩。〔生〕此间蓦地忽相逢,怎禁四目相看悲痛。姐姐间别无恙?〔旦〕哥哥万福。〔生〕姐姐何故独坐于此,舅妗

安在?〔旦〕今日王寺丞家邀我爹娘去看花,至暮方归,兄可同此暂坐。〔同坐介〕闻的你有恙,庞儿果恁消减了。

【前腔】对花枝寂寞东风,可正是一样清光照病容。自昔亲议不谐呵,叹巫山雨迹无踪。今生夙世化作一场春梦,再跨不上翠台双凤。兄今来此何干?往来风雨路途中,空害得愁病冲冲。〔生〕日月未久,何尔相忘?我自别后,行止坐卧,何啻夜月屋梁之思。中间请命严君,冀谐媒妁,天不从人,竟辜夙望。今百计重来,以寻旧约,乃有再来何干之词,我之失计,不已甚乎?

原评:"初时相别,妙在生语字字挨实。此后娇身已属生,生不虑娇,而娇语步步研实,情事曲至。"

【绣太平】我为你挨不彻更长漏永,我为你花前泪滴残红。想婚姻不遂于飞,拼的个谐连理死也相从。匆匆,春宵敲断五更钟,早惊散合欢双梦。猛提起,越教人断肠悲痛,更说什伊心我心,誓盟山重。〔旦〕兄心果如金石,妾何敢有忘也。

【针线箱】您意儿天长地永,我脉脉地芳心自懂。倘果我今生不得谐鸾凤,争似当日翠衾休共。感谢你雨云不改三年梦,难道我花月空抛一夜风。〔拜介〕越教人知重,我今后呵,把两衷情,都一样的诉

与苍穹。〔生旦携手行介〕〔合〕

【东瓯令】鱼和水，两和同，才子佳人情意浓，到头有日成欢宠。〔见旧诗介〕〔生〕旧馆窗几依然，所题诗句濡翰如新，岁月已迁，可伤人也。〔合〕堪叹惜，多悲痛，年前景物眼儿中，忽地似飘蓬。〔内〕老爷奶奶回了。〔旦〕家人传呼爹娘已回，你可到中堂迎候，我暂回避也。〔下〕〔末、外旦、贴、净、丑从上〕

【不是路】赏遍芳丛，春色年年好处逢。花香送，酒阑人散夕阳中。〔生迎拜介〕入帘栊，堂前顿首忙趋奉。〔末、外旦〕呀，三哥到了。闻你有恙未痊，这双鬓依稀带病容。心还恐，路途奔逐多劳冗。切须珍重，切须珍重！〔生〕蒙舅妗垂念。〔末〕你病为何而起？〔生〕

【前腔】命犯灾凶，病入膏肓药怎攻。〔末〕病中怎么光景？〔生〕多惊恐，梦中恍惚鬼神逢。〔外旦〕此皆三哥心神不定所致。〔末〕你意匆匆，功名失志精神懵。这也不消用药，则要遣兴消愁你病自松。〔生〕惟舅妗怜其微恙，再造之赐，没齿不忘。相惊动，一枝暂借鹪鹩[3]共。感承恩宠，感承恩宠。

〔末,外旦〕旧时馆舍如故,住此何害。想你病大率功名失志所致,与那饥饱劳役的不同,还须善自保摄。

【短拍】妙药难攻,妙药难攻。心头病冗,则要你早消除两鬓秋风。那潇洒小墙东,喜的是人无喧哄,好把伊行装暂顿,慢些儿医可你病冲冲。〔生〕谢舅妗相念。

【尾声】宠爱深,恩情重,尊前语笑喜相同,则我这病体而今半已松。

为因多病远求医,〔末〕旧馆依然尚可栖。

〔外旦〕自是故园花树好,〔生〕飞来宿鸟尽依依。

〔1〕此词改张先《青门引》词:“乍暖还轻冷,风雨晚来方定。庭轩寂寞近清明,残花中酒,又是去年病。楼头画角风吹醒,入夜重门静。那堪更被明月,隔墙送过秋千影。”

〔2〕睽违:分离。

〔3〕鷦鹩:鸟名,一名巧妇鸟,工于营巢。《庄子·逍遥游》:“鷦鹩巢于深林,不过一枝。”

第二十七出　絜鞋

赞美小脚，是当时文人习气。

申纯重到舅家，舅家早已拒婚。不以此时与娇娘一心一意，挽回败局，反为丁怜怜盗鞋，与飞红语言调笑，申纯身上这些弱点，是造成悲剧的内在因素。

【懒画眉】〔生上〕偷身潜步入兰堂，则见寂寂春风花自香。来到绣房呵，〔觑介〕怎不见姐姐在此？他敢为云为雨梦高唐。我轻轻的揭起梅罗帐，呀又不见俺风流可喜娘。〔翻床介〕休道别的呵，则这牙床绣帐，锦衾角枕，潇洒非常，幽辉可佳。尘不拂而自净，香不熏而自悠，什人儿消受得也。〔见鞋介〕你看枕边露出金莲两瓣，夺目生光。便有千镒之金，怎买这双小脚儿？前丁怜怜要丐他旧鞋，我累次求之未获，如今不免窃了去。〔取鞋行介〕觑此鞋呵，

【前腔】红绡紧蹙凤头妆，半扎悭悭[1]三寸长。见了不由人春心不动也。为传心事恼襄王。行来印出青苔上，撒却金莲瓣瓣香。来到书房也，且将这鞋儿藏着，到舅舅那厢攀话去。〔下〕〔贴上〕青螺秀黛巧妆梳，衣惹熏风透体酥。闲倚雕栏自惆怅，庭院深深啼鹧鸪。俺自昔申生去后，心下好生念他。他今因养病，重到我家。我每与他中庭相遇，语言调笑，两

下更是关情。今趁此昼闲，到东轩上偷觑他去。〔行介〕呀，这苔痕锁绿，书扉静掩，他又早不在了呵。

【前腔】书台寂寂冷纱窗，静掩梨花春昼长。待我进房去瞧著。似此床帐凄清，帘窗潇洒，果是可人也。〔翻床见鞋介〕呀，这是小姐鞋儿，怎生在此？小姐往时做下了，为没有实证，常则抵赖。我今把这鞋拿去还他，看他怎么说。我把双尖拾在绣衾傍，小姐呵，你虽然硬抵著牙儿强，如今可也泄漏春光在这厢。〔下〕〔旦手拈花枝上〕

【前腔】折花枝徐步转小回廊，〔看衣介〕则被露珠儿呵，掠湿了湘罗翡翠裳。〔放花枝介〕且把衣儿鞋儿都换了，重来香阁理新妆。〔揭帐看介〕呀，是谁人揭动俺芙蓉帐，倒乱了鸳鸯绣枕傍。〔寻介〕我鞋儿怎么不见了？〔贴上〕小姐日常在窗外刺绣，今日怎生还在房内呵？

【前腔】低睛偷觑小纱窗，他敢还卧向高唐梦楚王。呀，小姐寻甚哩？〔入见介〕小姐，你为什沉吟无语自思量？〔旦〕适才谁到我房里？〔贴冷笑介〕小姐，你闺房中有谁人得向伊妆台傍。〔旦〕这等我房里东西怎不见了?〔贴〕你不见了那件?扢挣的恼乱春情着什忙。〔旦〕断是谁曾到我房里。〔贴〕我实不曾见谁进来。小姐,你这等忙着怎么?

原评:"曲妙在善用衬字。此等曲衬字甚多,然何可减一字。"衬字之妙,在把传统诗文中的丽词俊语如"玉搔头小凤凰""巧攒花七宝妆"等与"莫不是""却提起"以及的、了、儿、呵等连接词、语气词结合起来运用,形成一种新的乐句,细玩〔红衲袄〕二曲可见。

原评:"两结语极似元人。"

【红衲袄】莫不是惹梅梢吊下了玉搔头[2]?小凤凰〔旦〕不是。〔贴〕莫不是走苍苔将你翠裙衩被棘针儿来抓上?〔旦〕不是。〔贴〕莫不是谁呵涴污了你绣帖里簇锦的双鸳样?〔旦〕不是。〔贴〕莫不是谁呵跌损了你巧攒花七宝[3]妆?〔旦〕不是。〔贴〕莫不是什人儿盗了你碧云翘明月珰[4]?〔旦〕也不是。〔贴〕这番我猜着了:敢则是什人儿将你小菱尖拆了双。〔旦〕果然是了,正是我放在床内的,为什不见了?〔贴〕若提起这绣鞋呵,可有个拾的人儿也。〔袖中出鞋介〕小姐何不早说,却恁的明月芦花空自忙。〔旦〕好怪。这鞋呵,

【前腔】昨日夜深深的藏在我鸳枕旁,今日晓清清呵还不离了这香席上。〔贴〕这等怎出绣房外去了?〔旦〕又不曾跨青鸾撇向秦楼飏,怎的化双凫却在云影翔。〔贴〕我想这鞋儿敢是小姐与人的。〔旦〕噤声,我鞋儿怎的与人。若论我绣鞋呵,似美珊瑚海底藏,有甚人儿来盗的往。莫不是你谎偻

偬[5]故意的赃诬也，枉教我渡口津头到处忙。〔贴〕小姐倒赃诬起我来。若问这鞋呵，我自还你拿的人儿。〔旦〕你说是谁拿去？〔贴〕飞红早时呵，

【泣颜回】闲过小书窗，蓦见金莲开放，双钩红玉，曲湾湾夺目生光。幸是飞红看见，特地持来付与，若是别人行见了如何讲？小姐，不是你与那生，定是那生拿去的。若不呵，则问这绣鞋儿放在深闺怎到的那生床上？〔旦〕甚么那生？〔贴〕小姐，你想我家里有那个？〔旦〕

【前腔】思量这事怎推详？道是那生偷去呵，我绣房与他书房隔绝，又不是近西厢，两下门儿相傍。他总待偷香窃玉，不道白日里敢轻轻把绣房偷向。〔贴〕不是小姐与他，又不是他拿去，定是飞红赃诬小姐的了。我把这鞋儿送到奶奶查个详细。〔走介〕〔旦扯介〕你忙怎的，我也不说定你拿去。则如今幸在你手中。若别人见了，成甚模样？只要你口儿放稳，向人前蓦地休胡讲。〔贴〕恁的我就不告知奶奶罢了。〔旦〕你便告知奶奶呵，我则问这鞋儿既落在书生，怎又使你小梅香再拾得在那生床上？〔贴〕小姐，你到底会放刁。我如今不与小姐讲，只去问申生，看他怎么说？正是：几番欲

模拟《西厢》太着迹。

问东风意，反被东风来殢[6]人。〔下〕〔旦〕我想申生累次问我索鞋，这鞋定是他偷去的。只不知何故，又落飞红手上？敢是他两人别有什勾当。古云：痴心女子负心汉，申生，你直恁般情薄也。

【意不尽】杂情自古应难量，郎意争如流水长。今日个蜂狂蝶攘，则怕漏尽春光使我心自想。

无情无绪自疑猜，花正开时蝶又来。

欲把芳心诉明月，还愁月影转西阶。

〔1〕悭(qiān)悭：形容鞋子小。

〔2〕玉搔头：女子首饰的一种，即玉簪。

〔3〕七宝：佛家用语，指七种宝物，但佛经中对具体为哪七宝说法不一，后泛指多种宝物。也用来形容以多种宝物装饰的器物。唐李峤《床》诗："玳瑁千金起，珊瑚七宝妆。"

〔4〕碧云翘明月珰：指玉做的妇女首饰。

〔5〕偻㑩：伶俐，机灵。

〔6〕殢(tì)：困扰。

第二十八出　诟红

此出演娇、红之间的纠葛，可以看到西厢"闹简"的影响。但

【捣练子】〔贴上〕春昼永，燕双飞，欲遣愁肠愁着眉。早是含愁身不觉，春情泄

漏与人知。俺自见申生，心下十分留意。申生一心对着小姐，视我不甚关情。昨去看申生，值他不在，于床上拾取绣鞋，拿去还小姐，小姐倒猜疑起我来。我今去问申生，看他怎么说？〔行介〕觑这娇花宿雨愁难放，翠柳含烟湿欲舒，是好一段春光也。

由于申、红的暧昧关系，导致娇、红之间更尖锐的矛盾，就觉关目一新。

【风入松】看年年花柳冷烟迷，恁韶光把人轻掷。千愁万恨在眉尖逼，待抛下什时抛得。〔生上潜听介〕〔贴〕长伴着春风翠帏，肠断也燕双栖。〔生〕飞红姐，休要肠断，小生双栖何如？〔贴〕呀，你怎生这等惯做贼。〔生〕我偷了那件是贼？〔贴〕你窃听人言，岂不是贼？〔生笑云〕可不道捉贼见赃，窃听人言，赃在那里？〔贴〕要赃也有，则问你床头绣鞋那里来的？〔生〕怪道我床里不见了绣鞋，元来是你偷去了。〔贴〕呸，你做了贼，倒说我。我告你到官，看怎么说。〔生〕随你告官，我不怕。〔贴〕告官不怕，告奶奶！〔生〕这倒怕哩，我央求你咱。〔揖介，贴〕不够。〔生〕跪。〔贴〕也不够。〔生〕这等怎么？〔贴〕跪了叫。〔生〕叫甚么？叫你亲亲的姐姐！〔贴〕啐，谁是你姐姐？我要你叫娘。〔生〕你原叫飞红，叫你红娘罢。〔贴〕什么红娘！乖儿子，你是惯家的张君瑞，也不消的我红娘了。〔见蝶介〕你看一双蝴蝶儿，飞来飞去,倒好似你。

【啄木儿】游芳草,接翅飞,浪扑金鞍随马蹄。叩香闺,暗里相随,还则怕阻绣帘欲投无计。轻狂似逐杨花起,闲寻翠钿投荒砌[1],望断花房魂梦迷。〔生〕这蝴蝶好似飞红姐。

【前腔】馀香逐,过水西,飘扬随风高又低。送春光飞向邻家,贪春色又来花底。寻芳浪逐游蜂队,我则怕粉香早共蜂黄退,尚兀自颠倒窗前知为谁。〔贴〕休胡说,你若扑得那一对蝶儿着,我就把鞋来还你。〔同扑介〕

从舞台演出看,是结合悠扬的乐曲,轻倩的歌词,美妙的舞姿,演出一场双人舞,使观众为之陶醉。

【三段子】看他双飘并倚,剪春光翩跹舞衣。依约乱飞,爱风流妆台暗窥。似游丝细把芳英缀。双双采却花心碎,〔做扑着介〕则这小扇轻轻扑得归。〔旦上〕翠帘清响斗金钩,院静无人春色幽。妆罢无言下阶去,看他粉蝶过墙头。我见一对蝶儿,在窗前飞来,怎么不见了?〔见贴介〕呀,你两个在此做甚么?〔生见,急下〕〔贴〕飞红在此捉蝶儿耍子。〔旦怒介〕你不去做女工,在此耍子。〔贴〕如此春光,教人怎不闲耍那。〔旦〕那游春是男子汉的事,你女人家怎学他。

居然一副道学面孔。

飞红反问得好,是红娘一类人物。

【三段催】有几个王孙们金鞍马蹄,恣

盘桓踏青翠堤。有几个才士们提壶挈榼[2],逞风骚流觞水湄[3]。〔贴〕难道女人家不是人那?〔旦〕你丫鬟们呵,止不过房中刺绣添针黹[4]。〔贴〕再呢?〔旦〕妆台拂镜除香腻。谁许你游月下,笑星前,看花底,春情一片闲挑起,将渔郎赚入在桃源里。则怕奶奶知道呵,把粗棍儿,敲杀你丫环辈。〔贴〕飞红呵,

又祭起奶奶的官威来,毕竟是官家小姐。

【前腔】并不曾轻描翠眉,夜烧香芙蓉院底。又不曾拂绰绣衣,结同心荼蘼架西。止不过趁着这春风艳李花开日,向空庭偶踏的红英碎。便做道闲斗草[5],喜寻芳,忙拾翠。也则是小梅香呵,偷闲学少寻常事,须不曾行云送雨巫山会。〔旦〕还亏你说,我去告知奶奶打你下半截来。〔贴拜介〕告姐姐权饶过丫环辈。〔旦背云〕这丫头说话,倒暗指着我来。〔转介〕我今权且记著,下次如此,定不干休。〔下〕〔贴怒指介〕小姐,你做的事瞒谁?倒几次寻嗔我,我拚的乘便告知奶奶,看怎生解说?小姐呵,

【归朝欢】你没人处,没人处,狂行乱为。蓦地里,将人笑耻。果然是,果然是,言清行亏。则怕你假清清,怎生般遮瞒得到

底。投至那西厢月下闻消息，御沟叶上传名字。那时节呵，敢则漏泄春光你悔自迟。

怪他心事忒多端，欲寄音书把雁瞒。

青鸟衔来云外语，管教平地起波澜。

〔1〕翠钿（diàn）：绿色宝石制成花朵形的首饰。荒砌（qì）：荒凉的台阶。

〔2〕櫑（léi）：盛酒器皿。

〔3〕流觞水湄：古人每逢三月上旬的巳日（魏以后始定为三月三日）集会于环曲的水渠旁。上流放置酒杯，顺流而下，停在谁的面前，谁即取饮，叫做流觞。水湄：水边。

〔4〕针黹（zhǐ）：针线活。

〔5〕斗草：古时妇女的一种游戏。

第二十九出　诘词

原评："此等曲已臻圣境，《拜月记》有此自然，无此光艳。"此曲看似平淡无奇，其实经过千锤百炼，所谓"绚烂之极，归于平淡"，在艺术上达到炉火纯青的境界。

【剔银灯】〔生上〕销不尽情多怨多，镇日里闲行闲坐。俺把春花秋月都经过，投至得[1]两心相可。因何旧愁未妥，又惹起新愁怎么。〔叹介〕世间欢少愁偏重，空教无语天公。小生前到小姐房内，窃取绣鞋，藏在绣枕之旁，不期被飞红拿去还了小姐。飞红因与小姐有隙，昨日舅妗前指着小姐所履之鞋，扬言谓小生曰："此即子前日所遗之鞋也。"小姐色变，慌把他语影过，幸而不致漏泄。小姐自此与我形迹顿疏，不知他还是怕人知觉，还是疑怨于我？我寻思问个明白，又恨未得其便。今且到后园瞧着，或小姐出来也未可知。〔行介〕呀，花下有鸾笺一幅在此。〔拾看介〕花底莺踏红英乱，春心重，顿成愁懒。杨花梦散楚云平，空惹起情无限。伤心渐觉成牵绊，奈愁绪寸心难管，深诚无计寄天涯，几欲问梁间燕。词寄青玉案。乃一首春怨词也，玩此定是小姐所作。

【渔家傲】看取这一幅香笺情思多，踏乱红英，春愁怎挪。杨花落尽眉还锁，则两下里衷肠抛趓。咫尺兰堂，翻做了山高水阔，好教我几度沉吟眄杀他。〔再看介〕这词意虽是小姐的，只字画却不相同，待见小姐时问他。〔置案上，暂下〕〔旦上〕

【醉扶归】春情一点，早被人瞧破，蓝桥咫尺起风波。新愁旧恨教我怎销磨，是风流惹下风流祸。则几番呵，对花流泪点层罗，将我这心儿，待诉与谁行可？世间万事，皆非偶然。前日申生盗了我绣鞋，他若不与飞红有私，怎生又转落飞红手内？那日两个在花前调戏，被我说了几句。飞红怀恨于心，在我爹娘跟前，说起鞋儿，幸我一时将言影过，这魂灵都飞绰半天去了。我想他两人相好，若不是申生教他说,他怎肯恶了申生?正是:山川可料人难料,薄幸如君有几人。我当初错信申生,如今悔也悔不迭了。

【前腔】思量尽是奴之错,想书生原是劣情多。他对面抛人奈如何,则恨我当初枉把新词和。〔做行见鹦哥介〕我与申生相会此堂之上,他人不见,这鹦哥倒都见的。〔做抛豆介〕戏抛红豆打鹦哥,待说与我愁千个。〔内做鹦哥语介〕娇娘子何打我也?〔生急上〕花定早知无客至,鸟啼始觉有人来。〔见旦揖介〕姐姐日来相见何少?〔旦〕男女有间,岂容频会。〔生〕姐姐休说远了。古云:"一日不见,如隔三秋。"日来想杀小生也。请姐姐暂到我书房中一语。〔旦〕兄妹之间,岂容无人私会。〔生〕姐姐敢是怪小生呵。乞到房中,待小生赔话。〔牵旦入介〕姐姐请坐。〔旦坐不语〕〔见词取看,不语介〕〔生〕姐姐何故不语?

【桂枝香】恹恹闷坐,无言低躲。则见您淡扫眉峰,尚兀把翠烟轻锁。想伊心就里,想伊心就里,愁城千垛,难猜难破。没头鹅[2],万种伤情事,知伊为甚么。且问姐姐,此词何时所作?〔旦不答介〕〔生揖问介〕小姐何不见答?〔旦背坐介〕〔生〕这却怎的?

关目细。

【前腔】几番摧挫,鬓云低亸。随著

我万语千求，他只把秋波低阁。想伊行意里，想伊行意里，愁如天大，都皆因我。自心摸，莫不眼底跟前事，甚般儿恼著他？〔生再揖介〕姐姐暂且息怒，乞赐明言。〔旦〕此飞红辞也。兄自彼得之，何必诈妾。〔生〕原来是飞红之词，小生适从花下拾得，姐姐何必生疑。

【大迓鼓】花前闲打睃[3]，偶然拾取，一叶蕉罗。并不曾倚风偷把情词和，说甚的春心一点暗蹉跎。您皱掩双眉，却是为何？〔旦不语长吁，拂衣起介〕〔生牵衣问云〕姐姐再少坐，说明了去。

【前腔】我心中自猜摩，有甚般过犯，害却愁多。敢则您把旧情一旦成抛躲，恰无端特地起风波，枉教我万想千思，可是奈何。〔旦拂衣起介〕胸中万恨千愁事，说与旁人怎得知。〔下〕〔生〕呀，小姐竟拂衣去了。小生这场冤恨，对谁诉来。〔叹介〕小姐，小姐，

【前腔】你情多怨恨多。几回不语，蹙损钿窝[4]。将我这不明白的衷肠诉与谁人可？难道你果然把旧时花月总销磨，干则奚落我书生直恁么[5]。

沉吟无语思匆匆，几度看花恨转浓。

未识窈娘心上事，倚栏还自问东风。

〔1〕投至得：等到。

〔2〕没头鹅：譬喻懦弱的人，缩颈无言，不敢反抗。

〔3〕打睃（suō）：斜着眼睛看。

〔4〕钿窝：指脸面。

〔5〕干则：徒然。恁么：怎么样。

第三十出　玩图

【夜行船】〔丑上〕笑问花时还问柳，谁似我遍体风流。只恨的未遇佳人姻缘不偶，心下好生僝僽。生长朱门绣户，却恨姻缘迟暮。壁间遍挂美人图，日夕焚香赞慕。虽然不得亲身受用，也权当春风一度。自家为要选取浑家，遍地购得美人图九幅。中间未知虚实，不敢即往求婚。日常无事，将这几个美人，玩他叫他，拜他赞他，定要他活现起来。今日休暇，且看玩他一番，有何不可。〔看画介〕这美人真美的极哩。

原评："此种人得知人道，天亦不薄待之矣，偏有此等非分妄想，写来喷饭。"

【销金帐】丹青妙手图画非虚谬。美仙娥则除非天上有，看他那般风韵，那般娇秀。咦，将人忽地、忽地魂灵暗逗。彻

夜相思病染无人救，和他怎生、怎生得共在销金帐里宿。待小子叫他一声，看他应也不应。〔叫美人，自应，笑介〕

略似《牡丹亭》中《叫画》格局，但从纨绔子轻狂处设想，意境便自不同。

【前腔】俺这里叫声应口，他眼儿还瞧着我哩。则见他两眼秋波溜。他身儿堆的都是俏哩。俏身躯怯又柔，果然是玉儿琢成，粉儿团就。宫腰纤媚、纤媚一似风前嫩柳。美人，你也回叫我一声儿。〔做叫公子，自应，笑介〕看他欲语如生，不住的将人逗，和他怎生、怎生得共在销金帐里宿。我看这些女子，个个有沉鱼落雁之容，闭月羞花之貌，不信世间真有此美人呵。

【前腔】恰便是飞琼伴偶，共倚在阳台岫。想人间何处求？休说娶他做俺浑家，只要汤他的一汤[1]，〔搂介〕搂他的一搂，怕今生没福、没福也难消难受。空教我夜夜烧香，一声声叫彻心肝肉，和他怎生、怎生得共在销金帐里宿。俺日里想念他，他夜里敢来伴俺同睡。一个道：公子，奴家奉陪。一个道：公子，今夜该妾身为伴。

【前腔】鸾交凤友，有分把姻缘凑。夜夜里梦魂中成配偶，则见他那般欢爱，那般情厚。小子搂了他呵，听他不住、不住的娇声厮耨[2]。咳,可惜醒来时,依旧孤眠,被冷黄昏后,和他怎生、怎生得共在销金帐里宿。虽是如此说,如今便睡了,做个梦儿也还好。〔睡介〕〔贴上〕为人莫作妇人身,况作烟花水上尘。常把真情瞒自己,安排假面对他人。奴家丁怜怜。昨蒙帅公子呼唤,为陪官身不得闲,今日望他去。〔入介〕来到他书房,怎这等静悄悄地?〔见介〕呀,他还睡着哩,待叫醒他。大爷,大爷!〔丑惊搂贴介〕美人心肝,你来了。〔贴笑介〕大爷著鬼了,甚么美人心肝。〔丑〕呀,元来是怜娘。我昨叫你,你怎么不来?〔贴〕昨日为陪官身,故此今日才来看大爷。大爷,你心下怎这等惶惶的?〔丑〕小子心下只想个老婆。怜娘,我问你,你出入豪家,曾见真有像这画中的美人么?〔贴看介〕怎么没有。只如这娇娘呵,奴家闻的他金莲半折,美貌多姿。兼以词章翰墨,无出其右,所入画中的,未能写其一二。以此女实之,想其他皆然也。

【玉抱肚】佳人娇幼,粉香生,梨花韵幽。似高唐,暮雨朝云,巧丹青,难描难就。画图中几般儿画不出他美风流,果然是高占人间第一筹。〔丑〕依怜娘说,世间果有此女,我就求婚于他。

【前腔】难描难就,这娇娘,今时罕

有。果然是赛得过天上嫦娥，更说甚做人间仕女班头。小子今世呵，果若得吹箫同上凤凰楼，把今后从前一笔勾。〔贴〕只一件，此女容貌虽美，闻他已有外遇，恐非全身。不若就这美人中另拣一个。

【江儿水】解语如花貌，论人间兀自有。这娇娘呵，他一枝已折他人手，青青不似当时旧，春光尽向章台漏。说与您知心韩寿[3]，要结鸳俦，怕少甚好人家的闺秀。〔丑〕看来画中的美人也都不如他，娶老婆似此也够了，别的管甚么！

【川拨棹】他国色天生就，我姻缘成好逑。但得他肯配风流，但得他肯配风流，更说甚条枝嫩柔。便道似落残花趁水流，俺做渔郎待怎休。〔贴背云〕果如此，却是我误了申生呵。〔转介〕大爷，你是豪门贵客，

【前腔】须是要折取花枝第一筹，怎去拾残香左壁头。〔丑〕这也何妨。只要标致呵，就如你妓馆红楼，就如你妓馆红楼，也都搭上鸾交凤俦。便道似落残花趁水流，俺做渔郎待怎休。〔贴〕这等，公子甘心做龟子了？〔丑〕如今这等的尽多。我明日央人和老爷说，就去求亲便了。

【尾声】我魂灵已飞向妆台右,则愿得今日呵,等时成就,和他倒凤颠鸾把夙债酬。

〔贴〕生绡四壁美人图,〔丑〕小小风流偏属苏。

〔贴〕若得与他成配偶,〔丑〕胜如折桂上云衢。

〔1〕汤(dàng):碰。

〔2〕厮耨:相昵、交欢。

〔3〕韩寿:晋南阳人,美姿容,与贾充女私通。事见《世说新语》。

第三十一出　要盟

此出结束遗鞋、拾笺两重纠葛。怨之深正由爱之甚,经过一番波折,怨消了,爱就更深了。他们以后的双双殉情,才是可信的。全出关目、宾白、曲词,都布置得十分妥帖,为传奇中所鲜见。

【十二时】〔旦上〕前恨何时遣,忽地的重添幽怨。薄幸相如,轻离热闪,枉教人心里自淹煎,瘦却柳腰一线。〔清平乐〕深深院宇,睡起思千缕。暗想当时情已去,一霎飞云过雨。看他双燕归来,几番敲断金钗。冷落前花开尽,新花别照亭苔。奴自以身许申生,不料申生心变,有负前盟,夙昔衷肠,几欲付之流水,思量好恨人也。

【集贤宾】风花影里啼杜鹃，唤春闺怨恨无边。翠压春山双黛浅，几番儿记起从前。雕栏倚遍，不禁的柔肠千转。残妆面，空界破两条红线。我想古来如张珙别聘韦娘，李益重婚卢氏，男子负心，似此尽多。然亦皆两载三年，留滞他乡，才有此事。未有转眼负心如申生的呵。

张珙别聘韦娘，指元稹就婚韦氏，把小说戏曲中人物与历史人物混淆了。

【梧桐树犯】花容未改前，不道郎情变。一夜霜风，忽地成秋苑。则那野花偏得东君恋，长向妆楼斗锦钿。俺自把床头绣衾馀香卷，宝镜香奁，都变做了凄凉纨扇。

【金梧系山羊】冰弦和泪传，写不出俺胸中怨。闷倚牙床，没的寻思遍。杂情谁似他，转眼心肠变。悔却当初，错把盟香展。淹煎，泪花儿浇向天。堪怜，则索展馀衾空自眠。我今无可消遣，只向床里睡著些儿罢。〔睡介〕〔生上〕

【梧叶儿】青衫湿，泪痕斑。衷肠事，向谁言？闲庭踏尽，空廊绕遍，拜告天天，怎得个佳人意转。千恨万恨，只恨我不自小心，遗下绣鞋，致令小姐见怪。今日觅便到小姐房中，说明衷曲去。〔行介〕往时到此，小姐喜笑相迎。今空帏冷落，想他还只睡着也。呀，窗上有诗在此。〔读介〕灰篆香准灶[1]，风花影易移。徘徊无限意，空作断肠诗。〔叹介〕小姐呵，

【黄莺儿】你诗赋断肠篇，泪斑斑，成翠藓。欢娱刚好生悲怨，香销篆烟，花飘锦钿。俺衷肠万折应难辨。问苍天，何缘间阻，风浪起平川。〔抚旦背介〕姐姐，何昼寝于此？〔旦起怒介〕此乃妹子卧室，兄无事何以到此。〔生揖云〕是小生得罪了。小生一言请问：再会以来，多蒙厚爱，迩日形迹间，不能不为所弃，何今昔异志乎？〔旦不答介〕〔生〕小生既为所弃，自分薄劣，不敢再造妆台。但见弃之因，亦乞明示。〔旦泪介〕妾昔与兄恩情不薄，不道一旦遂成捐弃。今者君弃妾耳，妾何敢弃君。

【猫儿坠玉枝】想当日花天月地，两两结盟言。道则个[2]地老天荒情意坚，谁料周年半载，和你不得永团圆。这还是郎心变也还是奴心变，则索呵请先生自言，则索呵请先生自言。〔生〕小生怎敢有变，还是你女孩家情意不久，反怨于我也。〔旦叹介〕这也随你说罢了。

【金络索】你谩道女孩家情意偏，蓦地多更变。自古道痴心女，负心汉，这对轴头儿两下相厮见，怎得个成双到老年。〔生〕

原评：“白描丽情，委折如诉，文章化境，岂人所为？”文章当然是人写的。陈洪绶说的化境，即李卓吾说的化工，它指按照事物的本来面貌如实写出，不是出于作者的主观臆造。本出许多曲白，虽写丽情，纯用白描，写出封建社会青年男女在恋爱过程中的重重心事，令读者如见其泪

小生有誓,生则同衾,死则同穴。〔旦〕我永也不敢望了,再休言。你自向花前斗锦笺,你自今生即世别去成姻契,你自移却红丝向好处牵。我则冷清清守着个绣枕儿,闲消遣。休道是青宵白日梦魂边,便一灵儿死向黄泉,〔泪介〕也再世与你、与你的不愿重相见。〔生〕小生若有二心,有如此日。且问姐姐,何事如此疑我?乞望明言,小生死亦瞑目。〔旦叹介〕兄岂不自知,何待妾言。兄偶遗鞋,飞红得之。飞红偶遗词,兄且得之。天下偶然之事,何多之甚耶?

痕,如闻其怨诉,所以为难。此处的"与你、与你的不愿重相见",和下曲的"把恩情断却、断却终无怨",写出娇娘怨诉时哽哽咽咽心声,确是传神之笔。

【摊破簇御林】做来事,忒偶然,不料偶然重偶然,你绣鞋他拾在书斋,他诗柬你拾向花前。您两个呵,真乃是天缘遇合应非浅,我便把恩情断却、断却终无怨。幸爱新人,无以妾为念也。嘱付你自情专,休怜故宠,阻隔好姻缘。〔生仰天大叹介〕怪道你日来深恨于我,原来却为飞红之故。

【黄莺儿】提起最堪怜,我衷肠,除问天,你芳心一点应须转。空亭月前,祇林树边,我怎肯等闲忘却东君面。如今随我怎么说,你总也不信。当于灵神前,赌下一个大誓如何?〔牵旦衣介〕和你并香肩,将千愁万

原评:"每爱《幽闺·悲遇》中'你何须叨叨问'一语,无限机巧。此曲可以媲美。"按指《幽闺记》第二十六出中〔红衫儿〕〔会河阳〕二曲,可参看。

恨,诉与旧啼鹃。〔旦回笑介〕君果然么?〔生〕怎不果然。〔旦〕若然,后园中池,正望明灵大王之祠。此神聪明正直,叩之无不响应。今当企祠大誓,我才信着你。〔生〕如此便去。想明灵大王,定知我心也。〔同行拜介〕〔生〕小生申纯,〔旦〕奴家王娇。〔同云〕念我两人,形分义合,生不同辰,死愿同夕。在天为比翼之鸟,在地作连理之枝。暮暮朝朝不暂离,生生世世无相弃。祝英台畔千年石,但随暑往寒来;山伯坟头百尺碑,一任风吹雨洒。魄入土而成碧,苌弘[3]之血犹腥;魂对月以长号,望帝[4]之灵不老。两情若旧,片语如新。女若负男,坠沉沦于永劫;男若负女,立诛殛于震霆。皇天后地,实闻此言,赫赫神灵,望垂明鉴。〔同拜起唱〕

原评:"誓词可拟庾鲍诸小赋。"

【前腔】低首拜神前,办真诚,铁石坚,闲花媚柳无情恋。今生枕边,来生石边,做的个鸳鸯同冢心欢忭。负盟言,灵神鉴取,早死葬黄泉。〔旦拜生介〕感郎情重,贱妾一时不察,错怪于郎也。俺两人呵,

【四犯黄莺儿】并口说盟言。美恩情,胜似前,想老天公定也从人愿。来年去年,衾边枕边,拚三生记取这神前愿。夜夜朝朝,两情不变,化作双飞紫燕。〔生〕小生只为遗鞋拾笺两事,开罪于姐姐,若非

姐姐说明衷肠，可甚时得个明白也。

【前腔】想起这恶姻缘，泪潸潸，滴向穿。似这般离鸾别凤生悲怨，我则道今生影边，来生梦边，永无缘再睹我多情面。幸喜今日恩情重见，恨不把玉体儿团成一片。〔生、旦携手同唱〕

【尾声】此情两下成缱绻，则愿做夫妻百年欢宴。今日这恩情离而复合，可正是昔时韩玉箫呵，重结着韦郎未了缘[5]。

〔生〕此情诉与鬼神知，〔旦〕地久天长誓不离。

〔生〕莫似当时轻间阻，〔旦〕令人还赋断肠诗。

〔1〕篆：指盘香或香的烟缕。炷：点燃。

〔2〕道则个：岂不闻。

〔3〕苌弘：传为周灵王时人，为人所诬杀，既死，其血化成碧。事见王嘉《拾遗记》。

〔4〕望帝：传为战国时蜀王，死后魂化为杜鹃鸟。

〔5〕“可正是”二句：唐书生韦皋与女子玉箫相恋，别后玉箫思念至死，再世重圆。见《云溪友议》。

第三十二出　红构

游园惊梦写儿女私情，从现实到幻想，不落《西厢》旧套，本出又从游园惊梦脱化，回到现实，更深沉地描写了儿女私情。

【一封书】〔贴上〕开帘雾气清，看繁花，照眼明。侵阶草色青，助春游，将莲步擎。日转空庭人影静，忽听黄鹂啼数声。呀，那来的是申生也。俊书生，我为你逗春情，几次花前陪笑迎。

【前腔】〔生上〕韶华入锦亭，压春愁，人未醒。空阶款步行，踏香尘，春草青。昼永窗前烟篆冷。〔贴唤介〕申生。〔生听介〕忽听娇莺啼一声。〔贴又唤介〕申生那里去？〔生觑介〕原来是飞红叫我。我且佯作不闻，转后花园去罢。暗心惊，转翠屏，又则怕泄漏春光过武陵。〔下〕〔贴〕呀，申生明见我在此，佯然不采去了。我想申生奚落于我，皆只为着小姐。小姐呵，你前日失鞋事被你瞒过了，今后再有甚事，我径说与奶奶知道，倒替你愁哩。正是：春风有恨他寻我，秋月无情我恋他。〔下〕〔旦上〕

【卜算子】昼永香闺静，日照纱窗影。睡起看花倍可憎，红蜡残脂冷。〔捣练子〕

情脉脉，思依依，夜夜烧香拜子规。旧恨新欢人不觉，暗中只有两心知。我自与申生盟誓之后，两下情好倍甚。今春闲无事，意欲缓步寻芳，只恨不得申郎为伴。〔行介〕

【金梧桐】春来绣户轻，满眼花枝映。为怕花飞，踏遍芳红径。这春色与去年总一般也。年年淑景来，岁岁因他病。不见俺情郎，减却了寻春兴，枉教人辜负良风景。〔生上〕俺躲过飞红，行来到此。呀，前面牡丹丛畔，伫视凝睇的，恰是小姐哩。

【东瓯令】雕栏畔，六曲屏，蓦见佳人独自凭。看他浓妆淡抹皆妍靓[1]，倚翠柳，将身映，欲言不语百媚生。〔见介〕〔旦〕独步芳园，喜兄到此。〔生〕则见他含笑喜相迎。〔旦〕今日喜的丫鬟们俱和俺娘亲在中庭有事，兄既到此，可同我园中同步一会。〔生〕小生奉陪。姐姐，你觑名园寂寂悄无踪，〔旦〕堕阶萦藓舞愁红。〔生〕腻粉半拈金靥子，〔旦〕暖香犹满绣熏笼。

此等处仿《牡丹亭》游园太着迹。

【皂罗袍】满目韶光争盛，喜园林静悄，好鸟和鸣。嫣红嫩紫列芳屏，残英遍地胭脂冷。春风过影，花香细生，朝霞低映，红妆倍明。行来处处撩人兴。〔生〕对此好景，不觉春情顿起呵。

原评:"怨则真怨,喜则真喜,真宰自为,非关想像。"意即写出人物真情,非由作者主观臆想。

【大圣乐】绰罗衣杨柳风轻,脸微酣,心半醒[2]。〔牵旦衣介〕我和你潜踪悄悄穿芳径。〔旦〕那里去?〔生〕前面百花轩畔,深隐无人。趁着那草铺绣叶成茵,百花影里交鸳颈,可正是好处相逢情思增。〔旦〕说也羞人,放尊重些。〔生〕觑他如嗔似喜,佯推半领,早把人掉了魂灵。

【前腔】〔生搂、旦推介〕嘱东君且自消停。〔生〕这里无人见也不妨。〔旦〕羞答答,有天瞧待怎生。〔生〕小生情至,不能自已。〔旦〕自古道风流不在成欢幸。〔生〕不成怎当得。〔旦〕他那里热厮缠,我冷叮宁。〔生〕叮宁些甚么?〔旦〕妾丑陋之质,固不敢辞。但虑雨云初交,欢会方密,情状昏迷,万一卒有人至,使妾无容身之地呵。怕云迷雨恋情难胜。〔鸟鸣,旦惊介〕兀的不有人来也。〔生放旦介〕〔旦〕听枝头上鸟送娇音心暗惊,郎休急性,兀那花阴左侧有个人听。〔生〕那里有人,却是鸟声,打断一天好兴。还有一件,我和你既盟为夫妇,今后休得再以兄妹相称。趁此无人之处,先厮唤一声:娇娘我的妻。〔旦应介〕〔生〕妻,你也叫我一声。〔旦低叫介〕申郎夫。〔生应〕〔旦泪介〕

关目安排、舞台效果,都配合得好。

【解三酲】可正是凤呼鸾应，两下里相敬相亲，猛教人欢娱极处生悲哽。〔生〕娇娘妻，你怎吊下泪来？〔旦〕我和你既相爱，恨不得早相成。枉则是说衷肠，一说一个天儿暝，则这两字夫妻尚兀无准诚。还思省，空则向花前携手，语笑同行。〔生〕论我和你呵，

【前腔】似这交飞鸾凤影，也当的秦女吹箫楼上声，〔掩泪介〕我则在凄凉尽处思欢庆。〔拭旦泪介〕我和你既相爱，不在早相成。把夫妻两字世世牢相订，钿盒金钗表志诚。今日里厮奚幸，花前携手，笑语同行。〔旦〕申郎你果不负所盟，奴死亦瞑目也。〔生〕盟言在昔，今日不索重题，致生悲感。且趁此好景，荼蘼架外一玩去。〔携手行介〕〔合〕

【掉角儿】早行过芙蓉翠屏，又来到荼蘼香径。曲栏边几般儿野草闲花，也解的一般般并头相映。我与你两心坚，拼今世、待来生，相厮并。合欢双庆，云亭树影，花亭鸟声，助游人欢情乐事，许多情兴。〔贴上窥介〕小姐和申生在此何干？我去请奶奶来觑破他。〔下〕〔旦〕在此许久，怕有人瞧

原评："两人夫妇姻缘已尽于此，此一曲心唇之交，莫看等闲。"又云："欣喜之馀忽生悲痛，乃见真情。"剧情的欣喜，表现申、娇对自由结合这美好愿望的满心欢喜。剧情的悲痛，表现申、娇对这种美好愿望被扼杀的无比悲愤。这就通过舞台上的悲剧形象对当时社会扼杀青年幸福的不合理婚姻，进行了血泪的控诉。

见,回去罢。〔生〕多聚半刻也好,且再到别圃中一看去。

【尾声】游春不尽春游兴,行过风亭共水亭,还再则与你走向银塘双照影。〔下〕〔内贴云〕天气晴暄,牡丹盛开,奶奶请去一看。〔外旦、贴同上〕

【忆多娇】草又青,花又明,一度一年好处生,老眼看花空涕零。转过前亭,转过前亭,早见风吹落英。〔指花介〕这牡丹开的恁早也。〔生、旦携手上介〕

【前腔】花气清,花色明,人面如花分外俜[3]。俺这一对美小夫妻在这答花径行。枝上流莺,枝上流莺,叫得游人倦听。〔见外旦〕〔生急奔下〕〔外旦〕娇娘,你女孩家不在绣房中,来此怎的?〔旦〕孩儿在绣房中坐久,身子困倦,来此看花消遣。〔外旦〕哎,你女孩家岂可昼静独行无人之地?

【斗黑嘛】冷澹[4]园林,云迷雾凝,四下悄无人。鼪鼯[5]满庭,花妖魅,柳精灵,倘若触着些儿,教娘怎生。〔旦〕孩儿以后再不敢了。〔外旦〕要行也须丫鬟们为伴。便做是春光恼情,看花过草亭,小女孩家、小女孩家,怎少的梅香伴行。〔贴〕小姐呵,

【前腔】你魆出香闺，闲看绣英。若不是夫人亲来觑明，又则道是莺惹事，燕知情。小贱人呵拖逗娘行，胡行乱蹬。这园林昼冥，小姐，你休将千金体自轻。若要寻芳，若要寻芳，少不得梅香伴行。〔外旦〕唗！贱人，谁要你插嘴。你且送小姐归绣房里去。〔旦同贴下〕〔外旦看旦下介〕日来见女孩儿言语态度非常，心下好生疑他。今同申生在此，四下无人，敢做下甚事来。明日只打发申生回去罢。正是：欲防蜂蝶探花信，好把纱窗紧护持。〔下〕

原评："暗应前番数落。"

〔1〕妍靓(jìng)：美丽。

〔2〕酲(chéng)：微醉。

〔3〕俜(pīng)：同娉，娉婷，美好貌。

〔4〕冷澹：清静。

〔5〕鼪(shēng)鼯(wú)：黄鼠狼和大飞鼠。

第三十三出　愧别

【女冠子】〔生上〕无端招引旁人妒，情寂寞，影萧疏，几番儿倚遍栏杆玉，算则是不如归去。好事多磨成又败，相看冷眼谁偢

原评："步步取痛，步步着实，掴掌见血，与《琵琶记》异曲同工。"异曲，指

主题、倾向的不同；同工，指现实主义手法的相似。

睬。五湖风月转头空，何时了却鸳鸯债。昨在园中，为飞红所卖，只得告辞舅妗回去。俺舅氏尚有徘徊之意，妗意略不相留，则索飘然[1]了。〔叹介〕但今去后，怎得再见俺小姐？为此展转延挨，欲与一诀而去。思量好恨人也！〔旦上〕

【哭相思】一夜狂风春事阻，空历乱，红无数。天呵，您害得俺愁人忒狠毒，肠断也，甚时续。听得申生辞我爹娘回去，想他也只出于无奈。今悄出相别，来此是他书房也。〔见生泣介〕我和你欢好方新，风波忽起。此虽飞红贱人所为，实亦一时缘分所致。天呵，天呵！我王娇娘直恁般儿命薄也。〔生亦泣介〕古云：好事多磨。不信我和你直恁般儿遭磨折也呵。

【五更转】芳草涯，斜阳暮，听啼鹃血泪枯。他声声抵死[2]、抵死的催人去，几次三番，欲留难住。砖填塞，水涨满，桃源渡。想今宵梦醒，梦醒人何处？万种凄凉，向谁分诉？〔旦〕

原评："一语中无数凄咽。"

【前腔】泪泠泠[3]，千行雨，一般般肠断无。听道一声去也，眼见的真个抛人去，万想千思留郎不住。似这等恶分离，苦间阻，蓝桥路，便安排好梦，好梦也无寻处。只落得恨压眉尖，把满天愁蹙[4]。〔生〕恨杀飞红离间，致有此事。

【前腔】硬劈开，连枝树，生分比目鱼。娇花朵儿番儿却被狂风妒，零落阶前，半成尘土。这都是前生怨，即世冤，厮相遇。鸳鸯簿上，簿上把孤辰[5]注。今后凄凉，正当天数。〔旦〕虽是飞红贱人隔断姻缘，我今倒不怨他。〔生〕不怨他，怨谁？〔旦〕我倒只虑着你呵。

【前腔】自古道好事儿，多艰阻，我则问春光还到无。痛煞煞香魂暗逐流年去，嘱付东君，旧情休负。似这等轻抛闪，易摘离，难相聚。今番去也，去也怎把来期数？做的个缺月重圆，断弦再续。〔生〕眼前事势如此，后来相会，何可预料？

【前腔】恨匆匆，离别去，怕从今相会疏。姐姐呵，你自向银屏翠幃重重护；我自向杨柳滩头，芦花津渡。明月底烟水边，无寻处。做的个三生梦断，梦断重来路。好事良缘，早难如故。〔旦〕可不道山川有隔，此情难隔。只要你心长记忆，求便再来，勿以疑间，遂成永弃，使他人得计也。

【前腔】休为奴，添凄楚，览青铜[6]长叹吁，把六朝粉黛都收去。则愿的两下衷肠，休同朝露。盼着门前马，陌上车，重来处;停春阁上花如故,死死生生,同衾同墓。〔净上〕〔旦避介〕〔净〕一曲离歌催去马,三杯苦酒送行人。申官人行李完了么?老爷明早有公宴,奶奶身子不快,不及送行,特备盘费在此,教官人要行即行,不必相别了。〔生〕晓得了,你自去回复老爷奶奶。〔净〕理会得。〔下〕〔旦见生〕〔生〕适才院子不是来送盘费,分明是催我起身。我如今再难少停了,只得就此拜别。〔泣拜介〕〔旦〕俺娘好狠心也。妾有一词送郎,郎见之如见妾也。〔出词〕〔生读介〕豆蔻梢头春意阑[7],风满前山,雨满前山。杜鹃啼血五更残,花不禁寒,人不禁寒。离合悲欢事几般,离有悲欢,合有悲欢。别时容易见时难,怕唱阳关,莫唱阳关。〔生泪介〕姐姐此词,小生当日存襟臆[8]也。〔旦〕郎今去后,妾此身亦不知如何也。

且避开再上,关目细。

【香罗带】从今后鬓云儿懒待梳,绣花儿懒待模。是则是吹箫月明鸾凤孤。俺向春眠帐里,眄着个梦和书也,还将后日,遥想当初,梨花掷处同拥炉。受了万种相思恨,甫博得情意乎[9]。不道一夜东风,绿树红颜都是虚。〔生〕事已到此,还望姐姐善自将息,以须后会。〔旦〕郎此去转眼是秋榜之期,只愿一举高登,重遣求婚。或俺爹爹见许,也未可知。〔生〕功名成否在天,但姐姐深

这是一线希望,伏后来赴试、喜贺等情事。

以姻缘为重,功名为轻,是申生这个悲剧人物的性格特征。他在功名得中之后终于殉情,是他性格的必然发展。《红楼梦》中贾宝玉在中举之后毅然出家,是一路人物。

情，小生断不敢忘也。

【前腔】我不怕功名两字无，只怕姻缘一世虚。青衫数行血泪枯，听阳关刚唱一声初也。遥岑[10]落日，野禽乱呼，凄凉往事梦不如。俺如今身去心不去，你好将愁恨除。若得你长住花容，少不得掘地通天，定要使你重会吾。〔旦〕感郎厚意，妾当忍死以待。〔生〕小生送姐姐到庭畔。〔别又止介〕〔旦泣〕申郎，你真去也。

【尾声】真去也，愁千缕，天涯何处故人疏。申郎，你有便，书也寄一封儿。〔生〕咳，姐姐，你在深闺之内，我还则怕雁杳深闺教我难寄书。

〔旦〕绣窗私语便倾心，〔生〕拟共乘鸾上碧岑。

每结语深情无限。

〔旦〕可奈桃源香径里，〔生〕乱红飞阻梦难寻。

〔1〕飘然：意指离开。

〔2〕抵死：拼命。

〔3〕泠泠：清凉貌。

〔4〕蹙(cù)：聚集。

〔5〕孤辰：孤单的命运。

〔6〕青铜：镜子。

〔7〕豆蔻:植物名,比喻年青。杜牧诗“豆蔻梢头二月初”,指少女正青春。阑:尽。

〔8〕襟臆:心头。

〔9〕甫:才;情意孚:情投意合。

〔10〕遥岑:远山。

第三十四出　客请

【七娘子】〔外上〕西藩独镇权非小,拜门墙[1],文官武僚。一子痴顽,病躯难保,教人日夜萦怀抱。一家世世挂朱衣,威声远播夜郎西。富贵勋名今已极,只愁膝下少佳儿。某久制西边,威权素著。前番兵犯境,饱掠而去,内外大臣,皆欲借名升赏。为此加某太尉职衔,兼赐势剑铜荆,有事先斩后闻。文武官僚,尽出吾下。吾生威福,可为盛矣。但我膝下,单有一子。年过弱冠,每与议婚,屡推不就,不知何意?今又卧病不起,使我好生忧疑。有马小三戈小十两个,专一跟他走动,定知病起根原,左右可唤来问他。〔唤二净上〕

让番兵饱掠而去,然后借名退寇而升赏,是当日边庭现实。

【字字双】我做帮闲职业高,休笑。轻衫小帽会妆么[2],熟套。豪奴恶少尽相交,同调。捧脬呵卵不辞劳,身靠。俺大爷意下要娶那娇娘为妻，叫我两个去对老爷说。看我两个大体面，怎对老爷说的？今老爷来唤，或者问起这桩，我们乘机进说。若得成就，大爷这场抬举可不小哩。〔见叩头介〕〔外〕你两个整日跟在大爷身旁，怎把大爷弄得这等了？

【划锹令】都是你这伙帮闲钻懒奴侪[3]料，逗得大爷呵，歌楼酒馆乱胡哨[4]。〔二净〕在下两个怎敢？〔外〕若不呵，为甚么今日病蹊跷，恹恹害倒，身如火烧？医药怎疗？你说与我根由病苗。〔二净〕不瞒老爷说，大爷致病，是有缘故。那日呵，

【前腔】蓦然见个多娇貌，般般生得真波俏。大爷一见火发，心头强难熬。大爷有誓，要娶一绝色妇人为妻，今生呵，定要与他鸾颠凤倒。只为老爷在边上，干戈未消，婚姻未到。因此上三焦[5]病染，恰似淹煎害痨。〔外怒介〕原来这等，真是可恼！

【前腔】俺这里高门甲第连云峤[6]，那凡鸡怎入凤凰巢。前张参爷、李都爷小姐，都许咏《桃夭》[7]，大爷呵，尚兀自佯推不要。这女子料不过是闲花野藻[8]，难谐世好。你两个去说与大爷道，将息病好，俺把良缘别选，完成凤交。〔二净〕老爷道这女子是谁？

就是那眉州王通判的女儿，名唤娇娘，才貌非常。王孙公子，俱要求婚，因他父亲在眉州，故此未曾许人。

【前腔】他家阀阅虽然小，则文班武职也堪调。女色更妖娆，久娴母教，堪成凤交。老爷若要大爷的心头恙好，则除娶他为配，方得这腌臜病消。〔外〕我也闻得此女果好，你就说与大爷知道：那王通判任已将满，待回来，就着你两个去求亲便了。〔下〕〔二净〕好了。老爷已允，此婚必成。我们去对大爷说，他这场欢喜，真不当要哩。

走朱门惯为鹰犬，弄花唇撮合鸾凰。

待公子已成花烛，带挈我共饮霞觞[9]。

〔1〕门墙：帅门。

〔2〕妆么：装腔作势。

〔3〕奴侪（chái）：即奴才。

〔4〕胡哨：同忽哨，撮口作声。

〔5〕三焦：中医术语，指食道、胃、肠部分。

〔6〕峤（qiáo）：山尖而高。

〔7〕《桃夭》：《诗经》篇名，比喻结婚。

〔8〕漂（piáo）：浮萍。

〔9〕霞觞：指美酒。

第三十五出　赠佩

原评："逐人写照，到境传情，化工之笔。"意即根据人物的不同处境与心情，写出各人的精神面貌。

【临江仙】〔外老旦上〕昨日音书来报喜，他家早已荣归。〔小生、生上〕〔小生〕忙排樽罍[1]远相期。〔生〕知他何日到，暗里自思惟。〔外〕昨阿舅差人来说，任满改调，打从这里经过。凭限紧急，家眷人多，不便入城停阁，约我们邮亭一见。未知酒果完备了么？我们快到郊外迎候去。〔二生〕酒果早备，即可起行。〔同下〕〔旦引车子上〕自眉州起行到此，一路风尘，好劳顿也呵。

【香柳娘】恨车轮马蹄，恨车轮马蹄，辗人心碎，看秋花不似我容颜悴。过山高水低，过山高水低，生小住香闺，怎禁这劳瘁。况凄凉旅邸，况凄凉旅邸，孤蓬乱飞，教我愁怀难悉。〔下〕〔贴丑同车上〕小姐车子前行，我们随后而来，一路上景致，好看也呵。

【前腔】听车声马嘶，听车声马嘶，暗尘风起，南来北往人如织。过前村后溪，过前村后溪，树色映斜晖。偷开绣帘视，列青山翠围，列青山翠围，雕轮紧随，恰便似人游图里。〔下〕〔末、外旦引众车子上〕离眉州数日,将次到成都也呵。

车子分三批上下,伴以乐曲,场景动人。

【前腔】住眉州几时,住眉州几时,梦魂犹系,叹无端又渡桑乾水。我心中暗悲,我心中暗悲,一去永相离,回看数行泪。〔众禀介〕前面驿前,有爷亲戚相候哩。〔末〕快到驿前相见。向河桥驿里,向河桥驿里,朝东暮西,宦游如寄。〔外、老旦、二生同上,见介〕一别相将已数年,〔末、外旦〕今朝重会路途间。〔合〕梦中自是长相忆,犹喜容颜尽似前。

【前腔】想别来几时,想别来几时,面颜如昔。〔外〕老舅荣转,老夫特来把盏,邮亭[2]把酒谈胸臆。〔老〕二外甥连年在衙内打搅,深愧不当。〔末、外旦〕自家骨肉,说甚打搅。〔老〕百一姐怎不到?〔末、外旦〕路上停留不便,已打发前行,不及来见姑娘。我们即刻也要别了。〔外、老、二生〕再消停半晌,且宽怀这杯,且宽怀这杯,此地再相离,重逢在何日?〔外旦〕我们去罢,天色将晚,女孩儿们等久了不便。〔合〕看疏林落晖,看疏林落晖,将人紧催,切休留滞。〔外、老旦〕这等我们且告别。申纯,再送舅妗一程回来。草草离亭数杯酒，送尽东西南北人。〔同小生下〕〔末〕前边车子多远了？〔众〕约数里了。〔末〕快赶上去，忙把玉鞭催骏马，恐防野树晚烟迷。〔同众下〕〔生〕此来专欲一见小姐，谁知他车子已先行了，不免从小路赶上去。正是：欲随彩凤归天上，恨不身生两翅飞。〔下〕〔旦引车子上〕闻说申郎迎见俺爹娘于邮亭之上，俺欲见他一面，也不能勾，好想杀人也。

在看过《西厢》"长亭"、《玉簪》"追舟"之后，再看此出，又觉排场一新。

【前腔】恨孤身惨凄，恨孤身惨凄，望着那人不至，愁怀似海深无底。〔生急上〕前面那辆车子是小姐的。幸喜别的车子未到，不免闯上去，曳帘相见。〔叫介〕姐姐，申纯在此。〔旦应，掩泪介〕申郎，你来也。〔生〕猛伤嗟痛悲，猛伤嗟痛悲，未语泪先垂，相看两心碎。〔旦〕遇郎之后，一日为别，不能堪处。况今动是经年，远及千里，思郎之切，安保后日复相见乎？妾或垂首瞑目，骨化形销，郎将别寻佳配，枕边恩爱，悉已付之他人了。怕形销骨毁，怕形销骨毁，恁时节呵，花眠柳迷，把恩情都弃。〔生〕姐姐，你还不知我心也！

【前腔】想神灵鉴兹，想神灵鉴兹，我和你一般情意，生生世世无抛弃。〔旦〕若然妾荷郎之恩，便死而无怨也。感情深意美，感情深意美，便做道骨冷怕成灰，幽魂永相系。〔车子催云〕天色晚了，快赶路去。〔旦〕欲语征夫催去忙，临岐分袂转情伤。不堪千里三年别，恨说仙家日月长。妾今与郎相别，未知后会何时。香佩一枚，内有金绡团凤，以真珠百粒，约为同心结，谨以赠君，君见物思人可也。得暇可乘便一来，勿以地远为辞。恨征夫紧催，恨征夫紧催，匆匆别离，记取这同心香佩。〔下〕〔生哭介〕小姐去了，我待再赶上呵，

【前腔】望前山雾迷，望前山雾迷，把香车遮蔽，飞魂逐影飘千里。赶不上了，只得回去罢。转空房惨凄，转空房惨凄，人去楚天涯，梦中怎相觅？听寒蛩[3]四壁，听寒蛩四壁，知他为谁一般愁戚。

【尾声】临岐分袂添愁泪，今后相思倍往日。我则看了这同心香佩呵，当做人儿把我这情事悉。

隔别佳人烟水湄[4]，欲寻好梦远相随。

还愁路阻天台杳，梦里如何一见之。

〔1〕樽罍：古器皿名，酒杯和菜盘。

〔2〕邮亭：供送文书的人和旅客休息的地方。

〔3〕寒蛩：秋天的蟋蟀。

〔4〕湄：岸上，水边。

第三十六出　赴试

【醉落魄】〔末、净同上〕〔末〕蛟龙久在池中隐，一声雷震，满川桃浪红生晕，〔净〕竞跃天门，方显旧精神。

【前腔】〔生、小生同上〕〔小生〕十年窗下无人问，喜逢佳运，同趋帝阙探花信。〔生〕回首妆楼，暗里自伤神。三年一度选场开，〔小生〕四海群英入彀[1]来。〔末〕只恐主司多朦懂，〔净〕却抛骏马拾驽骀。〔末、净〕我们同行赴选，个个摩拳擦掌，自谓大将可得，厚卿兄独有不豫之色，何也？〔小生〕舍弟一路郁郁不乐，诸兄可以一言相解。〔末〕似厚卿兄才学，取功名如拾芥，何乃郁郁如此？〔净〕正是。厚卿才学高强，解元在荷包里的东西，不用忧疑。〔生〕诸兄学业高远，危中可必。小弟荒唐浅陋，自分甘落孙山，此行只勉步后尘耳。一路风物萧条，不胜愁闷，更有何念及于功名也。

【八声甘州歌】千愁万恨，想当初相遇，腻雨娇云。残红飞处，隔断一年春信。秋光已老双鬓影，客路凄凄重断魂。〔合〕

疏杨下，日半曛[2]，寒蝉哀咽不堪闻。功名事，休待论，拟将心事问东君。〔小生〕兄弟，看你神情恍惚，郁郁似有所思。移此心鏖战文场，自然高中，那时何求而不得也？

【前腔】文章迈等伦[3]，想此去辞场鏖战，墨香成阵。龙蛇现影，纵笔扫尽千军。宫花两朵双插鬓，软带围腰挂绿云。〔合〕披香殿，箫鼓殷，春风喧满六街尘。红楼上，语笑新，彩球争掷少年人。〔末〕自来戴纱帽的，不晓文章只晓势利。依小弟看来，势又不如利。有了利，势也有了。如今父兄要子弟做官，不消教他读书，只自家挣银子。银子挣得多，举人进士也好世袭了。

是绝大笔墨，写尽了明末官场世态。《荐福碑》《范张鸡黍》无此深刻。

【前腔】昭文馆闭门，便长沙[4]哭倒，谁偢谁问？凤凰池[5]上，立着一队不识字猢狲。奶腥胎发犹尚存，说地谈天胡论文。〔合〕登高第，居要津，几曾都是读书人？钱财少，才学真，到头终老做刘蕡[6]。〔净〕老兄，说是如此说，难道一榜中都是有势有利的人占了？只要天来凑，我便孤寒人，不消文字好，一般也会错去。象小弟这么不济的，未必不中。正古人所谓时也、命也、运也、数也。

【前腔】时来总莫论，论吾侪何必文林豪俊。此去看花上苑，平步踏上层云。

天香惹得衣袖氲，烂醉佳人红锦裙。〔合〕貂裘染，京洛尘，苏秦原是旧苏秦[7]。今日里金鱼佩，彩色新，荣归衣锦傲亲邻。〔众〕老兄说的甚当。只中了时，难道不想做些圣贤事业，只傲亲邻罢了？〔净〕如今世上，那有圣贤？举人便是贤者，进士便是圣人。做到大官，也只造些房儿，占些田儿，娶些妾儿，写些大字帖儿，装些假道学腔儿，父兄子弟们使些势儿罢了。〔众〕此论倒也真的。长安已近，且各归寓中准备进场去。

又是绝大笔墨，写尽功名中人。

【余文】望宫阙，蓬莱近，飘飘献赋欲凌云。我们呵，可正是玉笋[8]班中一会人。

〔生〕历尽风尘道路赊[9]，〔小生〕纷纷杰士满公车[10]。

〔末〕就中谁是强中手，〔净〕折取月中第一花。

〔1〕彀(gòu)：牢笼圈套。

〔2〕曛(xūn)：昏暗。

〔3〕迈：超过。等伦：同辈。

〔4〕昭文馆：官署名，掌书籍修写校雠事。长沙：指汉文帝时博士贾谊，他年少多才，为人所嫉，被贬为长沙王太傅。

〔5〕凤凰池：中书省中机要位置。

〔6〕刘蕡：唐文宗时人，他应贤良对策，极言宦官祸国，考官怕得罪宦官而不敢收他。

〔7〕苏秦：战国时纵横家，不得势时兄嫂妻子都看不起他，后来佩六国相印回家，家人不敢仰视。

〔8〕玉笋：比喻众多才士。

〔9〕赊（shē）：远。

〔10〕公车：汉代曾用车马接送应考的人，后人便以公车作为举人入京应试的代称。

第三十七出　喜贺

【生查子】〔外、老旦上〕〔外〕喜气上眉心，不似今朝甚。〔老旦〕闻道两孩儿，俱已身衣锦。〔外〕家无田产不须忧，〔老〕有好儿孙方是福。〔外〕巍巍科甲两同登，〔老〕看取全家食天禄〔1〕。〔外〕长子申纶，次子申纯，同往应试。春秋两榜，俱登高第。大孩儿授绵州主簿，二孩儿以兼通弓箭，升授洋州司户，今皆归家待次〔2〕。安人，可着人打扫户庭，待孩儿们到也。〔二生冠带侍从上〕

【临江梅】〔小生〕兄弟双双归昼锦，一时声重南金〔3〕。〔生〕高山深水共登临，为忆〔4〕亲心，聊慰亲心。〔见拜介〕〔小生〕朝辞白屋谒金门，〔生〕一举成名天下闻。〔老〕果是读书身发迹，〔外〕皇天不负苦心人。幸喜两儿

高第，又得美除[5]，真家门之幸也。昨夜呵，

【玉芙蓉】灯花报好音，你兄弟双归锦。看亲邻四壁，个个欢欣。荣宗耀祖蒙恩荫，故使文章遇赏音。〔合〕还思您朝攻暮吟，喜到而今，遂却读书心。〔二生〕孩儿两人，偶尔中选，上叨天地之恩，下赖父母之庇。

【前腔】宫花两鬓簪，释褐身衣锦。说甚么文章字字，价值千金。想昔年落魄，今朝恁，不是文章不似今，此皆是叨亲荫，文场共临。孩儿兄弟呵，奏瑶琴，偶尔会知音。〔净上〕贫居同里无相识，贵在他乡有远亲。我老爷看登科记，见申家二位官人得第，差我来贺喜。此间已是了，不免径进去。〔见介〕恭喜二位相公登第，老爷特遣院子来贺喜。俺家老爷呵，

【簇御林】看了登科记，喜气侵。托亲姻，宠庇深。道是二位相公呵，双双姓字标云锦，特地把青鸾任。捧泥金[6]，拦门贺喜，表取故人心。〔外、老旦〕生受你远来了。〔净〕老爷还有话：二位相公，虽已荣授，如瓜期[7]未及，幸一过款，使蓬户生辉也。〔生〕舅有命召，兄宜一行。〔小生〕父母在，不远游，然舅妗所命，亦不可违，长子克家[8]，弟固当往。〔外、老旦〕孩儿，你一向在舅家相扰，如今该的

去拜谢。〔生〕孩儿知道。念孩儿呵,

【前腔】刚则辞京辇,归故林,又待别高堂,将途路临,朝朝暮暮奔驰甚。〔外、老旦〕你瓜期可也不远了。春将近,待要荣之任。〔合〕莫留沉,归鞭疾整,我这里早自盼回音。

〔生〕辞别尊前整玉靰[9],梦魂犹自绕庭帏。

〔合〕须知此去遥相忆,莫滞他乡音信稀。

〔1〕天禄:上天赐予的福禄。此指朝廷俸禄。

〔2〕待次:等待任命。

〔3〕南金:比喻南方的杰出人才。

〔4〕忆:记住。

〔5〕美除:美差。除,拜官授职。

〔6〕泥金:颜料名。此指以泥金写的帖子。

〔7〕瓜期:上任的时间。

〔8〕克家:担当家务。

〔9〕靰(jī):马缰绳。

第三十八出　荣晤

【西地锦】〔末上〕绣幌斜迎日色，数枝花影横阶。檐前鹊语忙催煞，未知好客谁来？窗外日光弹指过，庭前花影暗中移。我前遣院子，去贺二甥，兼召他同来，如何目下还未见到也？〔生冠带同净上〕

【夜行船】绿柳长亭妨翠盖，骑瘦马，远走天涯。心急行迟，玉人何在，目断五云天外。小生与小姐间别许久，今蒙舅氏遣召，特地前来，以图一面。来此已是了。〔生入见介〕尊前间别已年余，〔末〕双鲤迢迢空寄书。〔生〕今日相逢浑似旧，〔末〕喜看平步蹑云衢。贤甥，你兄弟同登高第，老夫不胜喜跃。

【玉交枝】你文场喝采，羡双双名传六街[1]。读书人了却了读书债，平步拔出尘埃。轩车绣旗踏地来，亲邻远近生光彩。不由人喜颜满腮，不由人欢情满怀。〔生〕此皆舅舅福庇，量小甥兄弟呵，

【前腔】年来无赖，幸今时，双飞凤台。说甚么男儿自有凌云慨，则俺劣书生

岂是仙才。功名一朝平地来，偶然得附蟾宫客。算都是祖宗分该，算都是天公命排。〔末〕二哥何不同来？〔生〕老亲在堂，特留看侍。别后舅妗及贤妹俱佳胜么？〔末〕都也平安。院子请奶奶和小姐出来相见。〔外旦同旦上，见介〕〔生〕舅母在上，容小甥拜谢。〔外旦〕三哥途中劳顿，免劳下拜。

【前腔】闻知你看花南陌，又重承驱驰远来。奔波道路多劳惫，拂不去两鬓黄埃。〔末〕先将酒来洗尘。〔净斟酒介〕香醪数杯浇客怀，明宵重整华筵待。向东轩把行装打开，将路途间尘劳解划[2]。〔旦视生，背介〕

思前想后，表达出此时此刻对面不能倾诉的痛苦心情，这才不是浮泛的话。

【前腔】我与他别离一载，锁修眉何曾暂开。今日个双双对立在台阶侧，诉不出半字情怀。相看不言心暗猜，眼前如隔巫山外。知甚日，欢情早谐。〔掩泪介〕怕人瞧，愁颜怎抬。〔下〕〔外旦〕三哥远来劳倦，厅事东边，已打扫下静室，可以暂息。〔生〕多谢舅妗。〔末、外旦〕

【隔尾】东轩侧畔多潇洒，阻隔中庭如海。〔生〕我则梦魂儿呵，还飞傍玉镜妆台。〔末、外旦同下〕〔生〕来到寓室，好寂静也。

这分明是妗心疑我，特阻隔我在外。适才与小姐彼此伫视，难出一言。早知这般，便不来也罢。

【伍供养】虚房禁害，雾掩云屏，花影空来。愁魂随梦去，好事奔谁来。似这凄凉情状，好教我如何抵挨？墙外春风影，来似不曾来，兀的不负了月明千里故人来。

【江水儿】为访金钗客，奔波特地来。今日个妆台玉镜人空在，月夕花朝情难再，相看不语愁无奈。似这等不尴不尬，没底相思，害的我萧萧头白。

【姐姐带侥侥】枉着今番此来，挨不彻[3]千愁百害。想当初南柯梦里几度来，白日相逢成离阔[4]，似这一万种凄凉谁惯来。

【尾声】则待闯入深闺，又怕惹起尊亲怪。只得闷崖崖呵守着这无气路相思情债，算则是不如抛却春风归去来。

萧萧翠竹响琅玕[5]，夜雨幽窗梦更寒。

遥望玉楼人近远，起来拨尽晓灯残。

〔1〕六街：唐长安城中左右六条大街。这里代指京城。

〔2〕解划:消除、解除。

〔3〕挨不彻:受不完。

〔4〕离阔:离别。

〔5〕琅玕:美石,这里指竹摇动时发出玉石之声。

第三十九出　妖迷

原评:"是人是鬼,疑真疑假,文章至此,已几化工在手,若其字字如鲛珠乱撒,犹为剩事。"

〔魂旦上〕非云非雾亦非烟,上通碧落下黄泉[1]。一片幽情千古在,为谁憔悴为谁怜。奴乃翠竹亭前鬼魂是也。年少夭亡,殡居此地。一点幽情不散,每夜魂游月下。见亭西轩内,有一书生,常倚床对竹而坐,吁嗟长叹。其意乃为想念室内小姐,以致于此。色心所感,使奴不能忘情。今夜假充小姐,遂其幽怀。觑天边月儿可早上也。

【月上五更】花落残红罢,孤魂自潇洒。地老天荒际,一点情难化。趁着这闪闪尸尸昏黄月色下,轻轻的转过蔷薇架。见半炷残灯,泪花流蜡,伴着个俊脸儿书生幽凄煞。惹的俺心魂不住、不住把他牵挂。鬼病新来,较我生前还大。〔下〕〔生上〕簟展湘纹浪欲生,幽人多感梦难成。倚床剩觉添愁思,闭户何妨待月明。小生为小姐到此,

暗示她生前也是为情死的。

妗以前疑，寓我堂外东偏。我亦自念嫌疑之际，不敢辄入中堂。欲待告辞回去，却恨千里远来，如何委[2]放得下。昨晨入谒舅妗，蓦遇小姐。说妗今年高，不暇他顾，飞红方用事[3]，为此动成间阻。今屈事飞红，结其欢心，令我少留月余，以图再合。未知果得如愿否？每夜孤栖，只是掩关对烛而坐。正是：欲倩蛙声传密意，难将萤火照离情。好闷人也呵！〔倚床坐介〕

【前腔】独照寒檠[4]下，泪点坠残蜡。闷倚牙床坐，梦里人真假。有影无形，心魂两相迓[5]。几番坐待长更煞，翠衾生凉，孤眠如昨。蓦听得厅外厢声儿飒，敢则是步苍苔踏响凌波袜。〔听介〕呀，却是一阵寒风把纸条轻刮。〔魂旦上〕来此是那生书舍呵。

原评："取景幽凄，渐入鬼境。"

【醉罗歌】夜凉月色低低下，草虫唧唧傍窗纱，寂寞幽魂自嗟呀，又把那人牵挂。奴与那小姐，此心原则相同也。他那里朝思暮想也只为他，我这里魂劳意攘也只为他。虽然是依花附草形儿假，人和鬼两女娃，真情一点不争差。〔扣窗介〕〔生惊介〕适闻户外步履之声，今又弹响窗棂，是有谁来也？

是鬼是人，迷离惝恍，是《还魂记》魂游、幽媾后的又一境界。

【白练序】听听更沉罢，看竹影横窗漏月华。〔魂旦急扣介〕〔生〕夜深更静，谁扣咱门也？知他是人耶鬼耶，堪诧，我开门试觑咱。〔见旦介〕呀，小姐怎得到此？露冷风清独自家。窗儿下，潜潜等等，玉肩低亚。〔旦〕妾候郎多晌了。

【醉太平】休讶。我为你相思夜夜，孤魂独趁淡月残霞。〔生〕姐姐今夜，何以得来？〔旦〕今夜个梅香睡着，偷来共倚窗纱。无涯，万千心事付琵琶，待和你临风消假。夜香台下，端详细语，两意无加。〔生〕小生想念姐姐，无刻放下也。

【白练序】这眼儿下，似隔断巫山巴水涯。朝和夜，衷肠为伊牵挂。拥寒衾，泪似麻。不道今夜呵，一点残灯重结花。香肩亚，把新愁旧恨，直说到晓鸡啼罢。〔旦〕刚得相会，夜又将阑也。

【醉太平】呀呀，恨冰轮[6]欲坠，催人去也。几处啼鸦，辰钩待月[7]，香魂飞去无家。嗟呀，您则是夜夜挑灯待落花，好则把风鸾同跨。〔内鸡啼介〕妾今去也。似这等夜来晓去呵，怕谁知察。便做似云移月影，人鬼无差。〔生〕姐姐去后，小生依旧孤单也。〔旦〕此后妾必夜至，郎无干不必到中堂。或偶遇着，不必以言相问。妾或与郎语，幸无见答以狎邪之言，使人谓郎无意于妾，庶几[8]疑可释，欢情可长聚也。〔生〕你若每夜必至，我入室何干？只夜间切不可负约，致我长盼也。

【尾声】虽则你走花阴怕的脚步儿滑，愿今宵是必早些儿来也，莫教我拨尽残灯把眼望花。

〔生〕灯前独坐影无聊，得子相过话寂寥。

〔鬼旦〕夜夜盟言莫相负，须知心似往来潮。

〔1〕碧落：碧空、天上。黄泉：指人死后埋葬的地穴。

〔2〕委：丢弃。

〔3〕用事：当权。

〔4〕檠（qíng）：灯架。

〔5〕迓：迎接。

〔6〕冰轮：月亮。

〔7〕辰钩：水星，在西方，其出有常度，难得见。

〔8〕庶几：差不多。

第四十出　诘祟[1]

【一枝花】〔旦上〕无言心暗度，薄幸应

难料。这几时庞儿憔悴损，愁多少。大抵人情不似初时好。天涯一望杳，万种凄凉，空诉与丫环知道。一点芳心冷似灰，兰帏寂静锁尘埃。芙蓉帐小银屏暗，昨夜灯花又浪开。我为飞红阻挠，与申生相隔咫尺，不能一叙阔别之情。只得屈事飞红，结其欢心。不料申生旧情忽变，或十余日才至中堂。呼之不应，召之不来。昨飞红说他寓处，名娼艳女甚多，意必别有所昵，故此一变前情。晚间令丫环穴窗窥视，果见一女子并肩而坐。却说颜色态度，与我一般，不知是人是鬼。待飞红来，再审个详细。〔贴上〕小姐，昨日丫环们说，申生房内女子，和姐姐庞儿一般。若说是人呵，世间那有这般厮类的？是鬼呵，不信世间真个有鬼哩。

本出写申生与女鬼相恋引起娇娘疑虑，直至真相大白，疑虑冰消，都从双方实境实情着想，并予以近情近理的解释，写来楚楚动人。

【女冠子】他灯前坐着个如花貌，敢别惹下浪花浮草，劣书生薄幸从来道。终不然呵，真有甚鬼胡妖，妆成圈套，弄的人梦颠魂倒。他有情干把无情恋，你凤侣空将素手招。〔合〕想起就里，费人评度。〔旦〕

【前腔】他风流改尽风流调，直恁的将人傒落[2]，枉教我花前阁泪低低叫。真和假恁蹊跷。如魔似妖，难猜难料。他千里到此，怎便做了相如负却文君意，又把瑶琴去别处挑?〔合〕想起就里,费人评度。〔贴〕此事必须申生自来,才得明白。〔旦〕我早时唤他,他只推故不来,却是怎生?〔贴〕姐姐,你后堂等着。我叫小慧去说是奶奶唤他,他定然进来。〔同下〕〔老扯生袖上〕〔生〕

【一江风】起花朝,独坐纱窗晓。忽听的梅香道,〔老〕奶奶请你不去,恼着哩。〔生〕话蹊跷,你那夫人,怎把我频频叫?〔老〕我不知道,你自到后堂见奶奶。〔生低云〕前小姐嘱我无事不必至中堂。我欲前又自却,欲前又自却。〔老〕不必踌躕,径进去就是。〔生〕莫不我身边甚做作,惹的你夫人恼?〔老〕奶奶没甚恼你。〔生望见旦欲转介〕呀,小姐独坐在此,我怎好过去?

【前腔】俏多娇,独坐香闺悄,这深深处怎许闲人到。〔老〕小姐正要见你。〔旦上叫介〕申生!〔生不应,转介〕我去罢。〔旦〕恁妆么,几次三番,枉教我低向花前叫。〔挽生袖介〕〔生〕舅妗唤我,我去,我去。你休将翠袖招,你休将翠袖招,怕人儿蓦地瞧,不由我丕丕地心头跳。〔旦〕你可暂坐,我有事和你说。〔生不得已,坐介〕〔旦〕我昔待君,亦为不薄,岂君一旦身贵,遽尔见弃了?〔生不答介〕

合有此想。

〔旦〕

【梁州序】深闺寂寞，影儿谁吊[3]，咫尺天涯人杳。我为你良宵虚度，几回泪湿鲛绡[4]。不道你等闲抛弃，两次三番，对面将人掉。可正是彩云声断也紫鸾箫，一段恩情没下梢。这千种恨，凭谁告？〔生不答，背介〕小姐今日怎说这些鬼话？〔旦〕你怎生只是不答？且问夜间与你并坐的是谁？〔生〕没人。〔旦〕我已知道了，不消抵讳。〔生背介〕小姐话是怎么？〔左右视介，云〕你教我弗言，今何故只管问我？〔旦〕我有何事叫你弗言？〔生惊介〕这怎么说？〔左右视介〕左右有人么？〔旦〕没人在此，你有话尽说。〔生〕你自前月来呵，

【前腔】黄昏清漏，空庭人悄，瞒却梅香来到。〔旦〕说来怪异了！且问你见时说甚么？〔生〕道则是人前相遇，休将言语轻挑。〔旦〕每夜可来么？〔生〕自从前月，直到今朝，夜夜同欢笑。〔旦〕这话真奇怪了。我孤灯挨不彻冷长宵，几向书窗话寂寥？这说的，如何道？〔生〕这里既无人，何须抵讳？你每夜到我房中，嘱我弗言，怕飞红辈知之生衅也。〔旦〕这等你真个着鬼了。久闻你所居穷僻，中多怪魅，谅必化我形状以惑你。我屈事飞

红，近已得其欢心。日夕使人招你，你不至。问你，你亦不答。将谓别有异心。夜来使丫环窥伺，乃见一女子形状如我，此非鬼祟而何？为此特招你相询，不信可唤飞红来问他。〔贴上〕郎君何故弃我姐姐？

【前腔】你有人处几次妆乔[5]，害的俺姐姐神思颠倒。似这般薄幸人，则合把艾焙香烧。昨夜使人向你灯前偷觑，细语双双，有个人儿，和我小姐一样如花貌。敢则是蟾宫飞下紫霞绡，不则是逗却个东邻碧玉翘。因此上，平白地将人调。〔生惊介〕飞红姐，你说的可真么？

【前腔】我、我这里听你说着，蓦地里神魂飞渺。〔旦〕我也不信真个有鬼。〔合〕算都是害相思几番梦境相招，逗、逗得个邪魔出现。〔生揖介〕若非姐姐见爱，眷眷不忘，则我必死鬼魅之手了。两月以来，有负恩情，使小生何以为心。把两月恩情忽地都抛了，辜负伊虚度可怜宵。珠泪汪汪暗自飘，猛说起，使我心头跳。〔贴〕既已说明，中堂不可久留，你且出外厢去。〔生〕今晚怎么还到外厢去？只在这里罢了。〔贴〕往时几次唤你不来，今又推你不去。适才哄你，你到外厢去，少不得夜间小姐又来相伴。〔生〕我真个疑心起来，敢你们

娇娘的解释是合情合理的。

说的都是鬼话？我今也不去，只在此间罢。〔贴〕你且去，我夜间同奶奶来看你，别有计较。但奶奶问你，不可说似姐姐，怕奶奶生疑。〔生〕如此只得且去。飞红姐，你是必早些儿来看我。

〔生〕似怪如妖非偶然，〔旦〕书房猜做谎桃源。

〔贴〕昔时刘阮天台里，〔合〕错认逢仙数百年。

〔1〕诘祟：查问被鬼所迷的事。

〔2〕傒落：讥笑。

〔3〕吊：慰问。

〔4〕鲛鮹：同“鲛绡”，传说中鲛人织的绡，任昉《述异记》卷上：“南海出鲛绡纱，泉室潜织。一名龙纱，其价百余金。以为服，入水不濡。”也泛指薄纱，这里指纱巾。陆游《钗头凤》词：“泪痕红浥鲛绡透。”

〔5〕妆乔：装假。

第四十一出　明妖

〔外旦、贴同上〕〔外旦〕飞红，你说申生被鬼迷，是谁见来？〔贴〕外厢人都是这般说。昨晚丫环们不信，已亲去瞧见来。〔外旦〕这等，我今夜和你亲看去。〔下〕〔生上〕

【月云高】绿阶幽旷，四壁野蛩响。甫见的日影低低落，又早见月色胧胧上。鬼火灯青，闪闪的摇书幌。我想小姐夜夜到来，人道交感，一些无差。怎么日间相见，说夜间的是鬼，连飞红也说是鬼，着我今夜等鬼来。瞧着是和非，真和假，没揣的使我心中想。〔内风起介〕〔生惊介〕树头叶刺刺，墙边土碌碌，兀的不是鬼来也？则见一阵阴风冷透窗，吹得森森肌骨凉。我只得强自打坐，看他果是如何。〔坐介〕〔魂旦上〕

【前腔】幽居泉壤，盼不的月儿上。奴家鬼魂，假充小姐，与申生幽期，又早一月有余了。依托如花面，是假非真相。则俺不灭幽魂，一样情非诳。今夜偌早晚，傍亭阴，转荒阶，〔惊介〕何处里丁当响？呀，却是风吹玉马之声。我且径过去。趁着这月影云移过矮墙，还向人间魅阮郎。〔见生介〕申郎，你独坐在此，奴家盼不的到晚来相伴也。〔生惊起，背云〕这分明是小姐，怎说是鬼？

【太师垂绣带】自徊徨，这话儿如何讲？我则见他入门来幽辉满堂。道是鬼行无影衣无缝，〔觑介〕我觑他灯影下庞儿无恙，身穿着翠冷霓裳。怎见是鬼？只一件呵，

此出却可有可无。

原评:"转展强入。"

斟量他夜来朝去一月上,怎没个梅香相傍。待我且问他。姐姐,这荒台榭风清露凉,你孤影儿怎不害些儿惊恍。〔旦叹介〕我为你,

【醉太师】情郎,恨不早盼的黄昏月上。待晚妆初罢,瞒过梅香,受怕担忙。甫能得挨到书窗,衷肠,瞒神吓鬼休待讲。夜深也,闲话休提。〔扯生介〕趁着这月暗花香,眉儿向,把欢娱早偿。休辜负良宵,等的那更残鸡唱。〔生惊倒退介〕姐姐靠后。〔内风起介〕〔生〕怕也,怕也。

【太师垂绣带】冷风凉,〔遮灯介〕窣[1]把残灯扬。影凄凄,云偷月光。细看了如花模样,便是鬼也使人爱煞,果然是旧日娇娘。端详,是真是假心暗想,还敢是玉天仙降,拖逗我魂迷意狂。〔欲近又退介〕怕果然是鬼怎了?待相倚又怎禁心儿惊恍。〔旦〕申郎,你见我,且前且却,是怎的?

【醉太师】休慌。我和你做夫妻,千情万况,怎佯楸不采,顿时抛漾?〔生〕姐姐,你敢不是人?〔旦〕胡说,难道我不是人是鬼?无情楚王,硬将人猜做梦里高唐。申郎,你敢则心变也。堪伤,书生行自古多劣相,全

不念去日风光。〔外旦、贴悄上,窥介〕〔旦扯生〕〔生躲介〕〔旦〕我和你相亲傍,山高水长。便死也,少不得一灵儿两坟相向。〔贴抚窗,鬼旦闪下〕〔外旦、贴趋入,四壁觑介〕适才谁人在此?

原评:"又谶又妙,在前后说来,真假莫辨。"

【香柳娘】是谁家女孩,是谁家女孩,如花形状,向书窗共把闲情讲?〔生慌介〕没、没人。〔贴〕分明有一人儿,怎么不见了?这人儿怪哉,这人儿怪哉,转过绣屏旁,不见影儿样。〔生〕不敢相瞒,果然有一女子在此,怎么不见了?我心中自想,我心中自想,敢则是天仙女郎,忽地里还归天上。〔贴〕郎君着鬼了,还不懂?

【前腔】是花邪柳妖,是花邪柳妖,依人模样,把少年郎逗得魂灵丧。〔外旦〕莫不我们都见鬼了?〔生〕不好了,我做人着鬼迷,望妗救我。我心中吓杀,我心中吓杀,不是眼荒唐,甚影儿望风扬。〔贴〕此地幽僻,所以有鬼,必须搬入有人处方好。〔外旦〕可移入中堂,暂住几时。你不须悒怏[2],你不须悒怏,移归内堂,免遭灾障。〔生〕如此深谢救命之恩。

〔贴〕谁傍灯前话漏深,〔生〕是人是鬼

谩沉吟。

〔外旦〕画堂深处藏踪影,〔合〕浪蝶狂蜂自不侵。

〔1〕窣(sū):突然出来。

〔2〕悒(yì)怏:忧闷不乐。

第四十二出　帅媾[1]

〔二净上〕奔走豪家富贵丛,绰号人间欢喜虫。红鸾剩有双星照,青鸟权将一信通。前老爷着咱两个做媒,求亲王氏。因那王通判在眉州,未及即去。今任满改调,大爷着我两个到他家说亲,事成之日,重重有谢。正是:得他心肯日,果然是我运通时。〔下〕〔末上〕

【碧玉令】中闺无倚娇儿面,未得遂乘龙佳选。幸遇才郎,待整旧盟言。姻缘好,望天公早谐人愿。白头失偶最堪伤,儿女关心愁断肠。但得门楣终有托,一般膝下长辉光。老夫不幸,数月前老妻因病身亡。所遗一子,年幼未谙世事。小女娇娘,年虽长成,亦来许人。当初申生求亲,老夫以中表不便辞之。今看

娇、申婚事将成,彼此不会不知。此处俱用虚叙,可以腾出篇幅,极写悲情。

申生在我家经理庶务[2],才干有余。又且少年登第,前程万里。老夫欲寻前约,使飞红探他,他意无不允。遣人到他家去说,亦已相从,专待择日遣聘。老夫这条心才放下也。〔二净上〕为传天上青鸾信,来叩人间锦雀屏。咱两个替大爷求婚到此,不免径入。〔末〕二位何来?〔二净〕小子两个是帅府中人,有天大喜事,送来宅上哩。〔末〕二位是帅府上客,可以请坐。有何喜事,乞言其详。〔二净〕听告:

【琐窗寒】君家有女婵娟,俺大爷呵,正青春,人少年。一双两美,合配文鸳。因此上,把鸾书遣订,祈谐仙眷。老爷呵,你不须把雀屏招选,天然赐下这好姻缘,我料伊不胜欢忭。〔末〕二君不知,这门亲事虽好,只一件呵,

【前腔】他家甲第云连,奈我寒门声望悬。攀高结贵,事不周全。〔二净〕这何妨,他家虽将相蝉联,老爷亦黄堂参佐,也算门当户对的。〔末〕况小女呵残妆陋质,难谐仙眷,望伊行把好辞回转。〔二净〕这怎辞得?他家已备下黄金千镒[3],白璧十双,彩缎百匹,珍珠二斛[4],就要遣聘哩。这段姻亲,多少公侯贵女,求而不许,你怎倒推辞起来?〔末〕只是寒门不敢相攀。谩言有玉种蓝田,想这段姻亲,

非是吾愿。〔二净〕你不须固逊,岂不知俺爷威势。要相求,也不怕你不肯。〔末〕此间豪门尽多,岂必寒舍。〔二净〕

【前腔】论他家威镇西川,怕没甚豪门成契缘。只俺大爷呵,贪求淑女意厚情坚。老爷是仕途上人,怎不晓势利二字?令爱许了他家呵,豪亲结好,荣华无限。〔末〕不许怎么?〔二净〕你道帅爷是武官,奈何不得你。他现有势剑铜铡,先斩后闻。况且兄弟俱在当朝,果若逞威权,你风波难免,两般利害任君便。只怕今时不许,后日悔之晚矣。说甚这段姻亲,非是吾愿。〔末起背介〕正是那帅家威福,一省中谁不畏他?况兼公子年少风流,女儿许他,也不辱没于我。

【前腔】想他家威福齐天,若不遂姻亲他怒怎言。所虑申生已有婚姻之约,他今还未曾遣聘。幸的是青鸾尚杳,红叶空传,我便把彩绳换却,别成缱绻[5]。〔回介〕二君拜上帅爷,他既俯求,我怎敢不仰扳?只是小莺雏,怎搭上锦鹓[6]佳选。〔二净〕既承台诺,便当回大爷话去。欢然许遂好姻缘,知他也不胜忻忭[7]。

【尾声】合欢幸许成欢宴,〔末〕百岁

良缘非偶然。〔二净〕我说与大爷呵，早则准备成亲花烛筵。

〔末〕芙蓉双锦鹊屏开，〔二净〕自有英雄入彀来。

〔末〕料得姻缘天付与，〔二净〕葱葱喜气拥楼台。

〔1〕媾(gòu)：指求婚。

〔2〕庶务：杂务。

〔3〕镒：古代计量单位。二十两或廿四两为镒。

〔4〕斛(hú)：古时十斗为一斛，南宋改五斗为一斛。

〔5〕别成缱绻：另成姻缘。

〔6〕锦鹓(yuān)：传说中与鸾凤同类的鸟。

〔7〕忻忭(biàn)：欣喜快乐。

第四十三出　生离

【杏花天】〔旦上〕霎时打散秦楼凤，隔行云，巫山几重。昨宵好梦无凭准[1]，猛提起心愁意冗[2]。凭将此日思前日，谁想佳期负后期。世上伤情无限事，琉璃易碎彩云飞。奴与申郎密订姻盟，中遭间阻。自我母亲亡后，爹爹念家下无人治理，遂许申郎婚姻之约，窃意皇

原评："伤心凄咽，如楚峡哀猿，闻者肠断。"充分说明它的悲剧性。

天果不违人所愿。岂料帅子忽来求亲，爹爹迫于权要，复背前言，思量好恨人也。

【小桃红】想世间万事转头空，谁似咱伤情重也。旧约难凭，新怨重逢。何处问流红？叹从此两分张，各西东。负佳期，生拼的把残生送也。〔叹介〕正是泪洒梧桐雨，一声一点愁。愁泪有时尽，愁怀无尽头。奴家直恁般命薄也。恰便似纱窗外夜雨梧桐，争如那柳和桃，犹解的嫁东风。我听飞红说了这话，险些儿惊死也呵。

【下山虎】听清宵漏断，晓鼓残钟，惊散了游仙梦。新情乍浓，新怨还来，幽欢密宠，叹往事从头一霎空。老天直恁懵，把并头花生生的分了两丛，老乌鸦硬扭做双栖凤。天昏也那地儱[3]，好恶姻缘愁杀侬。我去说他知道，想他这惊可也不小呵。〔行觑介〕呀，他还睡着哩。〔生睡容上〕

【金蕉叶】绿窗睡浓，是谁人轻窥绣栊？〔见旦介〕原来是娇娘妻呵，蓦地把行云暗通。〔搂介〕我扭腰肢将香躯紧拥。〔旦〕申郎，你还不知道。昨日做的你妻，今日做你妻不的了。〔泪介〕〔生〕这怎么说？〔旦〕前日婚约复败。帅子求婚，家君迫于权势，已将妾身许他了。〔生惊介〕怎么说，你爹爹将你复许帅家了？

【章台柳】哎呀，泼天风浪凶，打鸳鸯何处逢？你爹前日呵，早许结姻亲两姓通，我准备做东床鱼水同。为甚平地里堆成太华峰，生隔断两西东。〔泣介〕猛教我泪珠涌，只今日把人轻送。〔旦〕虽是俺爹爹变卦，你也休埋怨他呵。

【前腔】不是我负心爹无始终，则我多情女忒命穷。我和你无分春风昼锦红，做了坠飞花随水东。即世[4]的蓝桥没路通，则办的死相从，生难共。把两下恩情呵，早都做杜鹃枝，片时残梦。〔生〕这还是小生缘悭也。

【醉娘子】想红鸾合注，花星未拱，旧盟言一旦空。古来多少才子佳人，都得成双，缘同也意同。偏则俺和你呵，受了千万般伤情痛，到头来没分成欢宠。〔旦〕生愿不谐，死愿还在。

【前腔】是前生命悭[5]，今生命凶，镇凄凉多唧哝。记荼蘼小院东，和你似海般恩情重，少不得生生的愿与谐鸾凤。〔生〕离合悲欢，皆天所定。帅子既来求婚，亲期料应不远，小生便当告别。今生缘分从此诀矣，你去

以下曲、白、关目，充分表现了昏天暮地这一对悲剧人物陡然一惊的性格特征。他们既不愿背弃盟誓，又无力反抗封建家长，就只能从自怨自艾，走向双双殉情。

原评："语语辄转，转则怨深。"又云："两人怨处，都引到自家乃为善怨。"意即娇娘从怨爹爹的负心，转到怨自身的命穷；申纯也把种种爱情上的痛苦，归之于"前生命悭，今生命凶"。看不到这个悲剧的深刻社会根源。

勉事新君。则要想起西窗明月,花阴深处,恩深义重,那时休便忘了人也呵!〔泪介〕

【五般宜】你早则拥笙歌画堂中,你早则扶笑脸向春风。俺可似愁韩童,真命穷,和你做夫妻全无始终。回想着旧欢如梦,伊西我东。须知道,后日萧郎,陌上难逢,便做似死和生离别永。〔旦怒介〕兄丈夫也,堂堂六尺之躯,乃不能谋一妇人。事已至此,而更委之他人,兄其忍之乎?妾身不可再辱,既已许君,则君之身也。

原评:"烈性如见。"真正成功的悲剧人物,不能俯伏在恶势力面前啼啼哭哭,毫无反抗。这段曲的确能写出娇娘的烈性,她的悲剧形象就比申生更动人。

【前腔】俺怎肯再赋琵琶汉水东,俺怎肯再舞翠柳野烟中。你做了男儿汉,直恁般情性懵。我和你结夫妻,恩深义重,怎下得[6]等闲抛送,全无始终!须知道,死向黄泉,永也相从,痛伤悲,血泪涌。〔掩面大恸介〕〔生拥旦介〕我言亦岂本于衷肠,但一时计出无奈呵。

【江头送别】非缘我,非缘我,把誓盟轻纵,也只虑这恩情到头抛送。不如早些儿拆散了鸾和凤,免教的恶相思两下冲冲。〔叹介〕如今欲不去呵,怎忍的。

原评:"一步一回头,不顾断肠寸寸。"

【江神子】生察察看花飞别红。欲去呵,怎忍的煞刺刺眼底飘蓬。思量懊恨天公，争似当初休把两情通，免今日恁般儿葬送。〔旦〕你既不忘情于我，还望早为我计之。〔生〕事已如此，只得缓图。

【余文】提起那花阴底下盟香重，〔旦〕少不得死也波将身陪奉。〔合〕怎说的花烛兰房还则别去宠。〔旦下〕〔生欲下〕〔丑扮院子冲上〕忙赍[7]千里信，来接远游人。官人一来数月，老相公在家悬望，今患病不痊，特差院子来接官人。官人可即刻起程。〔生沉吟介〕如此怎好？我为小姐心下悲伤，只得强驻。今父亲有病来接，势又决难更留。且告过舅舅，起程归去。〔末上〕一鞭残照催行色，两眼西风添闷怀。贤甥何事匆匆，即要起程？〔生〕父亲有恙来召，只得就行。小甥自来，荷吾舅相待如子，今此告别，实为怏然也。〔旦上，潜立末后觑介〕〔生〕

【忆莺儿】数载中，相过从，感荷深恩海样洪，此日分离难再逢。关河几重，云天几重。〔见旦，各偷掩泪介〕回思旧事浑如梦，泪痕浓，青衫湿尽，偷掩背东风。〔末〕贤甥归去，府君无恙，还宜再来。我女儿亲礼在即，家事纷纭，望你一来料理。〔生〕贤妹亲期已近，纯归侍亦须累月。又瓜期将及，此后相逢，未可预定也。〔末〕女儿在近出室，贤甥来期未定，

娇娘暗上偷觑，见生后偷偷掩泪，又掩面急下，再催也不出来。根据人物在特定情况下的心情安排舞台关目，十分细致。这样，娇娘没有一句唱词或道白，观众完

全可以感觉到她内心的悲痛，真是“此时无声胜有声”。

此后未必再会了。丫环可请小姐出来相见。〔旦掩泪急下〕〔老上〕小姐身子不快，不出来了。〔末〕勉出一见无妨。〔老下复上〕小姐有病睡着哩。〔生〕如此，小甥即便告行。

【前腔】别泪浓，难再逢。〔末〕你舅母既亡，贤甥又去，我有女于归[8]旦暮中，眼底孤身老景穷。你去家中把椿萱[9]再奉，俺这里锦堂昼空。〔同掩泪介〕〔合〕相看四目心悲痛，向东风，青衫湿尽，肠断为离鸿。

【尾声】〔末〕人间最苦离愁重，〔生〕几次往来途路中。则我今日呵，说不出离愁愁更浓。

〔末〕数载奔驰向路途，〔生〕邮亭长自叹离居。

〔末〕今朝此别愁还重，〔生〕说与旁人识得无。

〔1〕凭准：证据。

〔2〕意冗：心绪繁杂。

〔3〕懞(mĕng)：不明。

〔4〕即世：今世。

〔5〕悭(qiān)：欠缺。

〔6〕怎下得：怎忍心。

〔7〕赍(jī)：带着。

〔8〕于归:“之子于归,宜其室家。”本是《诗经·桃夭》中的诗句,后遂以此代指出嫁。

〔9〕椿萱:父母。

第四十四出　演喜

原评:“曲尽憨景,此折虽似游戏,亦以了诸人之局,文章方有归结。”

【梨花儿】〔丑上〕脸上花花衣饰齐,人人道我风流婿。掐指排来三月期,嗏,如何等得良辰至。小子聘得娇娘为妻,约在今月送礼,十月成婚。算来还有三个月日头,如何等得?已差人唤马小三戈小十两个来,要他去催早些。怎这两个狗弟子孩儿,还未见到?

【前腔】〔二净上〕我去做媒手段奇,把嫦娥哄下云端里。骗得花红来到时,嗏,均分一半休争议。〔见介〕〔丑〕我在火上,你在冰上,你这两个弟子孩儿,好不中用。我说定亲后要一送一娶,怎挨得到十月?今日早时叫你,你这时才来。可恨,可恼。〔二净〕啊呀,我从不见要老婆这等性急的。今月送礼,十月成亲,是老爷拣定的日子。依我两个时,你娶了大娘,我们大家有分,休道今日,巴不得前日就到手哩。〔丑〕哇,怎么我娶大娘你们都有分?〔二净〕大爷又吃寡醋哩。不说大娘那话儿,大家有分，却要你谢媒哩。

【玉绛画眉序】洞房翠烛，照风流，一对新娘新婿。共入流苏[1]，一刻春宵何处觅。你两个做夫妻，真是美。一个的紧抱纤腰，一个的轻搂玉体。那时休把、休把我媒人弃，记取你相思今日。〔丑做意介〕我正想老婆，你又引我动火。我且问你，似我这样风风流流、标标致致一个新郎，那新人也欢喜么？

【前腔】匆匆喜气，帽儿光，扮的衣装鲜丽。娶过娇娘，咦，我与他同睡在流苏春帐里，这欢娱难待比。真个是似蝶穿花，真个是如鱼戏水，把海棠枝上新红试，想起那风流无底。还一件：现钟未打，且先炼铜。如今亲期将到，打点做新郎，也是要紧的。昨去唤丁怜怜来做新妇，趁你两个媒人在此，先把拜堂演一演。怎么这时节，丁怜怜还未见到？我们外厢望去。〔望介〕那来的是了。〔贴扮丁怜怜上〕

【桃柳争春】梳妆未已，闻呼忙向前来。知他因个甚的。〔见介〕〔丑〕怜娘，你怎么来的恁迟？〔贴〕昨日被朋友缠的慌，起来迟了些。〔丑〕你到有朋友缠你，我昨夜里干瘪杀。〔二净〕不要闲讲了，大爷打点做新郎，请怜娘权做新人拜堂，晚间留在此，就不干瘪了。〔贴〕大爷几时做新郎？〔二净〕十月。〔贴〕这等做新郎还早。〔丑〕我巴不到今日哩。〔二净〕大爷可扮起来。〔丑冠带介〕〔二净〕怜娘也扮起来。〔贴扮介〕〔二净〕连小子们也扮起来。〔扮傧相介，云〕大爷且慢拜堂，如今要怜娘教道，且先拜了先生。〔丑拜〕〔二净唱拜介〕拜先生，拜先生，世间几个先生做新妇，如今倒都是新妇做先生。堂上先生软似绵，只有房内的先生狠杀人。如今拜完了先生，大爷且退在后堂，待我们请你出来。〔三请〕〔丑出立介〕〔二净〕大爷扮的真象哩。

【扑灯蛾】金花双插鬓，妆成做新婿。大爷这番去轿里抱出新人来。画烛锦屏前，捧出那多娇丽也。〔丑捧贴出立介〕〔二净〕双双立地。大爷让新娘立在东边。列东西，金鼓喧吹。这番喝拜拜堂了。〔丑拜〕〔二净喝介〕拜高堂，拜高堂，新妇直立新郎拜，分明教是怕新娘。日间拜了夜又拜，双膝跪在席中央。往时大率新郎教新妇，如今倒都是新妇教新郎。〔丑〕怎么新妇教新郎？〔二净〕新郎不惯新人惯，你夜间仔细去参详[2]。这番牵红进房了。两下高堂拜毕，喜孜孜，共牵红锦入罗帏。房里的事，不是我们教道的，须怜娘和大爷说。〔贴〕

【前腔】酒阑入洞房，大爷，你用斯文些，休教露村势。百般样温存，请他入到销金帐内也。大爷那时节呵，替他摘除宝髻，再替他脱掉绣衣。他肯便肯了，不肯时，须用双膝跪地。〔丑〕这怎使得？〔贴〕你道世间那个不跪老婆的？谅大爷也不消我教道。搂得他上床时，还怕他百样做娇痴。〔二净〕怜娘，那事儿一发细说一番。〔丑〕这个汉家自有制度，不说也晓得。〔贴〕大爷你用惯旧罐子，那新人须不比往常呵。

太庸俗了。

【前腔】你轻将玉体挨，那新人呵，少不得把春纤暗相抵，半羞半佯推。你须用轻怜疼惜也，摧残嫩蕊，摆腰肢，娇喘轻啼。〔丑做意介〕咦，说得我动火哩。〔二净〕连我也动火哩。〔丑〕嗻，这时节还要你媒人插嘴？〔贴〕那其间，风流可喜，美甘甘，胜如天上步云梯。〔二净〕好，新郎教完，只要谢师父了。〔丑〕不消说，成亲后连媒人总谢。

【尾声】我把这桩桩件件从头记，盼到妆台贺喜时。那时节呵，谢了先生再谢媒。

〔二净〕桃之夭夭叶蓁蓁[3]，〔丑〕之子于归宜家人。

〔贴〕有学养子而后嫁,〔合〕宜其家人教国人。

〔1〕流苏:帐幕上穗状饰物,这里代指帏帐。

〔2〕参详:斟酌。

〔3〕蓁(zhēn)蓁:草木茂盛貌。

第四十五出　泣舟

〔老旦上〕床头相对病多娇,瘦影棱生骨半销。恰似下弦天上月,五更吹逐楚峰高。俺小慧伏侍小姐,一向见他情思悠悠,欢喜时少,愁闷时多。今害病深沉,看他芳容尽改,幽艳都消,梦里如啼,醒时成醉,好可怜人也。道犹未了,飞红姐也到。〔贴上云〕花开花落流年度,世间只有愁偏驻。滚滚瞿塘三峡流,终古几曾流恨去。好男好女不成双,月老注书无是处。君不见名花娇艳欲倾城,可怜长被狂风妒,鹃魂啼血已千年,何时叫转回生路?俺小姐多才多貌,更是多情,一见申生,便以终身相托。自奶奶去世之后,我在老爷跟前强捏成婚,不料又为帅家所夺,悔却前言。小姐因而抱恨,病渐伶仃[1],将次已是九分九了。〔老〕咳,小姐病势沉重,怎生是好?〔贴〕我听小

原评:"十分情十分说出,能令有情者皆为之死,古惟太史公《荆卿传》可以相似,班掾不能也。后则白傅《琵琶行》。"把爱情看得比生命还重,这是现代性爱的特征。本出充分写出娇、申由于不能美满结合,觉得比死还痛苦的心情,为了塑造好这一对悲剧人物,他们所关心的已不仅是个人幸福,而更多地为对方着想,这形象才更崇高、更动人。

姐眠思梦语，只要一见申生。我潜书去唤申生，申生已到河下，不敢进见老爷，约小姐扶病，悄地往他舟中一见。小慧你看着绣房，我扶小姐去。咳，小姐呵，你梦随杨柳晓风寒，〔老〕命逐梨花春昼残。〔贴〕凭将一片贞魂化为石，〔合〕只愁你不堪重上望夫山。〔同下〕〔外丑扮梢公梢婆上〕濯锦江头风浪高，一叶峨嵋[2]趁水子摇。摇来摇去把弗子个橹，恰便似昨夜梢婆在舱子里头搬折子腰。〔丑〕看你好嘴脸。〔外〕船已傍岸了，舱里相公来瞧着，王爷家在那里？〔生上〕

【梅花引】幽情万种和谁说，猛伤嗟，泪成血。走向江头，经过几朝夜，一刻惊魂三四转，盼不的那玉人儿影见也。心似秋来蕉上雨，身如春后树残花。相思滴滴愁难尽，病走天涯何处家。小生为父亲有恙，奔回家里。不料小姐患病将危，飞红潜书唤我。我不敢禀知父亲，夤夜买舟，私奔前来，约小姐舟中悄地一会。正是：巫山怯雨逢秋夜，不似西楼待月时。〔下〕〔旦病容，贴扶上〕〔旦〕

【秋蕊香】睡倒愁肠千折，抬身起，半晌痴呆。〔贴〕风里残花几开谢，〔合〕这病儿淹淹害也。〔乌夜啼〕〔旦〕新来病染千般，在眉湾[3]。一自春光去后，见时难。〔贴〕饭不饭，无昏旦，命多艰。〔旦〕恨杀天边孤雁，带愁悭。飞红,我自申郎去后,已近一月,看看病势将沉。闻他到门首候我,相见已数日了。今日老爷远出郊外,我则索扶病走一遭也。〔贴〕姐姐气息如丝,身子瘦怯,却怎生行走的动也。〔扶旦慢行介〕〔贴〕

【步步娇】看你瘦腰肢,剩得无多摺[4]。脚步儿行难趄[5],孤神恁害怯。半点幽魂,似火明灭。姐姐,劝你毕罢了伤嗟,免轻轻的断送您残躯也。〔旦叹介〕飞红,你岂不知我心事呵。

【沉醉东风】我为他香肌瘦怯,痛伤嗟,无明无夜。便做道湘川竭,石灰山裂,俺心儿怎生休歇。〔合〕枕边梦蝶,花边泪血,拚的生生死死,随着天儿共灭。〔贴〕那崖下住的船儿是申生的。姐姐,我扶你下了船,我瞧老爷去。〔生上扶旦介〕〔贴下〕〔生〕姐姐别来几时,怎病已到这等了?

【好姐姐】自别多情姐姐,不上的三秋周月[6],怎生病影伶仃,害得直恁劣。〔合〕腰肢怯,剩得翠裙儿刚三褶[7],较比黄花更瘦些。〔旦〕申郎,我和你别虽刚月,却胜似三秋了。〔执生手恸介〕

【前腔】叹嗟,分离一月,恰胜过数年隔别。命闪残灯,待随着风儿便灭。〔合〕

此处又仿董《西厢》。

伤情切，觑着这满川上下飘红叶，不似我和你，恁相看眼内血。〔旦〕妾与郎相见，便以此身许之于郎，不料今日竟不能如愿也。

【三月海棠】想着那情意惬，荼蘼架底相逢夜，可便似秦楼笑咏，玉管吹彻。伤也，月老注不成鸾凤侣，天公拆散了鸳鸯帖。恨岳高，泪波竭，做的个参辰日月不交接。〔生〕这都是小生命薄所致，姐姐休自嗟怨呵。

【前腔】还不彻前生夙债今生业，恰花开雾障，月满云遮。悲切，自古红颜多命薄，争似我书生命犯十分拙。风月担，早收迭，枉将年少成抛撇。〔旦〕

以下各曲采取重迭、回环、断而又续等句式，表现这一对生死情人酸酸楚楚、呜呜咽咽的哀音，声情结合，凄切痛人。原评："二语出《中州乐府》，非祖《牡丹亭》也。"

【忒忒令】枉辜负，星前誓设。空冷落，神前香爇[8]。良辰恶夕受过千磨灭，挨不满愁闷劫。破婚书，追魂牒，两般儿断撞者。〔生〕

【伍供养犯】菱花碎跌，带解同心。甚日重结？〔旦〕小文君缘分薄，没福儿驾香车。〔出断袖介〕谢郎厚爱，今日回思，此景可复得乎？交还你香罗翠袖，恁风流，今生休说。今此一见，遂成永诀了。你去也终须去，我别也怎生别。〔合〕真乃是颜色如花，命同一叶。〔生〕姐姐情意如山，我岂不晓？但既迫严父之命，便暂从他氏也罢了。〔旦〕申郎，此话再休题了。

【前腔】姻缘分劣，俺和你，不能够生与同衾，死与同穴，也怎做的两鞍鞴一马[9]，单轮蹑双辙。三贞七烈，拼残生都是夙缘前业。妾向时与郎拥炉，谓事若不济，当以死谢。如今死不得同伊死，教我撇也怎生撇。〔合〕记取笑掷梨花，拥炉时节。

原评："凄婉中作烈性语，如寒蛩夜诉，忽闻秋雁嘹呖。"

【玉交枝】拥炉时节，对花前，把盟言共设。〔生〕盟言虽有，也则休题了。〔旦〕盟言要忘也怎忘得，我如今这红颜拼的为君绝，便死呵有甚伤嗟。则一件呵，郎青云万里，厚择佳配，共享荣贵，妾不敢望。但郎气质孱弱，自来多病，身躯薄劣，怎当得千万折？怕误了你，误了你他年锦帐春风夜。〔合〕这情怀，教人怎撇？我便向黄泉，如何便贴？〔生泪介〕姐姐，你一身兀自不保，直恁顾念小生。小生此心，久已诉之老天了。

写她关心申纯比自己更切。

【前腔】伤悲呜咽，你声声言辞痛切。从前旧事都抛舍，怨天公直恁、直恁将人磨折。我如今富贵二字早置之度外，泼功名视做春昼雪。那婚姻事一发休提了，业姻缘看比残宵月。〔合〕这衷肠,谁行诉说?这冤恨,何时断绝!〔贴上〕相逢一字一行泪,说与哀猿哀断肠。姐姐郎君,省可啼哭,老爷将回,须以分手了。〔生〕飞红姐,我与你姐姐恩情,你所尽知,今此一见,恐成永休,却教怎生分手也?〔贴〕姻缘成毁,展转无常。安知此后,不可复合?只要俺姐姐善自将觑,保全身子罢了。〔旦〕休道盟言中变,难以再合。便得再合,今我身子狼狈如斯,谅也不能永延了。

【江儿水】提起当初事,教人肠寸绝。今后呵,再休想咏梨花坐待南楼月,再休想题锦字流出深沟叶。则落得点翠斑洒遍湘江血[10]。死也波孤眠长夜,冷冢荒坟,有的、有的个谁来疼热。〔咽倒倚生怀介〕〔生叫介〕小姐,小姐苏醒。

【豆叶黄】看香销玉减,病体咔嗻[11]。再休想即世相逢,再休想即世相逢,做了波心捞月,镜中捉影,转转伤嗟。自如今、自如今义销恩断,则这衫上啼痕,积的有万层千叠。〔贴泪介〕看了不由人不伤心也。

原评:"呜咽之语,字字传真。"

【园林好】听一声声,伤者痛者。看一点点,还是血也泪也。〔旦醒,生合唱〕不信我恶缘恶业,做的来恁周折,干受尽此磨灭。〔外、丑上〕相公，今时风顺，正好开船回去了。〔贴〕老爷要回，姐姐快些上崖罢。〔旦扯生衣介〕妾昔与郎泣别几次，只今日一别，便是永别了。

【川拨棹】今日个生离别，比着死别离，情更切。愿你此去，早寻佳配。休为我这数年间露柳风花，数年间露柳风花，误了你那一生的，一生的锦香绣月。〔合〕一声声，肠寸绝。一言言，愁万叠。〔生〕姐姐果为小生而死，小生断也不忍独生了。

原评："愈宽慰，愈惨伤。"

【前腔】掌上珍珠似我心上结，岂料今为了千古别。誓和你共死同生，誓和你共死同生，怎再向别人、别人行同欢共悦。〔合〕一声声，肠寸绝。一言言，愁万叠。〔旦〕今生自是休了，只不知来生再得相会也否呵？

【前腔】今日生离和死别，恰正似花不重开月永缺。我不能够与你，我不能够与你做的片晌[12]夫妻，刚博得个三生话说。〔合〕一声声，肠寸绝。一言言，愁万叠。〔贴〕千别万别，终须一别。老爷已回，快上崖去罢。〔扯旦〕〔旦扯生哭介〕

【哭相思】是这等苦离恶别，要相逢

则除梦中来也。〔贴扶旦下〕〔生泣望介〕哎,小姐去了。罢、罢、罢!古云:乐莫乐兮新相知,悲莫悲兮生别离。我昔与小姐共会西窗明月之下,指天立誓,岂料到头,如此结果。欲待再留数日,打听小姐病体安否。又恐家中老父知觉,只得疾忙转船回去。〔外、丑开船介〕〔生〕你看舟人拨棹,萍浪番风,彩鹢急飞,征鸿易断,目力有尽,江山无穷。教人怎不痛绝也呵!

这样怕老父,难怪娇娘骂他无男子气。

【尾声】归舟满眼伤愁绝,听何处离鸿哀咽?敢则是俺玉人呵,痛煞煞哭声儿还在也。

原评:"余恨千重,余波万叠,至今哭声还在。"

〔生〕佳人扶病到江头,〔外〕渭水生波咽不流。

〔丑〕一叫一回肠一断,〔合〕哀猿个个助人愁。

〔1〕伶仃:零丁,孤独。此处是说病得重。

〔2〕峨岢:形容船头的高耸。

〔3〕眉湾:眉间。

〔4〕摺:指裙腰的褶皱。

〔5〕趄(qiè):趔趄,足立不稳。

〔6〕"不上"句:说还不到一个月。

〔7〕褶(zhě):衣服上折叠处。

〔8〕爇(ruò):燃烧。

〔9〕这句说一马不能配两个鞍。

〔10〕这句用舜南巡死后，湘妃哭的泪变成湘妃竹的典故。

〔11〕哰嗻（chēzhē）：元时俗语，厉害。

〔12〕片晌：片刻。

第四十六出　询红

【双劝酒】〔末上〕娇痴女孩，强辞婚配。未知他意儿，怎生迷昧[1]。索须是问取详细，我心中才免忧疑。事不关心，关心者乱。我将女儿许婚帅家，亲期已近，他却抵死相拒，蓬头垢面，以求退亲，未知所为何来。想飞红必知其详，不免唤他来问。飞红！〔贴上〕

【前腔】佳人病势，十分憔悴。百般样劝他，转加沉滞[2]。算除非那生来至，这病儿方保无危。〔见介〕〔末〕小姐病体怎生了？〔贴〕十分欠好。〔末〕我问你，小姐年已长大，难道不要配人了不成？今既许帅家，却执意要求退婚，是何主意？〔贴〕小姐呵，

前出生离，后出死别，中间写此短出，起调剂剧情作用。

【铧锹儿】他心中意里，只要一书生为配。青灯共守，举案齐眉[3]。那侯门富豪子，知他怎的？料应是无智慧，多昧痴。这等腌臜[4]气息，倒不如一世孤眠到底。

〔末〕元来为此。他不知帅家富贵非常，帅郎现当承袭世爵，兼且端方俊拔[5]，不类凡儿。你说与小姐，教他免愁烦，好将息，以待婚期便了。

【前腔】侯门富贵，那更青春貌美。现则是乌纱压鬓，宝带腰垂。小姐到他家，便是夫人县君也。受的那金冠与霞帔[6]，荣华无比。煞强似一个酸女婿，寒士妻，糟糠匹配，枉受着些黄齑况味[7]。〔贴〕飞红晓得。〔末〕你将帅官人图影，拿去小姐看，小姐必然欢喜。你说与他：

自古婚姻系夙缘[8]，何须苦苦强忧煎。

〔贴〕碧桃树上枯藤缠，〔合〕也用安心守自然。

〔1〕迷昧：迷乱，昏昧。

〔2〕沉滞：沉重。

〔3〕举案齐眉：汉代梁鸿和妻子孟光感情非常好，在吃饭时，孟光举案齐眉表示敬爱。典出《后汉书·梁鸿传》。

〔4〕腌臜：不干净。

〔5〕俊拔：英俊挺拔。

〔6〕金冠、霞帔：古时贵妇人的衣冠。

〔7〕齑(jī)：切碎的腌菜、酱菜。况味：境况和情味。

〔8〕夙缘：前世的缘分。

第四十七出　芳殒[1]

【海棠春】〔贴扶病旦上〕病魂灵飞去多回次，博不得一声疼惜，泪点血成殷，哭向空房死。非缘多病怯秋寒，只为伤情泪滴潸[2]。人欲求生生不得，我今求死死偏难。〔贴〕小姐是何意儿？老爷只望小姐病起，完成亲事，小姐怎生只说个要死？〔旦〕我心中事，他人不知，怎瞒得你。且问你，老爷适间唤你怎么说？〔贴〕老爷说婚姻天定，小姐休得固执，枉送残生。帅官人目下就要成亲，小姐请自将息，以待佳期。〔旦怒介〕不说那帅家罢了，说起帅家，我恨不即刎而死。〔持刀刎介〕〔贴夺刀介〕小姐何用如此。〔旦叹介〕我昔已有成言了。

【集贤宾】誓盟言展转还在耳，我怎忍眨眼忘之。如今拼的个因他憔悴死。〔贴〕死是甚么好事，死了怕还要悔。〔旦〕我心中没甚嗟咨，毫无怨悔，果得个早归泉世，颠倒[3]是完却了我心头事。〔贴〕小姐读书知礼，岂不闻女子未嫁，当从父命。今乃故生执拗，岂得称为孝乎？〔旦〕飞红你有所不知。我

原评："凄凄咽咽，读之铁人洒泪，何况有胸者。"

她以死维护自己美好的爱情，也以死反抗权门的逼婚。从前面写的帅家那些衣冠禽兽看，他们是不配有像娇娘这样一个美好的眷属的。

把初盟看得比父命更重，是娇娘性格的又一特征。

始遇申生，虽则未获老爷之命，自念婚姻事大，古来多少佳人，匹配非材，郁郁而终。与其悔之于后，岂若择之于始。至于中间，两要婚议，老爷业有成言。今乃一旦改许他氏，是负义之愆[4]，不在我了。昔荀氏毁容截发，以抗亲命，后人不谓非孝。我今安得强从父命，自背初盟也。〔贴〕小姐始遇申生，也只爱其才貌。今帅家富贵极矣，帅官人端方俊拔，殆过[5]申生。闻他欲得小姐，甚如饥渴，其他皆所不问。小姐若改从帅家，上即无逆于亲言，下亦不乖[6]其夙志，岂不为两便乎？

【前腔】想佳人自来多有之，只要做夫妻，称着心儿。老爷画有帅官人图影在此，小姐觑波。据着他富贵风流年少子，不减似宋玉丰姿，潘安貌美，比那可意种一般无二。小姐你休恁的，空断送了花容玉体。〔旦推画不看介〕那人便美煞，与我何干。

【前腔】钟情人自古谁似此，生和死，没个休时。随着他甚样风流豪贵子，俺怎生生撇却人儿，重跟别氏？做夫妻全无终始，空凭的颠倒了鸳鸯双字。〔贴〕小姐不从老爷之命，盖为昔日与申生有约。今闻申生归去，已议亲贵族，守他也枉然了。

【黄莺儿】他金屋美娇姿，结新婚，方

燕尔，如今已忘却了当初事。小姐呵，你瘦棱棱体儿，冷清清泪儿，害愁烦枉为他人死。小姐不信，他现将你所遗香佩，结以破环只钗寄还小姐。〔出砌末[7]介〕细寻思，休书一纸，是这股断钗儿。〔旦看，泣介〕相从数年，申生心事，我岂不知？他闻我病甚，将有他故，故以此开释[8]我。

极写彼此知心。

【前腔】相倚许多时，他心儿，我意儿，一般怜取人无二。我为他朝思暮思，他为我念兹在兹[9]，料应都为忧愁死。两情词，当初月下，共诉海神祠。〔贴〕当初虽有盟言，今申生见小姐已有他约，只得别娶。小姐因申生别娶，改从他氏。两下衷肠，俱为无负，望乞三思。〔旦叹介〕此语再提他怎么。

【簇御林】虽是我红颜女水性儿，怎做的嫁东风桃李枝，倚门卖俏闲构肆，直恁的无终始。休道申生不是那样人，自嗟咨。便道郎心已改，我也只想望郎时。〔贴〕古人说的好，他即负心，我亦改意。小姐休得固执，单送了自家性命。〔旦取珮细视，掷介〕我固知申生非负心者。我始以不正遇申生，今又改而之他，则我之淫荡甚矣。不克其始，则当有其终。〔长吁介〕红娘子爱我甚矣，幸勿多言。我固不惜一死以谢申生也。〔哭介〕

【前腔】俺虽不比浣纱女[10]烈性儿，也愿学坠层楼春燕子兰[11]。白杨红粉啼痕渍，敢则是[12]一样的伤情思。旧盟辞，天荒地老，不改拥炉时。〔贴叹介〕小姐呵，便道申生今未别娶，倘你果有不幸，难道他当真休了不成？那时你则饮恨于荒冢黄泉之下，他却追欢于瑶台华席之中，悔也悔不迭了。

【黄莺学画眉】看你苒苒气如丝，似雨残花，风乱吹东西飘泊应难止。你伤悲自支，他欢娱怎知？万一果有不幸呵，〔泣介〕冷清清黄泉下只影谁怜尔。〔旦〕你不须过虑，痛咨我甘心一死浑无二，怎做得浪蕊狂枝。〔贴〕小姐即然矢志不回，当初老爷改许帅家之时，何不明言所以？〔旦叹介〕我自那日已只盼的一死，儿女恩情从此永休。俺爹爹自背前言，我虽言之亦必不听。况我与申生私遇，此事怎向爹跟前说的也呵。

见得封建家长的统治，封建礼教的束缚，非死力所能争，不知断送了多少青年美好的愿望。

【黄莺穿皂袍】儿女两情私，教我对爹行，羞答答，说甚的？〔贴〕当初不说，如今说也迟了。小姐呵，你如今死也、死也应难悔。〔旦〕我如今也没甚么悔。我有诗二首在于枕席之下，倘我死后，你替我寄与申生，便是你的情了。〔贴泪介〕小姐，你只说个死。我看你数日来饮食俱绝，向时颜色光彩都到那里去了。只剩得脸儿上两行泪痕，似淡淡胭脂；身儿里一腔瘦骨，似棱棱冰玉。煞是可怜人也。饭儿半匙，茶儿半卮[13]，连朝来几曾得到你喉咙底。〔旦叹介〕纷纷泪点，似风前雨丝；悠悠弱魄，似风前柳丝。一任你杜鹃声，惨凄凄叫不的，〔咽介〕叫不的我离魂至。〔闷绝介〕〔贴〕小姐！小姐！呀，不好了，老爷快来、快来。〔末上〕

【黄莺带一封】两眼泪如澌[14]，听传呼，女命危。孩儿，孩儿！我连声叫唤，他浑无气。〔贴叫介〕小姐，小姐！〔合〕我声声痛悲，你昏昏怎知。〔末〕罢了，罢了，是我把你青春断送应难悔。看他蹙愁眉，泪成灰，两眼睁睁兀怨谁。〔贴〕小姐连朝饮食不进，以致闷绝。把热水灌下去，或者还得苏醒。〔灌旦〕〔旦醒介〕哎哟，爹爹，孩儿拜谢你了。〔末〕儿快休说此话，你自挣扎呵，儿！〔旦叹介〕罢了，爹爹，如今女孩儿呵，

【山坡里羊】在我爹跟前做的全无终始。死了去，陪侍娘罢，则索向娘跟前，长相看侍。〔贴〕小姐，只要好起来，你意儿，老爷俱依的你。〔旦〕这也休题了。飞红，我没的嘱咐

原评："一字一泪，一泪一血。"

你,一来爹爹只身独影,须好生看待。二来,〔不语介〕〔贴〕小姐怎的不语了?〔旦低介〕你则、你则向人前再休题起我生前事。闷咽咽我心内辞,只有天知和地知。我死了呵,墓旁草色千年紫,化作春蚕口中乱丝。〔合〕泪淋淋血儿,都洒向九嶷山翠竹枝;虚飘飘灵儿,早飞傍望夫山贞女祠。〔末〕儿,你果然得好,我便回了帅家罢。〔旦叹介〕爹爹,你再休题帅家二字呵。

这是对封建婚姻的血泪控诉。原评:"烈性如铁,写得淋漓呜咽。"

【前腔】提起定婚书,是我一道追魂纸。提起帅家人,是我即世里冤家至。休、休、休,休再提起我心头事,越惹得人来愁痛死。死、死、死,千死万死终须死,争似今朝早些告辞。〔合〕泪淋淋血儿,都洒向九嶷山翠竹枝;虚飘飘魂儿,早飞傍望夫山贞女祠。〔末〕你只挣扎你命也,儿!〔旦〕爹,扶我中堂去罢。〔末〕扶你也,儿!〔贴同扶介〕

【尾声】〔旦〕可正是汪汪的流尽了两眼西风泪。我心儿里早已成灰。〔长叹介〕死也呵,敢则还洒向阳台去作雨飞。〔并下〕〔末贴同哭上〕咳,可怜,可怜,小姐不幸死了也。一面差人去帅家报知,回了他亲事。一面差人到申家去说。咳,孩儿,孩儿,则被你痛煞我也。

〔末〕朱颜幼女丧黄泉,〔贴〕哭杀白头人老年。

〔合〕假使旁人闻说起,也应同是泪涟涟。

〔1〕殒(yǔn):死亡。

〔2〕潺:流泪貌。

〔3〕颠倒:转折词,犹反倒、反而。

〔4〕愆(qiān):罪过。

〔5〕殆过:超过。

〔6〕不乖:不违背。

〔7〕砌末:道具。

〔8〕开释:宽慰。

〔9〕念兹在兹:念念不忘。

〔10〕浣纱女:相传伍子胥的父兄被杀害后,他亡命吴国,在路上曾向一浣纱女乞食。浣纱女施食后,为使子胥去后放心,抱石投江而死。

〔11〕"坠层楼"句:指绿珠不从孙秀,跳楼自杀。事见《晋书·石崇传》。

〔12〕敢则是:正是。

〔13〕卮(zhī):古代盛酒杯。

〔14〕澌:水尽。

第四十八出　双逝

原评："古云：'长歌之悲，甚于痛哭。'他人不堪闻，何况仆哉？"

【破齐阵】〔生愁容上〕数叶芭蕉萧瘦，房空帐冷魂孤。哀雁天边，寒蛩草际，几阵暗风吹雨。黯黯残灯浑无焰，垂死萧萧鬓影疏，梦中人到无。三十三天离恨高，我今更上一层霄。悠悠魂去无寻处，怕见残灯助寂寥。我自与小姐相别回来，枕旁滴滴，尽是啼痕；袖上行行，无非泪血。他今亲期已迫，未知生死如何？思想起来，便把青天作纸，峨眉山为墨，瞿塘三峡当砚水，湘川上竹竿为笔，怎写的尽俺满腔中愁恨也。

【刷子带芙蓉】蓦地想当初，花前月前，同结欢娱。道是尽世今生，休教风散鸾孤。嗟吁，更几遍离愁间阻，终博不得连枝双树。暮云断处望苍梧，雁声凄咽楚天孤。若小姐果然为我而死，我少不得也相从了。

【普天乐】我和他，舣[1]孤舟江头哭。哭的来肠寸断。伤情处，天昏惨，烟水模糊，江涛咽，惊走游鱼。算世间那似我衷肠苦！您独拼的红颜向冥途，我怎还忍别画眉妩。记的拥炉共语，誓双双并结生死鸾书。〔小生上〕不是愁魔即病魔，知他愁病两如何。虽然病为愁偏重，也道愁因病愈多。我兄弟素性风流，赋情俊爽。数年之内，往来舅家，去则笑逐颜开，归则欢随兴减。日来势更加剧，兀坐一室，以手书空，咄咄若与人言，不知为着何来。我今去看他病景，可怎么了。〔见生痴坐不理介〕〔小生〕兄弟，你怎生痴坐在此？〔生惊起介〕兄弟病中恍惚，望乞休罪。〔小生〕

【尾犯序】你独坐自嗟吁，为甚伤情，无意无绪。我猜着你了，敢则是苏小当年撇不下那油壁香车[2]，休误你兰阁上早则名高绣虎[3]，怕鸳帏里少甚身偎锦玉，休只为迷花沾草，断送了美身躯。〔生叹介〕

【前腔】欲语又踌躇。〔小生〕不索踌躇，直说我知道，我或当为你谋之。〔生〕有个人儿相倾相慕。〔小生〕是那个？〔生〕是那个金屋娇姿，曾许与我同结鸾书。叹吁，是则是今生没福，是则是前生合注。无端的分开连理，两下里泪痕枯。〔净、院子上〕世上可怜长别酒，人间最苦永休书。〔见生云〕我家小姐，不幸已亡，老爷有书在此。〔生惊介〕

小姐亡了？天呵！兀的不痛杀人也。〔拆书看介〕呀，内有飞红寄来小姐诀别诗二首，读之胸怀千裂，肝肠寸断。天，天呵！我，我申纯早则死也。〔闷倒介〕〔小生扶介〕兄弟苏醒。〔生徐醒介〕天呵！小姐，你何薄命，一至于斯。

【香柳娘】想当初偶然，想当初偶然，花间相遇拥炉，细把衷肠诉。你今朝死也，你今朝死也，魂向楚天隅。我梦中怎能睹？痛从此间阻，痛从此间阻，行云径迷，断红难续。〔小生〕兄弟且免悲伤。〔生〕

【前腔】怅秦楼悄然，怅秦楼悄然，听箫人去，月明谁伴孤鸾舞？看诗词惨凄，看诗词惨凄，蘸绿[4]古堂前，教我放声向天哭。待重逢路阻，待重逢路阻，甘归九泉，和伊一处。〔小生〕呀，兄弟何出此不祥之语。却不道断者不能复续，死者不能复生。况那娇娘，义为中表两次言婚，不遂百年之约，岂得过尔伤心，有乖大义。吾弟读书知礼，万宜自节，以保身躯。我去说与爹娘知道，打发院子回去，兼遣往吊罢了。〔同净下〕〔生〕咳，哥哥，你怎知我与娇娘，情深义重，百劫难休。他既为我而死，我亦何容独生。我今留诗与爹娘哥哥为别，只索自缢，随小姐于地下罢了。〔含泪题诗介〕窦翁德劭如椿古，蔡母年高与鹤齐[5]。生育恩深俱未报,此身先死奈虞兮。〔再题介〕当年风雅蔼双鸾,拟共翱翔万里天。今日雁行分散去,谁怜只影叫苍烟。〔掷笔悲介〕爹娘哥哥,非是我不念深恩,忍得半路相抛。想古来义夫烈士,不惜杀身,以践一诺。我昔与小姐有誓,生不同辰,死当同夕。今他既待我九泉之下,我便欲悔背前盟,谅老天也断不相容了。小姐向时赠我一幅锦罗香帕,指望金莲对爇,银烛高烧,双牵绣幕之红丝,共结锦裾之翠带。不意今日将来自缢,做了追魂的牒子,索命的幡儿。天、天,好是可怜煞人也。〔缢介〕〔外、老旦、小生同上〕〔见,惊救介〕

这就提高了情死的普遍意义,像《长生殿》开宗明义说的"看臣忠子孝,总由情至"。

【江儿水】吓、吓得心惊怖,身笃速[6]。则见他把香罗紧系喉咙住,我手脚忙忙都无措。〔放下罗帕,叫介〕孩儿,孩儿?〔小生〕兄弟,兄弟!〔合〕叫他不醒,却教如何处?〔生气转哎哟介〕〔众〕蓦听他喉咙儿底,气断也声还续,细喘吁吁,讨得个丝丝生路。孩儿,快醒快醒。〔生低介〕

【哭相思】正待要急往相随,谁把我唤回泉路?〔外、老旦〕孩儿也,爹娘在此,你怎么这等短见?〔生叹介〕爹娘在上,听儿一言。承继宗祧[7],大吾家门,有哥哥在此也勾了。孩儿不肖,不能终侍膝下,惟大人割不忍之爱,休为孩儿致有痛伤,则孩儿死亦瞑目了。〔悲介〕

略似范滂临刑前别母口吻。

【二郎神】听儿语，望爹娘免把孩儿顾虑。哥哥呵，他早已致足云程万里路，鸾封豸诰，定然光耀门闾。似我不肖孩儿，生的生的来都是虚，半路间把双亲别去。〔外、老旦〕儿，休如此说。则愿你好自将息，保全性命，慰我白头爹妈之望。〔生〕要孩儿身好，谅不能勾。哥哥，你觑双亲年老，兄弟夭亡，尽心侍养，专靠你一人了。好将觑两白头爹娘晚景桑榆。〔小生〕兄弟，怎如此痴见？大丈夫志在四方，岂甘死儿女子手中乎？弟年少科高，青云足下，何在区区眷恋一女子。况世间美妇人尽多，你今为彼一人，上负二亲之望，下殒六尺之躯，窃为吾弟，有所不取。

【前腔】悲吁，你名高翰苑，兰堂早住。少甚么红粉楼头卿相女，容华似玉，双双同咏《关雎》[8]。又何须故把青春轻送与。您觑着两爹娘呵，年衰为汝泪双枯。倘你真个不保，痛怨煞这两白头爹娘，究竟何如。〔外〕哥哥说的话，句句是正理，你快休痴也，儿。〔老旦〕儿，你做了官，怕没有好媳妇儿？却只为亲事不就，断送残生，可不真个短见也，儿！〔生〕二亲之言，孩儿亦岂不晓？但事已到此，儿即欲自主，也不能勾。只望爹娘休的为死伤生，罔极之恩，待孩儿再世来相报罢了。

【二莺儿】难语，我身躯在此，我魂灵早去。想当日呵有的是死死生生月下书，神明鉴取应难负。〔哭介〕爹娘，哥哥，我都顾不得你了。我一行行泪枯，我一丝丝气无，不如早些儿死去，也同归一所。〔外、老旦〕再休这般说也，儿。〔生张目介〕强挨取一晌的时光，也反添着嗟嘘。〔闭目昏介〕〔外、老旦哭介〕儿，儿！兀的不痛杀我也。

【二贤宾】听他语，揾不住我几千行泪雨。我两人年老，定道是你来送我，也知道父母白头难久居，却谁知你青春早送，反教凤泣鸾雏。〔老旦哭骂介〕这都是阿舅的不是。他两番价违背亲盟，自家断送了香闺幼女，又把别人家的孩儿辜负。〔合〕真痛楚，问天、天，怎挖却我心头肉。〔小生扶生介〕兄弟挣扎着，不争你死了呵，老爹娘在此，你怎放的去也。

【前腔】忙偎取，他额角上冷淋浸汗儿流似雨。软软摊摊，扶不起他憔悴躯。看双眉紧蹙，丝丝气也全无。都只为金闺幼妹，干断送了玉堂人物。〔合〕真痛楚，问天、天，怎挖却我心头肉。〔同放声哭呼介〕〔生挣醒，众扶介〕〔生〕爹娘，哥哥，啼哭也枉

原评："《牡丹亭·闹殇》无此酣畅。"按本出和前出，笔路都与《牡丹亭·闹殇》相似。但前出已写娇娘为情而死的悲愤，本出未能别出机轴，不免平平。

然，我今再不能重生了。

【尾声】今生无分重完聚，我一灵儿早飞向瑶台高处居。〔叹介〕枉活了这二十四年也，则当做人世三生一梦余。

人世生离最惨人，况今死别更伤神。
寒塘泪滴生青草，千古斑斑血未湮。

〔1〕舣(yǐ)：附船着岸。

〔2〕"苏小"句：六朝时南齐著名歌妓，常坐油壁车，这种车壁以油涂饰而名。

〔3〕兰阁：即兰台，汉宫中藏书之处，或指美好的书室；绣虎：曹植七步成章，号绣虎，形容他文采华美而风骨遒劲。

〔4〕蘸绿：浓绿。

〔5〕"窦翁"二句：五代后周的窦禹钧教子有方，五个孩子相继登科。见《宋史·窦仪传》。蔡母，即《琵琶记》中蔡伯喈的母亲。这里是代指其父母。

〔6〕笃速：盘旋、徘徊。

〔7〕宗祧：宗庙，引申为世系。

〔8〕《关雎》：《诗经》第一篇，以爱情为主题。

第四十九出　合冢

原评："上逼《会真记》，下压《牡丹亭》。一折芳殒，一折双逝，

〔贴上〕巴水东流，蜀山西峙，悠悠千古，无相见期。呜呼，痛哉！可伤人也。我想人家生女儿，与生儿子一般，总不如痴呆懵懂，可以无灾无

难，长生久寿，做一个老爹奶奶。似俺小姐聪慧多情，颠倒为此四字所误。我飞红自顾才貌，不下于人，寄身侍妾，不得配个年少才郎，长自闷怀。如今看了小姐，倒也放下了许多。小姐遗我金钿翠朵，见了倍增伤感。到于小姐房内，断书残舄[1]，零落左右，喜笑悲啼，音容如在，教我怎不悲酸也呵！老爷为惜小姐，痛背前言，每日哭的老眼昏花。今日是小姐逢七之辰，我且到小姐灵位前，叫唤他一声儿。呀，老爷又早哭上也。〔末哭上〕两鬓萧萧白发疏，人生一枕梦华胥[2]。可怜眼底娇儿女，化作春前啼鹧鸪。飞红，自你奶奶亡后，有小姐侍奉朝昏，我眼前还不甚惨凄。前将小姐许聘帅家，指望姐夫过门，半子承欢，老景有靠。不料小姐又早身逝，冷清清地，觑着半张灵位，教我怎不痛伤也呵。

【北新水令】惨可可哭的我眼儿昏，为娇儿，断肠千寸。再觑不的膝前人宛转，再听不的堂上语殷勤，老景谁温？思量起越更添愁闷。〔贴〕想起小姐真好伤心也。

【南步步娇】一夜秋风黄花损，又把我娇滴滴小姐人儿殒。觑妆台生暗尘，走向灵帏，把芳心试问。小姐，小姐，你一星星耳朵儿可曾闻。〔叹介〕则见您蹙着眉儿，

并此而三，不顾读者泪湿青衫耶。”陈洪绶以《会真记》《牡丹亭》相比较，不提《西厢记》，似乎已见到它是悲剧性作品，与《西厢记》不类。但说下压《牡丹亭》，则未免过夸。芳殒以后，高潮已过，精华渐竭，双逝已属叠床，合冢更无余味。谓“并此而三，不顾读者泪湿青衫”，亦不确。

本出由末唱〔北双调·新水令〕套，贴唱〔南仙吕·步步娇〕套，南北合套，声情正合。

还似舒不展生前恨。〔末〕当初把小姐许聘帅家，非有他意，

【北折桂令】俺则为小孩儿尚未成人，许聘豪家，共结姻亲。非图他白璧黄金，则待倚依半子，树立家门。不道老天呵，把我这掌上珠轻抛摘损，心头肉硬剜离分。说起伤神，想起销魂。儿呵，虽则你赴黄泉有母堪投，兀的不念你爹呵，悲白发有命难存。〔贴〕小姐，你衷肠别人不知，则我飞红，可件件知道呵。

【南江儿水】姐姐，你说不出心中事，挨不过病里身。长则见你对春花，渐淹淹暗把蛾眉损，临皓月，冷清清常将腰肢褪，不道你上青山，生刺刺立把身躯殒。提起泪珠双揾，便做道倩女魂离，怎得个重生时分。〔净上〕奔走途间苦更苦，带得书来愁又愁。〔见介〕禀老爷，院子把小姐讣音，报与申相公知道。申相公听知小姐身丧，悬梁自缢。〔末〕怎么说，申相公悬梁自缢了？〔净〕幸得家人见了，救他苏醒。〔贴〕救醒了，还好。〔净〕虽是家人救醒，绝食二日，也竟身亡了。〔末贴惊介〕怎么，申相公也亡了？〔哭介〕〔净〕姑爹有书回报，埋怨老爷，两违婚约，以至于此。〔末看书

介〕这委也怪他埋怨不得。申生呵,

【北雁儿落带得胜令】想着你美文才年少人,却早升月殿鹏程奋,指望画麒麟把名姓扬,不道贪鸳侣将身躯殉。我孩儿与他呵,两下正青春,才貌儿恰相匀。不得即世里谐秦晋,则待向来生结契姻。酸辛,他死也一句句含愁愠。声吞,便做似铁石人也一行行珠泪频。〔贴哭介〕想他两个真一样可怜人也。〔末怒介〕哎,飞红,我想小姐申生,两下身亡,皆汝所为。我前问汝,汝何不实以告我,稔成事变,以致于此?你今日兀自还哭他怎的。〔贴伏地请罪介〕这的委是飞红之罪,但飞红心上,指望老爷曲遂姻盟,庶几此事不致张扬。谁料到底稔成此变,白白送了他两人性命也。他两人呵,

【南侥侥令】一个怀揣着薄命的相如青琐恨,一个变做了多情的倩女[3]绿窗魂。两下里抱却那无穷的千般恨,如今死也做不得两成双连理根,两成双连理根。〔末叹介〕当初两违亲议,亦老夫之过。如今悔也悔不迭了。

【北收江南】呀,早知道是这般生拆开,恨不的早与结姻亲。比如今娇鸾雏凤两离分,双双化做杜鹃魂。哭,哭得我声

干气氲,想他黄泉下料应埋怨杀俺白头人。〔贴〕看来他两人身丧,不是老爷之过,也不是飞红之罪,皆属老天之定数。今去已不能复追,死已不能复生,老爷年老,省可愁烦了。

【南园林好】免为他感劳梦魂,免为他悲伤泪滚,大古来相谐眷姻,都则有命儿存。生和死,且休论。〔末〕我想申生丰仪如许,才学又如许,怪不得女儿家爱他。今生前之愿既已违之,当与他结一死后之缘罢。〔贴〕怎生结死后之缘?〔末〕我今着院子,把小姐灵柩,送到申家合葬。死者有知,定也快然于泉下了。〔贴〕这个恰好。〔净〕院子就送小姐灵柩去。〔末抚柩介〕儿,你灵魂儿可听我言语么?

【北沽美酒带太平令】想生前缘分屯[4],谅死后两情殷。你如今高家鸳鸯成比邻,灵魂儿兀自忻。鬼窟里做夫妻永相亲,倒博得个天长地亘。儿,有你灵柩在此,还似见你一般,你今灵柩又去了,单剩得我冷清清无女孤身,兀的有谁偢谁问,枉抛残白头霜鬓。〔哭介〕我如今哭的来心昏眼昏,指望你做门楣将我灵车相奔。呀,又谁知你少年人倒先着我老年人殒。〔净跪介〕小姐虽则夭亡,老爷膝下,还有小舍人在此。倘过自哀伤,致妨贵体,偌大家庭,托之于谁?从来说女大不中留,小姐若在,将亦于归别室,怎能长住跟前?今一旦仙升,逍遥蓬莱阆苑之间,与出室何异?望老爷保全贵体,万勿以死伤生。〔贴〕院子说的好话。况小姐申生,荷老爷之命,并冢合葬,两人早则喜也。

【南尾】记的他星前月底情相印,道则是即世来生不忍分。今日呵,果做了个并冢鸳鸯,可也在泉下稳。

〔末〕生愿不谐死愿谐,〔净〕天公暗里自差排。

〔贴〕可怜青冢年年月,〔合〕长照棠梨墓顶开。

〔1〕舄(xì):鞋。

〔2〕华胥:传说中的国名,后用为梦境的代称。

〔3〕倩女:指元杂剧《倩女离魂》中的倩女。

〔4〕屯:艰难。

第五十出　仙圆

原评:"泪山血海,到此滴滴归源,昔人谓诗人善怨,此书真古今一部怨谱也。"

【糖多令】〔生、旦仙妆上〕花落水空流,天台古渡头。忆真情,生死相投,镜约钗盟今始就,携手向碧云游。〔生〕雨丝晴片两情牵,〔旦〕结得韦家隔世缘。〔生〕几点梨花坟上土,〔旦〕半开半落已经年。〔生〕姐姐,我和你自花前相见,即订姻盟,中间几遭间阻,抱怨而终。今生志不遂,死愿重谐。蒙你爹爹,将两人灵柩,并葬濯锦江边,朝暮相随。地下之乐,不减人间。今且到旧时游聚之处,随喜一会,看风景何如也。

【二犯傍妆台】傍妆楼,这瘦花枝还照小窗幽,眼前的景物俱如旧。〔旦〕那双飞的可是去年春燕也,听双双燕语去时愁。〔生〕想昔时千愁万怨,今日才休也。三生梦中成爱偶,把昔日情怀今日勾。〔合〕秦台云冷,风光水流,好则是天长地永效绸缪[1]。〔旦〕想我和你此地欢游,也非一日呵。

【前腔】美情投,贴上数年周。〔叹介〕不料中遭间阻,一朝的紫箫声断凤凰楼。

〔生〕如今也休题了。缘簿上谐鸳偶，都是些旧根由。今朝死也符密咒，可正是一点真情无尽头。〔旦〕我今到此，俺爹爹和飞红可知道么？〔悲介〕死生分阻，幽明路殊。〔合〕回思前事千休万休，也当做从来女大不中留。〔坐介〕〔贴上〕春风寂静冷纱窗，物是人非痛感伤。紫燕飞来华屋里，旧巢犹剩粉泥香。俺自小姐亡后，独居无伴，好是惨凄。今乃清明寒食之辰，记的往时与小姐同上妆楼，盼望陌头柳色。今杨柳依依如故，小姐人儿何在也？〔上楼，见生、旦惊倒介〕呀，小姐和申郎怎的都在此？〔旦〕飞红，你不须惊怕。我二人自辞人世，即归仙道。朝暮追随，乐胜人间。此身虽死，可以无恨。惟是亲恩未报，弟年尚幼，一家之事，赖汝支持。善事家君，无以我为念。坟边祭扫，汝若能来，又当相会也。〔贴痴坐介〕〔生、旦〕我们题诗壁上，以为影验。〔题介〕〔同闪下〕〔贴痴醒介〕呀，世间怎有这等怪事？他两个形像如生，语言历历，难道我醒中做梦来？小姐明说坟边相见，不免请了老爷，同到坟上走一遭。老爷快有请。〔末上〕

【玉女步瑞云】雨细风柔，恰又是清明候，伤痛煞白头老叟。飞红，今日清明节届，待整备祭物，到小姐坟上去。你大惊小怪怎的?〔贴〕适才飞红到楼上,见小姐和申生两个,笑语如生,分付飞红于坟上拜扫相会。不信世间有这等怪事!〔末〕那有此话?我同你到房里去看。〔至房介〕小姐申生何在?〔看介〕呀,壁上有字在此。〔读介〕莲闺爱绝,长向碧瑶深处歇。华表归来,风物依然人事非。月光如水,偏照鸳鸯新冢里。黄鹤催班,此去何时得再还。〔悲介〕孩儿,你精灵果然在此,怎不出来与你爹相见也?〔贴〕怪哩,字迹半浓半淡,皆已灭去。小姐适云已归仙道,想他真个做仙了。小姐约坟上相见,老爷便可即行。〔末〕正是,正是。且将人鬼三分话,认作幽明一片心。〔下〕〔外、老旦、小生、从人上〕

【菊花新】〔外、老旦〕倚闾眄断锦江头,青鸟音沉陇树秋。〔小生〕思起泪难收,荒坟畔枉浇余酘。〔外〕今此清明节届,亡过孩儿,与王氏娇娘,同葬濯锦江边,不免去坟上浇奠一番。孩儿,你舅舅约在今日,同来坟边祭扫,怎么还未见到?〔小生〕那前面有一簇人来了。〔末、贴、从人上〕〔见介〕〔末〕生离死别苦相寻,〔外、老旦〕今日相逢愁更深。〔小生、贴〕彼此各怀无限恨,〔合〕陇头松柏起悲音。〔末〕老夫两违亲议,致贤甥与我孩儿并有参商。今日相见,不特负恨于死者,抑且有愧于生人。〔外、老旦〕此实两家孩儿薄命所致。今死得成双,已

荷大恩了。〔末〕看此白杨荒冢，累累伤心，他两人年正青春，何乃置身此列，好伤心也。〔众同悲介〕

【驻马听】满眼松楸，狐兔纷纷走古丘。今日个清明寒食，玉垒城边，濯锦江头，云山淡淡水悠悠，阴风几阵悲声吼。〔浇酒介〕涕泗交流，空教滴尽杯中酒。〔外〕孩儿，媳妇儿，你两人少年夭亡，可念你爹娘俱已年迈，指望你到坟前浇奠，怎倒使做爹娘的来浇奠你呵。

【前腔】一命归幽，撇下高堂人白头。你只念恩情难阻，誓结鸳鸯，并下秦楼。不念你两家的爹娘呵，膝前儿女两都休，一双老景多僝僽。〔合〕哭倒荒丘，你墓中有耳曾闻否？〔末〕孩儿，贤婿，你今死后，了了为神。想着你爹娘呵，

原评："各人还他口气，一字不滥用，近日作文，正苦不知此法。"

【前腔】老景谁瞅，苦痛声声哭怎休。想着你一双并美，真乃是翰苑豪英，仕女班头。今日个文章红粉葬荒丘，命儿落在他人后。〔合〕则愿你死结鸳俦，双双同赴蓬莱岫。〔老旦〕孩儿，媳妇儿。

【前腔】你少掩荒丘，反教哭煞您高堂人白头。昨夜梦见我孩儿媳妇儿双双同在我的跟前，醒来还是南柯一梦。想前宵梦里

两两归来，笑语相逐。醒来欲见影难求，则那月光一点纱窗透。生前不得完婚，今死葬于此，也枉然了。〔合〕死结鸾俦，一场夫妇空遥受。〔小生〕兄弟，我和你名齐艺苑，谊重荆枝[2]。及今联翩得第，指望同你致身荣显，光耀门闾。岂知你不念白发之老亲，甘殉红颜之幼女，双双命掩黄泉，使两姓爹娘，哭倒于墓下，好是伤情也。

【前腔】你名压时流，往赋天边白玉楼。空教我失群鸿雁，和着衰老椿萱，哭向坟头。杜鹃声断不胜愁，道的个绣云黄土把朱颜覆。〔合〕怨恨难休，月明华表归来否？〔贴〕想俺小姐和申官人初会，即以死相期。今日果如所云，此心也不枉了。你前约我坟上相见，怎生如今形迹杳然了呵？

【前腔】当日风流，一点情牵两意投。生时拆散，死愿成双，跨凤同游。虎溪明月照双丘，果然符却花前咒。〔合〕可正是织女牵牛，你敢则朝朝暮暮去阳台右。〔见鸳鸯介〕呀，这一对鸳鸯，飞翔上下，自初时到今，捕之不得，逐之不去，活是小姐和申官人相亲相依的景象。这敢是两人精魂所化也？〔众〕真个诧异哩！

【催拍】两鸳鸯双飞陇头，似啼鹃哀

这一出上承焦仲卿、刘兰芝化鸟，梁山伯、祝英台化蝶，在幻想的领域里表现人民善良的愿望，但认为在生不能成夫妇，死后却可以美好团圆，往往导致一些在爱情上失望的青年走向双双殉情的道路。这消极影响的一面必须看到。

鸣树头。觑山空水幽，觑山空水幽，白云天际，千载悠悠。一点衷情，甚日还休。叹累累满目荒丘。回首处，涕交流。

【前腔】树连枝，花开并头。鸟比翼，如鱼共游。想精灵怎休，精灵怎休。想暑来寒往，几度春秋。野草闲花，遍地生愁。叹累累，满目荒丘。回首处，涕交流。〔贴〕呀，如今一对鸳鸯，忽然不见了，这分明是两人精灵出现。前云死后即归仙道，以此看来，果不虚了。正是：世间只有心难化，地上无如情久长。〔合〕

【一撮棹】天长久，似一川水东流。巫山上，何日暮云收；湘江岸，甚时泪痕休。古今月，昏夜照松楸。算前和后，只有恩情最难朽。君不见，鸳鸯冢，千载锦江头。

生死荣枯转眼同，白杨日夕起悲风。

年华有尽情无尽，何必人生非梦中。

〔众下〕〔生、旦上〕前约飞红到墓前相会，今日两家父母兄弟，同到坟上，我两人化作鸳鸯，出与相见。他们对面不能认识，匆匆的归去了。

【一封书】〔旦〕仙凡隔冥幽，对双亲，空泪流。〔生〕夫妻愿已酬，向瑶台，长聚

头。世上光阴如电走，争似仙家日月悠。〔合〕唱仙讴，倒玉瓯，共向碧桃花下游。〔生〕

【前腔】棠梨花正幽，更芙蓉开暮秋。〔旦〕浮生水上沤，则我和你两恩情，无了休。夜夜月明凉似水，照见鸳鸯新冢头。〔合〕上瀛洲[3]，赴琼楼，把尘世相思一笔勾。〔外扮东华帝君引仙从上〕浮情一点装成世，忉利天边情最长。凡人莫道仙乡远，情根断处即仙乡。申纯，王娇，你二人听俺分付：〔生、旦跪介〕你二人原系瑶池上金童玉女，则为一念思凡，谪罚下界。历尽人间相思之苦，始缘私合，终归正道。王娇怜才誓死，化石之节何惭；申纯践约捐生，抱柱之贞奚愧。慕色牵情，虽有乖于常法；秉志守义，亦夙重于仙家。复证前因，免沦末劫。申纯升授：玉皇案下修文侍史。王娇升授：王母台前司花仙女，兼掌世上姻缘之簿。举凡佳人才子，量其应否，悉与如愿，勿使错配，有负生成。〔生、旦谢起，易袍服，众并行介〕

【红绣鞋】仙家岁月长留，长留。尘情到此都休，都休。披云锦，衣霞绡，敲玉版，倒金瓯，一齐共赴三山[4]岫，一齐共赴三山岫。〔生、旦〕

【驮环着】向三山古岫，向三山古岫，

此地遨游。叹乌兔如梭,星驰疾走。人世纷纭。四骤,带絮牵泥,怎打出害情痴轮回双扣。今日里荷神天恩佑,共引向桃源津口。〔合〕谐仙偶,结凤俦,把玉琐金枷,一齐脱手。〔众稽首介〕

【永团圆】愿当今圣明天子千万寿,恩和德,达重幽。太平百姓开笑口,虫和蚁,一般儿谐婚媾。鸾交凤偶,三生夙世魂不朽,石上言非谬。人圆鬼辏[5],一样效绸缪,办取真情种,终须有。天长地久,华表归来后,城郭依如旧[6]。

【尾声】死生交,鸾凤友,一点真诚永不负。则愿普天下有情人做夫妻呵,一一的皆如心所求。

原评:"全本大意,收拾此句。"

燕子楼前月色冥,鸳鸯冢上柳梢青。
百年秋景愁常在,一枕春酲梦未醒。
旧谱几经才士赋,新词只许美人听。
从今看彻三生事,莫为情多发渐星。

〔1〕绸(chóu)缪(móu):情意深厚。

〔2〕谊重荆枝:传说田氏弟兄三人分家,欲将堂前紫荆一分为三,但次日去砍时,树已枯死,于是三人决定不分家,树也重新茂盛,事见《续齐谐记》。

〔3〕瀛(yíng)洲:传说中的仙山。

〔4〕三山:指传说中东海中的蓬莱、方丈、瀛洲三座神山。

〔5〕辏(còu):车毂,引申为聚集。

〔6〕"华表"两句:陶潜《搜神后记》卷一,记辽东人丁某出门学道化鹤归辽,集城门华表柱上,有少年欲引弓射之,鹤乃飞在空中说:"去家千年今始归,城郭如故人民非。"遂高上冲天。华表,古代立于墓或宫前的柱子。

后记

《娇红记》的作者孟称舜,字子若,又字子适,或作子塞,明会稽山阴(今浙江绍兴)人,生卒年不详。或说约生于1600年,约卒于1655年。一说约生于1600年,卒于1684年。待考。他的戏剧创作活动主要在明末天启、崇祯年间。《娇红记》外,他还撰有《贞文记》《二胥记》两种传奇和《人面桃花》等六种杂剧。他所编的《古今名剧合选》收入元明两代的杂剧五十六种,对元明杂剧的整理刊布做了有益的工作。

《娇红记》所写的王娇娘和申纯的爱情故事,在民间早有流传,曾被编写成小说和杂剧。显然,孟称舜的《娇红记》是在这一基础上写成,并加以丰富和发展的。

《娇红记》所表现的男女青年争取婚姻自由的主题,在元明间的戏曲中曾被反复表现过。但是,《娇红记》没有停留在它以前的爱情作品已达到的高度,无论是在人物形象的塑造还是在反映现实的深度上,它都有其特点,闪烁着新的思想光辉。

娇娘是作者着力歌颂的主要人物。她的性格特征,首先表现在她不同于那些在封建礼教重压下逆来顺受的软弱少女,而是竭力思考婚姻恋爱各方面的问题,形成了自己的恋爱观。她清醒地看到封建婚姻给广大青年造成的痛苦:"婚姻儿怎自由,好事常差谬。多少佳人,错配了鸳鸯偶。"因而决不愿再蹈"古来多少佳人,匹配非材,郁郁而终"的覆辙,主动选择了一条自己的道路:"与其悔之于后,岂若择之于始。"她强调"择"应是"自择"。她对"卓文君之自求良偶"大加赞佩,认为"人生大幸无过于斯"。娇娘还进一步提出了选择配偶的标准。她蔑视不学无术的纨绔子弟,也不要那些朝三暮四、轻薄无行的文人才士;她理想中的配偶是能够和她"死共穴,生同舍"的"同心子"。她认为能和这样的爱人结合,即使"身葬荒丘,情种来世,亦所不恨"。这一"同心子"的婚姻标准的提出值得我们重视,它把《西厢记》提出的,为以后许多爱情作品所承袭的"郎才女貌"的婚姻标准,大大推进了一步,其实质是追求建立在共同思想基础上的爱情,带有较浓厚的现代情爱的色彩。娇娘的进步恋爱观的出现,揭示了封建社会后期妇女的进一步觉醒,表明她们反对封建礼教束缚,希望主动掌握自己命运这一民主要求的增强。

然而,娇娘的爱情理想并没有得以实现的现实可能性,美好的愿望和残酷的现实之间构成了悲剧性的冲突,规定了娇娘的悲剧命运。但是,真正成功的悲剧人物,决不是匍匐在恶势力脚下的羔羊,正是在和恶势力不屈不挠的斗争中,他们的性格迸发出耀眼夺目的光彩。娇娘经过反复的试探、考验,经历了种种误会和猜疑之后,终于和申纯从形体的倾慕进而到心灵的共鸣,她认定申纯是能和她白头相守的"同心子",就毅然"全不顾礼法相差",勇敢地和申纯结合。这与帅公子空虚的灵魂,卑下的品格,和只为满足兽欲而毫无爱情可言的情爱观,形成了鲜明的对照。

作为娇娘的情人，申纯的形象也是很可爱的。他对爱情执着，不怕困难和曲折。然而，申纯形象的主要特征，乃是在他的世界观中，明确地把婚姻恋爱放在科举功名之上。他说："我不怕功名两字无，只怕姻缘一世虚。"他后来被迫应考，也只是把科举作为获得爱情的手段。因而，当他和娇娘的爱情受到摧残时，他毅然抛弃科举及第的"光辉"前程，和娇娘双双殉情。这种轻功名、重爱情的叛逆思想，和娇娘叛逆礼教的精神，本质上是一致的，他不愧是娇娘的"同心子"。《娇红记》之前的爱情作品，例如《西厢记》《牡丹亭》，其主人公虽在婚姻上也背叛礼教，但对功名，则大都采取热衷的态度。申纯在这点上，认识却能高于他们。这反映了封建社会末期，青年知识分子对现实认识的不断深化和觉醒。通过申纯这一形象，我们已可隐约窥见《红楼梦》的男主人公贾宝玉的雏形。

娇娘和申纯形象的出现，是明代后期封建经济中出现资本主义生产关系的萌芽，意识形态领域里，左派王学倡导个性解放，以及市民阶层壮大，他们反封建的要求不断加强这一社会现实在文学中的反映；也显示了随着时代的发展，作家对爱情问题的认识在逐渐深化。恩格斯在《家庭、私有制和国家的起源》里曾详细论述了与新的生产关系相适应的现代性爱的特点，指出这种以"所爱者的互爱为前提"的爱情，其强烈之程度，往往使相爱的双方为此付出生命。娇娘和申纯的"同心子"的爱情，正体现了这种现代情爱的特点。娇娘"自择佳配"的要求，与杜丽娘"花花草草由人恋"的要求一脉相承；而其与"同心子"结合的进步恋爱观，则给予它以后的伟大爱情作品

《红楼梦》以影响。《红楼梦》所描写的宝、黛的爱情，正是建立在背叛封建仕途经济这一“同心”的基础上。因而我们可以认为，《娇红记》是介于《牡丹亭》与《红楼梦》之间的过渡作品，通过它，可以看到我国古代爱情作品中反封建的优秀传统是怎样被继承着、发展着、光大着。

《娇红记》是一部成功的现实主义作品。作者运用现实主义手法，将封建社会中在婚姻问题上大量存在的矛盾和客观的力量对比加以集中概括，把娇、申争取婚姻自由的斗争和帅公子的逼婚这两条线交织在一起，展开了悲剧性的冲突。作者努力刻画娇娘和申纯的崇高理想，优美的内心世界和横溢的才华，并将其与不学无术、荒淫无耻的帅公子进行对比，突出了两种不同情爱观的尖锐对立。随着娇、申爱情的发展，他们和封建势力的矛盾也一步步激化，最后他们殉情而死，把悲剧冲突推向高潮。这些现实主义描绘，深刻地揭示了当时在婚姻上存在的巨大矛盾，控诉了封建社会对青年美好愿望的扼杀，具有感发人心的巨大艺术力量。在舞台关目的安排上，作者善于从实境实情出发，把握人物在特定环境下的心情，通过细腻的心理描绘，揭示人物的精神面貌。例如“生离”出里，王文瑞将娇娘许嫁帅公子，申纯被迫离开王家。申纯向王文瑞辞别，娇娘暗上偷觑，当她和申纯的目光相遇时，她控制不住内心的悲痛，掩面暗泣，而当王文瑞唤她与申纯相别时，她却掩泪急下，再催也不出来。在这个过程中，娇娘没有一句唱词或道白，观众却完全可以感受到她内心的巨大悲痛，真有“此时无声胜有声”之妙。《娇红记》这些现实主义描绘，既继承小说《娇红记》的传统，又深受《西厢记》《玉簪记》等戏曲的影响，反映了《牡丹亭》之后，爱情作品从浪漫主义到现实主义的转变。

《娇红记》的曲辞具有浓郁的悲剧色彩。为表现主人公强烈的反抗性格，作者赋予他们的曲辞以悲壮的风格。在“生离”出，当申纯知道王文瑞已将娇娘许嫁给帅公子时，他向娇娘诀别，要她勉强跟帅公子结婚，这引起娇娘极大的反感。她说：“兄丈夫也，堂堂六尺之躯，乃不能谋一妇人。……妾身不可再辱，既已许君，则君之身也。”接唱〔五般宜〕曲：“……你做了男儿汉，直恁般性情懵。我和你结夫妻，恩深义重，怎下得等闲抛送，全无始终！”这段烈性如火、悲壮激烈的曲白，很好地写出了这一悲剧人物刚强不屈的反抗性格。但是，在大多数情况下，娇娘和申纯的曲辞是哀愁感伤的。它表现了悲剧主人公追求理想，又找不到实现理想道路时的愁苦心情。例如在“泣舟”出里，娇、申互诉悲情的〔玉交枝〕〔豆叶黄〕〔川拨棹〕等曲，运用重迭、回环、断而又续等句式，缠绵宛转地表现出这一对生死恋人呜呜咽咽的哀音，声情结合，凄切动人。《娇红记》语言流畅自然，同时又较注重文采，诗意浓厚。在语言风格上，孟称舜基本上是属于王实甫、汤显祖等文采派的作家。

毋庸讳言，《娇红记》不是白璧无瑕的。在娇娘和申纯身上存在着落后消极的因素。他们看不到爱情不能实现的深刻社会根源，而把它看作是命运的捉弄。娇娘说：“不是我负心爹无始终，则我多情女忒命穷。”申纯也把自己的悲剧认为是“前生命悭，今生命凶”。他们思想中的消极宿命观，是造成悲剧的主观因素，也反映了作者思想的局限。娇、申死后化为鸳鸯，上承焦仲卿、刘兰芝化鸟，梁山伯、祝英台化蝶，在幻想的领域里表现人民善良的愿望。但认为生前不能成夫妇，死后却可以美好团圆,往往导致一些在爱情上失望的青年走向双双殉情的道路,这消极影响的一面也必须看到。另外,作品长达五十出,冗长枝蔓,像番兵入侵的一些场次就与作品主题关系不大,反映了传奇家贪多炫博的习气。

《中国十大古典悲剧集》原《娇红记》的后记是由当时我的研究生欧阳光同志撰写的,该篇后记曾提前发表在《文艺理论研究》一九八一年第三期上。后来,在原书的《编后记》里,由于疏忽,漏掉了欧阳光同志的名字。乘此书再次出版的机会,特郑重说明。

季思附记　一九八九年二月二十二日

清忠谱

〔清〕李　玉
隗　芾　注释
萧善因　审订

目　录

谱概

【满江红】珰焰[1]烧天，正亘古忠良灰劫。看几许骄骢[2]嘶断，杜鹃啼血[3]。一点忠魂天日惨，五人义气[4]风雷掣。溯从前，词曲少全篇，歌声咽。思往事，心欲裂；挑残史，神为越[5]。写孤忠纸上，唾壶[6]敲缺。一传词坛标赤帜，千秋大节歌白雪[7]。更锄奸，律吕作阳秋[8]，锋如铁。

【满庭芳】〔副末上场〕吴郡周公，丹心介性，十年清宦空囊。缔姻骂像[9]，奸党中奇殃。假旨横行缇骑[10]，不平事，震动金阊[11]。声公愤，五人仗义，含笑赴云阳[12]。忠臣遭锻炼[13]，囹圄囊首[14]，惨死堪伤。羡登闻血疏[15]，孝子名彰。珰败群奸正法，旌[16]庐墓，宠锡幽光[17]。清忠谱，词场正史，千载口碑香。

本剧所写五人仗义的故事，发生在明天启六年(一六二六)。吴梅村给本剧刻本写序时曾说："事俱按实，其言亦雅驯。虽云填词，目之信史可也。"

〔1〕珰焰:珰是汉代宫中宦官帽子上的饰物,后即以此代指宦官。这里指以魏忠贤为首的宦党气焰。

〔2〕骄骢:矫健的马,比喻忠良。

〔3〕杜鹃啼血:传说古时蜀主杜宇,禅位后化为杜鹃,啼声悲凄,泣泪成血。后多以此形容忠臣的悲惨遭遇。

〔4〕五人义气:指剧中仗义就死的颜佩韦、杨念如、马杰、沈扬、周文元等五位烈士。

〔5〕越:激越。

〔6〕唾壶:痰盂。晋人王敦酒后咏曹操诗,敲唾壶作节,壶口尽缺,后以此作激赏诗文之词。

〔7〕歌白雪:歌唱高雅的词曲。

〔8〕阳秋:历史。

〔9〕缔姻骂像:指剧中情节,周顺昌与魏廓园结亲和周顺昌到魏忠贤生祠中大骂魏氏塑像。

〔10〕缇骑:这里指逮捕犯人的官吏。

〔11〕金阊:苏州。

〔12〕云阳:秦时行刑之地,后代指刑场。

〔13〕锻炼:酷刑折磨。

〔14〕囊首:用皮袋裹头闷人致死的酷刑。

〔15〕登闻血疏:古时朝廷外设登闻鼓,击之以报冤案。此指周顺昌死后,其子茂兰刺血上疏、击鼓申冤之举。

〔16〕旌:表彰。

〔17〕宠锡幽光:赐死者以殊荣,指剧中末尾赠周顺昌为太常寺卿,谥忠介。

第一折　傲雪

【黄钟引子·传言玉女】〔生，三髯、方巾、色服上〕劲骨钢坚，天赋冰霜颜面。守齑盐[1]，穷通不变。微官敝屣[2]，只留得清风如剪。忧怀千缕，忠肝一片。【菩萨蛮】生来不具封侯相，揭天富贵非吾望。忠孝自根心，君亲魂梦钦[3]。一身轻似叶，所重全名节。莫笑老常山[4]，奸邪闻胆寒。下官周顺昌，字景文，别号蓼洲，苏郡人也。忝中万历癸丑科进士，初任福州理刑[5]，历迁吏部员外。荆妻吴氏，有子四丁。琐琐家门，何须齿及。下官内凛四知[6]，外严一介[7]。冰心独抱，挺然傲雪孤松；介性不和[8]，矻尔颓波一砥[9]。读圣贤书，凛凛纲常昭日月；负须眉[10]气，冲冲忠义满乾坤。司李破税珰之胆[11]，闽海冰条；秉铨却暮夜之金[12]，吴门铁面。菜根咬尽，依然寒士家风；茅屋萧条，抹杀豪门故态。疾恶如仇，梦里叫阍[13]思痛哭；怀忠莫展，家居拍案恨头颅。目今圣主当阳，权奸蔽日。魏贼肆虎狼之吻，客妖[14]逞狐鼠之奸；收崔、许[15]为腹心，纵田、杨[16]为牙爪。群小横行，正人短气。下官选事甫毕，给假归家。不意

原注："税监高采与公相左，公决意挂冠，士民垒城以留。抚按题疏，奉旨拗采，民害以除。公在闽七年，弊绝风清，闽人称曰冰条先生。公掌铨事，屏绝一切馈遗，自言'五升米十文钱便可饱餐一日，何用金为？'"

倪文焕[17]疏逐东林，致下官株连削夺[18]。咳！我周顺昌一官何惜，三黜奚辞！只是闻得迩来国事日非，朝政渐去。杨大洪[19]、左浮丘[20]诸君子，纷纷逮系。万元白[21]廷杖杀身。必欲一网忠良，尽诛善类。更可异者，魏贼练兵禁内，置帅九边[22]，定然大肆逆谋，指日潜移国祚。咦！若我周顺昌在京，誓当碎首殿廷，力请尚方[23]，诛此逆贼。怎奈君门万里，空流血泪千行；一点孤忠，徒付数声长叹。如何是好？今日寒雪飘空，朔风入室，萧然环堵，神骨俱清。不免请夫人出来，与他一谈心事。茂兰孩儿那里？请母亲出来。〔旦上〕

以傲雪开场，表现周顺昌清廉刚直的品格，洗尽传奇家以一家庆寿开场的俗套。

【前腔】〔旦〕清吏名传，清彻女中原宪[24]。老荆钗，萧萧宦眷。〔贴上〕女红[25]日习，更娴却椒花诵献[26]。〔小生[27]上〕鲤庭双训[28]，萤窗[29]千卷。〔见介〕〔旦〕相公，如此风寒雪冷，你开着窗儿，自言自语，说些什么来？〔生〕夫人，我白雪肝肠，坚冰骨格，生平不肯附势趋炎。对此冰花玉树，转觉兴志爽然。〔旦〕相公，你居官多载，如洗空囊。〔指小生、贴介〕儿女辈姻亲未就。更兼他们衣无重絮，食止菜羹。值此寒天大雪，有何意味？〔生〕夫人，古人说得好：六花[30]飞降，锦帐醍醐[31]，浅斟低唱，不如陶家风味[32]，扫雪烹茶，更自有致。

【黄钟过曲·啄木儿】〔生〕我清霜操，白雪篇[33]，坐此彻骨冰壶聊自遣。〔旦〕那雪有何好处？〔生〕助高人闭户安眠[34]，济忠臣餐毡饥喘[35]。〔合〕怕只怕弥漫白占江山遍。何日里雪消见日冰山变？少不得有脚阳春[36]遍九天。〔付，青衣、小帽持帖上〕县主饿成干瘪鳖，农民冻似落汤鸡。此间已是周吏部门首，不免径入。有人么？〔外扮老仆顾选上〕门清似水，人冷如冰。是那个？〔付〕吴县陈老爷[37]，来拜周老爷。望大叔禀知。〔递帖介〕〔外〕少待。〔作入介〕吴县陈老爷到门拜谒。〔生看帖介〕道有请。〔外〕晓得。〔生〕夫人、孩儿，回避。〔二旦、小生下〕〔外作出介〕请陈老爷相见。〔付急下〕〔末，短胡、冠带、素服上〕〔生着行衣介〕

原注："陈文瑞，闽人，久困萤窗，公扶之入泮，遂联飞登第，年已老矣，故感恩特甚。"此处出场，为衬托周顺昌。

【黄钟引子·西地锦】〔末〕冒雪特敲门扇，非关访戴猷船[38]。六花堆满河阳县[39]，相看共庆丰年。〔生出迎进介〕〔末〕老师请上，门生有一拜。〔生〕治生也有一拜。〔共拜介〕〔末〕北斗泰山，儿童尽钦君实[40]。〔生〕秋风明月，盗贼俱畏彦方[41]。老父母[42]，如此雪天，何事光降？〔末〕昨奉府文，有李公[43]到苏，特来迎迓。因行旌未至，故此泊舟叩谒老师。〔生〕什么李公？〔末〕是内监李公。〔生〕既是内监,为甚接他?古来曹节、王甫[44],倾危汉祚。程元振、鱼朝恩[45],几覆唐宗。童贯、梁师成[46],凌夷宋室。就是我朝王振、汪直、刘瑾[47]辈,流毒三朝,诛戮善类。阉宦之祸,今古皆然。我辈读孔圣之书,正宜绝此匪类。岂可纳交迎迓?〔末〕他职掌税务,奉旨驻扎苏州。宪檄[48]频催,不得不出廓迎接。〔生怒介〕这又是魏贼所遣矣。咦!魏忠贤!魏忠贤!

【黄钟过曲·啄木儿】〔生〕嗟元恶,毒焰燃,蔽日朦天,忠直剪。他踞宫闱,肆恶京畿,又纵刀余[49],飞殃茂苑[50]。〔末〕今日里呼雷吸电妖氛炫。〔向生拱手介〕少不得补天浴日奇功建。〔生叹气介〕咳!可怜我草莽孤臣[51]徒泪涟。〔末〕如此大雪,老师何不向火,少敌寒威?〔生〕薪桂[52]堪嗟,突烟[53]常冷,何暇作围炉迂事。况我一介寒儒,十年清宦,这几根穷骨头是冻惯的,何藉炎威熏灼。〔末〕门生有一句不识进退的话儿,特恳老师。〔生〕有何见教?〔末〕门生舟中,为风雪所苦,乞赐卮酒,聊以暖寒。〔生〕只恐贫家粗物,不堪供奉上宾。〔末〕师生犹父子也,老师幸勿费心。〔生〕苍头那里?〔外上〕老爷有何分付?〔生〕你沽白酒一壶,生腐一方,我与陈老爷共享。〔外〕晓得。〔下〕〔生〕正所谓百年粗粝腐儒餐[54]也。

〔外持腐摆桌介〕〔外斟酒介〕〔末、生饮介〕

【三段子】〔生、末〕村醪味腆[55]，饮三杯如封酒泉。太羹味玄，未盐梅[56]天真自全。嚼时齿颊冰霜溅，吞来肺腑清芬遍，洗涤炎氛体欲仙。〔末〕门生待罪贵地，词讼繁剧。老师若有见谕[57]，定当竭力以佐郇厨[58]。〔生正色介〕老父母差矣！我周顺昌自为诸生以至铨部，何曾轻受人一钱，轻与人一事？

【归朝欢】〔生〕我贫穷命，贫穷命，囊无半钱。断不肯轻污一线。迂痴性，迂痴性，闭门寡言。那世缘怎代向公庭剖辨？〔末起揖介〕是门生得罪。高风盖世真堪羡，清名亘古称独擅。佩服师言弗敢谖[59]。〔付上〕禀上老爷，李老爷船已顶关。太爷和长洲县张老爷都行到下津桥了。请老爷快下船，前去迎接。〔末〕既如此，门生告别了。〔生〕改日再会。〔末〕与师一席话，胜读十年书。〔别下〕〔外上〕老爷在上。外边人沸沸扬扬，说文老爷[60]在京劾了魏太监一本，圣旨削籍，即日归家了。〔生作惊介〕有这等事？你速到文老爷家中问个明白，快来回覆我。〔外应下〕

一柱擎天独望公，又遭斥逐作冥鸿[61]。

周顺昌对李监不屑一顾，闻文文起削籍极为关切，爱憎分明。

无限心中不平事,肯教分付与东风。

〔下〕

〔1〕齑(jī)盐:咸菜。

〔2〕敝屣:破鞋子,比喻不足惜。

〔3〕钦:忧思难忘。

〔4〕老常山:唐时安禄山反,常山太守颜杲卿起兵讨伐,城陷被俘,大骂安禄山而死。

〔5〕理刑:掌管审理刑狱的地方官。

〔6〕内凛四知:严格约束自己,绝不受贿。四知指受贿时除了你知、我知,尚有天知、地知。

〔7〕外严一介:与人交际,一介不取。

〔8〕介性不和:性格耿介不随和。

〔9〕矻(kū)尔颓波一砥:勤奋刻苦,愿在恶流中当一不动摇的柱石。

〔10〕须眉:男子。

〔11〕司李破税珰之胆:司李同司理,税珰指宦官的爪牙、税监高采。周顺昌任福州理刑时曾惩办过高采的爪牙。

〔12〕秉铨却暮夜之金:在吏部任上时掌管官员铨选,拒绝一切贿赂。

〔13〕叫阍:阍指宫门。在宫门外高呼奏事为叫阍。

〔14〕客妖:明熹宗乳母客氏。熹宗十六岁即位,封客氏为奉圣夫人。她与魏忠贤勾结,专断国政,作恶八年。

〔15〕崔、许:崔呈秀,蓟州人,为阉党“五虎”之首,曾任兵部尚书兼左都御史。许显纯,定兴人,为阉党“五虎”之一,任锦衣卫都指挥佥事。

〔16〕田、杨:田吉,故城人,“五虎”之一,曾任兵部尚书、太子太保。田尔耕,任丘人,掌锦衣卫事,为魏忠贤陷害东林党人的主要指挥者。杨维华、杨六奇(魏忠贤女婿),皆阉党重要分子。

〔17〕倪文焕:江都人,“五虎”之一,任太常寺卿。

〔18〕削夺:罢官。

〔19〕杨大洪:指杨涟,应山人,任左副都御史,因弹劾魏忠贤二十四罪状,被魏指使许显纯伪造供状,冤死狱中。

〔20〕左浮丘:指左光斗,桐城人,任右佥都御史,与杨涟同案被害。

〔21〕万元白:指万燝,任刑部主事,因上疏弹劾魏忠贤被打死。

〔22〕置帅九边:魏忠贤派心腹掌管九边兵权。九边指北部边防九镇。

〔23〕尚方:汉时有尚方宝剑,以代皇帝旨意。

〔24〕原宪:孔子弟子,以清静守节、贫而乐道著称。

〔25〕女红:指女子所做针织刺绣等事。

〔26〕椒花诵献:指读书诵诗。《椒花诵》,据《晋书》为刘臻妻徐氏所作。

〔27〕小生:戏曲角色名,此剧扮周顺昌子茂兰。

〔28〕鲤庭双训:指父母对儿子的教训。鲤庭,原指孔子在庭中教训其子孔鲤学诗、学礼。

〔29〕萤窗:指刻苦读书。晋人车胤捉萤火虫照明读书。

〔30〕六花:雪花。

〔31〕醍醐(tíhú):古时指从牛奶中提炼出来的精华,佛教比喻最高的佛法。

〔32〕陶家风味:北宋时,户部尚书陶谷,自诩风雅,大雪中曾以雪水烹茶,并问太尉党进家姬曰:“党家有此风味否?”对曰:“彼粗人,安有此?但能于销金帐中,浅斟低唱,饮羊羔儿酒耳。”

〔33〕清霜操,白雪篇:皆为古时赞颂操守的乐曲名。

〔34〕高人闭户安眠:东汉袁安家贫,善持操守,一日大雪,人皆出门乞食,安独僵卧不起。洛阳令发现后,举为孝廉。

〔35〕忠臣餐毡饥喘:汉苏武出使匈奴,被扣不屈,吃雪吞毡,坚持多年,完节回朝。

〔36〕有脚阳春:指清明政治。唐代名相宋璟当政施仁惠,时人称为“有脚阳春”。

〔37〕陈老爷:指吴县令陈文瑞,福建人,周顺昌门生。末扮。

〔38〕访戴猷船:晋王徽之,字子猷,曾雪夜乘船往剡溪访戴逵,天明至,不见而返。人问其故,他说:“本乘兴而行,兴尽而返,何必见?”后以此喻访友雅兴。

〔39〕六花堆满河阳县:雪花预兆丰年,好像河阳县的桃花一样。《晋书》载,潘岳任河阳县令时,满县遍植桃花。河阳,今河南孟津。

〔40〕君实:宋司马光,字君实,曾编《资治通鉴》,退休后居洛阳,人皆尊为司马相公。这里用来比喻周顺昌。

〔41〕彦方:汉朝王烈,治乡里有方,盗贼畏惧。这里用来比喻陈文瑞。

〔42〕老父母:对地方官长的敬称。

〔43〕李公:指太监李实,魏忠贤爪牙。

〔44〕曹节、王甫:东汉时太监,曾合谋杀害朝廷重臣窦武、陈蕃。

〔45〕程元振、鱼朝恩:唐代宗时宦官,皆掌握兵权,制造冤狱,残害忠良。

〔46〕童贯、梁师成:北宋徽宗时宦官。童贯与蔡京勾结,执掌兵权,对外屡战屡败,对内残酷镇压人民。梁师成官至太尉,阴险毒辣。二人皆为“六贼”之一。

〔47〕王振、汪直、刘瑾:皆明代宦官。

〔48〕宪檄:上级命令的文书。

〔49〕刀余:动过手术的人,指宦官。

〔50〕茂苑:茂盛的苑囿,代指皇宫。

〔51〕草莽孤臣:在野的孤忠之臣。

〔52〕薪桂:薪柴贵如桂树。

〔53〕突烟:烧饭的烟火。

〔54〕百年粗粝腐儒餐:一生所食都是穷书生的粗食淡饭。杜甫《有客》诗:“竟日淹留佳客坐,百年粗粝腐儒餐。”

〔55〕村醪味腆:土制的酒味道很浓。

〔56〕盐梅:做菜调制咸酸的佐料。

〔57〕见谕:本指上对下的吩咐,这里暗指包揽词讼之类的事。

〔58〕以佐郇(xún)厨:补助生活。唐朝韦陟封郇国公,他的厨房香味错

杂,人称郇公厨。

〔59〕谖(xuān):忘。

〔60〕文老爷:指文震孟,字文起,吴县人,任翰林院修撰。天启六年因弹劾魏忠贤被罢官。

〔61〕冥鸿:高飞的鸿雁,常指隐居之士。

第二折　书闹

【字字双】〔丑扮老男上〕阊门好汉我为头,名旧。飞鸿六顺[1]好拳头,传授。赌场到处惯拈头[2],打就。人人认得老扒头[3],年幼。自家姑苏[4]城外有名的周老男周文元便是。少年无赖,独霸一方。城中玄妙观前,有一个李海泉,说得好岳传,被我请他在此间李王庙前开设书场,每日倒有一二千钱拉下。除了他吃饭书钱,其余剩下的,尽够我买酒吃、赌场玩耍。昨日说过金兀术破鄜延州[5]了,他说今日要说童贯起兵,甚是热闹。此时日已过午,不免催促他来,撑起布篷,聚人开说则个。正是:要知千古兴亡事,须听当场评话来。〔下〕〔净,衣、帽上〕年年花酒阖闾城[6],不爱身躯不爱名。说到人间无义事,捶胸裂眦骂荆卿[7]。自家颜佩韦的便是。生平任侠,意气粗豪。闪烁目光,不受尘前折写周顺昌傲雪，十分雅静，本折写颜佩韦等五人听书，十分热闹。从不同环境中突出人物的不同性格，场面冷热相剂，戏也好看。

埃半点；淋漓血性，颇知忠义三分。闻得李王庙前日日在那里说岳传，我想岳爷是个忠孝的人，他的书儿，必定好听，因此与老母说知，前去听他一回。你看那边有几个朋友踱将来了，想是也去听书的。〔末、旦、贴俱衣、帽上〕相逢何必曾相识？都是蟠桃会里人。〔向净拱手介〕朋友可是去听书的么？〔净〕正是。〔末〕既如此，就此同行。〔共走介〕〔合〕行过施茶亭，就是李王庙。〔作到介〕〔丑拿布篷上场撑介〕〔丑向内介〕听书的人齐了，快些搬椅、桌、木凳出来。〔杂应，搬桌，摆介〕〔众〕这时候怎么先生还不来？〔丑〕就来了。〔付，衣帽、短胡，执扇摇摆上〕兴来舌战词坛上，赢得腰缠作酒钱。〔与众拱手介〕列位请了。〔丑〕请坐了。开讲。〔外、小生扮客人急闯上〕逢场来作戏，闹里去夺争。〔向付拱手介〕李海老，我们是淮安人，在这里枫桥卖豆。久慕你的大名，我们众朋友请你到寒山寺开讲一日，书钱从厚相谢。去去！〔丑〕我们还讲不多几日，怎么到你们那里去？〔付〕且待此间讲完了岳传，小子就来请教。〔外、小生〕等不得，等不得！〔净、末〕凡事自然有个先后，也要有个终始的。〔付〕三位且在这里听了今日的书，明日再议。〔众〕有理，有理。〔各坐介〕〔丑将茶壶、茶钟放付桌上介〕〔付拉钱[8]介〕〔众各银钱交付，争论少介〕〔付〕且听了半回再找。〔众闲话介〕

〔丑〕列位朋友，知趣些便好。不可闲话喧嚷。帮衬，帮衬。〔外、小生〕讲话的加倍罚他。〔众〕有理，有理。〔付将醒木拍桌介〕〔众作听书，随意点头低语介〕〔净作逐段恼怒，渐作不平状介〕〔付开讲介〕徽宗无道坐龙亭，宋室乾坤不太平。蔡京、王黼真奸相，杨戬、高俅两贼臣。朱勔弄权花石运[9]，童贯称王掌大兵。金邦百万雄师至，万里江山一旦倾。话说宋朝太祖，兵变陈桥，得了周家天下。以后七代皇爷，都四海升平，黎民乐业。传至第八代徽宗皇帝，却不理朝政，信任奸臣，宠用内监童贯。他舞弄威权，滥封了广阳王之位。满朝文武，尽出其门。又挑动边衅，惹得金人时常攻打边关。那边上极要紧的所在，叫做雄州关，却得一位足智多谋、勇力善战的招讨大元帅镇守。那元帅姓韩，双名世忠。其时秋高马肥，金人统领百万人马，杀进了贺兰山，冲过了宁夏卫，大胜了离虎山，攻破了鄜延州，看看直到雄州[10]了。夜不收[11]飞报韩元帅，连夜奏闻朝廷，候旨发兵征战。隔了几天，却沸沸扬扬，传说朝廷差了一位孙总兵，领十万人马，来退金人了。报入中军，韩元帅道："我在此镇守，怎么又差别人？况且朝中大将，并没有一个姓孙的，如今他奉旨到我地，礼无不接。"急急差四员将官，去接孙总兵。去了一日，那四员将官一齐奔到堂前跪下，禀道："奉爷将令，小将们去接那孙总兵，就是

此段说书，散韵相间，语言精炼、生动，可见当时市民中听书的风气，以及说书人的高度艺术水平。

本营向日的孙高。他犯了军令，老爷将他捆打四十，赶出营中。他到京投在童贯麾下，今日领兵到此。小将们到彼营中，他却喝道：‘本府奉万岁爷圣旨，广阳王令旨，统兵到此。你主将多大的官儿，不来迎接？本该把你们一捆四十，且待我破了金人，与你主将计较。’喝叫军士乱棒打出。”韩元帅道：“有这等事！小人得志，一至于此。”话声未了，只听得轰雷炮响、鼓角齐鸣。拨儿马报入中军道：“孙总兵大队人马，已从飞龙岭出门去了。”韩元帅道：“且住！那孙高有甚本事退得金人？此去必然大败。关隘难保，却怎么处？速传前营韩彦直上堂。”原来韩彦直是韩元帅的公子，年方一十四岁，有万夫不当之勇，惯用两柄金锤，重一百二十斤，现为前营先锋大将。传不多时，只见韩公子头戴金冠，身穿铠甲，腰悬宝剑，手执金锤，当阶跪下道：“爹爹有何差遣？”韩元帅道：“金兵入寇，朝廷差孙总兵领兵出关交战，你可领五千铁骑，悄悄护送孙总兵。倘孙兵有失，你可杀入金营，救取孙高。不容金兵一人一骑，进我关内。”把令箭付与公子。公子飞身往外，起兵去了。且说孙高才出关前，只听得大队金兵一齐杀到。但见征尘滚滚，杀气腾腾。征尘滚滚，卷起四野乌云；杀气腾腾，冲满一天黑雾。拐子马〔12〕，奔突咆哮；铁浮图〔13〕，周围密匝。儿郎凶狠，一个个罗刹夜叉〔14〕；将帅雄强，一人人金刚揭谛[15]。雁翎刀、偃月刀、泼风刀，光耀日月；飞龙旗、绣虎旗、豹纛旗，招飐云霄。漫天盖地杀将来，海涌山崩拦不住。孙总兵吓得手足无措，同着众将官正待抵敌，霎时间，金兵杀到：第一队，红袍、红铠、红缨、红甲，兀术四太子手执仙花月斧，匹马当先。孙总兵待要阻挡，早被兀术劈头一斧，翻身落马。可怜得势行凶将，做了南柯一梦人[16]。孙营各队，见帅字旗一倒，各自逃生。金兵围裹将来，杀得尸横遍野，血染成渠。那个韩公子在后边，望见孙高兵败，喝叫军士：“一齐随我上前厮杀。”公子就把紫金冠按一按，狮蛮带[17]紧一紧，手执金锤，直望金营杀去。霹面撞着兀术，两马相交，兵器并举，大战三百回合。金营中三十六员大将，一齐来战公子。公子毫不惧怯，越斗越狠。锤起处，流星赶月；锤落时，弹打流莺。锤往锤来，似两轮红日；锤上锤下，如万点寒星。左一锤，苍龙献爪；右一锤，猛虎翻身。探马锤，大鹏展翅；撒花锤，彩凤腾云。锤着人，半天霹雳；锤着马，一命归阴。锤风刮处鬼神惊，锤响声闻天地震。公子斗了半日，杀翻了数员金将。粘罕[18]闻知韩家兵马接应，急急鸣金收军。众将不敢恋战，各归营寨。韩公子三番杀入金营，砍了无数金兵，寻取孙高不见，金家人马，退了三十里之地。韩公子入关固守，即差飞骑，将捷音报知元帅去了。不隔数日，只见提塘[19]飞报说:“皇帝差了广阳王童贯,领二十万禁兵,到雄州来了。”韩元帅闻言叹息道:“如此用人,怎成的大功?”话声未绝,只见镇守三山口汛地[20]将官,差飞骑来报:“广阳王前站已到三山口了。”韩元帅分付:“将牛、羊、酒、米等项,快送广阳王军前供应。”自己领着随身兵将,前往迎接。行了一会,望见广阳王大营已经扎定。韩元帅到了寨前,中军报进。只见里面走出十来个顶盔贯甲将官,说奉千岁爷令旨,传韩元帅一人进见。韩元帅走进中军,只见整千将佐簇拥着广阳王,头戴七曲缨冠,身穿大红蟒袍,腰系蓝田玉带,高高的坐在银交椅上。韩元帅站在帐前,广阳王走出座外,问道:“这就是韩招讨么?”韩元帅打躬道:“是!”广阳王分付请圣旨过来。十来个将官抬出龙亭,里面又走出一位将官,捧着圣旨,立在中间。韩元帅躬身下跪。那官儿开着圣旨读道:“韩世忠按兵不举,丧帅辱国,失守封疆,囚解来京。”读诏才完,众将官推着一辆囚车到帐。广阳王道:“奉圣旨,速将韩世忠跣剥[21],上了刑具,钉入囚车。”众军士就将韩元帅剥下盔甲,上了镣杻,推入囚车,四面把铁钉钉了。韩元帅那时真个是浑身是口不能言,遍体排牙说不得了。〔净拍桌怒嚷介〕讲这样歪书！讲这样歪书！〔众共惊介〕却是为何,这般乱嚷?〔净〕可恼！可恼！童贯这辮[22]狗,作恶异常,教我那里按捺得定！〔付〕从来说书，有好有歹，何须动得肝经。〔净〕这等恶人，说他怎么？〔付〕既是恶人，你不要听他便了。〔净踢翻书桌介〕〔付〕这是那里说起？〔净〕我就打你这狗弟子。〔众拦劝介〕他是说书的先生，为何打他？〔付〕可笑，可笑。〔外、小生扯付介〕去！去！去！我们自到寒山寺开讲去。〔丑扯介〕〔付〕我自去了，省得在这里淘气。〔外、小生〕此处不留人。〔付〕自有留人处。〔外、小生同付下〕〔丑怒指净介〕好好一个书场，被你这狗头撒野火，赶散了我们的生意。我就打死你这狗头。〔赶上打净介〕〔净〕来！来！来！你敢和我放对么？〔末、众两边劝介〕〔净、丑各脱衣介〕〔两边扯架子介〕

人物出场就有戏，在行动中刻划人物，比呆板地作自我叙述性介绍好。

【锁南枝】〔净〕我冲冲气，贯斗牛，老拳奋时神鬼愁。〔丑摆势介〕饶伊勇力千斤，怎入区区手？〔净踢飞脚，丑做身法赶进，拿住净脚介〕〔末、众劝介〕二位不可认真。逢场戏，无怨尤，又何须强争斗。〔净〕你要拿我么？买干鱼放生，好不知死活哩！〔丑〕不但拿你，还要打你落花流水哩！那边家打少林，打太祖长拳，江湖上有名的十八家打法，我那一家不熟的么！〔又各摆势介〕

【前腔】〔丑〕拳师我为首。你班门莫浪挡。〔净〕凭你那一家打法，我只是沙家老实打[23]。拿出沙家手段,一拳黑虎偷心,打得你翻筋斗。〔净一拳打倒丑介〕〔脚踏丑胸膛介〕〔丑在地喊介〕〔净提拳作打丑介〕〔末、众劝介〕朋友,不可如此。看我众人面上,放手,放手。公言劝,须罢丢,愿赔情,望宽宥。〔老旦急奔上〕

【前腔】〔老旦〕听传报,急奔投。〔作见净指介〕果然与人争未休。还不放手,打死了人,不要偿命的么?〔净放丑立起介〕〔丑作叫痛喘介〕〔老旦扯净介〕还不跪下。〔净跪介〕〔老旦〕时常劝戒叮咛,不把良言守。下次再不可如此。〔净〕再不敢了。〔老旦〕起来。〔净立起介〕〔末、众〕我们起先还道他是个好汉,却原来是怕老婆的都头。这样人采他怎么?〔净〕不是我母亲分付,我怎肯饶他。〔末〕这等说来,是令堂了。〔老旦〕适才小儿冒犯,老身特来请罪。〔末向众介〕众兄弟,方才他听见不平,忿忿大怒,道他是个义士。如今他尊奉母亲,又是个孝子了。〔末、众向净拱手介〕你怀公愤,是忠义俦[24]。又奉亲言,真孝友。〔老旦〕小儿是个粗鲁之人,岂敢过承谬赞。〔末向净介〕请问尊姓大号?〔净〕在下颜佩韦。〔末、众〕原来就是颜大哥,失敬,失敬。〔净向末介〕请问尊姓贵表?〔末〕小弟杨念如。〔净〕原来就是杨大哥,久仰，久仰。〔末指丑、旦、贴介〕这三位就是周文元、马杰、沈扬，都是近边有兴的小朋友。〔净拱手介〕哈哈！相逢一笑皆知己，岂是区区陌路人！〔末〕颜大哥在上，今日小弟辈幸遇大哥这等孝义，众心钦服，欲屈大哥和弟辈四人，共订一盟，结为兄弟。未知老伯母允否？〔老旦〕小儿得蒙众位提挈，是极妙的了。〔净〕这叫做不打不成相识也。〔末〕请问大哥尊庚多少？〔净〕小弟平头[25]三十。〔末〕小弟二十五岁。〔指丑、众介〕这三个兄弟，都是二十三四的人，是颜大哥居长，小弟次之。〔丑〕我周文元第三。〔旦〕我马杰第四。〔贴〕我沈扬第五。〔末〕幸得伯母在此主盟。我们众兄弟，就此对天一拜。〔共拜介〕

【前腔】〔五人合〕盟言向天剖，精诚金石侔[26]，不用乌牛、白马，依然义结桃园，骨肉恩偏厚。〔转拜老旦介〕〔老旦合〕金兰谊[27]，生死周[28]，弟兄情，地天久。〔老旦〕我儿请四位同归草舍，杯酒谈心。〔末、众〕小侄等正要登堂奉拜，就此奉送伯母回家便了。

〔合〕种树种松柏，结交结君子。

松柏耐岁寒，君子有终始。〔同下〕

〔1〕飞鸿六顺：两种拳法的名称。

〔2〕拈头：指赌场抽红利。

〔3〕扒头：吴人方言以壮年未包网巾者曰扒头。

〔4〕姑苏:苏州古名。

〔5〕鄜延州:指鄜州、延州,在今陕北地区。

〔6〕阖闾城:春秋时吴王阖闾曾都苏州,故称苏州为阖闾城。

〔7〕荆卿:荆轲,战国时齐人,被燕太子丹尊为上卿,前往刺秦王,失败被杀。骂荆卿,恨其未能刺中。

〔8〕拉钱:收听书钱。

〔9〕花石运:宋徽宗时搜罗奇花怪石,大量运往北方,称"花石纲"。

〔10〕雄州:在今河北雄县,为宋时北方要塞。

〔11〕夜不收:古军队中夜晚派出的侦探。

〔12〕拐子马:金朝骑兵以三马相连,各裹甲胄,好像活动的堡垒。

〔13〕铁浮图:指周身裹着铠甲的士兵。

〔14〕罗刹夜叉:恶鬼。

〔15〕金刚揭谛:指神佛的侍卫力士。

〔16〕做了南柯一梦人:犹言度过了一生,死了。

〔17〕狮蛮带:系袍腰带的一种。

〔18〕粘罕:金兵统帅完颜宗翰。

〔19〕提塘:传达命令、文书的官吏。

〔20〕三山口汛地:在今辽宁绥中南。汛地即防地。

〔21〕跣(xiǎn)剥:脱去上衣,以羞侮之。

〔22〕驐(dūn):去势的雄性动物。

〔23〕沙家老实打:原注说,吴人有沙荫怀,善白打,故称。

〔24〕忠义俦:与忠义之人同类。

〔25〕平头:指整数,即齐头数。

〔26〕侔:相等,一样。

〔27〕金兰谊:非同姓人结为兄弟的情谊。

〔28〕周:周济、照顾。

第三折　述珰

〔生巾服上〕忆自春明[1]别故人，燕云遥望动星文[2]。今朝长啸归山坞，共向西风泣楚均[3]。我周顺昌削籍家居，自恨不能叩阍[4]，剪除魏贼。犹幸好友文文起兄在京，他是信国[5]子孙，传家忠孝；文章气节，绝代无双。前岁大魁天下，黄童、白叟，尽识他为国家栋梁。我想他近侍讲筵[6]，必能一语回天，扫除逆贼。不意他封章甫上，严旨疾传，罢出南归。他也不入城市，竟自入山，到竹坞别墅去了。我一闻此信，愤懑填胸，一口气步出西郊，急往竹坞，面晤文兄。一来问问朝政，二来会会好友，三来大家吐吐胸中不平之气。迤逦行来，已过西津桥了。你看四面青山，一溪绿水，好光景也。〔行介〕

此折先从侧面写魏阉气焰。

【仙吕入双调过曲·园林好】盼长空，待呼天痛悲，睹层峦，似填胸块磊。望不见东来紫气[7]。幽人室，白云西；衡门[8]隐，碧梧栖[9]。〔净、付扮轿夫上〕上磨肩头，下磨脚底，一百低钱，奔得臭死。〔看介〕原来是周老爷。嗄！周老爷是去望文老爷了。〔生〕你这两个人，怎么晓得我去拜文爷？〔净、付〕昨日文老爷北京回来，到竹坞去了，今日周老爷自然去的。〔生〕倒亏你们猜得着。〔净、付〕我两个人有肩轿子在此，抬了周老爷去。〔生〕不消抬得，我自走去。〔净、付〕这里到竹坞，要过贺九岭、谢晏岭，许多山头。怎么走得？还是抬去好。〔生〕我自走惯的。〔净、付〕各位老爷游山，就是大叔们，也是坐轿的。怎么周老爷要走？〔生〕不要混帐！你们自去。东山游屐惯，何必问篮舆[10]。〔下〕〔净〕好笑，好笑。一个吏部，不抬轿子，只管乱奔，岂不坏了官体？〔付〕也不要怪他，教他那里去设处这几分轿钱。〔净〕正是：有钱使得鬼推磨，〔付〕无钱落得脚奔波。〔俱下〕〔生行上〕

一个小插曲，为周的清廉简朴再补一笔。

【嘉庆子】万山深处松影蔽，只听得涧水潺湲鸟乱啼，看翠竹交加檐际。这里已是文兄别墅了。过万竹，款柴扉[11]；穿三径[12]，踏苔莓。〔外，苍髯、巾服上〕

【尹令】〔外〕远城市山居清秘，少剥啄[13]花间闲憩。〔生〕有人么？〔外〕何事草堂声沸？〔见生介〕呀！原来是蓼洲兄。〔生〕阿呀！文兄阿！〔外〕阿呀！周兄阿！〔各抱哭介〕〔合〕知己睽违[14]，惊喜还悲，各泪垂。〔共揖坐介〕〔外〕小弟削籍南归，竟自入山，尚未叩谒，何意反承光降。〔生〕小弟一闻吾兄归山之信,百愤骈增。故尔急急到此,欲求把臂剧谈[15]。请问吾兄,朝中光景一向如何?〔外,攒眉介〕自吾兄别后,那魏贼行事一发[16]不可言矣!〔生〕都要一一细谈。〔外〕那王安虽是内监,他公忠勤慎,护持先帝于青宫,又佐今上受命。魏贼恨安正直,矫旨将安掩杀。他又杀光宗选侍赵氏,再杀今上贵人胡氏。那裕妃张氏有宠,矫旨勒令自经。皇后张氏方娠,已经成男,密谋堕胎,母子俱殒。〔生〕有这等事!

【品令】〔外〕内庭血染,屠戮遍嫔妃;堂堂天子,不得庇王姬。凶谋偃月,蔽日思狂噬。〔生〕祖宗先帝,炯炯精灵不昧。霆击雷轰,少不得糜烂头颅骨肉飞。〔外〕内庭弄兵,祖训所禁。那魏贼私设内操,挑选心腹宫标万人,裹甲出入,日夜操练。金鼓之声,彻于殿陛。皇子方生,炮声震死。近御铳炸,圣躬几危[17]。魏贼走马上前,飞矢险中龙体。〔生〕阿呀!一发罢了!

【豆叶黄】〔生〕他无君无国,伏莽宫闱。恐一旦祸起萧墙,恐一旦祸起萧墙,召不及勤王义旅。〔外〕徙薪曲突[18],天高听迷,真个是悬丝国祚[19],真个是悬丝国祚。怕只怕烂额焦头,翘首燕山惨凄。〔生〕闻他如今心腹比前愈加广布了。〔外〕崔呈秀首握兵柄,魏良卿冒滥封侯,要害俱置重兵,大帅尽其爪牙。各处建祠[20],雕龙镂凤。坟茔僭拟[21]皇陵,进香如同驾幸。配享已同孔圣,庙祀将入明堂[22]。越分僭拟,止隔一间了。

【玉交枝】〔外〕貂珰[23]作祟,亘千秋今朝祸奇。微垣[24]失曜冲长彗[25],卜不得帝座安危。〔生〕金瓯[26]完固大邦畿,妖氛震撼翻天地。恨奸邪空将手挥,望君门空将颡稽[27]。〔外〕吾兄如此愤懑不平,小弟若说他极恶去处,定然要裂眦冲冠了。〔生〕他更有怎样恶处?〔外〕那魏贼不奉圣谕,不由阁票[28],假传圣旨,扫荡忠良。削夺未已,即行逮系;逮系方至,即加杀戮。用干儿许显纯、杨寰为锦衣卫[29]。造下铁脑箍、阎王闩、红绣鞋、锡汤笼几种酷刑,掠杀正人殆尽。又捏称熊廷弼、杨镐[30]因失守封疆,将银三十万两,托汪文言贿嘱杨涟、左光斗等十七人,先将汪文言锻炼两月,逼勒成招。株连蔓引,纷纷逮系,必欲一网打尽。如今缇骑四出,只恐你我不能安枕也。〔外握生手介〕蓼洲兄阿!如此世界,岂不天翻地覆了!〔生捶胸岸帻[31]骂介〕咦!魏贼,魏贼!就把你食肉寝皮，尚有余辜也！

【江儿水】〔生〕览节凶愈甚，超衡[32]恶尚微。剐鱼鳞，快不得清流[33]意；点脐灯[34]，消不得黎民气；裂牛车，正不得朝廷罪。文兄阿！何日里诛尽无须党类，肘腋奸除，留几个幼弱黄衣！〔小生扮僧上〕溪声常在耳，山色不离门。〔作入介〕文老爷拜揖。贫僧闻知文老爷回来，特来拜谒。〔作见生介〕原来周老爷也在此！〔生向外介〕此僧是何人？〔外〕是龙树庵西崖师。〔小生〕周老爷到过庵中的，怎么忘了？贫僧正欲到府，欲求周老爷题一匾额，以作山门之镇。

【川拨棹】存萧寺，盼千金一字题。〔生〕长老远来，本应即时捉笔，奈我两人此际呵！刚是不平之气带焰而飞，刚是不平之气带焰而飞，弄柔翰[35]，恐非所宜。〔小生〕如此，贫僧改日来领就是。别过了。〔揖别介〕白云深，归路迷，任青山笑我痴。〔下〕〔外〕西崖忽至，一时未得罄谈，请到里面，蔬酒同叙。今夜抵足论心，亦是快事。〔生〕领命了。〔合〕

【尾】畅哉！彻夜论肝膈[36]，洗牢骚，满浮大白。魏忠贤，魏忠贤！须知我骂贼方将逞酒威。

〔生〕松月当窗绝点尘,〔外〕莫提蝴蝶是前身〔37〕。

〔合〕犹恐竹声惊好梦,急怀短疏奏枫宸〔38〕。〔同下〕

〔1〕春明:唐时京城门名,后代指京城。

〔2〕动星文:以天上星宿转动,喻人间人事变动。此处指魏党专权,文文起等被罢职。

〔3〕楚均:均同韵。这里指屈原的《楚辞》。

〔4〕叩阍:叩击宫门而申冤诉志。

〔5〕信国:宋文天祥曾封信国公。

〔6〕近侍讲筵:文文起任修撰,在皇帝身边管理文书。

〔7〕东来紫气:东面来的祥瑞之气,这里指好的信息。

〔8〕衡门:简陋的住屋。

〔9〕碧梧栖:杜甫《秋兴》诗云:“红豆啄余鹦鹉粒,碧梧栖老凤凰枝。”以凤凰栖息梧桐来比喻人的清廉高洁之志。

〔10〕篮舆:竹轿子。

〔11〕款柴扉:叩开荆条编制的门。

〔12〕三径:指隐居处的小路。

〔13〕剥啄:敲门的声音。

〔14〕暌违:很久未见面。

〔15〕把臂剧谈:握手畅谈。

〔16〕一发:愈加。

〔17〕近御铳炸,圣躬几危:太监王进曾在熹宗面前演试大铳,爆炸后几乎把熹宗炸死。

〔18〕徙薪曲突:指将灶边的薪柴移走,把直烟囱改成曲的,以防火灾。此即防患于未然之意。

〔19〕悬丝国祚:国家的命运,像悬在细丝上一样危险。

〔20〕建祠:指为魏忠贤建立生祠。

〔21〕僭拟:超越本分的规格。

〔22〕明堂:即太庙,指天子的祖庙。

〔23〕貂珰:汉以后宦官冠上之饰,后以代称宦官。

〔24〕微垣:古人以紫微星垣比喻皇帝的居处,皇宫亦称紫禁城。

〔25〕冲长彗:长尾彗星冲入紫微星垣,古人认为大不吉利。

〔26〕金瓯:喻国家。

〔27〕颡(sǎng)稽:即稽颡,叩头。

〔28〕阁票:内阁大臣签署的文书。

〔29〕锦衣卫:皇帝的护卫部队,此时掌握在魏忠贤爪牙手中。

〔30〕熊廷弼、杨镐:明镇守东北边疆将领,后为清军所败,被魏党矫旨处死,传首九边,引起军民愤恨。

〔31〕岸帻:脱去头巾,露出额头,叫岸帻。这里指周顺昌怒发冲冠。

〔32〕览、节、超、衡:指东汉时作恶多端的宦官侯览、曹节、单超、唐衡。

〔33〕清流:指不肯与奸党同流合污的士大夫。

〔34〕点脐灯:东汉时董卓治乱凶狠,想篡位自立,后为人杀死,其尸肥胖,有人以火置其脐中为灯,后人说为点脐灯。

〔35〕柔翰:毛笔。

〔36〕肝膈:肺腑之言。

〔37〕莫提蝴蝶是前身:庄周梦为蝴蝶,以此醒悟人生之理。这里意为莫管前生之事。

〔38〕枫宸:皇帝所居之地。

第四折 创祠

"创祠"为本剧里一大关目，既写出了魏的权势和野心，又刻画了阉党对魏的谄媚、对人民的敲剥，为写民愤张本。

【双劝酒】〔末，胡髯、罗帽、大摆、皂靴上〕官差奔忙，身充堂长。钱粮几桩，经收支放。免不得一番劳攘，只为着敕建祠堂。自家堂长陆万龄的便是。本衙门内监李老爷[1]，与军门毛老爷[2]，在半塘建造东厂[3]魏爷生祠，供养长生神像，着我管工。今日二位老爷亲临破土，已曾搭盖蓬厂，一应的结彩亭头、猪羊祭礼、吹手礼生[4]，都已停当。只是那风水先生还不见来。万一官府到了，等他不来，怎么处？不免着人去催他一番。正是：我自心头急，他人不着忙。〔下〕

【前腔】〔丑，长方巾、青衣上〕区区走方[5]，江湖游荡。堪舆[6]本行，全凭瞎闯。那知道来龙方向，看不出风水阴阳。在下本姓姓赵，小峰是我贱号。祖居世代兰溪，一向江湖走跳。起先算命嚼蛆，近习堪舆之教。本事自觉低微，说起教人好笑。地理看得弗精，历本也不熟套。正月初一，才知新岁年朝；腊月三十，方晓年夜节到。人家请我相相坟地如何，先问他可有坑缸井灶。还有劳我看看阳宅[7]兴衰,便说他道少了来龙跌炮[8]。不晓得白虎、青龙[9],几曾识黄道、黑道[10]。不知什么叫做天干、地支,什么叫做时辰、生肖。拣日子也不论搬场、做亲,看通书那管他安葬、修造。取亲拣那天哭孤鸾[11],迁移还你五虚六耗[12]。出殡必用日犯重丧[13],修造定取岁君吊照[14]。依着我作难生灾,弄得人七颠八倒。莫怪我混帐糊涂,其实弗知凶星吉曜。日日假忙,说道某乡绅叫管家来邀;时时捣鬼,说道某官府着农民相召。止不过油嘴花唇,无非要骗人钱钞。闲话少说,今日毛军门、李太监为造魏公生祠,请我破土,不免到半塘踱他一遭。〔走介〕步出阊门外,来到半塘桥。你看人烟凑集,好不热闹。这里已是。那陆相公在厂内忙忙碌碌,不免叫他一声。陆相公,陆相公!〔末上〕那个叫我?〔见介〕原来是赵先生!你好没正经,怎么此时才来?〔丑〕破土自有时辰,何消着忙。〔末〕只怕官府到快,我和你先要伺候。〔丑〕自然。〔末坐介〕铺兵锣响,官府来了。〔内扮铺兵、执事[15],喝道、腰锣、皂隶、刽子,外、贴、小生、旦扮。净扮礼生,逐队上下。付净吉服,老旦扮太监,二厢撑黄伞上〕

【望吾乡】〔合〕迤逦山塘[16],行行拥碧幢。花间喝道人惊仰。但看指顾风雷动,不减天神降。威风显,气概昂,看万姓尊卿相。〔小生〕执事起去。〔内卸执事介〕〔末〕管工堂长磕头。〔丑〕风水术士见。〔付〕起来。方向可曾有定?〔丑〕禀老爷,前后左右,青龙白虎,朱雀玄武,乾坎艮震,巽离坤兑,俱经格定。如今请老爷一面昭告后土[17],待术士一面分金细看,另当细陈。〔老旦〕这是关系厂爷后来许多大事,你要仔细。〔丑〕晓得。〔末〕请二位老爷拈香。〔内吹打。净喝拜。付、老行礼献酒介〕〔丑拿格盘[18],东西量看介〕〔付、老旦奠酒化纸介〕〔付〕礼生候赏。〔净应,暂下〕〔末〕请二位老爷进厂内坐。〔付向老旦笑介〕老公公也做厂公了。〔老〕咱家做了厂公,毛爷你有王爵之尊了。〔各坐介〕〔丑看完方向介〕术士禀上二位老爷。八门定位,都已细细看过,丝毫没有错处。〔付〕是什么向?〔丑〕是乾山巽向[19]。〔老〕大门高多少?〔丑〕八丈七尺。〔付〕仪门两廊呢?〔丑〕俱高九丈。〔老〕正殿还要高些才好。〔丑〕高有九丈五尺,取位登九五[20]之意。〔付〕谶语[21]来得好!如今匠作从那方起手,上梁定在几时?〔丑〕【西江月】起向西南极利,紫薇吉曜偏多。论来半月疾如梭,此日上梁休错。〔末〕只恐来不及。〔老〕可再宽得几日。〔丑〕算定阴阳有准;那一日,诸般祥瑞匡扶。若还时刻一蹉跎,定有杀身之祸。〔付〕唗!胡说。〔丑〕这是据理而言。术士尚有画就祠堂图样,求二位老爷龙目观看。〔出图送看介〕〔逐一指点介〕这是照墙、牌坊，大门、仪门，两廊、甬道，正殿九间，殿后楼房、厢屋、花园、池沼，一一都有。〔付〕看来这图样比杭州的倒齐整。〔老〕就是南京的也赛他不过。〔丑〕术士费了无数心机，才画得此图。〔付〕自有重赏。且在外厢伺候。〔丑应下〕〔付〕陆万龄过来。如今鼎造[22]此祠，非比盖造别样衙门，可以草草。你可照此图式造去。监督有功，厂爷定有顶纱帽赏你。〔末〕全靠老爷抬举。〔付〕你听我道来，那祠堂呵，

【北要孩儿】门楼高耸须弘敞，正殿巍峨左右廊，都要重檐滴水规模壮。四围曜日悬帘幕，五彩妆金画栋梁。〔末〕承钧旨，传各匠，比得过王宫禁苑，帝室椒房[23]。〔付喜介〕把厂爷的祠堂比做朝廷的宫殿，却也说得好。〔老〕一应殿宇，毛老爷已分付过了。中间厂爷的神像，用沉香雕塑，也不必说了。但是厂爷的身材面貌，你们那里晓得？咱家对你说个明白，须要塑得象便好。〔末〕求老爷分付。〔老〕厂爷呵，

【前腔】好容颜，满月庞。美丰神，晓日光。腰圆背厚身肥胖。〔末〕身上蟒龙是几爪？〔付〕厂爷曾赐五爪，竟是五爪罢了。〔老旦〕蟒衣五爪围玉带，七曲缨冠百宝装。

〔副末〕既蒙分付，小的呵，急塑就，沉香像，胜似那当今天子，历代君王。〔老旦〕又把厂爷比做帝王，一发说得好。〔付净〕祠工紧急，限你一月完成。〔副末〕日夜催攒，指日可成。只是各项钱粮，求爷速速齐付，方好攒工。〔付净〕这个不消说得。

【前腔】这工程，岂泛常。你急催银，莫待商。〔末〕共有几项关文？〔付〕各官捐俸应非强。乡绅乐助须倾橐，富户抽丰[24]要罄囊。〔老〕这项钱粮叫做“祠饷”了。〔末〕晓得。蒙严督，征祠饷，恰便似皇朝赋税，国库钱粮。〔老〕还有一桩要紧事，不曾分付。〔末〕却是甚么？〔老〕厂爷神像前的供奉摆设，一一也少不得。你且听咱道来：

明末以饷银名目繁多为害，此处创造了“祠饷”一词，遂成绝妙讽刺。

【前腔】绣龙帷，白玉床，紫金猊[25]，宝篆香，高烧绛蜡银台亮。〔付〕每日还要设宴哩！〔老〕晨昏进膳须珍错，水陆罗陈赛上方[26]。〔末〕遵严谕，俱依样，胜似那御前供奉，太庙蒸尝。〔老〕各处生祠，都有题名。如今此祠，定什么名儿便好？〔付〕厂爷恩遍天下，这祠就题个“普惠”两字如何？〔老〕妙阿！竟是普惠祠便了。〔付〕分付摆齐执事，回衙门去。〔末众应介〕

普惠，反语讽刺。

【煞尾】〔付〕祠名普惠扬。〔老〕福地

金阊旺。〔合〕就是普天下的生祠无两。我和你两人呵！少不得裂土分茅[27]膺上赏。〔末跪送介〕〔付、老下〕〔净扮礼生，丑〕两位老爷已去，赏封一定有的，即求见赐。〔末出银向丑介〕这一封三两，是赵先生的。〔丑接介〕〔末〕这一封三钱。〔向净介〕是吾兄的。〔内〕陆相公，这边来讲话。〔末〕来了。正是：将军不下马，各自奔前程。〔下〕〔净接银，作不悦介〕怎么兄有三金，学生只得三钱？〔丑〕我看了许多风水，又画了图样，自然该多的。〔净背介〕我有道理在此。〔转介〕赵兄尊寓在那里？〔丑〕阊门内。〔净〕学生回去，也是顺路，同步如何？〔丑〕妙极的了！就当奉陪。〔同走介〕〔作一路随走随说介〕〔净〕今日乍会，不曾请教得尊号？〔丑〕贱字小峰。〔净〕峰老贵处，是浙江么？〔丑〕正是兰溪。〔净〕出外几年了？〔丑〕十七八年了。〔净〕宅上还有何人？〔丑〕只有家父与贱内两个。〔净〕近日新闻贵处天雷打杀了几个扒灰老[28]，这也确的么？〔丑顿足介〕不好了，不好了！家父一定不免了。〔净〕言重，言重！峰老走过几处马头，必知敝处用银子低潮，还要七里八折。只怕峰老方才的赏封，一定是不足数的。如今还该拿出来看看，若是少一缺二，也好转去与他找帐。〔丑〕兄的如何？〔净〕学生有限。〔丑〕不差，不差。〔出银介〕待我拆开来看。

这些地方未免罗苏、庸俗。

〔净〕拆了原封，他不肯认帐了，拿与学生手内捏一捏，就知分两了。〔丑〕请拿去捏。〔净接银入袖介〕只怕轻些。〔作急向前走介〕〔丑拖住介〕那袖了银子只管捏了去，拿出来还我罢。〔净〕且住！学生老实对你说，今日大家效劳，赏封就该大家均得。为何你三两起来？其实有些不平。故此要拿你银子来八刀[29]。〔丑〕又是奇了。且问你怎么样分法？〔净〕也不要三七、四六，竟是连学生的三钱头平半分，大家一两六钱半。〔丑〕呸！我们江湖上人的银子，你要分，想是做梦了。〔净〕你要撒野么？〔丑〕你要抢夺么？〔净欲走，丑拦住介〕〔净〕我不还便怎么？〔丑怒嚷介〕

【扑灯蛾】伊心太不良，伊心太不良！赛过白日撞[30]。财与命相连，怎肯轻轻丢放也。〔净作急态介〕不消无状。总有话，好好商量。〔丑〕什么商量！〔打介〕打教你如同肉酱。且做个斯文出丑在当场。〔作打倒净，搜出银子介〕银子在这里了，且饶你这娘稀的。〔指骂下〕〔净扒起〕打坏了，打杀了。蓝衫都扯破，儒巾尽踏匾。〔摸袖介〕不好了，不好了！连三钱头，倒被这贱精拿去了。咳！无梁不成，反输一帖[31]。如今打得遍身疼痛，只得倒要唱“清江引”了。

【清江引】偶然要把良心丧，谁料遭瘟帐[32]。一顿老拳头，几个凶巴掌，打得我好一似落汤鸡，弗敢强。〔叫痛下〕

〔1〕内监李老爷：指熹宗时织造中官李实，贪污横行，为魏忠贤忠实走狗。

〔2〕军门毛老爷：指应天巡抚毛一鹭，因兼统兵官，故称军门。

〔3〕东厂：明永乐十年成立的镇压人民和反对派的特务机构，由宦官执掌，权力在锦衣卫之上。

〔4〕礼生：赞礼，管礼仪的人。

〔5〕走方：四方奔走。

〔6〕堪舆：以迷信方法勘察风水吉祥。

〔7〕阳宅：指活人所居房宅。死人墓穴为“阴宅”。

〔8〕来龙跌炮：堪舆家术语。

〔9〕白虎、青龙：本星宿方位名，白虎代表西方，青龙代表东方。

〔10〕黄道、黑道：堪舆家以黄道表吉日，黑道表凶日。

〔11〕天哭孤鸾：孤鸾失偶乃凶象，不该择此日娶亲。以下各句皆类此打诨语。

〔12〕五虚六耗：指无法富足丰盈。

〔13〕重丧：接连死人。

〔14〕岁君吊照：犹言凶神高照。

〔15〕铺兵、执事：指由地方士兵组成的护卫、仪仗队伍。

〔16〕山塘：指建魏忠贤生祠的地点，在苏州城西北。

〔17〕昭告后土：动土前要明告地神。

〔18〕格盘：风水先生用的罗盘。

〔19〕乾山巽向：面向西南。

〔20〕位登九五：《易·乾卦》九五之爻为皇帝登极之象，故封建社会中九

五之制为皇帝专用。

〔21〕谶语:迷信中指能预示未来的话语。

〔22〕鼎造:鼎力建造。

〔23〕椒房:皇后的居室。

〔24〕抽丰:借因由聚敛钱财。

〔25〕紫金猊:紫金铸成狮子形状的香炉。

〔26〕上方:皇上。

〔27〕裂土分茅:封建天子封赏时以土和白茅代表土地。

〔28〕扒灰老:指与儿媳通奸者。

〔29〕八刀:分。

〔30〕白日撞:白日里抢劫。

〔31〕无梁不成,反输一帖:俗语,犹偷鸡不着蚀把米。

〔32〕瘟帐:倒霉。

第五折　缔姻

缔姻和骂像是塑造周顺昌形象的重要场子。作者把人物放在激烈的矛盾斗争中写,写来神完气足,憎爱分明,正气凛然。

【一江风】〔生上〕〔付扮船家摇上〕〔生〕恨难平,大地风波横,南国忠良罄。我周顺昌,自从竹坞得晤文兄,始知近日权珰之恶,正以缇骑四出,同抱杞忧[1]。不想浙中魏廓园[2]兄,竟尔独先被逮。那校尉前往槜李[3],此际定过吴门。我想魏兄生平狷介,视死如归。既无世俗牵情,必定片帆长往。我因此唤一小舟,每日胥江守候。只等他拘提过此,便好诀别一番。后难凭，只此一刻相逢，紧守定一刻相厮并。船家，看有南来的船，可再问一声。〔付〕咄！前面大哥，借问一声，你们一路来，可曾听得嘉兴魏爷的船，到也未到？〔内〕可是校尉提解上京去的？〔付〕正是。〔内〕今早同在吴江开船的，想必此时就到胥门了。〔付〕有劳了！〔生〕船家，既魏爷就到了，你快些摇到胥门，留心探望，不要错过了他的船儿！〔付〕晓得。〔生〕你看滔滔怒浪生，滔滔怒浪生，是英英伍相灵[4]，敢素车白马来乘兴。〔付〕前面来的船，可是嘉兴魏爷在内？〔净、丑扮校尉上〕我们正是提解魏宦上京去的，你问他怎的？〔生〕这等说来，果是魏兄到了。快须泊住了船，说我周顺昌要见。〔净〕圣旨紧急，谁敢逗留！〔生〕魏贼矫诏[5]，说什么圣旨！我竟自上船相见便了。〔上船叫介〕廓园兄，廓园兄！〔丑〕闻得苏州有个周顺昌，不是好惹的主顾，既已上船，且容他见见，且容他见见。或者送些盘缠使用也不可知。咄！分付水手泊住了船。〔内应介〕〔付〕我也在那边泊船伺候去。〔下〕〔生〕廓园兄！小弟在此，小弟周顺昌在此。〔末，苍髯、巾服、锁肘上〕

【三台令】已看西北天倾，谁望东南地宁。〔生〕廓园兄，故人在苏，怎就扬帆不顾了？〔末〕蓼洲兄，小弟有罪了。怕执手费叮咛，挂征帆，尽教心硬。〔丑〕你们有话快说，即刻就要开船的！〔净〕哥，你在船头坐着，听他说些什么来。我在岸上去走走。〔丑〕晓得。〔净下〕〔丑坐前场角介〕〔生〕廓园兄，你今日一身就逮，四海知名。敬羡，敬羡！〔末〕小弟为劾权珰，放归田里，满拟杜门谢客，训子课孙，不意诬受熊、杨赃私，复遭罗织。此去粉身碎骨，恐不复与仁兄再会矣！

【集贤宾】擎天有志力未胜，竟一事无成。最可恨者，小弟生平不直熊、杨[6]，今日反为熊、杨受屈！污蔑忠贞驱陷阱，莫须有罪案招承。〔生〕据弟所闻，那汪文言也不该妄扳[7]。〔末〕兄还不知，许显纯逼打文言，身无完肤，文言翘首大叱，誓死不从。及至逼坐[8]小弟赃银二万，他又极口叫冤，当不起又夹一夹棍，加上二百穿梭。交加白梃，那里管直言辩诤！小弟一死罢了，只是有负吾兄。怜孑影，再休想气求声应。〔生〕阿呀！廓园兄。

【莺啼序】斯文天丧忍独生，转顾影兢兢。〔末〕多少同年好友，见弟被逮，无不畏祸深藏。今日不以生死介意者，惟吾兄一人耳。〔生〕兄说那里话！前日一闻吾兄被逮，醢鸾凤[9]，万众称冤。哭麒麟，我独自心疼。今日里呵，虽不是楚囚对泣，也还似新亭指佞[10]。仁兄,只是一件,做小弟的一贫如洗,何所赠,便洒鲛珠[11],也不堪多迸!〔丑〕听他们如此说,不像有什么相送的了。快些下来,撵他去罢。〔生〕廓园兄,今日事势如此,小弟既不能为刺侠累之聂政[12],又不能为藏张俭之孔融[13],负愧古人多矣!倘或仁兄有甚未了心事,弟当一力任之。〔末〕小弟也没甚心事,只是前日被逮之时,举家惊惶无措,弟以大义晓之,尽皆掩泪听命。独有小孙允楠,牵衣痛哭,昼夜不已,因此两日登程以来,还觉耳畔呵,

【黄莺儿】隐隐作啼声,几回头,错唤名。呸!对兄说这样话,一发不是了!情牵儿女非骨鲠。〔生〕令孙几岁了?〔末〕小孙年方十三。〔生〕曾卜姻否?〔末摇手介〕咳!那里还作此想。覆巢已成,破卵可矜,小弟死后呵,哀哀谁把红丝订[14]!〔生〕小弟恰有一女,年纪却也相当,今日即以奉配。一来文章声气,重新百世婚姻;二来患难死生,依旧一家骨肉。小弟主意已决,吾兄也不必见拒了。这姻亲,不烦柯斧[15],何必卜年庚。〔末〕阿呀,蓼洲兄哪,

【簇玉林】蒙尊命,恐累卿。小弟身在难途,乏荆钗,当雀屏[16]。〔生〕小弟方才说过的了,只须"道义"二字,便为聘仪,何待蹇

魏阉气焰正炽,一般人避之唯恐不远,周独挺身与魏廓园联姻,写出周的肝胆照人。

修[17],何烦礼物!丈夫一语如九鼎,堪作氤氲[18]证。〔末〕如此说,义不容辞了。亲翁请上,小弟有一拜!〔生〕小弟也有一拜!〔合〕绾同心,中流砥柱,须不是泛泛缔姻盟。〔净〕哇,哇,哇!好大胆,唠唠叨叨,只管讲了去。〔丑〕好笑得紧,他是个钦犯,怎么与他联姻结党?〔净〕厂爷[19]知道,不是当耍的。〔生〕哇!狗头,谁要你多管!你回去,就说与那阉狗知道,我周顺昌,不是怕死的人。

【滴溜啄木】生平的,生平的,常拼躯命。今日个,今日个,猛张血性,狠骂声声响应。〔丑〕我们也是好话,周爷只管寻死。担阁已久,大家请稳便吧。〔生〕什么大家稳便!我就送魏爷到京,你敢奈何我么?咦!碎剐你这般狗头便好。〔末〕这是驾上差来的人,与他什么相干?小弟既奉圣旨,理合慷慨就道。相送千里,终须一别,亲翁,小弟言尽于此了。风波大狱吾承领,纲常大事君兼秉,生死同留千古名。〔生〕亲翁去后,小弟知亦不免。相见在即,小弟就此拜别了。〔同拜介〕

【猫儿坠】〔生〕行行相送,犹有一周生。他日逮及周生谁送行!〔末〕与君分手即幽明[20]。〔合〕消停,无限牵肠,再一凝睛。〔净、丑〕小船上船家,快把船摇上来!〔付上〕来了，来了！

【尾声】〔末〕生还何意图侥幸，也不望上方剑请。〔生〕但博个李、杜[21]齐名，我志始成。〔别介〕〔付同生摇船先下〕〔净〕好一个铁铮铮的狗头，回去对俺厂爷说了，看你活得成，活不成！明知岩穴虎方嗔。〔丑〕故作深山樵采人。〔末〕自古忠臣不怕死，由来怕死不忠臣。〔净、丑〕分付水手们，快些开船赶路去！〔内应介〕〔俱下〕〔外扮中军赶上〕为奉恩台命，来寻钦使舟。〔望介〕船儿不知往那里去了？〔向内叫介〕浙江魏爷上京的船，可在前面么？〔内应介〕〔外〕请转来，有要紧言语要会哩！〔内应介〕〔外〕请船上北京下来的两位爷，上岸讲话。〔净、丑内应介〕来了，来了！〔作跳岸上见外介〕〔外揖介〕二位爷是提解魏乡宦的么？〔净、丑〕正是。〔外〕本军门毛老爷，多多拜上。方才驿中来报二位爷在此经过，毛老爷晓得圣旨紧急，不敢相留，特差小官将银二百两，送二位爷路上买果儿吃。〔出银送介〕〔净、丑〕多谢，多谢！多多上复毛老爷，你们苏州有个周顺昌，方才上船，与犯官唠唠叨叨讲了半日的话，无非辱骂厂爷。两下又将儿女结了姻亲，你家老爷，也要留心了这个姓周的。〔外〕晓得。〔净、丑〕咱们开船要紧，竟自去了。有劳，有劳！〔外〕多慢。〔净、丑〕难得毛老爷这样好人。船家，打扶

这一关目想得好，写出毛一鹭与阉党的肮脏

关系，与周魏的患难之交成对照，又为后来毛一鹭密告周魏联姻作伏线。

手！〔内应介〕〔净、丑作上船介〕开船！开船！〔下〕〔外〕就将方才的言语，急急去回复老爷便了。正是：烦恼不寻人，人自寻烦恼。〔奔下〕

〔1〕杞忧："杞人忧天"略语，比喻多余的忧虑。

〔2〕魏廓园：指魏大中，字孔时，嘉善人，万历四十四年中进士，官吏科给事中，为官清正，因抗魏忠贤被魏陷害，与杨涟、左光斗同死狱中。

〔3〕槜(zuì)李：古地名，在今浙江嘉兴西南，魏大中住在此。

〔4〕伍相灵：伍子胥的英灵。

〔5〕矫诏：假传圣旨。

〔6〕不直熊、杨：不以熊、杨为直。熊为熊廷弼，杨为杨镐。魏大中与熊、杨志趣相左。

〔7〕妄扳：这里指以假供牵连他人。

〔8〕坐：坐实。以某事为罪证。

〔9〕醢(hǎi)鸾凤：将鸾凤之鸟剁为肉酱，比喻残害忠良。

〔10〕新亭指佞：晋室南渡，迁居江南的贵族常集在新亭指斥朝廷奸佞。丞相王导说："当共戮力王室，光复神州，何止作楚囚相对。"

〔11〕鲛珠：《述异记》中载，南海有鲛，泪泣则成珍珠。

〔12〕刺侠累之聂政：战国时韩严遂与侠累(韩傀)争权，严遂使聂政刺死侠累。

〔13〕藏张俭之孔融：汉时孔融年少时，曾替兄掩藏被追捕的张俭。张俭逃脱，孔融兄弟被执入狱。

〔14〕红丝订：指男女订婚。

〔15〕柯斧：也作斧柯，指媒人。

〔16〕雀屏：本指婚姻中选，这里指定婚聘物。

〔17〕蹇修：媒人。

〔18〕氤氲(yīnyūn)：亦作絪缊，原指天地间混沌之气，这里指天地。

〔19〕厂爷:指魏忠贤,因其掌管东厂事故称。

〔20〕即幽明:就等于死生之别。

〔21〕李、杜:东汉桓帝时李膺、杜密因反对宦官专权,后被陷害。李死狱中,杜自杀。

第六折　骂像

〔末,胡髯、罗帽、员领上〕威势炎炎天地昏,人人孝敬效儿孙。未识祠堂崇奉后,更将何事报亲恩。自家堂长陆万龄的便是,蒙本衙门老爷,与毛军门老爷,委造魏千岁[1]爷祠堂,已经完工。今日各位老爷亲往虎丘,迎接新塑的神像入祠。我这里挂红结彩,上膳进香,各项俱已完备,特特在此伺候。若说起祠堂的好处,真个世间少有,天上无双。金银钱钞,输将万万,一似尘土泥沙;木石砖灰,堆积千千,恰像峰峦山谷。日则鸣锣,锣响处,千工动手,一个个鬼运神输;夜则敲梆,梆打时,万桩齐下,一声声天摇地动。做匠的如狼如虎,好似罗刹临空;督工的喝雨呼风,赛过哪吒降世。观看的闭口无言,还怕死临头上;过路的低头疾走,尚愁祸到当身。费尽了百万钱粮,才得个一朝齐整。雕龙插汉[2],镂凤飞云。画栋流霞,碧甍[3]耀日。城墙坚固,赛过石头城[4]、紫

这一段骈体独白,运用汉赋手法,把魏祠从修建的耗费、气派,到建成后的奢华,层层渲染,以突出魏权倾当朝的气焰。

金城[5],万年基业;殿宇巍峨,一似皇极殿、凌霄殿,千丈辉煌。头门上,高题着:三朝捧日[6],一柱擎天;两坊中,明写的:力保封疆,功留社稷。威仪雄壮,浑似五凤楼[7]前,行走的谁不钦钦敬敬;气象尊严,出入的如在建章宫[8]里,那敢嚷嚷喧喧!少顷的沉香像迎入祠堂,队队行行,尽拥着一人有庆[9];今日里普惠祠均瞻圣貌,挨挨挤挤,堪比着万国来朝。真是千载齐心来仰圣,百官何必去朝天。道犹未已,你听鼓乐声喧,想是神像迎将来了,不免进去整备登座则个。正是:平日但知天子贵,今朝才识厂公尊。〔下〕〔外、小生、旦、贴扮执事、吹手,丑扮小监,付纱帽、红员领,老旦监帽、蟒服前行。三杂抬轿、抬魏像盘龙、监帽、蟒玉,一杂撑黄伞行上〕

【正宫过曲·玉芙蓉】〔合〕勋名贯斗杓[10],功业凌苍昊[11]。洵千秋间气[12],天挺人豪。今朝德望逾周、召[13],他日经纶翊舜、尧。神容肖,胜龙姿凤表。遍街衢,万人瞻仰拥如潮。〔作到介〕〔末暗上,扶像上座介〕〔付〕厂爷登殿,礼应加冠。〔老〕有御赐的七曲缨冠在此,进上千岁爷。〔丑递冠与老介〕〔老捧冠同付跪介〕〔老高声介〕奉旨进上千岁爷七曲缨冠!〔丑立台上,除像监帽,作戴冠不上介〕〔丑〕头大冠小戴不得。〔老、付立起介〕唤陆万龄！怎么爷的头塑大了？〔末跪介〕遵爷钧旨，头塑九寸九，这是宫中赐来冠小了，与小的何干？〔付〕如今怎么处？〔老〕这冠儿是上位赐的，又不好动他。〔末〕不难。塑像的在此，分付他将爷的头儿，收一收便了。〔老〕有理。〔末向净介〕你把爷的头儿，收这一分儿。〔净〕晓得。〔作上台取像头，安膝上铲小介〕〔付、老跪介〕〔老哭介〕咱的爷爷啊，头疼啊，了不得！了不得！〔净作铲小加冠介〕〔付〕好得紧，好得紧！〔老〕如今俨然是一位太庙中神像了。〔末〕请爷上香进爵。〔付〕如今我们都行五拜三叩头的礼了。〔老〕不消，不消，别的要行这大礼，如今咱们两个都是爷的亲生骨肉一般，不须行这大礼。也不用礼生虚文，竟自多磕几个头儿就是了。〔付〕有理。〔杂众奏乐介，老、付进香、进酒介〕〔磕头跪介〕

【前腔】〔合〕金樽玉液浇，宝鼎沉烟[14]袅。着食前方丈，山海珍瑶。筵前祷祝祈三岛[15]，云际嵩呼[16]彻九霄。〔老、付又叩头介〕〔合〕儿纯孝，舞斑衣拜祷。望亲恩，天聪昭鉴孝思遥。〔作拜献完介〕〔末〕请二位老爷偏殿进宴。〔老〕爷赐咱们的宴么？〔末〕正是。〔老〕毛哥，咱们去吃爷的赐宴，再来上午膳罢。〔付〕有理。〔老〕歌乐奏来三殿合。〔付〕酒杯连进万年欢。〔老〕分付孩子们，用心看守外边栅门，不许闲人闯入！千岁见了，要恼哩。〔外〕晓得。〔共下〕〔生，方巾、白衣上〕

【北正宫·端正好】首阳[17]巅，常山[18]峤，芎生来正气昭昭。俺只是冷清清坚守着冰霜操，要砥柱狂澜倒。俺周顺昌，孤介性成，忠贞夙秉。血淋淋一点赤心，只是忠君为国；铁铮铮千寻劲节，不肯贪位求荣。如今阉贼专权，群奸附势，俺自削籍家居，恨不奋身杀贼。近来趋承谄附之辈，各处遍造逆祠，吾郡亦创祠于半塘。那些党羽，输金恐后。昨有传帖到来，说今日塑像入祠，公往叩贺。俺一时怒发冲冠，毁帖大骂。如今不免步到半塘，看他们恁般样光景！〔行介〕

【滚绣球】恨奸邪，善类诛。逞凶图，国祚摇。数不尽拜门墙[19]，一群狼豹；蓦忽地，耸生祠虎阜东郊。那一个贡沉香塑着头，那一个献玉带束着腰，那一个进珍珠缨冠光耀，那一个奉金炉降速香烧。纷纷的输金馈饷晨昏纳，挤挤的稽首[20]投诚早晚朝，总是儿曹。来此已是半塘了。果然是地侵阡陌，祠插云霄，直恁奢侈僭拟也！

【叨叨令】见参差楼儿和殿儿，直恁的巍巍峨峨的造。看多少门儿和栅儿，真个是重重叠叠的奥[21]。遥望着灯儿和炬儿，闪的人辉辉煌煌的耀。猛望着身儿和首儿，活现出狰狰狞狞的貌。〔指介〕咦，兀的不恨杀人也么哥[22]，兀的不恨杀人也么哥！〔外、小生扮家丁持红棍赶上〕什么人在这里窥探？〔生〕又只见牙儿和爪儿，向咱行[23]喧喧阗阗的闹。〔外、小生见生立住介〕〔老、付、末同丑众上〕千年桃进呈仙品，三祝声传效华封[24]。〔老〕此时该上午膳了。〔付〕承应的乐人梨园，队舞撮弄的[25]，都齐备在这里么？〔末〕都伺候久了。〔老、付望介〕什么人在外边窥望？孩子们快些打啊！〔二杂低禀介〕是吏部周老爷。〔老〕什么周老爷？〔付〕一定是周顺昌了。〔生直入介〕老公祖[26]奉揖了！〔与付揖介〕〔老〕先拜了厂爷，然后作揖。〔生〕要俺周顺昌拜么？〔冷笑介〕

【脱布衫】〔生〕俺生平劲节清操，怎肯向貂珰屈膝低腰！〔老〕叩拜的也颇多，你怎地独自崛强？〔生〕一任那吠村庄趋承权要，俺只是守孤忠，心存廊庙。〔付〕厂公功德巍巍，也是合当钦敬的。〔生怒介〕咳！那魏忠贤么？

【叨叨令】自《西厢记》〔长亭送别〕后，习惯用以写儿女离情，此处用以骂奸斥佞，情调不合，念起来有点别扭。

【小梁州】〔生〕他逞着产禄[27]凶残胜赵高[28]，比璜瑗倍肆贪饕。〔老怒介〕嗄，这等放肆！〔生〕他待学守澄全诲恣咆哮，凶谋狡，件件犯科条。〔老〕厂爷有什么不好处来？〔生〕他的罪案多得紧哩！

【么篇】〔换头〕〔生〕他诛夷妃后把皇储剿。杀忠良，擅置宫操[29]。结干儿，通奸媪[30]，兀乱把公侯滥冒。他待要神器[31]一身叨。〔老〕哇哇，一派多是胡言！〔付〕想多饮了几杯酒儿，敢是醉了么？〔生〕俺几曾醉来！

【中吕·快活三】〔生〕俺待学阳球伏阙号[32]，效张钧请剑枭[33]。恨不把奸皮冒鼓任人敲，倩祢衡挝出渔阳调[34]。〔老怒介〕孩子们，把棍儿乱打这厮！〔众应介〕〔生〕谁敢！谁敢！〔付劝介〕不要动手。且慢，且慢！〔向生介〕老先生请回罢，不要招灾惹祸了。〔生大笑介〕

【朝天子】〔生〕任奸祠郁岧[35]，任奸容桀骜[36]。枉费了万民脂，千官钞。羞题着一柱擎天，封疆力保。少不得倒冰山，阳光照，逆像烟销，奸祠火燎，旧郊原兀自的生荒草。怪豺狼满朝，恨鸱鸮满巢，只贻着臭名儿千秋笑。〔作拂衣下〕〔老〕可恼，可恼！今日是神像进祠吉日，撞着这狗弟子孩儿，闹藕[37]这一场。咱家方才叫孩子们毒打这厮一顿，又被毛哥劝止，胸中恼不过，怎么处？〔付〕凡事不可性急，方才就打他一顿，也干不得正经。如今连夜写成一疏，送到厂爷处，差着校尉拿他上去，了他的性命便了。〔老〕就把辱骂神像为题么？〔付〕不中用。他前日与魏大中结姻，我已具一密揭，报知厂爷了。如今就在周起元[38]背违明旨，擲减袍价疏内，说与东林周顺昌等，干请说事[39]，婪赃剖分，一网打尽便了。〔老〕有理，有理。就写，就写。多谢毛哥指教！〔付〕俺们事关一体，自该同心合胆，画出恶策的。何须谢得！〔老〕周顺昌，周顺昌，我此本一上，教你浑身是口不能言，遍体排牙说不得了！陆万龄过来！咱老爷心上恼，也等不得上膳了，你们掩了神厨，好好在此看守。咱老爷和毛老爷，明日来候千岁爷的安罢。〔末〕晓得。〔付〕外厢去上轿了。〔老〕自然。〔付〕恨小非君子，无毒不丈夫。〔老〕纵使人如铁，难当法似炉。〔俱下〕

〔1〕魏千岁：魏忠贤，呼至九千岁，为王公最高称呼。

〔2〕插汉：高插入云汉。

〔3〕碧甍（méng）：绿色屋脊。

〔4〕石头城:在今南京,三国时孙权建。

〔5〕紫金城:紫禁城,指北京皇城。

〔6〕三朝捧日:魏忠贤曾辅佐过明代万历、泰昌、天启三朝皇帝。

〔7〕五凤楼:梁太祖朱温建,去地百尺,在天半空。

〔8〕建章宫:西汉武帝所建,气势雄伟。

〔9〕一人有庆:《尚书》中语,本指天子一人有善行。这里指魏忠贤。

〔10〕斗杓:北斗星。

〔11〕苍昊:昊昊苍天。

〔12〕间气:杰出人才。《春秋演孔图》:“正气为帝,间气为臣。”

〔13〕周、召:指周代有德行的大臣周公、召公。

〔14〕宝鼎沉烟:香炉中烧着沉香烟。

〔15〕三岛:传说东海中有蓬莱、方丈、瀛洲三山,神仙所居,并有长生不老药。这里是祝愿长寿的意思。

〔16〕嵩呼:高声祝颂皇帝之词。据说汉武帝刘彻登嵩山,吏卒听到三呼万岁的声音,后便称朝见皇帝高呼万岁为嵩呼或山呼。

〔17〕首阳:山名,武王伐纣时,伯夷、叔齐不愿合作,隐居此山,采薇而食,直至饿死。

〔18〕常山:指唐安史乱中骂贼而死的颜杲卿。

〔19〕拜门墙:这里指拜在魏党门下。

〔20〕稽首:臣拜君大礼,叩头至地。

〔21〕奥:建筑之深。

〔22〕也么哥:本元人口语中助词,无实义。

〔23〕咱行:也是元曲中用语,即我这边。

〔24〕华封:指华地的封官。尧到华地(今陕西渭南华州区),地方官祝他多寿、多福、多男。后称华封三祝。

〔25〕撮弄的:演杂技的。

〔26〕老公祖:对巡抚以下、府以上的现任官的敬称。

〔27〕产禄:指汉外戚吕产、吕禄,曾助吕后为虐。

〔28〕赵高:秦宦官,陷害李斯后做了丞相,又杀了秦二世,立子婴为帝。以下璜、瑗指东汉宦官徐璜、具瑗。守澄、全诲指唐代宦官王守澄、全诲。

〔29〕宫操:指在宫内练兵。

〔30〕通奸媪:指魏忠贤与熹宗乳母客氏私通。

〔31〕神器:指社稷、帝位。

〔32〕阳球伏阙号:汉灵帝时宦官王甫等弄权,司隶校尉阳球与之斗争。王甫被处死后,阳球亦被灵帝降职。阳球伏阙叩头至血流,请求除恶务尽,灵帝不听,却将阳球处死。

〔33〕张钧请剑枭:汉灵帝时,宦官张让等十常侍贪赃枉法。郎中张钧上书请斩十常侍,不获允,反被诬处死。

〔34〕祢衡挝出渔阳调:东汉祢衡才高气傲,曹操为侮辱他,令其在筵会上擂鼓助兴。祢衡则裸身立于众前,愤怒击"渔阳曲"三挝而离去。

〔35〕郁岧:高大。

〔36〕桀骜:凶暴强悍。

〔37〕闹薅(hāo):吵闹。

〔38〕周起元:字绵贞,海澄人,巡抚吴中,以廉惠著称,因上疏劾奏李实,被魏忠贤诬以违背圣旨、擅减袍价之罪,害死狱中。奸党为害周顺昌,将周顺昌牵入周起元案中。

〔39〕干请说事:替别人从中说情。

第七折　闺训

【番卜算】〔旦上〕儒素[1]守家传,不步豪华径。萧萧四壁伴清风,剩有凄凉滕[2]。妾身吴氏,自适周门,身厌绮罗,口茹淡泊。织纴伴藜辉[3]，堪云克相夫子[4]；蘋蘩寄中馈[5]，怡然乐守齑盐。我相公宦途耿直，放逐家居。半世穷官，一生清吏。囊橐[6]萧条，门庭冷落。前有浙中魏廓园，因忤权监，被逮进京，舟泊胥关。我相公到舟握手谈心，不意竟将女儿许配其孙。我想此事虽属慷慨，只是魏公系权监仇人，今朝与结丝萝[7]，恐他日祸延林木，怎生是好？但我相公片言九鼎，既已定盟，料难中变，今早出外未回，不免唤女孩儿出来训诲他一番。女孩儿那里？〔小旦上〕

【前腔】膝下侍晨昏，秉性恒贞静。铅华不解释春风[8]，懒去临妆镜。〔见介〕〔旦〕我儿，你虽生长宦门，从未珠妆翠裹。今已年将及笄[9]，许多豪门富室，欲来纳聘，你爹爹尽皆谢绝。不料前日，将你许配嘉善魏吏科之孙。我想彼此宦室，门楣也自相当，只是魏公缘事赴京，自顾不暇，焉能恋及其孙！况且覆巢之下，必无完卵，总然保全性命，家园定尔荡费。你日后于归[10]，恐难度日。如之奈何？〔小旦〕母亲在上，自古婚姻天定，况有爹爹做主，孩儿又在龆年[11]，正好久侍膝下，母亲且请宽怀。〔旦〕想你目前虽未成婚，日后少不得要到他家去做媳妇，那些妇道也须一一晓得。

作者原意为写其教女有方，忠义传后，但和主线无关，故显得累赘。

【桂枝香】砧敲月映，梭抛灯莹。须将井臼亲操，好把蘋蘩自省。论寒门壶仪[12],论寒门壶仪,汲泉[13]斯称,佐舂相敬[14]。语叮咛,四德称闺秀,三从识女英。〔小旦〕念孩儿呵!

【前腔】膝前温清[15],闺中欢庆。只识得针指当勤,从不惯娇痴成性。愧工容未娴,愧工容未娴。娘亲严命,儿心虔听。〔微悲介〕倍牵情无意桃夭[16]咏,专祈萱草[17]馨。〔小生上〕

【赚】听说心惊,急急奔驰返户庭。已到家中了,且喜母亲妹子俱在堂上。〔旦〕寒门静。〔小旦合〕为甚的形容急遽,气难平?〔小生〕事堪憎,严亲蓦尔言词硬,传说愁将祸害撄[18]。〔二旦〕爹行性,一生鲠直招灾眚[19],与谁争竞?与谁争竞?〔小生〕魏太监各处建造生祠。……〔二旦〕又为魏太监而起?〔小生〕苏州人也在半塘盖造一祠,又在虎丘塑一魏太监的浑身。今日是毛抚台与李太监作主,迎接这浑身送入祠堂。〔二旦〕毛抚台与李太监是魏太监的干儿子,他们是应该的。〔小生〕昨日阖城乡绅,有传帖约爹爹同去送像入祠,爹爹回了他不去。〔二旦〕不去也罢了。〔小生〕不想爹爹今早又亲到祠堂。〔二旦〕到祠堂中去便怎么?〔小生〕爹爹呵,前出骂像已有行动，此处复述，未免蛇足。

【长拍】直入奸祠，直入奸祠，亲观生像，怒气冲冲俄顷。〔二旦〕那时便怎么？〔小生〕掀髯大骂，闹轰轰，势若雷霆。〔二旦〕骂些什么来？〔小生〕骂他个逆贼逞威灵，恨不得奋利刃，屠肠断颈。〔二旦〕那毛抚台与李太监可曾听见么？〔小生〕怎么不听见！又骂他翼党群奸天必讨。那毛、李二人呵，免不得笑里藏刀荆棘生。〔旦〕你也恐系传闻，未必的确。〔小生〕母亲在上，方才有几个人与孩儿说，亲眼见爹爹在那里。骂的尽目睹，言词侃侃锄奸佞。把几声痛骂，赛却三尺青萍[20]。〔旦〕咳，相公呵，

【短拍】你草莽身潜，草莽身潜，朝端梦冷，又何苦舌底铮铮！〔小旦合〕虎口焰方腾[21]，何似保身明哲，免得堕奸人机阱。〔合〕怕只怕祸到临头难免，痛杀我巢倾卵覆泪盈盈。〔旦〕如今爹爹在那里？〔小生〕尚未归家。〔旦〕且待他回来，我再苦谏他一番。〔小生、贴〕母亲之言有理。

【尾声】〔旦〕中涓[22]横，如枭獍[23]，谩说是危言危行。〔小生、贴〕须信道达者[24]三缄[25]口似瓶。

〔旦〕逆耳忠言且三思，〔小生〕只今谁

与辨雄雌?

〔旦〕谩将冷眼观螃蟹,〔合〕看彼横行到几时。〔同下〕

〔1〕儒素:儒家清苦生涯。

〔2〕媵(yìng):陪嫁的女子,这里是对自己的谦称。

〔3〕织纴伴藜辉:自己织布伴着丈夫读书。藜辉,用刘向读书天禄阁,老丈燃藜照读的故事。

〔4〕克相夫子:能够帮助丈夫。克,能;相,助也。

〔5〕蘋蘩寄中馈:蘋蘩,野菜;中馈,指妇人操持的家务事。

〔6〕囊橐:口袋。

〔7〕结丝萝:结亲。

〔8〕铅华不解释春风:不施粉黛修饰,也不去追求春光的美好。

〔9〕及笄(jī):古礼以女子十五为成人,可以出嫁。笄是发簪。

〔10〕于归:出嫁。

〔11〕龆年:换牙的年龄,指童年。

〔12〕壸(kǔn)仪:指约束妇女的家规。

〔13〕汲泉:打水。汉时桓少君嫁给贫穷的鲍宣,回乡下拜公婆后,便提瓮去汲泉水。

〔14〕佐舂相敬:汉梁鸿到吴寄人篱下,给别人舂米,和妻子孟光互敬互爱。

〔15〕温凊(qìng):冬季为父母温被,夏季扇席使清凉,谓“冬温夏凊”,指孝顺父母之道。

〔16〕桃夭:《诗经·周南》篇名,歌咏新婚快乐。

〔17〕萱草:代指母亲。

〔18〕撄:触犯。

〔19〕灾眚(shěng):灾祸。

〔20〕青萍:古时宝剑名,代指剑。

〔21〕虎口焰方腾:虎口中喷出烈焰,指险上加险。

〔22〕中涓:亲近之臣,指宦官。

〔23〕枭獍(jìng):两种食母的动物,比喻狠毒之人。

〔24〕达者:识时务者。

〔25〕三缄:谨慎再三。缄,封口。

第八折　忠梦

本折继承了我国古典文学中浪漫主义传统,以梦境表达现实中不能实现的政治愿望。

【金菊对芙蓉前】〔生巾服上〕异愤难舒,孤忠独抱,抚膺倍觉心焦。我周顺昌杀贼心坚,锄奸念切。今日偶至逆祠,因见逆像,不觉怒气填胸,被我大骂一场。咳!我周顺昌若身在都门[1],定当连上几疏,劾奏逆贼,就是粉骨碎身,也说不得。必须感悟君心,把魏贼碎尸万段,一则保全善类;二则肃整朝纲;三则扫清宫禁;四则奠安社稷。岂不快心!只为被劾家居,不能一展壮志,思之甚觉闷人!〔拍案介〕

【驻马听】籍削蓬茅[2],盼断君门万里遥。闷得我叩阍无路,折槛[3]空怀,草疏徒劳[4]。我若有日得仍到朝班呵!万言长策献皇朝,谢恩诣阙诛奸狡。〔脱巾放桌上介〕那时我周顺昌死也瞑目,一死鸿毛。〔作倦态介〕就是九泉之下，也自添欢笑。〔倚桌睡介〕〔内打一更介〕〔生魂出走介〕一点丹心射斗牛，肯因家食漫淹留。今日得展擎天手，不斩权奸死不休。我周顺昌向欲锄击魏贼，只为削职在家，不能遂志。且喜皇上将我起复原官，仍居京邸。咳！我一官何足喜，所喜者有此一官，得以面君杀贼耳。我此时不去哭奏皇上，更待何时！不免穿戴冠服，急急执笏入朝则个。〔作取冠服穿戴执笏介〕呀！且住。本还未写，怎么好去见驾。咳，我想魏贼罪恶多端，那里写得尽！就是杨大洪所奏他二十四大罪，也说他不尽。我只是口疏便了。〔作行介〕

【粉孩儿】冲冲的恨填胸添懊恼。喜皇恩浩荡，弹冠天表，余生久矣甘自抛，望天王日月光昭。〔立介〕这里已是午门了，为何静悄悄？不免径入。〔走介〕我此一去呵，若得个斩奸邪，碎首彤庭[5]，煞强似牖下空老。〔立介〕呀！这里已是殿廷了，为何不见一人？〔末扮内监上〕九重青琐闼[6]，百尺碧云楼。什么人在此窥探？〔生〕下官有重大事情，要面奏皇上的。〔末〕万岁爷不在宫中，驾幸海子[7]去了。你速速出去！车驾东风外，星辰北斗边。〔下〕〔生〕圣上既在海子内，只索趱行，到彼号控[8]便了。〔行介〕

在以忠君为前提的封建社会中，忠臣叩阍无路、报国无门是常见的悲剧，但只有这种悲剧与人民利益相一致时，才有进步意义。

宦官弄权，是封建王朝没落时期多次出现的现象，那些末代帝王是凭宦官作爪牙耳目的，怎么能幻想皇帝会自挖耳目，自拔爪牙呢？

【福马郎】叫彻彤庭龙驭杳，一霎里热血难倾倒，肠寸搅。急急向行宫走，路迢迢。〔望介〕那边想是海子了。天际五云高，遥瞻望，郁岧峣。〔下〕〔外、末扮将士执旗，净、付扮内监执瓜槌，丑、老扮女侍执画桨，旦、贴扮宫女执羽扇，一杂撑黄盖拥小生，冲天冠、蟒玉，同行上〕

【红芍药】〔合〕翻滚滚海浪江涛，花簇簇桂楫兰桡。看万道旗旌水天渺，响笙箫龙舟飞绕。君王受尽宵旰[9]劳，离深宫暂时行乐，享承平四海无虞，亿万年天下永保。〔生急奔上，跪喊介〕臣吏部员外周顺昌，有事奏闻陛下。〔连喊介〕〔小生、众作登陆排门[10]，小生中坐介〕〔小生〕是何官员，到此号控！〔众传介〕〔生膝行入叩首介〕臣吏部员外周顺昌，叩见陛下。愿圣上万岁，万岁，万万岁！〔小生〕你何事到此？

【耍孩儿】〔生〕臣有荩忠[11]沥血告，咫尺天颜觐。〔又叩首介〕谨拜舞，细悉丝毫。〔小生〕你奏的是何人？〔生〕臣劾的是逆贼魏忠贤。〔小生惊介〕你怎么劾他？〔生〕那魏忠贤呵，权珰，毒狠狠凶恶如三豹[12]。恨杀他擅把威权盗，数罪恶，弥穹昊。〔小生〕他历事两朝，功留社稷，有何罪恶来？〔生号哭介〕圣上呵，魏忠贤罪恶多端，普天痛恨，若一字有虚，臣甘寸斩。

【会河阳】〔生〕他杀害忠良，干儿遍招，内庭屠戮血痕漂。弄兵，祖制偏违，擅开内操。摇国本，图倾挠。炎威，胜恭、显[13]，施残暴；凶谋，比刘、韩[14]，危宗庙。〔小生〕魏忠贤既如此极恶穷凶，寡人即当明正典刑。卿家忠直敢言，指日不次超擢。〔生拜介〕万岁，万岁，万万岁！〔起立介〕〔小生〕分付内侍们，就此回朝！〔众〕领旨。〔小生〕龙虎旗幡残照里，凤凰楼阁暮云中。〔同众下〕〔生作喜介〕圣上面谕，将魏贼正法，真圣祖神宗之万幸，天下臣民之万幸也！且回到寓所静候好音便了。〔作行介〕〔净蟒玉扮太监急奔上〕

【缕缕金】〔净〕闻奸党，逞狂飙，激起冲天怒，奔咆哮。鼠辈难容忍，擒来立剿。〔见生指介〕原来是你，把我诳奏皇爷！东林[15]魁首又妆乔，除根定斩草，除根定斩草。〔生指怒介〕唗！魏贼来得好，魏贼来得好，我正来寻着你！

【越恁好】〔生〕相逢狭路，相逢狭路，斧钺怎轻饶！〔净〕畜生，畜生，这等无礼！〔生〕我哭陈帝座，少不得枭伊首，正天条。

〔净大怒介〕阿呀,阿呀!罢了,罢了!你要砍我么?只怕我先砍了你!〔生〕我就把朝笏击死你这奸贼!〔将笏打净介〕聊将笏击当宝刀,奸邪荡扫。〔净被打,奔避介〕〔生赶打介〕〔生〕打碎你惯吞噬馋眼脑,打杀你被刀锯残躯老。〔净喊介〕了不得,了不得!打死了,打死了!左右的救我一救!〔付、老扮小监奔上〕

【红绣鞋】〔付、老〕忽闻千岁呼号,呼号!奔驰两脚飞跑,飞跑!〔净指生介〕拿奸贼,速擒牢。除乌纱,剥红袍。紧绑缚,把头枭。〔付、老捉生剥冠服介〕〔外扮官,旦、贴扮刽子拿绳索刀上〕〔外〕奉圣旨,魏忠贤罪犯多端,着即绑赴市曹斩首。〔旦、贴绑净介〕〔净〕从前作过事,今日尽还来。〔旦、贴押净同官下〕〔付、老逃下〕〔生〕也有今日,也有今日!好圣上,好圣上!魏贼,魏贼!杀得好,杀得好!快活!快活!〔大笑介〕哈哈……〔作跌在旧处坐介〕〔作睡去介〕〔内打三更介〕〔作醒介〕〔拍桌喊介〕魏贼,杀得好!杀得好!〔作开眼看介〕阿呀!仍旧是家里。呸!原来是一场大梦。我想昼之所思,夜之所梦,只因我一心要杀魏贼,故此梦中幻出许多光景。〔戴巾介〕

【尾声】朦胧一梦真奇奥,喜梦里剪除元恶。咳!就是梦景虚无,也把我胸中恨暂消。不免进去说与夫人知道。

正是:蝴蝶梦中身万里,杜鹃枝上月三更。〔下〕

〔1〕都门:指京师。

〔2〕籍削蓬茅:削职回家。

〔3〕折槛:汉成帝时,朱云上疏请斩奸臣张禹,成帝怒令御史将朱云绑下问斩。朱云手攀宫殿门槛死谏,槛折。辛庆忌赶来相救。后成帝命修槛时保持原样,以表彰朱云直谏精神。

〔4〕草疏徒劳:指写出奏书也无法送达。

〔5〕彤庭:朝廷。

〔6〕青琐闼:雕刻着青色花纹的宫门。

〔7〕海子:指北京的北海、中海、南海,皇帝闲时所居。

〔8〕号控:高呼控诉。

〔9〕宵旰(gàn):宵衣旰食。天未明便穿衣,黑天后才能吃饭,形容皇帝的辛劳。

〔10〕排门:作接见时的排场仪式。

〔11〕荩忠:特别忠诚。

〔12〕三豹:唐时监察御史王旭、李嵩、李全交皆严酷,京中谓三豹。后即以三豹称酷吏。

〔13〕恭、显:汉元帝时宠信的宦官弘恭、石显,擅权用事,残害忠良。

〔14〕刘、韩:唐昭宗时宦官刘季述,曾将皇帝囚禁,后又被韩全海劫走。

〔15〕东林:指明末江南士大夫组成的东林党,是与魏忠贤阉党对立的政治派别。

第九折　就逮

〔外扮中军上〕九重魆地[1]飞严旨，五夜俄然赐赭衣[2]。自家毛老爷一个内中军便是。只为吏部周老爷，忤骂厂爷，又与嘉善魏宦联姻，斥辱校尉。报入东厂，厂爷大怒，就把周爷名字，嵌入周起元一案，坐赃三千，严旨提问。缇骑已到苏州了。俺老爷奉命惟谨，连夜发下文书，着我前往该县投递。一路行来，这里已是吴县衙门了。不免传鼓进去。〔传鼓介〕〔丑扮门子提灯上〕半夜三更，什么人传鼓？〔外〕快通报！抚院中军，有紧急文书投递。〔丑〕这等少待。容禀过老爷，请进私衙相见。〔外〕回复老爷要紧，不便担阁，快快传进！我去也。只消几行字，勾取一员官！〔下〕〔丑〕不知何等文书，这样紧急。且送与老爷开看，自有分晓，老爷有请。〔末上〕子夜闻传鼓，中宵忙整衣。门子，如此深夜，何人传鼓？〔丑〕抚院中军有紧急公文投递。〔末〕快请进来。〔丑〕他说不便担阁，传了文书进来，就回去了。〔末〕取上来我看。〔丑送上介〕〔末作折看、大惊介〕呀，不好了！原来我周蓼洲老师，触忤魏珰，矫旨提问，缇骑已到。我还该乘此暮夜，飞骑出城，报他知道。好教他豫作处置，料理家中未了之事，少尽师生之谊。门子，快带马来，悄悄随我到周老爷家里去。〔丑提灯应介〕〔末上马介〕

【忆莺儿】月影微，星影稀，着紧加鞭促马蹄。他那里燕雀巢堂[3]知未知？风波恁奇，颠危怎持？羞杀我位卑力薄难周庇。这里已是老师门首，门子，带住了马。路逶迤，衡门陋巷，急急叩双扉。〔下马叩门介〕有人么？〔不应。连叩介〕〔净内〕什么人，夜深了，在此敲门打户？〔末〕有事要见老爷，快些开门。〔净〕为什么？敢是杀将来，这样要紧！〔末〕快些！快些！〔净〕天爷爷，黑魆魆地，也等我摸个袄团着了，方好开门。且问你是什么人？〔丑〕吴县陈老爷在此！〔净〕是陈老爷。这等来了！来了！〔反披衣奔上〕阿呀！摸着了一条裤子，认作衣裳，再也穿不上；刚刚披好，又寻蒲鞋弗着，真正要快反迟了。〔丑〕快快开门要紧！〔净〕好作怪，越是要紧，门儿越开弗开了！阿呀！啐！原来失记开了门闩。〔开介〕〔末进介〕管家，快些通报一声，说我急急要见！〔净〕兄弟倒把灯儿照我一照，等我穿好了衣服。〔丑〕快通报去！〔净〕索性把灯儿借我，一发寻着了蒲鞋。〔末〕咦！只管慢腾腾地，不顾误了大事！

写苍头兜搭，增强紧张气氛。

〔净〕老爷便是大事，难道我赤了双脚，倒是小事？〔末〕闲说！〔净〕不是嗄！怕里边没火，拿进去照着，好等老爷起身。〔末〕这等快取去！〔净〕老爷，请在黑头里坐坐罢！〔丑〕还要啰唆！〔净下〕〔末〕被他故意兜搭，担阁了这会。老师闻下官在此，吃这一惊可也不小。〔净随生上〕陈老爷那里？〔末〕不敢！门生在此。〔生〕

【前腔】短梦回，密语催，倒屣[4]匆匆忙展衣。老父母，为何夜昏至此嗄？我晓得了。早上传说校尉来苏，想必轮着治生了。独抢刀门舍我谁？〔末〕门生适奉宪檄，才知借重老师。恐明早就逮，便不及将家事处分了，因此昏夜飞骑，报知老师。〔生〕治生已料定有这一日的了！权奸焰飞，孤臣命灰，生涯本分原非异。〔末〕宪檄森严，老师速自区处。门生恐有泄漏，就此告辞回县，明早再来奉请。〔生〕请便。〔末〕门生多多有罪了。泪频挥，谈心此刻，何忍顿分离。带马过来！〔上马策行，下〕〔生〕老苍头，且把门儿虚掩着。〔净应下〕〔生进介〕〔旦、小生、贴上〕阿呀，相公，这是说那里起？〔生〕你们为什么来？〔旦〕相公，你一生刚愎，惹是招非。情知珰势难撄，故意虎须独撩。今日祸到临头，我母子们死无葬身之地矣。

末语先知，表明周非不知招祸，而是为了正义早置生死于度外。

【五更转】顶乌纱，千百辈，你一人独

抗持，几声快骂全家泪。今日里呵，祸到临头，怎生回避？〔生〕妇人家，说这样没志气的话来！男儿事，有甚悲？无他畏！此身许国应抛弃。夫人，我如此收场，殊不惭愧。〔小生〕阿呀，爹爹嗄！此去身投虎吻，吉少凶多，倘有不测，怎么处？

【江儿水】绕膝心肠碎，牵衣血泪垂。捐躯救父甘长逝。〔生〕朝廷拿我，岂是你代得的？〔小生〕爹爹嗄！子孝臣忠同一例。可不道全爹大节彰儿罪。〔贴〕这个多是孩儿不孝，有累爹爹。〔生〕为何？〔贴〕总为姻联祸起。生女何裨[5]？眼盼盼家门贻累。〔生〕呀！你们也可笑得紧。大丈夫心事，虽非儿女所知，只是你们，既做了周顺昌之妻，周顺昌之子，

【玉交枝】颇知大义，却缘何狂呼惨啼？未能鼓舞须眉气，徒然挠乱人意。〔旦〕生离死别，只在顷刻，有甚未了事，还是分付我们一声。烧残红烛心渐灰，值不得可怜两字将奴慰。〔合〕苦扳留，无非这回；细商量，无非这回。〔生〕夫人，你说什么未了事？是嗄！是嗄！有一桩未了事。案上恰有素纸，孩儿，快与我磨起墨来。〔旦背介〕好了，好

了！相公有后语嘱付了。〔小生〕爹爹，有什么未了事，尽着写去。〔生〕我就写，就写。

【五供养】展开素纸，骂贼真卿[6]，书法宗伊。题着什么？好嗄，有了！〔写介〕补完未了事，题作小云栖。〔众〕“小云栖”这三个字什么意思？〔生〕前日龙树庵僧西崖，嘱我题一匾额，连日不曾写得，今夜也完了一桩心事。春秋绝笔，除此项无萦系。〔众〕我们只道有甚嘱付，原来作此不急之事。兀的不痛杀我也！〔合〕纷纭当此际，慷慨践僧期。三字留题，直抵长歌正气。〔净上〕启老爷知道：文老爷步行求见。〔生〕既如此，你们暂退。〔众应下〕〔生〕就请文老爷进来！〔净应下〕〔外上〕

【月上海棠】国士危，缨冠往救浑无计。阿呀，蓼洲兄！不想你也有这日。〔生〕也是必然之事。〔外〕小弟闻此消息，正欲乘夜报兄。途遇县公，才晓得吾兄处先有实信了。天色一明，就要请兄入城开读[7]。事在燃眉，吾兄作何区处？〔生〕小弟有何区处？但闻呼即赴，君命难违。〔外〕蓼洲兄，说那里话！小弟为了吾兄之事，等不到落月啼乌[8]，禁不住刳心裂胃。冤声沸，只恐吴氓[9]，素称尚义。〔生〕住了。吾兄怎么说个吴氓仗义？〔外〕魏贼弄权，忠良屠戮。正类固所痛心，小民莫不切齿。

把魏阉的矫诏逮捕看作“君命难违”，还怕苏州人民起来反抗，将陷他于不义。难道在权横面前只有束手受缚，引颈待诛，才是忠义？

况吾兄清名久著，士庶钦心。一旦罹此奇冤，桑梓必怀义愤。且此处金阊，尤多豪侠。倘然一倡百和，公恳上台[10]，九阍[11]虽遥，焉知不为民心感动？〔生〕咳！故人知君，君不知故人。若果有此事，反陷弟于不忠了。

【三学士】我只此一身值甚的，惊天动地何为？〔外〕吾兄虽具刚肠，他人定难坐视。小弟言及于此，也是或然之事，亦未可知。一时公愤民之义，不枉你十载乡评众所推。〔生〕吾兄有此一言，倘他人闻知，反为未便。〔外〕天色将明，当事者必来催促，可作急将家事料理。〔生〕有何料理？〔外〕小弟告别了。俟兄入城，另有商议。患难关头存意气。金兰谊，狐兔悲[12]。〔别下〕〔旦、众出介〕阿呀，相公嗄！天色渐明，就逮在即。难道廿载夫妻，真个竟无一言嘱付么？〔生〕咳！只管多讲。我有什么嘱付来？自今以后，我自做我的事，你们自做你们的事便了。〔旦、贴、小生哭介〕〔生〕

【川拨棹】休聒絮！〔向旦介〕鸟同林，各自飞[13]。大丈夫视死如归！大丈夫视死如归！〔向贴、小生介〕怎顾得儿啼女悲。〔内打五更介〕〔众〕响珰珰漏点催，血淋淋泪点飞。〔净上〕阿呀！老爷，不好了！吴县陈老爷，奉候老爷公所开读。说天色黎明，延缓未

便;现在外厢堂中,立候老爷起身哩。〔生〕既如此,你们快随我到家庙中,向祖宗英灵拜别去。〔行介〕〔到,拜介〕〔生〕

【侥侥令】百年存血食,一旦失瞻依[14]。我那祖宗嗄!你只愿子孙忠孝,今日此去,烈烈轰轰,可也不负你的家教了。〔笑介〕地下相逢无惭色,你可也踏着香云来帝畿,帝畿。县公候久,理合轻身就逮。夫人请进,我就此出堂去也!〔众〕阿呀!相公嗄!爹爹嗄!〔合〕

【尾声】生逢不似生离易,怎禁得放声挥涕。〔生〕咗!你们还要哭些什么?啊,呸!我若是一步回头品便低!〔竟下〕〔净〕阿呀,我那老爷嗄!〔随下〕〔众哭介〕

【哭相思】不惜身家酬国恩,风波匝地[15]一孤臣。从今痛定还思痛,狼藉衣衫半血痕。〔小生〕母亲且免愁烦,请进少息。待孩儿急到县中,打听消息如何便了。〔旦〕我那相公嗄!

正是:世上万般哀苦事,无非死别与生离!〔贴扶旦下〕

〔1〕魆(xū)地:暗地。

〔2〕赭(zhě)衣:罪犯的衣服。

〔3〕燕雀巢堂:堂中失火,堂上巢穴里的燕雀尚不知危险将至。

〔4〕倒屣:倒穿着鞋。

〔5〕裨:补益。

〔6〕骂贼真卿:唐代著名书法家颜真卿。德宗时,李希烈叛乱,他前往劝谕,为希烈缢死。死前曾痛骂逆贼。

〔7〕开读:宣读。这里指宣读魏党的逮捕令。

〔8〕落月啼乌:指天将亮时。

〔9〕吴氓:指吴县(今苏州)一带的百姓。

〔10〕上台:上司。

〔11〕九阍:指天子。

〔12〕狐兔悲:兔死狐悲,比喻同类有难,互相同情。

〔13〕鸟同林,各自飞:俗语"夫妻本是同林鸟,大限来时各自飞",即分途而去。

〔14〕"百年存血食"二句:百年来未断对祖宗的祭祀,今后要失去瞻仰和照看了。

〔15〕风波匝地:风波满地,指变乱时候。

第十折　义愤

〔净,短胡、衣帽上〕十年磨一剑,霜刃未曾试。今日把似君,谁有不平事[1]? 俺颜佩韦,一生落拓,半世粗豪。不读诗书,自守着孩提真性;略知礼义,偏厌那学究斯文。路见不平,即便拔刀相助;片言不合,那肯佛眼相看? 怪的是不忠不孝,不义之财毫不取;敬的是有仁有义,有些肝

前面交代的陈、文二人,以及西崖僧求字、妻子担心,此折一一回应,直把周顺昌形象推至高峰,成为封建社会忠臣的典型。但有些地方也

不免宣扬愚忠。

胆便投机。那专诸是市井屠夫，拼命献鱼肠[2]，赢得雄名万古；要离[3]乃吴门一介，残形施匕首，传来义气千秋。俺热血满腔，赤淋淋未知洒落何地；雄心一片，闹轰轰怎肯冷作寒灰！前日在李王庙前听说岳传，因听得童贯杀害忠良，一时怒起，把那说书的打得稀烂。倒在那里结识了杨念如等四个好汉。昨日纷纷传言说：上边差校尉到苏州来拿乡宦。我想这校尉一定是魏太监差来的，必然来拿与魏家作对的乡宦。只是与魏家作对的，不多几人，都是好乡宦。若是拿他，岂不伤了天理！但未知所拿何人，倒教俺一夜放心不下。如今不免到街上去打听个消息。一路行来，已是上塘街了。〔走介〕

以与魏党态度衡量是非标准，既见颜佩韦淳朴性格，又说明了魏阉为人民所唾弃的本质。

【北斗鹌鹑】〔净〕俺生来心性痴呆，一味介肝肠慷慨。不贪着过斗钱财，也不恋如花女色，单只是见弱兴怀，猛可也逢凶作怪；遇着这毒豺狼，狠驽骀[4]，凭着他掣电轰雷，俺只索翻江搅海。〔望介〕那边一个汉子，飞也奔来了。听他说些什么。〔末，衣帽奔上〕

【南缕缕金】〔末〕心急遽，脚忙抬，一事天来大。实奇哉！〔净〕原来是杨家兄弟，往那里去？〔末〕颜大哥，不好了，〔净惊介〕为什么子！〔末〕街市喧传遍，人人惊坏。〔净作急状介〕你说为些什么来?〔末〕北京校尉到苏台。〔净〕我要问你,校尉来拿那一个?〔末〕周家已提解,周家已提解!〔净〕那一个周家?〔末〕是林家巷内周吏部!〔净怒介〕嗄,有这等事!

【北紫花儿序】〔净〕蓦听得清官被逮,缇骑南来,都应是阉党私差。唬得俺神惊胆骇,意乱心乖。〔末〕哥呵,真正一桩异事!公论也不服呵!〔净〕飞也波灾!苦只苦九重阍,远隔云霄外。〔末〕如今便怎么?〔净〕早则是广聚同侪[5],直入官阶,说个明白。〔末〕有理,有理!我们且到前面再拉些弟兄,同到城内相机行事便了!〔净〕一心忙似箭,两脚走如飞。〔同下〕〔小生、老旦[6],衣巾急上〕

几番上下场,演出慌乱急切景象。

【南缕缕金】〔小生、老旦〕嗔魏贼似狼豺,排陷东林党,绝根荄[7]!又逮周铨部[8],忠良遭害。胶庠[9]公愤没安排。频将泪儿洒!频将泪儿洒!〔小生〕小生王节是也。〔老旦〕小生刘羽仪是也。〔合〕周蓼老被逮,驾帖[10]已到,今日在西察院开读。我辈尽怀公愤,快些进城去商量个善全之策便好。〔行介〕〔净、末急上〕原来是王、刘二位相公!〔小生、老旦〕原来是颜、杨二兄!〔净、末〕二位相公,来得极好。周爷被逮,我们众百姓,都抱不平,要去救他。只是我们都是粗鲁之人,草草莽莽,干不得正经。相公们定与周爷是好友,大家划个计策才妙。〔小生、老旦〕我们亦为此事而来,若得众位相帮,妙极的了。〔净、末〕方才我们一面托兄弟马杰、沈扬,分头在阊、胥两门,拉人入城,一面分付草庵内和尚,去敲梆催众,共到西察院前去了。〔小生、老旦〕难得二兄如此义气。〔净〕俺们呵,

【北小桃红】〔净〕义侠吴门遍九垓[11],千古应无赛[12]。今日里,公愤冲天难宁耐,怎容得片时挨?任官旗狼虎威风大,俺这里呼冤叫枉,喧天动地,管教您一霎扫尘霾[13]。〔丑拿香奔上〕

【南缕缕金】〔丑〕浑身汗,走穿鞋,各处人声沸闹咳咳。要救周乡宦,捧香奔快。一人一炷喊声哀,天心也回改!天心也回改!〔末〕好了,好了!周家兄弟拿了许多香来了。我们到那边分与众人,大家好去求官府了。〔净怒介〕求他什么!他若放了周乡宦罢了;若弗肯放,我们苏州人,一窝蜂,待我们几个领了头,做出一件轰轰烈烈、惊天动地的事来。众兄弟不可缩头缩脑,大家并力同心便好。〔末、

求官府无用,要靠自己斗争。这番话说在三百年前,可见作者对现实有较清醒的认识。

丑〕自然,自然!快去,快去!〔小生、老旦〕列位不可造次。我们急急入城,拉了三学[14]朋友,写一辩呈,同了列位,去求毛抚台,恳他出疏保留,这便才是。〔净、末、丑〕老毛是魏太监的干儿子,这番拿问也是他的线索,怎肯出疏保留?我们到那里,自有个道理。走!走!〔共奔介〕

【北秃厮儿】〔净〕心儿里满堆着祸胎,百忙里难保得和谐。冲冲怨气怎摆划,一步步奔长街。非呆!〔俱下〕〔付扮和尚敲梆上〕阿弥陀佛,林家巷内吏部周老爷,清廉正直,万民感戴。如今校尉来拿,开读在即。一街两巷,众位老爷,都到西察院,执香恳求官府,出疏保留。此系人民公举,不可迟延误事。〔净复奔上〕老师父,有许多人去了?〔付〕颜老爷,小僧到处敲梆叫喊,有无数的人入城去了。〔净〕妙!妙!妙!如今烦你再到削箸墩、社坛头、三宫殿头这几处,我们小弟兄极多,快快催他们进城。〔付〕晓得。〔又敲梆喊介〕〔下〕〔末奔上〕颜大哥,快去,快去!众人都在那里等你。〔净〕走,走,走!〔走介〕

【北煞尾】〔净〕疾忙奔走无耽待。看此去百万军中显将才。管教你漫天烟雾霎时开,遍地风波顷刻里解。〔共下〕

〔1〕“十年磨一剑”四句:为上场诗,借用唐代诗人贾岛《剑客》诗句,表现颜佩韦的豪爽性格。把似,送给。

〔2〕鱼肠:指专诸刺吴王僚时,藏在鱼腹中的短剑。

〔3〕要离:春秋时吴国人。吴王利用他刺杀在卫国的公子庆忌。他请吴王断其右手,杀其妻子,假装逃到卫国向庆忌献策,在与庆忌同舟渡江时,杀庆忌未遂,后自杀。事见《吴越春秋·阖闾内传》。

〔4〕驽骀(nútái):两种能力低下的马,这里比喻下劣的人。

〔5〕同侪:同辈、同志。

〔6〕老旦:这里扮演老年儒生。

〔7〕绝根荄(gāi):斩草除根的意思。荄,草根。

〔8〕周铨部:指周顺昌,铨部是对吏部官员的尊称。

〔9〕胶庠(xiáng):古时的学校,这里指读书人。

〔10〕驾帖:以皇帝名义发下的公文。

〔11〕九垓(gāi):中央及八极叫九垓,意即四面八方。

〔12〕无赛:无比。

〔13〕一霎扫尘霾:一瞬间扫除妖氛尘雾。

〔14〕三学:唐代称国子学、太学、四门学为三学。宋代把太学分为外、内、上三舍,也叫三学。这里泛指学校中人。

第十一折　闹诏

这折戏把以颜佩韦等五人为首的苏州人民群众反阉党的斗争轰轰烈烈地搬上舞台,是

〔贴,青衣、小帽上〕苦差合县有,惟我独充当。自家吴县青带[1]便是。北京校尉来捉周乡宦,该应吴县承值[2]。校尉坐在西察院,本县老爷要拨人去听差,这些大阿哥[3],都叮嘱了书房

里，不开名字进去。竟拿我新着役、苦恼子公人，点去承值，关在西察院内。那些校尉动不动叫差人。叫差人要长要短，偶然迟了，轻则靴尖乱踢，重则皮鞭乱打。一个钱也没处去赚，倒受了无数的打骂！方才攮了一肚子烧酒，如今在里边吆吆喝喝，又走出来了。不免躲在厢房，听他说些什么。〔暗下〕〔付扮差官，丑、小生扮二校，喝上[4]〕

【梨花儿】〔付〕驾上差来天也塌。推托穷官没钱刮，恼得咱家心性发，嗏！拿到京中活打杀。李老爷呢？〔小生〕李老爷睡在那里。〔付〕快请出来。〔校向内介〕张老爷请李老爷。〔净内应介〕来了！〔净扮差官上〕

【前腔】〔净〕久惯拿人手段滑，这番差使差了瞎。自家干儿不设法，嗏！一把松香便决撒[5]。〔付〕李老爷，咱们奉了驾帖，差千差万，到处拿人，不知赚了多少银子。如今差到苏州，又拿一个吏部。自古道：上说天堂，下说苏、杭。岂不晓得苏州是个富饶的所在？况且吏部是个美官，值不得拿万把银子，送与咱们？开口说是个穷官，一个钱也没有，你道恼也不恼！难道咱们三千七百里路来到这里，白白回去了不成？〔净〕可笑那毛一鹭，做了咱家的官儿，咱们到来，他也该竭力设法，怎么丢咱们住在冷屋里

我国戏曲史上一次伟大的创造。不论群众场面的处理，多种人物类型的塑造，他们对事件的不同态度与声口，无不头绪分明、神情毕肖地展现在读者与观众的面前，这是前此的戏曲创作里所不曾出现过的。

一场轰轰烈烈的斗争，从差官、校尉对吴县衙役的乱打乱踢开始，显得他们在弱者面前多么横行霸道，不可一世。但在市民群众起来之后，却是这样不经打的，一个个被拖到城脚下喂狗去，前后对照，不能不引起人们的深思。

边，自己来也不来？哥呵！若是周顺昌弄不出，咱们定要倒毛一鹭的包哩！〔付〕李老爷说的是！差人那里？〔连叫介〕〔丑〕差人！差人！〔贴走出跪介〕老爷有何分付？〔付〕差你在这里伺候，脸面子也不见，不知躲在那里？〔净〕连连叫唤，才走出来，要你这里做什么！〔付〕李老爷不要与他说，只是打便了。〔净〕拿皮鞭来！〔贴磕头介〕小的在这里伺候，求老爷饶打。〔付〕你快去与毛一鹭说：俺老爷们，奉了皇爷的圣旨，厂爷的钧旨，到此拿人，你做那一家的官儿，不值得在犯官身上弄万把银子送俺们！若有银子，快快抬来，若没有银子，咱们也不要周顺昌了。咱们自上去，教他自己送周顺昌到京便了。快去说！就来回复。〔贴〕小的是个县差，怎敢去见都老爷？怎敢把许多言语去禀？〔净、付大怒介〕啶！你这狗头不走么？〔贴拜介〕小的委实不敢说。〔付〕要你这狗头何用？〔将皮鞭乱打介〕〔净乱踢介〕〔贴在地乱滚，叫痛哀求介〕〔付〕这样狗攮的，不中用。〔贴爬下〕〔付向丑介〕你照方才的言语，快去与毛一鹭说！俺们立等回话。〔内众声喧喊介〕〔丑望介〕呀！门外人山人海，想是来看开读的。这般挨挤，如何走得！〔付又与小生说介〕你把皮鞭打开了路，送他出去便了。〔向净介〕咱家到里边喝杯凉酒。少不得毛一鹭定然自来回复。〔净〕有理。〔付〕只等飞廉[6]传信去,〔净〕管教贯索[7]就擒来。〔同下〕〔小生〕咄!百姓们闪开,闪开!咱家奉旨来拿犯官,什么好看!什么好看!〔丑〕闪开,闪开!让咱走路!〔将皮鞭乱打下〕〔旦、贴扮二皂喝上〕〔外,黑三髯、冠带,扮寇太守[8]上〕

【西地锦】〔外〕民愤雷呼辕下,泪飞血洒尘沙。〔内众乱喊介〕周吏部第一清廉乡宦,地方仰赖,众百姓专候太老爷做主,鼎言救援哩!〔大哭介〕〔末,短胡髯,冠带,扮陈知县急上〕〔向内摇手介〕众百姓休得啼哭!休得啼哭!上司自有公平话。且从容,莫用喧哗。〔内众又喊介〕陈老爷是周乡宦第一门生,益发坐视不得的呢!爷爷嗄!〔又哭介〕〔末见外介〕老大人,众百姓执香号泣者,塞巷填街,哀声震地,这却怎么处?〔外〕足见周老先生平日深得人心,所以致此。贵县且去分付士民中一二老成的上前讲话。〔末〕是!〔向内介〕众百姓听着!寇太爷分付,士民中老成的,止唤一二人上前讲话。〔小生、老旦,扮生员上〕〔作仓惶状介〕〔小生〕生……生……生员王节。〔老旦〕生……生员刘羽仪。〔小生、老旦〕老……老……老公祖,老……老……老父母在上。周……周……周铨部居官侃侃,居乡表表。如此品行,卓然千古。蓦罹奇冤,实实万姓怨恫。老公祖,老父母,在地方亲炙[9]高风,若无一言主持公道,何以安慰民

有意写儒生的软弱,声口毕肖,与颜佩韦、周文元等的坚强、老练,形成鲜明对照。

周文元是开书场的,见多识广,出语有策略。

心？〔净急上跪介〕青天爷爷阿！周乡宦若果得罪朝廷，小的们情愿入京代死。〔丑喊上〕不是这样讲，不是这样讲！让我来说。青天爷爷阿！今日若是真正圣旨来拿周乡宦，就冤枉了周乡宦，小的们也不敢说了。今日是魏太监假传圣旨，杀害忠良，众百姓其实不服。就杀尽了满城百姓，再不放周乡宦去的。〔大哭介〕〔内齐声号哭介〕〔外〕众百姓听着！这桩事，非府县所能主张。少刻都老爷到了，你百姓齐声叩求，本府与吴县自然极力周旋。〔内齐声应介〕太爷是真正青天了。〔内敲锣、喝道声介〕〔净、丑〕都老爷来了！列位，大家上前号哭去！〔喊介〕〔小生、老旦〕全赖老公祖、老父母鼎力挽回。〔外、末〕自然，自然！〔小生、老下〕〔外、末在场角伺候，打躬迎接介〕〔内喊介〕〔付，胡髯、冠带，扮毛抚台，歪戴纱帽，脱带撒袍，众百姓乱拥上〕〔众喊介〕求宪天[10]爷爷做主，出疏保留周乡宦呢！〔外、末喝退众下介〕〔付作大怒乱喘，乱喘大叫介〕反了，反了！有这等事！皇上拿人，百姓抗拒，地方大变了，大变了！罢了，罢了！做官不成了！〔外、末跪介〕老大人请息怒。周宦深得民心，也是平日正气所感。或者有一线可生之路，还望老大人挽回。〔付大怒介〕咳！逆党聚众，抗提钦犯，叛逆显然了。有什么挽回？有什么挽回？〔作怒状，冷笑介〕

【风入松】呼群鼓噪闹官衙,圣旨公然不怕。你府县有地方干系,可晓得官旗[11]是那一家差来的?天家缇骑魂惊唬,〔作手势介〕若抗拒,一齐搼咤[12]。〔外、末拱介〕是!〔付低说介〕且住了!逆了朝廷,还好弥缝。今日逆了厂公,〔皱眉介〕咦,比着抗圣旨,题目倍加。头颅上,怎好戴乌纱!〔内众又乱喊介〕宪天爷爷,若不题疏力救周乡宦,众百姓情愿一个个死在宪天台下。〔外、末又跪介〕老大人,卑职不敢多言。民情汹汹如此,还求老大人一言抚慰才是。〔付〕抚慰些什么来?抚慰些什么来?拿几个进来打罢了!〔外、末又跪介〕老大人息怒。众百姓呵,

【前腔】〔外、末〕哭声震地惨嗟呀!卑职呵,不敢施威喝打。倘一言激变难禁架,定弄出祸来天大。〔末又跪介〕老大人若无一言抚慰,就是周宦在外,卑职也不敢解进辕门。〔付〕为何?〔末〕人儿拥,纷如乱麻,就有几皂隶,也难拿。〔付沉思介〕嗄!也罢!既如此,快去传谕百姓且散。若要保留周宦,且具一公呈进来,或者另有商量。〔外、末起介〕是!领命!〔即下〕〔付〕哈哈哈!好个呆官儿。苦苦要本院保留,这本儿怎么样写?怎么样写?且待犯官进来,再作道理。〔向内叫介〕张爷那

为毛一鹭的两面三刀再补写一笔。

里？李爷那里？〔叫下〕〔小生扮校尉上，扯住付立定介〕毛老爷，不要乱叫。我们的心事，怎么样了？到京去，还要咱们在厂爷面前讲些好话的哩！〔付〕知道了！知道了！自然从厚。〔携手下〕〔生青衣、小帽，旦、贴扮皂押上〕〔生〕平生尽忠孝，今日任风波。〔净、丑、末拥上〕周老爷且慢。我们众百姓已禀过都爷，出疏保留了。〔生拱谢介〕列位素昧平生，多蒙过爱。我周顺昌自矢无他，料到京师，决不殒命。列位请回。〔净、丑、末〕当今魏太监弄权，有天无日，决不放周爷去的。〔哭，唱〕

【前腔】〔净、丑、末〕权珰势焰把人挝，到口便成肉鲊[13]。周老爷呵，死生交界应非耍，怎容向鬼门占卦？〔老旦、小生急上〕周老先生，好了！好了！晚生辈三学朋友，已具公呈保留，台驾且回尊府。晚生辈静候抚公批允便了。〔生〕多谢诸兄盛情。咳！诸兄，小弟与兄俱读圣书，君命召，驾且不俟[14]。今日奉旨来提，敢不趋赴。顺昌此去，有日还苏，再与诸兄相聚，万分有幸了。〔小生、老旦〕老先生说出此言，晚生辈愈觉心痛了。〔大哭介〕〔净、丑、末，各抱生哭介〕〔小生、老旦〕老先生，你看被逮诸君，那一个保全的？还是不去的是。投坑阱都成浪花[15]，见那个得还家。〔生〕列位休得

悲哀。我周顺昌呵，

【前腔】〔生〕打成草稿在唇牙，指佞[16]庭前拼骂。叠成满腹东林话，苦挣着正人声价。诸兄日后将我周顺昌呵，姑苏志休教谬夸[17]。我只是完臣节，死非差。〔外扮中军上〕都老爷分付开读且缓，传请周爷快进商议。〔净、丑、小生、老旦、末〕有何商量？〔外〕列位且具公呈，自然要议妥出本的。〔众〕出本保留，是士民公事，何消周爷自议？不要听他！〔生〕列位还是放学生进去的是。〔众〕不妨，料没后门走了。〔外扶生入介〕〔内〕分付掩门。〔内付掩门介〕〔众〕奇怪！为何掩门起来？列位，大家守定大门，听着里边声息便了。〔作互相窥听介〕〔内念诏介〕跪听开读。〔众惊介〕列位，不是了！为何开读起来？〔又听介〕〔内高声喊介〕犯官上刑具。〔众怒介〕益发不是了！列位，拼着性命，大家打进去！〔打门介〕〔付扮差官执械上〕咄！砍头的，皇帝也不怕；敢来抢犯人么？叫手下拿几个来，一并解京去砍头！

把合法斗争与暴力斗争结合起来写，并否定前者，肯定后者，反映了作者对现实的深刻认识，只是未免把周顺昌写得太书呆子气了。

【前腔】〔付〕妖民结党起波查，倡乱苏城独霸。抢咱钦犯思逆驾，擒将去千刀万剐。〔众〕咳！你传假旨，思量吓咱！〔拍胸介〕我众好汉，怎饶他！〔付〕嗄！你这般狗头，这等放肆，都拿来砍！都拿来砍！〔作拔刀介〕〔净〕你这狗头，不知死活！可晓得苏州第一个好汉颜佩韦么？〔末〕可晓得真正杨家将杨念如么？〔丑、旦、贴〕可晓得十三太保周老男、马杰、沈扬么？〔付〕真正是一班强盗！杀！杀！杀！〔将刀砍介〕〔净〕众兄弟，大家动手！〔打倒付介〕〔付奔进介〕〔众赶入打介〕天花板上还有一个。〔众打进打出三次介〕〔二旦扛一个死尸上〕打得好快活！这样不经打的，把尸骸抛在城脚下喂狗便了。〔下〕〔外扮寇太守扶生上〕〔生〕老公祖，此番大闹，我周顺昌倒无生路了。怎么处？怎么处？〔外〕老先生休虑。且到本府衙内，再有商量。〔扶生下〕〔末扮陈知县扶付上〕〔付〕这等放肆。快走！快走！各执事不知那里了，怎么处？〔末〕执事都在前面。只得步行前去。知县护送老大人。〔付〕走，走，走！〔同末下〕〔净、丑、旦、贴内大喊。众复上〕还有几个狗头，再去打！再去打！〔作赶入介〕〔即出介〕一个人也不见了，官府也去了，连周乡宦也不知那里去了。怎么处？快寻，快寻。〔各奔介〕

【前腔】〔合〕凶徒打得尽成柤[18]，倒地翻天无那。逋逃[19]没影真奇诧，空察院止堪养马。周乡宦，深藏那家？细详察，觅根芽。〔共奔下〕

〔1〕青带：衙役。

〔2〕承值:值班,等候支使。

〔3〕大阿哥:吴语,即大哥。这里指那些惯享清福、不爱劳作的老衙役。

〔4〕喝上:吆喝着上场。

〔5〕一把松香便决撒:像撒一把松香似的不管了。松香易燃,光亮一阵便没了。形容把北京校尉接来住下,便没人管了。

〔6〕飞廉:又作蜚廉,殷末时人,以走得快著名,后变成传信者的代称。

〔7〕贯索:星座名。传统观念认为主是非词讼,故多喻以指牢狱。这里引申为伸手可得的意思。

〔8〕寇太守:寇慎,字礼亭,陕西人。天启三年任苏州太守,为人清廉。

〔9〕亲炙:亲身感受到。

〔10〕宪天:旧称朝廷委派各行省的高级官吏为宪。清代称抚、藩、臬三司为三大宪。这里是对毛抚台的敬称。

〔11〕官旗:指逮捕犯人的官差。

〔12〕搭吒:象声词,指杀头。

〔13〕肉鲊:肉末。

〔14〕君命召,驾且不俟:《论语·乡党》:"君命召,不俟驾行矣。"意为皇帝召见,要不待车子备好就赶快去。周顺昌始终把魏忠贤的迫害看作是皇帝的旨意,不敢违抗。

〔15〕投坑阱都成浪花:指凡被校尉逮捕入京的都入了坑阱,好像投入水中,只见浪花不见人。

〔16〕指佞:指斥坏人。

〔17〕姑苏志休教谬夸:日后写苏州历史时不要过分夸奖我。

〔18〕柤(zhā):烂梨,这里引申为渣滓。

〔19〕逋逃:逃跑。

第十二折　哭追

原注："朱公为周旋患难奔走京师，濒危者数，积劳成疾，呕血而卒。"

【水红花】〔末扮朱完天，将巾箭衣、腰间挂剑、长三髯上〕权珰飞焰到中吴，遍传呼，天倾何补？千秋意气未全无。敢捐躯，狂挝谏鼓。自家朱祖文，字升经，别号完天。祖贯槜李人氏。先祖讳先，嘉靖时，杀倭有功，历官天下大都督，世荫麾戎[1]。我幼年失怙，赖母刘氏抚养长成。苦节贞操，无由旌表。吏部周公，素非相识，力致当道，上疏具题，得造节妇牌坊。一向铭心镂骨，感泣搏颡[2]，愿为公死。不想近日吏部忤珰被逮，变起仓卒。可怜吏部四壁萧然，一贫如洗。众毙缇骑之后，随又六门设柜[3]。那贩夫樵竖，无不捐赀乐助，一为校尉使费，一为上京盘缠，我想吏部疾恶若仇，钢肠似铁，此行必无生理。我悄地相随到京，生则职纳橐饘[4]，死则视其含敛[5]，以图万一之报。闻得开船在即，免不得赶上前去。不必私恩小惠，微报易为图，直生死与相俱也啰。〔下〕

【水红花】〔丑、付扮二校尉，生带刑具，外扮船家摇船上〕〔丑、付唱〕无天无日是姑苏！

胜强徒，一场胡做，钦差打得命儿殂。到京都，从头分诉。〔付〕我们驾上差人，靠着皇帝老子的势头，谁敢道只字？不想苏州百姓，成群结党，作乱起来，竟将百户[6]方文臣打死。少不得到北京与他们算帐。〔末向生介〕咄！你如今在船中，不怕你跳上天去。〔生作不理介〕〔付〕船家，快摇！〔外〕我们要上岸买些酒肉哩！〔付〕就要买东西，且到无锡去挽船[7]。〔外应介〕〔作摇介〕〔末、付唱〕急驾扁舟摇去，无锡在前途。到时节才把村醪沽也啰！〔俱下〕〔小生，旧衣巾，作惊惶失足状，急急奔上〕

【山坡里羊】呼天，夜茫茫失曙；呼君，路迢迢难吁；呼亲，形影无寻处！我周茂兰，只为父亲被逮，士民公愤，击杀官旗。官府恐有疏虞。将我父亲一日三处移置，连我也不得见面。早上县公密报，说今早五鼓，已开船就道了，因此急急赶来。气喘吁，踉跄泣路隅。〔哭介〕我那爹爹阿，分离不得斯须语，生死无由抚抱呼。一路赶来，看看已到无锡了。身孤，盼亲闱，泪眼枯。舟逋，觅轻帆，望眼糢。〔作远望介〕那只船头上站着的两个人，好似前日校尉的模样。〔又望介〕是阿！是阿！一些也不差。看他歇船光景。待他拢来，我就跳上去便了。〔末、付内喊介〕船家，这里是无锡码头上了。你要买东西,快些上岸买了。我们就要开船的。〔外内应介〕来了。〔末、付上〕就在这里拢船罢!〔小生〕好了,好了。待我跳上船头上去!〔作跳上船介〕〔末、付惊介〕你是什么人?为何跳在我船上来?〔小生哭唱介〕

【皂罗袍】痛我寻亲远赴。〔揖介〕望尊行方便,宽假须臾。〔末、付〕咳!你说是那一个?〔小生〕我是周乡宦的儿子。〔末、付怒介〕哇!哇!还不上去!好打!好打!〔小生〕我孤身到此实无辜,见亲一面非他故。〔末、付喝介〕快些走!〔扯介〕〔生在内叫介〕可是茂兰孩儿?〔小生指内介〕这是我爹爹了。忽闻爹语,声声惨呼。嗟儿不孝,行行渐疏。〔末、付〕这狗头,还不上岸!〔作打介〕〔小生强住介,喊介〕吾那爹爹阿,爹爹阿!几声痛叫亲生父。〔生奔上介〕

【解酲甘州】我孩儿不谙世务,涉长途,到此探予。〔小生见生跪介,抱住哭介〕阿呀!爹爹阿!你瘸瘏[8]桎梏身拘锁,撄何罪作囚俘?〔生〕儿阿!你来做什么?我完我事生抛汝,伊自全伊莫顾吾。〔小生〕孩儿只道爹爹还在府署,不想半夜出城,县中报知,惊骇无地,急急赶来同爹爹上京。〔生〕吾恐白日下船,士民又来阻挠,故此黑夜而来。你既晓得也就罢

了,到此何干?还不回去!〔小生〕若如此说,爹爹果然不要孩儿去了。天乎!好一似刀刀割肚剜肤。〔作在地滚哭介〕

【玉抱肚】〔生〕儿阿!不须愁苦。急归家,读书孝母。〔小生〕母亲有几个兄弟在家奉侍,孩儿一定要同爹爹去的。〔生〕我此身久许君王,怎违心复恋妻孥。〔小生〕爹爹此去,路途遥远;况到京大费周折,岂可无人作伴?留儿身畔代家奴,怎做得患难周旋一介无?〔生〕一发用你不着了。你快回去,对母亲说:速速把妹子送到魏家去,完了我一桩心事。〔末、付〕你父亲尚不容你去,咱家老子怎肯容你?快走你娘的路!〔作扛小生丢上岸介〕〔末、付〕快些开船!快些开船!〔内应介〕来了,来了!拿橹,点篙。〔生作看岸上介〕〔末、付〕舱里去!〔拖生同下〕〔小生跌闷在地,渐醒介〕爹爹那里去了?那里去了?〔满场奔望介〕〔哭介〕阿呀,船儿竟开了去了!

【掉角吾乡】盼轻舠[9]飞如野凫,恨官旗毒如狼虎。歹东风疾吹一帆,狠舟师加添几橹。〔叫介〕爹爹阿!爹爹阿!叫得我破喉咙,号堤畔,哭天涯,亲容望断遮云雾。船已去了,难道我不去不成?怎做得贪栖息,归故土,一任做风中絮。罢!说不得了。缓急非所望，生男复何益？爹爹既欲捐躯报君，我又何难舍生报父？只得投水而死罢！〔末一面上〕急急行来，船儿去远了。呀！那边的好似周公子，上前看来。〔小生唱〕

【尾声】一灵[10]急奔燕山路，也得个死生一处。爹爹慢行，孩儿来也。少不得相逐清冷屈大夫[11]。〔作投水介〕〔末急救介〕呀！周公子为何如此短见？〔小生〕原来是朱先生。阿呀！先生嗄，父亲被逮，为子者自合追随，缇骑必不相容，将我迫逐上岸，进退两难，只得寻个自尽。一灵有知，还得相依左右。不想又遇了先生。〔末〕公子差矣！尊大人洒然就道，虽已忘家，然事未可知。脱有缓急，谁可告者？公子还该速觅便舟，随行看觑。鸿毛一死，却有何益？〔小生〕先生之言最是。只是道路间关，一身狼狈，况无便船可觅，不若速死为愈。〔末〕咳！公子不必虑此。卑人与吏部初非相识，先母旌节，实荷厚恩，旷古所无，何难舍身图报，公子若虑道路间关，卑人愿奉陪前去。〔小生〕若得同行，足见周旋至谊。只是风尘劳顿，何敢贻累先生。〔末〕公子说那里话！

【好姐姐】我久已委心相许，岂临事偏多顾虑？报恩机会，分明此一时。〔合〕相从去，三千里路身家弃，十二时辰涕泪

余。〔小生〕嗄！先生，

【前腔】感君情深肺腑，乾坤事担当如许。棘端犴吻[12]，缓急信有诸[13]。〔合前〕〔末〕天色渐晚，公子不必迟疑。卑人身畔薄携盘费，就此徒步上京便了。〔小生〕多谢先生！〔同下〕

〔1〕世荫麾戎：由于先祖的功绩，世袭军职。

〔2〕搏颡：叩头。

〔3〕设柜：设立捐款箱。

〔4〕橐饘（tuózhān）：供应衣食用品。

〔5〕含敛：收葬。

〔6〕百户：官名，百夫之长。

〔7〕挽船：停船。

〔8〕瘰瘥（luánquán）：身体不能舒展的样子。

〔9〕舠（dāo）：小船。

〔10〕一灵：灵魂。

〔11〕屈大夫：楚大夫屈原。

〔12〕棘端犴（àn）吻：棘刺的尖，野狗的嘴，比喻危险关头。

〔13〕缓急信有诸：紧急的时候确实有这样的人。

第十三折　捕义

〔外扮公差上〕五鼓传呼急，朱单[1]发内堂；

犯人难捉获,伙计细商量。自家苏州府堂快手[2]是也。清早五更,只听得敲门甚急,传是太爷呼唤,内衙立等。飞奔到府,进了宅门,太爷当面发下朱单,要拿五个钦犯。又密语分付,如此如此,不可泄漏,我想此事,好不尴尬。那五个人不知住居何处?着落在甚么地方?一路行来,叫齐伙计,大家商议。此时还不见到,只得候上前去。呀!来了!来了!〔生、小生、老旦扮公差上〕〔外怒介〕事在紧急,还不快走!〔生、小生、老〕什么事这等心慌?〔外出单介〕来,来,来,你看,你看!五个人没头没脑,那里找寻?〔小生〕少不得有原来切脚[3]。〔外〕有了切脚,什么难处?〔扯众附耳介〕太爷分付,如此如此,好不难哩!〔生〕不要忙,既为此事,少不得只在阊门外边。且看明了姓张、姓李,就晓得了。〔念单介〕仰役密拿颜佩韦、杨念如、周文元、马杰、沈扬等,即刻回话。〔老旦〕嗄!想着了,想着了!第三名周文元,就是有名的周老男。〔外〕可是绰号叫拆兴的。〔生〕不差。住在阊一图[4]地方,竟着了一图总甲[5]。有了一人,那四个就有踪迹了。〔小生〕一图总甲龚小园,着了他,自然有。去,去,去!〔共行介〕

五人被逮,别是一种写法,公差的密谋策划,正反映了市民力量的强大。

【六么令】此时呵,阊门开了,急急飞奔。不管低高,普安桥走过又是上津桥,林家巷转湾跑,地方家内忙来到,地方家

原注:"林家巷即周公所住之所。"

内忙来到。〔老〕此间已是,不免叫一声。〔敲介〕龚小园,小园!有话要讲,起来。〔付内〕清早起,叫名叫姓,有话少停来说。〔外〕地方要紧事,快出来。〔付上〕悔气!当了地方,有这许多要紧事。〔见外众介〕呀!列位出来得这样早,有何急事?〔外〕太爷亲发朱单,要在你地方上拿五个要紧人哩!〔付〕借牌[6]来看。〔外〕看不得的。〔付〕说了罢!〔外〕悄悄说你知道。〔附耳介〕太爷分付,如此如此。〔付〕如此说,是钦犯了;不是当要的。拿了一个,那几个知风就走了,怎么处?〔众〕你的主意便怎么?〔付附外耳介〕那马杰、沈扬两个小伙子日夜在赌场淘赌[7],也还易拿,只是那周老男,在阊门外装了大阿哥身段,昨日有人请他吃戏酒,此时尚未回家。那杨念如在前街开店,他是有体面的,到门叫他,恐怕又急出事来。若是颜佩韦,一发难拿,难拿!况他二人都不在我图内。〔生〕如此说,难道不拿不成?〔付〕依我计议,把钦犯两字不要提起,如今先到赌场里去,将马、沈二人指点与列位见了。只说太爷拿赌,夺了骰盆、筹马[8],连人交到我地方上讨保。一面圈住了他,一面候周文元门首,待他酒醉回来,扶了就走。〔众〕妙!有算计。还有两个却怎样拿他?〔付〕颜佩韦、杨念如与马、沈至交,他两人闻得拿了三人,必然来探望,那时五人一网都收,此计何如?〔众〕妙!如

此说，先到赌场里去，走，走，走，走！〔共行介〕

【前腔】〔合〕朱单藏好，不用明言；且自装乔，赌场日夜乱咆哮，忙走入，便擒牢；机关就里谁知道？机关就里谁知道？〔付〕此间已是，待我瞧着了，你们进去。〔向内暗望指介〕那一个朝上坐的是沈扬；那一个探帽子的是马杰。你们进去行事，我先回去，在家接应。〔下〕〔众走进介〕〔外先出〕骰盆、筹马在此了。〔生、小生、老旦缚旦、贴上〕〔旦、贴〕三位！我二人在行的[9]，赌钱小事，何消缚得。〔众〕奉太爷差遣，不得不如此，且交到地方去，有人作保，原是极易处的。〔旦、贴〕也不难，就到地方去，还你保人便了。〔生敲地方门介〕〔付上，假作不知介〕〔外〕且交与地方收管，拿齐了同赌之人，入城解府去。〔付〕大叔不消如此，这两位是在行朋友，自然有个道理。〔招旦、贴介〕走来，他们不过如此，不过如此，寻个朋友招架，就住手了。〔旦、贴〕就烦伯伯寄信与颜、杨两个哥哥，就有招架了。〔付〕妙！两人出来，就妥当了，待我寄信去，一位叔叔，陪着二位里边少坐。〔老旦〕我陪，我陪！〔拉旦、贴下〕〔付招外、生、小生介〕两个安放已妥，此时该去拿周文元了。〔外、生〕走，走，走！〔付指介〕那边周文元来了。

【前腔】〔丑醉上〕连宵醉倒，戏散回

来，街上寥寥，归家一觉睡逍遥。天大事，且丢抛，谁人敢向闲聒噪[10]，谁人敢向闲聒噪。〔作醉倒介〕〔付向外介〕一径扶到我家去。两位伯伯，先押三人入城；留两位伯伯在此。我勾搭颜、杨二人，一齐到府前便了。〔外〕有理！有理！〔将单交二生介〕朱单收好，我两个先押三人入城；你两个同老龚勾搭颜、杨入城，在府前相会便了。〔二生〕晓得。〔外扶丑介〕周大哥！你有些酒意，我送你到家里去。〔扶丑下〕〔付向二生介〕如今我同二位去寻两人便了。〔二生〕有理，有理！〔作走介〕〔净、末急奔上〕

【前腔】闻言惊跳，清早拿人尽是吾曹，必然此事有蹊跷。亲身事，怎推交，问明急急先投到，问明急急先投到。〔付〕二位何往？〔净、末〕我正要问你，马、沈、周三个兄弟为何拿了？〔二生、付〕为有人首赌，太爷拿的。〔净、末〕咳！什么首赌？我晓得了。一定为打校尉的事。〔付〕他三个寄信，要二位保一保。〔净、末〕这桩事是我做的事，何消拿得别人。如今他三个呢？〔二生〕入城去了。〔净、末〕二位是承牌[11]朋友了。〔二生〕差单是敝伙计。〔付〕如今也不难，我们三人陪了二位到府前，若为拿赌，就保了三位出来，若为别事，但凭

写颜、杨敢做敢当，为朋友不怕赴汤蹈火。

二位主张便了。〔净、末〕有理,有理!快走,快走!〔共行介〕〔付、二生〕真个是好汉。

【一封书】〔净、末〕男儿意本豪,猛拼生,忿一朝,身家担自挑。怎偷生?惜羽毛。急向公庭分白皂,肯任他人李代桃〔12〕?〔合〕觅知交,赴官寮,管取〔13〕平安万事消。〔共下〕

〔1〕朱单:用红笔批示的捕人名单。

〔2〕快手:专管捕人的役卒,亦称捕快。

〔3〕切脚:为官府做眼线的坐探。

〔4〕图:明时的街道区划。

〔5〕总甲:一图的居民负责人。

〔6〕牌:指捕人的签牌。

〔7〕淘赌:结伴聚赌。

〔8〕骰盆、筹马:赌博用具。

〔9〕在行的:行家,即懂事的人。

〔10〕聒噪:吵闹。

〔11〕承牌:衙役接受官府的签牌,负责执行叫承牌。

〔12〕李代桃:这里是让别人代己受过之意。

〔13〕管取:管叫。

第十四折　荫吴

【西地锦】〔外扮徐如珂冠服上〕夙夜趋跄玉陛[1]，晨昏献纳银台[2]，变生桑梓动忧怀，肘腋祸机[3]怎解。下官徐如珂，字念阳。裔本吴郡，官拜银台。直谅公忠，作九重之喉舌；光明正大，宣万姓之隐忧，为迩者[4]权珰肆虐，屠戮忠良，周蓼洲兄亦为矫旨逮及。昨日驿递飞报，那差去缇骑，竟为吴民公愤，击毙一人。魏贼恐祸将及己，旋又激怒圣上。下官闻得此信，不觉栗栗危惧，桑梓隐忧，消弭[5]无计，教下官如何是好？

此折既写出阉党的穷凶极恶，又写出朝内朝外反魏者仍大有人在。

【降黄龙】黑眚[6]飞空，正类东林，一网牵害。淋漓公愤，赴义如狂，变起苏台。徘徊，万一天威震怒呵，这鱼虾满瓮，谁索把刀砧[7]宽贷。禁不住浑身肉颤，陡上心来。〔丑上〕排云叫阊阖[8]，见日望长安。启老爷！应天巡抚毛，有奏章一通，差承差驰奏，求老爷验过挂号。〔外〕可有副本？〔丑〕有副本。〔外〕取来！〔丑送上介，外〕且住！我想毛一鹭，原系东厂干儿，飞章[9]入奏，必然加意中伤，我且展看一回，自知分晓。

【前腔】〔换头〕疑猜，他是狺狺跖犬[10]，少什么腹内干戈，笔端蜂虿[11]。〔展看介〕应天巡抚毛一鹭一本，为士民倡乱，殴死官旗，请旨屠城，以杜乱萌事。呀！危词耸听，抹杀青天，私心称快。你看中间情节，竟说吴民助周反叛，三吴有累卵之危。咳！此本一上，吾苏城百姓，殆无噍类[12]矣！哀哉！群然蠢动，怎扭做斩木揭竿[13]一概。咳！苍天，苍天！我何忍见阖闾城畔，血裹苍苔？这个怎么处？怎么处？〔小生背本，鸣锣策马急上〕

【黄龙滚】兼程驿递来，兼程驿递来！只骑加鞭快，计里三千，已踏长安[14]界。〔下马介〕这里已是通政司衙门了。〔丑〕住着！〔照前禀介〕〔外〕唤进来！〔见介〕承差叩见老爷。〔外〕你老爷飞章到此，必为殴杀官旗一事。可晓得助周反叛，这是有的？没有的？〔小生〕那有这样事。人虽跛扈，疾同疮疥[15]。〔外〕有副本没有？〔小生〕有副本。〔外〕取上来验过，与你传达便了。你去罢！〔小生〕晓得。主命将，公事毕，天恩戴。〔下〕〔外〕吾想苏松按院徐吉，官评素著，本中情节，决与毛一鹭所奏不同。我且看来！

【前腔】薰莸[16]不共栽，薰莸不共栽，枭凤非同派。止沸抽薪,赖有良臣在。〔阅介〕妙嗄!中间语气和平,甚为苏民回护,只将为首几人正法,其余一概免究。好!这个才是。咳!徐公祖,徐公祖!不枉了轩轩衣绣[17],峨峨冠豸[18]。倘此本得准呵,民之幸,吾之愿,天之赉[19]。嗄!也罢,我就将此本先上,待有温旨,然后将毛一鹭这本传达。圣上仁慈,自不免为先入之言所动,吴民尚可保全。即使魏贼深求,我徐如珂死也无憾矣!

【尾】少偿一二纲常债,欺公罪,吾甘担带。圣上!圣上!总望一霁天威,把商罝三面解[20]。说得有理。我先将徐疏即刻送进便了。

玉石俱焚未可知,片云却为荫群黎。
当权若不行方便,如入宝山空手回。

〔1〕夙夜趋跄玉陛:早晚侍奉在皇帝周围。

〔2〕银台:指银台司,即明之通政司,是掌管朝廷上疏下达的机关。

〔3〕肘腋祸机:紧急逼近的灾祸。

〔4〕迩者:近来。

〔5〕消弭:消除祸端。

〔6〕黑眚:灾祸。

〔7〕刀砧:切肉时的刀和砧,此指行刑。

〔8〕阊阖:本指天门,此处指宫门。

〔9〕飞章:用快骑递送的奏章。

〔10〕狺(yín)狺跖犬:狺狺,犬吠声。跖犬,恶人之犬。

〔11〕蜂虿(chài):蜂与蝎虫,皆有剧毒。

〔12〕噍类:生灵。

〔13〕斩木揭竿:秦陈胜起义时,斩木为武器,举竿为旗帜,后以此称农民起义。

〔14〕长安:这里代指京城。

〔15〕疾同疮疥:意指苏州市民反抗缇骑逮捕周顺昌并不是什么大事,如同皮肤病一般。

〔16〕薰莸(yóu):香草与臭草。

〔17〕衣绣:指官服,汉代刺史穿绣衣。

〔18〕冠豸:执法官戴的帽子叫獬豸冠。

〔19〕赉(lài):赐予。

〔20〕商罝三面解:罝,网。商汤见一张网捕兽者,劝其网开三面,大开生路。

第十五折　叱勘

本折高度集中地写东林党人与阉党的斗争,是闹诏后的又一高潮。前面分三层写杨、左、魏三忠的就义,表现东林党人的前仆后继,为周顺昌叱勘作先导,后面分

〔净杂扮羽林[1]将上〕〔净〕千夫裹甲戟森森,法吏庭前列羽林。〔杂〕弓尽上弦刀出鞘,厂家侍卫赛当今。自家羽林左千[2]是也。〔丑〕自家羽林右千是也。今日东厂千岁爷,亲勘东林一案。命俺统军排列辕门,比着护驾威仪,愈加严肃,在此伺候。〔旦扮小监抱牌上〕咄! 千岁爷分付,把守辕门的听着:不许犯官家属前后打探。

领牌去！〔净杂接牌介〕晓得。〔下〕〔贴扮小监抱牌上〕咄！巡捕官那里？〔小生上〕有，有，有！〔贴〕千岁爷分付：一应押解差官，挨牌[3]听审，不许各犯合聚交谈。领牌去！〔小生〕晓得。〔下〕〔付扮小监，令箭上〕锦衣卫刑狱吏何在？〔丑上〕有，有！〔付〕千岁爷分付：今日勘审，不比泛常，整备着铜拶子、铁夹棍、阎王闩、红绣鞋、披麻火烙、铜包木棍，异样刑具。少不中用，砍头号令哩！〔丑〕件件齐备了。〔付〕去！〔下〕〔生囚服上〕〔旦、老扶上〕

【梁州新郎】〔生〕痛我完身几粉[4]，幸我完心无碍，劲骨千磨不坏。填胸正气，直将厉气[5]冲开。我周顺昌久矣削职闲居，只因面叱奸党，指骂逆像，又与魏廓园舟次联姻，三触奸人之怒，自分祸不能免，不想魏贼牵坐别案，矫旨飞提，士民义愤，又击死官旗。咳！此番到京，猛拼就死。〔恨介〕只恨倪文焕、许显纯两贼不容分辩，一味严刑夹打，坐赃三千，胫骨几断，手指尽折。咳！今日魏贼亲勘，料无生理。我周顺昌若还对贼置辩，岂不贻笑千秋！罢！愿挣得一腔[6]无愧，三寸[7]常伸，便碎骨香千载。〔旦、老扶生急奔介〕呸！快一步么！里面审过两三起了，只管慢腾腾怎的！〔生〕阿呀！我足痛难忍，就迟几步却也不妨！〔旦、老〕

指骂、杻击、血喷三层，写周顺昌把阉党拷问他的刑场当作他骂贼叱奸的场合，把周顺昌烈性如火、侠骨如钢的性格发展到最高峰，完成了这个崇高的悲剧形象的塑造。中间周、魏在刑场的互诉心事，又正好起了前后段戏情的过渡作用。

呸！好自在话儿，俺们受了你多少钱钞，还装这样乔脸。走！走！走！〔又扶一转，撇地介〕〔生喘定介〕咳！衣冠扫地[8]也理应该，怎怪他胥役如狼语乱歪。〔净驼贴扮半死犯官上〕闪开！闪开！都御史杨爷[9]，打了一百铁扛子，死快了，让俺收监去。〔下〕〔生顿足介〕呀！是杨大洪。罢了！罢了！〔付、丑抬小生扮死犯上〕走，走！都察院左爷[10]，三次铁脑箍，两次铜拶子，顿时命绝了，发在官坛[11]教管去。〔下〕〔生顿足介〕呀！左浮丘竟被非刑置死了。好痛心也！〔哭介〕忠良士，看看殆，朝堂已绝龙逄[12]派，轮到我，死立待。〔内高叫掩门介〕〔旦、老〕想是千岁爷掩门进膳了，周爷，扶你到空处，且坐一坐，〔扶一转介〕〔老〕你陪周爷坐着，我到那厢解手就来。〔老下〕〔旦带索横地睡介〕〔末扮半死魏大中，净驼上〕呀！方才驼上肩还是活的，一煞时硬膨膨，直僵僵了。且撇在此间，再驼几个死的出来，一并扛去罢。〔撇末下〕〔生暗觑介〕呀！这是魏廓园亲家，打得这般模样，竟死非命了，好伤心也！〔哭介〕不免叫一声魏廓园！魏亲家！我周顺昌在此。〔末作渐醒介〕

【前腔】三尸离壳，一灵还在，耳畔谁呼声再。〔转气介〕攒心抱痛，猛然带转魂来。〔开目慢视介〕呀！原来蓼洲亲家！蓼洲，蓼洲，我魏大中与你长别了。〔生哭介〕亲翁，事同一体，小弟也即在少顷相随了。〔末悲咽介〕亲家！别话不能说了，只是一事放心不下。〔生〕亲翁！还有何事记怀？〔末〕想着吾孙伊托，你有遗孤，两姓谁担代？〔生含泪介〕尽自由他。〔末〕亲家！我与你相携同上也望乡台，看不得累累妻孥哭草莱。〔生〕亲翁！大丈夫视死如归，还说这些儿女之事怎么！〔末哭介〕亲翁！还有一言要说。〔生〕亲翁还有何言？快说！快说！〔末〕亲翁，我骂贼神虽惫[13]，君须大骂吾方快，目不瞑，此为大。〔作呜咽气绝介〕〔生〕呀！陡然气尽了。咳！我周顺昌顷刻之间，就是这般模样了。呸！我还待去打点辩论怎么。罢！就在公堂上，把阉贼痛骂一场。我周顺昌就死也死得正气。不差！不差！不要乱了主意。〔小生巡捕急上〕咄，咄，咄！谁在此讲话？〔踢睡卒介〕狗才！可晓得千岁爷号令，不许各犯合聚交谈？你公然把两个囚徒聚在一处讲话，先打你一百皮鞭。〔丑〕呀，老爷！那一个是死尸，并没人交谈。〔小生踢尸介〕既是死尸，还不发到官坛去！〔下〕〔旦拖末下〕〔旦即上〕〔内叫开门介〕〔老急上〕伙计，第一起就是周爷了。快走！快走！〔下〕〔作开门介〕〔净、外分

原注:“周公毒骂逆珰故受刑最惨,台省奏章有声彻棘林之语。”

立两傍〕〔上场八字排两桌介〕〔付扮倪文焕,丑扮许显纯,各抱卷上〕下官倪文焕,下官许显纯,东林一案,早堂俱已审结,只有苏州打死官旗的周顺昌,未曾勘问。各抱文卷呈递上公亲览。〔向上跪介〕呈递苏州府打死官旗文卷。〔内〕递上来!〔贴扮一小监飞上接下〕〔付、丑据桌分立介〕〔内〕犯官进!〔内〕进来!〔生杻链[14],旦、老押上〕〔内〕去锁链!〔旦、老去链介〕〔生直立介〕〔付、丑〕怎么不跪?〔生〕我周顺昌跪那个?你动不动摆着龙位,矫旨压人。我周顺昌被你二贼连次非刑酷拷,今日既无龙位,还敢无礼,喝我跪么?〔付、丑〕你没有眼的,上边巍巍端坐的是那个?还不跪么!〔生大怒指喝介〕嗄!原来是魏贼!咄!阉狗!你欺君虐民,残害忠良,我周顺昌食肉寝皮,未消积愤,且数你罪恶桩桩,敢一一回对么?

【前腔】〔换头〕你纵着十干儿狠似狼豺,布着百干孙毒如蜂虿。又私通客氏,把后妃杀害。〔付、丑〕法堂之上,敢把千岁爷这般斥辱,大胆已极,快快拿下!〔生〕倪文焕!许显纯!你这两个奸贼,待拿那个?你是阉家恶犬,厂内豪奴,不过排陷[15]邀欢爱。〔踢翻两桌,将杻劈面击付、丑介〕我周顺昌今日到此,总是一死。一杻击杀你二贼,岂不快心!杻敲贼面也好开怀，权当做笏击权奸[16]血溅腮。〔付、丑〕不好了！鼻子打断了！乌珠打花了。〔各捧面叫痛介〕〔贴急上〕千岁爷有旨，犯官污言抗上，着武士击去门牙，不容开口。〔净、杂将槌擒生敲牙滚地介〕〔奋起含糊指骂介〕魏贼！难道我断了齿，就骂你不得么？齿虽断，舌还在，我生平不受三缄戒。常山口，未亏坏。〔倒地作闷死介〕〔付、丑指生骂介〕周顺昌，你这狗头！也有今日么？

【前腔】〔换头〕怪从前鼓舌摇腮，致今日齿亡唇败。咄！你恁般崛强，怎么如今不开口了？恁吞声下气，口闭头埋。〔生骤起，将付、丑满面喷血介〕〔付、丑〕呀！不好了！不好了！赤淋淋，湿答答，满面都被他喷着血了。〔怒介〕死囚！死囚！你不怕刀临头颈，还思含血喷人，唾面谁堪耐。〔净、杂持棍上，打生仆地介〕〔生又起含血喷付、丑介〕〔付、丑〕呀！不好了！又来张大口，向天开，袍上猩猩赤点苔。〔杂、净绳捆生介〕〔付、净、丑、杂〕笑你虫蚁命，无多大，切时不值颗儿菜。既作孽，又作怪。〔贴扮小监上〕千岁爷有旨，周顺昌不必再勘，着锦衣卫押带还监。〔净、杂扶生介〕〔生指恨介〕有口不能咀贼肉，好将碎齿嚼奸肠。

〔净、外、生锦衣卫押下〕〔付〕许哥,好一个不怕死的强贼。〔丑〕下次再审,又被当堂辱骂,如何是好?〔付〕一刻也容他不得了。我与你禀过爹爹,速速分付狱卒,了他性命便了。〔丑〕不差!不差!〔内喊掩门介〕

【尾声】〔付〕犯官强横真无赛。〔丑〕了残生须索快哉!〔合〕管教你一死难将口再开。

〔付〕区区辱骂恨难平,〔丑〕骂了爹爹立杀身。

〔合〕阎王注定三更死,断不留人到四更。〔同下〕

〔1〕羽林:皇宫卫队叫羽林军,后作御林军。

〔2〕左千:与下文右千均系羽林军头目。

〔3〕挨牌:按牌上规定的次序候审。

〔4〕完身几粉:全身几乎粉碎。

〔5〕厉气:邪恶之气。

〔6〕一腔:指心。

〔7〕三寸:指舌。

〔8〕衣冠扫地:这里指官吏被剥夺官职后,变成囚犯,所以衙役们才敢虐待。

〔9〕都御史杨爷:指杨涟。

〔10〕都察院左爷:指左光斗。

〔11〕官坛:公墓。

〔12〕龙逄:关龙逄。夏桀暴虐,龙逄直谏被杀。

〔13〕惫:疲惫无力。

〔14〕杻(chǒu)链:捆手的锁链。

〔15〕排陷:排斥、陷害忠良。

〔16〕笏击权奸:用朝笏(玉板)击打奸臣。唐德宗时朱泚反,司农卿段秀实唾骂朱泚,用笏击伤之,因此被害。周顺昌早梦想以笏击魏,见第八折。

第十六折　血奏

〔净扮僧上〕在京和尚出京官,天大威风到处钻,不想西方为佛子,偏投东厂作旗番[1]。小僧北京城内二闸观音庵枯木是也。房屋不多,任居要道,官府尽来作寓。不要说三阁下[2]、九卿[3]科道,无不相知,就是里边线索,极便极灵。虽是僧家,人人钦敬。不想前日有一个下路[4]的小伙子,特来借寓。我一见时,就道有些不尴不尬。他背着人,啼啼哭哭。人来会他,都交头密语。两日又在房内,刺着指头,不知写些什么?我看来一定是个犯官的家属。近日东厂严禁,不许犯属在京打干[5]。番子手[6]密布在外,倘然缉着,我庵中甚是不便,定该撵他出去。他方才吃了夜饭,在房中睡了。我少停起个早起,打听个的确,再作道理。〔下〕〔小生青衣、小帽上〕

【引子·宴蟠桃】旅邸萍踪[7]，天涯浪影，忧怀惟有天知。小生周茂兰，在江边别了父亲，与朱完天先生赶入京师，因长途步履艰难，多走了几日，比及到时，父亲已先到京下狱了。细细访问，却被倪、许二贼，极刑锻炼，坐了赃银三千两。蒙朱先生百计借贷，千里奔驰，徐银台如珂、顾侍御宗孟及范公景文、鹿公善继、孙公奇逢极力周旋，我父亲暂得缓死。小生因缉事人多，只得频移寓所。前日改易衣妆名姓，借住此庵。昨日魏贼又将爹爹亲审，敲折牙齿，性命垂毙。小生又不能一见，闻之心如刀割，因此刺血写成奏章，欲叩登闻救父。昨已写了大半，日间又恐人知，不敢刺写。此时已将五鼓，趁此窗上月光如昼，不免刺血写完，明早哭奏便了。〔袖中出本向窗前看介〕呀！月光虽明，模糊不能下笔，怎么处？嗄！不免轻轻开了房门，悄悄在佛前香灯内，取些火儿，点在灯上，刺写便了。〔作开门取火，仍闭门点灯介〕身体发肤，受之父母，不敢毁伤。今日为救父写本，若得圣上准奏，得全父命，我周茂兰虽割腹剜心，也是情愿的，何惜这几点指血！〔作刺血闷倒介〕〔渐苏介〕〔写介〕

【过曲·三仙桥】恨杀权奸毒炽，尽忠良，遭残噬，纷传假旨，酷刑屠狱底。痛父周顺昌呵，抱荩忠，清节誓，苦锻炼，诬陷贿赂为大题。那魏贼的罪恶呵！写写不尽他肆凶威；题题不尽他欺君罪，奏奏不尽他占江山的深深祸机。只写得父冤羁，枉受严刑黑砌[8]。望圣上震霆雷，早殛[9]杀弄朝权的阉贼。〔净暗上〕隔墙须有耳，窗外岂无人。〔作推门进介〕咄！你写什么子？〔小生袖本介〕不写什么！〔净〕这样时势，你侵早五更，背着人儿，自言自语，一定写着反书了。拿出来我看一看！〔作搜介〕〔小生袖紧介〕你敢是抢我的东西么？〔净〕这小伙子倒会放刁。〔扯介〕走，走，走！走你娘的路，不要连累我。〔推出门介〕〔小生〕还了我行李去。〔净〕行李只好作房钱了。〔关门介〕闭门不管窗前月，分付梅花自主张。〔下〕〔小生〕啊呀！可恼！可恼！好一个出家人，白白赖了行李，竟推我出门，有这等事。咳！此时又不好声张，怎么处？你看天色将明，趁此际街上人稀，不免一路行去，竟到五凤楼[10]前，叩阍上疏便了。〔行介〕

【忆多娇】声隐泣，泪暗滴，潜行俯首愁探缉，叩阙捐身登闻击。苍天那！保佑周茂兰血疏一上，早救父命。天意堪必[11]，天意堪必，默转君心匪石[12]。此间已是午门外了，不免击鼓则个。〔击鼓介〕〔末、老扮武士，丑扮小官上〕何人击鼓！何人击鼓！〔小生跪介〕

南直隶苏州府吴县儒学生员周茂兰，谨奏圣上，臣父原任吏部员外周顺昌呵，

【斗黑蟆】清节廉声，忠心抱赤。被魏贼的奸谋，网罗陷黑，冤狱禁，酷拷炙，九死孤臣，命悬顷刻。刺血代墨，叩阍情孔急[13]。伏望天恩！伏望天恩！电冤[14]罪释。〔将本送丑介〕〔丑接看介〕此系血书奏章，从无此体，通政司不便传进。〔将本还小生介〕〔小生〕父命危在呼吸，一定要求上达天听。〔丑向末、老介〕打出去！〔末、老推小生出介〕〔丑〕覆盆难见日，幽户不闻雷。〔同末、老下〕〔小生跪哭介〕阿呀！圣上呵！

【忆多娇】冤已极，疏转掷[15]。君门万里空咫尺[16]，父命难全，生何益。圣上既不收血本，茂兰情愿撞死阙前。碎首血沥！碎首血沥！救父黄泉喜溢。〔作将撞介〕〔净、付扮番子手，旦、贴扮小监执棍上〕〔净、付扭住小生介〕你这狗头，死活也不知，上什么血本？〔二旦〕打便了！〔将棍打小生滚地喊介〕阿呀！天那！〔外，白髯、冠带急上〕天府传宣地，皇家喉舌司。下官通政司大堂徐如珂是也。何人阙前喧嚷，急急看觑则个。〔净、付〕通政司大堂苏州徐老爷来了。〔外〕为着何事，将他毒打？〔旦、贴、净、付〕犯官儿子，抗拒圣旨，上什么血

疏！厂爷知道了怎么处？拿他去打一个死。〔旦、贴打介〕〔净、付扭介〕〔外〕我这里不与他传达就罢了，打他什么？待我着人撵他出城去。〔四杂〕造化了这狗头。去！去！去！不该死，不该死。〔下〕〔小生看外介〕原来是徐老伯。〔外〕这里不是讲话的所在，随我来。〔小生随外一转场介〕〔小生跪外介〕老伯与小侄将血本传上，救得老父性命，是真正大恩人了。〔外〕我徐念阳，难道没有人心的？若此疏可上，何须贤侄哀恳？令尊遭此大变，我也极力周旋。就是毛巡抚击杀官旗之疏，极其凶狠，那巡方徐吉之疏，甚是和平。我将徐疏先上，奉有温旨，然后传进毛疏。圣旨批道：已有旨了。方得保全苏郡一城性命。贤侄如今此本，若是墨书的，便可与你传达了。〔小生〕徐老伯呵，

【斗黑蟆】你恩德如天，苏城感激。救父的残生，衔结报德[17]。传达上，温旨锡[18]，起死回生，尽公卵翼。〔外〕权奸焰赫，满朝俱战栗；桑梓情深，桑梓情深，敢不努力！〔小生〕恳求老伯神力，使小侄得见老父一面。〔外〕厂卫严禁，犯属不许入监，怎生去得？〔小生〕若得一见父面，小侄死也甘心。〔外〕也罢！你今夜悄悄到我寓所，我有一长班[19]，他兄弟是个禁子[20]。你换了极破衣帽，我

托他领你进去便了。〔小生〕多谢老伯。〔外〕外边厂卫严拿,你路上行走要小心些。〔小生〕晓得。

〔外〕孝子忠臣萃一门,拼生刺血奏登闻。

〔小生〕惟有感恩并积恨,万年千载不生尘。

〔1〕旗番:探子。

〔2〕三阁下:三阁中的官员。三阁为辅佐皇帝处理政务的最高机构。

〔3〕九卿:指吏、户、礼、兵、刑、工六部尚书和都察院御史、通政司史、大理寺卿,为明清时高级官僚。

〔4〕下路:指长江下游一带。

〔5〕打干:探听消息。

〔6〕番子手:缉查的兵士。

〔7〕萍踪:不定的行踪,有如飘萍。

〔8〕黑砌:黑暗的牢房。

〔9〕殛:诛杀。

〔10〕五凤楼:这里指宫门。

〔11〕天意堪必:上天一定会保佑。

〔12〕默转君心匪石:暗暗地希望皇帝的心不要像石头,希望能够回转。

〔13〕孔急:特别紧急。

〔14〕电冤:明察冤情,如电光照亮之意。

〔15〕疏转掷:指血书无法传递上去。

〔16〕君门万里空咫尺:君门近在咫尺,却如隔万里。

〔17〕衔结报德:衔环结草以报恩德。

〔18〕锡:同“赐”。

〔19〕长班:随从,仆役。

〔20〕禁子:狱卒。

第十七折　囊首

狱中囊首,本无戏好写,今加入公子探监一层,场面顿活,由此调动起许多角色,演出许多戏来。

〔杂扮禁子上〕虎头门[1]里偷生少,枉死城中冤鬼多。自家镇府司[2]禁子是也。目今司中人犯,惨不过是东林一案。可怜那些官儿也有拷打不过,当堂了命的;也有带伤受刑,腐烂身亡的;也有昏迷绝食,含冤自毙的;也有逼讨气绝,灰囊压死的;不知坏了多少性命。只有一个周吏部,屡次受刑不死。前日千岁爷亲审,他偏不怕死,倒是一场狠骂。却又作怪,千岁止将他敲去门牙,反不加刑,仍旧收监。咳!算来周吏部倒是一条硬汉了。俺众兄弟又可怜他,又敬重他,每每照顾他几分。今晚轮着我在他房里值宿,且留心看他一看,也是好事。正是:人道公门不可入,我道公门好修行。〔暗下〕〔外扮长班上〕受人之托,必当终人之事。自家通政司徐老爷门下长班是也。奉老爷之命,引着周公子悄进监中去见父亲一面。你看门上坐的,正是我家兄弟,叫他出来说个明白。〔暗招杂介〕咄!兄弟走来。

〔杂上〕原来是哥哥,叫我怎么?〔外附杂耳介〕我奉主人之命,有言相托。〔杂〕为着何事?〔外〕吏部周老爷在内何如?〔杂〕家信不通,少人看顾,都应不久了。〔外〕他有个公子到了,要你引进一见。〔杂〕使不得!使不得!东厂时刻有人打听,况且监中耳目众多,倘被知觉,连累非小。〔外〕老爷也只为此,教我特来与你商议。〔杂想介〕嗄!也罢,少刻点派更夫入监,教他充作更夫进来。今晚正轮我在他房内值宿,引他父子一见便了。〔外〕如此甚好,照你说话,回复老爷,就同公子来也。〔下〕〔杂〕哥哥,转来。〔外〕又是怎么?〔杂〕少刻公子进来,切不可唤父呼爹,被人听得,不当稳便。〔外〕晓得。〔杂〕哥哥,转来。〔外〕又是什么?〔杂〕那周公子唤甚名字?〔外〕他叫周茂兰。〔下〕〔杂〕叫周茂兰,就去说与周老爷知道。〔作开门进介〕伙计,我进去各房查看一看,更夫齐了,叫我一声。〔内应介〕〔杂〕此是第三监了。〔进介〕呀!怎么周爷不见了?周爷那里?周爷那里?〔生在内哀声介〕好苦耶!〔杂〕原来倒卧在墙脚下,怎么不睡在上边,卧倒在地?〔生作痛楚声介〕周身疼痛,手足拘挛[3],挣扎不起了。〔杂〕待我扶你上边睡好。〔扶生介〕

【小桃红】〔生〕我命延一息不终朝[4],挣不起镣和杻,牢牢靠也。〔杂〕周爷,亏你硬挣,挨到今日,比着各位老爷,早早去世了。〔生〕早去的倒不好么?咳!这鬼窟中,偏咱落后苦多熬。〔杂〕周爷,你如此光景,怎没个亲戚来看你?〔生摇首介〕那有亲戚在此。〔杂〕难道没个管家随来的?〔生〕那有家人带来。〔杂〕公子是有的。〔生〕一发难来了。〔杂〕且住!你家公子名唤茂兰的现在。〔生大惊跳起介〕在……在……在那里?莫……莫……莫……莫……莫非我孩儿也……也……也……也拿了么?〔杂〕周爷放心,公子特来探望,就要进来了。〔生急摇手介〕呀!呀!呀!呀!你切不可放他进来!〔杂惊介〕为何?〔生拭泪介〕我也无念到儿曹,怎教他听爹语,觑爹容,向爹号!转引得我肝肠吊也。〔杂〕令公子远来,极难得的,怎倒拒他?〔生〕阿呀!此处什么所在?可是他来得的?倘若我万千情,撮起在心苗,忍不住话声高,隔墙耳,怎相饶。〔杂〕我正为此先来说明,且待更深人静,悄教公子扮了更夫进监,少刻随我同来值宿。〔生〕嗄!嗄!嗄!我孩儿扮下更夫,少刻便……便……便……〔住口暗泣介〕〔杂〕还有一句要紧话,见了公子,切不可叫子呼儿,被人知觉。〔生泣介〕嗄!嗄!嗄!我却不要认着孩儿罢!还是不要进来好。不……不……不……不要进来好。〔小

想见、怕见又不忍见,这段心理刻画得十分细致,把东厂黑狱的惨酷景象,从周顺昌父子的精神状态上充分反映出来。

生作梆声介〕〔杂〕外厢点派更夫了,你自放心安睡,少待片时,引着公子来也。〔锁门介〕〔生作盼门连跌介〕阿呀!呸!我父子就得一见,却有何益?不如硬着肚肠,放怀睡去。〔作强挣不起,横卧介〕〔杂引小生抱梆上〕〔杂〕来!来!来!此是第三监了,令尊老爷在内,放下梆子,引你进去。〔开门介〕〔小生放梆介〕〔杂〕此位就是周爷,鼾然熟睡在此,不要惊他。你且点着火,慢慢候他醒来,我拿此梆,交与别人敲打去。〔下〕〔小生上下看生暗哭介〕呀!我爹爹这般模样了,好痛心也!〔作抚摩介〕〔生忽叫痛惊醒介〕〔小生急扶,失声高叫介〕爹爹!孩儿茂兰在此。〔生失声介〕果……果……果是我孩儿。〔强坐忍泪不出声介〕〔小生捶胸哭跳介〕〔生摇头长叹介〕你来怎么?〔小生抱生哭介〕阿呀!爹爹阿!

【下山虎】我痛肠寸绞,剪剪如刀,爹爹为甚没句言语说与孩儿知道?敢是泪咽声难叫,猛然气焦[5]?〔生张口介〕儿!你看我齿牙尽被阉奴击断,尚有何言,与你细说?你且牢牢记着:只把忠臣样子,日后说与子孙知道便了。〔小生〕爹爹嗄!后日儿孙怎补得爹生平未了!〔指内介〕魏贼!魏贼!我齿磷磷可尽敲,少不得剐将伊肉咬。〔又抱生介〕阿呀!爹爹阿!孝和忠,路一条。爹负千秋恨,与儿并叨,不共之仇肯便消。〔生〕儿!你爹爹身受倪、许二贼百刑拷打,手足俱折,不必说了,还有说不了的苦恼。〔小生〕爹爹便怎么?〔生〕阿呀!儿嗄!说也伤心。

【五般宜】兀那龙须板[6],赤剥剥皮裂再敲。牛筋棒[7],扢擦擦骨折未饶。〔小生〕我好心痛也。怎受得这般苦楚?〔生〕儿!你道爹爹受了那样刑罚?〔小生〕爹爹说与孩儿知道。〔生〕你只看我腿上迭棍所伤,陷为深坎;坎上裹药,复被棍揭;棍棍狠敲赤肉,肉尽直敲精骨。儿!你爹爹受刑之日,棍头上滚滚活虫[8]挑,血和肉浑裹蛆虫,臭闻天表。阿呀!儿!你爹爹此时呵!只愿棒头早早叫声去了,谁知道粉碎样尸骸,待儿看,添苦恼。〔小生跳哭介〕阿呀!爹爹!孩儿奔走稽迟[9],不得早来看视,万死难辞了。

【五韵美】乍探爹,心如搅,恁般痛楚儿未晓。爹爹,待孩儿展开患处,收拾收拾。〔生〕罢!恁地腐烂,还要完好怎么!〔小生掀衣见伤,哭倒介〕阿呀!掀衣一见便惊倒,只这脓窝血窖,怎敢把指尖轻抓!那得有汤水与爹一洗。罢!罢!罢!只得裂下衣衫,轻轻展拭便了。〔哭介〕阿呀!爹爹嗄!万千血孔,如何动手?若是割儿肉,补得牢;只这万千孔,便割尽微躯，代爹补好。〔杂〕任情终有失，执法永无差。〔开锁介〕大相公，叫你不要高声，倒是这般号哭起来。呀！呀！呀！好不知利害！〔小生急作收泪介〕一时心痛，不能含忍，如今再不哭了。〔顿足大叫介〕好苦嗄！〔杂〕呸！才说不哭，又哭了。〔净、丑扮二禁子提灯，付扮差官持令箭上〕〔净、丑〕伙计！夜巡老爹在此查察，快快开门。〔杂〕〔作慌扯小生介〕怎么处？查察的差官来，你却藏在那里去？来！来！来！权躲在草铺下，再不可响动。〔小生〕自然不敢做声。〔急下〕〔杂开门介〕〔付〕那一个是周顺昌？〔杂〕这位就是。〔付〕同房还有何人？〔杂〕没有。〔付〕好，倒也清净。咱奉千岁爷之命，有一件东西在此送他。〔出囊介〕〔又附杂耳密语介〕就要了事回复的。咱在狱神庙中，立等，立等，快些下手。〔下〕〔丑、净扯杂作私语介〕〔杂向生介〕周老爷可晓得那差官来的意思？〔生〕是查点犯人。〔杂〕不是。〔生〕敢是要个包儿[10]？〔众〕也不是。〔生〕是什么？〔净、丑〕倒有一件东西，送与周爷受用。〔生惊介〕奇怪！送我什么东西？〔丑、净出囊介〕请看，是一个布囊。〔生〕送我何用？〔众〕周老爷是晓事的，不消我们说了，有要紧话分付一声罢。〔生惊战介〕嗄！莫非将此囊索我性命么？〔众〕不消再说了。〔生〕魏忠贤！魏忠贤！你要我死么？我周顺昌生不杀汝，死作厉鬼击杀奸贼便了。〔丑、净将囊套生头，推生仆地，挽绳背拽介〕〔小生大叫抢上介〕列位动手不得的，不奉圣旨，怎便无法无天，狱底杀人！〔急抱生挽定绳索介〕〔丑、净〕你是更夫，如此大胆，敢来讨死么？〔净推倒小生介〕〔又用力扯索介〕〔小生急起抢介〕〔杂揪倒小生滚地介〕〔小生翻推倒杂，又抢上〕〔杂急起揪小生倒地，骑坐前场介〕〔小生在地哭喊介〕〔净、丑用力拽生，生将身乱掬，脚乱跳，渐作死，挺直在地介〕〔净、丑作放绳气喘，各定力介〕〔杂放小生，小生扑生尸跌哭介〕阿呀！爹爹阿！

【蛮牌令】一霎起波涛，顷刻极刑遭，囊头亲祸惨，儿睹胜吞刀。恨不得代爹行，拚生命抛；恨不得赶黄泉，将爹抱牢。身僵挺，首囊包，亲儿送死，有口难号。〔净、丑〕伙计！事已完了，且把狗娘的缚东厂请赏去。〔杂〕哥，实不相瞒，此人不是更夫，实是周爷公子。监中耳目不便，扮了更夫来探父亲，不想他恰好送父归天。〔众〕既如此，周爷面上，大家方便。与他瞒过了罢！我们抬过尸骸，待那差官进去相验，你快些送他出监去。〔丑、净抬尸下〕〔杂扶小生出介〕走！走！走！小相公，令尊老爷是东厂对头，知你在京，必来杀害，快些另托心腹，办棺收殓尸首，急急回家去罢！前面直去就是通政司衙门了，快走！快走！〔放手介〕〔小生急奔，又复身扯杂作痛切致谢，说不出介〕〔杂〕你有话快说。〔小生复不语介〕〔杂〕咗！既没甚说，还不快走。〔推小生倒地竟下〕〔小生起又跌介〕〔下〕〔末扮朱完天上〕危疑阁[11]上窥奇胆，患难关头见异人。我朱祖文自到京中，微服僻处，为吏部悬赃[12]未完，百计求贷，适从吴桥[13]回来，捃摭[14]稍就，不免前往狱中探问消息。〔小生跌上〕〔末扶介〕呀！是周公子！〔小生看末，仍哭倒地不醒介〕〔末〕周公子！为着什么这样啼哭起来？扶你回去罢！〔扶起小生，坐地扪心介〕阿呀！好苦嗄！

【山麻稭】痛杀我，心如捣；问我灵魂，落在监牢。苍天！苍天！你昭昭，那里讨得个生爹叫？〔末〕公子！莫非吏部有些不好么？〔小生〕阿呀！先生！不好了！不好了！坑杀人，有言难吐，有冤谁诉，有恨难消。〔又哭倒地介〕〔末叫介〕公子！这里不是啼哭之所，起来，起来！不好了，不好了！

【江神子】只看他喉间冷气飘，腮脸上泪涌如潮。敢有甚鬼魂缠住咆哮？公子醒一醒。〔小生微喘介〕〔末〕好了，好了！我晓得了。拦街跌倒命丝毫，都应是为爹懊恼。〔扶起介〕〔小生〕我那爹爹嗄！

【尾声】重泉[15]渺渺难追到。〔末〕呀！

如此说,真个吏部死了。〔小生指内介〕魏忠贤!魏忠贤!你那奸贼嗄!这海样冤仇谁报?〔末〕公子噤声,且问吏部怎么样死的?〔小生顿足哭介〕黑夜囊头活杀了。〔末〕咳!苍天!苍天!有这等事!且到寓所去,慢慢细商则个。〔扶小生下〕

〔1〕虎头门:古时牢狱门上以虎头为饰,以示其威,因此牢狱也被人称为虎头门。

〔2〕镇府司:即镇抚司,锦衣卫下专管朝廷罪官的刑狱。

〔3〕拘挛:蜷曲抽搐,不能伸屈。

〔4〕不终朝:命在旦夕。《诗经·采绿》:"终朝采绿。"从天亮到早饭时为终朝。

〔5〕气焦:气力不接。

〔6〕龙须板:刑具,谓"二面篾如须状"。

〔7〕牛筋棒:刑具,谓"以牛筋缠棒"。

〔8〕活虫:指伤口腐烂处所生蛆虫。

〔9〕稽迟:迟误。

〔10〕包儿:指贿赂的财物。

〔11〕危疑阁:这里指危难的关头。

〔12〕悬赃:拖欠的赃款。

〔13〕吴桥:地名。原文选郎范景文辞官居此。范与周顺昌为同科进士,故朱完天求助于他。

〔14〕捃摭(jùnzhí):搜罗,凑集。

〔15〕重泉:九泉,指地下。

第十八折　戮义

比较前折，本折写颜佩韦等五人就义，未免平了些，特别是没有写出他们的牺牲在群众中引起的反应。

〔付扮刽子持刀上〕寻常结果千条命，本分生涯一把刀。自家苏州府吴县刽子的便是，祖传行业，官役行刑。红罩甲[1]，火焰浑身；绿飘巾，威风出众。一条青索子，时挂腰间；三尺雪霜刀，常拿手内。入监门，吆喝几声，无数囚徒都丧胆；唤出阱[2]，精光跣剥，饶伊好汉也消魂。两手反张，捆麻绳，好似夜叉凶狠；蓬松鬓发，插招旗[3]，浑如罗刹狰狞。街坊行走，一记锣，一记鼓，声声霹雳交加；押到法场，站的站，跪的跪，个个鬼门先去。流星起处[4]，惟闻官府先奔；劈颈刀挥，但见血光一片。正是：人生到此实伤心，撞着咱时真晦气。昨日奉本县出牌，今日要杀打校尉的这班人。我想他们也是为好，一时高兴，谁知今日到这个田地！毛都爷主意，道是校尉在西察院打杀的，要绑在西察院前枭首示众。闻说监斩官是苏松道张老爷[5]。上司监斩，不比寻常，差不得时刻的。怎么众兄弟还不见来？〔向内叫介〕众伙计快来！〔内应介〕来了。〔外、小生扮刽子上〕哥阿！又不是抢头刀，为什么这般要紧？〔付〕道爷监斩，恐怕误了时刻。〔外、小生〕既如此,快去!快去!〔杂〕还有几个呢?〔外、小生〕先到司门首去了。〔众〕走!走!走!走!〔合〕一群催命鬼,几个杀人星。〔共奔下〕〔生,帽、青衣上行介〕

【滴溜子】心忙乱,心忙乱,奔驰卤莽。行急遽,行急遽,神魂惚恍。爹行情关疴痒[6],死生顷刻间,言难尽讲。永诀生离,趋赴法场。自家杨英甫便是。爹爹杨念如,与颜佩韦等,只因周吏部无辜被逮,一时仗义,同众百姓打死官旗。那日整千整万人,一齐动手,不想官府竟将爹爹等五人,扭作乱民,开在本上,旨意倒转[7],今日将来处决。你道可不是极大冤枉么?〔老在内哭介〕我那儿呵!〔生〕那边号哭之声,想是颜婆婆来了。〔老哭上〕昏天黑地阴风惨,有屈无伸怨气冲。〔生〕婆婆来了么。〔老〕孩儿今日行刑。老身一则去别他一别;二则去收他骸骨。你道惨也不惨?〔生〕我亦为送爹爹而来;不知那三家怎么不来?〔老〕自然来的,我和你先去罢!〔生〕竟到司前去便了。〔共行介〕

【泣颜回】〔合〕痛哭断人肠,无罪轻罹法网。哀哀死别,那堪死别云阳。君门万里,呼冤叫屈难稽颡。〔内鸣锣击鼓介〕〔生〕你听锣鼓之声,一定绑赴市曹来也!〔急奔

介〕〔合〕霎时间，天日为昏，百万姓，暗中称枉。〔下〕〔净、末、丑、旦、贴绑缚招旗，付、小生、外扮刽子押上〕

【前腔】〔换头〕〔五合〕刚强，仗义久名扬，说甚身遭无妄。权珰肆虐，堪嗟毒流天壤。〔刽〕自己惹出来的祸，说他怎么？〔末〕呸！我杨念如是怕死的么！〔净〕我颜佩韦打死校尉，万民称快，死也瞑目了。〔合〕锄奸击贼，五人儿也不愧东林党。只可惜救不得周吏部，死有余恨。痛孤忠万里俘囚，枉吾侪一朝倾丧。〔老、生奔上〕

原注："五人之中惟杨念如有神力，斩首时大怒震呼，绳索俱绝，将刽子毒打几死，众复絷之，将石曳其手，乃就刑，犹骂不绝口，惟颜杨为最者。"

【千秋岁】〔老、生〕意慌忙，寸步难移上。一霎里，神魂惊荡。〔老〕我儿在那里？〔生〕爹爹在那里？〔各抱哭介〕饮血餐刀，饮血餐刀，早难道是伊前生孽障？〔净〕孩儿不孝，不能奉养母亲终身，真罪人也。〔刽〕闲人闪开些！〔老、生〕生离别，难轻放；亲骨肉，难抛向；怨气高千丈，定三年不雨，六月飞霜。〔刽〕奉旨典刑，这些狗男女不知死活，还不快走！〔打开老、生介〕时辰已到，众犯人快些走动！〔拉净、众下〕〔老、生〕我们如今快赶到西察院前去。〔急奔介〕

【越恁好】〔合〕市曹忙赴，市曹忙赴！

急煎煎，苦怎当！听神号鬼哭，添痛伤，倍凄怆。〔老跌介〕〔生扶起急行介〕苦颠连体僵[8]，苦颠连体僵！见乱纷纷万千人，流涕道傍。扑簌簌泪抛，扑簌簌泪抛，痛杀杀一会儿割断寸肠。〔内鸣锣，刽提五人头绕场。老、生夺抱哭，刽推倒老、生，提头下〕〔老、生哭起后倒地介〕

【红绣鞋】〔合〕头囊三木[9]，悲伤！悲伤！血流一派，汪洋！汪洋！魂缥缈，魄飞翔。情惨切，恨绵长。兄撇弟，子抛娘。〔生〕婆婆，事已如此，哭亦无益，待我扶你前去，急急雇人到法场上收领尸骸，买棺盛殓，再作道理。〔扶老旦行介〕

【意不尽】〔合〕侠肠一片知何向？热血淋漓恨满腔，一时卤莽，博得个义风千古人钦仰。〔共下〕

〔1〕红罩甲：刽子手多穿红色罩衣，以承血迹。

〔2〕阱：这里指牢房。

〔3〕招旗：插在死囚背上的旗标，上写姓名、罪名。

〔4〕流星起处：这里指刀挥处。

〔5〕张老爷：指苏州、松江二府道台张孝。张孝同情吴民，故“流涕而斩之”。

〔6〕情关痾痒：痛痒相关。

〔7〕旨意倒转：皇帝圣旨批复下来。

〔8〕颠连体僵:由于年老气衰,身体僵硬,走不动路。

〔9〕头囊三木:头被装起示众,只剩下夹颈的枷、系手的杻和固足的械,皆木制,故称三木。

第十九折　泣遣

【忆秦娥】〔旦上〕奇殃炽,分飞一旦身家碎;身家碎,悬悬望眼,涓涓珠泪。〔贴上〕

【前腔】〔换头〕巢倾一息身余几,思亲万绪愁相对。〔见介〕〔旦哭介〕儿呵!〔合〕愁相对,他乡父子,穷村母女。〔旦〕自你爹爹被逮,虑切覆巢,你哥哥又舍命入京,更愁祸起不测。近日忽传有屠城之旨,邻里惊惶,纷纷逃窜,因此和你暂避入乡。且喜与颜佩韦令堂寓居相近,亏他朝夕作伴,宛如患难相从。只是传闻惊骇,忧思忡忡。早上又遣苍头入城打探,未知消息如何?〔贴〕母亲!五人戮首,圣旨既有处分,屠城之说,定属讹传。但爹爹在京,未知下落。少顷苍头回来,有个实信便好。〔旦、贴共拭泪介〕〔小生背包急上〕

【前腔】风波患难成何济,身归魂去如飞絮。〔小生〕周茂兰在京目睹爹爹被难,忽闻奸党密拿，只得逃归。不想举家潜避在乡，急急寻觅到此。〔作入介〕〔见旦跪介〕阿呀！娘阿！〔旦惊介〕我那儿阿！〔贴〕哥哥阿！〔共抱哭介〕〔合〕如飞絮，飘零骨肉，万千惊悸。〔旦〕我儿，爹爹怎么样了？〔小生哭介〕娘阿！

【集贤宾】孩儿竭蹶[1]帝畿。〔旦〕到京后便怎么？〔小生〕多赖朱完天先生称贷完赃，得以缓死，我才得控血疏黄扉[2]。〔贴〕上了血疏，可准否？〔小生〕那里能上！幸父执潜通探狱底。〔旦〕见了爹爹，却怎样光景？〔小生哭介〕爹爹呵，受严刑，血肉淋漓。〔贴〕爹爹身受重刑，好不痛心也！〔旦〕你爹爹可曾与你说些什么来？〔小生〕其时孩儿与爹爹呵，三更絮语，抚疼痛，千般宽慰。〔旦、贴〕这也还好！〔小生〕不想五更时分，忽见几个人手执令箭，提灯而至。〔旦、贴〕这是什么人？〔小生〕这班人呵，真个是催命鬼，顷刻里把爹爹囊头身毙。〔旦哭介〕我相公囊首身亡，兀的不痛杀我也！〔倒地介〕〔小生、贴哭叫介〕母亲苏醒，母亲苏醒！〔旦醒介〕〔小生、贴扶起介〕〔旦哭介〕我那相公呵！

【猫儿坠】〔旦哭唱〕非刑身死，痛杀一孤嫠[3]。〔合〕怨气冲天星日蔽，黄泉有恨诉凭谁。〔共指介〕魏贼！杀害忠良，少不得

步步叙来，句句紧迫，节奏逐渐加快，终于真相大白。母亲倒地，一顿，然后

一声长哭,速度转向悲缓。这正是熟悉舞台效果的写法。

碎尸裂体。〔旦〕如今棺木在何处?〔小生〕孩儿正欲同家人顾选扶柩回南,忽被魏贼四面差人拿缉,只得寄柩僧舍,暂且归家回复母亲,就要上去扶柩的。〔老旦上〕自不整衣毛[4],何须夜夜嚎?〔作入介〕夫人,小姐!为何只管啼哭?〔作见小生介〕呀!原来大相公回来了,老爷信息如何?〔旦〕颜妈妈,我家老爷被魏贼囊头处死了。〔老哭介〕好一个周老爷,死于奸贼之手,皇天也是没有眼的了,害了你家老爷,又杀了我家儿子,这口怨气几时得出?〔旦〕自然天理报应的。〔老〕老爷临终,可有要紧言语嘱付大相公?〔旦〕我还不曾问得明白。〔小生〕爹爹中宵被难,一时仓卒,半句言语也不曾说得。只在无锡舟中遇见,曾嘱付说:妹子已许魏家,速速送至嘉善,与彼完姻,亦完我心中一件未了之事。〔贴惊哭介〕啊呀!哥哥,这是那里说起?〔旦〕我儿!你爹爹将你许了魏家,就是他家的人了。况且魏家前日已曾遣人舟来娶,只因父亲京中消息未定,故回了他们去。如今父亲遗言如此,自然该去的。〔老〕夫人之言一些不差。〔贴〕爹爹虽有遗命,孩儿断断不去的。

【啄木儿】〔贴〕娘孤独,女共依,形影相怜难暂弃。〔旦〕儿啊!还是去的是。〔贴〕爹爹为与魏家联姻,致触奸珰之怒,是孩儿连累爹爹了。儿自甘削发空门,怎肯去重谐连理。〔旦、小生〕爹行遗命难违背，终身大事须完配。〔老〕遵奉亲言家室宜。〔净扮苍头急上〕正是福无双至，果然祸不单行。〔作入介〕阿呀！夫人、小姐阿！不好了！〔见小生住口介〕呀！大相公也回来了，老爷在京怎么样了？〔小生〕老爷被奸贼陷害，惨死狱中了。〔净跳哭介〕我那老爷阿！〔共哭介〕〔净〕夫人、公子、小姐，且不要啼哭，还有要紧事在此。〔旦〕什么要紧事？〔净〕小的在城中打听，只见外边人沸沸扬扬说。〔旦〕说些什么来？

【玉交枝】闻言惊异，说吾家前来抄洗。〔三旦〕恐是讹传，未必确？〔净〕道京中已差遣官至，顷刻里阖门勾取[5]。〔小生〕我出京时，从无此言。这是那里说起？〔净〕相公出京是逐站走的，来得迟；他们是连夜走的，来得快；故此相公未知。权珰势焰轰若雷，临头祸到难回避。〔共哭介〕〔合〕痛全家，奇殃惨罹。恨权奸，凶威洊遗[6]。〔净〕如今哭也无益，趁他们未来之时，及早潜避，省得全家被害。〔老〕管家之言，深为有理。夫人、公子、小姐！及早别图便好。〔旦向老介〕夫死为忠，奴死为节，妾身岂可勉强偷生！〔贴〕父遭冤死，母命难存，我怎肯逃生苟活！〔旦向贴介〕我儿！你是魏家孙媳，况父命谆谆，理宜即往。〔老、净〕小姐自然该去的。〔贴向旦哭介〕孩儿情愿死在一处，断断不去的。〔旦〕这也由不得你做主。老苍头！快唤一船，送小姐去。只是没个女人作伴，怎么处？〔老〕老身愿送小姐到彼。〔旦〕如此甚好。〔净〕待我就去唤船。〔哭下〕〔贴向旦跪介〕娘阿！怎忍撇下孩儿！

【忆多娇】〔贴〕娘惨凄，兄祸危，两命存亡未可期。何忍生抛独自飞？〔合〕死别生离，死别生离，痛上还添痛悲。〔净上〕船已唤在河下，请小姐作速下船。〔老〕小姐快去罢！省得被人知觉。〔旦向净介〕老苍头！你同颜妈妈送小姐到魏家说：患难之中，一概不能成礼了。〔作说不完哭倒介〕〔小生扶起介〕〔老〕小姐就此拜别夫人去罢！〔老扶贴拜介〕

【月上海棠】〔贴〕羞拜启，几番抱入娘怀里。痛斯时[7]分手，甚日回归？〔旦、众合〕愿天心，否极[8]回春；想人事，悲余成喜。〔老拖贴介〕〔小生扶旦介〕〔旦、贴〕分离矣！死生永别，肠断天涯。〔老拖贴下〕〔净随下〕〔旦哭倒，小生扶起介〕〔小生〕妹子是去了，母亲且请宽怀。〔旦看小生介〕阿呀！儿阿！我和你呵！

联姻事多次在关键时刻提及，至此收束。

【尾声】〔旦〕双双等待来提系[9]，这一刻鬼门相对。〔小生抱旦哭介〕阿呀！娘阿！

〔合〕痛死我，死死生生，拆开母共儿。〔共哭下〕

〔1〕竭蹶：竭力颠仆前行。

〔2〕黄扉：指宫门。封建社会中只有皇家才可用黄色。

〔3〕嫠（lí）：寡妇。

〔4〕不整衣毛：指无心整理日常生活。

〔5〕阖门勾取：全家抓捕。

〔6〕洊（jiàn）遗：再一次加给。

〔7〕斯时：马上，此时。

〔8〕否极：坏到极点。

〔9〕提系：指抓捕。

第二十折　魂遇

【红衲袄】〔净魂奔上〕俺本是，气冲冲啸[1]吴门一少年，倒做了血淋淋饱青锋[2]黄沙面。〔末魂奔上〕又不是刺王僚，筵上鱼肠献。〔丑魂奔上〕翻成了裹鸱夷[3]，胥关[4]断首悬。〔旦魂奔上〕闪得俺，虚飘飘一灵儿风雨旋。〔贴魂奔上〕恼得俺，怒轰轰七魄儿雷霆战。〔共奔介〕〔合〕真个是小小泉台[5]，容不得众杰神魂也，一任俺渺

在封建迷信时代，写鬼魂在冥间申冤报仇，反映了人民在现实中不能实现的一种愿望，也表现了冤死者要为厉鬼以杀贼的决心。但这究竟是虚幻的，有时会引导人脱离现实斗争，寄希望于虚

无缥缈的彼岸。但写五人自南而北，周顺昌自北而南，于云中会合，互诉心情，却是一种巧思。配以载歌载舞的舞台动作，戏也好看。

渺邀游碧落[6]边。〔净〕俺颜佩韦是也。〔末〕俺杨念如是也。〔丑〕俺周文元是也。〔旦〕俺马杰是也。〔贴〕俺沈扬是也。〔净〕俺五人本姑苏任侠，吴市英豪，落拓不羁，轻生好义。因目睹清宦被逮，一时公愤，击杀官旗。不意官府竟将我等五人，扭作乱民，奏闻弃市。阴司矜念[7]无罪，一任行游。俺想此事，皆缘魏贼而起，衔恨九泉；但满朝臣宰，皆贪位慕禄，无人出头，诛此逆贼。俺等欲作厉鬼，到彼杀之，以快神人公愤。〔末〕大哥！我们离了苏州，就往北京去也。〔净〕迤逦行来，前面已是长江了，不免飞渡则个。

【倾杯赏芙蓉】【倾杯序】〔合〕滚滚长江浪拍天，难洗云阳怨。一望里攘攘维扬[8]，隐隐淮安，点点青齐[9]，漠漠幽燕。【玉芙蓉】目如闪电能杀贼，气贯长虹会扫奸；英风煽，尽穿宫入院。那怕他五侯七贵焰方燃[10]。〔下〕〔生巾服扮魂上〕

【刷子带芙蓉】【刷子序】龙比[11]作齐肩，捐躯黑狱，抱恨黄泉。贼在身亡，名传万口空言。我周顺昌为忤逆，杀身狱底。虽曾几次痛骂刑余[12]，未得一剑扫除奸党。七尺徒捐，百年饮恨，既不能斩朝廷之蠹，又不克泄杨、左之冤。狐鼠盈廷，豺狼当道；一点幽魂，终怀耿耿。喜得逆数已尽，旦夕将受天诛，且乘风一返吴门，翘首候清皇路便了。心坚，阴镇压妖氛魑魅，默保护皇家畿甸[13]。【玉芙蓉】忠魂眷，眷天心回转；斩权珰，扫清宫阙慰重泉。〔望介〕那边腾腾黑气卷地而来，许多人纷纷至也。且看是何等人！〔立高处介〕〔五魂上〕

【锦芙蓉】【锦缠道】〔合〕历山川，望尘寰，纷纷闹喧。蚁队逐炎膻[14]，怎如我众魂儿萧萧杀贼连翩。俺本是骂孤城睢阳许远[15]；今做了泛天河博望张骞[16]。〔净〕那边高岗上站的，好似吏部周爷！〔众看介〕果然是周爷。〔生下介〕列位是何等人？〔净、众〕我等是苏州颜佩韦、杨念如等五人。〔生〕原来就是列位。〔众罗拜介〕【玉芙蓉】群心恋，恋清忠被冤；喜今朝，相逢中道得飘然。〔生还揖，扶起众介〕〔众〕周爷在那里去？〔生〕回家乡去。〔众〕周爷朝中事体完了么？〔生〕我到京后，被奸贼极刑拷炙，坐赃三千两，已处死狱中了。〔众怒介〕好恼！好恼！

【普天插芙蓉】【普天乐】恨奸邪张毒焰，痛忠良遭奇变。〔生〕列位如今为何到此？〔众〕自周爷起身后，抚台毛一鹭竟欲请旨屠城，亏那察院徐吉，止将我等五人上本处斩。〔生惊介〕有这等事！英豪辈，英豪辈，忠义身捐。权奸辈，罪恶滔天。〔众〕我们去罢！〔生〕往

“亏那”二字轻轻带出，却反映了五人以舍己救全城人民为幸的高尚品质。

何处去？〔众〕到北京去。〔生〕去做什么？〔众〕我等身虽斩首，魂不归泉，今作厉鬼，击杀阉贼。

【玉芙蓉】神魂颤，颤长空腾遍；驾风雷，身为厉鬼杀忠贤。〔作共奔介〕〔生拉住介〕不消去！不消去！魏贼大数将终，朝廷泰运即至，旦夕自有天条，奸党并当斩戮，不烦列位前往。我等一同回南便了。〔众〕只是心中气愤不过。〔内喊介〕玉旨下。〔内作乐介〕〔生拱手介〕你听天乐铿锵，羽旌飘飐，是有天曹来也。〔小生、付捧袍冠，外扮天曹捧诏上〕一凤衔书来绛阙[17]，六龙扶日下青宵。玉旨已到，跪听宣读。〔生前跪，众后跪介〕〔外〕诏曰：阴阳虽隔，彰瘅攸同[18]；忠义天钦，华衮幽锡[19]。兹尔阳官原任吏部员外周顺昌，忠贞秉性，正直根心，骂贼奋不顾身，囊首冤沉狱底。诚哉乾坤正气，允矣今古完人。特授汝为应天城隍[20]，锡尔冠带袍服，即命天曹幡幢[21]鼓乐，迎送上任。吴民颜佩韦、杨念如等五人，义击官旗，英风不泯，身冤骈首，侠骨犹香；并敕汝等为南畿城隍部下五方功曹[22]，一同前往供职。钦哉谢恩。〔生、众〕谨叩谢玉音！〔立起接诏介〕〔内鼓乐，生当场换冠服介〕〔众入内换袍帽出介〕〔外〕分付众仪从，迎送新任都城隍周爷，赴应天府上任去！〔众〕领旨！〔共行介〕

玉旨以下仍入俗套。

【朱奴戴芙蓉】【朱奴儿】〔合〕瑶天际，

幡幢影翩;彩云畔,笛箫声串。凛凛忠臣授玉宣,掌城社,倍添风宪[23]。【玉芙蓉】〔合〕天心现,现忠奸报显。有日里群凶电击斩骈连[24]。〔共下〕

〔1〕啸:啸聚,指聚集起事。

〔2〕饱青锋:被杀。青锋,剑名。

〔3〕裹鸱夷:《国语·吴语》记,春秋时吴大夫伍子胥被命自杀后,尸体被装入皮袋投入江中。鸱夷,本指盛酒的皮袋子。

〔4〕胥关:指苏州胥门。

〔5〕泉台:迷信中认为人死后所去的地方。

〔6〕碧落:天界。

〔7〕矜念:同情,怜悯。

〔8〕攘攘维扬:繁华热闹的扬州城。维扬,扬州古名。

〔9〕青齐:古青州、齐州,在今山东。

〔10〕五侯七贵焰方燃:王侯贵族气焰正盛,这里指魏党。

〔11〕龙比:指夏朝尽忠而死的关龙逄和殷朝的贤臣比干。

〔12〕刑余:指太监。

〔13〕畿甸:京城周围的地方,泛指明朝江山。

〔14〕蚁队逐炎膻:蚂蚁追逐热闹和有气味的地方。这里比喻世人对权势和邪恶势力的趋奉。“炎膻”二字,据吴梅《北词简谱》补。

〔15〕睢阳许远:唐安史之乱时,张巡与睢阳太守许远共守睢阳,城破被执,骂贼而死。

〔16〕泛天河博望张骞:传说汉博望侯张骞曾乘船到天河上,与牛郎、织女相会。

〔17〕绛阙:指天宫。

〔18〕彰瘅攸同:表彰和惩罚是相同的。

〔19〕华衮幽锡:华衮,王公之服。幽锡,由阴间赐给。

〔20〕城隍:道教中的地方神。

〔21〕幡幢:指官员出行时前导的仪仗等。

〔22〕五方功曹:城隍下属的吏员。

〔23〕风宪:风化法度。

〔24〕斩骈连:指奸党接连被杀掉。

第二十一折　报败

魏阉失败这一大事,偏不从京中正面去写,而从苏州报败得知,一来报有先后,次序井然,二来直接表现毛一鹭等在惨败时的丑态。

【番卜算】〔老旦扮太监上〕大事费踯躅,闻报心如疚。咱掌织造事李实是也。奉厂爷差驻苏州,同着毛哥等几个心腹,掌管东南兵马钱粮。只等厂爷举动,便接应共成大事。不想里边[1]再不动手。今早忽接小帖,说圣上龙体违和,光景有些不妥。咳!若有大变,厂爷少不得乘机举事。咱们也该预先整备;万一厂爷做事不及,换了一位皇爷,定然又换一班用事的了,怎么处?怎么处?且请毛哥到来,与他商议。〔末、贴引付冠带上〕蝉声先觉动金风[2],同志曾知否?〔末〕快些通报!〔小生自内出介〕什么人?〔末〕毛老爷到。〔小生〕晓得。〔向老禀介〕毛老爷到门。〔老〕快请,快请!〔小生出请介〕〔老迎出介〕毛哥!请,请,请!〔同入介〕〔揖介〕

〔老〕正欲一会,毛哥来得正好。〔付〕左右回避!〔杂应俱下〕〔坐介〕〔付〕今早小帖上说,圣体违和。李哥曾见否?〔老〕便是呢,只怕还是小恙。〔付〕小帖也说得利害哩!〔老〕倘有不测,只是厂爷不知可就中取事否?〔付〕若有举动,也在呼吸之间;倘然做事不成,这便怎么了?〔老〕就是此时下手也迟了。

【剔银灯】〔付〕心中事,忡忡乱挡[3];朝中局,匆匆怎谋。〔老〕凶共吉,只在须臾候。愁只愁落人机彀[4]。〔合〕堪忧,难猜暗阄,侧耳听佳音早收。〔末扮家丁、杂扮塘报上〕一心忙似箭,两脚走如飞。〔末向付介〕禀上老爷,塘报到了。〔付〕快唤进来!〔外入见,叩头介〕塘报叩头。〔付〕起来说,皇爷怎么样了?

【赚】〔外〕龙驭[5]仙游。〔付〕驾崩[6]了!〔老〕崩了便怎么?〔杂〕懿旨[7]飞传五凤楼。〔付〕太后什么旨意?〔杂〕真天授,信王登极掌金瓯。〔付〕原来信王做了皇帝了。〔老〕厂爷呢?〔杂〕魏家休。〔付、老急介〕怎么休起来?〔杂〕凤阳发遣皇陵守[8],东厂威权顷刻丢。〔付〕发遣厂爷去守皇陵?有这等事?〔老〕难道千岁爷就去不成?〔杂〕谁宽宥,连连催促难拖逗[9]。有些掣肘,有些掣肘。〔外下〕〔老、付哭介〕罢了,罢了!千岁爷没有势头了。怎么处?怎么处?

【剔银灯】〔老〕螟蛉父[10],霎时弄丘[11];干儿子,定然出丑。〔付〕待思想,另觅亲爹叩;怕新兴,没人收受。〔合〕堪羞!炎威罕侔[12],到今日多成浪沤[13]。〔丑扮家丁上〕忙将朝内事,报与主人知。〔向老介〕家丁叩头。〔老〕你回来了么!〔丑〕小的打听朝内之事,七昼夜赶回来的。〔老〕魏老爷说发守皇陵,此话可真否?〔丑〕怎么不真!魏老爷呵,

【赚】〔丑〕才出芦沟,二百扛[14]金珠饱众囚。〔付〕都被人抢了去么?〔老〕可惜,可惜!〔付〕那时魏老爷便怎么?〔丑〕忙忙走,涿州旅店把环投[15]。〔付、老惊介〕千岁爷缢死了!〔哭介〕我的爹爹阿!我的爹爹阿!〔付〕魏老爷死了,朝廷可有祭葬么?〔老〕一定又加封赠了。〔丑摇手介〕罪还浮[16],戮尸万剐无差谬。〔老〕府中大爷与各位小爷怎么样了?〔丑〕杀尽同宗公与侯。〔付〕崔尚书与倪、许众老爷无恙么?〔丑〕严刑扣,干儿个个将枭首。不留走狗!不留走狗!〔付、老哭介〕罢了!罢了!他们尚然如此,我们一定走不脱了。

【剔银灯】〔付〕冰山倒，尽成水流；猢狲散，一人不溜。〔老〕怕只怕受冤人报复深仇旧，狠东林又来争斗。〔合〕堪愁！双双虎彪，还旧债，须教倍酬。〔净扮飞骑上〕〔直入向付介〕老爷在上，飞骑叩头。〔付〕你来了么，我专等你回话。〔净〕为有紧急事情，故此五昼夜赶至。〔付〕好，好，好！你说，你说！

当时倪文焕、许显纯等有“五虎”“五彪”之号，文为虎，武为彪。

【赚】〔净〕魏党都勾，旧日东林起用稠[17]。〔付〕东林又做了官了？〔净〕活的尽皆升用。那些死的，就如周顺昌等这许多忠臣，一个个赠官祭葬，立祠建坊，封妻荫子了。〔老〕报得快，报得快！〔付〕那些在厂爷门下走动的，杀的是杀了；其余不在京的，也罢了么？〔净〕无遗漏，罪分七等细搜求。〔付急介〕我老爷不在内么？〔老急介〕我是个内官，一定不相涉的！〔净〕两位老爷呵，好名留。〔付、老〕在那一等呢？〔净〕高居一等都非后。〔付、老〕若是一等，是什么罪？〔净〕抄没全家要砍头。〔付、老〕这事怎了，这事怎了！说便这等说，恐怕还未必。〔净〕争驰骤，须臾校尉来提究，请爷上杻，请爷上杻。〔净下〕〔付、老捶胸顿足哭介〕

【掉角儿】〔付、老〕恨当初，自招祸尤；

到今朝，照前加厚。只思量，杀尽东林；又谁知，东林依旧。反教他做忠臣，荣后胤[18]，诵高风，传青史，千秋不朽。我们呵！衣冠禽兽，襟裾马牛[19]，枉受了千刀重典，万年遗臭。〔老〕哭也没用，大家把些黄白金珠收拾好了，等待拿去砍头便了。〔付〕收拾也没用。

【尾声】〔老〕早知今日都丢手，〔付〕悔当初结尽冤仇。〔合〕羞杀了做个干儿不到头。

〔合〕君子落得做君子，小人枉做了小人。

非关区区们[20]不是，只因拜错了父亲。〔别下〕

〔1〕里边：宫中。

〔2〕蝉声先觉动金风：从蝉的叫声即可觉察秋天将到。金风：秋风。这里喻政治气候。

〔3〕挡：拨弄，算计。

〔4〕机彀(gòu)：机关，圈套。

〔5〕龙驭：代指皇帝。

〔6〕驾崩：皇帝死。明熹宗朱由校死于天启七年(1627)，信王朱由检继位，改元崇祯。

〔7〕懿旨：皇太后的旨意。

〔8〕凤阳发遣皇陵守：朱由检继位后，起用东林党人，捕杀魏阉党徒。魏

忠贤被派去凤阳看守明祖宗皇陵,途中自缢而死。

〔9〕拖逗:拖延。

〔10〕螟蛉父:义父。

〔11〕丘:这里作废墟、坟墓解。

〔12〕罕侔:罕见,无比。

〔13〕沤:水泡。

〔14〕扛:计量单位,相当于“抬”。

〔15〕把环投:上吊。

〔16〕罪还浮:判罪还算轻。

〔17〕稠:多。

〔18〕后胤:后代。

〔19〕襟裾马牛:穿着衣服的马牛。

〔20〕区区们:犹言小的们。

第二十二折　毁祠

【香柳娘】〔净、外、旦扮各色人,奔上〕列位阿,走阿,走阿!向山塘急奔,向山塘急奔。冲天公愤,今朝始泄心头闷。我们苏州百姓,只因魏太监这千刀万剐的,要谋王夺位,害了许多忠臣,拽死了周吏部,又屈杀了颜佩韦、杨念如等五人。人人切齿,个个咬牙。如今新皇帝登基,杀了魏贼,籍没了家私,杀尽了干儿干孙;那毛一鹭、李实都要拿去砍了。我们急急到

写苏州市民听到魏阉败报后的振奋场面,如暴风骤雨,排山倒海而来,而又枝干分明,脉络清晰,是闹诏后的又一伟大创造。如从周顺昌与颜佩韦等家属听到消息,怎样拊膺称快来写,就落俗

套。这两个群众斗争场面的出现，首先由于李玉、毕魏等作家生长苏州，曾目睹苏州人民反阉党的群众斗争，从现实汲取题材；同时也由于他们是戏曲创作的能手，熟悉舞台艺术，故写来如此得心应手也。

一开始就写急奔，呐喊，然后写在乱中走了坏人，最后百川归流，齐心协力，引向祭灵。这是一场群众自发运动的生动描绘。

半塘去，拆毁那逆贼的祠堂，大家出一口气。〔净〕出了阊门，已是钓桥了。我们再喊些人同去。〔二杂同喊介〕上塘、下塘、南濠、北濠众朋友，都到半塘拆祠堂去！〔内应介〕来了，来了！〔净众作一路奔喊介〕〔丑、生、贴扮各色人，又作一路奔唱上〕〔合〕急传呼万民，急传呼万民。千万共成群，拆毁如齑粉。〔净、丑作奔急撞跌介〕〔扭住相打相骂介〕〔外、旦劝介〕我们西头一路奔来，要去拆祠堂要紧，何苦斗这样闲气。〔生、贴劝介〕我们也为拆祠堂而来，既是自家人，放手放手，大家去干正经。〔净、丑放手笑介〕啐！说个明白，大家不打了。〔净〕众兄弟，我们如今有六七百人在这里了，快些上了渡生桥，一头奔，一头喊去便了。〔丑〕我们许多人在这里，就是杀阵也去得的了。〔共奔介〕〔合〕似行兵摆阵，似行兵摆阵，好似天将天神，下临苏郡。〔作到介〕〔净〕一奔奔到了，牢门[1]关紧在这里，大家打进去。〔众〕打，打，打！〔内喊介〕来了，来了！〔付、小生、老旦扮农夫，掮锄头家伙上〕我们虎丘山后、席场上、三佛桥、长泾庙、长荡头砖场上、庄基上、关上、阳山头许多百姓，人千人万，都赶来拆祠堂了。〔净、丑〕有兴，有兴！打进去！见一个人，打杀一个人！〔付〕第一要打杀陆堂长要紧。〔净、丑〕不要放走了他。〔众呐喊作打入介〕〔下〕〔内乱喊乱打

介]〔末,胡髯、罗帽、大褶,急奔上〕

【前腔】〔末〕忽惊闻丧魂,忽惊闻丧魂。后门逃遁,奔驰急出尿和粪。区区堂长陆万龄。外边风声不好,躲在祠中,不想众人赶进,几乎捉着,只得从后门逃出。身上这样打扮,可不被人看破了,不免脱下衣帽,扯下胡须,面上涂些泥污,逃到他州外府,讨饭过日罢。〔脱衣、帽,扯须,将泥涂面介〕把泥涂遍身,把泥涂遍身。乞丐讨分文,他乡远投奔。〔奔下〕〔内喊介〕不好了,不好了!走了人了!〔净、丑、七杂急奔上,满场奔介〕捉逃人要紧,捉逃人要紧,打杀囚根[2],方才消恨。〔净〕一个陆堂长被他逃走了!走了猢狲,没什么弄,怎么处?〔众〕我们再赶进去打!〔内乱打乱喊介〕〔净〕里边人多得紧,挤不下,不要进去了。〔丑〕待我到里边拾条大索,扯倒这石牌坊罢。〔众〕有理,有理!〔丑作虚下拿绳上〕索在这里了。待我络上[3]牌坊缚定,大家用力拽倒便了。〔众〕快缚,快缚!〔丑作向内高缚介〕〔净〕众兄弟都来拽索!〔众〕都在这里。〔共拿索介〕〔净〕列位朋友,我们做一只骂魏贼的曲子;唱一句,打一声号子,才有气力。〔众〕有理,有理。大哥起调,我等接应便了。〔共扯索,唱一句打一号子介〕

【前腔】〔合〕恨忠贤贼臣，〔打号介〕牙牙许牙[4]，恨忠贤贼臣，〔打号介〕逆谋忒狠，〔打号介〕把忠良假旨都杀尽。〔打号介〕遣凶徒捉人，遣凶徒捉人，〔打号介〕打断脊梁筋，五人大名震。〔打号介〕笑今朝命殒，笑今朝命殒，〔打号介〕杀尽儿孙，祠堂毁尽。〔作拽倒，内大声震响介〕〔众跌倒在地，各作叫痛扒起诨介〕〔净、丑〕我们都进去，拿魏贼浑身打个稀烂！〔众〕有理，有理！〔共奔介〕

【前腔】〔合〕打身躯碎粉，打身躯碎粉，赛过千刀万刃，鱼鳞寸剐[5]刑非峻。〔作奔下扛一无头浑身[6]上〕〔众〕打，打，打！〔共打介〕打得粉碎了，我们拿来抛在河里，教他日夜淌水面。〔作抛河介〕〔二杂拿火把上〕〔喊介〕大家进去放火烧祠堂！〔拿火奔下〕〔众〕还有魏贼的头儿不曾拿得，如今放火了，怎么处？〔内丢火介〕〔众〕火大得紧了，拿不得阿！〔净〕不妨，不妨，待我冒火进去抢出来。看炎炎火焚，看炎炎火焚，拼命抢头奔，烟火喉间喷。〔作奔下抢头出介〕头在这里了。〔众〕我们大家打个粉碎！〔净摇手介〕不要打，不要打。〔付〕头是魏贼的亲儿子舍的，是沉香[7]的，劈碎了，大家分了罢！〔净喊介〕放屁！那个说分，众人打杀他！〔众〕若是不分，把这头何用？〔净〕

我们拿去祭了周老爷，再祭了颜佩韦等五人，然后拿到城隍庙里，焚化便了。〔众〕有理，有理！如今先到上塘桐泾桥林家巷内，请了周公子，同到周老爷坟上祭献便了。〔共奔介〕向灵前陈进，向灵前陈进，怨气才申，九泉笑哂。〔共奔下〕

〔1〕牢门：指祠堂大门。

〔2〕囚根：祸根，指魏党爪牙。

〔3〕络上：缚上。

〔4〕牙牙许牙：象声词，表示和声，无义。

〔5〕鱼鳞寸剐：酷刑，用刀把身上肉像鱼鳞般削掉。

〔6〕无头浑身：指魏忠贤无头塑像。

〔7〕沉香：沉香木，既是名贵香料，也是一种药材。

第二十三折　吊墓

〔末扮院子上〕扶忠扑焰痛捐身，侠骨新埋三尺坟。义风此日高千古，千古人人颂五人。自家文状元老爷府中院子是也。俺老爷为劾奏魏监，削籍归家，避静竹坞山中。吏部周老爷为与嘉善魏宦联姻，又骂魏监塑像，被毛一鹭、李实谗谮[1]魏监，拿至京中，惨受极刑，囊首身死。彼时

此折借"吊墓"，使剧中陆续出现的有关人物聚会，为故事的结局、人物的归宿作一交代。

原注："吴会元讳默，'义风千古'四字系杨解元连枢所题。"

校尉到苏州提捉，有阊门外义民颜佩韦、杨念如等五人，公愤不平，同着阖城百姓，保留周老爷，打死校尉。被毛一鹭出疏，将五人斩首。近日新天子登极，魏贼正法戮尸，奸党尽皆骈斩；周老爷定有恩荫[2]祭葬。本城乡宦吴会元老爷，将颜、杨等五棺合葬半塘，竖起石牌，题曰"五人之墓"；又造石坊，镌着"义风千古"；来往行人，无不称扬。俺老爷蒙圣恩三召还京，即日起程赴北。今早已奠别周老爷，方才又分付我整备祭礼，到半塘祭奠五人。正是：一介捐躯能仗义，王臣屈膝拜荒坟。〔指介〕你看黄盖[3]飘飘，老爷早已来了。不免伺候则个。〔外冠服苍三髯，二杂扮家丁，一杂撑黄伞，同行上〕

【北粉蝶儿】天日重光，欣遇着天日重光。今日里拜新恩，紫泥[4]三降。惊醒了短梦黄粱。离山居，临官舫，又闯入红尘扰攘。〔外〕这里是山塘了么？〔末〕正是。〔外〕七里山塘，依旧的水天清旷。〔下〕〔付，白髯，扮生员上〕

【南泣颜回】圣主喜当阳，扫尽元凶奸党。普天欢庆，忠良泰运亨昌。丘园重贲[5]，叹斯文幸不遭沦丧。学生庠中朋友赵伯通是也。文老先生三召还京，今日来祭"五人之墓"。那王贞明、刘渐羽[6]、杨维斗、殷汝良[7]

辈诸兄，为了周老先生，几遭不测，如今复了前程[8]，两日忙忙碌碌，见官见府；今日料无暇来相陪了。文老先生文章山斗[9]，极肯提拔士类；我辈邀其盼睐[10]，定然鼎力吹嘘。不免急急到彼奉陪。〔急行介〕敬王臣，廊庙圭璋[11]，拂儒冠，追陪趋跄[12]。来此已是“五人之墓”了，文老先生还不见来。且到普福寺与和尚讨些茶来解解渴，再来便了。若有素面或者线饼，饱餐他一顿，更通，更通。因过竹院逢僧话，又得浮生半日闲。〔下〕〔外、末、杂同行上〕

【北石榴花】问奸祠金碧在何方，险做了电影[13]闪光芒。见一派烟消灰灭，断础残桩。巍祠成瓦砾，遗址恁荒凉。〔末指介〕前面就是“五人之墓”了。〔外〕俺只见一堆堆，俺只见一堆堆，卜牛眠[14]棋置新茔葬，石坊耸建，墓碑高广。〔作到介〕〔付急上〕竭蹶迎先达[15]，鞠躬望后尘。〔见外揖介〕〔外〕吾兄尊姓？〔付〕晚生是长庠[16]赵伯通，在世宗末年，案首游泮[17]。历经穆宗、神宗二代。恭逢十六次科考，不得观场[18]。至熹宗御极，就告衣衿终身[19]了。凡有地方公事，无不为首具呈；一概乡绅富室开丧，日日陪宾指教。〔外〕久仰，久仰。〔付〕今日老先生光祭五义，晚生特来奉陪。〔外〕劳重。〔向末介〕摆设祭礼。

寥寥数语写尽了一场大的政治变动；充满了对魏阉昔日威风的蔑视，对义士忠臣昭雪的欣慰。

〔末〕晓得。〔外〕整备着奠椒浆，整备着奠椒浆[20]。好滴向黄泉傍，禁不住血泪欲汤汤[21]。〔净内喊介〕你们众人快些行走，一齐到坟上去。〔丑、贴内应介〕来了。〔外、众作惊望介〕〔净、丑、贴扮百姓，提人头奔上〕

【南泣颜回】〔换头〕〔净、众〕祠堂，焚毁尽如狂，才泄得公愤冲天千丈。〔见外介〕且喜文老爷在此。〔外〕列位就是昨日拆祠的么？〔众〕正是。〔外〕这就是魏贼的头了！〔指介〕咦！〔外、付〕凶残眼脑，狰狞宛是豺狼。〔净、众〕我们众人昨日把这首级去祭了周老爷，今日拿来祭五位义士。〔外〕就摆在祭礼中间便了。〔付〕有理，有理。〔净摆头介〕〔合〕头颅摆列，煞强如断头沥血人心畅；奠忠臣，剑佩铿锵；祭义士，旌旗来往。〔末〕请老爷拈香奠酒。〔外拈香献酒介〕〔揖拜介〕〔付随外拜介〕〔净、丑、贴在后拜介〕

【北斗鹌鹑】〔外〕焰腾腾一瓣名香，〔众合〕焰腾腾一瓣名香，灿溶溶三杯佳酿。意殷殷，礼拜端庄；意殷殷，礼拜端庄；惨凄凄，情怀悒怏[22]。〔各起介〕〔净、丑〕我里五个大阿哥，真个是千古少有的了。〔外〕想着您击恶锄奸势怎降，更含笑赴云阳。〔外〕分付焚帛奠酒。〔末〕晓得。〔净众向家叫介〕老颜、老杨众弟兄！今日文老爷在此祭奠，阴灵不远，都要感谢文老爷阿！〔末焚帛介〕〔外〕俺可也剩须眉[23]羞列冠裳，剩须眉羞列冠裳。〔滴酒介〕今日里呵，奠杯酒，聊申瞻仰。〔净、众拿头介〕文老爷，我们先去了。〔外〕嗄，你们去罢！〔付扯住净介〕拿这头来。〔净〕拿他何干？〔付〕我极恨这魏贼，要劈他一块，出一出气。〔净、丑〕劈不得的。我们要把他在城隍庙里去焚化。〔付〕闻得这头是沉香的，我有心头痛的病，待我咬他一块，拿回家去磨酒吃。〔作扯头咬介〕〔净、丑推介〕又不是馄饨，咬他做什么子？〔推付跌介〕〔净、众随口白奔下〕〔末暗下〕〔付喊介〕跌杀了！跌杀了！〔扒起作丑态介〕〔生衣帽扮杨英甫，老扮颜妈同奔上〕

【北扑灯蛾】〔生、老〕血淋淋餐刀赴法场，草萋萋义骨埋荒壤。〔生〕文老爷在上，小的是杨念如的儿子杨英甫。〔老〕老妇人是颜佩韦的母亲郁氏。〔生、老〕闻知文老爷在此祭奠，我等赶来拜谢。〔拜介〕喜孜孜冠盖来浇奠，胜似那颤巍巍玺书[24]褒奖。〔外扶介〕二位请起。〔生、老起立介〕〔外〕吴民仗义，自古由然，击逆全忠，天下所少。当魏贼嚣张之日，五君以市井一介，奋身杀尉，使奸党寒心，缇骑不敢肆

对五人的恰当评价。

出。先亡者慰忠魂于地下，后死者邀默佑于生前；善类得以保全，纲常为之少振。下官蒙恩三召，即当叩阙，为五位求旌[25]了。〔付〕难得老先生一片热肠。〔生、老〕多谢老爷。〔外〕威凛凛，名齐荆、聂[26]；闹轰轰，义风千古口碑扬。〔外、付合〕挨挤挤，行人传播；听声声，五人侠烈骂权珰。〔小生巾服急上〕

【北上小楼】〔小生〕泪潸潸先灵恸，昏惨惨大劫殃。〔生〕周公子来了。〔小生向外〕重蒙老伯光奠，小侄一来拜谢，二来送别。〔揖介〕今日个国运重亨，今日个国运重亨，至治重新，奸邪重荡；喜得个正直荣褒，喜得个正直荣褒。父执荣迁，幽灵荣享。〔拜介〕不禁的鞠躬稽颡。〔外扶介〕请起！圣鉴离明，巨憝正典[27]。昨日我甥姚孟长云：亦蒙钦召。念尊公同年好友，欲同贤侄北上，叩阙鸣冤。况且前日血疏，未经御览。今乘此机会，请祭葬祠谥。历陈毛一鹭、倪文焕、李实之罪，便可指日授首。急急去见孟长则个。〔小生〕多谢老伯。〔外〕学生尚有一言相告。〔付〕愿闻。〔外〕五君虽已埋土，家眷必苦饥寒。学生已托同志绅袍[28]，醵金[29]置买义田，以供祭扫。置买半塘房屋一所，以安顿五家眷属。还祈鼎达当道[30]，恳求给帖立案。其田捐免差徭，其房不许土豪霸

想得周到，交代明白。

占。学生去后，赵兄乞为转致各位老先生。〔付〕领命。〔生、老〕多谢老爷。〔外〕请起。此公举也，何劳致谢?〔末急上〕禀上老爷：抚、按、道、府、厅、县及各位乡绅老爷，俱泊船在射渎，候送老爷。〔外〕既如此，学生告别了。〔小生〕小侄回去，禀过家慈[31]，准附姚老伯舟，北上鸣冤也。〔生、老〕我等共送一程。〔外向末介〕我的小船在何处?〔末〕在虎丘山前伺候。〔外〕就此步行。〔众〕一齐奉送。〔共行介〕

有关人物俱明写，各级地方官与本戏无关，用暗写，安排得很妥当。

【北叠字犯】〔合〕匆匆的弹冠[32]相向，侃侃的谠言[33]直上；济济的善类扶，纷纷的奸党戕。垂绅正笏，朝纲儿独掌。赫赫的忠魂表彰，累累的义冢辉煌，累累的义冢辉煌。〔末〕船在此了，请老爷上船。〔外向众拱手介〕长江飞渡，燕山在望；急急的行旌速赴帝王乡。〔外、末下〕〔众〕文公已去，我们就此各自回去吧。

【南尾】〔合〕孤坟祭奠神偏旺，尽仰高风万古长。惭愧煞碌碌贪生名节亡。

〔合〕奸祠一旦已成灰，义骨常存万古堆。

人生自古谁无死？路上行人口似碑。

〔共下〕

〔1〕谗谮(zèn):进谗言陷害。

〔2〕恩荫:皇帝给予的荣誉和待遇,死后可以由家属继续享受。

〔3〕黄盖:官员出行时打的黄罗伞。

〔4〕紫泥:皇帝的诏书,用泥封加紫红印记。

〔5〕丘园重贲:美好的生活重又来临。丘园,犹言山水园林;贲,贲临,光临。

〔6〕王贞明、刘渐羽:即第十、十一折中领导闹诏的二文人王节、刘羽仪,皆吴县诸生。

〔7〕杨维斗、殷汝良:皆是因周顺昌案牵连受迫害之人。殷汝良是周之姻亲。

〔8〕复了前程:恢复了功名和身份。

〔9〕文章山斗:文章之名气,高过泰山北斗。

〔10〕盼睐:照看,照顾。

〔11〕廊庙圭璋:廊庙,朝廷,社稷;圭璋本指贵重的玉器,这里比喻朝廷重臣。

〔12〕追陪趋跄:追随文老先生的风度行为行事。

〔13〕电影:如闪电照出的影子,转瞬即逝。

〔14〕卜牛眠:传说晋陶侃将葬,家中忽失牛,遇一老父曰:"前冈见一牛眠,其地若葬,位极人臣矣!"说完便不见了。侃寻牛得之,因葬其地。卜,选择。

〔15〕先达:前辈名公。

〔16〕长庠:府州县学中的老学生。

〔17〕案首游泮:明清时童生考进秀才第一名为案首。泮为泮宫,古学校代称。因其未能做官,只能在学宫中游学。

〔18〕不得观场:未能参加科考。

〔19〕衣衿终身:以秀才终身。

〔20〕椒浆:祭祀用的香酒。

〔21〕汤汤(shāngshāng):水多浩荡貌。

〔22〕悒怏(yìyàng):悲伤的样子。

〔23〕剩须眉:活下来的男子。

〔24〕玺书:诏书。

〔25〕旌:朝廷的表彰。

〔26〕荆、聂:荆轲、聂政,皆古之侠义之士。

〔27〕巨憝(duì)正典:大恶人正了法。

〔28〕绅袍:绅士同事。

〔29〕醵(jù)金:大家凑钱。

〔30〕还祈鼎达当道:还希望尽力转达官府。

〔31〕家慈:母亲。

〔32〕弹冠:预备出仕。

〔33〕谠言:直言。

第二十四折　锄奸

〔末、老扮快手上〕公门[1]自有冰霜地,销尽奸雄铁石心。自家河南道御史蒋老爷[2]衙门两名快手便是。〔末〕目下魏监身死,前案尽翻;忠臣一一追封,群凶个个定罪。倪文焕、许显纯两个恶人,因周吏部公子动了血疏,奉旨发到我老爷衙门勘问。早上挂牌,奉差到狱中吊取二犯。那毛一鹭却善终在家,倒也造化了。伙计,和你小心前去。〔老〕哥,这两个何等势焰,也有这样时节。此去落得赚他大块银子,不为罪过。

结尾几折,既照顾到历史真实,又有充分的艺术加工,以写出善有善报,恶有恶报的结局,令人心大快。

〔末〕他又不是清官，若银子送不爽利，拳头巴掌，奉承他一顿。〔老〕说得是。快去，快去！这叫做：强中自有强中手。〔末〕恶人更有恶人磨。〔下〕〔小生，儒巾、青衣靴上〕补天炼石[3]竟如此，会见人心长不死；烟波花鸟笑奸雄，风雨鱼龙动君子。小生周茂兰，蒙姚孟长老伯附载入京，便将前日血疏上奏。荷圣旨特封三代；毛一鹭以死免科，今将倪文焕、许显纯发河南道御史蒋公允仪勘问。奸人服罪之日，正先君吐气之时。但闻二人广行贿赂，恐未得尽法施行，免不得往觑一番也。

【北新水令】锦乾坤久已黑云遮。今日霁[4]天颜重辉日月。孤忠泉壤慰，公愤普天泄。我周茂兰呵，灰死重爇[5]，犹得见众奸回服辜[6]也。〔下〕〔末、老押付、丑〕二位爷走一步。〔付、丑〕阿呀！好苦嗄。

【南步步娇】百尺冰山今消歇，梦醒邯郸夜。〔末〕二位爷，你平昔何等威权，今日就这般模样了！〔付、丑〕我威权难再窃，把这博带峨冠[7]，换得个双双缧绁[8]。〔外、净、生、贴扮百姓上〕倪文焕、许显纯慢走，与我们认一认。〔老〕这是倪爷，这是许爷。〔付、丑〕莫非感我好处，送些东西与我们将息么？〔外〕有东西不撩与狗吃了，却送与你这奸贼！〔付〕不要骂。〔净〕骂么？不敢欺，竟要少林帮衬[9]哩！〔丑〕言重，言重。〔生〕什么言重！你这奸贼，做了魏太监的干儿子，屠戮忠良，倾危社稷。〔贴〕好端端一个周吏部，被你们严刑酷讯，致死非命。今日青天有眼，到此地位，还有干爷叫得应么？〔外〕不要和他文讲，我们拳头脚尖，一齐奉承便了。〔生、贴〕说得有理。〔净〕学生带一棒槌，挖敬他几下。〔各打介〕〔付、丑叫痛介〕〔老、末劝介〕〔小生暗上介〕〔老、末〕阿呀，列位！这是钦犯，倘一时打死，多有未便。〔净〕既如此，也罢！你两个甘心作恶，原是吃粪的人；前面有一缸宿粪在那里，你两人吃下肚子里去，饶你的打！〔付〕腌腌臜臜的，怎么样吃？〔众〕不吃再打。〔丑〕愿吃，愿吃！〔付〕奉陪，奉陪！〔众〕这等快走！〔合〕你半生枉自拜干爷，此时何处通关节。〔哄下〕〔小生〕呀，妙嗄！

如此一段插曲，写出人民对奸党的深仇大恨。

【北折桂令】问伊行何等骁桀[10]，为甚的媚灶[11]无功，失却了狡兔三窟。今日个损威严，受尽媟狎[12]。也见得人心公道，最善帮贴。咦！奸贼，奸贼。则看你荷桎梏[13]，衣冠毁裂；曳锒铛[14]，步履蹉跌。唳鹤[15]凄切，牵犬[16]悲咽。茂兰在此呵，觑上你血染青萍，也须将饮器双挈。来到此间，已是御史衙门了。开门在即，上前伺候则个。〔老、末

本折用"车遮"险韵，有些韵押得生硬，又用了华亭鹤唳、上蔡牵犬、牛渚燃犀等典故，曲辞不够流畅明朗。

押付、丑〕

【南江儿水】牛渚方燃火[17],云阳将钉橛,遥知唾骂千秋舌。〔末〕已到衙门,老爷还未开门哩。〔见小生介〕咄!你是什么人?在此窥探?〔小生〕是周茂兰。〔老〕原来就是周吏部老爷的公子,来得好!今日勘问倪、许二人,替先老爷雪冤,正该看看。〔小生指介〕这两个就是倪文焕、许显纯么?〔作大怒介〕奸贼,奸贼!你二人说谎欺君,锻炼成狱。当日恨不能作杜并[18]、徐元庆[19],手刃父仇;今日会当击碎汝首!〔打介〕〔付、丑避介〕阿呀!这又是那里说起?狭路相逢难钻穴,羞容遮掩惊魂摄。〔外、净扮皂隶上〕住手,住手!衙门前打不得的。老爷即刻坐堂了。〔小生〕列位在此,正有一言相告。〔众〕公子有甚话说?〔小生〕闻得二贼三日前广用银钱,希求宽纵。恶人银钱,列位尽取不妨,只是行杖时,万万不可存私。〔众〕公子说那里话,看此地是什么衙门。〔合〕此署因何而设?堂曰公堂,私字儿断难假借。〔小生〕说得好!说得好!〔内喊介〕开门!〔众〕老爷坐堂了。快带进去,快带进去。〔拥下〕〔小生〕呀!好怕人也。

【北雁儿得胜】这的是莽森罗一座设,这的是狠阎罗全身借。〔内吆喝介〕现一轮冷森森业镜台[20]，〔内连拍案介〕震几下烈轰轰雷公楔[21]。呀！那怕您泼刺善扬鬣[22]，那怕您澜翻能鼓舌[23]。〔内喊犯官上拶[24]〕尽着这肉鼓[25]吹呜一部，又何待上方刀开半截。〔付、丑内叫痛介〕亲切，凭着你叫苦声声彻；亲切，偏是俺声声为叫绝。〔末上〕

不正面写堂上勘问拷打，一切从周茂兰眼中，或衙门中人物行动来表现，场面安排得巧妙，避免千篇一律。

【南侥侥令】辨冤须力辨，折狱更心折。公子还在这里，大老爷正差小的到尊寓来也。〔小生〕莫非要我一同听审么？〔末〕钦案无名[26]，那要公子听审！前倪文焕疏中，说先老爷告假归去的时节，镪[27]重舟沉，白镪浮道，通州之人，至今掩口。大老爷说：周吏部乞假之时，山东妖贼造反，取道中州[28]，从陆不从水。闻得有印信勘合[29]在公子处，这是老大证据，因此着小的来取。要实这奸贼的口哩！〔小生〕原来如此，且喜起马牌[30]携得在此，送上大老爷就是。只是方才说的行杖时……〔作说不完介〕〔末〕公子不消再说，但是老爷一声喝打，小的们选头号毛板，一下掀他一块肉去。则看三尺阶除飞红雨，不怕他浑身多裹铁。〔下〕〔小生〕好一个蒋大人，好一个蒋大人！

【北收江南】呀！说什么明珠薏苡[31]呵，载的这鬼盈车，少不得水清鲢鲤自分别。感杀你轩辕一鉴肺肠澈[32]。想起小生当日在通政司衙门,求上血疏,排闼直入,大门都坠,今日也该闯将进去,哭谢一番才是。〔欲进又止介〕且住,蒋大人秉公执法,面谢反惹嫌疑了,还在门外伺候则个。〔内喊介〕数着。〔责三十板介〕远远望去,这二贼俯首无言了。被责三十,一鞭鞭见血,一鞭鞭见血。好皂隶嗄!敬杀你扬眉瞤目[33]是豪杰。〔末、老押付、丑上〕阿呀!可怜嗄。

【南园林好】急煎煎榜棰[34]迫胁,惨生生肌肤绽裂。咳!我两人悔之无及了。对泣楚囚何也?〔末〕大老爷分付收监,快走,快走。〔付、丑〕打得这样利害,那里还走的动?〔老〕怕你不走。〔末、老〕休想我生怜悯纵蛇蝎,生怜悯纵蛇蝎。〔小生〕奸贼慢走,勘问已过,如今打死也不妨了。

【沽酒太平】须不比刺空衣[35],击副车[36],击副车。还你个一下下是真切。〔打介〕〔付〕阿唷!心窝内这一拳打得凶。〔小生踢介〕蹴倒靴尖非胆怯。〔丑〕阿唷,痛!腿上这一脚踢得狠。〔末、老〕周公子,你看靴上纯是冰雪,乱踢要踢死人的。如今收了监去,指日就要处斩。一刀一割,正要与万目共睹。一会儿弄死却不便宜了他?〔小生〕说得有理,有理!有昭然斧钺[37],又何取一死便捷。饶你这两个奸贼罢!〔付、丑作带痛奔下〕〔末、老押下〕〔小生〕这奸贼,也只得负痛而走了。妙嗄!如此快心事,若非姚老伯同到京师,那得沉冤剖晰。定爰书[38]仇家剪灭,记野乘[39]吾家带挈,修国史天家卓越。俺呵,喜极感极,反生痛嗟。我那爹爹呵!按云头也须击节[40]。我想此案已定,即日定有恩恤[41]。小生别过姚老伯,连夜回家,报知母亲便了。

【尾声】东林一案才完结,抵多少五色石炼补天缺!则索去笑觅归艖[42],忙将这快事说。

〔1〕公门:官署衙门。

〔2〕蒋老爷:指蒋允仪,字闻诏,宜兴人,万历时进士,天启初为御史,因反对魏忠贤被罢官。魏党败后,起为御史。

〔3〕补天炼石:传说女娲炼五色石以补苍天。这里指重新整顿被魏党破坏的朝政。

〔4〕霁:云消雨停,天气晴朗。

〔5〕重爇(ruò):重新燃烧。

〔6〕奸回服辜:奸邪者服罪。

〔7〕博带峨冠:宽大的衣带,高大的帽子。

〔8〕缧绁(léixiè):捆缚犯人的绳索。

〔9〕少林帮衬:用拳头对付。少林,少林拳。

〔10〕骁桀:骄横。

〔11〕媚灶:献媚于权臣。

〔12〕媟狎(xièxiá):本指相处过于亲昵放荡,这里指耍弄。

〔13〕荷桎梏:戴着枷锁。

〔14〕曳锒铛:拖着铁索。

〔15〕唳鹤:晋陆机被害前叹曰:“华亭鹤唳,岂可复闻乎?”后以唳鹤形容临刑。

〔16〕牵犬:秦李斯被刑前,对儿子说:“吾欲与若复牵黄犬,出上蔡东门逐狡兔,岂可得乎?”后以此喻临刑。

〔17〕牛渚方燃火:晋温峤至牛渚矶,水深不可测,燃犀角照之,遂看到水族的奇异状态。此指要清楚地看到这些丑类的下场。

〔18〕杜并:唐杜审言之子。审言为郭若讷所诬,并诛之为父报仇。

〔19〕徐元庆:唐时下邽人,父为县尉赵师韫所杀,元庆杀赵师韫后自己投案。

〔20〕业镜台:迷信者认为阴司有业镜台,可以照见犯人的罪状。

〔21〕雷公楔:雷公打雷用的楔子,击之成雷。这里指敲桌子用的镇堂木。

〔22〕泼刺善扬鬣(liè):不驯服。鬣是马的鬃毛。

〔23〕鼓舌:辩解。

〔24〕上拶:用竹棍夹手指的刑罚。

〔25〕肉鼓:指受刑的犯人。

〔26〕钦案无名:皇帝叫办的案子,不是公开审理的。

〔27〕镪:白银。这里指诬陷周顺昌受贿的银子。

〔28〕中州:今河南。

〔29〕印信勘合:官员经过各地时,有当地官府签证,看其是否与所经路线符合。

〔30〕起马牌:官员在路上的执照。

〔31〕明珠薏苡:汉马援看南方的薏苡大,载一车回家以为种。死后有人诬告他载的是一车明珠。后以此称蒙冤被谤者。

〔32〕轩辕一鉴肺肠澈:传说有轩辕镜能照见人的肺腑。这里比喻蒋大人有明察之力。

〔33〕瞤(rún):本意为眼跳或肌肉掣动。这里引申为睁大眼睛、抖擞精神。

〔34〕榜棰:棰击。

〔35〕刺空衣:战国时豫让刺杀赵襄子未成,被襄子捉住,临死时,豫让请把赵襄子衣服拿来连刺三剑,后自杀。

〔36〕击副车:张良为韩国报仇,请一大力士在博浪沙以铁椎击杀秦始皇,因误中副车而失败。

〔37〕有昭然斧钺:有明确的法律武器,可以制裁。

〔38〕爰书:犯人口供记录。

〔39〕野乘:野史。

〔40〕击节:歌唱时打拍节,表示赞赏之意。

〔41〕恩恤:指皇帝的赏赐、抚恤。

〔42〕觅归艎:寻找回家去的船只。

第二十五折　表忠

【玉女步瑞云】〔旦上〕血尽啼鹃,幸遇东风换转,涓滴是九重恩眷。老身吴氏,自夫主忤骂权珰,被奸党造谋诬陷,逮系到京,惨受酷刑,囊首狱底。幸得孩儿血疏叩阍,少伸冤抑;扶柩归家,权厝[1]墓舍,丈夫虽成今日之忠名,妻孥受尽颠连之苦况。目今新主登极,大振乾纲,魏贼正法戮尸,群奸七等定罪。世界重新,朝野欢庆。向日冤陷诸忠臣,谪戍[2]者悉已召回复职;惨死者尽皆宠锡表扬。孩儿前日回家说,我

中国古典悲剧必有代表人民意志的光明结尾,或现实的,或幻想的,以起劝善惩恶的作用。这并不影响全剧的悲剧性质和悲剧气氛,而是浪漫主义精神在悲剧创作中的体现。此剧现实的封妻荫子虽属旧

套,但亦远胜于幻想的“大团圆”,令人心快。

相公亦有恩诏到苏赠谥,荣封三代,赐茔谕祭,立祠建坊,全家受荫,泉壤生光。昨日吴县陈县尊着人报知,说今日寇府尊同本县赍诏[3]到舍,已遣孩儿出外打听,待他归时,便知端的。〔小生衣巾上〕九天雨露洪恩重,万里山河气象新。〔揖介〕母亲在上,府尊、县尊已赍诏到门快了。昨日县中报文说:今日满门封赠,如今母亲该穿戴冠帔[4]接诏才是。〔旦〕既如此,我儿亦应穿戴儒冠、员领出来。〔小生〕晓得。〔旦拭泪介〕艰难臣节千秋泪。〔小生〕郑重君恩一纸书。〔同下〕〔外、末吉服,付扮礼生赍诏,丑、老抬匾额,书“清忠风世”,生、贴扮执事,一杂铺兵、二厢撑黄伞、蓝伞,同行上〕

【胡元令】〔合〕龙飞九天,宇宙开生面。鳄袪九渊[5],朝野湔[6]夙怨。气吐东林,名扬茂苑,翻尽三朝要典[7]。天诏遥宣,黄童白叟齐笑喧。介节墓碑镌,清风祠宇专。忠魂丕显,亿万载人臣知劝,人臣知劝。〔作到介〕〔喊介〕圣旨下。〔旦冠帔,小生儒巾、员领,急上跪迎介〕〔外〕奉圣旨宣读诏书。〔旦、小生参差跪介〕〔外、末两旁立介〕〔外读诏介〕圣旨已到,跪听宣读。诏曰:孤情之所独抗,得死而成;正气之所不徂[8],造生弥永。兹尔原任吏部文选司员外郎周顺昌,希圣得清,择节维苦。始触权珰而酿祸，旋兴大狱以罹凶。今者捩轴[9]既旋，衮钺[10]并设。碑踣元祐[11]，大升公正之群；墓显汤阴[12]，恍见孤忠之气。用特赠尔太常寺卿，谥忠介。妻吴氏封为淑人。祖冠、父可贤，赠一如其官。子茂兰，荫中书舍人，赴京纂修国史。仍着有司营葬建祠，焚黄[13]致祭。呜呼！学圣人之中，宁存狂狷；睹忠臣之报，弥愧奸回。钦哉，谢恩！〔众〕万岁！万岁！万万岁！〔旦、小生起，小生换冠带介〕请过圣旨。〔净扮老仆应接介〕〔外、末〕分付展挂遗像，下官们奉旨致祭。〔净挂像介〕〔外、末〕叫手下，就此陈设祭筵，焚黄展拜。〔外、末拜，旦、小生答拜介〕〔付赞礼介〕

【画眉序】〔众合〕酹酒奉皇宣，一束生刍[14]敬陈奠。想英灵如在，长啸逌然[15]。成就恁一代冠裳，续完了千秋文献。容台[16]从此身不死，啧啧普天声羡。〔外、末〕拜奠已毕，礼生分付把祭筵撤进者。〔付随口说下〕〔众应介〕〔旦〕泉下孤忠，动蒙天鉴；又蒙两位大人立祠赐祭，营墓建坊。既慰在天之灵，复锡全家之庆。恩荣已极，衔结难酬。二位大人请上，受我母子一拜。〔外、末〕下官们也有一拜。〔各拜介〕

【前腔】〔旦、小生〕苦节得垂怜，白

屋[17]春生及黄泉。喜长宵复旦，寒烬重燃。营高冢，稳卧麒麟[18]；起新祠，杂陈瑚琏[19]。二天[20]从此恩不朽，衔结犹惭报浅。〔外、末〕下官就此告辞。〔小生〕即当诣台叩谢。〔外〕九泉开白日，〔末〕六翮[21]起青云。〔同众下〕〔旦〕我儿！皇恩浩荡，荣赠祖先；亡者有知，定当含笑泉壤矣！

【双声子】〔合〕幽魂显，幽魂显，遥拍手红云辇。覃恩[22]遍，覃恩遍，齐稽颡长生殿。缀简编，被管弦，一忠风世[23]，五义歌传。

【尾声】绿窗共把宫商辨，古调新词字句研。岂草草涂鸦伧父[24]言。

〔1〕权厝(cuò)：停柩待葬。

〔2〕谪戍：官员因罪被流放至边远地方。

〔3〕赍诏：带着诏书。

〔4〕冠帔：有封爵妇人穿戴的凤冠霞帔。

〔5〕鳄祛九渊：意为作恶的鳄鱼之类已被从水中清除。

〔6〕湔(jiān)：洗刷。

〔7〕三朝要典：明熹宗时宦官们所作的书，极力诋毁东林党人，崇祯初焚毁其版。

〔8〕不徂：不灭。

〔9〕捩轴：本指系紧琴弦的轴。这里指关系国家命脉的轴。

〔10〕衮钺：这里代指表彰和诛杀。

〔11〕碑踣元祐:摧毁了元祐碑。宋元祐中立碑,将改良派司马光、苏轼等百人列入罪案,后此碑被毁。这里指平反之意。

〔12〕汤阴:指汤阴人岳飞。

〔13〕焚黄:焚烧黄纸写的表文以祭奠死者。

〔14〕生刍:新鲜的青草。古人以此祭奠,表示纯洁。

〔15〕逌(yōu)然:舒适自得的样子。

〔16〕容台:本为古习礼之台,这里代指礼部官员周顺昌,因新赐太常寺卿属礼部。

〔17〕白屋:普通人家的住屋。

〔18〕麒麟:传说中看守陵墓的神兽。

〔19〕瑚琏:祠中祭祀用的玉石器具。

〔20〕二天:指上天和皇帝。

〔21〕六翮:指鸟翼。

〔22〕覃恩:皇帝的封赠赏赐。

〔23〕一忠风世:清顺治树滋堂本眉批曰:"奉旨:周顺昌之死最惨,恩恤宜优,建祠赠额,该部作速具覆。祠在府东卫西,葬于白莲泾马家墩,建坊于林家巷口,玉音'清忠风世'。"

〔24〕伧父:鄙贱之人,此乃作者之谦词。

后 记

李玉，字玄玉，江苏苏州人，别号“苏门啸侣”。关于他的材料较少，生卒年月都不易确定，只能大约推定他生卒年是明万历三十九年（1611）前后到清康熙十六年（1677）以后。《剧说》记载：“玄玉系申相国家人，为申公子所抑，不得应科举，因著传奇以抒其愤。”吴伟业在《一笠庵北词广正九宫谱》的序里说他：“其才足以上下千载，其学足以囊括艺林，而连厄于有司。晚几得之，仍中副车。甲申以后绝意仕进，以十郎之才调，效耆卿之填词，所著传奇数十种。”这些材料显示他出身低微，没有做过官，可能在申家从事戏曲相关工作。在申时行死后，随着家乐流散，宾从纷离，李玉也脱离了束缚，到明崇祯末年，才成了一名副榜举人。李玉深通音律，在明末崇祯年间就写过《一捧雪》《人兽关》《永团圆》《占花魁》，即所谓“一、人、永、占”四种，入清以后又写了《麒麟阁》《千钟禄》《太平钱》《牛头山》《眉山秀》《两须眉》《清忠谱》《万里园》（以上皆见《古本戏曲丛刊》）等，合计有三十二种，在国内能见到的不到二十种。他还精于曲学。顺治末年，他曾在徐于室、钮少雅《北九宫谱》原稿基础上，补充元人杂剧、套数及明初南戏中的北词，编定《北词广正谱》十八卷，是至今较为完备的一部北曲曲谱。李玉还是一位戏曲评论家，曾评过《玉簪记》，由书坊“宁致堂”刊印，称作“一笠庵评本”。他还在康熙六年所写的《南音三籁序》中，论述戏曲的演变得失，对明代戏曲的创作和选集提出了自己的见解。

《清忠谱》是李玉的代表作。该作品描述的是明代天启年间，以周顺昌为代表的东林党人和以颜佩韦为代表的苏州人民，反对阉官魏忠贤擅权用事的斗争。剧本通过这一真实的历史事件，歌颂了以周顺昌为首的东林党人坚持正义的斗争，歌颂了颜佩韦等基层市民的壮烈事迹，是一部反映明末复杂的社会矛盾、取得杰出成就的英雄悲剧。

周顺昌是剧本着力刻画的清官、忠臣形象。他清廉、刚直、嫉恶如仇。他虽被削职家居，对“国事日非，朝政渐去”，仍然忧思满怀；对魏忠贤及其党羽的倒行逆施，仍然坚持斗争。他生活清苦，不受馈赠，保持清廉自守的高风亮节。友人魏大中被逮，一般人避之惟恐不远，他却独自到江边送行，当面许婚联姻。在“骂像”一折里，正当魏忠贤的党羽为魏建生祠，在欢庆落成时，他冲进去，毫不畏惧地指着魏忠贤的像大骂“豺狼满朝”，“鸱鸮满巢”，“只贻着臭名儿千秋笑”。“就逮”里，写他知道被捕后，毫不畏惧，也不以家人为念，从容地为人书写“小云栖”匾额，表现他从容就义的英雄气概。“叱勘”折中写他面对魏党的万丈凶焰，不跪不拜，凛然屹立，直呼魏为阉狗、奸贼，痛斥魏欺君害民、残害忠良的恶行。他愤怒地踢翻两桌，用枷杻殴击魏党爪牙。作品就是这样通过人物的言论行动，在尖锐的戏剧冲突中，塑造了一位刚毅果敢、大义凛然、忠贞不阿的悲剧英雄形象。

《清忠谱》还塑造了颜佩韦等基层市民的英雄典型。“书闹”一出写他听“说岳”，听到童贯杀害忠良，马上怒气冲天，踢翻桌子，初步表现了他爱憎分明的品质。“捕义”中写他见友人被逮，不仅不逃，还挺身而出，大叫：“这桩事是我做的事，何消拿得别人。”宁肯同当，不肯独走。甚至被害时还说：“打死校尉，万民称快，死也瞑目了。”遗憾的是没有救得了周顺昌。作品还注意将他粗豪天真、藐视官府、讲求义气、敢作敢为等性格描写和对苏州人民的反应联系起来，如他就义时，人民“怨气高千丈”，“乱纷纷万千人，流涕道傍”，并且赞扬他“侠肠一片”“热血淋漓”“义风千古”。作品在颂扬基层市民壮烈牺牲的同时，还写了“义愤”“闹诏”“毁祠”等一场场惊心动魄的群众斗争场面，这是以往悲剧中很少见的。

由于时代的局限，作品通过舞台形象所表现的思想还有值得商榷的地方。如过分宣扬周顺昌、颜佩韦的忠义思想，把斗争胜利的希望寄托在没落王朝的皇帝身上。

记载本剧史实的，有《明史·周顺昌传》、张溥的《五人墓碑记》、吴肃公《五人传》，以及《五人取义纪略》《颂天胪笔》等。吴伟业在为本剧作序时也说：“逆案既布，以公事填词传奇者凡数家，李子玄玉所作《清忠谱》最晚出。”本剧后来又被改编为京剧《五人义》。

《清忠谱》有多种传本，抄本有周贻白藏本、南京图书馆藏本、中国戏曲学院藏本等。刻本只有清顺治年间树滋堂刻本和《古本戏曲丛刊三集》的影印本。刻本题署“苏门啸侣李玉玄玉甫著，同里毕魏万后、叶时章雉斐、朱皠素臣同编”。可见它是以李玉为主的苏州派戏曲作家的集体创作成果。我们这里用的是《古本戏曲丛刊三集》影印本，此本错讹处颇多，国内目前之整理本、选注本多因之。此书初版后，徐沁君先生曾提了一些修改意见，我们尽量采纳，做了改正。

长生殿

〔清〕洪　昇
李悔吾　注释

目　录

第一出 传概[1]

【南吕引子·满江红】〔末上〕今古情场,问谁个真心到底?但果有精诚不散,终成连理。万里何愁南共北,两心那论生和死。笑人间儿女怅缘悭[2],无情耳。

感金石[3],回天地。昭白日,垂青史。看臣忠子孝,总由情至。先圣不曾删郑、卫[4],吾侪取义翻宫、徵[5]。借太真外传谱新词,情而已。

【中吕慢词·沁园春】天宝明皇,玉环妃子,宿缘正当。自华清赐浴,初承恩泽。长生乞巧,永订盟香。妙舞新成,清歌未了,鼙鼓喧阗起范阳[6]。马嵬驿、六军不发,断送红妆[7]。　　西川巡幸[8]堪伤,奈地下人间两渺茫。幸游魂悔罪,已登仙籍。回銮改葬,只剩香囊。证合天孙[9],情传羽客[10],钿盒、金钗重寄将。月

情场恨事,有情而无缘者不可胜数。但洪昇却执着地要歌颂一种虽阴阳阻隔,却生死不渝、真心到底的男女爱情。它当然不可能在李、杨的宫廷生活里出现,所以他只能借太真外传谱新词,来表达他的理想,反映作者当时比较进步的恋爱观。

宫会、霓裳遗事,流播词场。

唐明皇欢好霓裳宴,杨贵妃魂断渔阳变。

鸿都客引会广寒宫,织女星盟证长生殿。

〔1〕传概:传奇体例,第一出大致包括两项内容:(1)创作意旨;(2)剧情概要。

〔2〕悭:欠缺。

〔3〕"感金石"六句:强调"情之所至,金石为开"。

〔4〕先圣不曾删郑、卫:孔子"删诗",并不曾删掉其中"郑风""卫风",而"郑卫之音",在封建时代被认为"淫"。

〔5〕翻宫、徵(zhǐ):意指谱写成戏曲。

〔6〕"鼙鼓"句:天宝十四载,安禄山在范阳发动叛乱。鼙鼓,战鼓。

〔7〕断送红妆:指唐明皇迫于马嵬兵变,将杨贵妃赐死。

〔8〕西川巡幸:指唐明皇出逃到四川成都。巡幸,皇帝逃难的讳词。

〔9〕天孙:织女。

〔10〕羽客:和下文鸿都客,均指道士杨通幽。

第二出　定情

吴舒凫曰:"明皇英主也,非汉成昏庸之比。只

【大石引子·东风第一枝】〔生扮唐明皇引二内侍上〕端冕中天,垂衣南面[1],山河

一统皇唐。层霄雨露回春，深宫草木齐芳。升平早奏，韶华好，行乐何妨。愿此生终老温柔，白云不羡仙乡。

“韶华入禁闱，宫树发春晖。天喜时相合，人和事不违。九歌[2]扬政要，六舞[3]散朝衣。别赏阳台乐，前旬暮雨[4]飞。”朕乃大唐天宝皇帝是也。起自潜邸[5]，入缵[6]皇图。任人不二，委姚、宋于朝堂；从谏如流，列张、韩[7]于省闼。且喜塞外风清万里，民间粟贱三钱。真个太平致治，庶几贞观之年；刑措[8]成风，不减汉文之世。近来机务余闲，寄情声色。昨见宫女杨玉环，德性温和，丰姿秀丽。卜兹吉日，册为贵妃。已曾传旨，在华清池赐浴，命永新、念奴伏侍更衣。即着高力士引来朝见，想必就到也。

【玉楼春】〔丑扮高力士，二宫女执扇，引旦扮杨贵妃上〕恩波自喜从天降，浴罢妆成趋彩仗。〔宫女〕六宫未见一时愁，齐立金阶偷眼望。

〔到介，丑进见生跪介〕奴婢高力士见驾。册封贵妃杨氏，已在殿门候旨。〔生〕宣进来。〔丑出介〕万岁爷有旨，宣贵妃杨娘娘上殿。〔旦进，拜介〕臣妾贵妃杨玉环见驾，愿吾皇万岁！〔内侍〕平身。〔旦〕臣妾寒门陋质，充选掖庭，忽闻宠命之加，不胜陨越[9]之惧。〔生〕妃子世胄

因行乐一念，便自愿‘终老温柔’，酿成天宝之祸，末路犹不若汉成。升平数语，足为宴安之戒。”

据历史记载，杨玉环原系唐明皇儿子寿王李瑁的妃子。明皇爱其姿色，便命她入宫做女道士，作为占为己有的过渡。后果封为贵妃。从《长恨歌》起，就有意回避这段秽闻，因为诗人要借以表达生死不渝的爱情，不能把自己寄与理想的人物丑化。

名家，德容兼备。取供内职，深惬朕心。〔旦〕万岁。〔丑〕平身。〔旦起介，生〕传旨排宴。〔丑传介〕〔内奏乐。旦送生酒，宫女送旦酒。生正坐，旦傍坐介〕

【大石过曲·念奴娇序】〔生〕寰区万里，遍征求窈窕，谁堪领袖嫔嫱？佳丽今朝、天付与，端的绝世无双。思想，擅宠瑶宫，褒封玉册[10]，三千粉黛总甘让。〔合〕惟愿取恩情美满，地久天长。

一开始便极写李、杨恩情美满，希望地久天长，目光直注后来仙忆、补恨、重圆等出。写杨玉环得宠，惊喜逼肖。

【前腔】〔换头〕〔旦〕蒙奖。沉吟半晌，怕庸姿下体，不堪陪从椒房。受宠承恩，一霎里身判人间天上。须仿，冯嫕当熊[11]，班姬辞辇[12]，永持彤管侍君傍。〔合〕惟愿取恩情美满，地久天长。

【前腔】〔换头〕〔宫女〕欢赏，借问从此宫中，阿谁第一？似赵家飞燕在昭阳[13]，宠爱外，应是一身承当。休让，金屋[14]妆成，玉楼歌彻，千秋万岁捧霞觞。〔合〕惟愿取恩情美满，地久天长。

【前腔】〔换头〕〔内侍〕瞻仰，日绕龙鳞，云移雉尾[15]，天颜有喜对新妆。频进酒，合殿春风飘香。堪赏，圆月摇金，余霞散绮，五云[16]多处易昏黄。〔合〕惟愿取恩情美满，地久天长。

〔丑〕月上了。启万岁爷撤宴。〔生〕朕与妃子同步阶前，玩月一回。〔内作乐。生携旦前立，众退后，齐立介〕

【中吕过曲·古轮台】〔生〕下金堂，笼灯就月细端相，庭花不及娇模样。轻偎低傍，这鬓影衣光，掩映出丰姿千状。〔低笑，向旦介〕此夕欢娱，风清月朗，笑他梦雨暗高唐。〔旦〕追游宴赏，幸从今得侍君王。瑶阶小立，春生天语，香萦仙仗，玉露冷沾裳。还凝望，重重金殿宿鸳鸯。

吴评："月华写艳，梦雨翻新，俱是绝妙好辞。"

〔生〕掌灯往西宫去。〔众应介，内侍、宫女各执灯引生、旦行介〕〔合〕

【前腔】〔换头〕辉煌，簇拥银烛影千行。回看处珠箔[17]斜开，银河微亮。复道、回廊，到处有香尘飘扬。夜色如何？月高仙掌[18]。今宵占断好风光，红遮翠障，锦云中一对鸾凰。"琼花""玉树""春江夜月"[19]，声声齐唱，月影过宫墙。褰罗幌[20]，好扶残醉入兰房。

从宴上"圆月摇金"到"笼灯就月细端相""月影过宫墙"三只曲子，皆以月宫映带。与后来月下密誓、月宫团圆等出遥相映衬。

〔丑〕启万岁爷，到西宫了。〔生〕内侍回避。〔丑〕春风开紫殿，〔内侍〕天乐下珠楼。〔同下〕

【余文】〔生〕花摇烛，月映窗，把良夜

欢情细讲。〔合〕莫问他别院离宫玉漏长。

〔宫女与生、旦更衣,暗下,生、旦坐介,生〕银烛回光散绮罗,〔旦〕御香深处奉恩多。〔生〕六宫此夜含颦望,〔合〕明日争传"得宝歌"[21]。〔生〕朕与妃子偕老之盟,今夕伊始。〔袖出钗、盒介〕特携得金钗、钿盒在此,与卿定情。

吴评:"钗盒乃本传始终作合处,故于进宫更衣后,特写二曲,以致珍重之意。非止文情尽致,场上并有关目。"

【越调近词·绵搭絮】〔生〕这金钗、钿盒,百宝翠花攒。我紧护怀中,珍重奇擎[22]有万般。今夜把这钗呵,与你助云盘,斜插双鸾;这盒呵,早晚深藏锦袖,密裹香纨。愿似他并翅交飞,牢扣同心结合欢。〔付旦介,旦接钗、盒谢介〕

【前腔】〔换头〕谢金钗、钿盒,赐予奉君欢。只恐寒姿,消不得天家雨露团。〔作背看介〕恰偷观,凤翥龙蟠,爱杀这双头旖旎,两扇团圞[23]。惟愿取情似坚金,钗不单分盒永完。

〔生〕胧明春月照花枝,元稹　〔旦〕始是新承恩泽时。白居易

〔生〕长倚玉人心自醉,雍陶　〔合〕年年岁岁乐于斯。赵彦昭

〔1〕"端冕"二句:谓坐享太平,无为而治。端冕,帝王的衣帽;中天,喻太平盛世。垂衣,表示无为之治;南面,作统治解。

〔2〕九歌:传说是夏朝的庙堂乐曲。

〔3〕六舞:本指周武王“大武”六章,后为周代用于祭祀的乐舞。

〔4〕阳台、暮雨:喻男女欢会。

〔5〕潜邸:皇帝未即位前住的府第。

〔6〕缵:继承。

〔7〕姚、宋、张、韩:指姚崇、宋璟、张说(或为张九龄)、韩休,都是唐开元时著名的贤相。

〔8〕刑措:刑罚搁置不用。措,废置。

〔9〕陨(yǔn)越:没落、死亡。此作贬谪解。

〔10〕玉册:刻在玉版上的文书,此指册封贵妃的证书。

〔11〕冯嫕当熊:汉元帝的婕好冯嫕用身体挡住兽圈里跑出来的熊,以免元帝受伤害。

〔12〕班姬辞辇:汉成帝婕好班姬推拒同皇帝乘车,认为成帝应该远女色、近贤臣。

〔13〕赵家飞燕在昭阳:赵飞燕,汉成帝皇后,与妹昭仪长期受宠。昭阳,汉宫,赵飞燕的住处。

〔14〕金屋:班固《汉武故事》记长公主问胶东王(后来成为汉武帝):“阿娇好不好?”答云:“好,若得阿娇,当作金屋贮之。”后以“金屋藏娇”形容娇妻宠妾。

〔15〕“日绕龙鳞”二句:龙鳞,皇帝衮衣上绣的鳞纹。云移,形容开扇时光彩闪耀,犹如云彩移动。雉尾,用雉尾制作的障扇。句本杜甫《秋兴》八首之一:“云移雉尾开宫扇,日绕龙鳞识圣颜。”

〔16〕五云:传说天子所在的地方有五色云气。

〔17〕珠箔:用珍珠串成的帘箔。

〔18〕仙掌:汉武帝建铜柱承露仙人掌。月高仙掌,指夜已深。

〔19〕“琼花”“玉树”“春江夜月”:都是古曲名。后两曲指陈后主作的《玉树后庭花》《春江花月夜》。

〔20〕罗幌:罗帷。

〔21〕"得宝歌":《得宝子》,传为唐明皇与杨贵妃定情之夕制的曲子。

〔22〕奇擎:双声词。奇,助声无义。

〔23〕"双头""两扇":双头,指两股金钗;两扇,指钿盒。

第三出　贿权

定情之后,紧写此出,暴露外戚杨国忠纳贿招权;又在"春睡"后接写"禊游"一出,揭开安禄山与杨国忠争权的序幕。爱情和朝政两条线交叉发展,说明本剧主旨,并非仅写爱情。

【正宫引子·破阵子】〔净扮安禄山箭衣、毡帽上〕失意空悲头角[1],伤心更陷罗罝[2]。异志十分难屈伏,悍气千寻怎蔽遮?权时宁耐些。

"腹垂过膝力千钧,足智多谋胆绝伦。谁道孽龙甘蠖屈[3],翻江搅海便惊人。"自家安禄山,营州柳城人也。俺母亲阿史德,求子轧荦山中,归家生俺,因名禄山。那时光满帐房,鸟兽尽都鸣窜。后随母改嫁安延偃,遂冒姓安氏。在节度使张守珪帐下投军。他道我生有异相,养为义子。授我讨击使之职,去征讨奚契丹,一时恃勇轻进,杀得大败逃回。幸得张节度宽恩不杀,解京请旨。昨日到京,吉凶未保。且喜有个结义兄弟,唤作张千,原是杨丞相府中干办。昨已买嘱解官,暂时松放。寻他通个关节,把礼物收去了。着我今日到彼候复。不免前去走遭。〔行介〕唉,俺安禄山,也是个好汉,难道便这般结果了么？想起来好恨也！

【正宫过曲·锦缠道】莽龙蛇、本待将河翻海决，反做了失水瓮中鳖，恨樊笼霎时困了豪杰。早知道失军机要遭斧钺，倒不如丧沙场免受缧绁，蓦地里脚双跌。全凭仗金投暮夜[4]，把一身离阱穴。算有意天生吾也，不争待半路枉摧折。

吴评："将禄山跋扈之本，略为透露。"

来此已是相府门首，且待张兄弟出来。〔丑扮张千上〕"君王舅子三公位，宰相家人七品官。"〔见介〕安大哥来了。丞相爷已将礼物全收，着你进府相见。〔净揖介〕多谢兄弟周旋。〔丑〕丞相爷尚未出堂，且到班房少待。全凭内阁调元[5]手，〔净〕救取边关失利人。〔同下〕

【仙吕引子·鹊桥仙】〔副净扮杨国忠引祗从上〕荣夸帝里，恩连戚畹[6]，兄妹都承天眷。中书[7]独坐揽朝权，看炙手威风赫烜。

吴评："贿宥禄山本李林甫事，剧中恐多枝节，移置国忠。"按安禄山犯罪遇赦，是玄宗开元二十四年(736)的事，这时杨玉环未入选，杨国忠也没有在朝做官。

"国政归吾掌握中，三台八座[8]极尊崇。退朝日晏归私第，无数官僚拜下风。"下官杨国忠，乃西宫贵妃之兄也。官居右相，秩晋司空。分日月之光华，掌风雷之号令。〔冷笑介〕穷奢极欲，无非行乐及时；纳贿招权，真个回天有力。左右回避。〔从应下〕〔副净〕适才张千禀说，有个边将安禄山，为因临阵失机，解京正法。特献礼物吴评："从来权奸变乱黑白，皆有曲说自文，今以爱惜人才，附会古人使过之意，真足蔽聪。"

到府，要求免死发落。我想胜败乃兵家常事，临阵偶然失利，情有可原。〔笑介〕就将他免死，也是为朝廷爱惜人才。已曾分付令他进见，再作道理。〔丑暗上见介〕张千禀事：安禄山在外伺候。〔副净〕着他进来。〔丑〕领钧旨。〔虚下，引净青衣、小帽上，丑〕这里来。〔净膝行进见介〕犯弁[9]安禄山，叩见丞相爷。〔副净〕起来。〔净〕犯弁是应死囚徒，理当跪禀。〔副净〕你的来意，张千已讲过了。且把犯罪情由，细说一番。〔净〕丞相爷听禀：犯弁遵奉军令，去征讨奚契丹呵，〔副净〕起来讲。〔净起介〕

【仙吕过曲·解三酲】恃勇锐，冲锋出战，指征途所向无前。不提防番兵夜来围合转，临白刃，剩空拳[10]。〔副净〕后来怎生得脱？〔净〕那时犯弁杀条血路，奔出重围。单枪匹马身幸免，只指望鉴录微功折罪愆。谁想今日呵，当刑宪！〔叩首介〕望高抬贵手，曲赐矜怜。

【前腔】〔换头〕〔副净起介〕论失律丧师关巨典，我虽总朝纲敢擅专？况刑书已定难更变，恐无力可回天。〔净跪哭介〕丞相爷若肯救援，犯弁就得生了。〔副净笑介〕便道我言从计听微有权，这就里机关不易言。〔净叩头介〕全仗丞相爷做主！〔副净〕也罢。待我明日进朝，相机而行便了。乘其便，便好开罗撒网，保汝生全。

〔净叩头介〕蒙丞相爷大恩，容犯弁犬马图报。就此告辞。〔副净〕张千引他出去。〔丑应，同净出介〕"眼望捷旌旗，耳听好消息。"〔同下〕〔副净想介〕我想安禄山乃边方末弁，从未著有劳绩。今日犯了死罪，我若特地救他，必动圣上之疑。〔笑介〕哦，有了。前日张节度疏[11]内，曾说他通晓六番言语，精熟诸般武艺，可当边将之任。我就授意兵部，以此为辞，奏请圣上，召他御前试验。于中乘机取旨，却不是好。

吴评："奸相行事，必授意他人发之，又必令主上自裁之，以免疑而固宠。此段曲尽小人肺肝。"

专权意气本豪雄，卢照邻　万态千端一瞬中。吴融

多积黄金买刑戮，李咸用　不妨私荐也成公。杜荀鹤

〔1〕头角：比喻显露出来的气概或才华。

〔2〕罗罝(jū)：罗网。

〔3〕蠖屈：不得志。蠖，尺蠖，爬虫，行动一伸一缩。

〔4〕金投暮夜：暗地里贿赂权要。借用《后汉书·杨震传》杨震拒收贿赂的典故，此指安禄山私贿杨国忠。

〔5〕调元：调和阴阳。指宰臣治理国家。

〔6〕戚畹：外戚居住的地方，又称戚里。

〔7〕中书：唐代中书省的长官叫中书令，是仅次于皇帝的最高执政官。杨国忠曾为右相，地位相当于中书令。

〔8〕三台八座：封建王朝的最高执政机构。汉朝以尚书、御史、谒者为三台，唐朝以左右相及六部尚书为八座。

〔9〕弁：下级武官。

〔10〕弮(quān)：弩弓。

〔11〕疏：奏章。

第四出　春睡

【越调引子·祝英台近】〔旦引老旦扮永新、贴旦扮念奴上〕梦回初，春透了，人倦懒梳裹。欲傍妆台，羞被粉脂涴[1]。〔老旦、贴旦〕趁他迟日房栊，好风帘幕，且消受熏香闲坐。

吴评："一承恩便作如许娇慵，的是怙宠人情态。"

永新、念奴叩头。〔旦〕起来。【海棠春】流莺窗外啼声巧，睡未足，把人惊觉。〔老〕翠被晓寒轻，〔贴〕宝篆沉烟袅[2]。〔旦〕宿酲[3]未醒宫娥报，〔老、贴〕道别院笙歌会早。〔旦〕试问海棠花，〔合〕昨夜开多少？〔旦〕奴家杨氏，弘农人也。父亲元琰，官为蜀中司户。早失怙恃[4]，养在叔父之家。生有玉环在于左臂，上隐"太真"二字。因名玉环，小字太真。性格温柔，姿容艳丽。漫揩罗袂，泪滴红冰；薄试霞绡，汗流香玉。荷蒙圣眷，拔自宫嫔。位列贵妃，礼同皇后。有兄国忠，拜为右相，三姊尽封夫人，一门荣宠极矣。昨宵侍寝西宫，〔低介〕未免云娇雨怯。今日晌午时分，才得起来。〔老、贴〕镜奁齐备，请娘娘理妆。〔旦行介〕绮疏[5]晓日珠帘映，红粉春妆宝镜催。

【越调过曲·祝英台】〔坐对镜介〕把鬓轻撩，鬟细整，临镜眼频睃。〔老〕请娘娘贴上这花钿。〔旦〕贴了翠钿，〔贴〕再点上这胭脂。〔旦〕注了红脂，〔老〕请娘娘画眉。〔旦画眉介〕着意再描双蛾。〔旦立起介〕延俄，慢支持杨柳腰身，〔贴〕呀，娘娘花儿也忘戴了。〔代旦插花介〕好添上樱桃花朵。〔老、贴作看旦介〕看了这粉容嫩，只怕风儿弹破。〔老、贴〕请娘娘更衣。〔与旦更衣介〕

【前腔】〔换头〕飘堕、麝兰香，金绣影，更了杏衫罗。〔旦步介〕〔老、贴看介〕你看小颤步摇，轻荡湘裙，〔旦兜鞋介〕低蹴半弯凌波[6]，停妥。〔旦顾影介〕〔老、贴〕袅临风，百种娇娆。〔旦回身临镜介〕〔老、贴〕还对镜，千般婀娜。〔旦作倦态，欠伸介〕〔老、贴扶介〕娘娘，恁恹恹，何妨重就衾窝。

〔旦〕也罢，身子困倦，且自略睡片时。永新、念奴，与我放下帐儿。正是：“无端春色熏人

曲文、宾白、动作结合，写玉环临镜试妆，妆成复临镜，百媚千娇，顾影自许，形容尽致。

吴评：“闲谈中写出关目，曲家解此者惟玉茗

与稗畦耳。”按这里在闲谈中点出梅妃，为絮阁张本。

困，才起梳头又欲眠。”〔睡介〕〔老、贴放帐介〕〔老〕万岁爷此时不进宫来，敢是到梅娘娘[7]那边去么？〔贴〕姐姐，你还不知道，梅娘娘已迁置上阳楼东了！〔老〕哦，有这等事！〔贴〕永新姐姐，这几日万岁爷专爱杨娘娘，不时来往西宫，连内侍也不教随驾了。我与你须要小心伺候。〔生行上〕

【前腔】〔换头〕欣可，后宫新得娇娃，一日儿摩挲！〔生作进，老、贴见介〕万岁爷驾到。娘娘刚才睡哩。〔生〕不要惊他。〔作揭帐介〕试把绡帐慢开，龙脑[8]微闻，一片美人香和。〔瞧科〕爱他，红玉一团，压着鸳衾侧卧。〔老、贴背介〕这温存怎不占了风流高座！

【前腔】〔换头〕〔旦作惊醒低介〕谁个？蓦然揭起鸳帏，星眼倦还挪。〔作坐起，摩眼、撩鬓介〕〔生〕早则浅淡粉容，消褪唇朱，掠削鬓儿欹矬[9]。〔老、贴作扶旦起，旦作开眼复闭，立起又坐倒介〕〔生〕怜他，侍儿扶起腰肢，娇怯怯难存难坐。〔老、贴扶旦坐介〕〔生扶住介〕恁朦腾，且索消详停和[10]。

〔旦〕万岁！〔生〕春昼晴和，正好及时游赏，为何当午睡眠？〔旦低介〕夜来承宠，雨露恩浓，不觉花枝力弱。强起梳头，却又朦胧睡去。因此失迎圣驾。〔生笑介〕这等说，倒是寡人唐突了。〔旦娇羞不语介〕〔生〕妃子，看你神思困倦，且同到前殿去，消遣片时。〔旦〕领旨。〔生、旦同行，老、贴随行介〕〔生〕落日留王母，〔旦〕微风倚少儿。〔老、贴合〕宫中行乐秘，少有外人知[11]。〔生、旦转坐介〕〔丑上〕"昼漏稀闻高阁报，天颜有喜近臣知。"启万岁爷：国舅杨丞相，遵旨试验安禄山，在宫门外回奏。〔生〕宣奏来。〔丑宣介〕杨丞相有宣。〔副净上〕"天下表章经院过，宫中笑语隔墙闻。"〔拜见介〕臣杨国忠见驾。愿吾皇万岁，娘娘千岁！〔丑〕平身。〔副〕臣启陛下：蒙委试验安禄山，果系人才壮健，弓马熟娴，特此复旨。〔生〕朕昨见张守珪奏称：禄山通晓六番言语，精熟诸般武艺，可当边将之任。今失机当斩，是以委卿验之。既然所奏不诬，卿可传旨禄山，赦其前罪。明日早朝引见，授职在京，以观后效。〔副〕领旨。〔下〕〔丑〕启万岁爷：沉香亭牡丹盛开，请万岁爷同娘娘赏玩。〔生〕今日对妃子，赏名花。高力士，可宣翰林李白，到沉香亭上，立草新词供奉。〔丑〕领旨。〔下〕〔生〕妃子，和你赏花去来。

沉香亭赏花事放在幕后，李白写《清平调》也只于白中带过，在二十四出《惊变》中补写更觉生色。

倚槛繁花带露开，罗虬　〔旦〕相将游戏绕池台。孟浩然

〔生〕新歌一曲令人艳，万楚　〔合〕只待相如奉诏来。李商隐

〔1〕涴(wò):沾污。

〔2〕宝篆沉烟袅:珍贵的沉香升起了袅袅如篆字的烟缕。

〔3〕宿酲(chéng):宿醉。

〔4〕怙恃:父母。

〔5〕绮疏:绮窗。

〔6〕半弯凌波:指纤纤小脚。

〔7〕梅娘娘:梅妃,即江采蘋。

〔8〕龙脑:冰片,外国进贡的一种名贵香料。

〔9〕掠削鬓儿攲矬:掠削,用手整理。攲矬(qīcuó),偏斜的样子。

〔10〕消详停和:消停,休息。

〔11〕"落日"四句:原为杜甫《宿昔》诗的后四句。王母,借指杨贵妃。少儿,卫少儿,汉武帝皇后卫子夫的姊妹。"微风倚少儿"暗指杨氏三国夫人因贵妃而得宠。

第五出　禊游[1]

吴评:"此折高力士、安禄山、王孙公子、三国夫人、杨国忠、村姑、丑女杂沓上下,几如满地散钱,而以春游贯之,线索自相牵缀。尤妙在描注三国夫人,一意转折,先从

【双调引子·驾圣朝】〔丑上〕崇班内殿称尊,天颜亲奉朝昏。金貂玉带蟒袍新,出入荷殊恩。咱家高力士是也,官拜骠骑将军。职掌六宫之中,权压百僚之上。迎机导窾[2],摸揣圣情;曲意小心,荷承天宠。今乃三月三日,万岁爷与贵妃娘娘游幸曲江,命咱召杨丞相并秦、韩、虢三国夫人,一同随驾。不免前去传

旨与他。"传声报戚里,今日幸长杨[3]。"〔下〕

【前腔】〔净冠带引从上〕一从请托权门,天家雨露重新。豢臣[4]今喜作亲臣,壮怀会当伸。俺安禄山,自蒙圣恩复官之后,十分宠眷。所喜俺生的一个大肚皮,直垂过膝。一日圣上见了,笑问此中何有?俺就对说,惟有一片赤心。天颜大喜,自此愈加亲信,许俺不日封王。岂不是非常之遇!左右回避。〔从应下〕〔净〕今乃三月三日,皇上与贵妃游幸曲江。三国夫人随驾。倾城士女,无不往观。俺不免换了便服,单骑前往,游玩一番。〔作更衣、上马行介〕出得门来,你看香尘满路,车马如云,好不热闹也。正是:"当路游丝萦醉客,隔花啼鸟换行人。"〔下〕〔副净、外扮王孙,末扮公子;各丽服,同行上〕〔合〕

【仙吕入双调·夜行船序】春色撩人,爱花风如扇,柳烟成阵。行过处,辨不出紫陌[5]红尘。〔见介〕请了。〔副净、外〕今日修禊之辰,我每同往曲江游玩。〔末、小生〕便是,那边簇拥着一队车儿,敢是三国夫人来了。我每快些前去。〔行介〕纷纭,绣幕雕轩,珠绕翠围,争妍夺俊。氤氲,兰麝逐风来,衣彩珮光遥认。

〔同下〕〔老旦绣衣扮韩国,贴白衣扮虢国,

高、安白中引出三国王孙公子,首曲亦然。次曲三国登场,三曲禄山窥探,四曲国忠嗔阻,五曲村姬草中寻簪履,总为三国形容佚丽。六曲三国再见,结尾又归重虢国,起下'傍讶''幸恩'诸折。虽满纸春光撩乱,而渲花染柳,分晰不爽,直觉笔有化工。"

杂绯衣扮秦国,引院子、梅香各乘车行上〕〔合〕

【前腔】〔换头〕安顿,罗绮如云,斗妖娆,各逞黛娥蝉鬓。蒙天宠,特敕共探江春。〔老旦〕奴家韩国夫人,〔贴〕奴家虢国夫人,〔杂〕奴家秦国夫人,〔合〕奉旨召游曲江。院子把车儿趱行前去。〔院〕晓得。〔行介〕〔合〕朱轮、碾破芳堤,遗珥坠簪,落花相衬。荣分,戚里从宸[6]游,几队宫妆前进。〔同下〕

吴评:"行文之妙,更在用侧笔衬写,如以游人盛丽,映出明皇、贵妃之纵佚;以遗钿、坠舄映出三国夫人之奢淫。并禄山之无状,国忠之荡险,皆于虚处传神。观者当思其经营惨淡,莫徒赏绝妙好辞也。"

【黑嘛序】〔换头〕〔净策马上,目视三国下介〕妙啊,回瞬,绝代丰神,猛令咱一见,半晌销魂。恨车中马上,杳难亲近。俺安禄山,前往曲江,恰好遇着三国夫人,一个个天姿国色。唉,唐天子,唐天子!你有了一位贵妃,又添上这几个阿姨,好不风流也!评论,群花归一人,方知天子尊。且赶上前去,饱看一回。望前尘,馋眼迷奚[7],不免挥策频频。

吴评:"国忠初见禄山,犹疑其畏己回避也,故尔笑问;及知从三国夫人车前来,不觉怒发。一颦一笑,声色毕现,妙处在含蓄。"

〔作鞭马前奔,杂扮从人上,拦介〕咄,丞相爷在此,什么人这等乱撞!〔副净骑马上〕为何喧嚷?〔净、副净作打照面,净回马急下〕〔从〕小的方才见一人,骑马乱撞过来,向前拦阻。〔副净笑介〕那去的是安禄山。怎么见了下官,就疾忙躲避了。〔作沉吟介〕三位夫人的车儿在那里?〔从〕就在前面。〔副净〕呀,安禄山那斯怎敢这般无礼!

【前腔】〔换头〕堪恨，藐视皇亲，傍香车行处，无礼厮混。陡冲冲怒起，心下难忍。叫左右，紧紧跟随着车儿行走，把闲人打开。〔众应行介〕〔副净〕忙奔，把金鞭辟路尘，将雕鞍逐画轮。〔合〕语行人，慎莫来前，怕惹丞相生嗔。〔同下〕

【锦衣香】〔净扮村妇，丑扮丑女，老旦扮卖花娘子，小生扮舍人，行上〕〔合〕妆扮新，添淹润[8]；身段村，乔丰韵[9]，更堪怜芳草沾裾，野花堆鬓。〔见介〕〔净〕列位都是去游曲江的么？〔众〕正是。今日皇帝、娘娘，都在那里，我每同去看一看。〔丑〕听得皇帝把娘娘爱的似宝贝一般，不知比奴家容貌如何？〔老旦笑介〕〔小生作看丑介〕〔丑〕你怎么只管看我？〔小生〕我看大姐的脸上，倒有几件宝贝。〔净〕什么宝贝？〔小生〕你看眼嵌猫睛石，额雕玛瑙纹，蜜蜡装牙齿，珊瑚镶嘴唇。〔净笑介〕〔丑将扇打小生介〕小油嘴，偏你没有宝贝。〔小生〕你说来。〔丑〕你后庭像银矿，掘过几多人！〔净笑介〕休得取笑。闻得三国夫人的车儿过去，一路上有东西遗下，我每赶上寻看。〔丑〕如此快走。〔行介〕〔丑作娇态与小生诨介〕〔合〕和风徐起荡晴云，钿车一过，草木皆春。〔小生〕且在这草里寻一寻，可有甚么？〔老旦〕我先去了。向

借村妇打诨，神情略似《西游记杂剧》中“村姑演说”。

朱门绣阁，卖花声叫的殷勤。〔叫卖花下〕〔众作寻、各拾介〕〔丑问净介〕你拾的甚么？〔净〕是一枝簪子。〔丑看介〕是金的，上面一粒绯红的宝石。好造化！〔净问丑介〕你呢？〔丑〕一只凤鞋套儿。〔净〕好好，你就穿了何如？〔丑作伸脚比介〕啐，一个脚指头也着不下。鞋尖上这粒真珠，摘下来罢。〔作摘珠、丢鞋介〕〔小生〕待我袖了去。〔丑〕你倒会作揽收拾！你拾的东西，也拿出来瞧瞧。〔小生〕一幅鲛绡帕儿，裹着个金盒子。〔净接作开看介〕咦，黑黑的黄黄的薄片儿，闻着又有些香，莫不是耍药[10]么？〔小生笑介〕是香茶。〔丑〕待我尝一尝。〔净争吃，各吐介〕呸！稀苦的，吃他怎么！〔小生作收介〕罢了，大家再往前去。〔行介〕〔合〕蜂蝶闲相趁，柳迎花引，望龙楼倒泻，曲江将近。

〔小生、净先下，丑吊场[11]叫介〕你们等我一等。阿呀，尿急了，且在这里打个沙窝儿[12]去。〔下〕〔老旦、贴、杂引院子、梅香行上〕

【浆水令】扑衣香，花香乱熏；杂莺声，笑声细闻。看杨花雪落覆白蘋，双双青鸟，衔堕红巾。春光好，过二分[13]，迟迟丽日催车进。〔院〕禀夫人，到曲江了。〔老旦〕丞相爷在那里？〔院〕万岁爷在望春宫，丞相爷先到那边去了。〔老旦、杂、贴作下车介〕你看果然好风景也！环曲岸，环曲岸，红酣绿匀。临曲水，临曲水，柳细蒲新。

〔丑引小内侍、控马上〕"敕传玉勒桃花马，骑坐金泥[14]蛱蝶裙。"〔见介〕皇上口敕：韩、秦二国夫人，赐宴别殿。虢国夫人，即令乘马入宫，陪杨娘娘饮宴。〔老旦、杂、贴跪介〕万岁！〔起介〕〔丑向贴介〕就请夫人上马。〔贴〕

【尾声】内家官，催何紧。姐姐妹妹，偏背了春风独近。〔老旦、杂〕不枉你淡扫蛾眉朝至尊。〔贴乘马，丑引下〕〔杂〕你看裴家姐姐，竟自扬鞭去了。〔老旦〕且自由他。〔梅香〕请夫人别殿里上宴。

红桃碧柳禊堂春，沈佺期　〔老旦〕一种佳游事也均。张谔

〔杂〕愿奉圣情欢不极，武平一　〔合〕向风偏笑艳阳人。杜牧

吴评："起用力士传旨，收用力士口敕，前后照应，章法缜密。"

〔1〕禊游：在修禊节游春。禊，修禊。古人于三月三日在水边举行祓除邪祟的祭礼。

〔2〕迎机导窾（kuǎn）：比喻察颜观色，见机行事。窾，骨节之间的小缝隙。

〔3〕长杨：秦汉时代的宫殿名。这里指曲江池。

〔4〕縶臣：被囚禁的罪臣。

〔5〕紫陌：都城中的道路。

〔6〕宸：紫宸，皇帝居住的宫殿。这里代指皇帝。

〔7〕迷奚:双目半闭的样子。

〔8〕淹润:姿色妩媚。

〔9〕乔丰韵:装模作样。

〔10〕耍药:疑即春药。

〔11〕吊场:一出戏,其他角色下场,只留下一二个演员唱下场诗或打诨称吊场。这里是一出戏中一个场面结束,即将转入另一个场面。

〔12〕打个沙窝儿:俗语,指妇女寻个方便地方,就地小便。

〔13〕过二分:过了三分之二。

〔14〕金泥:金屑制作的一种颜料。

第六出　傍讶

吴评:"贵妃宠幸未几,即以虢国承恩一事摹写悲离,览者疑其情爱易移矣。不知未经离别,则欢好虽浓,习而不觉。惟意中人去,触处伤心,必得之而后快,始见钟情之至。所谓佳人难再得,生别死离,其致一也。"

【中吕过曲·缕缕金】〔丑上〕欢游罢,驾归来。西宫因个甚,恼君怀?敢为春筵畔,风流尴尬,怎一场乐事陡成乖?教人好疑怪,教人好疑怪。

前日万岁爷同杨娘娘游幸曲江,欢天喜地。不想昨日娘娘忽然先自回宫,万岁爷今日才回,圣情十分不悦。未知何故?远远望见永新姐来了,咱试问他。〔老旦上〕

【前腔】宫帏[1]事,费安排。云翻和雨覆,蓦地闹阳台。〔丑见介〕永新姐,来得恰好。我问你,万岁爷为何不到杨娘娘宫中去?

〔老〕唉,公公,你还不知么!两下参商[2]后,装幺作态。〔丑〕为着甚来?〔老〕只为并头莲傍有一枝开。〔丑〕是那一枝呢?〔老笑介〕公公,你聪明人自参解,聪明人自参解。

〔丑笑介〕咱那里得知!永新姐,你可说与我听。〔老〕若说此事,原是我娘娘自己惹下的。〔丑〕为何?〔老〕只为娘娘把那虢国夫人呵,

【剔银灯】常则向君前喝采,妆梳淡,天然无赛[3]。那日在望春宫,教万岁召他侍宴。三杯之后,便暗中筑座连环寨[4],哄结上同心罗带。〔丑拍手笑介〕阿呀,咱也疑心有此。却为何烦恼哩?〔老〕后来娘娘恐怕夺了恩宠,因此上嫌猜。恩情顿乖,热打对鸳鸯散开[5]。〔丑〕原来虢国夫人,在望春宫有了言语,才回去的。〔老〕便是。那虢国夫人去时,我娘娘不曾留得。万岁爷好生不快,今日竟不进西宫去了。娘娘在那里只是哭哩。〔丑〕咱想杨娘娘呵,

【前腔】娇痴性,天生忒利害。前时逼得个梅娘娘,直迁置楼东无奈。如今这虢国夫人,是自家的妹子,须知道连枝同气情非外,怎这点儿也难分爱。〔老〕这且休提。只是往常,万岁爷与娘娘行坐不离,如今两下不相

见面,怎生是好?〔丑〕吾侪、如何布摆,且和你从旁看来。

〔内〕有旨宣高公公。〔丑〕来了。

狎宴临春[6]日正迟,韩偓 〔老旦〕宠深还恐宠先衰。罗虬

〔丑〕外头笑语中猜忌,陆龟蒙 〔老旦〕若问傍人那得知!崔颢

〔1〕宫帏:宫闱,后妃居住的地方。

〔2〕两下参商:两人闹意见。参商,两颗星名,此出则彼没,两不相见。

〔3〕无赛:无与伦比。

〔4〕"暗中"句:这里指李隆基与虢国夫人勾搭。

〔5〕"热打"句:指打得火热的李、杨因虢国夫人事闹别扭了。

〔6〕临春:南朝陈后主的宫殿名。这里指望春宫。

第七出 幸恩

【商调引子·绕池游】〔贴上〕瑶池陪从[1],何意承新宠?怪青鸾[2]把人和哄,寻思万种。这其间无端嘬动[3],奈谣诼蛾眉未容[4]。

玉燕轻盈弄雪辉,杏梁偷宿影双依。赵家姊

妹多相妒[5],莫向昭阳殿里飞。奴家杨氏,幼适裴门。琴断朱弦,不幸文君早寡[6],香含青琐,肯容韩掾轻偷[7]?以妹玉环之宠,叨膺虢国之封。虽居富贵,不爱铅华。敢夸绝世佳人,自许朝天素面[8]。不想前日驾幸曲江,敕陪游赏。诸姊妹俱赐宴于外,独召奴家到望春宫侍宴。遂蒙天眷,勉尔承恩。圣意虽浓,人言可畏。昨日要奴同进大内[9],再四辞归。仔细想来,好侥幸人也。

【商调过曲·字字锦】恩从天上浓,缘向生前种。金笼花下开,巧赚娟娟凤[10]。烛花红,只见弄盏传杯,传杯处,蓦自里话儿唧哝。匆匆,不容宛转,把人央入帐中。思量帐中,帐中欢如梦。绸缪处,两心同。绸缪处,两心暗同。奈朝来背地,有人在那里,人在那里,装模作样,言言语语,讥讥讽讽。咱这里羞羞涩涩,惊惊恐恐,直恁被他挎弄。

此曲分三层写明皇的诱奸、杨妃的吃醋、虢国的羞恨,口角逼真,神情如画,是白描高手。

【不是路】〔末扮院子、副净扮梅香暗上〕〔老旦引外扮院子,丑扮梅香上〕吹透春风,戚畹花开别样秾。前日裴家妹子独承恩幸。我约柳家妹子,同去打觑一番。不料他气的病了,因此独自前去。〔外〕禀夫人到虢府了。〔老旦〕通报去。〔外报介〕〔末传介〕韩国夫人到。〔贴〕道有请。〔副净请介〕〔外、末暗下〕〔贴出,迎老惟妙惟肖地描写了杨家三姊妹的心理状态：虢国夫人虽独承恩幸，却惊多喜少；秦国夫人为此气病了，既羞惭又妒恨；韩国夫人虽来道喜，却语语含讥，酸味可闻。

旦进介]〔贴〕姊姊请。〔副净、丑诨下〕〔老旦〕妹妹喜也。〔贴〕有何喜来？〔老旦〕邀殊宠，一枝已傍日边红。〔贴作羞介〕姊姊，说那里话！我进离宫，也不过杯酒相陪奉，湛露君恩内外同。〔老旦笑介〕虽则一般赐宴，外边怎及里边。休调哄，九重春色偏知重[11]，有谁能共？〔贴〕有何难共？

〔老旦〕我且问你，看见玉环妹妹，在宫光景如何？

【满园春】〔贴〕春江上，景融融。催侍宴，望春宫。那玉环妹妹呵，新来倚贵添尊重。〔老旦〕不知皇上与他怎生恩爱？〔贴〕春宵里，春宵里，比目儿和同。谁知得雨云踪？〔老旦〕难道一些不觉？〔贴〕只见玉环妹妹的性儿，越发骄纵了些。细窥他个中，漫参他意中，使惯娇憨。惯使娇憨，寻瘢索绽[12]，一谜儿自逞心胸[13]。

【前腔】〔换头〕〔老旦〕他自小性儿是这般的，妹妹，你还该劝他才是。〔贴〕那个耐烦劝他？〔老旦〕他情性多娇纵，恃天生百样玲珑，姊妹行且休傍作诵[14]。况他近日呵，昭阳内，昭阳内，一人独占三千宠，问阿谁能与竞雌雄？〔贴〕谁与他争，只是他如此性儿，恐怕君心不测!〔老旦起,背介〕细听裴家妹子之言,必有缘故。细窥他个中,漫参他意中,使恁骄嗔。恁使骄嗔,藏头露尾,敢别有一段心胸!

吴评:"同一语而略更数字,口吻各别,一憨一嗔,更宛肖两人情事。"

〔末上〕"意外闻严旨,堂前报贵人。"〔见介〕禀夫人,不好了。贵妃娘娘忤旨,圣上大怒,命高公公送归丞相府中了。〔老旦惊介〕有这等事!〔贴〕我说这般心性,定然惹下事来。〔老旦〕虽然如此,我与你姊妹之情,且是关系大家荣辱,须索前去看他才是!〔贴〕正是,就请同行。〔老旦〕

【尾声】忽闻严谴心惊恐,〔贴〕整香车同探吉凶。姊姊,那玉环妹妹,可不被梅妃笑杀也!〔合〕倒不如冷淡梅花仍开紫禁中!

吴评:"合语在虢国是冷笑,在韩国是热痛。若单作虢国语,反不隽永矣。"

〔贴〕传闻阙下降丝纶[15],刘长卿 〔老旦〕出得朱门入戟门[16]。贾岛

〔贴〕何必君恩能独久,乔知之 〔老旦〕可怜荣落在朝昏。李商隐

〔1〕瑶池陪从:指曲江池侍宴。

〔2〕青鸾:传说中西王母给汉武帝送信的青鸟。这里可作爱情的使者解。

〔3〕噷(hm)动:春心萌动。

〔4〕奈谣诼蛾眉未容:句本屈原《离骚》:"众女嫉余之蛾眉兮,谣诼谓余

以善淫。”谣诼，造谣，说坏话。蛾眉，虢国夫人自称。

〔5〕赵家姊妹多相妒：赵飞燕、赵昭仪姊妹都受汉成帝宠幸，两人却相互妒忌。这里用来比喻杨贵妃和虢国夫人自己。

〔6〕“琴断朱弦”两句：是说丈夫死了，自己像卓文君那样年轻守寡。

〔7〕“香含青琐”两句：全句反用“韩寿偷香”的故事，说自己谨守妇道。韩掾，韩寿。

〔8〕朝天素面：不涂脂抹粉，便去朝见天子。

〔9〕大内：皇宫。

〔10〕“金笼”两句：用花下暗开金笼，巧骗美丽的凤鸟作喻，婉转地说自己被唐明皇哄骗，和他发生了暧昧关系。

〔11〕九重春色偏知重：意说皇帝偏偏看中了你。九重，本指天子住处，这里指皇帝。

〔12〕寻瘢索绽：无端挑剔，找人家的不是。

〔13〕一谜儿自逞心胸：一味地自逞心性。

〔14〕作诵：埋怨。

〔15〕丝纶：代指圣旨。

〔16〕出得朱门入戟门：指杨贵妃被遣出宫门，送归杨国忠的私第。戟门，唐代规定三品以上者可以在私第立戟，以示荣宠。

第八出　献发

〔副净急上〕“天有不测风云，人有旦夕祸福。”下官杨国忠，自从妹子册立贵妃，权势日盛。不想今早忽传贵妃忤旨，被谪出宫，命高内监单车送到门来。未知何故？好生惊骇！且到门前

迎接去。〔暂下〕

【仙宫过曲·望吾乡】〔丑引旦乘车上〕无定君心，恩光那处寻？蛾眉忽地遭攧窨[1]，思量就里知他怎？弃掷何偏甚！长门隔，永巷深[2]，回首处，愁难禁。

吴评："妒宠之时惟恐入长门永巷，及宫车谪遣，并欲求长门永巷而不可得，此种伤心直是不堪回首。"

〔副净上，跪接介〕臣杨国忠迎接娘娘。〔丑〕丞相，快请娘娘进府，咱家还有话说。〔副〕院子，分付丫鬟每，迎接娘娘到后堂去。〔丫鬟上，扶旦下车，拥下〕〔副净揖丑介〕老公公请坐，不知此事因何而起？〔丑〕娘娘呵，

【一封书】君王宠最深，冠椒房专侍寝。昨日呵，无端忤圣心，骤然间商与参。丞相不要怪咱家多口，娘娘呵，生性娇痴多习惯，未免嫌疑生抱衾。〔副净〕如今谪遣出来，怎生是好？〔丑〕丞相且到朝门谢罪，相机而行。〔副净〕老公公，全仗你进规箴，悟当今[3]。〔丑〕这个自然。〔合〕管重取宫花入上林[4]。

〔丑〕就此告别。〔副净〕下官同行。〔向内介〕分付丫鬟，好生伺候娘娘。〔内应介〕〔副净〕"乌鸦与喜鹊同行，吉凶事全然未保。"〔同丑下〕

【中吕引子·行香子】〔旦引梅香上〕乍出宫门，未定惊魂，渍愁妆满面啼痕。其间心事，多少难论。但惜芳容，怜薄命，忆

吴评："甫遭严谴，犹含望幸之心，更多不测之虑，此惊魂所以未定也。"

深恩。

君恩如水付东流，得宠忧移失宠愁。莫向樽前奏“花落”[5]，凉风只在殿西头。我杨玉环，自入宫闱，过蒙宠眷。只道君心可托，百岁为欢。谁想妾命不犹[6]，一朝逢怒。遂致促驾宫车，放归私第。金门一出，如隔九天。〔泪介〕天那，禁中明月，永无照影之期；苑外飞花，已绝上枝之望。抚躬自悼，掩袂徒嗟。好生伤感人也！

【中吕过曲·榴花泣】【石榴花】罗衣拂拭，犹是御香熏，向何处谢前恩。想春游春从晓和昏，【泣颜回】岂知有断雨残云？我含娇带嗔，往常间他百样相依顺，不提防为着横枝，陡然把连理轻分。

“连理轻分”祸由虢国不可不言，又不便明言。“横枝”一喻，怨情如诉。

丫鬟，此间可有那里望见宫中？〔梅〕前面御书楼上，西北望去，便是宫墙了。〔旦〕你随我楼上去来。〔梅〕晓得。〔旦登楼介〕“西宫渺不见，肠断一登楼。”〔梅指介〕娘娘，这一带黄设设的琉璃瓦，不是九重宫殿么？〔旦作泪介〕

【前腔】凭高洒泪，遥望九重阍[7]，咫尺里隔红云。叹昨宵还是凤帏人，冀回心重与温存。天乎太忍，未白头先使君恩尽。〔梅指介〕呀，远远望见一个公公，骑马而来，敢是召娘娘哩！〔旦叹介〕料非他丹凤衔书[8]，多又恐乌鸦传信。

〔旦下楼介〕〔丑上〕“暗将怀旧意，报与失欢人。”〔见介〕高力士叩见娘娘。〔旦〕高力士，你来怎么？〔丑〕奴婢恰才复旨，万岁爷细问娘娘回府光景，似有悔心。现今独坐宫中，长吁短叹，一定是思想娘娘。因此特来报知。〔旦〕唉，那里还想着我！〔丑〕奴婢愚不谏贤，娘娘未可太执意了。倘有甚么东西，付与奴婢，乘间进上。或者感动圣心，也未可知。〔旦〕高力士，你教我进什么东西去好？〔想介〕

【喜渔灯犯】【喜渔灯】思将何物传情悃，可感动君？我想一身之外，皆君所赐，算只有愁泪千行，作珍珠乱滚；又难穿成金缕把雕盘进。哦，有了，【剔银灯】这一缕青丝香润，曾共君枕上并头相偎衬，曾对君镜里撩云。丫鬟，取镜台金剪过来。〔梅应取上介〕〔旦解发介〕哎，头发，头发！【渔家傲】可惜你伴我芳年，剪去心儿未忍。只为欲表我衷肠，〔作剪发介〕剪去心儿自悯。〔作执发起，哭介〕头发，头发！【喜渔灯】全仗你寄我殷勤。〔拜介〕我那圣上呵，奴身、止鬖鬖发数根，这便是我的残丝断魂。

【喜渔灯犯】曲文描写悲剧主人公的心境极为细腻。

〔起介〕高力士，你将去与我转奏圣上。〔哭介〕说妾罪该万死，此生此世，不能再睹天颜！谨献此发，以表依恋。〔丑跪接发搭肩上介〕娘娘

请免愁烦，奴婢就此去了。“好凭缕缕青丝发，重结双双白首缘。”〔下〕〔旦坐哭介〕〔老旦、贴上〕

【榴花灯犯】【剔银灯】听说是贵妃妹忤君，【石榴花】听说是返家门，【普天乐】听说是失势兄忧悯，听说是中官[9]至，未审何云？〔进介〕贵妃娘娘那里？〔梅〕韩、虢二国夫人到了。〔旦作哭不语介〕〔老旦、贴见介〕〔老旦〕贵妃请免愁烦。〔同哭介〕〔贴〕前日在望春宫，皇上十分欢喜，为何忽有此变？【渔家傲】我只道万岁千秋欢无尽，【尾犯序】我只道任伊行笑颦，【石榴花】我只道纵差池，谁和你评论！〔老旦〕裴家妹子，【锦缠道】休只管闲言絮陈。贵妃，你逢薄怒其中有甚根因？〔旦作不理介〕〔贴〕贵妃，你莫怪我说，【剔银灯】自来宠多生嫌衅，可知道秋叶君恩？恁为人，怎趋承至尊？〔老旦合〕【雁过声】姊妹每情切来相问，为甚么耳畔哝哝，总似不闻！〔旦〕

【尾声】秋风团扇原吾分，多谢连枝特过存[10]。总有万语千言，只在心上忖。〔竟下〕〔贴〕姊姊，你看这个样子，如何使得？〔老旦〕正是，我每特来看他，他心上有事，竟自进房去了。妹子，你再到望春宫时，休要学他。〔贴羞

吴评：“贵妃因虢国而见摈，心事本不可言，又遭虢国讥讪不已，无言可答，羞与怒，怨与悔，百端交集，结语足以括之。”

介〕啐！

今朝忽见下天门，张籍 〔老旦〕相对那能不怆神。廖匡图

〔贴〕冷眼静看真好笑，徐夤 〔老旦〕中含芒刺欲伤人。陆龟蒙

〔1〕攧窨（diānyìn）：元代方言，顿足忍气之意。这里作摧折解释，指被谪出宫。

〔2〕长门隔，永巷深：长门，汉武帝陈皇后失宠后居住的长门宫。永巷，有罪的宫女罚居的住所。全句意思是，连长门、永巷也没有居住的份儿。

〔3〕当今：称在位的皇帝。

〔4〕上林：上林苑，御花园名。

〔5〕“花落”：古乐曲名，即《梅花落》。

〔6〕不犹：不同平常，比平常坏。

〔7〕九重阍：皇宫。阍，宫中大门。

〔8〕丹凤衔书：赦免的圣旨。

〔9〕中官：太监。

〔10〕过存：慰问。

第九出　复召

【南吕引子·虞美人】〔生上〕无端惹起闲烦恼，有话将谁告？此情已自费支

持,怪杀鹦哥不住向人提。

辇路生春草,上林花满枝。凭高何限意,无复侍臣知。寡人昨因杨妃娇妒,心中不忿,一时失计,将他遣出。谁想佳人难得,自他去后,触目总是生憎,对景无非惹恨。那杨国忠入朝谢罪,寡人也无颜见他。〔叹介〕咳,欲待召取回宫,却又难于出口,若是不召他来,教朕怎生消遣,好擘画[1]不下也!

吴评:"言无可告,情不能支,力士早有以窥之矣。"

【南吕过曲·十样锦】【绣带儿】春风静,宫帘半启,难消日影迟迟。听好鸟犹作欢声,睹新花似斗容辉。追悔,【宜春令】悔杀咱一划儿粗疏,不解他十分的娇殢[2]。枉负了怜香惜玉,那些情致。〔副净扮内监上〕脍下玉盘红缕细,酒开金瓮绿醅浓。〔跪见介〕请万岁爷上膳。〔生不应介〕〔副净又请介〕〔生恼介〕唗,谁着你请来!〔副净〕万岁爷自清晨不曾进膳,后宫传催排膳伺候。〔生〕唗,甚么后宫!叫内侍。〔二内侍应上〕〔生〕揣这厮去打一百,发入净军所[3]去。〔内侍〕领旨。〔同揣副净下〕〔生〕哎,朕在此想念妃子,却被这厮来搅乱一番。好烦恼也!【降黄龙换头】思伊,纵有天上琼浆,海外珍馐,知他甚般滋味!除非可意立向跟前,方慰调饥。〔净扮内监上〕尊前绮席陈歌舞,花外红楼列管弦。〔见跪

吴评:"风定日迟,鸟声花影,纯写寂寥光景,与贵妃在宫繁艳之状不同,而又以愁境引起欢情,转到追悔之意,无限婉折。"

介〕请万岁爷沉香亭上饮宴，听赏梨园新乐。〔生〕唗，说甚沉香亭，好打！〔净叩头介〕非干奴婢之事，是太子诸王，说万岁爷心绪不快，特请消遣。〔生〕唗，我心绪有何不快！叫内侍。〔内侍应上〕〔生〕揣这厮去打一百，发入惜薪司[4]当火者去。〔内侍〕领旨。〔同揣净下〕〔生〕内侍过来。〔内侍应上〕〔生〕着你二人看守宫门，不许一人擅入，违者重打。〔内侍〕领旨。〔作立前场介〕〔生〕唉，朕此时有甚心情，还去听歌饮酒。【醉太平】想亭际、凭阑仍是玉阑干，问新妆有谁同倚？就有新声呵，知音人逝，他鹍弦[5]绝响，我玉笛羞吹。〔丑肩搭发上〕【浣溪纱】离别悲，相思意，两下里抹媚[6]谁知！我从旁参透个中机，要打合鸾凰在一处飞。〔见内侍介〕万岁爷在那里？〔内侍〕独自坐在宫中。〔丑欲入，内侍拦介〕〔丑〕你怎么拦阻咱家？〔内侍〕万岁爷十分着恼，把进膳的连打了两个，特着我每看守宫门，不许一人擅入。〔丑〕原来如此，咱家且候着。〔生〕朕委无聊赖，且到宫门外闲步片时。〔行介〕看一带瑶阶依然芳草齐，不见蹴裙裾，珠履追随。〔丑望介〕万岁爷出来了，咱且闪在门外，觑个机会。〔虚下、即上听介〕〔生〕寡人在此思念妃子，不知妃子又怎生思念寡人哩！早间问高力士，他说妃子

写李隆基满怀愁绪，无可发泄，以责打内监出气，略似《琵琶记》“琴诉荷池”中蔡伯喈责打仆从情态，却描得更细致。

出去，泪眼不干，教朕寸心如割。这半日间，无从再知消息。高力士这厮，也竟不到朕跟前，好生可恶！〔丑见介〕奴婢在这里。〔生〕〔作看丑介〕〔生〕高力士，你肩上搭的甚么东西？〔丑〕是杨娘娘的头发。〔生笑介〕什么头发？〔丑〕娘娘说道：自恨愚昧，上忤圣心，罪应万死。今生今世，不能够再睹天颜。特剪下这头发，着奴婢献上万岁爷，以表依恋之意。〔献发介〕〔生执发看，哭介〕哎哟，我那妃子呵！【啄木儿】记前宵枕边闻香气，到今朝剪却和愁寄。觑青丝，肠断魂迷。想寡人与妃子，恩情中断，就似这头发也。一霎里落金刀，长辞云髻。〔丑〕万岁爷！【鲍老催】请休惨凄，奴婢想杨娘娘既蒙恩幸，万岁爷何惜宫中片席之地，乃使沦落外边！春风肯教天上回，名花便从苑外移。〔生作想介〕只是寡人已经放出，怎好召还？〔丑〕有罪放出，悔过召还，正是圣主如天之度。〔生点头介〕〔丑〕况今早单车送出，才是黎明，此时天色已暮，开了安庆坊，从太华宅而入，外人谁得知之。〔叩头介〕乞鉴原，赐迎归，无淹滞[7]。稳情取一笑愁城自解围。〔生〕高力士，就着你迎取贵妃回宫便了。〔丑〕领旨。〔下〕〔生〕咳，妃子来时，教寡人怎生相见也！【下小楼】喜得玉人归矣，又愁他惯娇嗔，背面啼，那时将何

吴评："前此或嗟或恼或悲，皆为无妃子消息也。故一见发而辄笑，再睹发而忽哭，写尽一时沉乱。"

言语饰前非！罢，罢，这原是寡人不是，拼把百般亲媚，酬他半日分离。〔丑同内侍、宫女纱灯引旦上〕【双声子】香车曳，香车曳，穿过了宫槐翠。纱笼对，纱笼对，掩映着宫花丽。〔内侍、宫女下〕〔丑进报介〕杨娘娘到了。〔生〕快宣进来。〔丑〕领旨。杨娘娘有宣。〔旦进见介〕臣妾杨氏见驾，死罪，死罪！〔俯伏介〕〔生〕平身。〔丑暗下〕〔旦跪泣介〕臣妾无状，上干天谴。今得重睹圣颜，死亦瞑目。〔生同泣介〕妃子何出此言？〔旦〕【玉漏迟序】念臣妾如山罪累，荷皇恩如天容庇。今自艾[8]，愿承鱼贯[9]，敢妒蛾眉？

〔生扶旦起介〕寡人一时错见，从前的话，不必再提了。〔旦泣起介〕万岁！〔生携旦手与旦拭泪介〕

【尾声】从今识破愁滋味，这恩情更添十倍。妃子，我且把这一日相思诉与伊！〔宫娥上〕西宫宴备，请万岁爷、娘娘上宴。

〔生〕陶出真情酒满尊，李中　〔旦〕此心从此更何言。罗隐

〔生〕别离不惯无穷忆，苏颋　〔旦〕重入椒房拭泪痕。柳公权

玉环宠幸不久，即以虢国承恩事，连写五出，表面上似乎是写李隆基情意不专，实际上却在对离别后互相想念的描写中，显出李、杨钟情之深。

〔1〕擘(bò)画：筹划，安排。

〔2〕娇殢(tì):意与撒娇相近。殢,纠缠不清。

〔3〕净军所:监禁太监的地方。

〔4〕惜薪司:宫中太监供役的机关,专管柴、炭的供给。

〔5〕鹍弦:鹍鸡筋制作的琵琶弦。这里代指琵琶。

〔6〕抹媚:魔魅,形容害相思像着了邪魔。

〔7〕淹滞:淹留,停顿。

〔8〕自艾:自己埋怨自己。

〔9〕愿承鱼贯:愿意像游鱼一样先后相续,不再嫉妒别人。

第十出　疑谶[1]

吴评:"外戚骄奢,番儿窃宠,从郭帅眼中写出,此史家补笔法也。更入李遐周一诗,见山野之士,预识祸机,而处朝堂者泄泄不察,闲中衬出关系,下曲'堂间处燕'二句,正是此意。"

〔外扮郭子仪将巾、佩剑上〕壮怀磊落有谁知,一剑防身且自随。整顿乾坤济时了,那回方表是男儿。自家姓郭名子仪,本贯华州郑县人氏。学成韬略,腹满经纶。要思量做一个顶天立地的男儿,干一桩定国安邦的事业。今以武举出身,到京谒选[2]。正值杨国忠窃弄威权,安禄山滥膺宠眷。把一个朝纲,看看弄得不成模样了。似俺郭子仪,未得一官半职,不知何时,才得替朝廷出力也呵!

【商调集贤宾】论男儿壮怀须自吐,肯空向杞天呼[3]?笑他每似堂间处燕,有谁曾屋上瞻乌[4]!不提防柙虎樊熊,任纵横社鼠城狐[5]。几回家听鸡鸣,起身独夜舞[6]。想古来多少乘除[7],显得个勋名垂宇宙,不争便姓字老樵渔!

且到长安市上,买醉一回。〔行科〕

【逍遥乐】向天街徐步,暂遣牢骚,聊宽逆旅。俺则见来往纷如,闹昏昏似醉汉难扶,那里有独醒行吟楚大夫[8]!俺郭子仪呵,待觅个同心伴侣,怅钓鱼人去,射虎人遥,屠狗人无[9]。〔下〕〔丑扮酒保上〕我家酒铺十分高,罚誓无赊挂酒标。只要有钱凭你饮,无钱滴水也难消。小子是这长安市上,新丰馆大酒楼,一个小二哥的便是。俺这酒楼,在东、西两市中间,往来十分热闹。凡是京城内外,王孙公子,官员市户,军民百姓,没一个不到俺楼上来吃三杯。也有吃寡酒的,吃案酒的,买酒去的,包酒来的,打发个不了。道犹未了,又一个吃酒的来也。〔外行上〕

【上京马】遥望见绿杨斜靠画楼隅,滴溜溜一片青帘风外舞,怎得个燕市酒人[10]来共沽!〔唤科〕酒家有么?〔丑迎科〕客官,请楼上坐。〔外作上楼科〕是好一座酒楼也。敞轩窗,日朗风疏。见四周遭粉壁上,都画着醉仙图。

前出以南词抒宫情,此出以北曲抒怀抱,声情密合,视听一新,又起调剂剧情作用。

吴评:“壁画醉仙,举目即见。李遐周题诗系细字，故后起视始睹之，正是遥相照映处。”

〔丑〕客官自饮，还是待客？〔外〕独饮三杯，有好酒呵取来。〔丑〕有好酒。〔取酒上科〕酒在此。〔内叫科〕小二哥，这里来。〔丑应忙下〕〔外饮酒科〕

【梧叶儿】俺非是爱酒的闲陶令[11]，也不学使酒的莽灌夫[12]，一谜价痛饮兴豪粗。撑着这醒眼儿谁偢睬？问醉乡深可容得吾？听街市恁喳呼，偏冷落高阳酒徒[13]。

〔作起看科〕〔老旦扮内监，副净、末、净扮官，各吉服，杂捧金币，牵羊担酒随行上，绕场下〕〔丑捧酒上〕客官，热酒在此。〔外〕酒保，我问你咱，这楼前那些官员，是往何处去来？〔丑〕客官，你一面吃酒，我一面告诉你波。只为国舅杨丞相，并韩国、虢国、秦国三位夫人，万岁爷各赐造新第。在这宣阳里中，四家府门相连，俱照大内一般造法。这一家造来，要胜似那一家的；那一家造来，又要赛过这一家的。若见那家造得华丽，这家便拆毁了，重新再造。定要与那家一样，方才住手。一座厅堂，足费上千万贯钱钞。今日完工，因此合朝大小官员，都备了羊酒礼物，前往各家称贺。打从这里过去。〔外惊科〕哦，有这等事！〔丑〕待我再去看热酒来波。〔下〕〔外叹科〕呀，外戚宠盛，到这个地位，如何是了也！

此曲疾首权门，关怀民疾，想见

【醋葫芦】怪私家恁僭窃，竞豪奢，夸土

木。一班儿公卿甘作折腰趋[14],争向权门如市附[15]。再没有一个人呵,把舆情向九重分诉。可知他朱甍碧瓦,总是血膏涂!

作者"白眼踞座,指摘古今"时气象。

〔起科〕心中一时忿懑,不觉酒涌上来,且向四壁闲看一回。〔作看科〕这壁厢细字数行,有人题的诗句。我试觑波。〔作看念科〕"燕市人皆去,函关马不归。若逢山下鬼,环上系罗衣。"呀,这诗是好奇怪也!

【幺篇】我这里停睛一直看,从头儿逐句读。细端详诗意少祯符[16]。且看是什么人题的?〔又看念科〕李遐周[17]题。〔作想科〕李遐周,这名字好生识熟!哦,是了,我闻得有个术士李遐周,能知过去未来,必定就是他了。多则是就里难言藏谶语,猜诗谜杜家[18]何处?早难道醉来墙上,信笔乱鸦涂!

吴评:"郭帅看诗惟作疑讶之语,并不以意见妄为猜拟,智深勇沉,正合英雄本色。"

〔内作喧闹科〕〔外唤科〕酒保那里?〔丑上〕客官,做甚么?〔外〕楼下为何又这般喧闹?〔丑〕客官,你靠着这窗儿,往下看去就是。〔外看科〕〔净王服、骑马,头踏职事前导引上,绕场行下科〕〔外〕那是何人?〔丑笑指科〕客官,你不见他那个大肚皮么?这人姓安名禄山。万岁爷十分宠爱他,把御座的金鸡步障,都赐与他坐过,今日又封他做东平郡王。方才谢恩出朝,赐归东华门外新第,打从这里经过。〔外惊怒科〕呀,这、这就是安禄山么？有何功劳，遽封王爵？唉，我看这厮面有反相，乱天下者，必此人也！

【金菊香】见了这野心杂种牧羊的奴，料蜂目豺声定是狡徒。怎把个野狼引来屋里居？怕不将题壁诗符？更和那私门贵戚，一例逞妖狐。

〔丑〕客官，为甚事这般着恼来？〔外〕

【柳叶儿】哎，不由人冷飕飕冲冠发竖，热烘烘气夯胸脯，咭当当把腰间宝剑频频觑。〔丑〕客官，请息怒，再与我消一壶波。〔外〕呀，便教俺倾千盏，饮尽了百壶，怎把这重沉沉一个愁担儿消除！

〔作起身科〕不吃酒了，收了这酒钱去者。〔丑作收科〕别人来三杯和万事，这客官一气惹千愁。〔下〕〔外作下楼、转行科〕我且回到寓中去波。

【浪来里】见着那一桩桩伤心的时事遻[19]，凑着那一句句感时的诗谶伏，怕天心人意两难摸，好教俺费沉吟，跄踏[20]地将眉对蹙。看满地斜阳欲暮，到萧条客馆，兀自意踌蹰。

〔作到寓进坐科〕〔副净扮家将上〕〔见科〕禀爷，朝报到来。〔外看科〕"兵部一本：为除授官员事。奉圣旨,郭子仪授为天德军使。钦此。”原来旨意已下,索早收拾行李,即日上任去者。〔副净应科〕〔外〕俺郭子仪虽则官卑职小,便可从此报效朝廷也呵!

【高过随调煞】赤紧似尺水中展鬣鳞,枳棘中拂毛羽[21]。且喜奋云霄有分上天衢。直待的把乾坤重整顿,将百千秋第一等勋业图。纵有妖氛孽蛊[22],少不得肩担日月,手把大唐扶。

马蹄空踏几年尘,胡宿　长是豪家据要津[23]。司空图

卑散[24]自应霄汉隔,王建　不知忧国是何人?吕温

〔1〕谶:包含对未来事件发展征兆的预见性暗语、童谣或诗句。

〔2〕谒选:投告有司,听候选用。

〔3〕肯空向杞天呼:岂肯效杞人空自忧天。

〔4〕“笑他每”两句:笑他们像躲避于堂屋的燕雀,不知大厦将倾,为国家的命运担忧。

〔5〕“不提防”两句:柙虎、樊熊,关进兽笼的虎熊,一旦出笼,必为大害。以此暗指安禄山。社鼠、城狐,指倚势横行的奸臣,以此暗指杨国忠。

〔6〕“听鸡鸣”句:用东晋祖逖“闻鸡起舞”故事,表示自己久有报国壮志。

〔7〕乘除:兴盛衰亡。

〔8〕“那里有”句:指屈原。屈原诗中有举世混浊而我独清、众人皆醉而

我独醒之句。

〔9〕“钓鱼人”三句:钓鱼人,西周开国功臣吕尚。射虎人,西汉名将李广。屠狗人,汉初骁将樊哙。

〔10〕燕市酒人:战国时著名的侠士荆轲。燕市,代指燕国都城。

〔11〕陶令:陶渊明,曾任县令。

〔12〕灌夫:西汉人,好使酒骂座。

〔13〕高阳酒徒:郦食其,高阳人,自称高阳酒徒。

〔14〕折腰趋:对大官卑躬屈膝,趋炎附势。

〔15〕如市附:像去赶集。

〔16〕少祯符:不吉利。

〔17〕李遐周:相传是唐玄宗时的术士、预言家。

〔18〕猜诗谜杜家:《辍耕录》辑录金元院本中,猜诗谜有《杜大伯》一种。杜家疑指这个“杜大伯”。另据《西厢记》第三本第二折有“俺是个猜诗谜的社家”,疑“杜”乃“社”之误。

〔19〕逻(wù):不顺遂,不满意。

〔20〕跄踏:疙瘩,形容眉头紧皱。

〔21〕“赤紧似”两句:比喻自己官卑职低,处境艰难,恰如鱼翔浅水,鸟入荆丛。鬣(liè),鱼头部附近的鳍。

〔22〕孽蛊:祸害。

〔23〕要津:国家机构中的要职。

〔24〕卑散:官职低下,职务闲散。

第十一出　闻乐

【南吕引子·步蟾宫】〔老旦扮嫦娥,引

仙女上〕清光独把良宵占，经万古纤尘不染。散瑶空，风露洒银蟾[1]，一派仙音微飐[2]。

药捣长生离劫尘[3]，清妍面目本来真。云中细看天香[4]落，仍倚苍苍桂一轮。吾乃嫦娥是也，本属太阴之主，浪传后羿之妻。七宝闭圂[5]，周三万六千年内；一轮皎洁，满一千二百里中。玉兔、金蟾，产结长明至宝；白榆、丹桂，种成万古奇葩。向有“霓裳羽衣”[6]仙乐一部，久秘月宫，未传人世。今下界唐天子，知音好乐。他妃子杨玉环，前身原是蓬莱玉妃，曾经到此。不免召他梦魂，重听此曲，使其醒来记忆，谱入管弦。竟将天上仙音，留作人间佳话。却不是好！寒簧过来。〔贴〕有。〔老旦〕你可到唐宫之内，引杨玉环梦魂到此听曲。曲终之后，仍旧送回。〔贴〕领旨。〔老旦〕好凭一枕游仙梦，暗授千秋法曲[7]音。〔引丑下〕〔贴〕奉着娘娘之命，不免出了月宫，到唐宫中走一遭也。〔行介〕

【南吕过曲·梁州序犯】〔本调〕明河斜映，繁星微闪。俯将尘世遥觇，只见空蒙香雾。早离却玉府清严，一任珮摇风影，衣动霞光，小步红云垫。待将天上乐，授宫襜[8]，密召芳魂入彩蟾。来此已是唐宫之内。【贺新郎】你看鱼钥[9]闭，龙帷掩，那杨

此曲自月府下至人间，下三曲自宫中上至月府，情景各异，摹写宛然。

妃呵，似海棠睡足增娇艳。【本序尾】轻唤起，拥冰簟。

〔唤介〕杨娘娘起来。〔旦扮梦中魂上〕

【渔灯儿】恰才的追凉后，雨困云淹。畅好是酣眠处，粉腻黄黏〔10〕。〔贴〕娘娘有请。〔旦〕呀，深宫之内，檐下何人叫唤？悄没个宫娥报，轻来画檐。〔贴〕娘娘快请。〔旦作倦态欠身介〕我娇怯怯朦胧身欠，慢腾腾待自起开帘。

〔作出见贴介〕呀，原来是一个宫人！〔贴〕

【前腔】俺不是隶长门，帚奉曾嫌〔11〕；〔旦〕不是宫人，敢是别院的美人？〔贴〕俺不是列昭容〔12〕，御座曾瞻。〔旦〕这等你是何人？〔贴〕儿家月中侍儿，名唤寒簧，则俺的名在瑶宫月殿签。〔旦惊介〕原来是月中仙子，何因到此？〔贴〕恰才奉姮娥口敕亲传点，请娘娘到桂宫中花下消炎。

吴评："追凉消炎，处处照合时景，后即以仲夏寒凉，转入月宫，草蛇灰线，绝无形迹。"

〔旦〕哦，有这等事！〔贴〕娘娘不必迟疑。儿家引导，就请同行。〔引旦行介〕〔合〕

【锦渔灯】指碧落〔13〕，足下云生冉冉；步青霄，听耳中风弄纤纤。乍凝眸，星斗垂垂似可拈，早望见烂辉辉宫殿影在镜中潜〔14〕。

〔旦〕呀，时当仲夏，为何这般寒冷？〔贴〕此即太阴月府，人间所传广寒宫者是也。就请进去。〔旦喜介〕想我浊质凡姿，今夕得到月府，好侥幸也。〔作进看介〕

【锦上花】清游胜，满意忺[15]。〔想介〕这些景物都似曾见过来！环玉砌，绕碧檐，依稀风景漫猜嫌。那壁桂花开的恁早！〔贴〕此乃月中丹桂，四时常茂，花叶俱香。〔旦看介〕果然好花也。看不足，喜更添。金英缀，翠叶兼。氤氲芳气透衣缣，人在桂阴潜。

〔内作乐介〕〔旦〕你看一群仙女，素衣红裳，从桂树下奏乐而来，好不美听。〔贴〕此乃"霓裳羽衣"之曲也。〔杂扮仙女四人、六人或八人，白衣、红裙、锦云肩、璎珞、飘带，各奏乐，唱，绕场行上介，旦贴旁立看介〕

【锦中拍】携天乐，花丛斗拈，拂霓裳露沾。迥隔断红尘荏苒[16]，直写出瑶台清艳。纵吹弹舌尖、玉纤，韵添；惊不醒人间梦魇，停不驻天宫漏签[17]。一枕游仙，曲终闻盐[18]，付知音重翻检。

〔同下〕〔旦〕妙哉，此乐！清高宛转，感我心魂，真非人间所有也！

【锦后拍】缥缈中，簇仙姿，宛曾觇。听彻清音意厌厌，数琳琅琬琰；数琳琅琬琰，一字字偷将凤鞋轻点，按宫商掏记指儿尖。晕羞脸，枉自许舞娇歌艳，比着这钧天雅奏多是歉。

请问仙子，愿求月主一见。〔贴〕要见月主还早。天色渐明，请娘娘回宫去罢。

这出写杨玉环梦中游月宫，为后面的证仙张本。

【尾声】你攀蟾有路应相念，〔旦〕好记取新声无欠，〔贴〕只误了你把枕上君王半夜儿闪[19]。

〔旦下〕〔贴〕杨妃已回唐宫，我索向月主娘娘复旨则个。

碧瓦桐轩月殿开，曹唐　还将明月送君回。丁仙芝

钧天虽许人间听，李商隐　却被人间更漏催。黄滔

〔1〕银蟾：传说月宫里有金蟾蜍，故用蟾来指代月亮。

〔2〕仙音微飐（zhǎn）：音乐微微地随风飘送过来。飐，因风而微微颤动。

〔3〕药捣长生离劫尘：传说嫦娥偷吃西王母送给后羿的不死药，因而飞离尘世。又，传说月宫有捣药的玉兔。

〔4〕天香：月中的桂花。

〔5〕“七宝”二句：七宝团圉，指月宫。周三万六千年内，指月宫年代久远。

〔6〕“霓裳羽衣”：古舞曲名。本名《婆罗门》，是西域乐舞中的一种。唐开元中，西凉节度杨敬述依曲创声，才流入中原。

〔7〕法曲:乐曲名,因用于佛教法会而得名,传入中原后与汉族清商乐结合,唐又掺入道曲达于极盛。玄宗酷爱法曲,命梨园子弟学习,称为法部。

〔8〕宫襜:宫帷,代指杨贵妃。襜,通"幨",车上的帷幕。

〔9〕鱼钥:锁。古代锁常制成鱼形,取鱼目常醒。

〔10〕粉腻黄黏:形容脸上宿妆残剩。黄,花黄,古代妇女贴在额头上的饰物。

〔11〕帚奉曾嫌:汉成帝时班婕妤失宠,退侍太后于长信宫。帚奉,本指洒扫之类的妇道事,这里指侍奉太后。

〔12〕列昭容:位列昭容。昭容,内宫女官名,地位比贵妃略低。

〔13〕碧落:天空。

〔14〕镜中潜:镜,月亮;潜,隐隐约约地存在。

〔15〕满意忺(xiān):满意。忺,高兴,适意。

〔16〕迥隔断红尘荏苒:多少年习惯了的凡尘被这一派仙音迥然隔断。荏苒,时光不知不觉地过去。

〔17〕"纵吹弹舌尖……停不驻天宫漏签":纵然月宫仙子们舌尖吹,玉手弹,风韵动人,却惊不醒杨贵妃的红尘梦幻,也止不住日月夜去晨来。漏签,漏壶中漏箭。

〔18〕曲终闻盐:盐即艳,曲引,本来是一支曲子的开头。这里似乎是指《霓裳》曲结尾的"长引"。

〔19〕闪:抛开。

第十二出　制谱

【仙吕过曲·醉罗歌】【醉扶归】〔老旦上〕西宫才奉传呼罢,安排水榭要清佳。

慢卷晶帘散朝霞，玉钩却映初阳挂。奴家永新是也。与念奴妹子同在西宫，承应贵妃杨娘娘。我娘娘再入宫闱，万岁爷更加恩幸。真乃“三千宠爱在一身，六宫粉黛无颜色”。今早娘娘分付，收拾荷亭，要制曲谱。念奴妹子在那里伏侍晓妆，奴家先到此间，不免将文房四宝，摆设起来。【皂罗袍】你看笔床初拂，光分素劄[1]，砚池新注，香浮墨华，绿阴深处多幽雅。【排歌尾】竹风引，荷露洒，对波纹帘影弄参差。

呀，兰麝香飘，珮环风定，娘娘早则到也。〔旦引贴上〕

【正宫引子·新荷叶】幽梦清宵度月华，听“霓裳羽衣”歌罢。醒来音节记无差，拟翻新谱消长夏。

斗画长眉翠淡浓，远山[2]移入镜当中。晓窗日射胭脂颊，一朵红酥旋欲融。我杨玉环自从截发感君之后，荷宠弥深。只有梅妃“惊鸿”一舞，圣上时常夸奖。思欲另制一曲，掩出其上。正在推敲，昨夜忽然梦入月宫。见桂树之下，仙女数人，素衣红裳，奏乐甚美。醒来追忆，音节宛然。因此分付永新，收拾荷亭，只待细配宫商，谱成新曲。〔老旦〕启娘娘：纸、墨、笔、砚，已安排齐备了。〔旦〕你与念奴一同在此伺候。〔老旦、贴

“疑谶”之后，忽然引出“闻乐”“制谱”，为的是和梅妃争宠。在宫廷里要得到皇帝的恩宠，或者长得美丽，或者擅长技艺，玉环兼而有之，这就使得作品对李、杨爱情的描写更可信。

应,作打扇、添香介]〔旦作制谱介〕

【正宫过曲·刷子带芙蓉】【刷子序】荷气满窗纱,鸾笺慢伸,犀管轻拿,待谱他月里清音,细吐我心上灵芽。这声调虽出月宫,其间转移过度,细微曲折之处,须索自加细审。安插,一字字要调停如法,一段段须融和入化。这几声尚欠调匀,拍𠆩怎下[3]?〔内作莺啼,旦执笔听介〕呀,妙阿!〔作改介〕【玉芙蓉】听宫莺数声,恰好应红牙[4]。

〔搁笔介〕谱已制完,永新,是什么时候了?〔老旦〕晌午了。〔旦〕万岁爷可曾退朝?〔老旦〕尚未。〔旦〕永新,且随我更衣去来。念奴在此,伺候万岁爷到时,即忙通报。〔贴〕领旨。〔旦〕"好凭晚镜增蛾翠,漫试香纱换蝶衣。"〔引老旦随下〕〔生行上〕

【渔灯映芙蓉】【山渔灯】散千官,朝初罢。拟对玉人,长昼闲话。寡人方才回宫,听说妃子在荷亭上,因此一径前来。依流水待觅胡麻[5],把银塘路踏。〔作到介〕〔贴见介〕呀,万岁爷到了。〔生〕念奴,你娘娘在何处闲欢耍,怎堆香儿,有笔砚交加?〔贴〕娘娘在此制谱,方才更衣去了。〔生〕妃子,妃子!美人韵事,被你都占尽也。但不知制甚曲谱,待寡人看来。〔作坐翻看介〕消详,从头觑咱。妙哉,

吴评:"圣人师万物,仙乐何独不然,莺声一触最灵妙。"

洪氏此曲,吴氏此评,非深知艺术创作的诀窍者所不能下笔。虽然我们并不信有圣人,更不信有仙乐。

吴评:"先安顿贵妃更衣,然后明皇看谱,写玩索赞叹之意,方得尽致,并后文贵妃同勘一番,更加精采。"

只这锦字荧荧银钩小，更度羽换宫没半米差[6]。好奇怪，这谱连寡人也不知道。细按音节，不是人间所有，似从天下，果曲高和寡。妃子，不要说你娉婷绝世，只这一点灵心，有谁及得你来？【玉芙蓉】恁聪明，也堪压倒上阳花[7]。

【普天赏芙蓉】【普天乐】〔旦换妆，引老旦上〕换轻妆，多幽雅；试生绡，添潇洒。〔见生介〕臣妾见驾。〔生扶介〕妃子坐了。〔坐介〕〔生〕妃子，看你晚妆新试，妩媚益增。似迎风袅袅杨枝，宛凌波濯濯莲花。芳兰一朵斜把云鬟压，越显得庞儿风流煞。〔旦〕陛下今日退朝，因何恁晚？〔生〕只为灵武太守员缺，地方紧要，与廷臣议了半日，难得其人。朕特擢郭子仪，补授此缺[8]，因此退朝迟了。〔旦〕妾候陛下不至，独坐荷亭，爱风来一弄明纱，闲学谱新声奏雅。【玉芙蓉】怕输他舞"惊鸿"，曲终满座有光华。

吴评："点明子仪关目，且补写明皇知人善任，犹得收之桑榆，是大有关系处。"按这样写明皇，贬中有褒，符合他的历史面目，才不至把人物简单化。

〔生〕寡人适见此谱，真乃千古奇音，"惊鸿"何足道也！〔旦〕妾凭臆见，草草创成。其中错误，还望陛下更定。〔生〕再同妃子，细细点勘一番。〔老旦、贴暗下〕〔生、旦并坐翻谱介〕

【朱奴折芙蓉】【朱奴儿】倚长袖，香肩

并亚[9];翻新谱,玉纤同把。〔生〕妃子,似你绝调佳人世真寡,要觅破绽并无毫发。再问妃子,此谱何名?〔旦〕妾于昨夜梦入月宫,见一群仙女奏乐,尽着霓裳羽衣。意欲取此四字,以名此曲。〔生〕好个"霓裳羽衣"!非虚假,果合伴天香桂花。【玉芙蓉】〔作看旦介〕觑仙姿,想前身原是月中娃。

此谱即当宣付梨园,但恐俗手伶工,未谙其妙。朕欲令永新、念奴,先抄图谱,妃子亲自指授。然后传与李龟年等,教习梨园子弟,却不是好。〔旦〕领旨。〔生携旦起介〕天已薄暮,进宫去来。

【尾声】晚风吹,新月挂,〔旦〕正一缕凉生凤榻。〔生〕妃子,你看这池上鸳鸯,早双眠并蒂花。

〔生〕芙蓉不及美人妆,王昌龄　〔旦〕杨柳风多水殿凉。刘长卿

〔老旦〕花下偶然歌一曲,曹唐　〔合〕传呼法部按"霓裳"。王建

吴评:"明皇先问乐名,妃子更不推辞,即以霓裳羽衣为对。盖此乐传自月府,无可定名,而妃子又攘为心得,不肯直说,自合如此问答,若笨伯为之,必向明皇请名,彼此推逊,而后及此,增无限蛇足矣。"按作者写李隆基看谱、勘谱,与杨玉环有共同的文艺爱好,实际是把一些风流文人的生活寄托在他们身上。

〔1〕素劄:白纸。劄,"札"的异体字。

〔2〕远山:指远山眉。古时妇女以黛画眉,望去如同青黛的远山。

〔3〕拍佱(qí)怎下:乐曲与节拍不和谐,怎样谱曲才好呢?佱,参差不齐。

〔4〕红牙:调节音乐板眼的拍板,用檀木制作,色红,故名。

〔5〕依流水待觅胡麻:传说刘晨、阮肇入天台山采药,见流水上漂来一杯胡麻饭,二人寻踪而得遇仙女。胡麻,芝麻。觅胡麻,寻仙女。此处指找寻杨贵妃。

〔6〕更度羽换宫没半米差:作曲没半点儿差错。

〔7〕上阳花:借宫苑内的花草代指众嫔妃。上阳,宫殿名。

〔8〕缺:缺人待补的官位。

〔9〕香肩并亚:两人的肩膀并排着紧挨在一起。亚,压。

第十三出　权哄

本折写安、杨争权固宠,继承《邯郸记》写宇文融、《鸣凤记》写严嵩父子的传统而远过之。盖前者尚多皮相之处,此则深入脏腑,表里俱到也。

【双调引子·秋蕊香】〔副净引祗从上〕狼子野心难料,看跋扈渐肆咆哮,挟势辜恩更堪恼,索假[1]忠言入告。

下官杨国忠。外凭右相之尊,内恃贵妃之宠。满朝文武,谁不趋承!独有安禄山这厮,外面假作痴愚,肚里暗藏狡诈。不知圣上因甚爱他,加封王爵!他竟忘了下官救命之恩,每每遇事欺凌,出言挺撞。好生可恨!前日曾奏圣上,说他狼子野心,面有反相,恐防日后酿祸,怎奈未见听从。今日进朝,须索相机再奏,必要黜退了他,方快吾意。来此已是朝门,左右回避。〔从下〕〔内喝道介〕〔副净〕呀,那边呵殿[2]之声,且

看是谁?〔净引祗从上〕

【玉井莲后】宠固君心,暗中包藏计狡。

左右回避。〔从下〕〔净见副净介〕请了。〔副净笑介〕哦,原来是安禄山!〔净〕老杨,你叫我怎么?〔副净〕这是九重禁地,你怎敢在此大声呵殿?〔净作势[3]介〕老杨,你看我:脱下御衣亲赐着,进来龙马每教骑。常承密旨趋朝数,独奏边机出殿迟。我做郡王的,便呵殿这么一声,也不妨,比似你右相还早哩[4]!〔副净冷笑介〕好,好个“不妨”!安禄山,我且问你,这般大模大样是几时起的?〔净〕下官从来如此。〔副净〕安禄山,你也还该自去想一想!〔净〕想甚么?〔副净〕你只想当日来见我的时节,可是这个模样么?〔净〕彼一时,此一时,说他怎的。〔副净〕唉,安禄山,

【仙吕入双调过曲·风入松】你本是刀头活鬼罪难逃,那时节长跪阶前哀告。我封章入奏机关巧,才把你身躯全保。〔净〕赦罪复官,出自圣恩。与你何涉?〔副净〕好,倒说得干净!只太把良心昧了。恩和义,付与水萍飘。

〔净〕唉,杨国忠,你可晓得,

【前腔】世间荣落偶相遭?休夸着势

压群僚。你道我失机之罪,可也记得南诏的事[5]么?胡卢提掩败将功冒,怪浮云蔽遮天表[6]。〔副净〕圣明在上,谁敢朦蔽?这不是谤君么!〔净〕还说不朦蔽,你卖爵鬻官多少?贪财货,竭脂膏。〔副净〕住了,你道卖官鬻爵,只问你的富贵,是那里来的?〔冷笑介〕〔净〕也非止这一桩。若论你恃戚里,施奸狡;误国罪,有千条。〔副净〕休得把诬蔑语,凭虚造。〔扯净介〕我与你同去面当朝!

〔净〕谁怕你来,同去,同去!〔作同扭进朝俯伏介〕〔副净〕臣杨国忠谨奏:

【前腔】〔本调〕禄山异志腹藏刀,外作痴愚容貌,奸同石勒倚东门啸[7]。他不拜储君,公然桀傲[8],这无礼难容圣朝。望吾皇立赐罢斥,除凶恶,早绝祸根苗。

〔净伏介〕臣安禄山谨奏:

【前腔】念微臣谬荷主恩高,遂使嫌生权要,愚蒙触忤知难保。〔泣介〕陛下呵,怕孤立终落他圈套。微臣呵,寸心赤,只有吾皇鉴昭。容出镇,犬马效微劳。〔内〕圣旨道来:杨国忠、安禄山互相讦奏,将相不和,难以同朝共理。特命安禄山为范阳节度使,克期赴镇。谢恩。〔净、副净〕万岁!〔起介〕〔净向副净拱手

吴评:"禄山不揭国忠之短,只以嫌生权要,一味作摇尾乞怜语,明皇不觉入其彀中,而出镇之请允矣。"

介〕老丞相,下官今日去了,你再休怪我大模大样。朝门内,一任你张牙爪,我去开幕府,自逍遥。〔副净冷笑介〕〔净欲下,复转向副净介〕还有一句话儿,今日下官出镇,想也仗回天力相提调。〔举手介〕请了,我且将冷眼,看伊曹。

〔下〕〔副净看净下介〕呀,有这等事!

【前腔】〔本调〕一腔块垒怎生消,我待把他威风抹倒;谁知反分节钺[9]添荣耀,这话靶教人嘲笑。咳,但愿禄山此去,做出事来[10],方信我忠言最早!圣上,圣上,到此际可也悔今朝!

去邪当断勿狐疑,周昙　祸稔萧墙[11]竟不知。储嗣宗

壮气未平空咄咄,徐铉　甘言狡计奈娇痴!郑嵎

〔1〕索假:须借。

〔2〕呵殿:官员出行,从役在前后喝道、护卫。

〔3〕作势:摆架势。

〔4〕"我做郡王的……还早哩"几句:大意是,我已封王,喝道几声圣上不会见怪;像你嘛,仅为右相,想在宫中喝道,还早呢!

〔5〕南诏的事:"天宝十载(751)鲜于仲通讨南诏蛮,士卒死者六万。杨国忠掩其败状,反以捷闻。"(钱谦益《钱注杜诗》卷一)

〔6〕浮云蔽遮天表:古人常用浮云蔽日来比喻权奸蒙蔽皇帝的视听。

〔7〕奸同石勒倚东门啸:《晋书》卷一〇四载,后赵皇帝石勒,“年十四,随邑人行贩洛阳,倚啸上东门。王衍见而异之,顾谓左右曰:‘向者胡雏,吾观其声视有奇志,恐将为天下之患。’”此处借指安禄山。

〔8〕他不拜储君,公然桀傲:《通鉴》卷二一五天宝六载条载,唐玄宗命安禄山拜太子,他拱立不拜。左右催他拜,他狡辩说:“臣胡人,不习朝仪,不知太子为何官。”桀傲,不驯服。

〔9〕节钺:古代授给将领的符节和斧钺,是威权的象征。

〔10〕做出事来:指反叛朝廷。

〔11〕祸稔萧墙:原来指宫廷内部发生祸变,此处指安禄山谋叛。稔,积久而成。

第十四出　偷曲

【仙吕过曲·八声甘州】〔老旦、贴携谱上〕〔老旦〕霓裳谱定,〔贴合〕向绮窗深处,秘本翻誊。香喉玉口,亲将绝调教成。〔老旦〕奴家永新,〔贴〕奴家念奴。〔老旦〕自从娘娘制就“霓裳”新谱,我二人亲蒙教授。今驾幸华清宫,即日要奏此曲。命我二人,在朝元阁上,传谱与李龟年,连夜教演梨园子弟。〔贴〕散序[1]俱已传习,今日该传拍序[2]了。〔老旦〕你看月明如水,正好演奏。我和你携了曲谱,先到阁中便了。〔行介〕〔合〕凉蟾正当高阁升,帘

吴评:“李谟于凉夜月明潜行偷曲,情景最妙。先以奏曲甚急,连夜教演,安顿在前,方不突如。”

卷薰风映水晶。高清,恰称广寒宫仙乐声声。〔下〕

【道宫近词·鱼儿赚】〔末苍髯,扮李龟年上〕乐部旧闻名,班首新推独老成。早暮趋承,上直更番[3]入内廷。自家李龟年是也,向作伶官,蒙万岁爷点为梨园班首。今有贵妃娘娘"霓裳"新曲,奉旨令永新、念奴传谱出来,在朝元阁上教演,立等供奉。只得连夜攒习,不免唤齐众兄弟每同去,兄弟每那里?〔副净扮马仙期上〕仙期方响[4]鬼神惊,〔外扮雷海青上〕铁拨[5]争推雷海青。〔净白须扮贺怀智上〕贺老琵琶擅场屋,〔丑扮黄幡绰上〕黄家幡绰板尤精。〔同见末介〕李师父拜揖。〔末〕请了。列位呵,君王命,霓裳催演不教停。那永新、念奴呵,两娉婷,把红牙小谱携端正,早向朝元待月明。〔众〕如此,我每就去便了。〔末〕请同行。〔同行介〕趁迟迟宫漏夜凉生,把新腔敲订,新腔敲订。〔同下〕

【仙吕过曲·解三醒犯】〔小生巾服扮李谟上〕【解三醒】逞风魔少年逸兴,借曲中妙理陶情。传闻今夜蓬莱境,翻妙谱,奏新声。小生李谟是也,本贯江南,遨游京国。自小谙通音律,久以铁笛擅名。近闻宫中新制一曲,

深夜偷傍宫墙,不顾身临不测,非风魔逸兴,不能有此。

名曰“霓裳羽衣”。乐工李龟年等,每夜在朝元阁中演习。小生慕此新声,无从得其秘谱。打听的那阁子,恰好临着宫墙,声闻于外。不免袖了铁笛,来到骊山,趁此月明如昼,窃听一回。一路行来,果然好景致也。〔行介〕林收暮霭天气清,山入寒空月彩横。真佳景,【八声甘州】宛身从画里游行。

〔场上设红帷作墙,墙内搭一阁介〕〔小生〕说话之间,早来到宫墙下了。

【道宫调近词·应时明近】只见五云中,宫阙影,窈窕玲珑映月明。光辉看不定,光辉看不定。想潜通御气,处处仙楼,阑干畔有玉人闲凭。

吴评:“光辉看不定,是乍到惊疑光景,又未识朝元何在,先从处处仙楼一路摹写。”

闻那朝元阁,在禁苑西首,我且绕着红墙,迤逦行去。〔行介〕

【前腔】花阴下,御路平,紧傍红墙款款行。〔望介〕只这垂杨影里,一座高楼露出墙头,想就是了。凝眸重细省,凝眸重细省,只见画帘缥缈,文窗掩映。〔指介〕兀的不是上有红灯!

吴评:“闻姑苏叶氏家乐演此,红墙外加垂柳,掩映湖石一块,李坐吹笛,一面用笔写记,点染极工。”

〔老旦、贴在墙内上阁介〕〔末众在内云〕今日该演拍序,大家先将散序,从头演习一番。〔小生〕你看上面灯光隐隐,似有人声,一定是这里了。我且潜听一回。〔作潜立听介〕

【双赤子】悄悄冥冥，墙阴窃听。〔内作乐介〕〔小生作袖出笛介〕不免取出笛来，倚声和之。就将音节，细细记明便了。听到月高初更后，果然弦索齐鸣。恰喜禁垣，夜深人静，琤璁[6]齐应。这数声恍然心领，那数声恍然心领。

〔内细十番[7]，小生吹笛和介〕〔乐止，老旦、贴在内阁上唱后曲，小生吹笛合介〕〔老旦、贴〕

【画眉儿】骊珠散迸[8]，入拍初惊。云翻袂影，飘然回雪舞风轻。飘然回雪舞风轻，约略烟蛾[9]态不胜。〔小生接唱〕这数声恍然心领，那数声恍然心领。

〔内细十番如前，老旦、贴内唱，小生笛合介〕〔老旦、贴〕

【前腔】珠辉翠映，凤翥鸾停。玉山蓬顶，上元挥袂引双成。上元挥袂引双成，萼绿回肩招许琼[10]。〔小生接唱〕这数声恍然心领，那数声恍然心领。

〔内又如前十番，老旦、贴内唱，小生笛合介〕〔老旦、贴〕

【前腔】音繁调骋，丝竹纵横。翔云忽定，慢收舞袖弄轻盈。慢收舞袖弄轻盈，飞上瑶天歌一声。〔小生接唱〕这数声

徐灵昭评曰："此曲及下〔画眉儿〕二曲作'赤马儿'四曲，今正之。又按'数声恍然心领'本止单句，乃'画眉儿'之首句，非二调尾句也，今姑从俗。"洪氏作曲，审音订律，多得徐氏之助，录此以见一斑。

恍然心领，那数声恍然心领。

〔内又十番一通，老旦、贴暗下〕〔小生〕妙哉曲也。真个如敲秋竹，似戛[11]春冰，分明一派仙音，信非人世所有。被我都从笛中偷得，好侥幸也！

【鹅鸭满渡船】霓裳天上声，墙外行人听。音节明，宫商正，风内高低应。偷从笛里，写出无余剩。呀，阁上寂然无声，想是不奏了。人散曲终红楼静，半墙残月摇花影。

吴评："以流水清音挽合霓裳余韵，与江上峰青同一缥缈。"

你看河斜月落，斗转参横[12]，不免回去罢。〔袖笛转行介〕

【尾声】却回身，寻归径。只听得玉河流水韵幽清，犹似霓裳袅袅声。

倚天楼殿月分明，杜牧　歌转高云夜更清。赵嘏

偷得新翻数般曲，元稹　酒楼吹笛有新声。张祜

〔1〕散序：《霓裳羽衣》舞的序曲。白居易在《霓裳羽衣歌》诗中注曰："散序，六遍，无拍，故不舞也。"（见《全唐诗》卷十六《白居易·二十一》）

〔2〕拍序：《霓裳羽衣》舞的另一部分。因有拍，故名拍序。

〔3〕上直更番：轮流值班。

〔4〕方响：古代打击乐器名，由十六块铁片组成。

〔5〕铁拨:据乐史《太真外传》载,雷海青弹的是一种“以石为槽,鹍鸡筋为弦,用铁拨弹之”(而不是用指甲弹)的特制琵琶。

〔6〕琤璁:琤琮,乐器的声响。

〔7〕细十番:即十番鼓,由笛、箫、管、弦、提琴、云锣、汤锣、檀板、大鼓、木鱼等十种乐器组成,可奏多种乐曲。

〔8〕骊珠散迸:形容乐曲声如宝珠散落翠盘,铿然作响。骊珠,传说骊龙颌下有宝珠,叫骊珠。

〔9〕烟蛾:淡淡的黛眉。此处指代舞女。

〔10〕上元挥袂引双成,萼绿回肩招许琼:上元夫人、董双成、萼绿华、许飞琼,都是仙女的名字。老旦、贴唱的三支〔画眉儿〕,都是描写“霓裳羽衣”舞的舞态。

〔11〕戛:击,敲击。

〔12〕斗转参横:形容夜深。斗、参,均为星宿,从它们的转移可以看出时间的早晚。

第十五出　进果

【过曲·柳穿鱼】〔末扮使臣持竿、挑荔枝篮,作鞭马急上〕一身万里跨征鞍,为进离支[1]受艰难。上命遣差不由己,算来名利怎如闲!巴得个、到长安,只图贵妃看一看。自家西州道使臣,为因贵妃杨娘娘,爱吃鲜荔枝,奉敕涪州[2],年年进贡。天气又热,路途又远,只得不惮辛勤,飞马前去。〔作鞭马重唱“巴

吴评:“此折备写贡使之劳,驿骑之苦,并伤残人命,蹂躏田禾,以见一骑红尘,足为千古炯戒。”

得个"三句跑下〕

进果一出,放在偷曲之后,舞盘之前,起着强烈的对比作用:一方是轻歌曼舞,逸态横生;一方是田禾被踏坏,行人被踩死,令人惨不忍睹。

【撼动山】〔副净扮使臣持荔枝篮、鞭马急上〕海南荔子味尤甘,杨娘娘偏喜啖。采时连叶包,缄封贮小竹篮。献来晓夜不停骖,一路里怕耽,望一站也么奔一站!

自家海南道使臣。只为杨娘娘爱吃鲜荔枝,俺海南所产,胜似涪州,因此敕与涪州并进。但是俺海南的路儿更远,这荔枝过了七日,香味便减,只得飞驰赶去。〔鞭马重唱"一路里"二句跑下〕

【十棒鼓】〔外扮老田夫上〕田家耕种多辛苦,愁旱又愁雨。一年靠这几茎苗,收来半要偿官赋,可怜能得几粒到肚!每日盼成熟,求天拜神助。

吴评:"意在一路上踏坏多田多人,场上借一田父一瞽者作旁州例耳。于此折极写疾苦,则可见天宝时事,萌乱已在宫廷,而舞盘非劝淫之辞矣。"

老汉是金城县东乡一个庄家。一家八口,单靠着这几亩薄田过活。早间听说进鲜荔枝的使臣,一路上稍着径道行走,不知踏坏了人家多少禾苗!因此,老汉特到田中看守。〔望介〕那边两个算命的来了。〔小生扮算命瞎子手持竹板,净扮女瞎子弹弦子,同行上〕

【蛾郎儿】住褒城,走咸京,细看流年与五星[3]。生和死,断分明,一张铁口尽闻名。瞎先生,真灵圣,叫一声赛神仙,来算命。

〔净〕老的，我走了几程，今日脚疼，委实走不动。不是算命，倒在这里挣命了。〔小生〕妈妈，那边有人说话，待我问他。〔叫介〕借问前面客官，这里是什么地方了？〔外〕这是金城东乡，与渭城西乡交界。〔小生斜揖介〕多谢客官指引。〔内铃响，外望介〕呀，一队骑马的来了。〔叫介〕马上长官，往大路上走，不要踏了田苗！〔小生一面对净语介〕妈妈，且喜到京不远，我每叫向前去，雇个毛驴子与你骑。〔重唱"瞎先生"三句走介〕〔末鞭马重唱前"巴得个"三句急上，冲倒小生、净下〕〔副净鞭马重唱前"一路里"二句急上，踏死小生下〕〔外跌脚向鬼门哭介〕天啊，你看一片田禾，都被那厮踏烂，眼见的没用了。休说一家性命难存，现今官粮紧急，将何办纳！好苦也！〔净一面作爬介〕哎呀，踏坏人了，老的啊，你在那里？〔作摸着小生介〕呀，这是老的。怎么不做声，敢是踏昏了？〔又摸介〕哎呀，头上湿渌渌的。〔又摸闻手介〕不好了，踏出脑浆来了！〔哭叫介〕我那天呵，地方[4]救命。〔外转身作看介〕原来一个算命先生，踏死在此。〔净起斜福[5]介〕只求地方，叫那跑马的人来偿命。〔外〕哎，那跑马的呵，乃是进贡鲜荔枝与杨娘娘的。一路上来，不知踏坏了多少人，不敢要他偿命。何况你这一个瞎子！〔净〕如此怎了！〔哭介〕我那老的呵，我原算你的命，是要倒路死

吴评："一老二瞎，各言所事，排场甚新，后即为抬尸之用，更觉文笔洁净。"

吴评："呼天而哭，下着你看二字，正与雅诗'苍天苍天，视彼骄人'同怨。"

此处不能打诨，这是拿穷苦老百姓寻开心。

的。只这个尸首，如今怎么断送！〔外〕也罢，你哪里去叫地方，就是老汉同你抬去埋了罢。〔净〕如此多谢，我就跟着你做一家儿，可不是好！〔同抬小生〕〔哭，诨下〕〔丑扮驿卒上〕

【小引】驿官逃，驿官逃，马死单单剩马瞭[6]。驿子有一人，钱粮没半分。拼受打和骂，将身去招架，将身去招架！

自家渭城驿中，一个驿子便是。只为杨娘娘爱吃鲜荔枝，六月初一是娘娘的生日，涪州、海南两处进贡使臣，俱要赶到。路由本驿经过，怎奈驿中钱粮没有分文，瘦马刚存一匹。本官怕打，不知逃往那里去了，区区就便权知此驿[7]。只是使臣到来，如何应付？且自由他！〔末飞马上〕

【急急令】黄尘影内日衔山，赶赶赶，近长安。〔下马介〕驿子，快换马来。〔丑接马、末放果篮、整衣介〕〔副净飞马上〕一身汗雨四肢瘫，趱趱趱，换行鞍。

〔下马介〕驿子，快换马来。〔丑接马，副净放果篮、与末见介〕请了，长官也是进荔枝的？〔末〕正是。〔副净〕驿子，下程酒饭在那里？〔丑〕不曾备得。〔末〕也罢，我每不吃饭了，快带马来。〔丑〕两位爷在上，本驿只剩有一匹马，但凭那一位爷骑去就是。〔副净〕哇，偌大一个渭城驿，怎么只有一匹马！快唤你那狗官来，问他

吴评：“驿子冷语抵对，已拼受打，乃插争先换马，使臣口角作一顿折，然后打及驿子，文情便不局促。”

驿马那里去了?〔丑〕若说起驿马,连年都被进荔枝的爷每骑死了。驿官没法,如今走了。〔副净〕既是驿官走了,只问你要。〔丑指介〕这棚内不是一匹马么?〔末〕驿子,我先到,且与我先骑了去。〔副净〕我海南的来路更远,还让我先骑。〔末作向内介〕

【恁麻郎】我只先换马,不和你斗口。〔副净扯介〕休恃强,惹着我动手。〔末取荔枝在手介〕你敢把我这荔枝乱丢!〔副净取荔枝向末介〕你敢把我这竹笼碎扭!〔丑劝介〕请罢休,免气吼,不如把这匹瘦马同骑一路走!〔副净放荔枝打丑介〕唗,胡说!

【前腔】我只打你这泼腌臜[8]死囚!〔末放荔枝打丑介〕我也打你这放刁顽贼头!〔副净〕克官马,嘴儿太油。〔末〕误上用,胆儿似斗。〔同打介〕〔合〕鞭乱抽,拳痛殴,打得你难挨,那马自有!

【前腔】〔丑叩头介〕向地上连连叩头,望台下[9]轻轻放手。〔末、副净〕若要饶你,快换马来。〔丑〕马一匹驿中现有,〔末、副净〕再要一匹。〔丑〕第二匹实难补凑。〔末、副净〕没有只是打!〔丑〕且慢纽[10],请听剖,我只得脱下衣裳与你权当酒!

吴评："一马应差，一衣当酒，总是极形疲敝之状。若谓近京邮传，当不其然，奚啻痴人说梦？"这是怕人说他借古讽今，乃知文多忌讳，古今皆然。

〔脱衣介〕〔末〕谁要你这衣裳！〔副净作看衣、披在身上介〕也罢，赶路要紧。我原骑了那马，前站换去。〔取果上马，重唱前"一路里"二句跑下〕〔末〕快换马来我骑。〔丑〕马在此。〔末取果上马，重唱前"巴得个"三句跑下〕〔丑吊场〕咳，杨娘娘，杨娘娘，只为这几个荔枝呵！

铁关金锁彻明开，崔液　黄纸[11]初飞敕字回。元稹

驿骑鞭声砉[12]流电，李郢　无人知是荔枝来。杜牧

〔1〕离支：即荔枝，因曲律要求平声字，故改。

〔2〕涪州：今为重庆涪陵区，唐时属山南道。

〔3〕细看流年与五星："流年""五星"都是星相学术语。星相家谓一年所行的运为流年，把金、木、水、火、土称为五星，并根据某人出生所值的星位，来推算其禄命。

〔4〕地方：俗称地保为地方。

〔5〕福：古代妇女向人敛衽屈膝行礼。

〔6〕马瞭：公马的生殖器。

〔7〕区区就便权知此驿：犹言"小的就权且履行驿丞的职务"。

〔8〕泼腌臜：骂人语，如同今天的"坏蛋"。

〔9〕台下：对官长的尊称，和阁下的意思相似。

〔10〕纽：扭打。

〔11〕黄纸：唐代用黄麻纸写的皇帝敕书。

〔12〕砉(huā)：象声词，形容动作迅疾的声音。

第十六出　舞盘

【仙吕引子·奉时春】〔生引二内侍、丑随上〕山静风微昼漏长,映殿角火云千丈。紫气东来[1],瑶池西望,翩翩青鸟庭前降。

朕同妃子避暑骊山。今当六月朔日,乃是妃子诞辰。特设宴在长生殿中,与他称庆,并奏"霓裳"新曲。高力士传旨后宫,宣娘娘上殿。〔丑〕领旨。〔向内传介〕〔内应"领旨"介〕〔旦盛妆,引老旦、贴上〕

【唐多令】日影耀椒房,花枝弄绮窗,门悬小帨[2]赭罗黄。绣得文鸾成一对,高傍着五云翔。

〔见介〕臣妾杨氏见驾。愿陛下万岁,万万岁!〔生〕与妃子同之。〔旦坐介〕〔生〕紫云深处婺光明[3],〔旦〕带露灵桃倚日荣。〔老旦、贴〕岁岁花前人不老,〔丑合〕长生殿里庆长生。〔生〕今日妃子初度,寡人特设长生之宴,同为竟日之欢。〔旦〕薄命生辰,荷蒙天宠。愿为陛下进千秋万岁之觞。〔丑〕酒到。〔旦拜,献生酒,生答赐,旦跪饮,叩头呼"万岁",坐介〕〔生〕

【高平过曲·八仙会蓬海】【八声甘州】风薰日朗,看一叶阶蓂[4],摇动炎光。华筵初启,南山遥映霞觞。【玩仙灯】〔合〕果合欢,桃生千岁;花并蒂,莲开十丈。【月上海棠】宜欢赏,恰好殿号长生,境齐蓬阆。

意在写进荔枝,却先写外戚送礼,作为陪衬。

〔小生扮内监,捧表上〕手捧金花红榜子,齐来宝殿祝千秋。〔见介〕启万岁爷、娘娘,国舅杨丞相,同韩、虢、秦三国夫人,献上寿礼贺笺,在外朝贺。〔丑取笺送生看介〕〔生〕生受他每。丞相免行礼,回朝办事。三国夫人,候朕同娘娘回宫筵宴。〔小生〕领旨。〔下〕〔净扮内监捧荔枝、黄袱盖上〕"正逢瑶圃千秋宴,进到炎州十八娘[5]。"〔见介〕启万岁爷,涪州、海南贡进鲜荔枝在此。〔生〕取上来。〔丑接荔枝去袱、送上介〕〔生〕妃子,朕因你爱食此果,特敕地方飞驰进贡。今日寿宴初开,佳果适至,当为妃子再进一觞。〔旦〕万岁!〔生〕宫娥每,进酒。〔老贴进酒介〕〔旦〕

【杯底庆长生】【倾杯序】〔换头〕盈筐、佳果香,幸黄封远敕来川广。爱他浓染红绡,薄裹晶丸[6],入手清芬,沁齿甘凉。【长生导引】〔合〕便火枣交梨[7]应让,只合来万岁台前,千秋筵上,伴瑶池阿母进琼浆。

高力士，传旨李龟年，押梨园子弟上殿承应。〔丑〕领旨。〔向内传介〕〔末引外、净、副净、丑各锦衣、花帽，应"领旨"上〕红牙待拍筝排柱[8]，催着红罗上舞筵，换戴柘枝新帽子[9]，随班行到御阶前。〔见介〕乐工李龟年，押领梨园子弟，叩见万岁爷、娘娘。〔生〕李龟年，"霓裳"散序昨已奏过，"羽衣"第二叠[10]可曾演熟？〔末〕演熟了。〔生〕用心去奏。〔末〕领旨。〔起介〕〔暗下〕〔旦〕妾启陛下，此曲散序六奏，止有歇拍[11]而无流拍。中序六奏，有流拍而无促拍，其时未有舞态。

【八仙会蓬海】〔换头〕只是悠扬，声情俊爽。要停住彩云，飞绕虹梁[12]。至羽衣三叠，名曰饰奏。一声一字，都将舞态含藏。其间有慢声[13]，有缠声，有衮声，应清圆，骊珠一串；有入破，有摊破，有出破，合袅娜氍毹千状[14]；还有花犯，有道和，有傍拍，有间拍，有催拍，有偷拍，多音响；皆与慢舞相生，缓歌交畅。

〔生〕妃子所言，曲尽歌舞之蕴。〔旦〕妾制有翠盘一面，请试舞其中，以博天颜一笑。〔生〕妃子妙舞，寡人从未得见。永新、念奴，可同郑观音、谢阿蛮伏侍娘娘，上翠盘来者。〔老、贴〕领旨。〔旦起福介〕告退更衣。整顿衣裳重结束，一身飞上翠盘中。〔引老、贴下〕〔生〕高力士，传旨李龟年，领梨园子弟按谱奏乐。朕亲以羯鼓[15]节之。〔丑〕领旨。〔向内传介〕〔生起更衣，末、众在场内作乐介〕〔场上设翠盘，旦花冠、白绣袍、璎珞、锦云肩、翠袖、大红舞裙，老、贴同净、副净扮郑观音、谢阿蛮，各舞衣、白袍，执五彩霓旌、孔雀云扇，密遮旦簇上翠盘介〕〔乐止，旌扇徐开，旦立盘中舞，老、贴、净、副唱，丑跪捧鼓，生上坐击鼓，众在场内打细十番合介〕

红云、天仙、菡萏，都是比喻杨玉环的翩翩舞姿。

【羽衣第二叠】【画眉序】罗绮合花光，一朵红云自空漾。【皂罗袍】看霓旌四绕，乱落天香。【醉太平】安详，徐开扇影露明妆。【白练序】浑一似天仙，月中飞降。〔合〕轻扬，彩袖张，向翡翠盘中显伎长。【应时明近】飘然来又往，宛迎风菡萏[16]，【双赤子】翩翻叶上。举袂向空如欲去，乍回身侧度无方。〔急舞介〕【画眉儿】盘旋跌宕，花枝招飐柳枝扬，凤影高骞[17]鸾影翔。【拗芝麻】体态娇难状，天风吹起，众乐缤纷响。【小桃红】冰弦玉柱声嘹喨，鸾笙象管音飘荡，【花药栏】恰合着羯鼓低昂。按新腔，度新腔，【怕春归】袅金裙，齐作留仙想[18]。〔生住鼓，丑携去介〕【古轮台】舞住敛霞裳，〔朝上拜介〕重低颡，山呼万岁拜君王。

〔老、贴、净、副扶旦下盘介〕〔净、副暗下〕〔生起，前携旦介〕妙哉，舞也！逸态横生，浓姿百出。宛若翾风[19]回雪，恍如飞燕游龙，真独擅千秋矣。宫娥每，看酒来，待朕与妃子把杯。〔老、贴奉酒，生擎杯介〕

【千秋舞霓裳】【千秋岁】把金觞，含笑微微向，请一点点檀口轻尝。〔付旦介〕休得留残，休得留残，酬谢你舞怯腰肢劳攘[20]。〔旦接杯谢介〕万岁！【舞霓裳】亲颁玉酝恩波广，惟惭庸劣怎承当！〔生看旦介〕俺仔细看他模样，只这持杯处，有万种风流殢人肠。〔生〕朕有鸳鸯万金锦十匹，丽水紫磨金步摇一事，聊作缠头[21]。〔出香囊介〕还有自佩瑞龙脑八宝锦香囊一枚，解来助卿舞珮。〔旦接香囊谢介〕万岁。〔生携旦行介〕

吴评："持杯谢舞，无一泛辞，叠句叮咛，口吻惟肖，结用柳词入妙，尤不减柳岸晓风。"

【尾声】〔生〕霓裳妙舞千秋赏，合助千秋祝未央[22]。〔旦〕侥幸杀亲沐君恩透体香。

〔生〕长生秘殿倚青苍，吴融　〔旦〕玉醴还分献寿觞。张说

〔生〕饮罢更怜双袖舞，韩翃　〔旦〕满身

新带五云香。曹唐

〔1〕紫气东来:相传函谷关令尹喜,有一天见紫气自东而来,知道将有“真人”过关。果然老子骑青牛而来。后人因以“紫气东来”表示祥瑞。

〔2〕门悬小帨:古时风俗,若生女婴,则在门右上方悬挂一条佩巾,以示志庆。帨,佩巾。

〔3〕紫云深处婺光明:暗喻杨贵妃在深宫受宠。婺光,女宿(星座名)的光芒。

〔4〕一叶阶蓂:即蓂荚,瑞草。据说生于阶前,前半月每日生一荚,后半月每日去一荚。杨贵妃生于六月初一,故谓“一叶阶蓂”。

〔5〕十八娘:荔枝中的著名品种。

〔6〕浓染红绡,薄裹晶丸:形容荔枝皮红肉白。

〔7〕火枣交梨:神仙果,传说食后可以升天。

〔8〕排柱:调好筝柱上的弦。

〔9〕柘枝新帽子:用柘枝的色素染成的黄帽子。

〔10〕叠:音乐术语,又称“遍”,或如下文提及的“六奏”的“奏”。

〔11〕歇拍:包括下文提到的流拍、促拍,均为表示节拍缓急的古代音乐术语。

〔12〕飞绕虹梁:余音绕梁,形容乐声悠扬。

〔13〕慢声:与以下缠声、衮声、入破、摊破、出破、花犯、道和、傍拍、间拍、催拍、偷拍等都是古代音乐术语。

〔14〕袅娜氍毹千状:形容地毯上的舞女婀娜多姿的舞态。氍毹,地毯。

〔15〕羯鼓:一种由羯族传入的打击乐器。

〔16〕菡萏:指荷花。

〔17〕高骞(xiān):高高飞举。

〔18〕齐作留仙想:据说赵飞燕在一次舞蹈时,飘飘欲飞,汉成帝忙叫侍女拉住她的裙子。这裙便叫留仙裙。

〔19〕翾(xuān)风:小旋风。

〔20〕劳攘:劳累。

〔21〕缠头:古时伎女歌舞毕,以绫帛之类为赠,称缠头彩。

〔22〕未央:没有完。此处指杨贵妃的寿诞。

第十七出　合围

〔外末、副净、小生扮四番将上〕〔外〕三尺镔刀耀雪光,〔末〕腰间明月角弓张。〔副净〕葡萄酒醉胭脂血,〔小生〕貂帽花添锦绣装。〔外〕俺范阳镇东路将官何千年是也。〔末〕俺范阳镇西路将官崔乾祐是也。〔副净〕俺范阳镇南路将官高秀岩是也。〔小生〕俺范阳镇北路将官史思明是也。〔各弯腰见科〕请了,昨奉王爷将令,传集我等,只得齐至帐前伺候。道犹未了,王爷升帐也。〔内鼓吹、掌号科〕〔净戎装引番姬、番卒上〕

吴评:"诗句内皆有身段亦是元人家法。"

【越调紫花拨四】统貔貅[1]雄镇边关,双眸觑破番和汉,掌儿中握定江山,先把这四周围爪牙迭办[2]。

我安禄山夙怀大志,久蓄异谋。只因一向在朝,受封东平王爵,宠幸无双,富贵已极,咱的心愿倒也罢了。叵耐杨国忠那厮,与咱不合,出镇范阳。且喜跳出樊笼,正好暗图大事。俺家所辖,原有三十二路将官,番汉并用。性情各别,难以任为腹心。因此奏请一概俱用番将。如今大小将领,皆咱部落。〔笑科〕任意所为,都无顾忌了。昨日传集他每俱赴帐前,这咱敢待齐也。〔众进见科〕三十二路将官参见。〔净〕诸将少礼。

〔众〕请问王爷,传集某等,不知有何钧令?〔净〕众将官,目今秋高马壮,正好演习武艺。特召你等,同往沙地,大合围场,较猎[3]一番。多少是好!〔众〕谨遵将令。〔净〕就此跨马前去。〔同众作上马科〕〔净〕

【胡拨四犯】紫缰轻挽,〔合〕双手把紫缰轻挽,骗上马[4],将盔缨低按。〔行科〕闪旗影云殷,没揣的动龙蛇,一直的通霄汉[5]。按奇门布下了九连环[6],觑定了这小中原在眼,消不得俺众路强蕃。〔众四面立,净指科〕这一员身材慓悍,那一员结束牢拴,这一员莽兀喇拳毛[7]高鼻,那一员恶支沙[8]雕目胡颜,这一员会急迸格邦[9]的弓开月满,那一员会滴溜扑碌的锤落星寒,这一员会咭吒克擦的枪风闪烁,那一员会悉力飒剌的剑雨澎滩,端的是人如猛虎离山涧,显英雄天可汗[10]!〔众行科〕〔合〕振军威,扑通通鼓鸣,惊魂破胆;排阵

此曲写沙场合围,莽莽苍苍,气象不可一世。曲辞近似元人写李亚子、金章宗射猎之作,正合番将声口,配合各种人物表演的提示,真如吴舒凫说的"如道子写生,吹气欲活"。

势,韵悠悠角声,人疾马闲。抵多少雷轰电转,可正是海沸也那河翻。折末的[11]铜作壁,铁作垒,有甚么攻不破、攻不破也雄关!〔净〕这里地阔沙平,就此摆开围场,射猎一回者。〔净同番姬立高处,众排围射猎下〕〔净〕摆围场这间、这间,四下里来挤攒、挤攒。马蹄儿泼剌剌旋风趱[12],不住的把弓来紧弯,弦来急攀。一回呵滚沙场兔、鹿儿无头赶,都难动弹,就地里踠跧[13]。〔众射鸟兽上〕〔净〕把鹰、犬放过去者。〔众应,放鹰、犬科,跑下〕〔净〕呀呀呀,疾忙里一壁厢把翅摩霄的玉爪腾空散,一壁厢把足驾雾的金獒逐路拦,霎时间兽积、兽积如山。〔众上献猎物科〕禀王爷众将献杀。〔净〕打的鸟兽,散给众军。就此高坡上,把人马歇息片时。大家炙肉暖酒,番姬每歌的歌,舞的舞,洒落一回者。〔众〕得令。〔同席地坐,番姬送净酒,众作拔刀割肉,提背壶斟酒,大饮啖科〕〔番姬弹琵琶、浑不是,众打太平鼓板〕〔合〕斟起这酪浆儿,满满的浮金盏,满满的浮金盏。更把那连毛带血肉生餐,笑拥着番姬双颊丹,把琵琶忒楞楞弹也么弹,唱新声"菩萨蛮"。〔净起科〕吃了一会,酒醉肉饱。天色已晚,诸将各回汛地[14]。须要整顿兵器,练习军马,听候将令便了。〔众应科〕得令。〔作同上马吹海螺,侧帽、摆手绕场疾行科〕听罢了令,疾翻身跃登锦鞍,侧着帽、摆手轻儇[15]。各自里回还,镇守定疆藩。摆搠些旗竿,装折着轮辐,听候传番,施逞凶顽。天降摧残,地起波澜。把渔阳凝盼,一飞羽箭[16],争赴兵坛,专等你个抱赤心的将军、将军来调拣。

〔众下〕〔净〕你看诸路番将,一个个人强马壮,眼见得俺的羽翼已成。〔笑科〕唐天子,唐天子,你怎当得也!

【煞尾】没照会,先去了那掣肘汉家官;有机谋,暗添上这助臂番儿汉。等不的宴华清"霓裳"法曲终,早看俺闹鼓鼙渔阳骁将反。

六州番落从戎鞍,薛逢　战马闲嘶汉地宽。刘禹锡

倏忽抟风生羽翼,骆宾王　山川龙战血漫漫。胡曾

本出上承"权哄",下启"侦报",在李、杨故事主线中,加进这些场子,可以调剂剧情。

〔1〕貔貅(píxiū):猛兽名。借喻勇猛的军士。

〔2〕迭办:备办,准备措置。

〔3〕较猎:比赛谁的猎物打得多。

〔4〕骗上马:跃上马。吴舒凫曰:"骗上马,谓上鞍栗疾而马不知也。元

曲用骗马，俱如此解。”

〔5〕没揣的动龙蛇，一直的通霄汉：没揣的，料不到，突然。“动龙蛇，一直的通霄汉”均指旗帜上的图案，也暗示安禄山的祸心。

〔6〕按奇门布下了九连环：按奇门遁甲之法布下了九宫八卦连环阵。

〔7〕莽兀喇拳毛：生来莽壮，一头卷发。兀喇，本身无义。

〔8〕恶支沙：恶狠狠。支沙，本身无义。

〔9〕急进格邦：急进，开弓疾速有力。格邦，放箭时的响声。

〔10〕天可汗：唐时北方民族尊大唐皇帝为“天可汗”。这里说安禄山以“天可汗”自居。

〔11〕折末的：任凭。

〔12〕赸（shàn）：跳、跑。

〔13〕踠跧（wǎnquán）：蜷曲。

〔14〕汛地：军队驻防的地方。

〔15〕轻儇（xuān）：轻快。

〔16〕羽箭：军中的紧急文书。

第十八出　夜怨

【正宫引子·破齐阵】【破阵子头】〔旦上〕宠极难拚轻舍，欢浓分外生怜。【齐天乐】比目游双，鸳鸯眠并，未许恩移情变。【破阵子尾】只恐行云随风引，争奈闲花竞日妍，终朝心暗牵。

〔清平乐〕卷帘不语，谁识愁千缕。生怕韶

光无定主，暗里乱催春去。　　心中刚自疑猜，那堪踪迹全乖。凤辇却归何处？凄凉日暮空阶。奴家杨玉环，久邀圣眷，爱结君心。叵耐梅精江采蘋，意不相下。恰好触忤圣上，将他迁置楼东。但恐采蘋巧计回天，皇上旧情未断，因此常自提防。唉，江采蘋，江采蘋，非是我容你不得，只怕我容了你，你就容不得我也！今早圣上出朝，日色已暮，不见回宫，连着永新、念奴打听去了。此时情绪，好难消遣也！

【仙吕入双调·风云会四朝元】【四朝元头】烧残香串，深宫欲暮天。把文窗频启，翠箔高卷，眼儿几望穿。但常时此际，但常时此际，【会河阳】定早驾到西宫，执手齐肩。【四朝元】花映房栊，春生颜面，【驻云飞】百种耽欢恋。嗏，今夕问何缘，【一江风】芳草黄昏，不见承回辇？〔内作鹦哥叫"圣驾来也"介〕〔旦作惊看介〕呀，圣上来了！〔作看介〕呸，原来是鹦哥弄巧言，把愁人故相骗。【四朝元尾】只落得徘徊伫立，思思想想，画栏凭遍。〔老旦上〕闻道君王前殿宿，内家[1]各自撤红灯。〔见介〕启娘娘：万岁爷已宿在翠华西阁了。〔旦呆介〕有这等事！〔泣介〕

吴评："一时觖望之情，曲折写出，妙写夜景切合。"

【前腔】君情何浅，不知人望悬！正晚妆慵卸，暗烛羞剪，待君来同笑言。向琼筵启处，向琼筵启处，醉月觞飞，梦雨床连。共命无分，同心不舛，怎蓦把人疏远！

〔老旦〕万岁爷今夜偶不进宫，料非有意疏远，娘娘请勿伤怀！〔旦〕嗏，若不是情迁，便宿离宫，阿监何妨遣。我想圣上呵，从来未独眠，鸳衾厌孤展，怎得今宵枕畔，清清冷冷，竟无人荐[2]！

〔贴上〕雪隐鹭鸶飞始见，柳藏鹦鹉语方知。〔见介〕娘娘，奴婢打听翠阁的事来了。〔旦〕怎么说？〔贴〕娘娘听启，奴婢方才呵，【月临江】悄向翠华西阁，守将[3]时近黄昏，忽闻密旨遣黄门。〔旦〕遣他何处去呢？〔贴〕飞鞭乘戏马，灭烛召红裙。〔旦急问介〕召那一个？〔贴〕贬置楼东怨女，梅亭旧日妃嫔。〔旦惊介〕呀，这是梅精了。他来也不曾？〔贴〕须臾簇拥那佳人，暗中归翠阁。〔老旦问介〕此话果真否？〔贴〕消息探来真。〔旦〕唉，天那，原来果是梅精复邀宠幸了。〔做不语闷坐、掩泪介〕〔老旦、贴〕娘娘请免愁烦。〔旦〕

【前腔】闻言惊颤，伤心痛怎言。〔泪介〕把从前密意，旧日恩眷，都付与泪花儿弹向天。记欢情始定，记欢情始定，愿似钗股成双，盒扇团圆。不道君心，霎时更变，总是奴当谴。嗏，也索把罪名宣，怎教

吴评："此处提明钗盒，后携至翠阁，方不突如。"

冻蕊寒葩，暗识东风面[4]。可知道身虽在这边，心终系别院。一味虚情假意，瞒瞒昧昧，只欺奴善。

〔贴〕娘娘还不知道，奴婢听得小黄门说，昨日万岁爷在华萼楼上，私封珍珠一斛去赐他，他不肯受。回献一诗，有“长门自是无梳洗，何必珍珠慰寂寥”之句，所以致有今夜的事。〔旦〕哦，原来如此，我那里知道！

【前腔】他向楼东写怨，把珍珠暗里传。直恁的两情难割，不由我寸心如剪。也非咱心太褊，只笑君王见错；笑君王见错，把一个罪废残妆，认是金屋婵娟。可知我守拙鸾凰，斗不上争春莺燕！〔老旦〕万岁爷既不忘情于他，娘娘何不迎合上意，力劝召回。万岁爷必然欢喜，料他也不敢忘恩。〔旦〕唉，此语休提。他自会把红丝缠[5]。嗏，何必我重牵。只怕没头兴[6]的媒人，反惹他憎贱。你二人随我到翠阁去来。〔贴〕娘娘去怎的？〔旦〕我到那里，看他如何逞媚妍，如何卖机变，取次[7]把君情鼓动，颠颠倒倒，暗中迷恋。

〔贴〕奴婢想今夜翠阁之事，原怕娘娘知道。此时夜将三鼓，万岁爷必已安寝。娘娘猝然走去，恐有未便。不如且请安眠，到明日再作理会。〔旦作不语，掩泪叹介〕唉，罢罢，只今夜教我如何得睡也！

【尾声】他欢娱只怕催银箭[8]，我这里寂寥深院，只索背着灯儿和衣将空被卷。

紫禁迢迢宫漏鸣，戴叔伦　碧天如水夜云生。温庭筠

泪痕不与君恩断，刘皁　斜倚薰笼[9]坐到明。白居易

〔1〕内家：指后、妃、宫嫔等。

〔2〕荐：荐枕席，侍寝。

〔3〕守将：等到。

〔4〕冻蕊寒葩，暗识东风面：隐指梅妃被唐明皇暗地复召。冻蕊寒葩，即腊梅。江采蘋号梅妃，故以此指代。

〔5〕红丝缠：相传月老给男女用红线系足，结为夫妇。这里是说作媒。

〔6〕没头兴：多作“没兴头”，倒运的意思。

〔7〕取次：不经意。

〔8〕银箭：银制的漏箭。此谓时刻。

〔9〕薰笼：燃香薰房的笼子。

第十九出　絮阁

〔丑上〕自闭昭阳春复秋，罗衣湿尽泪还流。一种蛾眉明月夜，南宫歌舞北宫愁。咱家高力

吴评：“有客尝论此剧，虢国梅妃两番争宠，皆未当场扮出，关

士,向年奉使闽粤,选得江妃进御,万岁爷十分宠幸。为他性爱梅花,赐号梅妃,宫中都称为梅娘娘。自从杨娘娘入侍之后,宠爱日夺,万岁爷竟将他迁置上阳宫东楼。昨夜忽然托疾,宿于翠华西阁,遣小黄门密召到来。戒饬宫人,不得传与杨娘娘知道。命咱在阁前看守,不许闲人擅进。此时天色黎明,恐要送梅娘娘回去,只索在此伺候咱。〔虚下〕〔旦行上〕

【北黄钟·醉花阴】一夜无眠乱愁搅,未拔白[1]潜踪来到。往常见红日影弄花梢,软咍咍春睡难消,犹自压绣衾倒。今日呵,可甚的凤枕急忙抛,单则为那筹儿[2]撇不掉。

〔丑一面暗上望科〕呀,远远来的,正是杨娘娘,莫非走漏了消息么?现今梅娘娘还在阁里,如何是好?〔旦到科〕〔丑忙见科〕奴婢高力士,叩见娘娘。〔旦〕万岁爷在那里?〔丑〕在阁中。〔旦〕还有何人在内?〔丑〕没有。〔旦冷笑科〕你开了阁门,待我进去看者。〔丑慌科〕娘娘且请暂坐。〔旦坐科〕〔丑〕奴婢启上娘娘,万岁爷昨日呵,

【南画眉序】只为政勤劳,偶尔违和厌烦扰。〔旦〕既是圣体违和,怎生在此驻宿?〔丑〕爱清幽西阁,暂息昏朝。〔旦〕在里面

目近于不显。欲于排场加杨虢相争,然后放归。絜阁折中破壁而出时,梅妃绕场走下。近演家有扮梅妃嘿坐幔内者。予谓虢国事傍讶一折,高、永明言。观场者已洞悉。梅妃家门,此折力士又代为叙明,正无烦赘疣耳。"对当时舞台演出时不同处理,作了很好说明。

吴评:"起句直接上出和衣卷被情景,方见挨不到晓,急遽独行,不及待宫女随从,安顿绝妙。"

做甚么？〔丑〕偃龙床，静养神疲。〔旦〕你在此何事？〔丑〕守玉户不容人到。〔旦怒科〕高力士，你待不容我进去么？〔丑慌叩头科〕娘娘息怒，只因亲奉君王命，量奴婢敢行违拗！

【北喜迁莺】〔旦怒科〕哇，休得把虚脾来掉[3]，嘴喳喳弄鬼妆幺。〔丑〕奴婢怎敢？〔旦〕焦也波焦，急的咱满心越恼。我晓得你今日呵，别有个人儿挂眼稍，倚着他宠势高，明欺我失恩人时衰运倒。〔起科〕也罢，我只得自把门敲。

〔丑〕娘娘请坐，待奴婢叫开门来。〔做高叫科〕杨娘娘来了，开了阁门者。〔旦坐科〕〔生披衣引内侍上，听科〕

【南画眉序】何事语声高，蓦忽将人梦惊觉。〔丑又叫科〕杨娘娘在此，快些开门。〔内侍〕启万岁爷，杨娘娘到了。〔生作呆科〕呀，这春光漏泄，怎地开交？〔内侍〕这门还是开也不开？〔生〕慢着。〔背科〕且教梅妃在夹幕中，暂躲片时罢。〔急下〕〔内侍笑科〕哎，万岁爷，万岁爷，笑黄金屋恁样藏娇，怕葡萄架霎时推倒[4]。〔生上作伏桌科〕内侍，我着床傍枕佯推睡，你索把兽环[5]开了。

吴评："一时匆迫之状，色色绝倒。"

〔内侍〕领旨。〔作开门科〕〔旦直入,见生科〕妾闻陛下圣体违和,特来问安。〔生〕寡人偶然不快,未及进宫。何劳妃子清晨到此。〔旦〕陛下致疾之由,妾倒猜着几分了。〔生笑科〕妃子猜着何事来?〔旦〕

【北出队子】多则是相思萦绕,为着个意中人把心病挑。〔生笑科〕寡人除了妃子,还有甚意中人?〔旦〕妾想陛下向来钟爱,无过梅精。何不宣召他来,以慰圣情牵挂。〔生惊科〕呀,此女久置楼东,岂有复召之理!〔旦〕只怕悄东君偷泄小梅梢,单只待望着梅来把渴消。〔生〕寡人那有此意。〔旦〕既不沙[6],怎得那一斛珍珠去慰寂寥!

〔生〕妃子休得多心。寡人昨夜呵,

【南滴溜子】偶只为微疴,暂思静悄。恁兰心蕙性,慢多度料,把人无端奚落。

〔作欠伸科〕我神虚懒应酬,相逢话言少。请暂返香车,图个睡饱。

〔旦作看科〕呀,这御榻底下,不是一双凤舄么?〔生急起,作欲掩科〕在那里?〔怀中掉出翠钿科〕〔旦拾看科〕呀,又是一朵翠钿!此皆妇人之物,陛下既然独寝,怎得有此?〔生作羞科〕好奇怪!这是那里来的?连寡人也不解。〔旦〕陛下怎么不解?〔丑作急态,一面背对内侍低科〕

呀,不好了,见了这翠钿、凤舄,杨娘娘必不干休。你每快送梅娘娘,悄从阁后破壁而出,回到楼东去罢。〔内侍〕晓得。〔从生背后虚下〕〔旦〕

【北刮地风】只这御榻森严宫禁遥,早难道有神女飞度中宵。则问这两般信物何人掉?

〔作将舄、钿掷地,丑暗拾科〕〔旦〕昨夜谁侍陛下寝来?可怎生般凤友鸾交,到日三竿犹不临朝?外人不知呵,都只说殢君王是我这庸姿劣貌。那知道恋欢娱,别有个雨窟云巢!请陛下早出视朝,妾在此候驾回宫者。〔生〕寡人今日有疾,不能视朝。〔旦〕虽则是蝶梦馀,鸳浪中,春情颠倒,困迷离精神难打熬,怎负他凤墀前鹄立群僚!

〔旦作向前背立科〕〔丑悄上与生耳语科〕梅娘娘已去了,万岁爷请出朝罢。〔生点头科〕妃子劝寡人视朝,只索勉强出去。高力士,你在此送娘娘回宫者。〔丑〕领旨。〔向内科〕摆驾。〔内应科〕〔生〕风流惹下风流苦,不是风流总不知。〔下〕〔旦坐科〕高力士,你瞒着我做得好事!只问你这翠钿、凤舄,是那一个的?〔丑〕

【南滴滴金】告娘娘省可[7]闲烦恼。奴婢看万岁爷与娘娘呵,百纵千随真是少。今日这翠钿、凤舄,莫说是梅亭旧日恩情好,

吴评:"力士乖人,亦料定明皇爱梅有心,制杨无术,故为破壁送归之计,以息两争。"

说明在允许男子多妻的情况下，这种偷鸡摸狗、争风吃醋的事，必不可免。

就是六宫中新窈窕，娘娘呵，也只合佯装不晓，直恁破工夫多计较！不是奴婢擅敢多口，如今满朝臣宰，谁没有个大妻小妾，何况九重，容不得这宵！

【北四门子】〔旦〕呀，这非是衾裯不许他人抱，道的咱量似斗筲[8]！只怪他明来夜去装圈套，故将人瞒的牢。〔丑〕万岁爷瞒着娘娘，也不过怕娘娘着恼，非有他意。〔旦〕把似怕我焦，则休将彼邀。却怎的劣云头只思别岫飘[9]。将他假做抛，暗又招，转关儿心肠难料。

〔作掩泪坐科〕〔老旦上〕清早起来，不见了娘娘，一定在这翠阁中，不免进去咱。〔作进见旦科〕呀，娘娘呵，

【南鲍老催】为何泪抛，无言独坐神暗消？〔问丑科〕高公公，是谁触着他情性娇？〔丑低科〕不要说起。〔作暗出钿、舄与老旦看科〕只为见了这两件东西，故此发恼。〔老旦笑，低问科〕如今那人呢？〔丑〕早已去了。〔老旦〕万岁爷呢？〔丑〕出去御朝了。永新姐，你来得甚好，可劝娘娘回宫去罢。

〔老旦〕晓得了。〔回向旦科〕娘娘，你慢将眉黛颦，啼痕渗，芳心恼。晨餐未进过清

早,怎自将千金玉体轻伤了?请回宫去,寻欢笑。

〔内〕驾到。〔旦起立科〕〔生上〕媚处娇何限,情深妒亦真。且将个中意,慰取眼前人。寡人图得半夜欢娱,反受十分烦恼。欲待呵叱他一番,又恐他反道我偏爱梅妃,只索忍耐些罢。高力士,杨娘娘在那里?〔丑〕还在阁中。〔老旦、丑暗下〕〔生作见旦,旦背立不语掩泣科〕〔生〕呀,妃子,为何掩面不语?〔旦不应科,生笑科〕妃子休要烦恼,朕和你到华萼楼上看花去。〔旦〕

【北水仙子】问、问、问、问华萼娇,怕、怕、怕、怕不似楼东花更好。有、有、有、有梅枝儿曾占先春,又、又、又、又何用绿杨牵绕。〔生〕寡人一点真心,难道妃子还不晓得!〔旦〕请、请、请、请真心向故交,免、免、免、免人怨为妾情薄。〔跪科〕妾有下情,望陛下俯听。〔生扶科〕妃子有话,可起来说。〔旦泣科〕妾自知无状,谬窃宠恩。若不早自引退,诚恐谣诼日加,祸生不测。有累君德鲜终[10],益增罪戾。今幸天眷犹存,望赐斥放。陛下善视他人,勿以妾为念也。〔泣拜科〕拜、拜、拜、拜辞了往日君恩天样高。〔出钗、盒科〕这钗、盒是陛下定情时所赐,今日将来交还陛下。把、把、把、把深情

吴评:"明皇愈温存,贵妃愈娇妒,假使天威稍震,又作鱼贯想矣。然贵妃逆知上意不能反目,故下文即以缴盒动之,情事周密。文章更有针线。"

密意从头缴。〔生〕这是怎么说?〔旦〕省、省、省、省可自承旧赐,福难消。〔旦悲咽,生扶起科〕妃子何出此言,朕和你两人呵,

【南双声子】情双好,情双好,纵百岁犹嫌少。怎说到,怎说到,平白地分开了。总朕错,总朕错,请莫恼,请莫恼。〔笑觑旦科〕见了你这颦眉泪眼,越样生娇。

妃子可将钗、盒依旧收好。既是不耐看花,朕和你到西宫闲话去。〔旦〕陛下诚不弃妾,妾复何言。〔袖钗、盒,福生科〕

【北尾煞】领取钗、盒再收好,度芙蓉帐暖今宵,重把那定情时心事表。

〔生携旦并下〕〔丑复上〕万岁爷同娘娘进宫去了。咱如今且把这翠钿、凤舄,送还梅娘娘去。

柳色参差映翠楼,司马札　君王玉辇正淹留。钱起

岂知妃后多娇妒,段成式　恼乱东风卒未休。罗隐

虢国、梅妃两番争宠,都是写李、杨爱情的波折。前者用五出,后者用两出,都是从侧面写出。复召之后,有舞盘;絮阁之后,有密誓。两人的爱情每经一次回旋,更进一高潮,此是情场常态。

〔1〕拔白:天色发白。

〔2〕那筹儿:那点儿事,指唐明皇暗召梅妃那件事。

〔3〕把虚脾来掉:假献殷勤。虚脾,虚情假意。

〔4〕葡萄架霎时推倒:如同今天所谓“倒了醋瓶子”,元代戏曲中常用来指妇人争风吃醋。其中也有“露馅”的意思。

〔5〕兽环:兽形的门环。这里指代门。

〔6〕既不沙:既不然。沙,语气词,无义。

〔7〕省可:免得,休得要。

〔8〕斗筲(shāo):形容气量狭小。

〔9〕却怎的劣云头只思别岫飘:暗指唐明皇密召梅妃。劣云头,喻唐明皇;别岫,指梅妃。

〔10〕鲜终:(有始)无终。

第二十出　侦报

〔外引末扮中军,四杂执刀棍上〕出守岩疆典钜城,风闻边事实堪惊。不知忧国心多少,白发新添四五茎。下官郭子仪,叨蒙圣恩,擢拜灵武太守。前在长安,见安禄山面有反相,知其包藏祸心。不想圣上命彼出镇范阳,分明纵虎归山。却又许易番将,一发添其牙爪。下官自天德军升任以来,日夜担忧。此间灵武,乃是股肱重地,防守宜严。已遣精细哨卒,前往范阳采听去了。且待他来,便知分晓。

吴评:"此折写禄山反形渐露,子仪先事而筹,以为收京张本。且于首四折生旦戏中,以此间之,便于爨色搬演。"

【双调夜行船】〔小生扮探子,执小红旗上〕两脚似星驰和电捷,把边情打听些些。急离燕山,早来灵武。〔作进见外,一足跪叩科〕向黄堂[1]爆雷般唱一声高喏。

吴评："探子不遽说边情，待郭掩门令其近前细说，足见军机之密，上下同心。"

〔外〕探子，你回来了么？〔小生〕我肩挑令字小旗红，昼夜奔驰疾似风。探得边关多少事，从头来报主人公。〔外〕分付掩门。〔众掩门科下〕〔外〕探子，你探的安禄山军情怎地，兵势如何？近前来，细细说与我听者。〔小生〕爷爷听启，小哨一到了范阳镇上呵，

【乔木鱼】见枪刀似雪，密匝匝铁骑连营列。端的是号令如山把神鬼慑。那知有朝中天子尊，单逞他将军令阃外咔嗻[2]。

〔外〕那禄山在边关，近日作何勾当？〔小生〕

【庆宣和】他自请那番将更来，把那汉将撤，四下里牙爪排设。每日价跃马弯弓斗驰猎，把兵威耀也、耀也！

〔外〕还有什么举动波？〔小生〕

【落梅花】他贼行藏真难料，歹心肠忒肆邪。诱诸番密相勾结，更私招四方亡命者，巢窟内尽藏凶孽。

〔外惊科〕呀，有这等事！难道朝廷之上，竟无人奏告么？〔小生〕闻得一月前，京中有人告称禄山反状，万岁爷暗遣中使，去到范阳，瞰[3]其动静。那禄山见了中使呵，

【风入松】十分的小心礼貌假妆呆，尽金钱遍布盖奸邪。把一个中官哄骗的满心

悦，来回奏把逆迹全遮。因此万岁爷愈信不疑，反把告叛的人，送到禄山军前治罪。一任他横行傲桀，有谁人敢再弄唇舌！

〔外叹介〕如此怎生是了也！〔小生〕前日杨丞相又上一本，说禄山叛迹昭然，请皇上亟加诛戮。那禄山见了此本呵，

【拨不断】也不免脚儿跌，口儿嗟，意儿中忐忑，心儿里怯。不想圣旨倒说禄山诚实，丞相不必生疑。他一闻此信，便就呵呵大笑，骂这谗臣奈我耶，咬牙根誓将君侧权奸灭，怒轰轰急待把此仇来雪。

〔外〕呀，他要诛君侧之奸，非反而何？且住，杨相这本怎么不见邸抄[4]？〔小生〕此是密本，原不发抄。只因杨丞相要激禄山速反，特着塘报[5]抄送去的。〔外怒科〕唉，外有逆藩，内有奸相，好教人发指也！〔小生〕小哨还打听的禄山近有献马一事，更利害哩！

【离亭宴歇拍煞】他本待逞豺狼，魆地里思抄窃[6]。巧借着献骅骝，乘势去行强劫。

〔外〕怎么献马？可明白说来者。〔小生〕他遣何千年赍表，奏称献马三千匹，每马一匹，有甲士二人，又有二人御马，一人刍牧，共三五一万五千人，护送入京。一路里兵强马劣，闹汹汹

吴评："千兵万马霎如风雨之来，此种文情直足夺元人高座。"

怎提防！乱纷纷难镇压，急攘攘谁拦截。生兵入帝畿，野马临城阙，怕不把长安来闹者。〔外惊科〕唉，罢了，此计若行，西京危矣。〔小生〕这本方才进去，尚未取旨。只是禄山呵，他明把至尊欺，狡将奸计使，险备机关设。马蹄儿纵不行，狼性子终难帖。逗的[7]鼙鼓向渔阳动也，爷爷呵，莫待传白羽[8]始安排。小哨呵，准备闪红旗再报捷。

吴评："收归探子本事，词采壮烈。"

〔外〕知道了。赏你一坛酒，一腔羊，五十两花银，免一月打差。去罢。〔小生叩头科〕谢爷。〔外〕叫左右，开门。〔众应上，作开门科〕〔小生下〕〔外〕中军官。〔末应介〕〔外〕传令众军士，明日教场操演，准备酒席犒赏。〔末〕领钧旨。〔先下〕

〔外〕数骑渔阳探使回，杜牧　威雄八阵役风雷。刘禹锡

胸中别有安边计，曹唐　军令分明数举杯。杜甫

〔1〕黄堂：太守衙中正堂，后因此称太守为“黄堂”。

〔2〕将军令阃（kǔn）外哰嗻（chēzhē）：都城之外，将军威权重大。阃，郭门门槛。哰嗻，元代俗语，很，厉害。

〔3〕瞰（kàn）：从高处往下看。这里有借慰劳安禄山之名，行窥探他行为之实的意思。

〔4〕邸抄:又名邸报,是唐代藩镇京师留守处传送给本镇的诏、令、奏章的抄件。

〔5〕塘报:正式通过驿站(塘)传送的诏、令、章奏抄本。

〔6〕魆(xū)地里思抄窃:妄图偷袭。魆地,暗地。抄窃,抄近道袭击。

〔7〕逗的:到,等到。

〔8〕白羽:插有白羽毛的最紧急军事文书。

第二十一出　窥浴

【仙吕入双调·字字双】〔丑扮宫女上〕自小生来貌天然,花面;宫娥队里我为先,扫殿。忽逢小监在阶前,胡缠;伸手摸他裤儿边,不见。

吴评:“以前准备诸事皆系力士、永、念,此折用两宫人插科,排场便变换生动。”

“我做宫娥第一,标致无人能及。腮边花粉糊涂,嘴上胭脂狼藉。秋波俏似铜铃,弓眉弯得笔直。春纤十个擂槌,玉体浑身糙漆。柳腰松段十围,莲瓣滩船半只。杨娘娘爱我伶俐,选做霓裳部色。只因喉咙太响,歌时嘴边起个霹雳。身子又太狼伉[1],舞去冲翻了御筵桌席。皇帝见了发恼,打落子弟名籍。登时发到骊山,派到温泉殿中承值。昨日銮舆临幸,同杨娘娘在华清驻跸。传旨要来共浴汤池,只索打扫铺陈收拾。”道犹未了,那边一个宫人来也。

【雁儿舞】〔副净扮宫女上〕担阁青春，后宫怨女，漫跌脚捶胸，有谁知苦。拼着一世没有丈夫，做一只孤飞雁儿舞。

吴评："梅妃妒宠原为杨妃点染作波，此便顺手了之，随起随了，是文章妙法。"

〔见介〕〔丑〕姐姐，你说甚么"雁儿"舞！如今万岁爷，有了杨娘娘的"霓裳"舞，连梅娘娘的"惊鸿"舞，也都不爱了。〔副净〕便是。我原是梅娘娘的宫人。只为我娘娘，自翠阁中忍气回来，一病而亡，如今将我拨到这里。〔丑〕原来如此，杨娘娘十分妒忌，我每再休想有承幸之日。〔副净〕罢了。〔丑〕万岁爷将次到来，我和你且到外厢伺候去。〔虚下〕〔末、小生扮内侍，引生、旦、老旦、贴随行上〕

【羽调近词·四季花】别殿景幽奇：看雕梁畔，珠帘外，雨卷云飞。逶迤，朱阑几曲环画溪，修廊数层接翠微。绕红墙，通玉扉。〔末、小生〕启万岁爷，到温泉殿了。〔生〕内侍回避。〔末、小生应下〕〔生〕妃子，你看清渠屈注，洄澜皱漪，香泉柔滑宜素肌。朕同妃子试浴去来。〔老、贴与生、旦脱去大衣介〕〔生〕妃子，只见你款解云衣，早现出珠辉玉丽，不由我对你、爱你、扶你、觑你、怜你！

景色如画。

〔生携旦同下〕〔老旦〕念奴姐，你看万岁爷与娘娘恁般恩爱，真令人羡杀也。〔贴〕便是。

〔老旦〕

【凤钗花络索】【金凤钗】花朝拥，月夜偎，尝尽温柔滋味。【胜如花】〔贴合〕镇[2]相连似影追形，分不开如刀划水。【醉扶归】千般捆纵[3]百般随，两人合一副肠和胃。【梧叶儿】密意口难提，写不迭[4]鸳鸯帐，绸缪无尽期。〔老旦〕姐姐，我与你伏侍娘娘多年，虽睹娇容，未窥玉体。今日试从绮疏隙处，偷觑一觑何如？〔贴〕恰好。〔同作向内窥介〕【水红花】〔合〕悄偷窥，亭亭玉体，宛似浮波菡萏，含露弄娇辉。【浣溪沙】轻盈臂腕消香腻，绰约腰身漾碧漪。【望吾乡】〔老旦〕明霞骨，沁雪肌。【大胜乐】〔贴〕一痕酥透双蓓蕾，〔老旦〕半点春藏小麝脐。【傍妆台】〔贴〕爱杀红巾罅[5]，私处露微微。永新姐，你看万岁爷呵，【解三醒】凝睛睇，【八声甘州】恁孜孜含笑，浑似呆痴。【一封书】〔合〕休说俺偷眼宫娥魂欲化，则他个见惯的君王也不自持。【皂罗袍】〔老旦〕恨不把春泉翻竭，〔贴〕恨不把玉山洗颓[6]，〔老旦〕不住的香肩呜嘬[7]，〔贴〕不住的纤腰抱围，【黄莺儿】〔老旦〕俺娘娘无言匿笑含情对。〔贴〕意怡怡，【月儿高】灵液春风，淡荡恍如醉。【排华清同浴,在册立时点明,此处用旁笔写出,两人恩爱,跃然纸上。只是为渲染玉环天生丽质,偏于色情描写,格调不高。

歌】〔老旦〕波光暖,日影晖,一双龙戏出平池。【桂枝香】〔合〕险把个襄王渴倒阳台下,恰便似神女携将暮雨归。

〔丑、副净暗上笑介〕两位姐姐,看得高兴啊,也等我每看看。〔老旦、贴〕姐姐,我每伺候娘娘洗浴,有甚高兴。〔丑、副净笑介〕只怕不是伺候娘娘,还在那里偷看万岁爷哩。〔老旦、贴〕啐,休得胡说,万岁爷同娘娘出来也。〔丑、副净暗下〕〔生同旦上〕

【二犯掉角儿】【掉角儿】出温泉新凉透体,睹玉容愈增光丽。最堪怜残妆乱头,翠痕干,晚云[8]生腻。〔老旦、贴与生、旦穿衣介〕〔旦作娇软态,老旦、贴扶介〕〔生〕妃子,看你似柳含风,花怯露。软难支,娇无力,倩人扶起。〔二内侍引杂推小车上〕请万岁爷娘娘上如意小车,回华清宫去。〔生〕将车儿后面随着。〔二内侍〕领旨。〔生携旦行介〕妃子,【排歌】朕和你肩相并,手共携,不须花底小车催,【东瓯令】趁扑面好风归。

【尾声】〔合〕意中人,人中意,则那些无情花鸟也情痴,一般的解结双头、学并栖。

〔生〕花气浑如百和香,杜甫 〔旦〕避风

新出浴盆汤。王建

〔生〕侍儿扶起娇无力，白居易　〔旦〕笑倚东窗白玉床。李白

〔1〕狼伉：粗壮。

〔2〕镇：整日。

〔3〕搁纵：放任、迁就的意思。

〔4〕写不迭：描画不尽。

〔5〕罅（xià）：瓦器的裂缝。

〔6〕玉山洗颓：玉山，杨贵妃的玉体。颓，倒，这里用人的反向破坏心理来描写唐明皇爱得发狂。

〔7〕呜嘬（zuō）：吻。

〔8〕晚云：指秀发。

第二十二出　密誓

【越调引子・浪淘沙】〔贴扮织女，引二仙女上〕云护玉梭儿，巧织机丝。天宫原不着相思，报道今宵逢七夕，忽忆年时[1]。

【鹊桥仙】“纤云弄巧，飞星传信，银汉秋光暗度。金风玉露一相逢，便胜却人间无数。柔肠似水，佳期如梦，遥指鹊桥前路。两情若是久长时，又岂在朝朝暮暮[2]。”吾乃织女是也。蒙上帝

玉敕，与牛郎结为天上夫妇。年年七夕，渡河相见。今乃下界天宝十载，七月七夕。你看明河无浪，乌鹊将填，不免暂撤机丝，整妆而待。〔内细乐扮乌鹊上，绕场飞介〕〔前场设一桥，乌鹊飞止桥两边介〕〔二仙女〕鹊桥已驾，请娘娘渡河。〔贴起行介〕

【越调过曲·山桃红】【下山虎头】俺这里乍抛锦字，暂驾香辎。〔合〕趁碧落无云滓，新凉暮飔[3]，〔作上桥介〕踩上这桥影参差，俯映着河光净泚[4]。【小桃红】更喜杀新月纤，华露滋，低绕着乌鹊双飞翅也，【下山虎尾】陡觉的银汉秋生别样姿。〔做过桥介〕〔二仙女〕启娘娘，已渡过河来了。〔贴〕星河之下，隐隐望见香烟一簇，摇扬腾空，却是何处？〔仙女〕是唐天子的贵妃杨玉环，在宫中乞巧哩。〔贴〕生受他一片诚心，不免同了牛郎，到彼一看。〔合〕天上留佳会，年年在斯，却笑他人世情缘顷刻时。〔齐下〕

吴评："明皇闻欢笑，本秽事也，借用于此处，映出杨妃娇横，甚有微词，且引起下文乞巧殿中撤灯独步，增无限文情。"

【商调过曲·二郎神】〔二内侍挑灯，引生上〕秋光静，碧沉沉轻烟送暝。雨过梧桐微做冷，银河宛转，纤云点缀双星。〔内作笑声，生听介〕顺着风儿还细听，欢笑隔花阴树影。内侍，是那里这般笑语？〔内侍向介〕万岁爷问，那里这般笑语？〔内〕是杨娘娘到长生殿去乞巧哩。〔内侍回介〕杨娘娘到长生殿去乞巧,故此笑语。〔生〕内侍每不要传报,待朕悄悄前去。撒红灯,待悄向龙墀觑个分明。〔虚下〕

【前腔】〔换头〕〔旦引老旦、贴同二宫女各捧香盒、纨扇、瓶花、化生金盆[5]上〕宫庭,金炉篆霭,烛光掩映。米大蜘蛛厮抱定[6],金盘种豆[7],花枝招飐银瓶。〔老旦、贴〕已到长生殿中,巧筵齐备,请娘娘拈香。〔作将瓶花、化生盆设桌上,老旦捧香盒,旦拈香介〕妾身杨玉环,虔爇心香,拜告双星,伏祈鉴佑。愿钗盒情缘长久订,〔拜介〕莫使做秋风扇冷。〔生潜上窥介〕觑娉婷,只见他拜倒在瑶阶,暗祝声声。

吴评:"拜倒时潜上,最妙。若在未拜及拜起时觌面,措词便费周折。"按《汉宫秋》中已有类似描绘。

〔老旦、贴作见生介〕呀,万岁爷到了。〔旦急转,拜生介〕〔生扶起介〕妃子在此,作何勾当?〔旦〕今乃七夕之期,陈设瓜果,特向天孙乞巧。〔生笑介〕妃子巧夺天工,何须更乞。〔旦〕惶愧。〔生、旦各坐介〕〔老旦、贴同二宫女暗下〕〔生〕妃子,朕想牵牛、织女隔断银河,一年才会得一度,这相思真非容易也。

【集贤宾】秋空夜永碧汉清,甫[8]灵驾逢迎,奈天赐佳期刚半顷,耳边厢容易鸡鸣。云寒露冷,又趱上经年孤另。〔旦〕

吴评:"极为牛、女写愁,直欲逼出杨妃堕泪。"

陛下言及双星别恨，使妾凄然。只可惜人间不知天上的事。如打听，决为了相思成病。

〔做泪介〕〔生〕呀，妃子为何掉下泪来？〔旦〕妾想牛郎织女，虽则一年一见，却是地久天长。只恐陛下与妾的恩情，不能够似他长远。〔生〕妃子说那里话！

【黄莺儿】仙偶纵长生，论尘缘也不恁争[9]。百年好占风流胜，逢时对景，增欢助情，怪伊底事反悲哽？〔移坐近旦低介〕问双星，朝朝暮暮，争似我和卿！

〔旦〕臣妾受恩深重，今夜有句话儿……〔住介〕〔生〕妃子有话，但说不妨。〔旦对生呜咽介〕妾蒙陛下宠眷，六宫无比。只怕日久恩疏，不免白头之叹[10]！

吴评："杨妃猝然伤感，虽为要盟之故，然乐极哀生，已动埋玉之机。下折即惊破霓裳矣。"

【莺簇一金罗】【黄莺儿】提起便心疼，念寒微侍掖庭，更衣傍辇多荣幸。【簇御林】瞬息间，怕花老春无剩，【一封书】宠难凭。〔牵生衣泣介〕论恩情，【金凤钗】若得一个久长时，死也应；若得一个到头时，死也瞑。【皂罗袍】抵多少平阳歌舞，恩移爱更[11]；长门孤寂，魂销泪零：断肠枉泣红颜命！

〔生举袖与旦拭泪介〕妃子，休要伤感。朕与你的恩情，岂是等闲可比。

【簇御林】休心虑，免泪零，怕移时，有变更。〔执旦手介〕做酥儿拌蜜胶粘定，总不离须臾顷。〔合〕话绵藤[12]，花迷月暗，分不得影和形。

〔旦〕既蒙陛下如此情浓，趁此双星之下，乞赐盟约，以坚终始。〔生〕朕和你焚香设誓去。〔携旦行介〕

【琥珀猫儿坠】〔合〕香肩斜靠，携手下阶行。一片明河当殿横，〔旦〕罗衣陡觉夜凉生。〔生〕惟应和你悄语低言，海誓山盟。

〔生上香揖同旦福介〕双星在上，我李隆基与杨玉环，〔旦合〕情重恩深，愿世世生生，共为夫妇，永不相离。有渝此盟，双星鉴之。〔生又揖介〕在天愿为比翼鸟，〔旦拜介〕在地愿为连理枝。〔合〕天长地久有时尽，此誓绵绵无绝期。〔旦拜谢生介〕深感陛下情重，今夕之盟，妾死生守之矣。〔生携旦介〕

【尾声】长生殿里盟私订。〔旦〕问今夜有谁折证？〔生指介〕是这银汉桥边，双双牛、女星。〔同下〕

【越调过曲·山桃红】〔小生扮牵牛，云巾、仙衣，同贴引仙女上〕只见他誓盟密矢[13]，拜祷孜孜，两下情无二，口同一辞。〔小

吴评："忽转到夜色上，状出形影不离，情与景会，神妙难言。"

吴评："下半部全从此盟演出，宜其郑重。"皇帝那会向妃子海誓山盟，表示生死不渝的爱情呢？正如作者说的"借太真外传谱新词，情而已"。

生〕天孙，你看唐天子与杨玉环，好不恩爱也！悄相偎，倚着香肩，没些缝儿。我与你既缔天上良缘，当作情场管领。况他又向我等设盟，须索与他保护。见了他恋比翼，慕并枝，愿生生世世情真至也，合令他长作人间风月司[14]。〔贴〕只是他两人劫难将至，免不得生离死别。若果后来不背今盟，决当为之绾合。〔小生〕天孙言之有理。你看夜色将阑，且回斗牛宫去。〔携贴行介〕〔合〕天上留佳会，年年在斯，却笑他人世情缘顷刻时！

吴评："此处正须明言，使观者得醒后半关目。"李、杨爱情至此已达高潮，乐极生悲，从下出起开始转折。

何用人间岁月催，罗邺　星桥横过鹊飞回。李商隐

莫言天上稀相见，李郢　没得心情送巧来。罗隐

〔1〕忽忆年时：忽然想起今天是七夕节。年时，年节，七夕节。

〔2〕此词依据宋代秦观〔鹊桥仙〕词，个别地方作了改动，使之更符合剧情。

〔3〕飔（sī）：凉风。

〔4〕净泚（cǐ）：明净。

〔5〕化生金盆：唐人风俗，七夕妇女用蜡制婴儿置水盆中以求子。

〔6〕米大蜘蛛厮抱定：古时七夕，人们将蜘蛛置小盒里，明晨看结网多少表明乞巧多少。

〔7〕金盘种豆：俗谓种生，即把绿豆、小豆、小麦浸在盆内，芽长三四寸时，再用彩线绕起来。

〔8〕甫:刚。

〔9〕不恁争:不那么差。

〔10〕白头之叹:相传司马相如欲纳妾,卓文君作《白头吟》,感叹丈夫喜新厌旧,不能白头偕老。

〔11〕平阳歌舞,恩移爱更:汉武帝皇后卫子夫,原为平阳公主歌女,后来有宠于汉武帝,被册封皇后,终因年老色衰遭冷遇。

〔12〕话绵藤:情语绵长。

〔13〕矢:同“誓”。此处作动词。

〔14〕风月司:传说中神界掌管男女风情的机关。

第二十三出　陷关

和“侦报”出相照应,是过场戏。

【越调引子·杏花天】〔净领二番将、四军执旗上〕狼贪虎视威风大,镇渔阳兵雄将多。待长驱直把殽函[1]破,奏凯日齐声唱歌。

咱家安禄山,自出镇以来,结连塞上诸蕃,招纳天下亡命,精兵百万,大事可举。只因唐天子待我不薄,思量等他身后方才起兵。叵耐杨国忠那厮,屡次说我反形大著,请皇上急加诛戮。天子虽然不听,只是咱在边关,他在朝内,若不早图,终恐遭其暗算。因此假造敕书,说奉密旨,召俺领兵入朝诛戮国忠。乘机打破西京,夺取唐室

江山，可不遂了我平生大愿！今乃黄道吉日，蕃将每，就此起兵前去。〔众〕得令。〔发号行介〕〔净〕

【越调过曲·豹子令】只为奸臣酿大祸，〔众〕酿大祸，〔净〕致令边镇起干戈，〔众〕起干戈。〔合〕逢城攻打逢人剁，尸横遍野血流河，烧家劫舍抢娇娥。〔喊杀下〕

【水底鱼】〔丑白须扮哥舒老将引二卒上〕年纪无多，刚刚八十过。渔阳兵至，认咱这老哥。自家老将哥舒翰是也，把守潼关。不料安禄山造反，杀奔前来，决意闭关死守。争奈监军内侍，立逼出战。势不由己，军士每，与我并力杀上前去。〔卒〕得令。〔行介〕〔净领众杀上〕〔丑迎杀大战介〕〔净众擒丑绑介〕〔净〕拿这老东西过来。我今饶你老命，快快献关降顺。〔丑〕事已至此，只得投降。〔众推丑下〕〔净〕且喜潼关已得，势如破竹，大小三军，就此杀奔西京便了。〔众应，呐喊行介〕跃马挥戈，精兵百万多。靴尖略动，踏残山与河，踏残山与河。

吴评："此折曲虽小，场上演时须当大战数合。盖陷关乃是大事，不可小做也。"

平旦[2]交锋晚未休，王遒　动天金鼓逼神州。韩偓

潼关一败番儿喜，司空图　倒把金鞭上酒楼。薛逢

〔1〕殽函：指函谷关，在潼关的东面。这里代指潼关。

〔2〕平旦：平明，早晨。

第二十四出　惊变

〔丑上〕玉楼天半起笙歌，风送宫嫔笑语和。月殿影开闻夜漏，水晶帘卷近秋河。咱家高力士，奉万岁爷之命，着咱在御花园中安排小宴。要与贵妃娘娘同来游赏，只得在此伺候。〔生、旦乘辇，老旦、贴随后，二内侍引，行上〕

【北中吕粉蝶儿】天淡云闲，列长空数行新雁。御园中秋色斓斑：柳添黄，苹减绿，红莲脱瓣。一抹雕阑，喷清香桂花初绽。

〔到介〕〔丑〕请万岁爷娘娘下辇。〔生、旦下辇介〕〔丑同内侍暗下〕〔生〕妃子，朕与你散步一回者。〔旦〕陛下请。〔生携旦手介〕〔旦〕

【南泣颜回】携手向花间，暂把幽怀同散。凉生亭下，风荷映水翩翻。爱桐阴静悄，碧沉沉并绕回廊看。恋香巢秋燕依人，睡银塘鸳鸯蘸眼[1]。

〔生〕高力士，将酒过来，朕与娘娘小饮数

吴评："从前宴赏，无非华筵丽景；此折花园小宴，后曲所叙，皆一派萧疏秋色。密誓已动忧端，惊变兆于哀飒矣。"这出是上下两部的分水岭。

杯。〔丑〕宴已排在亭上，请万岁爷娘娘上宴。〔旦作把盏，生止住介〕妃子坐了。

【北石榴花】不劳你玉纤纤高捧礼仪烦，只待借小饮对眉山[2]。俺与你浅斟低唱互更番，三杯两盏，遣兴消闲。妃子，今日虽是小宴，倒也清雅。回避了御厨中，回避了御厨中烹龙炰[3]凤堆盘案，咿咿哑哑乐声催趱。只几味脆生生，只几味脆生生蔬和果清肴馔，雅称你仙肌玉骨美人餐。

妃子，朕与你清游小饮，那些梨园旧曲，都不耐烦听他。记得那年在沉香亭上赏牡丹，召翰林李白草《清平调》三章，令李龟年度成新谱，其词甚佳。不知妃子还记得么？〔旦〕妾还记得。〔生〕妃子可为朕歌之，朕当亲倚玉笛以和。〔旦〕领旨。〔老旦进玉笛，生吹介〕〔旦按板介〕

李白醉写《清平调》在这里补写出。清歌倚笛，和前面“舞盘”一出所写寿筵羯鼓相互映辉。

【南泣颜回】花繁，秾艳想容颜。云想衣裳光璨，新妆谁似，可怜飞燕娇懒。名花国色，笑微微常得君王看。向春风解释春愁，沉香亭同倚阑干。

〔生〕妙哉，李白锦心，妃子绣口，真双绝矣。宫娥，取巨觞来，朕与妃子对饮。〔老旦、贴送酒介〕〔生〕

【北斗鹌鹑】畅好是喜孜孜驻拍停歌，喜孜孜驻拍停歌，笑吟吟传杯送盏。妃子干一杯,〔作照[4]干介〕不须他絮烦烦射覆藏钩[5],闹纷纷弹丝弄板。〔又作照杯介〕妃子,再干一杯。〔旦〕妾不能饮了。〔生〕宫娥每,跪劝。〔老旦、贴〕领旨。〔跪旦介〕娘娘,请上这一杯。〔旦勉饮介〕〔老旦、贴作连劝介〕〔生〕我这里无语持觞仔细看,早只见花一朵上腮间。〔旦作醉介〕妾真醉矣。〔生〕一会价软咍咍柳亸花欹[6],软咍咍柳亸花欹,困腾腾莺娇燕懒。

吴评:"一语一呼,声情宛转,目此至扑灯蛾曲,写一幅醉杨妃图也。演者须注意,摹拟醉态入神,若草草了之,便索然矣。"后来《贵妃醉酒》便从此等场面演化而来。

妃子醉了,宫娥每,扶娘娘上辇进宫去者。〔老旦、贴〕领旨。〔作扶旦起介〕〔旦作醉态呼介〕万岁!〔老旦、贴扶旦行〕〔旦作醉态介〕

【南扑灯蛾】态恹恹轻云软四肢,影蒙蒙空花乱双眼,娇怯怯柳腰扶难起,困沉沉强抬娇腕,软设设金莲倒褪,乱松松香肩亸云鬟,美甘甘思寻凤枕,步迟迟倩宫娥搀入绣帏间。

〔老旦、贴扶旦下〕〔丑同内侍暗上〕〔内击鼓介〕〔生惊介〕何处鼓声骤发?〔副净急上〕渔阳鼙鼓动地来,惊破霓裳羽衣曲。〔问丑介〕万岁爷在那里?〔丑〕在御花园内。〔副净〕军情紧急,不免径入。〔进见介〕陛下,不好了。安禄山起兵造反,杀过潼关,不日就到长安了。〔生大惊介〕守关将士何在?〔副净〕哥舒翰兵败,已降贼

急迫之状如画。

了。〔生〕

【北上小楼】呀,你道失机的哥舒翰……称兵的安禄山,赤紧的[7]离了渔阳,陷了东京,破了潼关。唬得人胆战心摇,唬得人胆战心摇,肠慌腹热,魂飞魄散,早惊破月明花粲。

卿有何策,可退贼兵?〔副净〕当日臣曾再三启奏,禄山必反,陛下不听,今日果应臣言。事起仓卒,怎生抵敌?不若权时幸蜀,以待天下勤王[8]。〔生〕依卿所奏。快传旨,诸王百官,即时随驾幸蜀便了。〔副净〕领旨。〔急下〕〔生〕高力士,快些整备军马。传旨令右龙武将军陈元礼,统领羽林军士三千扈驾[9]前行。〔丑〕领旨。〔下〕〔内侍〕请万岁爷回宫。〔生转行叹介〕唉,正尔欢娱,不想忽有此变,怎生是了也!

吴评:"点明陈元礼,起下折关目。"

【南扑灯蛾】稳稳的宫庭宴安,扰扰的边廷造反。冬冬的鼙鼓喧,腾腾的烽火黫[10]。的溜扑碌臣民儿逃散,黑漫漫乾坤覆翻,磣磕磕[11]社稷摧残,磣磕磕社稷摧残。当不得萧萧飒飒西风送晚,黯黯的一轮落日冷长安。

〔向内问介〕宫娥每,杨娘娘可曾安寝?〔老旦、贴内应介〕已睡熟了。〔生〕不要惊他,且待明早五鼓同行。〔泣介〕天那,寡人不幸,遭此播

哪有如此体贴妃子的皇帝,不过借以表现作

迁，累他玉貌花容，驱驰道路。好不痛心也！

【南尾声】在深宫兀自娇慵惯，怎样支吾蜀道难！〔哭介〕我那妃子呵，愁杀你玉软花柔，要将途路趱。

宫殿参差落照间，卢纶　渔阳烽火照函关。吴融

遏云[12]声绝悲风起，胡曾　何处黄云是陇山[13]。武元衡

者对爱情的理想而已。

〔1〕醮眼：招眼，引人注目。

〔2〕小饮对眉山：眉山，眉毛，即远山眉。和上句“玉纤纤高捧”相联系，暗合梁鸿、孟光“举案齐眉”的故事。

〔3〕炰（páo）：烹煮。

〔4〕照：举杯知照对方。

〔5〕射覆藏钩：饮宴上的两种游戏。射覆，近似猜字谜，猜不中者饮。藏钩，猜测物件（钩）藏在同席谁那里。

〔6〕柳亸（duǒ）花欹：形容杨贵妃醉软无力的神态。亸，低垂。欹，同“倚”。

〔7〕赤紧的：谓紧要关头。此处形容速度迅猛。

〔8〕勤王：帝王受困，各地起兵救驾。

〔9〕扈驾：保驾。扈，同“护”。

〔10〕黫（yān）：黑色。

〔11〕碜磕磕：悲惨至极。碜，同“惨”。磕磕，又作“可可”，助声无义。

〔12〕遏云：谓歌声阻住了行云，形容歌声嘹亮。

〔13〕陇山：陕西、甘肃一带，为长安至蜀的必经之地。

第二十五出　埋玉

【南吕过曲·金钱花】〔末扮陈元礼引军士上〕拥旄仗钺前驱，前驱；羽林拥卫銮舆，銮舆。匆匆避贼就征途。人跋涉，路崎岖。知何日，到成都。

下官右龙武将军陈元礼是也。因禄山造反，破了潼关。圣上避兵幸蜀，命俺统领禁军扈驾。行了一程，早到马嵬驿了。〔内鼓噪介〕〔末〕众军为何呐喊？〔内〕禄山造反，圣驾播迁，都是杨国忠弄权，激成变乱。若不斩此贼臣，我等死不扈驾。〔末〕众军不必鼓噪，暂且安营。待我奏过圣上，自有定夺[1]。〔内应介〕〔末引军重唱"人跋涉"四句下〕〔生同旦骑马，引老旦、贴、丑行上〕

【中吕过曲·粉孩儿】匆匆的弃宫闱珠泪洒，叹清清冷冷半张銮驾，望成都直在天一涯。渐行来渐远京华，五六搭剩水残山，两三间空舍崩瓦。

〔丑〕来此已是马嵬驿了，请万岁爷暂住銮驾。〔生、旦下马，作进坐介〕〔生〕寡人不道，误宠逆臣，致此播迁，悔之无及。妃子，只是累你劳顿，如之奈何！〔旦〕臣妾自应随驾，焉敢辞劳。只愿早早破贼，大驾还都便好。〔内又喊介〕杨国忠专权误国，今又交通吐蕃[2]，我等誓不与此贼俱生。要杀杨国忠的，快随我等前去。〔杂扮四军提刀赶副净上，绕场奔介〕〔军作杀副净，呐喊下〕〔生惊介〕高力士，外面为何喧嚷？快宣陈元礼进来。〔丑〕领旨。〔宣介〕〔末上见介〕臣陈元礼见驾。〔生〕众军为何呐喊？〔末〕臣启陛下：杨国忠专权召乱，又与吐蕃私通。激怒六军，竟将国忠杀死了。〔生作惊介〕呀，有这等事。〔旦作背掩泪介〕〔生沉吟介〕这也罢了，传旨起驾。〔末出传旨介〕圣旨道来，赦汝等擅杀之罪。作速起行。〔内又喊介〕国忠虽诛，贵妃尚在。不杀贵妃，誓不扈驾。〔末见生介〕众军道，国忠虽诛，贵妃尚在，不肯起行。望陛下割恩正法。〔生作大惊介〕哎呀，这话如何说起！〔旦慌牵生衣介〕〔生〕将军，

吴评："哗军直杀国忠，最妙。若待元礼辗转奏请，则与逼杀贵妃犯重矣。且因此警动明皇，使后逼贵妃时，不得不从，皆是惨淡经营处。"

【红芍药】国忠纵有罪当加，现如今已被劫杀。妃子在深宫自随驾，有何干六军疑讶。〔末〕圣谕极明，只是军心已变，如之奈何！〔生〕卿家，作速晓谕他，恁狂言没些高下。〔内又喊介〕〔末〕陛下呵，听军中恁地喧哗，教微臣怎生弹压！

吴评:"贵妃口虽请死,心实恋生,'只一句伤心话',是传神妙语。"

〔旦哭介〕陛下呵,

【耍孩儿】事出非常堪惊诧。已痛兄遭戮,奈臣妾又受波查[3]。是前生事已定,薄命应折罚。望吾皇急切抛奴罢,只一句伤心话……

〔生〕妃子且自消停。〔内又喊介〕不杀贵妃,死不扈驾。〔末〕臣启陛下:贵妃虽则无罪,国忠实其亲兄,今在陛下左右,军心不安。若军心安,则陛下安矣。愿乞三思。〔生沉吟介〕

怎舍官家,是内心话夺口而出。

【会河阳】无语沉吟,意如乱麻。〔旦牵生衣哭介〕痛生生怎地舍官家!〔合〕可怜一对鸳鸯,风吹浪打,直恁的遭强霸!〔内又喊介〕〔旦哭介〕众军逼得我心惊唬,〔生作呆想,忽抱旦哭介〕贵妃,好教我难禁架[4]!

〔众军呐喊上,绕场、围驿下〕〔丑〕万岁爷,外厢军士已把驿亭围了。若再迟延,恐有他变,怎么处?〔生〕陈元礼,你快去安抚三军,朕自有道理!〔末〕领旨。〔下〕〔生、旦抱哭介〕〔旦〕

【缕缕金】魂飞颤,泪交加。〔生〕堂堂天子贵,不及莫愁家[5]。〔合哭介〕难道把恩和义,霎时抛下!〔旦跪介〕臣妾受皇上深恩,杀身难报。今事势危急,望赐自尽,以定军心。陛下得安稳至蜀,妾虽死犹生也。算将来无计解军哗，残生愿甘罢，残生愿甘罢！

〔哭倒生怀介〕〔生〕妃子说那里话！你若捐生，朕虽有九重之尊，四海之富，要他则甚！宁可国破家亡，决不肯抛舍你也！

吴评："以下层层顿跌，皆逼人涕泪。"

【摊破地锦花】任谨哗，我一谜妆聋哑，总是朕差。现放着一朵娇花，怎忍见风雨摧残，断送天涯。若是再禁加[6]，拚代你陨黄沙。

〔旦〕陛下虽则恩深，但事已至此，无路求生。若再留恋，倘玉石俱焚，益增妾罪。望陛下舍妾之身，以保宗社[7]。〔丑作掩泪，跪介〕娘娘既慷慨捐生，望万岁爷以社稷为重，勉强割恩罢。〔内又喊介〕〔生顿足哭介〕罢罢，妃子既执意如此，朕也做不得主了。高力士，只得但、但凭娘娘罢！〔作哽咽、掩面哭下〕〔旦朝上拜介〕万岁！〔作哭倒介〕〔丑向内介〕众军听着，万岁爷已有旨，赐杨娘娘自尽了。〔众内呼介〕万岁，万岁，万万岁！〔丑扶旦起介〕娘娘，请到后边去。〔扶旦行介〕〔旦哭介〕

【哭相思】百年离别在须臾，一代红颜为君尽！

〔转作到介〕〔丑〕这里有座佛堂在此。〔旦作进介〕且住，待我礼拜佛爷。〔拜介〕佛爷，佛爷！念杨玉环呵，佛堂又作一顿。

【越恁好】罪孽深重，罪孽深重，望我佛度脱咱。〔丑拜介〕愿娘娘好处生天。〔旦起哭介〕〔丑跪哭介〕娘娘，有甚话儿，分付奴婢几句。〔旦〕高力士，圣上春秋已高，我死之后，只有你是旧人，能体圣意，须索小心奉侍。再为我转奏圣上，今后休要念我了。〔丑哭应介〕奴婢晓得。〔旦〕高力士，我还有一言。〔作除钗、出盒介〕这金钗一对，钿盒一枚，是圣上定情所赐。你可将来与我殉葬，万万不可遗忘。〔丑接钗盒介〕奴婢晓得。〔旦哭介〕断肠痛杀，说不尽恨如麻。〔末领军拥上〕杨妃既奉旨赐死，何得停留，稽迟圣驾。〔军呐喊介〕〔丑向前拦介〕众军士不得近前，杨娘娘即刻归天了。〔旦〕唉，陈元礼，陈元礼，你兵威不向逆寇加，逼奴自杀。〔军又喊介〕〔丑〕不好了，军士每拥进来了。〔旦看介〕唉，罢、罢，这一株梨树，是我杨玉环结果之处了。〔作腰间解出白练，拜介〕臣妾杨玉环，叩谢圣恩。从今再不得相见了。〔丑泣介〕〔旦作哭缢介〕我那圣上啊，我一命儿便死在黄泉下，一灵儿只傍着黄旗下[8]。

钗盒殉葬，为后来证仙作伏笔。

〔做缢死下〕〔末〕杨妃已死，众军速退。〔众应同下〕〔丑哭介〕我那娘娘啊！〔下〕〔生上〕六军不发无奈何，宛转蛾眉马前死。〔丑持白练上，见生介〕启万岁爷，杨娘娘归天了。〔生作呆不

这里对死前杨玉环的描写极其细腻。写她舍不得官家，写她为保宗社，宁肯自己捐生，写她叮咛高力士小心侍奉明皇。一步一顿，动人

应介〕〔丑又启介〕杨娘娘归天了。自缢的白练在此。〔生看大哭介〕哎哟，妃子，妃子，兀的不痛杀寡人也！〔倒介〕〔丑扶介〕〔生哭介〕

【红绣鞋】当年貌比桃花，桃花；〔丑〕今朝命绝梨花，梨花。〔出钗盒介〕这金钗、钿盒，是娘娘分付殉葬的。〔生看钗盒哭介〕这钗和盒，是祸根芽。长生殿，恁欢洽；马嵬驿，恁收煞！

〔丑〕仓卒之间，怎生整备棺椁？〔生〕也罢，权将锦褥包裹。须要埋好记明，以待日后改葬。这钗盒就系娘娘衣上罢。〔丑〕领旨。〔下〕〔生哭介〕

【尾声】温香艳玉须臾化，今世今生怎见他！〔末上跪介〕请陛下起驾。〔生顿足恨介〕咳，我便不去西川也值甚么！〔内呐喊、掌号，众军上〕

【仙吕入双调过曲·朝元令】〔丑暗上，引生上马行介〕〔合〕长空雾粘，旌旆寒风飐。长征路淹[9]，队仗黄尘染。谁料君臣，共尝危险。恨贼寇横兴逆焰，烽火相兼，何时得将豺虎歼。遥望蜀山尖，回将凤阙瞻，浮云数点，咫尺把长安遮掩，长安遮掩。

心魄。悲剧主人公唯有使人同情，才能收到悲剧效果。

本出写的李隆基十分钟情，在他看来，玉环若死，虽有九重之尊、四海之富也没有用；他甚至想代陨黄沙。而玉环被逼自缢后，竟连西川也不愿去了。“堂堂天子贵，不及莫愁家。”他羡慕的是生死不渝的爱情，至于皇帝的宝座倒是无所谓的。写尽多情天子，也写尽昏庸皇帝。

翠华[10]西拂蜀云飞，章褐　天地尘昏九鼎[11]危。吴融

蝉鬓不随銮驾起，高骈　空惊鸳鹭忽相随。钱起

〔1〕定夺：裁决。

〔2〕交通吐蕃：与吐蕃（今西藏）私下勾结。《通鉴》卷二一八载："陈玄礼以祸由杨国忠，欲诛之……会吐蕃使者二十余人遮国忠马，诉以无食。国忠未及对，军士呼曰：'国忠与胡虏谋反！'"

〔3〕波查：磨折，苦难。

〔4〕难禁架：难以忍受。

〔5〕堂堂天子贵，不及莫愁家：大意是，贵为天子，临难却不及一介平民。语本李商隐《马嵬》诗："如何四纪为天子，不及卢家有莫愁。"

〔6〕若是再禁加：如果军队再闹下去。

〔7〕宗社：宗庙，社稷，封建邦国的象征。

〔8〕一灵儿只傍着黄旗下：灵魂也要追随皇帝走。黄旗，封建皇帝的旗帜。

〔9〕淹：淹迟，行路缓慢。

〔10〕翠华：饰有翠鸟羽毛的帝王仪仗旗之一。

〔11〕九鼎：古代传说，夏禹铸九鼎，象征九州，三代时君王把它视为传国之宝。

第二十六出　献饭

【黄钟引子·西地锦】〔生引丑上〕懊恨蛾眉轻丧，一宵千种悲伤。早来慵把金鞭扬，午余玉粒[1]谁尝。

寡人匆匆西幸，昨在马嵬驿中，六军不发。无计可施，只得把妃子赐死。〔泪介〕咳，空做一朝天子，竟成千古忍人。勉强行了一程，已到扶风地面。驻跸凤仪宫内，不免少息片时。〔外扮老人持麦饭上〕炙背可以见天子，献芹由来知野人[2]。老汉扶风野老郭从谨是也。闻知皇上西巡，暂驻凤仪宫内。老汉煮得一碗麦饭，特来进献，以表一点敬心。〔见丑介〕公公，烦乞转奏一声，说野人郭从谨特来进饭。〔丑传介〕〔生〕召他进来。〔外进见介〕草莽小臣郭从谨见驾。〔生〕你是那里人？〔外〕念小臣呵，

吴评："曲朴而稳，直接元人衣钵。"

【黄钟过曲·降黄龙】生长扶风，白首躬耕，共庆时康。听蓦然变起，凤辇游巡，无限惊惶。聊将一盂麦饭，匍匐向旗门陈上。愿吾君不嫌粗粝，野人供养。

〔生〕生受你了，高力士取上来。〔丑接饭送

生介]〔生看介〕寡人晏处深宫,从不曾尝着此味。

【前腔】〔换头〕寻常、进御大官[3],馔玉炊金,食前方丈[4],珍羞百味,犹兀自嫌他调和无当。〔泪介〕不想今日,却将此物充饥。凄凉、带麸连麦,这饭儿如何入嗓?〔略吃便放介〕抵多少滹沱河畔、失路萧王[5]!

〔外〕陛下,今日之祸,可知为谁而起?〔生〕你道为着谁来?〔外〕陛下若赦臣无罪,臣当冒死直言。〔生〕但说不妨。〔外〕只为那杨国忠呵,

【前腔】〔换头〕猖狂,倚恃国亲,纳贿招权,毒流天壤。他与安禄山,十年构衅,一旦里兵戈起自渔阳。〔生〕国忠构衅,禄山谋反,寡人那里知道。〔外〕那禄山呵,包藏祸心日久,四海都知逆状。去年有人上书,告禄山逆迹,陛下反赐诛戮。谁肯再甘心𫓧钺[6],来奏君王。

〔生作恨介〕此乃朕之不明,以致于此。

【前腔】〔换头〕斟量,明目达聪,原是为君的理当察访。朕记得姚崇、宋璟为相的时节,把直言数进,万里民情,如在同堂。

吴评:"写开元政治景象,明明自认不明,却又诿罪臣下。从来怙恶不悛,如出一辙。"

不料姚、宋亡后，满朝臣宰，一味贪位取容。郭从谨呵，倒不如伊行，草野怀忠，直指出逆藩奸相。〔外〕若不是陛下巡幸到此，小臣那里得见天颜。〔生泪介〕空教我噬脐无及[7]，恨塞饥肠。

〔外〕陛下暂息龙体，小臣告退。〔叹介〕从饶[8]白发千茎雪，难把丹心一寸灰。〔下〕〔副净扮使臣、二杂抬彩上〕

【太平令】鸟道羊肠，春彩驮来驿路长。连山铃铎频摇响，看日近帝都旁。

自家成都道使臣，奉节度使之命，解送春彩十万匹到京。闻得驾幸扶风，不免就此进上。〔向丑介〕烦乞启奏一声，说成都使臣，贡春彩到此。〔丑进奏介〕〔生〕春彩照数收明，打发使臣回去。〔二杂抬彩进介〕〔副净同二杂下〕〔生〕高力士，可召集将士，朕有面谕。〔丑〕万岁爷宣召龙武军将士听旨。〔众扮将士上〕"晓起听金鼓，宵眠抱玉鞍。"龙武军将士叩见万岁爷。〔生〕将士每，听朕道来，

【前腔】变出非常，远避兵戈涉异方。劳伊仓卒随行仗，今日呵，别有个好商量。〔众〕不知万岁爷有何谕旨？〔生〕

【黄龙衮】征人忆故乡，征人忆故乡，蜀道如天上。不忍累伊每，把妻儿父母轻

明皇亦曾经是一位有为的君主，深通驾驭之术，有此一件安排，正是还他本色。

擻漾[9]。朕待独与子孙中官，慢慢的挨到蜀中。尔等今日，便可各自还家。省得跋涉程途，饥寒劳攘。高力士，可将使臣进来春彩，分给将士，以为盘费。没军资，分彩币，聊充饷。

〔丑应分彩介〕〔众哭介〕万岁爷圣谕及此，臣等寸心如割。自古养军千日，用在一朝。臣等呵，

【前腔】无能灭虎狼，无能灭虎狼，空愧熊罴将。生死愿从行，军声齐恃天威壮。这春彩，臣等断不敢受。请留待他时论功行赏，若有违心，皇天鉴，决不爽[10]。

〔生〕尔等忠义虽深，朕心实有不忍，还是回去罢。〔众〕呀，万岁爷，莫不因贵妃娘娘之死，有些疑惑么？〔生〕非也，

【尾声】他长安父老多悬望，你每回去呵，烦说与翠华无恙。〔众〕万岁爷休出此言，臣等情愿随驾，誓无二心。〔合〕只待净扫妖氛，一同返帝乡。

〔生〕天色已晚，今夜就此权驻。明日早行便了。〔众〕领旨。

万里飞沙咽鼓鼙，钱起 〔丑〕沉沉落日向山低。骆宾王

〔生〕如今悔恨将何益，韦庄 〔丑〕更忍

车轮独向西？周昙

〔1〕玉粒：米饭。

〔2〕炙背可以见天子，献芹由来知野人：炙背，相传有人裸背晒太阳，感觉很舒服，忙去告诉天子，请他照样享受一番。献芹，相传有一乡民认为芹菜甘美，特地请别人来品尝。全句皆有所献菲薄、不足当意但情真意挚的意思。

〔3〕大官：即太官，主管皇帝膳食的官员。

〔4〕食前方丈：谓菜肴罗列之多。方丈，一丈见方。

〔5〕滹沱河畔、失路萧王：汉代刘秀部队在滹沱河受阻，饥寒交迫，部将冯异只能送豆粥给他充饥。刘秀曾被刘玄封为萧王。

〔6〕甘心鈇钺：甘心受死。鈇钺，即斧钺，古代执行死刑的刑具。

〔7〕噬脐无及：自己咬自己的肚脐，无论如何也是够不上的。比喻后悔无及。

〔8〕从饶：即使让。

〔9〕撇漾：撇开，抛弃。

〔10〕爽：背，违背。

第二十七出　冥追

【商调过曲·山坡五更】【山坡羊】〔魂旦白练系颈上，服色照前"埋玉"折〕恶噷噷一场喽罗[1]，乱匆匆一生结果。荡悠悠一缕断魂，痛察察一条白练香喉锁。【五更转】

吴评："四个一字逼出一点痴情，白练羁魂，词尤吃紧。"

风光尽，信誓捐，形骸涴。只有痴情一点、一点无摧挫，拼向黄泉，牢牢担荷。我杨玉环随驾西行，刚到马嵬驿内，不料六军变乱，立逼投缳。〔泣介〕唉，不知圣驾此时到那里了！我一灵渺渺，飞出驿中，不免望着尘头，追随前去。〔行介〕

【北双调新水令】望銮舆才离了马嵬坡，咫尺间不能飞过。俺悄魂轻似叶，他征骑疾如梭。刚打个磨陀[2]，翠旗尖又早被树烟锁。〔虚下〕

【南仙吕入双调·步步娇】〔生引丑、二内侍、四军拥行上〕没揣倾城遭凶祸，去住浑无那[3]。行行唤奈何，马上回头，两泪交堕。〔丑〕启万岁爷，前面就是驻跸之处了。〔生叹介〕唉，我已厌一身多，伤心更说甚今宵卧。〔齐下〕

吴评："疲马征途，急于望宿，而伤心人别有意绪，已厌身多，遂觉行住都无是处。"

【北折桂令】〔旦行上〕一停停[4]古道逶迤，俺只索虚趁云行，弱倩风驮。〔向内望科〕呀，好了。望见大驾，就在前面了也。这不是羽盖飘扬，鸾旌荡漾，翠辇嵯峨！不免疾忙赶上者。〔急行科〕愿一灵早依御座，便牢牵衮袖黄罗[5]。〔内鸣锣作风起科〕〔旦作惊退科〕呀，我望着銮舆，正待赶上。忽然黑风过处，遮断去路,影都不见了。好苦呵,暗蒙蒙烟障林阿,杳沉沉雾塞山河,闪摇摇不住徘徊,悄冥冥怎样腾挪[6]?

〔贴在内叫苦介〕〔旦〕你看那边愁云苦雾之中,有个鬼魂来了,且闪过一边。〔虚下〕〔贴扮虢国夫人魂上〕

【南江儿水】艳冶风前谢,繁华梦里过。风流谁识当初我?玉碎香残荒郊卧,云抛雨断重泉堕。〔二鬼卒上〕哇,那里去?〔贴〕奴家虢国夫人。〔鬼卒笑介〕原来就是你。你生前也忒受用了,如今且随我到枉死城中去。〔贴哭介〕哎哟,好苦呵,怨恨如山堆垛。只问你多大幽城[7],怕着不下这愁魂一个!

〔杂拉贴叫苦下〕〔旦急上看科〕呀,方才这个是我裴家姊姊,也被乱兵所害了。兀的不痛杀人也!

【北雁儿落带得胜令】想当日天边夺笑歌,今日里地下同零落。痛杀俺冤由一命招,更不想惨累全家祸。呀,空落得提起着泪滂沱,何处把恨消磨!怪不得四下愁云裹,都是俺千声怨气呵。〔望科〕那边又是一个鬼魂,满身鲜血,飞奔前来。好怕人也!悲么,泣孤魂独自无回和。惊么,只落得伴冥

途野鬼多。〔虚下〕

【南侥侥令】〔副净扮杨国忠鬼魂跑上〕生前遭劫杀,死后见阎罗。〔牛头执钢叉,夜叉执铁锤、索上拦介〕〔副净跑下〕〔牛头、夜叉复赶上〕杨国忠那里走?〔副净〕呀,我是当朝宰相,方才被乱兵所害。你每做甚,又来拦我?〔牛头〕奸贼,俺奉阎王之命,特来拿你。还不快走。〔副净〕那里去?〔牛头、夜叉〕向小小酆都[8]城一座,教你去剑树与刀山寻快活。

这里让杨玉环兄妹鬼魂出场,一是表示恶人有恶报,二是反衬玉环悔罪真诚,所以结果与兄妹不同。

〔牛头拉副净,执叉叉背,夜叉锁副净下〕〔旦急上看科〕呵呀,那不是我的哥哥。好可怜人也!〔作悲科〕

【北收江南】呀,早则是五更短梦,瞥眼醒南柯[9]。把荣华抛却,只留得罪殃多。唉,想我哥哥如此,奴家岂能无罪?怕形消骨化,忏不了旧情魔。且住,一望茫茫,前行无路,不如仍旧到马嵬驿中去罢。〔转行科〕待重转驿坡,心又早怯懦。听了这归林暮雀,犹错认乱军呵。

〔虚下〕〔副净扮土地上〕地下常添枉死鬼,人间难觅返魂香[10]。小神马嵬坡土地是也。奉东岳帝君之命,道贵妃杨玉环原系蓬莱仙子,今死在吾神界内。特命将他肉身保护,魂魄安顿,以候玉旨。不免寻他去来。〔行介〕

【南园林好】只他在翠红乡欢娱事过，粉香丛冤孽债多[11]，一霎做电光石火[12]。将肉质护泉窝，教魂魄守坟窠。〔虚下〕

【北沽美酒带太平令】〔旦行上〕度寒烟蔓草坡，行一步一延俄。〔看介〕呀，这树上写的有字，待我看来。〔作念科〕贵妃杨娘娘葬此。〔作悲科〕原来把我就埋在此处了。唉，玉环，玉环！〔泣科〕只这冷土荒堆树半棵，便是娉婷袅娜，落来的好巢窝。我临死之时，曾分付高力士，将金钗、钿盒与我殉葬，不知曾埋下否？怕旧物向尘埃抛堕，则俺这真情肯为生死差讹？就是果然埋下呵，还只怕这残尸败蜕，抱不牢同心并朵。不免叫唤一声，〔叫科〕杨玉环，你的魂灵在此。我呵，悄临风叫他、唤他。〔泣科〕可知道伊原是我，呀，直恁地推眠装卧！

〔副净上唤科〕兀那啼哭的，可是贵妃杨玉环鬼魂么？〔旦〕奴家正是。是何尊神？乞恕冒犯。〔副净〕吾神乃马嵬坡土地。〔旦〕望尊神与奴做主咱。〔副净〕贵妃听吾道来：你本是蓬莱仙子，因微过谪落凡尘。今虽是浮生限满，旧仙山隔断红云。〔代旦解白练科〕吾神奉岳帝敕旨，解冤结免汝沉沦。〔旦福科〕多谢尊神，只不知奴与皇上，还有相见之日么？〔副净〕此事非

李、杨爱情，随着玉环马嵬自缢，已告结束，但作者认为真正的爱情是生死不渝的。更何况作者认为悲剧主人公原是仙家下凡呢。“飞去蓬山寻旧果”，作者只好采用浪漫主义的手法，写出下半部人间天上的戏文。

吾神所晓。〔旦作悲科〕〔副净〕贵妃,且在马嵬驿暂住幽魂,吾神去也。〔下〕〔旦〕苦呵,不免到驿中佛堂里,暂且栖托则个。〔行科〕

【南尾声】重来绝命庭中过,看树底泪痕犹涴。怎能够飞去蓬山寻旧果!

土埋冤骨草离离,储嗣宗　回首人间总祸机。薛能

云雨马嵬分散后,韦绚　何年何路得同归。韦庄

〔1〕恶噷(hm)噷一场喽罗:恶噷噷,恶狠狠。喽啰,即啰唣,指马嵬驿哗变士兵的呐喊鼓噪声。

〔2〕打个磨陀:打个转,兜个圈子。

〔3〕浑无那(nuò):全是无可奈何。

〔4〕一停停:一程程,一站站。

〔5〕兖袖黄罗:封建帝王穿的黄色衮龙袍。

〔6〕腾挪:移步。

〔7〕幽城:阴间地府。

〔8〕酆都:迷信传说中阎王居住的都城。

〔9〕五更短梦,瞥眼醒南柯:是说人生短暂,如同南柯一梦。

〔10〕返魂香:传说是用返魂树根煎制成的一种香烟,燃之可使人灵魂复归躯体。

〔11〕翠红乡欢娱事过,粉香丛冤孽债多:佛家否定物质享受,把"翠红乡""粉香丛"等温柔富贵认作"冤孽债"。

〔12〕一霎做电光石火:比喻物质享受随同人的死亡瞬间归于幻灭。

重订增注

中国十大古典悲剧集

下

王季思 主编

李悔吾 宁希元 萧善因 副主编

齊魯書社

第二十八出　骂贼

〔外扮雷海青抱琵琶上〕武将文官总旧僚，恨他反面事新朝。纲常留在梨园内，那惜伶工命一条。自家雷海青是也。蒙天宝皇帝隆恩，在梨园部内做一个供奉。不料禄山作乱，破了长安，皇帝驾幸西川去了。那满朝文武，平日里高官厚禄，荫子封妻。享荣华，受富贵。那一件不是朝廷恩典！如今却一个个贪生怕死，背义忘恩，争去投降不迭。只图安乐一时，那顾骂名千古。唉，岂不可羞，岂不可恨！我雷海青虽是一个乐工，那些没廉耻的勾当，委实做不出来。今日禄山与这一班逆党，大宴凝碧池头，传集梨园奏乐。俺不免乘此，到那厮跟前，痛骂一场，出了这口愤气。便粉骨碎身，也说不得了。且抱着琵琶，去走一遭也呵！

吴评："此折大有关系。雷海青琵琶，遂可与高渐离击筑并传。尝叹世间真忠义不易多有，惟优孟衣冠，妆演古人，凛然生气如在。若此折使人可兴、可观，可以廉顽直懦，世有议是剧为劝淫者，正未识旁见侧出之意耳。"

【仙吕村里迓鼓】虽则俺乐工卑滥，硁硁[1]愚暗，也不曾读书献策，登科及第，向鹓班高站[2]。只这血性中，胸脯内，倒有些忠肝义胆。今日个睹了丧亡，遭了危难，值了变惨，不由人痛切齿，声吞恨衔。

【元和令】恨子恨泼腥膻莽将龙座渰[3]，癞虾蟆妄想天鹅啖，生克擦直逼的个官家下殿走天南。你道恁胡行堪不堪？纵将他寝皮食肉也恨难劖[4]。谁想那一班儿没掂三[5]，歹心肠，贼狗男。

【上马娇】平日价张着口将忠孝谈，到临危翻着脸把富贵贪。早一齐儿摇尾受新衔，把一个君亲仇敌当作恩人感。咱，只问你蒙面可羞惭？

【胜葫芦】眼见的去做忠臣没个敢。雷海青呵，若不把一肩担，可不枉了戴发含牙人是俺[6]。但得纲常无缺，须眉无愧，便九死也心甘。〔下〕

吴评："开口出'抢占'二字，不脱贼种语气，次句便夸衮冕，又如沐猴而冠。此等模描，深得史记文法。"

【中吕引子·绕红楼】〔净引二军士上〕抢占山河号大燕，袍染赭，冠戴冲天[7]。凝碧清秋，梨园小部，歌舞列琼筵。

孤家安禄山。自从范阳起兵，所向无敌，长驱西入，直抵长安。唐家皇帝，逃入蜀中去了，锦绣江山，归吾掌握。〔笑介〕好不快活。今日聚集百官，在凝碧池上做个太平筵宴，洒乐一回。内侍每，众官可曾齐到？〔杂〕都在外殿伺候。〔净〕宣过来。〔军〕领旨。〔宣介〕主上宣百官进见。〔四伪官上〕"今日新天子，当时旧宰臣。同为识时者,不是负恩人。”〔见介〕臣等朝见。愿主上万岁,万万岁!〔净〕众卿平身。孤家今日政务稍闲,特设宴在凝碧池上,与卿等共乐太平。〔四伪官〕万岁。〔军〕筵宴完备,请主上升宴。〔内奏乐,四伪官跪送酒介〕〔净〕

【中吕过曲·尾犯序】龙戏碧池边,正五色云开,秋气澄鲜。紫殿逍遥,暂停吾玉鞭。开宴,走绯衣,鸾刀细割;揎锦袖,犀盘满献。〔四伪官献酒再拜介〕瑶池下,熊罴鹓鹭[8],拜送酒如泉。

〔净〕内侍每,传旨唤梨园子弟奏乐。〔军〕领旨。〔向内介〕主上有旨,着梨园子弟奏乐。〔内应奏乐介〕〔军送净酒介〕〔合〕

【前腔】〔换头〕当筵,众乐奏钧天。旧日霓裳,重按歌遍[9]。半入云中,半吹落风前。稀见,除却了清虚洞府,只有那沉香亭院。今日个仙音法曲,不数大唐年。

〔净〕奏得好。〔四伪官〕臣想天宝皇帝,不知费了多少心力,教成此曲。今日却留与主上受用,真乃齐天之福也。〔净笑介〕众卿言之有理,再上酒来。〔军送酒介〕〔外在内泣唱介〕

【前腔】〔换头〕幽州鼙鼓喧,万户蓬蒿,四野烽烟。叶堕空宫,忽惊闻歌弦奇变,真个是天翻地覆,真个是人愁鬼怨。

〔大哭介〕我那天宝皇帝呵，金銮上百官拜舞，何日再朝天？

〔净〕呀，什么人啼哭？好奇怪！〔军〕是乐工雷海青。〔净〕拿上来。〔军拉外上见介〕〔净〕雷海青，孤家在此饮太平筵宴，你敢擅自啼哭，好生可恶！〔外骂介〕唉，安禄山，你本是失机边将，罪应斩首。幸蒙圣恩不杀，拜将封王。你不思报效朝廷，反敢称兵作乱，秽污神京，逼迁圣驾。这罪恶贯盈，指日天兵到来诛戮，还说什么太平筵宴！〔净大怒介〕唉，有这等事。孤家入登大位，臣下无不顺从。量你这一个乐工，怎敢如此无礼！军士看刀伺候。〔二军作应，拔刀介〕〔外一面指净骂介〕

吴评："尝读唐徐夤诗：'张均兄弟今何在，却是杨妃死报君。'今见此曲，觉太平宴上诸人，不但生惭雷老，即他日九重泉路，并何面目见杨妃乎！后文以为国捐躯为杨表白，正为此辈抑扬耳。"

【扑灯蛾】怪伊忒负恩，兽心假人面，怒发上冲冠。我虽是伶工微贱也，不似他朝臣靦覥[10]。安禄山，你窃神器[11]，上逆皇天，少不得顷刻间尸横血溅。〔将琵琶掷净介〕我掷琵琶，将贼臣碎首报开元。

〔军夺琵琶介〕〔净〕快把这厮拿去砍了。〔军应拿外砍下〕〔净〕好恼，好恼！〔四伪官〕主上息怒。无知乐工，何足介意。〔净〕孤家心上不快，众卿且退。〔四伪官〕领旨。臣等恭送主上回宫。〔跪送介〕〔净〕酒逢知己千钟少，话不投机半句多。〔怒下〕〔四伪官起介〕杀得好，杀得好。一个乐工,思量做起忠臣来。难道我每吃太平宴的,倒差了不成!

【尾声】大家都是花花面[12],一个忠臣值甚钱。〔笑介〕雷海青,雷海青,毕竟你未戴乌纱识见浅!

三秦流血已成川,罗隐　为虏为王事偶然。李山甫

世上何人怜苦节,陆希声　直须行乐不言旋。薛稷

他人笑骂,不如自我写照,在表现凛凛正气的悲剧里,穿插点喜剧性的曲白,更加反衬出雷海青等人的气节。作者本出内颂下层人民之有骨气,斥降臣之卑鄙无耻,隐约透露了当时的民族意识。

〔1〕硁(kēng)硁:识浅而固执。

〔2〕鹓班高站:朝官们像鹓飞行时排列整齐地站立。

〔3〕泼腥膻莽将龙座渰:腥膻,封建时代对北方边境民族的蔑视之辞。泼腥膻,即指禄山。将龙座渰,形容腥膻之气像云雾一样把皇帝的宝座遮掩了。

〔4〕恨难劖:恨难消。劖,割断。

〔5〕没掂三:没头脑,没有是非观念。

〔6〕戴发含牙人是俺:与上句伪官"摇尾受新衔"对比,强调人应该有忠义气节,不应投敌。

〔7〕冠戴冲天:即戴冲天冠,为番王冠号(中原王朝皇帝为平天冠)。

〔8〕熊罴鹓鹭:武将文官。武将官服绣熊罴,文官则为鹓鹭。

〔9〕歌遍:《霓裳羽衣》曲分成多段,全部歌完叫"歌遍"。

〔10〕觍觍:含羞、害臊的样子。这里是讽刺伪官们奴颜媚敌。

〔11〕窃神器:抢窃帝位。神器,即禹铸的九鼎,象征统治权。

〔12〕花花面:戏台上丑角的脸谱。

第二十九出　闻铃

〔丑内叫介〕军士每趱行，前面伺候。〔内鸣锣，应介〕〔丑〕万岁爷，请上马。〔生骑马，丑随行上〕

这是写李隆基入蜀后，见景生情，深切忆念杨玉环的场子。作者只让李隆基和随从高力士上场，众军士皆不上场，为便于李独念独唱，倾泻胸臆。

【双调近词·武陵花】万里巡行，多少悲凉途路情。看云山重叠处，似我乱愁交并。无边落木响秋声，长空孤雁添悲哽。寡人自离马嵬，饱尝辛苦。前日遣使臣赍奉玺册，传位太子去了。行了一月，将近蜀中。且喜贼兵渐远，可以缓程而进。只是对此鸟啼花落，水绿山青，无非助朕悲怀。如何是好！〔丑〕万岁爷，途路风霜，十分劳顿。请自排遣，勿致过伤。〔生〕唉，高力士，朕与妃子，坐则并几，行则随肩。今日仓卒西巡，断送他这般结果，教寡人如何撇得下也！〔泪介〕提起伤心事，泪如倾。回望马嵬坡下，不觉恨填膺。〔丑〕前面就是栈道了，请万岁爷挽定丝缰，缓缓前进。〔生〕袅袅旗旌，背残日，风摇影。匹马崎岖怎暂停，怎暂停！只见阴云黯淡天昏暝，哀猿断肠，子规叫血，好教人怕听。兀

吴评："马首斜阳忽尔阴云催暝，冷雨迎人，客程情景如画。"在舞台布景简单的条件

的不惨杀人也么哥，兀的不苦杀人也么哥！萧条恁生[1]，峨眉山下少人经，冷雨斜风扑面迎。

〔丑〕雨来了，请万岁爷暂登剑阁避雨。〔生作下马、登阁坐介〕〔丑作向内介〕军士每，且暂驻扎，雨住再行。〔内应介〕〔生〕独自登临意转伤，蜀山蜀水恨茫茫。不知何处风吹雨，点点声声迸断肠。〔内作铃响介〕〔生〕你听那壁厢，不住的声响，聒的人好不耐烦。高力士，看是甚么东西。〔丑〕是树林中雨声，和着檐前铃铎，随风而响。〔生〕呀，这铃声好不做美也！

下，古代戏曲多以写意性曲词，勾出主人公抒情的意境。

【前腔】淅淅零零，一片凄然心暗惊。遥听隔山隔树，战合风雨，高响低鸣。一点一滴又一声，一点一滴又一声，和愁人血泪交相迸。对这伤情处，转自忆荒茔。白杨萧瑟雨纵横，此际孤魂凄冷。鬼火光寒，草间湿乱萤。只悔仓皇负了卿，负了卿！我独在人间，委实的不愿生。语娉婷，相将早晚伴幽冥[2]。一恸空山寂，铃声相应，阁道崚嶒[3]，似我回肠恨怎平！

吴评："缠绵哀怨，一往而深，又应转铃声，点染阁道，凄然欲绝。"

〔丑〕万岁爷且免愁烦。雨止了，请下阁去罢。〔生作下阁、上马介，丑向内介〕军士每，前面起驾。〔众内应介〕〔丑随生行介〕〔生〕

风声、雨声、铃声、哭声，声声相应。末句以阁道崚嶒比己之愁肠百结，更凄切动人。

【尾声】迢迢前路愁难罄，招魂去国

吴评："结出雨后景色，文生于情。"

两关情。〔合〕望不尽雨后尖山万点青。

〔生〕剑阁连山千里色，骆宾王　离人到此倍堪伤。罗邺

空劳翠辇冲泥雨，秦韬玉　一曲淋铃泪数行。杜牧

〔1〕萧条恁生：恁生萧条，这般萧条。

〔2〕语娉婷，相将早晚伴幽冥：大意是，妃子呀，我也快要去阴曹地府和你做伴了。

〔3〕崚（léng）嶒：高峻突兀的样子。

第三十出　情悔

人们常说"逞侈心而穷人欲"的皇帝和妃子之间，怎么会有真正爱情呢？其实作者也清楚，他自己就说过"念情之所钟，在帝王家罕有"。罕有，毕竟还有。作者在《长生殿》里写的李、杨爱情便是这少有的例外。他们突

【仙吕入双调·普贤歌】〔副净上〕马嵬坡下太荒凉，土地公公也气不扬。祠庙倒了墙，没人烧炷香，福礼三牲[1]谁祭享！

小神马嵬坡土地是也，向来香火颇盛。只因安禄山造反，本境人民尽皆逃散。弄得庙宇荒凉，香烟断绝。目今野鬼甚多，恐怕出来生事，且往四下里巡看一回。正是"只因神倒运，常恐鬼胡行"。〔虚下〕〔魂旦上〕

【双调引子·捣练子】冤叠叠，恨层

层,长眠泉下几时醒?魂断苍烟寒月里,随风窣窣度空庭。

“一曲霓裳逐晓风,天香国色总成空。可怜只有心难死,脉脉常留恨不穷。”奴家杨玉环鬼魂是也。自从马嵬被难,荷蒙岳帝传敕,得以栖魂驿舍,免堕冥司。〔悲介〕我想生前与皇上在西宫行乐,何等荣宠!今一旦红颜断送,白骨冤沉,冷驿荒垣,孤魂淹滞。你看月淡星寒,又早黄昏时分,好不凄惨也!

【过曲·三仙桥】古驿无人夜静,趁微云,移月暝,潜潜趖趖,暂时偷现影。魆地间心耿耿,猛想起我旧丰标,教我一想一泪零。想、想当日那态娉婷,想、想当日那妆艳靓,端得是赛丹青描成、画成。那晓得不留停,早则肌寒肉冷。〔悲介〕苦,变做了鬼胡由[2],谁认得是杨玉环的行径[3]!

〔泪介〕〔袖出钗盒介〕这金钗、钿盒,乃皇上定情之物,已从墓中取得。不免向月下把玩一回。〔副净潜上,指介〕这是杨贵妃鬼魂,且听他说些甚么。〔背立听介〕〔旦看钗盒介〕

【前腔】看了这金钗儿双头比并,更钿盒同心相映。只指望两情坚如金似钿,又怎知翻做断绠[4]。若早知为断绠,枉自去将他留下了这伤心把柄。记得盒底夜香

出之处,一是原来两人都是天仙下凡;二是他们败而能悔,通过悔过,获得人们的同情。这就是作者巧妙的构思。本出正是体现此意图的。

吴评:“【三仙桥】三曲,首惜芳颜,次哭钗盒,末悔前愆。由痴入悟,章法井然。”

吴评:"曲曲折折愈转愈情切,从此直至仙山征信,总不暂忘钗盒。"

清,钗边晓镜明,有多少欢承爱领。〔悲介〕但提起那恩情,怎教我重泉目瞑!〔哭介〕苦只为钗和盒,那夕的绸缪[5],翻成做杨玉环这些时的悲哽。

〔副净背听,作点头介〕〔旦〕咳,我杨玉环,生遭惨毒,死抱沉冤。或者能悔前愆,得有超拔之日,也未可知。且住,〔悲介〕只想我在生所为,那一桩不是罪案。况且弟兄姊妹,挟势弄权,罪恶滔天,总皆由我,如何忏悔得尽!不免趁此星月之下,对天哀祷一番。〔对天拜介〕

【前腔】对星月发心至诚,拜天地低头细省。皇天,皇天!念杨玉环呵,重重罪孽,折罚来遭祸横[6]。今夜呵,忏愆尤,陈罪眚[7],望天天高鉴,宥我垂证明。只有一点那痴情,爱河沉未醒。说到此悔不来,惟天表证。纵冷骨不重生,拼向九泉待等。那土地说,我原是蓬莱仙子,谴谪人间。天呵,只是奴家恁般业重,敢仍望做蓬莱座的仙班,只愿还杨玉环旧日的匹聘。

弟兄姐妹,挟势弄权,造成恶果,但并非杨玉环直接造成的。这里写她忏悔痴情,都有使人同情之处。

〔副净〕贵妃,吾神在此。〔旦〕原来是土地尊神。〔副净〕

【越调过曲·忆多娇】我趁月明,独夜行。见你拜祷深深,仔细听,这一悔能教万孽清。管感动天庭，感动天庭，有日重圆旧盟。

〔旦〕多蒙尊神鉴悯。只怕奴家呵，

【前腔】业障萦，夙慧[8]轻。今夕徒然愧悔生，泉路茫茫隔上清[9]。〔悲介〕说起伤情，说起伤情，只落得千秋恨成。

〔副净〕贵妃不必悲伤，我今给发路引[10]一纸。千里之内任你魂游便了。〔作付路引介〕听我道来，

【斗黑嘛】你本是蓬莱籍中有名，为堕落皇宫，痴魔顿增。欢娱过，痛苦经，虽谢尘缘，难返仙庭。喜今宵梦醒，教你逍遥择路行。莫恋迷途[11]，莫恋迷途，早归旧程。

【前腔】〔旦接路引谢介〕深谢尊神，与奴指明。怨鬼愁魂，敢望仙灵！〔背介〕今后呵，随风去，信路行。荡荡悠悠，日隐宵征。依月傍星，重寻钗盒盟。还怕相逢，还怕相逢，两心痛增。

吴评："说到相逢，并怕明皇增痛，直是情至。"

〔副净〕吾神去也。

〔旦〕晓风残月正潸然，韩琮　〔副净〕对影闻声已可怜。李商隐

〔旦〕昔日繁华今日恨，司空图　〔副净〕只应寻访是因缘。方干

〔1〕福礼三牲:用牛、羊、猪来祭祀神灵。福礼,祀神的牲物。

〔2〕肌寒肉冷,变做了鬼胡由:鬼胡由本意为鬼混、胡闹,此处作鬼解。肌寒,原本作饥寒,据别本改正。

〔3〕行径:模样。

〔4〕断绠:断绳。

〔5〕那夕的绸缪:指第二出定情之夕的欢爱。

〔6〕遭祸横:遭横祸。横祸,意外的灾祸。

〔7〕陈罪眚(shěng):陈诉罪过。眚,过错。

〔8〕夙慧:佛家所谓的前世慧根。

〔9〕上清:道家所说的三天之一。

〔10〕路引:阴间的路条、通行证。

〔11〕迷途:道家视贪恋人生享乐为迷途。

第三十一出　剿寇

【中吕引子·菊花新】〔外戎装,领四军上〕谬承新命陟崇阶[1],挂印催登上将台。惭愧出群才,敢自许安危全赖。

建牙[2]吹角不闻喧,三十登坛众所尊。家散万金酬士死,身留一剑答君恩。下官郭子仪,叨蒙圣恩,特拜朔方节度使,领兵讨贼。现今上皇[3]巡幸西川,今上即位灵武。当此国家多事之秋,正我臣子建功之日。誓当扫清群寇,收复两京,再造唐家社稷,重睹汉官威仪,方不负平生志

吴评:"叙次时事简而能括,是大手笔。"

愿也。众将官,今乃黄道吉日,就此起兵前去。〔众应,呐喊、发号启行介〕〔合〕

【中吕过曲·驮环着】拥鸾旗羽盖,蹴起尘埃。马挂征鞍,将披重铠,画戟雕弓耀彩。军令分明,争看取奋鹰扬[4]堂堂元帅。端的是孙吴无赛,管净扫妖氛毒害。机谋运,阵势排,一战收京,万方宁泰。〔齐下〕

【前腔】〔丑末扮番将、引军卒行上〕倚兵强将勇,倚兵强将勇,一鼓前来。阵似推山,势如倒海。不断征云叆叆[5],鬼哭神号,到处里染腥风,杀人如芥。自家大燕皇帝麾下大将史思明、何千年是也。唐家立了新皇帝,遣郭子仪杀奔前来。奉令着我二人迎敌。〔末〕闻得郭子仪兵势颇盛,我等二人分作两队。待一人与他交战,一人横冲出来,必获大胜。〔丑〕言之有理。大小三军,就此分队杀上前去。〔四杂应,做分行介〕向两下分兵迎待,先一合拖刀佯败。磨旗[6]惨,战鼓哀。奋勇先登,振威夺帅。

吴评:"以杀人为能,便是草寇语。"

〔末领众先下〕〔外领军上,与丑对战一合介〕〔丑〕来将何名?〔外〕吾乃大唐朔方节度使郭。天兵到此,还不下马受缚,更待何时?〔丑〕不必多讲,放马过来。〔战介,丑败介,走下〕〔末领卒上,截外战介〕〔外〕来的贼将,快早投降。〔末〕郭子仪,你可赢得我么?〔外〕休得饶舌。〔战介,丑复上混战介〕〔丑、末大败逃下〕〔外〕且喜贼将大败而逃,此去长安不远,连夜杀奔前去便了。〔众〕得令。〔行介〕〔合〕

【添字红绣鞋】三军笑口齐开,齐开;旌旗满路争排,争排。拥大将,气雄哉,合图画上云台〔7〕。把军书忙裁,忙裁;捷奏报金阶,捷奏报金阶。

【尾声】两都早慰云霓待〔8〕,九庙〔9〕重瞻日月开,复立皇唐亿万载。

悲风杀气满山河,白居易　师克由来在协和。胡曾

行望风京旋凯捷,贺朝　千山明月静干戈。杜荀鹤

〔1〕陟崇阶:升任很高级别的官阶。

〔2〕建牙:在军前竖起牙旗。全句写军令严明。

〔3〕上皇:太上皇。肃宗李亨即位后,尊玄宗为太上皇。

〔4〕奋鹰扬:像鹰一样飞扬奋发,形容郭子仪英气勃发。

〔5〕不断征云叆叆(ài):形容战乱不休。叆叆,浓云密布的样子。

〔6〕磨旗:挥动旗帜。此处作旗帜解。

〔7〕合图画上云台:绘成功臣图像挂在皇宫里。云台,汉宫台,东汉明帝绘二十八位将军像挂于此台。合,应该。

〔8〕两都早慰云霓待:告慰两京渴望胜利的黎庶。云霓待,渴望。语本

《孟子》“若大旱之望云霓”。

〔9〕九庙:天子宗庙。古礼规定,享受天子祭祀的祖庙有九座。

第三十二出　哭像

〔生上〕蜀江水碧蜀山青,赢得朝朝暮暮情。但恨佳人难再得,岂知倾国与倾城。寡人自幸成都,传位太子,改称上皇。喜的郭子仪兵威大振,指日荡平。只念妃子为国捐躯,无可表白,特敕成都府建庙一座。又选高手匠人,将旃檀香雕成妃子生像。命高力士迎进宫来,待寡人亲自送入庙中供养。敢待到也。〔叹科〕咳,想起我妃子呵,

吴评:“杨妃倾国,而又为之建庙,事属无名,今以为国捐躯无可表白为言,便觉此举原不可少。”

【正宫端正好】是寡人昧了他誓盟深,负了他恩情广,生拆开比翼鸾凰。说甚么生生世世无抛漾,早不道[1]半路里遭魔障。

【滚绣球】恨寇逼的慌,促驾起的忙。点三千羽林兵将,出延秋[2],便沸沸扬扬。甫伤心第一程,到马嵬驿舍傍。猛地里爆雷般齐呐起一声的喊响,早子见铁桶似密围住四下里刀枪。恶噷噷单施逞着他领军元帅威能大,眼睁睁只逼拶的俺失势官家气不长,落可[3]便手脚慌张。恨只恨陈元礼呵,

本出从《牡丹亭》中拾画、叫画等场化出,前人以《长生殿》为闹热《牡丹亭》,当于此等处参悟。

【叨叨令】不催他车儿马儿，一谜家延延挨挨的望；硬执着言儿语儿，一会里喧喧腾腾的谤；更排些戈儿戟儿，不哄中重重叠叠的上；生逼个身儿命儿，一霎时惊惊惶惶的丧。〔哭科〕兀的不痛杀人也么哥，兀的不痛杀人也么哥！闪的我形儿影儿，这一个孤孤凄凄的样。

这里用《西厢》句法，实止七字句耳。叠字俱平声，与车马、言语等仄声词纪念，读起来铿锵有力，节奏鲜明，把马嵬兵变的紧张气氛和盘托出。

寡人如今好不悔恨也！

【脱布衫】羞杀咱掩面悲伤，救不得月貌花庞。是寡人全无主张，不合呵将他轻放。

【小梁州】我当时若肯将身去抵搪[4]，未必他直犯君王；纵然犯了又何妨，泉台上，倒博得永成双。

【么篇】如今独自虽无恙，问余生有甚风光！只落得泪万行，愁千状！〔哭科〕我那妃子呵，人间天上，此恨怎能偿！

吴评："杨妃凡三变，马嵬以前，人也；冥追以后，鬼也；尸解以后，仙也。而神仙人鬼之中以刻像杂之，又作一变。假假真真，使观者神迷目乱。"

〔丑同二宫女、二内监捧香炉、花幡，引杂抬杨妃像，鼓乐行上〕〔丑见生科〕启万岁爷，杨娘娘宝像迎到了。〔生〕快迎进来波。〔丑〕领旨。〔出科〕奉旨：宣杨娘娘像进。〔宫女〕领旨。〔做抬像进、对生，宫女跪，扶像略俯科〕杨娘娘见驾。〔丑〕平身。〔宫女起科〕〔生起立对像哭科〕我那妃子呵，

【上小楼】别离一向，忽看娇样。待与你叙我冤情，说我惊魂，话我愁肠……〔近前叫科〕妃子，妃子，怎不见你回笑庞，答应响，移身前傍。〔细看像，大哭科〕呀，原来是刻香檀做成的神像！

〔丑〕銮舆已备，请万岁爷上马，送娘娘入庙。〔杂扮校尉，瓜、旗、伞、扇、銮驾队子上〕〔生〕高力士传旨，马儿在左，车儿在右，朕与娘娘并行者。〔丑〕领旨。〔生上马，校尉抬像，排队引行科〕〔生〕

【么篇】谷碌碌凤车呵紧贴着行，袅亭亭龙鞭呵相对着扬。依旧的辇儿厮并，肩儿齐亚，影儿成双。情暗伤，心自想。想当时联镳[5]游赏，怎到头来刚做了恁般随倡[6]！

〔到科〕〔丑〕到庙中了，请万岁爷下马。〔生下马科〕内侍每，送娘娘进庙去者。〔銮驾队子下〕〔内侍抬像，同宫女、丑随生进，生做入庙看科〕

【满庭芳】我向这庙里抬头觑望，问何如西宫南苑，金屋辉光？那里有鸳帏、绣幕、芙蓉帐，空则见颤巍巍神幔高张，泥塑的宫娥两两，帛装的阿监双双。剪簇簇幡旌扬，招不得香魂再转，却与我摇曳吊心肠。

〔生前坐科〕〔丑〕吉时已届，候旨请娘娘升

吴评："马嵬不能救免，冤情也；幸蜀不能自主，惊魂也；没后不能再见，愁肠也。三语妙有次第。"

和前面"禊游"等出对看，更觉凄惨。

座。〔生〕宫人每，伏侍娘娘升座者。〔宫女应科〕领旨。〔内细乐，宫女扶像对生，如前略俯科〕杨娘娘谢恩。〔丑〕平身。〔生起立，内鼓乐，众扶像上座科〕〔生〕

【快活三】俺只见宫娥把簇拥将，把团扇护新妆。犹错认定情初，夜入兰房。〔悲科〕可怎生冷清清独坐在这彩画生绡帐！

〔丑〕启万岁爷，杨娘娘升座毕。〔生〕看香过来。〔丑跪奉香，生拈香科〕

【朝天子】爇腾腾宝香，映荧荧烛光，猛逗着往事来心上。记当日长生殿里御炉傍，对牛女把深盟讲。又谁知信誓荒唐，存殁参商[7]！空忆前盟不暂忘。今日呵，我在这厢，你在那厢，把着这断头香在手添凄怆。

高力士看酒过来，朕与娘娘亲奠一杯者。〔丑奉酒科〕初赐爵[8]。〔生捧酒哭科〕

吴评："暗与舞盘折把杯照映。"

【四边静】把杯来擎掌，怎能够檀口还从我手内尝。按不住凄惶，叫一声妃子也亲陈上。泪珠儿溶溶满觞，怕添不下半滴葡萄酿。

〔丑接杯献座科〕〔生〕我那妃子呵，

吴评："军行仓卒，锦褥裹埋，是明皇最伤心

【耍孩儿】一杯望汝遥来享，痛煞煞古驿身亡。乱军中抔土[9]便埋藏，并不曾瀼

半碗凉浆。今日呵，恨不诛他肆逆三军众，祭汝含酸一国殇[10]。对着这云帏像，空落得仪容如在，越痛你魂魄飞扬。

〔丑又奉酒科〕亚赐爵。〔生捧酒哭科〕

【五煞】碧盈盈酒再陈，黑漫漫恨未央，天昏地暗人痴望。今朝庙宇留西蜀，何日山陵改北邙[11]！〔丑又接杯献座科〕〔生哭科〕寡人呵，与你同穴葬，做一株冢边连理，化一对墓顶鸳鸯。

〔丑又奉酒科〕终赐爵。〔生捧酒科〕

【四煞】奠灵筵礼已终，诉衷情话正长。你娇波不动，可见我愁模样？只为我金钗钿盒情辜负，致使你白练黄泉恨渺茫。〔丑接杯献科〕〔生哭科〕向此际捶胸想，好一似刀裁了肺腑，火烙了肝肠。

〔丑、宫女、内侍俱哭科〕〔生看像惊科〕呀，高力士，你看娘娘的脸上，兀的不流出泪来了。〔丑同宫女看科〕呀，神像之上，果然满面泪痕，奇怪，奇怪！〔生哭科〕哎呀，我那妃子呵，

【三煞】只见他垂垂的湿满颐，汪汪的含在眶，纷纷的点滴神台上。分明是牵衣请死愁容貌，回顾吞声惨面庞。这伤心真无两，休说是泥人堕泪，便教那铁汉也肠荒！

处，故下曲便想到山陵改葬，又追溯白练黄泉，牵衣请死，缠绵不已也。”

吴评：“木人下泪最妙，若无此一番情感，则一块顽香叫呼不应，了无意致矣。”

〔丑〕万岁爷请免悲伤,待奴婢每叩见娘娘。〔同宫女、内侍哭拜科〕〔生〕

【二煞】只见老常侍双膝脆,旧宫娥伏地伤。叫不出娘娘千岁,一个个含悲向。〔哭科〕妃子呵,只为你当日在昭阳殿里施恩遍,今日个锦水[12]祠中遗爱长。悲风荡,肠断杀数声杜宇,半壁斜阳。

〔丑〕请万岁爷与娘娘焚帛。〔生〕再看酒来。〔丑奉酒焚帛,生酹酒科〕

【一煞】叠金银山百座,化幽冥帛万张。纸铜钱[13]怎买得天仙降?空着我衣沾残泪,鹃留怨,不能勾魂逐飞灰蝶化双,蓦地里增悲怆。甚时见鸾骖碧汉,鹤返辽阳[14]。〔丑〕天色已晚,请万岁爷回宫。〔生〕宫娥,可将娘娘神帐放下者。〔宫娥〕领旨。〔做下神幔,内暗抬像下科〕〔生〕起驾。〔丑应科〕〔生作上马,銮驾队子复上,引行科〕〔生〕

吴评:“是出庙徘徊情景。”“结语又起一意,文心溢在言外。”

【煞尾】出新祠泪未收,转行宫痛怎忘?对残霞落日空凝望!寡人今夜呵,把哭不尽的衷情,和你梦儿里再细讲。

数点香烟出庙门,曹邺　巫山云雨洛川神。权德舆

翠蛾仿佛平生貌,白居易　日暮偏伤

去住人。封彦冲

〔1〕早不道:却不料。

〔2〕延秋:延秋门,唐都长安禁苑的西门。

〔3〕落可:衬词,无义。

〔4〕抵搪:抵挡,搪塞。

〔5〕联镳:并排乘坐。镳,马衔。

〔6〕刚做了恁般随倡:刚,偏。随倡,即夫唱妇随。

〔7〕存殁参商:用参、商二星此出彼没,比喻二人生死永隔,再难相见。

〔8〕初赐爵:和下文中的亚赐爵、终赐爵,是古代祭礼中三次奠酒仪式,因是明皇祭贵妃,故曰赐。

〔9〕抔土:一捧土,多指墓土。

〔10〕国殇:为国捐躯的战士。殇,未成年的死者。

〔11〕山陵改北邙:将贵妃陵墓改建在洛阳北邙山。隋唐时王公贵族多葬于此。

〔12〕锦水:又名锦江,流经成都。

〔13〕金银山、幽冥帛、纸铜钱:祭奠时烧化给死者的钱帛。

〔14〕甚时见鸾骖碧汉,鹤返辽阳:什么时候看到你回来。鸾骖碧汉,像西王母乘鸾从天上飞来。鹤返辽阳,传说仙人丁令威化作白鹤飞返故乡辽阳。

第三十三出　神诉

【仙吕入双调·柳摇金】〔贴引二仙女、二仙官队子行上〕工成玉杼,机丝巧殊,呈锦

吴评:"此折前为密誓照应,后为奏复仙班张本。"

过天除[1]。摇珮还星渚，云中引凤舆。却望着银河一缕，碧落映空虚。俯视尘寰，山川米聚。吾乃天孙织女是也。织成天锦，进呈上帝。行路中间，只见一道怨气，直冲霄汉。不知下界是何地方。〔叫介〕仙官，〔官应介〕〔贴〕你看这非烟非雾，怨气模糊，试问下方何处？〔官应，作看介〕启娘娘，下界是马嵬坡地方。〔贴〕分付暂驻云车，即宣马嵬坡土地来者。〔官应，众拥贴高处坐介〕〔官向内唤介〕马嵬坡土地何在？〔副净应上〕来也。

此出原是过场，现以土地出场代诉，演出一出庄谐相间、生活气息较浓的好戏，作为全本悲剧气氛的调剂。

【越调斗鹌鹑】则俺在庙里安身，忽听得空中唤取。则他那天上宣差，有俺甚地头事务。〔官唤科〕土地快来。〔副〕他不住的唱叫扬疾，唬的我慌忙急遽。只索把急张拘诸[2]的袍袖来拂，乞留屈碌的腰带来束。整顿了这破丢不答的平顶头巾，扶定了那滴羞扑速的齐眉拐拄。

〔见官科〕仙官呼唤，有何使令？〔官〕织女娘娘呼唤你哩。〔副净〕

【紫花儿序】听说道唤俺的是天孙织女，我又不曾在河边去掌渡司桥，可因甚到坡前来觅路寻途？〔背科〕哦，是了波，敢只为云中驾边，道俺这里接待全疏，〔哭科〕待将咱这

吴评："首曲就本身摹写，此曲从呼唤猜疑，先

卑职来勾除。〔回向官科〕仙官可怜见波，小神官卑地苦，接待不周，特带得一陌黄钱在此，送上仙官，望在娘娘前方便咱。则看俺庙宇荒凉鬼判无，常只是尘蒙了神案，土塞在台基，草长在香炉。

〔官笑科〕谁要你的黄钱。娘娘有话问你哩，快去，快去。〔引副净见介〕〔副净〕马嵬坡土地叩见。愿娘娘圣寿无疆。〔仙女〕平身。〔副净起科〕〔贴〕土地，我在此经过，见你界上有怨气一道，直冲霄汉。是何缘故？〔副净〕娘娘听启，

【天净沙】这的是艳晶晶霓裳曲里娇姝，袅亭亭翠盘掌上轻躯。〔贴〕是那一个？〔副净〕是唐天子的贵妃杨玉环，磣磕磕黄土坡前怨屈，因此上痛咽咽幽魂不去，靄腾腾黑风在空际吹嘘。〔贴〕原来就是杨玉环。记得天宝十载渡河之夕，见他与唐天子在长生殿上，誓愿世为夫妇。如今已成怨鬼，甚是可怜。土地，你将死时光景说与我听者。〔副净〕

【调笑令】只为着往蜀、侍銮舆，鼎沸般军声四下里呼。痛红颜不敢将恩负，哭哀哀拜辞了君主。一霎时如花命悬三尺组[3]，生擦擦为国捐躯。

〔贴〕怎生为国捐躯，你再细细说来。〔副净〕

【小桃红】当日个闹镬铎[4]，激变羽林

于空中着想，不遽见天孙，亦是元人作法。此文章善于步虚处。”

徒，把驿庭四面来围住。若不是慷慨佳人将难轻赴，怎能够保无虞，扈君王直向西川路，使普天下人心悦服。今日里中兴重睹，兀的不是再造了这皇图。

〔贴〕虽如此说，只是以天下为主，不能庇一妇人，长生殿中之誓安在？李三郎畅好薄情也。〔副净〕娘娘，那杨妃呵，

【秃厮儿】并不怨九重上情违义忤，单则挨九泉中恨债冤逋[5]。痛只痛情缘两断不再续，常则是悲此日，忆当初，欷歔。

〔贴〕他可说些甚来？〔副净〕

【圣药王】他道是恩已虚，爱已虚，则那长生殿里的誓非虚。就是情可辜，意可辜，则那金钗、钿盒的信难辜。拼抱恨守冥途。

〔贴〕他原是蓬莱仙子，只因夙孽，迷失本真[6]。今到此地位，还记得长生殿中之誓。有此真情，殊堪鉴悯。〔副净〕再启娘娘，杨妃近来，更自痛悔前愆。〔贴〕怎见得？〔副净〕

【麻郎儿】他夜夜向星前扪心泣诉，对月明叩首悲吁。切自悔愆尤积聚，要祈求罪业消除。

【么篇】因此上怨呼，恨吐，意苦。虽不

把唐室中兴归功于杨玉环的"为国捐躯"，这未免过分美化了杨玉环，歪曲了历史的本来面目。

吴评："为国捐躯，乃明皇饰说，而幽冥亦作是论，何也？使当日依回不决，则六军犯跸，竟成倾国，与褒妲无异，而有此一举而军心顿服，中兴可期。唐人咏本事诗，独少陵'不闻夏殷衰，中自诛褒妲'最为得体。杨妃一死，虽谓之再造也可。观织女答语，即归重明皇，作者之情可见，非以强词曲为回护也。"

能贯白虹上达天都[7]，早则是结紫孛[8]冲开地府。不提防透青霄横当仙路。

〔贴〕原来如此。既悔前非，诸愆可释。吾当保奏天庭，令他复归仙位便了。〔副净〕娘娘呵，

【络丝娘】虽则保奏他仙班再居，他却还有痴情几许。只恐到仙宫，但孤处，愿永证前盟夫妇。

〔贴〕是儿好情痴也。你且回本境，吾自有道理。〔副净〕领法旨。

【尾声】代将情事分明诉，幸娘娘与他做主。早则看马嵬坡少一个苦游魂，稳情取蓬莱山添一员旧仙侣。

〔下〕〔贴〕分付起驾，回璇玑宫去。〔众应引行介〕

【仙吕入双调过曲·金字段】【金字令】红颜薄命，听说真冤苦。黄泉长恨，听说多酸楚。更抱贞心，初盟不负。【三段子】悔深顿令真元露，情坚炼出金丹固，只合登仙，把人天恨补。

往来朝谒蕊珠宫，赵嘏　乌鹊桥成上界通。刘威

纵目下看浮世事，方干　君恩已断尽

成空。卢弼

〔1〕天除:天宫中的台阶。

〔2〕急张拘诸:形容慌慌张张。下文乞留屈碌,形容弯弯曲曲;破丢不答,形容破破烂烂;滴羞扑速,形容颤颤抖抖。

〔3〕命悬三尺组:缢死在三尺白练上。

〔4〕闹镬铎:闹哄哄。

〔5〕冤逋:欠下的冤债。逋,拖欠。

〔6〕本真:和下文真元一样,指仙人本性。

〔7〕贯白虹上达天都:白虹贯日,怨气冲天。

〔8〕结紫孛:(怨气)呵结成一段如彗星状的紫气。孛,彗星。

第三十四出　刺逆

吴评:"此种诗在场上句句有腔态,东篱、君美,俱得此秘。"

〔丑扮李猪儿太监帽、毡笠、箭衣上〕小小身材短短衣,高檐能走壁能飞。怀中匕首无人见,一皱眉头起杀机。自家李猪儿便是,从小在安禄山帐下。见俺人材俊俏,性格聪明,就与儿子一般看待。一日禄山醉后,忽然现出猪首龙身,自道是个猪龙,必有天子之分。因此把俺名字,就顺口唤做猪儿。不想他如今果然做了皇帝,却宠爱着段夫人,要立他儿子庆恩为太子。眼见这顶平天冠,不要说俺李猪儿没福戴他,就是他长子大将军庆绪,也轮不到头上了。因此大将军心怀忿恨，与俺商量，要俺今夜入宫行刺。唉，安禄山，安禄山，你受了唐天子那样大恩，尚且兴兵反叛，休怪俺李猪儿今日反面无情也。〔内打二更介〕你听，谯楼[1]已打二鼓，不免乘此夜静，沿着宫墙前去走一遭也呵。〔行介〕

【双调二犯江儿水】阴森夹道，行不尽阴森夹道，更深人静悄。〔内作鸟声介〕怕惊飞宿鸟，〔内作犬吠介〕犬吠嗥嗥，祸机儿包贮好。〔内打更介〕那边巡军来了，俺且闪在大树边，躲避一回。〔躲介〕〔小生、末、中净、老旦扮四军，巡更上〕百万军中人四个，九重门外月三更。〔末〕大哥每，你看那御河桥树枝，为何这般乱动？〔老〕莫不有甚奸细在内。〔中净〕这所在那得有奸细，想是柳树成精了。〔小生〕呸，你每不听得风起么？〔众〕不要管，一路巡去就是了。〔绕场走下〕〔丑出行介〕好唬人也。只见刁斗[2]暗中敲，巡军过御桥。星影云飘，月影花摇，险些儿漏风声难自保。一路行来，此处已近后殿，不免跳过墙去。苑墙恁高，那怕他苑墙恁高，翻身一跳，〔作跳过介〕已被俺翻身一跳。〔内作乐介〕你听，恁般时候，还有笙歌之声。喜得宫中都是熟路，且自慢慢而去。等待他醉模糊把锦席抛。

吴评："故作惊疑逼人，四军四下转语，无不入妙。"

〔虚下〕〔净作醉态，老旦、中净、二宫女扶侍,二杂扮内侍、提灯上〕〔净〕孤家醉了,到便殿中安息去罢。〔杂引净到介〕〔净坐介〕〔二杂先下〕〔净〕宫娥,段夫人可曾回宫。〔老旦、中净〕回宫去了。〔净〕看茶来吃。〔老旦、中净应下〕〔净作醒叹介〕唉,孤家原不曾醉。只为打破长安之后,便想席卷中原。不料各路诸将,连被郭子仪杀得大败,心中好生着急。又因爱恋段夫人,酒色过度,不但弄得孤家身子疲软,连双目都不见了。因此今夜假装酒醉,令她回宫,孤家自在便殿安寝,暂且将息一宵。〔老旦、中净捧茶上〕皇爷,茶在此。〔净作饮介〕〔内打三更介〕〔中净〕夜已三更,请皇爷安寝罢。〔净〕宫娥每,把殿门紧闭了。〔老旦、中净应作闭门介〕〔净睡介〕〔老旦、中净坐地盹介,净作惊介〕为何今夜睡卧不宁,只管肉飞眼跳。〔叫介〕宫娥,宫娥!〔中净惊醒介〕想是皇爷独眠不惯,在那里唤人哩。姐姐你去。〔老旦〕姐姐,还是你去。〔推,诨介〕〔净又叫介〕宫娥,是什么人惊醒孤家?〔老旦、副净[3]〕没有人。〔净〕传令外面军士,小心巡逻。〔老旦、副净〕领旨。〔作开门出,向内传介〕〔内应介〕〔老旦、副净进,忘闭门,复坐地盹介〕〔净做睡不着介〕又记起一事来,段夫人要孤家立他的儿子庆恩为太子,这事明日也要定了。〔做睡着介〕〔丑潜上〕俺李猪儿在黑影里,等了多时。才听得笙歌散后,段夫人回宫,说禄

吴评:“佯醉一段,极写禄山丑态,实则为猪儿便于行刺也。”

山醉了在便殿安息。是好机会也呵。〔行介〕

【前腔】潜身行到，悄不觉潜身行到。〔内喊小心巡逻介〕巡更的空闹吵，怎知俺宫闱暗绕，苑路斜抄，凑昏君沉醉倒。这里已是便殿了。且喜门儿半开在此，不免挨身而入。〔进介〕莫把兽环摇，〔作听介〕听鼾声殿角高。你看守宿的宫女，都是睡着。〔作剔灯介〕咱剔醒兰膏[4]，〔揭帐介〕揭起鲛绡，〔出刀介〕管教他泼残生登时了。〔净作梦语，丑惊，伏地，徐起细听介〕梦中絮叨，原来是梦中絮叨。〔内打四更介〕残更频报，趁着这残更频报，赤紧的向心窝刺一刀。

〔刺净急下〕〔净作大叫一声跌地，连跳作死介〕〔老旦、中净惊醒介〕那里这般响动？〔看介〕阿呀，不好了！〔向外叫介〕外厢值宿军士快来。〔四杂军上〕为何大惊小怪？〔老旦、中净〕皇爷忽然梦中大叫，急起看时，只见鲜血满身，倒在地下。〔四杂〕有这等事！〔作进看介〕呀，原来被人刺中心窝而死。好奇怪，我每紧守外厢，还有许多巡军拦路，这贼从那里进来？毕竟是你每做出来的。〔老旦、副净〕好胡说，你每在外厢护卫，放了贼进来。明日大将军查问，少不得一个个都是死。〔军〕难道你每就推得干净？〔诨介〕〔杂扮将官上〕凶音来紫殿，令旨出青宫[5]。大

吴评："前尝与宾客论作曲，须令人无从下圈点处，方是本色当行，如此二曲真古朴极矣。"

吴评："已拔刀欲下手矣，又一顿折，故作逼人。且妙在剔灯揭帐，便于宫娥起看，若作暗中摸索，多费几许笔墨矣。"

将军有令：主上被唐朝郭子仪遣人刺死，即着军士抬往段夫人宫中收殓，候大将军即位发丧。〔四杂〕得令。〔抬净尸、随杂下〕〔老旦、副净向内介〕

鱼文匕首犯车茵[6]，刘禹锡　当值巡更近五云。王建

胸陷锋芒脑涂地，陆龟蒙　已无踪迹在人群。赵嘏

〔1〕谯楼：古代城门上的瞭望台。

〔2〕刁斗：铜质，有柄，能容一斗，古代军中白天用来烧饭，晚上敲击巡更。

〔3〕老旦、副净：据前后文，此处“副净”当为“中净”。下文两处出现的“老旦、副净”同。

〔4〕剔醒兰膏：剔亮灯。兰膏，古时用泽兰炼成的油脂，其味芳香，用来燃灯。

〔5〕凶音来紫殿，令旨出青宫：紫宫传来皇帝的死讯，实际上是太子派人干掉的。青宫即东宫，太子居住的宫殿。

〔6〕鱼文匕首犯车茵：持鱼纹匕首拦车行刺。车茵，车座上的坐垫。

第三十五出　收京

吴评：“此折专为点明迎请上皇回銮一语，然

【仙吕过曲·甘州歌】【八声甘州】〔外金盔、袍服，生、小生、净、末扮四将，各骑马，二卒

执旗行上〕宣威进讨，喜日明帝里，风静皇郊。欃枪[1]涤尽，看把乾坤重造。扬鞭漫将金镫敲，整顿中兴事正饶。〔外〕下官郭子仪，奉命统兵讨贼。且喜禄山授首，庆绪奔逃，大小三军就此振旅进城去。〔众应，行介〕【排歌】收驰辔[2]，近吊桥，只见长安父老拜前旄。欢声动，笑语高，卖将珠串奉香醪。

唐室中兴之象，郭令勋名之盛，皆见于此。妙在写得气象从容，曲白亦复古雅流丽。"

〔到介〕〔众〕启元帅，已进京城。请在龙虎卫衙门，权时驻扎。〔外、众下马，作进，外正坐，四将傍坐介〕〔外〕忆昔长安全盛时，〔生、小生〕今朝重到不胜悲。〔净、末〕漫挥满目河山泪，〔外〕始悟新丰壁上诗。〔四将〕请问元帅，什么新丰壁上诗？〔外〕诸将不知，本镇当年初到西京，偶见酒楼壁上，有术士李遐周题诗一首。〔四将〕题的是何诗句？〔外〕那诗上说："燕市人皆去，函关马不归。若逢山下鬼，环上系罗衣。"〔四将〕这却怎么解？〔外〕当时也详解不出。如今看来，却句句验了。〔将〕请道其详。〔外〕禄山统燕、蓟军马，入犯两京，可不是"燕市人皆去"么？后来哥舒兵败潼关，正是"函关马不归"了。〔四将〕是，果然不差。后面两句，却又何解。〔外〕"山下鬼"者，嵬字也。"环"乃贵妃之名，恰应马嵬赐死之事。〔四将〕原来如此，可见事皆前定。今仗元帅洪威，重收宫阙，真乃不世

和"疑谶"出照应，方知酒楼看诗，不是闲文。但谶语本属荒唐，事皆前定更不可信。

之勋也。〔外叹介〕唉,西京虽复,只是天子暂居灵武,上皇远狩成都;千官尚窜草莱,百姓未归田里。必先肃清宫禁,洒扫园陵。务使钟虡[3]不移,庙貌如故。上皇西返,大驾东回。才完得我郭子仪身上的事也。〔四将打恭介〕全仗元帅。只手重扶唐社稷,一肩独荷李乾坤。〔外〕说便这般说,这中兴事,大费安排。诸公何以教我?〔四将〕不敢。〔外〕

【商调过曲·高阳台】九庙灰飞,诸陵尘暗,腥膻满目狼藉。久阙宫悬[4],伤心血泪时滴。〔合〕今日、妖氛幸喜消尽也,索早自扫除修葺。〔外〕左营将官过来。〔生〕有。〔外〕你将这令箭一枝,前去星夜雇募人夫扫除陵寝,修葺宗庙,候圣驾回来致祭。〔合〕待春园,樱桃熟绽,荐陈时食[5]。

扫除陵庙是第一事,安流民次之,集故臣又次之,然后恭迎圣驾,叙事井然有序。

〔外付令箭,生收介〕领钧旨。〔末〕元帅在上,帝京初复,十室九空。为今要务,先当招集流移,使安故业。〔外〕言之然也。

【前腔】〔换头〕堪惜,征调千家,流离百室。哀鸿满路悲戚,须早招徕。闾阎重见盈实。〔合〕安辑,春深四野农事早,恰趁取甲兵初释。〔外〕右营将官过来。〔小生〕有。〔外〕你将这令箭一枝,前去出榜安民,复归旧业。〔合〕遍郊圻[6],安宁妇子,勉修耕织。

〔外付令箭，小生接介〕领钧旨。〔净〕元帅在上，国家新造，纲纪宜张，还须招致旧臣，共图更始[7]。〔外〕此言正合我意。

【前腔】〔换头〕虽则、暂总纲维，独肩弘巨，同心早晚协力。百尔臣工，安危须仗奇策。〔合〕欣得、南阳已自佳气满[8]，好共把旧章重饬。〔外〕后营将官过来。〔末〕有。〔外〕你将这令箭一枝，榜示百官，限三日内，齐赴军前，共襄国事。〔合〕佐中兴升平泰运，景从云集。

〔外付令箭，末接介〕领钧旨。〔生、小生〕元帅在上，长安久无天日，士民渴仰圣颜。庶政以渐举行，銮舆必先反正[9]。〔外〕二位所言，乃中兴大本也。本镇早已修下迎驾表文在此。

【前腔】〔换头〕目极，云蔽行宫，尘蒙西蜀，臣心夙夜难释。反正銮舆，群情方自归一。〔众共泣介〕〔合〕凄恻，无君久切人痛愤，愿早把圣颜重识。〔外〕前营将官过来。〔净〕有。〔外〕你将这令箭一枝，带领龙虎军士五千，备齐法驾[10]，赍我表文，前往灵武，奉迎今上皇帝告庙[11]。并候圣旨，遣官前往成都，迎请上皇回銮。〔净接令箭介〕领钧旨。〔外〕左右看香案过来，就此拜发表文。〔杂应、设香案，丑扮礼生上，赞礼〕〔外同四将拜表介〕〔合〕就军前瞻天仰圣，共尊明辟[12]。

〔丑下〕〔净捧表文介〕〔四将〕小将等就此前去。

削平妖孽在斯须，方干　〔外〕依旧山河捧帝居。皮日休

〔合〕听取满城歌舞曲，杜牧　风云长为护储胥[13]。李商隐

〔1〕欃枪：彗星。古代以这种星为妖星，认为出现即有兵乱。

〔2〕收驰辔：收住奔马。辔，驾驭牲口的嚼子和缰绳。

〔3〕钟虡（jù）：宗庙摆放的祭祀乐器。虡，悬挂钟、磬的木架。

〔4〕久阙宫悬：久缺礼乐制度。宫悬，宫中悬挂乐器的方式、多寡都有严格的制度。

〔5〕樱桃熟绽，荐陈时食：唐时岁时风俗，每年四月初三，天子荐新熟樱桃于祖庙。时食，时鲜蔬果。

〔6〕郊圻：此处指京畿地区。

〔7〕更始：重建乾坤。

〔8〕南阳已自佳气满：借刘秀起兵南阳，兴复汉室，比喻当时的中兴气象。

〔9〕反正：指皇帝还归正殿。

〔10〕法驾：天子的仪驾。

〔11〕告庙：告祭祖庙。古代帝王外出或回朝须先告祭祖宗。

〔12〕明辟：明君。辟，君主。

〔13〕储胥：木栅之类的守卫拒障藩篱，此指郭子仪的营寨。

第三十六出　看袜

【商调过曲·吴小四】〔老旦扮酒家妪上〕驿坡头，门巷幽，拾得娘娘锦袜收。开着店儿重卖酒，往来客人尽见投。聊度日，不用愁。

吴评："头绪虽繁，总以马嵬贯串，使观者不觉。"

老身王嬷嬷，一向在这马嵬坡下，开个冷酒铺儿度日。自从安禄山作乱，人户奔逃。那时老身躲入驿内佛堂，只见梨树之下有锦袜一只，是杨娘娘遗下的。老身收藏到今，谁想是件至宝。如今郭元帅破贼收京，太平重见，老身仍旧开张酒铺在此。但是远近人家，闻得有锦袜的，都来铺中饮酒，兼求看袜。酒钱之外，另有看钱，生意十分热闹。〔笑介〕也算是老身交运了。今早铺设下店儿，想必有人来也。〔虚下〕〔小生巾、服行上〕

吴评："拾袜看袜，随笔带出，绝不费力，却是惨淡经营，真叙事神品。"

【中吕过曲·驻马听】翠辇西临，古驿千秋遗恨深。叹红颜断送，一似青冢[1]荒凉，紫玉[2]销沉。小生李谟，向因兵戈阻路，不能出京。如今渐喜太平，闻得马嵬坡下王嬷嬷酒店中，藏有贵妃锦袜一只，因此前往借观。

呀，那边一个道姑来了。〔丑扮道姑上〕满目沧桑都换泪，空留锦袜与人看。〔见介〕〔小生〕姑姑何来？〔丑〕贫道乃金陵女贞观主，来京请藏[3]，兵阻未归。今闻王嬷嬷店中，有杨娘娘锦袜，特来求看。〔小生〕原来也是看袜的，就请同行。〔同行介〕〔合〕玉人一去杳难寻，伤心野店留残锦。且买酒徐斟，暂时把玩端详审。

吴评："李谟、郭从谨随意照应作点缀，又入女贞观主，为后来念学道作合。"

〔小生〕此间已是，不免径入。〔同作进介〕〔老旦迎上〕里面请坐。〔小生、丑作坐介〕〔外上〕老汉郭从谨，喜得兵戈宁息，要往华山进香，经过这马嵬坡下，走的乏了。有座酒店在此，且吃三杯前去。〔进介〕店主人取酒来。〔老旦〕有酒。〔外与小生、丑见介〕请了。〔小生向老旦介〕王嬷嬷，我等到此，一则饮酒，二则闻有太真娘娘的锦袜，要借一观。〔老旦笑介〕锦袜果有一只。只是老身呵，

吴评："俱作看袜，未免雷同，用一过路饮酒之人，更觉生动。"

【前腔】宝护深深，什袭[4]收藏直至今。要使他香痕不减，粉泽常留，尘涴无侵。果然堪爱又堪钦，行人欲见争投饮。客官，只要不惜囊金，愿与君把玩端详审。

〔小生〕这个自然。我每酒钱之外，另有青蚨[5]便了。〔老旦〕如此待老身去取来。〔虚下〕〔持袜上〕玉趾罢穿还带腻，罗巾深裹便闻香。

客官,锦袜在此。请看。〔小生作接,展开同丑看介〕呀,你看锦文缜致[6],制度精工。光艳犹存,异香未散。真非人间之物也。〔丑〕果然好香!〔外作饮酒不顾介〕〔小生作持袜起,看介〕

【驻云飞】你看薄衬香绵,似一朵仙云轻又软。昔在黄金殿,小步无人见。恰今日酒垆边,等闲携展。只见线迹针痕,都砌就伤心怨。可惜了绝代佳人绝代冤,空留得千古芳踪千古传。

〔外作恼介〕唉,官人,看他则甚!我想天宝皇帝,只为宠爱了贵妃娘娘,朝欢暮乐,弄坏朝纲。致使干戈四起,生民涂炭。老汉残年向尽,遭此乱离。今日见了这锦袜,好不痛恨也。

吴评:"情爱场中不可无此一番正论,此又是借他人酒杯,浇自己块垒。"意是爱情固然重要,但不能因此而不顾朝政和生民。

【前腔】想当日一捻新裁,紧贴红莲着地开,六幅湘裙盖,行动君先爱。唉,乐极惹非灾,万民遭害。今日里事去人亡,一物空留在。我蓦睹香袎[7]重痛哀,回想颠危还泪揩。

〔老旦〕呀,这客官见了锦袜,为何着恼?敢是不肯出看钱么!〔外〕什么看钱?〔老旦〕原来是个村老儿,看钱也不晓得。〔小生〕些须小事,不必斗口。〔向丑介〕姑姑也请细观。〔向老旦介〕待小生一并送钱便了。〔递袜介〕〔丑接起看介〕唉,我想太真娘娘,绝代红颜,风流顿歇。今日此袜虽存,佳人难再。真可叹也。

吴评:"李曲情痴,郭曲悲愤,此曲观空,各照本色,色色入妙。"

【前腔】你看琐翠钩红,叶子花儿犹自工。不见双趺[8]莹,一只留孤凤。空流落,恨何穷。马嵬残梦,倾国倾城,幻影成何用。莫对残丝忆旧踪,须信繁华逐晓风。

〔递袜与老旦介〕嬷嬷,我想太真娘娘,原是神仙转世。欲求喜舍此袜,带到金陵女贞观中,供养仙真。未知许否?〔老旦笑介〕老身无儿无女,下半世的过活都在这袜儿上。实难从命。〔小生〕小生愿出重价买去。如何?〔外〕这样遗臭之物,要他何用。〔老旦〕老身也不卖的。〔外作交钱介〕拿酒钱去。〔小生作交钱介〕我每看袜的钱,一总在此。〔老旦收介〕多谢了。

吴评:"此非恶扫也,正是作者微旨,若天宝廷臣有此直言,便可久安长治。"按指郭从谨"遗臭之物,要他何用"二语。

一醉风光莫厌频,鲍溶　〔丑〕几多珠翠落香尘。卢纶

〔小生〕惟留坡畔弯环月,李益　〔外〕郊外喧喧引看人。宋之问

〔1〕青冢:昭君墓,在今呼和浩特市南面。此指马嵬杨妃墓。

〔2〕紫玉:春秋时吴王夫差小女,因爱慕青年韩重,恨不能嫁,抑郁死去。

〔3〕请藏:请赐道教藏经。

〔4〕什袭:十件,意为层层包裹。

〔5〕青蚨:钱。

〔6〕缜(zhěn)致:缝缀细致。

〔7〕香袎:香袜。袎,或为拗(yào),袜筒。

〔8〕双趺(fū):双脚。趺,脚背。

第三十七出　尸解[1]

【正宫引子·梁州令】〔魂旦上〕风前荡漾影难留,叹前路谁投。死生离别两悠悠,人不见,情未了,恨无休。

【如梦令】绝代风流已尽,薄命不须重恨。情字怎消磨?一点嵌牢方寸。闲趁,闲趁,残月晓风谁问。我杨玉环鬼魂,自蒙土地给与路引,任我随风来往。且喜天不收,地不管,无拘无系,煞甚逍遥。只是再寻不到皇上跟前,重逢一面。〔悲介〕好不悲伤!今日且顺着风儿,看到那一处也。〔行介〕

吴评:"此折描写情种愁魂,能于无中生有,太白仙才,长吉鬼才,殆欲兼之。"说明在诗歌上是继承古典浪漫主义传统的。

【正宫过曲·雁鱼锦】【雁过声全】悄魂灵御风似梦游,路沉沉不辨昏和昼。经野树片时权栖宿,猛听冷烟中鸟啾啾,唬得咱早难自停留。青磷荒草浮,倩他照着我向前冥冥走。是何处?殿角儿重云影覆。〔看介〕呀,原来就是西宫门首了。不免进去一看。〔作欲进,二门神黑白面、金甲,执鞭、简上〕

〔立高处介〕生前英勇安天下,死后威灵护殿门。〔举鞭、简拦旦介〕何方女鬼,不得擅入。〔旦出路引介〕奴家杨玉环,有路引在此。〔门神〕原来是杨娘娘。目今禄山被刺,庆绪奔逃,郭元帅扫清宫禁。只太上皇远在蜀中,新天子尚留灵武。因此大内,寂无一人,宫门尽扃锁钥。娘娘请自进去,吾神回避。〔下〕〔旦作进介〕你看宫花都是断肠枝,帘幕无人窣地垂。行到画屏回合处,分明钗盒奉恩时。〔泪介〕〔场上先设宫中旧床帷、器物介〕

【二犯渔家傲】【雁过声换头】蹯踌,往日风流。【普天乐】〔作坐床介〕记盒钗初赐,种下这恩深厚。痴情共守,〔起介〕又谁知惨祸分离骤!唉,你看沉香亭、华萼楼都这般荒凉冷落也。〔作登楼介〕并没有人登画楼,并没有花开并头,【雁过声】并没有奏新讴——端的有、荒凉满目生愁!凄然,不由人泪流!呀,这里是长生殿了。我想起来,〔泪介〕〔场上先设长生殿乞巧香案介〕这壁厢是咱那日陈瓜果,夜香来乞巧,那壁厢是他恁时向牛女凭肩私拜求。〔哭介〕我那皇上呵,怎能够霎时一见也!方才门神说,上皇犹在蜀中。不免闪出宫门,到渭桥之上,一望西川则个。〔行介〕

【二犯倾杯序】【雁过声换头】凝眸，一片清秋，〔登桥介〕【渔家傲】望不见寒云远树峨眉秀。【倾杯序】苦忆蒙尘，影孤体倦。病马严霜，万里桥[2]头，知他健否！纵然无恙，料也为咱消瘦。待我飞将过去。〔作飞，被风吹转介〕〔哭介〕哎哟，天呵！【雁过声】我只道轻魂弱魄飞能去，又谁知千水万山途转修。〔作看介〕呀，你看佛堂虚掩，梨树欹斜。怎么被风一吹，仍在马嵬驿内了！〔场上先设佛堂梨树介〕

【喜渔灯犯】【喜渔灯】驿垣夜冷，一灯微漏。佛堂外，阴风四起。看月暗空厩，【朱奴儿】猛伤心泪垂。【玉芙蓉】对着这一株靠檐梨树幽，〔坐地泣介〕【渔家傲】这是我断香零玉沉埋处。好结果一场厮耨[3]，空落得薄命名留。〔雁过声〕当日个红颜艳冶千金笑，今日里白骨抛残土半丘。我想生受深恩，死亦何悔。只是一段情缘，未能终始。此心耿耿，万劫难忘耳。

【锦缠道犯】【锦缠道】谩回首，梦中缘，花飞水流，只一点故情留。似春蚕到死，尚把丝抽。剑门关离宫自愁，马嵬坡夜台空守，想一样恨悠悠。【雁过声】几时得吴评："将前数曲意总叙作结，又以一点情留盟香续断，引起下文证仙，巧法双绝。"

金钗钿盒完前好，七夕盟香续断头！

〔副净上〕"天边传敕使，泉下报幽魂。"〔见介〕贵妃，有天孙娘娘赍捧玉旨到来，须索准备迎接。吾神先去也。〔旦〕多谢尊神。〔分下〕〔杂扮四仙女，执水盂、幡节，引贴捧敕上〕

【南吕引子·生查子】玉敕降天庭，鸾鹤飞前后。只为有情真，召取还蓬岫。

〔副净上，跪接介〕马嵬坡土地迎接娘娘。〔贴〕土地，杨妃魂灵何在？速召前来，听宣玉敕。〔副〕领法旨。〔下〕〔引旦去魂帕[4]上，跪介〕〔贴宣敕介〕玉旨已到，跪听宣读。玉帝敕曰：咨尔玉环杨氏，原系太真玉妃，偶因微过，暂谪人间。不合迷恋尘缘，致遭劫难。今据天孙奏尔吁天悔过，夙业已消，真情可悯。准授太阴炼形之术，复籍仙班，仍居蓬莱仙院。钦哉谢恩。〔旦叩头介〕圣寿无疆。〔见贴介〕天孙娘娘叩首。〔贴〕太真请起。前天宝十载七夕，我正渡河之际，见你与唐天子在长生殿上，密誓情深。昨又闻马嵬土地诉你悔过真诚，因而奏闻上帝，有此玉音。〔旦〕多谢娘娘提拔。〔贴取水盂，付副净介〕此乃玉液金浆。你可将去，同玉妃到坟前，沃彼原身，即得炼形度地[5]，尸解上升了。炼毕之时，即备音乐、幡幢，送归蓬莱仙院。我先缴玉敕去也。〔副净〕领法旨。〔贴〕驾回双凤阙，云拥七襄衣[6]。〔引仙女下〕〔副净〕玉妃恭喜，

就请同到冢上去。〔副净捧水盂，引旦行介〕

【南吕过曲·香柳娘】往郊西道北，往郊西道北，只见一拳培塿，〔副净〕到了。〔旦作悲介〕这便是我前生宿艳藏香薮。〔副净〕小神向奉西岳帝君敕旨，将仙体保护在此。待我去扶将出来。〔作向古门扶杂，照旦妆饰，扮旦尸锦褥包裹上〕〔副净解去锦褥，扶尸立介〕〔旦见作惊介〕看原身宛然，看原身宛然，紧紧合双眸，无言闭檀口。〔副净将水沃尸介〕把金浆点透，把金浆点透，神光面浮，〔尸作开眼介〕〔旦〕秋波忽溜。

〔尸作手足动，立起向旦走一二步介〕〔旦惊介〕呀，

【前腔】果霎时再活，果霎时再活，向前移走，觑形模与我无妍丑。〔作迟疑介〕且住，这个杨玉环已活，我这杨玉环却归何处去？〔尸作忽走向旦，旦作呆状，与尸对立介〕〔副净拍手高叫介〕玉妃休迷，他就是你，你就是他。〔指尸向旦介〕这躯壳是伊，〔指旦向尸介〕这魂魄是伊，真性假骷髅，当前自分剖。〔尸逐旦绕场急奔一转，旦扑尸身作跌倒，尸隐下〕〔副净〕看元神入彀，看元神入彀，似灵胎再投，双环合凑。

从《倩女离魂》《还魂记》以来，舞台上创造了许多魂尸重合的关目、身段，这里才写得如此活灵活现。

【前腔】〔旦作起，立定徐唱介〕乍沉沉梦

醒，乍沉沉梦醒，故吾失久，形神忽地重圆就。猛回思惘然，猛回思惘然，现在自庄周，蝴蝶复何有[7]。我杨玉环，不意今日冷骨重生，离魂再合。真谢天地。似亡家客游，似亡家客游，归来故丘，室庐[8]依旧。土地请上，待吾拜谢。〔副净〕小神不敢。〔旦拜，副净答拜介〕〔旦〕

【前腔】谢经年护持，谢经年护持，保全枯朽，更断魂落魄蒙帡覆[9]。〔副净〕音乐、幡幢已备，候送玉妃归院。〔旦欲行又止介〕且住，我如今尸解去了，日后皇上回銮，毕竟要来改葬。须留下一物在此，做个记验才好。土地，你可将我裹身的锦褥，依旧埋在冢中，不可损坏。〔副净〕领仙旨。〔作取褥，褥作飞下介〕〔副净看介〕呀，奇哉，奇哉！那锦褥化作一片彩云，竟自腾空飞去了。〔旦看介〕哦，是了。方才炼形之时，那锦褥也沾着金浆，故此得了仙气。化飞空彩云，化飞空彩云，也似学仙游，将何更留后。我想金钗、钿盒，是要随身紧守的，此外并无他物……〔想介〕哦，也罢，我胸前有锦香囊一个，乃翠盘试舞之时，皇上所赐。不免解来留下便了。〔作解香囊看介〕解香囊在手，解香囊在手，〔悲介〕他日君王见收，索强似人难重觏。

〔将香囊付副净介〕土地，你可将此香囊，放在家内。〔副净接介〕领仙旨。〔虚下，即上〕启娘娘，香囊已放下了。〔杂扮四仙女，音乐、幡幢上〕〔见旦介〕蓬莱山太真院中仙姬叩见。请娘娘更衣归院。〔内作乐，旦作更仙衣介〕〔副净〕小神候送。〔旦〕请回。〔副下，仙女、旦行介〕

【单调风云会】【一江风】指瀛洲，云气空蒙覆，金碧开群岫。【驻云飞】嗏，仙家岁月悠，与情同久。情到真时，万劫还难朽。牢把金钗钿盒收，直到蓬山顶上头。〔从高处行下〕

销耗胸前结旧香，张祜　多情多感自难忘。陆龟蒙

蓬山此去无多路，李商隐　天上人间两渺茫。曹唐

〔1〕尸解：道家用语，指灵魂登仙而去，尸形解化。

〔2〕万里桥：在成都。

〔3〕厮耨：相爱。

〔4〕去魂帕：带帕表示扮演鬼魂，去帕表示扮演蓬莱玉妃。

〔5〕炼形度地：把凡体炼成仙身称炼形；脱离尘世，飞升仙界叫度地。二者皆为道家术语。

〔6〕七襄衣：传说织女织就的衣裳。

〔7〕蝴蝶复何有：庄周梦见自己变成了蝴蝶，醒来不知自己是蝴蝶、还是蝴蝶为自己。（见《庄子·齐物论》）

〔8〕室庐：佛家称尸体为室庐。

〔9〕蒙帡（píng）覆：承蒙你荫庇。帡，帐幕。

第三十八出　弹词

吴评："白头宫女，闲说遗事，不如伶工犹能弦而歌之，感人益深也。"

〔末白须，旧衣帽抱琵琶上〕一从鼙鼓起渔阳，宫禁俄看蔓草荒。留得白头遗老在，谱将残恨说兴亡。老汉李龟年，昔为内苑伶工，供奉梨园。蒙万岁爷十分恩宠。自从朝元阁教演"霓裳"，曲成奏上，龙颜大悦。与贵妃娘娘，各赐缠头，不下数万。谁想禄山造反，破了长安。圣驾西巡，万民逃窜。俺每梨园部中，也都七零八落，各自奔逃。老汉来到江南地方，盘缠都使尽了。只得抱着这面琵琶，唱个曲儿糊口。今日乃青溪[1]鹫峰寺大会。游人甚多，不免到彼卖唱。〔叹科〕哎，想起当日天上清歌，今日沿门鼓板，好不颓气人也。〔行科〕

【南吕一枝花】不提防余年值乱离，逼拶得岐路遭穷败。受奔波风尘颜面黑，叹衰残霜雪鬓须白。今日个流落天涯，只留得琵琶在。揣羞脸上长街，又过短街。那里是高渐离击筑悲歌[2]，倒做了伍子胥吹箫也那乞丐[3]。

【梁州第七】想当日奏清歌趋承金殿，度新声供应瑶阶。说不尽九重天上恩如海：幸温泉骊山雪霁，泛仙舟兴庆莲开，玩婵娟华清宫殿，赏芳菲花萼楼台。正担承雨露深泽，蓦遭逢天地奇灾：剑门关尘蒙了凤辇鸾舆，马嵬坡血污了天姿国色。江南路哭杀了瘦骨穷骸。可哀落魄，只得把霓裳御谱沿门卖，有谁人喝声采！空对着六代园陵[4]草树埋，满目兴衰。

吴评："辞气悲壮之极！当时朝臣，能作此语者有几？尘蒙血污，即以老伶哭杀参对，思深哉！"

〔虚下〕〔小生巾服上〕"花动游人眼，春伤故国心。霓裳人去后，无复有知音。"小生李谟，向在西京留滞，乱后方回。自从宫墙之外，偷按"霓裳"数叠，未能得其全谱。昨闻有一老者，抱着琵琶卖唱。人人都说手法不同，象个梨园旧人。今日鹫峰寺大会，想他必在那里。不免前去寻访一番。一路行来，你看游人好不盛也。〔外巾服，副净衣帽，净长帽、帕子包首，扮山西客，携丑扮妓上〕〔外〕闲步寻芳惜好春，〔副净〕且看胜会逐游人。〔净〕大姐，咱和你"及时行乐休空过"。〔丑〕客官，"好听琵琶一曲新"。〔小生向副净科〕老兄请了。动问这位大姐，说甚么"琵琶一曲新"？〔副净〕老兄不知，这里新到一个老者，弹得一手好琵琶。今日在鹫峰寺赶会，因此大家同去一听。〔小生〕小生正要去寻他，同行何如！

〔众〕如此极好。〔同行科〕行行去去，去去行行，已到鹫峰寺了。就此进去。〔同进科〕〔副净〕那边一个圈子，四围板凳，想必是波。我每一齐挨进去，坐下听者。〔众作坐科〕〔末上见科〕列位请了，想都是听曲的。请坐了，待在下唱来请教波。〔众〕正要领教。〔末弹琵琶唱科〕

吴评："所弹遗事多半繁华，乃先以悲伤感叹凄凉幽怨愁烦等字，填满数行，耸人听闻，并引出李谟请语。"

【转调货郎儿】唱不尽兴亡梦幻，弹不尽悲伤感叹，大古里[5]凄凉满眼对江山。我只待拨繁弦传幽怨，翻别调写愁烦，慢慢的把天宝当年遗事弹。

〔外〕"天宝遗事"，好题目波。〔净〕大姐，他唱的是甚么曲儿，可就是咱家的西调[6]么？〔丑〕也差不多儿。〔小生〕老丈，天宝年间遗事，一时那里唱得尽者。请先把杨贵妃娘娘，当时怎生进宫，唱来听波。〔末弹唱科〕

徐灵昭曰："此调凡用九转，每转各用一韵，此定格也。……所转之调不同，故章句亦异。"

【二转】想当初庆皇唐太平天下，访丽色把蛾眉选刷。有佳人生长在弘农杨氏家，深闺内端的玉无瑕。那君王一见了欢无那[7]，把钿盒金钗亲纳，评跋做昭阳第一花。〔丑〕那贵妃娘娘，怎生模样波？〔净〕可有咱家大姐这样标致么？〔副净〕且听唱出来者。〔末弹唱科〕

【三转】那娘娘生得来仙姿佚貌，说不尽幽闲窈窕。真个是花输双颊柳输腰，比昭君增妍丽，较西子倍风标，似观音飞来海峤，恍嫦娥偷离碧霄。更春情韵饶，春酣态娇，春眠梦悄。总有好丹青，那百样娉婷难画描。

〔副净笑科〕听这老翁说的杨娘娘标致，恁般活现，倒象是亲眼见的，敢则谎也。〔净〕只要唱得好听，管他谎不谎。那时皇帝怎么样看待他来，快唱下去者。〔末弹唱科〕

【四转】那君王看承得似明珠没两，镇日里高擎在掌。赛过那汉宫飞燕倚新妆，可正是玉楼中巢翡翠，金殿上锁着鸳鸯，宵偎昼傍。直弄得个伶俐的官家颠不剌、懵不剌[8]，撇不下心儿上。弛了朝纲，占了情场，百支支[9]写不了风流帐。行厮并，坐厮当。双，赤紧的倚了御床，博得个月夜花朝同受享。

〔净倒科〕哎呀，好快活，听的咱似雪狮子向火哩。〔丑扶科〕怎么说？〔净〕化了。〔众笑科〕〔小生〕当日宫中有“霓裳羽衣”一曲，闻说出自御制，又说是贵妃娘娘所作，老丈可知其详？请唱与小生听咱。〔末弹唱科〕

吴评：“全曲形容歌声，写舞只一笔，已足得文章详略之妙。”

【五转】当日呵，那娘娘在荷庭把宫商细按，谱新声将霓裳调翻。昼长时亲自教双鬟[10]。舒素手，拍香檀，一字字都吐自朱唇皓齿间。恰便似一串骊珠声和韵闲，恰便似莺与燕弄关关，恰便似鸣泉花底流溪涧，恰便似明月下泠泠清梵[11]，恰便似缑岭[12]上鹤唳高寒，恰便似步虚仙珮夜珊珊。传集了梨园部、教坊班，向翠盘中高簇拥着个娘娘，引得那君王带笑看。

〔小生〕一派仙音，宛然在耳，好形容波。〔外叹科〕哎，只可惜当日天子宠爱了贵妃，朝欢暮乐，致使渔阳兵起。说起来令人痛心也！〔小生〕老丈，休只埋怨贵妃娘娘。当日只为误任边将，委政权奸，以致庙谟颠倒[13]，四海动摇。若使姚、宋犹存，那见得有此。〔外〕这也说的是波。〔末〕嗨，若说起渔阳兵起一事，真是天翻地覆，惨目伤心。列位不嫌絮烦，待老汉再慢慢弹唱出来者。〔众〕愿闻。〔末弹唱科〕

“误任边将，委政权奸”，作者通过小人物李谟，表明自己对造成政治悲剧的原因的认识。

【六转】恰正好呕呕哑哑霓裳歌舞，不提防扑扑突突渔阳战鼓。刬地里[14]出出律律纷纷攘攘奏边书，急得个上上下下都无措。早则是喧喧嗾嗾、惊惊遽遽、仓仓卒卒、挨挨拶拶出延秋西路，銮舆后携着个娇娇滴滴贵妃同去。又只见密密匝匝的兵，恶恶狠狠的语，闹闹炒炒、轰轰䮕䮕[15]四下喳

吴评：“缓歌慢舞，忽变掺挝，

呼，生逼散恩恩爱爱、疼疼热热帝王夫妇。霎时间画就了这一幅惨惨凄凄绝代佳人绝命图。

〔外、副净同叹科〕〔小生泪科〕哎，天生丽质，遭此惨毒。真可怜也！〔净笑科〕这是说唱，老兄怎么认真掉下泪来！〔丑〕那贵妃娘娘死后，葬在何处？〔末弹唱科〕

【七转】破不剌马嵬驿舍，冷清清佛堂倒斜。一代红颜为君绝，千秋遗恨滴罗巾血。半棵树是薄命碑碣，一抔土是断肠墓穴。再无人过荒凉野，莽天涯谁吊梨花谢！可怜那抱幽怨的孤魂，只伴着呜咽咽的望帝悲声啼夜月。

〔外〕长安兵火之后，不知光景如何？〔末〕哎呀，列位，好端端一座锦绣长安，自被禄山破陷，光景十分不堪了。听我再弹波。〔弹唱科〕

【八转】自銮舆西巡蜀道，长安内兵戈肆扰。千官无复紫宸朝，把繁华顿消，顿消。六宫中朱户挂蟏蛸[16]，御榻傍白日狐狸啸。叫鸱鸮也么哥，长蓬蒿也么哥。野鹿儿乱跑，苑柳宫花一半儿凋。有谁人去扫，去扫！玳瑁空梁燕泥儿抛，只留得缺月黄昏照。叹萧条也么哥，染腥臊也么

即令大小李书之，亦无此神似。”

哥！染腥臊，玉砌空堆马粪高。

〔净〕呸，听了半日，饿得慌了。大姐，咱和你喝烧刀子[17]，吃蒜包儿去。〔做腰边解钱与末，同丑诨下〕〔外〕天色将晚，我每也去罢。〔送银科〕酒资在此。〔末〕多谢了。〔外〕无端唱出兴亡恨，〔副净〕引得傍人也泪流。〔同外下〕〔小生〕老丈，我听你这琵琶，非同凡手。得自何人传授？乞道其详。〔末〕

【九转】这琵琶曾供奉开元皇帝，重提起心伤泪滴。〔小生〕这等说起来，定是梨园部内人了。〔末〕我也曾在梨园籍上姓名题，亲向那沉香亭花里去承值，华清宫宴上去追随。〔小生〕莫不是贺老？〔末〕俺不是贺家的怀智。〔小生〕敢是黄幡绰？〔末〕黄幡绰同咱皆老辈。〔小生〕这等想必是雷海青？〔末〕我虽是弄琵琶，却不姓雷。他呵，骂逆贼，久已身死名垂。〔小生〕这等，想必是马仙期了。〔末〕我也不是擅场方响马仙期，那些旧相识都休话起。〔小生〕因何来到这里？〔末〕我只为家亡国破兵戈沸，因此上孤身流落在江南地。〔小生〕毕竟老丈是谁波？〔末〕您官人絮叨叨苦问俺为谁，则俺老伶工名唤做龟年身姓李。

吴评："诸伶又一点名，遥与偷曲折登场相应，而雷老独标其骂贼事，是史家笔法。"

〔小生揖科〕呀,原来却是李教师。失瞻了。〔末〕官人尊姓大名,为何知道老汉?〔小生〕小生姓李,名谟。〔末〕莫不是吹铁笛的李官人么?〔小生〕然也。〔末〕幸会,幸会。〔揖科〕〔小生〕请问老丈,那"霓裳"全谱可还记得波?〔末〕也还记得,官人为何问他?〔小生〕不瞒老丈说,小生性好音律,向客西京。老丈在朝元阁演习"霓裳"之时,小生曾傍着宫墙,细细窃听。已将铁笛偷写数段。只是未得全谱,各处访求,无有知者。今日幸遇老丈,不识肯赐教否?〔末〕既遇知音,何惜末技。〔小生〕如此多感,请问尊寓何处。〔末〕穷途流落,尚乏居停。〔小生〕屈到舍下暂住,细细请教何如?〔末〕如此甚好。

李谟偷曲,到这里才交代,前后遥相呼应。

【煞尾】俺一似惊乌绕树向空枝外,谁承望做旧燕寻巢入画栋来。今日个知音喜遇知音在,这相逢,异哉!恁相投,快哉!李官人呵,待我慢慢的传与你这一曲霓裳播千载。

吴评:"青州赵秋谷尝评此篇,实胜国所无也。清远时凿,海浮偶粗,余子鹿鹿,不足比数。二甫之间岂虚誉哉?今读之真足追比王白。附载兹语,叹其知言。"按清远指汤显祖,海浮指冯惟敏,并明代著名曲家,二甫指王实甫、白仁甫。

〔末〕桃蹊柳陌好经过,张籍 〔小生〕聊复回车访薜萝〔18〕。白居易

〔末〕今日知音一留听,刘禹锡 〔小生〕江南无处不闻歌。顾况

〔1〕青溪:古水名,流经南京注入秦淮河。

〔2〕高渐离击筑悲歌:荆轲准备西刺秦王。送别时,高渐离击筑伴奏,荆轲唱"风萧萧兮易水寒,壮士一去兮不复还"。

〔3〕伍子胥吹箫也那乞丐:楚王杀害了伍子胥的父兄,伍子胥逃奔吴国,相传曾在吴市吹箫乞食。

〔4〕六代园陵:吴、东晋、宋、齐、梁、陈六个朝代帝陵遗址,它们曾先后建都南京。

〔5〕大古里:大概是。

〔6〕西调:关西一带的地方曲调。

〔7〕欢无那:欢喜不尽。

〔8〕颠不剌、懵不剌:颠倒失措,懵懂糊涂。不剌,衬词,无义。

〔9〕百支支:许多话儿。

〔10〕双鬟:少女。此处指宫女永新、念奴。

〔11〕清梵:清幽的诵经(梵呗)声。

〔12〕缑岭:缑氏山,在今河南偃师东南。传说周灵王太子晋于此驾鹤登仙。

〔13〕庙谟颠倒:形容朝政昏暗。谟,谋略。

〔14〕划地里:平白无故地。

〔15〕騞(huō)騞:破裂声。此处作高声哄闹讲。

〔16〕蟏蛸:喜蛛。

〔17〕烧刀子:烧酒。

〔18〕薜萝:薜荔、女萝,后人代指隐士的衣服。此处指隐士。

第三十九出　私祭

【南吕引子·小女冠子】〔老旦、贴道扮

同上]〔老旦〕旧时云髻抛宫样,〔贴〕依古观共焚香。〔合〕叹夜来风雨催花葬,洗心好细翻经藏。

〔老旦〕寂寂云房[1]掩竹扃,〔贴〕春泉漱玉响泠泠。〔老旦〕舞衣施尽余香在,〔贴〕日向花前学诵经。〔老旦〕吾乃天宝旧宫人永新是也。与念奴妹子,逃难出宫。直至金陵,在女贞观中做了女道士。且喜十分幽静,尽可修持。此间观主,昨自西京,购请道藏回来。今日天气晴和,着我二人检晒经函。且索细细翻阅则个。〔场上先设经桌,老旦、贴同作翻介〕

吴评:"本欲哭奠杨妃,乃由检经引起,并与看袜照会,觉处处有针线。"

【双调过曲·孝南枝】【孝顺歌】金函启,玉案张,临风细翻春昼长。只见尘影弄晴光,灵花满空降。〔老旦〕想当日在宫中,听娘娘教白鹦哥念诵心经。若是早能学道,倒也免了马嵬之难。〔贴〕那热闹之时,那个肯想到此。〔老旦〕便是昨日听得观主说,马嵬坡酒家拾得娘娘锦袜一只,还有游人出钱求看哩,何况生前!〔合〕枉了雪衣[2]提唱。是色非空,谁观法相[3]。【锁南枝】赢得锦袜香残,犹动行人想。〔杂扮道姑捧茶上〕玉经日下晒,香茗雨前烹。二位仙姑,检经困乏了,观主教我送茶在此。〔老旦、贴〕劳动了。〔作饮茶介〕〔杂〕呵呀,一片黑云起来,要下雨哩。〔老旦、贴〕快把经函收拾罢。〔作收拾介〕〔杂〕你看莺乱飞，草正芳，恰好应清明雨漂荡。

〔下〕〔场上收经桌介〕〔老旦〕不是小道姑说起，倒忘了今日是清明佳节哩。此时家家扫墓，户户烧钱。妹子，我与你向受娘娘之恩，无从报答。就把一陌纸钱，一杯清茗，遥望长安哭奠一番。多少是好。〔贴〕姐姐，这是当得的，待我写个牌位儿供养。〔作写位供介〕〔同拜哭介〕娘娘呵，

【前腔】想着你恩难罄，恨怎忘，风流陡然没下场。那里是西子送吴亡，错冤做宗周为褒丧[4]。〔贴〕呀，庭下牡丹，雨中开了一朵。此花最是娘娘所爱，不免折来供在位前。〔合〕名花无恙，倾国佳人先归黄壤。总有麦饭香醪，浇不到孤坟上。〔哭叫介〕我那娘娘嗄，只落得望断眸，叫断肠，泪如泉，哭声放！〔暗下〕

【锁南枝】〔末行上〕江南路，偶踏芳，花间雨过沾客裳。老汉李龟年，幸遇李谟官人，相留在家。今日清明佳节，出门闲步一回。却好撞着风雨。懊恨故国云迷，白首低难望。且喜一所道院在此，不免进去避雨片时。〔作进介〕松影闲，鹤唳长，且自暂徘徊石

吴评："一见惊、喜、痛交集。陡然一哭，惊出两故宫人来，妙绝。若再作从容叙会，文势便散懈矣。"

坛上。

你看座列群真，经藏万卷，好不庄严也。〔作看牌念介〕皇唐贵妃杨娘娘灵位。〔哭介〕哎哟，杨娘娘，不想这里颠倒有人供养！〔拜介〕

【前腔】〔换头〕一朝把身丧，千秋抱恨长。〔老旦、贴一面上〕那个啼哭？〔作看惊介〕这人好似李师父的模样，怎生到此？〔末〕恨杀六军跋扈，生逼得君后分离，奇变惊天壤。可怜小人李龟年，〔老旦、贴〕原来果是李师父，〔末〕不能够逢令节，奠一觞，没揣的过仙宫，拜灵爽[5]。

〔老旦、贴出见介〕李师父，弟子每稽首。〔末〕姑姑是谁？〔作惊认介〕呀，莫非永、念二娘子么？〔老旦、贴〕正是。〔各泪介〕〔末〕你两个几时到此？〔老旦、贴〕师父请坐。我每去年逃难南来，出家在此。师父因何也到这里？〔末〕我也因逃难，流落江南。前在鹫峰寺中，遇着李谟官人，承他款留到家，不想又遇你二人。〔老旦、贴〕那个李谟官人？〔末〕说起也奇。当日我与你每，在朝元阁上演习霓裳。不想这李官人，就在宫墙外面窃听。把铁笛来偷记新声数段。如今要我传授全谱，故此相留。〔老旦、贴悲介〕唉，“霓裳”一曲倒得流传，不想制谱之人已归地下，连我每演曲的也都流落他乡。好伤感人也。

吴评：“乐人、宫人同受国恩，宜其想到自身，愈增悲恸。”

〔各悲介〕〔老旦、贴〕

【供玉枝】【五供养】言之痛伤,记侍坐华清,同演霓裳。玉纤抄秘谱,檀口教新腔。【玉交枝】他今日青青墓头新草长,我飘飘陌路杨花荡。【五供养】〔合〕蓦地相逢处各沾裳,〔月上海棠〕白首红颜,对话兴亡。

〔末〕且喜天色晴霁,我告辞了。〔老旦、贴〕且自消停。请问师父,梨园旧人,都怎么样了?〔末〕贺老与我同行,途中病故,黄幡绰随驾去了;马仙期陷在城中,不知下落;只有雷海青骂贼而死。

【前腔】追思上皇,泽遍梨园,若个能偿!〔泣介〕那雷老呵,他忠魂昭白日,羞杀我遗老泣斜阳。〔老旦、贴〕师父,可晓得秦、虢二夫人都被乱兵杀死了?〔末〕便是朱门丽人都可伤,长安曲水谁游赏。〔合〕蓦地相逢处,各沾裳。白首红颜,对话兴亡。

“白首红颜,对话兴亡”两句点出本出主题。

〔老旦、贴〕不知万岁爷,何日回銮?〔末〕李官人向在西京,近因郭元帅复了长安,兵戈宁息,方始得归。想上皇不日也就回銮了。〔老旦、贴〕如此,谢天地。〔末〕日晚途遥,就此去了。〔老旦、贴〕待与娘娘焚了纸钱,素斋少叙。

〔末〕南来今只一身存,韩愈　〔老、贴〕新换霓裳月色裙。王建

〔末〕人世几回伤往事，刘禹锡 〔老、贴〕落花时节又逢君。杜甫

〔1〕云房：僧道或隐士的住所。

〔2〕雪衣：白鹦鹉名，相传为杨贵妃所宠爱的雪衣娘。

〔3〕谁观法相：法相，古代佛家术语，世间一切事物的总称。这句是说，谁能把世上一切事物看透呢？

〔4〕西子送吴亡、宗周为褒丧：女色亡国论者认为，吴国亡于西施，西周亡于褒姒。

〔5〕灵爽：鬼神的精气。此指贵妃灵牌。

第四十出　仙忆

【南吕引子·挂真儿】〔旦扮仙、老旦扮仙女随上〕驾鹤骖鸾去不返，空回首天上人间。端正楼头，长生殿里，往事关情无限。

〔浣溪纱〕缥缈云深锁玉房，初归仙籍意茫茫。回头未免费思量。忽见瑶阶琪树里，彩鸾栖处影双双。几番抛却又牵肠。我杨玉环，幸蒙玉旨，复位仙班，仍居蓬莱山太真院中。只是定情之物，身不暂离；七夕之盟，心难相负。提起来好不话长也！

【高平过曲·九回肠】【解三醒】没奈

吴评："或疑见月与此折稍闲冗，不知证仙回銮，皆是大事，此二折各见正面，又一引改葬，一引奏乐，必不可少也。"按此出写杨玉环，下出写李隆基。
传奇中一生一旦，戏分应力求平衡。

何一时分散，那其间多少相关。死和生割不断情肠绊，空堆积恨如山。他那里思牵旧缘愁不了，俺这里泪滴残魂血未干，空嗟叹。【三学士】不成比目先遭难，拆鸳鸯说甚仙班。〔出钗盒看介〕看了这金钗钿盒情犹在，早难道地久天长盟竟寒。【急三枪】何时得青鸾便，把缘重续，人重会，两下诉愁烦！〔贴上〕试上蓬莱山顶望，海波青浅鹤飞来。自家寒簧，奉月主娘娘之命，与太真玉妃索取霓裳新谱。来此已是，不免径入。〔进见介〕玉妃，稽首。〔旦〕仙子何来？〔贴笑介〕玉妃还认得我寒簧么？〔旦想介〕哦，莫非是月中仙子？〔贴〕然也。〔旦〕请坐了。〔贴坐介〕〔旦〕梦中一别，不觉数年。今日远临，乞道来意。〔贴〕玉妃听启，

【清商七犯】【簇御林】只为霓裳乐在广寒，羡灵心，将谱细翻。特奉月主娘娘之命，【莺啼序】访知音远叩蓬山，借当年图谱亲看。〔旦〕原来为此。当日幸从梦里获听仙音，虽然摹入管弦，尚愧依稀[1]错误。【高阳台】何烦蟾宫谬把遗调拣，我寻思起转自潸潸。〔泪介〕〔贴〕呀，玉妃为何掉下泪来？〔旦〕【降黄龙】痛我历劫遭磨，宫冷商残，

【二郎神】朱弦已断，羞将此调重弹。烦仙子转奏月主，说我尘凡旧谱，不堪应命。伏乞矜宥。〔贴〕玉妃休得固拒，我月主娘娘呵，慕你聪明绝世罕，【集贤宾】度新声，占断人间。求观恨晚，休辜负云中青盼[2]。〔旦〕既蒙月主下访，前到仙山，偶然追忆，写出一本在此。〔贴〕如此甚好。〔旦〕侍儿，可去取来。〔老应下，取上〕谱在此。〔旦接介〕仙子，谱虽取到，只是还须誊写才好。〔贴〕为何？〔旦〕你看呵，【黄莺儿】字阑珊，模糊断续，都染就泪痕斑。

〔贴〕这却不妨。〔旦付谱介〕如此，即烦呈上月主，说梦中窃记，音节多讹，还求改正。〔贴〕领命，就此告别。〔贴持谱下〕〔旦〕侍儿闭上洞门，随我进来。〔老应随下〕

〔贴〕从初直到曲成时，王建　〔旦〕争得姮娥子细知。唐彦谦

〔贴〕莫怪殷勤悲此曲，刘禹锡　〔旦〕月中流艳与谁期。李商隐

〔1〕依稀：朦胧恍忽，不大明晰、准确的意思。

〔2〕青盼：热情盼望。青，青眼，晋阮籍常以青眼（正视）对所器重的人。

第四十一出　见月

【仙吕入双调过曲·双玉供】【玉胞肚】〔杂扮四将、二内侍，引生骑马、丑随行上〕〔合〕重华[1]迎待，促归程，把回銮仗排。离南京[2]不听鹃啼，怕西京尚有鸿哀[3]。【五供养】喜山河未改，复睹这皇图风采。〔众百姓上，跪接介〕扶风百姓迎接老万岁爷。〔生〕生受你每，回去罢。〔百姓叩头呼"万岁"下〕〔生众行介〕【玉胞肚】纷纷父老竞拦街，叩首齐呼"万岁"来。

〔丑〕启万岁爷，天色已晚，请銮舆就在凤仪宫驻跸。〔生下马介〕众军士，外厢伺候。〔军〕领旨。〔下〕〔生进介〕高力士，此去马嵬，还有多少路？〔丑〕只有一百多里了。〔生〕前已传旨，令该地方官建造妃子新坟，你可星夜前往，催督工程，候朕到时改葬。〔丑〕领旨。暂辞凤仪去，先向马嵬行。〔下〕〔内侍暗下〕〔生〕西川出狩乍东归，驻跸离宫对夕晖。记得去年尝麦饭，一回追想一沾衣。寡人自幸蜀中，不觉一载有余。幸喜西京恢复，回到此间。你看离宫寥寂，暮景苍

吴评："又与哭像折内遥应。"

凉。好伤感人也！

【摊破金字令】黄昏近也，庭院凝微霭，清宵静也，钟漏沉虚籁[4]。一个愁人有谁偢采，已自难消难受，那堪墙外，又推将这轮明月来。寂寂照空阶，凄凄浸碧苔。独步增哀，双泪频揩，千思万量没布摆。

寡人对着这轮明月，想起妃子冷骨荒坟，愈觉伤心也！

【夜雨打梧桐】霜般白，雪样皑，照不到冷坟台。好伤怀，独向婵娟陪待。蓦地回思当日，与你偶尔离开，一时半刻也难打挨，何况是今朝永隔幽明界。〔泣介〕我那妃子呵，当初与你钗、盒定情，岂料遂为殉葬之物。欢娱不再，只这盒钗，怎不向人间守，翻教地下埋。

〔叹介〕咳，妃子，妃子，想你生前音容如昨，教我怎生忘记也！

【摊破金字令】〔换头〕休说他娇嚬妍笑，风流不复偕，就是赪颜微怒，泪眼慵抬，便千金何处买。纵别有佳人，一般姿态，怎似伊情投意解，恰可人怀。思量到此呆打孩[5]。我想妃子既殁，朕此一身虽生犹

吴评："已命力士营葬，徘徊月下，自应先从荒坟入想，又因殉葬转到钗盒，更有情致。"

吴评："又因地

中连理想到七夕誓盟，接递无痕，并引起后文耸合。”

死，倘得死后重逢，可不强如独活。孤独愧形骸，余生死亦该。惟只愿速离尘埃，早赴泉台，和伊地中将连理栽。

记得当年七夕，与妃子同祝女牛，共成密誓。岂知今宵月下，单留朕一人在此也！

【夜雨打梧桐】长生殿，曾下阶，细语倚香腮。两情谐，愿结生生恩爱。谁想那夜双星同照，此夕孤月重来。时移境易人事改。月儿，月儿，我想密誓之时，你也一同听见的！记鹊桥河畔，也有你姮娥在，如何厮赖！索应该撺掇他牛和女，完成咱盒共钗。

前出写杨玉环乐谱留泪痕，这出写李隆基月下思恩爱，都是着力写其痴情也。

〔内侍上〕夜色已深，请万岁爷进宫安息。

〔生〕银河漾漾月辉辉，崔橹　万乘凄凉蜀路归。崔道融

香散艳消如一梦，王遒　离魂渐逐杜鹃飞。韦庄

〔1〕重华：虞舜名。因尧禅位给舜，故称受禅的肃宗为重华。

〔2〕南京：指当时的成都府。

〔3〕鸿哀：借喻人民流离失所。

〔4〕虚籁：籁，古代的一种三孔箫管乐器，也指从孔穴中发出的声响。虚籁，漏滴的虚空回声。

〔5〕呆打孩：呆住了。打孩，“呆”的切音，语助词。

第四十二出　驿备

【越调过曲·梨花儿】〔副净扮驿丞上〕我做驿丞没偈偧[1]，缺供应付常吃打。今朝驾到不是耍，嗏，若有差迟便拿去杀。

自家马嵬驿丞，从小衙门办役。考了杂职行头[2]，挖选马嵬大驿。虽然陆路冲繁，却喜津贴饶溢。送分例[3]，落下些折头；造销算，开除些马匹[4]。日支正项俸薪，还要月扣衙门工食。怕的是公吏承差，吓的是徒犯驿卒。求买免，设定常规[5]；比月钱，百般威逼。及至摆站缺人，常把屁都急出。今更有大事临头，太上皇来此驻跸。连忙唤各色匠人，将驿舍周围收拾。又因改葬贵妃娘娘，重把坟茔建立。恐土工窥见玉体，要另选女工四百。报道高公公已到，催办工程紧急。若还误了些儿，〔弹纱帽介〕怕此头要短一尺。〔末扮驿卒上〕〔见介〕老爹，我已将各匠催齐，你放心，不须忧戚。〔副净〕还有女工呢？〔末〕现有四百女工，都在驿门齐集。〔副净〕快唤进来。〔末唤介〕女工每走动。〔贴、净、杂扮村妇，丑短须女扮，各携锹锄上〕“本是村庄妇，来充埋筑人。”〔见介〕女工每叩头。〔末〕起来点名。〔副这些插科，十分庸俗，且又和悲剧气氛不和谐。就整出看，也可有可无。

净点介〕周二妈。〔净应〕〔副净〕吴姥姥。〔贴应〕〔副净〕郑胖姑。〔杂应〕〔副净〕尤大姐。〔丑掩口作娇声应介〕〔副净作细看介〕咦，怎么这个女工掩着了嘴答应，一定有些蹊跷。驿子与我看来。〔末应扯丑手开看介〕老爹，是个胡子。〔副净〕是男，是女？〔丑〕是女。〔副净〕女人的胡子，那里有生在嘴上的，我不信。驿子，再把他裤裆里搜一搜。〔末应作搜丑，诨介〕老爹，这胡子是假充女工的。〔副净〕哎呀，了不得，这是上用钦工，非同小可。亏得我老爹精细，若待皇帝看见，险些把我这颗头，断送在你胡子嘴上了。好打，好打。〔丑〕只因老爹这里催得紧，本村凑得三百九十九名，单单少了一名，故此权来充数，明日另换便了。〔副净〕也罢，快打出去。〔末应，打丑下〕〔副净看众笑介〕如今我老爹疑心起来，只怕连你每也不是女人哩。〔众笑介〕我每都是女人。〔副净〕口说无凭，我老爹只要用手来大家摸一摸，才信哩。〔作捞摸众作躲避走笑介〕〔净〕笑你老爹好长手，〔杂〕刚刚摸着一个鬏剔帚。〔副净〕弄了一手白鲞香，〔贴〕拿去房中好下酒。〔诨介〕〔老旦一面上〕欲将锦袜献天子，权把铧锹充女工。老身王嬷嬷，自从拾得杨娘娘锦袜，过客争求一看，赚了许多钱钞。目今闻说老万岁爷回来，一则收藏禁物，恐有祸端，二则将此锦袜献上，或有重赏，也未可知。恰好驿中命报女工，要去搀上一名。葬完就好进献，来此已是驿前了。〔末上见介〕你这老婆子，那里来的？〔老旦〕来投充女工的。〔末〕住着。〔进介〕老爹，有一个投充女工的老婆子在外。〔副净〕唤进来。〔末出，唤老旦进见介〕〔副净〕你是投充女工的么？〔老旦〕正是。〔副净〕我看你年纪老了些，怕做不得工。只是现少一名，急切里没有人，就把你顶上罢。你叫甚名字？〔老旦〕叫做王嬷嬷。〔副净〕好，好！恰好周、吴、郑、王四人。你四人就做个工头，每一人管领女工九十九人。住在驿中操演，伺候驾到便了。〔众〕晓得。〔做各见诨介〕〔副净〕你每各拿了锹锄，待我老爹亲自教演一番。〔众应各拿锹锄，副净作教演势，众学介〕〔副净〕

【亭前柳】锹镢手中拿，挖掘要如法。莫教侵玉体，仔细拨黄沙。〔合〕大家、演习须熟滑，此奉钦遵，切休得有争差。

〔众〕老爹，我每呵，

【前腔】田舍业桑麻，惯见弄泥沙。小心齐用力，怎敢告消乏[6]。〔合〕大家、演习须熟滑，此奉钦遵，切休得有争差。

〔副净〕且到里边连夜操演去。〔众应介〕

玉颜虚掩马嵬尘，高骈　云雨虽亡日月新。郑畋

吴评："因是无棺之冢，所以发掘必须演习，非止为妇女不谙锹锄也。"故此曲以莫侵玉体为言，而后曲即以田家惯习为对，词意周到。

晓向平原陈祭礼，方干　共瞻銮驾重来巡。僧广宣

〔1〕没偈偅（tàsǎ）：没出息。

〔2〕行头：行业的头儿。

〔3〕送分例：指按规定或常例送给上司的钱钞。

〔4〕造销算，开除些马匹：向上面造开支消耗账目时，虚报马匹数目。

〔5〕求买免，设定常规：驿卒有差、役，可按路途远近、役期长短交纳钱帛，买求免役。

〔6〕告消乏：诉说劳累、疲乏。

第四十三出　改葬

【商调引子·忆秦娥】〔生引二内侍上〕伤心处，天旋日转回龙驭[1]；回龙驭，踟蹰到此，不能归去。

寡人自蜀回銮，痛伤妃子仓卒捐生，未成礼葬。特传旨另备珠襦玉匣，改建坟茔，待朕亲临迁葬，因此驻跸马嵬驿中。〔泪介〕对着这佛堂梨树，好凄惨人也！

吴评："此景贵妃临绝时言之，冥追魂游时屡言之，真所谓夜台人更苦也。明皇一见伤心，那得不想到此。"

【商调过曲·山坡羊】恨悠悠江山如故，痛生生游魂血污。冷清清佛堂半间，绿阴阴一本梨花树。空自吁，怕夜台

人更苦。那里有珮环夜月归朱户，也慢想颜面春风识画图。〔丑暗上〕〔见介〕奴婢奉旨，筑造贵妃娘娘新坟，俱已齐备。请万岁爷亲临启墓。〔生〕传旨起驾。〔丑〕领旨。〔传介〕军士每，排驾。〔杂扮军士上，引行介〕"马嵬坡下泥土中，不见玉容空死处。"〔到介〕〔丑〕启万岁爷，这白杨树下，就是娘娘埋葬之处了。〔生〕你看蔓草春深，悲风日薄。妃子，妃子，兀的不痛杀寡人也。〔哭介〕号呼，叫声声魂在无？欷歔，哭哀哀泪渐枯。

写李隆基生死不渝之情，"哭像"已达高潮，"尸解"已是多余，"改葬"更属蛇足。下本不如上本紧凑，与此等场次有关。

〔老旦、杂、贴、净四女工带锄上〕〔老旦〕老万岁爷来了。我每快些前去，伺候开坟。〔丑〕你每都是女工么？〔众应介〕〔丑启生介〕女工每到齐了。〔生〕传旨，军士回避。高力士，你去监督女工，小心开掘。〔丑应传介〕〔军士下〕〔众女工作掘介〕〔众〕

【水红花】向高冈一谜下锹锄，认当初，白杨一树。怕香销翠冷伴蚍蜉，粉肌枯，玉容难睹。〔众惊介〕掘下三尺，只有一个空穴，并不见娘娘玉体！早难道为云为雨，飞去影都无，但只有芳香四散袭人裾也罗。

〔净〕呀，是一个香囊。〔丑〕取来看。〔净递囊，丑接看哭介〕我那娘娘呵，你每且到那厢伺候去。〔众应下〕〔丑启生介〕启万岁爷，墓已启开，却是空穴。连裹身的锦褥和殉葬的金钗、钿盒都不见了。只有一个香囊在此。〔生〕有这等事。〔接囊看大哭介〕呀,这香囊乃当日妃子生辰,在长生殿上试舞"霓裳",赐与他的。我那妃子呵,你如今却在何处也!

【山坡羊】惨凄凄一匡空墓,杳冥冥玉人何去?便做虚飘飘锦褥儿化尘,怎那硬撑撑钗盒也无寻处。空剩取香囊犹在土,寻思不解缘何故,恨不得唤起山神责问渠。〔想介〕高力士,你敢记差了么?〔丑〕奴婢当日,曾削杨树半边,题字为记。如何得差。〔生〕敢是被人发掘了?〔丑〕若经发掘,怎得留下香囊?〔生呆想不语介〕〔丑〕奴婢想来,自古神仙多有尸解之事。或者娘娘尸解仙去,也未可知。即如桥山陵寝,止葬黄帝衣冠。这香囊原是娘娘临终所佩,将来葬入新坟之内,也是一般了[2]。〔生〕说的有理。高力士,就将这香囊裹以珠襦,盛以玉匣,依礼安葬便了。〔丑〕领旨。〔生哭介〕号呼,叫声声魂在无?欷歔,哭哀哀泪渐枯。

〔丑持囊出介〕〔作盛囊入匣介〕香囊盛放停当,女工每那里。〔众上〕〔丑〕你每把这玉匣,放在墓中,快些封起坟来。〔众作筑坟介〕

【水红花】当时花貌与香躯,化虚无,

一抔空墓；今朝玉匣与珠襦，费工夫，重泉深锢。更立新碑一统，细把泪痕书。从今流恨满山隅也罗。

〔丑〕坟已封完，每人赏钱一贯。去罢。〔众谢赏，叩头介〕〔净、贴、杂先下〕〔丑问老旦介〕你这婆子，为何不去？〔老旦〕禀上公公，老妇人旧年在马嵬坡下，拾得杨娘娘锦袜一只，带来献上老万岁爷。〔丑〕待我与你启奏。〔见生介〕启万岁爷，有个女工，说拾得杨娘娘锦袜一只，带来献上。〔生〕快宣过来。〔丑唤老旦进见介〕婢子叩见老万岁爷。〔献袜介〕〔生〕取上来。〔丑取送生介〕〔老旦起立介〕〔生看哭介〕呀，果然是妃子的锦袜，你看芳香未散，莲印[3]犹存。我那妃子呵，〔哭介〕

【山坡羊】俊弯弯一钩重睹，暗蒙蒙余香犹度。袅亭亭记当年翠盘，瘦尖尖稳逐红鸳舞。还忆取、深宵残醉余，梦酣春透勾人觑。今日里空伴香囊留恨俱。〔哭介〕号呼，叫声声魂在无？欷歔，哭哀哀泪渐枯。

高力士，赐他金钱五千贯，就着在此看守贵妃坟墓。〔老旦叩头介〕多谢老万岁爷。〔起出看锄介〕“无心再学持锄女，有钞甘为守墓人。”〔下〕〔外引四军上〕“见辟乾坤新定位，看题日月更高悬。"〔见介〕臣朔方节度使郭子仪,钦奉上命,带领卤簿[4],恭迎太上皇圣驾。〔生〕卿荡平逆寇,收复神京。宗庙重新,乾坤再造,真不世之功也。〔外〕臣忝为大帅,破贼已迟。负罪不遑,何功之有!〔生〕卿说那里话来!高力士,分付起行。〔丑〕领旨。〔传介〕〔生更吉服介〕〔众引生行介〕

【水红花】五云芝盖簇銮舆,返皇都,旌旗溢路。黄童白叟共相扶,尽欢呼,天颜重睹。从此新丰行乐,少帝奉兴居[5]。千秋万载巩皇图也罗。

肠断将军[6]改葬归,徐夤　下山回马尚迟迟。杜牧

经过此地千年恨,刘沧　空有香囊和泪滋。郑嵎

〔1〕天旋日转回龙驭:言"安史之乱"被平定,大局转变,皇帝车驾返回神京。

〔2〕"如桥山陵寝……也是一般了"五句:如同桥陵只葬黄帝衣冠故事,用香囊建杨贵妃衣冠冢。桥山陵寝,即桥陵,相传是黄帝的陵墓。

〔3〕莲印:脚印。古人称女子娇小的脚为金莲。

〔4〕卤簿:古代帝王出外时的仪仗队。

〔5〕新丰行乐,少帝奉兴居:刘邦曾在陕西仿照故园丰邑兴建了一座城市,取名新丰,来抚慰父亲对故乡的怀念。少帝,此指肃宗。兴居,起居。

〔6〕将军：指高力士，他曾被授予骠骑将军衔。

第四十四出　怂合

【南吕引子·阮郎归】〔小生上〕碧梧天上叶初飞，秋风又报期。云中遥望鹊桥齐，隔河影半迷。

岂是仙家好别离，故教迢递作佳期。只缘碧落银河畔，好在金风玉露时。吾乃牵牛是也。今当下界上元二年七月七夕，天孙将次渡河，因此先在河边伺候。记得天宝十载，吾与天孙相会之时，见唐天子与贵妃杨玉环，在长生殿上拜祷设誓，愿世世为夫妇。岂料转眼之间，把玉环生生断送，好不可怜人也。

【南吕过曲·香遍满】佳人绝世，千秋第一冤祸奇。把无限绸缪轻抛弃，可怜非得已。死生无见期。空留万种悲，枉罚下多情誓。

【朝天懒】【朝天子】〔贴引杂扮二仙女上〕好会年年天上期，不似尘缘浅，有变移。【水红花】见仙郎河畔独徘徊，把驾频催。〔杂报介〕天孙到。〔小生迎介〕天孙来了。

吴评："乞巧前盟双星作合，若无此折便漏却牛郎矣。写牛郎怂恿，亦情理所必至者。"此出亦属多余，在"神诉"出添上牛郎，即可与乞巧前盟相应。吴氏以此出为"情理所必至"，未免阿其所好。

〔同织女对拜介〕〔合〕【懒画眉】相逢一笑深深拜，隔岁离情各自知。

〔小生〕天孙，请同到斗牛宫去。〔携贴行介〕携手步云中，〔贴〕仙裾扬好风。〔合〕河明乌鹊渚，星聚斗牛宫。〔到介〕〔杂暗下〕〔小生〕天孙请坐。〔坐介〕

【二犯梧桐树】【金梧桐】琼花绕绣帷，霞锦摇珠珮。〔贴合〕斗府星宫，岁岁今宵会。【梧桐树】银河碧落神仙配，地久天长，岂但朝朝暮暮期。【五更转】愿教他人世上夫妻辈，都似我和伊，永远成双作对。

〔小生〕天孙，

【浣溪纱】你且慢提，人间世、有一处怎偏忘记。〔贴〕忘了何处？〔小生〕可记得长生殿里人一对，曾向我焚香密誓齐。〔贴〕此李三郎与杨玉环之事也，我怎不记得。〔小生〕天孙既然记得，须念彼、堕万古伤心地，他愿世世生生，忍教中路分离。

〔贴〕提记玉环之事，委实可伤。我前因马嵬土地之奏，

【刘泼帽】念他独抱情无际，死和生守定不移，含冤流落幽冥地。因此呵，为他奏玉墀，令再证蓬莱位。

〔小生笑介〕天孙虽则如此，只是他呵，

【秋夜月】做玉妃、不过群仙队，寡鹄孤鸾白云内，何如并翼鸳鸯美。念盟言在彼，与圆成[1]仗你。

〔贴〕仙郎，我岂不欲为他重续断缘。只是李三郎呵，

【东瓯令】他情轻断，誓先隳，那玉环呵，一个钟情枉自痴。从来薄幸男儿辈，多负了佳人意。伯劳东去燕西飞[2]，怎使做双栖！

〔小生〕天孙所言，李三郎自应知罪。但是当日马嵬之变呵，

【金莲子】国事危，君王有令也反抗逼，怎救的、佳人命摧。想今日也不知怎生般悔恨与伤悲。

〔贴〕仙郎恁般说，李三郎罪有可原。他若果有悔心，再为证完前誓便了。〔二杂上〕启娘娘，天鸡将唱，请娘娘渡河。〔贴〕就此告辞。〔小生〕河边相送。〔携手行介〕

【尾声】没来由将他人情事闲评议，把这度良宵虚废。唉，李三郎、杨玉环，可知俺破一夜工夫都为着你！

云阶月地一相过，杜牧　争奈闲思往

事何。白居易

一自仙娥归碧落，刘沧　千秋休恨马嵬坡。徐夤

〔1〕圆成：作成，把事情办妥。

〔2〕伯劳东去燕西飞：句本古乐府《东飞伯劳歌》“东飞伯劳西飞燕”。伯劳，鸟名，一名䴗(jú)。

第四十五出　雨梦

【越调引子·霜天晓角】〔生上〕愁深梦杳，白发添多少。最苦佳人逝早，伤独夜，恨闲宵。

“不堪闲夜雨声频，一念重泉一怆神。挑尽灯花眠不得，凄凉南内[1]更何人。”朕自幸蜀还京，退居南内，每日只是思想妃子。前在马嵬改葬，指望一睹遗容，不想变为空穴，只剩香囊一个。不知果然尸解，还是玉化香消？徒然展转寻思，怎得见他一面？今夜对着这一庭苦雨、半壁愁灯，好不凄凉人也！

吴评：“切切凄凄，读之萧萧头白，与白仁甫北

【越调过曲·小桃红】冷风掠雨战长宵，听点点都向那梧桐哨[2]也。萧萧飒飒，

一齐暗把乱愁敲,才住了又还飘。那堪是风帏空,串烟销,人独坐,厮凑着孤灯照也,恨同听没个娇娆。〔泪介〕猛想着旧欢娱,止不住泪痕交。

〔内打初更介〕〔小生内唱、生作听介〕呀,何处歌声,凄凄入耳,得非梨园旧人乎?不免到帘前,凭阑一听。〔作起立凭阑介〕此张野狐[3]之声也,且听他唱的是甚曲儿?〔作一面听、一面欷歔掩泪介〕〔小生在场内立高处唱介〕

【下山虎】万山蜀道,古栈岧峣[4]。急雨催林杪,铎铃乱敲。似怨如愁,碎聒不了,响应空山魂暗消。一声儿忽慢袅,一声儿忽紧摇。无限伤心事,被他逗挑,写入清商传恨遥。

〔内二鼓介〕〔生悲介〕呀,原来是朕所制"雨淋铃"之曲。记昔朕在栈道,雨中闻铃声相应,痛念妃子,因采其声,制成此曲。今夜闻之,想起蜀道悲凄,愈加肠断也。

【五韵美】听淋铃,伤怀抱。凄凉万种新旧绕,把愁人禁虐[5]得十分恼。天荒地老,这种恨谁人知道。你听窗外雨声越发大了。疏还密,低复高,才合眼,又几阵窗前把人梦搅。

词参看,虽有采摭,殆未易优劣也。""不恨独听,而恨不同听,因想起旧欢,自然落泪。"

〔丑上〕"西宫南内多秋草，夜雨梧桐落叶时。"〔见介〕夜已深了，请万岁爷安寝罢。〔内三鼓介〕〔生〕呀，漏鼓三交，且自隐几而卧。哎，今夜呵，知甚梦儿得到俺眼里来也！〔仰哭介〕

【哭相思】悠悠生死别经年，魂魄不曾来入梦。

〔睡介〕〔丑〕万岁爷睡了，咱家也去歇息儿咱。〔虚下〕〔小生、副净扮二内侍带剑上〕"幽情消未得，入梦感君王。"〔向上跪介〕万岁爷请醒来。〔生作醒看介〕你二人是那里来的？〔小生、副净〕奴婢奉杨娘娘之命，来请万岁爷。

吴评："才情竭处忽生幻想，真有水穷山尽、坐看云起之妙。"

【五般宜】只为当日个乱军中祸殃惨遭，悄地向人丛里换妆隐逃，因此上流落久蓬飘。〔生惊喜介〕呀，原来杨娘娘不曾死，如今却在那里！〔小生、副净〕为陛下朝想暮想，恨萦愁绕，因此把驿庭静扫，〔叩头介〕望銮舆幸早。说要把牛女会深盟，和君王续未了[6]。〔生泪介〕朕为妃子百般思想，那晓得却在驿中。你二人快随朕前去，连夜迎回便了。〔小生、副净〕领旨。〔引生行介〕

【山麻稭】〔换头〕喜听说如花貌，犹兀自现在人间，当面堪邀。忙教、潜出了御苑内夹城复道[7]，顾不得夜深人静，露凉风冷，月黑途遥。

〔末上拦介〕陛下久已安居南内,因何深夜微行,到那里去?〔生惊介〕

【蛮牌令】何处泼官僚,拦驾语哓哓?〔末〕臣乃陈元礼,陛下快请回宫。〔生怒介〕唗,陈元礼,你当日在马嵬驿中,暗激军士逼死贵妃,罪不容诛。今日又待来犯驾么?君臣全不顾,辄敢肆狂骁。〔末〕陛下若不回宫,只怕六军又将生变。〔生〕唗,陈元礼,你欺朕无权柄,闲居退朝。只逞你有威风,卒悍兵骄。法难恕,罪怎饶。叫内侍,快把这乱臣贼子首级悬枭[8]。

〔小生、副净〕领旨。〔作拿末杀下,转介〕启万岁爷,已到驿前了。请万岁爷进去。〔暗下〕〔生进介〕

【黑麻令】只见没多半空寮、废寮,冷清清临着这荒郊、远郊。内侍,娘娘在那里?〔回顾介〕呀,怎一个也不见了。单则听飒剌剌风摇、树摇,啾唧唧四壁寒蛩絮,一片愁苗、怨苗。〔哭介〕哎哟,我那妃子呵,叫不出花娇、月娇,料多应形消、影消。〔内鸣锣,生惊介〕呀,好奇怪,一霎时连驿亭也都不见,倒来到曲江池上了。好一片大水也。不堤防断砌、颓垣,翻做了惊涛、沸涛。

吴评:"陈将军忠烈治国,少陵已有定评,然为明皇极写钟情,不得不痛恨元礼。而在蜀之时,欲杀不敢,回銮之后欲杀又不能,故于梦寐中见之。观者勿疑为髦荒快意、颠倒是非也。"按此在借梦境极写帝王家爱美人与爱江山的思想矛盾。吴氏强为之解,未免不通。

吴评:"梦境中大水数见不鲜

〔望介〕你看大水中间，又涌出一个怪物。猪首龙身，舞爪张牙，奔突而来。好怕人也！〔内鸣锣，扮猪龙、项带铁索、跳上扑生，生惊奔，赶至原处睡介〕〔二金甲神执锤上，击猪龙喝介〕咄，孽畜，好无礼！怎又逃出，到此惊犯圣驾，还不快去。〔作牵猪龙、打下〕〔生作惊叫介〕哎哟，唬杀我也。〔丑急上、扶介〕万岁爷，为何梦中大叫？〔生作呆坐，定神介〕高力士，外边什么响？〔丑〕是梧桐上的雨声？〔内打四更介〕〔生〕

矣，却以曲江衬出，将欢娱旧地变成荒凉。又洪水中幻出猪龙为禄山结案，岂是寻常思议所及。或疑猪龙当于刺逆折见之，令人醒目，此处翻似赘疣。不知剧中纯用侧写文章，灵妙法门，无一呆笔板墨也。"

【江神子】〔别体〕我只道谁惊残梦飘，原来是乱雨萧萧。恨杀他枕边不肯相饶，声声点点到寒梢，只待把泼梧桐锯倒。

高力士，朕方才梦见两个内侍，说杨娘娘在马嵬驿中来请朕去。多应芳魂未散。朕想昔时汉武帝思念李夫人，有李少君为之召魂相见，今日岂无其人！你待天明，可即传旨，遍觅方士来与杨娘娘召魂。〔丑〕领旨。〔内五鼓介〕〔生〕

吴评："一篇中唐诗、宋词、元曲奔赴腕下，都为我用。"

【尾声】纷纷泪点如珠掉，梧桐上雨声厮闹。只隔着一个窗儿直滴到晓。

半壁残灯闪闪明，吴融　雨中因想雨淋铃。罗隐

伤心一觉兴亡梦，方壶居士　直欲裁书问杳冥。魏朴

〔1〕南内:兴庆宫,因在东内(大明宫)之南,故称南内。

〔2〕哨:吹响。

〔3〕张野狐:张徽,梨园中他最擅筚篥。《杨太真外传》写他曾吹奏《雨淋铃》。

〔4〕岧峣(tiáoyáo):形容山峦高峻。

〔5〕禁虐:缠扰,害苦。

〔6〕续未了:续生前未结束的盟缘。

〔7〕夹城复道:为防止外人窥见,唐明皇特地从西宫到南内,曲江池筑有夹城,方便行走。

〔8〕悬枭:杀头,把头悬在木杆上示众。

第四十六出　觅魂

〔净扮道士,小生、贴扮道童,执幡引上〕临邛道士鸿都客[1],能以精诚致魂魄。为感君王展转思,便教遍处殷勤觅。贫道杨通幽是也。籍隶丹台[2],名登紫箓[3]。呼风掣电,御气天门。摄鬼招魂,游神地府。只为太上皇帝思念杨妃,遍访异人召魂相见。俺因此应诏而来。太上皇十分欢喜,诏于东华门内,依科行法。已曾结就法坛,今晚登坛宣召。童儿,随我到坛上去来。〔童捧剑、水同行科〕〔净〕

【仙吕点绛唇】仔为他一点情缘,死生衔怨。思重见,凭着咱道力无边,特地把神通显。

〔场上建高坛科〕〔小生、贴〕已到坛了。〔净〕是好一座法坛也。

吴评："临川冥判，纯是驾虚罗列，未有此折语语摭实，如游丝百丈，独袅晴空，然工力亦相当。"按此曲与《牡丹亭》冥判中【混江龙】，长篇累韵，怪怪奇奇，不过文人卖弄才情之作，非场上所宜。

【混江龙】这坛本在虚空辟建，象涵太极法先天。无中有阴阳攒聚，有中无水火陶甄[4]。〔童〕基址从何而立？〔净〕基址呵，遣五丁，差六甲[5]，运戊己[6]中央当下立。〔童〕用何工夫而成？〔净〕用工夫，养婴儿，调姹女[7]，配乙庚金木[8]刹那全。〔童〕坛上可有户牖？〔净〕户牖呵，对金鸡，朝玉兔[9]，坎离卯酉。〔童〕方向呢？〔净〕方向呵，镇黄庭，通紫极[10]，子、午、坤乾。〔童〕这坛可有多少大？〔净〕虽只是倚方隅，占基阶，坛场咫尺，却可也纳须弥[11]，藏世界，道里由延[12]。〔童〕原来包罗恁宽！〔净〕上包着一周天三百六十躔度[13]，内[14]星辰日月。〔童〕想那分统处量也不小。〔净〕中分统四大洲[15]，亿万百千阎浮界[16]，岳渎山川。〔童〕坛上谁听号令？〔净〕听号令，则那些无稽滞，司风、司火、司雷、司电。〔童〕谁供驱遣？〔净〕供驱遣，无非这有职掌，值时、值日、值月、值年。〔童〕绕坛有何景象？〔净〕半空中绕嗈嗈鸾吟凤啸，两壁厢列森森虎伏龙眠。端的是一尘不染，众妄都蠲[17]。

〔童〕若非吾师无边道力，安能建此无上法坛？〔净〕这全托赖着大唐朝君王福分，敢夸俺小鸿都道力精虔。〔童〕请吾师上坛去者。〔内细乐，二童引净上坛科〕〔净〕趁天风，随仙乐，双引着鸾旌高步斗。〔内钟鼓科〕〔净〕响金钟，鸣法鼓，恭擎象简迥朝元。〔童献香科〕请吾师拈香。〔净拈香科〕这香呵，不数他西天竺旃檀林青狮窟，根蟠鹙鹭[18]，东洋海波斯国瑞龙脑，形似蚕蝉。结祥云，腾宝雾，直冲霄汉；透清微，萦碧落，普供真玄。第一炷，祝当今皇帝享无疆圣寿，保洪图社稷，巩国祚延绵。第二炷，愿疆场静，烽燧销，普天下各道、各州、各境里，民安盗息无征战；禾黍登，蚕桑茂，百姓每若老、若幼、若壮者，家封户给乐田园。第三炷，单只为死生分，情不灭，待凭这香头一点，温热了夜台魂；幽明隔，情难了，思倩此香烟百转，吹现出春风面。〔童献花介〕散花。〔净散花科〕这花呵，不学他老瞿昙对迦叶糊涂笑拈[19]，谩劳他诸天女访维摩撒漫飞旋[20]。俺特地采蘅芜[21]，踏穿阆苑，几度价寻怀梦[22]摘遍琼田。显神奇，要将他残英再接相思树，施伎俩，管教他落花重放并头莲。〔童献灯科〕献灯。〔净捧灯科〕这灯呵，烂辉辉灵光常向千秋照，灿荧荧心灯[23]只为一情传。抵多少衡遥石怀中秘授，还形烛帐里高燃[24]。他则要续痴情，接上这残灯焰，俺可待点神灯，照彻那旧冤愆。〔童献法盏科〕请吾师咒水。〔净捧水科〕这水呵，曾游比目，曾泛双鸳。你漫道当日个如鱼也那得水，可知道到头来，水、米也没有半点交缠。数不尽情河爱海波终竭，似那等幻泡浮沤浪易掀。他只道曾经沧海难为水，怎如俺这一滴杨枝彻九泉。〔童〕供养已毕，请问吾师如何行法召魂咱？〔净〕你与我把招魂衣摄，遗照图悬，龙墀净扫，凤幄高褰。等到那二更以后，三鼓之前，眠猧不吠，宿鸟无喧，叶宁树杪，虫息阶沿，露明星黯，月漏风穿，潜潜隐隐，冉冉翩翩，看步珊珊是耶非一个佳人现，才折证人间幽恨，地下残缘。

〔内奏法音科〕〔卫捧青词上〕九天青鸟使，一幅紫鸾书。〔进跪科〕高力士奉太上皇之命，谨送青词到此。〔童接词进上科〕〔净向卫拱科〕中官，且请坛外少候片时。〔卫应下〕〔净〕

【油葫芦】俺子见御笔青词[25]写凤笺，漫从头仔细展。单子为死离生别那婵娟，牢守定真情一点无更变。待想他芳魂两下重相见，俺索召李夫人来帐中。煞强如西王母临殿前，稳情取汉刘郎[26]遂却心头愿，向今宵同款款话因缘。

〔动法器科〕〔净作法、焚符念科〕此道符章，鹤翥鸾翔，功曹符使，速莅坛场。〔杂扮符官骑马舞上，见科〕仙师，有何法旨？〔净付符科〕有烦使者，将此符命，速召贵妃杨氏阴魂到坛者。〔杂接符科〕领法旨。〔做上马绕场下〕〔净〕

【天下乐】俺只见力士黄巾去召宣，扬也波鞭不暂延。管教他闪阴风一灵儿勾向前，俺这里静悄悄坛上躬身等，他那里急煎煎宫中望眼穿，呀，怎多半日云头不见转？

为何此时还不到来，好疑惑也！

【那吒令】阔迢迢山前水前，望香魂渺然。黯沉沉星前月前，盼芳容杳然。冷清清阶前砌前，听灵踪悄然。不免再烧一道催符去者。〔焚符科〕蠢朱符不住烧，歹剑诀空掐遍，枉念杀波没准的真言。

〔杂上见科〕覆仙师：小圣人间遍觅杨氏阴魂，无从召取。〔净〕符使且退。〔杂〕领法旨。〔舞下〕〔净下坛科〕童儿，请高公公相见者。〔童向内请科〕高公公有请。〔丑上〕“玉漏听长短，芳魂问有无。”〔见科〕仙师，杨娘娘可曾召到么？〔净〕方才符使到来，说娘娘无从召取。〔丑〕呀，如此怎生是好?〔净〕公公且去复旨,待贫道就在坛中,飞出元神,不论上天入地,好歹寻着娘娘。不出三日,定有消息回报。〔丑〕太上皇思念甚切,仙师是必用意者。且传方士语,去慰上皇情。〔下〕〔内细乐,净更鹤氅科〕童儿在坛小心祇候,俺自打坐出神去也。〔童〕领法旨。〔内鸣钟、鼓各二十四声,净上坛端坐,叩齿作团目出神科〕〔童〕你看我师出神去了。不免放下云帏,坛下伺候则个。〔作放坛上帐幔,净暗下〕〔童〕坛上钟声静,天边云影闲。〔同下〕〔末扮道士元神从坛后转行上〕

【鹊踏枝】瞑子里出真元,抵多少梦游仙。俺则待踏破虚空,去访婵娟。贫道杨通幽,为许上皇寻觅杨妃魂魄,特出元神,到处遍求。如今先到那里去者。〔思科〕嗄,有了,且慢自叫阊阖[27],轻干玉殿,索先去赴幽冥,大索黄泉。

来此已是酆都城了。〔向内科〕森罗殿上判官何在?〔判跳上,小鬼随上〕善恶细分铁算子,古今不出大轮回。仙师何事降临?〔末〕贫道特来寻觅大唐贵妃杨玉环鬼魂。〔判〕凡是宫嫔妃后,地府另有文册。仙师请坐,且待呈簿查看。〔末坐科,鬼送册,判递册科〕〔末看科〕

【寄生草】这是一本宫嫔册,历朝妃后

编。有一个槃弧箕服把周宗殄[28]，有一个牝鸡野雉把刘宗煽[29]，有一个蛾眉狐媚把唐宗变[30]。好奇怪，看古今来椒房金屋尽标题，怎没有杨太真名字其中现。

地府既无，贫道去了。不免向天上寻觅一遭也。〔虚下〕〔判跳舞下，鬼随下〕〔二仙女旌幢，引贴朝服、执拂上〕高引霓旌朝绛阙，缓移凤舄踏红云。吾乃天孙织女，因向玉宸朝见，来到天门。前面一个道士来了，看是谁也？〔末上〕

【么篇】拔足才离地，飞神直上天。〔见贴科〕原来是织女娘娘，小道杨通幽叩首。〔贴〕通幽免礼，到此何事？〔末〕小道奉大唐太上皇之命，寻访玉环杨氏之魂。适从地府求之不得，特来天上找寻。谁知天上亦无。因此一径出来，若不是伴嫦娥共把蟾宫恋，多敢是趁双成同向瑶池现。〔贴〕通幽，那玉环之魂，原不在地下，不在天上也。〔末〕呀，早难道逐梁清又受天曹谴[31]，要寻那霓裳善舞的俊杨妃，到做了留仙不住的乔飞燕[32]。

吴评："天上找寻仅于白内见之，得详略之妙，且对面相值，天孙恰好问信，最简捷。"

〔贴〕通幽，杨妃既无觅处，你索自去复旨便了。〔末〕娘娘，复旨不难。不争[33]小道呵，

【后庭花滚】没来由向金銮出大言，运元神排空如电转。一口气许了他上下里寻花貌，莽担承向虚无中觅丽娟。〔贴〕谁教你弄

此曲与下曲亦属文人肆才之作，若唱之场上，铁喉咙也将嘶哑。

嘴来?〔末〕非是俺没干缠[34]、自寻驱遣,单则为老君王钟情生死坚,旧盟不弃捐。〔贴〕马嵬坡下既已碎玉揉香,还讨甚情来?〔末〕娘娘,休屈了人也。想当日乱纷纷乘舆值播迁,翻滚滚羽林生闹喧,恶狠狠兵骄将又专,焰腾腾威行虐肆煽,闹炒炒不由天子宣,昏惨惨结成妃后冤。扑剌剌生分开交颈鸳,格支支轻挦扯[35]并蒂莲,致使得娇怯怯游魂逐杜鹃。空落得哭哀哀悲啼咽楚猿,恨茫茫高和太华连,泪漫漫平将沧海填。〔贴〕如今死生久隔,岁月频更,只怕此情也渐淡了。〔末〕那上皇呵,精诚积岁年,说不尽相思累万千。镇日家把娇容心坎镌,每日里将芳名口上编。听残铃剑阁悬,感衰梧秋雨传。暗伤心肺腑煎,漫销魂形影怜。对香囊呵惹恨绵,抱锦袜呵空泪涟,弄玉笛呵怀旧怨,拨琵琶呵忆断弦。坐凄凉,思乱缠,睡迷离,梦倒颠。一心儿痴不变,十分家病怎痊!痛娇花不再鲜,盼芳魂重至前。〔贴〕前夜牛郎曾为李三郎辨白,今听他说来,果如此情真。煞亦可怜人也!〔末〕小道呵,生[36]怜他意中人缘未全,打动俺闲中客情慢牵。因此上不辞他往返蹎,甘将这辛苦肩。猛可把泉台踏的

吴评:"土地为妃子诉冤,通幽为上皇辨屈,遥相照应。"

穿,早又将穹苍磨的圆。谁知他做长风吹断鸢,似晴曦散晓烟。莽桃源寻不出花一片,冷巫山找不着云半边。好教俺向空中难将袖手展,伫云头惟有睁目延。百忙里幻不出春风图画面,捏不就名花倾国妍。若不得红颜重出现,怎教俺黄冠独自还!娘娘呵,则问他那精灵何处也天?

〔贴〕通幽,你若必要见他,待我指一个所在,与你去寻访者。〔末稽首科〕请问娘娘,玉环见在何处?

【青哥儿】谢娘娘与咱、与咱方便,把玉人消息、消息亲传,得多少花有根芽水有源。则他落在谁边,望赐明言。我便疾到跟前,不敢留连。〔贴〕通幽,你不闻世界之外,别有世界,山川之内,另有山川么?〔末〕听说道世外山川,另有周旋,只不知洞府何天,问渡何缘?〔贴〕那东极巨海之外,有一仙山,名曰蓬莱。你到那里,便有杨妃消息了。〔末〕多谢娘娘指引。枉了上下俄延,都做了北辙南辕。元来只隔着弱水三千,溟渤风烟,在那麟凤洲偏,蓬阆山巅。那里有蕙圃芝田,白鹿玄猿。琪树翩翩,瑶草芊芊。碧瓦雕甍[37],月馆云轩。楼阁蜿蜒,门闼勾连。隔断尘喧,合住神仙。〔贴〕虽这般说,只怕那里绝天涯,跨海角,途路遥远,你去不得。〔末〕哎,娘娘他那里情深无底更绵绵,谅着这蓬山路何为远。〔贴〕既如此,你自前去。咱"又闻人世无穷恨,待绾机丝补断缘"。〔引仙女下〕〔末〕不免御着天风,到海外仙山,找寻一遭去也。〔作御风行科〕

【煞尾】稳踏着白云轻,巧趁取罡风[38]便,把碗大沧溟跨展。回望齐州[39]何处显,淡蒙蒙九点飞烟。说话之间,早来到海东边,万仞峰巅。这的是三岛十洲[40]别洞天,俺只索绕清虚阆苑,到玲珑宫殿。是必破工夫找着那玉天仙。

与招魂魄上苍苍,黄滔　谁识蓬山不死乡?赵嘏

此去人寰知远近,秦系　五云遥指海中央。韦庄

〔1〕临邛(qióng)道士鸿都客:意即这道士是四川人,现在客居京城。临邛,今四川邛崃。鸿都,后汉都城洛阳宫殿门,这里代指长安。

〔2〕丹台:道士的炼丹台。

〔3〕紫箓:道教的秘录,上记诸天曹神道之名。

〔4〕陶甄:犹如陶铸,有孕育、造就的意思。

〔5〕遣五丁,差六甲:五丁,神话中的大力士;六甲,风雹之神。

〔6〕戊己:十天干中,戊己处于中间。

〔7〕养婴儿,调姹女:道家用语,即调养心血(婴儿),运足精气(姹女)。或为调和阴阳。

〔8〕乙庚金木:在天干五行中,乙、木主东方,庚、金主西方。

〔9〕金鸡、玉兔:指日、月。

〔10〕黄庭、紫极:黄庭,中央;紫极,天宫。

〔11〕须弥:须弥山,古印度传说中的山名,在四大部洲的中心。

〔12〕由延:即由旬,古印度的长度单位,约合二十至四十公里。

〔13〕躔(chán)度:日月星辰运行的度次。

〔14〕内:同"纳"。

〔15〕四大洲:佛家所说的须弥山四周大海中的东胜神洲、南赡部洲、西牛贺洲、北拘庐洲。

〔16〕阎浮界:佛家所说的三千大千世界。

〔17〕蠲(juān):除掉。

〔18〕西天竺旃檀林青狮窟,根蟠鸑鷟(yuèzhuó):西天竺(西印度)青狮窟所产的旃檀木,以其根部做成的香料叫旃檀香。鸑鷟,古书上说的一种水鸟;根蟠鸑鷟,根蟠成鸑鷟之状,形容旃木的树根很老。

〔19〕老瞿昙对迦叶糊涂笑拈:《五灯会元》载释迦牟尼"在灵山会上,拈花示众,是时众皆寂然,惟迦叶尊者破颜微笑",释迦牟尼即把《正法眼藏》传给他。

〔20〕诸天女访维摩撒漫飞旋:据说佛祖命大弟子文殊去问维摩诘的病,天女在室内散花,佛法浅的人,花会沾在他身上。

〔21〕采蘅芜:传说汉武帝梦见李夫人给他蘅芜香。

〔22〕寻怀梦:传说东方朔献怀梦草,汉武帝便梦见李夫人。

〔23〕心灯:佛家认为心灵能洞照一切。

〔24〕衡遥石怀中秘授,还形烛帐里高燃:传说有道士研五采蘅遥石粉末制成还形烛,在帐中点燃,唐明皇进帐便见到了杨贵妃的魂灵。

〔25〕青词:道教斋醮仪式上写给天神的奏章、表文,因用朱笔写在青藤

纸上,故名。下文的紫鸾书,亦指青词。

〔26〕汉刘郎:以汉武帝喻唐明皇。

〔27〕阊阖:天门。

〔28〕檿(yǎn)弧箕服把周宗殄:褒姒把西周给灭亡了。檿弧,桑弓。箕服,箭袋。相传西周时童谣云:"檿弧箕服,实亡周国。"幽王下令捉拿持檿弧箕服的人。被捉的猎人夫妇逃走了,却留了一个弃婴——日后幽王的宠妃褒姒。

〔29〕牝鸡野雉把刘宗煽:吕雉专权,剪灭刘氏宗亲。牝鸡,即牝鸡司晨,喻女人专权。

〔30〕蛾眉狐媚把唐宗变:武则天获宠用事,高宗死后,她称帝,改唐为周。

〔31〕"逐梁清"句:被放逐的梁玉清难道又第二次遭受天曹谪遣?梁清指梁玉清,原是织女的侍儿,秦并六国时,太白星窃其逃出天宫,后被天帝捕归。太白归位,玉清被谪于北斗下舂米。见《太平广记》卷五十九。

〔32〕"留仙不住"句:抓住留仙裙还是飞走了俊逸的赵飞燕。留仙,指留仙裙,裙之有皱纹者。《飞燕外传》云:"帝于太液池作千人舟,号合宫之舟,后歌舞归风送远之曲,侍郎冯无方,吹笙以倚后歌。中流歌酣,风大起,后扬袖曰:'仙乎仙乎,去故而就新,宁忘怀乎?'帝令无方持后裙,风止,裙为之绉。他日宫姝或襞裙为绉,号留仙裙。"

〔33〕不争:只为。

〔34〕没干缠:没事找事。

〔35〕挦扯:扯开。

〔36〕生:特别。

〔37〕櫋(mián):屋檐。

〔38〕罡风:道家术语,即高空中的风。

〔39〕齐州:指中国。下句中的九点即九州。这两句本李贺《梦天》诗"遥望齐州九点烟"。

〔40〕三岛十洲:古人称蓬莱、方丈、瀛洲为三仙山,海中的祖、瀛、玄、炎、

长、元、流、生、凤麟、聚窟为十洲。

第四十七出　补恨

【正宫引子·燕归梁】〔贴扮织女上〕怜取君王情意切，魂遍觅，费周折。好和蓬岛那人说，邀云珮，赴星阙。

前夕渡河之时，牛郎说起杨玉环与李三郎长生殿中之誓，要我与彼重续前缘。今适在天门外，遇见人间道士杨通幽。说上皇思念贵妃一意不衰，令他遍觅幽魂。此情实为可悯。已指引通幽到蓬山去了；又令侍儿召取太真到此，说与他知。再细探其衷曲，敢待来也。〔仙女引旦上〕

【锦堂春】闻说璇宫有命，云中忙驾香车。强驱愁绪来天上，怕眉黛恨难遮。

〔仙女报，旦进见介〕娘娘在上，杨玉环叩见。〔贴〕太真免礼，请坐了。〔旦坐介〕适蒙娘娘呼唤，不知有何法旨？〔贴〕一向不曾问你，可把生前与唐天子两下恩情，细说一遍与我知道。〔旦〕娘娘听启，

【正宫过曲·普天乐】叹生前，冤和业。〔悲介〕才提起，声先咽。单则为一点

情根，种出那欢苗爱叶。他怜我慕，两下无分别。誓世世生生休抛撇，不提防惨凄凄月坠花折，悄冥冥云收雨歇，恨茫茫只落得死断生绝。

【雁过声】〔换头〕〔贴〕听说、旧情那些。似荷丝劈开未绝，生前死后无休歇。万重深，万重结。你共他两边既恁疼热，况盟言曾共设。怎生他陡地心如铁，马嵬坡便忍将伊负也？

【倾杯序】〔换头〕〔旦泪介〕伤嗟，岂是他顿薄劣[1]！想那日遭磨劫，兵刃纵横，社稷阽危[2]，蒙难君王怎护臣妾？妾甘就死，死而无怨，与君何涉！〔哭介〕怎忘得定情钗盒那根节。

金钗、钿盒是李、杨定情之物，每每在剧中出现，起了贯串剧情的作用。

〔出钗盒与贴看介〕这金钗、钿盒，就是君王定情日所赐。妾被难之时，带在身边。携入蓬莱，朝夕佩玩，思量再续前缘。只不知可能够也？〔贴〕

【玉芙蓉】你初心誓不赊[3]，旧物怀难撇。太真，我想你马嵬一事，是千秋惨痛，此恨独绝。谁道你不将殒骨留微憾，只思断头香再爇。蓬莱阙，化愁城万叠。〔还旦钗盒介〕只是你如今已证仙班，情缘宜断。若一念牵缠呵，怕无端又令从此堕尘劫。

〔旦〕念玉环呵，

【小桃红】位纵在神仙列，梦不离唐宫阙。千回万转情难灭。〔起介〕娘娘在上，倘得情丝再续，情愿谪下仙班。双飞若注鸳鸯牒，三生旧好缘重结。〔跪介〕又何惜人间再受罚折！

〔贴扶介〕太真，坐了。我久思为你重续前缘。只因马嵬之事，恨唐帝情薄负盟，难为作合。方才见道士杨通幽，说你遭难之后，唐帝痛念不衰。特令通幽升天入地，各处寻觅芳魂。我念他如此钟情，已指引通幽到蓬莱山了。还怕你不无遗憾，故此召问。今知两下真情，合是一对。我当上奏天庭，使你两人世居忉利天[4]中，永远成双，以补从前离别之恨。

【催拍】那壁厢人间痛绝，这壁厢仙家念热：两下痴情恁奢，痴情恁奢。我把彼此精诚，上请天阙。补恨填愁，万古无缺。〔旦背泪介〕还只怕孽障周遮[5]缘尚蹇，会犹赊。

〔转向贴介〕多蒙娘娘怜念，只求与上皇一见，于愿足矣。〔贴〕也罢。闻得中秋之夕，月中奏你新谱"霓裳"，必然邀你。恰好此夕正是唐帝飞升之候。你可回去，令通幽届期径引上皇，到月宫一见。何如？〔旦〕只恐月宫之内，不便私会。〔贴〕不妨。待我先与姮娥说明。你等相见之时，我就奏请玉音到来，使你情缘永证便了。〔旦〕多谢娘娘，就此告辞。〔贴〕

含情无尽。

【尾声】团圆等待中秋节，管教你情偿意惬。〔旦〕只我这万种伤心，见他时怎地说！

〔旦〕身前身后事茫茫，天竺牧童　却厌仙家日月长。曹唐

〔贴〕今日与君除万恨，薛逢　月宫琼树是仙乡。薛能

〔1〕薄劣：薄情，薄幸。

〔2〕阽（diàn）危：危在旦夕。

〔3〕赊：赊欠。下文〔催拍〕中"会犹赊"，则应作渺茫解释。

〔4〕忉利天：佛家所说的欲界六重天中的第二重。

〔5〕周遮：本为多方回护，这里作深重解。

第四十八出　寄情

吴评："此折敷衍《长恨歌》一段，如风行水上，自然成文，绝无笔墨之迹。"

【南吕过曲·懒画眉】〔末扮道士元神上〕海外曾闻有仙山，山在虚无缥缈间。贫道杨通幽，适见织女娘娘，说杨妃在蓬莱山上。

即便飞过海上诸山，一径到此。见参差宫殿彩云寒。前面洞门深闭，不免上前看来。〔看介〕试将银榜端详觑，〔念介〕“玉妃太真之院”。呀，是这里了。〔做抽簪叩门介〕不免抽取琼簪轻叩关。

【前腔】〔贴扮仙女上〕云海沉沉洞天寒，深锁云房鹤径闲。〔末又叩介〕〔贴〕谁来花下叩铜环？〔开门介〕是那个？〔末见介〕贫道杨通幽稽首。〔贴〕到此何事？〔末〕大唐太上皇帝，特遣贫道问候玉妃。〔贴〕娘娘到璇玑宫去了，请仙师少待。〔末〕原来如此。我且从容伫立瑶阶上。〔贴〕远远望见娘娘来了。〔末〕遥听仙风吹珮环。

【前腔】〔旦引仙女上〕归自云中步珊珊[1]，闻有青鸾信远颁。〔见末介〕呀，果然仙客候重关。〔贴迎介〕〔旦〕道士何来？〔贴〕正要禀知娘娘，他是唐家天子人间使，衔命迢遥来此山。

〔旦进介〕既是上皇使者，快请相见。〔仙女请末进介〕〔末见科〕贫道杨通幽稽首。〔旦〕仙师请坐。〔末坐介〕〔旦〕请问仙师何来？〔末〕贫道奉上皇之命，特来问候娘娘。〔旦〕上皇安否？〔末〕上皇朝夕思念娘娘，因而成疾。

吴评：“通幽代

白上情，玉妃对客叙意，只宜如此淡淡描写，若作深语，反失体矣。”

【宜春令】自回銮后，日夜思，镇昏朝潸潸泪滋。春风秋雨，无非即景伤心事。映芙蓉，人面俱非；对杨柳，新眉谁试。特地将他一点旧情，倩咱传示。

【前腔】〔旦泪介〕肠千断，泪万丝。谢君王钟情似兹。音容一别，仙山隔断违亲侍。蓬莱院月悴花憔，昭阳殿人非物是。漫自将咱一点旧情，倩伊回示。

吴评：“剧中钗盒定情、长生盟誓是两大关节。钗盒自殉葬一结，又携归仙院分劈寄情，月宫复合。盟誓则是证仙张本，尤为吃紧。以此二者传信，已足收束全剧，下二折特申衍其义耳。”

〔末〕贫道领命。只求娘娘再将一物，寄去为信。〔旦〕也罢。当年承宠之时，上皇赐有金钗、钿盒，如今就分钗一股，劈盒一扇，烦仙师代奏上皇。只要两意能坚，自可前盟不负。〔作分钗盒，泪介〕侍儿，将这钗盒送与仙师。〔贴递钗盒与末介〕〔旦〕仙师请上，待妾拜烦。〔末〕不敢。〔拜介〕

【三学士】旧物亲传全仗尔，深情略表孜孜[2]。半边钿盒伤孤另，一股金钗寄远思。幸达上皇，只愿此心坚似始，终还有相见时。

〔末〕贫道还有一说，钗盒乃人间所有之物，献与上皇，恐未深信。须得当年一事，他人不知者，传去取验，才见贫道所言不谬。〔旦〕这也说得有理。〔旦低头沉吟介〕

【前腔】临别殷勤重寄词，词中无限情思。哦，有了。记得天宝十载，七月七夕长生殿，夜半无人私语时。那时上皇与妾并肩而立，因感牛女之事，密相誓心：愿世世生生，永为夫妇。〔泣介〕谁知道比翼分飞连理死[3]，绵绵恨无尽止。

〔末〕有此一事，贫道可复上皇了。就此告辞。〔旦〕且住，还有一言。今年八月十五日夜，月中大会，奏演"霓裳"，恰好此夕，正是上皇飞升之候。我在那里专等一会，敢烦仙师届期，指引上皇到彼。失此机会，便永无再见之期了。〔末〕贫道领命。〔旦〕仙师，说我

含情凝睇谢君王，白居易　尘梦何如鹤梦长。曹唐

〔末〕密奏君王知入月，王建　众仙同日听霓裳。李商隐

〔1〕珊珊：同"姗姗"，形容走路缓慢从容的姿态。

〔2〕孜孜：本为勤勉的意思，这里作殷勤解。

〔3〕比翼分飞连理死：比喻恩爱夫妻的生离死别。

第四十九出　得信

【仙吕引子·醉落魄】〔生病装，宫女扶

上〕相思透骨沉疴[1]久，越添消瘦。蘅芜烧尽魂来否？望断仙音，一片晚云秋。

"黯黯愁难释，绵绵病转成。哀蝉将落叶，一种为伤情。"寡人梦想妃子，染成一病。因令方士杨通幽摄召芳魂，谁料无从寻觅。通幽又为我出神访求去了。唉，不知是方士妄言，还不知果能寻着？寡人转展萦怀，病体越重。已遣高力士到坛打听，还不见来。对着这一庭秋景，好生悬望人也！

吴评："切初秋景物起，便与中秋之约关会，又妙是病昏语，不碍后文。今是几时一问，中间紧接招魂不得，横生怨悔。那悠悠二字，从展转反侧诗得来，亦非漫下，真绝世妙文也。"

【仙吕过曲·二犯桂枝香】【桂枝香】叶枯红藕，条疏青柳。淅刺刺满处西风，都送与愁人消受。【四时花】悠悠、欲眠不眠欹枕头。非耶是耶睁望眸。问巫阳[2]，浑未剖。【皂罗袍】活时难救，死时怎求？他生未就，此生顿休。【桂枝香】可怜他渺渺魂无觅，量我这恹恹病怎瘳[3]。

【不是路】〔丑持钗盒上〕鹤转瀛洲，信物携将远寄投。忙回奏，〔见生叩介〕仙坛传语慰离忧。〔生〕高力士，你来了么？问音由，佳人果有佳音否？莫为我淹煎[4]把浪语诌。〔丑〕万岁爷听启，那仙师呵，追寻久，遍黄泉、碧落俱无有。〔生惊哭介〕呀，这等说来，妃子永无再见之期了。兀的不痛杀寡人也！

〔丑〕万岁爷,请休僝僽[5]。

那仙师呵,

【前腔】御气遨游,遇织女传知在海上洲。〔生〕可曾得见?〔丑〕蓬莱岫,见太真仙院榜高头。〔生〕元来妃子果然成仙了。可有甚么说话?〔丑〕说来由,含情只谢君恩厚,下望尘寰两泪流。〔生〕果然有这等事?〔丑〕非虚谬,有当年钗盒亲分授,寄来呈奏。

道士远访蓬莱的消息,由高力士转达,可免重复。

〔进钗盒介〕这钿盒、金钗,就是娘娘临终时,付奴婢殉葬的。不想娘娘携到仙山去了。〔生执钗盒大哭介〕我那妃子嗄,

【长拍】钿盒分开,钿盒分开,金钗拆对,都似玉人别后。单形只影,两载寡侣,一般儿做成离愁。还忆付伊收,助晓妆云鬟,晚香罗袖。此际轻分远寄与,无限恨,个中留,见了怎生释手。枉自想同心再合,双股重俦。

且住。这钗盒乃人间之物,怎到得天上?前日墓中不见,朕正疑心,今日如何却在他手内?〔丑〕万岁爷休疑,那仙师早已虑及,向娘娘问得当年一件密事在此。〔生〕是那一事,你可说来。〔丑〕娘娘呵,把【短拍】天宝年间,天宝年

间，长生殿里，恨茫茫说起从头。七夕对牵牛，正夜半凭肩私咒。〔生〕此事果然有之。谁料钗分盒剖！〔泣介〕只今日呵，翻做了孤雁汉宫秋。〔丑〕万岁爷，且省愁烦。娘娘还有话说。〔生〕还说甚么？〔丑〕娘娘说，今年中秋之夕，月宫奏演"霓裳"，娘娘也在那里。教仙师引着万岁爷，到月宫里相会。〔生喜介〕既有此话，你何不早说。如今是几时了？〔丑〕如今七月将尽，中秋之期只有半月了。请万岁爷将息龙体。〔生〕妃子既许重逢，我病体一些也没有了。

吴评："病身陡愈，才见痛想妃子真切，原无它病，此种写法岂浅人所知。"

【尾声】广寒宫，容相就，十分愁病一时休。倒挨不过人间半月秋！

海外传书怪鹤迟，卢纶　词中有誓两心知。白居易

更期十五团圆夜，徐夤　纵有清光知对谁。戴叔伦

〔1〕沉疴：长久而严重的病。

〔2〕巫阳：相传是古代善于卜筮的人。

〔3〕瘳（chōu）：病愈。

〔4〕淹煎：形容小病缠绵。

〔5〕僝僽（chánzhòu）：烦恼，愁苦。

第五十出　重圆

【双调引子·谒金门】〔净扮道士上〕情一片,幻出人天姻眷。但使有情终不变,定能偿夙愿。

贫道杨通幽,前出元神在于蓬莱。蒙玉妃面嘱,中秋之夕引上皇到月宫相会。上皇原是孔升真人,今夜八月十五数合飞升。此时黄昏以后,你看碧天如水,银汉无尘,正好引上皇前去。道犹未了,上皇出宫来也。〔生上〕

【仙吕入双调·忒忒令】碧澄澄云开远天,光皎皎月明瑶殿。〔净见介〕上皇,贫道稽首。〔生〕仙师少礼。今夜呵,只因你传信约蟾宫相见,急得我盼黄昏眼儿穿。这青霄际,全托赖引步展。

〔净〕夜色已深,就请同行。〔行介〕〔净〕明月在何许?挥手上青天。〔生〕不知天上宫阙,今夕是何年?〔净〕我欲乘风归去,只恐琼楼玉宇,高处不胜寒。〔合〕起舞弄清影,何似在人间。〔生〕仙师,天路迢遥,怎生飞渡?〔净〕上皇,不必忧心。待贫道将手中拂子[1],掷作仙桥,

吴评:"作者本意与传概'满江红'相发明,普天下有情人皆当稽首作礼。"

引到月宫便了。〔掷拂子化桥下〕〔生〕你看，一道仙桥从空现出。仙师忽然不见，只得独自上桥而行。

吴评："幻化之桥，行过即灭，随步显三字写得神妙。"

【嘉庆子】看彩虹一道随步显，直与银河霄汉连，香雾蒙蒙不辨。〔内作乐介〕听何处奏钧天，想近着桂丛边。

〔虚下〕〔老旦引仙女，执扇随上〕

吴评："句句照映收拾，不冗不漏。"

【沉醉东风】助秋光玉轮正圆，奏霓裳约开清宴。吾乃月主嫦娥是也。月中向有"霓裳"天乐一部，昔为唐皇贵妃杨太真于梦中闻得，遂谱出人间。其音反胜天上。近贵妃已证仙班。吾向蓬山觅取其谱，补入钧天。拟于今夕奏演。不想天孙怜彼情深，欲为重续良缘。要借我月府，与二人相会。太真已令道士杨通幽引唐皇今夜到此，真千秋一段佳话也。只为他情儿久，意儿坚，合天人重见。因此上感天孙为他方便。仙女每，候着太真到时，教他在桂阴下少待。等上皇到来见过，然后与我相会。〔仙女〕领旨。〔合〕桂华正妍，露华正鲜。撮成好会，在清虚府洞天。

〔老旦下〕〔场上设月宫，仙女立宫门候介〕〔旦引仙女行上〕

吴评："天上而兼有人间之乐，真是胜也。"这

【尹令】离却玉山仙院，行到彩蟾月殿，盼着紫宸人面[2]。三生愿偿，今夕相

逢胜昔年。

〔到介〕〔仙女〕玉妃请进。〔旦进介〕月主娘娘在那里？〔仙女〕娘娘分付，请玉妃少待。等上皇来见过，然后相会。请少坐。〔旦坐介〕〔仙女立月宫傍候介〕〔生行上〕

【品令】行行度桥，桥尽漫俄延。身如梦里，飘飘御风旋。清辉正显，入来翻不见。只见楼台隐隐，暗送天香扑面。〔看介〕"广寒清虚之府"，呀，这不是月府么？早约定此地佳期，怎不见蓬莱别院仙！

〔仙女迎介〕来的莫非上皇么？〔生〕正是。〔仙女〕玉妃到此久矣，请进相见。〔生〕妃子那里？〔旦〕上皇那里？〔生见旦哭介〕我那妃子呵！〔旦〕我那上皇呵！〔对抱哭介〕〔生〕

【豆叶黄】乍相逢执手，痛咽难言。想当日玉折香摧，都只为时衰力软，累伊冤惨，尽咱罪愆。到今日满心惭愧，到今日满心惭愧，诉不出相思万万千千。

〔旦〕陛下，说那里话来！

【姐姐带五马】【好姐姐】是妾孽深命蹇，遭磨障，累君几不免。梨花玉殒，断魂随杜鹃。【五马江儿水】只为前盟未了，苦忆残缘，惟将旧盟痴抱坚。荷君王不弃，念切思专，碧落黄泉为奴寻遍。

是当时文人的幻想，所谓"神仙而兼富贵"，今天看来，未免可笑。

吴评："到月宫而不问嫦娥，急觅蓬莱之约，直映出半月来凝望之情。"

〔生〕寡人回驾马嵬，将妃子改葬。谁知玉骨全无，只剩香囊一个。后来朝夕思想，特令方士遍觅芳魂。

【玉交枝】才到仙山寻见，与卿卿把衷肠代传。〔出钗盒介〕钗分一股盒一扇，又提起乞巧盟言。〔旦出钗、盒介〕妾的钗盒也带在此。〔合〕同心钿盒今再联，双飞重对钗头燕。漫回思不胜黯然，再相看不禁泪涟。

吴评："钗盒自定情后凡八见：翠阁交收，固宠也；马嵬殉葬，志恨也；墓门夜玩，写怨也；仙山携带，守情也；璇宫呈示，求缘也；道士寄将，征信也；至此重圆结案。大抵此剧以钗盒为经，盟言为纬，而借织女之机梭以织成之。呜呼，巧矣。"

〔旦〕幸荷天孙鉴怜，许令断缘重续。今夕之会，诚非偶然也。

【五供养】仙家美眷，比翼连枝，好合依然。天将离恨补，海把怨愁填。〔生合〕谢苍苍可怜，泼情肠翻新重建。添注个鸳鸯牒，紫霄边，千秋万古证奇缘。

〔仙女〕月主娘娘来也。〔老旦上〕"白榆历历月中影，丹桂飘飘云外香。"〔生见介〕月姐拜揖。〔老旦〕上皇稽首。〔旦见介〕娘娘稽首。〔老旦〕玉妃少礼，请坐了。〔各坐介〕〔老旦〕上皇，玉妃，恭喜仙果重成，情缘永证。往事休提了。

吴评："此剧月宫重圆与《牡丹亭》朝门重合，俱是千古奇特事。"这指出了这两部作品都具有的浪漫主义特色。作者

【江儿水】只怕无情种，何愁有断缘。你两人呵，把别离生死同磨炼，打破情关开真面，前因后果随缘现。觉会合寻常犹

浅，偏您相逢，在这团圆宫殿。

〔仙女〕玉旨降。〔贴捧玉旨上〕“织成天上千丝巧，绾就人间百世缘。”〔生、旦跪介〕〔贴〕“玉帝敕谕唐皇李隆基、贵妃杨玉环：咨尔二人，本系元始孔升真人、蓬莱仙子。偶因小谴，暂住人间。今谪限已满，准天孙所奏，鉴尔情深，命居忉利天宫，永为夫妇。如敕奉行。”〔生、旦拜介〕愿上帝圣寿无疆。〔起介〕〔贴相见，坐介〕〔贴〕上皇，太真，你两下心坚，情缘双证。如今已成天上夫妻，不比人世了。

【三月海棠】忉利天，看红尘碧海须臾变。永成双作对，总没牵缠。游衍[3]，抹月批风随过遣，痴云腻雨无留恋。收拾钗和盒旧情缘，生生世世消前愿。

〔老旦〕群真既集，桂宴宜张。聊奉一觞，为上皇、玉妃称贺。看酒过来。〔仙女捧酒上〕酒到。〔老旦送酒介〕

【川拨棹】清虚殿，集群真，列绮筵。桂花中一对神仙，桂花中一对神仙，占风流千秋万年。〔合〕会良宵，人并圆；照良宵，月也圆。

【前腔】〔换头〕〔贴向旦介〕羡你死抱痴情犹太坚，〔向生介〕笑你生守前盟几变迁。总空花幻影当前，总空花幻影当前，扫凡

所写这种生死不渝、真心到底的男女爱情，既然不可能在宫廷生活中出现，那只好让这两位主人公在虚无缥缈的仙境中团圆。这当然不免幻想。

尘一齐上天。〔合〕会良宵，人并圆；照良宵，月也圆。

【前腔】〔换头〕〔生、旦〕敬谢嫦娥，把衷曲怜；敬谢天孙，把长恨填。历愁城苦海无边，历愁城苦海无边，猛回头痴情笑捐。〔合〕会良宵，人并圆；照良宵，月也圆。

吴评："此尾声是结本剧，后尾声是结作者之意。"

【尾声】死生仙鬼都经遍，直作天宫并蒂莲，才证却长生殿里盟言。

〔贴〕今夕之会，原为玉妃新谱"霓裳"。天女每那里？〔众天女各执乐器上〕"夜月歌残鸣凤曲，天风吹落步虚声[4]。天女每稽首。"〔贴〕把"霓裳羽衣"之曲，歌舞一番。〔众舞介〕

【高平调·羽衣第三叠】【锦缠道】桂轮芳，按新声，分排舞行。仙珮互趋跄，趁天风，惟闻遥送叮当。【玉芙蓉】宛如龙起游千状，翩若鸾回色五章。霞裙荡，对琼丝袖张。【四块玉】撒团团翠云，堆一溜秋光。【锦渔灯】袅亭亭，现缑岭笙边鹤氅；艳晶晶，会瑶池筵畔虹幢；香馥馥，蕊殿[5]群姝散玉芳。【锦上花】呈独立，鹄步昂；偷低度，凤影藏。敛衣调扇恰相当，【一撮棹】一字一回翔。【普天乐】伴洛妃，凌波样；动巫娥，行云想。音和态，宛转悠扬。【舞霓裳】珊珊步蹑高霞唱，更泠泠节奏应宫商。【千秋岁】映红蕊，含风放；逐银汉，流云漾。不似人间赏，要铺莲慢踏[6]，比燕轻扬。【麻婆子】步虚、步虚瑶台上，飞琼引兴狂。弄玉[7]、弄玉秦台上，吹箫也自忙。凡情、仙意两参详。【滚绣球】把钧天换腔，巧翻成余弄儿盘旋未央。【红绣鞋】银蟾亮，玉漏长，千秋一曲舞霓裳。

〔贴〕妙哉，此曲。真个擅绝千秋也。就借此乐，送孔升真人同玉妃，到忉利天宫去。〔老旦〕天女每，奏乐引导。〔天女鼓乐引生、旦介〕

【黄钟过曲·永团圆】神仙本是多情种，蓬山远，有情通。情根历劫无生死，看到底终相共。尘缘倥偬，忉利有天情更永。不比凡间梦，悲欢和哄[8]，恩与爱总成空。跳出痴迷洞，割断相思鞚[9]；金枷脱，玉锁松。笑骑双飞凤，潇洒到天宫。

【尾声】旧霓裳，新翻弄。唱与知音心自懂，要使情留万古无穷。

谁令醉舞拂宾筵，张说　上界群仙待谪仙。方干

一曲霓裳听不尽，吴融　香风引到大罗天。韦绚

看修水殿号长生，王建　天路悠悠接上清。曹唐

从此玉皇须破例，司空图　神仙有分不关情。李商隐

〔1〕拂子：又叫拂尘，常用麈尾或马尾制成。

〔2〕紫宸人面：指唐明皇。紫宸，唐宫殿名。

〔3〕游衍：游乐。

〔4〕步虚声：道士诵经礼赞时的一种腔调。据称这种腔调宛如众仙缥缈步行虚空歌诵之声。这里形容仙乐缥缈宛妙。

〔5〕蕊殿：蕊珠宫，神话里仙女们居住的宫殿。

〔6〕铺莲慢踏：南朝齐废帝萧宝卷，曾用金叶莲花贴地，让潘妃在上面行走。

〔7〕弄玉：相传是春秋时秦穆公的女儿，后嫁给擅吹箫的萧史，双双乘凤仙去。

〔8〕和哄：哄骗。

〔9〕鞚（kòng）：有嚼口的马络头。此处作羁绊解。

后 记

洪昇(1645—1704),字昉思,号稗畦,浙江钱塘(今杭州)人。他出生于一个没落的名门望族,从小就受着良好的文学熏陶,写得一手好诗,后来移居北京,“以诗有名京师”,但性格耿直高傲,常常“白眼踞坐,指摘古今”。师友又多是明亡以后不出仕的名士。所以洪昇一直找不到一官半职,在北京做了二十多年的国子监生。康熙二十八年(1689),因伶工们在佟皇后丧期内为他专场演出《长生殿》,被削籍而回家。晚年抑郁无聊,纵情山水,在浙江吴兴落水而死。

洪昇一生写过许多诗,传世的诗集有《稗畦集》《稗畦续集》《啸月楼集》。他写过十多个剧本,流传下来的只有《长生殿》和杂剧《四婵娟》,他在文学史上的杰出地位,还是由他的剧作赢得的。

《长生殿》以安史之乱为背景,写了唐明皇李隆基和贵妃杨玉环的爱情故事。关于李、杨的故事,安史之乱以后,便在民间广泛流传。在唐代就出现了《长恨歌》和《长恨歌传》那样影响深远的作品。这些作品把李、杨的爱情悲剧和安史之乱联系起来描写,批评唐明皇荒淫误国,有一定积极意义。《长恨歌》

的作者白居易是当时的进步诗人，他本身在爱情上有过痛苦的经历，在描写李、杨的宫廷生活时，就把他“不得哭，潜别离；不得语，暗相思，两心之外无人知”（见白居易《潜别离》诗）的痛苦经历和“愿作远方兽，步步比肩行；愿作深山木，枝枝连理生”（见白居易《长相思》诗）的进步爱情理想溶注进去，歌颂了李、杨爱情的生死不渝，这就形成了作品主题本身的矛盾。宋代的乐史又根据《长恨歌传》和《明皇杂录》《安禄山事迹》《开元天宝遗事》等笔记材料，写成《杨太真外传》。这篇传记给后来的戏曲创作提供了丰富的资料。元代以它为题材的杂剧有：关汉卿的《唐明皇哭香囊》，白朴的《唐明皇秋夜梧桐雨》《唐明皇游月宫》，岳伯川的《罗光远梦断杨贵妃》，庚天锡的《杨太真霓裳怨》《杨太真华清宫》等，但流传至今的只有《梧桐雨》一种。《梧桐雨》基本承袭《长恨歌》的主题，写了李隆基的荒淫误国，又写了他对杨玉环生死不渝的爱情，对唐明皇内心活动的描写非常细致，达到了很高的艺术水准。但作者又根据唐宋以来笔记小说的传说，写杨玉环私通安禄山，招致了安禄山“渔阳鼙鼓动地来”的后果，这显然是出于封建文人“女色亡国论”的偏见。明人吴世美《惊鸿记》过多地铺写梅妃故事，又夹入李泌辅肃宗中兴事，剧本内容庞杂，主题也不够鲜明。洪昇“荟萃唐人诸说部事及李、杜、元、白、温、李数家诗句，又刺取古今剧部中繁丽色段以润色之”，经过“十余年三易其稿”的辛勤劳动，把“旧霓裳，新翻弄”，写出了轰动剧坛的《长生殿》。

《长生殿》是一部抒情味很浓的悲剧。它既是爱情的悲剧，又是政治的悲剧。唐明皇原是一个颇有作为的皇帝，但久安思逸，寄情声色，弛了朝纲，引起权奸构衅，藩将叛乱，坏了江山，使生民涂炭，自身也落得爱妃殒身，皇冠落地，在凄苦悲凉中度过晚年。作者巧妙地把爱情故事和政治现实结合起来描写，既写他们沉迷奢侈的爱情生活给政治带来悲剧的后果，又写他们政治上的松弛、失误促成他们的爱情悲剧，彼此纠缠，互为因果。

“三千宫女如花貌，那个春来无泪痕”，封建皇帝的宫廷，向来就是宫女们的牢狱，包括那些失宠的妃嫔在内。只有其中个别天生丽质、又擅长各种技艺的妃子，有可能暂时得到皇帝的专宠，过一段称心如意的生活，他们的后果也都是不堪设想的。我国历史上所艳传的赵飞燕、杨玉环就是这种人。一个是封建宝塔尖端的皇帝，一个是倾国倾城的女子，他们的结合当然要引起人们的羡慕，包括白居易、洪昇这样进步的诗人、作家在内。洪昇说李、杨的爱情是帝王家少有的，因此要为他们写一曲爱情的颂歌。

历史从中唐发展到清初，换了好几个王朝，封建经济内部逐渐出现了资本主义萌芽。在上层建筑，伴随着动摇封建伦理道德的个性解放思想，在一夫一妻制的封建家庭里也在滋长着接近于现代个人性爱的恋爱观。洪昇在《长生殿》的“传概”里说：“今古情场，有谁个真心到底？但果有精诚不散，终成连理。万里何愁南共北，两心那论生和死？……借《太真外传》谱新词，情而已。”这种生死不渝、真心到底的男女爱情，带有一定的理想色彩，它不可能在李、杨的宫廷生活里出现，因此洪昇也只能借用《太真外传》的历史故事来表现他的爱情理想。

作为大唐的皇帝，李隆基对杨玉环表示的爱情，一方面是尽可能满足她的奢侈享受，如曲江游赏、华清赐浴，从四川、南海给她取来鲜荔枝等；另一方面是满足她的权位欲望，包括杨国忠的拜相与三夫人的受封在内。这不仅引起宫廷内外各派势力的斗争,同时加重了人民的负担,加剧了封建王朝与广大人民之间的矛盾。处在贵妃的地位,杨玉环为了争取李隆基的宠爱,就必然要凭借她的聪明、才艺,投其所好,使他倦于朝政。这样,当他们在酣歌曼舞之中两心越贴越近时,在政治上难以避免地种下祸根,在爱情上也酿成悲剧。洪昇在《长生殿自序》里说:“逞侈心而穷人欲,祸败随之。”这就是洪昇从李、杨爱情故事里总结出来的历史教训。

怎样解释在李、杨这样“逞侈心而穷人欲”的帝妃之间却会出现“真心到底”“生死不渝”的爱情呢?作者认为他们都是天仙下凡的人物,天生有这种真心相爱的情根,因此在尘俗的泥潭里翻了几个筋斗之后,还会回到天上去,在另一个内无宫嫔争宠、外无奸臣弄权的真空世界里发展这种美好的爱情。还有,作者认为他们在爱情上所遇到的挫折、失败是痛苦的,但他们在失败之后,将会接受痛苦的教训,忏悔自己的错误,洗清身上的污泥,这就是作者说的“败而能悔”。今天看来,这样的设想未免荒唐可笑,但洪昇确是这样想也是这样写的。这使《长生殿》中不少场次,尤其是下半部,在描写李、杨生死不渝的爱情时,带有浓厚的浪漫主义色彩,体现了作者在当时所可能有的进步恋爱观,跟上半部描写李、杨宫廷生活的现实主义描绘互相辉映,达到当时传奇创作的最高水平。前人说,《长生殿》是“一部闹热《牡丹亭》”,从洪昇借李、杨故事所表现的进步恋爱观和浪漫主义艺术手法看,可以看到他和《牡丹亭》作者的前后承继关系。

从政治上带来的严重后果看,洪昇批判了李、杨的宫廷生活;从生死不渝的爱情看,洪昇又肯定了李、杨的败而能悔,连带也美化了他们在宫廷生活中的某些表现（如在音乐上有共同的爱好，在患难中能互相体贴），这就带来了主题思想的复杂性。还有一层，作者在描写安史之乱的事件时，始终把批判的矛头指向叛逆的安禄山和误国的杨国忠，以及那些无耻的降官们。作者还通过“侦报”“献饭”“骂贼”“收京”等出戏，颂扬郭从瑾、雷海青、郭子仪等爱国忠勇人物。作者对剧中人物所表现的爱憎态度，不管他是否明确地意识到，在当时条件下，读者、观众都会从字里行间或清歌妙舞中隐约感受到其所流露的进步意识。

明末清初是我国传奇戏创作和演出最盛的时期。洪昇由于熟习舞台、精通音律，所以他写的《长生殿》在艺术上既有精雕细琢的现实主义描绘，又有天上人间的浪漫主义幻想，这又带来前半部和后半部艺术风格方面的差异。由于作者的精心结撰和反复加工，这两部分都基本得到了统一，这在我国戏曲史上是了不起的成就。正因为这样，它在当时和后来都产生了深远的影响。清人梁廷楠在《曲话》中说：“《长生殿》至今，百余年来，歌场舞榭，流播如新。”还称赞洪昇“以绝好题目，做绝好文章，学人、才人，一齐俯首”。

这部书原本的眉批，出于作者好友吴舒凫之手。吴有高度的文学修养，又真正懂得戏曲创作的窍门。对于吴的评语，我们认为精彩者大都保留下来，个别地方也提出我们不同的看法。本书采用徐朔方先生 1956 年的校注本，校正了其中个别的标点和误字。这次补注，亦参考徐注，谨此致谢。

（该剧简注由单长江写出初稿，李悔吾修订，因注者署名不宜多人，特作说明。）

桃花扇

〔清〕孔尚任
隗　芾　注释
李悔吾　审订

目 录

试一出　先声

康熙甲子八月

【蝶恋花】〔副末毡巾、道袍、白须上〕古董先生谁似我？非玉非铜，满面包浆[1]裹。剩魄残魂无伴伙，时人指笑何须躲。旧恨填胸一笔抹，遇酒逢歌，随处留皆可。子孝臣忠万事妥，休思更吃人参果。

日丽唐虞世[2]，花开甲子年；山中无寇盗，地上总神仙。老夫原是南京太常寺一个赞礼[3]，爵位不尊，姓名可隐。最喜无祸无灾，活了九十七岁，阅历多少兴亡，又到上元甲子。尧舜临轩，禹皋[4]在位，处处四民安乐，年年五谷丰登。今乃康熙二十三年，见了祥瑞一十二种。〔内问介〕请问那几种祥瑞？〔屈指介〕河出图[5]，洛出书[6]，景星明，庆云现，甘露降，膏雨零，凤凰集，麒麟游，蓂荚发，芝草生，海无波，黄河清[7]。件件俱全，岂不可贺！老夫欣逢盛世，到处遨游。昨在太平园中，看一本新出传奇，名为《桃花

孔尚任《桃花扇小引》："《桃花扇》一剧，皆南朝新事，父老犹有存者。场上歌舞，局外指点，知三百年之基业，隳于何人？败于何事？消于何年？歇于何地？不独令观者感慨涕零，亦可惩创人心，为末世之一救矣。"通过一本演南明王朝新事的戏，回答明朝三百年基业败于何人何事的问题，给人们敲起警钟，是孔尚任创作《桃花扇》的宗旨。

“实事实人，有凭有据”是现实主义的创作态度。

扇》，就是明朝末年南京近事。借离合之情，写兴亡之感，实事实人，有凭有据。老夫不但耳闻，皆曾眼见。更可喜把老夫衰态，也拉上了排场，做了一个副末脚色；惹的俺哭一回，笑一回，怒一回，骂一回。那满座宾客，怎晓得我老夫就是戏中之人！〔内〕请问这本好戏，是何人著作？〔答〕列位不知，从来填词名家，不著姓氏。但看他有褒有贬，作《春秋》必赖祖传[8]；可咏可歌，正雅颂岂无庭训[9]！〔内〕这等说来，一定是云亭山人了。〔答〕你道是那个来？〔内〕今日冠裳雅会[10]，就要演这本传奇。你老既系旧人，又且听过新曲，何不把传奇始末，预先铺叙一番，大家洗耳？〔答〕有张道士的“满庭芳”词，歌来请教罢：

兰雪堂本保留的原评：“铺叙纲领，简而详，质而韵。”

【满庭芳】公子侯生，秣陵[11]侨寓，恰偕南国佳人；谗言暗害，鸾凤一宵分。又值天翻地覆，据江淮藩镇纷纭。立昏主，征歌选舞，党祸起奸臣。　良缘难再续，楼头激烈，狱底沉沦。却赖苏翁柳老，解救殷勤。半夜君逃相走，望烟波谁吊忠魂？桃花扇、斋坛揉碎，我与指迷津。

〔内〕妙，妙，只是曲调铿锵，一时不能领会，还求总括数句。〔答〕待我说来：

奸马阮中外伏长剑[12]，巧柳苏往来

牵密线。

侯公子断除花月缘，张道士归结兴亡案。

道犹未了，那公子早已登场，列位请看。

〔1〕包浆：玩赏古董的术语。金玉等古物经人手长久摩挲，润泽而有光彩，叫包浆。

〔2〕唐虞世：唐尧和虞舜的时代，是中国古代传说中的理想时代。

〔3〕太常寺一个赞礼：太常寺，管理宗庙礼仪的机关；赞礼，祭祀时的司仪。

〔4〕禹皋：禹指夏禹，尧舜时曾治理洪水。皋指皋陶，是舜时有名的狱官。

〔5〕河出图：传说伏羲氏时，有龙马驮着一张图从黄河出来，伏羲氏根据它画成八卦。

〔6〕洛出书：传说夏禹治水时，在洛水发现一只神龟，背上有许多文字，夏禹据此写成《九畴》一书。

〔7〕"景星明"十句：皆指天下太平时的种种祥瑞。

〔8〕作《春秋》必赖祖传：《春秋》是鲁国史书，相传孔子所作。云亭山人孔尚任是孔子第六十四代孙，《桃花扇》又是反映南明兴衰的历史戏，因此说"作《春秋》必赖祖传"。

〔9〕正雅颂岂无庭训：《诗经》分为风、雅、颂三部。周人称正声作雅乐，颂是用于祭祀的乐歌。这里用雅颂比喻戏曲。庭训是父亲对儿子的教训。《论语》中记孔子在庭中教育儿子要读《诗经》。

〔10〕冠裳雅会：指士大夫的集会。

〔11〕秣陵：今南京。

〔12〕奸马阮中外伏长剑：意指马士英、阮大铖内外互相勾结，暗中施行奸谋。

第一出 听稗[1]

崇祯癸未二月

原评："传奇首一折，谓之正生家门。正生，侯朝宗也，陈定生、吴次尾是朝宗陪宾，柳敬亭是朝宗伴友，开章一义，皆露头角，为文章梁柱。"

【恋芳春】〔生儒扮上〕孙楚楼[2]边，莫愁湖上，又添几树垂杨。偏是江山胜处，酒卖斜阳，勾引游人醉赏，学金粉南朝[3]模样。暗思想，那些莺颠燕狂，关甚兴亡！

〔鹧鸪天〕院静厨寒睡起迟，秣陵人老看花时。城连晓雨枯陵树[4]，江带春潮坏殿基。伤往事，写新词，客愁乡梦乱如丝。不知烟水西村舍，燕于今年宿傍谁？小生姓侯，名方域，表字朝宗，中州归德[5]人也。夷门谱牒[6]，梁苑[7]冠裳。先祖太常，家父司徒，久树东林之帜[8]；选诗云间，征文白下[9]，新登复社之坛。早岁清词，吐出班香宋艳[10]；中年浩气，流成苏海韩潮[11]。人邻耀华之宫[12]，偏宜赋酒；家近洛阳之县，不愿栽花。自去年壬午[13]，南闱[14]下第，便侨寓这莫愁湖畔。烽烟未靖，家信难通，不觉又是仲春时候。你看碧草粘天，谁是还乡之伴；黄尘匝地，独为避乱之人。〔叹介〕莫愁，莫愁！教俺怎生不愁也！幸喜社友陈定生、吴次尾[15]，寓在蔡益所[16]书坊，时常往来，颇不寂寞。今日约到冶城道院[17]，同看梅花，须索早去。

【懒画眉】乍暖风烟满江乡，花里行厨携着玉缸[18]；笛声吹乱客中肠，莫过乌衣巷[19]，是别姓人家新画梁。

〔下〕〔末、小生儒扮上〕

【前腔】王气金陵渐凋伤，鼙鼓旌旗何处忙？怕随梅柳渡春江。〔末〕小生宜兴陈贞慧是也。〔小生〕小生贵池吴应箕是也。〔末问介〕次兄可知流寇[20]消息么？〔小生〕昨见邸抄[21]，流寇连败官兵，渐逼京师。那宁南侯左良玉[22]，还军襄阳。中原无人，大事已不可问，我辈且看春光。〔合〕无主春飘荡，风雨梨花催晓妆。

〔生上相见介〕请了，两位社兄，果然早到。〔小生〕岂敢爽约！〔末〕小弟已着人打扫道院，沽酒相待。〔副净扮家僮忙上〕节寒嫌酒冷，花好引人多。禀相公，来迟了，请回罢！〔末〕怎么来迟了？〔副净〕魏府徐公子[23]要请客看花，一座大大道院，早已占满了。〔生〕既是这等，且到秦淮水榭，一访佳丽，倒也有趣！〔小生〕依我说，不必远去，兄可知道泰州柳敬亭[24]，说书最妙，曾见赏于吴桥范大司马[25]、桐城何老相国[26]。闻他在此作寓，何不同往一听，消遣春

其实看花不成是虚设，目的是转听柳敬亭说书。先点出徐公子，为末出他扮皂隶捕人伏线。

愁?〔末〕这也好!〔生怒介〕那柳麻子新做了阉儿阮胡子[27]的门客,这样人说书,不听也罢了!〔小生〕兄还不知阮胡子漏网余生,不肯退藏;还在这里蓄养声伎,结纳朝绅。小弟做了一篇留都防乱的揭帖[28],公讨其罪。那班门客才晓得他是崔魏逆党[29],不待曲终,拂衣散尽。这柳麻子也在其内,岂不可敬!〔生惊介〕阿呀!竟不知此辈中也有豪杰,该去物色的!〔同行介〕

【前腔】仙院参差弄笙簧,人住深深丹洞[30]旁,闲将双眼阅沧桑。〔副净〕此间是了,待我叫门。〔叫介〕柳麻子在家么?〔末喝介〕唗!他是江湖名士,称他柳相公才是。〔副净又叫介〕柳相公开门。〔丑小帽、海青、白髯,扮柳敬亭上〕门掩青苔长,话旧樵渔来道房。

〔见介〕原来是陈、吴二位相公,老汉失迎了!〔问生介〕此位何人?〔末〕这是敝友河南侯朝宗,当今名士,久慕清谈,特来领教。〔丑〕不敢,不敢!请坐献茶。〔坐介〕〔丑〕相公都是读书君子,甚么《史记》《通鉴》不曾看熟,倒来听老汉的俗谈。〔指介〕你看:

【前腔】废苑枯松靠着颓墙,春雨如丝宫草香,六朝兴废怕思量。鼓板轻轻放,沾泪说书儿女肠。

〔生〕不必过谦，就求赐教。〔丑〕既蒙光降，老汉也不敢推辞；只怕演义盲词，难入尊耳。没奈何，且把相公们读的《论语》说一章罢！〔生〕这也奇了，《论语》如何说的？〔丑笑介〕相公说得，老汉就说不得？今日偏要假斯文，说他一回。〔上坐敲鼓板说书介〕问余何事栖碧山，笑而不答心自闲。桃花流水杳然去，别有天地非人间[31]。〔拍醒木[32]说介〕敢告列位，今日所说不是别的，是申鲁三家[33]欺君之罪，表孔圣人正乐之功。当时鲁道衰微，人心僭窃，我夫子自卫反鲁，然后乐正[34]。那些乐官恍然大悟，愧悔交集，一个个东奔西走，把那权臣势家闹烘烘的戏场，顷刻冰冷。你说圣人的手段利害呀不利害？神妙呀不神妙？〔敲鼓板唱介〕

〔鼓词一〕自古圣人手段能，他会呼风唤雨，撒豆成兵。见一伙乱臣无礼教歌舞，使了个些小方法，弄的他精打精。正排着低品走狗奴才队，都做了高节清风大英雄！

以下用友人贾凫西《木皮散人鼓词》原词，也有引古讽今之意。

〔拍醒木说介〕那太师名挚，他第一个先适了齐。他为何适齐，听俺道来！〔敲鼓板唱介〕

〔鼓词二〕好一个为头为领的太师挚，他说："咳，俺为甚的替撞三家景阳钟[35]？往常时瞎了眼睛在泥窝里混，到如今抖起身子去个清。大撒脚步正往东北走，合伙了个敬仲老先[36]才显俺的名。管喜的孔子三月忘肉味，景公擦泪侧着耳听；那贼臣就吃了豹子心肝熊的胆，也不敢到姜太公家里[37]去拿乐工。"

〔拍醒木说介〕管亚饭的名干，适了楚；管三饭的名缭，适了蔡；管四饭的名缺，适了秦。这三人为何也去了？听我道来！〔敲鼓板唱介〕

〔鼓词三〕这一班劝膳的乐官不见了领队长，一个个各寻门路奔前程。亚饭说："乱臣堂上掇着碗，俺倒去吹吹打打伏侍着他听；你看咱长官此去齐邦谁敢去找？我也投那熊绎[38]大王，倚仗他的威风。"三饭说："河南蔡国虽然小，那堂堂的中原紧靠着京城。"四饭说："远望西秦有天子气，那强兵营里我去抓响筝[39]"。一齐说："你每日倚着塞门[40]桩子使唤俺，今以后叫你闻着俺的风声脑子疼。"

〔拍醒木说介〕击鼓的名方叔，入于河；播鼗的名武，入于汉；少师名阳，击磬的名襄，入于海。这四人另有个去法，听俺道来！〔敲鼓板唱介〕

〔鼓词四〕这击磬擂鼓的三四位，他说："你丢下这乱纷纷的排场俺也干不成。您嫌这里乱鬼当家别处寻主，只怕到那里低三下四还干旧营生。俺们一叶扁舟桃源路，这才是江湖满地，几个渔翁。”

〔拍醒木说介〕这四个人，去的好，去的妙，去的有意思。听他说些甚的？〔敲鼓板唱介〕

〔鼓词五〕他说：“十丈珊瑚映日红，珍珠捧着水晶宫，龙王留俺宫中宴，那金童玉女不比凡同。凤箫象管龙吟细，可教人家吹打着俺们才听。那贼臣就溜着河边来赶俺，这万里烟波路也不明。莫道山高水远无知己，你看海角天涯都有俺旧弟兄。全要打破纸窗看世界，亏了那位神灵提出俺火坑；凭世上沧海变田田变海，俺那老师父[41]只管蒙瞪着两眼定六经。”

〔说完起介〕献丑，献丑！〔末〕妙极，妙极！如今应制[42]讲义，那能如此痛快，真绝技也！〔小生〕敬亭才出阮家，不肯别投主人，故此现身说法。〔生〕俺看敬亭人品高绝，胸襟洒脱，是我辈中人，说书乃其余技耳。

【解三醒】〔生、末、小生〕暗红尘霎时雪亮，热春光一阵冰凉，清白人会算糊涂帐。〔同笑介〕这笑骂风流跌宕，一声拍板温而厉，三下渔阳[43]慨以慷！〔丑〕重来访，但

原评：“此《桃花扇》大旨也，细心领略，莫负渔郎指引之意。”按柳敬亭在《修札》出对侯朝宗说：“那热闹局就是冷淡的根

芽，爽快事就是牵缠的枝叶"，与此处用意相近。

是桃花误处，问俺渔郎。

〔生问介〕昨日同出阮衙，是那几位朋友？〔丑〕都已散去，只有善讴的苏昆生，还寓比邻。〔生〕也要奉访，尚望同来赐教。〔丑〕自然奉拜的。

〔丑〕歌声歇处已斜阳，〔末〕剩有残花隔院香。

〔小生〕无数楼台无数草，〔生〕清谈霸业两茫茫。

〔1〕听稗：稗即稗史，指一般小说野史。听稗，听柳敬亭说书。

〔2〕孙楚楼：孙楚，东晋著名诗人。孙楚楼在南京城西，与莫愁湖相近。

〔3〕南朝：指偏安江东的宋、齐、梁、陈等朝代。

〔4〕陵树：南京明孝陵的树。

〔5〕中州归德：今河南商丘。

〔6〕夷门谱牒：战国时的著名人士侯嬴曾守大梁夷门，侯方域与他同姓，因此在剧中自称"夷门谱牒"。

〔7〕梁苑：指西汉时梁孝王兴建的东苑。

〔8〕"先祖太常"三句：侯方域的祖父官至太常寺卿，父官至户部尚书，和古代的司徒相近。东林，指东林党。

〔9〕云间、白下：云间，今上海松江。白下，今南京。

〔10〕班香宋艳：班指班固，宋指宋玉。

〔11〕苏海韩潮：苏指苏轼，韩指韩愈。

〔12〕耀华之宫：西汉时梁孝王所造。

〔13〕壬午：明崇祯十四年，公元 1641 年。

〔14〕南闱：明、清科举时，称江南乡试作南闱。

〔15〕陈定生、吴次尾:陈定生名贞慧,宜兴人;吴次尾名应箕,贵池人,都是当时复社里的著名人士。

〔16〕蔡益所:当时南京著名书商。

〔17〕冶城道院:指明代南京朝天宫,在南京城西。

〔18〕花里行厨携着玉缸:过去富贵人家子弟到郊外去游玩,往往用盒子装着酒食挑到游览的地方享用,这叫行厨。玉缸,指玉杯。

〔19〕乌衣巷:在南京城内,晋时贵族王、谢等家多住在这里。

〔20〕流寇:蔑称李自成起义军。

〔21〕邸抄:邸报。

〔22〕左良玉:明末著名的将官,被封为宁南侯。

〔23〕魏府徐公子:中山王徐达的后代徐青君,袭封魏国公。

〔24〕柳敬亭:当时著名的说书艺人。

〔25〕吴桥范大司马:吴桥,今属河北河间。范大司马,指范景文。

〔26〕桐城何老相国:指桐城何如宠,崇祯二年入阁辅政。

〔27〕阉儿阮胡子:指阮大铖,他曾认宦官魏忠贤做干爹,所以当时人们骂他作阉儿。

〔28〕留都防乱的揭帖:指吴应箕写的揭露阮大铖罪恶的公告。

〔29〕崔魏逆党:崔指崔呈秀,魏指魏忠贤,都是阉党的魁首。

〔30〕丹洞:指丹房,道士炼丹的地方。

〔31〕"问余何事栖碧山"四句:本是李白的诗,这里用作说书开场时的引子。

〔32〕醒木:民间说唱艺人用以警醒听众的道具。

〔33〕鲁三家:春秋时期鲁国仲孙、季孙、叔孙三个最有权势的家族。

〔34〕"自卫反鲁"二句:见《论语·子罕》。

〔35〕景阳钟:本是南齐景阳楼的钟,这里借用。

〔36〕敬仲老先:敬仲指田敬仲,是战国时齐国国君田氏的祖先。老先是一种对长辈的俗称。

〔37〕姜太公家里:指齐国。

〔38〕熊绎:楚国的开国君主。

〔39〕抓响筝:指弹筝。

〔40〕塞门:门屏。

〔41〕老师父:指孔子。

〔42〕应制:根据皇帝的旨意写的作品。

〔43〕三下渔阳:指祢衡的《渔阳三弄曲》。

第二出 传歌

癸未二月

原评:"传奇第二折谓之正旦家门。正旦,李香君也。杨龙友、李贞丽是香君陪宾,苏昆生是香君业师,故先令出场。前折柳说贾凫西鼓词,奇文也;此折苏教汤若士南曲,妙文也。皆文章对待法。"

原评:"二奸名姓先从鸨妓口中道出,绝妙笔法。"但这种《春秋》笔法放在戏剧里用不会有效果,因为它缺乏形象。

【秋夜月】〔小旦倩妆扮鸨妓李贞丽上〕深画眉,不把红楼闭;长板桥头垂杨细,丝丝牵惹游人骑。将筝弦紧系,把笙囊巧制。

梨花似雪草如烟,春在秦淮两岸边。一带妆楼临水盖,家家分影照婵娟。妾身姓李,表字贞丽,烟花妙部,风月名班[1];生长旧院[2]之中,迎送长桥之上;铅华未谢[3],丰韵犹存。养成一个假女[4],温柔纤小,才陪玳瑁之筵;宛转娇羞,未入芙蓉之帐。这里有位罢职县令,叫做杨龙友[5],乃凤阳督抚马士英[6]的妹夫,原做光禄阮大铖的盟弟,常到院中夸俺孩儿,要替他招客梳栊[7]。今日春光明媚,敢待好来也。〔叫介〕丫鬟，卷帘扫地，伺候客来。〔内应介〕晓得！〔末扮杨文骢上〕三山景色供图画，六代风流入品题。下官杨文骢，表字龙友，乙榜县令[8]，罢职闲居。这秦淮名妓李贞丽，是俺旧好，趁此春光，访他闲话。来此已是，不免竟入。〔入介〕贞娘那里？〔见介〕好呀！你看梅钱已落，柳线才黄，软软浓浓，一院春色，叫俺如何消遣也。〔小旦〕正是。请到小楼焚香煮茗，赏鉴诗篇罢。〔末〕极妙了。〔登楼介〕帘纹笼架鸟，花影护盆鱼。〔看介〕这是令爱妆楼，他往那里去了？〔小旦〕晓妆未竟，尚在卧房。〔末〕请他出来。〔小旦唤介〕孩儿出来，杨老爷在此。〔末看四壁上诗篇介〕都是些名公题赠，却也难得。〔背手吟哦介〕

【前腔】〔旦艳妆上〕香梦回，才褪红鸳被。重点檀唇胭脂腻，匆匆挽个抛家髻[9]。这春愁怎替，那新词且记。

〔见介〕老爷万福！〔末〕几日不见，益发标致了。这些诗篇赞的不差。〔又看惊介〕呀呀！张天如、夏彝仲[10]这班大名公，都有题赠，下官也少不的和韵一首。〔小旦送笔砚介〕〔末把笔久吟介〕做他不过，索性藏拙，聊写墨兰数笔，点缀素壁罢。〔小旦〕更妙。〔末看壁介〕这是蓝田叔[11]画的拳石[12]。呀！就写兰于石旁，借他的衬贴也好。〔画介〕

【梧桐树】绫纹素壁辉[13]，写出骚人

通过杨看诗补画，介绍李香君和复社文人之间的关系。又为后面杨点染桃花扇作衬垫。提蓝田叔，因他后来寄居媚香楼也。

致。嫩叶香苞，雨困烟痕醉。一拳宣石墨花碎，几点苍苔乱染砌[14]。〔远看介〕也还将就得去；怎比元人潇洒墨兰意，名姬恰好湘兰佩。

〔小旦〕真真名笔，替俺妆楼生色多矣。〔末〕见笑。〔向旦介〕请教尊号，就此落款。〔旦〕年幼无号。〔小旦〕就求老爷赏他二字罢。〔末思介〕《左传》云："兰有国香，人服媚之。"就叫他香君何如？〔小旦〕甚妙！香君过来谢了。〔旦拜介〕多谢老爷。〔末笑介〕连楼名都有了。〔落款介〕崇祯癸未[15]仲春，偶写墨兰于媚香楼，博香君一笑。贵筑[16]杨文骢。〔小旦〕写画俱佳，可称双绝。多谢了！〔俱坐下〕〔末〕我看香君国色第一，只不知技艺若何？〔小旦〕一向娇养惯了，不曾学习。前日才请一位清客，传他词曲。〔末〕是那个？〔小旦〕就叫甚么苏昆生。〔末〕苏昆生，本姓周，是河南人，寄居无锡。一向相熟的，果然是个名手。〔问介〕传的那套词曲？〔小旦〕就是玉茗堂四梦[17]。〔末〕学会多少了？〔小旦〕才将《牡丹亭》学了半本。〔唤介〕孩儿，杨老爷不是外人，取出曲本快快温习。待你师父对过，好上新腔。〔旦皱眉介〕有客在坐，只是学歌怎的。〔小旦〕好傻话，我们门户人家[18]，舞袖歌裙，吃饭庄屯。你不肯学歌，闲着做甚。〔旦看曲本介〕

皱眉一词，道出香君对自身处境的不满。

【前腔】〔小旦〕生来粉黛围，跳入莺花队[19]，一串歌喉，是俺金钱地。莫将红豆[20]轻抛弃，学就晓风残月坠[21]；缓拍红牙，夺了宜春翠[22]，门前系住王孙辔。

〔净扁巾、褶子[23]，扮苏昆生上〕闲来翠馆[24]调鹦鹉，懒去朱门看牡丹。在下固始苏昆生是也，自出阮衙，便投妓院，做这美人的教习，不强似做那义子的帮闲么。〔竟入见介〕杨老爷在此，久违了。〔末〕昆老恭喜，收了一个绝代的门生。〔小旦〕苏师父来了，孩儿见礼。〔旦拜介〕〔净〕免劳罢。〔问介〕昨日学的曲子，可曾记熟了？〔旦〕记熟了。〔净〕趁着杨老爷在坐，随我对来，好求指示。〔末〕正要领教。〔净、旦对坐唱介〕

妓院强似阮衙，既点出苏的品格，又讽刺了阮大铖，妙。

【皂罗袍】[25]原来姹紫嫣红开遍，似这般都付与断井颓垣。良辰美景奈何天，〔净〕错了错了，美字一板，奈字一板，不可连下去。另来另来！良辰美景奈何天，赏心乐事谁家院。朝飞暮卷，云霞翠轩；雨丝风片，〔净〕又不是了，丝字是务头[26]，要在嗓子内唱。雨丝风片，烟波画船，锦屏人忒看得这韶光贱。〔净〕妙，妙！是的狠了，往下来。

【好姐姐】遍青山啼红了杜鹃，荼蘼外烟丝醉软。牡丹虽好，他春归怎占得教歌一事和上出里说五段鼓词,天然对峙。且〔皂罗袍〕两曲,词句温柔艳冶,设色点染,恰与香君相称。

先。〔净〕这句略生些,再来一遍。牡丹虽好,他春归怎占得先。闲凝盼,生生燕语明如剪,呖呖莺声溜的圆。

〔净〕好,好!又完一折了。〔末对小旦介〕可喜令爱聪明的紧,不愁不是一个名妓哩。〔向净介〕昨日会着侯司徒的公子侯朝宗,客囊颇富,又有才名,正在这里物色名姝。昆老知道么?〔净〕他是敝乡世家,果然大才。〔末〕这段姻缘,不可错过的。

【琐窗寒】破瓜碧玉[27]佳期,唱娇歌,细马骑。缠头掷锦[28],携手倾杯;催妆艳句,迎婚油壁[29]。配他公子千金体,年年不放阮郎归[30],买宅桃叶春水[31]。

〔小旦〕这样公子肯来梳栊,好的紧了。只求杨老爷极力帮衬,成此好事。〔末〕自然在心的。

【尾声】〔小旦〕掌中女好珠难比,学得新莺恰恰啼,春锁重门人未知。

如此春光,不可虚度,我们楼下小酌罢。〔末〕有趣。〔同行介〕

〔末〕苏小[32]帘前花满畦,〔小旦〕莺酣燕懒隔春堤。

〔旦〕红绡裹下樱桃颗,〔净〕好待潘车[33]过巷西。

〔1〕“烟花妙部”二句:我国宋元以来文学作品中,习惯称艺妓作烟花或风月。部、班是艺妓演出时的组织。

〔2〕旧院:是南京秦淮歌妓聚居的地方。

〔3〕铅华未谢:容貌、年华尚未衰老之意。

〔4〕假女:义女,养女。

〔5〕杨龙友:杨文骢,贵州贵阳人,福王时曾任常、镇二府的巡抚。清兵渡江南下后,他到处州去,从明宗室唐王起兵援衢州,兵败被杀。

〔6〕马士英:字瑶草,贵州贵阳人,曾任凤阳督抚。李自成攻陷北京后,他在南京迎立福王,升任东阁大学士,恃宠专权。清兵攻破南京,他跑到严州去,后来为清兵所杀。

〔7〕梳栊:娼家处女头一次接客叫梳栊,也叫上头。

〔8〕乙榜县令:科举时代称进士为甲榜,举人为乙榜。乙榜县令是指以举人起家做县令的。

〔9〕抛家髻:唐朝末年洛阳一带妇女流行的一种头发式样。

〔10〕张天如、夏彝仲:张溥字天如(1602—1641),太仓人;夏允彝字彝仲,华亭(今松江)人,是明末复社、几社的领袖人物。

〔11〕蓝田叔:蓝瑛字田叔,号蝶叟,钱塘人,是当时浙派最出色的画家。

〔12〕拳石:画家称陈设用的小块岩作拳石。

〔13〕绫纹素壁辉:意说这绫纹似的白壁发出光辉。

〔14〕“一拳宣石墨花碎”二句:形容蓝田叔画的拳石,点染着苍苔。宣石,指宣州出产的拳石。

〔15〕崇祯癸未:指公元1643年。

〔16〕贵筑:今贵阳一带。

〔17〕玉茗堂四梦:明代大戏曲家汤显祖(若士)所撰的四种传奇:《牡丹亭》《邯郸梦》《南柯记》《紫钗记》。

〔18〕门户人家:指妓家。

〔19〕粉黛围、莺花队:都是妓院的代用词。

〔20〕红豆:一名相思子,习惯用它来象征青年男女之间的恋情。

〔21〕学就晓风残月坠：学会歌唱词曲的意思。“杨柳岸晓风残月”是宋代词人柳永《雨霖铃》中的名句。

〔22〕缓拍红牙，夺了宜春翠：红牙指用象牙制的或镶的红色拍板。宜春指宜春宫，唐玄宗时叫后宫的女子几百人学习歌舞，称梨园弟子，她们都住在宜春宫里面。这句是李贞丽表示她希望李香君的色艺能够超群出众。

〔23〕净扁巾、褶子：净，我国戏剧角色名，大略跟现在京剧里的大面相当。扁巾，普通人戴的头巾。褶子，戏装里的一种便服。

〔24〕翠馆：指妓院。

〔25〕《皂罗袍》：与下文《好姐姐》二曲，都是《牡丹亭·惊梦》中的曲文，在《牡丹亭》里是女主角杜丽娘与婢女春香在私游后花园时唱的。

〔26〕务头：曲词中声腔特别动听、唱时要特别注意的地方，优伶习惯把这些地方称为做腔处。

〔27〕破瓜碧玉：碧玉是南朝宋汝南王的爱妾，汝南王为她作了一首碧玉歌，有“碧玉破瓜时”一句。女子十六岁时称为破瓜，因为瓜字拆开来成两个八字，二八就是十六。

〔28〕缠头掷锦：缠头是客人给伎女的赏赐。从前多用锦，后来以钱等代替。

〔29〕油壁：油壁车，是古代妇女坐的一种轻便的车子，车壁上以油漆作装饰。

〔30〕年年不放阮郎归：阮郎指阮肇。相传东汉永平年中，剡人刘晨、阮肇到天台山采药，跟山上的两个仙女成婚。过了半年多，仙女才放他们回去，到了家里一看，他们第七代的子孙都已经长大了。

〔31〕桃叶春水：桃叶渡，在秦淮河和青溪合流处。桃叶是晋代王献之的爱妾的名，传说她曾经在这里渡河，后人因此称它作桃叶渡。

〔32〕苏小：苏小小，南齐时钱塘名妓。

〔33〕潘车：相传潘安仁貌美，每次上街，妇女们都围着他的车子，用果子掷他，表示对他的爱慕。

第三出　哄丁[1]

癸未三月

〔副净、丑扮二坛户[2]上〕〔副净〕俎豆传家铺排户[3]，〔丑〕祖父。〔副净〕各坛祭器有号簿，〔丑〕查数。〔副净〕朔望开门点蜡炬，〔丑〕扫路。〔副净〕跪迎祭酒[4]早进署，〔丑〕休误。怎么只说这样没体面的话。〔副净〕你会说，让你说来。〔丑〕四季关粮进户部，〔副净〕夸富。〔丑〕红墙绿瓦阖家住，〔副净〕娶妇。〔丑〕干柴只靠一把锯，〔副净〕偷树。〔丑〕一年到头不吃素，〔副净〕腌胙[5]。〔丑〕啐！你接得不好，到底露出脚色[6]来。〔同笑介〕咱们南京国子监铺排户，苦熬六个月，今日又是仲春丁期。太常寺早已送到祭品，待俺摆设起来。〔排桌介〕〔副净〕栗、枣、芡、菱、榛。〔丑〕牛、羊、猪、兔、鹿。〔副净〕鱼、芹、菁、笋、韭。〔丑〕盐、酒、香、帛、烛。〔副净〕一件也不少，仔细看着，不要叫赞礼们偷吃，寻我们的晦气呀。〔副末扮老赞礼暗上〕啐！你坛户不偷就够了，倒赖我们。〔副净拱介〕得罪，得罪！我说的是那没体面的相公们，老先生是正人君子，岂有偷嘴之理。〔副末〕闲话少说，天已发

原评："此一折乃秀才发难之始，秀才五而次尾称雄，公子三而定生号长，皆以攻阮胡之奸也，朝宗之姻缘遂以逼而成。"

亮，是时候了，各处快点香烛。〔丑〕是。〔同混下〕

【粉蝶儿】〔外冠带执笏，扮祭酒上〕松柏笼烟，两阶蜡红初剪。排笙歌，堂上宫悬[7]。捧爵帛，供牲醴，香芹[8]早荐。〔末冠带执笏，扮司业[9]上〕列班联，敬陪南雍释奠[10]。

〔外〕下官南京国子监祭酒是也。〔末〕下官司业是也。今值文庙丁期，礼当释奠。〔分立介〕

【四园春】〔小生衣巾，扮吴应箕上〕楹鼓[11]逢逢将曙天，诸生接武杏坛前[12]。〔杂扮监生四人上〕济济礼乐绕三千[13]，万仞门墙瞻圣贤。〔副净满髯冠带，扮阮大铖上〕净洗含羞面，混入几筵边。

〔小生〕小生吴应箕，约同杨维斗、刘伯宗、沈昆铜、沈眉生[14]众社兄，同来与祭。〔杂四人〕次尾社兄到的久了，大家依次排起班来。〔副净掩面介〕下官阮大铖，闲住南京，来观盛典。〔立前列介〕〔副末上，唱礼介〕排班，班齐。鞠躬，俯伏、兴，伏俯、兴，俯伏、兴，伏俯、兴。〔众依礼各四拜介〕

介绍完男女主角，就该介绍反面人物阮大铖，偏不正面写他，放在丁祭时，让他溜进，其人品便昭然若揭了。

【泣颜回】〔合〕百尺翠云巅，仰见宸题金匾，素王端拱[15]，颜曾四座[16]冠冕。

迎神乐奏，拜彤墀齐把袍笏展。读诗书不愧胶庠[17]，畏先圣洋洋灵显。

〔拜完立介〕〔唱礼介〕焚帛，礼毕。〔众相见揖介〕

【前腔】〔外、末〕北面并臣肩，共事春丁荣典；趋跄环佩，鹓班鹭序[18]旋转。〔小生等〕司笾执豆[19]，鲁诸生尽是瑚琏[20]选。〔副净〕喜留都[21]、散职逍遥，叹投闲、名流谪贬。

〔外、末下〕〔副净拱介〕〔小生惊看，问介〕你是阮胡子，如何也来与祭；唐突先师，玷辱斯文。〔喝介〕快快出去！〔副净气介〕我乃堂堂进士，表表名家，有何罪过，不容与祭。〔小生〕你的罪过，朝野俱知，蒙面丧心，还敢入庙。难道前日防乱揭帖，不曾说着你病根么！〔副净〕我正为暴白心迹，故来与祭。〔小生〕你的心迹，待我替你说来：

【千秋岁】魏家干，又是客家干[22]，一处处儿字难免。同气崔田[23]，同气崔田，热兄弟粪争尝，痈同吮。东林里丢飞箭，西厂里牵长线[24]，怎掩旁人眼。〔合〕笑冰山消化，铁柱翻掀。

原评："阮胡之与祭，只为辩防乱揭帖，不料愈辩愈彰。"

〔副净〕诸兄不谅苦衷，横加辱骂，那知俺阮圆海原是赵忠毅[25]先生的门人。魏党暴横之时,我丁艰[26]未起,何曾伤害一人,这些话都从何处说起。

【前腔】飞霜冤,不比黑盆冤[27],一件件风影敷衍[28]。初识忠贤,初识忠贤,救周魏[29],把好身名,甘心贬。前辈康对山,为救李空同,曾入刘瑾之门[30]。我前日屈节,也只为着东林诸君子,怎么倒责起我来。春灯谜[31]谁不见,《十错认》无人辩,个个将咱谴。〔指介〕恨轻薄新进,也放屁狂言!

〔小生〕好骂,好骂!〔众〕你这等人,敢在文庙之中公然骂人,真是反了。〔副末亦喊介〕反了,反了!让我老赞礼,打这个奸党。〔打介〕〔小生〕掌他的嘴,挦他的毛。〔众乱采须,指骂介〕

原评:"秀才之打阮也于场上做出,公子之骂阮也于白中说出,是文章变换法。"

【越恁好】阉儿珰子[32],阉儿珰子,那许你拜文宣[33]。辱人贱行,玷庠序[34],愧班联。急将吾党鸣鼓传[35],攻之必远;屏荒服[36]不与同州县,投豺虎只当闲猪犬。

〔副净〕好打,好打!〔指副末介〕连你这老赞礼,都打起我来了。〔副末〕我这老赞礼,才打你个知和而和[37]的。〔副净看须介〕把胡须都采落了,如何见人,可恼之极。〔急跑介〕

【红绣鞋】难当鸡肋[38]拳揎,拳揎。无端臂折腰撷[39],腰撷。忙躲去,莫流连。〔下〕〔小生〕〔众〕分邪正，辨奸贤，党人逆案铁同坚。

【尾声】当年势焰掀天转，今日奔逃亦可怜。儒冠打扁，归家应自焚笔砚。

原评："写出秀才张皇满溢之状，为党祸伏案。"

〔小生〕今日此举，替东林雪愤，为南监[40]生光，好不爽快。以后大家努力，莫容此辈再出头来。〔众〕是，是！

〔众〕堂堂义举圣门前，〔小生〕黑白须争一着先。

〔众〕只恐输赢无定局，〔小生〕治由人事乱由天。

〔1〕哄丁：哄是吵闹的意思，丁即丁祭。封建时代，每年遇到二、八月的第一个丁日，举行春秋二祭来祭孔子，叫做丁祭。

〔2〕坛户：管理庙产及照料庙宇的人家。

〔3〕俎豆传家铺排户：俎、豆，祭器。传家，世袭。铺排户即坛户。

〔4〕祭酒：国子监祭酒，国子监是封建王朝培养人才的最高机构。祭酒是国子监的负责人。

〔5〕胙（zuò）：祭祀时供的肉。

〔6〕脚色：这里指本来面目。

〔7〕宫悬：指礼仪中所用编钟等乐器、礼器。

〔8〕爵帛、牲醴、香芹：都是祭品。

〔9〕司业：国子监司业，是国子监的次要负责人。

〔10〕南雍释奠：明朝南京国子监也叫南雍。释奠，是用酒肴祭奠孔子。

〔11〕楹鼓：建鼓，用木柱从鼓中穿过，使它可以竖立的鼓。

〔12〕诸生接武杏坛前:诸生,儒生们。接武,跟着脚步走。杏坛,这里指南京孔庙。

〔13〕三千:本指孔子的三千弟子,这里借指参加祭礼的许多儒生。

〔14〕杨维斗、刘伯宗、沈昆铜、沈眉生:都是当时的文士,连同吴应箕被称为复社五秀才。

〔15〕素王端拱:素王,指有王者的道,但没有得到王者的位。端拱即拱手端坐的样子。

〔16〕颜曾四座:指配祀孔子的颜子、曾子、子思、孟子四人。

〔17〕胶庠:士子的学宫。

〔18〕鹓班鹭序:比喻参加祭礼者的行列。

〔19〕司笾(biān)执豆:笾、豆都是祭器。

〔20〕瑚琏:原是宗庙里珍贵的礼器,这里引申来指国家珍贵的人才。

〔21〕留都:明成祖从南京迁都北京后,称南京作留都。

〔22〕客家干:客氏是明熹宗的乳母,与魏忠贤朋比为奸。阮大铖趋炎附势,曾做她的干儿。

〔23〕崔田:崔呈秀、田尔耕,都是阉党的骨干。

〔24〕"东林里丢飞箭"二句:东林即东林党,丢飞箭是暗箭害人的意思。西厂是明代由宦官掌握的官署,也是当时陷害忠良、无恶不作的特务机构。牵长线,意为有紧密的联系。

〔25〕赵忠毅:赵南星,字梦白,号侪鹤,明末高邑人,因得罪魏忠贤,被贬到代州而死,谥称忠毅。

〔26〕丁艰:丁忧。

〔27〕飞霜冤,不比黑盆冤:飞霜冤,见《窦娥冤》第四折注。黑盆冤,是把沉冤不得昭雪的人比喻被盖在盆下的东西,即有太阳光也照不到。

〔28〕风影敷衍:捕风捉影,没有根据来诬赖人的意思。

〔29〕周魏:周朝瑞、魏大中,都是明代天启初年的谏官,因为揭发魏忠贤和客氏的罪恶被害死。

〔30〕"前辈康对山"三句:康对山即康海,李空同即李梦阳,都是明中叶

时人。李梦阳曾因故被捕入狱,写信要康海营救。当时宦官刘瑾当权,康海为了营救李梦阳,曾去拜见刘瑾。后来刘瑾奸情败露,牵连到康海,李梦阳并不替他辩白。这里表现阮大铖想借这件事来替自己狡辩。

〔31〕春灯谜:阮大铖在崇祯末年写的传奇,末出有段平话,叫《十错认》,有人认为这是阮大铖失势后为了表示愧悔而写的。

〔32〕珰子:珰本是宦官的冠饰,这里用来称宦官。

〔33〕文宣:孔子在唐代被封为文宣王。

〔34〕庠序:过去的地方学校。

〔35〕吾党鸣鼓传:春秋时孔子的门人冉求做鲁卿季氏的家臣,替季氏聚敛财货,孔子号召他的弟子鸣鼓而攻之。这里借来表示他们号召大众齐心攻击阮大铖。

〔36〕屏荒服:古时称离京师二千里至二千五百里的边远地方作荒服。屏,斥逐意。

〔37〕知和而和:这本是《论语·学而》篇里的一句,根据《桃花扇》本出原批,是当时山东曲阜一带的俗语,语意不清楚。

〔38〕鸡肋:用来比喻身体的孱弱。

〔39〕腰攧:跌坏腰的意思。

〔40〕南监:南京国子监。

第四出　侦戏

癸未三月

【双劝酒】〔副净扮阮大铖忧容上〕前局尽翻,旧人皆散,飘零鬓斑,牢骚歌懒。又遭时流欺谩,怎能得高卧加餐。

下官阮大铖,别号圆海。词章才子,科第名家,正做着光禄吟诗[1],恰合着步兵爱酒[2]。黄金肝胆,指顾中原;白雪声名,驱驰上国。可恨身家念重,势利情多;偶投客、魏之门,便入儿孙之列。那时权飞烈焰,用着他当道豺狼;今日势败寒灰,剩了俺枯林鸮鸟。人人唾骂,处处击攻。细想起来,俺阮大铖也是读破万卷之人,什么忠佞贤奸,不能辨别?彼时既无失心之疯,又非汗邪之病,怎的主意一错,竟做了一个魏党?〔跌足介〕才题旧事,愧悔交加。罢了,罢了!幸这京城宽广,容的杂人,新在这裤子裆[3]里买了一所大宅,巧盖园亭,精教歌舞,但有当事朝绅,肯来纳交的,不惜物力,加倍趋迎。倘遇正人君子,怜而收之,也还不失为改过之鬼。〔悄语介〕若是天道好还,死灰有复燃之日。我阮胡子呵!也顾不得名节,索性要倒行逆施了。这都不在话下。昨日文庙丁祭,受了复社少年一场痛辱,虽是他们孟浪,也是我自己多事。但不知有何法儿,可以结识这般轻薄。〔搔首寻思介〕

一"偶"字便轻轻滑过去了。

这段道白,不仅写出阮大铖多变投机的性格,而且表现了这个反面人物的人生哲学,悔过不成,索性要倒行逆施起来。

【步步娇】小子翩翩皆狂简[4],结党欺名宦,风波动几番。捋落吟须,捶折书腕。无计雪深怨,叫俺闭户空羞赧。

〔丑扮家人持帖上〕地僻疏冠盖,门深隔燕莺。禀老爷,有帖借戏。〔副净看帖介〕通家教弟陈贞慧拜。〔惊介〕呵呀!这是宜兴陈定生,声名赫赫，是个了不得的公子，他怎肯向我借戏？〔问介〕那来人如何说来？〔丑〕来人说，还有两位公子，叫什么方密之、冒辟疆[5]，都在鸡鸣埭[6]上吃酒，要看老爷新编的《燕子笺》，特来相借。〔副净吩咐介〕速速上楼，发出那一副上好行头；吩咐班里人梳头洗脸，随箱快走。你也拿帖跟去，俱要仔细着。〔丑应下〕〔杂抬箱，众戏子绕场下〕〔副净唤丑介〕转来。〔悄语介〕你到他席上，听他看戏之时，议论什么，速来报我。〔丑〕是。〔下〕〔副净笑介〕哈哈！竟不知他们目中还有下官，有趣，有趣！且坐书斋，静听回话。〔虚下〕〔末巾服扮杨文骢上〕周郎[7]扇底听新曲，米老[8]船中访故人。下官杨文骢，与圆海笔砚至交，彼之曲词，我之书画，两家绝技，一代传人。今日无事，来听他燕子新词，不免竟入。〔进介〕这是石巢[9]园，你看山石花木，位置不俗，一定是华亭张南垣[10]的手笔了。〔指介〕

【风入松】花林疏落石斑斓，收入倪黄[11]画眼。〔仰看，读介〕"咏怀堂，孟津王铎书。"〔赞介〕写的有力量。〔下看介〕一片红毹铺地，此乃顾曲之所。草堂图里乌巾岸[12]，好指点银筝红板。〔指介〕那边是百花深处了，为甚的萧条闭关，敢是新词改、旧稿删。

〔立听介〕隐隐有吟哦之声，圆老在内读书。

〔呼介〕圆兄，略歇一歇，性命要紧呀！〔副净出见，大笑介〕我道是谁，原来是龙友。请坐，请坐！〔坐介〕〔末〕如此春光，为何闭户？〔副净〕只因传奇四种，目下发刻；恐有错字，在此对阅。〔末〕正是，闻得《燕子笺》已授梨园，特来领略。〔副净〕恰好今日全班不在。〔末〕那里去了？〔副净〕有几位公子借去游山。〔末〕且把钞本赐教，权当《汉书》下酒[13]罢。〔副净唤介〕叫家僮安排酒酌，我要和杨老爷在此小饮。〔内〕晓得。〔杂上排酒果介〕〔末、副净同饮，看书介〕

【前腔】〔末〕新词细写乌丝阑[14]，都是金淘沙拣。簪花美女[15]心情慢，又逗出烟慵云懒[16]。看到此处，令人一往情深。这燕子衔春[17]未残，怕的杨花白，人鬓斑。

原评："不写鸡鸣埭听曲谩骂之状，而谱石巢园侦戏喜怒之情，文笔高绝。"按谓如正面写陈定生等在鸡鸣埭听曲谩骂，不但落套，也与哄丁出重复，特别是不能腾出篇幅，细致地揭示阮大铖的心理状态。

原评：【急三枪】曲为"弯弓令满法"；至次【急三枪】曲上半，则

〔副净〕芜词俚曲，见笑大方。〔让介〕请干一杯。〔同饮介〕〔丑急上〕传将随口话，报与有心人。禀老爷，小人到鸡鸣埭上，看着酒斟十巡，戏演三折，忙来回话。〔副净〕那公子们怎么样来？〔丑〕那公子们看老爷新戏，大加称赞。

【急三枪】点头听，击节赏，停杯看。〔副净喜介〕妙，妙！他竟知道赏鉴哩。〔问介〕可曾说些什么？〔丑〕他说真才子，笔不凡。〔副净惊介〕阿呀呀！这样倾倒，却也难得。〔问

介〕再说什么来？〔丑〕论文采，天仙吏，谪人间。好教执牛耳，主骚坛[18]。

〔副净佯恐介〕太过誉了，叫我难当，越往后看，还不知怎么样哩。〔吩咐介〕再去打听，速来回话。〔丑急下〕〔副净大笑介〕不料这班公子，倒是知己。〔让介〕请干一杯。

【风入松】俺呵！南朝看足古江山，翻阅风流旧案，花楼雨榭灯窗晚，呕吐了心血无限。每日价琴对墙弹，知音赏，这一番。

〔末〕请问借戏的是那班公子？〔副净〕宜兴陈定生、桐城方密之、如皋冒辟疆，都是了不得学问，他竟服了小弟。〔末〕他们是不轻许可人的，这本《燕子笺》词曲原好，有什么说处。〔丑急上〕去如走兔，来似飞乌。禀老爷，小的又到鸡鸣埭，看着戏演半本，酒席将完，忙来回话。〔副净〕那公子又讲些什么？〔丑〕他说老爷呵！

【急三枪】是南国秀，东林彦，玉堂班[19]。〔副净佯惊介〕句句是赞俺，益发惶恐。〔问介〕还说些什么？〔丑〕他说为何投崔、魏，自摧残。〔副净皱眉，拍案恼介〕只有这点点不才，如今也不必说了。〔问介〕还讲些什么？〔丑〕话多着哩，小人也不敢说了。〔副净〕但说无妨。〔丑〕他说老爷呼亲父，称干子，忝羞

为“钩弦欲射法”，至下半，则云“此句中的矣”。意谓先把弓拉得紧紧的，钩弦待射，最后看中目标，一箭中的。这是韩退之诗所谓“将军欲以巧服人，盘马弯弓故不发”也。如不是先极口夸赞，开口就骂，便毫无意味。

颜,也不过仗人势,狗一般。

〔副净怒介〕阿呀呀!了不得,竟骂起来了。气死我也!

【风入松】平章风月有何关[20],助你看花对盏,新声一部空劳赞。不把俺心情剖辩,偏加些恶谑毒讪,这欺侮受应难。

〔末〕请问这是为何骂起。〔副净〕连小弟也不解,前日好好拜庙,受了五个秀才一顿狠打。今日好好借戏,又受这三个公子一顿狠骂。此后若不设个法子,如何出门。〔愁介〕〔末〕长兄不必吃恼,小弟倒有个法儿,未知肯依否?〔副净喜介〕这等绝妙了,怎肯不依。〔末〕兄可知道,吴次尾是秀才领袖,陈定生是公子班头,两将罢兵,千军解甲矣。〔副净拍案介〕是呀!〔问介〕但不知谁可解劝?〔末〕别个没用,只有河南侯朝宗,与两君文酒至交,言无不听。昨闻侯生闲居无聊,欲寻一秦淮佳丽。小弟已替他物色一人,名唤香君,色艺皆精,料中其意。长兄肯为出梳栊之资,结其欢心,然后托他两处分解,包管一举双擒。〔副净拍手,笑介〕妙,妙!好个计策。〔想介〕这侯朝宗原是敝年侄[21],应该料理的。〔问介〕但不知应用若干?〔末〕妆奁酒席,约费二百余金,也就丰盛了。〔副净〕这不难,就送三百金到尊府,凭君区处便了。〔末〕那消许多。

〔末〕白门弱柳[22]许谁攀，〔副净〕文酒笙歌俱等闲。

〔末〕惟有美人称妙计，〔副净〕凭君买黛画春山[23]。

〔1〕光禄吟诗：光禄本官名，负责管理皇帝膳食。南朝著名文人颜延之曾官至金紫光禄大夫。阮大铖曾做过光禄卿，因此在剧中引用颜光禄的典故来自比。

〔2〕步兵爱酒：魏晋时名人阮籍曾任步兵校尉，不满于现实，经常借醉酒来避免祸害。阮大铖和他同姓，因此在剧中引他来自比。

〔3〕裤子裆：南京地名。

〔4〕狂简：见《论语·公冶长》篇，一般指勇于进取而不很切实的人。

〔5〕方密之、冒辟疆：都是明末清初人，与侯方域、陈贞慧同时被称为"四公子"。

〔6〕鸡鸣埭：今鸡鸣寺，南京名胜之一。

〔7〕周郎：三国周瑜。周瑜精通音律，当时有谚语："曲有误，周郎顾。"这里用以比喻精通音律的阮大铖。

〔8〕米老：北宋著名书画家米芾。米芾经常载书画于船中，在江湖游览，人们称其船为米家书画船。

〔9〕石巢：阮大铖的号。

〔10〕张南垣：明末人，善于设计亭园，尤其擅长于堆叠石假山。

〔11〕倪黄：倪即倪瓒，黄即黄公望，都是元代有名的画家。

〔12〕草堂图里乌巾岸：古时隐居的人喜欢称自己住的地方为草堂。乌巾即乌角巾，过去隐士的帽子。岸是高挺的样子。这是写杨文骢所想象的阮大铖。

〔13〕《汉书》下酒：北宋诗人苏舜钦住在岳父杜衍家中时，每晚一面读书、一面饮酒。一次读到《汉书·张良传》，不断地干杯。杜衍看见了大笑

说:有这样的下酒物,饮一斗真不算多。

〔14〕乌丝阑:阑同栏,乌丝栏即印有或画有黑条格的笺纸。

〔15〕簪花美女:双关语,一是比喻书法的娟秀。梁武帝评卫恒书法的风格说:"如插花美女,援镜笑春。"二是指剧中人物的娇态。

〔16〕烟慵云懒:意指《燕子笺》中男女主角恋爱事情。

〔17〕燕子衔春:《燕子笺》中有燕子衔诗笺情节。

〔18〕主骚坛:做诗坛领袖的意思。

〔19〕东林彦,玉堂班:彦是优秀人才,玉堂即翰林院。阮大铖早年曾靠拢左光斗,又有才名,所以这样称他。

〔20〕平章风月有何关:平章,品评。意为品评风月不应该牵涉政治问题。

〔21〕年侄:古时同榜考取的士子称作同年,对同年的儿子称作年侄。

〔22〕白门弱柳:白门是南朝时建康城门名,建康即今南京,后人也称南京作白门。这里指香君。

〔23〕春山:指女子的双眉。

第五出　访翠

癸未三月

《桃花扇》从本出始,一味渲染欢乐气氛,为日后好景不常造成声势。这是我国悲剧惯用的欲擒故纵之法。

【缑山月】〔生丽服上〕金粉未消亡,闻得六朝香,满天涯烟草断人肠。怕催花信紧,风风雨雨,误了春光。

小生侯方域,书剑飘零,归家无日。对三月艳阳之节,住六朝佳丽之场,虽是客况不堪,却也春情难按。昨日会着杨龙友,盛夸李香君妙龄绝色,平康[1]第一。现在苏昆生教他吹歌,也来劝俺梳栊;争奈萧索奚囊[2],难成好事。今日清明佳节,独坐无聊,不免借步踏青,竟到旧院一访,有何不可。〔行介〕

【锦缠道】望平康,凤城[3]东,千门绿杨。一路紫丝缰,引游郎,谁家乳燕双双。〔丑扮柳敬亭上〕黄莺惊晓梦,白发动春愁。〔唤介〕侯相公何处闲游?〔生回头见介〕原来是敬亭,来的好也;俺去城东踏青,正苦无伴哩。〔丑〕老汉无事,便好奉陪。〔同行介〕〔丑指介〕那是秦淮水榭。〔生〕隔春波,碧烟染窗;倚晴天,红杏窥墙。〔丑指介〕这是长桥,我们慢慢的走。〔生〕一带板桥长,闲指点茶寮酒舫。〔丑〕不觉来到旧院了。〔生〕听声声卖花忙,穿过了条条深巷。〔丑指介〕这一条巷里,都是有名姊妹家。〔生〕果然不同,你看黑漆双门之上,插一枝带露柳娇黄。

原评:"一幅江南旧院图。"

〔丑指介〕这个高门儿,便是李贞丽家。〔生〕我问你,李香君住在那个门里?〔丑〕香君就是贞丽的女儿。〔生〕妙,妙!俺正要访他,恰好到此。〔丑〕待我敲门。〔敲介〕〔内问介〕那个?〔丑〕常来走动的老柳,陪着贵客来拜。〔内〕贞娘、香姐,都不在家。〔丑〕那里去了?

〔内〕在卞姨娘家做盒子会哩。〔丑〕正是,我竟忘了,今日是盛会。〔生〕为何今日做会?〔丑拍腿介〕老腿走乏了,且在这石磴上略歇一歇,从容告你。

〔同坐介〕〔丑〕相公不知,这院中名妓,结为手帕姊妹,就象香火兄弟一般,每遇时节,便做盛会。

【朱奴剔银灯】结罗帕,烟花[4]雁行;逢令节,齐门新妆。〔生〕是了,今日清明佳节,故此皆去赴会。但不知怎么叫做盒子会?〔丑〕赴会之日,各携一副盒儿,都是鲜物异品,有海错、江瑶、玉液浆[5]。〔生〕会期做些甚么?〔丑〕大家比较技艺,拨琴阮,笙箫嘹喨。〔生〕这样有趣,也许子弟[6]入会么?〔丑摇手介〕不许,不许!最怕的是子弟混闹,深深锁住楼门,只许楼下赏鉴。〔生〕赏鉴中意的如何会面?〔丑〕若中了意,便把物事抛上楼头,他楼上也便抛下果子来。相当,竟飞来捧觞,密约在芙蓉锦帐。

〔生〕既然如此,小生也好走走了。〔丑〕走走何妨。〔生〕只不知卞家住在那厢?〔丑〕住在暖翠楼,离此不远,即便同行。〔行介〕〔生〕扫墓家家柳。〔丑〕吹饧处处箫[7]。〔生〕莺花三里巷。〔丑〕烟水两条桥。〔指介〕此间便是,相公

原评:"四句诗写出平康风物。"

请进。〔同入介〕〔末扮杨文骢、净扮苏昆生迎上〕〔末〕闲陪簇簇莺花队,〔净〕同望迢迢粉黛围。〔见介〕〔末〕侯世兄怎肯到此,难得,难得!〔生〕闻杨兄今日去看阮胡子,不想这里遇着。〔净〕特为侯相公喜事而来。〔丑〕请坐。〔俱坐〕〔生望介〕好个暖翠楼!

【雁过声】端详,窗明院敞,早来到温柔睡乡。〔问介〕李香君为何不见?〔末〕现在楼头。〔净指介〕你看,楼头奏技了。〔内吹笙、笛介〕〔生听介〕鸾笙凤管云中响,〔内弹琵琶、筝介〕〔生听介〕弦悠扬,〔内打云锣介〕〔生听介〕玉玎珰,一声乱我柔肠。〔内吹箫介〕〔生听介〕翱翔双凤凰。〔大叫介〕这几声箫,吹的我消魂,小生忍不住要打采了。〔取扇坠抛上楼介〕海南异品[8]风飘荡,要打着美人心上痒!

〔内将白汗巾包樱桃抛下介〕〔丑〕有趣,有趣!掷下果子来了。〔净解汗巾,倾樱桃盘内介〕好奇怪,如今竟有樱桃了。〔生〕不知是那个掷来的,若是香君,岂不可喜。〔末取汗巾看介〕看这一条冰绡[9]汗巾,有九分是他了。〔小旦扮李贞丽捧茶壶,领香君捧花瓶上〕〔小旦〕香草偏随蝴蝶扇,美人又下凤凰台。〔净惊指介〕都看天人下界了。〔丑合掌介〕阿弥陀佛。〔众起介〕

〔末拉生介〕世兄认认，这是贞丽，这是香君。〔生见小旦介〕小生河南侯朝宗，一向渴慕，今才遂愿。〔见旦介〕果然妙龄绝色，龙老赏鉴，真是法眼[10]。〔坐介〕〔小旦〕虎邱新茶，泡来奉敬。〔斟茶〕〔众饮介〕〔旦〕绿杨红杏，点缀新节。〔众赞介〕有趣，有趣！煮茗看花，可称雅集矣。〔末〕如此雅集，不可无酒。〔小旦〕酒已备下，玉京主会，不得下楼奉陪，贱妾代东罢。〔唤介〕保儿[11]烫酒来！〔杂提酒上〕〔小旦〕何不行个令儿，大家欢饮？〔丑〕敬候主人发挥。〔小旦〕怎敢僭越。〔净〕这是院中旧例。〔小旦取骰盆介〕得罪了。〔唤介〕香君把盏，待我掷色[12]奉敬。〔众〕遵令。〔小旦宣令介〕酒要依次流饮，每一杯干，各献所长，便是酒底。幺为樱桃，二为茶，三为柳，四为杏花，五为香扇坠，六为冰绡汗巾。〔唤介〕香君敬侯相公酒。〔旦斟，生饮介〕〔小旦掷色介〕是香扇坠。〔让介〕侯相公速干此杯，请说酒底。〔生告干介〕小生做首诗罢。〔吟介〕南国佳人佩，休教袖里藏。随郎团扇影，摇动一身香。〔末〕好诗！好诗！〔丑〕好个香扇坠，只怕摇摆坏了。〔小旦〕该奉杨老爷酒了。〔旦斟，末饮介〕〔小旦掷介〕是冰绡汗巾。〔末〕我也做诗了。〔小旦〕不许雷同。〔末〕也罢，下官做个破承题[13]罢。〔念介〕睹拭汗之物，而春色撩人矣。夫汗之沾巾，必由于春之生面也。伊何人之面，而以冰绡拭之；红素相著之际，不亦深可爱也耶？〔生〕绝妙佳章。〔丑〕这样好文彩，还该中两榜[14]才是。〔旦斟，丑酒介〕柳师父请酒。〔小旦掷色介〕是茶。〔丑饮酒介〕我道恁薄。〔小旦笑介〕非也，你的酒底是茶。〔丑〕待我说个张三郎吃茶[15]罢。〔小旦〕说书太长，说个笑话更好。〔丑〕就说笑话。〔说介〕苏东坡同黄山谷访佛印禅师，东坡送了一把定瓷壶，山谷送了一斤阳羡茶。三人松下品茶，佛印说："黄秀才茶癖天下闻名，但不知苏胡子的茶量何如；今日何不斗一斗，分个谁大谁小？"东坡说："如何斗来？"佛印说："你问一机锋[16]，叫黄秀才答。他若答不来，吃你一棒，我便记一笔：胡子打了秀才了。你若答不来，也吃黄秀才一棒，我便记一笔：秀才打了胡子了。末后总算，打一下吃一碗。"东坡说："就依你说。"东坡先问："没鼻针如何穿线？"山谷答："把针尖磨去。"佛印说："答的好。"山谷问："没把葫芦怎生拿？"东坡答："抛在水中。"佛印说："答的也不错。"东坡又问："虱在裤中，有见无见？"山谷未及答，东坡持棒就打。山谷正拿壶子斟茶，失手落地，打个粉碎。东坡大叫道："和尚记着，胡子打了秀才了。"佛印笑道："你听哄唧一声，胡子没打着秀才，秀才倒打了壶子了。"〔众笑介〕〔丑〕众位休笑，秀才利害多着哩。〔弹壶介〕这样硬壶子都打坏，何况软壶子[17]。〔生〕

敬老妙人，随口诙谐，都是机锋。〔小旦〕香君，敬你师父。〔旦斟，净饮介〕〔小旦掷介〕是杏花。〔净唱介〕“晚妆楼上杏花残，犹自怯衣单[18]。”〔旦向小旦介〕孩儿敬妈妈酒了。〔小旦饮干，掷介〕是樱桃。〔净〕让我代唱罢。〔唱介〕“樱桃红绽，玉粳白露[19]，半晌恰万言。”〔丑〕昆生该罚了，唱的唇上樱桃，不是盘中樱桃。〔净〕领罚。〔自斟，饮介〕〔小旦〕香君该自斟自饮了。〔生〕待小生奉敬。〔生斟，旦饮介〕〔小旦掷介〕不消猜，是柳了，香君唱来。〔旦羞介〕〔小旦〕孩儿腼腆，请个代笔相公罢。〔掷介〕三点，是柳师父。〔净〕好，好！今日是他当值之日。〔丑〕我老汉姓柳，飘零半世，最怕的是“柳”字。今日清明佳节，偏把个柳圈儿[20]套住我老狗头。〔众大笑介〕〔净〕算了你的笑话罢。〔生〕酒已有了，大家别过。〔丑〕才子佳人，难得聚会。〔拉生、旦介〕你们一对儿，吃个交心酒何如。〔旦羞，遮袖下〕〔净〕香君面嫩，当面不好讲得；前日所订梳栊之事，相公意下允否？〔生笑介〕秀才中状元，有甚么不肯处。〔小旦〕既蒙不弃，择定吉期，贱妾就要奉攀了。〔末〕这三月十五日，花月良辰，便好成亲。〔生〕只是一件，客囊羞涩，恐难备礼。〔末〕这不须愁，妆奁酒席，待小弟备来。〔生〕怎好相累。〔末〕当得效力。〔生〕多谢了。

【小桃红】误走到巫峰[21]上，添了些

行云想，匆匆忘却仙模样。春宵花月休成谎，良缘到手难推让，准备着身赴高唐。

〔作辞介〕〔小旦〕也不再留了。择定十五日，请下清客，邀下姊妹，奏乐迎亲罢。〔小旦下〕〔丑向净介〕阿呀！忘了，忘了，咱两个不得奉陪了。〔末〕为何？〔净〕黄将军船泊水西门[22]，也是十五日祭旗，约下我们吃酒的。〔生〕这等怎处？〔末〕还有丁继之、沈公宪、张燕筑[23]，都是大清客，借重他们陪陪罢。

第三十四出“截矶”用得着这个伏线。

原评：“‘访翠’一折却与‘闹榭’正对。访翠在卞玉京家，玉京后为香君所皈依；‘闹榭’在丁继之家，继之后为朝宗所皈依。皆天然整齐之文。”

〔净〕暖翠楼前粉黛香，〔末〕六朝风致说平康。

〔丑〕踏青归去春犹浅，〔生〕明日重来花满床。

〔1〕平康：唐朝长安妓女聚居的一处地方，后人用来泛指妓院。

〔2〕萧索奚囊：手头拮据的意思。

〔3〕凤城：禁城。

〔4〕烟花：指妓女。

〔5〕海错、江瑶、玉液浆：海错指各种海味；江瑶是一种海蚌，它的肉柱是一种名贵的食品，称作江瑶柱；玉液浆，指酒。

〔6〕子弟：宋元俗语，指嫖客。

〔7〕吹饧（xíng）处处箫：饧是饴糖，如麦芽糖等是。吹饧处处箫，意为处处都听到卖饧人吹的箫声。

〔8〕海南异品：指扇坠，因用海南檀香制造，故称海南异品。

〔9〕冰绡:绡是一种用生丝织的绸。冰绡,形容绡的洁白。

〔10〕法眼:指有高度鉴别能力的眼光。

〔11〕保儿:妓院里供使唤的男子。

〔12〕掷色:掷骰子。

〔13〕破承题:破题与承题。八股文的开头一节叫作破题,继承破题的一节叫作承题。下文杨文骢念的“睹拭汗之物,而春色撩人矣”一句即破题,下面几句即承题。

〔14〕两榜:古时乡试叫乙榜,会试叫甲榜,合称两榜。

〔15〕张三郎吃茶:阎婆惜留张三郎吃茶,见《水浒传》第二十回。

〔16〕机锋:争辩中富有启发性的思想,机智的语词锋芒。

〔17〕软壶子:阮胡子的谐音,即阮大铖。

〔18〕“晚妆楼上杏花残”二句:王实甫《西厢记》第三本第五折里的两句曲文。

〔19〕“樱桃红绽”二句:樱桃比喻美人嘴唇,玉粳比喻牙齿。原文引自《西厢记》第一本第一折。

〔20〕柳圈儿:江南一带风俗,清明时节用柳条编成圈儿,戴在小孩子的头上,叫作“狗头圈”。

〔21〕巫峰:传说楚襄王到高唐游玩,梦见一个女子愿和他合欢。临别时,她说:“妾在巫山之阳,高丘之阻。朝为行云,暮为行雨,朝朝暮暮,阳台之下。”(见宋玉《高唐赋》)后人因用巫山、云雨、高唐、阳台等来形容男女性爱。

〔22〕黄将军船泊水西门:黄将军即黄得功。得功字虎山,辽宁开原卫人,以武功任总兵官,崇祯十七年进封靖南伯。水西门,南京城门名。

〔23〕丁继之、沈公宪、张燕筑:都是明末有名的戏曲演员。

第六出　眠香

癸未三月

原评："陪席清客三而继之为冠冕，妓女三而玉京为领袖，皆于此折出场。柳与苏所称伴友业师者偏不在场。陪客之龙友、贞娘虽早出而早下，是何等幻笔！曲白整练，排场济楚，堂堂正正之文也。一本《桃花扇》，托端于此。"

【临江仙】〔小旦艳妆上〕短短春衫双卷袖，调筝花里迷楼[1]。今朝全把绣帘钩，不教金线柳，遮断木兰舟[2]。

妾身李贞丽，只因孩儿香君，年及破瓜，梳栊无人，日夜放心不下。幸亏杨龙友，替俺招了一位世家公子，就是前日饮酒的侯朝宗，家道才名，皆称第一。今乃上头吉日，大排筵席，广列笙歌，清客俱到，姊妹全来，好不费事。〔唤介〕保儿那里？〔杂扮保儿搧扇慢上〕席前搀趣话，花里听情声。妈妈唤保儿那处送衾枕么？〔小旦怒介〕啐！今日香姐上头，贵人将到，你还做梦哩。快快卷帘扫地，安排桌椅。〔杂〕是了。〔小旦指点排席介〕

【一枝花】〔末新服上〕园桃红似绣，艳覆文君酒[3]，屏开金孔雀[4]，围春昼。涤了金瓯，点着喷香兽[5]。这当垆红袖，谁最温柔，拉与相如消受。

下官杨文骢，受圆海嘱托，来送梳栊之物。

〔唤介〕贞娘那里?〔小旦见介〕多谢作伐,喜筵俱已齐备。〔问介〕怎么官人还不见到?〔末〕想必就来。〔笑介〕下官备有箱笼数件,为香君助妆,教人搬来。〔杂抬箱笼、首饰、衣物上〕〔末吩咐介〕抬入洞房,铺陈齐整着!〔杂应下〕〔小旦喜谢介〕如何这般破费,多谢老爷!〔末袖出银介〕还有备席银三十两,交与厨房;一应酒肴,俱要丰盛。〔小旦〕益发当不起了。〔唤介〕香君快来!〔旦盛妆上〕〔小旦〕杨老爷赏了许多东西,上前拜谢。〔旦拜谢介〕〔末〕些须薄意,何敢当谢,请回,请回。〔旦即入介〕〔杂急上报介〕新官人到门了。〔生盛服,从人上〕虽非科第天边客,也是嫦娥月里人。〔末、小旦迎见介〕〔末〕恭喜世兄,得了平康佳丽;小弟无以为敬,草办妆奁,粗陈筵席,聊助一宵之乐。〔生揖介〕过承周旋,何以克当。〔小旦〕请坐,献茶。〔俱坐〕〔杂捧茶上,饮介〕〔末〕一应喜筵,安排齐备了么?〔小旦〕托赖老爷,件件完全。〔末向生拱介〕今日吉席,小弟不敢搀越,竟此告别,明日早来道喜罢。〔生〕同坐何妨。〔末〕不便,不便。〔别下〕〔杂〕请新官人更衣。〔生更衣介〕〔小旦〕妾身不得奉陪,替官人打扮新妇,撺掇[6]喜酒罢。〔别下〕〔副净、外、净扮三清客上〕一生花月张三影[7],五字宫商李二红[8]。〔副净〕在下丁继之。〔外〕在下沈公宪。〔净〕在下张燕筑。〔副净〕今日吃侯公子喜酒，只得早到。〔净〕不知请那几位贤歌[9]来陪俺哩。〔外〕说是旧院几个老在行。〔净〕这等都是我梳栊的了。〔副净〕你有多大家私，梳栊许多。〔净〕各人有帮手，你看今日侯公子，何曾费了分文。〔外〕不要多话，侯公子堂上更衣，大家前去作揖。〔众与生揖介〕〔众〕恭喜，恭喜！〔生〕今日借光。〔小旦、老旦、丑扮三妓女上〕情如芳草连天醉，身似杨花尽日忙。〔见介〕〔净〕唤的那一部歌妓，都报名来。〔丑〕你是教坊司[10]么，叫俺报名。〔生笑介〕正要请教大号。〔老旦〕贱妾卞玉京。〔生〕果然玉京仙子。〔小旦〕贱妾寇白门。〔生〕果然白门柳色。〔丑〕奴家郑妥娘。〔生沉吟介〕果然妥当不过。〔净〕不妥，不妥！〔外〕怎么不妥？〔净〕好偷汉子。〔丑〕呸，我不偷汉，你如何吃得恁胖。〔众诨笑介〕〔老旦〕官人在此，快请香君出来罢。〔小旦、丑扶香君上〕〔外〕我们做乐迎接。〔副净、净、外吹打十番[11]介〕〔生、旦见介〕〔丑〕俺院中规矩，不兴拜堂，就吃喜酒罢。〔生、旦上坐〕〔副净、外、净坐左边介〕〔小旦、老旦、丑坐右边介〕〔杂执壶上〕〔左边奉酒，右边吹弹介〕

【梁州序】〔生〕齐梁词赋，陈隋花柳，日日芳情迤逗[12]。青衫偎倚，今番小杜扬州[13]。寻思描黛，指点吹箫，从此春入手。秀才渴病急须救，偏是斜阳迟下楼，

龙友、贞丽下场，众人才闹得痛快，此见作者安排之细。

刚饮得一杯酒。

〔右边奉酒，左边吹弹介〕

【前腔】〔旦〕楼台花颤，帘栊风抖，倚着雄姿英秀。春情无限，金钗[14]肯与梳头。闲花添艳，野草生香，消得夫人做。今宵灯影纱红透，见惯司空也应羞，破题儿真难就。

〔副净〕你看红日衔山，乌鸦选树，快送新人回房罢。〔外〕且不要忙，侯官人当今才子，梳栊了绝代佳人，合欢有酒，岂可定情无诗乎？〔净〕说的有理，待我磨墨拂笺，伺候挥毫。〔生〕不消诗笺，小生带有宫扇一柄，就题赠香君，永为订盟之物罢。〔丑〕妙，妙！我来捧砚。〔小旦〕看你这嘴脸，只好脱靴罢了。〔老旦〕这个砚儿，倒该借重香君。〔众〕是呀！〔旦捧砚，生书扇介〕〔众念介〕夹道朱楼一径斜，王孙初御富平车[15]。青溪尽是辛夷树，不及东风桃李花。〔众〕好诗，好诗！香君收了。〔旦收扇袖中介〕〔丑〕俺们不及桃李花罢了，怎的便是辛夷树？〔净〕辛夷树者，枯木逢春也。〔丑〕如今枯木逢春，也曾鲜花着雨来。〔杂持诗笺上〕杨老爷送诗来了。〔生接读介〕生小倾城是李香，怀中婀娜袖中藏。缘何十二巫峰女，梦里偏来见楚王。〔生笑介〕此老多情，送来一首催妆诗，妙绝，妙绝！〔净〕“怀中

原评：“桃花扇于此托始。”

婀娜袖中藏”,说的香君一搦身材,竟是个香扇坠儿。〔丑〕他那香扇坠,能值几文,怎比得我这琥珀猫儿坠。〔众笑介〕〔副净〕大家吹弹起来,劝新人多饮几杯。〔丑〕正是带些酒兴,好入洞房。〔左右吹弹,生、旦交让酒介〕

【节节高】〔生、旦〕金樽佐酒筹,劝不休,沉沉玉倒[16]黄昏后。私携手,眉黛愁,香肌瘦。春宵一刻天长久,人前怎解芙蓉扣。盼到灯昏玳筵收,宫壶滴尽莲花漏[17]。

〔副净〕你听谯楼二鼓,天气太晚,撤了席罢。〔净〕这样好席,不曾吃净就撤去了,岂不可惜。〔丑〕我没吃够哩,众位略等一等儿。〔老旦〕休得胡缠,大家奏乐,送新人入房罢。〔众起吹打十番,送生、旦介〕

【前腔】〔合〕笙箫下画楼,度清讴[18],迷离灯火如春昼。天台岫,逢阮刘,真佳偶。重重锦帐香熏透,旁人妒得眉头皱。酒态扶人太风流,贪花福分生来有。

〔杂执灯,生、旦携手下〕〔净〕我们都配成对儿,也去睡罢。〔丑〕老张休得妄想,我老妥是要现钱的。〔净数与十文钱,拉介〕〔丑接钱再数,换低钱[19],诨下〕

【尾声】〔合〕秦淮烟月无新旧,脂香

热闹戏忌呆直,宫扇题诗本情理中事,杨送诗却属意外,场面顿时活跃矣。

粉腻满东流，夜夜春情散不收。

〔副净〕江南花发水悠悠，〔小旦〕人到秦淮解尽愁。

〔外〕不管烽烟家万里，〔老旦〕五更怀里啭歌喉。

〔1〕迷楼：隋炀帝兴建一座宫殿，建成以后，炀帝看了说："这样华丽，就是仙人也要着迷的。"因此称它作迷楼。这里借指媚香楼。

〔2〕"不教金线柳"二句：表示对新郎君的盼望。木兰舟，指用木兰树做成的舟。

〔3〕文君酒：相传卓文君私奔司马相如以后，曾在临邛市上当垆卖酒。

〔4〕屏开金孔雀：传说隋朝窦毅在挑选女婿时，画了两个孔雀在屏风上，要那些求婚的人用箭来射它们。他暗中约定，凡是射中孔雀眼睛的，就把女儿嫁给他。后来唐高祖李渊射中了，窦毅就把女儿嫁给了他。

〔5〕喷香兽：指制成兽形、香气从兽口中喷出的香炉。

〔6〕撺掇：本是怂恿的意思，这里作催促、准备解。

〔7〕张三影：北宋著名词人张先，他写的词中有三句名句："云破月来花弄影"，"娇柔懒起，帘压卷花影"，"柳径无人，坠风絮无影"。这三句里都有影字，人们因此称他作"张三影"。

〔8〕五字宫商李二红：疑是指元代的曲家红字李二。

〔9〕贤歌：歌即歌妓，贤是宋元以来对下辈人称呼时一种表示尊敬的语词。

〔10〕教坊司：隋唐以后管理乐舞和乐户承应事宜的机关。

〔11〕十番：锣鼓曲牌名。

〔12〕迤逗：勾引、撩拨的意思。

〔13〕小杜扬州：小杜即唐后期诗人杜牧。牛僧孺出镇扬州时，杜牧掌节

度书记，当时扬州娼楼林立，杜牧经常在那里出入。

〔14〕金钗：侍妾，古代贵族男子每由婢妾替他梳头。这二句疑是侯方域对她无限爱怜，哪肯把她当作一般侍妾看待的意思。

〔15〕富平车：豪家贵族的车子。

〔16〕玉倒：玉即玉山，用来比喻人的身材。玉倒即醉倒。

〔17〕宫壶滴尽莲花漏：莲花漏是铜壶滴漏的一种。古人没有钟表，宫禁里用铜壶滴漏来计时。宫壶滴尽莲花漏，表示夜深。

〔18〕度清讴：清唱。

〔19〕换低钱：把成色差一些的钱换过。

第七出　却奁

癸未三月

〔杂扮保儿搬马桶上〕龟尿龟尿，撒出小龟；鳖血鳖血，变成小鳖。龟尿鳖血，看不分别；鳖血龟尿，说不清白。看不分别，混了亲爹；说不清白，混了亲伯。〔笑介〕胡闹，胡闹！昨日香姐上头，乱了半夜；今日早起，又要刷马桶，倒溺壶，忙个不了。那些孤老、表子，还不知搂到几时哩。〔刷马桶介〕

原评："秀才之打也，公子之骂也，皆于此折结穴。侯郎之去也，香君之守也，皆于此折生隙。五官咸凑，百节不松，文章关键也。"

【夜行船】〔末〕人宿平康深柳巷，惊好梦门外花郎。绣户未开，帘钩才响，春阻十层纱帐。

下官杨文骢，早来与侯兄道喜。你看院门深

闭,侍婢无声,想是高眠未起。〔唤介〕保儿,你到新人窗外,说我早来道喜。〔杂〕昨夜睡迟了,今日未必起来哩。老爷请回,明日再来罢。〔末笑介〕胡说!快快去问。〔小旦内问介〕保儿!来的是那一个?〔杂〕是杨老爷道喜来了。〔小旦忙上〕倚枕春宵短,敲门好事多。〔见介〕多谢老爷,成了孩儿一世姻缘。〔末〕好说。〔问介〕新人起来不曾?〔小旦〕昨晚睡迟,都还未起哩。〔让坐介〕老爷请坐,待我去催他。〔末〕不必,不必。〔小旦下〕

【步步娇】〔末〕儿女浓情如花酿,美满无他想,黑甜共一乡。可也亏了俺帮衬,珠翠辉煌,罗绮飘荡,件件助新妆,悬出风流榜。

〔小旦上〕好笑,好笑!两个在那里交扣丁香[1],并照菱花,梳洗才完,穿戴未毕。请老爷同到洞房,唤他出来,好饮扶头卯酒[2]。〔末〕惊却好梦,得罪不浅。〔同下〕〔生、旦艳妆上〕

【沉醉东风】〔生、旦〕这云情接着雨况,刚搔了心窝奇痒,谁搅起睡鸳鸯。被翻红浪,喜匆匆满怀欢畅。枕上余香,帕上余香,消魂滋味,才从梦里尝。

〔末、小旦上〕〔末〕果然起来了,恭喜,恭喜!〔一揖,坐介〕〔末〕昨晚催妆拙句,可还说的入情么?〔生揖介〕多谢!〔笑介〕妙是妙极了,只有一件。〔末〕那一件?〔生〕香君虽小,还该藏之金屋。〔看袖介〕小生衫袖,如何着得下?〔俱笑介〕〔末〕夜来定情,必有佳作。〔生〕草草塞责,不敢请教。〔末〕诗在那里?〔旦〕诗在扇头。〔旦向袖中取出扇介〕〔末接看介〕是一柄白纱宫扇。〔嗅介〕香的有趣。〔吟诗介〕妙,妙!只有香君不愧此诗。〔付旦介〕还收好了。〔旦收扇介〕

昨夜题诗时杨已离去,如此处不做交待,以后"寄扇"一出,杨说"此乃侯兄定情之物",一定使人觉得突兀,由此可见作者针线之密。

【园林好】〔末〕正芬芳桃香李香,都题在宫纱扇上;怕遇着狂风吹荡,须紧紧袖中藏,须紧紧袖中藏。

〔末看旦介〕你看香君上头之后,更觉艳丽了。〔向生介〕世兄有福,消此尤物[3]。〔生〕香君天姿国色,今日插了几朵珠翠,穿了一套绮罗,十分花貌,又添二分,果然可爱。〔小旦〕这都亏了杨老爷帮衬哩。

【江儿水】送到缠头锦,百宝箱,珠围翠绕流苏帐,银烛笼纱通宵亮,金杯劝酒合席唱。今日又早早来看,恰似亲生自养,陪了妆奁,又早敲门来望。

〔旦〕俺看杨老爷,虽是马督抚[4]至亲,却也拮据作客,为何轻掷金钱,来填烟花之窟?在奴家受之有愧,在老爷施之无名;今日问个明白,以便图报。〔生〕香君问得有理,小弟与杨兄萍水

首见香君之胆识。她与侯生口气不同,乃两人地位、性格不同的反映。

相交，昨日承情太厚，也觉不安。〔末〕既蒙问及，小弟只得实告了。这些妆奁酒席，约费二百余金，皆出怀宁之手。〔生〕那个怀宁？〔末〕曾做过光禄的阮圆海。〔生〕是那皖人阮大铖么？〔末〕正是。〔生〕他为何这样周旋？〔末〕不过欲纳交足下之意。

【五供养】〔末〕羡你风流雅望，东洛才名，西汉文章[5]。逢迎随处有，争看坐车郎[6]。秦淮妙处，暂寻个佳人相傍，也要些鸳鸯被、芙蓉妆；你道是谁的，是那南邻大阮，嫁衣全忙。

原评："改称圆老已有左袒之意。"

〔生〕阮圆老原是敝年伯，小弟鄙其为人，绝之已久。他今日无故用情，令人不解。〔末〕圆老有一段苦衷，欲见白于足下。〔生〕请教。〔末〕圆老当日曾游赵梦白[7]之门，原是吾辈。后来结交魏党，只为救护东林，不料魏党一败，东林反与之水火。近日复社诸生，倡论攻击，大肆殴辱，岂非操同室之戈乎？圆老故交虽多，因其形迹可疑，亦无人代为分辩。每日向天大哭，说道："同类相残，伤心惨目，非河南侯君，不能救我。"所以今日谆谆纳交。〔生〕原来如此，俺看圆海情辞迫切，亦觉可怜。就便真是魏党，悔过来归，亦不可绝之太甚，况罪有可原乎。定生、次尾，皆我至交，明日相见，即为分解。〔末〕果然如此，吾党之幸也。〔旦怒介〕官人是何说话。阮大铖趋附权奸，廉耻丧尽；妇人女子，无不唾骂。他人攻之，官人救之，官人自处于何等也？

【川拨棹】不思想，把话儿轻易讲。要与他消释灾殃，要与他消释灾殃，也提防旁人短长。官人之意，不过因他助俺妆奁，便要徇私废公；那知道这几件钗钏衣裙，原放不到我香君眼里。〔拔簪脱衣介〕脱裙衫，穷不妨；布荆人，名自香。

原评："巾帼卓识，独立天壤。"写香君大义凛然，胆识在侯生之上。

〔末〕阿呀！香君气性，忒也刚烈。〔小旦〕把好好东西，都丢一地，可惜，可惜！〔拾介〕〔生〕好，好，好！这等见识，我倒不如，真乃侯生畏友也。〔向末介〕老兄休怪，弟非不领教，但恐为女子所笑耳。

【前腔】〔生〕平康巷，他能将名节讲；偏是咱学校朝堂，偏是咱学校朝堂，混贤奸不问青黄。那些社友平日重俺侯生者，也只为这点义气；我若依附奸邪，那时群起来攻，自救不暇，焉能救人乎。节和名，非泛常；重和轻，须审详。

原评："妓女倡正论，真学校朝堂之羞。"

〔末〕圆老一段好意，也还不可激烈。〔生〕我虽至愚，亦不肯从井救人[8]。〔末〕既然如此，小弟告辞了。〔生〕这些箱笼，原是阮家之物，香君不用，留之无益，还求取去罢。〔末〕正是"多情反被无情恼,乘兴而来兴尽还”。〔下〕〔旦恼介〕〔生看旦介〕俺看香君天姿国色,摘了几朵珠翠,脱去一套绮罗,十分容貌,又添十分,更觉可爱。〔小旦〕虽如此说,舍了许多东西,到底可惜。

【尾声】金珠到手轻轻放,惯成了娇痴模样,辜负俺辛勤做老娘。

〔生〕些须东西,何足挂念,小生照样赔来。〔小旦〕这等才好。

〔小旦〕花钱粉钞费商量,〔旦〕裙布钗荆也不妨。

〔生〕只有湘君能解佩[9],〔旦〕风标不学世时妆。

文骢受托未成扫兴而去。侯生重情,贞丽惜物,反衬出香君的清醒高洁。

〔1〕丁香:丁香结,指衣服的纽扣。

〔2〕扶头卯酒:卯酒是早晨卯时前后饮的酒。扶头有两种解释:一是振奋头脑的意思,一是酒名。

〔3〕尤物:姿色迷人的美人。

〔4〕马督抚:马士英,当时任凤阳督抚。

〔5〕“东洛才名”二句:比喻侯方域才名高,文章写得好。东洛才名,暗用晋代左思写《三都赋》的故事;西汉文章,是指西汉一些伟大作家如司马相如等人的作品。

〔6〕争看坐车郎:相传潘岳貌美,每坐车出游,妇女争看他。

〔7〕赵梦白:赵南星。

〔8〕从井救人:意说不能救起别人,却害了自己。

〔9〕湘君解佩:《楚辞·九歌·湘君》:“遗余佩兮澧浦。”这里借来形容香君的却奁。

第八出　闹榭

癸未五月

【金鸡叫】〔末、小生扮陈贞慧、吴应箕上〕〔末〕贡院秦淮近,赛青衿,剩金零粉[1]。〔小生〕节闹端阳只一瞬,满眼繁华,王谢少人问[2]。

〔末唤小生介〕次尾兄,我和你旅邸抑郁,特到秦淮赏节,怎的不见同社一人?〔小生〕想都在灯船之上。〔指介〕这是丁继之水榭,正好登眺。〔场上搭河房一座,悬灯垂帘〕〔同登介〕〔末唤介〕丁继老在家么?〔杂扮小僮上〕榴花红似火,艾叶碧如烟。〔见介〕原来是陈、吴二位相公,我家主人赴灯船会去了。家中备下酒席,但有客来,随便留坐的。〔末〕这样有趣,〔小生〕可称主人好事矣。〔末〕我们在此雅集,恐有俗子阑入[3],不免设法拒绝他。〔唤介〕童子取个灯笼来。〔杂应下〕〔取灯笼上〕〔末写介〕“复社会文,闲人免进。”〔杂挂灯笼介〕〔小生〕若同社朋友到此,便该请他入会了。〔末〕正是。〔杂指

原评:“未定情之先,在卞家翠楼;既合欢之后,在丁家水榭。俱有柳苏,一有龙友、贞娘,一有定生、次尾,而卞、丁两主人俱不出场,此天然对峙法也。”

原评:“秀才公子,合局结社,令阮胡鼠窜而避,更甚于《哄

丁》之打,《侦戏》之骂矣。他日得志,无怪甘心吾党也。”说阮胡“甘心吾党”,评者当为复社余老。

介]你听鼓吹之声,灯船早已来了。〔末、小生凭栏望介〕〔生、旦雅妆同丑扮柳敬亭、净扮苏昆生,吹弹鼓板坐船上〕

【八声甘州】〔末〕丝竹隐隐,载将来一队乌帽红裙。天然风韵,映着柳陌斜曛[4]。名姝也须名士衬,画舫偏宜画阁邻。〔小生〕消魂,趁晚凉仙侣同群。

〔末指介〕那灯船上,好似侯朝宗。〔小生〕侯朝宗是我们同社,该请入会的。〔末指介〕那个女客便是李香君,也好请他么?〔小生〕李香君不受阮胡子妆奁,竟是复社的朋友,请来何妨。〔末〕这等说来,〔指介〕那两个吹歌的柳敬亭、苏昆生,不肯做阮胡子门客,都是复社朋友了。请上楼来,更是有趣。〔小生〕待我唤他。〔唤介〕侯社兄,侯社兄!〔生望见介〕那水榭之上,高声唤我的,是陈定生、吴次尾。〔拱介〕请了。〔末招手介〕这是丁继之水榭,备有酒席,侯兄同香君、敬亭、昆生都上楼来,大家赏节罢。〔生〕最妙了。〔向丑、净、旦介〕我们同上楼去。〔吹弹上介〕

【排歌】〔生、旦〕龙舟并,画桨分,葵花蒲叶泛金樽。朱楼密,紫障匀,吹箫打鼓入层云。

〔见介〕〔末〕四位到来,果然成了个“复社文会”了。〔生〕如何是“复社文会”?〔小生指灯介〕请看。〔生看灯笼介〕不知今日会文,小弟来的恰好。〔丑〕“闲人免进”,我们未免唐突了。〔小生〕你们不肯做阮家门客的,那个不是复社朋友?〔生〕难道香君也是复社朋友么?〔小生〕香君却奁一事,只怕复社朋友还让一筹哩。〔末〕已后竟该称他老社嫂了。〔旦笑介〕岂敢。〔末唤介〕童子把酒来斟,我们赏节。〔末、小生、生坐一边,丑、净、旦坐一边。饮酒介〕

再次突出香君。

【八声甘州】〔末、小生〕相亲,风流俊品,满座上都是语笑春温。〔丑、净〕梁愁隋恨[5],凭他燕恼莺嗔。〔生、旦〕榴花照楼如火喷,暑汗难沾白玉人。〔杂报介〕灯船来了,灯船来了。〔指介〕你看人山人海,围着一条烛龙。快快看来!〔众起凭栏看介〕〔扮出灯船,悬五色角灯,大鼓大吹绕场数回下〕〔丑〕你看这般富丽,都是公侯勋卫[6]之家。〔又扮灯船悬五色纱灯,打粗十番,绕场数回下〕〔净〕这是些富商大贾,衙门书办[7],却也闹热。〔又扮灯船悬五色纸灯,打细十番,绕场数回下〕〔末〕你看船上吃酒的,都是些翰林部院[8]老先生们。〔小生〕我辈的施为,到底有些“郊寒岛瘦”[9]。〔众笑介〕〔合〕纷纭,望金波天汉迷津[10]。

〔生〕夜阑更深,灯船过尽了,我们做篇诗

赋，也不负会文之约。〔末〕是，是，但不知做何题目？〔小生〕做一篇哀湘赋，倒有意思的。〔生〕依小弟愚见，不如即景联句，更觉畅怀。〔末〕妙，妙！〔问介〕我三人谁起谁结？〔生〕自然让定生兄起结了。〔丑问介〕三位相公联句消夜，我们三个陪着打盹么？〔末〕也有个借重之处。〔净〕有何使唤？〔末〕俺们每成四韵，饮酒一杯，你们便吹弹一回。〔生〕有趣，有趣！真是文酒笙歌之会。〔末拱介〕小弟竟僭了。〔吟介〕赏节秦淮榭，论心剧孟[11]家。〔小生〕黄开金裹叶，红绽火烧花[12]。〔生〕蒲剑何须试，葵心未肯差[13]。〔末〕辟兵逢彩缕[14]，却鬼得丹砂[15]。〔末、小生、生饮酒，丑击云锣，净弹月琴，旦吹箫一回介〕〔小生〕蜃市[16]楼缥缈，虹桥洞曲斜。〔生〕灯疑羲氏驭[17]，舟是豢龙拿[18]。〔末〕星宿才离海，玻璃更炼娲[19]。〔小生〕光流银汉水，影动赤城霞[20]。〔照前介〕〔生〕玉树难谐拍，渔阳不辨挝[21]。〔末〕龟年[22]喧笛管，中散[23]闹筝琶。〔小生〕系缆千条锦，连窗万眼纱[24]。〔生〕楸枰停斗子[25]，瓷注屡呼茶。〔照前介〕〔末〕焰比焚椒[26]列，声同对垒哗。〔小生〕电雷争此夜，珠翠剩谁家。〔生〕萤照无人苑，乌啼有树衙。〔末〕凭栏人散后，作赋吊长沙。〔照前介〕〔众起介〕〔末〕有趣，有趣！竟联成一十六韵，明日可以发刻了。〔小生〕我们倡和得许多感慨，他们次弹出无限凄凉，楼下船中，料无解人也。〔净向丑介〕闲话且休讲，自古道良宵苦短，胜事难逢。我两个一边唱曲，陈、吴二位相公一边劝酒，让他名士、美人，另做一个风流佳会何如？〔丑〕使得，这是我们帮闲本等也。〔末〕我与次兄原有主道，正该少申敬意。〔小生〕就请依次坐来。〔生、旦正坐，末、小生坐左，丑、净坐右介〕〔生向旦介〕承众位雅意，让我两个并坐牙床，又吃一回合卺[27]双杯，倒也有趣。〔旦微笑介〕〔末、小生劝酒，净、丑唱介〕

【排歌】歌才发，灯未昏，佳人重抖玉精神。诗题壁，酒沾唇，才郎偏会语温存。

〔杂报介〕灯船又来了。〔末〕夜已三更，怎的还有灯船？〔俱起凭栏看介〕〔副净扮阮大铖，坐灯船。杂扮优人，细吹细唱缓缓上〕〔净〕这船上象些老白相[28]，大家洗耳，细细领略。〔副净立船头自语介〕我阮大铖买舟载歌，原要早出游赏；只恐遇着轻薄厮闹，故此半夜才来，好恼人也！〔指介〕那丁家河房，尚有灯火。〔唤介〕小厮，看有何人在上？〔杂上岸看，回报介〕灯笼上写着"复社会文，闲人免进"。〔副净惊介〕了不得，了不得！〔摇袖介〕快歇笙歌，快灭灯火。〔灭灯、止吹，悄悄撑船下〕〔末〕好好一只灯船，为何歇了笙歌，灭了灯火，悄然而去？〔小生〕这也奇怪，快着人看来。〔丑〕不必去看，我老眼虽昏,早已看真了。那个胡子,便是阮圆海。〔净〕我道吹歌那样不同。〔末怒介〕好大胆老奴才,这贡院之前,也许他来游耍么!〔小生〕待我走去,采掉他胡子。〔欲下介〕〔生拦介〕罢,罢!他既回避,我们也不必为已甚之行。〔末〕侯兄,不知我不已甚,他便已甚了。〔丑〕船已去远,丢开手罢。〔小生〕便益了这胡子,〔旦〕夜色已深,大家散罢。〔丑〕香姐想妈妈了,我们送他回去。〔末、小生〕我二人不回寓,就下榻此间了。〔生〕两兄既不回寓,我们过船的,就此作别罢。请了。〔末、小生〕请了。〔先下〕〔生、旦、丑、净下船,杂摇船行介〕

原评:"我不已甚他便已甚,所以大人不为姑息之爱。"

【余文】下楼台,游人尽;小舟留得一家春,只怕花底难敲深夜门。

〔生〕月落烟浓路不真,〔旦〕小楼红处是东邻。

〔丑〕秦淮一里盈盈水,〔净〕夜半春帆送美人。

原评:"'哄丁'之打,'侦戏'之骂,甚矣。继打骂之后,又驱逐之,甚之甚者也。皆为辞院张本。姻缘以逼而成,姻缘又以逼而散也。"以逼而成,以逼而散,意说侯、李的合而复离,出于复社文人与阉党斗争的必然。

〔1〕"贡院秦淮近"三句:贡院是明代考试的地方。南京贡院在秦淮河边。青衿借指青年士子。剩金零粉,指秦淮一带歌妓。

〔2〕王谢少人问:王、谢两姓是南朝时金陵(南京)著名的大贵族。隋唐以后,由于政治中心转到北方,这两族也就跟着衰微了。

〔3〕阑入:乱闯进来。

〔4〕斜曛:斜阳。

〔5〕梁愁隋恨:意指亡国危机。

〔6〕勋卫:勋是功臣,卫是宿卫,这里指皇帝的侍从官员。

〔7〕书办:衙门里办文书的吏员。

〔8〕翰林部院:指在留都南京的高级官员。

〔9〕郊寒岛瘦:郊指孟郊,岛指贾岛,都是唐朝有名的诗人。苏轼评他们诗风为“郊寒岛瘦”。这里表现陈贞慧这些人的作为,比之翰林部院的官员们未免显得寒酸。

〔10〕望金波天汉迷津:天汉即银河,津是河的渡口。这是形容秦淮赏灯船的热闹情景。

〔11〕剧孟:汉代洛阳人,有名的游侠人物。

〔12〕“黄开金裹叶”二句:上句指萱草,下句指榴花,都是端午节前后开放的花草。

〔13〕“蒲剑何须试”二句:蒲剑即蒲叶,形状似剑。我国古代习俗,在端午节用蒲叶做成的剑插在门口,认为可以辟邪。葵即向日葵,这是比喻臣子对国君的忠心。

〔14〕辟兵逢彩缕:我国古代习俗,在端午节要用五彩线系在手臂上,认为可以预防兵灾。辟,防避。

〔15〕却鬼得丹砂:我国古代习俗,在端午节用朱砂画符或画钟馗像,贴在门上,认为可以驱鬼。

〔16〕蜃市:海市蜃楼。这里用以形容秦淮两岸河楼绮丽的夜景。

〔17〕灯疑羲氏驭:羲氏即羲和,是我国神话传说里的太阳神。该句形容秦淮河上的灯船像羲和在天上驾车巡行。

〔18〕舟是豢(huàn)龙拿:豢龙氏是古代传说中的人物,相传他会食龙。拿舟,意即撑船。这句也是形容河上的龙舟的。

〔19〕玻璃更炼娲:我国神话中的女娲氏,曾经炼五色石来补天。全句形容秦淮河面的光彩。

〔20〕赤城霞:赤城,传说中仙山名,在浙江天台。山上的泥土是赤色的,远看像云霞一样。

〔21〕“玉树难谐拍”二句:玉树代指《玉树后庭花》,古歌曲名。渔阳代指《渔阳掺挝》,鼓曲名。二句形容河上歌曲音乐的嘈杂喧闹。

〔22〕龟年:指李龟年,是唐玄宗时有名的乐师。

〔23〕中散:指嵇康,嵇康曾在三国魏做中散大夫的官,后人往往称他为嵇中散。他爱好音乐,弹琴尤其有名。

〔24〕万眼纱:古时江浙一带节日用的纱灯。

〔25〕楸枰停斗子:楸枰是棋局,子是棋子。

〔26〕焚椒:古代宫廷、贵族家往往焚烧椒、兰等香料,利用它们的香气。

〔27〕合卺:古时婚礼中的一种仪式,通俗称作交杯酒。

〔28〕老白相:苏州话,指惯于寻欢作乐的人。

第九出　抚兵

癸未七月

原评:“兴亡之感从此折发端,而左兵又治乱之机也,淋漓悲壮,当击唾壶歌之。”

【点绛唇】〔副净、末扮二将官,杂扮四小卒上〕旗卷军牙[1],射潮弩发鲸鲵怕[2]。操弓试马,鼓角斜阳下。

俺们镇守武昌兵马大元帅宁南侯麾下将士是也。今日点卯日期,元帅升帐,只得在此伺候。〔吹打开门介〕

【粉蝶儿】〔小生戎装,扮左良玉上〕七尺昂藏,虎头燕颔如画,莽男儿走遍天涯。活骑人,飞食肉,风云叱咤。报国恩,一腔热血挥洒。

建牙吹角不闻喧，三十登坛众所尊；家散万金酬士死，身留一剑答君恩[3]。咱家左良玉，表字昆山，家住辽阳，世为都司[4]，只因得罪罢职[5]，补粮昌平。幸遇军门侯恂，拔于走卒，命为战将，不到一年，又拜总兵之官。北讨南征，功加侯伯；强兵劲马，列镇荆襄。〔作势介〕看俺左良玉，自幼习学武艺，能挽五石之弓，善为左右之射；那李自成、张献忠几个毛贼，何难剿灭。只可恨督师无人，机宜错过，熊文灿、杨嗣昌既以偏私而败绩，丁启睿、吕大器[6]又因怠玩而无功。只有俺恩帅侯公，智勇兼全，尽能经理中原；不意奸人忌功，才用即休，叫俺一腔热血，报主无期，好不恨也！〔顿足介〕罢，罢，罢！这湖南、湖北，也还可战可守，且观成败，再定行藏。〔坐介〕〔内作众兵喊叫，小生惊问介〕辕门之外，何人喧哗？〔副净、末禀介〕禀上元帅，辕门肃静，谁敢喧哗。〔小生怒介〕现在喧哗，怎报没有！〔副净、末〕那是饥兵讨饷，并非喧哗。〔小生〕咗！前自湖南借粮三十船，不到一月，难道支完了。〔副净、末〕禀元帅，本镇人马已足三十万了，些须粮草，那够支销。〔小生拍案介〕呵呀！这等却也难处哩。〔立起，唱介〕

【北石榴花】你看中原豺虎乱如麻，都窥伺龙楼凤阙帝王家；有何人勤王报

侯恂为朝宗父，此处交待，为后面朝宗作书退兵作伏线。

原评："有名无实，有兵无饷，是明末大弊。"

主，肯把义旗拿。那督师无老将，选士皆娇娃；却教俺自撑达，却教俺自撑达。正腾腾杀气，这军粮又早缺乏。一阵阵拍手喧哗，一阵阵拍手喧哗，百忙中教我如何答话，好一似薨薨白昼闹蜂衙[7]。

〔坐介〕〔内又喊介〕〔小生〕你听外边将士，益发鼓噪，好象要反的光景，左右听俺吩咐。〔立起，唱介〕

【上小楼】您不要错怨咱家，您不要错怨咱家。谁不是天朝犬马，他三百年养士不差，三百年养士不差。都要把良心拍打，为甚么击鼓敲门闹转加，敢则要劫库抢官衙。俺这里望眼巴巴，俺这里望眼巴巴，候江州军粮飞下。

〔坐介〕〔抽令箭掷地介〕〔副净、末拾箭，向内吩咐介〕元帅有令，三军听者：目下军饷缺乏，乃人马归附之多，非粮草屯积之少。朝廷深恩，不可不报；将军严令，不可不遵。况江西助饷，指日到辕，各宜静听，勿得喧哗。〔副净、末回话介〕奉元帅军令，俱已晓谕三军了。〔内又喊叫介〕〔小生〕怎么鼓噪之声，渐入辕门，你再去吩咐。〔立起，唱介〕

【黄龙犯】您且忍枵腹[8]这一宵，盼江西那几艖[9]。俺待要飞檄金陵，俺待要飞檄金陵，告兵曹转达车驾[10]，许咱们迁镇移家，许咱们迁镇移家。就粮东去，安营歇马，驾楼船到燕子矶[11]边耍。

〔副净、末持令箭向内吩咐介〕元帅有令，三军听者：粮船一到，即便支发。仍恐转运维艰，枵腹难待；不日撤兵汉口，就食南京；永无缺乏之虞，同享饱腾之乐。各宜静听，勿再喧哗！〔内欢呼介〕好，好，好！大家收拾行装，豫备东去呀。〔副净、末回生介〕禀上元帅，三军闻令，俱各欢呼散去了。〔小生〕事已如此，无可奈何，只得择期移镇，暂慰军心。〔想介〕且住，未奉明旨，辄自前行，虽圣恩宽大，未必加诛；只恐形迹之间，难免天下之议。事非小可，再作商量。

【尾声】慰三军没别法，许就粮喧声才罢，谁知俺一片葵倾向日花。

〔下〕〔内作吹打掩门，四卒下〕〔副净向末〕老哥，咱弟兄们商量，天下强兵勇将，让俺武昌。明日顺流东下，料到没人抵当，大家拥着元帅爷，一直抢了南京，就扯起黄旗，往北京进取，有何不可。〔末摇手介〕我们左爷爷忠义之人，这样风话，且不要题。依着我说，还是移家就粮，且吃饱饭为妙。〔副净〕你还不知，一移南京，人心惊慌，就不取北京，这个恶名也免不得了。

〔末〕纷纷将士愿移家，〔副净〕细柳

营[12]中起暮笳。

〔末〕千古英雄须打算,〔副净〕楼船东下一生差。

〔1〕军牙:牙即牙旗,是军前大旗。

〔2〕射潮弩发鲸鲵怕:传说五代时吴越王钱镠曾经率领五千弓弩手,射退海潮。这里借来形容左良玉军队的威武。

〔3〕"建牙吹角不闻喧"四句:借用唐刘长卿《献淮宁军节度使李相公》诗句。建牙即武将出镇,登坛即拜帅。左良玉三十二岁就官拜总兵,所以称三十登坛。

〔4〕都司:明末清初时的四品武官。

〔5〕得罪罢职:据《宁南侯传》载,左良玉在辽东任都司时,因为贫穷去抢劫,而错劫了别人的军装。本来罪当斩首,幸有同犯丘磊独自承担,得以免死。后来他因失了官职,到昌平军门投靠侯恂。侯恂很赏识他,不断提升,直至总兵官。总兵是掌握一省兵权的武官或统率出征军队的主将。

〔6〕熊文灿、杨嗣昌、丁启睿、吕大器:都是明末人,曾担任较高军职,并都统率过左良玉。但左良玉掌握实际军权,不服他们的领导。

〔7〕蜂衙:蜂房。

〔8〕枵(xiāo)腹:空腹。

〔9〕艖:小船。

〔10〕告兵曹转达车驾:兵曹指兵部,车驾代指皇帝。

〔11〕燕子矶:在南京市北观音山,因山上有石俯临长江,形似燕子,故名。

〔12〕细柳营:汉文帝时,宗正刘礼守霸上,将军徐厉守棘门,河内守周亚夫守细柳。汉文帝去劳军,到霸上和棘门,都可自由出入;到细柳营时,却被阻不能入内。文帝看见细柳营的纪律这样严明,很为感动,大加赞扬。后人因此称纪律严明的军营作细柳营。

第十出 修札

癸未八月

〔丑扮柳敬亭上〕老子江湖漫自夸，收今贩古是生涯。年来怕作朱门客，闲坐街坊吃冷茶。〔笑介〕在下柳敬亭，自幼无籍，流落江湖，虽则为谈词之辈，却不是饮食之人。〔拱介〕列位看我象个甚的，好象一位阎罗王，掌着这本大帐簿，点了没数的鬼魂名姓；又象一尊弥勒佛，腆着这副大肚皮，装了无限的世态炎凉。鼓板轻敲，便有风雷雨露；舌唇才动，也成月旦春秋[1]。这些含冤的孝子忠臣，少不得还他个扬眉吐气；那班得意的奸雄邪党，免不了加他些人祸天诛。此乃补救之微权，亦是褒讥[2]之妙用。〔笑介〕俺柳麻子信口胡谈，却也燥脾[3]。昨日河南侯公子，送到茶资，约定今日午后来听平话，且把鼓板取出，打个招客的利市。〔取出鼓板敲唱介〕无事消闲扯淡，就中滋味酸甜。古来十万八千年，一霎飞鸿去远。几阵狂风暴雨，各家虎帐龙船，争名夺利片时喧，让他陈抟睡扁[4]。〔生上〕芳草烟中寻粉黛，斜阳影里说英雄。今日来听老柳平话，里面鼓板铿锵，早已有人领教。〔相见大笑

古典悲剧多穿插丑净角色的诙谐诨语，悲喜相间，以调节场子气氛。

介〕看官俱未到，独自在此，说与谁听。〔丑〕这说书是老汉的本业，譬如相公闲坐书斋，弹琴吟诗，都要人听么？〔生笑介〕讲的有理。〔丑〕请问今日要听那一朝故事？〔生〕不拘何朝，你只拣着热闹爽快的说一回罢。〔丑〕相公不知，那热闹局就是冷淡的根芽，爽快事就是牵缠的枝叶；倒不如把些剩水残山，孤臣孽子，讲他几句，大家滴些眼泪罢。〔生叹介〕咳！不料敬老你也看到这个田地，真可虑也！〔末扮杨文骢急上〕休教铁锁沉江底，怕有降旗出石头[5]。下官杨文骢，有紧急大事，要寻侯兄计议；一路问来，知在此处，不免竟入。〔见介〕〔生〕来的正好，大家听敬老平话。〔末急介〕目下何等时候，还听平话。〔生〕龙老为何这样惊慌？〔末〕兄还不知么，左良玉领兵东下，要抢南京，且有窥伺北京之意。本兵熊明遇[6]束手无策，故此托弟前来，恳求妙计。〔生〕小弟有何计策。〔末〕久闻尊翁老先生乃宁南之恩帅，若肯发一手谕，必能退却。不知足下主意若何？〔生〕这样好事，怎肯不做；但家父罢政林居，纵肯发书，未必有济。且往返三千里，何以解目前之危？〔末〕吾兄素称豪侠，当此国家大事，岂忍坐视。何不代写一书，且救目前；另日禀明尊翁，料不见责也。〔生〕应急权变，倒也可行；待我回寓起稿，大家商量。〔末〕事不宜迟，即刻发书，还恐无及，那里等的商量。〔生〕

原评："柳老明眼利舌，令人猛醒。"

既是如此,就此修书便了。〔写书介〕

【一封书】老夫愚不揣,劝将军自忖裁,旌旗且慢来,兵出无名道路猜。高帝留都陵树在,谁敢轻将马足踩;乏粮柴,善安排,一片忠心穷莫改。

〔写完,末看介〕妙,妙! 写的激切婉转,有情有理,叫他不好不依,又不敢不依,足见世兄经济。〔生〕虽如此说,还该送与熊大司马,细加改正,方为万妥。〔末〕不必烦扰,待小弟说与他便了。〔愁介〕只是一件,书虽有了,须差一个当家人早寄为妙。〔生〕小弟轻装薄游,只带两个童子,那能下的书来。〔末〕这样密书,岂是生人可以去得。〔生〕这却没法了。〔丑〕不必着忙,让我老柳走一遭何如?〔末〕敬老肯去,妙的狠了;只是一路盘诘,也不是当耍的。〔丑〕不瞒老爷说,我柳麻子本姓曹,虽则身长九尺,却不肯食粟而已[7]。那些随机应变的口头,左冲右挡的膂力,都还有些儿。〔生〕闻得左良玉军门严肃,山人游客,一概不容擅入。你这般老态,如何去的?〔丑〕相公又来激俺了,这是俺说书的熟套子。我老汉要去就行,不去就止,那在乎一激之力。〔起问介〕

激将法乃一时熟套,当场揭穿,颇觉新鲜。

【北斗鹌鹑】你那里笔下谄文,我这里胸中画策。舌战群雄,让俺不才;柳毅传书[8],何妨下海。丢却俺的痴呆,用着俺的诙谐,悄去明来,万人喝采。

〔末〕果然好个本领,只是书中意思,还要你明白解说,才能有济。

【紫花儿序】〔丑〕书中意不须细解,何用明白,费俺唇腮。一双空手,也去当差,也会挝乖[9]。凭着俺舌尖儿把他的人马开骂,仍倒回八百里外。〔生〕你怎的骂他?〔丑〕则问他防贼自作贼,该也不该。

原评:"防贼自作贼,骂尽明末诸镇。"

〔生〕好,好,好!比俺的书字还说得明白。〔末〕你快进去收拾行李,俺替你送盘缠来,今夜务必出城才好。〔丑〕晓得,晓得!〔拱手介〕不得奉陪了。〔竞下〕〔末〕竟不知柳敬亭是个有用之才。〔生〕我常夸他是我辈中人,说书乃其余技耳。

【尾声】一封书信权宜代,仗柳生舌尖口快,阻回那莽元帅万马晨霜,保住这好江城三山暮霭。

原评:"此一折敬亭欲为朝宗说平话,龙友来报宁南之变;后一折昆生欲为香君演新腔,龙友来报阮胡之诬。皆天然对峙之文。至于曲之爽快,别有灵舌"。

〔末〕一纸贤于汗马才,〔生〕荆州无复战船开。

〔末〕从来名士夸江左[10],〔生〕挥麈今登拜将台[11]。

〔1〕月旦春秋:汉朝的许劭和他的从兄许靖,经常评论当时乡里人物的长短,每个月更换一次题目。后人因此把品评人物称作“月旦”。这里借来说明柳敬亭说书时根据“春秋”精神对历史人物有正确的评价。

〔2〕褒讥:褒,表扬;讥,讽刺。

〔3〕燥脾:快意、开心之意。

〔4〕陈抟(tuán)睡扁:陈抟,宋初真源人,字图南,自号扶摇子,五代时,隐居华山。相传他经常睡大觉,一睡就百多天。从“无事消闲扯淡”起到这句止,是一首《西江月》词。

〔5〕“休教铁锁沉江底”二句:晋朝王濬带兵攻打吴国,吴国人在长江用铁锁横江拦截。王濬叫人烧断铁锁,攻到石头城下,吴王孙皓无法抵挡,便出城投降了。石头城即吴国都城秣陵,故城在今南京市西石头山后。唐刘禹锡《西塞山怀古》中有“千寻铁锁沉江底,一片降幡出石头”即指此。

〔6〕本兵熊明遇:熊明遇,字良孺,江西进贤人,是当时东林党里的重要人物。这时他正当兵部尚书,因此杨龙友称他本兵。

〔7〕“我柳麻子本姓曹”三句:《孟子·告子下》说当时有名叫曹交的人,自称身长九尺四寸多,却只能食粟而已(意即光会吃饭)。柳敬亭原也姓曹,又身躯高大,因此自比曹交。

〔8〕柳毅传书:《异闻录》说唐朝士子柳毅,落第之后回家,经过湖滨,碰见一个女人在路边放羊,自说是洞庭龙君的小女儿,想托他带一封信给她的父亲。柳毅答应了,拿着她的信下洞庭湖去见龙君。这里柳敬亭是借柳毅自比的。

〔9〕挝(zhuā)乖:乖,机灵;挝乖,抓住窍门。

〔10〕江左:指长江下游金陵一带地方。

〔11〕挥麈(zhǔ)今登拜将台:麈,指麈尾做的拂尘,南朝文士常挥麈清谈。拜将台,汉高祖刘邦拜韩信做大将的将台。这句诗的意思是侯朝宗说自己过去只会挥麈清谈,现在已经登台拜将了。

第十一出　投辕

癸未九月

原评："此'投辕'一折，与后'草檄'一折对看者，'投辕'是柳见宁南；'草檄'是苏见宁南，俱被捉获，而见则不同，是对峙法又是变换法。"

〔净、副净扮二卒上〕〔净〕杀贼拾贼囊，救民占民房，当官领官仓，一兵吃三粮。〔副净〕如今不是这样唱了。〔净〕你唱来！〔副净〕贼凶少弃囊，民逃剩空房，官穷不开仓，千兵无一粮。〔净〕这等说，我们这穷兵当真要饿死了。〔副净〕也差不多哩。〔净〕前日鼓噪之时，元帅着忙，许俺们就粮南京，这几日不见动静，想又变卦了。〔副净〕他变了卦，俺们依旧鼓噪，有何难哉。〔净〕闲话少说，且到辕门点卯，再作商量。正是"不怕饿杀，谁肯犯法"。〔俱下〕

【北新水令】〔丑扮柳敬亭，背包裹上〕走出了空林落叶响萧萧，一丛丛芦花红蓼。到戴着接䍦帽[1]，横挎着湛卢刀[2]，白髯儿飘飘，谁认的诙谐玩世东方老[3]。俺柳敬亭冲风冒雨，沿江行来，并不见乱兵抢粮，想是讹传了。且喜已到武昌城外，不免在这草地下打开包裹，换了靴帽，好去投书。〔坐地换靴帽介〕

【南步步娇】〔副净、净上〕晓雨城边饥

乌叫，来往荒烟道，军营半里遥。〔指介〕风卷旌旗，鼓角缥缈，前面是辕门了，大家趱行[4]几步。饿腹好难熬，还点三八卯[5]。

〔丑起拱介〕两位将爷，借问一声，那是将军辕门？〔净向副净私语介〕这个老儿是江北语音，不是逃兵，就是流贼。〔副净〕何不收拾起来，诈他几文，且买饭吃。〔净〕妙！〔副净问介〕你寻将军衙门么？〔丑〕正是。〔净〕待我送你去。〔丢绳套住丑介〕〔丑〕呵呀！怎么拿起我来了？〔副净〕俺们是武昌营专管巡逻的弓兵，不拿你，拿谁呀。〔丑推二净倒地，指笑介〕两个没眼色的花子，怪不得饿的东倒西歪的。〔净〕你怎晓得我们挨饿。〔丑〕不为你们挨饿，我为何到此？〔副净〕这等说来，你敢是解粮来的么？〔丑〕不是解粮的，是做甚的。〔净〕啐！我们瞎眼了，快搬行李，送老哥辕门去。〔副净、净同丑行介〕

【北折桂令】〔丑〕你看城枕著江水滔滔，鹦鹉洲阔，黄鹤楼[6]高。鸡犬寂寥，人烟惨淡，市井萧条。都只把豺狼喂饱，好江城画破图抛。满耳呼号，鼙鼓声雄，铁马嘶骄。

极写武汉三镇的雄伟与眼前一片萧条的惨象。"都只把豺狼喂饱，好江城画破图抛。"表现了作者强烈的爱国思想。

〔副净指介〕这是帅府辕门了。〔唤介〕老哥在此等候，待我传鼓。〔击鼓介〕〔末扮中军官[7]

上〕封拜惟知元帅大，征诛不让帝王尊。〔问介〕门外击鼓，有何军情，速速报来。〔净〕适在汛地[8]捉了一个面生可疑之人，口称解粮到此，未知真假，拿赴辕门，听候发落。〔末问丑介〕你称解粮到此，有何公文？〔丑〕没有公文，止有书函。〔末〕这就可疑了。

【南江儿水】你的北来意费推敲，一封书信无名号，荒唐言语多虚冒，凭空何处军粮到。无端左支右调，看他神情，大抵非逃即盗。

〔丑〕此话差矣，若是逃、盗，为何自寻辕门？〔末〕说的也是。既有书函，待我替你传进。〔丑〕这是一封密书，要当面交与元帅的。〔末〕这话益发可疑了。你且外边伺候，待我禀过元帅，传你进见。〔净、副净、丑俱下〕〔内吹打开门，杂扮军卒六人各执械对立介〕〔小生扮左良玉戎服上〕荆襄雄镇大江滨，四海安危七尺身。日日军储劳计画，那能谈笑净烟尘[9]。〔升坐，吩咐介〕昨因饥兵鼓噪，本帅许他就粮南京；后来细想：兵去就粮，何如粮来就兵。闻得九江助饷，不日就到。今日暂免点卯，各回汛地，静候关粮。〔末〕得令。〔虚下，即上〕奉元帅军令，挂牌免卯，三军各回汛地了。〔小生〕有甚军情，早早报来。〔末〕别无军情，只有差役一名，口称解粮到此，要见元帅。〔小生喜介〕果然粮船到了，可喜,可喜!〔问介〕所赍[10]文书,系佩衙门?〔末〕并无文书,止有私书,要当堂投递。〔小生〕这话就奇了,或是流贼细作[11]亦未可定。〔吩咐介〕左右军牢[12]小心防备,着他膝行而进。〔众〕是!〔末唤丑进介〕〔左右交执器械,丑钻入见介〕〔揖介〕元帅在上,晚生拜揖了。〔小生〕唗!你是何等样人,敢到此处放肆。〔丑〕晚生一介平民,怎敢放肆。

【北雁儿落带得胜令】俺是个不出山老渔樵,那晓得王侯大宾客小。看这长枪大剑列门旗,只当深林密树穿荒草。尽着狐狸纵横虎咆哮,这威风何须要。偏吓俺孤身客无门跑,便作个长揖儿不是骄。〔拱介〕求饶,军中礼原不晓。〔笑介〕气也么消,有书函将军仔细瞧。

此曲嬉笑怒骂,正符柳老声口,一韵到底的带过曲,痛快淋漓,如闻其声,如见其人。

〔小生问介〕有谁的书函?〔丑〕归德侯老先生寄来奉候的。〔小生〕侯司徒是俺的恩帅,你如何认得?〔丑〕晚生现在侯府。〔小生拱介〕这等失敬了。〔问介〕书在那里?〔丑送上书介〕〔小生〕吩咐掩门。〔内吹打掩门,众下〕〔小生〕尊客请坐。〔丑傍坐介〕〔小生看书介〕

【南饶饶令】看他谆谆情意好,不啻[13]教儿曹。这书中文理,一时也看不透彻,无非劝俺镇守边方,不可移兵内地。〔叹介〕恩帅,恩帅!那知俺左良玉,一片忠心天可告,怎肯背深恩,辱荐保[14]。

〔问丑介〕足下尊姓大号?〔丑〕不敢,晚生姓柳,草号敬亭。〔杂捧茶上〕〔小生〕敬亭请茶。〔丑接茶介〕〔小生〕你可知这座武昌城,自经张献忠一番焚掠,十室九空。俺虽镇守在此,缺草乏粮,日日鼓噪,连俺也做不得主了。〔丑气介〕元帅说那里话,自古道“兵随将转”,再没个将逐兵移的。

【北收江南】你坐在细柳营,手握着虎龙韬[15],管千军山可动,令不摇。饥兵鼓噪犯天朝,将军无计,从他去自逍遥。这恶名怎逃,这恶名怎逃。说不起三军权柄帅难操。

极写柳敬亭的随机应变,辩才无碍。

〔摔茶钟于地下介〕〔小生怒介〕呵呀!这等无礼,竟把茶杯掷地。〔丑笑介〕晚生怎敢无礼,一时说的高兴,顺手摔去了。〔小生〕顺手摔去,难道你的心做不得主么。〔丑〕心若做得主呵,也不叫手下乱动了。〔小生笑介〕敬亭讲的有理。只因兵丁饿的急了,许他就粮内里。亦是无可奈何之一着。〔丑〕晚生远来,也饿急了,元帅竟不问一声儿。〔小生〕我倒忘了,叫左右快摆饭来。〔丑摩腹介〕好饿,好饿!〔小生催介〕可恶奴才,还不快摆!〔丑起介〕等不得了,竟往内里吃去罢。〔向内行介〕〔小生怒介〕如何进我内里?〔丑回顾介〕饿的急了。〔小生〕饿的急了,就许你进内里么?〔丑笑介〕饿的急了,也不许进内里,元帅竟也晓得哩。〔小生大笑介〕句句讥诮俺的错处,好个舌辩之士。俺这帐下倒少不得你这个人哩。

【南园林好】俺虽是江湖泛交,认得出滑稽曼老[16];这胸次包罗不少,能直谏,会旁嘲。

〔丑〕那里,那里!只不过游戏江湖,图铺啜耳。〔小生问介〕俺看敬亭,既与缙绅往来,必有绝技,正要请教。〔丑〕晚生自幼失学,有何技艺。偶读几句野史,信口演说,曾蒙吴桥范大司马、桐城何老相国谬加赏赞,因而得交缙绅,实堪惭愧。

【北沽美酒带太平令】俺读些稗官词,寄牢骚,稗官词,寄牢骚,对江山吃一斗苦松醪[17]。小鼓儿颤杖轻敲,寸板儿软手频摇;一字字臣忠子孝,一声声龙吟虎啸;快舌尖钢刀出鞘,响喉咙轰雷烈炮。呀!似这般冷嘲、热挑,用不着笔抄,墨描。劝英豪,一盘错帐速勾了。

原评:"曲白爽口快目,极舌辩滑稽之致,古人发汗已头风者,此等文字也。"

〔小生〕说的爽快,竟不知敬亭有此绝技,就留下榻衙斋,早晚领教罢。

【清江引】从此谈今论古日倾倒，风雨开怀抱。你那苏张[18]舌辩高，我的巧射惊羿奡[19]，只愁那匝地烟尘何日扫。

〔丑〕闲话多时，到底不知元帅向内移兵，有何主见？〔小生〕耿耿臣心，惟天可表，不须口劝，何用书责。

〔小生〕臣心如水照清霄，〔丑〕咫尺天颜路不遥。

〔小生〕要与西南撑半壁，〔丑〕不须东看海门潮[20]。

〔1〕接䍦帽：白接䍦，头巾的一种，因为用白鹭的羽毛来装饰，故称白接䍦。

〔2〕湛卢刀：古代著名的剑，传说是春秋战国时著名铸剑师欧冶子制造的。

〔3〕东方老：东方朔，汉代著名的滑稽人物。

〔4〕趱行：快走。

〔5〕三八卯：逢三、八日的例期点名。

〔6〕鹦鹉洲、黄鹤楼：都是武昌的名胜。

〔7〕中军官：明清时代，凡在统军将领本营里管理营务的首领官称为中军官。

〔8〕汛地：军队防守的地方。

〔9〕净烟尘：平靖战乱。

〔10〕赍(jī)：携带。

〔11〕细作：奸细。

〔12〕军牢：指卫兵。

〔13〕不啻:不止。

〔14〕辱荐保:荐保即推荐保举,辱是玷辱、亏负之意。侯恂曾提拔过左良玉,故左良玉说那肯亏负他的荐保。

〔15〕手握着虎龙韬:意即手握兵权。我国古代有称作《六韬》的兵书,里面有“龙韬”与“虎韬”。

〔16〕滑稽曼老:东方朔,字曼倩。

〔17〕松醪:酒名,苏轼守定州时,在曲阳用松膏酿酒,作《松醪赋》。

〔18〕苏张:苏秦、张仪,都是战国时著名的纵横家。

〔19〕羿(yì)奡(ào):羿是我国神话传说里的有名射手。奡是夏时寒浞的儿子,相传他能陆地行舟。

〔20〕不须东看海门潮:意即不须引兵东下。

第十二出　辞院

【西地锦】〔末扮杨文骢冠带上〕锦绣东南列郡,英雄割据纷纷。而今还起周郎恨,江水向东奔[1]。

下官杨文骢,昨奉熊司马[2]之命,托侯兄发书宁南,阻其北上,已遣柳敬亭连夜寄去。还怕投书未稳,一面奏闻朝廷,加他官爵,荫他子侄;又一面知会各处督抚,及在城大小文武,齐集清议堂,公同计议,助他粮饷,这也是不得已调停之法。下官与阮圆海虽罢闲流寓,都有传单,只得早到。〔副净扮阮大铖冠带上〕黑白看成棋里

原评:“左右奇偶,男女贤奸者皆会此折。离合之情于此折尽矣,而未尽也。兴亡之感于此折动矣,而未动也。承上启下又一关纽。”

事，须眉扮作戏中人。〔见介〕龙友请了，今日会议军情，既传我们到此，也不可默默无言。〔末〕事体重大，我们废员闲宦，立不得主意，身到就是了。〔副净〕说那里话。

【啄木儿】朝廷事，须认真，太祖神京今未稳，莫漫愁铁锁船开，只怕有萧墙人引[3]。角声鼓音城楼震，帆扬帜飞江风顺，明取金陵，有人私启门。

〔末〕这话未确，且莫轻言。〔副净〕小弟实有所闻，岂可不说。〔丑扮长班[4]上〕处处军情紧，朝朝会议多。禀老爷，淮安漕抚史可法[5]老爷、凤阳督抚马士英老爷俱到了。〔末、副净出候介〕〔外白须扮史可法，净秃须扮马士英，各冠带上〕〔外〕天下军储一线漕[6]，无能空佩吕虔刀[7]。〔净〕长陵坏土关龙脉，愁绝烽烟搔二毛[8]。〔末、副净见各揖介〕〔外问介〕本兵熊老先生为何不到？〔丑禀介〕今日有旨，往江上点兵去了。〔净〕这等又会议不成，如何是好？

齐来集会，偏又不成，意外转折，实为阮敷布谣言腾出场面也。

【前腔】〔外〕黄尘起，王气昏，羽扇难挥建业军[9]；幕府山蜡檄星驰[10]，五马渡[11]楼船飞滚。江东应须夷吾镇[12]，清谈怎消南朝恨，少不得努力同捐衰病身。〔末〕老先生不必深忧，左良玉系侯司徒旧卒，昨已发书劝止，料无不从者。〔外〕学生亦闻此举虽出熊司马之意，实皆年兄之功也。〔副净〕这倒不知；只闻左兵之来，实有暗里勾之者。〔外〕是那个？〔副净〕就是敝同年侯恂之子侯方域。〔外〕他也是敝世兄，在复社中铮铮有声，岂肯为此。〔副净〕老公祖[13]不知，他与左良玉相交最密，常有私书往来；若不早除此人，将来必为内应。〔净〕说的有理，何惜一人，致陷满城之命乎？〔外〕这也是莫须有之事，况阮老先生罢闲之人，国家大事也不可乱讲。〔别介〕请了，正是"邪人无正论，公议总私情"。〔下〕〔副净指恨介〕〔向净介〕怎么史道邻就拂衣而去，小弟之言凿凿有据；闻得前日还托柳麻子去下私书的。〔末〕这太屈他了，敬亭之去，小弟所使，写书之时，小弟在傍；倒亏他写的恳切，怎反疑起他来？〔副净〕龙友不知，那书中都有字眼暗号，人那里晓得。〔净点头介〕是呀，这样人该杀的，小弟回去，即着人访拿。〔向末介〕老妹丈，就此同行罢。〔末〕请舅翁先行一步，小弟随后就来。〔副净向净介〕小弟与令妹丈不啻同胞，常道及老公祖垂念，难得今日会着。小弟有许多心事，要为竟夕之谈。不知可否？〔净〕久荷高雅，正要请教。〔同下〕〔末〕这是那里说起！侯兄之素行虽未深知，只论写书一事呵，

写阮的阴险毒辣，令人发指，同时在争论中展现史、马、杨三人不同的政治倾向，人物分寸俱恰如其分。

【三段子】这冤怎伸，硬叠成曾参杀人[14]，这恨怎吞，强书为陈恒弑君[15]。不

免报他一信，叫他趁早躲避。〔行介〕眠香占花风流阵，今宵正倚熏笼困，那知打散鸳鸯金弹狠。

来此是李家别院，不免叫门。〔敲门介〕〔内吹唱介〕〔净扮苏昆生上〕是那个？〔末〕快快开门！〔净开门见介〕原来是杨老爷，天色已晚，还来闲游。〔末认介〕你是苏昆老。〔问介〕侯兄在那里？〔净〕今日香君学完一套新曲，都在楼上听他演腔。〔末〕快请下楼！〔净入唤介〕〔小旦、生、旦出介〕〔生〕浓情人带酒，寒夜帐笼花。杨兄高兴，也来消夜。〔末〕兄还不知，有天大祸事来寻你了。〔生〕有何祸事，如此相吓？〔末〕今日清议堂议事，阮圆海对着大众，说你与宁南有旧，常通私书，将为内应。那些当事诸公，俱有拿你之意。〔生惊介〕我与阮圆海素无深仇，为何下这毒手。〔末〕想因却奁一事，太激烈了，故此老羞变怒耳。〔小旦〕事不宜迟，趁早高飞远遁，不要连累别人。〔生〕说的有理。〔愁介〕只是燕尔新婚，如何舍得。〔旦正色介〕官人素以豪杰自命，为何学儿女子态。〔生〕是，是，但不知那里去好？

软弱侯生竟一时没了主意，愈见香君品格。

【滴溜子】双亲在，双亲在，信音未准；烽烟起，烽烟起，梓桑[16]半损。欲归，归途难问。天涯到处迷，将身怎隐。歧路穷途，天暗地昏。

〔末〕不必着慌，小弟倒有个算计。〔生〕请教！〔末〕会议之时，漕抚史可法，凤抚马舍舅俱在坐。舍舅语言甚不相为[17]，全亏史公一力分豁[18]，且说与尊府原有世谊的。〔生想介〕是，是，史道邻是家父门生。〔末〕这等何不随他到淮，再候家信。〔生〕妙，妙！多谢指引了。〔旦〕待奴家收拾行装。〔旦束装介〕

【前腔】欢娱事，欢娱事，两心自忖；生离苦，生离苦，且将恨忍，结成眉峰一寸。香沾翠被池，重重束紧。药裹巾箱，都带泪痕。

〔丑上，挑行李介〕〔生别旦介〕暂此分别，后会不远。〔旦弹泪介〕满地烟尘，重来亦未可必也。

【哭相思】离合悲欢分一瞬，后会期无凭准。〔小旦〕怕有巡兵踪迹，快行一步罢。〔生〕吹散俺西风太紧，停一刻无人肯。

〔生〕但不知史漕抚寓在那厢？〔净〕闻他来京公干，常寓市隐园，待我送官人去。〔生〕这等多谢。〔生、净、丑急下〕〔小旦〕这桩祸事，都从杨老爷起的，也还求杨老爷归结。明日果来拿人，作何计较？〔末〕贞娘放心，侯郎既去，都与你无干了。

〔末〕人生聚散事难论,〔旦〕酒尽歌终被尚温。

〔小旦〕独照花枝眠不稳,〔末〕来朝风雨掩重门。

〔1〕“而今还起周郎恨”二句:周郎指周瑜,周瑜为吴将时,曹操自荆州顺流东下,引起赤壁之战。江水向东奔,暗指左兵的东下。

〔2〕熊司马:兵部尚书熊明遇。

〔3〕只怕有萧墙人引:意为怕内部有人勾引左良玉兵来。《论语·季氏》:“吾恐季孙之忧,不在颛臾,而在萧墙之内也。”后来凡是祸起于内部的往往称为祸起萧墙。

〔4〕长班:官僚的仆从。

〔5〕史可法:字宪之,号道邻,河南祥符人,崇祯年间进士,曾任南京兵部尚书。福王即位后,升武英殿大学士,驻守扬州。清兵南下,攻陷扬州,他不屈而死。

〔6〕天下军储一线漕:意为天下的军需靠一线漕河来运输。

〔7〕吕虔刀:吕虔,三国魏时人,他有一把宝刀,铸工说:“要位登三公的人才可佩带它。”史可法在上场诗里用这个典故,自谦才德不称官位。

〔8〕“长陵坏(pēi)土关龙脉”二句:汉高祖的坟称为长陵,这里借指朱元璋先世在凤阳的陵墓。当时在李自成、张献忠等影响之下的各地农民起义军,已经威胁到皖北凤阳附近各地;马士英任凤阳总督,如果凤阳失守,皇陵被侵,他将受到严厉处分,因此他说为有关龙脉的长陵坏土将受到烽烟而愁得只有搔头。二毛指花白的头发。

〔9〕羽扇难挥建业军:《晋书·顺荣传》载,陈敏在江南作乱时,顺荣以羽扇指挥三军,与他交战,陈敏的兵纷纷溃散。建业即南京。

〔10〕幕府山蜡檄星驰:幕府山在南京西北、长江南岸,相传东晋王导曾在这里设立幕府。蜡檄,封在蜡丸里的檄文。

〔11〕五马渡:南京地名,相传晋元帝与彭城等五王是从这里渡江的。

〔12〕江东应须夷吾镇:江东即江左。夷吾是春秋时期齐国名相管仲的字。东晋的温峤曾称当时名相王导为“江左夷吾”。这句意为当时的江东需要有管仲、王导这样的人来镇守。

〔13〕老公祖:明清时的绅士对地方官的敬称。

〔14〕曾参杀人:费地有个与孔子的弟子曾参同名的人。他杀了人,人来告诉曾参的母亲,她一点也不相信。可是第二、第三个人接连地来告诉她同样的消息,使她终于动摇起来。因此后来把诬指别人的事叫作曾参杀人。

〔15〕陈恒弑君:陈恒是春秋时齐国的执政大臣,鲁哀公十四年,陈恒杀齐简公。

〔16〕梓桑:桑梓,故乡。

〔17〕不相为:不相助。

〔18〕分豁:开脱意。

第十三出　哭主

甲申三月

〔副净扮旗牌官[1]上〕汉阳烟树隔江滨,影里青山画里人。可惜城西佳绝处,朝朝遮断马头尘。在下宁南帅府一个旗牌官的便是,俺元帅收复武昌,功封侯爵。昨日又奉新恩,加了太傅[2]之衔;小爷左梦庚[3],亦挂总兵之印,特差巡按御史黄澍[4]老爷到府宣旨。今日九江督抚袁继咸[5]老爷,又解粮三十船,亲来给发。元帅大喜,命俺设宴黄鹤楼,请两位老爷饮酒看江。〔望柳敬亭眼中画破图抛的江城,在旗牌官眼里竟是一段太平景象,不是作者前后文自相矛盾,因为旗牌官究竟是官,看法与老百姓不同。

介〕遥见晴川树底,芳草洲边[6],万姓欢歌,三军嬉笑,好一段太平景象也。远远喝道之声,元帅将到,不免设起席来。〔台上挂黄鹤楼匾〕〔副净设席安座介〕〔杂扮军校旗仗鼓吹引导〕〔小生扮左良玉戎装上〕

【声声慢】逐人春色,入眼晴光,连江芳草青青。百尺楼高,吹笛落梅风景[7]。领着花间小乘[8],载行厨,带缓衣轻;便笑咱将军好武,也爱儒生。

咱家左良玉,今日设宴黄鹤楼,请袁、黄两公饮酒看江,只得早候。〔吩咐介〕大小军卒楼下伺候。〔众应下〕〔作登楼介〕三春云物归胸次,万里风烟到眼中。〔望介〕你看浩浩洞庭,苍苍云梦,控西南之险,当江汉之冲;俺左良玉镇此名邦,好不壮哉!〔坐呼介〕旗牌官何在?〔副净跪介〕有。〔小生〕酒席齐备不曾?〔副净〕齐备多时了。〔小生〕怎么两位老爷还不见到?〔副净〕连请数次,袁老爷正在江岸盘粮,黄老爷又往龙华寺拜客,大约傍晚才来。〔小生〕在此久候,岂不困倦。叫左右速接柳相公上楼,闲谈拨闷。〔杂跪禀介〕柳相公现在楼下。〔小生〕快请。〔杂请介〕〔丑扮柳敬亭上〕气吞云梦泽,声撼岳阳楼[9]。〔见介〕〔小生〕敬亭为何早来了?〔丑〕晚生知道元帅闷坐,特来奉陪的。〔小生〕这也奇了,你如何晓得?〔丑〕常言“秀才会课,点灯告坐[10]”。天生文官,再不能爽快的。〔小生笑介〕说的有理。〔指介〕你看天才午转,几时等到点灯也。〔丑〕若不嫌聒噪呵,把昨晚说的“秦叔宝见姑娘”,再接上一回罢。〔小生〕极妙了。〔问介〕带有鼓板么?〔丑〕自古“官不离印,货不离身”,老汉管着做甚的。〔取出鼓板介〕〔小生〕叫左右泡开芥片[11],安下胡床。咱要纱帽隐囊[12],清谈消遣哩。〔杂设床、泡茶,小生更衣坐,杂捶背搔痒介〕〔丑旁坐敲鼓板说书介〕大江滚滚浪东流,淘尽兴亡古渡头;屈指英雄无半个,从来遗恨是荆州。按下新诗,还提旧话。且说人生最难得的是乱离之后,骨肉重逢。总是地北天南,时移物换,经几番凶荒战斗,怎免得梗泛萍漂。可喜秦叔宝解到罗公帅府,枷锁连身,正在候审;遇着嫡亲姑娘,卷帘下阶,抱头大哭。当时换了新衣,设席款待,一个候死的囚徒,登时上了青天。这叫做“运去黄金减价,时来顽铁生光”。〔拍醒木介〕〔小生掩泪介〕咱家也都经过了。〔丑〕再说那罗公问及叔宝的武艺,满心欢喜,特地要夸其本领,即日放炮传操。下了教场,雄兵十万,雁翅排开。罗公独坐当中,一呼百诺,掌着生杀之权。秦叔宝站在旁边,点头赞叹,口里不言,心中暗道:大丈夫定当如此!〔拍醒木介〕〔小生作骄态,笑介〕俺左良玉也不枉为人一世矣。〔丑〕那罗公眼看叔宝,高声问道:“秦琼,看

原评:“秦琼见姑娘,柳老绝技也。”这段说书,可能是柳老的旧本。

说书人说得愈激烈,听书人显得愈清闲。清谈消遣中,忽来晴天霹雳。文章变幻无法预料。

你身材高大,可曾学些武艺么?"叔宝慌忙跪下,应答如流:"小人会使双锏。"罗公即命家人,将自己用的两条银锏,抬将下来。那两条银锏,共重六十八斤,比叔宝所用铁锏,轻了一半。叔宝是用过重锏的人,接在手中,如同无物。跳下阶来,使尽身法,左轮右舞,恰似玉蟒缠身,银龙护体。玉蟒缠身,万道毫光台下落;银龙护体,一轮月影面前悬。罗公在中军帐里,大声喝采道:"好呀!"那十万雄兵,一齐答应。〔作喊介〕如同山崩雷响,十里皆闻。〔拍醒木介〕〔小生照镜镊鬓介〕俺左良玉立功边塞,万夫不当,也是天下一个好健儿。如今白发渐生,杀贼未尽,好不恨也。〔副净上〕禀元帅爷,两位老爷俱到楼了。〔丑暗下〕〔小生换冠带、杂撤床排席介〕〔外扮袁继咸,末扮黄澍,冠带喝道上〕〔外〕长湖落日气苍茫,黄鹤楼高望故乡。〔末〕吹笛仙人[13]称地主,临风把酒喜洋洋。〔小生迎揖介〕二位老先生俯临敝镇,曷胜光荣;聊设杯酒,同看春江。〔外、末〕久钦威望,喜近节麾,高楼盛设,大快生平。〔安席坐,斟酒欲饮介〕〔净扮塘报[14]人急上〕忙将覆地翻天事,报与勤王救主人。禀元帅爷,不好了,不好了!〔众惊起介〕有甚么紧急军情,这等喊叫?〔净急白介〕禀元帅爷:大伙流贼北犯,层层围住神京;三天不见救援兵,暗把城门开禁。放火焚烧宫阙,持刀杀害生灵。〔拍地介〕可怜圣

原评:"乱称乱呼,极有武臣匆遽不知大体之状。"

主好崇祯,〔哭说介〕缢死煤山树顶。〔众惊问介〕有这等事,是那一日来?〔净喘介〕就是这、这、这三月十九日。〔众望北叩头,大哭介〕〔小生起,搓手跳哭介〕我的圣上呀!我的崇祯主子呀!我的大行皇帝[15]呀!孤臣左良玉,远在边方,不能一旅勤王,罪该万死了。

【胜如花】高皇帝在九京[16],不管亡家破鼎,那知他圣子神孙,反不如飘蓬断梗。十七年忧国如病,呼不应天灵祖灵,调不来亲兵救兵;白练无情,送君王一命。伤心煞煤山私幸,独殉了社稷苍生,独殉了社稷苍生!

原评:"兴亡大案,归于宁南,以宁南心存烈帝也。"烈帝即崇祯皇帝。〔胜如花〕二曲极写宁南对崇祯的悲悼,实际表现明遗民的亡国之痛。

〔众又大哭介〕〔外摇手喊介〕且莫举哀,还有大事相商。〔小生〕有何大事?〔外〕既失北京,江山无主,将军若不早建义旗,顷刻乱生,如何安抚。〔末〕正是。〔指介〕这江汉荆襄,亦是西南半壁,万一失守,恢复无及矣。〔小生〕小弟滥握兵权,实难辞责,也须两公努力,共保边疆。〔外、末〕敢不从事。〔小生〕既然如此,大家换了白衣,对着大行皇帝在天之灵,恸哭拜盟一番。〔唤介〕左右可曾备下缟衣[17]么?〔副净〕一时不能备及,暂借附近民家素衣三领,白衣三条。〔小生〕也罢,且穿戴起来。〔吩咐介〕大小三军,亦各随拜。〔小生、外、末穿衣裹布介〕〔领众齐

拜,举哀介〕我那先帝呀,

【前腔】〔合〕宫车出[18],庙社倾,破碎中原费整。养文臣帷幄无谋,豢武夫疆场不猛。到今日山残水剩,对大江月明浪明,满楼头呼声哭声。〔又哭介〕这恨怎平,有皇天作证:从今后戮力奔命,报国仇早复神京,报国仇早复神京。

〔小生〕我等拜盟之后,义同兄弟;临侯督师,仲霖监军,我左昆山操兵练马,死守边方。倘有太子诸王,中兴定鼎,那时勤王北上,恢复中原,也不负今日一番义举。〔外、末〕领教了。〔副净禀介〕禀元帅,满城喧哗,似有变动之意,快请下楼,安抚民心。〔俱下楼介〕〔小生〕二位要向那里去?〔外〕小弟还回九江。〔末〕小弟要到襄阳。〔小生〕这等且各分手,请了。〔别介〕〔小生呼介〕转来,若有国家要事,还望到此公议。〔外、末〕但寄片纸,无不奔赴。请了。〔外、末下〕〔小生〕呵呀呀!不料今日天翻地覆,吓死俺也!

飞花送酒不曾擎,片语传来满座惊。
黄鹤楼中人哭罢,江昏月暗夜三更。

〔1〕旗牌官:替主将掌管令旗、令牌的官,地位跟中军官相近。

〔2〕太傅:明代称太师、太傅、太保为三公,是官阶的极品。

〔3〕左梦庚:左良玉的儿子。左良玉死后,部下推他做统帅,后投降清朝。

〔4〕巡按御史黄澍:黄澍,字仲霖,曾被派到湖广任巡按御史,监察左良玉的军队。清兵渡江时,他和左梦庚一起投降清兵。

〔5〕督抚袁继咸:督抚即总督。袁继咸,字临侯,崇祯十二年以兵部侍郎总督江、楚、赣、皖等地,曾代吕大器督左良玉军队。左梦庚降清时,他不屈而死。

〔6〕"晴川树底"二句:唐人崔颢《黄鹤楼》诗:"晴川历历汉阳树,芳草萋萋鹦鹉洲。"芳草洲即指在武汉汉阳西南的鹦鹉洲。

〔7〕吹笛落梅风景:落梅风景本指五月光景。据《风俗通》记载,五月有落梅风。这里借用李白"黄鹤楼中吹玉笛,江城五月落梅花"诗,来形容黄鹤楼风景的美好。

〔8〕小乘:小车。

〔9〕"气吞云梦泽"二句:唐人孟浩然《洞庭》诗:"气蒸云梦泽,波撼岳阳城。"

〔10〕"秀才会课"二句:意为秀才们约会做功课,往往要到点灯时才到齐的。

〔11〕岕片:岕茶,产于浙江长兴境内罗岕山,故此得名。明代嗜茶的人,最重这种茶。

〔12〕隐囊:靠褥。

〔13〕吹笛仙人:黄鹤楼的传说:有辛氏卖酒,一个道人经常去饮酒,辛氏都不讨他的酒钱。后来道人临走时,用橘皮画了一个鹤在墙上,告诉辛氏说:"有客人来,你拍手招呼,它就会飞舞起来,替客人劝酒。"辛氏因而致富。一天道人再来,用所佩的铁笛吹了数弄,乘着鹤飞去了。

〔14〕塘报:提塘邸报,是由都城发出的一种情报。明时各省督抚,选派武职一人驻京,专门管理投递本省与在京衙门的往来文报,称为提塘。

〔15〕大行皇帝:古时称刚死而未有谥号的天子为大行皇帝。

〔16〕九京:这里指九泉,即地下的意思。

〔17〕缞(cuī)衣:丧服。

〔18〕宫车出:古时为了忌讳,一般称皇帝死为“宫车晏出”,即宫车迟出的意思。

第十四出　阻奸

甲申四月

原评:“贤奸争胜未判阴阳,此一折治乱关头也,句句曲白可作信史而诙谐笑骂,笔法森然。”

【绕地游】〔生上〕飘飖家舍,怎把平安写,哭苍天满喉新血。国仇未雪,乡心难说,把闲情丢开后些。

小生侯方域,自去冬仓皇避祸,夜投史公,随到淮安漕署[1],不觉半载。昨因南大司马熊公内召[2],史公即补其缺,小生又随渡江。亏他重俺才学,待同骨肉。正思移家金陵,不料南北隔绝。目今议立纷纷,尚无定局,好生愁闷。且候史公回衙,一问消息。〔暂下〕

【三台令】〔外扮史可法忧容,丑扮长班随上〕山河今日崩竭,白面谈兵掉舌[3]。弈局事堪嗟,望长安谁家传舍[4]。

下官史可法,表字道邻,本贯河南,寄籍燕京。自崇祯辛未,叨中进士,便值中原多故,内为曹郎[5],外作监司[6],扬历[7]十年,不曾一日安枕。今由淮安漕抚升补南京兵部尚书。那知到任一月,遭此大变;万死无裨,一筹莫展。幸亏长江天险,护此留都。但一月无君,人心皇皇,每日议立议迎,全无成说。今早操兵江上,探得北信,不免请出侯兄,大家快谈。〔丑〕侯爷,有请。〔生上见介〕请问老先生,北信若何?〔外〕今日得一喜信,说北京虽失,圣上无恙,早已航海而南;太子亦间道东奔,未知果否?〔生〕果然如此,苍生之福也。〔小生扮差役上〕朝廷无诏旨,将相有传闻。〔到门介〕门上有人么?〔丑问介〕那里来的?〔小生〕是凤抚衙门来的,有马老爷候札,即讨回书。〔丑〕待我传上去。〔入见介〕禀老爷,凤抚马老爷差人投书。〔外拆看,皱眉介〕这个马瑶草,又讲甚么迎立之事了。

原评:"乱世讹言,真有此等情形。"

【高阳台】清议堂中,三番公会,攒眉仰屋蹴靴;相对长吁,低头不语如呆。堪嗟!军国大事非轻举,俺纵有庙谟[8]难说。这来书谋迎议立,邀功情切。

〔向生介〕看他书中意思,属意福王。又说圣上确确缢死煤山,太子奔逃无踪。若果如此,俺纵不依,他也竟自举行了。况且昭穆伦次[9],立福王亦无大差。罢,罢,罢!答他回书,明日会稿,一同列名便了。〔生〕老先生所言差矣。福王分藩敝乡[10],晚生知之最详,断断立不得。〔外〕如何立不得?〔生〕他有三大罪,人人俱知。〔外〕那三大罪?〔生〕待晚生数来:

【前腔】福邸藩王，神宗骄子，母妃郑氏淫邪。当日谋害太子，欲行自立，若无调护良臣，几将神器夺窃[11]。〔外〕此一罪却也不小。〔问介〕还有那一罪？〔生〕骄奢，盈装满载分封去，把内府金钱偷竭[12]。昨日寇逼河南，竟不舍一文助饷；以致国破身亡，满宫财宝，徒饱贼囊。〔外〕这也算的一大罪。〔问介〕那第三大罪呢？〔生〕这一大罪，就是现今世子德昌王[13]，父死贼手，暴尸未葬，竟忍心远避。还乘离乱之时，纳民妻女。这君德全亏尽丧，怎图皇业。

原评："三大罪五不可立之论，实出周仲驭、雷介之，侯述之耳。"

〔外〕说的一些不差，果然是三大罪。〔生〕不特此也，还有五不可立。〔外〕怎么又有五不可立？

【前腔】〔生〕第一件，车驾存亡，传闻不一，天无二日同协。第二件，圣上果殉社稷，尚有太子监国，为何明弃储君，翻寻枝叶旁牒[14]。第三件，这中兴之主，原不必拘定伦次的。分别，中兴定霸如光武[15]，要访取出群英杰。第四件，怕强藩乘机保立。第五件，又恐小人呵，将拥戴功挟[16]。

〔外〕是，是，世兄高见，虑的深远。前日见副使雷缜祚、礼部周镳[17]，都有此论，但不及这番透彻耳。就烦世兄把这三大罪、五不可立之论，写书回他便了。〔生〕遵命。〔点烛写书介〕〔副净扮阮大铖，杂扮家僮提灯上〕须将奇货[18]归吾手，莫把新功让别人。下官阮大铖，潜往江浦，寻着福王，连夜回来，与马士英倡议迎立。只怕兵部史可法临时掣肘。今日修书相商，还恐不妥，故此昏夜叩门，与他细讲。〔见小生介〕你早来下书，如何还不回去。〔小生〕等候回书，不见发出。〔喜介〕阮老爷来的正好，替小人催一催。〔杂〕门上大叔那里？〔丑〕是那个？〔副净见，作足恭[19]介〕烦位下[20]通报一声，说裤子裆里阮，求见老爷。〔丑诨介〕裤子裆里软，这可未必。常言"十个胡子九个骚"，待我摸一摸，果然软不软。〔副净〕休得取笑，快些方便罢。〔丑〕天色已晚，老爷安歇了，怎敢乱传。〔副净〕有要话商议，定求一见的。〔丑〕待我传上去。〔进禀介〕禀老爷，有裤子裆里阮，到门求见。〔外〕是那个姓阮的？〔生〕在裤子裆里住，自然是阮胡子了。〔外〕如此昏夜，他来何干？〔生〕不消说，又是讲迎立之事了。〔外〕去年在清议堂诬害世兄的便是他。这人原是魏党，真正小人，不必理他，叫长班回他罢了。〔丑出，怒介〕我说夜晚了，不便相会，果然惹个没趣。请回罢！〔副净拍丑肩介〕位下是极在行的，怎不晓得。夜晚来会，才说的是极有趣的话哩；那青天白日，都是些扫帐

原评："小人做事如此辛勤，焉得不济。"

儿[21]。〔丑〕你老说的有理，事成之后，随封[22]都要双分的。〔副净〕不消说，还要加厚些。〔丑〕既是这等，待我再传。〔进禀介〕禀老爷，姓阮的定求一见，要说极有趣的话。〔外〕唗，放屁！国破家亡之时，还有甚么趣话说！快快赶出，闭上宅门。〔丑〕凤抚回书尚未打发哩。〔生〕书已写就，求老先生过目。〔外读介〕

原评："君子做事如此疏懒，焉得不败。"

【前腔】二祖列宗[23]，经营垂创，吾皇辛苦力竭。一旦倾移，谁能重续灭绝。详列：福藩罪案三桩大，五不可、势局当歇。再寻求贤宗雅望，去留先决。

〔外〕写的明白，料他也不敢妄动了。〔吩咐介〕就交与凤抚家人，早闭宅门，不许再来罗唣。〔起介〕正是江上孤臣生白发，〔生〕灯前旅客罢冰弦。〔外、生下〕〔丑出呼介〕马老爷差人呢？〔小生〕有。〔丑〕领了回书，快快出去，我要闭门哩。〔小生接书介〕还有阮老爷要见，怎么就闭门？〔副净向丑介〕正是，我方才央过求见老爷的，难道忘了。〔丑佯问介〕你是谁呀？〔副净〕我便是裤子裆里阮哪。〔丑〕啐！半夜三更，只管软里硬里，奈何的人不得睡。〔推介〕好好的去罢。〔竟闭门入介〕〔小生〕得了回书，我先去了。〔下〕〔副净恼介〕好可恶也，竟自闭门不纳了。〔呆介〕罢了！俺老阮十年之前，这样气儿也不知受过多少，且自耐他。〔搓手介〕只是当前机会,不可错过。这史可法现掌着本兵之印,如此执拗起来,目下迎立之事,便行不去了,这怎么处?〔想介〕呸!我到呆气了,如今皇帝玉玺且无下落,你那一颗部印有何用处。〔指介〕老史,老史,一盘好肉包掇上门来,你不会吃,反去让了别人,日后不要见怪。正是:

穷途才解阮生嗟[24],无主江山信手拿。

奇货居来随处赠,不知福分在谁家。

〔1〕淮安漕署:明朝于江苏淮安设漕抚,总督运河事务。漕署即漕抚的官署。

〔2〕熊公内召:熊公指熊明遇,内召指被召到北京任官。

〔3〕白面谈兵掉舌:说那些白面书生对军事轻发议论。

〔4〕望长安谁家传舍:传舍是驿站供应过路客人住的房舍。长安是多个王朝的都城,这里借指北京。望长安谁家传舍,意为不知北京又换了谁做主人。

〔5〕曹郎:部曹,部属各司的官。

〔6〕监司:监察州郡的官,如按察使之类。

〔7〕扬历:指仕宦的经历。

〔8〕庙谟:指大臣为朝廷计议的谋划。

〔9〕昭穆伦次:宗庙的次序。这里指宗族里的辈分排行。

〔10〕分藩敝乡:福王分封河南,是侯方域的故乡。

〔11〕"福邸藩王"七句:福恭王常洵是明神宗的儿子,母亲郑贵妃很得神宗宠幸。为使常洵能够继承帝位,郑贵妃搞出"梃击""移宫""红丸"三大案

件。东林名士对这几件事攻击得很厉害。神器指帝位。

〔12〕“盈装满载分封去”二句:神宗宠爱常洵,凡是进贡来的好东西都分赐给他。当常洵得以分封去河南的时候,神宗又给他几万顷的赐田,让他掌握税收,控制食盐市场。他的收入超过皇帝,使内府(国库)为之空虚。

〔13〕德昌王:福王朱由崧,初封德昌王,进封福王世子。崇祯十四年正月(1641),李自成攻陷洛阳,常洵被杀,朱由崧跑到怀庆去躲避,到七月继承福王的封爵。

〔14〕枝叶旁牒:牒是指封建时代宗族的谱牒。枝叶旁牒,意说福王在皇族里是旁枝侧牒,不是嫡派子孙。

〔15〕光武:指刘秀,是汉高祖的九世孙,王莽篡汉之后,光武起兵舂陵,打败王莽的军队,自立为帝。

〔16〕将拥戴功挟:意为凭拥戴天子的功来要挟朝廷。

〔17〕雷縯祚、周镳:雷縯祚字介之,太湖人,周镳字仲驭,号鹿溪,金坛人,都是东林党的健将,后来被马士英、阮大铖害死。雷縯祚曾官山东按察使佥事,因此剧中称他副使;周镳曾官礼部员外郎,因此剧中称他礼部。

〔18〕奇货:战国时秦国的大商人吕不韦在赵国遇见在赵国做人质的秦国公子,认为秦国公子是可以掌握的奇货,这里奇货指福王。

〔19〕足恭:过分谦卑地谄媚人的样子。

〔20〕位下:对门下人的敬称。

〔21〕扫帐儿:犹言“零头数”。商业或债务上结算时的零数,往往可以免除,俗语叫“扫帐儿”。

〔22〕随封:包封,赏钱。

〔23〕二祖列宗:二祖指明太祖与明成祖,列宗指明仁宗以后的列朝皇帝。

〔24〕穷途才解阮生嗟:阮生指魏晋时人阮籍。阮籍愤司马氏专政,有时独自驾车出游,每到车辙不通的地方,即痛哭而归。

第十五出　迎驾

甲申四月

【番卜算】〔净扮马士英冠带上〕一旦神京失守，看中原逐鹿交走。捷足争先，拜相与封侯，凭着这拥立功大权归手。

下官马士英，别字瑶草，贵州贵阳卫人也，起家万历己未进士，现任凤阳督抚。幸遇国家多故，正我辈得意之秋。前日发书约会史可法，同迎福王。他回书中有“三大罪、五不可立”之言。阮大铖走去面商，他又闭门不纳。看来是不肯行的了。但他现握着兵权，一倡此论，那九卿[1]班里，如高弘图、姜曰广、吕大器、张国维[2]等，谁敢竟行。这迎立之事，便有几分不妥了。没奈何，又托阮大铖约会四镇武臣[3]，及勋戚内侍，未知如何，好生焦躁。〔副净扮阮大铖急上〕胸有已成之竹，山无难劈之柴。此是马公书房，不免竟入。〔净见问介〕圆老回来了，大事如何？〔副净〕四镇武臣见了书函，欣然许诺，约定四月念八，全备仪仗，齐赴江浦矣。〔净〕妙，妙！那高黄二刘，如何说来？〔坐介〕

【催拍】〔副净〕他说受君恩爵封列侯，

原评：“此折有佞无忠，阴胜于阳矣。插画拥戴之状，令人失笑，史公笔也。”极写马士英的惟恐天下不乱。奸人逻辑，一语道破。

原评：“四镇皆为士英提拔，故招之甚易。”

镇江淮千里借筹[4];神京未收,神京未收,似我辈滥功糜饷,建牙堪羞。江浦迎銮,愿领貔貅,扶新主持节[5]复仇。临大事,敢夷犹[6]。

〔净〕此外还有何人肯去?〔副净〕还有魏国公徐鸿基[7],司礼监韩赞周[8],吏科给事李沾[9],监察御史朱国昌。〔净〕勋、卫、科、道[10],都有个把,也就好了。他们都怎么说来?

【前腔】〔副净〕他说马中丞当先出头,众公卿谁肯逗留。职名[11]早投,职名早投,大家去上书陈表,拥入皇州。新主中兴,拜舞龙楼,将今日劳苦功酬,迁旧秩,壮新猷[12]。

〔净〕果然如此,妙的狠了。只是一件,我是一个外吏,那几个武臣勋卫,也算不得部院卿僚,目下写表如何列名?〔副净〕这有甚么考证,取本缙绅便览[13]来,从头抄写便了。〔净〕虽如此说,万一驾到,没有百官迎接,我们三五个官,如何引进朝去?〔副净〕我看满朝诸公,那个是有定见的。乘舆一到,只怕递职名的还挨挤不上哩。〔净〕是,是!表已写就,只空衔名,取本缙绅来,快快开列。〔外扮书办取缙绅上〕西河沿洪家高头便览[14]在此。〔下〕〔副净〕待我抄起来。〔偏头远视介〕表上字体,俱要细楷的,目昏

马士英一本正经,阮大铖匆忙可笑,一本大悲剧中也少不得这些小闹剧。

难写,这怎么处?〔想介〕有了。〔腰内取出眼镜戴,抄介〕"吏部尚书臣高弘图。"〔作手颤介〕这手又颤起来了,目下等着起身。一时写不出,急杀人也。〔净〕还叫书办写去罢。〔副净〕这姓名里面都有去取,他如何写得。〔净〕你指示明白,自然不错了。〔叫介〕书办快来。〔外上〕〔副净照缙绅指点向外介〕〔外下〕〔净〕自古道:"中原逐鹿,捷足先得。"我们不可落他人之后。快整衣冠,收拾箱包,今日务要出城。〔丑扮长班收拾介〕〔副净问介〕请问老公祖,小弟怎生打扮?〔净〕迎驾大典,比不得寻常私谒,俱要冠带才是。〔副净〕小弟原是废员,如何冠带?〔净〕正是。〔想介〕没奈何,你且权充个赍表官罢,只是屈尊些儿。〔副净〕说那里话,大丈夫要立功业,何所不可,到这时候还讲刚方么。〔净笑介〕妙,妙!才是个软圆老。〔副净换差吏服色介〕

【前腔】拚余生寒灰已休,喜今朝涸海更流;金鳌上钩,金鳌上钩,好似太公一钓,享国千秋[15]。牛马风尘[16],暂屈何忧,刀笔吏丞相根由[17];人笑骂,我不羞。

原评:"笑骂不羞,是求官妙诀。"写尽向来官场丑态,岂止明末。

〔外上〕表已列名,老爷过目。〔副净看介〕果然一些不差,就包裹好了,装入箱中。〔外包裹装箱内介〕〔副净〕下官只得背起来了。〔外、丑与副净绑箱背上介〕〔净看,笑介〕圆老这件功劳却也不小哩。〔副净正色介〕不要取笑,日后画在凌烟阁[18]上，倒有些神气的。〔丑牵马介〕天色将晚，请老爷上马。〔净吩咐介〕这迎驾大事，带不的多人，只你两个跟去罢。〔副净〕便益你们，后日都要议叙[19]的。〔俱上马，急走绕场介〕

【前腔】〔合〕趁斜阳南山雨收，控青骢烟驿水邮，金鞭急抽，金鞭急抽，早见浦江[20]云气，楚尾吴头[21]。应运英雄，虎赴龙投，恨不的双翅飕飕，银烛下，拜冕旒。

〔净〕叫左右早去寻下店房。〔副净〕阿呀！我们做的何事，今日还想安歇，快跑，快跑！〔加鞭跑介〕

〔净〕江云山气晚悠悠，〔副净〕马走平川似水流。

〔净〕莫学防风随后到[22]，〔副净〕涂山明日会诸侯。

〔1〕九卿：明朝以六部（吏、户、礼、兵、刑、工部）尚书、都察院御史、通政司使、大理寺卿为九卿。

〔2〕高弘图、姜曰广、张国维：高弘图在崇祯时官至工部右侍郎，福王立，拜户部尚书、文渊阁大学士，和姜曰广共辅政，后来都因跟马士英不合而退休。姜曰广在崇祯初年掌南京翰林院，福王立，拜礼部尚书兼东阁大学士。张国维在崇祯年间累擢右佥都御史，巡按应天、安庆等十府，鲁王时封少傅、兵部尚书、武英殿大学士，督师江上，因兵力不支而死。

〔3〕四镇武臣：这里指黄得功、刘泽清、刘良佐、高杰四人。下文的高、黄、二刘也是指这四人。

〔4〕借筹：借箸以筹，替人谋划的意思。

〔5〕持节：古代奉命出使的人要持符节作凭证，这里意即奉命。

〔6〕夷犹：迟疑不进的意思。

〔7〕徐鸿基：明朝功臣徐达的第九世孙，官南京守备，袭封魏国公。

〔8〕司礼监韩赞周：司礼监是明朝设置的内监办事机关之一，掌管宫廷礼仪，后来成为内监中最接近皇帝的一个有权势的部门。韩赞周，崇祯时大宦官。

〔9〕吏科给事李沾：吏科给事即吏科给事中，是明朝专掌吏科谏诤纠弹的官职。李沾在崇祯末年官吏科给事中，和凤阳督抚马士英相勾结，迎立福王。

〔10〕科、道：科指吏、礼、户、兵、刑、工六科给事中，道指各道监察御史。

〔11〕职名：官员的履历。

〔12〕"迁旧秩"二句：秩是官职的品级，猷是功绩。这二句意是为了表扬他们的功绩而升迁他们的官阶。

〔13〕缙绅便览：职官录。缙绅指官员。

〔14〕西河沿洪家高头便览：西河沿，北京地名。西河沿洪家是当时北京一家书铺，高头便览是每页上头有比较详细的说明的缙绅便览。

〔15〕"好似太公一钓"二句：太公即吕尚，他曾在渭水钓鱼，遇到周文王，周文王很赏识他，拜他为师，后来他协助武王灭商，得封于齐，传国近千年。

〔16〕牛马风尘：拿牛马在风尘里比喻一个人不得志的时候。

〔17〕刀笔吏丞相根由：刀笔吏是办文书的吏员。汉丞相萧何在秦朝本是个刀笔吏，后来协助汉高祖统一天下，屡立大功，成为汉朝的开国丞相。

〔18〕凌烟阁：纪念功臣的地方。唐太宗曾画功臣像在凌烟阁上。

〔19〕议叙：论功叙官之意。

〔20〕浦江：指长江浦口，当时福王避难至淮安，被四镇迎接到浦口。

〔21〕楚尾吴头：这里泛指长江中下游一带。

〔22〕防风随后到：防风，传说为夏初一位诸侯，禹在涂山集合众诸侯，防风最后到，被禹杀掉。

第十六出　设朝

甲申五月

原评："前半冠冕端严，后半鼠狐游戏，南朝规模定于此折矣。一篇正面文字，却用侧笔收煞，何等深心。"

【念奴娇】〔小生扮弘光衮冕[1]，小旦、老旦扮二监引上〕高皇旧宇，看宫门殿阁，重重初敞。深目飞腾新紫气[2]，倚着钟山[3]千丈。祖德重光，民心合仰，迎俺青天上。云消帘卷，东南烟景雄壮。

一朵黄云捧御床，醒来魂梦自彷徨。中兴不用亲征战，才洗尘颜着衮裳。寡人乃神宗皇帝之孙，福邸亲王之子，自幼封为德昌郡王。去年贼陷河南，父王殉国，寡人逃避江浦，九死余生；不料北京失守，先帝升遐，南京臣民推俺为监国之主。今乃甲申年五月初一日，早谒孝陵[4]回宫，暂御偏殿，看百官有何章奏。〔外扮史可法，净扮马士英，末扮黄得功，丑扮刘泽清，文武袍笏上〕再见冠裳盛，重瞻殿阁高。金瓯仍未缺，玉烛又新调。我等文武百官，昨日迎銮江浦，今早陪位孝陵；虽投职名，未称朝贺，礼当恭上表文，请登大宝[5]。〔众前跪上表介〕南京吏部尚书臣高弘图等，恭请陛下早正大位，改元听政，以慰臣民之

望。恭惟陛下呵，

【本序】潜龙福邸[6]，望扬扬，貌似神宗，嫡派天潢[7]。久著仁贤声誉重，中外推戴陶唐[8]。瞻仰，牒出金枝，系连花萼，宜承大统诸宗长[9]。臣伏愿登膺御宇[10]，早继高皇。

〔四拜介〕〔小生〕寡人外藩衰宗，才德凉薄，俯顺臣民之请，来守高帝之宫。君父含冤，大仇未报，有何面颜忝然[11]正位。今暂以藩王监国，仍称崇祯十七年，一切政务，照常办理。诸卿勿得谆请，以重寡人之罪。

【前腔】休强，中原板荡[12]，叹王孙乞食江头，栖止榛莽。回首尘沙何处去，洛下名园花放。盼望，兵燹[13]难消，松楸[14]多恙，鼎湖弓剑无人葬[15]；吾怎忍垂旒正冕，受贺当阳[16]。

〔众跪呼介〕万岁，万万岁！真仁君圣主之言，臣等敢不遵旨。但大仇不当迟报，中原不可久失，将相不宜缓设。谨具题本，伏候裁决。〔上本介〕

【前腔】开朗，中兴气象，见罘罳[17]瑞霭祥云，王业重创。不共天仇，从此后尝胆眠薪休忘。参想，收复中原，调燮黄阁[18]，急须封拜卜忠亮；还缺少百官庶士，乞选才良。

〔小生〕览卿题本，汲汲以报仇复国为请，俱见忠悃。至于设立将相，寡人已有成议，众卿听着：

【前腔】职掌，先设将相，论麒麟画阁[19]功劳，迎立为上。捧表江头，星夜去拥着乘舆仪仗。寻访，加体黄袍[20]，嵩呼拜舞[21]，百忙难把玺符让。今日里论功叙赏，文武谁当。

众卿且退，午门候旨。〔小生、内官随下〕〔外、净、末、丑退班立介〕〔外〕若论迎立之功，今日大拜，自然让马老先生了。〔净〕下官风尘外吏，焉能越次而升。若论国家用武之际，史老先生现居本兵，理当大拜。〔向末、丑介〕四镇实有护驾之劳，加封公侯，只在目下。〔末、丑〕皆赖恩帅提拔。〔老旦扮内监捧旨上〕圣旨下：凤阳督抚马士英，倡议迎立，功居第一，即升补内阁大学士，兼兵部尚书，入阁办事。吏部尚书高弘图、礼部尚书姜曰广、兵部尚书史可法，亦皆升补大学士，各兼本衔。高弘图、姜曰广入阁办事，史可法着督师江北。其余部院大小官员，现任者，各加三级；缺员者，将迎驾人员，论功选补。又四镇武臣，靖南伯黄得功，兴平伯高杰，东平伯刘泽清，广昌伯刘良佐，俱进封侯爵，各归汛地。谢

史可法督师江北，实非弘光的军事部署，而是马、阮排挤的结果。

恩！〔众谢恩介〕万岁，万万岁！〔起介〕〔外向末、丑介〕老夫职居本兵，每以不能克复中原为耻，圣上命俺督师江北，正好戮力报效。今与列侯约定，于五月初十日，齐集扬州，共商复仇之事。各须努力，勿得迟延。〔末、丑〕是。〔外〕老夫走马到任去也。正是：重兴东汉逢明主，收复中原任老臣。〔别众下〕〔末、丑欲下介〕〔净唤介〕将军转来。〔拉手话介〕圣上录咱迎立之功，拜相封侯。我等皆系勋旧大臣，比不得别个。此后内外消息，须要两相照应，千秋富贵，可以常保矣。〔末、丑〕蒙恩携带，得有今日，敢不遵谕。〔末、丑急下〕〔净笑介〕不料今日做了堂堂首相，好快活也。〔副净扮阮大铖探头瞧介〕〔净欲下介〕且住，立国之初，诸事未定，不要叫高、姜二相夺了俺的大权。且慢回家，竟自入阁办事便了。〔欲入介〕〔副净悄上作揖介〕恭喜老公祖，果然大拜了。〔净惊问介〕你从那里来？〔副净〕晚生在朝房藏着，打听新闻来。〔净〕此系禁地，今日立法之始，你青衣小帽，在此不便，请出去罢。〔副净〕晚生有要紧话说。〔附耳介〕老师相叙迎立之功，获此大位；晚生赍表前往，亦有微劳，如何不见提起？〔净〕方才宣旨，各部院缺员，许将迎驾之人叙功选补矣。〔副净喜介〕好，好！还求老师相荐拔。〔净〕你的事何待谆嘱。〔欲入介〕〔副净〕事不宜迟，晚生权当班役，跟进内阁，

原评：“小人营营，无地不到，一刻不松。”

看看机会何如?〔净〕学生初入内阁,未谙机务;你来帮一帮,也不妨事,只要小心着。〔副净〕晓得。〔替净拿笏板随行介〕

【赛观音】〔净〕旧黄扉[22],新丞相,喜一旦趾高气扬,廿四考中书模样[23]。〔副净〕莫忘辛勤老陪堂[24]。

〔净〕殿阁东偏晓雾黄,〔副净〕新参知政气昂昂。

〔净〕过江同是从龙彦[25],〔副净〕也步金阶抱笏囊。

〔1〕弘光衮冕:福王朱由崧在南京即位后,改元弘光。衮冕是我国古代皇帝的冠服。

〔2〕紫气:祥瑞之气。帝王之家常被代称作紫气。

〔3〕钟山:紫金山,在南京城东。

〔4〕孝陵:明太祖的陵墓,在南京城东北。

〔5〕大宝:帝位。

〔6〕潜龙福邸:龙指皇帝,意为朱由崧是潜藏在福王邸第里的皇帝。

〔7〕天潢:皇族。

〔8〕陶唐:唐尧。

〔9〕诸宗长:在各派宗族里地位最高。

〔10〕登膺御宇:登帝位,治天下。

〔11〕忝然:惭愧意。

〔12〕板荡:形容乱世。《板》《荡》都是《诗经·大雅》里的篇名,是写周厉王无道,引起国内变乱的诗。

〔13〕兵燹(xiǎn):兵灾。

〔14〕松楸:本是指种植在坟上的树木,这里代指陵园。

〔15〕鼎湖弓剑无人葬:指崇祯皇帝自杀死,没有人去埋葬他。鼎湖,传说是黄帝铸鼎的地方。黄帝把鼎铸好之后,便乘龙上天去。所以后人往往拿鼎湖来形容帝王驾崩。

〔16〕当阳:南面。皇帝坐北向南。

〔17〕罘罳(fúsī):宫殿里的门屏。

〔18〕黄阁:宰相办事的地方。调燮黄阁意为有好的宰相。

〔19〕麒麟画阁:汉宣帝将功臣霍光、苏武等十一人的画像挂在麒麟阁上,表示对他们的尊崇,这里借指当时为国立功的大臣。

〔20〕加体黄袍:指拥立皇帝。

〔21〕嵩呼拜舞:朝见皇帝时的仪式,三呼万岁,叩头拜舞。

〔22〕黄扉:黄阁,宰相办事的地方。

〔23〕廿四考中书模样:廿四考中书指郭子仪,考是指朝廷对职官功绩的考核。《旧唐书·郭子仪传》:"校中书令,考二十有四,权倾天下。"这里马士英借他来自比。

〔24〕陪堂:俗语称帮闲、狎客为陪堂。下第十七出又有"院里常留老白相,朝中新聘大陪堂"语,以妓院比拟朝廷,都是对腐朽政局和阮大铖之流的无情嘲讽。

〔25〕过江同是从龙彦:东晋元帝在江南建立政权时,中原名士纷纷过江相从。马士英借此表示他和阮大铖都是拥立弘光的人。

第十七出　拒媒

甲申五月

【燕归梁】〔末扮杨文骢冠带上〕南朝领

原评:“南朝用人行政之始,用者何人,田仰也。行者何政,教戏也。因田仰而香君逼嫁,因教戏而香君入宫,离合之情又发端于此。”

略风流尽,新立个妙龄君。清江隔断浊烟尘,兰署[1]里买香熏。

下官杨文骢,因叙迎驾之功,补了礼部主事。盟兄阮大铖,仍以光禄起用。又有同乡越其杰、田仰[2]等,亦皆补官,同日命下,可称一时之盛。目下漕抚缺人,该推升田仰。适才送到聘金三百,托俺寻一美妓,要带往任所。我想青楼色艺之精,无过香君,不免替他去问。〔唤介〕长班走来。〔杂扮长班上〕胸中一部缙绅,脚下千条胡同。〔见介〕老爷有何使唤?〔末〕你快请清客丁继之,女客卞玉京,到我书房说话。〔杂〕禀老爷,小人是长班,只认的各位官府,那些串客、表子,没处寻觅。〔末〕听我吩咐:

【渔灯儿】闹端阳,正纷纭,水阁含春。便有那乌衣子弟[3]伴红裙,难道是织女牵牛天汉津[4]。〔杂〕就在那秦淮河房么,小人晓得了。〔末指介〕你望着枣花帘影杏纱纹,那壁厢款问殷勤。

〔副净扮丁继之、外扮沈公宪、净扮张燕筑上〕院里常留老白相,朝中新聘大陪堂。〔副净〕来此是杨老爷私宅,待我叫门。〔叫介〕位下那里?〔杂出见介〕众位何来?〔副净〕老汉是丁继之,同这沈、张两敝友,求见杨老爷;烦位下通报一声。〔杂喜介〕正要去请,来的凑巧,待我通报。〔欲入介〕〔老旦扮卞玉京、小旦扮寇白门、丑扮郑妥娘上〕紫燕来何早，黄莺到已迟。〔小旦叫介〕三位略等一等，同进去罢。〔副净〕原来是你姊妹们。〔净〕你们来此何干？〔丑〕大家是一样病根，你们怕做师父，我们怕做徒弟的。〔俱入介〕〔末喜介〕如何来的恰好。〔众〕无事不敢轻造，今日特来恳恩，尚容拜见。〔俱叩介〕〔末拉起介〕请坐，有何见教？〔副净问介〕新补光禄阮老爷是杨老爷至交么？〔末〕正是。〔副净〕闻得新主登极，阮老爷献了四种传奇，圣心大悦，把《燕子笺》钞发总纲，要选我们入内教演，有这话么？〔末〕果然有此盛举。〔净〕不瞒老爷说，我们两片唇，养着八张嘴。这一入内庭，岂不"灭门绝户了一家儿"？〔丑〕我们也是八张嘴，靠着两片皮哩。〔末笑介〕不必着忙，当差承应[5]，自有一班教坊男女；你们都算名士数里的，谁好拿你。〔众〕只求老爷护庇则个。〔末〕明日开列姓名，送与阮圆海，叫他一概免拿便了。〔众〕多谢老爷。

【前腔】看一片秣陵春，烟水消魂，借着些笙歌裙屐醉斜曛。若把俺尽数选入呵，从此后江潮暮雨掩柴门，再休想白舫青帘载酒樽。老爷果肯见怜，这功德不小，保秦淮水软山温。

〔末〕下官也有一事借重。〔副净〕老爷有何见教？〔末〕舍亲田仰，不日就升漕抚，适才送到聘金三百，托俺寻一小宠。〔丑〕让我去罢。〔净〕你去不得，你去了，这院中便散了板儿了。〔丑〕怎的便散了板儿？〔净〕没人和我打钉了。〔丑〕啐！〔副净〕老爷意中可有一个人儿么？〔末〕人是有一个在这里，只要你去作伐。〔老旦〕是那个？〔末〕便是李家的香君。〔副净摇头介〕这使不得。〔末〕如何使不得？〔副净〕他是侯公子梳栊过的。

【锦渔灯】现有个秦楼上吹箫旧人，何处去觅封侯柳老三春[6]。留着他燕子楼中昼闭门[7]，怎教学改嫁的卓文君。

〔末〕侯公子一时高兴，如今避祸远去，那里还想着香君哩。但去无妨。〔老旦〕香君自侯郎去后，立志守节，不肯下楼，岂有嫁人之理，去也无益。

【锦上花】似一只雁失群，单宿水，独叫云，每夜里月明楼上度黄昏。洗粉黛，抛扇裙，罢笛管，歇喉唇，竟是长斋绣佛女尼身，怕落了风尘。

〔末〕虽如此说，但有强如侯郎的，他自然肯嫁。〔副净〕香君之母，原是老爷厚人，倒是老爷面讲更好。〔末〕你是知道的，侯郎梳栊香君，原是下官作伐。今日觌面，如何讲说，还烦二位走走，自有重谢。〔净、外〕这等我们也去走走。〔小旦、丑〕呸！皮肉行里经纪[8]，只许你们做么，俺也同去。〔末〕不必争闹，待他二位说不来时，你们再去。〔众〕是，是！辞过老爷罢。〔末〕也不远送了。狎客满堂消我闷，嫁衣终日为人忙。〔下〕〔副净、老旦〕杨老爷免了咱们差事，莫大的恩典哩。〔外、净〕正是。〔副净〕你四位先回，俺要到香君那边，替杨老爷说事去了。〔丑〕赚了钱不可偏背，大家八刀[9]才好。〔众诨下〕〔副净、老旦同行介〕〔副净〕记得侯公子梳栊香君，也是我们帮衬来。

老友处处多事，但正反人物中幸有此人能两面交通，随处往来，情节因他而连缀，消息由他而沟通，从全剧针线看，此人实不可少。

【锦中拍】想当初华筵盛陈，配才子佳人，排列着花林粉阵，逐趁着筝声笛韵。如今又去帮衬别家，好不赧颜，似邮亭马厮，迎官送宾。〔老旦〕我们不去何如。〔副净〕俺若不去呵，又怕他新铮铮春官匣印，硬选入秋宫院门[10]。〔老旦〕这等如之奈何？〔副净〕俺自有个两全之法，到那边款语商量，柔情索问，做一个闲蜂蝶花里混。

〔老旦〕妙，妙！〔副净〕来此已是，不免竟进。〔唤介〕贞娘出来。〔旦上〕空楼寂寂含愁坐，长日恹恹带病眠。〔问介〕楼下那个？〔老旦〕丁相公来了。〔旦望介〕原来是卞姨娘同丁大爷光降，请上楼来。〔副净、老旦见介〕令堂怎的不见？〔旦〕往盒子会里去了。〔让介〕请坐，献茶。〔同坐介〕〔老旦〕香君闲坐楼窗，和那个顽耍！〔旦〕姨娘不知：

【锦后拍】俺独自守空楼，望残春，白头吟[11]罢泪沾巾。〔老旦〕何不招一新婿？〔旦〕奴家已嫁侯郎，岂肯改志。〔副净〕我们晓你苦心。今日礼部杨老爷说，有一位大老田仰，肯输三百金，娶你作妾，托俺来问一声。〔旦〕这题目错认，这题目错认，可知定情诗红丝拴紧，抵过他万两雪花银。〔老旦〕这事凭你裁酌，你既不肯，另问别家。〔旦〕卖笑哂，有勾栏艳品。奴是薄福人，不愿入朱门。

〔老旦〕既如此说，回他便了。〔副净〕令堂回家，不要见钱眼开。〔旦〕妈妈疼奴，亦不肯相强的。〔副净〕如此甚好，可敬，可敬！〔起介〕别过了。〔外、净、小旦、丑急上〕两处红丝千里系，一条黑路六人忙。〔净〕快去，快去！他二人说成，便偏背我们了。〔丑〕我就不依他，饶他吃到口里，还倒出脏来。〔进介〕〔净〕香君恭喜了。〔旦〕喜从何来？〔小旦〕双双媒人来你家，还不喜哩。〔旦〕敢也说田仰的事么？〔净〕便是。〔旦〕方才奴已拒绝了。〔外〕杨老爷的好意，如何拒得。

原评："他人艳羡而不得，香君弃之不顾，所谓人各有志也。"

【北骂玉郎带上小楼】他为你生小绿珠花月身,寻一个金谷绮罗里石季伦[12]。

〔旦〕奴家不图富贵,这话休和我讲。〔副净、老旦〕我二人在此劝了半日,他决不肯嫁人的。〔小旦〕他不嫁人,明日拿去学戏,要见个男子的面,也不能够哩。歌残舞罢锁长门,卧氍毹夜夜伤神。〔旦〕奴便终身守寡,有何难哉,只不嫁人。〔丑〕难道三百两花银,买不去你这黄毛丫头么?〔旦〕你要银子,你便嫁他,不要管人家闲事。〔丑怒介〕好丫头,抢白起姨娘来了,我就死在你家。〔撒泼介〕小私窠贱根,小私窠贱根,掉巧舌讪谤尊亲。〔净发威介〕好大胆奴才!杨老爷新做了礼部,连你们官儿都管的着,明日拿去拶掉你指头。管烟花要津,管烟花要津,触恼他风狂雨迅,准备着桃伤柳损。〔旦〕尽你吓唬,奴的主意已定了。〔老旦〕看他小小年纪,倒有志气。〔副净〕吓他不动,走罢,走罢。〔丑〕我这里撒泼,没个人来拉拉,气死我也。他不嫁人,我扭也扭他下楼。硬推来门外双轮,硬推来门外双轮;兜折[13]宝钏,扯断湘裙。〔副净〕自古有钱难买不卖货,撒了赖当不的,大家散罢。〔外、小旦〕我两个原要不来,吃亏老燕、老妥强拉到此,惹了这场没趣。走,走,走!快出门,掩羞面,气

这里让三清客、三妓女出场,为了衬托香君。

忍声吞。〔净、丑〕我们也走罢,干发虚,没钞分,遗臊撒粪。

〔外、净、小旦、丑俱诨下〕〔副净、老旦〕香君放心,我们回绝杨老爷,再不来缠你便了。〔旦拜介〕这等多谢二位。〔作别介〕

〔副净〕蜂媒蝶使闹纷纷,〔旦〕阑入红窗搅梦魂。

〔老旦〕一点芳心采不去,〔旦〕朝朝楼上望夫君。

〔1〕兰署:兰台。兰台是汉朝宫中藏书的地方,有兰台令史,管理图书。这里借指礼部衙门。

〔2〕越其杰、田仰:越其杰,贵阳人,擅长诗文,善于骑射,官至河南巡抚。田仰是马士英的亲戚,弘光时奉命巡抚淮扬。

〔3〕乌衣子弟:富贵人家的子弟。晋时王导、谢安诸贵族住在南京乌衣巷,他们的子弟被称作乌衣子弟。

〔4〕难道是织女牵牛天汉津:全句意为那些妓女清客不是天上的织女、牵牛,不难找到的。

〔5〕当差承应:过去封建社会的妓女要承应官差,凡是官府举行什么宴会,或长官私人有什么喜庆事,都要她们去歌舞或劝酒。

〔6〕"现有个秦楼上吹箫旧人"二句:传说春秋时的萧史擅长吹箫,秦穆公把女儿弄玉嫁给他。这里的旧人指侯方域。第二句意谓侯方域不知到何处去求功名,现已三春柳老,都没有回来。

〔7〕燕子楼中昼闭门:燕子楼在江苏铜山西北。唐尚书张建封镇守徐州,建燕子楼给爱妾关盼盼居住,张死后,关盼盼在这楼上守节。

〔8〕皮肉行里经纪:指妓馆里的交易。

〔9〕八刀:拆"分"字。

〔10〕"又怕他新铮铮春官匣印"二句:春官即礼部,杨文骢新任礼部主事,明朝教坊司是归礼部管辖的,因此说怕他新任春官把她们硬选入内庭去。

〔11〕白头吟:相传汉朝司马相如和卓文君结婚后不久,相如又爱上另一个人,卓文君写了一首《白头吟》,表示自己的怨恨。

〔12〕"他为你生小绿珠花月身"二句:石季伦即石崇,晋朝人,石崇曾在洛阳西北建筑一座很奢华的金谷园,给他的爱妾绿珠居住。这里借绿珠比喻香君、石崇比喻田仰,是说杨文骢要替她找一个富贵的丈夫。

〔13〕兜折:拗折之意。

第十八出　争位

甲申五月

〔生上〕无定输赢似弈棋,书空殷浩[1]欲何为?长江不限天南北,击楫中流[2]看誓师。小生侯方域,前日替史公修书,一时激烈,有"三大罪、五不可立"之议。不料福王今已登极,马士英竟入阁办事,把那些迎驾之臣,皆录功补用。史公虽亦入阁,又令督师江北,这分明有外之之意了。史公却全不介意,反以操兵剿贼为喜,如此忠肝义胆,人所难能也。现在开府扬州,命俺参其军事;约定今日齐集四镇,共商防河之计,不免上前一问。〔作至书房介〕管家那里?〔小生扮书童

侯生调解四镇干戈安能奏效?实写清流书生无为误国。全剧虽写侯生为国事奔波,但并无赞词,且处处以柳、苏义勇反衬,说明作者已注目市井,而于复社文人也不无保留。

上〕侯爷来了,待我通报。〔小生请外介〕

【北点绛唇】〔外上〕持节江皋[3],龙骧虎啸[4],忧国事,不顾残躯,双鬓苍白了。

〔见生介〕世兄可知今日四镇齐集,共商大事;不日整师誓旅,雪君父之仇了。〔生〕如此甚妙。只有一件,高杰镇守扬、通[5],兵骄将傲,那黄、刘三镇,每发不平之恨。今日相见,大费调停,万一兄弟不和,岂不为敌人之利乎。〔外〕所说极是。今日相见,俺自有一番劝慰之言。〔小生报介〕辕门传鼓,说四镇到齐,伺候参谒。〔生下〕〔外升帐吹打开门,杂排左右仪卫介〕〔副净扮高杰,末扮黄得功,丑扮刘泽清,净扮刘良佐,俱介胄上〕只恨燕京无乐毅[6],谁知江左有夷吾。〔入见,禀介〕四镇小将,叩谒阁部大元帅。〔拜介〕〔外拱手立介〕列侯请起。〔副净等俱排立介〕听候元帅将令。〔外〕本帅以阁部督师,君命隆重,大小将士俱在指挥之下。〔众〕是。〔外〕四镇乃堂堂列侯,不比寻常武弁。〔举手介〕屈尊侍坐,共议军情。〔众〕岂敢。〔外〕本帅命坐,便如军令一般,不可推辞。〔众〕是。〔揖介〕告坐了。〔副净首坐,末、丑、净依次坐介〕〔末怒视副净介〕

【混江龙】〔外〕淮南险要,江河保障势滔滔,一带奇云结阵,满目细柳垂条。

铁马嘶风先突塞，犀军放弩早惊潮[7]。说甚么徐、常、沐、邓[8]，比得上绛、灌、萧、曹[9]。同心共把乾坤造。看古来功臣阁丹青图画，似今日列侯会剑佩弓刀。〔末怒介〕元帅在上，小将本不该争论。〔指介〕这高杰乃投诚草寇[10]，有何战功，今日公然坐俺三镇之上。〔副净〕我投诚最早，年齿又尊，岂肯居尔等之下。〔丑〕此处是你汛地，我们都是客兵，连一个宾主之礼不晓得，还要统兵。〔净〕他在扬州享受繁华，尊大惯了；今日也该让咱们来享享。〔副净〕你们敢来，我就奉让。〔末〕那个是不敢来的。〔起介〕两位刘兄同我出来，即刻见个强弱。〔怒下〕〔外向副净介〕他讲的有理，你还该谦逊才是。〔副净〕小将宁死不在他们之下。〔外〕你这就大错了。

【油葫芦】四镇堂堂气象豪，倚仗着恢复北朝。看您挨肩雁序，恰似好同胞，为甚的争坐位失了同心好，斗齿牙变了协恭貌。一个眼睁睁同室操戈盾，一个怒冲冲平地起波涛。没见阵上逞威风，早已窝里相争闹，笑中兴封了一伙〔指介〕小儿曹。不料四镇英雄，可笑如此；老夫一天高兴，却早灰冷一半也。没奈何，且出张告示，晓谕三镇，叫他各回汛地，听候调遣。〔向副净介〕你既

原评："以告示调停乃书生之见。"

驻札本境,就在本帅标下做个先锋,各有执掌,他们也不敢来争闹了。〔副净〕多谢元帅。〔外〕待老夫写起告示来。〔写介〕〔内呐喊介〕〔副净不辞,出介〕〔末、丑、净持刀上〕高杰快快出来!〔副净出见介〕你青天白日,持刀呐喊,竟是反了。〔末〕我们为甚么反,只要杀你这个无礼贼子。〔副净〕你们敢在帅府门前如此放肆,难道不是无礼贼子么。〔末、丑、净赶杀副净介〕〔副净入辕门叫介〕阁部大老爷救命呀,黄、刘三贼杀入帅府来了。〔末、丑、净门外喊骂介〕〔外惊立介〕

【天下乐】俺只道塞马南来把战挑,杀声渐高,却是咱兵自鏖。这时候协力同仇还愁少,怎当的阋墙[11]鼓噪,起了个离间根苗。这才是将难调,北贼易讨。〔吩咐介〕快请侯相公出来。〔杂向内介〕侯爷有请。〔生急上〕晚生已听的明白了。〔外〕借重高才,传俺帅令,安抚乱军。〔生〕如何安抚?〔外〕老夫有告示一纸,快去晓谕他们便了。〔生〕遵命。〔接告示出见介〕列侯请了!小弟乃本府参谋,奉阁部大元帅之命,晓谕三镇知悉:恭逢新主中兴,闯贼未讨,正我辈枕戈待旦、立功报效之时;不宜怀挟小忿,致乱大谋。俟收复中原,太平赐宴,论功叙坐,自有朝仪。目下军容匆遽[12],凡事权宜,皆当相谅,无失旧好。兴平侯高,原镇扬、通，今即留在本帅标下，委作先锋。靖南侯黄，仍回庐、和[13]。东平侯刘，仍回淮、徐。广昌侯刘，仍回凤、泗。静听调遣，勿得抗违。军法懔然，本帅不能容情也。特谕。〔末〕我们只要杀无礼贼子，怎敢犯元帅军法。〔生〕目今辕门截杀，这就是军法难容的了。〔丑〕既是这等，不要惊着元帅，大家且散。〔净〕明日杀到高杰家里去罢。正是"国仇犹可恕，私恨最难消"。〔下〕〔生入见介〕三镇闻令，暂且散去，明日还要厮杀哩。〔外〕这却怎处？〔指副净介〕

【后庭花】高将军，你横将仇衅招，为甚的不谦恭，妄自骄；坐了个首席乡三老，惹动他诸侯五路刀。凭仪秦[14]一番舌战巧，也不过息兵半晌饶。费调停，干焦躁；难消释，空懊恼。这情形何待瞧，那事业全去了。

〔副净〕元帅不必着急，明日和他见个输赢，把三镇人马并俺一处，随着元帅恢复中原，却亦不难也。〔外〕你说的是那里话。现今流寇北来，将渡黄河，总兵许定国[15]不能阻当，连夜告急；正要与四镇商议，发兵防河。今日一动争端，偾[16]俺大事，岂不可忧！〔副净〕他三镇也不为别的，只因扬州繁华，要来夺取，俺怎肯让他。〔外〕这话益发可笑了。

【煞尾】领着一枝兵，和他三家傲，似垒卵泰山压倒。你占住繁华廿四桥，竹西明月夜吹箫[17]；他也想隋堤[18]柳下安营巢，不教你蕃厘观独夸琼花少[19]。谁不羡扬州鹤背飘，妒杀你腰缠十万好[20]，怕明日杀声咽断广陵[21]涛。

罢，罢，罢！老夫已拼一死，更无他法；侯兄长才，只索凭你筹画了。〔生〕且看局势，再做商量。〔外、生下〕〔吹打掩门，杂俱下〕〔副净吊场介〕俺高杰也是一条好汉，难道坐以待毙不成。明早黄金坝上，点齐人马，排下阵势，等他来时，迎敌便了。正是：

龙争虎斗逞雄豪，杯酒筵边动剑刀。

刘项[22]何须成败论，将军头断不降曹[23]。

〔1〕书空殷浩：书空就是用手指在空中写字。殷浩是东晋长平人，曾经都督扬、豫、徐、兖、青五州的军事，出征姚襄，兵败后，在家整日用手指在空中写“咄咄怪事”四个字。

〔2〕击楫中流：晋元帝时，祖逖统兵北伐，渡江，击楫宣誓要收复中原。

〔3〕持节江皋：督军镇守江边。

〔4〕龙骧虎啸：形容将帅的威武。骧是马昂头奔跑时的神态。

〔5〕扬、通：扬州、南通州。

〔6〕乐毅：战国时有名的军事家。燕昭王时，他曾率领燕、赵、楚、韩、魏五国军队攻下齐国七十多城。

〔7〕“铁马嘶风先突塞”二句：意为这淮南一带是南北用兵必争之地。“铁马嘶风”句是说铁骑嘶风南下要先从这里突破边防。“犀军放弩”句，意为水师要在这里射退潮头，防守长江。

〔8〕徐、常、沐、邓：徐达、常遇春、沐英、邓愈，他们都是明太祖朱元璋的功臣。

〔9〕绛、灌、萧、曹：绛侯周勃、灌婴、萧何、曹参，他们都是汉高祖刘邦的功臣。

〔10〕高杰乃投诚草寇：高杰原属李自成部下，后来投降官兵。

〔11〕阋(xì)墙：指兄弟间发生争执，形容内部冲突。

〔12〕匆遽：匆促、紧急。

〔13〕庐、和：庐州、和州。

〔14〕仪秦：张仪、苏秦，都是战国时有名的说客。

〔15〕许定国：河南太康人，明末由行伍出身，官至河南总兵。清兵南下时，他杀高杰迎降。

〔16〕偾(fèn)：败坏。

〔17〕“你占住繁华廿四桥”二句：说高杰占领扬州，享尽繁华。杜牧《扬州》诗：“二十四桥明月夜，玉人何处教吹箫。”竹西指竹西亭，在扬州北门外五里。

〔18〕隋堤：在今扬州。

〔19〕不教你蕃厘观独夸琼花少：意即不让高杰独占扬州。蕃厘观在旧扬州府城外。琼花是一种非常珍贵的植物，从前只有蕃厘观有一株，到元时枯死。

〔20〕“谁不羡扬州鹤背飘”二句：殷芸《小说》：以前有几个人围在一起谈自己的志愿，第一个要做扬州刺史官，第二个希望有许多钱，第三个想骑鹤上天。另外一个人说：“我愿腰缠十万贯，骑鹤上扬州。”这里暗用此故事寓指高杰在扬州的贪横，也寓指三镇对高杰的嫉妒。

〔21〕广陵：扬州。

〔22〕刘项：刘邦、项羽，都是秦末农民起义军的首领。

〔23〕将军头断不降曹:意即死也不向三镇妥协。将军头断,用严颜的故事。严颜是后汉刘璋的将官,驻守巴郡,他被张飞擒获后,张飞要他投降,他说:“我们这里只有断头的将军,没有投降的将军。”按,严颜是不降刘备,而不是不降曹,作者为了押韵,故信手拈来。

第十九出　和战

甲申五月

本折为传侯生而写,以说明南明“文争于内,武哄于外”的混乱局面。

〔末、净、丑扮黄得功、刘良佐、刘泽清戎装,杂扮军校执旗帜器械呐喊上〕〔末〕兄弟们俱要小心着,闻得高杰点齐人马,在黄金坝上伺候迎敌。我们分作三队,依次而进。〔净〕我带的人马原少,让我挑战,两兄迎敌便了。〔末〕我的田雄[1]不曾来,我作第二队,总叫河洲[2]哥哥压哨罢。〔丑〕就是如此,大家杀向前去。〔摇旗呐喊急下〕〔副净扮高杰戎装,军校执械随上〕大小三军排开阵势,伺候迎敌。〔杂扮探卒上〕报,报,报!三家贼兵摇旗呐喊,将次到营了。〔净持大刀上〕老高快快出马,今日和你争个谁大谁小。〔副净持枪骂上〕你花马刘[3],是咱家小兄弟,那个怕你!〔内击鼓,净、副净厮杀介〕〔副净叫介〕三军齐上,活捉了这个刘贼。〔杂上乱战介〕〔净败下〕〔末持双鞭上〕我黄闯子[4]的本领你是晓得的,快快磕头,饶你一死。〔副净〕我高老爷不稀罕你这活头,要取你那颗死头的。〔内击鼓,末、副净厮杀介〕〔副净叫介〕三军再来。〔杂上乱战介〕〔末急介〕从来将对将,兵对兵,如何这样混战。到底是个无礼贼子,今日且输与你。〔败下〕〔丑持双刀领众喊上介〕高杰,你不要逞强,我刘河洲也带着些人马哩,咱就混战一场,有何不可。〔副净〕我翻天鹞子[5]不怕人的,凭你竖战也可,横战也可。杀,杀,杀!〔两队领众混战介〕〔生持令箭立高台,小兵持锣敲介〕〔众止杀,仰看介〕〔生摇令箭介〕阁部大元帅有令:四镇作反,皆督师之过。请先到帅府,杀了元帅,次到南京,抢了宫阙;不必在此混战,骚害平民。〔丑〕我们并不曾作反,只因高杰无礼,混乱坐次,我们争个明白,日后好参谒元帅。〔副净〕我高杰乃本标[6]先锋,怎敢作反;他们领兵来杀,只得迎敌。〔生〕不奉军令,妄行厮杀,都是反贼。明日奏闻朝廷,你们自去分辩罢。〔丑〕朝廷是我们迎立的,元帅是朝廷差来的,我们违了军令,便是叛了朝廷,如何使得。情愿束身待罪,只求元帅饶恕。〔生〕高将军,你如何说?〔副净〕我高杰是元帅犬马,犯了军法,只听元帅处分。〔生〕既如此说,速传黄、刘二镇,同赴辕门,央求元帅。〔丑〕二镇败走,各回汛地去了。〔生〕你淮、扬两镇,唇齿之邦,又无宿嫌,为何听人指使。

快快前去，候元帅发落。〔众兵下〕〔生下台〕〔丑、副净同行，到介〕〔生〕已到辕门了，两位将军在外等候，待俺传进去。〔稍迟即出介〕元帅有令：四镇擅相争夺，皆当军法从事；但高将军不知礼体，挑嫌起衅，罪有所归，着与三镇服礼。俟解和之日，再行处分。

【香柳娘】劝将军自思，劝将军自思，祸来难救，负荆[7]早向辕门叩。〔副净恼介〕我高杰乃元帅标下先锋，元帅不加护庇，倒叫与三镇服礼，可不羞死人也。罢，罢，罢！看来元帅也不能用俺了，不免领兵渡江，另做事业去。这屈辱怎当，这屈辱怎当，渡这大江头，事业从新做。〔唤介〕三军快来，随俺前去。〔众兵上，呐喊摇旗随下〕〔丑望介〕呀，呀，呀！高杰竟要过江了，想江南有他的党羽，不日要领来与俺厮闹；俺也早去约会黄、刘二镇，多带人马，到此迎敌。笑力穷远走，笑力穷远走，长江洗羞，防他重来作寇。

〔丑下〕〔生呆介〕不料局势如此，叫俺怎生收救。

山河半倾，人心瓦解，复社文人竟也束手无策。

【前腔】恨山河半倾，恨山河半倾，怎能重构；人心瓦解忘恩旧。〔南望介〕那高杰竟是反了。看扬扬渡江，看扬扬渡江，旗帜乱中流，直入南徐[8]口。〔北望介〕那刘泽清也急忙北去,要约会三镇人马,同来迎敌。这烟尘遍有,这烟尘遍有,好叫俺元帅搔头,参谋搓手。

〔行介〕且去回复了阁部,再作计较。正是:

堂堂开府辖通侯[9],江北淮南数上游[10]。

只恐楼船与铁马,一时都羡好扬州。

〔1〕田雄:明朝总兵,是黄得功的部将。清兵下江南时,雄缚福王投降。

〔2〕河洲:刘泽清的别号。

〔3〕花马刘:刘良佐的绰号。

〔4〕黄闯子:黄得功的绰号。

〔5〕翻天鹞子:高杰的绰号。

〔6〕本标:元帅的本部。

〔7〕负荆:肉袒负荆,谢罪的意思。

〔8〕南徐:今江苏镇江。

〔9〕通侯:汉朝武将的爵位。开府辖通侯,指史可法统率四镇。

〔10〕江北淮南数上游:意为史可法统辖的江北淮南一带,算是上游形势的地方。

第二十出　移防

甲申六月

【锦上花】〔副净扮高杰领众执械上〕策马欲何之?策马欲何之?江锁坚城,弩射原评："和不成则移之，移高兵并移侯生，侯生移而香君守矣。男女之离合与国家兴亡相关，故并为传出。"

雄师[1]。且收兵，且收兵，占住这扬州市。

俺高杰领兵渡江，要抢苏、杭，不料巡抚郑瑄，操舟架炮，堵住江口，没奈何又回扬州，但不知黄、刘三镇，此时何往。〔杂扮报卒上〕报上将军，黄、刘三镇会齐人马，南来迎敌，前哨已到高邮了。〔副净〕阿呀！不好了！南下不得，北上又不能，好叫俺进退两难。〔想介〕罢，罢！还到史阁部辕门，央他的老体面，替俺解救罢。〔行介〕

【前腔】速去乞恩慈，速去乞恩慈，空忝羞颜，答对何辞。这才是，这才是，自作孽，天教死。

〔内喊介〕〔副净领众走下〕

【捣练子】〔外扮史可法从人上〕局已变，势难支，踌躕中夜少眠时。〔生上〕自叹经纶空满纸。

〔外向生介〕世兄，你看高杰不辞而去，三镇又不遵军法；俺本标人马，为数无几，怎能守得住江北。眼看大事已去，奈何，奈何！〔生〕闻得巡抚郑瑄，堵住江口，高杰不能南下，又回扬州来了。〔外〕那三镇如何？〔生〕三镇知他退回，会齐人马，又来迎敌，前哨已到高邮了。〔外愁介〕目前局势更难处矣。

只手难擎，孤军难守，是封建王

【玉抱肚】三百年事，是何人掀翻到

此;只手儿怎擎青天,却莱兵[2]总仗虚词。〔合〕烟尘满眼野横尸,只倚扬州兵一枝。

〔丑扮中军官传鼓介〕〔杂问介〕门外击鼓,有何军情?〔丑〕将军高杰,领兵到辕,求见元帅。〔外〕他果然来了。传他进来,看他有何话说。〔外升帐,开门,左右排列介〕〔副净急跑上介〕小将高杰,擅离汛地,罪该万死。求元帅开恩饶恕!〔外〕你原是一介乱民,朝廷许你投诚,加封侯爵,不曾薄待了你。为何一言不合,竟自反去;及至渡江不得,又投辕门。忽而作反,忽而投诚,把个作反投诚,当做儿戏,岂不可恨!本该军法从事,姑念你悔罪之速,暂且饶恕。〔副净叩头起介〕〔外问介〕你还有何说?〔副净又跪介〕前日擅离汛地,只为不肯服礼。今三镇知俺回来,又要交战,小将虽强,独力怎支,还望元帅解救。〔向生央介〕侯先生替俺美言一句。〔生〕你不肯服礼,叫元帅如何处断?〔外〕正是,事到今日,本帅也不能偏护了。

【前腔】争论坐次,动干戈不知进止。他三家鼎足称雄,你孤军危命如丝。〔合前〕〔副净〕元帅不肯解救,小将宁可碎首辕门,断不拜他下风。〔生〕你那黄金坝上威风那里去了?〔副净〕那时他没带人马,俺用全军混战,因而取胜。今日三家卷土齐来,小将不得不临事而惧矣。〔生〕小生倒有个妙计,只怕你不肯依从。

朝没落时必然出现的现象,也是史可法无可避免的悲剧命运。作者企图以此回答明朝三百年基业败于何人的问题,还只看到它表面的现象。

〔副净〕除了服礼，都依都依。〔生〕目今流贼南下，将渡黄河，许定国不能阻当，连夜告急。元帅正要发兵防河，你何不奉命前往，坐镇开、洛[3]；既解目前之围，又立将来之功。他三镇知你远去，也不能兴无名之师了。将军以为何如？〔副净低头思介〕待我商量。〔内呐喊介〕〔外〕城外杀声震天，是何处兵马？〔丑报介〕黄、刘三镇，领兵到城，要与高将军厮杀哩。〔副将惧介〕这怎么处，只得听元帅调遣了。〔外〕既然肯去，速传军令，晓谕三镇。〔拔令箭丢地介〕〔丑拾令箭跪介〕〔外〕高杰无礼，本当军法从事，但时值用人之际，又念迎驾之功，暂且饶恕，罚往开、洛防河，将功赎罪，今日已离扬州。三镇各释小嫌，共图大事，速速回汛，听候调遣。〔丑〕得令。〔下〕〔外指高杰介〕高将军，高将军，只怕你的性气，到处不能相安哩。

【前腔】黄河难恃，劝将军谋终虑始。那许定国也不是个安静的。须提防酒前茶后，软刀枪怎斗雄雌。〔合前〕

〔向生介〕防河一事，乃国家要着，我看高将军勇多谋少，倘有疏虞，罪坐老夫。仔细想来，河南原是贵乡，吾兄日图归计，路阻难行，何不随营前往；既遂还乡之愿，又好监军防河，且为桑梓造福，岂非一举而三得乎。〔生〕多谢美意，就此辞过元帅，收拾行装，即刻起程便了。〔副净〕一同告辞罢。〔拜别介〕〔外向生介〕参谋此去，便如老夫亲身防河一般；只恐势局叵测，须要十分小心，老夫专听好音也。正是：人事无常争胜负，天心有定管兴亡。〔下〕〔吹打掩门〕〔生、副净出介〕〔副净〕侯先生，你听杀声未息，只怕他们前面截杀。〔生〕无妨也，他们知你移防，怒气已消，自然散去的。况且三镇之兵，俱走东路，我们点齐人马，直出北门，从天长、六合[4]，竟奔河南，有何阻当。〔众兵旗仗伺候介〕〔副净〕就此起程。〔行介〕

【朝元令】〔生〕乡园系思，久断平安字；乌栖一枝，郁郁难居此。结伴还乡，白云如驶，遂了三年归志。〔副净〕统着全师，烟城柳驿行参差；莫逞旧雄姿，函关偷度[5]时。〔合〕扬州倒指，看不见平山萧寺[6]，平山萧寺。

〔副净〕落日林梢照大旗，〔生〕从军北去慰乡思。

〔副净〕黄河曲里防秋[7]将，〔生〕好似英雄末路时。

〔1〕“江锁坚城”二句：意为巡抚郑瑄凭长江的形势，坚守苏州，并架炮防守江口。

〔2〕莱兵：春秋时孔子跟鲁定公和齐君在夹谷相会，齐君使莱人以兵劫

鲁公,赖孔子的一番话把莱兵退去。

〔3〕开、洛:开封、洛阳。

〔4〕天长、六合:天长,安徽地名;六合,江苏地名。

〔5〕函关偷度:用战国时齐孟尝君田文偷度秦函谷关的故事,表示偷越敌人的防线。函关即函谷关,在河南灵宝西南。

〔6〕平山萧寺:平山堂,在扬州西北蜀冈上,宋朝欧阳修盖。萧寺即佛寺,相传梁武帝萧衍造了许多佛寺,因此后人有称佛寺作萧寺的。

〔7〕防秋:古时西北各游牧部族往往趁秋高马肥时南侵,因此中原王朝也要在这时侯加强边防力量,这叫作防秋。

闰二十出　闲话

甲申七月

从七出以来,尽皆兵戎政事,至此才喘一口气。作者于豆棚闲话中寄兴亡之感,同时又承前启后,使前后针线密、衔接紧。

〔内鸣金擂鼓呐喊介〕〔外扮老官人,白巾麻衣背包裹急上〕戎马消何日,乾坤剩此身;白头江上客,红泪自沾巾。〔立住大哭介〕〔小生扮山人背行李上〕日淡村烟起,江寒雨气来。〔丑扮贾客背行李上〕年年经过路,离乱使人猜。〔小生见丑介〕请了,我们都是上南京的,天色将晚,快些趱行。〔丑〕正是兵荒马乱,江路难行,大家作伴才好。〔指外介〕那个老者为何立住了脚,只顾啼哭?〔小生问外介〕老兄想是走错了路,失迷什么亲人了。〔外摇手介〕不是,不是。俺是从北京下来的,行到河南,遇着高杰兵马,受了无限惊恐。刚得逃生，渡过江来，看见满路都是逃生奔命之人，不觉伤心恸哭几声。〔掩泪介〕〔小生〕原来如此，可怜，可叹！〔丑〕既是北京下来的，俺正要问问近日的消息，何不同宿村店，大家谈谈。〔外〕甚妙，我老腿无力，也要早歇哩。〔小生指介〕这座村店稍有墙壁，就此同宿了罢。〔让介〕请进。〔同入介〕〔外仰看介〕好一架豆棚。〔小生〕大家放下行李，便坐这豆棚之下，促膝闲话也好。〔同放行李，坐介〕〔副净扮店主人上〕村店新泥壁，田家老瓦盆。〔问介〕众位客官，还用晚饭么？〔众〕不消了。〔小生〕烦你买壶酒来，削瓜剥豆，我与二位解解困乏罢。〔外向小生介〕怎好取扰？〔丑向外介〕四海兄弟，却也无妨；待用完此酒，咱两个再回敬他。〔副净取酒、菜上〕〔三人对饮介〕〔外问介〕方才都是路遇，不曾请教尊姓大号，要到南京有何贵干？〔小生〕在下姓蓝名瑛，字田叔，是西湖画士，特到南京访友的。〔丑〕在下是蔡益所，世代南京书客，才从江浦索债回来的。〔问外介〕老兄是从北京下来的了；敢问高姓大名，有甚急事，这等狼狈？〔外〕不瞒二位说，下官姓张名薇[1]，原是锦衣卫堂官。〔丑惊介〕原来是位老爷，失敬了。〔小生问介〕为何南来？〔外〕三月十九日，流贼攻破北京，崇祯先帝缢死煤山，周皇后也殉难自尽。下官走下城头，领了些本管校尉，寻着尸骸，抬到东

原评："张道士、蔡益所、蓝田叔皆下本结场之人，而此上本末折方令出场，笔意高绝。又两结场皆是中元，皆鬼神之事。又全折但用科白，不填一曲，是异样变化文字。"

原评："“哭主”一折止报北京之失，而帝后殉国，流贼破城始末皆于此折补出，虽补笔也实小结场法。"

华门外，买棺收殓，独自一个戴孝守灵。〔小生〕那旧日的文武百官，那里去了？〔外〕何曾看见一人。那时闯贼搜查朝官，逼索兵饷，将我监禁夹打。我把家财尽数与他，才放我守灵戴孝。别个官儿走的走，藏的藏，或被杀，或下狱，或一身殉难，或阖门死节。〔小生〕有这样忠臣，可敬，可敬。〔外〕还有进朝称贺，做闯贼伪官的哩。〔丑〕有这样狗彘，该杀，该杀。〔外掩泪介〕可怜皇帝、皇后两位梓宫[2]，丢在路旁，竟没人偢睬。〔小生、丑俱掩泪介〕〔外〕直到四月初三日，礼部奉了伪旨，将梓宫抬送皇陵。我执幡送殡，走到昌平州；亏了一个赵吏目，纠合义民，捐钱三百串，掘开田皇妃[3]旧坟，安葬当中。下官就看守陵旁，早晚上香。谁想五月初旬，大兵进关[4]，杀退流贼，安了百姓，替明朝报了大仇；特差工部查宝泉局[5]内铸的崇祯遗钱，发买工料，从新修造享殿碑亭，门墙桥道，与十二陵[6]一般规模。真是亘古希有的事。下官也没等工完，亲手题了神牌，写了墓碑，连夜走来，报与南京臣民知道，所以这般狼狈。〔小生〕难得，难得！若非老先生在京，崇祯先帝竟无守灵之人。〔丑问介〕但不知太子二王[7]，今在何处？〔外〕定、永两王，并无消息；闻太子渡海南来，恐亦为乱兵所害矣。〔掩泪介〕〔小生问介〕闻得北京发书一封与阁部史可法，责备亡国将相，不去奔丧哭主，又不请兵报仇。史公答了回书,特着左懋第[8]披麻扶杖,前去哭灵,老先生可晓得么?〔外〕下官半路相遇,还执手恸哭了一场的。〔内作大风雷声介〕〔副净掌灯急上〕大雨来了,快些进房罢。〔众起,以袖遮头入房介〕好雨,好雨。〔外〕天色已晚,下官该行香了。〔丑问介〕替那个行香?〔外〕大行皇帝未满周年,下官现穿孝服,每早每晚要行香哭拜的。〔取包裹出香炉、香盒,设几上介〕〔洗手介〕〔望北两拜介〕〔跪上香介〕大行皇帝呀,大行皇帝呀!今日七月十五,孤臣张薇,叩头上香了。〔内作大风雷不止介〕〔外伏地放声大哭介〕〔小生呼丑介〕过来,过来,我两个草莽之臣[9],也该随拜举哀的。〔小生、丑同跪,陪哭介〕〔哭毕,俱叩头起,又两拜介〕〔小生〕老先生远路疲倦,早早安歇了罢。〔外〕正是,各人自便了。〔各解行李卧倒介〕〔小生〕窗外风雨益发不住,明早如何登程?〔外〕老天的阴晴,人也料他不定。〔丑问介〕请问老爷,方才说的那些殉节文武,都有姓名么?〔外〕问他怎的?〔丑〕我小铺中要编成唱本,传示四方,叫万人景仰他哩。〔外〕好,好!下官写有手折,明日取出奉送罢。〔丑〕多谢!〔小生〕那些投顺闯贼,不忠不义的姓名,也该流传,叫人唾骂。〔外〕都有抄本,一总奉上。〔丑〕更妙。〔俱作睡熟介〕〔内作众鬼号呼介〕〔外惊听介〕奇怪,奇怪!窗外风雨声中，又有哀苦号呼之声，是何物类？〔杂扮阵亡厉鬼，跳叫上〕〔外隔窗看介〕怕人，怕人！都是些没头折足阵亡厉鬼，为何到此？〔众鬼下〕〔外睡倒介〕〔内作细乐警跸[10]声介〕〔外惊听介〕窗外又有人马鼓乐声，待我开门看来。〔起看介〕〔杂扮文武冠带骑马，幡幢细乐引导，扮帝后乘舆上〕〔外惊出跪迎介〕万岁，万岁，万万岁！孤臣张薇恭迎圣驾。〔众下〕〔外起呼介〕皇帝，皇后，何处巡游，我孤臣张薇不能随驾了。〔又拜哭介〕〔小生、丑醒问介〕天已发亮，老爷怎的又哭起来，想是该上早香了。〔外掩泪介〕奇事，奇事！方才睡去，听得许多号呼之声，隔窗张看，都是些阵亡厉鬼。〔小生〕是了，昨夜乃中元赦罪之期，想是赴盂兰会[11]的。〔外〕这也没相干，还有奇事哩。〔丑〕还有什么奇事？〔外〕后来又听的人马鼓吹之声，我便开门出看，明明见崇祯先帝同着周皇后乘舆东行，引导的文武官员，都是殉难忠臣；前面奏着细乐，排着仪仗，象个要升天的光景。我伏俯路旁，送驾过去，不觉失声大哭起来。〔小生〕有这等异事。先皇帝、先皇后自然是超升天界的，也还是张老爷一片至诚，故此特特显圣。〔外〕下官今日发一愿心，要到明年七月十五日，在南京胜境，募建水陆道场，修斋追荐，并脱度一切冤魂，二位也肯随喜[12]么？〔丑〕老爷果能做此好事，俺们情愿搭醮[13]。〔外〕好人，好人。到

作者在此，让崇祯亡灵在幡幢细乐引导下从舞台走过，并让张薇涕泪滂沱，高呼万岁，这和卷四之末立崇祯牌位一样，都反映了明代遗民的亡国之痛。

南京时，或买书，或求画，不时要相会的。〔丑〕正是。〔小生〕大家收拾行李作别罢。〔各背行李下〕

雨洗鸡笼[14]翠，江行趁晓凉，
乌啼荒冢树，槐落废宫墙。
帝子魂何弱，将军气不扬，
中原垂老别，恸哭过沙场。

〔1〕张薇：字瑶星，上元人，明末任锦衣卫千户官，明亡隐居南京城外栖霞山中，著有《玉气剑光集》。

〔2〕梓宫：皇帝或皇后的棺材。

〔3〕田皇妃：明思宗的妃子，死于崇祯十五年五月，葬昌平。

〔4〕大兵进关：指清兵入关。

〔5〕宝泉局：明代国家铸钱的机关。

〔6〕十二陵：明代从成祖到熹宗十二朝皇帝的陵，都在昌平。

〔7〕太子二王：明思宗的太子朱慈烺及永王慈炤、定王慈炯。

〔8〕左懋第：明末莱阳人，字梦石，崇祯进士。福王时，曾任应天、徽州府的巡抚。清兵连破李自成军队，他被派去跟清兵议和，被清兵扣留。南京失陷后，他不屈而死。

〔9〕草莽之臣：不在朝任官的臣子。

〔10〕警跸：由侍卫呼喝，禁止行人在车驾前后往来，叫作警跸。

〔11〕盂兰会：世俗在七月十五日，邀请和尚结盂兰会，诵经，说是可以对鬼魂施舍。

〔12〕随喜：佛家语，本取见人行善事，随之而生欢喜心之意。一般用做布施的代语。

〔13〕搭醮：参加一份斋醮。

〔14〕鸡笼：山名，即鸡笼山，在江苏南京北。

加二十一出　孤吟

康熙甲子八月

这是下本演出前的引子，全用词曲，以烘托悲剧气氛。

作者在上本开场时自说“实事实人，有凭有据”，下本开场时又说不免含糊、遮盖。合而观之，方不至片面。

【天下乐】〔副末毡巾道袍，扮老赞礼上〕雨洗秋街不动尘，青山红树满城新。谁家剩有闲金粉[1]，撒与歌楼照镜人？

老客无家恋，名园杯自劝。朝朝贺太平，看演《桃花扇》。〔内问〕老相公又往太平园，看演《桃花扇》么？〔答〕正是。〔内问〕昨日看完上本，演的何如？〔答〕演的快意，演的伤心，无端笑哈哈，不觉泪纷纷。司马迁作史笔，东方朔上场人。只怕世事含糊八九件，人情遮盖两三分。〔行唱介〕

【甘州歌】流光箭紧，正柳林蝉噪，荷沼香喷。轻衫凉笠，行到水边人困；西窗乍惊连夜雨，北里[2]重消一枕魂。梧桐院，砧杵村[3]，青苔虫语不堪闻。闲携杖，漫出门，宫槐满路叶纷纷。

【前腔】鸡皮瘦损，看饱经霜雪，丝鬓如银。伤秋扶病，偏带旅愁客闷；欢场那知还剩我，老境翻嫌多此身。儿孙累，名利奔，一般流水付行云。诸侯怒，丞相嗔，无边衰草对斜曛。

【前腔】〔换头〕望春不见春，想汉宫图画，风飘灰烬。棋枰客散，黑白胜负难分；南朝古寺王谢坟，江上残山花柳阵。人不见，烟已昏，击筑[4]弹铗与谁论。黄尘变，红日滚，一篇诗话易沉沦。

【前腔】〔换头〕难寻吴宫旧舞茵[5]，问开元遗事，白头人尽[6]。云亭词客，阁笔几度酸辛；声传皓齿曲未终，泪滴红盘蜡已寸。袍笏[7]样，墨粉痕，一番妆点一番新。文章假，功业诨，逢场只合酒沾唇[8]。

【余文】老不羞，偏风韵，偷将拄杖拨红裙。那管他扇底桃花解笑人。

当年真是戏，今日戏如真。

两度旁观者，天留冷眼人。

那马士英又早登场，列位请看。〔拱下〕

〔1〕金粉：铅粉，妇女的化妆品。歌楼照镜人即歌妓，这里指演唱《桃花扇》的优伶。

〔2〕北里：一般指妓女聚居的地方，这里疑别有所指。

〔3〕砧杵村：砧是捣衣石，杵是捣衣的木槌。砧杵村表现秋天乡村的景象，因为天气凉了，妇女捣衣的多了。

〔4〕击筑:筑是一种像筝的乐器,用竹来敲击发声。击筑典出战国高渐离送荆轲的故事,多借以表达悲壮之意。

〔5〕吴宫旧舞茵:暗用吴王宠西施的故事。

〔6〕"问开元遗事"二句:"开元遗事"指唐玄宗遗事。元稹《宫词》:"寥落古行宫,宫花寂寞红。白头宫女在,闲坐说玄宗。"这里用开元遗事比喻南明遗事,但用意比元稹《宫词》更深一层,是说要问南明遗事,连白头宫女也找不到了。

〔7〕袍笏:指古代大臣上朝时的朝服和手板。

〔8〕"文章假"三句:意为人世间的文章功业,都是假的,只有逢场行乐最合算。这是一种寓于旷达之中的牢骚话。

第二十一出　媚座

甲申十月

原评:"上本之末皆写草创争斗之状,下本之首皆写偷安宴游之情。争斗则朝宗分其忧,宴游则香君罹其苦,一生一旦为全本纲领,而南朝之治乱系焉。香君一生谁合之,谁离之,谁害之,谁救之,作好作恶者皆龙友也。昔贤云:'善且不为,而况乎恶?'龙友多事,

【菊花新】〔净冠带扮马士英,外扮长班从人喝道上〕调和鼎鼐[1]费心机,别户分门[2]恩济威;钻火燃寒灰[3],这燮理阴阳非细。

下官马士英,官居首辅,权握中枢。天子无为,从他闭目拱手;相公养体[4],尽咱吐气扬眉。那朱紫半朝,只不过呼朋引党;这经纶满腹,也无非报怨施恩。人都说养马成群,滚尘不定[5];他怎知立君由我,杀人何妨。〔笑介〕这几日太平无事,又且早放红梅,设席万玉园中,会些亲戚故旧,但看他趋奉之多,越显俺尊荣之至。人生行

乐耳，须富贵此时。〔叫介〕长班，今日下的是那几位请帖？〔外〕都是老爷同乡。有兵部主事杨文骢，佥都御史越其杰，新推漕抚田仰，光禄寺卿阮大铖，这几位老爷。〔净疑介〕那阮大铖不是同乡呀。〔外〕他常对人说是老爷至亲。〔净笑介〕相与不同，也算的个至亲了。〔吩咐介〕今日不是外客，就在这梅花书屋设席罢。〔外〕是！〔净〕天已过午，快去请客。〔外〕不用去请，俱在门房候着哩。只传他一声，便齐齐进来了。〔传介〕老爷有请！〔末、副净忙上〕阍人[6]片语千钧重，相府重门万里深。〔进见足恭介〕〔净〕我道是谁。〔向末介〕杨妹丈是咱内亲，为何也不竟进？〔末〕如今亲不敌贵了。〔净〕说那里话。〔向副净介〕圆老一向来熟了的，为何也等人传？〔副净〕府体尊严，岂敢冒昧。〔净〕这就见外了。〔让净告坐，打恭介〕

殊不可解。传中不即不离，能写其神。”

【好事近】〔净〕吾辈得施为，正好谈心花底；兰友瓜戚，门外不须倒屣[7]。休疑，总是一班桃李，相逢处把臂倾杯，何必拘冠裳套礼。俺肯堂堂相府，宾从疏稀。

本出用素描工笔写南明官僚丑态。马、阮、杨三人各具性格，须眉毕现，表现了作者现实主义艺术的高度，不徒以史事翔实见长。

〔茶到让净先取，打恭介〕〔净〕今日天气微寒，正宜小饮。〔副净、末打恭介〕正是。〔净〕才下朝来，日已过午；昼短夜长，养了三个时辰了。〔副净、末打恭介〕是，是！皆老师相调燮之功也。〔吃茶完，让净先放茶杯，打恭介〕〔净问外介〕怎么越、田二位还不见到?〔外〕越老爷痔漏发了,早有辞帖;田老爷明日起身,打发家眷上船,夜间才来辞行。〔净〕罢了,吩咐排席。〔吹打,排三席,安座介〕〔副净、末谦恭告坐介〕〔入座饮介〕

自比南宋的贾似道。

【泣颜回】〔净〕朝罢袖香微,换了轻裘朱履;阳春十月,梅花早破红蕊。南朝雅客,半闲堂[8]且说风流嘴;拼长宵读画评诗,叹吾党知心有几。

以客单介绍奸党人物,简洁明白。

〔副净问介〕相府连日宴客,都是那几位年翁?〔净〕总是吾党,但不如两公风雅耳。〔末问介〕是谁?〔净唤介〕长班拿客单来看。〔外〕客单在此。〔副净接看介〕张孙振、袁宏勋、黄鼎、张捷、杨维垣[9]。〔末〕果然都是大有经济的。〔净〕个个是学生提拔,如今皆成人僚了。〔副净打恭介〕晚生等已废之员,还蒙起用,老师相为国吐握,真不啻周公矣[10]。〔净〕岂敢。〔拱介〕二位不比他人,明日嘱托吏部,还要破格超升。〔末打恭介〕〔副净跪介〕多谢提拔。〔净拉起介〕

【前腔】〔副净、末〕提携,铩羽忽高飞,剑出丰城狱底[11]。随朝待漏[12],犹如狗续貂尾。华筵一饮,出公门,满面春风起;这恩荣锡衮封圭,不比那登龙御李[13]。〔起介〕〔净〕撤了大席,安排小酌,我们促膝谈心。〔设一席,更衣围坐介〕〔净〕也不再把盏了。〔副净、末〕岂敢重劳。〔杂扮二价献赏封介〕〔净摇手介〕不必,不必!花间雅集,又无梨园,怎么行这官席之礼。〔副净〕舍下小班,日日得闲,为何不唤来承应。〔净〕圆老见惯的,另请别客,借来领教罢。

【太平令】妙部[14]新奇,见惯司空自品题。〔副净〕是,是!名园山水清音美,又何用丝竹随。

〔末笑介〕从来名花倾国,缺一不可。今日红梅之下,梨园可省,倒少不了一声"晓风残月"哩。

【前腔】半放红梅,只少韦娘一曲[15]催。〔净大笑介〕妹丈多情,竟要做个苏州刺史了。苏州刺史魂消矣,想一个丽人陪。

〔净〕这也容易。〔吩咐介〕叫长班传几名歌妓,快来伺候。〔外〕禀老爷,要旧院的,要珠市[16]的?〔净向末介〕请教杨姑老爷。〔末〕小弟物色已多,总无佳者;只有旧院李香君,新学《牡丹亭》,倒还唱得出。〔净吩咐介〕长班快去唤来!〔外应下〕〔副净问末介〕前日田百源[17]用三百金,要娶做妾的,想是他了?〔末〕正是。〔净问末介〕为何不娶去?〔末〕可笑这个呆丫头,要与侯朝宗守节,断断不从。俺往说数次,竟不下楼,令我扫兴而回。〔净怒介〕有这样大胆奴才。

【风入松】不知开府爪牙威,杀人如同虱虮。笑他命薄烟花鬼,好一似蛾扑灯蕊。〔副净〕这都是侯朝宗教坏的,前番辱的晚生也不浅。〔净大怒介〕了不得,了不得!一位新任漕抚,拿银三百,买不去一个妓女。岂有此理!难道是珍珠一斛,偏不能换蛾眉[18]。

〔副净〕田漕台是老师相的乡亲,被他羞辱,所关不小。〔净〕正是,等他来时,自有处法。〔外上〕禀老爷,小人走到旧院,寻着香君,他推托有病,不肯下楼。〔净寻思介〕也罢!叫长班家人,拿着衣服财礼,竟去娶他。

【前腔】不须月老几番催,一霎红丝联喜,花花彩轿门前挤,不少欠分毫茶礼。莫管他鸨子肯不肯,竟将香君拉上轿子,今夜还送到田漕抚船上。惊的他迷离似痴,只当烟波上遇湘妃。

〔外等急应下〕〔副净喜介〕妙,妙!这才燥脾。〔末〕天色太晚,我们告辞罢。〔净〕正好快谈,为何就去?〔副净〕动劳久陪,晚生不安。〔俱起打恭介〕〔净〕还该远送一步。〔副净、末〕不敢。〔连打三恭〕〔净先入内介〕〔副净〕难得令舅老师相在乡亲面上,动此义举;龙老也该去帮一帮。〔末〕如何去帮？〔副净〕旧院是你熟游之处，竟去拉下楼来，打发起身便了。〔末〕也不可太难为他。〔副净怒介〕这还便益了他。想起前番，就处死这奴才，难泄我恨。

两句话分出两个人物来。

【尾声】当年旧恨重提起，便折花损柳心无悔。那侯朝宗空梳栊了一番。看今日琵琶抱向阿谁[19]？

〔副净〕封侯夫婿[20]几时归，〔末〕独守妆楼掩翠帏。

龙友究竟不同于阮胡子。

〔副净〕不解巫山风力猛，〔末〕三更即换雨云衣。

〔1〕调和鼎鼐：鼎鼐是古代烹调饮食的两种铜器。我国古典文学作品里习惯用和羹来比喻执政大臣在政治上的调度。

〔2〕别户分门：指在政治上分成门户、宗派。

〔3〕钻火燃寒灰：意为使魏阉余党死灰复燃。

〔4〕相公养体：相公指宰相。养体，见《孟子·告子上》，本是养其大体的意思，这大体指一个人的心志。这里讽刺马士英把它误解，以为由他吐气扬眉，便是养体。

〔5〕"养马成群"二句：这是南明的谚语，讽刺马士英结党成群，混乱朝局。

〔6〕阍人：守门人。

〔7〕"兰友瓜戚"二句：兰友指知心的朋友，瓜戚指有瓜葛关系的亲戚，倒屣表示对宾客的欢迎。古人脱屣席地而坐，当好朋友来时，急起迎接，有时连屣都倒穿了。二句的意思是，彼此都是至亲好友，用不着出门迎接。

〔8〕半闲堂：南宋末年，宰相贾似道在杭州西湖葛岭建筑半闲堂，并在其

中塑自己的像,大小朝政都在那里决定。

〔9〕张孙振、袁宏勋、黄鼎、张捷、杨维垣:这几个人都是马士英、阮大铖的私党。

〔10〕"为国吐握"二句:吐握指吐哺握发。周公对伯禽说:"我为了及时接待贤士,洗一回头要握发三次;吃一顿饭要吐哺三次。"阮大铖借此奉承马士英,说他比周公还重视贤才。

〔11〕"铩(shā)羽忽高飞"二句:铩羽指羽毛摧落,不能高飞,一般用来比喻失志。剑出丰城狱底典出雷焕的故事。传说晋朝雷焕为丰城县令,在丰城狱底掘出龙泉、太阿两柄宝剑。这两句意为失志的人又得到高升,埋没了的贤才被重新发掘出来。

〔12〕待漏:古代大臣们入朝以前要在待漏院等待。

〔13〕"这恩荣锡衮封圭"二句:锡即赐。衮在这里指古代上公的礼服;圭是古代诸侯所执的玉。锡衮封圭,意即受封很高的爵位。登龙即登龙门,东汉的李膺有贤名,士大夫被他接见的,身价即大大提高,因此被称作登龙门。荀爽去拜候他,并为他驾御车马,回家后对人说:"今日得御(驾御车马)李君矣!""御李"就指这个故事。这两句意为他们这种封官拜爵的恩荣,不是那登龙御李的光荣所可比的。

〔14〕妙部:部即菊部,也是乐部。妙部指很好的戏班。

〔15〕韦娘一曲:与下文"苏州刺史"都是用刘禹锡"司空见惯"的典故。

〔16〕珠市:南京另一个妓馆集中的地方,在南京内桥旁。

〔17〕田百源:田仰。

〔18〕"难道是珍珠一斛"二句:蛾眉是美人的代词。据说石崇曾用珍珠三斛买美女绿珠为妾。

〔19〕看今日琵琶抱向阿谁:琵琶别抱本指妇女再嫁,这句是看今日香君再嫁给谁的意思。典同白居易《琵琶行》。

〔20〕封侯夫婿:指侯方域。

第二十二出　守楼

甲申十月

〔外、小生拿内阁灯笼、衣、银跟轿上〕天上从无差月老，人间竟有错花星[1]。〔外〕我们奉老爷之命，硬娶香君，只得快走。〔小生〕旧院李家母子两个，知他谁是香君。〔末急上呼介〕转来同我去罢。〔外见介〕杨姑老爷肯去，定娶不错了。〔同行介〕月照青溪水，霜沾长板桥。来此已是，快快叫门。〔叫门介〕〔杂扮保儿上〕才关后户，又开前庭；迎官接客，卑职驿丞[2]。〔问介〕那个叫门？〔外〕快开门来。〔杂开门惊介〕呵呀！灯笼火把，轿马人夫，杨老爷来夸官了。〔末〕哇！快唤贞娘出来。〔杂大叫介〕妈妈出来，杨老爷到门了。〔小旦急上问介〕老爷从那里赴席回来么？〔末〕适在马舅爷相府，特来报喜。〔小旦〕有什么喜？〔末〕有个大老官来娶你令爱哩。〔指介〕

原评："'却奁'一折，写香君之有为；'守楼'一折，写香君之有守。"在一批亡国士大夫醉生梦死之中，写一个妓女的有为有守，表现了作家民主思想的进步倾向与鲜明的爱憎感情。

【渔家傲】你看这彩轿青衣门外催，你看这三百花银，一套绣衣。〔小旦惊介〕是那家来娶，怎不早说？〔末〕你看灯笼大字成双对，是中堂[3]阁内。〔小旦〕就是内阁老爷自己娶么?〔末〕非也。漕抚田公,同乡至戚,赠个佳人捧玉杯。

原评:"来人之错认,妙;贞娘之含糊,妙;龙友之调停,妙。皆为错娶张本。"

〔小旦〕田家亲事,久已回断,如何又来歪缠?〔小生拿银交介〕你就是香君么,请受财礼。〔小旦〕待我进去商量。〔外〕相府要人,还等你商量;快快收了银子,出来上轿罢。〔末〕他怎敢不去,你们在外伺候,待我拿银进去,催他梳洗。〔末接银,杂接衣,同小旦作进介〕〔小生、外〕我们且寻个老表子燥脾去。〔俱暂下〕〔小旦、末、杂作上楼介〕〔末唤介〕香君睡下不曾?〔旦上〕有甚紧事,一片吵闹。〔小旦〕你还不知么?〔旦见末介〕想是杨老爷要来听歌。〔小旦〕还说甚么歌不歌哩。

【剔银灯】忙忙的来交聘礼,凶凶的强夺歌妓;对着面一时难回避,执着名别人谁替。〔旦惊介〕唬杀奴也!又是那个天杀的?〔小旦〕还是田仰,又借着相府的势力,硬来娶你。堪悲,青楼薄命,一霎时杨花乱吹。

〔小旦向末介〕杨老爷从来疼俺母子,为何下这毒手?〔末〕不干我事,那马瑶草知你拒绝田仰,动了大怒,差一班恶仆登门强娶。下官怕你受气,特为护你而来。〔小旦〕这等多谢了,还求老爷始终救解。〔末〕依我说三百财礼,也不算吃亏;香君嫁个漕抚,也不算失所;你有多大本事,能敌他两家势力?〔小旦思介〕杨老爷说的有理,看这局面,拗不去了。孩儿趁早收拾下楼罢!〔旦怒介〕妈妈说那里话来!当日杨老爷作媒,妈妈主婚,把奴嫁与侯郎,满堂宾客,谁没看见。现收着定盟之物。〔急向内取出扇介〕这首定情诗,杨老爷都看过,难道忘了不成?

原评:"取扇在手,看者著眼。"这说明作者已注意到人物的贯串性。

【摊破锦地花】案齐眉[4],他是我终身倚,盟誓怎移。宫纱扇现有诗题,万种恩情,一夜夫妻。〔末〕那侯郎避祸逃走,不知去向;设若三年不归,你也只顾等他么?〔旦〕便等他三年;便等他十年;便等他一百年;只不嫁田仰。〔末〕呵呀!好性气,又象摘翠脱衣骂阮圆海的那番光景了。〔旦〕可又来,阮、田同是魏党,阮家妆奁尚且不受,倒去跟着田仰么?〔内喊介〕夜已深了,快些上轿,还要赶到船上去哩。〔小旦劝介〕傻丫头!嫁到田府,少不了你的吃穿哩。〔旦〕呸!我立志守节,岂在温饱。忍寒饥,决不下这翠楼梯。

〔小旦〕事到今日,也顾不得他了。〔叫介〕杨老爷放下财礼,大家帮他梳头穿衣。〔小旦替梳头,末替穿衣介〕〔旦持扇前后乱打介〕〔末〕好利害,一柄诗扇,倒象一把防身的利剑。〔小旦〕草草妆完,抱他下楼罢。〔末抱介〕〔旦哭介〕奴家就死不下此楼。〔倒地撞头晕卧介〕〔小旦惊血溅诗扇，表现香君宁死不屈的性格，即借以贯串全部剧情。

介〕呵呀！我儿苏醒，竟把花容，碰了个稀烂。〔末指扇介〕你看血喷满地，连这诗扇都溅坏了。〔拾扇付杂介〕〔小旦唤介〕保儿，扶起香君，且到卧房安歇罢。〔杂扶旦下〕〔内喊介〕夜已三更了，诓去银子，不打发上轿，我们要上楼拿人哩。〔末向楼下介〕管家略等一等；他母子难舍，其实可怜的。〔小旦急介〕孩儿碰坏，外边声声要人，这怎么处？〔末〕那宰相势力，你是知道的，这番羞了他去，你母子不要性命了。〔小旦怕介〕求杨老爷救俺则个。〔末〕没奈何，且寻个权宜之法罢！〔小旦〕有何权宜之法？〔末〕娼家从良，原是好事，况且嫁与田府，不少吃穿，香君既没造化，你倒替到享受去罢。〔小旦急介〕这断不能。一时一霎，叫我如何舍得。〔末怒介〕明日早来拿人，看你舍得舍不得。〔小旦呆介〕也罢！叫香君守着楼，我去走一遭儿。〔想介〕不好，不好，只怕有人认得。〔末〕我说你是香君，谁能辨别。〔小旦〕既是这等，少不得又妆新人了。〔忙打扮完介〕〔向内叫介〕香君我儿，好好将息，我替你去了。〔又嘱介〕三百两银子，替我收好，不要花费了。〔末扶小旦下楼介〕

一句嘱托，令人感到格外悲凉，又要她收好三百两银子，仍是鸨儿声口。

【麻婆子】〔小旦〕下楼下楼三更夜，红灯满路辉；出户出户寒风起，看花未必归。

〔小生、外打灯抬轿上〕好，好，新人出来了，快请上轿。〔小旦别末介〕别过杨老爷罢。〔末〕

前途保重，后会有期。〔小旦〕老爷今晚且宿院中，照管孩儿。〔末〕自然。〔小旦上轿介〕萧郎从此路人窥，侯门再出岂容易[5]。〔行介〕舍了笙歌队，今夜伴阿谁。

〔俱下〕〔末笑介〕贞丽从良，香君守节，雪了阮兄之恨，全了马舅之威！将李代桃，一举四得，倒也是个妙计。〔叹介〕只是母子分别，未免伤心。

原评："传奇中多用错娶。亦属厌套。此折错娶，却是新文。"

匆匆夜去替蛾眉，一曲歌同易水悲[6]。

燕子楼中人卧病，灯昏被冷有谁知。

〔1〕花星：《帝京景物略》"女怕花星照"，表示婚姻的征兆、男女风情的纠葛。

〔2〕驿丞：掌管驿站的官，经常要迎官接客，因此保儿拿他来自比。

〔3〕中堂：唐朝在中书省设政事堂，是宰相办事的地方，后人因此称宰相作中堂。

〔4〕案齐眉：形容夫妻相敬。案是一种食具，东汉时梁鸿的妻子孟光每次吃饭都举案齐眉，表示对梁鸿的尊敬。

〔5〕"萧郎从此路人窥"二句：这两句是李贞丽引崔郊的故事来说明自己这一入田府，恐怕再难出来。崔郊是唐元和间秀才，他姑母有一个非常美丽的婢女，卖给连帅。郊十分想念这位婢女，为她写了一首诗，末了二句是"侯门一入深如海，从此萧郎是路人"。萧郎是唐代一般美好男子的通称。

〔6〕一曲歌同易水悲：借用战国荆轲与太子丹在易水分别的故事来形容李香君母女的分别。

第二十三出　寄扇

甲申十一月

【醉桃源】〔旦包帕病容上〕寒风料峭透冰绡，香炉懒去烧。血痕一缕在眉梢，胭脂红让娇。孤影怯，弱魂飘，春丝命一条[1]。满楼霜月夜迢迢，天明恨不消。

〔坐介〕奴家香君，一时无奈，用了苦肉之计，得遂全身之节。只是孤身只影，卧病空楼，冷帐寒衾，无人作伴，好生凄凉。

一场大搏斗后，继以悲切的抒情，以静衬动，以悲助壮，中外悲剧，往往皆然。

【北新水令】冻云残雪阻长桥，闭红楼冶游人少。栏杆低雁字[2]，帘幕挂冰条；炭冷香消，人瘦晚风峭。

奴家虽在青楼，那些花月欢场，从今罢却了。

【驻马听】绣户萧萧，鹦鹉呼茶声自巧；香闺悄悄，雪狸[3]偎枕睡偏牢。榴裙裂破舞风腰，鸾靴剪碎凌波靿；愁多病转饶[4]，这妆楼再不许风情闹。

冷寂孤弱，一齐袭来。

想起侯郎匆匆避祸，不知流落何所；怎知奴家独住空楼，替他守节也。〔起唱介〕

【沉醉东风】记得一霎时娇歌兴扫，

半夜里浓雨情抛；从桃叶渡头寻，向燕子矶边找，乱云山风高雁杳。那知道梅开有信，人去越遥；凭栏凝眺，把盈盈秋水，酸风冻了。

可恨恶仆盈门，硬来娶俺；俺怎肯负了侯郎。

【雁儿落】欺负俺贱烟花薄命飘飖，倚着那丞相府忒骄傲。得保住这无瑕白玉身，免不得揉碎如花貌。

最可怜妈妈替奴当灾，飘然竟去。〔指介〕你看床榻依然，归来何日。

【得胜令】恰便似桃片逐雪涛，柳絮儿随风飘；袖掩春风面，黄昏出汉朝[5]。萧条，满被尘无人扫；寂寥，花开了独自瞧。

说到这里，不觉一阵酸心。〔掩泪坐介〕

【乔牌儿】这肝肠似搅，泪点儿滴多少。也没个姊妹闲相邀，听那挂帘栊的钩自敲。

独坐无聊，不免取出侯郎诗扇，展看一回。〔取扇介〕嗳呀！都被血点儿污坏了，这怎么处。

【甜水令】你看疏疏密密，浓浓淡淡，鲜血乱蘸。不是杜鹃抛；是脸上桃花做红雨儿飞落[6]，一点点溅上冰绡。

侯郎，侯郎！这都是为你来。

【折桂令】叫奴家揉开云髻，折损宫腰；睡昏昏似妃葬坡平，血淋淋似妾堕楼高[7]。怕旁人呼号，舍着俺软丢答的魂灵没人招。银镜里朱霞残照，鸳枕上红泪春潮。恨在心苗，愁在眉梢，洗了胭脂，涴了鲛绡。

九曲联唱，反复咏叹，思前想后，十分悲切。

一时困倦起来，且在妆台盹睡片时。〔压扇睡介〕〔末扮杨文骢便服上〕认得红楼水面斜，一行衰柳带残鸦。〔净扮苏昆生上〕银筝象板佳人院，风雪今同处士家。〔末回头见介〕呀！苏昆老也来了。〔净〕贞丽从良，香君独住，放心不下，故此常来走走。〔末〕下官自那日打发贞丽起身，守了香君一夜，这几日衙门有事，不能脱身；方才城东拜客，便道一瞧。〔入介〕〔净〕香君不肯下楼，我们上去一谈罢。〔末〕甚好。〔登楼介〕〔末指介〕你看香君抑郁病损，困睡妆台，且不必唤他。〔净看介〕这柄扇儿展在面前，怎么有许多红点儿？〔末〕此乃侯兄定情之物，一向珍藏不肯示人，想因面血溅污，晾在此间。〔抽扇看介〕几点血痕，红艳非常，不免添些枝叶，替他点缀起来。〔想介〕没有绿色怎好？〔净〕待我采摘盆草，扭取鲜汁，权当颜色罢。〔末〕妙极！〔净取草汁上〕〔末画介〕叶分芳草绿，花借美人

龙友妙想妙手，遂成千古必传

红。〔画完介〕〔净看喜介〕妙,妙!竟是几笔折枝桃花。〔末大笑指介〕真乃桃花扇也。〔旦惊醒见介〕杨老爷、苏师父都来了,奴家得罪。〔让坐介〕〔末〕几日不曾来看,额角伤痕渐已平复了。〔笑介〕下官有画扇一柄,奉赠妆台。〔付旦扇介〕〔旦接看介〕这是奴的旧扇,血迹腌臜,看他怎的。〔入神介〕〔净〕扇头妙染,怎不赏鉴。〔旦〕几时画的?〔末〕得罪,得罪!方才点坏了。〔旦看扇叹介〕咳!桃花薄命,扇底飘零。多谢杨老爷替奴写照了。

之妙事,亏作者想得出。

【锦上花】一朵朵伤情,春风懒笑;一片片消魂,流水愁漂[8]。摘的下娇色,天然蘸好;便妙手徐熙[9],怎能画到。樱唇上调朱,莲腮上临稿,写意儿几笔红桃。补衬些翠枝青叶,分外夭夭,薄命人写了一幅桃花照。

寓意由此点出。

〔末〕你有这柄桃花扇,少不得个顾曲周郎;难道青春守寡,竟做个入月嫦娥不成。〔旦〕说那里话,那关盼盼也是烟花,何尝不在燕子楼中,关门到老。〔净〕明日侯郎重到,你也不下楼么?〔旦〕那时锦片前程,尽俺受用,何处不许游耍,岂但下楼。〔末〕香君这段苦节,今世少有。〔向净介〕昆老看师弟之情,寻着侯郎,将他送去,也省俺一番悬挂。〔净〕是,是!一向留心访问,知他随任史公，住淮半载。自淮来京，自京到扬，今又同着高兵防河去了。晚生不日还乡，顺便找寻。〔向旦介〕须得香君一书才好。〔旦向末介〕奴家言出无文，求杨老爷代写罢。〔末〕你的心事，叫俺如何写得出。〔旦寻思介〕罢，罢！奴的千愁万苦，俱在扇头，就把这扇儿寄去罢。〔净喜介〕这封家书，倒也新样。〔旦〕待奴封他起来。〔封扇介〕

原评："步步引导，逼出寄扇，匠心奇巧之文。"

【碧玉箫】挥洒银毫[10]，旧句他知道；点染红么[11]，新画你收着。便面[12]小，血心肠一万条；手帕儿包，头绳儿绕，抵过锦字书[13]多少。

〔净接扇介〕待我收好了，替你寄去。〔旦〕师爷几时起身？〔净〕不日束装了。〔旦〕只望早行一步。〔净〕晓得。〔末〕我们下楼罢。〔向旦介〕香君保重。你这段苦节，说与侯郎，自然来娶你的。〔净〕我也不再来别了。正是：新书远寄桃花扇。〔末〕旧院常关燕子楼。〔下〕〔旦掩泪介〕妈妈不归，师父又去，妆楼独闭，益发凄凉了。

原评："借血点作桃花，千古新奇之事，既新矣奇矣，安得不传。既传矣，遂将离合兴亡之故付于鲜血数点中。闻桃花扇之名者，羡其最艳最韵，而不知其最伤心、最惨目也。"

【鸳鸯煞】莺喉歇了南北套，冰弦住了陈隋调[14]；唇底罢吹箫，笛儿丢，笙儿坏，板儿掠。只愿扇儿寄去的速，师父束装得早；三月三刘郎到了[15]，携手儿下妆楼，桃花粥吃个饱。

书到梁园[16]雪未消，青溪一道阻春潮。

桃根桃叶无人问，丁字帘前[17]是断桥。

〔1〕春丝命一条：生命好像春天的游丝一样柔弱。

〔2〕栏杆低雁字：意为望到栏杆外低低的雁行。

〔3〕雪狸：白猫。

〔4〕转饶：更多的意思。

〔5〕“袖掩春风面”二句：暗用汉朝昭君出塞的故事，来比喻李贞丽被迫远嫁田仰。

〔6〕“不是杜鹃抛”二句：传说杜鹃的啼声很凄苦，甚至啼到口里流出血来。李贺《将进酒》诗：“桃花乱落如红雨。”这里借来形容李香君的头破血流。

〔7〕“睡昏昏似妃葬坡平”二句：借用杨贵妃在马嵬坡被迫自缢的故事来形容香君的卧病。晋石崇的爱妾绿珠，不从孙秀，跳楼而死，这里借其典故来形容香君的被逼毁容。

〔8〕“一朵朵伤情”四句：这四句都是形容扇上桃花的娇艳，前二句暗用崔护“桃花依旧笑春风”诗意，后二句暗用杜甫“轻薄桃花逐水流”诗意。

〔9〕徐熙：南唐画家，善画花树竹木之类，尤其擅长画花果。

〔10〕银毫：笔。

〔11〕红么：么是骰子的一点，红点，故称红么，这里即指扇上桃花。

〔12〕便面：团扇，因便于遮面，所以叫作便面。

〔13〕锦字书：指前秦苏蕙寄给丈夫的织锦回文诗。苏蕙因知晓丈夫窦滔做官时爱上别人，心里很难过，就将自己所写的二百多首回文诗织成锦寄给他。

〔14〕陈隋调：指陈隋时所流行的《玉树后庭花》《春江花月夜》等曲调。

〔15〕刘郎到了:疑借用刘晨在天台山遇到仙女的故事。

〔16〕梁园:本是西汉时梁孝王的园地,这里借指侯方域的家乡中州归德。

〔17〕丁字帘前:地名,在南京利涉桥畔,明时为妓女聚居的地方。

第二十四出　骂筵

乙酉正月

此为全剧高潮,正邪势力直接交锋,先写马、阮得意之状,接着写在马、阮演戏的考验面前,有的顺从,有的逃避,惟香君能拼死骂筵。进一步表现其崇高品格。

【缕缕金】〔副净扮阮大铖吉服上〕风流代,又遭逢,六朝金粉样,我偏通。管领烟花,衔名供奉[1]。簇新新帽乌衬袍红,皂皮靴绿缝,皂皮靴绿缝。

〔笑介〕我阮大铖,亏了贵阳相公破格提挈,又取在内庭供奉;今日到任回来,好不荣耀。且喜今上性喜文墨,把王铎补了内阁大学士,钱谦益[2]补了礼部尚书。区区不才,同在文学侍从之班;天颜日近,知无不言。前日进了四种传奇,圣心大悦,立刻传旨,命礼部采选宫人,要将《燕子笺》被之声歌,为中兴一代之乐。我想这本传奇,精深奥妙,倘被俗手教坏,岂不损我文名。因而乘机启奏:"生口不如熟口,清客强似教手。"圣上从谏如流,就命广搜旧院,大罗秦淮,拿了清客妓女数十余人,交与礼部拣选。前日验他色艺,都只平常，还有几个有名的，都是杨龙友旧交，求情免选，下官只得勾去。昨见贵阳相公说道："教演新戏是圣上心事，难道不选好的，倒选坏的不成。"只得又去传他，尚未到来。今乃乙酉新年人日[3]佳节，下官约同龙友，移樽赏心亭；邀俺贵阳师相，饮酒看雪。早已吩咐把新选的妓女，带到席前验看。正是：花柳笙歌隋事业，谈谐裙屐晋风流。〔下〕

【黄莺儿】〔老旦扮卞玉京道妆背包急上〕家住蕊珠宫[4]，恨无端业海风[5]，把人轻向烟花送。喉尖唱肿，裙腰舞松，一生魂在巫山洞。俺卞玉京，今日为何这般打扮，只因朝廷搜拿歌妓，逼俺断了尘心。昨夜别过姊妹，换上道妆，飘然出院，但不知那里好去投师。望城东云山满眼，仙界路无穷。

〔飘飖下〕〔副净、外、净扮丁继之、沈公宪、张燕筑三清客上〕

【皂罗袍】〔副净〕正把秦淮箫弄，看名花好月，乱上帘栊。风纸[6]签名唤乐工，南朝天子春心动。我丁继之年过六旬，歌板久抛；前日托过杨老爷，免我前往，怎的今日又传起来了。〔外净〕俺两个也都是免过的，不知又传，有何话说。〔副净拱介〕两位老弟，大家商量，我们一班清客，感动皇爷，召去教歌，也不是

玉京和继之是香君侯生最终皈依之师，故先去了，写在这里正是忙里偷闲，足见安排之妙。

容易的。〔外净〕正是。〔副净〕二位青年上进，该去走走，我老汉多病年衰，也不望甚么际遇了。今日我要躲过，求二位遮盖一二。〔外〕这有何妨，太公钓鱼，愿者上钩。〔净〕是，是！难道你犯了王法，定要拿去审问不成。〔副净〕既然如此，我老汉就回去了。〔回行介〕急忙回首，青青远峰；逍遥寻路，森森乱松。〔顿足介〕若不离了尘埃，怎能免得牵绊。〔袖出道巾、黄绦换介〕〔转头呼介〕二位看俺打扮罢，道人醒了扬州梦[7]。

〔摇摆下〕〔外〕咦！他竟出家去了，好狠心也。〔净〕我们且坐廊下晒暖，待他姊妹到来，同去礼部过堂。〔坐地介〕〔小旦扮寇白门，丑扮郑妥娘，杂扮差役跟上〕〔小旦〕桃片随风不结子。〔丑〕柳绵浮水又成萍[8]。〔望介〕你看老沈老张不约俺一声儿，先到廊下向暖，我们走去，打他个耳刮子。〔相见，诨介〕〔外问杂介〕又传我们到那里去？〔杂〕传你们到礼部过堂，送入内庭教戏。〔外〕前日免过俺们了。〔杂〕内阁大老爷不依，定要借重你们几个老清客哩。〔净〕是那几个？〔杂〕待我瞧瞧票子。〔取票看介〕丁继之、沈公宪、张燕筑。〔问介〕那姓丁的如何不见？〔外〕他出家去了。〔杂〕既出了家，没处寻他，待我回官罢！〔向净、外介〕你们到了的，竟往礼部过堂去。〔净〕等他姊妹们到齐着。〔杂〕今日老

原评："寇、郑二妓才来，若俗笔必以寇、郑陪玉京，如沈、张之陪继之矣。"

爷们秦淮赏雪，吩咐带着女客，席上验看哩。〔外、净〕既是这等，我们先去了。正是：传歌留乐府，擫笛傍宫墙[9]。〔下〕〔杂看票问小旦介〕你是寇白门么？〔小旦〕是。〔杂问丑介〕你是卞玉京么？〔丑〕不是，我是老妥。〔杂〕是郑妥娘了。〔问介〕那卞玉京呢？〔丑〕他出家去了。〔杂〕咦！怎么出家的都配成对儿。〔问介〕后边还有一个脚小走不上来的，想是李贞丽了？〔小旦〕不是，李贞丽从良去了！〔杂〕我方才拉他下楼，他说是李贞丽，怎的又不是？〔丑〕想是他女儿顶名替来的。〔杂〕母子总是一般，只少不了数儿就好了。〔望介〕他早赶上来也。

原评："不与寇、郑同行是香君身份。"

【忒忒令】〔旦〕下红楼残腊雪浓，过紫陌早春泥冻；不惯行走，脚儿十分痛。传凤诏，选蛾眉，把丝鞭，骑骄马；催花使乱拥。

奴家香君，被捉下楼，叫去学歌，是俺烟花本等，只有这点志气，就死不磨。〔杂喊介〕快些走动！〔旦到介〕〔小旦〕你也下楼了，屈尊，屈尊。〔丑〕我们造化，就得服侍皇帝了。〔旦〕情愿奉让罢。〔同行介〕〔杂〕前面是赏心亭了，内阁马老爷，光禄阮老爷，兵部杨老爷，少刻即到。你们各人整理伺候。〔杂同小旦、丑下〕〔旦私语介〕难得他们凑来一处，正好吐俺胸中之气。

比喻既妙又符合歌妓身份。

【前腔】赵文华陪着严嵩[10]，抹粉脸席前趋奉；丑腔恶态，演出真鸣凤[11]。俺做个女祢衡，挝渔阳，声声骂，看他懂不懂。

〔净扮马士英，副净扮阮大铖，末扮杨文骢，外、小生扮从人喝道上〕〔旦避下〕〔副净〕琼瑶楼阁朱微抹。〔末〕金碧峰峦粉细勾。〔净〕好一派雪景也。〔副净〕这座赏心亭，原是看雪之所。〔净〕怎么原是看雪之所？〔副净〕宋真宗曾出周昉雪图，赐与丁谓。说道："卿到金陵，可选一绝景处张之。"因建此亭。〔净看壁介〕这壁上单条，想是周昉雪图了。〔末〕非也。这是画友蓝瑛新来见赠的。〔净〕妙，妙！你看雪压钟山，正对图画，赏心胜地，无过此亭矣。〔末吩咐介〕就把炉、榼、游具，摆设起来。〔外、小生设席坐介〕〔副净向净介〕荒亭草具，恃爱高攀，着实得罪了。〔净〕说那里话。可笑一班小人，奉承权贵，费千金盛设，十分丑态，一无所取，徒传笑柄。〔副净〕晚生今日扫雪烹茶，清谈攀教，显得老师相高怀雅量，晚生辈也免了几笔粉抹。〔净〕呵呀！那戏场粉笔，最是利害[12]，一抹上脸，再洗不掉；虽有孝子慈孙，都不肯认做祖父的。〔末〕虽然利害，却也公道，原以儆戒无忌惮之小人，非为我辈而设。〔净〕据学生看来，都吃了奉承的亏。〔末〕为何？〔净〕你看前辈分宜相公严嵩，何尝不是一个文人，现今《鸣凤记》里抹了花脸，

马正说吃了奉承的亏，阮就以"老师相不喜奉承"来奉承他，写尽吹牛拍马者的用心。

着实丑看。岂非赵文华辈奉承坏了。〔副净打恭介〕是,是!老师相是不喜奉承的,晚生惟有心悦诚服而已。〔末〕请酒!〔同举杯介〕〔副净问外介〕选的妓女,可曾叫到了么?〔外禀介〕叫到了。〔杂领众妓叩头介〕〔净细看介〕〔吩咐介〕今日雅集,用不着他们,叫他礼部过堂去罢。〔副净〕特令到此伺候酒席的。〔净〕留下那个年小的罢。〔众下〕〔净问介〕他唤什么名字?〔杂禀介〕李贞丽。〔净笑介〕丽而未必贞也。〔笑向副净介〕我们扮过陶学士了,再扮一折党太尉何如[13]?〔副净〕妙,妙!〔唤介〕贞丽过来斟酒唱曲。〔旦摇头介〕〔净〕为何摇头?〔旦〕不会。〔净〕呵呀!样样不会,怎称名妓。〔旦〕原非名妓。〔掩泪介〕〔净〕你有甚心事,容你说来。

【江儿水】〔旦〕妾的心中事,乱似蓬,几番要向君王控。拆散夫妻惊魂迸,割开母子鲜血涌,比那流贼还猛。做哑装聋,骂着不知惶恐。

〔净〕原来有这些心事。〔副净〕这个女子却也苦了。〔末〕今日老爷们在此行乐,不必只是诉冤了。〔旦〕杨老爷知道的,奴家冤苦,也值当不的一诉。

【五供养】堂堂列公,半边南朝,望你峥嵘。出身希贵宠,创业选声容,后庭花[14]又添几种。把俺胡撮弄，对寒风雪海冰山，苦陪觞咏[15]。

〔净怒介〕哇！这妮子胡言乱道，该打嘴了。〔副净〕闻得李贞丽，原是张天如、夏彝仲辈品题之妓，自然是放肆的。该打，该打！〔末〕看他年纪甚小，未必是那个李贞丽。〔旦恨介〕便是他待怎的！

【玉交枝】东林伯仲[16]，俺青楼皆知敬重。干儿义子从新用，绝不了魏家种。

香君正揭着奸人痛处，有此痛骂，愧煞多少文臣武将。

〔副净〕好大胆，骂的是那个，快快采去丢在雪中。〔外采旦推倒介〕〔旦〕冰肌雪肠原自同，铁心石腹何愁冻。〔副净〕这奴才，当着内阁大老爷，这般放肆，叫我们都开罪了。可恨，可恨！〔下席踢旦介〕〔末起拉介〕〔净〕罢，罢！这样奴才，何难处死，只怕妨了俺宰相之度。〔末〕是，是！丞相之尊，娼女之贱，天地悬绝，何足介意。〔副净〕也罢！启过老师相，送入内庭，拣着极苦的脚色，叫他去当。〔净〕这也该的。〔末〕着人拉去罢！〔杂拉旦介〕〔旦〕奴家已拼一死。吐不尽鹃血满胸，吐不尽鹃血满胸。

〔拉旦下〕〔净〕好好一个雅集，被这奴才搅乱坏了。可笑，可笑！〔副净、末连三揖介〕得罪，得罪！望乞海涵，另日竭诚罢。〔净〕兴尽宜回春雪棹。〔副净〕客羞应斩美人头[17]。〔净、副净从人喝道下〕〔末吊场介〕可笑香君才下楼来，偏撞两个冤对，这场是非免不了的；若无下官遮盖，香君性命也有些不妥哩。罢，罢！选入内庭，倒也省了几日悬挂；只是媚香楼无人看守，如何是好？〔想介〕有了，画友蓝瑛托俺寻寓，就接他暂住楼上；待香君出来，再作商量。

原评："骂筵一折，比之《四声猿》渔阳三弄尤觉痛快。哄丁侦戏之辱，仅及于阮，非此一骂，而马竟漏网。"

赏心亭上雪初融，煮鹤烧琴宴巨公〔18〕。

恼杀秦淮歌舞伴，不同西子入吴宫。

〔1〕衔名供奉：供奉是指以文学、技艺供奉内庭的官。衔指官衔。

〔2〕钱谦益：字受之，号牧斋，常熟人，弘光时官礼部尚书。南京陷，他投降了清朝。

〔3〕乙酉新年人日：乙酉为南明弘光二年，即1645年。人日是正月初七。

〔4〕蕊珠宫：神仙居住的地方。

〔5〕业海风：业海是佛界用语，意为世人造成种种罪业，无量无边，有如大海。业海风指从业海吹来的风。

〔6〕凤纸：凤诏，指代皇帝的诏书。

〔7〕道人醒了扬州梦：意为他已从歌舞繁华中清醒过来。

〔8〕柳绵浮水又成萍：我国古来传说，以为浮萍是柳绵入水所化的。

〔9〕擫（yè）笛傍宫墙：用唐李谟的故事。李谟爱好音乐，唐玄宗在宫里奏乐时，他拿笛子在宫墙外偷听，把曲调都记下来。擫笛，用手按笛子。

〔10〕赵文华陪着严嵩：严嵩，明代江西人，弘治年间进士，累官至太子太师，和儿子严世蕃、私党赵文华等恃宠揽权。御史杨继盛因劾他十大罪、五奸，被他害死。后来他被御史邹应龙等人弹劾，罢职为民。

〔11〕鸣凤:《鸣凤记》传奇,相传为明朝王世贞撰,演杨继盛劾严嵩事。

〔12〕那戏场粉笔,最是利害:我国戏曲里演曹操、严嵩等奸臣的,要用粉笔开大白脸,因此马士英说他利害。

〔13〕"我们扮过陶学士了"二句:陶学士指陶谷,字秀实,历仕晋、汉,至周为翰林学士。入宋历任礼、刑、户三部尚书。他曾得宋太尉党进的家姬。一天,陶谷用雪水烹茶,问那家姬:"党家有这样的风味吗?"那家姬答道:"他是粗人,只知道在销金帐下浅斟低唱,饮羊羔美酒,哪有这种风味。"这里引用这个典故,拿陶学士和党太尉代表雅、俗不同的两种生活。

〔14〕后庭花:歌曲名,传为陈后主作。陈后主经常和贵妃、学士、狎客写诗听曲,不理国事,以致亡国。因此后人一般以《后庭花》指亡国之音。

〔15〕觞咏:饮酒赋诗。

〔16〕伯仲:本指兄弟,这里意指朋党。

〔17〕客羞应斩美人头:《史记·平原君列传》载,平原君的美人在楼上看见一个跛子,不觉大笑。跛子告诉平原君。平原君没有理他。门下食客以为他"爱色而贱士",稍稍散去。平原君为此斩了美人的头,送给跛子谢罪。

〔18〕煮鹤烧琴宴巨公:煮鹤烧琴指煞风景的事情。巨公指大官。

第二十五出　选优

乙酉正月

原评:"此折写香君入宫与侯郎隔绝,所谓离合之情也。而离朝君臣荒淫景态一一摹出,岂非兴亡之感乎。"科诨庸俗。

〔场上正中悬一匾,书"熏风殿",两旁悬联,书"万事无如杯在手,百年几见月当头"。款书"东阁大学士臣王铎奉敕书"〕〔外扮沈公宪,净扮张燕筑,小旦扮寇白门,丑扮郑妥娘同上〕〔外〕天子多情爱沈郎[1],〔净〕当年也是画眉张[2]。〔小旦〕可怜一树白门柳,〔丑〕让我风流郑妥娘。〔外〕我们被选入宫,伺候两日,怎么还不见动静。〔净仰看介〕此处是熏风殿,乃奏乐之所;闻得圣驾将到,选定脚色,就叫串戏哩。〔外〕如何名熏风殿?〔净〕你不晓得,琴曲里有一句"南风之熏兮",取这个意思。〔丑〕呸!你们男风兴头,要我们女客何用。〔小旦〕我们女客得了宠眷,做个大嫔妃,还强如他男风哩。〔丑〕正是,他男风得了宠眷,到底是个小兄弟。〔净〕好徒弟,骂及师父来了。〔外〕咱们掌了班时,不要饶他。〔净〕谁肯饶他。明日教动戏,叫老妥试试我的鼓槌子罢。〔丑嗤笑,指介〕你老张的鼓槌子,我曾试过,没相干的。〔众笑介〕

〔副净冠带扮阮大铖上〕

【绕地游】汉宫如画,春晓珠帘挂,待粉蝶黄莺打。歌舞西施,文章司马,厮混了红袖乌纱。

〔见介〕你们俱已在此,怎的不见李贞丽?〔小旦〕他从雪中一跌,至今忍痛,还卧在廊下哩。〔副净〕圣驾将到,选定脚色,就要串戏;怎么由得他的性儿。〔众〕是,是,俺们拉他过来。〔同下〕〔副净自语介〕李贞丽这个奴才,如此可恶,今日净、丑脚色,一定借重他了。〔杂扮二内监执龙扇前引,小生扮弘光帝,又扮二监提壶捧盒,随上〕〔小生〕满城烟树间梁陈,高下楼台望不真。原是洛阳花里客[3]，偏来管领秣陵春。〔坐介〕寡人登极御宇，将近一年，幸亏四镇阻当，流贼不能南下；虽有叛臣倡议欲立潞藩[4]，昨已捕拿下狱。目今外侮不来，内患不生，正在采选淑女，册立正宫，这也都算小事；只是朕独享帝王之尊，无有声色之奉，端居高拱[5]，好不闷也。〔副净跪介〕光禄寺卿臣阮大铖恭请万安。〔小生〕平身。〔副净起介〕

【掉角儿】〔小生〕看阳春残雪早花，蹙愁眉慵游倦耍。〔副净〕圣上安享太平，正宜及时行乐；慵游倦耍，却是为何？〔小生〕朕有一桩心事，料你也应晓得。〔副净〕想怕流贼南犯？〔小生〕非也。阻隔着黄河雪浪，那怕他天汉浮槎[6]。〔副净〕想愁兵弱粮少？〔小生〕也不是。俺有那镇淮阴诸猛将，转江陵大粮艘，有甚争差。〔副净〕既不为内外兵马，想是正宫未立，配德无人？〔小生〕也不为此。那礼部钱谦益，采选淑女，不日册立。有三妃九嫔，教国宜家。〔副净〕又不为此，臣晓得了。〔私奏介〕想因叛臣周镳、雷缜祚，倡造邪谋，欲迎立潞王耳。〔小生〕益发说错了。那奸人倡言惑众，久已搜拿。

本应十分担心的事，却并不关心，这是辛辣的讽刺手法。

〔副净低头沉吟介〕却是为何？〔小生〕卿供奉内庭，乃朕心腹之臣，怎不晓得朕的心事。〔副

周、雷二公被逮，南朝大狱也，虽非正传，而于行乐之时，亦先为说出。凡题外闲文，皆有原委。读《桃花扇》者当处处留神也。

净跪介〕圣虑高深，臣衷愚昧，其实不能窥测。伏望明白宣示，以便分忧。〔小生〕朕谕你知道罢，朕贵为天子，何求不遂。只因你所献《燕子笺》，乃中兴一代之乐，点缀太平，第一要事；今日正月初九，脚色尚未选定，万一误了灯节，岂不可恼。〔指介〕你看阁学王铎书的对联道："万事无如杯在手，百年几见月当头。"一年能有几个元宵，故此日夜踌蹰，饮膳俱减耳。〔副净〕原来为此，巴里之曲，有廑[7]圣怀，皆微臣之罪也。〔叩头介〕臣敢不鞠躬尽瘁，以报主知。〔起唱介〕

阮大铖故意装傻以讨昏君欢心，又是深刻讥讽处。

【前腔】忝卿僚填词辨挝[8]，备供奉诙谐风雅。恨不能腮描粉墨，也情愿怀抱琵琶。但博得歌筵前垂一顾，舞茵边受寸赏[9]，御酒龙茶，三生侥幸，万世荣华。这便是为臣经济，报主功阀[10]。

〔前问介〕但不知内庭女乐，少何脚色？〔小生〕别样脚色，都还将就得过，只有生、旦、小丑不惬朕意。〔副净〕这也容易，礼部送到清客、歌妓，现在外厢，听候拣选。〔小生〕传他进来。〔副净〕领旨。〔急入领外、净、旦、小旦、丑上〕〔俱跪介〕〔小生问外、净介〕你二人是串戏清客么？〔外、净〕不敢，小民串戏为生。〔小生〕既会串戏，新出传奇也曾串过么？〔外、净〕新出的《牡丹亭》《燕子笺》《西楼记》[11]，都曾串过。

〔小生〕既会《燕子笺》，就做了内庭教习罢。〔外、净叩头介〕〔小生问介〕那三个歌妓，也会《燕子笺》么？〔小旦、丑〕也曾学过。〔小生喜介〕益发妙了。〔问旦介〕这个年小的，怎不答应？〔旦〕没学。〔副净跪介〕臣启圣上，那两个学过的，例应派做生、旦。这一个没学的，例应派做丑脚。〔小生〕既有定例，依卿所奏。〔小旦、丑、旦叩头介〕〔小生〕俱着起来，伺候串戏。〔俱起介〕〔丑背喜介〕还是我老妥做了天下第一个正旦。〔小生向副净介〕卿把《燕子笺》摘出一曲，叫他串来，当面指点。〔外、净、小旦、丑随意演《燕子笺》一曲，副净作态指点介〕〔小生喜介〕有趣，有趣！都是熟口，不愁扮演了。〔唤介〕长侍斟酒，庆贺三杯。〔杂进酒，小生饮介〕〔小生起介〕我们君臣同乐，打一回十番何如？〔副净〕领旨。〔小生〕寡人善于打鼓，你们各认乐器。〔众打雨夹雪一套，完介〕〔小生大笑介〕十分忧愁消去九分了。〔唤介〕长侍斟酒，再庆三杯。〔杂进酒，小生饮介〕

歌舞升平尽写热闹，愈如此愈令人生悲，此即中国悲剧乐极生悲之法。

【前腔】旧吴宫重开馆娃[12]，新扬州初教瘦马[13]。淮阳鼓昆山弦索，无锡口姑苏娇娃[14]。一件件闹春风，吹暖响，斗晴烟，飘冷袖，宫女如麻。红楼翠殿，景美天佳。都奉俺无愁天子[15]，语笑喧哗。

前人金陵怀古诗："万年洛蜀关时运，六代烟花兆甲兵。"二语足尽此书大旨。

〔看旦介〕那个年小歌妓，美丽非常，派做丑脚，太屈他了。〔问介〕你这个年小歌妓，既没学《燕子笺》，可曾学些别的么？〔旦〕学过《牡丹亭》。〔小生〕这也好了，你便唱来。〔旦羞不唱介〕〔小生〕看他粉面发红，象是腼腆；赏他一柄桃花宫扇，遮掩春色。〔杂掷红扇与旦介〕〔旦持扇唱介〕

【懒画眉[16]】为甚的玉真重溯武陵源，也只为水点花飞在眼前。是他天公不费买花钱，则咱人心上有啼红怨。咳！辜负了春三二月天。

〔小生喜介〕妙绝，妙绝！长侍斟酒，再庆三杯。〔杂进酒，小生饮介〕〔指旦介〕看此歌妓，声容俱佳，岂可长材短用；还派做正旦罢。〔指丑介〕那个黑色的，倒该做丑脚。〔副净〕领旨。〔丑撅嘴介〕我老妥又不妥了。〔小生向副净介〕你把生、丑二脚，领去入班；就叫清客二名，用心教习，你也不时指点。〔副净跪应介〕是，此乃微臣之专责，岂敢辞劳。〔急领外、净、小旦、丑下〕〔小生向旦介〕你就在这熏风殿中，把《燕子笺》脚本，三日念会，好去入班。〔旦〕念会不难，只是没有脚本。〔小生唤介〕长侍，你把王铎抄的楷字脚本，赏与此旦。〔杂取脚本付旦，跪接介〕〔小生〕千年只有歌场乐，万事何须酒国愁。〔杂引下〕〔旦掩泪介〕罢了，罢了！已入深宫，那有出头之日。

【前腔】锁重门垂杨暮鸦,映疏帘苍松碧瓦。凉飕飕风吹罗袖,乱纷纷梅落宫鬘〔17〕。想起那拆鸳鸯,离魂惨,隔云山,相思苦,会期难拿。倩人寄扇,擦损桃花。到今日情丝割断,芳草天涯。

香君妥协,本意在此。

〔叹介〕没奈何,且去念会脚本;或者天恩见怜,放奴出宫,再会侯郎一面,亦未可知。

【尾声】从此后入骨髓愁根难拔,真个是广寒宫姮娥守寡。只这两日呵! 瘦损宫腰剩一把。

曲终人散日西斜,殿角凄凉自一家。
纵有春风无路入,长门关住碧桃花。

〔1〕沈郎:古典戏曲中凡称沈郎,一般系指梁尚书令沈约,这里沈公宪引以自比。

〔2〕画眉张:指汉张敞,他曾替妻子画眉。

〔3〕原是洛阳花里客:福王原封在洛阳。

〔4〕潞藩:指朱常淓,潞简王翊镠的嗣子,袭封潞王。

〔5〕端居高拱:端居而高拱双手,形容帝王清静无事。

〔6〕那怕他天汉浮槎:天汉指天河,槎指水中的浮木。传说天河与海通,有人在海边住,每年八月都乘浮槎到天河。那怕他天汉浮槎,意即不怕他从天河上乘槎飞渡。

〔7〕廑:本为少的意思。这里应解作损。

〔8〕忝卿僚填词辨挝:意为自己惭愧地列在大臣里面,能够填词奏乐。

挝,这里指击鼓的音节。

〔9〕舞茵边受寸赏:舞茵指舞蹈的地毯。寸赏指极微的奖赏。

〔10〕功阀:阀即阀阅,就是挂在门上记载功劳的榜,挂在左门叫阀,右门叫阅。功阀即功劳。

〔11〕《西楼记》:剧曲名,明末袁于令撰,演于鹃和妓女木素徽的故事。

〔12〕旧吴宫重开馆娃:馆娃指馆娃宫,是吴王夫差建筑给西施住的地方。这句话暗中讽刺弘光帝又走上吴王宠西施的亡国道路。

〔13〕新扬州初教瘦马:白居易《有感》诗:"莫养瘦马驹,莫教小妓女。"后来扬州风俗称妓女作瘦马。

〔14〕"淮阳鼓昆山弦索"二句:这二句是当时吴中俗谚。淮阳的鼓、昆山的弦索、无锡的唱口、苏州的美女都是当时著名的。

〔15〕无愁天子:北齐后主作《无愁曲》,自弹琵琶而唱,有数百侍者和。民间因称无愁天子。

〔16〕"懒画眉"全曲:这是汤显祖《牡丹亭·寻梦》中的一支曲文。玉真本是传说中仙女的名字,《牡丹亭》中女主角杜丽娘在这里借以自称。武陵源指桃源。

〔17〕宫髽(zhuā):髽本是妇女的丧髻。这里宫髽指一般宫女的髻子。

第二十六出　赚将

乙酉正月

【破阵子】〔生上〕水驿山城烟霭,花村酒肆尘埋。百里白云亲舍近,不得斑衣效老莱[1],从军心事乖。

原评："高杰之死本不足传，而大兵从此下江南，则兴亡之大机兆。况侯生参其军事，不为所信，致有今日，则侯生实关乎兴亡之数者也，安得不细细传出。"

小生侯方域奉史公之命，监军防河。争奈主将高杰，性气乖张，将总兵许定国当面责骂；只恐挑起争端，难于收救，不免到中军帐内，劝谏一番。〔入介〕〔副净扮高杰上〕一声叱退黄河浪，两手推开紫塞烟[2]。〔相见坐介〕先生入帐，有何见教？〔生〕小生千里相随，只为防河大事。今到睢州[3]呵！

【四边静】威名震，人人惊魄，家尽移宅。鸡犬不留群，军民少宁刻。营中一吓，帐中一责；敌国在萧墙，祸事恐难测。

〔副净〕那许定国拥兵十万，夸胜争强，昨日教场点卯，一个个老弱不堪。欺君糜饷[4]，本当军法从事，责骂几声，也算从轻发放了。〔生〕元帅差矣。

【福马郎】此时山河一半改，倚着忠良帅，速奏凯。收拾人心，招纳英才，莫将衅端开。成功业，只在将和谐。

侯生有见识却无行动，史公以重任相托，他却扬长而去，可知书生误国也。

〔副净〕虽如此说，那许定国托病不来，倒请俺入城饮酒，总是十分惧怕了。俺看睢州城外，四面皆水，只有单桥小路，也是可守之邦。明日叫他让出营房，留俺歇马。他若依时便罢，若不依时，俺便夺他印牌，另委别将，却也容易。〔生摇手介〕这事万万行不得，昨日教场一骂，争端已起。自古道："强龙不压地头蛇。"他在唇齿肘臂之间，早晚生心，如何防备。〔副净指生介〕书生之见，益发可笑。俺高杰威名盖世，便是黄、刘三镇，也拜下风；这许定国不过走狗小将，有何本领，俺倒防备起他来。〔生打恭介〕是，是，是！元帅既有高见，小生何用多言。就此辞归，竟在乡园中，打听元帅喜信罢。〔副净拱介〕但凭尊意。〔生冷笑拂袖下〕〔副净起唤介〕叫左右。〔净、丑扮二将上〕元帅呼唤，有何军令？〔副净〕你二将各领数骑，随我入城饮酒顽耍。这大营人马，不许擅动。〔净、丑〕得令。〔即下〕〔领四卒上〕〔副净〕就此前行。〔骑马绕场介〕

【划锹儿】南朝划就黄河界，东流把住白云隘[5]；飞鸟不能来，强弓何用买。〔合〕望荒城柳栽，上危桥板坏；按辔徐行，军容潇洒。

〔暂下〕〔外扮家将捧印牌上〕杀人不用将军印，奏凯全凭娘子军。咱乃睢州许总兵的家将，俺总爷被高杰一骂，吓得水泻不止。亏了夫人侯氏，有胆有谋，昨夜画定计策；差俺捧着牌印，前来送交，就请他进城筵宴。约定饮酒中间，放炮为号，如此如此，这般这般。倒也是条妙计，只不知天意若何，好怕人也。〔望介〕远望高杰前来，不免在桥头跪接。〔副净等唱前合上〕〔外跪接介〕〔副净问介〕你是何处差官？〔外〕小的是总兵许定国家将，叩接元帅大老爷。〔副净〕那许

原评："康熙癸酉，见侯夫人于京邸，年八十余，犹健也，历历言此事。"可见剧中有些素材，出于作者的实地调查，有些批语，出于作者的手笔。

总兵为何不接?〔外〕许总兵卧病难起,特差小的送到牌印,就请元帅爷进城筵宴,点查兵马。〔副净〕席设何处?〔外〕设在察院[6]公署。〔副净〕左右收了牌印。〔净、丑收介〕〔副净笑介〕妙,妙,牌印果然送到,明日安营歇马,任俺区处了。〔吩咐外介〕你便引马前行。〔外前引,唱前合,行介〕〔外跪禀介〕已到察院,请元帅爷入席。〔副净下马入坐介〕〔吩咐介〕军卒外面伺候。〔向净、丑介〕你二将不同别个,便坐下席,陪俺欢乐。〔净、丑安放牌印,叩头介〕告坐了。〔就地列坐介〕〔外斟副净酒介〕〔末、小生扮二将斟净、丑酒介〕〔又副净、净、丑身旁各立一杂摆菜介〕〔外〕请酒。〔副净怒介〕这样薄酒,拿来灌俺。〔摔杯介〕〔外急换酒介〕〔外〕请菜。〔副净怒介〕这样冷菜,如何下箸。〔摔箸介〕〔外急换菜介〕〔副净〕今日正月初十,预赏元宵,怎的花灯优人,全不预备。〔外跪禀介〕禀元帅爷,这睢州偏僻之所,没处买灯叫戏。且把衙门灯龙悬挂起来,军中鼓角吹打一通罢。〔挂灯吹打介〕〔副净向净、丑介〕我们多饮几杯。

【普天乐】镇河南,威风大,柳营列,星旗摆。灯筵上,灯筵上,将印兵牌。〔净、丑起奉副净酒介〕行军令,酒似官差。〔副净与净、丑猜拳介〕任哗拳叫彩,三家拇阵排。〔外、末、小生〕这八卦图中新势，只怕鬼谷难猜[7]。

〔净、丑〕小的酒都有了，今日还要伺候元帅爷点查兵马哩。〔副净〕天色已晚，明日点查罢，大家再饮几杯。〔又斟酒饮介〕〔内放纸炮介〕〔杂急拿副净手，外拔刀欲杀，副净挣脱跳梁上介〕〔一杂急拿净手，末杀死净介〕〔一杂急拿丑手，小生杀死丑介〕〔闻炮声拿杀要一齐介〕〔外喊介〕高杰走脱了，快寻，快寻。〔杂点火把各处寻介〕〔外仰视介〕顶破椽瓦，想是爬房走了。〔杂又寻介〕〔外指介〕那楼脊兽头边，闪闪绰绰，似有人影。快快放箭！〔末、小生放箭介〕〔副净跳下介〕〔杂拿住副净手介〕〔外认介〕果然是老高哩。〔副净呵介〕好反贼，俺是皇帝差来防河大帅，你敢害我？〔外〕俺只认的许总爷，不认的甚么黄的黑的。快伸头来。〔副净跳介〕罢了，罢了！俺高杰有勇无谋，竟被许定国赚了。〔顿足介〕咳！悔不听侯生之言，致有今日。〔伸脖介〕取我头去。〔外指介〕老高果然是条好汉。〔割副净头，手指介〕〔唤介〕两个兄弟快捧牌印，大家回报总爷去。〔末、小生捧牌印介〕〔末〕且莫慌张，三将虽死，还有小卒在外哩。〔外〕久已杀得干净了。〔小生〕还有一件，城外大营，明日知道，必来报仇。快去回了总爷，求侯夫人妙计。〔外〕侯夫人妙计，早已领来了。今夜悄悄出城，带着高杰首级献与北朝，就引着北朝人马，连夜踏冰渡河，杀退高兵。算我们下江南第一功了。

宛马嘶风缓辔来[8]，黄河冰上北门开。

南朝正赏春灯夜，让我当筵杀将才。

〔1〕“百里白云亲舍近”二句：白云亲舍是唐朝狄仁杰的故事。狄仁杰做并州法曹参军时，他的双亲都在河阳。一天，他登太行山，眺望河阳，只见一片白云飘动，不觉对左右说：“我的父母，就在那白云底下居住。”后人往往用这故事表示思亲之意。这里白云亲舍指父母住的地方。老莱，指老莱子，春秋时楚国人，七十多岁还经常穿着五色的彩衣，表演婴孩的动作，来娱乐父母。这两句意为已经临近了家乡，却不能亲自去侍奉父母。

〔2〕紫塞烟：紫塞指边塞。紫塞烟意指边疆的战火烟尘。

〔3〕睢州：今河南睢县。

〔4〕糜饷：浪费国家的军饷。

〔5〕白云隘：在山西阳城南，与河南济源接壤，形势很险要，两崖夹峙，中间只有狭径通过。

〔6〕察院：官署名，明朝都察院的简称。

〔7〕“这八卦图中新势”二句：八卦图指诸葛亮按八卦原理创造的八阵图，阵势变化很多，不易识破。鬼谷子是传说中的神仙，张仪、苏秦的师父，善占卜，能料事。这两句是说他们新排的八卦阵势，恐怕鬼谷子也难以料到。

〔8〕宛马嘶风缓辔来：宛马指大宛马，西域大宛所产名马。嘶风，指马迎风而鸣，表示胜利。辔是马缰。这句话的意思是清兵可以悠然南渡。

第二十七出　逢舟

乙西二月

【水底鱼】〔净扮苏昆生背包裹骑驴急上〕戎马纷纷，烟尘一望昏；魂惊心震，长亭连远村。〔丑扮执鞭人赶呼介〕客官慢走，你看黄河堤上，逃兵乱跑，不要被他夺了驴去。〔净不听，急走介〕〔杂扮乱兵三人迎上〕弃甲掠盾[1]，抱头如鼠奔；无暇笑哂，大家皆败军，大家皆败军。〔遇净，推下河，夺驴跑下〕〔丑赶下〕〔净立水中，头顶包裹高叫介〕救人呀，救人呀！〔外扮舟子撑船，小旦扮李贞丽贫妆上〕

【前腔】流水浑浑，风涛拍禹门[2]；堤边浪稳，泊舟杨柳根。〔欲泊船介〕〔小旦唤介〕驾长，你看前面浅滩中，有人喊叫；我们撑过船去，救他一命，积个阴骘如何？〔外〕黄河水溜，不是当要的。〔小旦〕人行好事，大王爷爷[3]自然加护的。〔外〕是，是，待我撑过去。〔撑介〕风急水紧，舍生来救人；哀声迫窘，残生一半魂，残生一半魂。

两条线索始得交叉，三方交代，十分明晰，千补百衲，却天衣无缝。

〔近净呼介〕快快上来，合该你不死，遇着好人。〔伸篙下，净攀篙上船介〕〔作颤介〕好冷，好冷！〔外取干衣与净介〕〔小旦背立介〕〔净换衣介〕多谢驾长，是俺重生父母。〔叩介〕〔外〕不干老汉事，亏了这位娘子叫我救你的。〔净作揖起，惊认介〕你是李贞娘，为何在这船里？〔小旦惊认介〕原来是苏师父。你从何处来？〔净〕一言难尽。〔小旦〕请坐了讲。〔坐介〕〔外泊船介〕且到岸上买壶酒吃去。〔下〕

【琐窗寒】〔净〕一从你嫁朱门，锁歌楼，叠舞裙；寒风冷雪，哭杀香君。〔小旦掩泪介〕香君独住，怎生过活。〔净〕他托俺前来寻访侯郎。征人战马，侯郎无信，茫茫驿路殷勤问。〔小旦问介〕因何落水？〔净〕正在堤上行走，被乱兵夺驴，把俺推下水的。蒙救出浊流，故人今夕重近。

〔小旦〕原来如此，合该师父不死，也是奴家有缘，又得一面。〔净问介〕贞娘，你既入田府，怎得到此？〔小旦〕且取火来，替你烘干衣裳，细细告你。〔小旦取火盆上介〕〔副净扮舟子撑船，生坐船急上〕才离虎豹千林雾[4]，又逐鲸鲵万里波。〔呼介〕驾长，这是吕梁[5]地面了，扯起蓬来，早赶一程；明日要起早哩。〔副净〕相公不要性急，这样风浪，如何行的。前面是泊船之所，且靠帮住一宿罢。〔生〕凭你。〔泊船介〕〔生〕惊魂稍定,不免略打个盹儿。〔卧介〕〔净烘衣,小旦旁坐谈介〕奴家命苦,如今又不在那田家了。想起那晚,

【前腔】匆忙扮作新人,夺藏娇,金屋春;一身宠爱,尽压钗裙。〔净〕这好的狠了。〔小旦〕谁知田仰嫡妻,十分悍妒。狮威[6]胜虎,蛇毒如刃。把奴揪出洞房,打个半死。〔净〕呀,呀!了不得,那田仰怎不解救?〔小旦〕田郎有气吞声忍,竟将奴赏与一个老兵。〔净〕既然转嫁,怎么在这船上?〔小旦〕此是漕标报船[7],老兵上岸下文书去了。奴自坐船头,旧人来说新恨。

〔生一边细听介〕〔听完起坐介〕隔壁船中,两个人絮絮叨叨,谈了半夜,那汉子的声音,好似苏昆生,妇人的声音,也有些相熟,待我猛叫一声,看他如何?〔叫介〕苏昆生!〔净忙应介〕那个唤我?〔生喜介〕竟是苏昆生。〔出见介〕〔净〕原来是侯相公,正要去寻,不想这里撞着。谢天谢地,遇的恰好。〔唤介〕请过船来,认认这个旧人。〔生过船介〕还有那个?〔见小旦惊认介〕呀!贞娘如何到此。奇事,奇事!香君在那里?〔小旦〕官人不知,自你避祸夜走,香君替你守节,不肯下楼。〔生掩泪介〕〔小旦〕后来马士英

倘若当初香君嫁田仰,即是如此命运,此处交代,可见作者细密笔法。

原评："忽惊忽哭，忽喜忽笑，情景宛然。"此出全用惊喜哭笑，错落成文。

差些恶仆，拿银三百，硬娶香君，送与田仰。〔生惊介〕我的香君，怎的他适了。〔小旦〕嫁是不曾嫁，香君惧怕，碰死在地。〔生大哭介〕我的香君，怎的碰死了！〔小旦〕死是不曾死，碰的鲜血满面；那门外还声声要人，一时无奈，妾身竟替他嫁了田仰。〔生喜介〕好，好！你竟嫁与田仰了，今日坐船要往那里去？〔小旦〕就住在船上。〔生〕为何？〔旦羞介〕〔净〕他为田仰妒妇所逐，如今转嫁这船上一位将爷了。〔生微笑介〕有这些风波，可怜，可怜！〔问净介〕你怎得到此？〔净〕香君在院，日日盼你，托俺寄书来的。〔生急问介〕书在那里？

【奈子花】〔净取包介〕这封书不是笺纹，折宫纱夹在斑筠[8]。题诗定情，催妆分韵。〔生接扇介〕这是小生赠他的诗扇。〔净指扇介〕看桃花半边红晕，情恳！千万种语言难尽。

〔生看扇问介〕那一面是谁画的桃花？〔净〕香君碰坏花容，溅血满扇，杨龙友添上梗叶，成了几笔折枝桃花。〔生细看喜介〕果然是些血点儿，龙友点缀，却也有趣。这柄桃花扇，倒是小生之宝了。〔问介〕你为何今日带来？〔净〕在下出门之时，香君说道，千愁万苦俱在扇头，就把扇儿当封书罢！故此寄来的。〔生又看，哭介〕香君，

香君！叫小生怎生报你也！〔问净介〕你怎的寻着贞娘来？〔净指唱介〕

【前腔】俺呵，走长堤驴背辛勤，遇逃兵推下寒津。〔生〕呵呀！受此惊险。〔问介〕怎的不曾湿了扇儿？〔净作势介〕横流没肩，高擎书信，将兰亭保全真本[9]。〔生拱介〕为这把桃花扇，把性命都轻了，真可感也。〔问介〕后来怎样呢？〔净〕亏了贞娘，不怕风浪，移船救我。思忖，从井救别人谁肯。

〔生〕好，好！若非遇着贞娘，这黄河水溜，谁肯救人。〔小旦〕妾本无心，救他上船，才认的是苏师父。〔生〕这都是天缘凑巧处。〔净〕还不曾问侯相公，因何南来？〔生〕俺自去秋随着高杰防河，不料匹夫无谋，不受谏言；被许定国赚入睢州，饮酒中间，遣人刺死。小生不能存住，买舟黄河，顺流东下。你看大路之上，纷纷乱跑，皆是败兵，叫俺有何面目，再见史公也。〔净〕既然如此，且到南京，看看香君，再作商量。〔生〕也罢，别过贞娘，趁早开船。〔小旦〕想起在旧院之时，我们一家同住；今日船中，只少一个香君，不知今生还能相见否。

原评："重题旧境，怆然欲涕。"

【金莲子】一家人离散了，重聚在水云。言有尽，离绪百分；掌中娇养女，何日说艰辛。

〔生〕只怕有人踪迹，昆老快快换衣，就此别过罢。〔净换衣介〕〔生、净掩泪过船介〕〔净〕归计登程犹未准。〔生〕故人见面转添愁。〔副净撑船下〕〔小旦〕妾心厌倦烟花，伴着老兵度日，却也快活。不意故人重逢，又惹一天旧恨；你听涛声震耳，今夜那能成寐也。

悠悠萍水一番亲，旧恨新愁几句论。
漫道浮生无定著，黄河亦有住家人。

〔1〕掠盾：弃盾。

〔2〕禹门：龙门，在山西河津西北。这里泛指黄河上险要处。

〔3〕大王爷爷：指河神。

〔4〕虎豹千林雾：指许定国、高杰的乱兵。

〔5〕吕梁：江苏徐州东南的吕梁滨。

〔6〕狮威：封建文人用以形容妇女的强悍。

〔7〕漕标报船：漕抚本标传报文书信息的船。

〔8〕折宫纱夹在斑筠：折意为折叠。宫纱是一种质地轻细的丝织品。斑筠即斑竹。全句的意思是指桃花扇。

〔9〕将兰亭保全真本：兰亭真本是晋朝著名书法家王羲之写的《兰亭集序》法帖。这里暗用“落水兰亭”故事，来比喻苏昆生落水后还不顾性命把桃花扇保全。元初著名书画家赵孟頫，得到一本名贵的兰亭帖，归途大风覆舟，他落水后还不顾性命，将帖高举过顶，终于保全了这帖。见陶宗仪《辍耕录》卷九。

第二十八出　题画

乙西三月

〔小生扮山人蓝瑛上〕美人香冷绣床闲，一院桃开独闭关。无限浓春烟雨里，南朝留得画中山。自家武林[1]蓝瑛，表字田叔，自幼驰声画苑。与贵筑杨龙友笔砚至交，闻他新转兵科，买舟来望，下榻这媚香楼上。此楼乃名妓香君梳妆之所，美人一去，庭院寂寥，正好点染云烟[2]，应酬画债。不免将文房画具，整理起来。〔作洗砚、涤笔、调色、揩盏介〕没有净水怎处？〔想介〕有了，那花梢晓露，最是清洁，用他调丹濡粉，鲜秀非常。待我下楼，向后园收取。〔手持色盏暂下〕

【破齐阵】〔生新衣上〕地北天南蓬转，巫云楚雨丝牵[3]。巷滚杨花，墙翻燕子，认得红楼旧院。触起闲情柔如草，搅动新愁乱似烟，伤春人正眠。

小生在黄河舟中，遇着苏昆生，一路同行，心忙步急，不觉来到南京。昨晚旅店一宿，天明早起，留下昆生看守行李；俺独自来寻香君，且喜已到院门之外。

此出从情节上看，似可有可无，但从悲剧气氛上看，却不可少。侯生兴冲冲来访香君，以为久别重逢，不知如何惊喜。不意人去楼空，使人更觉离散之苦。若与“寄扇”对看，则破人郁结，生人神智矣。

【刷子序犯】只见黄莺乱啭，人踪悄悄，芳草芊芊。粉坏楼墙，苔痕绿上花砖。应有娇羞人面，映着他桃树红妍；重来浑似阮刘仙，借东风引入洞中天。

〔作推门介〕原来双门虚掩，不免侧身潜入，看有何人在内。〔入介〕

有景有情有行动，酷似《西厢》曲文。

【朱奴儿犯】呀，惊飞了满树雀喧，踏破了一墀苍藓。这泥落空堂帘半卷，受用煞双栖紫燕。闲庭院，没个人传，蹑踪儿[4]回廊一遍，直步到小楼前。

〔上指介〕这是媚香楼了。你看寂寂寥寥，湘帘昼卷，想是香君春眠未起。俺且不要唤他，慢慢的上了妆楼，悄立帐边；等他自己醒来，转睛一看，认得出是小生，不知如何惊喜哩！〔作上楼介〕

【普天乐】手拽起翠生生罗襟软，袖拨开绿杨线。一层层栏坏梯偏，一桩桩尘封网罥。艳浓浓楼外春不浅，帐里人儿腼腆。〔看介〕从几时收拾起银拨冰弦[5]；摆列着描春容脂箱粉盏，待做个女山人画叉乞钱[6]。

〔惊介〕怎的歌楼舞榭，改成个画院书轩，这也奇了。〔想介〕想是香君替我守节，不肯做那青楼旧态，故此留心丹青，聊以消遣春愁耳。〔指介〕这是香君卧室，待我轻轻推开。〔推介〕呀！怎么封锁严密，倒象久不开的；这又奇了，难道也没个人看守。〔作背手彷徨介〕

【雁过声】萧然，美人去远，重门锁，云山万千。知情只有闲莺燕，尽着狂，尽着颠，问着他一双双不会传言。熬煎，才待转，嫩花枝靠着疏篱颤。〔下听介〕帘栊响，似有个人略喘。

原评："千思万转，沉吟顿挫，天壤间有数妙文。"

〔瞧介〕待我看是谁来。〔小生持盏上楼，惊见介〕你是何人，上我寓楼？〔生〕这是俺香君妆楼，你为何寓此？〔小生〕我乃画士蓝瑛。兵科杨龙友先生送俺来寓的。〔生〕原来是蓝田老，一向久仰。〔小生问介〕台兄尊号？〔生〕小生河南侯朝宗，亦是龙友旧交。〔小生惊介〕呵呀！文名震耳，才得会面。请坐，请坐！〔坐介〕〔生〕我且问你，俺那香君那里去了？〔小生〕听说被选入宫了。〔生惊介〕怎……怎的被选入宫了！几时去的？〔小生〕这倒不知。〔生起，掩泪介〕

【倾杯序】寻遍，立东风渐午天，那一去人难见。〔瞧介〕看纸破窗棂，纱裂帘幔。裹残罗帕，戴过花钿，旧笙箫无一件。红鸳衾尽卷，翠菱花放扁[7]，锁寒烟，好花枝不照丽人眠。

物是人非，情事不堪，此曲一唱三叹，无限低回，正写出悲剧的典型环境，以衬托"重到红楼意惘然"之意。关键时刻离不了桃花扇。

想起小生定情之日，桃花盛开，映着簇新新一座妆楼；不料美人一去，零落至此。今日小生重来，又值桃花盛开，对景触情，怎能忍住一双眼泪。〔掩泪坐介〕

【玉芙蓉】春风上巳天，桃瓣轻如剪，正飞绵作雪，落红成霰。不免取开画扇，对着桃花赏玩一番。〔取扇看介〕溅血点作桃花扇，比着枝头分外鲜。这都是为着小生来。携上妆楼展，对遗迹宛然，为桃花结下了死生冤。

〔小生〕请教这扇上桃花，何人所画？〔生〕就是贵东杨龙友的点染。〔小生〕为何对之挥泪？〔生〕此扇乃小生与香君订盟之物。

【山桃红】那香君呵！手捧着红丝砚，花烛下索诗篇。〔指介〕一行行写下鸳鸯券。不到一月，小生避祸远去，香君闭门守志，不肯见客，惹恼了几个权贵。放一群吠神仙朱门犬[8]。那时硬抢香君下楼，香君着急，把花容呵，似鹃血乱洒啼红怨。这柄诗扇恰在手中，竟为溅血点坏。〔小生〕可惜，可惜！〔生〕后来杨龙友添上梗叶，竟成了几笔折枝桃花。〔拍扇介〕这桃花扇在，那人阻春烟。

〔小生看介〕画的有趣，竟看不出是血迹来。〔问介〕这扇怎生又到先生手中？〔生〕香君思念小生，托他师父到处寻俺，把这桃花扇，当了一封锦字书。小生接得此扇，跋涉来访，不想香君又入宫去了。〔掩泪介〕〔末扮杨龙友冠带，从人喝道上〕台上久无秦弄玉，船中新到米襄阳。〔杂入报介〕兵科杨老爷来看蓝相公，门外下轿了。〔小生慌迎见介〕〔末上楼见生，揖介〕侯兄几时来的？〔生〕适才到此，尚未奉拜。〔末〕闻得一向在史公幕中，又随高兵防河。昨见塘报，高杰于正月初十日，已为许定国所杀，那时世兄在那里来？〔生〕小弟正在乡园，忽遇此变，扶着家父逃避山中，一月有余。恐为许兵踪迹，故又买舟南来。路遇苏昆生，持扇相访，只得连夜赴约。竟不知香君已去。〔问介〕请问是几时去的？〔末〕正月人日被选入宫的。〔生〕到几时才出来？〔末〕遥遥无期。〔生〕小生只得在此等他了。〔末〕此处无可留恋，倒是别寻佳丽罢。〔生〕小生怎忍负约，但得他一信，去也放心。

【尾犯序】望咫尺青天，那有个瑶池女使[9]，偷递情笺。明放着花楼酒榭，丢做个雨井烟垣。堪怜！旧桃花刘郎又拈，料得新吴宫西施不愿[10]。横揣俺天涯夫婿，永巷日如年[11]。

原评："心尽气绝若死灰矣，此曲欲唤奈何也。"

〔末〕世兄不必愁烦，且看田叔作画罢。〔小生画介〕〔生、末坐看介〕这是一幅桃源图？〔小

悲中作乐人更悲。点出张瑶星，为审狱伏脉。

生〕正是。〔末问介〕替那家画的?〔小生〕大锦衣张瑶星先生,新修起松风阁,要裱做照屏的。〔生赞介〕妙,妙!位置点染,别开生面,全非金陵旧派。〔小生作画完介〕见笑,见笑!就求题咏几句,为拙画生色如何?〔生〕不怕写坏,小生就献丑了。〔题介〕原是看花洞里人,重来那得便迷津。渔郎诳指空山路,留取桃源自避秦[12]。归德侯方域题。〔末读介〕佳句。寄意深远,似有微怪小弟之意。〔生〕岂敢!〔指画介〕

满眼苦境借画发挥。

【鲍老催】这流水溪堪羡,落红英千千片。抹云烟,绿树浓,青峰远。仍是春风旧境不曾变,没个人儿将咱系恋。是一座空桃源,趁着未斜阳将棹转。

〔起介〕〔末〕世兄不要埋怨,而今马、阮当道,专以报仇雪恨为事;俺虽至亲好友,不敢谏言。恰好人日设席,唤香君供唱;那香君性气,你是知道的,手指二公一场好骂。〔生〕呵呀!这番遭他毒手了。〔末〕亏了小弟在旁,十分劝解,仅仅推入雪中,吃了一惊。幸而选入内庭,暂保性命。〔向生介〕世兄既与香君有旧,亦不可在此久留。〔生〕是,是!承教了。〔同下楼行介〕

【尾声】热心肠早把冰雪咽,活冤业现摆着麒麟楦[13]。〔收扇介〕俺且抱着扇上桃花闲过遣。

〔竟下介〕〔末〕我们别过蓝兄，一同出去罢。〔生〕正是忘了作别。〔作别介〕请了！〔小生先闭门下〕〔生、末同行介〕

〔生〕重到红楼意惘然，〔末〕闲评诗画晚春天。

〔生〕美人公子飘零尽，〔末〕一树桃花似往年。

〔1〕武林：山名，在杭州城西，杭州也因此别称武林。

〔2〕点染云烟：指画风景画。

〔3〕"地北天南蓬转"二句：侯方域自己说虽然四处飘泊，但始终怀恋着香君。

〔4〕蹑踪儿：小步、轻步。

〔5〕银拨冰弦：指琵琶。银拨是弹琵琶用的银片，冰弦指琵琶的弦。

〔6〕画叉乞钱：画叉是挂画用的铁叉。整句的意思是，要做个女山人靠画画来谋生。

〔7〕翠菱花放扁：意指镜奁掩盖。

〔8〕放一群吠神仙朱门犬：指马士英派出了一批抢香君的恶奴。

〔9〕瑶池女使：传说西王母住在瑶池，青鸟是她的使者。这里意为香君和他虽近在咫尺，却远若青天，怎能有个使者，暗中替香君传递情书呢？

〔10〕"旧桃花刘郎又拈"二句：上句用"前度刘郎今又来"的故事，比喻侯方域重寻香君。下句用西施入吴故事，比喻香君的不愿入宫。拈，拨弄意。

〔11〕"横揣俺天涯夫婿"二句：侯方域就香君处境设想，说她硬是怀念她的天涯夫婿，在永巷里度日如年。

〔12〕"渔郎诳指空山路"二句：意为渔郎指给人们到桃花源的路是骗人

的,他这样做是为了把桃源留下来给自己避秦。言外表示侯方域对杨龙友告诉他香君已入宫的话不大相信。

〔13〕麒麟楦:唐朝杨炯把当朝大臣都叫作麒麟楦,比喻他们外面好看,实际上不顶用。他说:"弄假麒麟的人,用皮罩着驴子,装得很像麒麟。但剥了皮以后,还是原来的驴子。"这里麒麟楦指马、阮等奸臣。

第二十九出　逮社

乙酉三月

原评:"逆党挟仇,复社罹殃,南朝亡国之政也,此折俱从实录。又将阮胡得意骄横之态极力描出,如太史公志传,不加贬刺而笔法森然矣。"

【凤凰阁】〔丑扮书客蔡益所上〕堂名二酉[1],万卷牙签[2]求售。何物充栋汗车牛,混了书香铜臭[3]。贾儒商秀[4],怕遇着秦皇大搜[5]。

在下金陵三山街书客蔡益所的便是。天下书籍之富,无过俺金陵;这金陵书铺之多,无过俺三山街;这三山街书客之大,无过俺蔡益所。〔指介〕你看十三经、廿一史、九流三教、诸子百家、腐烂时文[6]、新奇小说,上下充箱盈架,高低列肆连楼。不但兴南贩北,积古堆今,而且严批妙选,精刻善印。俺蔡益所既射了贸易诗书之利[7],又收了流传文字之功;凭他进士举人,见俺作揖拱手,好不体面。〔笑介〕今乃乙酉[8]乡试之年,大布恩纶[9],开科取士。准了礼部尚书钱谦益的条陈[10]，要亟正[11]文体，以光新治。俺小店乃坊间首领，只得聘请几家名手，另选新篇。今日正在里边删改批评，待俺早些贴起封面来。〔贴介〕风气随名手[12]，文章中试官[13]。〔下〕〔生、净背行囊上〕

【水红花】〔生〕当年烟月满秦楼，梦悠悠，箫声非旧[14]。人隔银汉几重秋，信难投，相思谁救。〔唤介〕昆老，我们千里跋涉，为赴香君之约。不料他被选入宫，音信杳然，昨晚扫兴回来；又怕有人踪迹，故此早早移寓。但不知那处僻静，可以多住几时，打听音信。等他诗题红叶，白了少年头[15]。佳期难道此生休也罗？

〔净〕我看人情已变，朝政日非；且当道诸公，日日罗织正人，报复夙怨。不如暂避其锋，把香君消息，从容打听罢。〔生〕说的也是，但这附近州郡，别无相知；只有好友陈定生住在宜兴，吴次尾住在贵池。不免访寻故人，倒也是快事。〔行介〕

【前腔】故人多狎水边鸥，傲王侯，红尘拂袖[16]。长安棋局[17]不胜愁，买孤舟，南寻烟岫。〔净〕来到三山街书铺廊了，人烟稠密，趱行几步才好。〔疾走介〕妨他豺狼当道，冠带几猕猴[18]。三山榛莽[19]水狂流也罗。

〔生指介〕这是蔡益所书店，定生、次尾常来寓此，何不问他一信。〔住看介〕那廊柱上贴着新选封面，待我看来。〔读介〕“复社文开。”〔又看介〕这左边一行小字，是“壬午、癸未房墨合刊[20]”；右边是“陈定生、吴次尾两先生新选”。〔喜介〕他两人难道现寓此间不成？〔净〕待我问来。〔叫介〕掌柜的那里？〔丑上〕请了，想要买甚么书籍么？〔生〕非也。要借问一信。〔丑〕问谁？〔生〕陈定生、吴次尾两位相公来了不曾？〔丑〕现在里边，待我请他出来。〔丑下〕〔末、小生同上见介〕呀！原来是侯社兄。〔见净介〕苏昆老也来了。〔各揖介〕〔末问介〕从那来的？〔生〕从敝乡来的。〔小生问介〕几时进京？〔生〕昨日才到。

【玉芙蓉】烽烟满郡州，南北从军走；叹朝秦暮楚，三载依刘[21]。归来谁念王孙瘦，重访秦淮帘下钩。徘徊久，问桃花昔游[22]，这江乡，今年不似旧温柔。

〔问末、小生介〕两兄在此，又操选政[23]了？〔末、小生〕见笑。

【前腔】金陵旧选楼[24]，联榻同良友；对丹黄[25]笔砚，事业千秋。六朝衰弊今须救，文体重开韩柳欧[26]。传不朽，把东林尽收，才知俺中原复社附清流。

〔内唤介〕请相公们里边用茶。〔末、小生〕来了。〔让生、净入介〕〔杂扮长班持拜帖上〕我家官府阮大铖，新升兵部侍郎；特赐蟒玉，钦命防江。今日到三山街拜客，只得先来。〔副净扮阮大铖蟒玉，骄态，坐轿，杂持伞、扇引上〕

【朱奴儿】〔副净〕排头踏青衣前走，高轩稳扇盖交抖[27]。看是何人坐上头，是当日胯下韩侯[28]。〔杂禀介〕请老爷停轿，与佥都越老爷[29]投帖。〔杂投帖介〕〔副净停轿介〕吩咐左右，不必打道，尽着百姓来瞧。〔扇扇大说介〕我阮老爷今日钦赐蟒玉，大轿拜客。那班东林小人，目下奉旨搜拿，躲的影儿也没了。〔笑介〕才显出谁荣谁羞，展开俺眉头皱。

〔看书铺介〕那廊柱上帖的封面，有甚么复社字样；叫长班揭来我瞧。〔杂揭封面，送副净读介〕"复社文开。陈定生吴次尾新选。"〔怒介〕嗄！复社乃东林后起，与周镳、雷縯祚同党；朝廷正在拿访，还敢留他选书。这个书客也大胆之极了。快快住轿！〔落轿介〕〔副净下轿，坐书铺吩咐介〕速传坊官。〔杂喊介〕坊官那里？〔净扮坊官急上，跪介〕禀大老爷，传卑职有何吩咐？

【前腔】〔副净〕这书肆不将法守，通恶少复社渠首。奉命今将逆党搜，须得你蔓

原评："老阮果有此言，不抹花面不可得也。"可见以富贵骄人者决不是好角色。

引株求[30]。〔净〕不消大老爷费心,卑职是极会拿人的。〔进入拿丑上〕犯人蔡益所拿到了。〔丑跪禀介〕小人蔡益所并未犯法。〔副净〕你刻什么"复社文开",犯法不小。〔丑〕这是乡会房墨,每年科场要选一部的。〔副净喝介〕唗!目下访拿逆党,功令[31]森严,你容留他们选书,还敢口强,快快招来。〔丑〕不干小人事,相公们自己走来,现在里面选书哩。〔副净〕既在里面,用心看守,不许走脱一人。〔丑应下〕〔副净向净私语介〕访拿逆党,是镇抚司的专责,速递报单,叫他校尉拿人。传缇骑[32]重兴狱囚,笑杨左[33]今番又休。

〔净〕是。〔速下〕〔副净上轿介〕〔生、末、小生拉轿,喊介〕我们有何罪过,着人看守;你这位老先生,不畏天地鬼神了。〔副净微笑介〕学生并未得罪,为何动起公愤来。〔拱介〕请教诸兄尊姓台号?〔小生〕俺是吴次尾。〔末〕俺是陈定生。〔生〕俺是侯朝宗。〔副净微怒介〕哦!原来就是你们三位!今日都来认认下官。

【剔银灯】堂堂貌须长似帚,昂昂气胸高如斗。〔向小生介〕那丁祭之时,怎见的阮光禄难司笾和豆。〔向末介〕那借戏之时,为甚把《燕子笺》弄俺当场丑。〔向生介〕堪羞!妆奁代凑,倒惹你裙钗乱丢。

〔生〕你就是阮胡子,今日报仇来了。〔末、小生〕好,好,好!大家扯他到朝门外,讲讲他的素行[34]去。〔副净佯笑介〕不要忙,有你讲的哩。〔指介〕你看那来的何人?〔副净坐轿下〕〔杂扮白靴四校尉上〕〔乱叫介〕那是蔡益所?〔丑〕在下便是,问俺怎的?〔杂〕俺们是驾上来的,快快领着拿人。〔丑〕要拿那个?〔杂〕拿陈、吴、侯三个秀才。〔生〕不要拿。我们都在这边哩,有话说来。〔杂〕请到衙门里说去罢!〔竟丢锁套三人下〕〔丑吊场介〕这是那里的帐。〔唤介〕苏兄快来!〔净扮苏昆生上〕怎么样的了?〔丑〕了不得,了不得!选书的两位相公拿去罢了,连侯相公也拿去了。〔净〕有这等事!

【前腔】〔合〕凶凶的缧绁[35]在手,忙忙的捉人飞走;小复社没个东林救,新马阮接着崔田后。堪忧!昏君乱相,为别人公报私仇。

〔净〕我们跟去,打听一个真信,好设法救他。〔丑〕正是。看他安放何处,俺好早晚送饭。

〔丑〕朝市纷纷报怨仇,〔净〕乾坤付与杞人忧。

〔丑〕仓皇谁救焚书祸,〔净〕只有宁南一左侯。

〔1〕二酉:大、小酉山,在今湖南沅陵,相传山洞里有丰富的藏书。这里用作书坊的名字。

〔2〕牙签:本是藏书的标识,这里作书籍解。

〔3〕"何物充栋汗车牛"二句:充栋汗车牛即汗牛充栋。汗牛是说把书运走时可以把牛累得出汗,充栋是说把书放在家里可以堆到屋顶,都是形容藏书丰富的。书香是表示子弟能读书,继承家业。铜臭本是用钱买官的意思,一般也用来讥讽富人。因为当时贩书的书客一方面能读书,另一方面又可赚钱,所以说"混了书香铜臭"。

〔4〕贾儒商秀:贾客又是儒生,商人又是秀才,都是形容蔡益所的身份的。

〔5〕秦皇大搜:指秦始皇焚书坑儒。

〔6〕腐烂时文:指八股文。

〔7〕射了贸易诗书之利:指赚了贩书的利润。射利是形容他们见利就像箭一样去追逐。

〔8〕乙酉:此处指 1645 年。

〔9〕恩纶:皇帝的诏书。

〔10〕条陈:向上级分条陈述事情的呈文。

〔11〕亟正:亟,急切。亟正指急切纠正。

〔12〕风气随名手:风气指文章的风气。名手一般意为著名的作家,这里指出名的选家。这句意为文句的风气是跟着著名选家转移的。

〔13〕文章中试官:我国明、清时科举场里的谚语:"不愿文章中主考,但愿文章中试官。"试官是阅卷官,如果试官看中意了,录取就有希望。

〔14〕"当年烟月满秦楼"三句:暗用萧史和弄玉的故事,表现侯方域在回忆过去美好生活时的惆怅心情。

〔15〕"等他诗题红叶"二句:诗题红叶,是唐朝于佑的故事。唐僖宗时,宫女韩氏用红叶题诗,从御沟中流出。这红叶为于佑拾取后,也在它上面题一首诗,重投御沟上流,流入宫中,恰巧又被韩氏所得。后僖宗放宫女,于佑娶得了韩氏。白了少年头,见岳飞《满江红》词,是光阴虚度的意思。这两句

大意:为等待香君的音讯,头发都白了。

〔16〕红尘拂袖:意为从繁华的尘市中拂袖而去。

〔17〕长安棋局:长安泛指都城,这里指南京。棋局暗喻政治形势。

〔18〕冠带几猕猴:意为当时公卿虽然表面上戴冠围带,实际上跟猕猴类似。化用了“沐猴而冠”的成语。

〔19〕三山榛莽:意为这热闹的三山街怕要成了榛莽。榛莽,借指草木丛生。

〔20〕壬午、癸未房墨合刊:壬午、癸未,指1642、1643年,壬午是乡试之年,癸未是会试之年。房墨,中选的试卷。明清时代书坊里每每把士子房墨选印出售。合刊指将这两年的卷子一起刊出。

〔21〕“叹朝秦暮楚”二句:朝秦暮楚本是反复无常的意思,这里指到处流浪。三载依刘指王粲因西京之乱,往依刘表。这里是侯方域借来比喻自己往依史可法的。

〔22〕桃花昔游:暗用唐朝崔护的故事。崔护清明日独自郊游,因口渴向一个女子求饮。到第二年清明他再去时,那女子已经不见了。崔护惆怅地写了一首诗:“去年今日此门中,人面桃花相映红。人面不知何处去,桃花依旧笑春风。”

〔23〕操选政:主持选录文章的工作。

〔24〕金陵旧选楼:金陵旧有文选楼,相传是梁昭明太子萧统编选《文选》处。

〔25〕丹黄:指赤色和黄色的颜料。古人用来圈点校对书籍。

〔26〕“六朝衰弊今须救”二句:六朝本指六朝的骈俪文,这里指只注重辞句的典丽而缺乏内容的文风。韩、柳、欧指韩愈、柳宗元、欧阳修,都是我国著名的散文家、唐宋古文运动的领袖。这两句意为要纠正当时衰弊的文风,发扬唐宋古文风气。

〔27〕“排头踏青衣前走”二句:头踏是古代官员出行时的前列仪仗。青衣是古代下层人民的服色,这里指差役。高轩即高车。扇是仪仗的一种,用来遮日光的。盖即伞。这两句形容阮大铖得意骄矜的状态。

〔28〕胯下韩侯：韩侯指淮阴侯韩信。他少年时曾受淮阴恶少侮辱，要他从胯下爬过。阮大铖曾一时失势，住裤裆街，受复社的攻击，因此用"胯下韩侯"来自比。

〔29〕佥都越老爷：佥都御史越其杰。

〔30〕蔓引株求：牵连根究的意思。

〔31〕功令：朝廷法令。

〔32〕缇(tí)骑：赤衣马队，是逮捕犯人的官役。

〔33〕杨左：杨涟、左光斗，在明熹宗时任左副都御史和御史，是当时比较正直的官员，曾协力劾魏忠贤的罪恶，后皆为魏忠贤所害。

〔34〕素行：平素的行为。

〔35〕缧绁：缚犯人的绳子。

第三十出　归山

乙酉三月

此出安排尤妙，既让侯生等绝处逢生，又趁此时托出张瑶星这个人物，朝为推官，暮成隐士，朝政前途，其实可知。

【粉蝶儿】〔外白髯扮张薇冠带上〕何处家山，回首上林春老[1]，秣陵城烟雨萧条。叹中兴，新霸业，一声长啸。旧宫袍，衬着懒散衰貌。

下官张薇，表字瑶星，原任北京锦衣卫仪正[2]之职。避乱南来，又遇新主中兴，录俺世勋[3]，仍补旧缺。不料权奸当道，朝局日非，新于城南修起三间松风阁，不日要投闲归老。只因有逆案两人，乃礼部主事周镳，按察副使雷缜祚，马、阮挟仇，必欲置之死地。下官深知其冤，只是无法可救，中夜踌躇，故此去志未决。

【尾犯序】党祸起新朝，正士寒心，连袂高蹈[4]。俺有何求，为他人操刀。急逃！盖了座松风草阁，等着俺白云啸傲；只因这沉冤未解梦空劳。

〔副净扮家僮上，禀介〕禀老爷，镇抚司冯可宗[5]拿到逆党三名，候老爷升厅发放。〔杂扮校尉四人，持刑具罗列介〕〔外升厅介〕〔净扮解役投文，押生、末、小生带锁上〕〔跪介〕〔外看文问介〕据坊官报单，说尔等结社朋谋，替周镳、雷缜祚行贿打点，因而该司捕解；快快从实招来，免受刑拷。

【前腔】〔末、小生〕难招！笔砚本吾曹，复社青衿，评选文稿。无罪而杀，是坑儒根苗。〔生〕休拷！俺来此携琴访友，并不曾流连夜晓。无端的池鱼堂燕一时烧[6]。

审狱一节最易无聊，作者写来，却变化无穷，出人意外。

〔外〕据尔所供，一无实迹，难道本衙门诬良为盗不成！〔拍惊堂介〕叫左右预备刑具，叫他逐个招来。〔末前跪介〕老大人不必动怒。犯生陈贞慧，直隶宜兴人，不合在蔡益所书坊选书，并无别情。〔小生前跪介〕犯生吴应箕，直隶贵池人，不合与陈贞慧同事，并无别情。〔外向净介〕

既在蔡益所书坊,结社朋谋,行贿打点,彼必知情。为何竟不拿到?〔投签与净介〕速拿蔡益所质审。〔净应下〕〔生前跪介〕犯生侯方域,河南归德府人,游学到京,与陈贞慧、吴应箕文字旧交。才来拜望,一同拿来了。并无别情。〔外想介〕前蓝田叔所画桃源图,有归德侯方域题句。〔转问介〕你是侯方域么?〔生〕犯生便是。〔外拱介〕失敬了!前所题桃源图,大有见解,领教,领教!〔吩咐介〕这事与你无干,请一边候。〔生〕多谢超豁[7]了。〔一边坐介〕〔净持签上〕〔禀介〕禀老爷,蔡益所店门关闭,逃走无踪了。〔外〕朋谋打点,全无证据,如何审拟。〔寻思介〕〔副净持书送上介〕王、钱二位老爷有公书。〔外看介〕原来是内阁王觉斯,大宗伯钱牧斋[8]两位老先生公书。待俺看来!〔开书背看,点头介〕说的有理,竟不知陈、吴二犯,就是复社领袖。

【红衲袄】一个是定生兄,艺苑豪;一个是主骚坛,吴次老。为甚的冶长无罪拘皋陶,俺怎肯祸兴党锢推又敲[9]。大锦衣,权自操;黑狱中,白日照。莫教名士清流贾祸含冤也,把中兴文运凋。

〔转拱介〕陈、吴两兄,方才得罪了。〔问介〕王觉斯、钱牧斋二位老先生,一向交好么?〔末、小生〕并无相与。〔外〕为何发书,极道两兄文名，嘱俺开释？〔末、小生〕想出二公主持公道之意。〔外〕是，是。下官虽系武职，颇读诗书，岂肯杀人媚人。〔吩咐介〕这事冤屈，请一边候；待俺批回该司，速行释放便了。〔批介〕〔末、小生一边坐介〕〔副净持朝报送上介〕禀老爷，今日科抄[10]有要紧旨意，请老爷过目。〔外看报介〕"内阁大学士马一本，为速诛叛党，以靖邪谋事。犯官周镳、雷缜祚，私通潞藩，叛迹显然；乞早正法，晓示臣民等语。奉旨周镳、雷缜祚，着监候处决。又兵部侍郎阮一本，为捕灭社党，廓清皇图[11]事。照得东林老奸，如蝗蔽日；复社小丑，似蝻[12]出田。蝗为现在之灾，捕之欲尽；蝻为将来之患，灭之勿迟。臣编有《蝗蝻录》，可按籍而收也等语。奉旨这东林社党，着严行捕获，审拟具奏。该衙门知道！"〔外惊介〕不料马、阮二人，又有这番举动，从此正人君子无孑遗[13]矣。

【前腔】俺正要省约法，画狱牢[14]；那知他铸刑书，加炮烙[15]。莫不是清流欲向浊流抛[16]，莫不是党碑又刻元祐号[17]。这法网，人怎逃；这威令，谁敢拗。眼见复社东林尽入囹圄[18]也，试新刑，搜尔曹。

〔向生等介〕下官怜尔无辜，正思开释。忽然奉此严旨，不但周、雷二公定了死案；从此东林、复社，那有漏网之人。〔生等跪求介〕尚望大人超豁。〔外〕俺若放了诸兄，倘被别人拿获，再无生理，且不要忙。〔批介〕据送三犯，朋谋打点，俱无实迹。俟拿到蔡益所之日，审明拟罪可也。〔向生等介〕那镇抚司冯可宗，虽系功名之徒，却也良心未丧，待俺写书与他。〔写介〕老夫待罪锦衣，多历年所，门户党援[19]，何代无之。总之君子、小人，互为盛衰，事久则变，势极必反；我辈职司风纪，不可随时偏倚，代人操刀。天道好还，公论不泯，慎勿自贻后悔也。〔拱介〕诸兄暂屈狱中，自有昭雪之日。〔净、杂押生等俱下〕〔外退堂介〕俺张薇原是先帝旧臣，国破家亡，已绝功名之念，为何今日出来助纣为虐。自古道："知几不俟终日[20]。"看这光景，尚容踌躇再计乎。〔唤介〕家僮快牵马来，我要到松风阁养病去了。〔副净牵马上〕坐马在此。〔外上马，副净随行介〕

【解三酲】〔外〕好趁着晴春晚照，满路上絮舞花飘。遥望见城南苍翠山色好，把红尘客梦全消。且喜已到松风阁，这是俺的世外桃源；不免下马登楼，趁早料理起来。〔下马登楼介〕清泉白石人稀到，一阵松风响似涛。〔唤介〕叫园丁撑开门窗，拂净栏槛，俺好从容眺望。〔杂扮园丁收拾介〕燕泥沾落絮，蛛网罥飞花。禀老爷，收拾干净了。〔下〕〔外窥窗介〕你看松阴低户,沁的人心骨皆凉。此处好安吟榻。〔又凭栏介〕你看春水盈池,照的人须眉皆碧。此处好支茶灶。〔忽笑介〕来的慌了,冠带袍靴全未脱却;如此打扮,岂是桃源中人。可笑,可笑!〔唤介〕家僮开了竹箱,把我买下的箬笠、芒鞋、萝绦、鹤氅[21],替俺换了。〔换衣带介〕堪投老[22],才修完三间草阁,便解宫袍。

原评:"趣极韵极,令人生笑。"

〔净扮校尉锁丑牵上〕松间批驾帖[23],竹里验公文。方才拿住蔡益所,闻得张老爷来此养病,只得赶来销签。〔叫介〕门上大叔那里?〔副净出问介〕来禀何事,如此紧急?〔净〕禀老爷,拿到蔡益所了,特来销签。〔缴签介〕〔副净上楼,禀介〕衙门校尉带着蔡益所回话。〔外惊介〕拿了蔡益所,他三人如何开交。〔想介〕有了,叫校尉楼下伺候,听俺吩咐。〔副净传净跪楼下介〕〔外吩咐介〕这件机密重案,不可丝毫泄漏;暂将蔡益所羁候园中,待我回衙,细细审问。〔净〕是。〔将丑拴树介〕〔净欲下介〕〔外〕转来,园中窄狭,把这匹官马,牵回喂养;我的冠带袍靴,你也顺便带去。我还要多住几时,不许擅来啰唣。〔净应下〕〔外跌足介〕坏了,坏了!衙役走入花丛,犯人锁在松树,还成一个什么桃源哩。不如下楼去罢!〔下楼见丑介〕果是蔡益所哩。〔丑跪介〕犯人与老爷曾有一面之识。〔外〕虽系旧交,你容留复社,犯罪不轻。〔丑叩头介〕是。

〔外〕你店中书籍，大半出于复社之手，件件是你的赃证。〔丑叩头介〕只求老爷超生。〔外〕你肯舍了家财，才能保得性命。〔丑〕犯人情愿离家。〔外喜介〕这等就有救矣。〔唤介〕家童与他开了锁头。〔副净开丑介〕〔外〕你既肯离家，何不随我住山。〔丑〕老爷若肯携带，小人就有命了。〔外指介〕你看东北一带，云白山青，都是绝妙的所在。〔唤介〕家童好生看门，我同蔡益所瞧瞧就来。〔副净应下〕〔丑随外行介〕〔外指介〕我们今夜定要宿在那苍苍翠翠之中。〔丑〕老爷要去看山，须差人早安公馆。那山寺荒凉，如何住宿？〔外〕你怎晓得，舍了那顶破纱帽，何处岩穴着不的这个穷道人。〔丑背介〕这是那里说起？〔外〕不要迟疑，一直走去便了。

开场时，谁能料到，竟是如此结局。

【前腔】眼望着白云缥缈，顾不得石径迢遥。渐渐的松林日落空山杳，但相逢几个渔樵。翠微深处人家少，万岭千峰路一条。开怀抱，尽着俺山游寺宿，不问何朝。

境隔仙凡几树桃，才知容易谢尘嚣。
清晨检点白云署，行到深山日尚高。

〔1〕上林春老：上林本是由秦兴建、汉武帝加以扩大的上林苑，后来每用以指一般皇帝的宫苑。上林春老，暗示南明皇朝的衰落。

〔2〕锦衣卫仪正:锦衣卫是明朝掌管侍卫、缉捕、刑狱等事的官署,所属有仪鸾司,仪正可能是仪鸾司大使。

〔3〕录俺世勋:张薇的父亲张可大,在明末任登莱总兵官,毛文龙叛变时,张可大和巡抚孙元化都被杀。张薇即因张可大的功勋而授锦衣卫千户官。

〔4〕连袂(mèi)高蹈:意为相继归隐。

〔5〕冯可宗:《南疆绎史》作冯可京,时在南京任锦衣卫都督。

〔6〕无端的池鱼堂燕一时烧:比喻无辜受祸。池鱼语出"城门失火,殃及池鱼"。堂燕借用古代寓言——燕雀寄居堂上,这房子起了火,燕雀不知大祸临头,仍没有一点惊慌。

〔7〕超豁:超脱免罪。

〔8〕王觉斯、钱牧斋:王铎、钱谦益。

〔9〕"为甚的冶长无罪拘皋陶"二句:冶长指公冶长,孔子的弟子,曾被诬陷入狱。皋陶是狱官,拘皋陶即指被扣在监狱里。这两句意为陈、吴二人无罪被扣,他不愿多方审讯以免党锢之祸。

〔10〕科抄:朝报。

〔11〕皇图:皇帝统治的版图。

〔12〕蝻:指孵化出来还不会飞的蝗虫。

〔13〕无孑遗:没有残留。

〔14〕"俺正要省约法"二句:形容施行德政。汉高祖入关时,废除秦朝的苛政,与父老约法三章。画狱牢,借用周文王画地为牢的故事。

〔15〕"铸刑书"二句:形容施行暴政。春秋时,晋国将刑法铸在鼎上。炮烙是商朝纣王设的一种残酷的刑罚,将油涂在铜柱上,用火烧红,令罪人在柱上行走。

〔16〕清流欲向浊流抛:唐末大臣裴枢等七人被杀于滑州白马驿,李振对梁王朱全忠说:"他们自称清流,要把他们丢到黄河去,使他们永远作浊流。"

〔17〕党碑又刻元祐号:元祐是宋哲宗的年号。宋徽宗时蔡京专政,斥戮元祐时执政大臣,说他们都是奸党,并在太学端礼门前立碑,把司马光等三

百多人的名字刻在上面,叫作党人碑。

〔18〕图圄:监狱。

〔19〕门户党援:指政治上的宗派朋党。

〔20〕知几不俟终日:这句话见《易经》,意为当预料到事变的萌芽时,一天也不要等待。

〔21〕萝绦、鹤氅:藤萝做的绦,鹤羽做的袍,都是道士的服装。

〔22〕投老:投闲告老。

〔23〕驾帖:这里指诸王、阉党等不经地方官直接拿人的帖子。

第三十一出　草檄

乙酉三月

原评:"写昆生倏然而来,写敬亭倏然而去,俱如战国先秦时人,须眉精神,忽忽惊人,奇笔也。"

〔净扮苏昆生上〕万历年间一小童,崇祯朝代半衰翁。曾逢天启干恩荫,又见弘光嗣厂公[1]。我苏昆生,睁着五旬老眼,看了四代时人,故此做这几句口号。你说那两位嗣厂公,有天没日,要把正人君子,捕灭尽绝。可怜俺侯公子,做了个法头例首[2]。我老苏与他同乡同客,只得远来湖广,求救于宁南左侯。谁想一住三日,无门可入;今日江上大操,看他兵马过处,鸡犬无声,好不肃静。等他回营,少不的寻个法儿,见他一面。〔唤介〕店家那里?〔副净扮店主上〕黄鹤楼头仙客少,白云市上酒家多。客官有何话说?〔净〕请问元帅左爷爷,待好回营么?〔副净〕早哩，早哩！三十万人马，每日操到掌灯；况今日又留督抚袁老爷，巡按黄老爷，在教场饮酒，怎得便回。〔净〕既是这等，替我打壶酒来，慢慢的吃着等他罢。〔副净取酒上〕等他做甚。吃杯酒，早些安歇罢。〔净〕俺并不张看，你放心闭门便了。〔副净下〕〔净望介〕你看一轮明月，早出东山，正当春江花月夜；只是兴会不佳耳。〔坐斟酒饮介〕对此杯中物，勉强唱只曲儿，解闷则个。〔自敲鼓板唱介〕

【念奴娇序】长空万里，见婵娟可爱，全无一点纤凝。十二阑干光满处，凉浸珠箔银屏。偏称，身在瑶台，笑斟玉斝，人生几见此佳景。惟愿取，年年此夜，人月双清。

昆生所唱三曲，皆《琵琶记》中秋望月出曲词。

〔自斟饮介〕这样好曲子，除了阮圆海却也没人赏鉴。罢了，罢了！宁可埋之浮尘，不可投诸匪类。〔又饮介〕这时候也待好回营了，待俺细细唱起来。他若听得，不问便罢，倘来问俺，倒是个机会哩。〔又敲鼓板唱介〕

【前腔】孤影，南枝乍冷，见乌鹊缥缈惊飞，栖止不定。〔副净上怨介〕客官安歇罢，万一元帅听得，连累小店，倒不是要的。〔净唱介〕万叠苍山，何处是修竹吾庐三径。〔副净拉净睡介〕〔净〕不妨事的。俺是元帅乡亲，巴不得叫他知道，才好请俺进府哩。〔副净〕既是这等，凭你，凭你！〔下〕〔净又唱介〕追省，丹桂谁攀，姮娥独住，故人千里漫同情。惟愿取年年此夜，人月双清。

〔杂扮小卒数人，背弓、矢、盔、甲走过介〕〔净听介〕外边马蹄乱响，想是回营了，不免再唱一曲。〔又敲鼓板唱介〕

【前腔】光莹，我欲吹断玉箫，骖鸾归去，不知何处冷瑶京[3]。〔杂扮小军四人旗帜前导介〕〔净听介〕喝道之声，渐渐近来，索性大唱一唱。环珮湿，似月下归来飞琼[4]。〔小生扮左良玉，外扮袁继咸，末扮黄澍冠带骑马上〕朝中新政教歌舞，江上残军试鼓鼙。〔外听介〕咦！将军，贵镇也教起歌舞来了。〔小生〕军令严肃，民间谁敢。〔末指介〕果然有人唱曲。〔小生立听介〕〔净大唱介〕那更、香雾云鬟，清辉玉臂[5]，广寒仙子也堪并。惟愿取年年此夜，人月双清。

〔小生怒介〕目下戒严之时，不遵军法，半夜唱曲。快快锁拿！〔杂打下门，拿出净，跪马前介〕〔小生问介〕方才唱曲，就是你么？〔净〕是。〔小生〕军令严肃，你敢如此大胆。〔净〕无可奈何，冒死唱曲，只求老爷饶恕。〔外〕听他所说，象是醉话。〔末〕唱的曲子，倒是绝调。〔小生〕

这人形迹可疑，带入帅府，细细审问。〔带净行介〕

【窣地锦裆】〔合〕操江[6]夜入武昌门，鸡犬寂寥似野村。三更忽遇击筑人，无故悲歌必有因。

〔作到府介〕〔小生让外、末介〕就请下榻荒署，共议军情。〔外、末〕怎好搅扰。〔同入坐介〕〔外〕方才唱曲之人，倒要早早发放。〔小生〕正是。〔吩咐介〕带过那个唱曲的来。〔杂带净跪介〕〔小生问介〕你把犯法情由，从实说来。〔净〕小人来自南京，特投元帅；因无门可入，故意犯法，求见元帅之面的。〔小生〕唗！该死奴才，还不实说。〔末〕不必动怒。叫他说，要见元帅，有何缘故。

【锁南枝】〔净〕京中事，似雾昏，朝朝报仇搜党人。现将公子侯郎，拿向囹圄困。望旧交，怀旧恩，替新朝，削新忿。

〔小生〕那侯公子，是俺世交，既来求救，必有手书。取出我瞧。〔净叩头介〕那日阮大铖亲领校尉，立拿送狱，那里写得及书。〔外〕凭你口说，如何信得。〔小生想介〕有了，俺幕中有侯公子一个旧人，烦他一认，便知真假。〔吩咐介〕请柳相公出来。〔杂应介〕〔丑扮柳敬亭上〕肉朋酒友，问俺老柳。待俺认来。〔点烛认介〕呀！原来是苏昆生,我的盟弟。〔各掩泪介〕〔小生〕果然认的么?〔丑〕他是河南苏昆生,天下第一个唱曲的名手,谁不认的。〔小生喜介〕竟不知唱曲之人,倒是一个义士。〔拉起介〕请坐,请坐。〔净各揖坐介〕〔丑〕你且说侯公子为何下狱?

【前腔】〔净〕为他是东林党,复社群,曾将魏崔门户分。小阮思报前仇,老马没分寸。三山街,缇骑狠,骤飞来,似鹰隼。

把侯相公拿入狱内,音信不通,俺没奈何,冒死求救。幸亏将军不杀,又得遇着柳兄。〔揖介〕只求长兄恳央元帅,早发救书,也不枉俺一番远来。〔小生气介〕袁、黄二位盟弟,你看朝事如此,可不恨死人也。〔外〕不特此也。闻得旧妃童氏[7],跋涉寻来,马、阮不令收认;另藏私人,预备采选,要图椒房之亲,岂不可杀。〔末〕还有一件,崇祯太子[8],七载储君,讲官大臣,确有证据,今欲付之幽囚。人人共愤,皆思寸磔[9]马、阮,以谢先帝。〔小生大怒介〕我辈戮力疆场,只为报效朝廷;不料信用奸党,杀害正人,日日卖官鬻爵,演舞教歌,一代中兴之君,行的总是亡国之政。只有一个史阁部,颇有忠心,被马、阮内里掣肘,却也依样葫芦。剩俺单身只手,怎去恢复中原。〔跌足介〕罢,罢,罢!俺没奈何,竟做要君[10]之臣了。〔揖外介〕临侯替俺修起参本。〔外〕怎么样写?〔小生〕你只痛数马、阮之罪便

原评:“此处填写南朝近事,笔法森然。”

了。〔外〕领教!〔丑送纸笔,外写介〕

【前腔】朝廷上,用逆臣,公然弃妃囚嗣君。报仇翻案纷纷,正士皆逃遁。寻冶容,教艳品[11],卖官爵,笔难尽。

〔外写完介〕〔小生〕还要一道檄文,借重仲霖起稿罢。〔揖介〕〔末〕也是这样做么?〔小生〕你说俺要发兵进讨,叫他死无噍类[12]。〔丑〕该,该!〔小生〕你前日劝俺不可前进,今日为何又来赞成。〔丑〕如今是弘光皇帝了,彼一时也,此一时也。〔小生〕是,是!俺左良玉乃先帝老将,先帝现有太子,是俺小主。那马、阮擅立弘光之时,俺远在边方,原未奉诏的。〔末〕待俺做来。〔丑送纸笔,末写介〕

【前腔】清君侧,走檄文,雄兵义旗遮路尘。一霎飞渡金陵,直抵凤凰门。朝帝宫,谒孝寝[13],搜黄阁,试白刃。

〔末写完介〕〔小生〕就列起名来。〔外〕这样大事,还该请到新巡抚何腾蛟[14],求他列名。〔小生〕他为人固执,不必相闻,竟写上他罢了。〔外、末列名介〕〔小生〕今夜誊写停当,明早飞递投送;俺随后也就发兵了。〔外〕只怕递铺误事。〔小生〕为何?〔外〕京中匿名文书,纷纷雨集;马、阮每早令人搜寻,随得随烧,并不过目。〔小生〕如此只得差人了。〔末〕也使不得。闻得马、阮密令安庆将军杜弘域[15],筑起坂矶[16],久有防备我兵之意。此檄一到,岂肯干休;那差去之人,便死多活少了。〔小生〕这等怎处?〔丑〕倒是老汉去走走罢。〔外、末惊介〕这位柳先生,竟是荆轲之流,我辈当以白衣冠送之。〔丑〕这条老命甚么希罕,只要办的元帅事来。〔小生大喜介〕有这等忠义之人,俺左昆山要下拜了。〔唤介〕左右取一杯酒来。〔杂取酒上,小生跪奉丑酒介〕请尽此杯。〔丑跪饮干介〕〔众拜丑,丑答拜介〕

原评:"光景动人。"

【前腔】擎杯酒,拭泪痕,荆卿短歌[17]声自吞。夜半携手叮咛,满座各消魂。何日归,无处问,夜月低,春风紧。

原评:"不啻易水之歌。"

〔各掩泪介〕〔丑向净介〕借重贤弟,暂陪元帅;俺就束装东去了。〔净〕只愿救取公子,早早出狱,那时再与老哥相见罢。〔俱作别介〕〔丑先下〕〔小生〕义士,义士!〔外、末〕壮哉,壮哉!

渺渺烟波夜气昏,一樽酒尽客消魂。
从来壮士无还日,眼看长江下海门。

〔1〕"曾逢天启干恩荫"二句:天启是明熹宗的年号(1620—1627)。恩荫是明代一种制度:遇到朝廷大庆典时,皇帝每每"广布恩泽"给一些较高级的官员或亲信的官员,庇荫官员子孙入官。干恩荫是指干儿孙得以恩荫,这里指魏党。据《明史》记载,熹宗时魏忠贤当权,族党尽蒙恩荫。厂公指掌东厂事的魏忠贤。嗣厂公即厂公的后代,这里指马、阮等。意为苏昆生过去曾

碰到熹宗重用魏党，现在又见弘光亲信马、阮。

〔2〕法头例首：指首先受新法条例惩处的人。

〔3〕“光莹，我欲吹断玉箫”三句：莹本是珠玉之色，这里用来形容月色。骖，乘骑。鸾，传说是凤类的鸟，是仙人多乘骑的。瑶京传说中指月宫。这三句暗用苏轼《水调歌头》：“我欲乘风归去，又恐琼楼玉宇，高处不胜寒”的词意。

〔4〕飞琼：许飞琼，传说中的仙女。

〔5〕“香雾云鬟”二句：杜甫《月夜》诗：“香雾云鬟湿，清辉玉臂寒。”乃想象其妻子在月下怀念远人的凄清境况之句。

〔6〕操江：在江上操练。

〔7〕旧妃童氏：童氏是福王的继妃。福王即位后，刘良佐、越其杰等送她到南京，福王不认她，把她交锦衣卫严刑拷讯，不久即死在锦衣卫中。椒房，皇后所居。

〔8〕崇祯太子：福王即位不久，曾有自称为崇祯太子者从北方南来。福王将他交锦衣卫审讯，后来自供是假太子，原名王之明。但将官黄得功、刘良佐、左良玉、何腾蛟、袁继咸等均不相信，纷纷抗疏为太子讼冤。储君指太子。

〔9〕寸磔(zhé)：磔是尸裂，寸磔即凌迟处死，是封建时代的极刑。

〔10〕要(yāo)君：要是威胁的意思。要君意为威胁皇帝。

〔11〕“寻冶容”二句：指马、阮为弘光帝搜寻美女。冶容、艳品，都指容态美丽的女子。

〔12〕死无噍类：噍类指经过战争而残存的人口。死无噍类意为把他们杀尽诛绝。

〔13〕孝寝：指明孝陵。

〔14〕何腾蛟：明末贵州黎平卫人，崇祯十六年十月任湖广巡抚。后辅佐明永历帝起兵抗清，固守湖湘，封中湘王。

〔15〕安庆将军杜弘域：杜弘域，天启初历延绥副总兵，后官至右都督。崇祯中提督池河、浦口二营，练兵阻止李自成等起义军南进。崇祯十三年移

镇浙江。清兵南渡后，回原籍不久即死。

〔16〕坂矶：地名，指板子矶，三面环抱，是大江上下的要害地方，明朝在这里屯兵驻防。

〔17〕荆卿短歌：荆卿指荆轲。荆卿短歌指荆轲在燕太子等送别时唱的易水歌。原文："风萧萧兮易水寒，壮士一去兮不复还！"

第三十二出　拜坛

乙酉三月

此出可与"哄丁"对看，执事者皆老赞礼。诸生未打，老赞礼先打；百官不哭，老赞礼大哭，以此代表人心所向也。

【吴小四】〔副末扮赞礼郎冠带白须上〕眼看他，命运差，河北新房一半塌。承继个儿郎贪戏耍，不报冤仇不挣家[1]。窝里财，奴乱抓[2]。

在下是太常寺一个老赞礼，住在神乐观旁，专管庙陵祭享之事。那知天翻地覆，立了这位新爷，把俺南京重新兴旺起来。今岁乙酉，改历建号之年，家家庆贺。我老汉三杯入肚，只唱这个随心令儿。旁人劝我道："各人自扫门前雪，莫管他家瓦上霜。"我回言道："大风吹倒梧桐树，也要旁人话短长[3]。"〔唤介〕孩子们，今日是三月十几日？〔内〕三月十九日了。〔副末〕呵呀！三月十九日，乃崇祯皇帝忌辰。奉旨在太平门外设坛祭祀，派着我当执事的，怎么就忘了。快走，快走！〔走介〕冈冈峦峦，接接连连，竹竹松松，密密丛丛。不觉已到坛前，且喜百官未到，待俺趁早铺设起来。〔作排案，供香、花、烛、酒介〕

【普天乐】〔净扮马士英，末扮杨文骢，素服从人上〕旧江山，新图画，暮春烟景人潇洒。出城市，遍野桑麻；哭甚么旧主升遐[4]，告了个游春假。〔外扮史可法素服上〕这才去野哭江边奠杯斝，挥不尽血泪盈把。年时此日，问苍天，遭的甚么花甲[5]。

〔相见各揖介〕〔净〕今日乃思宗烈皇帝升遐之辰，礼当设坛祭拜。〔末〕正是。〔外问介〕文武百官到齐不曾？〔副末〕俱已到齐了。〔净〕就此行礼。〔副末赞礼，杂扮执事官捧帛、爵介〕〔赞〕执事官各司其事，陪祀官就位，代献官就位。〔各官俱照班排立介〕〔赞〕瘗毛血[6]。迎神，参神，伏俯、兴，伏俯、兴，伏俯、兴，伏俯、兴。平身。〔各行礼完，立介〕〔赞〕行奠帛礼[7]，升坛。〔净秉笏至神位前介〕〔赞〕搢笏[8]，献帛，奠帛。〔净跪奠帛叩介〕〔赞〕平身，出笏，诣读祝位，跪。〔净跪介〕〔赞〕读祝。〔副末跪读介〕维岁次乙酉年，三月十九日，皇从弟嗣皇帝由崧，谨昭告于思宗烈皇帝曰：仰惟文德克承，武功载缵[9]，御极[10]十有七年，皇纲不振，大宇中倾，皇帝殉社稷，皇后太子俱死君父之难。弟愚不才，忝颜偷生,俯顺臣民之请,正位南都,权为宗庙神人主。恸一人之升遐,惩百僚之怠傲,努力庙谟[11],惴惴忧惧,枕戈饮泣,誓复中原。今值宾天[12]忌辰,敬设坛壝[13],遣官代祭。鉴兹追慕之诚,歆此苹蘩之献[14]。尚飨[15]!〔赞〕举哀。〔各官哭三声介〕〔赞〕哀止,伏俯、兴,复位。〔净转下介〕〔赞〕行初献礼,升坛。〔净至神位前介〕〔赞〕搢笏,献爵,奠爵。〔净跪奠爵,叩介〕〔赞〕平身,出笏,复位。〔赞〕〔行亚献终,献礼,同〕〔赞〕彻馔,送神,伏俯、兴。〔四拜同〕〔各官依赞拜完,立介〕〔赞〕读祝官捧祝,进帛官捧帛,各诣瘗位[16]。〔各官立介〕〔赞〕望瘗[17]。〔杂焚祝帛介〕〔赞〕礼毕。〔外独大哭介〕

【朝天子】万里黄风吹漠沙,何处招魂魄。想翠华[18],守枯煤山几枝花,对晚鸦,江南一半残霞。是当年旧家,孤臣哭拜天涯,似村翁岁腊[19],似村翁岁腊。

〔副末〕老爷们哭的不恸,俺老赞礼忍不住要大哭一场了。〔大哭一场下〕〔副净扮阮大铖素服大叫上〕我的先帝呀,我的先帝呀!今日是你周年忌辰,俺旧臣阮大铖赶来哭临了。〔拭眼问介〕祭过不曾?〔净〕方才礼毕。〔副净至坛前,急四拜,哭白介〕先帝,先帝!你国破身亡,总吃亏了一伙东林小人。如今都散了。剩下我们几个忠臣,今日还想着来哭你,你为何至死不悟

老赞礼哭得可伤,阮大铖哭得可恨,细心刻画,忠奸分明。

呀！〔又哭介〕〔净拉介〕圆老，不必过哀，起来作揖罢。〔副净拭眼，各见介〕〔外背介〕可笑，可笑！〔作别介〕请了！烟尘三里路，魑魅[20]一班人。〔下〕〔净〕我们皆是进城的，就并马同行罢。〔作更衣上马行介〕

【普天乐】〔合〕奠琼浆，哭坛下，失声相向谁真假。千官散，一路喧哗，好趁着景美天佳，闲讲些兴亡话。咏归去，恰似春风浴沂罢[21]，何须问江北戎马。南朝旧例尽风流，只愁春色无价。

〔杂喝道介〕〔净〕已到鸡鹅巷，离小寓不远，请过荒园同看牡丹何如？〔末〕小弟还要拜客，就此作别了。〔末别下〕〔副净〕待晚生趋陪罢。〔作到，下马介〕〔净〕请进。〔副净〕晚生随行。〔净前副净后，入园介〕〔副净〕果然好花。〔净吩咐介〕速摆酒席，我们赏花。〔杂摆席介〕〔净、副净更衣坐饮介〕〔净大笑介〕今日结了崇祯旧局，明日恭请圣上临御正殿，我们"一朝天子一朝臣"了。〔副净〕连日在江上，不知朝中有何新政。〔净〕目下假太子王之明，正在这里商量发放。圆老有何高见？〔副净〕这事明白易处。〔净〕怎么易处？〔副净〕老师相权压中外者，只因推戴二字。〔净〕是，是！〔副净〕既因推戴二字，

写赏花以证哭祭是假的，非但作假，原来竟是阴谋。

【朝天子】若认储君真不差,把俺迎来主,放那搭。〔净〕是,是!就着监禁起来,不要惑乱人心。〔问介〕还有旧妃童氏,哭诉朝门,要求迎为正后。这何以处之?〔副净〕这益发使不得。自古道,君王爱馆娃。系臂纱,先须采选来家,替椒房作伐[22]。〔净〕是,是!俺已采选定了。这个童氏,自然不许进宫的。〔又问介〕那些东林复社,捕拿到京,如何审问?〔副净〕这班人天生是我们冤对,岂可容情。切莫剪草留芽,但搜来尽杀,但搜来尽杀。

〔净大笑介〕有理,有理!老成见到之言,句句合着鄙意。拿大杯来,欢饮三杯。〔杂扮长班持本急上,禀介〕宁南侯左良玉有本章一道,封投通政司[23],这是内阁揭帖[24],送来过目。〔净接介〕他有什么好本!〔看本,怒介〕呀,呀!了不得,就是参咱们的疏稿。这疏内数出咱七大罪,叫圣上立赐处分,好恨人也。〔杂又持文书急上〕还有公文一道,差人赍来的。〔净接看,惊介〕又是讨俺的一道檄文,文中骂的着实不堪;还要发兵前来,取咱的首级。这却怎么?〔副净惊起,乱抖介〕怕人,怕人!别的有法,这却没法了。〔净〕难道长伸脖颈,等他来割不成?〔副净〕待俺想来。〔想介〕没有别法,除是调取黄、刘三

正在看花快意之时,传来天外惊雷,奸人丧胆。全剧转换灵活,惯用此法。

镇，早去堵截。〔净〕倘若北兵渡河，叫谁迎敌？〔副净向净耳介〕北兵一到，还要迎敌么？〔净〕不迎敌，更有何法？〔副净〕只有两法。〔净〕请教！〔副净作抠衣[25]介〕跑。〔又作跪地介〕降。〔净〕说的也是。大丈夫烈烈轰轰，宁可叩北兵之马，不可试南贼之刀。吾主意已决，即发兵符，调取三镇便了。〔想介〕且住，调之无名，三镇未必肯去。这却怎处？〔副净〕只说左兵东来，要立潞王监国，三镇自然着忙的。〔净〕是，是！就烦圆老亲去一遭。

原评："私君私官，私恩私仇，南朝无一非私，焉得不亡。"这一大段写马、阮结党营私，狼狈为奸，正面回答了"三百年基业，堕于何人，败于何事"的问题。

【普天乐】〔合〕发兵符，乘飞马，过江速劝黄、刘驾。舟同济，舵又同拿，才保得性命身家。非是俺魂惊怕，怎当得百万精兵从空下，顷刻把城阙攻打。全凭铁锁断长江，拉开强弩招架。

〔副净〕辞过老师相，晚生即刻出城了。〔净〕且住，还有一句密话。〔附耳介〕内阁高弘图、姜曰广，左袒[26]逆党，俱已罢职了。那周镳、雷缜祚，留在监中，恐为内应，趁早取决何如？〔副净〕极该，极该。〔净拱介〕也不送了。〔竟下〕〔副净出〕〔杂禀介〕那个传檄之人，还拿在这里，听候发落。〔副净〕没有甚么发落，拿送刑部请旨处决便了。〔上马欲下介〕〔寻思介〕且不要孟浪。我看黄、刘三镇，也非左兵敌手，万一斩了

原评："为敬亭出脱得法。"

来人,日后难于挽回。〔唤介〕班役,你速到镇抚司,拜上冯老爷〔27〕,将此传檄之人,用心监候。〔杂应下〕〔副净〕几乎误了大事。〔上马速行介〕

江南江北事如麻,半倚刘家半阮家〔28〕。

三面和棋休打算,西南一子怕争差〔29〕。

〔1〕"承继个儿郎贪戏耍"二句:比喻弘光皇帝征歌教舞,不知振作报仇。

〔2〕"窝里财"二句:比喻马、阮等的争权夺利。

〔3〕"大风吹倒梧桐树"二句:古代谚语,意为事情的长短是非,旁人自有公论。

〔4〕升遐:皇帝去世。

〔5〕遭的甚么花甲:意为碰上的是什么年月啊。

〔6〕瘗毛血:明朝祭宗庙及孔庙的一种仪式,在正祭前一天宰牲口,将部分毛血贮放净器中,当正祭时,赞礼官唱"瘗毛血",由执事者捧毛血瘗于坎。瘗即埋葬。

〔7〕奠帛礼:把帛(祭品)放在神位前。

〔8〕搢(jìn)笏:把笏插在腰带上。

〔9〕克承、载缵:都是能够继承的意思。

〔10〕御极:登极。

〔11〕庙谟:朝廷的政策。

〔12〕宾天:帝王的死。

〔13〕坛壝(wéi):筑土作祭台叫坛,坛周围低的土墙叫壝。

〔14〕歆此苹蘩之献:歆即享受。苹是水上的浮萍。蘩是白蒿。《诗经》有《采蘩》《采苹》篇,叙述士大夫和诸侯的妻子能诚心以奉祭祀。这句意为

享受这诚意供奉的祭品。

〔15〕尚飨:古时祭文结尾常用的两个字,临祭时希望鬼神享受的意思。

〔16〕诣瘗位:至瘗毛血的地方。

〔17〕望瘗:明代祭宗庙及孔庙的礼仪,当最后唱“望瘗”时,捧祝官与进帛官捧祝、帛至瘗毛血的地方焚化。

〔18〕翠华:皇帝车驾上的旗子,这里指代崇祯帝。

〔19〕岁腊:我国古时在岁终祭先祖,称为岁腊。

〔20〕魑魅:传说山里林中害人的鬼怪。

〔21〕“咏归去”二句:《论语·先进》记孔子弟子曾皙的话说:“暮春的时候,穿着春服,和五六个成年人,六七个童子,一起在沂水沐浴,在舞雩(坛名,在沂山上)乘凉,一路唱歌回来。”这里意指马、阮等出来祭祀好像游春。

〔22〕“系臂纱”三句:晋武帝采选美女,凡有姿色的都用红纱系着她的臂膊。椒房,指代皇后。作伐即作媒。三句意即先要采选有姿色的女子来家,然后媒介她给弘光帝做皇后。

〔23〕通政司:明朝接受内外奏章、四方陈诉的官府。

〔24〕内阁揭帖:由内阁送来的报告。

〔25〕抠衣:提起袍子的前襟。

〔26〕左袒:汉高祖死后,吕后掌握政权,分封诸吕为王,削弱刘氏的势力。后来太尉周勃为了挽回刘氏的政权,在吕后死后入军门行令:“拥护刘氏的左袒,拥护吕氏的右袒。”结果军队都左袒。后来因此称赞助某一方面的态度为左袒。

〔27〕冯老爷:锦衣卫都督冯可宗。

〔28〕半倚刘家半阮家:刘家指驻扎江北的刘良佐、刘泽清两镇,阮家指阮大铖。

〔29〕“三面和棋休打算”二句:三面和棋指对北方的军事防御,西南一子指对左良玉用兵。

第三十三出　会狱

乙酉三月

前折写奸党把持朝政，此折写英才尽会狱中，南朝政治可知矣。

【梅花引】〔生敝衣愁容上〕宫槐古树阅沧田，挂寒烟，倚颓垣。末后春风，才绿到幽院[1]。两个知心常步影，说新恨，向谁借酒钱。

小生侯方域，被逮狱中，已经半月。只因证据无人，暂羁候审，幸亏故人联床，颇不寂寞。你看月色过墙，照的槐影迷离，不免虚庭一步。

【忒忒令】碧沉沉月明满天，凄惨惨哭声一片，墙角新鬼带血来分辩。我与他死同仇，生同冤，黑狱里，半夜作白眼[2]。

独立多时，忽然毛发直竖，好怕人也。待俺唤醒陈、吴两兄，大家闲话。〔唤介〕定兄醒来。〔又唤介〕次兄睡熟了么？〔末、小生揉眼出介〕

【尹令】〔末〕这时月高斗转，为何独行空院，闲将露痕踏遍。〔小生〕愁怀且捐[3]，万语千言望谁怜。

〔见介〕侯兄怎的还不安歇？〔生〕我想大家在这黑狱之中，三春莺花[4]，半点不见；只有明月

一轮，还来相照，岂可舍之而睡。〔末〕是，是，同去步月一回。〔行介〕

【品令】〔生〕冤声满狱，银铛夜徽缠[5]。三人步月，身轻若飞仙。闲消自遣，莫说文章贱。从来豪杰，都向此中磨炼。似在棘围锁院，分帘校赋篇[6]。

〔丑扮柳敬亭杻锁[7]上〕戎马不知何处避，贤豪半向此中来。我柳敬亭，被拿入狱，破题儿第一夜，便觉难过。〔叹介〕嗳！方才睡下，又要出恭；这个裙带儿没人解，好苦也。〔作蹲地听介〕那边有人说话，象是侯相公声音，待我看来。〔起看，惊介〕竟是侯相公。〔唤介〕你是侯相公么？〔生惊认介〕原来是柳敬亭。〔末、小生〕柳敬亭为何也到此中？〔丑认介〕陈相公、吴相公怎么都在里边？〔举手介〕阿弥陀佛！这也算"佛殿奇逢[8]"了。〔生〕难得，难得！大家坐地谈谈。〔同坐介〕

【豆叶黄】〔合〕便他乡遇故，不算奇缘。这墙隔着万重深山，撞见旧时亲眷。浑忘身累，笑看月圆。却也似武陵桃洞，却也似武陵桃洞；有避乱秦人，同话渔船。

〔生〕且问敬老，你犯了何罪？杻锁连身，如此苦楚。〔丑〕老汉不曾犯罪。只因相公被逮入狱，苏昆生远赴宁南，恳求解救。那左帅果然大怒,连夜修本参着马、阮,又发了檄文一道,托俺传来,随后要发兵进讨。马、阮害怕,自然放出相公去的。

【玉交枝】宁南兵变,料无人能将檄传;探汤蹈火咱情愿,也只为文士遭遣。白头志高穷更坚,浑身枷锁吾何怨;助将军除暴解冤,助将军除暴解冤。

〔生〕竟不知敬亭吃亏,乃小生所累。昆生远去求救,益发难得。可感!可感!〔末〕虽如此说,只怕左兵一来,我辈倒不能苟全性命。〔小生〕正是,宁南不学无术,如何收救。〔皆长吁介〕〔净扮狱官执手牌,杂扮校尉四人点灯提绳急上〕〔净〕四壁冤魂满,三更狱吏尊。刑部要人,明早处决,快去绑来。〔杂〕该绑那个?〔净〕牌上有名。〔看介〕逆党二名,周镳、雷缜祚。〔杂执灯照生、末、小生、丑面介〕不是,不是!〔净喝介〕你们无干的,各自躲开。〔净领杂急下〕〔末悄问介〕绑那个?〔小生〕听说要绑周镳、雷缜祚。〔生〕吓死俺也。〔丑〕我们等着瞧瞧。〔净执牌前行,杂背绑二人,赤身披发,急拉下〕〔生看呆介〕〔末〕果然是周仲驭、雷介公他二位。〔小生〕这是我们的榜样了。

敬老真正英雄,侯生则处处胆怯。

【江儿水】〔生〕演着明夷卦[9],事尽翻,正人惨害天倾陷。片纸飞来无人见,三更缚去加刑典，教俺心惊胆颤。〔合〕黑地昏天，这样收场难免。

〔生问丑介〕我且问你，外边还有甚么新闻？〔丑〕我来的仓卒，不曾打听，只见校尉纷纷拿人。〔末、小生问介〕还拿那个？〔丑〕听说要拿巡按黄澍、督抚袁继咸、大锦衣张薇；还有几个公子秀才。想不起了！〔生〕你想一想？〔丑想介〕人多着哩。只记得几个相熟的，有冒襄、方以智、刘城、沈寿民、沈士柱、杨廷枢[10]。〔末〕有这许多。〔小生〕俺这里边，将来成一个大文会了。〔生〕倒也有趣。

【川拨棹】囹圄里，竟是瀛洲翰苑[11]。画一幅文会图悬，画一幅文会图悬，避红尘一群谪仙。〔合〕赏春月，同听鹃，感秋风，同咏蝉[12]。

〔丑〕三位相公，宿在那一号里？〔生〕都在“荒”字号里。〔末〕敬老羁在那里？〔丑〕就在这后面“藏”字号里。〔小生〕前后相近，倒好早晚谈谈。〔生〕我们还是软监，敬老竟似重囚了。〔丑〕阿弥陀佛！免了上枷床[13]，就算好的狠哩。〔作势介〕

【意不尽】高拱手碍不了礼数周全，曲肱儿枕头稳便。只愁今夜里，少一个长爪麻姑搔背[14]眠。

原评：“前昆生之落水，今敬亭之系狱，皆为侯生也，而皆与侯生遇。所谓奇缘奇事，传奇者传此耳，而周、雷冤案即于此折补结。折中曲调妍妙，愈忙愈闲，愈苦愈趣，非见道之深不能尔。”

〔丑〕相逢真似岛中仙，〔末〕隔绝风涛路八千。

〔小生〕地僻偏宜人啸傲，〔生〕天空不碍月团圆。

〔1〕幽院：监狱。

〔2〕白眼：传说晋朝阮籍能作青白眼，凡遇到不满的人就对他白眼，而遇到喜欢的人就青眼相看。

〔3〕且捐：意即暂且抛开。

〔4〕三春莺花：梁邱迟《与陈伯之书》：“暮春三月，江南草长，杂花生树，群莺乱飞。”这里即用三月莺花表示江南美好的春色。

〔5〕银铛夜徽缠：银铛即铁链。徽缠是绑囚犯的索，这里作动词用，意即捆绑。

〔6〕“似在棘围锁院”二句：封建时代科举考试为了防止作弊，在试院周围插着荆棘，内外门户都要加锁。又科举试场分内帘、外帘，内帘官是校阅试卷的，外帘官是提调监试的。两句意为他们像被封锁在试场里考校文章。

〔7〕杻锁：戴枷锁。

〔8〕佛殿奇逢：《西厢记》中张生在普救寺佛殿上遇着莺莺的一场，通俗称作“佛殿奇逢”。

〔9〕明夷卦：离下坤上的卦。在八卦里，离代表日，坤代表地，离下坤上，表示日入地中，光明受到损伤，所以叫作“明夷”（夷，损伤意）。一般是昏君在上、贤者不得志的征兆。

〔10〕冒襄、方以智、刘城、沈寿民、沈士柱、杨廷枢：冒襄、方以智即冒辟疆、方密之，与侯方域、陈贞慧合称四公子。刘城等四人与吴次尾合称复社五秀才。

〔11〕瀛洲翰苑：瀛洲是传说中的仙山。唐太宗作文学馆，收聘贤才，人们羡称那些被收聘的人为登瀛洲。翰苑指翰林院。

〔12〕咏蝉：唐骆宾王有在狱《咏蝉》诗及序，表现自己的清白无辜。

〔13〕柙床：重犯所睡的囚床，扣着犯人的手足，使之不能活动。

〔14〕长爪麻姑搔背：传说仙人麻姑，在牟州东南姑馀山修道。东汉时仙人王方平降蔡经家，召麻姑至。蔡经见她容貌美丽，手和鸟爪一样。他心想：如果有这样的手爪搔背，该多舒服啊。这里是柳敬亭的打趣话，形容他在狱中手足不能活动。

第三十四出　截矶

乙酉四月

〔净扮苏昆生上〕南北割成三足鼎，江湖挑动两支兵。自家苏昆生，为救侯公子，激的左兵东来，约了巡按黄澍、巡抚何腾蛟，同日起马。今日船泊九江，早已知会督抚袁继咸，齐集湖口[1]，共商入京之计。谁知马、阮闻信，调了黄得功在坂矶截杀。你看狼烟四起，势头不善；少爷左梦庚前去迎敌，俺且随营打探。正是：地覆天翻日，龙争虎斗时。〔下〕〔场上设弩台、架炮，铁锁阑江〕

忠崇祯之左良玉与拥弘光之黄得功混战，竟置清兵南下于不顾，必无不败之理。

【三台令】〔末扮黄得功戎装双鞭，领军卒上〕北征南战无休，邻国萧墙尽仇。架炮指江州[2]，打舢舻[3]卷甲倒走。

咱家黄得功，表字虎山，一腔忠愤，盖世威

名,要与俺弘光皇帝,收复这万里山河。可恨两刘无肘臂之功,一左为腹心之患。今奉江防兵部尚书阮老爷兵牌,调俺驻扎坂矶,堵截左寇,这也不是当要的。〔唤介〕家将田雄何在?〔副净〕有。〔末〕速传大小三军,听俺号令。〔军卒排立呐喊介〕

【山坡羊】〔末〕硬邦邦敢要君的渠首[4],乱纷纷不服王的群寇;软弱弱没气色的至尊,闹喧喧争门户的同朝友。只剩咱一营江上守,正防着战马北来骤,忽报楼船入浦口。貔貅,飞旌旗控上游,戈矛,传烽烟截下流。

〔黄卒登台介〕〔杂扮左兵白旗、白衣,呐喊驾船上〕〔黄卒截射介〕〔左兵败回介〕〔黄卒赶下〕〔小生扮左良玉戎装白盔素甲坐船上〕

【前腔】替奸臣复私仇的桀纣[5],媚昏君上排场的花丑[6];投北朝学叩马的夷齐[7],吠唐尧听使唤的三家狗[8]。拼着俺万年名遗臭,对先帝一片心堪剖,忙把储君冤苦救。不羞,做英雄到尽头;难收,烈轰轰东去舟。

俺左良玉领兵东下,只为剪除奸臣,救取太子。叵耐儿子左梦庚,借此题目,便要攻打城池,妄思进取。俺已严责再三,只怕乱兵引诱,将来做出事来；且待渡过坂矶，慢慢劝他。〔净急上〕报元帅，不好了！黄得功截杀坂矶，前部先锋俱已败回了。〔小生惊介〕有这等事。黄得功也是一条忠义好汉，怎的受马、阮指拨，只知拥戴新主，竟不念先帝六尺之孤[9]，岂不可恨！〔唤介〕左右，快看巡按黄老爷、巡抚何老爷船泊那边，请来计议。〔杂应下〕〔末扮黄澍上〕将帅随谈麈，风云指义旗。下官黄澍方才泊船，恰好元帅来请。〔作上船介〕〔小生见介〕仲霖果然到来，巡抚何公如何不见？〔末〕行到半途，又回去了。〔小生〕为何回去？〔末〕他原是马士英同乡。〔小生〕随他罢了。这也怪他不得。〔问介〕目下黄得功截住坂矶，三军不能前进。如何是好？〔末〕这倒可虑，且待袁公到船，再作商量。〔外扮袁继咸从人上〕孽子含冤[10]天惨淡，孤臣举义日光明。来此是左帅大船，左右通报。〔杂禀介〕督抚袁老爷到船了！〔小生〕快请！〔外上船见介〕适从武昌回署，整顿兵马，愿从鞭弭[11]。〔末〕目下不能前进了。〔外〕为何？〔小生〕黄得功领兵截杀，先锋俱已败回。〔外〕事已至此，欲罢不能；快快遣人游说便了。〔小生〕敬亭已去，无人可遣。奈何？〔净〕晚生与他颇有一面，情愿效力。〔末〕昆生义气，不亚敬亭，今日正好借重。〔小生问介〕你如何说他？

前出“会狱”写敬亭胆识在复社文人之上；此折“截矶”又写昆生义气在袁黄诸将之上。如此着力塑造民间艺人形象，为古典戏曲中所少见。

【五更转】〔净〕俺只说鹬蚌持，渔人

候,傍观将利收。英雄举动,要看前和后。故主恩深,好爵自受。欺他子,害他妃,全忘旧。杀人只落血双手,何必前来,同室争斗。

〔外〕说得有理。〔小生〕还要把俺心事,说个明白。叫他晓得奸臣当杀,太子当救,完了两桩大事,于朝廷一尘不惊,于百姓秋毫无犯。为何不知大义,妄行截杀?〔末〕正是,那黄得功一介武夫,还知报效;俺们倒肯犯上作乱不成?叫他细想。〔净〕是,是,俺就如此说去。〔杂扮报卒急上〕报元帅,九江城内,一片火起。袁老爷本标人马,自破城池了。〔外惊介〕怎么俺的本标人马自破城池?这了不得!〔小生怒介〕岂有此理!不用猜疑,这是我儿左梦庚做出此事,陷我为反叛之臣。罢了,罢了!有何面目,再向江东[12]。〔拔剑欲自刎介〕〔末抱住介〕〔小生握外手,注目介〕临侯,临侯,我负你了!〔作呕血倒椅上介〕〔净唤介〕元帅苏醒,元帅苏醒!〔外〕竟叫不应,这怎么处?〔末〕想是中恶,快取辰砂[13]灌下。〔净取碗灌介〕牙关闭紧,灌不进了。〔众哭介〕

【前腔】大将星,落如斗[14],旗杆摧舵楼[15]。杀场百战精神抖,凛凛堂堂,一身甲胄。平白的牖下亡,全身首。魂归故宫煤山头，同说艰辛，君啼臣吼。

〔杂抬小生下〕〔外〕元帅已死，本镇人马霎时溃散；那左梦庚握住九江，叫俺进退无门。倘若黄兵抢来，如何逃躲？〔末〕我们原系被逮之官，今又失陷城池，拿到京中，再无解救。不如转回武昌，同着巡抚何腾蛟，另做事业去罢。〔外〕有理。〔外、末急下〕〔净呆介〕你看他们竟自散去，单剩我苏昆生一人，守着元帅尸首，好不可怜。不免点起香烛，哭奠一番。〔设案点香烛，哭拜介〕

【哭相思】气死英雄人尽走，撇下了空船柩。俺是个招魂江边友，没处买一杯酒。且待他儿子奔丧回船，收殓停当，俺才好辞之而去，如今只得耐性儿守着。正是：

英雄不得过江州，魂恋春波起暮愁。
满眼青山无地葬，斜风细雨打船头。

原评："摹写左、黄二帅各人心事，各人身份，各人见解，丝毫不同，而皆无伤人情，不背天理，是何等本领，真可谓造化在手矣。"

〔1〕湖口：今江西湖口，明、清时属九江府。

〔2〕江州：指今江西九江。

〔3〕舳（zhú）舻：舳，船尾；舻：船头。本指首尾衔接的船只。此处指大批战船。

〔4〕渠首：盗贼的首领。

〔5〕桀纣：桀与纣分别是夏朝和商朝最后的两统治者，都是有名的暴君。这里指弘光帝。

〔6〕花丑:花面,在我国古典戏剧中,习惯用花面扮演奸臣。这里指马士英、阮大铖等。

〔7〕夷齐:伯夷、叔齐。在周武王征讨纣时,他们拦在武王马头,劝武王停兵。这个典故用得不很贴切,只借叩马这点讽刺当时投降清兵的一些朝臣。

〔8〕吠唐尧听使唤的三家狗:桀犬吠尧,比喻愚忠。尧本是有仁德的君主,桀的狗为了主人却向尧而吠。这里三家狗指黄、刘三镇。

〔9〕先帝六尺之孤:这里指崇祯皇帝的太子。

〔10〕孽子含冤:指崇祯太子狱。

〔11〕鞭弭:鞭,马鞭;弭,弓的一种。

〔12〕有何面目,再向江东:项羽在垓下兵败后,有人劝他回江东去,他说:"有何面目再见江东父老!"这里借用此典故表示没有面目再向江东进兵。

〔13〕辰砂:我国辰州出的一种丹砂,相传可以清除邪恶。

〔14〕大将星,落如斗:过去迷信,以为圣贤豪杰上应天星,因此死时有星陨落。

〔15〕旗杆摧舵楼:意即舵楼上的旗杆折断了。古时迷信,以为这是主将死亡的预兆。

第三十五出　誓师

乙酉四月

【贺圣朝】〔外扮史可法,白毡大帽,便服上〕两年吹角列营,每日调马催征。军逃客散鬓星星,恨压广陵城。

下官史可法，日日经略中原[1]，究竟一筹莫展。那黄、刘三镇，皆听马、阮指使，移镇上江，堵截左兵，丢下黄河一带，千里空营。忽接塘报，本月二十一日北兵已入淮境，本标食粮之人，不足三千，那能抵当得住。这淮、扬一失，眼见京师难保，岂不完了明朝一座江山也。可恼，可恼！俺且私步城头，察看情形，再作商量。〔丑扮家丁，提小灯随行上城介〕

原评："一怨二恨三怒，声息宛然，令闻之者心丧气沮。"

【二犯江儿水】〔外〕悄上城头危径，更深人睡醒。栖乌频叫，击柝[2]连声，女墙[3]边，侧耳听。〔听介〕〔内作怨介〕北兵已到淮安，没个瞎鬼儿问他一声；只舍俺这几个残兵，死守这座扬州城，如何守得住。元帅好没分晓也！〔外点头自语介〕你那里晓得，万里倚长城，扬州父子兵。〔又听介〕〔内作恨介〕罢了，罢了！元帅不疼我们，早早投了北朝，各人快活去，为何尽着等死。〔外惊介〕呵呀！竟想投降了，这怎么处！他降字儿横胸，守字儿难成；这扬州剩了一分景。

写三个军士个个想逃想投，三令五申，毫无反应，经史可法一场痛哭，就个个决心死守死战。

〔又听介〕〔内作怒介〕我们降不降，还是第二着，自家杀抢杀抢，跑他娘的。只顾守到几时呀！〔外〕咳！竟不料情形如此。听说猛惊，热心冰冷。疾忙归，夜点兵，不待明。

〔忙下〕〔内掌号放炮，作传操介〕〔杂扮小卒这就离开现实情势，对英雄人物作极度夸张，不能使观场者信服。

四人上〕今乃四月二十四日，不是下操的日期；为何半夜三更，梅花岭[4]放炮？快去看来！〔急走介〕〔末扮中军，持令箭提灯上〕隔江云阵列，连夜羽书飞。〔呼介〕元帅有令：大小三军，速赴梅花岭，听候点卯。〔众排列介〕〔外戎装，旗引登坛介〕月升鸥尾城吹角，星散旄头帐点兵[5]。中军何在？〔末跪介〕有！〔外〕目下北信紧急，淮城失守，这扬州乃江北要地，倘有疏虞，京师难保。快传五营四哨，点齐人马，各照汛地昼夜严防。敢有倡言惑众者，军法从事。〔末〕得令！〔传令向内介〕元帅有令，三军听者。各照汛地昼夜严防，敢有倡言惑众者，军法从事。〔内不应〕〔外〕怎么寂然无声？〔吩咐中军介〕再传军令，叫他高声答应。〔末又高声传介〕〔内不应〕〔外〕仍然不应，着击鼓传令。〔末击鼓又传，又不应介〕〔外〕分明都有离叛之心了。〔顿足介〕不料天意人心，到如此田地。〔哭介〕

【前腔】皇天列圣，高高呼不省。阑珊残局，剩俺支撑，奈人心俱瓦崩。俺史可法好苦命也！〔哭介〕协力少良朋，同心无弟兄。只靠你们三千子弟，谁料今日呵，都想逃生，漫不关情；这江山倒象设着筵席请。〔拍胸介〕史可法，史可法！平生枉读诗书，空谈忠孝，到今日其实没法了。〔哭介〕哭声祖宗，哭声百姓。〔大哭介〕〔末劝介〕元帅保重，军国事大，徒哭无益也。〔前扶介〕你看泪点淋漓，把战袍都湿透了。〔惊介〕咦！怎么一阵血腥，快掌灯来。〔杂点灯照介〕呵呀！浑身血点，是那里来的？〔外拭目介〕都是俺眼中流出来。哭的俺一腔血，作泪零。

〔末叫介〕大小三军，上前看来；咱们元帅哭出血泪来了。〔净、副净、丑扮众将上，看介〕果然都是血泪。〔俱跪介〕〔净〕尝言"养军千日，用军一时"。俺们不替朝廷出力，竟是一伙禽兽了。〔副净〕俺们贪生怕死，叫元帅如此难为，那皇天也不佑的。〔丑〕百岁无常，谁能免的一死，只要死到一个是处。罢，罢，罢！今日舍着狗命，要替元帅守住这座扬州城。〔末〕好，好！谁敢再有二心，俺便拿送辕门，听元帅千刀万剐。〔外大笑介〕果然如此，本帅便要拜谢了。〔拜介〕〔众扶住介〕不敢，不敢！〔外〕众位请起，听俺号令。〔众起介〕〔外吩咐介〕你们三千人马，一千迎敌，一千内守，一千外巡。〔众〕是！〔外〕上阵不利，守城。〔众〕是！〔外〕守城不利，巷战。〔众〕是！〔外〕巷战不利，短接。〔众〕是！〔外〕短接不利，自尽。〔众〕是！〔外〕你们知道，从来降将无伸膝之日，逃兵无回颈之时。〔指介〕那不良之念，再莫横胸；无耻之言，再休挂口，才是俺史阁部结识的好汉哩。〔众〕是！〔外〕既然应允，本帅也

原评："写史公忠义激发，神气宛然，写扬兵慷慨踊跃，声响毕肖，一时飞山倒海，流电奔雷，雄畅之文也。"实际比韩退之写张巡守睢阳，陆次云写阎典史守江阴，都逊色得多。史可法是激励部下抗清的，作者对

这点有顾虑，就无法写好这场戏。

不消再嘱。〔指介〕大家欢呼三声，各回汛地去罢。〔众呐喊三声下〕〔外鼓掌三笑〕妙，妙！守住这座扬州城，便是北门锁钥[6]了。

不怕烟尘四面生，江头尚有亚夫营。
模糊老眼深更泪，赚出淮南十万兵。

〔1〕经略中原：意指计划恢复中原。

〔2〕柝：夜间巡更击的木柝。

〔3〕女墙：城上的短墙。

〔4〕梅花岭：在扬州城广储门外。

〔5〕"月升鸱尾城吹角"二句：描写半夜点兵的情景。鸱尾是屋脊上的装饰。角是军队中的号角。星散指星的散布。旄头即昴宿，是二十八宿之一，主战事。月升鸱尾，星散旄头，都是夜深的景象。

〔6〕北门锁钥：意指北面的坚固防御。

第三十六出　逃难

乙酉五月

【香柳娘】〔小生扮弘光帝，便服骑马。杂扮二监、二宫女挑灯引上〕听三更漏催，听三更漏催，马蹄轻快，风吹蜡泪宫门外。咱家弘光皇帝，只因左兵东犯，移镇堵截；谁知河北人马，乘虚渡淮。目下围住扬州，史可法连夜告急，人心皇皇，都无守志。那马士英、阮大铖躲的有影无踪，看来这中兴宝位也坐不稳了。千计万计，走为上计，方才骑马出宫，即发兵符一道，赚开城门，但能走出南京，便有藏身之所了。趁天街[1]寂静，趁天街寂静，飞下凤凰台[2]，难撇鸳鸯债。〔唤介〕嫔妃们走动着，不要失散了。似明驼出塞，似明驼出塞，琵琶在怀，珍珠偷洒。

〔急下〕〔净扮马士英骑马急上〕

【前腔】报长江锁开，报长江锁开，石头将坏，高官贱卖没人买。下官马士英，五更进朝，才知圣上潜逃；俺为臣的，也只得偷溜了。快微服早度，快微服早度，走出鸡鹅街，提防仇人害。〔倒指介〕那一队娇娆，十车细软，便是俺的薄薄宦囊；不要叫仇家抢夺了去。〔唤介〕快些走动。〔老旦、小旦扮姬妾骑马，杂扮夫役推车数辆上〕来了，来了。〔净〕好，好！要随身紧带，要随身紧带，殉棺货财，贴皮恩爱[3]。

〔绕场行介〕〔杂扮乱民数人持棒上，喝介〕你是奸臣马士英，弄的民穷财尽；今日驮着妇女，装着财帛，要往那里跑？早早留下！〔打净倒地，剥衣，抢妇女财帛下〕〔副净扮阮大铖，骑马上〕

【前腔】恋防江美差[4]，恋防江美差，

逃难者从君到民凡六起，表现各自不同，或离城，或出营，或自楚来，或入山去，纷纷攘攘，交臂接足，却能分疆别界，接线连丝，文章十分精细。通过七只【香柳娘】曲反复咏叹，写尽亡国乱离之状。

彼此抢夺娇娆细软，正是南朝病根，看这些丑态描绘，堪称现实主义的杰作。

杀来谁代,兵符掷向空江濑。今日可用着俺的跑了;但不知贵阳相公,还是跑,还是降?〔作遇净绊马足介〕呵呀!你是贵阳老师相,为何卧倒在地。〔净哼介〕跑不得了,家眷行囊,俱被乱民抢去,还把学生打倒在地。〔副净〕正是。晚生的家眷行囊,都在后面,不要也被抢去。受千人笑骂,受千人笑骂,积得些金帛,娶了些娇艾[5]。待俺回去迎来。〔杂扮乱民持棒,拥妇女抬行囊上〕这是阮大铖家的家私,方才抢来,大家分开罢!〔副净喝介〕好大胆的奴才,怎敢抢截我阮老爷的家私。〔杂〕你就是阮大铖么?来的正好。〔一棒打倒,剥衣介〕饶他狗命,且到鸡鹅街、裤子裆,烧他房子去。〔俱下〕〔净〕腰都打坏,爬不起来了。〔副净〕晚生的臂膊捶伤,也奉陪在此。〔合〕叹十分狼狈,叹十分狼狈,村拳共挨,鸡肋[6]同坏。

〔末扮杨文骢冠带骑马,从人挑行李上〕下官杨文骢,新任苏松巡抚。今日五月初十出行吉日,束装起马,一应书画古玩,暂寄媚香楼,托了蓝田叔随后带来。俺这一肩行李,倒也爽快。〔杂禀介〕请老爷趱行[7]一步。〔末〕为何?〔杂〕街上纷纷传说,北信紧急,皇帝,宰相,今夜都走了。〔末〕有这等事,快快出城!〔急走介〕〔马惊不前介〕这也奇了,为何马惊不走?〔唤介〕左右看来！〔杂看介〕地下两个死人。〔副净、净呻吟介〕哎哟，哎哟！救人，救人！〔末〕还不曾死，看是何人。〔杂细认介〕好象马、阮二位老爷。〔末喝介〕胡说，那有此事！〔勒马看，惊介〕呵呀！竟是他二位。〔下马拉介〕了不得，怎么到这般田地。〔净〕被些乱民抢劫一空，仅留性命。〔副净〕我来救取，不料也遭此难。〔末〕护送的家丁都在何处？〔净〕想也乘机拐骗，四散逃走了。〔末唤介〕左右快来扶起，取出衣服，与二位老爷穿好。〔杂与副净、净穿衣介〕〔末〕幸有闲马一匹，二位叠骑，连忙出城罢。〔杂扶净、副净上马，搂腰行介〕请了，无衣共冻真师友，有马同骑好弟兄。〔下〕〔杂〕老爷不可与他同行，怕遇着仇人，累及我们。〔末〕是，是。〔望介〕你看一伙乱民，远远赶来，我们早些躲过。〔作避路旁介〕〔小旦扮寇白门，丑扮郑妥娘，披发走上〕

“公忠者雕以正貌，奸邪者刻以丑形”，是本剧写人物一大特色。又往往选一典型事件加以摹写，得点睛之妙。如二奸搂腰叠骑，丑态尽出。

【前腔】正清歌满台，正清歌满台，水裙风带，三更未歇轻盈态。〔见末介〕你是杨老爷，为何在此？〔末认介〕原来是寇白门、郑妥娘。你姊妹二人怎的出来了？〔小旦〕正在歌台舞殿，忽然酒罢灯昏，内监宫妃纷纷乱跑；我们不出来还等什么哩。〔末〕为何不见李香君？〔丑〕俺三个一同出来的；他脚小走不动，雇了个轿子，抬他先走了。〔末问介〕果然朝廷出去了么？〔小旦〕沈公宪、张燕筑都在后边，他们晓得真信。

〔外扮沈公宪，破衣抱鼓板，净扮张燕筑，科头[8]提纱帽须髯跑上〕笑临春结绮，笑临春结绮，擒虎马嘶来，排着管弦待[9]。〔见末介〕久违杨老爷了。〔末问介〕为何这般慌张？〔外〕老爷还不知么，北兵杀过江来，皇帝夜间偷走了。〔末〕你们要向那里去？〔净〕各人回家瞧瞧，趁早逃生。〔丑〕俺们是不怕的；回到院中，预备接客。〔末〕此等时候，还想接客。〔丑〕老爷不晓得，兵马营里，才好挣钱哩。这笙歌另卖，这笙歌另卖，隋宫柳衰，吴宫花败。

写完树倒猢狲散，又转到媚香楼，以交待香君命运。

〔外、净、小旦、丑俱下〕〔末〕他们亲眼看见圣上出宫，这光景不妥了。快到媚香楼收拾行李，趁早还乡罢。〔行介〕

【前腔】看逃亡满街，看逃亡满街，失迷君宰，百忙难出江关外。〔作到介〕这是李家院门。〔下马急敲门介〕开门，开门！〔小生扮蓝瑛急上〕又是那个叫门？〔开门见介〕杨老爷为何转来？〔末〕北信紧急，君臣逃散，那苏松巡抚也做不成了。整琴书襆被，整琴书襆被，换布袜青鞋，一只扁舟载。〔小生〕原来如此。方才香君回家，也说朝廷偷走。〔唤介〕香君快来。〔旦上见介〕杨老爷万福！〔末〕多日不见，今朝匆匆一叙，就要远别了。〔旦〕要向那里去？〔末〕竟回敝乡贵阳去也。〔旦掩泪介〕侯郎狱中未出，老爷又要还乡；撇奴孤身，谁人照看。〔末〕如此大乱，父子亦不相顾的。这情形紧迫，这情形紧迫，各人自裁，谁能携带。

〔净扮苏昆生急上〕将军不惜命，皇帝已无家。我苏昆生自湖广回京，谁知遇此大乱，且到院中打听侯公子信息，再作商量。

【前腔】俺匆忙转来，俺匆忙转来，故人何在，旌旗满眼乾坤改。来此已是，不免竟入。〔见介〕好呀！杨老爷在此，香君也出来了。侯相公怎的不见？〔末〕侯兄不曾出狱来。〔旦〕师父从何处来的？〔净〕俺为救侯郎，远赴武昌，不料宁南暴卒。俺连夜回京，忽闻乱信，急忙寻到狱门，只见封锁俱开。众囚徒四散，众囚徒四散，三面网全开[10]，谁将秀才害。〔旦哭介〕师父快快替俺寻来。〔末指介〕望烟尘一派，望烟尘一派，抛妻弃孩，团圆难再。

〔末向旦介〕好，好，好！有你师父作伴，下官便要出京了。〔唤介〕蓝田老收拾行李，同俺一路去罢。〔小生〕小弟家在杭州，怎能陪你远去。〔末〕既是这等，待俺换上行衣，就此作别便了。〔换衣作别介〕万里如魂返，三年似梦游。〔作骑马，杂挑行李随下〕〔旦哭介〕杨老爷竟自去了，只有师父知俺心事。前日累你千山万水，寻到侯侯、李两不见面，方有戏，但要写出必不能见的前因后果，仍煞费心机。

郎；不想奴家进宫，侯郎入狱，两不见面。今日奴家离宫，侯郎出狱，又不见面；还求师父可怜，领着奴家各处找寻则个。〔净〕侯郎不到院中，自然出城去了。那里找寻？〔旦〕定要找寻的。

【前腔】〔旦〕便天涯海崖，便天涯海崖，十洲方外，铁鞋踏破三千界[11]。只要寻着侯郎，俺才住脚也。〔小生〕西北一带俱是兵马，料他不能渡江；若要找寻，除非东南山路。〔旦〕就去何妨。望荒山野道，望荒山野道，仙境似天台，三生旧缘在[12]。〔净〕你既一心要寻侯郎，我老汉也要避乱，索性领你前往，只不知路向那走？〔小生指介〕那城东栖霞山中，人迹罕到；大锦衣张瑶星先生，弃职修仙，俺正要拜访为师。何不作伴同行，或者因缘凑巧，亦未可知。〔净〕妙，妙！大家收拾包裹，一齐出城便了。〔各背包裹行介〕〔旦〕舍烟花旧寨，舍烟花旧寨，情根爱胎，何时消败。

混乱中每个人物交待得清清楚楚，难得。

〔净〕前面是城门了，怕有人盘诘。〔小生〕快快趁空走出去罢。〔旦〕奴家脚痛，也说不得了。

〔旦〕行路难时泪满腮，〔净〕飘蓬断梗出城来。

〔小生〕桃源洞里无征战，〔旦〕可有莲华并蒂开。

〔1〕天街:京城里的街道。

〔2〕凤凰台:地名,在南京城南。

〔3〕贴皮恩爱:指妻妾。

〔4〕防江美差:当时阮大铖以兵部尚书巡视江防。

〔5〕娇艾:年轻貌美的女子。

〔6〕鸡肋:意指孱弱的身躯。

〔7〕趱行:急走。

〔8〕科头:不戴冠帽的空头。

〔9〕"笑临春结绮"四句:临春、结绮都是陈后主筑来歌舞行乐的宫殿名。擒虎指韩擒虎,是隋朝征陈时的将领。这四句意为弘光帝只贪图歌舞玩乐,难道敌兵攻来时可以排着管弦来对待吗。

〔10〕三面网全开:典出商汤的故事。传说商汤出野外,见人张开四面网捕鸟,商汤叫他打开了三面。这里指监狱被打开了。

〔11〕"便天涯海崖"四句:天涯海崖指遥远的地方。十洲相传是祖、瀛、玄、炎等十洲,是神仙居住的地方。方外即世外,道家语。铁鞋踏破,形容到处找寻。三千界即三千世界,是佛家用语,这里借用,意指遍世界。这段话的主要意思是不论怎样遥远,都要去找寻侯方域。

〔12〕三生:佛家说人有过去、现在、将来三生。三生旧缘在,意为前生在这里有过因缘的。

第三十七出　劫宝

乙酉五月

【西地锦】〔末扮黄得功戎装,副净扮田雄

随上〕目断长江奔放，英雄万里愁长；何时欢饮中军帐，把弓矢付儿郎。

俺黄得功坂矶一战，吓的左良玉胆丧身亡。剩他儿子左梦庚，据住九江，乌合未散，俺且驻扎芜湖，防其北犯。〔杂扮报卒上〕报，报，报！北兵连夜渡淮，围住扬州，南京震恐，万姓奔逃了。〔末〕那凤、淮两镇[1]，现在江北，怎不迎敌？〔杂〕闻得两位刘将军，也到上江堵截左兵，凤、淮一带，千里空营。〔末惊介〕这怎么处！〔唤介〕田雄，你是俺心腹之将；快领人马，去保南京。

江北三镇将心不相同，力不相协，遂酿成悲剧。这些人物是从复杂的现实矛盾中选取的，而不是从概念出发设计的，因而真实丰富。

【降黄龙】司马[2]威权，夜发兵符，调镇移防。谁知他折东补西，露肘捉襟，明弃淮扬金汤[3]。九曲天险，只用莲舟荡漾[4]。起烟尘，金陵气暗，怎救宫墙。〔下〕〔小生扮弘光帝骑马，丑扮太监韩赞周随上〕

【前腔】〔小生〕堪伤，寂寞鱼龙[5]，潜泣江头，乞食村庄。寡人逃出南京，昼夜奔走，宫监嫔妃，渐渐失散，只有太监韩赞周，跟俺前来。这炎天赤日，瘦马独行，何处纳凉。昨日寻着魏国公徐宏基，他佯为不识，逐俺出府。今日又早来到芜湖。〔指介〕那前面军营，乃黄得功驻防之所，不知他肯容留寡人否。奔忙，寄人廊庑，只望他容留收养。〔作下马介〕此是黄得功辕门。〔唤介〕韩赞周，快快传他知道。〔丑叫门介〕门上有人么？〔杂扮军卒上〕是那里来的？〔丑〕南京来的。〔拉一边悄说介〕万岁爷驾到了，传你将军速出迎接。〔杂〕啐！万岁爷怎能到的这里。不要走来吓俺罢。〔小生〕你唤出黄得功来，便知真假。江浦边，迎銮护驾，旧将中郎[6]。

〔杂咬指介〕人物不同，口气又大，是不是，替他传一声。〔忙入传介〕〔末慌上〕那有这事，待俺认来。〔见介〕〔小生〕黄将军一向好么？〔末认，忙跪介〕万岁，万万岁！请入帐中，容臣朝见。〔丑扶小生升帐坐〕〔末拜介〕

【滚遍】戎衣拜吾皇，戎衣拜吾皇，又把天颜仰。为甚私巡，萧条鞍马蒙尘[7]状；失水神龙[8]，风云飘荡。这都是臣等之罪。负国恩，一班相，一班将。

〔小生〕事到今日，后悔无及，只望你保护朕躬。〔末拍地哭奏介〕皇上深居宫中，臣好戮力效命。今日下殿而走，大权已失；叫臣进不能战，退无可守，十分事业，已去九分矣。〔小生〕不必着急，寡人只要苟全性命，那皇帝一席，也不愿再做了。〔末〕呵呀！天下者祖宗之天下，圣上如何弃的。〔小生〕弃与不弃，只在将军了。〔末〕微臣鞠躬尽瘁，死而后已。〔小生掩泪介〕不料将军倒是一个忠臣。〔末跪奏介〕圣上鞍马劳顿,早到后帐安歇。军国大事,明日请旨罢。〔丑引小生入介〕〔末〕了不得,了不得!明朝三百年国运,争此一时,十五省皇图,归此片土。这是天大的干系,叫俺如何担承!〔吩咐介〕大小三军,马休解辔,人休解甲,摇铃击梆,在意小心着。〔众应介〕〔末唤介〕田雄,我与你是宿卫之官,就在这行宫门外,同卧支更罢。〔末枕副净股,执双鞭卧介〕〔杂摇铃击梆,报更介〕〔副净悄语介〕元帅,俺看这位皇帝不象享福之器,况北兵过江,人人投顺,元帅也要看风行船才好。〔末〕说那里话,常言"孝当竭力,忠则尽命"[9],为人臣子,岂可怀揣二心。〔内传鼓介〕〔末惊介〕为何传鼓?〔俱起坐介〕〔杂上报介〕报元帅,有一队人马,从东北下来,说是两镇刘老爷,要会元帅商议军情。〔末起介〕好,好,好!三镇会齐,可以保驾无虞了,待俺看来。〔望介〕〔净扮刘良佐,丑扮刘泽清,骑马领众上〕〔叫介〕黄大哥在那里?〔末喜介〕果然是他二人。〔应介〕愚兄在此拱候多时了。〔净、丑下马介〕〔净〕哥哥得了宝贝,竟瞒着两个兄弟么。〔末〕什么宝贝?〔丑〕弘光呀。〔末摇手介〕不要高声,圣上安歇了。〔净悄问介〕今日还不献宝,等到几时哩。〔末〕什么宝?〔丑〕把弘光送与北朝,赏咱们个大大王爵,岂不是献宝么。〔末喝介〕唗!你们两个要来干这勾

田雄有此语,后面劫宝方不突兀。

观众以为保驾而来,不料却来夺驾,作者最善转折,由此可见。

当,我黄闯子怎么容得。〔持双鞭打介〕〔净、丑招架介〕〔末喊介〕好反贼,好反贼!

【前腔】望风便生降,望风便生降,好似波斯[10]样。职贡朝天,思将奇货擎双掌;倒戈劫君,争功邀赏。顿丧心,全反面,真贼党。

〔净〕不要破口,好好弟兄,为何厮闹。〔末〕啐!你这狗才,连君父不识,我和你认什么弟兄。〔又战介〕〔副净在后指介〕好个笨牛,到这时候还不见机。〔拉弓搭箭介〕俺田雄替你解围罢。〔放箭射末腿,末倒地介〕〔净、丑大笑介〕〔副净入内,急背出小生介〕〔小生叫介〕韩赞周快快跟来。〔内不应介〕〔小生〕这奴才竟舍我而去。〔手打副净脸介〕你背俺到何处去?〔副净〕到北京去。〔小生狠咬副净肩介〕〔副净忍痛介〕哎呀,咬杀我也。〔丢小生于地,向净、丑拱介〕皇帝一枚奉送。〔净、丑拱介〕领谢,领谢!〔齐拉小生袖急走介〕〔末抱住小生腿叫介〕田雄,田雄!快来夺驾。〔副净佯拉,放手介〕〔净、丑竟拉小生下〕〔末作爬不起介〕怎么起不来的?〔副净〕元帅中箭了。〔末〕那个射俺的?〔副净〕是我们放箭射贼,误伤了元帅。〔末〕瞎眼的狗才。我且问你,为何背出圣驾来?〔副净〕俺要护驾逃走的,不料被他们抢去。〔末〕你与我快快赶上。〔副净笑介〕不劳元帅吩咐。俺是一名长解子[11],收拾包裹,自然护送到京的。〔背包裹雨伞急赶下〕〔末怒介〕呵呸!这伙没良心的反贼,俺也不及杀你了。〔哭介〕苍天,苍天!怎知明朝天下,送在俺黄得功之手。

原评:"此出独无下场诗。将军已死,谁发咽呜之歌。"又曰:"明朝亡国争此一时,所倚者四镇也。高已自取杀戮,二刘今为叛贼,黄则养贼在家,贩帝而去,春秋之责,黄能负乎?"

【尾声】平生骁勇无人当,拉不住黄袍[12]北上,笑断江东父老肠。

罢,罢,罢!除却一死,无可报国。〔拔剑大叫介〕大小三军,都来看断头将军呀。〔一剑刎死介〕

〔1〕凤、淮两镇:今安徽凤阳和江苏淮安两地,当时由刘良佐和刘泽清二将镇守。

〔2〕司马:指阮大铖,当时他任兵部尚书。

〔3〕金汤:金城汤池。金,形容坚固不可破;汤,比喻沸热不能近。这里形容淮安、扬州二城形势的险固。

〔4〕"九曲天险"二句:九曲天险指黄河,据说黄河河水九曲,长九千里。这二句意为南明君臣不重河防,导致北兵轻易渡河南下。

〔5〕寂寞鱼龙:杜甫《秋兴》诗:"鱼龙寂寞秋江冷,故国平居有所思。"这里的"寂寞鱼龙"是弘光帝引以自比的。

〔6〕"江浦边"三句:銮驾是帝皇的车驾。中郎将是比将军低一点的将官。这三句说黄得功是曾在江浦边迎接车驾的旧将官。

〔7〕蒙尘:指皇帝出奔。

〔8〕失水神龙:比喻失势的皇帝。

〔9〕"孝当竭力"二句:原见《千字文》,意为孝顺父母应该尽自己的力量,为国尽忠可以牺牲性命。

〔10〕波斯：我国自隋唐以来，一般称识宝的外国商人作波斯。

〔11〕长解子：解送长途犯人的差役。

〔12〕黄袍：指天子。

第三十八出　沉江

乙酉五月

【锦缠道】〔外扮史可法，毡笠急上〕〔回头望介〕望烽烟，杀气重，扬州沸喧；生灵尽席卷[1]，这屠戮皆因我愚忠不转。兵和将，力竭气喘，只落了一堆尸软。俺史可法率三千子弟，死守扬州，那知力尽粮绝，外援不至。北兵今夜攻破北城，俺已满拼自尽。忽然想起明朝三百年社稷，只靠俺一身撑持，岂可效无益之死，舍孤立之君。故此缒下南城，直奔仪真[2]，幸遇一只报船，渡过江来。〔指介〕那城阙隐隐，便是南京了；可恨老腿酸软，不能走动，如何是好。〔惊介〕呀！何处走来这匹白骡，待俺骑上，沿江跑去便了。〔骑骡，折柳作鞭介〕跨上白骡鞯，空江野路，哭声动九原。日近长安远[3]，加鞭，云里指宫殿。

作者在民间传说基础上，虚构此一出戏，集中写史可法忠于明朝的一片丹心。

〔副末扮老赞礼背包裹跑上〕残年还避乱，落日更思家。〔外撞倒副末介〕〔副末〕呵哟哟！

老赞礼是一历史见证人，苏、柳不在时，即由他出场。

几乎滚下江去。〔看外介〕你这位老将爷好没眼色!〔外下骡扶起介〕得罪,得罪!俺且问你,从那里来的?〔副末〕南京来的。〔外〕南京光景如何?〔副末〕你还不知么,皇帝老子逃去两三日了。目下北兵过江,满城大乱,城门都关的。〔外惊介〕呵呀,这等去也无益矣!〔大哭介〕皇天后土,二祖列宗,怎的半壁江山也不能保住呀。〔副末惊介〕听他哭声,倒象是史阁部。〔问介〕你是史老爷么?〔外〕下官便是。你如何认得?〔副末〕小人是太常寺一个老赞礼,曾在太平门外伺候过老爷的。〔外认介〕是呀!那日恸哭先帝,便是老兄了。〔副末〕不敢。请问老爷,为何这般狼狈!〔外〕今夜扬州失陷,才从城头缒下来的。〔副末〕要向那里去?〔外〕原要南京保驾,不想圣上也走了。〔顿足哭介〕

由于不敢写史可法的英勇抗清,人物的舞台形象不够丰富。但曲辞悲壮动人,写出史不能不死的悲剧性格。

【普天乐】撇下俺断篷船,丢下俺无家犬;叫天呼地千百遍,归无路,进又难前。〔登高望介〕那滚滚雪浪拍天,流不尽湘累[4]怨。〔指介〕有了,有了!那便是俺葬身之地。胜黄土,一丈江鱼腹宽展。〔看身介〕俺史可法亡国罪臣,那容的冠裳而去。〔摘帽,脱袍、靴介〕摘脱下袍靴冠冕。〔副末〕我看老爷竟象要寻死的模样。〔拉住介〕老爷三思,不可短见呀!〔外〕你看茫茫世界,留着俺史可法何处安放。累死英雄，到此日看江山换主，无可留恋。

〔跳入江翻滚下介〕〔副末呆望良久，抱靴、帽、袍服哭叫介〕史老爷呀，史老爷呀！好一个尽节忠臣，若不遇着小人，谁知你投江而死呀！〔大哭介〕〔丑扮柳敬亭，携生忙上〕偷生辞狱吏，避乱走天涯。〔末扮陈贞慧，小生扮吴应箕，携手忙上〕日日争门户，今年傍那家。〔生呼介〕定兄，次兄，日色将晚，快些走动。〔末、小生〕来了。〔丑〕我们出狱，不觉数日，东藏西躲，终无栖身之地。前面是龙潭[5]江岸，大家商量，分路逃生罢！〔末〕是，是。〔见副末介〕你这位老兄，为何在此恸哭？〔副末〕俺也是走路的，适才撞见史阁部老爷投江而死，由不的伤心哭他几声。〔生〕史阁部怎得到此？〔副末〕今夜扬州城陷，逃到此间，闻的皇帝已走，跺了跺脚，跳下江去了。〔生〕那有此事？〔副末指介〕这不是脱下的衣服、靴、帽么！〔丑看介〕你看衣裳里面，浑身朱印。〔生〕待俺认来。〔读介〕"钦命总督江北等处兵马内阁大学士兼兵部尚书印。"〔生惊哭介〕果然是史老先生。〔末〕设上衣冠，大家哭拜一番。〔副末设衣冠介〕〔众拜哭介〕

将四人出狱接此处，既归结陈、吴，又点明侯、李入山之路，关目安排十分细致。

【古轮台】〔合〕走江边，满腔愤恨向谁言。老泪风吹面，孤城一片，望救目穿。

使尽残兵血战，跳出重围，故国苦恋，谁知歌罢剩空筵。长江一线，吴头楚尾路三千，尽归别姓。雨翻云变，寒涛东卷，万事付空烟。精魂显，大招声逐海天远[6]。〔生拍衣冠大哭介〕〔丑〕阁部尽节，成了一代忠臣。相公不必过哀，大家分手罢！〔生指介〕你看一望烟尘，叫小生从那里归去？〔末〕我两人绕道前来，只为送兄过江；今既不能北上，何不随俺南行。〔生〕这纷纷乱世，怎能终始相依。倒是各人自便罢！〔小生〕侯兄主意若何？〔生〕我和敬亭商议，要寻一深山古寺，暂避数日，再图归计。〔副末〕我老汉正要向栖霞山去，那边地方幽僻，尽可避兵，何不同往？〔生〕这等极妙了。〔末、小生〕侯兄既有栖身之所，我们就此作别罢！〔拜别介〕伤心当此日，会面是何年。〔末、小生掩泪下〕〔生问副末介〕你到栖霞山中，有何公干？〔副末〕不瞒相公说，俺是太常寺一个老赞礼，只因太平门外哭奠先帝之日，那些文武百官，虚应故事；我老汉动了一番气恼，当时约些村中父老，捐施钱粮，趁着这七月十五日，要替崇祯皇帝建一个水陆道场。不料南京大乱，好事难行，因此携着钱粮，要到栖霞山上，虔请高僧，了此心愿。〔丑〕好事，好事！〔生〕就求携带同行便了！〔副末〕待我收拾起这衣服、靴、帽着。〔丑〕这衣服、靴、帽，你要送到何处去？〔副末〕

我想扬州梅花岭，是他老人家点兵之所，待大兵退后，俺去招魂埋葬，便有史阁部千秋佳城[7]了。〔生〕如此义举，更为难得。〔副末背袍、靴等，生、丑随行介〕

【余文】山云变，江岸迁，一霎时忠魂不见，寒食何人知墓田。

〔副末〕千古南朝作话传，〔丑〕伤心血泪洒山川。

〔生〕仰天读罢招魂赋，〔副末〕扬子江头乱暝烟。

招魂一曲，悲壮感人。悲剧曲辞，不难于悲凉，而难于悲壮，如此曲，真悲而能壮矣。

〔1〕生灵尽席卷：意即生民被杀尽。

〔2〕仪真：今仪征，在扬州与南京之间，靠长江北岸。

〔3〕日近长安远：晋明帝幼年时，他父亲问他："太阳和长安，离我们这儿哪个近？"他说："太阳近，因为我们抬头可以看到太阳，却看不见长安。"长安，一般泛指京城，这里指南京。

〔4〕湘累：屈原投湘水自杀，古典文学中每称他做湘累。累指没有罪而冤死的人。

〔5〕龙潭：在南京城东。

〔6〕"精魂显"二句：《大招》是《楚辞》的一篇。这二句意为史可法虽然死了，但他的精神影响是无限广大的。

〔7〕千秋佳城：指坟墓。

第三十九出　栖真[1]

乙酉六月

一段补叙，省却了许多过场戏。

【醉扶归】〔净扮苏昆生同旦上〕〔旦〕一丝幽恨嵌心缝，山高水远会相逢，拿住情根死不松，赚他也做游仙梦。看这万叠云白罩青松，原是俺天台洞。

〔唤介〕师父，我们幸亏蓝田叔，领到栖霞山来。无意之中，敲门寻宿，偏撞着卞玉京做了这葆真庵主，留俺暂住，这也是天缘奇遇。只是侯郎不见，妾身无归，还求师父上心寻觅。〔净〕不要性急。你看烟尘满地，伺处寻觅；且待庵主出来，商量个常住之法。〔老旦扮卞玉京道妆上〕

【皂罗袍】何处瑶天笙弄，听云鹤缥缈，玉佩丁冬。花月姻缘半生空，几乎又把桃花种[2]。〔见介〕草庵淡薄，屈尊二位了。〔旦〕多谢收留，感激不尽。〔净〕正有一言奉告，江北兵荒马乱，急切不敢前行；我老汉的吹歌，山中又无用处，连日搅扰，甚觉不安。〔老旦〕说那里话。旧人重到，蓬山路通；前缘不断，巫峡恨浓，连床且话襄王梦。

〔净〕我苏昆生有个活计在此。〔换鞋、笠，取斧、担、绳索介〕趁这天晴，俺要到岭头涧底，取些松柴，供早晚炊饭之用，不强如坐吃山空么？〔老旦〕这倒不敢动劳。〔净〕大家度日，怎好偷闲。〔挑担介〕脚下山云冷，肩头野草香。〔下〕〔老旦闭门介〕〔旦〕奴家闲坐无聊，伺不寻些旧衣残裳，付俺缝补，以消长夏。〔老旦〕正有一事借重。这中元节，村中男女，许到白云庵与皇后周娘娘[3]悬挂宝幡[4]；就求妙手，替他承造，也是十分功德哩。〔旦〕这样好事，情愿助力。〔老旦取出幡料介〕〔旦〕待奴熏香洗手，虔诚缝制起来。〔作洗手缝幡介〕

【好姐姐】念奴前身业重[5]，绑十指筝弦箫孔[6]；慵线懒针，几曾解女红。〔老旦〕香姐心灵手巧，一捻针线，就是不同的。〔旦〕奴家那晓针线，凭着一点虔心罢了。仙幡捧，忏悔尽教指头肿，绣出鸳鸯别样工。

〔共绣介〕〔副末扮老赞礼，丑扮柳敬亭，背行李领生上〕

【皂罗袍】〔生〕避了干戈横纵，听飕飕一路，涧水松风。云锁栖霞两三峰，江深五月寒风送。〔副末〕这是栖霞山了。你们寻所道院，趁早安歇罢。〔生看介〕这是一座葆真庵，何不敲门一问。石墙萝户[7]，忙寻炼翁[8]，鹿柴[9]鹤径，急呼道童，仙家那晓浮生恸。〔副末敲门介〕〔老旦起问介〕那个敲门？〔副末〕俺是南京来的，要借贵庵暂安行李。〔老旦〕这里是女道住持，从不留客的。

【好姐姐】你看石墙四耸，昼掩了重门无缝；修真女冠[10]，怕遭俗客哄。〔丑〕我们不比游方僧道，暂住何妨。〔老旦〕真经讽[11]，谨把祖师清规奉，处女闺阁一样同。〔旦〕说的有理，比不得在青楼之日了。〔老旦〕这是俺修行本等，不必睬他；且去香厨用斋罢。〔同下〕〔副末又敲门介〕〔生〕他既谨守清规，我们也不必苦缠了。〔副末〕前面庵观尚多，待我再去访问。〔行介〕〔副净扮丁继之道装，提药篮上〕

侯、李几次都有可能团聚，作者偏把它岔开，为全剧结局留地步。

【皂罗袍】采药深山古洞，任芒鞋竹杖，踏遍芳丛。落照苍凉树玲珑，林中笋蕨充清供。〔副末喜介〕那边一位道人来了，待我上前问他。〔拱介〕老仙长，我们上山来做好事的，要借道院暂安行李，敢求方便一二！〔副净认介〕这位相公，好象河南侯公子。〔丑〕不是侯公子是那个？〔副净又认介〕老兄你可是柳敬亭么？〔丑〕便是。〔生认介〕呵呀！丁继老，你为何出了家也。〔副净〕侯相公，你不知么。俺善才迟暮[12]，羞入旧宫；龟年[13]疏懒，难随妙工;辞家竟把仙箓[14]诵。

〔生〕原来因此出家。〔丑〕请问住持何山?〔副净〕前面不远,有一座采真观,便是俺修炼之所。不嫌荒僻,就请暂住何如?〔生〕甚好。〔副末〕二位遇着故人,已有栖身之地。俺要上白云庵,商量醮事去了。〔生〕多谢携带。〔副末〕彼此。〔别介〕人间消业海,天上礼仙坛。〔下〕〔副净携生、丑行介〕跨过白泉,又登紫阁;雪洞风来,云堂雨落。〔生惊介〕前面一道溪水,隔断南山,如何过去?〔副净〕不妨。靠岸有只渔船,俺且坐船闲话,等个渔翁到来,央他撑去;不上半里,便是采真观了。〔同上船坐介〕〔丑〕我老柳少时在泰州北湾,专以捕鱼为业;这渔船是弄惯了的,待我撑去罢。〔生〕妙,妙。〔丑撑船介〕〔生问副净介〕自从梳栊香君,借重光陪,不觉别来便是三载。〔副净〕正是。且问香君入宫之后,可有消息么?〔生〕那得消息来。〔取扇指介〕这柄桃花扇,还是我们订盟之物,小生时刻在手。

【好姐姐】把他桃花扇拥,又想起青楼旧梦;天老地荒,此情无尽穷。分飞猛[15],杳杳万山隔鸾凤,美满良缘半月同。

〔丑〕前日皇帝私走,嫔妃逃散,料想香君也出宫门;且待南京平定,再去寻访罢。〔生〕只怕兵马赶散,未必重逢了。〔掩泪介〕〔副净指介〕那一带竹篱,便是俺的采真观,就请拢船上岸罢。

原评:"此折侯郎与香君觌面千山,用险笔也。后折侯郎与香君转投万里,用幻笔也。险则攀跻无从,幻则捉摸难定,所谓智譬则巧也。"

〔丑挽船,同上岸介〕〔副净唤介〕道僮,有远客到门,快搬行李。〔内应介〕〔副净〕请进。〔让入介〕

〔生〕门里丹台[16]更不同,〔副净〕寂寥松下养衰翁。

〔丑〕一湾溪水舟千转,〔生〕跳入蓬壶[17]似梦中。

〔1〕栖真:真在这里指道观。栖真,意即寄居道观。

〔2〕几乎又把桃花种:意为差不多又惹上了儿女风情。

〔3〕皇后周娘娘:崇祯皇帝的周皇后。李自成等农民起义军攻陷北京时,她自杀而死。

〔4〕宝幡:佛寺里挂的幢幡。

〔5〕业重:罪孽深重。

〔6〕绑十指筝弦箫孔:意为十指只会弹弄弦管。

〔7〕萝户:指蔓延着松萝的门户。

〔8〕炼翁:炼丹道士。

〔9〕鹿柴:柴本作砦,鹿柴就是篱落。

〔10〕修真女冠:修真即修仙,女冠即女道士。

〔11〕真经讽:真经指道士念的经典。讽即诵念。

〔12〕善才迟暮:唐元和中,曹保的儿子善才精通琵琶,因此后人即用善才来称呼琵琶师。迟暮即晚年。

〔13〕龟年:唐玄宗时著名的乐工李龟年。

〔14〕仙箓:道家的秘文。

〔15〕分飞猛:突然被拆散的意思。

〔16〕丹台:指炼丹台。

〔17〕蓬壶:仙山名。传说海中有三山,其中一座叫蓬莱山,因形似壶,也

叫蓬壶。

第四十出　入道

乙酉七月

【南点绛唇】〔外扮张薇瓢冠衲衣[1]，持拂上〕世态纷纭，半生尘里朱颜老；拂衣不早，看罢傀儡闹[2]。恸哭穷途，又发哄堂笑。都休了，玉壶琼岛，万古愁人少。

贫道张瑶星，挂冠[3]归山，便住这白云庵里。修仙有分，涉世无缘。且喜书客蔡益所随俺出家，又载来五车经史。那山人蓝田叔也来皈依，替我画了四壁蓬瀛。这荒山之上，既可读书，又可卧游，从此飞升尸解[4]，亦不算懵懂神仙矣。只有崇祯先帝，深恩未报，还是平生一件缺事。今乃乙酉年七月十五日，广延道众，大建经坛，要与先帝修斋追荐；恰好南京一个老赞礼，约些村中父老，也来搭醮。不免唤出弟子，趁早铺设。〔唤介〕徒弟何在？〔丑扮蔡益所，小生扮蓝田叔道装上〕尘中辞俗客，云里会仙官。〔见介〕弟子蔡益所、蓝田叔，稽首了。〔拜介〕〔外〕尔等率领道众，照依黄箓科仪[5]，早铺坛场；待俺沐浴更衣，虔心拜请。正是：清斋朝帝座，直道在人心。

此为最后总结，场面最大，关目好看，曲亦南北合套，且多合唱，人人皆有交待，善恶终见结果，依次写来，不乱不漏。

〔下〕〔丑、小生铺设三坛,供香花茶果,立幡挂榜介〕

【北醉花阴】高筑仙坛海日晓,诸天群灵俱到,列星众宿来朝。幡影飘飖,七月中元建醮。

〔丑〕经坛斋供,俱已铺设整齐了。〔小生指介〕你看山下父老,捧酒顶香,纷纷来也。〔副末扮老赞礼,领村民男女,顶香捧酒,挑纸钱、锭锞[6]、绣幡上〕

【南画眉序】携村醪,紫降黄檀[7]绣帕包。〔指介〕望虚无玉殿,帝座非遥;问谁是皇子王孙,撇下俺村翁乡老。〔掩泪介〕万山深处中元节,擎着纸钱来吊。

〔见介〕众位道长,我们社友俱已齐集了,就请法师老爷出来巡坛罢。〔丑、小生向内介〕铺设已毕,请法师更衣巡坛,行洒扫之仪。〔内三鼓介〕〔杂扮四道士奏仙乐,丑、小生换法衣捧香炉,外金道冠、法衣,擎净盏,执松枝,巡坛洒扫介〕

【北喜迁莺】〔合〕净手洒松梢,清凉露千滴万点抛;三转九回坛边绕,浮尘热恼全浇。香烧,云盖飘[8],玉座层层百尺高。响云璈[9],建极宝殿,改作团瓢[10]。〔外下〕〔丑、小生向内介〕洒扫已毕,请法师更衣拜坛，行朝请大礼。〔丑、小生设牌位：正坛设故明思宗烈皇帝之位；左坛设故明甲申殉难文臣之位；右坛设故明甲申殉难武臣之位〕〔内奏细乐介〕〔外九梁朝冠[11]、鹤补朝服[12]、金带、朝鞋、牙笏上〕〔跪祝介〕伏以星斗增辉，快睹蓬莱之现；风雷布令，遥瞻阊阖[13]之开。恭请故明思宗烈皇帝九天法驾，及甲申殉难文臣，东阁大学士范景文，户部尚书倪元璐，刑部侍郎孟兆祥，协理京营兵部侍郎王家彦，左都御史李邦华，右副都御史施邦耀，大理寺卿凌义渠，太常寺少卿吴麟征，太仆寺丞申佳胤，詹事府庶子周凤翔，谕德马世奇，中允刘理顺，翰林院检讨汪伟，兵科都给事中吴甘来，巡视京营御史王章，河南道御史陈良谟，提学御史陈纯德，兵部郎中成德，吏部员外郎许直，兵部主事金铉；武臣新乐侯刘文炳，襄城伯李国祯，驸马都尉巩永固，协理京营内监王承恩等。伏愿彩仗随车，素旗拥驾；君臣穆穆，指青鸟以来临；文武皇皇，乘白云而至止。共听灵籁[14]，同饮仙浆。〔内奏乐，外三献酒，四拜介〕〔副末、村民随拜介〕

【南画眉序】〔外〕列仙曹，叩请烈皇下碧霄；舍煤山古树，解却宫绦。且享这椒酒松香，莫恨那流贼闯盗。古来谁保千年业，精灵永留山庙。

〔外下〕〔丑、小生左右献酒，拜介〕〔副末、

村民随拜介〕

【北出队子】〔丑、小生〕虔诚祝祷，甲申殉节群僚。绝粒刎颈恨难消，坠井投缳志不挠，此日君臣同醉饱。

〔丑、小生〕奠酒化财，送神归天。〔众烧纸牌钱锞，奠酒举哀介〕〔副末〕今日才哭了个尽情。〔众〕我们愿心已了，大家吃斋去。〔暂下〕〔丑、小生向内介〕朝请已毕，请法师更衣登坛，做施食功德。〔设焰口[15]、结高坛介〕〔内作细乐介〕〔外更华阳巾[16]、鹤氅，执拂子上，拜坛毕，登坛介〕〔丑、小生侍立介〕〔外拍案介〕窗惟浩浩沙场，举目见空中之楼阁；茫茫苦海，回头登岸上之瀛洲。念尔无数国殇[17]，有名敌忾，或战畿辅[18]，或战中州，或战湖南，或战陕右；死于水，死于火，死于刃，死于镞，死于跌扑踏践，死于疠疫饥寒。咸望滚榛莽之髑髅，飞风烟之磷火，远投法座，遥赴宝山[19]。吸一滴之甘泉，津含万劫；吞盈掬之玉粒，腹果千春[20]。〔撒米、浇浆、焚纸，鬼抢介〕

此愿是"闲话"折中许下的。

【南滴溜子】沙场里，沙场里，尸横蔓草；殷血[21]腥，殷血腥，白骨渐槁。可怜风旋雨啸，望故乡无人拜扫；饿魄馋魂，来饱这遭。

〔丑、小生〕施食已毕，请法师普放神光，洞照三界[22]，将君臣位业，指示群迷。〔外〕这甲申殉难君臣，久已超升天界了。〔丑、小生〕还有今年北去君臣，未知如何结果？恳求指示。〔外〕你们两廊道众，斋心肃立；待我焚香打坐，闭目静观。〔丑、小生执香，低头侍立介〕〔外闭目良久介〕〔醒向众介〕那北去弘光皇帝，及刘良佐、刘泽清、田雄等，阳数未终，皆无显验。〔丑、小生前禀介〕还有史阁部、左宁南、黄靖南，这三位死难之臣，未知如何报应？〔外〕待我看来。〔闭目介〕〔杂白须、幞头[23]、朱袍，黄纱蒙面，幢幡细乐引上〕吾乃督师内阁大学士兵部尚书史可法。今奉上帝之命，册为太清宫紫虚真人，走马到任去也。〔骑马下〕〔杂金盔甲、红纱蒙面，旗帜鼓吹引上〕俺乃宁南侯左良玉。今奉上帝之命，封为飞天使者，走马到任去也。〔骑马下〕〔杂银盔甲、黑纱蒙面，旗帜鼓吹引上〕俺乃靖南侯黄得功。今奉上帝之命，封为游天使者，走马到任去也。〔骑马下〕〔外开目介〕善哉，善哉！方才梦见阁部史道邻先生，册为太清宫紫虚真人；宁南侯左昆山，靖南侯黄虎山，封为飞天、游天二使者。一个个走马到任，好荣耀也。

【北刮地风】则见他云中天马骄，才认得一路英豪。咭叮当奏着钧天乐，又摆些羽葆干旄[24]。将军刀，丞相袍，挂符牌都是九天名号[25]。好尊荣，好逍遥，只有皇天不昧功劳。

〔丑、小生拱手介〕南无天尊[26]，南无天尊！果然善有善报，天理昭彰。〔前禀介〕还有奸臣马士英、阮大铖，这两个如何报应？〔外〕待俺看来。〔闭目介〕〔净散发披衣跑上〕我马士英做了一生歹事，那知结果这台州山中[27]。〔杂扮霹雳雷神，赶净绕场介〕〔净抱头跪介〕饶命，饶命！〔杂劈死净，剥衣去介〕〔副净冠带上〕好了，好了！我阮大铖走过这仙霞岭，便算第一功了。〔登高介〕〔杂扮山神、夜叉，刺副净下，跌死介〕〔外开目介〕苦哉，苦哉！方才梦见马士英被雷击死台州山中，阮大铖跌死仙霞岭上[28]。一个个皮开脑袋，好苦恼也。

【南滴滴金】明明业镜[29]忽来照，天网恢恢飞不了。抱头颅由你千山跑，快雷车偏会找，钢叉又到。问年来吃人多少脑，这顶浆两包，不够犬饕[30]。

善恶有报乃中国古剧传统结束法。

〔丑、小生拱手介〕南无天尊，南无天尊！果然恶有恶报，天理昭彰。〔前禀介〕这两廊道众，不曾听得明白，还求法师高声宣扬一番。〔外举拂高唱介〕〔副末、众村民执香上，立听介〕

【北四门子】〔外〕众愚民暗室亏心少，到头来几曾饶，微功德也有吉祥报，大巡环睁眼瞧[31]。前一番，后一遭，正人邪党,南朝接北朝。福有因,祸怎逃,只争些来迟到早。

〔副末、众叩头下〕〔老旦扮卞玉京,领旦上〕天上人间,为善最乐。方才同些女道,在周皇后坛前挂了宝幡,再到讲堂参见法师。〔旦〕奴家也好闲游么?〔老旦指介〕你看两廊道俗[32],不计其数,瞧瞧何妨。〔老旦拜坛介〕弟子卞玉京稽首了。〔起同旦一边立介〕〔副净扮丁继之上〕人身难得,大道难闻。〔拜坛介〕弟子丁继之稽首了。〔起唤介〕侯相公,这是讲堂,过来随喜。〔生急上〕来了!久厌尘中多苦趣,才知世外有仙缘。〔同立一边介〕〔外拍案介〕你们两廊善众,要把尘心抛尽,才求得向上机缘;若带一点俗情,免不了轮回千遍。〔生遮扇看旦,惊介〕那边站的是俺香君,如何来到此处。〔急上前拉介〕〔旦惊见介〕你是侯郎,想杀奴也!

【南鲍老催】想当日猛然舍抛,银河渺渺谁架桥,墙高更比天际高。书难捎,梦空劳,情无了,出来路儿越迢遥。〔生指扇介〕看这扇上桃花,叫小生如何报你。看鲜血满扇开红桃,正说法天花落[33]。

〔生、旦同取扇看介〕〔副净拉生,老旦拉旦介〕法师在坛,不可只顾诉情了。〔生、旦不理介〕〔外怒拍案介〕咄!何物儿女,敢到此处调桃花扇如此结果。

情。〔忙下坛,向生、旦手中裂扇掷地介〕我这边清净道场,那容得狡童游女,戏谑混杂。〔丑认介〕阿呀!这是河南侯朝宗相公,法师原认得的。〔外〕这女子是那个?〔小生〕弟子认得他,是旧院李香君,原是侯兄聘妾。〔外〕一向都在何处来?〔副净〕侯相公住在弟子采真观中。〔老旦〕李香君住在弟子葆真庵中。〔生向外揖介〕这是张瑶星先生,前日多承超豁。〔外〕你是侯世兄,幸喜出狱了。俺原为你出家,你可知道么?〔生〕小生那里晓得。〔丑〕贫道蔡益所,也是为你出家。这些缘由,待俺从容告你罢。〔小生〕贫道是蓝田叔,特领香君来此寻你,不想果然遇着。〔生〕丁、卞二师收留之恩,蔡、田二师接引之情,俺与香君世世图报。〔旦〕还有那苏昆生,也随奴到此。〔生〕柳敬亭也陪我前来。〔旦〕这柳、苏两位,不避患难,终始相依,更为可感。〔生〕待咱夫妻还乡,都要报答的。〔外〕你们絮絮叨叨,说的俱是那里话。当此地覆天翻,还恋情根欲种,岂不可笑!〔生〕此言差矣!从来男女室家,人之大伦,离合悲欢,情有所钟,先生如何管得?〔外怒介〕呵呸!两个痴虫,你看国在那里,家在那里,君在那里,父在那里,偏是这点花月情根,割他不断么?

原评:"又说出柳、苏,一毫不遗,一丝不乱。"

【北水仙子】堪叹你儿女娇,不管那桑海变。艳语淫词太絮叨,将锦片前程,牵

突出主题,当头棒喝。离开国家民族命运,岂

衣握手神前告。怎知道姻缘簿久已勾销;翅楞楞鸳鸯梦醒好开交,碎纷纷团圆宝镜不坚牢。羞答答当场弄丑惹的旁人笑,明荡荡大路劝你早奔逃。

〔生揖介〕几句话,说的小生冷汗淋漓,如梦忽醒。〔外〕你可晓得么?〔生〕弟子晓得了。〔外〕既然晓得,就此拜丁继之为师罢。〔生拜副净介〕〔旦〕弟子也晓得了。〔外〕既然也晓得,就此拜卞玉京为师罢。〔旦拜老旦介〕〔外吩咐副净、老旦介〕与他换了道扮。〔生、旦换衣介〕〔副净、老旦〕请法师升座,待弟子引见。〔外升座介〕〔副净领生,老旦领旦,拜外介〕

【南双声子】芟情苗[34],芟情苗,看玉叶金枝凋;割爱胞,割爱胞,听凤子龙孙号。水沤漂,水沤漂;石火敲,石火敲[35];剩浮生一半,才受师教。

〔外指介〕男有男境,上应离[36]方;快向南山之南,修真学道去。〔生〕是,大道才知是,浓情悔认真。〔副净领生从左下〕〔外指介〕女有女界,下合坎[37]道;快向北山之北,修真学道去。〔旦〕是,回头皆幻景,对面是何人。〔老旦领旦从右下〕〔外下座大笑三声介〕

【北尾声】你看他两分襟,不把临去秋波掉。亏了俺桃花扇扯碎一条条,再不

有个人幸福?侯、李因有爱国思想才能醍醐灌顶,如梦忽醒,相逢遗恨,断然撒手。

原评:“离合之情,兴亡之感,融洽一处,细细归结,最散、最整、最幻、最实、最曲迂、最直截,此灵山一会是人天大道场,而观者必使生旦同堂拜舞乃为团圆,何其小家子样也?”

许痴虫儿自吐柔丝缚万遭〔38〕。

白骨青灰长艾萧，桃花扇底送南朝。

不因重做兴亡梦，儿女浓情何处消。

〔1〕瓢冠衲衣：瓢冠，瓜瓢形的道帽。衲衣指道衣。

〔2〕“拂衣不早”二句：拂衣，意为辞官归山。傀儡本是木偶戏，这里借指政治上各种纷争。

〔3〕挂冠：汉朝逢萌目睹当时政治形势混乱，解冠挂在东城门，带家属浮海去。后人因此用挂冠来表示自动弃官。

〔4〕飞升尸解：指成仙。传说修道的人死了会尸解。

〔5〕黄箓科仪：黄箓，道家用的写在金简上的秘文。科仪指佛教或道教的各种仪式。

〔6〕锭锞：祭神时烧的金银纸锭。

〔7〕紫降黄檀：指两种香料。檀香有黄檀、白檀、紫檀等品种。紫降疑即紫檀的降香，传说焚烧后可以降神。

〔8〕云盖飘：形容香烟浓聚像云盖。

〔9〕响云璈：云璈即云锣，铜制的小锣。

〔10〕建极宝殿，改作团瓢：意即皇帝的宝殿改作团瓢。团瓢，简陋的小屋。

〔11〕九梁朝冠：梁是朝冠上的横梁，梁数的多少因官品的高下而定。九梁朝冠是官居极品才能戴的。

〔12〕鹤补朝服：补是官服前胸及后背用金线绣成的图案，用以区别官品高下。明朝的制度，一品文官绣仙鹤。

〔13〕阊阖：天门。

〔14〕灵籁：籁，箫管。灵籁，指迎神的乐曲。

〔15〕焰口：本是佛教传说里饿鬼的名字，后来称和尚作法为饿鬼施食为设焰口。

〔16〕华阳巾:梁道士陶弘景自号华阳隐居,后人因此每称道士的头巾为华阳巾。

〔17〕国殇:指死于国事的将士。

〔18〕畿辅:京师附近。

〔19〕“咸望滚榛莽之髑髅”四句:意为那些在榛莽里滚的髑髅,在风烟里飞的磷火(以前人把磷火当作鬼火),都希望它们能远投法座、遥赴宝山。

〔20〕“吸一滴之甘泉”四句:意即吸一滴甘泉,万劫不渴;吞一撮米粒,千年不饿。

〔21〕殷(yān)血:赤黑色的血。

〔22〕三界:佛家称众生住处是欲界,欲界之上是色界,色界之上是无色界,合称三界。

〔23〕幞头:古代品官戴的巾帻,形状像现在京戏里宰相戴的方纱帽。

〔24〕羽葆干旄(máo):羽葆,仪仗中的华盖,用鸟的羽毛装饰。干旄,古时仪仗中用的旌旗。

〔25〕九天名号:指天官名号,如紫虚真人、飞天使者之类。

〔26〕南无天尊:南无是从印度梵文翻译过来的,读作 nāmó,有敬仰皈依之意。天尊即佛。

〔27〕结果这台州山中:据《明史·马士英传》,当时传说他逃到台州山寺做和尚,被清兵搜杀。

〔28〕阮大铖跌死仙霞岭上:阮大铖投降清兵后,从清军进攻仙霞关,僵仆石上而死。附见《明史·马士英传》。

〔29〕业镜:佛家语。传说是冥界写取众生善恶业的镜子。

〔30〕饕(tāo):贪吃。

〔31〕“众愚民暗室亏心少”四句:意为众愚民在暗室中少有亏心,到头来不曾被饶过;微小的功德也有吉祥的报应,这是要从大巡环看的。大巡环,疑指“六道轮回”的迷信说法。

〔32〕道俗:道士、俗家。

〔33〕说法天花落:传说广长长老讲经,说到好处,天花乱坠。

〔34〕芟(shān)情苗:意即斩断情根。芟,刈草。

〔35〕“水沤漂”四句:意为人生如在水中漂浮的泡沫,又如敲石发出的火花,是不经久的。

〔36〕离:八卦之一,属南。

〔37〕坎:八卦之一,属北。

〔38〕再不许痴虫儿自吐柔丝缚万遭:意为再不许这些痴心男女在儿女柔情里作茧自缚。

续四十出　余韵

戊子九月

前出故事已完,意趣未尽,续此“余韵”,为增加悲剧气氛,将兴亡旧事付之风月闲谈,正是痛定思痛、铭骨镂心之意。

〔西江月〕〔净扮樵子挑担上〕放目苍崖万丈,拂头红树千枝;云深猛虎出无时,也避人间弓矢。建业城啼夜鬼,维扬井贮秋尸[1];樵夫剩得命如丝,满肚南朝野史。在下苏昆生,自从乙酉年同香君到山,一住三载,俺就不曾回家,往来牛首[2]、栖霞,采樵度日。谁想柳敬亭与俺同志,买只小船,也在此捕鱼为业。且喜山深树老,江阔人稀;每日相逢,便把斧头敲着船头,浩浩落落,尽俺歌唱,好不快活。今日柴担早歇,专等他来促膝闲话,怎的还不见到。〔歇担盹睡介〕〔丑扮渔翁摇船上〕年年垂钓鬓如银,爱此江山胜富春。歌舞丛中征战里,渔翁都是过来人。俺柳敬亭送侯朝宗修道之后,就在这龙潭江畔,捕鱼三载,把些兴亡旧事,付之风月闲谈。今值秋雨新晴,江光似练,正好寻苏昆生饮酒谈心。〔指介〕你看,他早已醉倒在地,待我上岸,唤他醒来。〔作上岸介〕〔呼介〕苏昆生。〔净醒介〕大哥果然来了。〔丑拱介〕贤弟偏杯[3]呀!〔净〕柴不曾卖,那得酒来。〔丑〕愚兄也没卖鱼,都是空囊,怎么处?〔净〕有了,有了!你输水,我输柴,大家煮茗清谈罢。〔副末扮老赞礼,提弦携壶上〕江山江山,一忙一闲,谁赢谁输,两鬓皆斑。〔见介〕原来是柳、苏两位老哥。〔净、丑拱介〕老相公怎得到此?〔副末〕老夫住在燕子矶边,今乃戊子年九月十七日,是福德星君[4]降生之辰;我同些山中社友,到福德神祠祭赛已毕,路过此间。〔净〕为何挟着弦子,提着酒壶。〔副末〕见笑,见笑!老夫编了几句神弦歌[5],名曰"问苍天"。今日弹唱乐神,社散之时,分得这瓶福酒。恰好遇着二位,就同饮三杯罢。〔丑〕怎好取扰。〔副末〕这叫做"有福同享"。〔净、丑〕好,好!〔同坐饮介〕〔净〕何不把神弦歌领略一回?〔副末〕使得!老夫的心事,正要请教二位哩。〔弹弦唱巫腔〕〔净、丑拍手衬介〕

老赞礼为作者化身,他是开场之人,仍用他收场。

〔问苍天〕新历数,顺治朝,岁在戊子;九月秋,十七日,嘉会良时。击神鼓,扬灵旗,乡邻赛社;老逸民,剃白发,也到丛祠。椒作栋,桂为楣,唐修晋建;碧和金，丹间粉，画壁精奇[6]。貌赫赫，气扬扬，福德名位；山之珍，海之宝，总掌无遗。超祖祢[7]，迈君师，千人上寿；焚郁兰，奠清醑[8]，夺户争墀[9]。草笠底，有一人，掀须长叹：贫者贫，富者富，造命奚为？我与尔，较生辰，同月同日；囊无钱，灶断火，不啻乞儿。六十岁，花甲周，桑榆暮矣[10]；乱离人，太平犬，未有亨期。称玉斝[11]，坐琼筵，尔餐我看；谁为灵，谁为蠢，贵贱失宜。臣稽首，叫九阍，开聋启聩；宣命司，检禄籍，何故差池[12]。金阙远，紫宸[13]高，苍天梦梦；迎神来，送神去，舆马风驰。歌舞罢，鸡豚收，须臾社散；倚枯槐，对斜日，独自凝思。浊享富，清享名，或分两例；内才多，外财少，应不同规。热似火，福德君，庸人父母；冷如冰，文昌帝[14]，秀士宗师。神有短，圣有亏，谁能足愿；地难填，天难补，造化如斯。释尽了，胸中愁，欣欣微笑；江自流，云自卷，我又何疑。

此曲拿自己和福德君相比，实借题发挥，宣泄作者对丑恶现实的愤懑。

〔唱完放弦介〕出丑之极。〔净〕妙绝！逼真《离骚》《九歌》了。〔丑〕失敬，失敬！不知老相公竟是财神一转哩。〔副末让介〕请干此酒。〔净咂舍介〕这寡酒好难吃也。〔丑〕愚兄倒有些下酒之物。〔净〕是什么东西？〔丑〕请猜一猜。〔净〕你的东西，不过是些鱼鳖虾蟹。〔丑摇头介〕猜不着，猜不着。〔净〕还有什么异味？〔丑指口介〕是我的舌头。〔副末〕你的舌头，你自下酒，如何让客。〔丑笑介〕你不晓得，古人以《汉书》下酒；这舌头会说《汉书》，岂非下酒之物。〔净取酒斟介〕我替老哥斟酒，老哥就把《汉书》说来。〔副末〕妙，妙！只恐菜多酒少了。〔丑〕既然《汉书》太长，有我新编的一首弹词，叫做"秣陵秋"，唱来下酒罢。〔副末〕就是俺南京的近事么？〔丑〕便是！〔净〕这都是俺们耳闻眼见的，你若说差了，我要罚的。〔丑〕包管你不差。〔丑弹弦介〕六代兴亡，几点清弹千古慨；半生湖海，一声高唱万山惊。〔照盲女弹词唱介〕

〔秣陵秋〕陈隋烟月恨茫茫，井带胭脂[15]土带香；骀荡[16]柳绵沾客鬓，叮咛莺舌恼人肠。中兴朝市[17]繁华续，遗孽儿孙[18]气焰张；只劝楼台追后主，不愁弓矢下残唐[19]。蛾眉越女才承选，燕子吴歈[20]早擅场；力士签名搜笛步，龟年协律奉椒房[21]。西昆词赋新温李[22]，乌巷冠裳旧谢王；院院宫妆金翠镜，朝朝楚梦雨云床。五侯阃外空狼燧，二水洲边自雀舫[23]；指马谁攻秦相诈[24]，入林都畏阮生

原评："首折说鼓词，通俗之语，此折唱弹词，典雅之语，以见柳老学问高深。"

狂[25]。春灯已错从头认,社党重钩无缝藏[26];借手杀仇长乐老,胁肩媚贵半闲堂[27]。龙钟阁部啼梅岭[28],跋扈将军噪武昌[29];九曲河流晴唤渡[30],千寻江岸夜移防[31]。琼花劫到[32]雕栏损,玉树歌终[33]画殿凉;沧海迷家龙寂寞,风尘失伴凤彷徨。青衣衔璧何年返[34],碧血溅沙此地亡[35];南内汤池仍蔓草,东陵辇路又斜阳[36]。全开锁钥淮扬泗,难整乾坤左史黄。建帝飘零烈帝惨[37],英宗困顿武宗荒[38];那知还有福王一[39],临去秋波泪数行。

一首秣陵秋,概括了一部南明兴亡史。

〔净〕妙,妙!果然一些不差。〔副末〕虽是几句弹词,竟似吴梅村[40]一首长歌。〔净〕老哥学问大进,该敬一杯。〔斟酒介〕〔丑〕倒叫我吃寡酒了。〔净〕愚弟也有些须下酒之物。〔丑〕你的东西,一定是山肴野蔌了。〔净〕不是,不是。昨日南京卖柴,特地带来的。〔丑〕取来共享罢。〔净指口介〕也是舌头。〔副末〕怎的也是舌头?〔净〕不瞒二位说,我三年没到南京,忽然高兴,进城卖柴。路过孝陵,见那宝城享殿,成了刍牧之场。〔丑〕呵呀呀!那皇城如何?〔净〕那皇城墙倒宫塌,满地蒿莱了。〔副末掩泪介〕不料光景至此。〔净〕俺又一直走到秦淮,立了半晌,竟没一个人影儿。〔丑〕那长桥旧院，是咱们熟游之地，你也该去瞧瞧。〔净〕怎的没瞧，长桥已无片板，旧院剩了一堆瓦砾。〔丑捶胸介〕咳！恸死俺也。〔净〕那时疾忙回首，一路伤心；编成一套北曲，名为"哀江南"。待我唱来！〔敲板唱弋阳腔介〕俺樵夫呵！

【哀江南】【北新水令】山松野草带花挑，猛抬头秣陵重到。残军留废垒，瘦马卧空壕；村郭萧条，城对着夕阳道。

残军废垒，瘦马空壕，孤村夕照，一派凄凉。

〔驻马听〕野火频烧，护墓长楸多半焦。山羊群跑，守陵阿监[41]几时逃。鸽翎蝠粪满堂抛，枯枝败叶当阶罩；谁祭扫，牧儿打碎龙碑帽。

吊孝陵。

〔沉醉东风〕横白玉八根柱倒，堕红泥半堵墙高，碎琉璃瓦片多，烂翡翠窗棂少，舞丹墀燕雀常朝，直入宫门一路蒿，住几个乞儿饿殍。

吊故宫。

〔折桂令〕问秦淮旧日窗寮，破纸迎风，坏槛当潮，目断魂消。当年粉黛，何处笙箫。罢灯船端阳不闹，收酒旗重九无聊[42]。白鸟飘飘，绿水滔滔，嫩黄花有些蝶飞，新红叶无个人瞧。

吊秦淮。

〔沽美酒〕你记得跨青溪半里桥，旧

吊长桥。

红板没一条。秋水长天人过少，冷清清的落照，剩一树柳弯腰。

吊旧院。

〔太平令〕行到那旧院门，何用轻敲，也不怕小犬哰哰。无非是枯井颓巢，不过些砖苔砌草。手种的花条柳梢，尽意儿采樵；这黑灰是谁家厨灶？

《哀江南》一曲，作者依徐旭旦《旧院有感》套曲改，集中反映了作者怀念故国的情感。

〔离亭宴带歇指煞〕俺曾见金陵玉殿莺啼晓，秦淮水榭花开早，谁知道容易冰消。眼看他起朱楼，眼看他宴宾客，眼看他楼塌了。这青苔碧瓦堆，俺曾睡风流觉，将五十年兴亡看饱。那乌衣巷不姓王，莫愁湖鬼夜哭，凤凰台栖枭鸟。残山梦最真，旧境丢难掉，不信这舆图换稿[43]。谄一套"哀江南"，放悲声唱到老。

〔副末掩泪介〕妙是绝妙，惹出我多少眼泪。〔丑〕这酒也不忍入唇了，大家谈谈罢。〔副净时服[44]，扮皂隶暗上〕朝陪天子辇，暮把县官门[45]；皂隶原无种，通侯岂有根。自家魏国公嫡亲公子徐青君的便是，生来富贵，享尽繁华。不料国破家亡，剩了区区一口。没奈何在上元县[46]当了一名皂隶，将就度日。今奉本官签票，访拿山林隐逸，只得下乡走走。〔望介〕那江岸之上，有几个老儿闲坐，不免上前讨火，就便访问。

正是:开国元勋留狗尾[47],换朝逸老缩龟头。〔前行见介〕老哥们有火借一个?〔丑〕请坐!〔副净坐介〕〔副末问介〕看你打扮,象一位公差大哥。〔副净〕便是!〔净问介〕要火吃烟么?小弟带有高烟,取出奉敬罢。〔敲火取烟奉副净介〕〔副净吃烟介〕好高烟,好高烟!〔作晕醉卧倒介〕〔净扶介〕〔副净〕不要拉我,让我歇一歇,就好了。〔闭目卧介〕〔丑问副末介〕记得三年之前,老相公捧着史阁部衣冠,要葬在梅花岭下,后来怎样?〔副末〕后来约了许多忠义之士,齐集梅花岭,招魂埋葬,倒也算千秋盛事,但不曾立得碑碣。〔净〕好事,好事!只可惜黄将军刎颈报主,抛尸路旁,竟无人埋葬。〔副末〕如今好了,也是我老汉同些村中父老,检骨殡殓,起了一座大大的坟茔,好不体面。〔丑〕你这两件功德,却也不小哩。〔净〕二位不知,那左宁南气死战船时,亲朋尽散,却是我老苏殡殓了他。〔副末〕难得,难得!闻他儿子左梦庚袭了前程,昨日扶柩回去了。〔丑掩泪介〕左宁南是我老柳知己。我曾托蓝田叔画他一幅影像,又求钱牧斋题赞了几句;逢时遇节,展开祭拜,也尽俺一点报答之意。〔副净醒,作悄语介〕听他说话,象几个山林隐逸。〔起身问介〕三位是山林隐逸么?〔众起拱介〕不敢,不敢,为何问及山林隐逸?〔副净〕三位不知么,现今礼部上本,搜寻山林隐逸。抚按大老爷张挂告示，布政司行文已经月余，并不见一人报名。府县着忙，差俺们各处访拿，三位一定是了，快快跟我回话去。〔副末〕老哥差矣！山林隐逸乃文人名士，不肯出山的。老夫原是假斯文的一个老赞礼，那里去得。〔丑、净〕我两个是说书唱曲的朋友，而今做了渔翁樵子，益发不中了。〔副净〕你们不晓得，那些文人名士，都是识时务的俊杰，从三年前俱已出山了。目下正要访拿你辈哩。〔副末〕啐！征求隐逸，乃朝廷盛典，公祖父母俱当以礼相聘，怎么要拿起来。定是你这衙役们奉行不善。〔副净〕不干我事，有本县签票在此，取出你看。〔取看签票欲拿介〕〔净〕果有这事哩。〔丑〕我们竟走开如何？〔副末〕有理，避祸今何晚，入山昔未深。〔各分走下〕〔副净赶不上介〕你看他登崖涉涧，竟各逃走无踪。

原评："水外有水，山外有山。《桃花扇》曲完矣，桃花扇意不尽也。思其意者，一日以至千万年不能仿佛其妙。曲云曲云，笙歌云乎哉，科白云乎哉。"

【清江引】大泽深山随处找，预备官家要。抽出绿头签[48]，取开红圈票[49]，把几个白衣山人吓走了。

〔立听介〕远远闻得吟诗之声，不在水边，定在林下，待我信步找去便了。〔急下〕〔内吟诗曰〕

渔樵同话旧繁华，短梦寥寥记不差。
曾恨红笺衔燕子，偏怜素扇染桃花。

笙歌西第留何客？烟雨南朝换几家。
传得伤心临去语，年年寒食哭天涯。

〔1〕维扬井贮秋尸：维扬指扬州。井贮秋尸，指清兵南下时屠杀扬州民众。

〔2〕牛首：山名，在南京城南。

〔3〕偏杯：意指偏人吃酒。偏，偏背意。

〔4〕福德星君：指财神。

〔5〕神弦歌：娱神的歌曲。

〔6〕“椒作栋”六句：椒作栋，桂为楣，形容庙宇的芳香。唐修晋建，晋代建筑，唐代重修，说明它历史悠久。下三句形容装潢富丽，壁画精致。

〔7〕祢（mí）：父庙。

〔8〕醑：美酒。

〔9〕夺户争墀：形容祭赛者热闹拥挤。

〔10〕桑榆暮矣：本指日暮。日落时，其影在桑榆之间。这里指人的晚年。

〔11〕称玉斝（jiǎ）：举玉杯。

〔12〕“宣命司”三句：意为要上帝宣召司命的神，检查他的禄籍。禄籍，是迷信传说里认为注定人们福禄的簿册。

〔13〕金阙、紫宸：都是指“天帝”的宫殿。

〔14〕文昌帝：传说中主管文士功名禄位的神。

〔15〕井带胭脂：这是有关陈后主亡国的故事。胭脂井又名辱井，指陈朝景阳宫内的景阳井。隋灭陈时，陈后主和张、孔两妃子一起躲在井内而被捕，后人因称这井为胭脂井。

〔16〕骀荡：形容轻盈飘散的状态。

〔17〕中兴朝市：指南明王朝。中兴，含讽刺意。

〔18〕遗孽儿孙：指马士英、阮大铖等。

〔19〕“只劝楼台追后主”二句:后主指陈后主,残唐指五代时的南唐。这里说马士英、阮大铖只会劝诱弘光帝追踪陈后主建造楼台、贪图享乐,没有顾虑北兵南下。

〔20〕燕子吴歈:燕子指《燕子笺》传奇,吴歈指昆曲。《燕子笺》是用昆曲演唱的。

〔21〕“力士签名搜笛步”二句:这两句是说阮大铖等人按着名单去旧院征选歌妓、清客来教演《燕子笺》,准备演给弘光帝看。力士指高力士,是唐明皇的内监,这里泛指皇帝的内监。笛步是南京的地名,教坊所在地,这里指代旧院。龟年指李龟年,这里指代教唱的清客。

〔22〕西昆词赋新温李:西昆词赋指宋朝杨亿、刘筠、钱惟演等人所作的诗文,这些诗文都是模仿晚唐诗人李商隐、温庭筠的。他们曾把彼此唱和的诗编成一个集子,称为《西昆酬唱集》。

〔23〕“五侯阃外空狼燧”二句:五侯指武将,一说五侯指南明左良玉等五位将领。阃外指城郭以外的地方,一般指武将统辖的区域。狼燧指狼烟。二水洲边,指南京的白鹭洲边。雀舫指朱雀舫,是一种游船。这二句意为南明君臣不顾阃外守将的告急,仍在白鹭洲的画舫宴乐。

〔24〕指马谁攻秦相诈:指马暗用秦相赵高指鹿为马的故事来形容马士英的奸诈。

〔25〕入林都畏阮生狂:意为由于人们畏惧阮大铖的猖狂而避入山林。

〔26〕“春灯已错从头认”二句:形容阮大铖反复无常。他写了《春灯谜》里的《十错认》来表示自己悔过,后来得势,又到处拘捕东林、复社人士。钩,牵连之意。

〔27〕“借手杀仇长乐老”二句:长乐老指五代时宰相冯道,半闲堂是南宋奸相贾似道在西湖葛岭修建的院宅名。这里都用来比拟马士英、阮大铖的阴险以及阮大铖等对马士英的谄媚。

〔28〕龙钟阁部啼梅岭:指史可法在梅花岭誓师。龙钟,形容老态,也可形容悲泣。

〔29〕跋扈将军噪武昌:指左良玉传檄东下。

〔30〕九曲河流晴唤渡:意为在黄河方面不设防、不警戒,任由北兵南渡。

〔31〕千寻江岸夜移防:意指马士英、阮大铖把黄、刘三镇的兵移防江岸,堵截左良玉的兵东下。

〔32〕琼花劫到:扬州有琼花观。琼花劫到,指扬州被清兵攻破,惨遭屠城。

〔33〕玉树歌终:玉树歌指陈后主《玉树后庭花》曲。玉树歌终,借指荒淫的南明王朝灭亡。

〔34〕青衣衔璧何年返:指弘光帝被掳。晋怀帝被匈奴刘聪掳去,刘聪命他穿着青衣斟酒,表示对他的侮辱。古时国君在被敌人打败投降时,往往背绑两手,口里衔着一块玉璧去见敌人。

〔35〕碧血溅沙此地亡:指黄得功因弘光帝被掳北去而自刎。

〔36〕"南内汤池仍蔓草"二句:南内即南宫,指南京明故宫。汤池指宫内温泉。东陵指在南京城东的孝陵。辇路指天子车驾经过的道路。

〔37〕建帝飘零烈帝惨:建帝指明建文皇帝,明成祖攻破南京后,相传他在外面流亡,做云游和尚。烈帝指明崇祯皇帝。

〔38〕英宗困顿武宗荒:明英宗正统十四年(1449),在瓦剌南下时,英宗亲自带兵征讨,兵败被俘。武宗宠用刘瑾,是明代有名的荒淫皇帝。

〔39〕福王一:意为福王在位只一年。

〔40〕吴梅村:吴伟业,字骏公,号梅村。他在二十岁时便做了翰林院编修,是复社的领袖人物之一,也是明末清初的著名诗人。

〔41〕阿监:指内监。

〔42〕收酒旗重九无聊:意为在重阳佳节也找不到卖酒的地方。

〔43〕舆图换稿:意为地图变色,江山换主。

〔44〕时服:着清朝服装。

〔45〕"朝陪天子辇"二句:上句写徐青君在明朝的得意,下句写他入清后的落魄。

〔46〕上元县:清朝分南京为江宁、上元二县,同属江苏省治。

〔47〕开国元勋留狗尾:徐青君是明朝元勋徐达的后代,现在当了清朝的

皂隶,因此他在剧中以狗尾自嘲。

〔48〕绿头签:当时官府捕人的签,用绿色漆签头。

〔49〕红圈票:当时官府捕人的文据,在要逮捕的人的姓名上加红圈。

后 记

孔尚任(1648—1718),字聘之,又字季重,号东塘、岸堂、云亭山人,山东曲阜人,孔子第六十四代孙。他早年避乱石门山中,从族兄孔方训那里听到李香君血溅诗扇的故事以及南明王朝兴亡旧事,就曾想利用这些素材来写戏。1684 年,康熙皇帝南巡江南,回京时经过曲阜,孔尚任被召到御前讲经,得到康熙皇帝的褒奖,被破格任命为国子监博士,累迁户部主事、工部员外郎之职。在这期间,他曾奉命到江南参与治水,和那里的明朝遗老诗酒唱和,游览了南京、扬州一带名胜古迹,搜集了不少有关南明的史料。这些不仅促使他思想感情发生变化,也为他写一部记录南明兴亡的历史戏积累了素材。康熙三十八年(1699),他的《桃花扇》传奇写成了,上演后影响很大。剧中的人物、场面等重新勾起了明朝一些故臣遗老的亡国之痛。这当然引起康熙皇帝及其左右的不满。不出半年,孔尚任就因一件疑案罢职回家。除了《桃花扇》,孔尚任还和顾采合写了《小忽雷》传奇,也是一部揭露权奸误国的戏。他的诗文有《湖海集》《岸堂文集》《长留集》等,近人辑为《孔尚任诗文集》。

《桃花扇》初刻于康熙四十七年(1708),此后,有兰雪堂本、西园本、暖红室本、梁启超注本。本书采用了保存在兰雪堂本上的若干评语。中华人民共和国成立以后，人民文学出版社出版了王季思、苏寰中、杨德平合著的校注本，这里采用的就是这个本子。为统一体例，本书删去了原注。

《桃花扇》是描写南明兴亡的历史悲剧。作者是忠实于史实的，作者在《桃花扇凡例》中说："朝政得失，文人聚散，皆确考时地，全无假借；至于儿女钟情，宾客解嘲，虽稍有点染，亦非乌有子虚之比。"孔尚任搜集史料、构思创作前后达十余年，并且三易其稿，可见其创作态度之严谨。作者又并不为史实所囿，而是在占有大量史料的基础上，加以认真的组织、安排、集中、穿插，以适合于当时舞台演出的要求，使人们从这些栩栩如生的舞台艺术形象中接受记忆犹新的历史教训，达到他在《桃花扇小引》中所揭示的"不独使观者感慨涕零，亦可惩创人心，为末世之一救"的目的。

"桃花扇底送南朝"。从故事内容看，《桃花扇》是通过李香君、侯方域这一对情侣的悲欢离合，反映南明一代的兴亡。然而作者的创作意图比之剧本所直接表达的思想要深远得多，这就是作者所自白的，要通过这部戏，回答明朝三百年基业隳于何人、败于何事的问题。

经历两百多年统治的明王朝，问题成堆，危机四伏，政治上、经济上都面临崩溃的局面。当时王朝的当权派，从魏忠贤的阉党到南明的马士英、阮大铖，都只知争权夺利、结党营私，少数文武官员如史可法、左良玉等，在野文士如侯方域、陈定生等，由于他们本身存在弱点，不可能采取有效的策略，内除阉党，外抗清兵，挽回危局，这样，他们对马、阮的斗争，对清兵的抵抗，就只能以悲剧告终。

通过一部戏反映南明的兴亡，回答明朝三百年历史何以终结所提出的问题，这在前此的戏剧创作里是没有出现过的。特别值得我们重视的是，作者倾其全力写秦淮歌妓李香君，演出了“却奁”“守楼”“骂筵”等一出出光彩照人的好戏。她的见识、品格都在复社名士侯方域之上。给李香君、侯方域作陪衬的民间艺人苏昆生、柳敬亭，他们的义气、胆识也非南明王朝的文武官员可比。很明显，这是作者民主思想倾向的表现，也是明中叶后带有资本主义色彩的新兴市民阶层的成长在戏曲创作中的反映。

我国戏曲创作从金、元杂剧发展到明、清传奇，在剧本创作与舞台表演方面，都积累了丰富经验，并已逐步总结出相当完整的理论。这使孔尚任有可能借鉴前人丰富的创作成就，利用前人的理论成果，经过长期的创作实践，写出一部与洪昇《长生殿》南北齐名的历史悲剧。从他的《桃花扇凡例》和各出戏的眉批、总批看，他对剧本的结构、情节、人物、曲白分工都进行过精心的艺术构思，甚至这句话为什么这样说、这个字为什么这样用，有时也明白指出，这对我们今天研究古典戏曲创作的理论又是一笔宝贵的遗产。我们在批点本里也因此而大部分地保留了相关批注。

《桃花扇》写反面人物马士英、阮大铖也是比较成功的。可贵的是，作者既掌握了他们共同的反动本质，又刻画出他们不同的性格特征，没有把反面人物的描写简单化、脸谱化。

对于《桃花扇》的悲剧结局，历来有不同的处理。顾采改编的《南桃花扇》，“令生旦当场团圞，以快观者之目”，对此，孔尚任并不赞成。近世将《桃花扇》改为话剧或地方戏曲者颇多,其中以欧阳予倩改编的话剧影响较大。在抗日战争的背景下,作者为了发扬民族气节,批判汉奸行为,根据侯朝宗顺治八年(1651)曾应科举中过乡试副榜的史实,将他处理成身着清朝礼服到庵中寻香君,被香君斥去作结。中华人民共和国成立后,梅阡、孙敬将《桃花扇》改成电影,就是采用了这个结尾。由于时代背景和创作意图的不同,对《桃花扇》的结局作不同的处理是可以理解的,却不能因此就否定孔尚任的《桃花扇》结局。这是因为孔尚任所写的《桃花扇》,着重是写权奸误国,寄托作者怀念明王朝的感情。对于反权奸的复社文人侯方域,只能在肯定的前提下,适当表现其性格中妥协软弱的一面。因此,我们认为,《桃花扇》的结局,既符合剧中人物性格的发展,又表达了作者的家国情怀,收到了较好的悲剧艺术效果。

雷峰塔

〔清〕方成培
朱光荣　注释
李悔吾　审订

目 录

第一出　开宗

【临江仙】〔末上〕西子湖光如镜净，几番秋月春风。今来古往夕阳中，江山依旧在，塔影自凌空。多少神仙幽怪，相传故老儿童。休疑艳异类"齐东"[1]，妄言姑妄听，聊自效坡公[2]。〔问答照常〕

【沁园春】再世菩提，白蛇妖孽，宿有根源。恰附舟巧合，两相心许；赠金陡起，官事颠连。逃避姑苏，蛾眉俯就，旅邸花筵遂宿缘。神仙庙，笑书符相赠，道者迍邅[3]。原形醉露床前，急惊死良人实可怜。觅嵩山仙草，艰难救转；宝巾遗祸，遭捕谁愆。铁翁仳离[4]，金山水斗，一钵妖光不复燃。雷峰祭，感佛恩超度，千古永留传。

觅配偶的白云姑多情吃苦，了宿缘的许晋贤薄幸抛家。

这是一部极其优美动人的神话故事剧，也是一部感人至深的悲剧。黄图珌本和梨园抄本都以韦驮尊者演说全剧大纲开场。方成培改本则仍沿用副末开场问答旧例，改填新词。其尾批云："旧本或以韦驮尊者演说家门，大失体裁。"甚是。

施法力的海禅师风雷炼塔，感孝行的慈悲佛忏度妖蛇。

〔1〕休疑艳异类"齐东"：艳异，此指神话剧《白蛇传》。"齐东"指"齐东野语"。孟子在《孟子·万章》中答弟子咸丘蒙问上古故事时说："此非君子之言，齐东野人之语也。"后世因喻道听途说、荒唐无稽之语为"齐东野语"。

〔2〕坡公：指宋代文学家苏轼。苏轼号东坡居士。他谪贬黄州时，时常要人讲鬼怪的故事来听，说"姑妄言之，姑妄听之"。

〔3〕迍邅(zhūnzhān)：谓处境困难。

〔4〕铁瓮仳(pǐ)离：镇江旧称铁瓮城。仳离犹言别离，此指夫妇分离。

第二出　付钵

【仙吕·忆帝京】〔杂十六尊者上〕灵鹫岧峣[1]耸碧霄，雨天花旃檀共飘[2]。〔伏虎尊者引虎上〕笑指牛哀化[3]，还悟轮回道。〔众〕试看那宝莲台高，谈说深微妙，无忧树下任逍遥，鹙子三车[4]会了，说甚风幡动与摇。〔龙舞上，降龙尊者上，收龙介〕〔众〕妙呵，禅心不把毒龙饶。香清功德水，玉磬静中敲。〔净释迦文佛、李天王、韦驮随上〕

【点绛唇】鹫岭庄严，千花五叶靡穷

尽。好悟三身，示汝恒河性。〔众拜介〕

〔净〕空即是色，色即是空[5]。要知非色非空，须观第一义谛；谁识无文无字，是为不二法门[6]。吾乃释迦牟尼文佛是也。于毗岚后，现清净身；自无始来，出广长舌。扬法舸，救迷津，腾汉廷而皎梦；持慧灯，灿长夜，照东域以流慈。珠缨大士，常登护法之筵；金杵神王，每夹降魔之座。今日慧眼照得震旦[7]峨嵋山，有一白蛇，向在西池王母蟠桃园中，潜身修炼，被他窃食蟠桃，遂悟苦修，迄今千载。不意这妖孽，不肯皈依清净，翻自堕落轮回[8]，与临安许宣，缔成婚媾。那许宣原系我座前一捧钵侍者，因与此妖旧有宿缘，致令增此一番孽案。但恐他逗入迷途，忘却本来面目。吾当命法海下凡，委曲收服妖邪，永镇雷峰宝塔，接引许宣，同归极乐[9]。法海何在？〔外应上〕

【点绛唇】四忍三空，刹那彼岸功夫到。极乐逍遥，早悟拈花笑。

弟子法海参拜，有何金旨？〔净〕我这空门[10]广大，法力无边，初归香阜，只须虔念弥陀；静发慧根，何难立登般若[11]。今有捧钵侍者许宣，业以宿缘，遭彼白蛇，迷其真性。汝今可往东土，速指归元，毋教堕落！〔外〕领法旨。

【油葫芦】吾佛慈悲惠泽饶，慧眼的开

把一个美丽的神话故事传说，视为“孽案”，作出因果论的解释，这反映了剧作者的思想局限。

作者在这里明白告诉观众：法海是受如来指使的。白娘子被镇压在雷峰塔下，是他的意旨。他是白娘子悲剧的真正制造者。

垂照。许宣呵,你可也戒了贪嗔除烦恼,无边苦海回头早,急忙里诵弥陀把罪孽消,守清规将因缘觉。笑人间是非颠和倒,做尽了南柯梦里空欢笑,须索听晨鸡唱罢暮钟敲。

【天下乐】我想那白蛇呵,可惜他千载焚修也那一旦抛,多也波姣本是妖。这的是人妖宿有苗,却如何恋尘嚣,直恁的甘堕落,何不去悟真空,及早换皮毛。

【鹊踏枝】〔净〕并不是为传衣[12]降碧霄,了前因醉绛桃。这粉骷髅幻是神妖,那孽菩提宿有情苗,才走出火轮车脱离苦恼,又撞入黑罡风[13]吹落皮毛。

如来极力宣扬"空门广大,法力无边",无异暗示封建制度神圣不可侵犯;渲染"钵盂"的威力,"宝塔"的功能,无异炫耀有镇压叛逆者的"法宝"。法海奉旨受钵下山,实际上是作为封建势力的代表去执行镇压叛逆者的任务。这些,决定了白娘子所追求的爱情必然以悲剧结局。

〔净〕护法神,将我钵盂,付与法海者。〔杂应介〕〔净〕你看我这钵盂,外周四际,能结万缘。贮水于中,即成甘露。将此拿妖,原形立现。

【哪吒令】愿焚修念牢,感优昙梦绕;把邪魔顿消,拂尘埃果苗。有缘士未觉,这法钵因付托。觑着他似月千江照,用不尽的妙理中包。

我有宝塔一座,高不盈尺,中奉万佛,孽妖见之,无不战栗。今付于汝。〔外〕领佛旨。

【寄生草】顶礼浮图[14]下,遥瞻云影高。望莲台不散的香风绕,观法相无限的金光罩，听钟鸣早把那妖氛扫。正如龙似象，法力果然豪，皈依莫待轮回到。

〔净〕这妖蛇虽然不守清规，却因许宣原有宿缘，故令汝前去。待他们孽缘完满之日，点悟许宣，奉我法宝，收伏此妖，锁于雷峰塔底，永镇妖氛。再将许宣点悟大道，引他同归净土，以成正果。〔外〕谨依法旨。〔净〕去罢。〔外〕弟子就此拜辞去也。〔净、众吹打下〕

【煞尾】〔外〕看俺才离紫极霄，又踏红尘道，好把那孽案勾消，须将这真元相保。万里乾坤锡杖挑，向人间走遭，只把那小雷峰天生的妙景又重描。

醍醐[15]法味洒何浓？（卢纶）　四钵[16]须臾现一重。（陆龟蒙）

若信贝多[17]真实语，（李商隐）　禅心[18]高卧似疏慵。（李洞）

〔1〕灵鹫岧峣：灵鹫，在中印度摩揭陀国上茅城附近，简称灵山或鹫峰。山形似鹫头，又以山中多鹫，故名。传说如来尝讲经于此，佛家以此山为胜地。岧峣，形容山势高峻。

〔2〕雨天花旃檀共飘：用天女散花故事。《维摩经·观众生品》载，维摩室中有一天女，以天花散诸菩萨身上，皆即坠落，至大弟子，便著不坠。天女说："结习未尽，故花著身；结习尽者，花不著身。"旃檀，香木名，梵语旃檀那之略称。

〔3〕笑指牛哀化：《淮南子·俶真训》："昔公牛哀转病也，七日化为虎。

其兄掩户而入觇之,则虎搏而杀之。”张衡《思玄赋》:“牛哀病而成虎兮,虽逢昆其必噬。”此用其故事。

〔4〕鹙子三车:鹙子,人名,译作舍利弗、舍利子之义。梵云舍利弗咀罗。舍利云鹙即百舌鸟,弗咀罗言子,故云鹙子。三车,佛家谓牛车、鹿车、羊车。此牛、鹿、羊三车所以譬菩萨乘(大乘)、缘觉乘(中乘)、声闻乘(小乘)者,为《法华经·譬喻品》所说,盖菩萨有普度众生之愿,如牛车能乘载多人;缘觉愿力极微,故譬之鹿车;声闻无度人之心,只欲自度,故譬之羊车。

〔5〕空即是色,色即是空:佛教认为,物质世界(色)是不真实的(空),故有此语。

〔6〕不二法门:佛教认为,“不二”即所谓“一实之理”,如平等、无彼此之别,故云“不二”。菩萨悟入此不二之理,谓之入“不二法门”。

〔7〕震旦:指中国。古代印度人称中国为震旦。

〔8〕轮回:佛家语,谓众生自无始以来,或时行善,或时行恶,生死于六道(佛教把世界分为天、人、阿修罗、地狱、饿鬼、畜生六类)中如车轮回转不已,故称轮回。也称“六道轮回”。

〔9〕极乐:译自梵文,意为其所在“无有众苦,但受诸乐,故名极乐”。

〔10〕空门:佛教宣扬“诸法皆空”,故称佛教为“空门”。

〔11〕般若:译自梵文,意为“智慧”。

〔12〕传衣:佛家谓禅宗佛师授弟子以继其传统时,赐以僧迦梨衣即金襕之袈裟。

〔13〕罡风:道家语,高空的风。

〔14〕浮图:本指佛教。这里指佛塔。

〔15〕醍醐:酥酪上凝聚的油。佛家用它来比喻佛教教义。

〔16〕四钵:指佛钵,原是僧尼化缘时盛食物的用具,后演变成一种法器。钵缘有四重,故称。

〔17〕贝多:树名,产于印度,叶子可代替纸,印度人多用来抄写佛经,因此贝多也代指佛经。

〔18〕禅心:指清静寂定的心境。

第三出　出山

【仙吕·浪淘沙】〔净〕龙虎两修持，慎守防危。空山谁为剖玄机。流水花开都妙悟，卧看云飞。

夙仰真仙第一流，世间名利事悠悠。他年得预瑶池会，不枉平生励志修。贫道乃黑风仙是也。本结仙胎，心怀大道，但我虽修功行，未能列入仙班，须要忍性炼魔，久后方成正果。这也不在话下。贫道有一义妹，名曰白云仙姑，向在西池蟠桃园中，潜身修炼。今到此峨嵋山连环洞中，养成气候，道术无穷。近因他欲往尘凡，度觅有缘之士。咳，仙姑嗄！只怕你有恋红尘，将来正果难成了。也罢，待他出来时，不免将言苦劝，阻他前往便了。

【前腔】〔旦〕岚影湿云扉，卧雪餐芝。偶因花落点铢衣[1]，忽忆尘凡春色好，出岫休迟。

〔净〕仙姑。〔旦〕道兄稽首。〔净答礼介〕请坐。〔旦〕有坐。〔净〕仙姑，想你在洞府修真，坚心参悟，料不久成真矣。〔旦〕多蒙过奖。道兄

白娘子一上场就带点“仙气”，洗尽了向来话本、说唱中的“妖气”。她为人间春色所动，“欲往尘凡，度觅有缘之士”，为人间添一段神仙佳话。

在上,愚妹有一言相告。〔净〕不知仙姑有何见谕?〔旦〕愚妹睹此红尘胜景,锦绣繁华,意欲往凡间度觅有缘之士,到此同修。今日暂别道兄前往,不知可使得否?〔净〕仙姑,听我一言分剖:想你远隔凡嚣,久耽幽静,何必自入红尘,又遭缠扰?还请三思。〔旦〕多蒙道兄相劝,但我去意已决,断难改移。〔净〕仙姑呵!

【绣带儿】觑凡尘人生能几,你修炼正当今日,为什么动着一点凡心,反撇下千载根基。〔旦〕愚妹决意要去。〔净〕你休痴,修真养性谁堪比?〔旦〕此去不过度觅有缘之士。〔净〕那凡夫如梦怎提撕。〔旦背唱〕我心儿里有宿缘未舒,难道是少机谋不能前去。

〔净〕那凡夫俗子,只晓得贪恋荣华富贵,怎肯到此修真。你一入红尘,唔,只怕有去无回,那时悔之晚矣!请细思之。

【醉太平】你道俗缘容易,恐后悔重聚难期。〔旦〕道兄说甚话来。〔净〕愿伊休去,你欲去吾愁不美。〔旦〕我藏形度觅有谁识?〔净〕还须三思。〔旦〕我欲行你休阻滞。我到尘寰,自解应变随机。

〔净〕我也晓得你道术非凡,随机应变。但依愚兄看来,到底是不去的是。〔旦〕承兄相劝,我意已决,不必阻我。〔净〕既是去心难挽,请问此行何往?〔旦〕愚妹此去,只在临安。〔净〕归期何日?〔旦〕多则一载便回。〔净〕仙姑,你此去须要藏形度觅,不可伤害生灵。若度得有缘之士,须早早回山。〔旦〕谨领道兄尊教。就此拜别。〔净〕愚兄也有一拜。

【哭相思】一曲,为白娘子出山后的结局作了暗示。

【哭相思】〔旦〕偶爱繁华往帝畿[2],〔净〕未知何日是归期。〔旦〕此去暂且分携耳,〔净〕我只怕一片闲云去不回。

〔旦〕道兄说那里话。请回罢。〔净〕不送了。〔旦下〕

云飞天末[3]水空流,(刘沧)　　石室烟含[4]古桂秋。(李郢)

自昔稻粱高鸟畏[5],(陆龟蒙)　君于此外更何求。(元微之)

〔1〕铢衣:衣之最轻者。多指舞衫。贾至《赠薛瑶英》诗:“舞怯铢衣重,笑疑桃脸开。”

〔2〕帝畿:古代帝都及其周围。后多指京城管辖的地区。这里指临安。

〔3〕天末:天尽头。

〔4〕石室烟含:石室含烟。

〔5〕自昔稻粱高鸟畏:意思是,鸟飞高空,欲觅地上稻粱,却怕被弹弓打伤。

第四出　上冢

【羽调·望吾乡】〔生上〕意绪阑珊[1]，英年滞市廛[2]。生涯何处飞蓬转[3]。时乖拗煞男儿愿，漫说志冲霄汉。顾行业，每自怜，辜负吾家月旦。

【朝中措】清明时节雨声哗，潮拥渡头沙。翻被梨花冷看，人生苦恋天涯。江山信美非吾土[4]，游玩总堪嗟。折得一枝杨柳，归来插向谁家？小生姓许名宣，表字晋贤。严州桐庐人也。标森玉树，正当入洛之年[5]；迹类转蓬，犹作依刘之客[6]。其奈椿萱早背[7]，家业漂零，秦晋未谐[8]，只身无靠。只有一个姐姐，嫁与钱塘李君甫。我姐夫在县中当充马快，虽处公门，颇称好义。见我一身落魄，百事无成，荐我到铁线巷王员外生药铺中生理，虽非长策，暂且安身。今日值清明佳节，天气晴和，欲往爹娘坟上祭扫一番，少伸罔极之思，有何不可。〔行介〕

【桂枝香】柳开青眼，桃舒笑面，岁华佳到三分，人事愁边一半。灰飞作蝶，灰飞作蝶，吾生可叹！你看今日，多少人家祭扫，舆儓箫鼓，何等热闹，只我呵，影形单，显扬空有志，清宵只汗颜。

说话之间，不觉将次到了。遥望那林子，就在前面，不免趱行一步者。

清明日出万家烟[9]，（王表）　郊外纷纷拜古埏[10]。（郭郧）

且向钱塘湖[11]上去，（白居易）　野棠风坠小花钿[12]。（张仁宝）

〔1〕阑珊：将残、将尽之意。

〔2〕市廛：市曹，商肆集中之处。

〔3〕蓬转：蓬遇风即转。此处借以比喻行踪的漂泊不定。

〔4〕江山信美非吾土：语本王粲《登楼赋》："虽信美而非吾土兮，曾何足以少留！"信美，的确很美。非吾土，不是我的故乡。

〔5〕入洛之年：指青年时期。陆机、陆云皆以青年时期到洛阳，故云。

〔6〕依刘之客：王粲年轻时就很有才名，汉末政局混乱，他避乱荆州，投靠刘表，但未被重用。

〔7〕椿萱早背：椿萱，父母。古称父为"椿庭"，母为"萱堂"，因以"椿萱"为父母的代称。早背，早死。

〔8〕秦晋未谐：言许宣尚未成婚。春秋时，秦晋两国世为婚姻，后因称两姓联姻为"秦晋之好"。

〔9〕清明日出万家烟：清明节的前一天为寒食节，不举烟火。寒食过后，清明节这一天太阳刚一出来，万家便举火而炊烟升起。

〔10〕古埏：埏，墓道。古埏即古墓。

〔11〕钱塘湖：指杭州西湖。

〔12〕野棠风坠小花钿:见张仁宝的《题芭蕉叶上》诗。花钿,泛指妇女戴在头上的嵌有金花珠宝的首饰。

第五出　收青

青青出场,带着一点蛇妖气质,然亦可窥见其刚强性格。

【仙吕·点绛唇】〔丑上〕吐雾兴云,天生伎俩,谁能量?变化无方,大泽威名广。上应天星秉翼精[1],盘身掉舌势峥嵘。衔珠[2]画足寻常事,伫看飞腾变化成。我乃千年修炼青青是也。向居海岛,不记岁年,只因风雨大作,偶然来此西湖。此间有水族万余,俱归吾掌。日里与孩子每为伴,夜间在双茶坊巷裘王府空宅内安身。静则采取日月之精华,动则魇惑群生之元气,以图将来脱此皮毛,修成仙道。孩儿每,好生看守洞府,不得胡行,俺向外边走一遭来者。〔内应介〕呀,出得门来,你看好不热闹也。正是:红紫阵前春正好,妖魔队里我为尊。〔下〕

【南吕·懒画眉】〔旦上〕芳尘紫雾绕氛氲[3],细步凌空暗起云。万花如绣翠缤纷,行行遥望钱塘近。

贫道乃白云仙姑是也。为觅有缘之士,来到临安,只是无处藏身。闻得双茶坊巷,有所空房,乃裘王府的宅院,甚是幽雅,有一青青在彼,不免前去收伏，以便藏身度觅。来此已是，不免径入，果然好一所房屋也。

怎得个人儿共掩门。

〔丑上〕呔！何方孽怪，擅敢探吾巢穴么？〔旦〕我乃白云仙姑是也。汝是何妖魅，敢来问我？〔丑〕俺乃千年修炼青青是也。〔旦〕唗！你不过小小青蛇，辄敢霸住于此。速离此间，方保性命。〔丑〕泼怪休得无礼，俺来擒你也。〔战介〕〔丑跌，旦欲斩介〕〔丑〕小畜有眼不识大仙，望乞饶恕。〔旦〕既如此，姑饶汝命。〔丑起介〕请问大仙何来？〔旦〕贫道从峨嵋山到此，欲度有缘之士，只是少一随伴，你可变一侍儿，相随前往，不知你意下如何？〔丑〕愿随侍左右。〔旦〕既如此，你且变来我看。〔丑〕待俺更变便了。〔下〕〔贴上〕欲觅有缘士，悄变有谁知。大仙，可变得好么？〔旦〕好，今后主婢相称，唤名青儿便了。你在此多年，必知何处游人最盛？〔贴〕此处湖上游人颇多。〔旦〕如此，可随我到西湖去来。〔贴〕晓得。〔旦〕〔更衣介〕

由“丑”变“贴”，妖气顿失。

【香柳娘】〔合〕听檐前鸟啼，听檐前鸟啼。悄把翠裙抬起，一路上花香清细风儿递，看春云渐低，看春云渐低。杨柳绿初齐，韶光丽如此，动游人偷觑，动游人偷觑。〔旦〕有缘何处，那人来未？

〔旦〕玉面红妆本姓秦[4]，（宋之问） 三阳[5]丽景早芳晨。（玄宗皇帝）

〔贴〕得成蝴蝶寻花树，（元稹） 栀子同心好赠人。（韩翃）

〔1〕翼精：翼，星宿名，二十八宿之一。有星二十二，其第十二至第十四属长蛇座。翼精，翼宿之精华。

〔2〕衔珠：《淮南子·览冥训》“隋侯之珠”注曰：隋侯见到一条受伤的大蛇，就给它敷药治伤，后来蛇从江里衔来一颗大宝珠报答他。

〔3〕氛氲：雾气很盛的样子。

〔4〕玉面红妆本姓秦：见宋之问《和赵员外桂阳桥遇佳人》诗。姓秦，指秦罗敷。

〔5〕三阳：本指正月。这里泛指春天。

第六出　舟遇

此出在旧抄本中叫作“借伞”，在京剧、越剧改编本中叫“游湖”。原是观众欢迎的一出戏。

【中吕过曲·泣颜回】〔丑摇船随生上〕〔生〕绿柳绕回廊，无限景光骀荡[1]。惜花心性，似游丝空际悠扬。

我许宣，今日清明佳节，往爹娘坟上祭扫而归。你看湖光似镜，车马如云，好不可爱。为此唤小艇，慢慢地一路上游玩回去。〔丑摇船，唱“杭州歌”，诨介〕

〔生〕看雕鞍骏马,会王孙贵戚多欢畅。倒金樽沉醉花前,听笙歌十里画塘。〔下〕〔贴随旦上〕〔贴〕娘娘看脚下。

〔换头〕〔旦〕轻移莲步芳心痒,急追随飞度锦塘。

青儿,我看那些游人,尽是凡夫俗子,只有方才祭扫坟墓的那生,风流俊雅,道骨非凡,若得相遂奇缘,不枉奴家来此。〔贴〕娘娘,看他独坐在舟,我每如何得近他呢?〔旦〕不妨,待我顿摄骤雨,那生必定停舟。那时和你上前,只说附舟,你须要随机应变。〔贴〕晓得。〔旦〕〔作起风雨介〕

摄雨、附舟、借伞等关目,表现了白氏追求爱情的主动和机智,富有人情味和神话色彩。

〔合〕千红万紫,湿清芬一时争放。〔生、丑上〕〔丑〕好大雨呵!〔生〕阴晴无定,一霎时潇潇飒飒倾盆盎[2]。

〔丑〕官人,这里歇船哉。〔生〕使得。〔丑〕让我带好子缆。〔贴〕船家,你每往那里去的?〔丑〕到草桥门去。〔贴〕船家,草桥门是顺路,可搭了我每去。〔丑〕使勿得,我舱里有位官人,勿便介。〔贴〕你看这等大雨,又无处躲避,烦你对船内官人说,望行方便则个。〔丑〕是哉。让我问看。官人,岸上有两位标致堂客,也要到草桥门去的,顺便搭子去罢?〔生〕何妨。天上人间,方便第一。快请他每下来!〔丑〕是哉。两位娘娘,官人肯关目细。

哉。等我打子扶手下船来。〔贴〕娘娘，待青儿先上船去。

为东君[3]了却宿缘。〔旦上船冲介，生扶，旦作羞，背唱介〕你漫盼行云[4]打叠停当。

〔贴〕娘娘，我每就在此间站一站罢。〔生〕二位小娘子，外边风雨甚大，请到舱中来。〔贴〕这是官人叫的宝舟，怎好有僭？〔生〕说那里话。还是请到里面坐。〔贴〕娘娘，既蒙官人美情，我每暂且进舱去。〔旦〕青儿，与我多多致谢官人。〔贴〕晓得。官人，我家娘娘多多致谢！〔生〕些须小事，何谢之有。请坐了。〔旦〕中途遇雨，幸附宝舟，得免狼狈，实荷高情。〔生〕岂敢。〔旦〕请问官人上姓？〔生〕小生姓许名宣，表字晋贤。〔旦〕尊居何处？〔生〕在铁线巷中。〔贴〕请问宅上娘娘，今年多少年纪了？〔生〕小生只为家贫，尚未婚娶。〔贴〕聘是聘下的了？〔生〕唔，也还未。〔贴〕娘娘，官人这等青年，还是形单影只，可怪那月下老人[5]，太不均匀了些！〔生〕姐姐，请问你家娘娘上姓？〔贴〕我家娘娘么，是原任杭州白太守的小姐。先老爷在日，将我家娘娘招赘于此。〔生〕尊居何处？〔贴〕在荐桥双茶坊巷裘王府隔壁。〔生〕原来是位千金小姐，失敬了。〔旦〕不敢。〔生〕小姐，想是踏青而回？〔贴〕不是，只为祭扫我家姑爷坟墓。〔生〕咳，原来你家姑爷去世了。〔旦〕官人听禀。〔生〕愿闻。

【黄钟·降黄龙】〔旦〕忆昔才郎,谁料分鸳,拆散鸾凰,时时念想,〔悲介〕无限凄惶[6],泪雨千行。〔生〕请免愁烦。〔旦〕仓皇,春霖忽降,幸君家宝舟附往,顿教奴如承宠贶[7]。纵无端邂逅,怎敢相忘?

〔丑〕雨止哉,待我解子缆。呀,好滑。开船哉!

【前腔】〔生〕听伊行教人泪汪。轻俏声儿,细诉衷肠,使我心儿悒怏。想他鸾雁孤飞,较我更凄凉。痴想,我愿把……〔贴〕官人有何说话?〔生微笑介〕〔贴〕啐!〔生背唱〕愿把誓盟深讲,怎能够双双同效鸾凰?细思之,恐伊家不允,空使我徊惶[8]。

〔丑〕到哉!上岸罢。〔旦〕青儿,清早出门,忘带零钱,你可问许官人借应,到家奉还。〔生〕何妨。船家,二位小娘子的舟金,都在此,请收了。〔丑〕多谢官人。〔生〕请上岸罢。〔贴〕娘娘,你看雨又不止,到家尚远,怎么处?〔旦〕便是。〔生〕不妨,小生有把旧伞,寄在前面朋友人家,二位在此少待,我去取来,与二位打了回去罢。〔旦、贴〕如此甚好,只是不当。〔生〕好说。船家,我去就来,烦你暂等片时。〔丑应介〕〔生下〕〔贴〕娘娘,你看那许官人好不十分有情,他方才

白氏一段诉说,引起了许宣的同情;由同情而产生爱慕。但又不敢明言。这符合一个诚实店员的性格,亦不落一见倾心的俗套。

聪明的青儿也早赞许这一对了。

呵！

【黄龙滚】私怀暗忖量，你两下春心荡。天赐相逢，难舍多情况。真个是德容工貌，恰遇着恭俭温良。若得一朝呵，两相当，配成双，便是我青儿也觉心欢畅。

〔生〕〔持伞上〕〔贴〕许官人来了。〔生〕正是。伞儿在此，请二位上岸罢。〔丑〕要打子扶手。〔生〕不消，有我在此。〔丑〕看仔细。〔上岸介〕〔丑先下〕〔旦〕只是种种承情，如何是好。〔生〕岂敢。〔旦〕这伞待奴明日着青儿送还罢。〔生〕不消费心，小生明日还要到府奉拜，何劳青姐贵步。〔旦〕只是那有反劳之理。〔生〕好说。〔贴〕既如此，明早我在门首等候许官人便了。〔生〕天色已晚，恕不远送，请行罢。

【尾声】〔生〕天仙何意从天降。〔旦、贴〕空拾得百般愁况。〔下〕

〔生〕看仔细，慢慢儿行。哈哈哈，妙呵！不期今日无意中遇此佳人，叙出许多衷曲，又约我明早到彼相会。阿呀，只是今夜叫我怎生睡得着也。怎挨得玉漏深沉午夜长。

况遇天仙隔锦屏[9]，（裴航）　一溪风月共清明[10]。（许坚）

鸳鸯自解分明语[11]，（南溟夫人）　何必崎岖上玉京[12]。（樊夫人）

〔1〕骀荡:形容轻盈飘散的状态。

〔2〕潇潇飒飒倾盆盎:潇潇飒飒,雨和风的响声。《楚辞·九歌·山鬼》:“风飒飒兮木萧萧。”倾盆盎,形容雨势很大。盎,一种大腹的瓦器。

〔3〕东君:东家,主人。这里指白娘子。

〔4〕行云:此借指恋情。

〔5〕月下老人:民间传说中专司人间婚姻的神,说他的袋中藏有赤绳,暗系在男女双方脚上,使他们成为夫妇。

〔6〕凄惶:悲伤不安的样子。

〔7〕贶(kuàng):赐与。

〔8〕徊惶:犹彷徨。形容举止不宁,犹疑不定。

〔9〕锦屏:刻有锦绣花纹的屏风。

〔10〕清明:这里指风清月明。

〔11〕鸳鸯自解分明语:这里是说,白娘子与许宣已完全理解对方的情意。

〔12〕玉京:道教称天帝所居之处。

第七出　订盟

〔贴上〕装成金屋[1]一青衣,窈窕长同侍玉妃。只为欲成人好事,不辞团扇[2]立朝晖。我青儿与娘娘,昨日在舟中得遇许官人,果然风流俊雅,我娘娘十分怜爱。临别之时,他说今日一定相访,只恐到来,无处寻问,为此娘娘着我门前等

候。正是:易求无价宝,难得有心郎。〔虚下〕

【仙吕·玉交枝】〔生上〕少年佳人,可喜得庞儿占尽春。他眉湾新月秋波韵[3],脸霞红鬓挽乌云,一似广寒仙子[4]降凡尘,款金莲[5]香街步稳。这相思何日勾清,害得我神魂不定。

青儿接待许宣,七问七答,极有层次。尤其是说到白氏"欲把终身相托"一语,到"欲把"二字便突然煞住,更是有戏。

我一路问来,此间已是双茶坊巷了,不知那一家是?〔贴上〕怎么这时候还不见来?〔作望见生介〕呀,许官人来了!〔生〕正是,来了。〔贴〕真信人也。我娘娘已等候多时,里面请坐。〔生〕青姐请。〔贴〕许官人请。昨日多承会钞,又蒙借伞而归,感谢不尽。〔生〕些须小事,何足言谢。〔贴〕许官人,我有一桩喜事要对你说。〔生〕有何喜事?〔贴〕我娘娘昨晚归家,在我面前,道及官人,十分爱慕。〔生〕嗄?〔贴〕况我娘娘独居无倚,欲把……〔住介〕〔生〕为何不说了?〔贴〕欲把终身相托,不知官人意下如何?〔生〕青姐,多谢你娘娘美意,但小生父母亡后,一身落魄,囊底萧然[6],虽承你娘娘雅爱,实难从命。〔贴〕许官人若说窘迫,我娘娘囊中自有,何必忧虑?只是少顷娘娘面前,不要说我是这样说的。〔生〕这个自然。〔旦内唤介〕青儿!〔贴〕娘娘,许官人在此。〔旦〕如此,何不早说。〔旦上〕百年眷属三生定,千里姻缘一线牵。许官人万福。

〔生〕小姐拜揖。〔旦〕重蒙枉过[7]，有失奉迎。〔生〕敢劳小姐玉趾。〔旦〕请坐。〔生〕有坐。〔旦〕夜来遇雨，多蒙照拂。〔生〕些须小事，何足挂齿。〔旦〕请问官人，尊庚[8]多少？〔生〕虚度二十。〔贴〕阿呀，如此我家娘娘，倒长一岁。〔旦〕请问官人，作何生理？宅上还有何人？〔生〕不瞒小姐说，先君在日，曾为药材生理，不幸椿萱见背，只得依傍姐夫身畔，今权在铁线巷生药铺中勾当[9]。〔旦〕咳，可怜！〔贴〕娘娘，你昨晚说，有甚么言语，要对许官人讲，于今许官人在此，没说呢？说。〔旦〕奴家有一言奉告。〔生〕不知小姐有何见谕？〔旦〕只是不好启齿。〔贴〕娘娘，你的心事，就对许官人说，也不妨。〔生〕是呵，就说何妨？〔旦〕咳！〔贴〕说嘘！

【忒忒令】〔旦〕我吐衷肠，恐君家不从。〔生〕小生自当从命。〔旦〕爱雅量，周旋出众。念奴歌《寡鹄》[10]，不由人悲恸。〔生〕请免愁烦。〔旦〕因妄想，托丝红；若不弃，相怜藉，愿把同心结送。

〔生〕岂敢。〔贴〕许官人，你有何说话，也对我娘娘说。〔生〕小姐嗄！

【沉醉东风】你气吹兰[11]可人意中，色如玉天生娇宠，深愧我一凡庸，怎消受金屋芙蓉[12]？

白娘子是一个叛逆的女性。为了追求爱情，她主动向许宣求爱。这在封建社会里,是一个大胆的行动。

〔贴〕许官人,你既未娶,我家娘娘,又是只身,况且二人年貌相当,到不如成就百年姻眷,却不是好!〔生〕青姐,但小生呵!

憾吾生才粗阘茸[13]。〔贴〕这是我娘娘情愿相攀,你何必踌躇?〔生〕仔细寻思,铭感在衷。只家徒四壁,实难承奉。

〔贴〕娘娘,许官人说,只为家寒,所以不肯应承。〔旦〕这个何妨。囊琴壁立,长卿盖世风流[14];椎髻钗荆,德耀人称雅操[15]。何必以贫介意?〔生〕既蒙小姐不弃,小生只得觍颜从命了。〔旦〕青儿,官人想未用饭,快备早膳伺候。〔贴〕昨知官人要来,早已完备了。〔旦〕如此,看酒来。官人请坐。〔生〕请。〔贴〕官人。〔生〕怎么?〔贴〕娘娘。〔旦〕嗄?〔贴福介〕恭喜贺喜!〔旦作色,生笑介〕〔旦〕青儿,你在我箱笼内,取两锭银子出来。〔贴〕晓得。〔下〕〔旦〕官人回去,即央媒说合,早成美事。〔生〕小生到家,即央我姐姐夫来说合便了。

不计寒微,只求人品,可爱可嘉!羞杀追求金钱门第的世俗女子。

【园林好】〔旦〕早成全和鸣肃雍[16],休要做孤鸾只凤。喜今日《关雎》[17]洛诵,〔生〕和乐处两融融,和乐处两融融。

【川拨棹】〔贴持银上〕多情种,官人!〔生〕哈哈。〔贴〕你误入天台[18]有路通。

娘娘,银子在此。〔旦〕官人,奴有白银两锭,聊以相赠。倘若欠缺,奴家还有。〔生〕既蒙娘子雅爱,使小生不胜感激。〔旦〕官人说那里话。

只因你意酽[19]情浓,只因你意酽情浓,致挑奴琴心[20]肯从。自今呵,喜丝萝得附乔松[21],愿丝萝永附乔松。

〔生〕小生就此告别。〔贴〕我每送了官人出去。

【尾声】〔合〕梅花玉笛声三弄[22],怕惊醒罗浮香梦[23]。〔生〕小姐嗄,早栽得你的情苗在我意中。

小姐请进去罢。〔旦〕官人慢行。〔生〕请。难得他一片好心。〔下〕〔旦目送介〕〔贴〕去远了。〔旦〕啐。〔贴〕还要看甚么?〔旦〕进去罢。〔贴〕娘娘。〔旦〕怎么?〔贴〕官人回去,一定央媒说合。〔旦〕便是。〔贴〕你两人,你两人若成了亲事,哎哟哟!〔旦〕啐,胡说。〔下〕〔贴笑下〕

青青的打趣,白氏的“目送”,都具有喜剧色彩。欲悲先喜,以喜托悲,乃传统戏曲常法。

〔1〕金屋:意指极华贵的房子。相传汉武帝做太子时,其姑母想将女儿阿娇嫁他,问他的意思怎样。武帝答道:“若得阿娇,当以金屋贮之。”

〔2〕团扇:圆形有柄的扇子,我国古代宫中常用,又叫“宫扇”。

〔3〕秋波韵:秋波,旧时比喻美女的眼睛。秋波韵,谓眼睛极其清澈有神。

〔4〕广寒仙子:月宫里的仙女。广寒,广寒宫,指月宫。

〔5〕款金莲:缓步。款,缓。金莲,旧指女子缠过的小脚。

〔6〕囊底萧然:形容贫困。囊,钱袋。

〔7〕枉过:劳步。过,造访。

〔8〕庚:年龄。

〔9〕勾当:做事情。

〔10〕寡鹄:指寡妇。《列女传·鲁寡陶婴》:“其歌曰:‘悲黄鹄之早寡兮,七年不双。’”

〔11〕气吹兰:语出“吹气胜兰”,意谓美人口中的香气胜于兰草。《冥洞记》:“帝所幸宫人名丽娟,年十四,玉肤柔软,吹气胜兰。”

〔12〕金屋芙蓉:意出“金屋藏娇”。芙蓉,形容美人的容貌。

〔13〕阘(tà)茸:旧指地位卑微。

〔14〕囊琴壁立,长卿盖世风流:长卿,西汉著名辞赋家司马相如。他在富豪卓王孙家做客,卓王孙女儿卓文君好音乐,新寡,相如向她弹《凤求凰》曲,文君爱慕他的才华,不嫌他贫寒而同他私奔。

〔15〕椎髻荆钗,德耀人称雅操:德耀,指孟光。孟光的丈夫梁鸿,家境贫寒,孟光并不嫌弃,与丈夫相敬如宾。椎髻荆钗,指以木荆为钗以插发髻。

〔16〕肃雍:形容乐声和谐。《诗经·周颂·有瞽》:“喤喤厥声,肃雍和鸣。”

〔17〕《关雎》:《诗经》首篇,是一首爱情诗。

〔18〕误入天台:相传东汉永平年中,剡人刘晨、阮肇到天台山采药,遇到两个仙女,结为夫妻。

〔19〕意酽(yàn):情意深厚。酽,液汁甚浓。

〔20〕挑奴琴心:典出司马相如琴挑文君的故事。

〔21〕丝萝得附乔松:丝萝,菟丝与女萝,有蔓而密,常以喻婚姻。乔松,高大的松树。这里以丝萝比白娘子,以乔松比许宣。

〔22〕梅花玉笛声三弄:语出“梅花三弄”曲,系根据晋桓伊所作笛曲改编而成。全曲主调出现三次,故称“三弄”。

〔23〕罗浮香梦:隋赵师雄在罗浮山梅花树下休息,梦一女子淡妆素服出迎,与之交谈,但觉芳香袭人,醒来东方已白,树上有翠羽啾嘈,不胜惆怅。殷尧藩《山中梅花》诗云:“好风吹醒罗浮梦,莫听空林翠羽声。”

第八出　避吴

【羽调引子·小蓬莱】〔老旦上〕裙布蓬门相守，感韶光荏苒如流。连枝更念，荆花独植[1]，使我心忧。

妾身许氏，幼适李门。我丈夫李君甫，在钱塘县中当充马快。夫妻两人，将就过活，到也罢了。我有一兄弟，名唤许宣，丈夫荐他在药铺中生理。但他年已长成，我意欲门当户对，与他觅头亲事，倘日后生得一男半女，也不绝许门后嗣。且待丈夫回来，与他商议便了。正是：婚姻天久定，亲戚自相关。〔虚下〕

【四时花】〔生上〕已是心盟订，何时赋好逑[2]。因此上特把冰人[3]来叩。

〔见老旦介〕姐姐拜揖。〔老旦〕兄弟回来了。我正在此想你哩！今日敢是得暇，来看你姐夫么？〔生〕正是。一来看望姐夫姐姐，二来有事相商。〔老旦〕有何事？〔生〕姐姐，听你兄弟慢慢说来。前日呵！步东风上冢归来，唤小艇一篙碧皱。河洲，忽逢着雨潇潇，有佳人附舟。〔老旦〕嗄，那女子姓甚么，是何等样人家？

〔生〕是前任白太守的小姐，香山后，现文君新寡风流。他携着一侍儿，也因上冢归来。〔老旦〕他说甚么来？〔生〕他暗怜我，梦蝴蝶卧秋斋，西风独愁。

临别之时，借伞与他，再三嘱我次日到他家去相会。〔老旦〕你可曾去？〔生〕怎么不去？

两下里逗琴心，筵前献酬，好煞了情意双投，赠朱提[4]良缘天凑。〔出银介〕这不是，那小姐赠我的，叫我央人撮合。但恨无媒，为此来将姐姐姐夫求。

〔老旦〕妙呵，兄弟！你无意中遇此奇缘，岂可错过。你且进去少坐，我安排些酒饭与你吃，待你姐夫回来，与他商量便了。〔生〕全仗姐姐姐夫。〔老旦〕这个自然。〔生虚下〕

【排歌】〔副净李仁上〕咳，这是那里说起。大盗无踪，翻遭痛比[5]，飞灾着甚来由。

〔闷坐不语介〕〔老旦〕呀，官人来了，为何今日这般愁闷？端的为甚事来？〔副净〕娘子，不要说起，只为库中封锁不动，失去元宝四十锭，本官着急，立限我缉获赃贼。我同众伙计缉访多时，毫无踪影，方才责比回家。这等没头脑的事情，如何结案？〔老旦〕阿呀，原来如此，这怎处？〔沉吟介〕急也没法，且陪我兄弟吃杯酒暖痛再处。〔生上〕姐夫拜揖。〔副净〕原来舅子在此。〔老旦〕我兄弟有一事，与你相商。〔副净〕何事？〔老旦〕他前日去爹娘坟上祭扫回来，遇着前任白太守的小姐，带了侍女青儿，因雨搭船，偶然闲话，得知兄弟尚未婚娶，那小姐亦系寡居，因欲把终身相托。昨日约他到彼，以礼相待，叫他央媒说合。我兄弟因此，今日特来托你。那小姐又赠他花银百两，以为聘资。〔出银介〕你看好么？真个难得！〔副净见银惊介〕呀，娘子不好了！你兄弟性命休矣！〔老旦〕阿呀，却是为何？〔副净〕现今县主出榜缉获赃贼，捉获者赏银五十两，知情不首者，全家发边远充军。你看这元宝上，现有字号钤记[6]，正是那赃银，如何是好？〔生慌跪介〕我那里晓得有许多缘故！于今没法，只求姐夫救我一救！〔老旦〕官人，可念骨肉之亲，商量个善策！

白娘子盗官府库银，通过神话的形式，曲折地反映了当时的阶级斗争，已超越了爱情剧的范围。

〔副净〕赃银现在实堪愁，欲护姻亲没半筹。吾不首，命难留，两全何处觅奇谋？〔合〕飞祸遘[7]，相辐辏[8]，恨杀倾城厚赠美成仇！

〔老旦〕虽然如此，还求官人搭救！〔副净想介〕那白氏现居何处？〔生〕就在荐桥双茶坊巷裘王府隔壁。〔副净〕嗄，这就有处了。〔生〕愿闻。〔副净〕自古道：三十六计，走为上计。你今速速暂避他方。我持此银出首，如有甚事，我自支吾。〔生〕这个使不得！〔副净〕却是为何？

由李仁出首，让许逃避，做到“两全”。这样处理，不论在情理上与布局上，都是可取的。而黄本写李仁不顾一切出首，使许宣陷入牢

〔生〕此是我惹出来的事，岂可反贻累于姐夫。〔副净〕不妨。官府只要赃贼，我于今总推在白氏身上，拿得他主婢二人，你便无事了。〔生背介〕咳，那小姐待我情分不薄，只是于今也顾他不得了！〔向副净介〕这等避往何处好？〔副净〕我苏州有一相好王敬溪，现在吉利桥开张饭店，我即刻修书与你，可悄悄到他那里暂避几时。〔生〕如此甚好。〔副净写书介〕

【浪淘沙】敬老仁翁：浮文不叙，有舅途穷，偶缘官事，寻思暂避须良友，姘[9]与护，虔恳凭心叩，临颖神驰[10]。李仁顿首。

书已写就，你可收好，为我多多致意。〔老旦〕一路须要小心。〔生〕兄弟就此拜辞！

【尾声】〔副净、老旦〕无端官事相僝僽[11]，〔生〕急难方识姻情厚。〔合〕且暂效罗鸟高飞鲤脱钩。〔生下〕

〔老旦〕断行哀响递相催[12]，（崔涂） 愁锁乡心掣不开[13]。（白居易）

〔副净〕相别欲将何计免？（姚鹄） 相思那得梦魂来。（孟浩然）

狱，发配苏州，未免不近人情。方本于此出后附记云："中间放走一着，理所难行，情所应有。脱卸颇轻便。若旧本公然呈首，后来又靦颜受封，殊不可为训，匪独两番刺配，文法合掌堪嫌矣。"甚是。

〔1〕荆花独植：言只有一个弟弟。旧时以荆花繁茂喻兄弟众多。独植，只一个。

〔2〕好逑：好配偶。《诗经·周南·关雎》："窈窕淑女，君子好逑。"

〔3〕冰人:《诗经·邶风·匏有苦叶》:“士如归妻,迨冰未泮。”旧时因称媒人为冰人。

〔4〕朱提:古县名,境内有朱提山,产银多而美,后世因以“朱提”为高质银的代称。

〔5〕痛比:封建时代,官府限令役吏或值差的人完成某种工作或劳役,到期不能完成,就打板子以示警诫,叫痛比。

〔6〕钤记:旧时较低级官吏所用的印。

〔7〕遘(gòu):遭遇。

〔8〕相辐辏:车辐凑集于毂上,比喻人或物集聚在一起。这里指祸事凑在一起了。

〔9〕帡(píng):帐幕。旧时书信中常用为托庇荫的意思。

〔10〕临颖神驰:颖,毛笔。神驰,思念之切。这句是旧时写信的客气话。

〔11〕僝僽(zhòu):折磨,烦恼。

〔12〕断行哀响递相催:意为失群的孤雁单独飞行,不断的哀鸣声催人泪下。

〔13〕掣(chè):拽。

第九出　设邸

〔末上〕饭抄云子[1]白,酒压郁金香[2]。主人能醉客,何处是他乡。老汉姓王,号敬溪,本籍苏州。在这吉利桥,开个小小饭铺,安歇四方客商。年来生意,颇有兴头。前日杭州李君甫的小舅,姓许名宣,因官事暂避于此,修书着我照看一二。我想君甫与我至交,难以推却,留他在店楼这是一出过场戏，交代许宣已到姑苏。店小二的科诨，虽与主题无涉，但亦有风趣。对白用苏州话，地方色彩颇浓。

住下。我已修书回复，使彼放心，这也不在话下。怎么这时候还不收拾开店？小二贪睡了，待我唤他出来，小二那里？〔丑〕来哉！勿为冷饭头，倒做热酒保。好似滚盘珠，亦象跋弗倒[3]。阿爹，叫我做侪[4]？〔末〕我这客店左近，并无胜似我家的。〔丑〕那，原勿差侪。〔末〕只为你每懒惰……〔丑〕那个懒惰？〔末〕以致少了许多主顾。〔丑〕侪个？〔末〕你看此时日高三丈，〔丑〕也还不晏。〔末〕莫说那些碗盏七零八落，〔丑〕寻寻就是哉。〔末〕桌凳东倒西歪，〔丑〕拿子起来就是哉。〔末〕连酒标也不撑起来，〔丑〕撑子起来就是哉。〔末〕地下也不打扫打扫，〔丑〕扫扫就是哉。〔末〕只管贪睡，〔丑〕骨碌子起来就是哉。〔末〕你别处去罢！〔丑〕咳，我绝早就起来，何尝贪睡。阿爹，你介两日[5]，只管寻生讨事，你也要放出些良心呀！〔末〕呀，你说甚么？〔丑〕我自从进子你介店里，勿知替你打发子多少滞货，攒子多少铜钱银子，那间腰包硬哉，做起阿爹面孔，动弗动就拿我来埋怨哉！〔末〕我这店中，件件整齐，〔丑〕要整齐呵。〔末〕色色精洁，〔丑〕要精洁呵。〔末〕怎么说是滞货？〔丑〕差也勿多，介是那里说起？清早拿我一派瞎埋怨！

【南吕引子·大迓鼓】〔末〕我家这店姑苏擅场[6]，门迎驷马[7]，座满貂珰[8]。这些酒饭定价无虚诳，红如琥珀满杯光，白似真珠五里香。

【前腔】〔丑〕谁怜我走堂，添茶送酒，拣菜传汤，朝夜奔来两腿胀。奉承入骨口难张，白水红糖当酒浆。

〔末〕不要说了，快些开店！免得误了主顾。〔丑〕是哉。〔末〕十千一斗酒如油。〔丑〕还是酒来还是油？〔末〕怎么说？〔丑〕你说十千一斗酒如油，到底是酒呢还是油？我倒有点勿明白，倘有主客来买，招接差子，又要怪我哉。〔末〕蠢才，酒如油者，不过言其滋味厚也，怎生分作两样？我倒好笑。〔丑〕原来是一样个。我若勿问明白一声，几乎差到底哉。〔末〕须信古人言味厚，〔丑〕自然沽酒与伊油。〔末〕咳，还不明白，怎么了？〔丑〕我真头明白哉。〔下〕

〔1〕云子：云母，相传为神仙所服用。这里指云子饭，是对食物的美称。

〔2〕郁金香：郁金香所造的美酒。李白《客中行》："兰陵美酒郁金香，玉碗盛来琥珀光。"

〔3〕跋弗倒：疑指不倒翁。

〔4〕傛(shá)：什么。同啥。

〔5〕介两日：这两天，苏州话。

〔6〕擅场：压倒全场，胜过众人。

〔7〕驷马：驷，四匹马。驷马之车，指古时显贵者的车乘。这里借指显贵者。

〔8〕貂珰:宦官的冠饰,后作为官宦的代称。这里泛指官员贵客。

第十出　获赃

【南吕引子·虞美人】〔末杂引外上〕〔外〕最忺[1]地擅湖山美,肯负心如水?簿书何处不文章,讼少落花香,送到琴堂。

政简牛刀暇,官清马骨高。鸣弦师单父[2],闲坐听江潮。下官李本城,字一庵,真定行唐县人也。两榜出身,叨蒙圣恩,除授钱塘令。到任三载,喜得讼余多暇,民吏相安。不意前夜库中封锁不动,失去帑银四十锭,深为可异!为此一面悬挂榜文,一面比捕缉获。恰才退食私衙,又值午堂时分,不免出堂理事一番。分付开门。〔众应介〕〔副净上〕正值坐堂,不免报门。捕快李仁告进。捕快李仁叩头。〔出银介〕禀老爷,赃贼有了!〔外〕这是何人窃取?细细说来。〔副净〕爷爷听禀:

【南吕过曲·梁州新郎】【梁州序】清明时节,偶偕舅子,名唤许宣,在小的丈人坟上祭扫。归艇俄看雨至,忽逢窈窕,泥泞愿附舟回。〔外〕后来如何呢?〔副净〕水窗闲话,弱质无依。他问知许宣年少未娶,托终身愿把红丝系,诘朝约会在深闺,盟结绸缪[3]誓不移。【贺新郎】只因许宣辞以家贫,他缘厚赠,襄嘉礼。央小的呵,做媒人为结成连理,因悄悄禀知此。

〔外〕那女子姓甚?是那里人氏?〔副净〕是前任白太爷的小姐,招赘寡居于此,就在裘王府隔壁。又有一侍女,名唤青儿。〔外〕这又奇了!那白太守是我年伯,他家之事,我尽知之,未闻他有女赘居于此。〔沉吟介〕莫非其中有假么?

【柰子花】听伊言使我心疑,绿林[4]豪举,宦女怎能为?乐天久闻金銮逝,这疑团实难详悉。〔副净〕只求老爷将白氏青儿拿来一问,便知端的。〔外〕差你拘讯彼,莫教惊避。

〔副净〕是。〔外〕你可唤许宣来作眼,立刻同去将白氏、青儿拘来,不得迟误!〔副净〕禀老爷:小的已知白氏居址,此事不可稍迟,若待唤到许宣,恐有泄漏非便。不若小的悄悄即刻就去,瓮中捉鳖,手到拿来。〔外〕汝言甚是有理,便可速去。掩门。〔外下〕〔副净〕伙计,我每快去快去!

【仙吕·六么令】〔合〕火速前往,到他

家拿捉窝藏。咱们手段甚高强，如虎兕，似豺狼。管教一见魂飞丧，管教一见魂飞丧。

〔众〕来此已是双茶坊巷，这是裘王府的住宅，不知那一家是？且唤地方一问，便知明白。地方[5]那里？〔丑〕来哉！地方地方，两脚奔忙。列位大叔，有甚事务？〔众〕此处裘王府间壁，可有个姓白的女子住下？〔丑〕大叔，又来哉，我从小住在此，地方做老里哉，那里有姓白个住在此？〔副净〕就是裘王府的宅子。〔丑〕裘王府么，因有妖怪出现，渠[6]搬到东关居住。这所房子，一向无人住哉。里面青草一人长，妖怪成团打块。前日有个叫化子，睡在屋檐底下，半夜里，〔众〕怎么样？〔丑〕扢察一声，答落肚皮里哉！〔众〕阿呀，不信有这等事。〔贴上嗽介〕〔众〕里面有人声，我每打进去！〔丑〕使勿得，让我看看。咦，竟有个堂客在里面！

【风入松】〔贴〕仙郎一去杳何方，我娘娘坐盼凄凉。教奴来至门前望，时刻想引凤求凰。〔众叩门介〕开门！〔贴〕但愿得共入洞房，那时节谢穹苍[7]。

〔众〕开门了。这想就是侍女青儿，快向前拿住！〔贴下〕〔丑〕哎呀，放手放手，列位是我！〔众〕是那个？啐，侍女呢？〔丑〕不知那里去了。

〔旦内唤介〕青儿，外面是什么人，擅入我寡妇之门？〔丑〕咦，你看楼上有一个绝标致的堂客在上！〔副净〕想就是白氏了。〔众〕一定是他，我每一齐上去拿他便了！

【急三枪】〔合〕笑伊不忖量，忒无状，敢胡强？拿你去，受灾殃。

〔众捉各跌介〕〔旦〕住了，你每这伙歹人，为何到我内室之中，是何道理？〔众〕呔，你这贼妇，窃取库银，还要嘴硬！〔旦〕哇！

【风入松】伊行休得太强梁[8]，笑徒然逞臂螳螂，波中捞月空劳攘。〔指众介〕似撼树蚍蜉伎俩，安肯与鼠辈争强？且遁去脱罗网。〔下〕

〔众〕阿哟，阿哟，一霎时为甚昏迷起来？呵，白氏呢？〔副净〕方才在这里的，料他没处藏躲，且到后房各处搜寻便了。〔众〕有理，有理！

青儿、白氏，略施小技，先后遁去，舞台上呈现出扑朔迷离的神话气氛。

【急三枪】〔合〕霎时间神凄惘，昏迷障，这泼怪潜何方向？真诧异，好难详。

四下并无踪影，只有一只箱笼，内里十分沉重，我每且抬去回复老爷便了。忙将怪异事，报与老爷知。〔同下〕

【大迓鼓】〔末杂引外上〕〔外〕此案细寻思，正当考绩[9]，干系非微。

适差捕役，前去拘拿白氏、青儿，为何还不见到？〔众上〕走走，捕役叩头。〔外〕白氏带到了么？〔副净〕小的奉爷钧旨，到双茶坊巷拿捉，见门前冷落，迥非前日所见，即唤地方细问，说此屋乃是裘王府的宅院，常有鬼怪出现，无人居住。小的每不信，同地方打将进去，遍地青草，蛛网满室，见一妇人同着个丫环，端坐在楼，小的每上前拿时，只听得一声响亮，便不见了。四下寻觅，并无踪影，只有一只箱笼，十分沉重，不知何物在内。小的们不敢擅开，求老爷发落[10]。〔外〕打开来看！〔众〕禀爷：就是库中所失之银。〔外〕嗄，有这等事，哈哈，点来！〔众〕启爷：三十八锭，连那二锭，共是四十锭。〔外〕真好怪事也！我原疑是假托，果不出吾所料。

失银如数归库，县令不再追查。白氏与官府的矛盾得到解决，李仁的处境亦化险为夷。

分明变幻如山鬼，今姑念国帑已无亏，也不必追寻怪魅所为。

把银上库。〔众应介〕〔外〕李仁，明日来衙中领赏。〔副净〕多谢老爷。〔外〕分付掩门。〔外同众下〕〔副净〕谢天谢地，一场没头官事，雪一般消化了。李仁、许宣，你好造化也！快回家去，报与老婆知道。

〔1〕最忺（xiān）：最高兴。忺，高兴，适意。

〔2〕单父（shànfǔ）：古邑名。相传为虞舜师单卷所居，故名。

〔3〕绸缪：《诗经·唐风》诗篇名。此诗是写夫妇新婚的喜悦。这里是结婚姻的意思。

〔4〕绿林：新莽末年，王匡、王凤等聚众起义，占据绿林山（今湖北当阳东北），号称“绿林军”。后因称聚集山林反抗封建统治、诛锄恶霸土豪的武装为“绿林”。这里指白娘子盗库银的行动。

〔5〕地方：旧时称地保、保正为地方。

〔6〕渠：他。

〔7〕穹苍：苍穹，指天。

〔8〕强梁：凶暴，强横。

〔9〕考绩：考核官吏的工作成绩。

〔10〕发落：处理。

第十一出　远访

【双调·新水令】〔生上〕一簇红楼压女墙〔1〕，映东风绿杨轻飏，撩人教我如何向？

我许宣，自到姑苏，多蒙王敬溪老丈款留，后来接得姐夫书信，备陈白氏妖变根由，又道赃银已得，官事已清，叫我且在苏州再住几时回去。我想白氏，那日赠金留宴，嘱托终身，我只谓盖世奇缘，谁知反惹一场飞祸。致令我生涯断梗，漂泊靡依。当此芳春，客怀寥落，好难消遣也呵！

好时光，都酝做一天愁，簇在两眉上。〔下〕

【仙吕·步步娇】〔旦、贴上〕〔合〕淡扫蛾眉遥相访，欲了风流障，难辞道路长。〔旦〕未识檀郎[2]，别来无恙。

奴家自从那日允配许郎，赠银与他完娶，不料反惹一场是非。闻得他避往苏州，现在府前吉利桥下王主人店中安歇。为此同着青儿，特地前来寻访。〔贴〕娘娘，此去只恐官人不肯容留，这段姻缘，终成画饼，如何是好？〔旦〕不妨。

全凭舌巧胜如簧[3]，怕不双双共入销金帐。

此间已是，你去问来。〔贴〕晓得。里面有人么？〔末上〕是那个？〔贴〕伯伯，借问一声，你店中可有位杭州来的许官人住下么？〔末〕有的。你问他怎么？〔贴〕相烦伯伯说一声，我家娘娘同一侍儿从杭州到此，特来寻访。〔末〕哎哟，如此远来，请到里边少坐，待我去请他出来。〔贴〕有劳了。〔末〕好说。〔贴〕娘娘，我每且到里边去坐坐。〔旦〕使得。〔下〕〔末〕许官人快来！〔生上〕心悬西子湖中月，梦断寒山寺[4]里钟。老丈有何见谕？〔末〕许官人，外面有一位小娘子，随着个丫鬟，特来寻你，可去接了他们进来，已等候久了。

【双角·折桂令】〔生〕呀，乍闻言好费端详，俺这里举目无亲，顾影彷徨。〔末〕

一定有何瓜葛，故此前来寻访？〔生〕没来由背井离乡，孤身流落，回首情伤。又谁怜断行？悲失路亡羊[5]。

〔末〕许官人，不妨出去一看，便知明白。〔生〕老丈，或者店中有同姓的，亦未可知。

知他是觅李投张，李代桃僵[6]。〔末〕他说的姓字行踪，并无差误。〔生〕那处流来红叶[7]桃花，粉艳脂香？

【仙吕·江儿水】空寄殷勤语，休矜浅淡妆，并无瓜葛奚相傍？〔末〕他浑如仙子月中降，何须闭户来相抗，乔作鲁男[8]模样。

〔旦、贴上见生介〕官人别来无恙？

〔生〕我一见姣娥，不禁的惊魂飘荡。

〔贴、末〕这却为何？

【双角·雁儿落带得胜令】〔生〕俺不是遇鸾姐的踏月郎[9]，又不是会秦女的吹箫将。

他那里当炉妇[10]百种情，何曾效执拂伎怀私向[11]。

〔贴〕官人，我每受了千辛万苦，来到此间，为何反是这般光景？〔末〕许官人，娘子远来，有话请坐了讲。〔生〕老丈，快些赶他每出去！〔末〕

四句唱词用了四个典故，不合许宣声口，唱来也难通俗。

哟,甚么说话?〔旦〕官人,休要错怪了奴家,今日特来与你说明此事,以明奴一点心迹。

〔生〕追思此事太荒唐,蓦忽地相过访,分明是惑三思的素娥党[12],险做了陷继缧的公冶长[13]。〔末〕许官人,请息怒。小娘子,你且坐了,待我唤老荆出来相陪。〔生〕凄惶,纵承你太多幸也;惨伤,怎还来起祸殃?

〔末〕妈妈快来!〔副净上〕忽闻老公叫,忙步出堂前。老老,叫我出来做傛?〔末〕外边有两位小娘子,从杭州到此,寻访许官人的。来来,你去陪他一陪。〔副净〕是哉。介位就是许官人。〔末〕正是。〔生〕妈妈。〔副净〕原来是位娘娘。〔旦、贴作见介〕〔生〕妈妈,走开些,这是个妖怪,不要睬他。〔副净〕哟,是介一位标致娘娘,那说是妖怪?唔,年纪轻轻的,勿要介恶口毒舌。娘娘,许官人为傛拿唔得来是介肮脏?〔旦〕不要说起,奴家正要告诉妈妈。〔副净〕为傛事体起?

“一诺终身终不改”,这是白娘子的性格。

【双调·侥侥令】〔旦〕订盟曾赠镪[14],官事间鸳行。只为一诺终身终不改,到此际谁知反自伤。

〔副净〕原来如此。〔旦〕官人,奴家既把终身相托,就是我的夫主了,难道反来移害于你?〔末、副净〕是呵。〔旦〕若说此银来历不明,理当坐罪于先夫。奴家是一寡妇,那里知道?〔生〕住了,我想那银子,或者前夫所有,亦未可知,只是我姐夫来信说道:那日差人来拿你之时,明明见你坐在楼上,及众人向前,一霎时就不见了,还说不是妖怪?咦,定、定、定是鬼了!〔旦〕气死我也。〔贴〕娘娘,不要气坏了身子。

【双角·收江南】〔生〕呀,休说道娇娆模样不寻常,怎生价离奇变幻这行藏[15]?莫不是花妖月怪两相将?是夷陵女郎,是泉台客瑱,向着俺那能续命的色丝长。

〔末〕许官人,有话好好的说。〔旦〕官人,奴家还有一言相告。〔生〕还有何说?〔旦〕奴家所住,本是裘王府旧宅,身边只有青儿为伴,因此空房颇多,甚是冷落。那日公差前来,皆疑有鬼。我见势头不好,只得将机就计,潜身躲在厢楼之内,为此多认我每是鬼怪,害怕不敢搜寻。见了银子,就去了,奴家才得脱离罗网。〔生点首介〕故此带了青儿,前来寻访,并讨……〔副净〕为僚勿说哉?〔贴〕呵,并讨婚姻的信息。〔旦〕不期你心中反疑我每,也是奴命该如此!〔哭介〕〔副净〕勿要哭。当初既许过嫁与官人的,今日心事又已辨明,难道怕他断绝了这头亲事不成?〔贴〕官人,你也不要执性,我家娘娘为了你,是吃尽艰辛嘘!

说得合情合理,不由许宣不信。

【南吕·园林好】告官人还须主张，劝娘行休生怨怅，岂可听无端相谤，轻拆散两鸳鸯，轻拆散两鸳鸯。

〔末〕妈妈，他每既有终身之约，谁敢翻悔？也罢，待老汉选个吉日，就在此间成就了百年姻眷，如何？〔生〕这个怕使不得。〔副净〕有傄使勿得？老老，渠两家头既然说明白哉，选傄日子，唔嚜做子男媒人，我做子女相伴，推渠两家拜拜天地就是哉！〔末〕说得有理。〔生、旦〕妈妈，这个使不得！〔副净〕啐，到害起羞来，大家来！〔末拉生，副净、贴扶旦，拜介〕

【双角·沽美酒】〔贴、末、副净〕〔合〕是和非已审详，假还真丢已往，并不是明月芦花两渺茫，今日似锦云中鹣鹣共翔[16]，权把这店房中做了阳台上。

〔末〕许官人，你两下既已成亲，只是店中来往人杂，不好居住。我间壁有所空房，待我叫小二去收拾收拾，请官人娘子住下，不知意下如何？〔生〕若得如此，感谢不尽！〔副净〕傄说话。我去备桌酒来，一则庆贺，二来权当合卺[17]。〔生〕不消费心。〔末〕生成要的，失陪了。〔同下〕〔生〕小姐，小生有眼不识，一时愚昧，反多唐突，〔跪介〕望恕卑人之罪。〔贴〕该跪的。〔旦〕阿呀，官人请起，奴家失于检点，致起风波，官人幸勿介怀。〔生〕说那里话来。〔贴〕你两下都不要说了。

【仙吕入双调·清江引】〔合〕破疑团恩情倍往常,莫使相孤旷,安排合卺卮,准备同鸳帐,五百年好风流冤孽障。

〔贴〕丁宁惟恐滞吴乡,(罗隐) 〔旦〕斜敛轻身拜玉郎。(李绅)

〔生〕惭愧情人远相访,(僧圆观) 人间来就楚襄王。(刘禹锡)

〔1〕女墙:城墙上的矮墙。

〔2〕檀郎:晋代潘岳是个美男子,小名檀奴。后来常以“檀郎”或“檀奴”为夫婿或所爱男子的美称。

〔3〕舌巧胜如簧:工于言辞,善于巧辩。簧,乐器,其声善变而悦耳。

〔4〕寒山寺:在今苏州市内。相传唐寒山、拾得二僧居此,故名。

〔5〕失路亡羊:指歧路亡羊,典出《列子·说符》,常比喻事理复杂多变,找不到正确的方向。

〔6〕李代桃僵:古乐府《鸡鸣》:“桃生露井上,李树生桃旁。虫来啮桃根,李树代桃僵。”这里用作顶替之意。

〔7〕红叶:意出“红叶题诗”。这故事有多种记载。其一是《太平广记》记宫女韩氏,以红叶题诗,自御沟流出,为于佑所得。佑亦题一叶,投沟上流,韩氏亦得而藏之。二人终成为夫妇。

〔8〕鲁男:鲁男子,为不好色男子的称谓。《诗经·小雅·巷伯》传:“鲁有男子,独处一室,夜暴风雨,邻室坏,有嫠妇趋而托焉,男子闭户而不纳。”

〔9〕遇鸾姐的踏月郎:鸾姐,指吴彩鸾,唐人,自言西山吴真君之女。太和末年,进士文箫寓洪帅,遇彩鸾于西山,因与俱归。踏月郎,疑即指文箫。

〔10〕当炉妇:指卓文君。文君私奔司马相如后,在邛崃沽酒当垆。

〔11〕执拂伎怀私向：执拂伎，指红拂女，唐传奇《虬髯客传》中的人物。红拂女原是隋朝权臣杨素的家伎。李靖参谒杨素，她“执红拂，立于前”，看出李靖英雄才略，私奔相从。

〔12〕惑三思的素娥党：语出《甘泽谣》，记武三思与素娥的奇异故事。

〔13〕陷缧绁的公冶长：《论语·公冶长》：“子谓公冶长：‘可妻也。虽在缧绁之中，非其罪也。’以其子妻之。”缧绁，拴罪人的绳索，这里代指监狱。

〔14〕镪（qiǎng）：钱串，引申为成串的钱。这里指赠银一事。

〔15〕行藏：《论语·述而》：“用之则行，舍之则藏。”后因以“行藏”指出处或行止。

〔16〕鹣鹣共翔：鹣鹣，指比翼鸟。《尔雅·释地》：“南方有比翼鸟焉，不比不飞，其名谓之鹣鹣。”共翔，同飞。因以比喻夫妻相亲相爱。

〔17〕合卺：结婚。卺，古代婚礼所用的酒器。

第十二出　开行

【越调·水底鱼儿】〔副净上〕我好快活呵，叫化逍遥，身穿破衲袄。〔丑上〕河里洗澡，羹饭吃一饱，羹饭吃一饱。

〔副净〕我里非别，乃孤老院里个头儿。〔丑〕脑儿。〔副净〕顶儿。〔丑〕尖儿。〔副净〕阿猫。〔丑〕阿狗。〔副净〕区区祖居毛家弄。〔丑〕小子新住狗衙场。〔副净〕我里老父，原遗一爿狗皮帽子店，忒煞贱，吃我一嫖嫖完哉，因此流落于此。〔丑〕阿猫，晓得我为傣也干子个贵行生意？

〔副净〕勿晓得。〔丑〕我起先原摆两只碎鱼桶，在门前做生意，过日脚。〔副净〕介没唔个鱼桶，比子我个帽店差点。〔丑〕原不过拌拌猫儿饭个意思呀。〔副净〕后来为僐弗做哉？〔丑〕谁耐烦要想中状元哉！〔副净〕那说？〔丑〕郑元和[1]哩。〔副净〕是介说起来，唔，我才是长进大细哉。〔丑〕阿猫，我今朝一走，走到吉利桥头，阿哟哟，看见闹热得势，原来是新开一班大药材店，店主人叫僐许迁。〔副净〕嗄？〔丑〕勿是，勿是，叫做许宣。好闹热生意呵！〔副净〕介没阿狗，我大家去讨点糕酒吃吃。〔丑〕好呵，好呵，我俚去呀！〔合〕沿街厮讨，到老没烦恼。〔同下〕

【仙吕·步步娇】〔生上〕朝来喜鹊声声噪，庭前报发灵芝草。祯祥五福招，敢是吾门有些吉兆。

我许宣，自从侨住吴门，谁知白家主婢寻来，认做夫妻。我因官事已清，前盟尚在，又见他娉婷窈窕，令人可爱，只得与他成就姻缘。这也不在话下，只是前日，他向我说道：夫妻每三口儿，借寓人家，终非长久之策，就在左近，另自租了房子，搬来居住。今早又催促我出来，辞谢了王敬溪，要自己开行。我倒好笑，只有几进空房，坍颓不堪，那里开得甚么行呀？

我想漂泊借鷦鷯[2]，一枝何处增光

耀。

哎呀,我家的住房那里去了?好奇怪呵!〔贴上〕官人回来了。〔生〕青姐你为何在此?〔贴〕呀,这是自己家中,叫我往那里去?〔生〕是我家里,怎么这等簇新?〔贴〕今早官人出门去了,娘娘唤了许多匠人,立刻修造的。〔生〕有这等事,快请娘娘出来。〔贴〕娘娘有请。〔生〕这也奇怪!〔旦上〕翡翠逐人寻旧偶,鸳鸯和燕定新巢。官人。〔生〕娘子。卑人今早出门,还是破落门墙,怎么一时就如此华丽了!〔旦〕是奴家今早唤匠人修理,催儧完工的。〔生〕说那里话,就是张鲁鲁班[3],一时也来不及。〔旦〕只要工匠多些,何愁不快。〔贴〕官人,常言道得好,"有钱使得鬼推磨"耶。〔生〕桌儿上这些东西,要他何用?〔旦〕今乃黄道吉日,为此备下三牲祭品,贡献财神,即便开张店面。〔生〕娘子,你好周到呵!〔贴〕请官人娘娘拈香。

一天之内,就将几间破落门墙装饰得如此华丽,在人间是难以办到的,这是神话剧常用的浪漫主义手法。其目的在于表现白娘子善于理家,善于创造幸福生活的条件。

【正宫集曲·倾杯玉芙蓉】【倾杯序】〔生、旦合〕日逢黄道喜开张,席列财神相。一会价整整斋筵,烨烨银釭;净净仙茶,馥馥高香。【玉芙蓉】〔拜介〕俺这里躬身默告财源旺,必要近远行商至此行。忙稽颡[4],共诚心送将,愿家庭指日,和顺降祯祥。

本色当行,明白如话,这才是场上的曲子。

〔旦〕祀神已毕，请官人用杯喜酒。〔生〕多谢娘子。〔旦〕青儿看酒。〔贴〕晓得。

【普天乐犯】〔合〕彩红新，高飘扬；粉牌儿，招人望。看茏葱门户增光，觑纷纷瑞气飘扬，除危定吉祥。今朝喜值青龙向，使长源利泽，无穷通泰，万事吉昌。

〔副净、丑上〕走呵。〔副净〕咦，当真新开店。〔副净、丑〕大相公发财呀，我里讨点糕酒吃吃。阿狗唱起来！〔生〕既然会唱，唱得好，自然赏你们。

【双角·莲花落】〔副净、丑〕〔合〕一进门来把头抬，哩哩莲花哩哩莲花落。今年必定要大发财，也么哈哈哈莲花落，也么哈哈哈莲花落。生意兴隆长旺闹如雷，哩哩莲花哩哩莲花落。勿知勿觉送将来，也么哈哈哈莲花落，也么哈哈哈莲花落。花药栏边掘出一个聚宝盘，哩哩莲花哩哩莲花落。后园出子一窠摇钱树子不用栽，也么哈哈哈莲花落，也么哈哈哈莲花落。

【前腔】马兰头变子一窠三节草，哩哩莲花哩哩莲花落。萝卜干变子一窠人参栽，也么哈哈哈莲花落，也么哈哈哈莲花落。狗尿变子一包山羊血，介里人人有

黄本写许宣在药铺里生理，有一出“药赋”。整出所用曲、白，用一百四五十种药名堆砌起来，枯燥无味，然而作者却以此为卖弄才华的得意之笔。而旧抄本和此本则使一些孤老院的角色前来贺喜，唱【莲花落】，加以点染，保存了当时民间俗曲的风调。

病吃拉肚子里能个跳起来，哩哩莲花哩哩莲花落。介位大娘子好象观自在，也么哈哈哈莲花落，也么哈哈哈莲花落。时运来时三拳两脚打不开，哩哩莲花哩哩莲花落。踢勿开打不开高抬贵手，一年四季好买卖，也么哈哈哈莲花落，也么哈哈哈莲花落。

〔生〕唱得好。〔旦〕青儿，与他们些糕酒。〔贴〕是。〔取递介〕〔副净、丑〕多谢相公娘娘。〔下〕〔生〕娘子，我想此处街道窄小，货物出入不便，怎么处?〔旦〕不妨。

【正宫集曲·朱奴插芙蓉】【朱奴儿】来朝里安排左厢，积货时须教右廊，纷纷到来休推让，只怕你还愁劳攘。〔生〕娘子辛苦了，进去少歇罢。〔合〕同欢畅，财源日长。【玉芙蓉】看从今客商到处把名扬。

〔生、旦先下〕〔贴吊场〕你看我娘娘，摒挡诸务，井井有条，不独官人得内助之贤，就是我青儿，也有许多好处。官人，你好有福气也。〔下〕

〔1〕郑元和：白行简《李娃传》中的郑生。他因与名妓李娃相爱，荡尽资财，沦为乞丐。后得李娃帮助而成名。

〔2〕鹪鹩：一种善于筑窠的小鸟。许宣借以说明他靠白娘子改善了生活处境。

〔3〕张鲁鲁班:疑为“张鲁二班”。民间传说张班与鲁班均为能工巧匠。

〔4〕稽颡:古时一种跪拜礼,屈膝下拜,以额触地,表示极度悲痛或感谢。

第十三出　夜话

【越调引子·霜蕉叶】【霜天晓角】〔旦上〕帘波窗琐,桂影纷纷堕。【金蕉叶】是事芳心可可[1],恁无端临风感多。

【调笑令】罗袖,罗袖,又值清和时候。金猊[2]小篆烟轻,闲望空阶月明。明月,明月,好似蛾眉积雪。奴家自与许郎迁居之后,聊为市隐,亦足幽栖。问皋桥之遗迹,良人雅慕伯鸾;效举案之齐眉,贱妾能师孟女[3]。彼唱我随,式歌且舞,可谓极琴瑟之欢[4],遂于飞之愿[5]矣。但是记得别我道兄下山,自临安到此,经历多少风波,转瞬间不觉又是夏初天气,红尘中日子,真过得好疾也呵!〔行介〕

【过曲·小桃红】亲裁团扇试宫罗,又一番新妆裹也,落尽残红,茂草成窠,〔倚栏望月介〕乌兔[6]疾如梭。俺这里浸空庭滉金波,他那里洞门边云深锁也,自别

“夜话”一出,为他本所无,是一出较好的抒情戏。前半出写白氏日夜感怀和与青儿夜话。尤其是“下山虎”一阕,不仅概括了白氏心情,也概括了全部剧情,心理活动写得相当深刻。后半曲写白、许相偕至庭前步月,喁喁谈情,极尽缠绵恩爱。然而有圆易缺,“圆缺恨娑罗,休轮到我”,吐露了白氏对前途的忧虑。此出末尾批云:“增此一出,通身灵活,起伏照应,前后包罗,有瀚衍涛洄之效。”

了同道哥哥，旧山中光景竟如何？

〔贴上〕茶香飘紫笋[7]，花蔓缀金钿。呀，娘娘独自在此，官人有事，还没进来。青儿泡得绝好细茶，请娘娘先吃一盏儿。〔旦〕好。〔坐饮介〕〔贴〕娘娘，如此好天良夜，为甚徒倚回栏，若有所思，敢是有甚心事？何不说与青儿知道。〔旦〕青儿，念我呵！

【下山虎】暗思掷果[8]，好事多磨，行藏每怕人瞧破。纵欣女萝，得附乔松，尚愁折挫。〔贴〕娘娘请放心。凡事有青儿帮衬，断不决撒。〔旦〕慢道恩情忒煞多，猛然念故我，似孤云闲涧过。一自因缘合，叶辞故柯，未识将来事则那。

〔贴〕娘娘，若不道及，青儿也不敢问。当日娘娘在峨眉山修炼多年，因何忽动红尘之念？

【集曲·山桃红】【下山虎】难道是前因后果，注定丝萝？〔旦〕这个，我那里知道。〔贴〕难道是久静芳心簸，独眠奈何？〔旦〕胡说！【小桃红】〔贴〕你本不受世尘涴。〔旦〕果然我一向潜修，最耽幽静，后来出山，亦偶然耳。〔贴〕又不是扑灯蛾，却怎生反将身热闹场中躲也？〔旦背介〕这丫头，倒也说得有理。只是一入红尘，欲罢不能，教我也没奈何了！【下山虎】〔贴〕不过是出洞闲云风搅破，有甚愁无那？你试觑波，今夜里人月盈盈莫负他。

【罗帐里坐】〔旦〕青儿你那里知道，风流配偶，人道是情多累多，须知自古，有缘皆破。〔贴〕古来象娘娘与官人这等奇逢，也还有么？〔旦〕天台里有两个胡麻饭熟，瑶台[9]上有一个踏月听歌，数不尽蓝桥给饮[10]鹊填河，那天孙仙媛，尚然各谐伉俪，况于我辈？〔贴〕是呵。〔旦〕怕甚么耐守寡的孀娥笑我。

【江头送别】〔贴〕连环路，思胜景，云霞锦拖。〔旦〕他年那，拟双双跨凤同过，〔合〕学吹箫秦女芳声播，似仙葩并蒂湘荷。

〔生上〕娘子失陪了。〔旦〕官人，今夜因何来得恁迟？〔生〕卑人只为店务羁身，是以来迟，得罪了。〔旦〕好说。〔生〕娘子，你每方才说些甚么？〔旦〕爱他月明如水，偶然在此闲谈。〔生〕妙呵，如此月色，岂可辜负。青姐，你去暖壶好酒，放在房中，待我与娘娘庭前步月，回来同酌。〔贴应下〕〔生〕安排共醉玉东西，芳雾空濛乐倡随。〔旦〕春动红生双笑靥，莲开绿印小香綦。〔生〕

娘子,你看冰轮[11]皎洁,万籁无声,空中更没些儿云彩,真个好一天夜景也!〔旦〕果然好不可爱。

【山麻稭】〔生携旦手同行介〕〔生〕朱扉静锁,正庭际空明,行来婀娜[12]。冷浸佳人,淡脂粉娇多。娘子!〔旦〕官人。〔生〕不要说卑人爱你,嫦娥也移花影,斜簪你云鬟低亸[13]。玉粳香唾,斗牛私誓,缓蹴凌波。

【铧锹儿】这风光魂销奈何,心里没些裁夺。禁不得乜斜星眼,忍笑微睃。〔旦〕官人。〔指月介〕圆缺恨娑罗,休轮到我。〔生〕娘子,我和你与月呵,本殊科,又何须虑过。〔旦〕夜深了。〔生〕正是,夜深了。〔旦〕去罢。〔合〕好同把鸳鸯梦做。

〔贴内叫介〕请官人娘娘回房罢。〔生、旦〕来了。

【尾声】〔旦〕文书针线都休课,〔生〕照解语娇花一朵,〔合〕更同看清影团圞枕上过。

〔旦〕重重履迹在莓苔,(李频)　月会深情借艳开。(陆龟蒙)

〔生〕酒面浮花应是喜,(白居易)　倚风

含笑向楼台。(秦韬玉)

〔1〕可可:犹恰恰。

〔2〕金猊:香炉的一种。炉盖作狻猊形,空腹。焚香时,烟从口出。

〔3〕“问皋桥”四句:皋桥,桥名,在苏州阊门内,相传为梁鸿、孟光偕隐处。良人,丈夫,此指许宣。伯鸾,梁鸿字。孟女,孟光。

〔4〕琴瑟之欢:比喻夫妇间感情和谐。《诗经·小雅·棠棣》:“妻子好合,如鼓琴瑟。”

〔5〕于飞之愿:《诗经·大雅·卷阿》:“凤凰于飞,翙翙其羽。”后以比喻夫妻和谐。

〔6〕乌兔:乌,太阳;兔,月亮。

〔7〕紫笋:茶名。白居易《题周皓新亭子诗》:“茶香飘紫笋,脍缕落红鲜。”

〔8〕掷果:《晋书·潘岳传》:“岳美姿仪,少时,常挟弹出洛阳道,妇人遇之者,皆连手萦绕,投之以果,遂满载以归。”这里是说白娘子已有可意的丈夫。

〔9〕瑶台:传说中西王母的宫殿。

〔10〕蓝桥给饮:蓝桥,在陕西蓝田东南南溪之上,相传为裴航遇仙女云英处。

〔11〕冰轮:指月亮。

〔12〕婀娜:轻盈柔美的样子。

〔13〕云鬟低亸(duǒ):云鬟,如云似的环形发式。亸,下垂。

第十四出　赠符

〔末法师上〕可道非常道，可名非常名[1]。仰首扳南斗，翻身倚北辰。暇时探月窟，静里蹑天根。天根月窟闲来往，三十六宫都是春。贫道乃神仙庙中主持魏飞霞便是。今四月十四日，乃孚佑真君纯阳老祖圣诞。十方檀樾[2]，善男信女[3]，俱要来焚香还愿，志心朝礼，不免吩咐徒弟们，陈设道场，恭祝圣寿者。〔下〕

〔生上〕万事机谋在变通，行商坐贾势尤同。若非阃内能襄赞，货殖居奇总是空。我许宣为何说此数句？只为开行以来，货物到得甚多，并无客商来贩。幸亏娘子高见，将药材行改做生药铺。感得神灵福庇，抑且泡制精良，赎药的挤挨不开，小店都来打贩。不上一月，货物尽已卖完，打发客商起身。倒余剩利银千两，此皆天地覆载之恩也。今日乃纯阳祖师寿诞，因此备下香烛，前去礼拜，并问前程则个。

【中吕过曲 · 粉孩儿】办着个志诚心前拜礼，一家儿饱暖，神灵福庇。仙都缥缈入望迷，晓烟中碧瓦凝辉。捧名香敬问玄机，愿生涯美满如意。〔下〕

〔末上〕法官每何在？〔众上〕有。〔末〕可动

法器，随我行香者。〔众应介〕〔末上台、众唱介〕

【法曲】清净自然，香烟散十方。灵风缥缈上穹苍，遍满虚空冲法界，普降普降吉祥。宝香敬爇金炉，上香，供养诸天酌桂浆。

〔末、众绕场下〕〔生上〕妙呵，果然好热闹也。

【红芍药】声隐隐鼓乐相催，幢幡引法侣肩随。看一霎春生街市里，抵多少蝶喧蜂挤。欣欣，那壁厢粉黛成围，这壁厢簪缨济济[4]。已到庙中，就此叩祷，祖师在上，念弟子许宣呵，梦西泠[5]烟水凄迷，几时个翩然归里。

那边法师行香来了，我且站过一边。〔末、众上〕〔末上台介〕呀，那边一位官人，好生奇怪！与我请过来。〔道童〕官人，法师相请。〔生〕师父呼唤，有何见谕？〔末〕贫道有一言奉告，官人若不见怪，方敢唐突。〔生〕岂敢，师父有话，但说不妨。〔末〕我看你额上有一道黑气，定被妖缠，若不早除，咦，其祸非小。〔生〕阿呀！不瞒师父说，家中妻婢二人，其实来历不明，每每生疑。今蒙法眼看出，但不知有何妙术治之？弟子感戴不浅。〔末〕嗄！果有此事。也罢，你将往日情形，细细说来，自然有法驱除。〔生〕师父

一个超然物外的道士，偏要破坏人家的幸福生活，这不过是通过神话的形式，反映封建社会不允许有真正幸福爱情婚姻生活的存在而已。许宣虽然比较本分、善良，但又怯懦、自私。正因他性格上的缺点，所以他与白娘子的幸福生活容易受人离间和破坏。这也是造成白娘子悲剧的一个重要原因。

听禀：

【会河阳】偶踏西湖，恍逢西子，陌头一笑逗情痴。同归，早金屋装成，春宵鱼水，几惹上风流罪。〔末〕听你声音，不象这里人呵。〔生〕是临安，为官事来吴地。〔末〕尊居何处，高姓大名？〔生〕许宣，现寓在桥名吉利。

〔末〕原来就是开生药铺的许官人。〔生〕正是。〔末〕我如今与你除去此妖如何？〔生〕万望尊慈搭救。〔末〕你在临安，住何地方？〔生〕在省城大名王界中居住。〔末〕待我画道灵符与你，可对天祷告。〔生〕是。〔拜介〕天地神祇在上，弟子许宣呵！

【缕缕金】乡关远，故交离，姻缘成恶梦，悔应迟。仰叩神天鉴，灾消福至，莫教妖丽紧相随，十分大欢喜，十分大欢喜。

〔末作画符介〕许官人，灵符二道，一道藏在你发中，一道将来烧化了，哄那妖服之，自有神验。〔生〕是。

【越恁好】〔末、众〕驱除邪祟，驱除邪祟，一纸抵千师。收藏紧密，回家去切莫漏伊知，兰房人懒更静时，茶前酒底，悄然间灌落在他柔肠内，猛然间定迸断他回肠细。

〔生〕多谢师父。我如今有了这灵符携去是：

【红绣鞋】冤家从此分离，分离。宁甘孤另羁栖[6]，羁栖。凭药物，趁铢锱[7]，又何必叹凄其。春潮动，放船归。〔下〕

〔末〕妙呵，他此去必然扫荡妖氛也。

【尾声】〔合〕九天法力驱妖魅，也只是仙家周济。〔末〕俺还要再爇真香叩本师。

书符解遣龙蛇走[8]，（沈廷瑞）剑下驱驰造化权。（伊用昌）

阳煦阴滋神鬼灭，（希道）神仙不肯等闲传。（李浩）

〔1〕可道非常道，可名非常名：语本《老子》："道可道，非常道，名可名，非常名。"意思是，道，说得出的，它就不是永恒不变的道；名，叫得出的，它就不是永恒不变的名。

〔2〕檀樾：梵文音译，意译"施主"。这是寺院僧人对向他们施舍财物的人的尊称。

〔3〕善男信女：佛家称信仰佛教的男女。

〔4〕簪缨济济：簪和缨为古时达官贵人的冠饰，后来用以表示对官宦的称呼。济济，形容众多。

〔5〕西泠：桥名，位于浙江杭州西湖畔之孤山与苏堤间，为西湖十景之一。

〔6〕羁栖：旅居在外。

〔7〕铢锱:铢,六铢为一锱,一锱为四分之一两。铢锱比喻极微小的数量。

〔8〕书符解遣龙蛇走:意思是,画一道灵符可以用它来驱逐邪祟。

第十五出　逐道

神仙庙道士赠符,挑起了白蛇与许宣之间的第二次矛盾。剧情的发展又起波澜。

【中吕引子·菊花新】〔旦上〕何方野道泄玄机,顿使情郎暗动疑。〔贴上〕管甚是和非,泼道呵[1],想此事断难饶你。

〔旦〕莫信直中直,须防仁不仁[2]。奴家自与许郎迁居之后,情意相投,一向无话。不意今日纯阳祖师诞辰,许郎前往神仙庙中进香未回,奴家忽然心绪欠宁,掐指暗算,原来许郎被那庙中道人煽惑,说我是非。青儿!〔贴〕娘娘。〔旦〕可笑那道人狂妄,好难容恕。〔贴〕便是,倘官人不念夫妇恩义,听那贼道言语,将如之何?〔旦〕不妨,小小法术,何足畏惧。待许郎回时,我自有处。你一面唤齐孩儿们,到彼庙中,将那泼道擒来吊起,儆戒[3]一番。那时略施妙术,管教官人转念,反嗔于彼,道人自不敢在此存身矣!〔贴〕如此甚好。〔旦〕只是那妖道好无知也。

【中吕过曲·尾犯带芙蓉】【尾犯序】恨不识时宜,无端间离,敬爱夫妻,泄我灵机,教我如何容你?若不将那道人远逐他方,怎得绝去我们后患。〔贴〕是呵,堪嗤,他顶礼纯阳祖师,敢相欺,飞天仙女。

〔生上〕数言指破姻缘恶,行到庭前骨也惊。娘子拜揖。〔旦不理介〕〔生〕哎呀,卑人向蒙相爱,为何今日如此,敢是嗔怪卑人么?〔贴〕唔,其实有些。〔旦〕我且问你:为何这时候回来?〔生〕卑人只为贪看仙观景致,故此归迟。〔贴〕归迟,归迟!只怕你听信泼道言词。〔生〕青姐,此话从何而来?〔贴〕方才我同娘娘在门外探望,听得人说,你被那道人将言煽惑,欲害我每!〔旦〕可是有的?〔生〕娘子,卑人并无此事,休得见疑。〔旦〕还要嘴硬!〔生〕其实不曾。〔旦〕既无此事,你手中是甚么东西?〔生〕没有呵。〔旦、贴〕那只手呢?〔生〕也没有呵!〔旦搜介〕这不是么?〔生〕这是卑人请回的祖师圣像。〔贴〕只怕未必。〔旦〕咳!我和你相聚到今,何等恩情,你为何听信道人言语,反将我来肮脏。〔生〕娘子请息怒,待卑人告禀。〔贴〕快说!〔生〕今早到神仙庙中烧香,见彼设有醮坛,观者甚多。不期那法师说我身沾妖气,若不驱除,为害不小,赠我灵符二道,一道教我藏于头发之内,一道烧化了与娘子饮下。卑人见他说得厉害,一时听信。也罢,待我将此符扯碎了罢。〔旦〕住了!若扯碎了,汝疑心怎除,快将来烧化,待我服

不说“掐指暗算”,而说“听得人说”,这就减少许宣对她的怀疑。一骗就信,一说就悔,活画出许宣性格。

之,看可有应验。〔生〕娘子,不可造次[4]!〔旦〕不妨。〔贴〕啐!只怕官人到遇了妖怪了。〔旦〕只是那泼道好生无理。青儿,你与我到彼庙中,扯那妖道来,当面辨别。〔贴〕晓得。〔下〕〔生〕娘子,不必唤他来辨别罢。〔旦〕不要你管。快将此符烧化起来!〔生〕是。〔旦〕〔接杯背作解介〕

〔旦〕你试看符水,【玉芙蓉】我吞将腹里,等闲般,可曾见有甚差池[5]。

奴家已吞下多时了,怎么不见些影响?你听信妖言,把奴如此轻贱,气死我也!〔生〕哎呀!娘子请息怒,不要气坏了身子。〔同下〕

略施小技,即置道士于狼狈不堪的境地,把许宣争取过来。这是悲剧中的喜剧情节。

【缕缕金】〔贴引四鬼擒末上〕〔贴〕贼泼道,敢无知,擅把吾行触,难轻恕。奉着娘娘旨,将伊捉取,到此方别是和非。管驱逐离吴地,管驱逐离吴地。

与我吊起来,汝等回避。〔四鬼应下〕〔贴〕娘娘快来!〔生、旦上〕〔旦〕敢是道人拿来了?〔贴〕正是。已被我吊在此了。〔旦〕同去看来。〔末〕许官人!〔生〕就是他!〔旦〕你这妖道,有何法术,辄敢妖言惑众,哄骗良人。〔末〕呔!何方妖魅,擅敢将我如此戏谑。〔旦〕还敢胡言乱语,青儿与我着实打!〔贴打介〕〔末〕哎哟!哎哟!许官人救我一救。〔生〕娘子,看卑人薄面,放了他去罢。〔旦〕但恐放了他,他又诬害良人,还是送他到官治罪的好。〔生〕还求娘子饶恕!〔旦〕既是官人再三讨情,青儿,问他可再敢妖言惑众了。〔贴同介〕〔末〕再不敢了。〔旦〕既如此,放他去罢!〔放末,旦撒手吹气介,末奔下〕〔生〕好奇怪!那道人化道白光而去,这定是个妖魔了!〔旦、贴〕官人,我每可是妖怪么?〔生〕说那里话。卑人一时昏昧,为彼所惑,望娘子恕罪。〔贴〕娘娘到罢了,只是官人以后耳朵要放硬挣些!〔生〕不要说了。

许宣再三讨情,白娘子即把道士放走,表现了她对许宣的挚爱和性格的善良,留下了酿成悲剧的祸根。

【尾声】〔生〕谗言合把青蝇[6]比,〔旦〕恨几乎害我夫妻相弃。〔贴〕难道这一顿毒棒打他不是。

〔同下〕〔末跌上〕阿呀!好厉害的妖怪。方才只见他口出白光一道,弄得我昏迷不醒,但不知甚么所在了?且住,我若再回庙中,有何面目见我徒弟,且必遭那妖毒害,也罢,不免回到茅山,炼成妙术,再来除却此妖便了。正是:是非只为多开口,难洗今朝满面羞。〔下〕

〔1〕泼道:泼,咒骂之词,含有恶劣、卑贱的意思。道,指道士。

〔2〕莫信直中直,须防仁不仁:指不能只看人表面上很正经,要提防他存心不良。直,正直。

〔3〕儆戒:戒备。这里含有警告、责备的意思。

〔4〕造次:鲁莽、轻率。

〔5〕差池：差错，错误。

〔6〕青蝇：《诗经·小雅》篇名。《诗序》说是周大夫刺幽王之作。诗有“营营青蝇，止于樊。岂弟君子，无信谗言”之语，后因以青蝇比喻谗言伤害好人。

第十六出　端阳

这是一出重场戏。作者在本出末尾批云：“琐处传神，俚中见雅，此白氏多情吃苦之始征也。”的确，这是作者用工笔刻画白蛇因多情而受折磨的开始。有了这个开始，才有后面更炽热的激情，更勇敢的战斗。

【黄钟引子·玩仙灯】〔生上〕荆楚良辰，凭说向人人，莫辜他三吴风景。

竞渡流传旧，缠丝续命新。结芦同楚客，采艾货医人。我许宣，自到苏以来，不觉又是天中佳节。客中光阴，不可辜负，已着青儿整治酒肴，与娘子庆赏，未知可曾完备。正是：相逢才记蘼芜绿，又见榴花刺眼红。〔下〕

【宜春绛】【宜春令】〔旦上〕新裁白纻如银，〔贴上〕插宜男凤尾〔1〕一枝黄映。

【虞美人】〔旦〕慵邀斗草闲烹茗，纤手教郎饮。芬芳直欲沁衷肠，休恋菖蒲〔2〕北里别家香。窗前笑把檀郎蹴，谁道诸般毒？东家蝴蝶过西家，多恐薄情心性劣于他。青儿，我和你为着许郎，来到此间，不觉又是端阳了。〔贴〕娘娘，今早官人已置买物件，庆赏佳节，都已收拾停当。少顷宴饮之时，都是雄黄酒，你须要留神便好。

〔旦〕这个我自有主张。〔贴〕如今午时将近，哎哟！我青儿难以挨过，倘被官人看破，不当稳便。〔旦〕我亦如此。我且在床少睡，只推身子不好。你过了午时，随即就来。〔贴〕晓得。只为根基浅，专怕午时辰。〔下〕〔生上〕笑将琥珀倾金盏，来向兰闺劝玉人。娘子，为何独睡在此？〔旦〕官人，奴家身子不快，故尔少睡片时。〔生〕今日乃端阳佳节，卑人备得水酒一杯，与娘子庆赏。〔旦〕我那有心情饮酒呵。〔生〕娘子，我平日见你从无不乐之容，为何今日忽有愁烦之貌，敢是卑人有甚得罪处么？〔旦〕官人说那里话来。奴家实因身子不安，官人休得见疑。〔生〕娘子请起来，略坐一坐罢。〔旦〕咳，官人执意如此，奴家只得勉强相陪便了。

〔生〕韶光如瞬，我与你弃掷，一刻千金心奚忍。

〔旦〕哎哟！〔生〕既是娘子身子不快，待卑人与你诊一诊脉气如何？〔旦〕多谢官人。〔生〕妙呵！

我爱你素手掺掺[3]，【绛都春】笑漫比春葱春笋。还凭四诊，分明是梦兰佳兆[4]，说与卿也应微輾[5]。

〔旦〕脉气如何？〔生〕恭喜贺喜！〔旦〕喜从何来？〔生〕且喜娘子，身怀六甲[6]了！〔旦〕不白娘子强饮雄黄酒,终于造成灾难。作者紧紧抓住了白娘子是白蛇变化来的特点,展开戏剧的矛盾冲突,神话色彩极浓。

信有这等事。〔生〕那《内经》上说:妇人少阴脉动甚,孕子也。正合娘子今日之脉,此酒一定要吃的!〔旦〕且慢。〔生〕娘子就当做喜酒了。〔旦〕多谢官人美意。奴家病躯,不能奉陪。〔生〕这是喜酒,一定要吃的。〔旦〕请官人自己开怀畅饮罢。〔生〕娘子若果不吃,卑人也不吃了。〔旦〕既如此,待奴家勉强饮一杯。〔生〕多谢娘子,请。〔旦〕〔饮喝介〕〔生〕干。〔旦〕哎哟,哎哟!〔生〕娘子为甚么呵?

【闹小楼】【闹樊楼】〔旦〕咳,我为你多情常抱多愁分,便一盏芳醪懒尝,不使绛唇光润。跳脱金宽褪,肌玉暗消损。【下小楼】你试把我浮沉看准,休胡乱说道重身〔7〕。

〔生〕卑人诊脉,一定不差的。〔旦〕哎哟!〔生〕娘子却是为何?〔旦〕官人呵,奴家坐卧不宁,实不能相陪,要去睡了。〔生〕既如此,不必勉强,待卑人扶娘子安寝了罢。〔旦〕如此甚好。

【鲍老滴溜】【鲍老催】〔生〕一霎时花愁柳困,却缘何眉峰双黛颦?不道你妆残带病更爱煞人。

娘子,请安睡好了,待我去叫青儿煎好茶,拿与来你吃。〔旦〕多谢官人。〔生〕咳,这是甚么缘故?〔下〕〔旦〕阿呀,哎哟!你看许郎已去,方才被他再三相劝，勉强饮了雄黄酒，这会儿我身子好不安宁也！

【滴溜子】此际难支困顿，〔浪介〕阿哟，阿哟，奈他强逼奴金尊共引[8]。哎哟，哎哟，〔浪介〕咳，坐卧难宁，却无端垢衅。

阿哟！〔睡介〕〔生持杯上〕

【滴滴双声】【滴滴金】看他如痴似醉心怜悯，特把一盏香茶来问讯。

不知可曾睡熟，娘子起来请茶！〔掀帐介〕阿呀！惊死我也！

因何变做蟠身掉舌风流尽？

哎呀！〔倒介〕〔贴上〕好了，午时已过。房中为何乱喊，待我看来。阿呀，不好了！官人为何倒在地下，气都没有了。嗄，想是娘娘醉后露出原形，把官人吓死了。待我问来，娘娘，娘娘！〔旦〕阿哟！〔贴〕啐，我方才怎生嘱付你，如今弄出事来了，还不快醒来！〔旦欠伸介〕好睡呵。〔贴〕好睡，好睡，只怕你要懊悔！〔旦〕懊悔甚么来？〔贴〕你方才醉后露出真形！〔旦〕低声。〔贴〕把官人吓死在地，再叫不醒了。〔旦〕阿呀！有这等事，如今在那里？〔贴〕这不是。〔旦〕〔慌抱生介〕许郎，许郎！〔贴〕官人！〔旦〕许郎苏醒！

我与你是天缘宿世分，【双声子】便醉

里现原身,现原身也,三生恩爱,何必太惊人。

许郎苏醒!〔贴〕官人醒来阿!娘娘,这便怎么处?〔旦〕不必惊慌,我和你且把官人扶到床上,安睡好了,再作区处。〔旦、贴〕阿呀,官人呵!〔扶生下〕〔贴〕娘娘,怎生想个法儿,相救官人才好?〔旦〕青儿,我别无计策,只得往嵩山南极仙翁处,求他的九死还魂仙草到来,这便官人才有生路。〔贴〕如此甚好。我想南极仙翁,道行非常,况有白鹤童儿,甚是利害,娘娘此去,如何便能得此仙草?〔旦〕不妨。我向在西池窃食蟠桃,自有莲花护体,决不伤性命。我此去自将善言相求,你在家须小心看守,若将魂魄惊散,就难相救了。〔贴〕晓得。〔旦〕〔改道装介〕〔贴〕但不知娘娘归期何日?

为了救许宣,白娘子以有孕之身,冒不测之险,千里迢迢,只身赴嵩山求药。其对许宣之忠贞,可谓生死以之!

【尾声】〔旦〕我此行迢递难辞困,〔贴〕休使我眼穿还久等。〔旦〕青儿呵,只要你看守我的郎君一两晨。

〔贴〕嗄。〔旦先下〕

玉腮珠泪洒临歧[9],(曾季衡)箕帚卢郎恨已迟。(耿玉真)

谁道五丝能续命,(万楚)一堪成笑一堪悲。(杨太真)

〔1〕宜男凤尾:宜男,草名,即萱草。《本草纲目》云,怀孕妇人佩其花则生男,故名宜男。凤尾,草名,其茎叶如凤尾。

〔2〕菖蒲:草名。旧俗端午插菖蒲与艾于门,以除不祥。

〔3〕掺(xiān)掺:犹纤纤。形容女子手的纤美。

〔4〕梦兰佳兆:梦兰,相传春秋时郑文公妾燕姞梦天使赐兰而生穆公。后因称妇女怀孕为“梦兰”。

〔5〕辴(chǎn):微笑的样子。

〔6〕身怀六甲:谓妇女怀孕。《隋书·经籍志》有《六甲贯胎书》。

〔7〕重身:谓身中有身,即怀孕。

〔8〕金尊共引:尊与樽通;引,举杯之意。

〔9〕玉腮珠泪洒临歧:见《太平广记》第三百四十七卷曾季衡诗。临歧,面临路口,意即要分手。

第十七出　求草

【中吕引子·粉蝶儿】〔丑上〕鹤骨松心,光采似云英化水。任逍遥,煮石芸芝。捧龙泉,持凤帚,百般伶俐,更闲时插朵山花叉髻。

【集唐】水激丹砂走素麟,奇花好树镇长春。堂中纵有千般乐,争及仙山出世人。俺乃南极仙翁座下白鹤童儿是也。我师父已赴蟠桃大会去了,着我在山看守洞府。此时恐师父回来,只得在此伺候。你看嵩山,果然好景致也:只见群峭

本出戏是上出的继续,是写白娘子为爱情而受难的开始。在后来的单独演出中,它改名“雄黄阵”或“盗仙草”。

摩天，萦青缭白。飞泉喷壑，漱玉跳珠。参差菌阁星罗，缥缈琼轩霞构。闲驯白鹿，衔芝草以遨游；闷看青禽，啄娇枝而漫戏。摘不尽玉李仙桃，描不出名山福地。真个碧砂洞里乾坤大，白玉壶中日月长。你看一片祥云仙乐之声，想是师尊回府，不免向前迎接。正是：辽东老鹤应慵惰，侍从皆骑白凤凰。〔下〕

【中吕过曲·摊破地锦花】〔外南极、净、副净、末引众上〕〔合〕笑归迟，洞门前竟落尽碧桃花矣。一步步儿云程疾，回望处渐隔西池。

〔丑上〕弟子迎接师父，并众位大仙。〔外〕吾乃南极仙翁是也。〔净〕小仙鹿云西。〔末〕贫道叶法善。〔副净〕下官太中大夫东方朔。〔外〕今日因赴蟠桃大会，多承列位大仙送我还山，只是不当。〔众〕岂敢。小仙等告辞。〔外〕既到荒山，且请洞府少坐。〔众〕使得。〔外〕鹤童，我同众位大仙在里面下棋，你在山前看守者。〔丑〕晓得。〔下〕〔外〕列位请。〔众〕请。

〔合〕一片闲心，数着残棋。有谁知，忘动静，理玄微[1]。〔同下〕

【迎仙客】〔旦上〕百忙里暗思维，如耽阻怎调治？愿青青家内好扶持，向仙山电掣风驰，犹兀自心急恨行迟。

奴家只为许郎，来此嵩山，求取仙草，未知若何。妙呵！果然好所在也。你看：【集唐】峰嶂徘徊霞景新，露苗烟雨满山春。穿花渡水来相访，惟有人间炼骨人。〔丑上〕只在此山中，云深不知处。〔旦〕呀，你看鹤童在那边，待我上前相见。〔丑〕何处有蟒蛇之气，待我到山前去看来。〔旦〕鹤童哥稽首。〔丑〕你是窃食蟠桃的白蛇，向在连环洞修炼，到此何干？〔旦〕鹤童哥，小道无事不敢轻犯仙山，向闻洞府有九死还魂长生仙草，特来宝山相求，鹤童哥方便些须，感激非浅！〔丑〕唗，你这孽畜好大胆！仙草乃镇山之宝，怎肯轻易与你，速离此山，方保性命。〔旦〕阿呀，我将好言相求，你怎便出口伤人？〔丑〕呔，孽畜，还敢胡言，我因念你修炼千年，不肯伤汝，若再迟延，教你性命不保！〔旦〕鹤童休得无礼！我既到此，何惧于汝。好好将仙草与我，万事全休。〔丑〕若无便怎么样？〔旦〕管教你师徒每，俱不得太平！〔丑〕孽畜，好生无理，俺来擒你也！

【太平令】〔丑〕那怕你当道施威，看俺学取刘邦剑一挥[2]。〔旦〕狂言唐突真堪恨，休怪我不饶伊。

〔战介，丑败，旦追下〕〔外、众上〕透出两仪[3]，丽于四极[4]。号曰环中，退藏于密。〔丑上〕哎哟！师父，不好了。〔外〕为何如此慌张？

〔丑〕弟子奉师父之命，往山前山后巡视，不想有一白蛇，要窃山上的还魂仙草，弟子不肯与他，两下争斗，反被他一剑伤其左臂。〔外〕有这等事？快将丹药调治去。〔丑应下〕〔外〕列位且请少坐，待我出去看来。〔净〕仙翁，我想这孽畜有甚本领，何劳仙翁自往，待小仙前去擒取此妖便了。〔外〕如此有劳。〔众〕须要小心。〔净〕请少坐，俺去就来。〔下〕〔外〕你看鹿云西已去，我等往山顶观看如何？〔众〕有理。请。

【红芍药】〔合〕看扰攘杀气横飞，荡芳尘未决雄雌。恐鹤梦惊回，掠山翠，发千钧鼷鼠[5]应难避。蜿蜒[6]只好草底驰，敢相凌道高一尺。且从容壁上观[7]之，管教他渐渐的妖风转北。

【好孩儿】〔旦上〕红溅了玄裳缟衣，那怕你竖飞横飞，耸身追赶肯稽迟。

〔净上〕呔！孽畜休赶，俺来擒你也。〔旦〕呀，原来是鹿仙翁，因何到此？〔净〕你这孽畜，有甚本领，辄取有犯仙山，擅伤白鹤童儿，是何道理？〔旦〕大仙，我只为求仙草而来，百般相恳，他便出口伤人，故尔争斗。〔净〕唗，还敢胡言！俺奉南极仙翁之命，特来擒你。

你巧言词，太无知。鹤童擅敢伤彼

臂，鹤童擅敢伤彼臂。

〔杀下〕〔众〕你看鹿仙翁已退下去也。〔副净〕好恼，好恼！待我前去擒此孽畜便了。〔外〕如此甚好。〔末〕须要小心在意。〔副净〕疥癣之疾，何足道哉。〔下〕〔外〕这孽畜好生无状也。

【榴花泣】【石榴花】〔外〕潜身入草傍瑶池，蟠桃窃食犯条规，连环匿影向峨眉。今朝到此，赴壑欲何之？

〔净败上〕〔旦、副净杀下〕〔外〕呀，叶仙翁，你看东方曼倩也被妖魔追下去了。

【泣颜回】东方更奇，你曾夸贲、育[8]。今何意，任么麽[9]一味胡为。难道是没奈何他率然首尾。

〔净、副净上〕阿哟，此妖好生倔强，不能收伏。〔末〕东方大仙法力最高，为何反输与此妖？〔副净〕我何尝输与他。只为那蛇腥气冲人欲倒，是以急急回避。欲待飞剑斩之，又可怜他初得人身，有伤好生之德。〔末〕鹿仙翁又因何退避？〔净〕我因他是东方仙翁的同道，故此让他些儿罢了。〔副净嚷介〕他是妖魔，我如何与他同道？〔净〕他在瑶池窃食蟠桃一次，不是你同调，是我同调？〔众笑介〕〔副净〕阿呀，好胡说的话！〔末〕你两人休得斗口，多是没用的东西。

大话说尽的鹤童、鹿云西、东方朔，原来不过是些草包大仙，经不起白娘子一战。他们的相互嘲谑，给紧张的战斗场面带来了讽刺性的插曲。

禅家要降龙伏虎,一条小小白蛇,二位大仙就没奈他何?〔净、副净〕休要取笑,待我二人再去擒来就是。〔末〕不必,待贫道略施法术,处他何如?〔外、众〕愿闻。〔末〕我遣神将在山前摆一八阵,再着白鹤童儿引入伤门。我将岩前大石一指,变作雄黄山一座,轻轻将此妖压住,问他敢犯仙山,如此无状么。〔众〕叶仙翁有照妖铁镜,为何不用?〔末〕我那铁镜厉害,此妖数不当绝,故尔排阵降他,聊博诸公一笑耳。〔外〕妙呵,妙呵!鹤童你前去引他入阵者。〔丑应下〕〔末〕众神将何在?〔内应下〕来也!〔神将上,摆阵介〕

【驻马摘金桃】【驻马听】〔合〕小小蛇儿,胆敢仙山彻探窥。那识仙家悲悯,不使神通,不肯伤伊。你便有螣蛇[10]乘雾那般奇,那知吾袖里青蛇更异。试看阵云低,〔犯〕教他进也昏迷,退也昏迷,偏无足奔驰,便最毒也难施。

〔旦、丑杀入阵,末指压旦介〕〔旦〕大仙饶命呵!〔外〕哇!孽畜,你不过小小妖蛇,辄敢犯我仙山,索取仙草,今已被擒,更有何说?〔旦〕哎呀,列位大仙在上,非奴敢犯仙山,只为临安许宣,大难临身,为此特到宝山拜求仙草,望大发慈悲,乞赐些须,救其一命!〔外〕原来如此。何不好好相求，辄敢无理。也罢，鹤童取一茎仙草与他，饶他去罢。〔丑应下〕〔旦〕多谢大仙！〔丑取草上，旦接下〕〔末〕神将速退。〔杂应下〕〔众〕仙翁，此妖既已被擒，为何反放了他去？〔外〕他丈夫许宣，乃世尊座前一捧钵侍者，与此妖原有宿缘，故降生临安，了其孽案。今被他惊死，看世尊之面，理应救之。这妖日后自有法海禅师收取。〔众〕原来如此。我等告辞。

神仙中也有好心者，南极仙翁就是一个。但他责怪白蛇“何不好好相求”，实也冤枉。他怎知他周围的大小仙儿们蛮横无理，使下情不能上达耶！

【红绣鞋】〔合〕略施八阵玄机，玄机，指挥岩石齐飞，齐飞。压着他全在不经意。四条纵似井中时，也教魂断向鱼丽[11]，也教魂断向鱼丽。

【尾声】返魂灵草非轻赐，也只为存心周济。〔外〕你诸位呵，得暇还来共下棋。请了。〔净、副净、末先下〕

〔净〕力穷难拔蜀山蛇，（李商隐）神草延年出道家。（皮日休）

〔外〕弓断阵前争日月，（灵一）为求遗镞辟魔邪。（薛能）

〔1〕理玄微：道理的微妙。

〔2〕刘邦剑一挥：《西京杂记》记刘邦斩蛇剑十二年加一磨莹，刃上常若霜雪。剑一挥，指刘邦斩蛇的故事。

〔3〕两仪：天地。

〔4〕四极:四方极远之处。《尔雅·释地》:"东至于泰远,西至于邠国,南至于濮鈆,北至于祝栗,谓之四极。"

〔5〕鼷(xī)鼠:小家鼠。

〔6〕蜿蜒:形容蛇行。

〔7〕壁上观:站在军垒上观望。后以谓不参加行动而袖手旁观者。《史记·项羽本纪》:"诸侯军救巨鹿,下者十余壁,莫敢纵兵,及楚击秦,诸侯皆从壁上观。"

〔8〕贲、育:孟贲和夏育,周代两个大力士。

〔9〕么麽:微小。不长曰么,细小曰麽。

〔10〕螣(téng)蛇:古书上说的一种能飞的蛇。

〔11〕鱼丽:古阵法名。亦作鱼离。

第十八出　疗惊

【商调引子·三台令】〔贴上〕娘行此去逗留,望穿家里双眸。灵药恐难求,好教人展转心忧。

人无远虑,必有近忧。我青儿,为何说此两句,只为我娘娘前日庆赏端阳,误饮雄黄酒,露出真形,把官人吓死,难以救转,只得往嵩山求取仙草前来相救。未知此去若何。教我独自看守官人,好不耐烦人也!

【集贤宾】凄凉独倚小窗幽,恨无端贪酌新篘,飞祸惊心皆自取,看牙床魂魄悠悠。灯昏暗守，心恻恻数尽了谯楼更漏，娘娘呵，去已久，求仙草未知得否。

〔旦上〕冒险求仙草，忘身急藁砧[1]。青儿开门。〔贴〕敢是娘娘回来了？〔旦〕正是。〔贴〕仙草有了么？〔旦〕有了。〔贴〕好呵！〔旦〕官人怎么样了？〔贴〕娘娘去后，我青儿小心看守官人。〔旦〕不妨事么？〔贴〕好生安睡在床。〔旦〕既如此，你快把仙草煎好，与官人饮下。〔贴〕晓得。〔下〕〔取炉罐上煎介〕〔旦看生介〕许郎，奴家为了你，是：

【二郎神】担忧，为你消瘦，心中自尤[2]，不惮冲锋冒险求。〔贴〕娘娘呵，悔端阳殢酒[3]。〔旦〕到今悔也靡由[4]，我险在嵩高一命休，觑伊行不觉泪珠流。

〔贴〕娘娘，仙草已煎好了。〔旦〕如此，和你扶起官人，把药灌进便了。〔贴〕呵，官人，娘娘求取仙草在此，请起来服之。〔旦〕扶好了。官人，官人，请用一口儿嘘！

呷一口。青儿，好了。霎时间响处，涓滴透重楼。

官人苏醒！〔生〕哎哟！〔旦〕好了！〔贴〕便是。

【琥珀猫儿坠】〔生〕吓得我魂飞魄散，一命料难留。〔旦〕许郎呵，奴家在此。

〔生〕阿哟,战笃速[5]的,一见真成宛转愁。
〔旦〕阿呀,许郎!芳盟没齿结绸缪,休忧,和你恩爱夫妻,总恩情如旧。

〔扶生下介〕

药杵声中捣残梦[6],(李洞)此生终不负卿卿[7]。(油蔚)

百年胶漆初心在[8],(白居易)夜半人扶强起行。(无名氏)

〔1〕藁砧:同藁椹,妻子对夫婿的称呼。《古乐府》:"藁砧今何在,山上更有山。何当大刀头,破镜飞上天。"《名义考》:"古有罪者,席藁伏于椹上,以铁斩之,言藁椹则兼言鈇矣。鈇与夫同音,故隐语藁椹为夫也。藁,禾秆;椹,俗作砧;鈇,斧也。"

〔2〕自尤:自怨自责。

〔3〕殢酒:困于酒。

〔4〕靡由:无由。

〔5〕战笃速:战栗,发抖。

〔6〕药杵声中捣残梦:意为舂药的杵声使他醒来了。

〔7〕卿卿:夫妻间的爱称。

〔8〕百年胶漆初心在:意为许宣和白娘子经过这场风波,夫妻间百年相好的初心犹在。

第十九出　虎阜

【商调过曲·猫儿坠】〔净、外上〕官司缉匪，火急敢逗留，捕影捞风[1]何处有？

我每吴县捕快便是。奉总捕老爷钧票，缉拿萧太师府中八宝明珠巾一案的赃贼，遍处察访，并无踪影。今已三限[2]，如何是好？〔外〕哥呵，闻得虎邱桂花大开，不免前去走走，倘或有些消息，亦未可知。〔净〕说得有理。走呵！

〔合〕绣巾八宝是谁偷？堪愁。准备皮肤，毛板儿抽。〔同下〕

〔生上〕【集唐】日带残云一片秋，故园何处此登楼。〔旦上〕相如若返临邛肆，谁羡当时万户侯？〔生〕娘子，卑人闻得虎邱桂花大放，游人甚多，意欲往彼一游，未知娘子容否？〔旦〕秋色宜人，正该游玩，待我唤青儿取衣巾，与你更换前去。青儿，你在我箱笼内，取官人的新衣服和八宝明珠巾出来。〔贴〕晓得。〔上〕娘娘，衣服在此。敢是官人要往那里去么？〔旦〕正是，要往虎邱游玩。〔贴〕好呵。〔生〕请问娘子，此巾是那里来的？卑人从来未见。〔旦〕这巾儿么？是奴家亲手所制。这八宝明珠，是我先人遗下的。

“这巾儿么？”语气稍带拖缓，表情上亦会有瞬间犹豫。这将给细心的观众留一个小小的悬念。

你看这般秋凉天气，正好冠带。〔生〕娘子，此巾只怕卑人戴不得。〔旦〕说那里话来。你这等青年，知书识礼，怎么说戴不得？〔贴〕官人，快请更换起来。〔旦代生穿戴介〕

【集贤宾】〔旦〕西风桂子香韵幽，莫虚负清秋，濯濯王恭姿胜柳[3]，垫巾时越觉风流。〔贴〕山塘碧皱，喜正是闲游时候。〔合〕还记取，更扳折转来同嗅。

〔生〕娘子，卑人暂辞。〔旦、贴〕官人须早些回来。〔生〕晓得。〔下〕〔旦〕青儿，你看我官人打扮起来，好似潘安再世，宋玉重生，果然好齐整也。〔贴〕正是。若是官人容貌差些，你怎肯与他，与他。〔旦〕胡说！〔贴笑随下〕

【黄莺儿】三曲，写虎邱丹桂飘香，游人如织，恍如一幅虎邱仲秋游赏图。这是"获赃"前的闲中点染。

【黄莺儿】〔末杂上〕爽气四郊浮，向山塘正仲秋，绿云金粟浓如酒。〔生上〕王孙浪游，山僧倚偻，衣香一阵飘红袖。〔合〕任淹留，遗钿拾取，肠断论多愁。

〔末〕请了。虎邱桂花，十分茂盛，我们往彼一游，也不负此良辰美景。〔众〕便是，就请同行。

【二郎神】〔生〕权消受，澹秋容遥山碧瘦，阵阵天香云外逗。叹真娘有墓，阖闾剑去空邱[4]，不及那宅舍珣珉钟梵奏，化城开千秋似旧。〔合〕频回首，好林泉笙歌到处勾留。

【簇御林】〔老旦、贴、小旦上〕新妆好，称闲游。荡湘裙，月半钩，双蛾翠夺云边岫。怪荡子相先后，骤骅骝[5]。横波偷觑，却早又含羞。

〔贴〕你看果然好热闹也。〔众〕前面已是虎邱了。那边甚是闹热，不免上前一看。〔副净、丑上〕江湖浪荡过光阴，巧语花言无比伦[6]。列位，我每在这里撮个戏法，与众位爷们瞧瞧。撮得好，赏我几个钱儿，如撮得不好，一个小钱儿也不要，只是列位爷请让让。常言戏法无真，黄金无假。那知戏法却有真，黄金亦有假。看的要眼快，做的要手快。〔随意撮戏法介〕〔净、外上〕〔外〕哥呵，你看那人头上戴的，有些来历。〔净〕不要管，上前一看，便知明白。〔外〕一些也不差，拿下了！〔各旦、副净、丑惊下〕〔生〕住了，为何拿起我来？〔众〕却是为何？〔净、外〕你这贼徒，好大胆，真赃现在，还要嘴硬么？〔生〕有何赃证？〔众〕你每休得要认差了人呵！〔净、外〕怎得有差？我每呵！〔众〕唔。

要戏法者的这几句话，用在这个场面是有寓意的，不可以一般科诨或闲笔目之。

【梧叶儿】〔净、外〕承朱票，命潜搜。〔众〕所为何事？〔净、外脱衣巾介〕因萧府贼囚偷。〔众〕你把平人枉陷，律难宽宥。

〔净、外〕我每奉总捕老爷钧票，捕捉萧太师府中盗去八宝明珠巾的赃贼。现今你穿戴的,与失单无二,还有何说?〔众〕原来如此。〔生〕列位,不要听他,此巾是我房下亲手制的,怎么说是赃物?〔净、外〕贼徒不必多讲,是不是,去与萧府管家一看,便知端的。〔生〕唗,狗才!你每诬陷良民,当得何罪。〔净、外〕你再不走,我每要动手了。〔众〕兄既不是,同去一认何妨。

〔净、外〕实证难搜,你自去衙门辩剖。

〔拉生下〕〔末〕好奇怪,我看此生,斯文一脉,难道行此歹事?〔杂〕这是他自作自受,管他则甚?我每且到山上一游,有何不可。〔末〕使得。〔众〕请。〔行介〕

【尾声】〔合〕为寻秋,遭缉取,笑今日的同行我辈羞。谁教他学取狗盗鸡鸣,辜负了折桂偷花手。

〔1〕捕影捞风:捕风捉影。此言无处查访萧太师府中失窃事。

〔2〕三限:三次期限。

〔3〕濯濯王恭姿胜柳:濯濯,光泽,清朗。《晋书·王恭传》:“恭美姿仪,人多爱悦,或目之云:‘濯濯如春月柳。’”

〔4〕“叹真娘有墓”二句:真娘,唐名妓;阖闾,春秋末年吴王名。真娘墓、吴王阖闾试剑石俱在苏州虎丘。

〔5〕骅骝:周穆王八骏之一。后以称骏马。

〔6〕比伦:比拟。

第二十出　审配

【南吕过曲·香柳娘】〔杂解子随生上〕〔生〕恨吾生数奇[1]，恨吾生数奇，祸来神昧，萍踪浪打知何际？〔杂〕你心中惨凄，你心中惨凄，官法屡阽危[2]，好事成虚事。〔生〕叹今朝噬脐[3]，叹今朝噬脐。〔合〕悔也应迟，冤家前世。

〔生〕我许宣，昨日在虎邱游赏，只道领略秋光，不意横遭飞祸。幸遇总捕李老爷，原任钱塘令，为失去库银一案，晓得白氏妖变根由，问我宝巾来历，我一一供明，不曾动刑，即刻亲领衙役，到我家中，打将进去，白氏青儿已不知去向。因此即备名帖，将宝巾送还萧府说明就里，从宽发落。又道我若在苏，再被此妖缠扰，决无生理，故此将我暂配镇江为民，一则消却宝巾之案，二来可避妖魔。限我即刻起身，不许停留。阿呀，皇天那！不想我许宣，又遭此一场是非也！〔杂〕许宣，你若不遇我老爷，性命决然休矣。〔生〕是呀。

【前腔】这萧墙祸奇[4]，这萧墙祸奇，

许宣被审，供出情由，联系赠银一案，复疑白氏为妖。这是白、许之间矛盾的第三次发展，也是剧情的又一次大转折。

一朝三褫[5]，不逢明镜[6]妖难避。〔杂〕赖官星照伊，赖官星照伊，立刻辨妍媸，不然命休矣。〔末急上〕许官人慢行，老汉在此送你，失路实堪悲，失路实堪悲，旧雨分飞，赶来相济。

〔生〕阿呀，老丈，这是那里说起？〔杂〕你两人在此少叙，我每也去收拾些行李，就在前面酒店相候，好打中伙[7]。〔末〕如此甚好。〔杂下〕〔末〕许官人，老汉当初只道是好女子，劝你成亲，那知是花月之妖，反遭其害，此皆老汉之过也！〔生〕说那里话。这都是我前世冤孽所招。〔末〕许官人，你寓在我家，与老汉甚相契合，后来虽是迁开，往还如亲戚一般。不想今日有此远行，如何是好？〔生〕小可在此，多蒙老丈相待，此恩此德，何日得报。〔末〕我与令姊丈是至交，休如此说。但你到镇江，举目无亲，甚为不便。老汉有一亲戚，姓何表字仲武，人皆称他做何员外，祖居在镇江府中市街。我写书荐你，凡事托渠照拂，他必然青目[8]。〔出书介〕还有碎银几两，聊为路费，请收了。〔生〕多谢老丈，如此用情！书收下了，此银断不敢领。〔末〕家贫不是贫，路贫贫杀人。休得固辞。〔生〕如此多谢，小可就此拜别。〔末同拜介〕

【前腔】〔生〕谢仁人解推[9]，谢仁人解推，悯穷嘘悴[10]，临歧感荷多高谊。〔末〕怅匆匆远违，怅匆匆远违。飘梗欲何之[11]，江云渺无际。〔合〕且踟蹰[12]暂离，且踟蹰暂离。执手问前期，未知何日遂。

〔生〕老丈请回罢。〔末〕再送一程，到前面酒肆中，草酌三杯相饯。〔生〕不消了。〔末〕一定要的。〔生〕既如此，请。

〔生〕天人不可怨而尤[13]，（贾岛）去国长如不系舟[14]。（李白）

〔末〕何罪遣君居此地，（白居易）莫辞尊酒暂相留。（牟融）

〔1〕数奇（jī）：指命运不好，遇事多不利。

〔2〕阽（diàn）危：危险。

〔3〕噬脐：比喻后悔莫及。

〔4〕萧墙祸奇：萧墙指门屏。《论语·季氏》："吾恐季孙之忧，不在颛臾，而在萧墙之内也。"后因称内乱为"萧墙之祸"。

〔5〕褫（chǐ）：剥去衣服。《易·讼》："或锡之鞶带，终朝三褫之。"引申为革除、夺去。

〔6〕明镜：此指贤吏。

〔7〕打中伙：吃中饭，指吃午饭。

〔8〕青目：与青盼、青眼同，谓正目而视，眼多青处。此用阮籍青白眼的故事。

〔9〕解推：解衣推食之省文，谓以衣食资助人。

〔10〕悯穷嘘悴：悯穷，怜恤贫穷。嘘悴，同情困顿。

〔11〕飘梗欲何之：飘梗，飘浮的草木之茎，言许宣飘泊无依。何之，往何处去。

〔12〕踟蹰：徘徊不进。

〔13〕天人不可怨而尤：尤，怨恨、归咎。《论语·宪问》：“不怨天，不尤人。”

〔14〕去国长如不系舟：见李白《寄崔侍御》。“如”字，《钦定全唐诗》作“为”。

第二十一出　再访

【南吕过曲·一江风】〔旦、贴上〕为情浓，谁料将他葬送。忆别心儿痛，泪珠涌。踏遍苍苔，划遍栏杆，天际秋云拥。

点明宝巾来历，照应了上两出关目。这也是“多情吃苦”，非有意“遗祸”也。

〔旦〕青儿，我那日一时昏昧，误将孩子们献的八宝明珠巾，与官人戴了，往虎邱游玩，谁知反贻祸于他。却幸官府从宽发落，暂配镇江。又蒙王敬溪修书，荐在何员外处安身，我方才放心。我和你竟往镇江，去寻他便了。〔贴〕娘娘，我想官人被你几番遗害，只怕今次见面不肯厮认，如何是好？〔旦〕不妨，到彼我自有处。〔贴〕既如此，我们作速前往便了。

〔合〕今番若再逢，今番若再逢，怕他不允从，怎撮合鸾和凤？〔同下〕

【大砑鼓】〔净上〕生来命运通，杨朱学问[1]，端木家风[2]，罔利精求垄。只愁狮子在河东[3]，到底还悲伯道[4]同。

百计经营无已时，田庄广殖拥高资。癖同和峤从人笑[5]，褊甚唐风任我为。学生姓何名斌，表德仲武，祖居镇江。所喜者，家中钱财广有；所恨者，膝下儿女全无。几回欲娶，〔看内介〕咦，嘻嘻，欲娶一妾，争奈老荆不从，如之奈何。昨日有事出外，小厮说有位姓许的从苏州来拜，捎有王敬溪书札。我拆开看时，原来那许宣被妖遗害，发配在此为民，书上再三相托，说他为人方正，要我照看一二。我想一来敬溪相荐，二来我店中乏人，正好两全其美。昨日因我未回，他在饭店中住下，我已着小厮去请，为甚还不见来？〔末上〕许官人，这里来。〔生上〕休提狼狈愁千种，且效鷦鹩借一枝。〔末〕员外，许官人来了。〔净〕呵，许兄！〔生〕员外！员外请上，晚生有一拜。〔净〕学生也有一拜。〔生〕展转风尘塞马[6]机，他乡贤主喜相依。〔净〕人生四海皆兄弟，蓬荜[7]生辉不我违。〔末下〕〔生〕昨日到府奉拜，值员外公出未回。〔净〕岂敢，失迎了。敬溪书上，道兄少年英俊，练达老成。今见吾兄，诚非谬矣。〔生〕不敢，晚生多蒙令亲照拂，又承修书荐拔，感激非浅。〔净〕闻得吾兄被妖遗害，乞道其详。〔生〕员外，一言难尽。〔净〕愿闻。

【南吕·古梁州】〔生〕愁怀万种，无端罹讼，都为妖魔播弄。前生孽重，那时误被牢笼。一似芳心抽蕻[8]，方寸无权，屡次遭他哄。因此上承荐来投也，乞望相容。〔净〕岂敢。〔生〕自当结草衔环[9]报不穷。〔净〕好说。〔生〕提此事有余恫[10]。

〔净〕许兄不必愁烦，还要请教，兄与那妖相处半载，可曾见是何怪魅？〔生〕虽曾见来，只是至今，也不甚明白。

【前腔】情丝如蛹，谁知是危机自拥？想那日端阳呵，亲睹蜿蜒神悚。〔净〕有这等事！〔生〕吓得我魂飞疑梦。〔净〕后来便怎么？〔生〕谁想他宝巾遗祸重重。〔净〕官府如何断呢？〔生〕喜得从宽暂配，又承令亲美意，赖托鱼书帡幪[11]。〔净〕既然是知己光临，那不相尊奉。舍间安下暂相从，投契芝兰骨肉同。权屈驾，话情衷。

〔生〕多谢员外！〔末上〕员外，外边有一女子，随一侍儿，说特来求见员外的。〔净〕有甚堂客来寻我？到要出去看看。许兄失陪。〔生〕请便。〔旦、贴上〕文鸳惊浪愁相背，缺月遮云合再圆。〔净见介〕娘子拜揖。〔旦〕敢问足下，可是何员外么？〔净〕不敢，就是学生。〔旦〕闻知我官人在此。〔净〕可是许兄?〔旦〕正是。故尔妾身特来造府。〔净〕好说,请到里面去。〔贴〕娘娘,我每进去看来。〔净〕请,请。许兄,尊阃[12]来了!〔旦〕官人,你吃了苦了!

开口便见深情。

【集曲·太师令】【太师引】〔生见惊介〕哎呀,见妖容,陡地心惊恐!〔贴〕官人,娘娘是远来呵。〔净〕真个丈二和尚,摸弗着头脑哉。〔生〕这冤孽为甚的时时紧从,闪得我几番葬送,又来到铁瓮寻踪。

〔旦正色介〕呵,官人!奴家此来,一则为官人抱屈,欲诉无门;一则为祖遗宝巾,消归乌有。官人已经远配,奴家又是女流,既有许多平地风波,我主婢二人,料难存活。为此不辞辛苦,涉远而来。今日得见官人,也是死而无怨的了!〔哭介〕〔净〕许兄,既是令正[13]到来寻访,也是美意,为何这般光景?〔生〕员外,不可听他!

诉之以衷曲,动之以感情。

他陷害了我剥肤憯[14]痛,这冤苦向谁来控?〔旦〕官人,这都是奴家命薄,以至于此。〔生〕只带了你的巾儿便祸逢。【刮鼓令】你二人呵,为甚的那一日官差搜捕影无踪?〔贴〕官人,你但知其一,不知其二。我娘娘呵,

【前腔】风波意外分鸾凤,轻跋涉只为情钟。若说宝巾这种,天下物也有相

同。〔净〕是呵，天下物尽有相同的。〔贴〕员外，还有一说，我家官人，听信谗言，说我家娘娘是……〔净〕是甚么？〔贴〕说是个妖怪，故此相疑。如今员外在此，看他可象妖怪么？〔净〕有形有影，一点也弗象。〔旦〕员外，那宝巾原是先人所遗，质对之时，他竟不辨别明白，就招认了，又同赃官来拿奴家。幸得邻里报知，潜身逃遁。官人那，终不然要你妻子出乖露丑，才成体面？

再以理喻之，以轻信谬言和轻率招供责之。白氏主仆恳切、痛切、急切之情于此可见。

我为你留将体统，避含沙[15]不教巧中。还迢递远来过从[16]，却又把妖魔变幻错怨侬。

〔净〕老许，我听尊阃这番言语，总是你自己不好。〔生〕怎么说我自己不好？〔净〕你既被人诬害，他是个女流，自然潜踪隐迹，怎么听信旁人之言，把令正这般奚落？〔贴〕员外说得是。〔净〕许兄，你来看嘘！

【太师醉腰围】【太师引】〔净〕睹娇容，似月姊祥云拥，又何曾变幻潜踪。你休要狐疑不解，负綦巾宛若惊鸿。【醉太平】〔贴〕笑渠言语太冬烘[17]。

〔旦〕青儿，我和你千辛万苦，寻到此间，不想官人恁般相待，使我进退无门，俺如今还要此性命何用。罢罢，不如去投江死了罢！

我拼着把残生断送，【太师引】向阎君

细诉情衷！〔哭介〕〔净〕使勿得！〔生〕青姐快劝住了。〔贴拦介〕娘娘不可如此，休得要分飞，把恩爱成空。

〔净〕娘子，自古人来投生，鸟来投林，纵然许兄得罪，还请忍耐，不可寻此短见。唔，老许，你少年心性，不可执迷，令正欲寻短见，倘弄出事来，悔之晚矣！〔生〕依员外便怎么？〔净〕依学生，上前各见一礼，从此夫妻和睦，不得再生情变。〔贴〕是阿，既蒙员外如此，来来，大家向前，相见一礼罢！〔净〕老许来呢！〔贴〕娘娘，去嚧，去嚧！〔拜介〕

悲剧危机一次次发生，又一次次缓解，曲尽情致，令读者为悲剧结局终不可免而唏嘘感叹。

【带醉行春】〔合〕从今后夫妻每恩重，似流莺对语帘栊。

〔净〕许兄，舍下房子尽有，请权且住下，倘薪水等费，缺一少二，总在学生身上。〔生、旦〕如此，恩人请上，待愚夫妇拜谢！〔净〕岂敢，岂敢。许兄，以后再不可多疑呵！〔生〕自当遵命。

〔合〕叹前日才怨分离，喜今宵又豁幽悰[18]。

〔净下〕〔旦哭介〕〔生〕娘子，卑人一时昏昧，有负娘子，望恕卑人之罪。〔旦不理介〕〔贴〕官人，娘娘和你是好夫妻呵，不知你怎有这许多疑虑？〔生〕青姐，总是卑人不是了！

【醉太平】朦胧，云掩巫山十二峰，惭愧

你瑶姬芳梦。【宜春令】〔旦〕这分明是前缘宿种，〔合〕今宵又入武陵溪洞。

〔旦〕春情不断若连环，（李频）〔贴〕休话喧哗事事难。（贯休）

〔生〕领取和鸣好风景[19]，（李群玉）几多诗句咏关关[20]。（薛能）

〔1〕杨朱学问：杨朱，战国初哲学家，魏国人。他反对别人对自己的侵夺，也反对侵夺别人。孟子说他“拔一毛而利天下不为也”。这里是何斌自私的表白。

〔2〕端木家风：端木，端木赐，字子贡，孔子的学生，善于辞令，经商于曹鲁之间，富至千金，并参与政治活动，历仕鲁、卫，聘问各国，与诸侯“分庭抗礼”。这里是何斌说自己经商致富。

〔3〕狮子在河东：语出成语“河东狮吼”。这里是何斌自言畏妻。

〔4〕悲伯道：《晋书·邓攸传》记邓攸（字伯道）携子与侄逃难，途中遇贼，侄与子不能两全，乃弃子全侄。攸竟无嗣。时人义而赞叹之。后世称无嗣者为“伯道之忧”。这里是何斌悲叹自己无儿无女。

〔5〕“癖同和峤从人笑”二句：和峤，西晋汝南西平（今河南西平西）人，为颍川太守，迁中书令。惠帝时，官至太傅。家势豪富而性情吝啬。杜预称他有“钱癖”。唐风，《诗经》十三国风之一，中多讥刺俭啬的篇章。

〔6〕塞马：典出“塞翁失马”。比喻祸福无常。故事见《淮南子》。

〔7〕蓬荜：“蓬门荜户”的略语，原指穷人住的房子，多用以自谦。

〔8〕蕻（hòng）：某些蔬菜的长茎。

〔9〕结草衔环：比喻感恩报德，至死不忘。

〔10〕恟（xiōng）：恐惧、惊骇。

〔11〕帲幪：帐幕。这里用作托庇荫的意思。

〔12〕阃:内室。这里借指妻子。

〔13〕令正:旧时以嫡妻为正室,因用为称对方的嫡妻的敬词。

〔14〕憯(cǎn):同“惨”。惨痛。

〔15〕含沙:语出“含沙射影”。传说水中有一种叫蜮的怪物,看到人的影子就喷沙子,被喷着的人就会得病。比喻暗地里诽谤中伤。

〔16〕过从:相访。

〔17〕冬烘:形容懵懂僵化。

〔18〕悰:心情。

〔19〕领取和鸣好风景:意为领受凤凰和鸣的好风光,比喻夫妻谐和。

〔20〕几多诗句咏关关:关关,鸟儿和鸣的声音。比喻男女唱和表示爱情。《诗经》有“关关雎鸠”句。

第二十二出　楼诱

〔净上〕哈哈,酒不醉人人自醉,色不迷人人自迷。我昨日一见白娘子之后,害得我神思恍惚,意乱心迷,有心图他上手,却恨无计可施。恰好今日院君寿诞,他夫妻二人前来祝寿。留他在内厢饮酒,怎得妙计赚他上手呢?嗄,有里哉,有里哉。那秋菊小丫头,倒有点鬼画符个,等我叫渠出来商量商量看。秋菊那里?〔丑〕来哉。员外叫我出来做傄?〔净〕秋菊,我员外有件心事,搭唔商量。〔丑〕员外有傄心事搭我商量?〔净〕我自从一见白娘子,不觉的十分动火。〔丑〕勿

不看这场戏,倒误认何斌类似王敬溪那样的热心人。看了这场戏,方见何斌的“热情”,原是心怀歹意。白娘子即使非妖,也逃不脱那个社会的迫害。

要说员外动火，就是我秋菊见了他，也觉动火。〔净〕为此叫唔出来，替我想个一条好计策，若是到了手，我员外重重能个赏唔。〔丑〕原来如此。介有何难。呵，员外，有个妙计在此。〔净〕那道理？〔丑〕员外，你先到后边楼上躲着，待我进去，只说领他到望江楼上，看看江景，引他到来。我便寻个机会，将身卸开。你那时走出来，将善言相求，自然成其好事。此计如何？〔净〕好妙计，好妙计。我说还是唔。〔丑〕啐，这样妙策，别人也画勿出！〔净〕既是介，你就去引他来，我先到楼上去等。〔丑〕就去。〔净〕丫头阿，我眼望捷旌旗。〔丑〕员外，你耳听好消息。〔净〕你就去！〔丑〕是哉，我就去，我就去！〔下〕〔净〕去，去！哈哈，丫头此去，一定成功。老天呵，若得此女到手，不枉我有此偌大家财。来此已是，待我上去，躲在夹厢畔等他。呵呀，就到手哉！〔下〕〔丑随旦上〕〔丑〕娘娘，我和你到望江楼上，望望江景去。

【双角·夜行船】〔旦〕花木交加丽景光，入幽深穿过回廊。〔丑〕介里是哉，请上楼去。〔旦〕飞阁流丹，曲栏遥望，好江天，丹青[1]难状。

〔丑〕那是大江，就是焦山，这边的是金山，那隔江就是扬州了。〔旦〕果然好派江景也。〔丑〕阿呀，勿好哉，我要撒尿哉！娘娘，我到楼下去尿尿就来。〔旦〕如此,就来呵。〔丑〕就来个。〔下〕〔旦〕妙呵!【集唐】高楼独上思依依,曲岛苍茫接翠微。欲识蓬莱今便是,卷帘巢燕美双飞。〔净上〕双飞个拉里哉。〔旦转介〕阿呀,原来员外在此。〔净〕多蒙娘子光顾,与老荆祝寿,只是多多简慢。〔旦〕好说。愚夫妇多蒙员外院君[2]提携,铭刻难忘。〔净〕些须小事,何劳挂齿。〔旦行,净拦介〕娘子在上,学生有句说话奉告,〔笑介〕只是勿好说得。〔旦〕不知员外有何见谕?〔净〕学生呵!

【前腔】自见娇娘欲断肠,思量起不禁如痴如狂。〔旦〕这是那里说起?〔净〕怎能勾共你相亲,与伊相傍。

〔旦〕员外不可如此,不独坏了员外的行止[3],妾身亦有何面目见我官人?这没廉丧耻的事,断然不可!〔净〕今日幸遇娘子,如得珍宝,若能相从,死也甘心!顾甚么廉耻行止。〔旦背介〕这便怎么处?

〔净〕暂求欢胜同鸳帐。

学生跪里哉,望娘子方便!〔旦〕员外请起。〔净〕娘子允了才起来。〔旦〕起来与你说。〔净〕多谢娘子!〔旦〕此处来往人杂,倘被人知觉,不当稳便。〔净〕介里无人来个。〔旦〕你去看看楼下,可有人?〔净〕是哉。〔下楼介〕〔旦〕这多是

从另一侧面表现了白娘子对许宣爱情的忠贞、专一。

那厮的奸计，哄我上楼。待我惊他一惊。〔虚下〕〔净〕阿呀，妙呵！

【仙吕·浆水令】看悄无人不使惊龙[4]，这机关妙不可当。我欲心似火好难降，浑身绵软，举步惊慌。心急急，意忙忙，只求片刻相偎傍。娘子，我来哉！只指望，只指望彩凤求凰。〔掀帐见鬼介〕哎呀！蓦忽地，蓦忽地变成魍魉！

〔喊跌介〕〔丑上〕勿知可曾上手？让我上去看看。介是员外，为何跌倒在地上？员外，员外！为啥了？〔净〕快点扶我下去。〔丑〕嗄，为啥了？〔净〕勿好哉，勿好哉！〔丑〕啥个勿好哉？可是此女不允，故尔把你推上这一交么？〔净〕勿是，遇着子妖怪哉！〔丑〕妖怪在那里？〔净〕我方才正要欢娱，只看见一个大头青胖鬼，拿我得来一掼，亏唔来救子我，勿然一命休矣！〔丑〕员外，怪勿得前日许官人说他是妖怪，如今果应其言。待我去叫些人来，拿介妖精，打里一阵，骂里一场罢！〔净〕动也动勿得，且叫院君送渠归去，我自有道理。〔丑〕是哉。〔净〕丫头呵，我七魄去悠悠，几乎一命休。〔丑〕员外，你叫做牡丹花下死，见鬼也风流。〔净〕哎哟，哎哟！〔丑〕看仔细。〔扶下〕

〔1〕丹青:丹和青是绘画中常用的两种颜色,后因以指绘画艺术。

〔2〕院君:旧时称有封号的妇人为“院君”。

〔3〕行止:品行。

〔4〕尨(máng):多毛的狗。《诗经·召南·野有死麕》:“无使尨也吠。”

第二十三出　化香

【中吕过曲·菊花新】〔外〕朝辞鹫岭睹华风,处处三乘[1]有路通。火宅焰乾红,只消我慧水慈波涌。

众生如梦,大觉[2]何人。须知四谛[3]非他,要悟六尘[4]无我。但使禅枝不染,自然圣果堪攀。运水搬柴,莫非妙道;黄花翠竹,那是真如?若论青州布衫,重七斤,重八斤,连我也不知;可笑天龙指头,竖一个,竖两个,受用些甚么?携瓶振锡,何异弄影劳形?竖拂拈锤,总是磨砖作镜。无有可舍,方达有源;无空可住,是知空本。维摩当日,默尔无言;丰干此际,何须饶舌。谁能一口吸尽西江,老僧那时再与汝说。俺法海,自奉佛旨,命我收伏蛇妖,接引许宣。来到中华,恰好他两人都在镇江居住。俺因此卓锡[5]金山寺中,一来要揽取江山胜概,二来好觑个机会,指引许宣。今日天气晴明,不免下山闲走一番。〔向内介〕

法海再次出场,预示着白娘子的更大灾难即将来临。所谓“收伏蛇妖,接引许宣”也者,无非是给毁灭人家幸福生活的罪恶行径镀上一道佛光而已。

慧澄，若有客来相访，但道我下山去了。〔内应介〕〔下〕

【中吕过曲·驻云飞】〔末敲梆上〕嗳，客货被窃，不白难明呀！货委狂风，冤苦教人何处控？怪事真难懂，说起魂惊悚。嗏，谁悯我途穷，覆盆[6]堪痛。〔外上〕何处梆声？聒耳禅心动，试问来人甚苦衷？

〔末〕客货被窃，不白难明呀！〔外〕客官，你有甚不白之事，梆声如此急切？〔末〕在下姓刘名成，湖广襄阳人氏。在江湖贩卖营生，后因资本损折，坐困年余。幸里中好友，借银百两。闻得江南香料甚贵，在广中贩得数十担檀香，内有一块，约重一百余斤，发愿喜舍，欲将此香装塑观音佛像。哎呀，谁想前夜舟泊江口，舱门未开，听得一阵狂风，这数十担檀香，尽皆不见，只得鸣官追缉。〔外〕官府便怎样问呢？〔末〕官道此香被狂风摄去，又无踪迹，难以追获，因此不准。只得身背冤单，叩求四方仁人君子，若有知风报信者还好，倘三日后仍无踪影，师父呵，老汉便一命难存了！〔外〕嗄，原来如此。〔背介〕我屈指算来，又被此妖窃去。孽畜呵，你又几乎害人一命。客官，你此香已被妖魔摄取，那里得知消息。〔末〕据师父说来，竟无着落了。

〔泪介〕咳,教我怎回故乡,难免一死矣!〔外〕事已如此,且免愁烦。贫僧虽系出家人,略资助些盘缠,使你还乡,意下如何?〔末〕我与老师素无相识,怎好累及?〔外〕说那里话。你今晚且住宝舟,明日到金山寺中,问取法海便了。〔末〕若得如此,真乃莫大洪恩,请上受我一拜。〔外〕不消。〔末拜介〕犹如久旱逢甘雨,却胜他乡遇故知。〔外〕明日早来。〔末〕多谢师父!〔外〕好说。〔末〕好了,我如今回乡有日了。〔下〕〔外〕你看这汉子,幸遇老僧,不然险丧一命。我如今就到许宣门首,抄化此香,把言语点悟他便了。

【古轮台】叹孽种,心怀毒害有谁同,终朝迷惑将人弄。红尘念重,怎不去巴蜀山中,忘却前修功用。我此去募化求通,随机打动,好把沉迷指点醒颛蒙[7]。

你看此处妖气冲天,想就是他家门首。待我打坐于此,等许宣出来,与他抄化便了。阿弥陀佛!〔生上〕忽闻持半偈,如觉万缘空。〔见外介〕长老,你从那里来,却打坐在此?〔外〕贫僧乃金山寺中法海便是。只为要化取一百余斤重的檀香一块。〔生〕将来何用?〔外〕要装塑一尊观音佛像。贫僧已抄化多时了,居士若肯喜舍,功德无量!〔生背介〕我久闻金山上有个法海禅师,德行非常,我家前夜不知何处来的数轻信妖言，不受忠告，乃许宣罹祸之源，诚足戒。

十担檀香，内有一块，恰如其数。今日他就在我门首抄化，事非偶然，但娘子再三嘱付，不可与僧道往来，若与他说知，定不相容。也罢，待我瞒着娘子，布施与他便了。呵，长老，恰好我家有块檀香可用，情愿喜舍，但不知几时来取？〔外〕既蒙居士发此信心，明日便着徒弟每来请。二月十九日，乃是观音菩萨圣诞，还要请居士早降拈香。〔生〕这个自然要来参拜。〔外〕若到荒山，贫僧还有要紧言语相告。〔生〕嗄，谨依尊命。

〔外〕你自今回鞚[8]，才脱离苦海波红。三生石上，〔生〕正要到宝山求老师指示迷津。〔外〕我归元直指，迷涂莫纵，感悟好相从。虔心诵，慈航接引旧家风。〔下〕

〔生〕方才听他那番言语，一似哑谜一般，教我好生委决不下。且待那日拈香，再去问他个明白便了。正是：迩言必察须详问，远虑方能免近忧。〔下〕

〔1〕三乘：佛教宣称人有三种“根器”，因此有三种不同的修持途径，并把这三种修持途径比作乘的三种车，故名三乘。

〔2〕大觉：大梦醒觉。这里指对佛道之觉悟。

〔3〕四谛：指释迦牟尼最初说教的内容，即苦、集、灭、道四谛。按照佛经解释，“谛”是“真理”的意思。佛家认为，人世间的一切都是“苦”的，叫“苦谛”。招感这些苦果的烦恼业因，叫“集谛”。要想解脱苦果，只有除烦恼业

因而达到“寂灭为乐”的涅槃境界,叫“灭谛”。要达到涅槃境界,就必须修道,叫“道谛”。

〔4〕六尘:佛家所说的色、声、香、味、触、法的合称,也叫六根。

〔5〕卓锡:卓,立;锡,锡杖,僧人出外所用。故称僧人在某地居留为“卓锡”。

〔6〕覆盆:覆盖的盆。这里比喻沉冤莫白。

〔7〕颛(zhuān)蒙:愚昧。

〔8〕鞚:有嚼口的马络头。

第二十四出　谒禅

【仙吕入双调·哭岐婆】〔丑上〕胜传浮玉,江流浩浩,化城缥缈,劳生胶扰。钟声两岸送昏朝,不识何人惊欲觉。

小僧乃金山寺中一个监寺慧澄的便是。今早禅师吩咐,有个施舍檀香的居士到来,着我领他先拜过世尊,然后引进讲堂相见。不免往山门首伺候者。正是:杯浮野渡鱼龙远,锡振空山虎豹惊。〔下〕〔杂扮蟹虾龟蚌上〕〔蟹〕通身甲胄任横行,〔虾〕国号长须跳最精,〔蚌〕腹内珠光如白昼,〔龟〕绿毛金线势峥嵘。〔众〕今早湖主有令,叫我等先往金山,暗藏水底。说要与法海和尚争斗,因此齐集前来。〔龟〕列位哥,少停若有动

从本出和前“求草”后“水斗”看,它把山中的鹤鹿、水底的龟蚌都神化了。这就为舞台上的奇装特技提供本子。

静，只消我的头儿一伸，背儿一躬，管教那些秃驴，都落在我喉中。〔众〕不必多言，到彼伺候便了。

【锦上花】〔合〕虾蟹往前跑，虾蟹往前跑，龟会拈锤，蚌善轮刀。趁江潮，趁江潮，杀贼秃，图一饱。〔同下〕

【普贤歌】〔生上〕名山随喜[1]把香烧，遥望那金碧辉煌压翠涛。空际插宝塔，临江唤小舠[2]，隔断凡尘远市嚣。

我昨晚与娘子说明，今日要往金山寺拈香，不知何故不肯。及我执意要来，临行又再三嘱咐，教我参拜之后，随即就回，不可往方丈[3]中与和尚每说话。这也好生奇怪。我想那禅师，约我今日上山，还有要紧言语，为此特地前来，求他指示迷津。来此已是江边了。船家，将船儿摇过来。〔净上〕官人，可是要到山上烧香的？〔生〕正是。〔净〕如此请下船来，看仔细。

【步步娇】〔生〕一棹咿哑俄来到，胜境过蓬岛。

〔净〕官人，到了，请上岸罢。〔生〕有劳了。〔净〕好说。〔下〕〔丑上〕曲径通幽处，禅房花木深。〔见生问讯介〕居士[4]何来？〔生〕师父拜揖，法海禅师可在山上否？〔丑〕在。请问居士，可是姓许名宣么?〔生〕正是。师父何以知之?〔丑〕禅师命我在此等候多时,若居士到来,先请拜过了菩萨,然后请进讲堂相见。〔生〕既如此,烦师父指引。〔丑〕小僧引道了。

〔生〕香烟宝殿飘,我参拜了金容,念罢了三宝[5]。回廊方丈去非遥,便拟同三笑。

〔丑〕众香天上梵仙宫[6],(武元衡)得道高僧不易逢。(钟离权)

〔生〕偶与游人论法要[7],(应物)悔将名利役疏慵。(薛逢)

〔1〕随喜:佛家语。游谒寺院或见人做喜事随之而生欢喜之心,均叫"随喜"。

〔2〕舠(dāo):小船,形如刀。

〔3〕方丈:指禅寺的长老或住持所住的地方。

〔4〕居士:佛教中对在家信佛者之称呼。

〔5〕三宝:佛教称佛、法、僧为"三宝"。这里指佛教教义(法)。

〔6〕众香天上梵仙宫:这里借指金山寺。

〔7〕偶与游人论法要:见应物的《题化城寺》诗。原署韦应物,误,今改。法要,佛法要义。

第二十五出　水斗

这出戏是全剧高潮，是白娘子受苦难的巅峰。黄本“棒喝”一折写白、青在这次战斗中毫无作为，几乎未及交锋就翻船逃命。方本此出不仅写出了一个真实女性的思想、痛苦和焦急，更写出了她有着向邪恶势力作殊死斗争的意志。作者附记云：“原本中只此一出曲白可观，虽稍为润色，犹是本来面目。识于此，不欲攘其美也。”“原本”即梨园旧抄本。可见这出可歌可泣的好戏，是民间艺人创造出来的。

【黄钟·北醉花阴】〔旦上，贴摇船随上〕〔旦〕恩爱夫妻难撇掉，因此上慌忙来到。只怕他听萋菲[1]把奴抛，枉耽着一向勤劳。

奴家只为许郎要往金山寺中拈香，不能劝止。虽经嘱咐，莫至讲堂听那法海之言，他虽允从而去，奴家到底不能放心。为此同着青儿，乘风鼓棹而来，接他回去。〔贴〕娘娘，官人的磨折，不是一次了，为何今番这般着急？〔旦〕你不知，这金山寺中有个法海禅师，法力无边，不比凡僧。许郎倘被他点悟，我终身就无结局了。〔贴〕娘娘，倘官人听信法海言语，竟不回来，怎么处？我每想个计策，好歹弄他回来才好。〔旦〕我早已安排计较，且到彼再处。〔贴〕待我将船儿掉过去。〔旦〕咳，许郎！

俺和你非关小，当面的嘱咐伊多遭，我只怕猛回头归佛教。

〔贴〕娘娘，已到金山了。〔旦〕把船儿挽住山前，你放喊叫官人出来便了。〔贴〕是。官人快些出来！娘娘在此迎接你回去，快些出来！〔丑上〕谁人山门前喊叫？原来是两位娘娘，你呵，是烧香个？〔贴〕不是。〔丑〕还愿个？〔贴〕也不是。〔丑〕介也差异哉，弗是烧香，又弗是还愿，娘娘家到和尚寺做傪？〔贴〕啐，我家官人在里面拈香，烦你快唤他出来。〔丑〕人多得极，晓得那个是你官人。〔贴〕叫许宣。〔丑〕嗄，有个。我禅师弗肯叫渠下山哉。〔旦、贴急介〕却是为何？〔丑〕禅师说渠有甚妖怪。〔旦、贴〕呵？〔丑〕勿是，有甚白蛇青蛇缠扰渠。你官人一心要出家，勿肯归来哉，你每归去罢。〔旦〕唗，胡说！人家夫妇，怎生擅自拆散。你快去报与法海知道，若不放出官人，叫你每一寺的和尚，〔丑〕敢是有傪布施？〔旦〕俱是个死！〔丑〕哎哟，凶得紧！我去报与禅师知道。禅师有请！

把许宣骗上金山，不让回去，活活地拆散了一对恩爱夫妻。这对佛家宣扬的“慈悲为本，方便为门”，岂不是绝妙讽刺！

【南画眉序】〔外引生上〕〔外〕忽听语声嘈，想是此妖前来到。

〔丑〕禅师，山门前有两个堂客，要寻许官人的，口中好生利害。〔生〕此妖来了，怎么处？〔外〕不妨，你且躲在里面，待我去会他。〔生〕是。〔下〕〔外〕慧澄，取我随身的法宝来！〔丑应介〕〔持钵盂禅杖随上〕

〔外〕他便有毒龙般伎俩，俺只做蝘蜓[2]相瞧。

〔贴〕秃驴！快唤俺官人出来。〔外〕唔？

〔旦〕老禅师，快叫我官人出来回去。〔外〕孽畜呵，孽畜！

你爱河里欲浪滔滔，早回头免生悲悼。〔旦〕你若不放我官人，决不与你干休！〔外〕劝伊休得胡厮闹，现形时被人惊笑。

【北喜迁莺】〔旦〕您休把虚脾来掉[3]，您休把虚脾来掉。〔外〕你丈夫已皈依三宝了。〔旦〕口咄咄装甚么的幺[4]？〔转对贴介〕怎不心焦！

〔贴〕老师父，还俺官人罢。〔外〕此处是庄严佛地，休得在此胡缠。

〔旦〕哎呀，急得我满胸中气恼，怎把俺恩爱儿夫来闭着！

秃驴，你快还我丈夫便罢！〔外〕不放便怎么？〔旦〕你若不放我丈夫，教你性命霎时休矣！〔外〕你有甚道术，辄敢大言。

〔旦〕阿呀，心懊恼，你明欺俺道术细小。您如今自把灾招，您如今自把灾招。

【南画眉序】〔外〕伊慢肆咆哮，一味逞能施强暴。〔贴〕老师父，还俺官人罢！〔外〕他被你妖氛缠惹，怎不想开交[5]？叹孽缘数尽难逃，他似梦南柯被咱推觉。

〔旦〕快还俺官人的好。〔外〕自今休想仙郎面，不回头取祸非小。

〔旦〕秃驴这等无理，俺来擒你也！〔外将拂一指介〕唗！〔丑暗下〕护法神何在。〔内应介〕来也。〔旦、贴作圆望，上船，疾摇下〕〔杂扮众神将上〕禅师有何法旨？〔外〕今有妖魔，在此作耗[6]，与我速速擒来。〔众〕领法旨。〔旦、贴杀上，败下〕〔二神上〕启禅师，妖魔遁去也。〔内作水声介〕〔龟蟹上，舞下〕〔旦、贴上〕秃驴，快快还我官人来！〔外〕孽畜，凭你有甚妖法，何怯于汝。我已将他皈依三宝，再不回来了。〔旦〕真个？〔外〕真个。〔旦〕果然？〔外〕果然。

【北出队子】〔旦〕咦，休得把胡言乱谚[7]，为了俺意中人将你命轻抛。

〔贴〕娘娘，还是好好去求他，或者肯放官人，亦未可知。〔旦〕也说得是嗄。老禅师，你是佛门弟子，岂无菩提之心[8]？

强按怒火，委屈求全。

望您个发慈悲方便放渠曹。〔拜介〕俺这里，俺这里礼拜焚香折柳腰。

〔外〕我已将你妖变的根由，一一点明。他害怕，不肯与你为夫妇，你只管苦苦缠他怎的？〔旦、贴起介〕〔旦〕呵唷，我这般哀求，只是不肯放还。你拆散人家夫妻，天理何在？〔外〕你这妖孽，既知天理，为何在人间害人？〔旦〕我敬夫如天，何曾害他？你明明煽惑人心，使我夫妻离散。你既不仁，罢罢，我和你誓不两立矣！〔贴〕娘娘，与这秃驴见个高下。

“敬夫如天”，出语铮铮。以人情抵制“天理”，斥其煽惑人心、离散夫妻之罪，体现了作者反封建的进步思想。

〔旦〕只看俺女罗刹[9]，把你万剐凌迟[10]，将皮来剥。

〔外〕妖孽，你这等猖狂，好生交架俺青龙禅杖者！〔丢杖介，旦接旋下〕

【南滴溜子】〔外、众合〕一任你，一任你妖氛混绕，俺自有佛力至妙，何必向吾作耗？威风只么休，踊跃何堪诮。宝杖降魔，怎肯轻饶了。

〔旦、贴上〕秃驴，你将青龙禅杖来降俺，俺岂惧汝！〔外〕俺佛力无边。

【北刮地风】〔旦〕呀，您道佛力无边任逍遥，俺也能飞度冲霄。休言大觉无穷妙，只看俺怯身躯也不怕分毫。您是个出家人，为甚么铁心肠生擦擦拆散了俺凤友鸾交？把活泼泼好男儿坚牢闭着，把那佛道儿絮絮叨叨。我不耐吁喳喳这般烦挠。你若放我夫妇团圆，万事全休。〔外〕我不放便怎么？〔旦〕咳，秃驴嗄！你若执意如此，管教您一寺尽嚎啕！〔外〕他如今似梦断方醒。

岂惧“佛力无边”。“怯身躯也不怕分毫”，是人民斗争意志的真实写照。

〔旦〕只怕你要夜迢迢梦断魂消。

【南滴滴金】〔外〕劝伊行不必心焦躁，似春蚕空吐情丝自缠绕。夫妻恩爱虽非小，你丈夫呵，悟邪魔在山中藏躲着。你便是钟情年少，何须恁殷勤来细讨。掘树寻根，枉想在这遭。

〔旦〕你不还我丈夫，咦，我恨不得食汝之肉！〔外〕只管胡缠，护法神与我将风火蒲团祭起空中者！〔众〕领法旨。〔风火神上，战介，败下〕〔旦、贴上〕秃驴，你的法宝安在？〔贴〕老禅师，放还俺官人罢！〔外〕胡说！〔旦〕你这无知的秃驴呵！

【北四门子】快送出共衾同枕人来到，快送出共衾同枕人来到。〔外〕你早早回头，免生后悔。〔旦〕哎唷唷，我恨恨恨，恨恁个不动摇，怪他个遮遮躲躲装圈套。怎怎怎，怎不容俺共入鲛绡[11]。〔外〕你何苦执迷，快回峨眉修炼去罢！〔旦〕您教俺回峨眉别岫飘，把恩爱抛，便作您活弥陀也动不的俺心儿似漆胶。望您个放儿夫相会早。细思量，这牵情心肠怎掉。

【四门子】一曲，深刻表现了白氏对爱情的执着，什么修仙成佛，都动摇不了她要与许宣过幸福生活的决心。

【南鲍老催】〔外〕直恁泪浇，翻波欲海孽浪高，泥犁堪悲苦怎熬。渺茫茫多罪业难消，缴腾腾烈焰如焚燎。我把他迷途救出缘非眇，庶不负大悲心，如来教。

〔旦〕秃驴，你执意如此，罢，说不得了。水族每！〔内应，蟹、虾、龟、蚌上〕湖主有何吩咐？〔旦〕与我把水势大作，漫过金山，救俺官人便了。〔众〕得令。

【水仙子】一曲九句，句句重叠四字，如长江大河，一泻千里，唱出了白娘子极其复杂矛盾的悲愤心情。

【北水仙子】〔合〕恨恨恨，恨佛力高，怎怎怎，怎教俺负此良宵好？悔悔悔，悔今朝放了他前来到。只只只，只为怀六甲把愿香还祷。他他他，他点破了欲海潮。俺俺俺，俺恨妖僧谗口调刁。这这这，这痴心好意枉徒劳。是是是，是他负心自把恩情剿。苦苦苦，苦的咱两眼泪珠抛。〔下〕

〔丑上〕呵呀，禅师，不好了！江中水势大作，一直漫上山来了。〔外〕不妨。此乃妖魔法术。把我这袈裟，罩住山头，水势自然退去矣。〔丑应下〕〔外〕护法神，速将水族驱除者！〔二神将〕领法旨。〔追杀蟹虾龟蚌下〕〔外〕护法神，与我将此钵盂罩住此妖！〔众〕领法旨。〔旦、贴杀上，贴暗下。杂祭钵，净魁星上，旦遁下，净随下〕〔众〕启禅师，才祭起宝钵，忽被文曲星托住，不能罩住此妖。〔外〕嗄，原来如此。与我收回宝钵者。速退。〔众应下〕〔丑上〕如今是好了，几乎做子汤团。〔外〕请许宣出来。〔丑〕许官人有请。〔生上〕禅师,可曾收那妖孽?〔外〕这孽畜,腹中怀孕,不能收取。〔生〕他如今往那里去了?〔外〕他此去,必往临安,到你姐丈家中安身。待我送你到彼,了此孽缘。〔生〕阿呀,禅师,他此去必然怀恨于我,想此番见面,必然害我残生。弟子宁死江心,决不与他相聚的嗐!〔外〕不妨。你与他宿缘未满,决无相害之心。倘有甚言语,总推在老僧身上便了。待他到家分娩之后,可于净慈寺寻我,那时我自有处。〔生〕多谢禅师。

既然说她"决无相害之心",为何此前责她"在人间害人"?正是欲加之罪,何患无辞。

【双声子】〔外〕缘未了,缘未了,同六甲文星照。休急暴,休急暴,且速往佯陪告。待分娩满月到,付伊钵将他收罩,罩此妖娆。

【尾声】〔生〕急急离了金山道,赴临安途路非遥,幸遇禅师将缘孽惊觉。

〔外〕妖精鬼魅斗神通,(许碏)云水升沉一会中。(李商隐)

〔生〕他日愿师容一榻,(李洞)满帆还有济川功。(韩宗)

〔1〕萋菲:亦作萋斐,花纹错杂的样子。《诗经·小雅·巷伯》:"萋兮斐兮,成是贝锦;彼谮人者,亦已太甚。"后以"萋斐"比喻谗言。

〔2〕蝘蜓:亦称"铜石龙子",生活于庭院内或郊野石缝、草丛间,捕食

昆虫。

〔3〕把虚脾来掉:指掉虚脾。虚脾,撒谎。《长生殿·絮阁》:"休得把虚脾来掉,嘴喳喳弄鬼妆幺。"

〔4〕口咄咄装甚么的幺:咄咄,叹词,表示惊诧。装幺,装大,装模作样,装腔作势。

〔5〕开交:什么结果。

〔6〕作耗:胡闹,捣乱。

〔7〕诡(náo):争辩声,引申为喧闹嘈杂。

〔8〕菩提之心:菩萨慈悲的心肠。

〔9〕女罗刹:相传原为古代南亚次大陆土著的名称。自雅利安人征服印度后,凡遇恶人恶事,皆以罗刹名之,罗刹遂成恶鬼之名或代指女英雄。

〔10〕凌迟:极刑。《宋史·刑法志》云:"凌迟者,先断其支(肢)体,乃抉其吭,当时之极法也。"

〔11〕鲛绡:传说中鲛人织的绡。亦泛指薄纱。

第二十六出　断桥

"断桥"是"水斗"的继续,是全剧艺术创造上成就最高的一出戏。它深刻、细致地刻画了白氏对许宣"薄幸"的责难,而又痴心不死、无限爱怜的矛盾的思想感情,也写出了青儿

【商调·山坡羊】〔旦、贴上〕〔旦〕顿然间鸳鸯折颈,奴薄命孤鸾照命[1]。好教我心头暗哽,怎知他一旦多薄幸。

〔贴〕娘娘,吃了苦了。〔旦〕青儿,不想许郎,听信法海言语,竟不下山。我和他争斗,奈他法力高强,险被擒拿。幸借水遁,来到临安。哎呀,不然险遭一命。〔贴〕娘娘,仔细想将起来,

都是许宣那厮薄幸。若此番见面，断断不可轻恕！〔旦〕便是。〔贴〕如今我每往那里去藏身才好？〔旦〕我向闻许郎有一姐姐，嫁与李仁，在此居住。我和你且投奔到彼。〔贴〕只是从未识面，倘不相留，如何是好？〔旦〕我每到彼，再作区处。〔贴〕如此，娘娘请。〔旦行作腹痛介〕哎哟！〔贴〕娘娘为甚么呵？〔旦〕青儿，我腹中疼痛，寸步难行，怎生挨得到彼。〔贴〕只怕要分娩了。前面已是断桥亭，待我且扶到亭内，少坐片时，再行便了。〔旦〕咳，许郎呵，我为你恩情非小，不想你这般薄幸，阿呀，好不凄惨人也！〔贴〕可怜。

〔旦〕歹心肠铁做成，怎不教人泪雨零。奔投无处形怜影，细想前情气怎平？〔合〕凄清，竟不念山海盟；伤情，更说甚共和鸣。〔同下〕

〔生随外上〕〔外〕许宣，你且闭着眼。

【前腔】一程程钱塘将近，蓦过了千山万岭。锦重重遥望层城，虚飘飘到来俄顷。

许宣，来此已是临安了。〔生惊介〕果然是临安了。奇呵！〔外〕你此去若见此妖，不必害怕。待他分娩之后，你可到净慈寺来，付汝法宝收取便了。〔生〕是。待弟子相送到彼。〔外〕不

刚介正义的性格。清代石坪居士看了“断桥”演出，题绝句云：“恩爱夫妻见面时，似嗔似怨各攸宜。相逢毕竟情难割，恨杀旁观一侍儿。”可谓知此戏矣。

消。你可作速归家，方才之言不可忘了！

记此行漏言祸匪轻。〔下〕〔生〕前情往事重追省，只怕他怨雨愁云恨未平。萍梗[2]，叹阽危命欲倾；伤情，痛遭魔心暗惊。

〔旦、贴内〕许宣，你好狠心也！〔生跌介〕阿呀，吓吓死我也。你看那边，明明是白氏、青儿。哎哟，我今番性命休矣！

【仙吕宫引·五供养】今朝蹭蹬[3]。〔旦、贴内〕许宣，你好薄情也！〔生〕忽听他怒喊连声，遥看妖孽到，势难撄[4]，空叫苍天，更没处将身遮隐。怎支撑？不如拼命向前行。〔奔下〕

【仙吕过曲·玉交枝】〔贴扶旦上〕〔旦〕轻分鸾镜，那知他似狼心性，思量到此真堪恨，全不念伉俪深情。

〔贴〕娘娘，你看许宣见了我每，略不回头，潜身逃避。咦，好不可恨！〔旦〕不必多言，我和你急急急赶上前去！

恶狠狠裴航翻欲绝云英[5]，喘吁吁叹苏卿倒赶不上双渐的影[6]。〔闪介〕〔贴〕娘娘看仔细。〔旦〕哎哟，望长堤疾急前征，顾不得绣鞋帮褪。〔同下〕〔生上〕阿呀！阿呀！

本折曲词、宾白，几乎没有一句不贴切剧中三个人物的处境与心情。剧情的发展既移步换形，又合情合理。它是民间艺人在长期演出中精雕细琢出来的珍品，风格跟初期南戏中一些精彩的场子如《琵琶记》“代尝汤药”、《白兔记》“磨坊相会”等相似。八股文人是半句也写不出来的。

【川拨棹】真不幸,共冤家狭路行。吓得我气绝魂惊,吓得我气绝魂惊。

且住,方才禅师说:此去若遇妖邪,不必害怕。那、那、那,看他紧紧追来,如何是好?也罢,我且上前相见,生死付之天命便了!

我向前时,又不觉心中战兢。〔旦、贴上〕〔旦〕谢伊家曩日多情,恨奴家平日无情。

〔见生扯住介〕许宣,你还要往那里去?你好薄幸也!〔哭介〕〔生〕阿呀,娘子,为何这般狼狈?〔旦、贴〕你听信谗言,把夫妇恩情,一旦相抛,累我每受此苦楚,还来问甚么!〔生〕娘子,请息怒。你且坐了,听卑人一言相告。〔贴〕那,那,他又来了。〔生〕那日上山之时,本欲就回,不想被法海那厮,将言煽惑,一时误信他言,致累娘子受此苦楚,实非卑人之故嘘!〔哭介〕〔贴〕啐!你且收了这假慈悲。走来,听我一言。〔生〕青姐,有何说话?〔贴〕我娘娘何等待你?〔生〕娘子是好的呵。〔贴〕可又来,也该念夫妻之情,亏你下得这般狠心!〔生〕阿呀,冤哉!〔贴〕于心何忍呢?〔生〕青姐,这都是那妖僧不肯放我下山。〔贴回头不理介〕〔生〕娘子,望恕卑人之罪!〔旦〕咳,许郎呵!〔贴代旦挽发介〕

【商调集曲·金落索】【金梧桐】〔旦〕我与你嗈嗈弋雁鸣[7]，永望鸳交颈。不记当时，曾结三生证，如今负此情，【东瓯令】背前盟。〔生〕卑人怎敢。〔旦〕贝锦[8]如簧说向卿，因何耳软轻相信。〔拭泪起唱介〕【针线箱】摧挫娇花任雨零，【解三酲】真薄幸。【懒画眉】你清夜扪心也自惊。〔生〕是卑人不是了。【寄生子】〔旦〕害得我飘泊零丁，几丧残生，怎不教人恨、恨！

〔转坐哭介〕〔贴揉旦背介〕娘娘，不要气坏了身子。

【前腔】〔生〕愁烦且暂停，念我诚堪悯。连理交枝，实只愿偕欢庆。风波意外生，望委曲垂情。〔旦〕你既知夫妇之情，怎么听信秃驴言语？〔生〕叵耐妖僧忒煞狠，教人怎不心儿惊。听他一划胡言，我合受惩。〔旦〕阿哟，气死我也。〔生〕只看平日恩情呵，求容忍。〔旦〕啐！〔贴〕这时候赔罪，可不迟了。〔生〕善言劝解全赖你娉婷，蹙眉山泪雨休零，且暂消停。

此番辩白见出许宣一面。

〔跪介〕〔旦〕下次可再敢如此？〔生〕再不敢了。〔旦〕起来，起来，起来耶。〔生〕多谢娘子。〔贴气介〕咳！〔旦〕只是如今我每向何处安身便好?〔生〕不妨,请娘子权且到我姐丈家中住下,再作区处。〔旦〕此去切不可说起金山之事,倘若泄漏,我与你决不干休!〔贴〕与你定不干休!〔生〕谨依尊命。青姐,我和你扶娘娘到前面去。〔贴不应介〕〔生〕娘子,你看青姐,总是怨着卑人,怎么处?〔旦〕青儿,青儿!〔贴〕娘娘。〔旦〕我想此事,非关许郎之过,都是法海那厮不好,你也不要太执性了。〔贴〕娘娘,你看官人,总是假慈悲,假小心,可惜辜负娘娘一点真心。〔旦〕咳!〔生〕娘子请。〔旦〕哎哟!只是我腹中十分疼痛,寸步难行。〔生〕不妨,我和青姐且扶到前面,唤乘小轿而行便了。

【尾声】〔旦〕此行休似东君[9]泄漏柳条青,〔生〕还学并蒂芙蓉交映,〔合〕再话前欢续旧盟。

〔旦〕还恐添成异日愁,(温庭筠)〔贴〕朝成恩爱暮仇雠。(翁绶)

〔生〕当年顾我长青眼[10],(许浑)纵杀微躯未足酬。(方干)

听了几句懦弱动摇的话,不仅怒气全消,反而为许宣向青儿关说,极细腻地表现了白娘子又恨又怜又爱的复杂感情,真是缠绵悱恻,一往情深。只有未入情网的青儿,才保持清醒的认识。京剧大师梅兰芳在表演这出戏时有更多的艺术创造。

〔1〕孤鸾照命:孤鸾,失偶之鸾,以喻人之失偶。这里是白娘子说自己如孤鸾一样的命运。

〔2〕萍梗:浮萍泛梗,比喻居住不定。

〔3〕蹭蹬:失势难进的样子。

〔4〕撄(yīng):纠缠。

〔5〕裴航翻欲绝云英:唐裴铏传奇小说《裴航》写唐长庆间秀才裴航于蓝桥驿遇仙女云英结为夫妇之事。这里反用这个故事。翻,同"反"。

〔6〕苏卿倒赶不上双渐的影:双渐赶苏卿是宋元小说戏曲中流传的爱情故事。这里反用其事。

〔7〕嗈嗈弋雁鸣:嗈嗈,同雍雍,鸟鸣相和。弋雁,被缴射的雁。《诗经·郑风·女曰鸡鸣》:"弋凫与雁。"意指夫妻和好。

〔8〕贝锦:比喻诬陷人的谗言。《诗经·小雅·巷伯》:"萋兮斐兮,成是贝锦。"郑玄笺:"喻谗人集作己过以成于罪,犹女工之集采色以成锦文。"

〔9〕东君:春神。

〔10〕当年顾我长青眼:青眼,已见前注。这里是许宣对白蛇仙当年爱恋他的赞许。

第二十七出　腹婚

在激烈的戏剧冲突高潮之后,安排这一场次,使观众绷得紧紧的心弦,稍得松弛。从剧情发展上看,这不过是白娘子更大的苦难临头之前的暂时安定。

【南吕引子·临江梅】【临江仙】〔副净上〕苔合蓬门三径静,怪他喜鹊连声。【一剪梅】〔老旦上〕山遥水远日关情,短发鬅鬙[1],雁影飘零。

〔副净〕迅速光阴似转圜[2],才生一女在堂前。〔老旦〕若能骨肉重相见,犹如缺月再团圆。〔副净〕娘子,想我年将半百,尚无子息[3],且喜去年生有一女,待他长成之日,择一佳婿,你我亦终身有托。〔老旦〕便是。想我兄弟,自往苏州,已逾一载,不知在彼安否若何。使我好生牵挂。〔副净〕娘子不必愁烦，我前日遇一苏州朋友，问你兄弟消息。〔老旦〕可好么？〔副净〕他在彼，倒娶了一位舅母。又说去年秋间，被人陷害，发配镇江，未知果否。〔老旦〕有这等事？哎呀，兄弟呵，不想你连遭颠沛，教我怎不伤心也！

【南吕过曲·绣衣郎】〔合〕恨当年妖女逢迎，分手匆匆避祸行。两边悲哽，盼尽云山无芳讯。叹何时抖擞[4]归程，再相逢荆花欢并[5]。向遥天暗祷神明，向遥天暗祷神明。

【前腔】〔生上〕他乡久客急归程，望见家门暗自惊。风尘双鬓，女兄乍见应难认。

此间已是姐丈门首，不免竟入。〔见介〕姐夫、姐姐。〔老旦、副净〕阿呀，兄弟回来了！〔生〕正是，回来了。〔老旦〕兄弟，则被你想杀我也！

〔合〕喜相逢骨肉家庭，痛遭冤招魂未定。忆当时心头暗哽，忆当时心头暗哽。

〔老旦〕兄弟，我和你姐夫，正在此想你。〔生〕多谢悬念。〔老旦〕兄弟，闻得你在苏，做了一头亲事，可有么？〔生背介〕金山之事，我且慢些说起。〔转介〕有是有的，现在门外，因未禀知,不敢轻造[6]。〔老旦〕何不早说。待我出去迎接。〔生〕岂敢。青姐扶娘娘下轿。〔旦上〕亲戚初逢犹有觍[7],〔贴上〕鹪鹩堪寄且开怀。〔旦〕此二位就是姑夫、姑母么?〔生〕正是。〔旦〕姑夫、姑母请上,待奴家拜见。〔副净、老旦、生同拜介〕〔旦〕未睹尊颜,日常思念。今得侍侧,深慰下怀。〔副净、老旦〕岂敢。久慕林风,式瞻雅范,老眼为之一快。请坐。〔旦〕告坐了。青儿过来!〔老旦〕这位是?〔旦〕小婢。〔贴〕姑爷、姑奶奶在上,青儿叩头。〔副净、老旦〕不消,请起。兄弟,你可把别后之事,说与我两人知道。〔生〕姐夫、姐姐,一言难尽:

【宜春令】从别后,叹伶仃。痛遭冤衷肠泪零。喜得鸳鸯相并,荆钗愧乏谐秦晋。今日里得转家门,算也是侥天之幸[8]。若细诉别离旧衷,泪珠犹迸。

〔老旦〕闻得你在彼,又犯何事,发配镇江,果是有的么?〔旦〕姑母听禀:

由白娘子重唱【宜春令】,以释许宣姐姐之疑,就不致显露破绽。

【前腔】蒙垂问,听诉情。陡然间,夫遭祸凌。为登山玩景,萧家失物将巾认。〔老旦〕此巾何来?〔旦〕此是我先世遗留,枉冤做窝赃匿证。〔老旦〕后来怎么?〔旦〕幸赖官府廉明,配往铁瓮暂为民,幸萍踪粗定!

〔副净、老旦〕原来如此。

【前腔】叙郎舅，胜班荆。喜鸳鸾共返家庭。三生有幸，欢然慰我桑榆景[9]。今日里骨肉团圞，天赐与一堂嘉庆。便话到更阑未休，有烛更秉。

〔旦〕请问姑母，几位令郎？〔老旦〕不幸乏嗣，去年生有一女，唤名玉梅。〔旦〕怎生不见？〔老旦〕今睡熟在床。〔生〕我娘子身怀六甲，今已满月，尚未临盆[10]。〔副净、老旦〕好呵，产下麟儿，定有高门之庆。〔旦〕姑夫、姑母在上，奴家有一言相告。〔副净、老旦〕不知舅母有何见谕？〔旦〕奴家分娩在即，未知是男是女。倘若生男，意欲指腹为婚，日后两家多有倚靠，不知姑夫、姑母意下如何？〔副净、老旦〕妙呵！此言甚为有理。愚夫妇敢不从命。〔旦〕既蒙金诺，不要后悔。〔副净、老旦〕说那里话。婚姻大事，一言为定，岂有翻悔之理。〔旦〕如此，多谢姑夫、姑母，不弃寒微。〔副净、老旦〕好说。我每一同对天拜告便了！〔同拜介〕

指腹为婚，亦是不可忽视的一个关目。它表明白娘子对自己结局的担心，无异向姑夫、姑母“托孤”。读之令人心酸。

【三学士】〔合〕不用歃血[11]立誓盟，也索对天祷告神明。镜台草草无多聘，异日身荣休变更。但愿如宾他日敬，兰和玉，喜气并。

〔副净〕娘子，你陪舅母款坐，我去着人整治酒肴,与兄弟、舅母接风。〔老旦〕晓得。〔旦〕不消费心。〔副净下〕〔旦〕哎哟,为何一霎时腹中疼痛起来。〔贴〕定是要分娩了。〔老旦〕既如此,快请到里面去罢。

【刘泼帽】〔旦〕霎时腹痛身难定,知他是那刻离经,无灾无害须轻迅。哎哟哟,〔合〕惟愿天天,早脱身安静。〔扶旦下〕

〔1〕鬅鬙(péngsēng):头发散乱。

〔2〕转圜:转动圆形的物体,比喻岁岁年年不停息。

〔3〕子息:子嗣。

〔4〕抖擞:振作,奋发。

〔5〕荆花欢并:荆树开花,象征着弟兄友好。此喻姊弟团聚。

〔6〕轻造:轻率拜访。

〔7〕觍(tiǎn):同“腆”,腼腆、害羞。

〔8〕侥天之幸:意外地免去不幸。

〔9〕桑榆景:桑榆,指日落时余光所在处。桑榆晚景,用来比喻人的垂老之年。

〔10〕临盆:临产。

〔11〕歃(shà)血:口含血。一说,以指蘸血,涂于口旁。古代订盟时的一种仪式。

第二十八出　重谒

【黄钟引子·玉女步瑞云】【传言玉女】〔外上〕水秀山明,半偈[1]心持忘境,【瑞云浓】何处着法身清净。

【集唐】皈依受真性,成就那罗延[2]。万法从心起,空论树下禅。俺法海,自离金山,同许宣来到临安,我卓锡净慈寺中。因他孽缘未尽,所以教他回去。待此妖分娩之后,方可收取。今已数满,等许宣来时,付钵与他,先收此妖,再度许宣便了。

【出队子】〔生上〕闲中追省,月老冬烘系赤绳,姻缘怪恶误留情。因把高僧来暗请,拆散鸾凰,心得太平。

我许宣自蒙禅师指点,方才憬悟。不想此妖到家,即时分娩。今已半月有余,我想再不驱除,终为后患,为此特地前来。此间已是净慈寺了,不免竟入,禅师拜揖。〔外〕许宣,你来了么?〔生〕正是。此妖到家分娩,已经半月了。〔外〕既如此,你将此钵带回,不可使妖知道。到明日巳牌时分,待他梳妆之际,将此钵合在他头上,决

鲁迅说得好:"凡有田夫野老,蚕妇村氓,除了几个脑髓里有点贵恙的之外,可有谁不为白娘娘抱不平,不怪法海太多事的?和尚本应该只管自己念经,白蛇自选许仙,许仙自娶妖怪,和别人有什么相干呢?他偏要放下经卷,横来招是搬非,大约是怀着嫉妒罢——那简直是一定的。"旧抄本写许宣主动接钵受符,毫无犹豫;此写许宣不愿受钵,尚念"夫妻之情,不忍下此毒手",还算有点良心未昧,其思想性格更复杂些,也合理些。

无走脱矣。〔生〕禅师呵,此妖一时无状,水漫金山,致遭天谴,理所应该。但弟子夫妻之情,不忍下此毒手。〔外〕罪孽深重,佛法难容,也罢,待我明日巳牌时分,亲来收取便了。〔生〕谨依禅师之命。

【滴滴金】〔外〕叹姻缘好恶皆天定,尘世惛惛[3]谁猛省?翻身跳出迷魂阵,更休提秦与晋。

〔生〕是。弟子告辞。明日求禅师早降。〔外〕这个自然。

〔合〕心如明镜,拂尘埃来共证。且喜从今,把孽案勾清。〔生先下〕

〔外〕日与时疏共道亲[4],(白居易)徐飞锡杖出风尘。(杜甫)

避蛇行者今何在?(贯休)不奈狂夫不藉身。(元稹)

〔1〕偈:佛经中的颂词。

〔2〕那罗延:佛家语。天上力士之名。或梵天王之别名。

〔3〕惛惛:糊涂,心中昏昧不明。

〔4〕日与时疏共道亲:是说自己一天天同时势疏远了,而同佛道亲近起来。

第二十九出 炼塔

【正宫引子·破齐阵】【破阵子】〔旦抱小儿上〕桃靥[1]娇贪结子,柳腰困欲三眠。【齐天乐】懒离鸳帏,斜抛凤髻,怯怯的玉肢红软。【破阵子】絮语芳盟天长久,母子夫妻喜笑喧,今朝遂宿缘。

奴家自被法海破我形踪,不放许郎下山,反遣揭谛神拿我,被我借水遁来到临安,谁想许郎亦自还乡,〔贴立上介〕在路相见,只得投奔他姐丈家中。我那日到此,随即分娩,喜得生下个满抱孩儿,也不枉我与他恩爱一场。〔贴〕娘娘,今早官人同姑爷、姑奶奶往亲戚人家去,不知何事,此时也该回来了。〔旦〕正是。青儿,我想自遇许郎之后,不觉一载有余,且喜生下个宁馨孩儿,得传许门后嗣,也不枉我受许多磨折。〔贴〕是呵。

【正宫过曲·渔灯儿】〔旦〕俺昔日西泠畔邂逅良缘,风光好压尽桃源。同心赛双头瑞莲,打叠起鸳行留恋。两相投,胶漆更心坚。

鲁迅说:“悲剧是将人生有价值的东西毁灭给人看。”白娘子经过千难万险的斗争得来的合理的、幸福的爱情生活,眼见要遭到毁灭。它向人们表明:由真正的爱情建立起来的婚姻生活,在封建社会里是不允许存在的。

【锦渔灯】畅道是月下名题共券，也经他几多折挫颠连[2]。〔儿啼介〕〔旦〕儿呵，你那知做娘的吃许多苦楚呵。想今朝佳况，虽然有万千，一似那玉梅花，风雪虐，始争妍。

法海妖术虽远胜白蛇，到底是没有降伏白蛇的必胜把握，必待许宣配合才能完成“合钵”任务。旧抄本在“合钵”一场，是许宣接钵受符而归，在白娘子梳妆的时候偷偷地将灵符藏于她发髻之中，这才完成“合钵”的任务。旧抄本的处理方法，说明了许宣动摇不定的性格，是造成白娘子斗争失败的一个原因。方本虽不是这样处理，然痕迹仍在。

〔贴〕娘娘，将次巳牌时分，官人怎么还不见来？〔旦〕你去取我镜台衣服出来。〔贴应下〕〔生上〕暗祝妖降归净域，又愁邪胜战心兵。昨日禅师说，今早亲来收取此妖。只得将此事与姐夫、姐姐说明。犹恐害怕，为此同他每往亲戚人家暂避，急急赶回，不免竟入。娘子！〔旦〕官人回来了。怎么不同姑夫、姑母归家，反自先回？〔生〕卑人因家中乏人，又恐娘子寂寞，故此先回的。〔旦〕原来如此。〔生〕孩儿睡熟了？〔旦〕才睡着，不要惊他。〔贴上〕妆似临池[3]出，人疑月下来。官人回来了。〔生〕正是。〔贴〕娘娘，镜台衣服在此。〔旦〕放下。你抱了小官人进去安睡，到厨房下整治早膳起来。〔贴〕晓得。〔下〕〔生〕请娘子整妆，卑人伺候。〔旦〕有劳。〔生〕好说。

【正宫集曲·梁州序犯】【梁州序】〔旦〕横波秋静，遥山青展，晓开菱鉴相鲜。〔顾生介〕水晶帘下，道书在手把闲眠。玉台斜凭，缓把春纤，卸却包头绢。〔梳头介〕

犀梳云半吐，月娟娟，细挽香丝随马鬟。

【贺新郎】〔生〕请娘子画眉。〔旦〕芙蓉靥，梨花面。画双螺[4]隐露黄金钏，【梁州序】弹粉涴，新妆倩。

〔外引二揭谛上〕〔外〕菩萨低眉，故自慈悲六道；金刚怒目[5]，还须降伏四魔。吠，孽畜！俺来也！〔旦惊跪介〕哎呀，我佛慈悲！〔外〕孽缘已尽，大数难逃。〔旦〕望饶奴命则个！〔外将钵合旦，旦逃介，谛挡旦，出珠打介，外接珠合旦下。持钵上，生见蛇，悲介〕〔贴上〕房中为何乱喊？待我看来，阿呀！〔跌介〕

【朱奴插芙蓉】【朱奴儿】〔贴〕娘娘呀！〔指钵哭介〕痛谁似你今朝可怜。〔抢蛇，外拦介〕〔贴〕怎生价祸生鸳伴！许宣，你好狠心也！负义忘情心不善，纵然忍把冰弦剪[6]，也应怜免，看你孩儿曲全。【玉芙蓉】不由人不含冤，悲愤泪如泉。

【朱奴带锦缠】【朱奴儿】〔跪上哭拜介〕您喜孜孜地将他宗嗣绵，他恶狠狠地把连理枝割断。您前生烧了断头烟，〔毒指生介〕遭他把您来凌贱。【锦缠道】辜负您修炼千年，辜负您嵩山冒险，辜负您望江楼雅操坚，几时再见亲儿面。罢罢，看俺与

此曲激昂愤慨，情意悲怆。法海、许宣，令人发指；白蛇结局，催人泪下；富于正义感的青儿，令人钦敬！

你报仇冤！

〔扑生，二谛拦介〕〔贴闪下，丑杀上〕〔外〕揭谛神，与我降伏妖魔者！〔二谛擒丑介〕〔丑〕禅师饶命！〔外〕念你修炼千年，不忍伤汝。可将他锁在七宝池边，听候佛旨便了。〔二谛应介〕〔押丑下〕〔生背介〕白氏虽系妖魔，待我恩情不薄。今日之事，目击伤情，太觉负心了些。咳！恩怨相寻，一场懡㦬[7]，我于今省悟了也。〔向外介〕弟子尘心已断，愿随师父出家。〔外〕善哉，善哉。汝宿根不昧，回向西方，只要一心不乱，管教立地成功。速把家事处分，到净慈寺来，与汝同登极乐。〔生〕多谢师父。〔下〕〔外〕妖孽已除，不免将他压在雷峰塔底便了。〔行介〕

许宣性懦？性迷？难掩不义不亲之卑劣。

【小普天乐】叹妖魔，将人缠，致今朝，干天谴。原非我，原非我，破你姻缘，总由他，数定难迁。看啼啼哭哭，慈心岂恝然[8]？只要将来回向，回向忏悔前愆。

破坏了人家美满的姻缘，说是“数定难迁”。这是披着佛教外衣的刽子手惯用的伎俩。

来此已是塔边了。雷火二部何在？〔内应介〕来也。〔杂扮雷公、雷母、众火神舞上〕〔众〕禅师有何法旨？〔外〕吾奉佛旨，收取妖蛇，埋于塔底，永远镇压，犹恐他乘机逃遁，速将三昧真火，与我烧炼成功者。〔众〕领法旨。〔接钵，置塔内，绕场介〕启禅师，塔已炼过了。〔缴钵介〕〔外〕速退。〔众应下〕〔外〕白蛇听者：雷峰塔倒，西湖水干，江潮不起，许汝再世。

【普天带芙蓉】【普天乐】镇妖氛，来塔院。使威神，挥流电，焰腾腾赭色新燔，危岌岌欲倒弥坚。【玉芙蓉】施宏愿，为众生卫扞，向西湖凑成十景[9]夕阳边。

【尾声】似唐虞掌火蛇龙远，虽焰虐仁风却善。若有人识此意呵，俺与汝同升忉利天[10]。

赤旃檀塔六七级[11]，（贯休）夕阳明灭乱流中。（韦应物）

还为万神威圣力[12]，（许碏）白蛇初断路人通[13]。（胡曾）

〔1〕桃靥（yè）：以桃花形容女子面容。

〔2〕颠连：困顿不堪。

〔3〕临池：东汉张芝“临池学书，池水尽墨”。这里指黑色妆束，好像在墨池染过一般。

〔4〕画双螺：指画眉。

〔5〕金刚怒目：金刚，“金刚力士”的略称，指托金刚杵守护佛法的二天神（俗称“哼哈二将”），怒目作勇猛之状。

〔6〕忍把冰弦剪：忍心割断夫妻感情。冰弦，本为唐开元中白秀贞所献之琵琶。弦被剪喻夫妇情绝。

〔7〕懡㦬：惭愧。

〔8〕恝（jiá）然：恝，不经心，无动于衷。恝然，淡然处之的样子。

〔9〕向西湖凑成十景：西湖十景包括平湖秋月、苏堤春晓、断桥残雪、南

屏晚钟、曲院风荷、花港观鱼、柳浪闻莺、三潭印月、两峰插云、雷峰落照。

〔10〕忉利天:佛家语。佛经说此天为欲界六天之第二天。

〔11〕赤旃檀塔六七级:旃檀即檀香,有赤、白、紫等数种。意为赤色的檀香木雕的塔有六七级高。这里借指雷峰塔。

〔12〕还为万神威圣力:见许碏《题南岳招仙观壁上》。原指南岳大仙的法力,此处借指法海的法力。

〔13〕白蛇初断路人通:见胡曾《大泽》诗。《史记·高祖本纪》:"高祖被酒,夜经泽中,令一人行前。行前者还报曰:'有大蛇当径,愿还。'高祖醉,曰:'壮士行,何畏!'乃前,拔剑击斩蛇。蛇遂分为两,径开。"这里指法海将白蛇收镇雷峰塔下。

第三十出　归真

【仙吕引子·小蓬莱】〔杂韦驮引众上〕无灭无生[1]公案,向红尘指破机关[2]。

〔杂〕悟彻三乘[3]妙法,把持一点灵光[4]。昨日着魔由你,今朝作佛何妨。吾乃护法韦驮是也。为因佛前捧钵侍者降生尘世,恐被妖邪迷其真性,已令法海禅师下凡奉钵收妖,引回许宣。今已功成行满,吾奉佛旨,同众诸天前去接引,不免走一遭者。〔行介〕俺想许宣,好侥幸也。

一朝便似,脱将桶底,久客初还。〔同下〕

旧抄本于此出之后,有"描真"一出,写许宣恐其子长大思念父母,乃亲描白氏遗容,又剪下自己头发,装成一匣,交给姐姐,表现他对白氏十分同情和伤心。但与上出亲手合钵的冷酷面孔极其矛盾,故方本删去,并附记云:"旧有'剪发描容'一折,赘甚,亟芟之。"删得好。

【仙吕集曲·八仙会蓬海】【八声甘州】〔外同生上〕〔外〕许宣趱[5]道者。〔生〕是。〔外〕飞锡[6]湖干,俺本是西来东土偶安单。点化众生六道,一个个同登也彼岸庆安澜[7]。【玩仙灯】堪笑那痴儿和呆女,打不破昏阱迷关[8]。【月上海棠】〔生〕情丝挽,怎如俺跳出了红尘,妻法喜,女慈悲[9],同返灵山。

多情者受到镇压,薄幸者成了神仙,这岂不是对神仙佛道的一大讽刺!

【皂袍罩黄莺】【皂罗袍】〔外〕试问那湖光如淀,何似金沙铺地,功德池边。林分宝树影初圆,迦陵唱处笙歌贱。【黄莺儿】〔生〕不须叹,繁华一瞬。〔合〕喜心空及第得归闲。

【步金莲】〔杂引众上〕为引三乘伴,准拟陪香饭,驾祥光影乱幢幡。

〔杂〕我等奉佛旨,特来迎接禅师与侍者。〔外、生〕有劳了。〔外〕就此前往。〔众〕领法旨。

〔合〕指旃林禅枝共攀,【金莲子】好重把菩提细演。本来面目可无言,再休提三生石上话前缘。

〔杂〕策杖临风拂袖还,(李中)了然尘土不相关[10]。(吴融)

〔外〕有人问我西来意，（李翱）〔生〕手绽寒衣入旧山[11]。（刘长卿）

〔1〕无灭无生：无灭即不灭，无生即不生。白居易《赠王山人诗》："不如学无生，无生即无灭。"

〔2〕机关：事物的枢要、关键。

〔3〕三乘：佛家语，谓引导教化众生达到解脱的三种方式、途径或教说。一般称声闻、缘觉、菩萨（或佛）为"三乘"。

〔4〕灵光：神异的光辉。

〔5〕趱：赶快行走。

〔6〕飞锡：锡，锡杖，僧侣随身之物。相传唐元和中高僧隐峰游五台，掷锡杖飞空而去。后称僧侣游方为"飞锡"。

〔7〕同登也彼岸庆安澜：彼岸，佛教以达到超脱生死的境界为彼岸。安澜，波平浪静，比喻时势太平。

〔8〕昏阱迷关：昏阱，陷坑；迷关，迷人的关口。

〔9〕妻法喜，女慈悲：意谓脱离红尘。《维摩经》："法喜以为妻，慈悲以为女。"

〔10〕了然尘土不相关：了然，清楚明白。尘土，指尘世。全句意即脱离尘世修仙去了。

〔11〕手绽寒衣入旧山：见刘长卿《送灵澈上人还越中》诗。绽，本意为裂开。这里作缝补讲。这句说，用手缝补好寒衣仍回到原来的山里去。此指许宣回到如来身边灵山去。

第三十一出　塔叙

【中吕过曲·榴花泣】【石榴花】〔净上〕白云飞去杳无踪，瑶花落尽洞门封，知他玉真有路向谁通。我只怕波昏爱水，往行总成空。

我黑风仙，在峨眉山炼神伏气，早晚可成正果。只为义妹白云仙姑，前往临安，十余年不见回来，贫道怕他一入尘凡，忘却本来面目，因此下山打听他的下落。来到这临安地方，闻得他与许宣配偶，屡次不谨，贻累许宣，又在金山寺薅恼[1]法海禅师，被他将钵盂收伏，压在雷峰塔底。咳！仙姑呵，俺也曾再三劝阻，你执意不从，于今遭此磨折，几时方得出头也？只是兄妹之情，岂能恝置，须索到西湖看他一回，多少是好。

【泣颜回】好教我魂惊智穷，待何时再续游仙梦。可怜他碧水丹山，消声匿影，悲切切[2]落照啼红。

来此已是雷峰了。咳，仙姑呵！你沉沦[3]九地，见日无由，好不伤怀也！〔杂揭谛神上，喝介〕何方妖道，敢来窥伺！〔净〕尊神稽首[4]。这

这出戏照应第三出"出山"。黑风仙与白云仙姑原来修炼的情形相似，只因一个虔心修炼，即将成为"正果"；一个到人间追求合理的婚姻生活，被永镇雷峰塔底。这无异告诫人们：触犯封建社会的任何条规，都会受到镇压。

塔底镇伏的，是贫道义妹，他原有千年苦行，因一念争差，致干重谴。贫道念兄妹之情，特来看他，还要提醒他一番，并无别意，望乞尊神方便。〔杂〕既如此，容你相见，勿得久停。〔下〕〔净〕白云仙姑，愚兄黑风仙在此。

【中吕慢词·柳梢青】〔旦〕〔塔内唱〕前情如梦，觉后真堪痛。恩债两成空，泪雨里铎声如把咱讥讽。

〔净〕仙姑，愚兄在此看你。〔旦〕道兄在那里？〔塔底探头出见介〕〔净〕仙姑呵，一别十有余年，不想你受此磨折。当初不听愚兄之言，致有今日之苦，你可也懊悔么？〔旦〕咳，这也是前缘宿孽，悔他则甚。〔净〕你且把下山后的事情，细说与俺知道。〔坐地介〕

受这样的折磨仍不后悔，表明白娘子追求生活理想的信念至死也不动摇。

【近词·好事近】〔旦〕离绪渺难穷，提起凄惶万种。连环别后，世网相撄业重。情根一点，向西湖误把红丝送。刚道是宿世前缘，又谁知受尽磨砻[5]。

〔净〕这都是你自己不谨慎，后来法海禅师，收留许宣在山，你不合率领水族，淹害生灵。这个罪过，却也不小。

“薄幸”“背地”“哄”道出心伤。

【前腔】〔旦〕我与他患难誓相从，萍水结成鸾凤。那知他薄幸，背地将奴来哄。虽则是横遭磨折，也遗下风流孽种。

〔净〕仙姑生下一子了？〔旦〕不瞒道兄说，我与许郎，结为夫妇，在他姐姐家中，产下一个孩儿，今年已十六岁了。〔净〕这也罢了。〔旦哭介〕儿呵！

生有一子，本可得到一点慰藉，但母子不能相逢，又增一层悲怆。

知甚日母子相逢，迸出这金碧摩空。

〔净〕事已如此，且免伤怀。〔内催介〕快些去罢！〔净起介〕叙话多时，神灵见责，我也不敢久留，须知苦海无边，回头是岸。你且耐心忍性，六时忏悔，功行到时，自然祓[6]濯前愆，重登紫籍，相见有日。愚兄就此去也。〔旦哭下〕

【尾声】一番叙旧添悲恸，隔断仙凡瞬息中。仙姑呵！那入地升天只要你心上懂。

雪压泥埋未死身，（白居易）至今犹谢蕊珠人[7]。（李商隐）

分离况值花时节，（赵嘏）添得临歧泪满巾。（罗隐）

〔1〕薅（hāo）恼：薅，除草也。薅恼，惹恼。

〔2〕切切：忧思不尽的样子。

〔3〕沉沦：沉没、沦落。

〔4〕稽首：道士向人行的礼。

〔5〕磨砻（lóng）：砻，磨。磨砻，折磨、挫折。

〔6〕祓（fú）：消除。

〔7〕蕊珠人：指仙人。蕊珠，仙境。

第三十二出　祭塔

白蛇产子并子中状元，为黄本所无，是黄本在演出过程中，伶人根据观众的意愿增入的。以中状元来团圆，虽不免落戏场之窠臼，在此剧中却有积极意义，蛇精的儿子中了状元，不仅入了衣冠之列，而且挤进了封建统治阶级的上层，这对卫道者们就是一大讽刺！黄图珌对此极为不满："白娘蛇妖也，生子而入衣冠之列，将置己身于何地邪！"方成培据旧抄本而撰此出，自较黄本可取。

【南吕引子·挂真儿】〔杂揭谛神上〕宝铎临风动近远，思量起蠖屈[1]堪怜。掌上珠来，天边书降，好把佛恩施展。

有子望云哀，妖氛忏可回。一诚相格处，金石亦为开[2]。吾乃揭谛神是也。因白蛇之子许士麟得中状元，意欲拆毁雷峰塔，救取此妖，圣主不从，特赐还乡祭奠。我佛怜他一点孝心，特令吾神放他母子，相见一面，以慰其志。须索走一遭者。〔下〕

【南吕正曲·小女冠子】〔小生许士麟、众随上〕曲江赐罢琼林宴，归骑拥，袅芦鞭，插宫花一任傍人羡，那知道萱枝零落[3]，我心中怨。

永怀时忆北堂恩，叫断慈乌不可闻[4]。寸草春晖[5]无报处，枉教丹桂吐奇芬。下官许士麟。叨蒙圣恩，得中状元，虽是金鳌独占，际会身荣，其如穷鸟依人，伶仃辛苦。追思吾父误信谗言，弃家方外，致令母亲身遭镇魇，抱恨重泉。下官已经具疏奏闻，请拆毁雷峰塔。其奈圣主未允，

命下官荣归祭奠。〔泪介〕咳！叫下官也无可如何。左右，祭礼可曾完备？〔众〕已备多时了。〔小生〕打道到雷峰去。〔众应行介〕

【一枝花】〔小生〕长堤桃李绽，画肪笙歌遍。湖山虽信美，恨难遣。遥望那塔影空圆，泪落纷如霰。我想法海那贼秃，好不可恨人也！陷害我亲娘，无端施诡辩。便做道法力无边，那曾见离间人骨肉的奸徒，会把三乘妙演。

〔丑礼生上，见介〕请状元爷拈香。〔小生更衣，丑赞，拜毕，丑杂先下〕〔小生〕哎呀，亲娘呵！孩儿幼撇慈颜，不意亲遭危陷。今朝睹此，好不悲惨人也！

【过曲·柰子花】痛当时家祸颠连，不由人抢地呼天[6]。追思襁褓[7]，直至于今游宦，叹何曾见着亲娘面。悲恋，直哭得我寸肠千断！

亲娘呵！孩儿已具疏奏闻，请拆毁此塔，无奈圣上不从，教孩儿日夜忧思，肝肠寸断，如何是好。怎生得见母亲一面，也使孩儿稍减悲啼！

【太师引】向湖边，倾觞奠。痛萱亲，儿还自怜。娘呵，当日里纵不想夫荣妻贵，怎今朝还绝望母子团圆？想当时呵，儿才匍匐谁几谏[8]，直恁的无地求全。天

许士麟唱【一枝花】【太师引】咒诅法海，一针见血；唱【柰子花】【太师引犯】恸念萱亲，意切情真。白娘子有此孝心的儿子，不仅对她，也是对观众的一点安慰。

应见，见那青蝇贝锦的野狐禅[9]。若要释得我心中恨呵，投畀了虎豺有北[10]才消怨。

〔旦塔内探头出介〕哎呀，儿呵！〔小生〕呀，你看塔中霎时现一妇人，想就是我的亲娘了！哎呀，娘呵！〔跪哭上介〕

【太师引犯】急忙前，谁承望今朝会面。细端相，教我心儿更惨然！似不似梦中曾见？身投阱陷，怎能够携手言旋。

〔旦〕亲儿呵！难得你一点孝心，不枉你娘受此摧挫也。〔小生哭介〕哎哟，亲娘呀！

直如此含冤受谴，恨不得替娘亲分忧同患。愁无限，有谁能出手援。【刮鼓令】倒不如拼将一命丧黄泉！

〔旦〕儿呵，事已如此，不必悲痛，但愿你日后夫妻和好，千万不可学你父薄幸！〔小生〕阿呀，我那亲娘呵！〔旦〕我还有一言。〔小生〕孩儿谨听。〔旦〕你今身受国恩，当为皇家宣力，不要苦苦思念我，做娘的虽在浮图[11]之下，亦得瞑目矣！〔小生〕孩儿敢不遵依慈训。〔旦哭介〕今日一别，永无见面之期了！儿呵，你去罢！〔小生〕哎呀，我那母亲呵！

母子见面情景，哀惋动人；白娘子嘱儿子千万别学他父亲薄幸，更有深意。

【前腔】十余年，苦忆慈亲面。望云飞，晓夜凄惶有万千。甫巴得今朝一见，便时时侍奉周旋，也难补前头慕怨。那知又咫尺间霎时天样远。空悬恋，良辰吉蠲[12]，恨不得划平七级，顷刻雁堂前！

〔杂上，小生更衣拜介〕

【尾声】〔小生〕慈帏拜别西湖畔，奈百结愁肠展转，都付与夕照烟芜哭杜鹃。

每逢佳节倍思亲[13]，（王维）叹逝翻悲有此身[14]。（刘长卿）

古往今来抛日月，（希道）少分光影照沉沦[15]。（元稹）

经过田汉改编的京剧《白蛇传》，结尾以青儿倒塔、白娘子出险收场。

〔1〕蠖屈：蠖（huò），尺蠖。蠖屈，形容志不获伸；此处指白娘子。

〔2〕一诚相格处，金石亦为开：意出“精诚所至，金石为开”。

〔3〕萱枝零落：指母亲遭难。

〔4〕叫断慈乌不可闻：慈乌，旧时认为是孝鸟。白居易诗：“慈乌失其母，哑哑吐哀音。”

〔5〕寸草春晖：表示应孝敬母亲。孟郊《游子吟》：“谁言寸草心，报得三春晖。”

〔6〕抢地呼天：形容极度悲伤。

〔7〕襁褓：背负小儿所用的布袱。借指幼小的时候。

〔8〕几谏：悦色柔声以善言谏父母。《论语·里仁》：“子曰：事父母几谏，见志不从，又敬不违，劳而不怨。”几，微。

〔9〕野狐禅：佛教内对一些非正统坐禅办道而妄称省悟者的称呼。据说从前有人解错了禅语的一个字，就投胎为野狐，后遇百丈禅师予以纠正，才得解脱。此后因以“野狐禅”为外道、异端的称呼。

〔10〕投畀了虎豺有北:《诗经·小雅·巷伯》:“取彼谮人,投畀豺虎。豺虎不食,投畀有北。有北不受,投畀有昊。”畀(bì),给予,付与。

〔11〕浮图:佛塔。

〔12〕吉蠲(juān):《诗经·小雅·天保》:“吉蠲为饎。”毛《传》:“吉,善。蠲,洁。”朱熹注:“吉,言诹日择士之善;蠲,言斋戒涤濯之洁。”

〔13〕每逢佳节倍思亲:见王维《九月九日忆山东兄弟》诗。原指游子思念家乡的兄弟。这里借指许士麟思念母亲。

〔14〕叹逝翻悲有此身:这句说,感叹逝去时光,不觉反而悲伤自己还活着。这里是指许士麟思念母亲生育之恩。

〔15〕少分光影照沉沦:这句意为你要多少分一点光亮和身影照照沦落的人。

第三十三出　捷婚

此出照应第二十七出“腹婚”,未免俗套。

【南吕引子·于飞乐】〔副净、老旦上〕喜乔迁[1],高折桂[2]。庆好合,满门佳气。花烛照,凤箫珠翠。

〔老旦〕且喜士麟侄儿,春闱[3]高中状元,钦赐荣归,祭母完婚。今早他往雷峰塔去了,此时将次回来。〔副净〕正是。分付掌礼人伺候。〔内应介〕〔小生上〕锦标连理欢方始,风木望云哀未忘。〔副净、老旦〕侄儿回来了。〔小生〕回来了。〔副净、老旦〕今日黄道大吉[4],分付请新人出来。〔杂掌礼人上催请如常介〕

〔小生〕许乘龙，原不异膝前儿女。〔净、丑扮使女，扶小旦上〕把娇容暗护，喜连枝伴羞作对。

〔小生、小旦拜堂如常介〕〔杂下〕〔小生〕姑爹、姑母请上，待侄儿拜谢。〔副净、老旦〕不消。〔小生、小旦同拜介〕

【南吕过曲·天下乐】〔小生〕整绛绡衣，谢深恩抚育非容易。掌中珠更怜比翼，子侄仍兼子婿。〔背介〕荣华正欢还暗悲，蓦忽地天属来心里。〔合〕从今改门闾，天赐家荣贵。羡佳礼，鹣鹣燕婉，百岁效于飞。

〔末上〕启爷，钱塘县到门贺喜。〔小生〕姑爹、姑母请进后堂。〔副净、老旦同小旦下〕〔丑上〕地埋蛇母休疑幻，天产麟儿事更奇。〔小生迎介〕〔丑〕老先生，恭喜贺喜！〔小生〕多谢老父母光临，不知有何见谕？〔丑〕卑职奉节度大人之命，特送五花官诰在此。〔小生〕有劳老父母，容日登堂叩谢。〔丑〕岂敢。卑职告辞。〔小生〕请少坐。〔丑〕不消。请了。〔下〕〔副净、老旦上〕侄儿，钱塘令特来恭喜么？〔小生〕送姑爹、姑母并侄儿本身的官诰到此，说朝廷随后封赠我二亲。〔副净、老旦〕生受你。请新人出来，一同穿戴，望阙谢恩。〔净、丑扶小旦上，同拜介〕愿吾皇万岁、万岁、万万岁。

【青歌儿】〔合〕携花诰，圣恩叠至，玉堂人福齐文备。家庭美满庆芳菲，花添锦上，占尽寰间欢喜。

桂枝香惹蕊珠香[5]，（袁皓）佳兆联翩遇凤凰[6]。（李商隐）

内史通宵承紫诰[7]，（苏颋）年年长占断春光[8]。（殷文珪）

〔1〕乔迁：《诗经·小雅·伐木》："伐木丁丁，鸟鸣嘤嘤，出自幽谷，迁于乔木。"后因以"乔迁"贺人迁居，或指官职升迁。这里用后一义。

〔2〕折桂：《晋书·郤诜传》："武帝于东堂会送，问诜曰：'卿自以为何如？'诜对曰：'臣举贤良对策，为天下第一，犹桂林之一枝，昆山之片玉。'"后以"折桂"喻科举及第、考中状元。

〔3〕春闱：唐宋时期礼部主持的进士考试，在春季举行，称"春闱"。

〔4〕黄道大吉：旧时迷信星命之说，谓青龙、明堂、金匮、天德、玉堂、司命等六辰都是吉神。六辰值日的日子，诸事皆宜，称为黄道大吉或黄道吉日。

〔5〕桂枝香惹蕊珠香：见袁皓《寄岳阳严使君》诗。方氏把它注为殷尧藩的诗，误，今改。蕊珠宫为神仙所居，旧时亦称及第为登仙。惹，牵引。这是描写许士麟状元及第的得意心情。

〔6〕佳兆联翩遇凤凰：联翩，鸟儿成对地飞翔。这句说，好征兆连续出现，又加上凤凰成双飞来。此指许士麟双喜临门，既中状元又成亲。

〔7〕内史通宵承紫诰：内史，官名，秦始置，掌治京畿地方，相当于后世京兆尹。紫诰，指诏书，古代诏书封袋用紫泥封口，所以称为紫诰。

〔8〕年年长占断春光：见殷文珪《赵侍郎看红白牡丹因寄杨状头赞图》诗。牡丹春末开花时，百花已经开过，它独占春光。此指许士麟独占鳌头。

第三十四出　佛圆

【羽调·四季花】〔外引二揭谛杂幡盖上〕〔合〕真实唱无缘，把三身悟，群生度，般若重宣。无边慈云，法雨周大千[1]。菩提印心秋月圆，火光中开宝莲。

此出全是糟粕。惟从反面观之，方能见其自相矛盾。

〔外〕解铃须用系铃人[2]，又向红尘走一巡。识取魔皈原是道，两忘魔道便成真。俺法海。向为接引许宣，将白蛇镇压雷峰塔底，经今廿载有余。我佛慈悲，慧眼照他灾限已满，又感伊子许士麟兴哀风木，哭奠呼天，孺慕之诚，数年不懈，因此原命俺去赦他出来，并饶了青蛇。今早令其先往塔边伺候。来此渐近临安，须索趱行者。〔众应行〕

回天返日，袚濯旧愆，如吹暖律幽谷喧。一念许生天，好疾似刹那珠献。抵多少天转地转，轮转电转流转。

〔众〕启禅师，已到西湖边了。〔外〕你看湖山如画，风景不殊，只是才更十次闰，已换一番人，石火电光[3]好不可骇也。〔贴上〕呀，禅师早先到了。〔外〕命你先行，为何迟滞？〔贴〕量青

雷峰塔未倒，西湖水未干，江潮照样起，为何让白蛇“再世”？岂不是自打耳光？

儿有甚道术，怎赶得上禅师。〔外〕这也罢了。可速向前与白氏说我在此。〔贴〕是。〔向塔白介〕娘娘，娘娘！

【四时花】〔旦塔内唱〕沉埋久不见天，耳畔谁来寻唤？

〔贴〕娘娘，是青儿和法海禅师在此。〔旦惊介〕阿呀，青儿！你为何同他来？今番我定是死也！

为他吃尽波查[4]，怎又来心怀不善？〔贴〕娘娘休慌，听青儿细细说来：并不是使神通寻戈动铤[5]，休得要战兢兢担忧泪涟，只为你有报春晖佳儿叫冤，感动那古先生将伊罪原。

〔旦〕原来如此。〔哭介〕我的士麟孩儿吓！做娘的生受你也！青儿吓，谁想今日得见你面也。〔贴哭介〕娘娘呀！

追忆从前，痛时乖命蹇。〔合〕且喜今日重逢，旧事总休言。

〔谛白外介〕待小神将塔毁了，放白氏出来罢？〔外〕不消，留下与后人瞻仰，也显得佛力无边。〔外将拂一指，旦从塔后出，贴代更衣，拜介〕多谢禅师。〔幡盖引生上〕佛爷有旨，跪听宣读：世尊若曰，一切众生，皆有佛性，能忏罪则见眎[6]俱消。士有百行，以孝为先，感格诚如舍矢

一篇“佛旨”，前后矛盾，满纸荒唐。先前对白氏、青儿肆意诬蔑，此则对他们的善行又加颂扬。把镇压无辜的罪恶行径，化成是指迷津，脱苦海，帮助她们升天。这就叫作“佛道”！

中的。咨尔白氏，虽现蛇身，久修仙道。坚持雅操，既勿惑于狂且[7]；教子忠贞，复不忘乎大义。宿有镇压之灾，数不过于两纪。念伊子许士麟广修善果，超拔萱枝，孝道可嘉，是用赦尔前愆，升于忉利。自此洗心回向，普种善因，可成正果。使女青儿，颇明主婢之谊，不以艰危易志，亦属可矜，并濯厥辜，相随前往。於戏[8]，佛道宏深，初不外于伦理；女身垢秽，本无碍于利根。尔其勉旃！善哉谢恩。〔旦、贴〕愿佛爷法轮常转，圣寿无疆。〔生、旦见介〕〔外〕少年一段风流事，只有佳人独自知。你两人的情事，都放下不用说了。〔生、旦微笑介〕禅师，放下个甚么？

【胜如花】〔外〕真堪哂，实可怜，没事寻丝做茧。〔向旦介〕只因他送暖偷寒，〔指生介〕作成伊伤恩贾怨。到今日两般须辨，慢说是前缘后缘，更休提新愆旧愆，觉后都捐。〔生〕看频伽[9]饷远，〔旦〕增和减虚空谁见。〔合〕猛回头笑杀从前，猛回头笑杀从前。

【马鞍儿】〔旦〕大峨春尽飞英点，无端搅一觉白云眠。〔贴〕吴山越水空留恋，意花繁情丝乱绾。〔旦、贴合〕若不是珠铎晨钟惊起，那能够行功成塔影般圆。〔外〕才知我杀人寸铁钳锤健。〔生〕水风地火，

把百折不挠地追求的一段自由婚姻生活，看成是一场梦呓，这岂是白娘子的性格语言！

四蛇捽断。〔合〕今朝悟,缘不浅,夫妻每同向龙华会上拜金仙。

【庆时丰】〔小旦、丑天女执花上〕铢衣初试东风软,谁空结习落花偏[10]。

〔见外介〕禅师稽首。〔外〕天女何来?〔小旦、丑〕俺每晓得白云仙姑,蒙佛恩超拔上生天界,奉大梁郄后娘娘懿旨,特来接引他到忉利天宫去。〔外〕好,他正愁不识路哩。白氏,你同青儿随他每去。我与许宣回覆佛旨便了。〔旦〕奴意欲回家看我孩儿一面,未知可否?〔贴〕俺抱了小官人一场,也想要见见他。〔外〕不消。大后日是清明佳节,他夫妇俱要到塔前祭扫,汝那时下来见他一次,说明就里,以慰其孝思足矣!〔旦〕嗄,既如此,俺就拜辞禅师,同姐姐每去也。

白氏已位列仙班,还想看看儿子,可见人情未泯。

白氏得解,亦为返天,虽难舍亲情,终是天上人间。

〔三旦丑合〕回看齐州[11]九点烟,天关虎豹奇毛虦[12]。云程迥,妙景妍,瑶华香霭白榆钱。金绳界,蜺旌展,逍遥初听奏钧天[13]。〔同下〕

〔外〕许宣,白氏已升忉利天宫,俺与你速回佛旨者。〔生〕是。〔行介〕

【排歌】〔合〕他今日呵,向百尺竿头,打将筋斗,只如平地秋千。撒开两手肯胡缠,自在中流不用船。忆昔年,当法筵,绀青石[14]钵佛亲传。功成返,不惮艰,也无

戏剧教化,难脱背后有掌控一切之势力的窠臼。故教化味浓。

非为众生大事一姻缘。

【尾声】叹世人尽被情牵挽，酿多少纷纷恩怨，何不向西湖试看那塔势凌空夕照边。〔同下〕

十层突兀在虚空，（张南史）刹对金螭落照中[15]。（李绅）

地压龙蛇山色别，（王建）真元浩浩理无穷[16]。（应物）

晴窗检点白云篇[17]，（杜甫）清似湘灵促柱弦[18]。（刘禹锡）

三点成六犹有想[19]，（苑咸）潜熏玉烛奉尧年[20]。（李群玉）

〔1〕大千：大千世界的省称，指广大无边的世界。

〔2〕解铃须用系铃人：《指月录》卷二十三《法灯》："金陵清凉泰钦法灯禅师在众日，性豪逸，不事事，众易之，法眼独契重。眼一日问众：'虎须金铃，是谁解得？'众无对。师适至，眼举前语问，师曰：'系者解得。'眼曰：'汝辈轻渠不得。'"后用"解铃系铃"比喻谁惹出来的问题，仍由谁去解决。

〔3〕石火电光：闪电和燧石的火光。本佛教用语，比喻事物瞬息即逝。《五灯会元》卷七《漳州保福院从展禅师》："此事如击石火，似闪电光。"

〔4〕波查：磨折、苦难。

〔5〕寻戈动鋋：动用戈矛。鋋，小矛。

〔6〕见覎（xiàn）：疑"见蚬"之误。蚬，虹蚬。旧俗以见蚬为不祥。

〔7〕狂且：行动轻狂的人。《诗经·郑风·山有扶苏》："不见子都，乃见狂且。"毛《传》："狂，狂人也。且，辞也。"

〔8〕於(wū)戏(hū):同呜呼。

〔9〕频伽:鸟名,迦陵频加之略称。佛经上说,此鸟常住极乐净土。译义为妙音鸟。

〔10〕谁空结习落花偏:语出天女散花故事。见第二出注〔2〕。

〔11〕齐州:中州,指中国。

〔12〕虦(zhàn):浅毛虎。

〔13〕钧天:钧天广乐的简称,指天上的音乐。

〔14〕绀青石:蓝铜矿之一名,即铜青石。

〔15〕刹对金螭落照中:刹,佛塔。螭,古代传说中蛟龙一类动物。金螭是寺庙中雕塑的蛟龙一类动物。这句意为夕阳中佛塔和金螭照耀得更辉煌了。

〔16〕真元浩浩理无穷:见应物《题化城寺》七律。方本误为韦应物,今改。真元,佛家认为高妙的道理。

〔17〕晴窗检点白云篇:见杜甫《赠献纳使起居田舍人》诗。检点白云篇,指所编诏书。

〔18〕清似湘灵促柱弦:见刘禹锡《张郎中籍远寄长句开缄之日已及新秋因举目前仰酬高韵》诗。湘灵,《楚辞·远游》:"使湘灵鼓瑟兮,令海若舞冯夷。"王逸《楚辞章句》注湘灵为"百川之神"。柱弦,指瑟。这句意为清新得好像湘灵在鼓瑟那样动听。

〔19〕三点成六犹有想:见苑咸《酬王维并序》。"六"字,《钦定全唐诗》作"伊"字,并注云:"佛书伊字如草书下字。涅槃经何等名为秘密藏如六字,三点,别则不成。"由此可见"六"字当作"伊"字。

〔20〕潜熏玉烛奉尧年:尧年,本指唐尧在位之时。这里比喻太平盛世。这句意为暗暗地点燃蜡烛庆贺这太平盛世。这是对当时封建王朝的谀词。

后　记

《雷峰塔》传奇是一部以神话传说为题材的悲剧。

关于白蛇精的故事，有一个演变的过程。我们今天所能看到的最早的关于白蛇的故事是《清平山堂话本》里的《西湖三塔记》。它大约产生于宋末元初，写临安府青年奚宣赞救了迷路的少女白卯奴，因而遇见了她穿白衣的母亲和穿黑衣的祖母，并与她的母亲同居，几乎被白衣妇杀掉，幸亏白卯奴救出。后来道士收伏了这三个女人，原来白卯奴是鸡妖，白衣妇是蛇妖，黑衣妇是獭妖，都被镇压在杭州西湖“三潭印月”那三座塔石下面。

这个故事是异常原始和粗糙的。但是，它和后来的白蛇故事传说有明显的因缘关系。

从元代到晚明，我们虽不曾看到以白蛇故事为题材的创作，但这个故事在江南一带的民间广泛流传。冯梦龙编的《警世通言》中有《白娘子永镇雷峰塔》，虽是汇录宋元旧作，但经冯梦龙的润色，是融合了民间传说之精华的。

关于白蛇故事的戏曲，最早可追溯到与冯梦龙同时的陈六龙所撰《雷峰记》传奇。晚明戏曲评论家祁彪佳在《曲品》中评论此剧说:“相传雷峰塔之建,镇白娘子妖也。以为小剧则可;若全本则呼应全无,何以使观者着意?且其词亦欲效颦华赡,而疏处尚多。”这个剧本虽早已失传,但《曲品》的记载使我们知道在明朝天启、崇祯之际就已经有了以白娘子为题材的戏曲。它较今天我们能见到的乾隆三年刻的黄图珌《看山阁乐府雷峰塔传奇》要早一百年左右。

黄本二卷共三十二折,其戏剧情节与《警世通言》中的故事完全相同,是现存《雷峰塔》传奇的祖本。剧本第一折《慈音》,由如来佛上场,说明东溟白蛇、青鱼,“顿忘皈依清净,妄想堕落尘埃”,与本是“座前捧钵侍者”的许宣原有宿缘,故令降生凡胎,了此孽案,但恐“逗入迷途,忘却本来面目”,因此才“明示法海,俟孽缘圆满,收压妖邪”。这就给这个美丽的神话传说蒙上了因果论的迷雾。

黄本一脱稿,江南各地伶工即将此故事搬上舞台。伶工们根据观众的爱憎情感,在黄本的基础上,对这个故事不断加以增删、润饰和发展,特别是给予白娘子以温柔、聪明、勇敢和坚贞不移的性格,还让她生一儿子并中状元。经这样一番改造,此剧受到观众的热烈欢迎,以致“盛行吴越,直达燕赵”。

大约在黄本被搬上舞台的二十余年之后,相传著名伶人陈嘉言父女,根据艺人们长期演出中的创造,改编了一部适合观众要求和舞台演出的《雷峰塔》传奇。但陈本只在梨园中传抄,而没有出版,因此今天叫它“梨园抄本”或“旧抄本”。陈本的主要成就,除增补了《端阳》《盗草》《水斗》《断桥》《指腹》《祭塔》等重要场次,更在于洗涤了黄本中白蛇身上的妖气,使之更具有人情味和斗争性,从而大大提高了这一故事的人民性和反封建的主题思想。

乾隆三十六年辛卯，署名“岫云词逸改本、海棠巢客点校”的《雷峰塔传奇》出现了。这就是方成培的改编本。方成培，字仰松，号岫云，歙（属安徽省）人，另著有《双泉记传奇》《听弈轩小稿》，都未曾见到。从方本《自叙》中“《雷峰塔传奇》从来已久，不知何人所撰”等语看，他没有见过黄本。方本是根据旧抄本改编的，他在《自叙》中说：

……惜其按节氍毹之上，非不洋洋盈耳，而在知音翻阅，不免攒眉，辞鄙调讹，未暇更仆数也。因重为更定，遣词命意，颇极经营，务使有裨世道，以归于雅正。较原本，曲改其十之九，宾白改十之七。《求草》《炼塔》《祭塔》等折，皆点窜终篇，仅存其目。中间芟去八出。《夜话》及首尾两折，与集唐下场诗，悉予所增入者。时就商酌，则徐子有山将伯之力居多。……

对于改编和创作过程，记载得相当详细。方本四卷共三十四出，卷首有汪宗沺、徐德达、吴士岐题词，剧末有洪笔泰跋。至于原本与改本的主要差异，每出后亦有附记。

方本是诸种《雷峰塔传奇》中比较完整、优秀的一个本子。直到今天，昆曲中还经常上演的《盗草》《水斗》《断桥》等折子戏，和方本几乎完全相同。可以说，方氏是为《雷峰塔传奇》三十年来的衍化做了一项很好的总结工作。从此以后，白蛇故事在民间几乎家传户晓，而其他地方戏，也都有搬演《白蛇传》故事的剧本。

方成培的《雷峰塔传奇》，是一部感人至深的悲剧。剧中的白娘子，被尽量解脱了向来故事中的妖怪气，得以成为一位多情、勇敢又坚贞不屈的女子。她很会安排生活，也富有斗争经验。她和许宣的爱情生活，却被认为堕入迷途，最后被佛祖的信徒——法海镇压在雷峰塔下，许宣也被法海点化出家。十六年后，白子许士麟中了状元，来西湖祭塔，母子相会。在共同谴责法海这个“青蝇贝锦的野狐禅”、专门“离间人骨肉的奸徒”之外，白氏特别叮嘱儿子说：“但愿你日后夫妻和好，千万不可学你父薄幸！”这完全是现实中的妇女哀怨的控诉，深刻地揭示了以男性为中心的封建宗法制度对妇女的压迫，并带有女性觉醒的意味。

剧本中的基本冲突，是围绕对许宣的争取展开的。在这个人与“妖”恋爱的故事中，白蛇始终是主动者。《舟遇》一场，白娘子“顿摄骤雨”，就是为了造成和许宣接近的机会。从同舟开始，她一直热爱许宣。这当中，她受了不少折磨。她与许宣中间矛盾的发展，主要有以下几次：第一次，赠银遇祸。许宣家贫无力成婚，白氏盗银相赠，直接危害了封建官府的利益；许宣将被逮捕，因而逃往苏州。第二次，赠符、逐道。许宣到神仙庙烧香祝福，道士魏飞霞告以其为妖所缠，给他二符除妖。事为白氏、青儿所察，道士被吊打逐走。第三次，端阳显形。白氏在端阳节经不起许宣的殷勤相劝，饮了雄黄酒后显出本相，吓死了许宣。白氏冒着生命的危险奔赴嵩山求药疗惊。第四次，虎阜游春。许宣因带了白氏从萧太师府里盗来的“八宝明珠巾”游虎阜，被官府逮捕，发配镇江为民。以上每一次波折，都引起了许宣的疑云和动摇；然而由于白娘子的聪明机警，对每次疑云都做了合理的解释，争取到许宣的理解，使近于破裂的姻缘重归于好。在解决矛盾的过程中，白娘子不得不背着许宣略施一点道术，因而使人感到，白娘子虽然完全人格化，甚至比一般人更有感情，但毕竟不是凡人。这就使得这部悲剧不时出现一些喜剧因素，体现出神话剧的浪漫主义色彩。

我们不妨来个假设：白娘子如果只是一位普通的妇女，那么上述的每一次波折，都可能造成悲剧的结局；正因为她有道术，而那些袭击她的力量又并不怎么强大，所以只要她略施小技，即可化险为夷，赢得暂时的幸福。

自由恋爱，毕竟是封建宗法制度所不容的，何况人“妖”相恋，因此，破坏白娘子爱情生活的事件，是不会停止的，她和法海争夺许宣的矛盾也是不可调和的。

《水斗》就是争夺许宣的最激烈的一场斗争，也是剧情发展的高潮所在。戏一开始，白娘子就表示过她的忧虑。她非常清楚这是一场关系生死的争斗，和过去许多波折是不能相比的。当青儿问她：“娘娘，官人的磨折，不是一次了，为何今番这般着急?”她答道：“你不知，这金山寺中有个法海禅师，法力无边，不比凡僧。许郎倘被他点悟，我终身就无结局了。”这种预感写得多么突出！在斗争中，她时而说理，时而叫骂，时而战斗，时而哀求，各种斗争方式用尽，而顽固冷酷的法海始终不肯将许宣放出来。直到她确知许宣被法海“点悟”而“皈依三宝”之后，才不得不倾整个水族之力来水漫金山，却终因敌不过法海的妖术而归于失败。

这部戏，艺术成就也是很高的。作者不仅细致地写出了一个真实女人的思想、痛苦和焦虑，更重要的是写出她有着向邪恶势力作决死斗争的坚强意志。

《水斗》之后，继之以《断桥》。如果说，《端阳》《求草》是白娘子“多情吃苦”的开始，那么《水斗》《断桥》是苦难的高峰了。在艺术创造方面，《断桥》一出标志着全剧的最高成就。它深刻而细致地刻画了白娘子对许宣“薄幸”的责难，而又痴心不死，无限爱怜，悲剧气氛十分浓烈，也十分感人。此外，青儿的爽朗、正直，许宣的虚情假意，也表现得很好。三种不同性格的相互联系和影响，产生了许多微妙的戏剧冲突。

《炼塔》一出，写法海在许宣的配合下，将白娘子收入钵内，并镇在雷峰塔底。此时的白娘子才断绝了对许宣的痴情，真是“春蚕到死丝方尽，蜡炬成灰泪始干”。白娘子的悲剧结局，给人留下思考：白娘子虽是蛇精变的，但她善良多情，坚贞勇敢，从不害人，只因她对人间充满眷念，执着追求幸福生活，机智顽强地抗击对她的迫害，就落得如此下场。这是为什么？

方成培《雷峰塔传奇》的主要成就，在于吸收了民间艺人长期创造的成果，把白娘子以其性格为根而塑造成为一个完美、善良的中国女性典型。

当然，方本也有缺点和糟粕，它没有摆脱生死轮回、因果报应的观念；剧本的团圆收场，未免落传奇戏的窠臼；尤其是白氏、青儿十六年后都位列仙班，调和了对抗性的冲突。不过，这只是一些概念化的东西，它不能改变剧本的悲剧性质。

本剧以“岫云词逸改本、海棠巢客点校”（方成培本）为底本，参考了傅惜华先生的校点本，参校了梨园抄本（残本），对其中因声近而误的字及有些标点符号，作了必要的改动。在此不一一说明。

编后记

1980年春，教育部委托中山大学举办了中国戏剧史师资进修班。来自全国各高等院校的十六位同志，在王季思教授的指导下，应上海文艺出版社之约，承担了《中国十大古典悲剧集》和《中国十大古典喜剧集》的编选工作。在编选过程中，我们和上海文艺出版社的同志，分别在上海、北京和广州等地广泛征求意见，这次选出的十大剧目，在颇大程度上是集体意见的产物。有些戏如汤显祖的《牡丹亭》，因有同志对其性质类型的归属持有不同看法，未予入选；个别戏如关汉卿的《望江亭》，其为优秀喜剧固无疑问，但因考虑到“十大”作品样式的多样性，也未选用。

两集的编选工作都是在王季思教授的亲自主持和指导下进行的。参加悲剧集校点和评点的有朱光荣（贵阳师院）、宋绵有（南开大学）、林铁民（厦门大学）、罗东升（华南师院）、黄秉泽（安徽师大）、隗芾（吉林省社会科学院）六位同志；齐裕焜（兰州大学）、徐洪火（西南师院）两位同志参加了校点工作。悲剧集前言由萧善因（吉林大学）、焦文彬（陕西师大）两同志执笔，喜剧集前言由黄秉泽同志执笔；两文均由王季思教授改定。初稿完成后，由李悔吾（武汉师院）、萧善因、黄秉泽、蒋松源（华中师院）四位同志组成定稿组，于1980年11月至1981年2月，对全稿进行了校订和修改。萧德明同志（中山大学）也参加了部分修改工作。卢汉超同志（中山大学）协助我们做了资料工作。全稿完成后，王季思教授又作了认真审阅，并且最后改定。

本集是将每个剧本的各种版本加以比较之后，选一个较好的本子作为底本，而以其他本子作为参校本。对底本文义可通的文字一般不予改动。唱辞的断句，参照了曲谱，如因依曲律而害意，则以曲意为主。对于确属讹、脱、衍文，则通过互校或意校予以改正。只有那些同音假借的声假字，当时通行、又具有时代特征，如元杂剧中的“每”（们）、“交”（教）、“元”（原）等，则不予改动。

本集的眉批是我们根据对剧本的理解撰写的。其中不少剧本，过去的剧评家都曾作过评点，凡是我们认为较好的，尽量加以引录。对于一些颇有见地而又费解的旧评，作了适当改写。

本集的体例是前面有篇前言，对古代悲剧的历史发展及艺术特点，试作综合性的论述。每个剧本之后有一篇简短的后记，对作者生平和作品的思想内容、艺术特色，以及该剧的演出情况和对后世戏剧的影响，作些扼要的介绍。

我们的工作从始至终得到了中山大学中文系、上海文艺出版社戏剧电影编辑室，以及定稿组四位同志所在院校的支持和帮助；我们还参考了中华人民共和国成立后出版的校注本和有关学术论著。在此，谨向上述单位和有关作者表示诚挚的谢意。

编选中国古典悲、喜剧集，并对所选剧本进行评点，是一次新的尝试。由于受时间及认识水平的限制，本集一定存在着缺点甚至错误，我们企望得到海内外专家、读者的批评和指正。

《中国十大古典悲剧集》编选组

1981 年 2 月

新版后记

1985年4月，在河南郑州举行了中国古代戏曲学术讨论会，我们《中国十大古典悲剧集》和《中国十大古典喜剧集》的撰稿同志大多数与会了。在二集的主编——我们的老师王季思教授的提议下，大家就二集出版后的有关情况交换了意见，并一致同意王老师提出的重订增注二集、出版新的版本的建议。接着，给原来的十六位同志分配了重订增注的具体任务。

不久，王老师重订增注了《窦娥冤》的一折和《桃花扇》的一出作为样稿分发给大家。1988年10月以前，二十本增注初稿全部寄到王老师手里。

1988年11月，齐鲁书社和中山大学中文系发出请柬，邀请湖北大学李悔吾教授、吉林大学萧善因教授、兰州大学宁希元教授、安徽师大黄秉泽副教授、华中师大蒋松源副教授五位同志于1988年12月5日至25日赴中山大学参加定稿工作。

定稿工作是在王季思老师的直接指导下进行的。重订补注本与1982年上海文艺出版社出版的版本比较，有很大的改变：

其一，增加注释。注释的基本要求在于帮助一般读者读通原文，而不作进一步的疏通、引申或过多的考证。有些字、词、句虽略见生疏，联系上下文来读可以明白的，就不再加注，给读者留有思考的余地。

其二，修改眉批。眉批原是我们运用传统文学批评方式的一次尝试，也是二集的一大特色，因此王老师特别重视，他亲自执笔修改，有的本子如《长生殿》《桃花扇》修改达四十处左右。修改的情况大致有三：一是增。主要是增剧本艺术性方面的眉批，这在整个修改中比重最大。二是删。删去的眉批，有一大部分移入注释。三是改。使之更准确、更周密。修改后的眉批，总条目增多了，质量提高了，它将给读者耳目一新之感。此外，二集的“前言”及各本的“后记”也作了一些修改。

其三，校勘。这次定稿时，我们对校勘十分注意，初稿执笔人校过一次，定稿人又校过一次，王老师最后通校一次。经过三校，改正了不少错误。虽然校书“如秋天扫落叶”，难以保证无一漏校，但我们尽了很大力量，力求扫清“落叶”，使它成为名副其实的定本。

其四，插图。二集原来的插图，是上海文艺出版社组织人描绘的。这次改由齐鲁书社出版，为了不掠人之美，我们将原来插图全部抽掉，由齐鲁书社组织人另绘。新版本的插图，将给读者一种新的艺术感受。

关于重订增注的分工，即谁是初稿执笔者，谁是审定人，都在剧本前面署了名，以示负责。兹不罗列。悲剧集的审定人为李悔吾、宁希元、萧善因，王老师对全书作了最后的通审。

我们的重订增注工作，得到了齐鲁书社、中山大学中文系、中山大学古文献研究所以及参与定稿的五位同志所在单位的支持和帮助，季思师的助手林建同志协助我们做了许多具体工作，我们还参考了新出版的有关各剧校注本以及有关学术论著。在此，谨向上述单位和作者表示诚挚的谢意。

编　者

1989 年 5 月

再版后记

《重订增注中国十大古典悲剧集》由齐鲁书社于1991年出版，迄今已经二十多年了。二十多年来，随着中国社会的发展和转型，尤其是进入新世纪以来，中国古典戏剧发生了重大变化，从所展示剧本内容和舞台表演、表现形式的丰富性来看，无疑大为扩展，有关中国古典戏剧的研究也方兴未艾，从社会影响和面临的时代挑战来看，则颇有意兴阑珊之感。

中国古典戏剧作为承载中国文化信息的重要载体，有其自身优越性和特点，是在漫长的历史时期不断累积、扬弃而形成的，有着形式活泼、信息量大、平易近人的特色，代代相传，凝聚了无数文人和艺人的汗水、泪水。从宫廷大院，到勾栏瓦肆，从璀璨舞台，到街头巷尾，一千多年来，中国古典戏剧经历风风雨雨，作为中华文明的一个分支，流淌于中华文明的历史长河中，并与中华文明的其他支脉演替并进、相辅相成，成为历史留给我们的丰厚文化遗产。在新的时代，我们有责任、有理由，让中国古典戏剧文化传承有序，继续绽放在新时代的文化园地里。

本次再版，正是基于以上的考虑。

本次再版，在形式上，将1991年版简体竖排改为简体横排，图片删除，其他诸如注释、批注等形式一仍其旧；在内容上，对注释词条释义明显错误或者有待提升的，加以订正或者优化，注释不够规范的，比如正文文字和出注词条存在错节的情况进行完善。其他的保留原内容。需要说明的是，戏剧，事关教化，在今天看来，对中国古典戏剧的主体内容，读者自有公论，无可厚非，但部分批注的内容有着明显的时代印痕，或者说思想倾向过于明显，比如封建思想解放的尺度、婚姻自由的衡量标准等，反映出历史时期或特定时代的思想轨迹，对于这部分内容，考虑到尚不至于谬误，亦不难为今天的读者所接受，故本次再版绝大多数予以原貌保留。在内容的修订方面，由于原书的主编王季思先生和多位编者已归道山，本社也曾联系王先生及几位编者或审定者的后人，但几位后人多以不从事典籍整理工作或者专业不合等理由而婉拒，故上述少量的修订工作由本社完成。

本次再版得到了国家古籍整理出版专项经费的资助，在此表示感谢。

齐鲁书社

2018 年 5 月

图书在版编目(CIP)数据

重订增注中国十大古典悲剧集（上、中、下册）/王季思主编. —济南：齐鲁书社，2018.6
ISBN 978-7-5333-3975-3

Ⅰ.①重… Ⅱ.①王… Ⅲ.①古代戏曲—剧本—作品集—中国 Ⅳ.①I237

中国版本图书馆CIP数据核字(2018)第143815号

重订增注中国十大古典悲剧集
CHONGDING ZENGZHU ZHONGGUO SHIDA GUDIAN BEIJUJI
王季思 主编
李悔吾 宁希元 萧善因 副主编

主管单位 山东出版传媒股份有限公司
出版发行 齊魯書社
社　　址 济南市英雄山路189号
邮　　编 250002
网　　址 www.qlss.com.cn
电子邮箱 qilupress@126.com
营销中心 (0531)82098521 82098519
印　　刷 山东新华印务有限责任公司
开　　本 880mm×1230mm 1/32
印　　张 50.875
插　　页 9
字　　数 1216千
版　　次 2018年6月第1版
印　　次 2018年6月第1次印刷
印　　数 1—2000
标准书号 ISBN 978-7-5333-3975-3
定　　价 **198.00**元(上、中、下册)